연행록연구층위

燕行錄研究層位

燕行錄研究層位

연행록연구층위

임기중 지음

學古房

머 리 말

이 세상의 모든 것은 저마다 어떤 상황논리 속에서 탄생하고 존재한다. 상황논리는 그 존재의 실상을 결정하고 거기서 탄생한 존재의 실상은 상황논리를 설명한다. 현재와 같은 상황에서 연행록을 수집하여 정리하였다면 시간도 단축되고 원본의 이미지도 아주 양호한 모습으로 탄생하였을 것이다. 그뿐 아니라 현재와 같은 상황에서 연행록 연구를 수행하였다면 좀 더 수준 높은 결과물이 나왔을 것이다. 그런 상황논리 층위의 실상이 담겨 있는 것이 이 책이다.

이 책의 초판은 2002년에 나왔으며 그 증보판은 2006년에 나왔다. 이번에 나오는 책은 거기에 개고와 증보를 더한 전면 개정판이다. 2002년 초판은 연행록전집 100권 출간의 안내서라고 생각하였던 것이고, 2006년 증보판은 연행록속집 50권 출간의 의미를 공유하자는 취지에서 펴냈던 것이다. 이번의 연행록연구층위는 연행록총간증보판DVD를 펴내면서 바로잡을 수 있었던 오류와 미진하였던 문제들에 대한 해결의 결과를 반영하고 연행록 연구에 필요한 몇 가지의 작업 결과를 추가한 것이다. 그뿐 아니라 새로 발굴한 연행록의 데이터를 반영한 것이다. 신뢰할 수 있는 여러 사서의 기록에 들어있지 않는 연행사들의 연행록이 적잖이 존재하고 있는데, 그런 부분을 수시로 보태어 거론하여 주지 않는다면 많은 이들이 반복되는 작업에 번번이 매달려야 하기 때문에 그런 반복을 벗어날 유형의 작업들도 추가하였다. 전반적인 보완을 하면서 연행록의 상호원전성과 유행양식, 항해조천도의 형성양상과 원본비정, 세계인 인식담론의 가치와 역가치, 한글연행록의 자금성과 황제, 한문연행록의 심양 백성 생활상 점묘를 살펴본 5장을 더하여 모두 14장으로 펴내는 책이다. 내용 전반을 수정하고 추가와 보완을 더한 것이 이번의 연행록연구층위다.

만족할 단계는 아니지만 이번의 연행록총간증보판DVD는 이 분야 연구에 상당한 변화를 가져올 것으로 전망한다. 앞으로 한 두 단계의 작업을 더 추가하게 되면 활용의 만족도는 훨씬 더 향상될 수 있을 것이다. 따라서 이번의 전자출판 연행록총간증보판DVD 출간을 계기로 저자의 연행록연구와 같은 연행록 연구의 초보적 탐색의 접근은 막을 내리게 될 것이기 때문에 이번에 증보 개정판 연행록연구층위를 펴내는 것이다.

연행록전집과 연행록속집에 이어 연행록총간증보판DVD가 세상에 나온 현재의 연구 환경에서 본다면, 이 책의 미진한 접근들이 많이 눈에 띄겠지만 당시로서는 계도의 기여도가 아주 없지는 않았을 것이다. 학문은 과정이다. 그런 과정이 있었기에 오늘이 있고 더 진보된 내일을 기대할 수 있을 것이다.

이제 저자는 국내외의 많은 학자들에 의해서 앞으로 수준 높은 연구 결과물들이 계속해서 출현하기를 기대하는 마음으로 이 책의 미진함을 위로 받고 싶다.

이 책의 출판을 결심하여주신 학고방 하운근 사장님과 편집에 정성을 다해준 박은주 선생께 감사를 드린다.

2014년 9월 1일

문산 수기촌 文山 秀氣邨에서 임기중 씀

차 례

[도판목록]

제1장
연행록의 전승

1. 머리말

연행록(燕行錄)은 세계에 존재하는 많은 문헌군 가운데서 아주 독특한 의미와 대단히 광범한 가치를 지니고 있는 기록유산이다. 연행록은 한국의 사신들이 원·명·청 왕조 때 중국의 수도에 나가서 그들이 해낸 일, 본 것, 들은 것, 느낀 것, 준 것, 받은 것, 체험한 것 등을 구체적이며 현장감 있게 써 놓은, 동아시아는 물론 세계적으로도 중요한 기록유산이다. 원나라 때 중국을 다녀온 기록은 빈왕록(賓王錄)이라는 이름을 붙였으며, 명나라 때 중국을 다녀온 기록은 처음에는 관광록(觀光錄)이라고 하다가 조천록(朝天錄)이라 이름 붙인 것이 많고, 청나라 때 중국을 다녀온 것은 음빙록(飮氷錄), 도초록(擣椒錄), 함인록(含忍錄), 유헌록(輶軒錄), 자회록(蔗回錄), 초여록(椒餘祿), 상봉록(桑蓬錄), 승사록(乘槎錄), 수사록(隨槎錄) 등으로 다양하게 쓰였으나 연행록(燕行錄)이라 이름 붙인 것이 가장 많다. 그래서, 조천록과 연행록이란 용어를 명·청 왕조를 변별하는 용어로 사용하려고 하는 경향까지 생겨났다. 그러나, 명나라 때 중국을 다녀온 기록에도 연행록이라고 이름 붙인 것이 여러 종이 있기 때문에 이 책에서는 넓은 의미로 원·명·청 왕조 때 중국을 다녀와서 쓴 글을 연행록이라는 용어로 통일하여 쓰기로 한다. 따라서, 이 글에서 연행록이란 용어는 한국인이 원・명・청 왕조 때 중국을 다녀와서 써놓은 일반 기행록을 포함한 사행록(使行錄)을 일컫는다.

연행록은 고려부터 조선 왕조까지 7백여 년 동안 한국인들이 외교적인 통로로 중국에 나가서 보고들은 견문과 선진문물에 대한 체험들을 자유롭고 창의성 있게 기록한 것이다. 여기에는 한국과 동아시아, 동아시아와 세계 외교의 역학 관계, 공식 비공식의 국제무역과 경제적 상황, 문화 교류와 첨단 학술 교류 등 아주 다양하고 많은 양의 정보가 생생한 모습으로 알알이 박혀져 있다. 연행록은 북경까지의 사행 노정, 제반 사행 의식과 절차, 중국의 역사와 전통과 제도, 인적 교류와 문화 교류, 북경의 서적 정보와 학술 활동, 중국의 전통 연희와 서양의 최신 연희, 북경의 서양 문물과 서양 서적, 중국과 서양의 과학기술, 그리고 민정, 풍속, 언어, 지리 등을 기본 내용으로 구성하고 있다. 한편, 연행록에는 중국 쪽의 기록에서 찾아볼 수 없는 중요한 기록들과 중국 쪽에서 소홀하게 기록한 것을 아주 상세하고 구체적으로 기록한 것들도 적잖이 존재한다. 따라서, 연행록은 동아시아 어느 분야의 연구에서도 참고하지 않을 수 없는 실로 다양하고 방대한 기록의 보고이다.

그동안 이러한 연행록이 어떻게 전승되고 있는가에 관심을 보인 이와 연구소는 나카무라 에이코(中村榮孝), 김성칠(金聖七), 고병익(高柄翊), 성균관대 대동문화연구소(成均館大 大東文化硏究所), 황원구(黃元九), 전해종(全海宗), 최강현(崔康賢), 임기중(林基中) 등이 있다. 그러나, 이들은 각기 다른 관심 분야에서 연구를 진행했던 까닭으로 전체적인 전승 규모를 파악해 내지는 못하였다. 전승의 실상 파악이 제대로 이루어지지 않고 있었기 때문에 자료의 정리가 불가능했으며, 정리된 자료를 활용할 수 없었기 때문에 원만한 연구를 수행하는 데 어려움이 많았다. 따라서, 이 두 가지의 당면 과제를 극복하여 보려는 의도에서 이 글을 쓴다.

2. 연행 목적과 연행사

연행사(燕行使)는 조선 후기 문헌에 자주 등장하는 보편적 용어다. 중국 문헌에서도 연행사라는 용어를 써왔다. 이 책에서 연행의 연(燕)은 중국의 수도를 포괄하는 용어로 쓴다. 연행록 전승의 전반적인 실상을 파악하기 위해서는 먼저 연행의 목적, 연행사의 구성, 연행 회수 등에 관한 체계적이면서 종합적인 조사가 면밀하게 이루어져야 한다. 그동안 이런 문제와 관련된 계량적 통계가 몇 번 제시된 일이 있다. 전해종(全海宗)은 1637년부터 1894년까지 조선이 청나라에 파견한 사절단은 607번에 달한다고 하였으며,[1] 황원구(黃元九)는 청나라 때 정기 사절의 기록만도 최소 249종 이상이어야 한다고 하였다.[2] 전해종의 통계로 본다면, 조선 사신이 청나라에 다녀올 때마다 그 일행 중 한 사람만 연행록을 썼다고 해도 청 대의 것만 최소 607종의 연행록이 있어야 할 것이다. 그리고, 황원구의 조사에 따른다면 조선의 정기 사절이 청나라에 간 것은 249회였어야 할 것이다. 그러나, 그런 조사 통계 작업의 종합화나 이에 관한 신뢰성 있는 구체적인 결과물이 아직 정리되어 나오지 않고 있기 때문에 연행록 전승의 계량적 추정을 해보기 위해서는 불가피하게 이와 관련된 작업을 직접 해보지 않을 수 없다.

따라서, 이제 1271년부터 1894년까지 조선왕조실록, 승정원일기, 통문관지, 동문휘고, 조천록류, 연행록류, 문집류 등에 있는 관련 기록을 조사하여 왕래 시기, 사행 목적, 왕래 사신의 구성이 확인되는 고려와 조선 곧 원・명・청 시대의 역대 왕래 사신 일람표를 만들어 보면 이 책

---

1) 全海宗, 中韓關係史論集, 중국사회과학원출판사, 1994. 194쪽.
2) 黃元九, 燕行錄硏究의 課題, 한국문학연구, 제24집, 2001. 동국대 한국문학연구소.

[부록-2] 연행사의 중국왕래일람표(13~19세기)와 같다.

이 기간에 한국 연행사들이 중국에 다녀 온 횟수는 다음과 같이 나타난다. 13-14세기에 119회, 15세기에 698회, 16세기에 362회, 17세기에 278회, 18세기에 172회, 19세기에 168회로 이를 합하면 모두 1797회가 된다. 이 중 고려 왕조 때가 59회이므로 조선 왕조 때는 모두 1738여회를 중국에 다녀온 셈이다.

그 구체적인 실상을 정리하여 보면 다음과 같이 나타난다.

[표-1] 13~14세기(1): 1273년(원종 14 계유, 원 지원 10)~1389년(창왕1 기사 명 홍무22)

사행목적	계품	고부	고부승습	공마	공물	관계유지	교빙	사은	사은승습
횟수	1	1	2	5	2	2	1	3	2

상왕탄일축하	세공	수교답례	수교요청	승습	신정하례	적평정알림	절일하례	주문	주청	진하
1	1	1	1	3	3	1	3	1	1	1

진하승습	책명사례	책봉하례	천추절하례	촉평정축하	통교	하례	하례겸사은	하례겸주청	하정	하정사은
2	1	1	3	1	2	1	1	1	3	1

1273(원종 14 계유, 원 지원 10)년부터 1389(창왕 1 기사, 명 홍무 22)년까지 13~14세기(1)의 117년 동안 고려 말기는 아래의 표와 같이 계품, 고부, 고부승습, 공마, 공물, 관계유지, 교빙, 사은, 사은승습, 상왕탄일축하, 세공, 수교답례, 수교요청, 승습, 신정하례, 적평정알림, 절일하례, 주문, 주청, 진하, 진하승습, 책명사례, 책봉하례, 천추절하례, 촉평정축하, 통교, 하례, 하례겸사은, 하례겸주청, 하정, 하정사은 등 모두 31가지의 사

행목적으로 53회를 다녀왔다. 2년에 1회 정도 왕래하였는데 실제의 왕래횟수는 이보다 더 많았을 것이다. 이 시기는 탐색적이며 다목적 교류의 시기라고 말할 수 있을 것 같다. 국제관계 정상화를 위한 초석 마련과 평화유지를 위한 소통이 교류목적인 시기라고 말할 수 있다.

[표-2] 13~14세기(2): 1392년(태조 원년 壬申, 明 洪武 250)~1399년(정종 원년 己卯, 明 建文 1)

사행목적	계품	관송	관압	등극	사은	성절	압마	정조	정조겸진하	주문
횟수	4	7	2	1	12	5	9	4	1	4

주청	진위	진헌압마	진헌종마	천추	하정
2	1	1	1	5	1

1392(태조 원년 壬申, 明 洪武 250)년부터 1399(정종 원년 己卯, 明 建文 1)년까지 8년 동안은 계품, 관송, 관압, 등극, 사은, 성절, 압마, 정조, 정조겸진하, 주문, 주청, 진위, 진헌압마, 진헌종마, 천추, 하정 등 모두 16가지의 사행목적으로 60회를 다녀와 매년 8회 정도를 왕래하였다. 조선왕조 초기 과도기적 교류의 시기다. 전 왕조에 비해 상대적으로 왕래가 빈번하였던 것은 신흥왕조의 안정적 정착문제 때문이었을 것이다. 전례에 따라서 양국 간의 교류와 관계유지 차원의 조율을 위한 탐색기였다고 말할 수 있다.

[표-3] 15세기: 1400년(정종 2 庚辰, 明 建文 2)~1499년(연산 5 己未, 明 弘治 12)

사행목적	계품	고명사은	고부	고부겸청시	관송	관압	등극	사은	사은겸주문	사은겸주청
횟수	10	1	1	3	67	1	7	113	1	3

사은겸진하	성절	성절겸천추	압마	압우	자문재진	재자	절일	정조	정조겸주청	종마관압
5	89	3	15	5	1	11	7	45	1	1

종마진헌	주문	주문겸사은	주청	진위	진위겸진향	진응	進箋	진표	진하
1	43	1	11	9	3	24	1	1	40

진하겸사은	진하겸주문	진향	진헌	진헌종마	질의	질정	천추	하등극	하정	하정겸사은
1	2	6	34	2	2	1	55	1	45	2

하정겸진응	흠문기거
2	7

1400(정종 2 庚辰, 明 建文 2)년부터 1499(연산 5 己未, 明 弘治 12)년까지 100년 동안은 계품, 고명사은, 고부, 고부겸청시, 관송, 관압, 등극, 사은, 사은겸주문, 사은겸주청, 사은겸진하, 성절, 성절겸천추, 압마, 압우, 자문재진, 재자, 절일, 정조, 정조겸주청, 종마관압, 종마진헌, 주문, 주문겸사은, 주청, 진위, 진위겸진향, 진응, 진전, 진표, 진하, 진하겸사은, 진하겸주문, 진향, 진헌, 진헌종마, 질의, 질정, 천추, 하등극, 하정, 하정겸사은, 하정겸진응, 흠문기거 등 모두 45가지의 사행목적으로 684회를 다녀왔는데 매년 평균 6~7회를 왕래한 셈이다. 이 시기는 교류가 가장 빈번하였으며 가장 활발하였던 시기다. 사행의 관행화를 잉태한 시기라고 말할 수 있다.

[표-4] 16세기: 1500년(연산 6 庚申, 明 弘治 13)~1599년(선조 32 己亥, 明 萬曆 27)

사행목적	고급	고부청시	공마관압	동지	동지겸사은	동지겸주청	등극	변무주청	사은	사은겸주문
횟수	2	2	1	70	1	1	3	1	44	1

사은겸주문진하	사은겸주청	사은겸진하	사은겸천추	성절	성절겸사은	정조	정조겸사은	존시	주문	주청
1	2	1	1	96	2	25	1	1	5	23

주청겸진하	진사	진위	진주	진하	진향	진헌	천추	청량	청사위	청승습
1	1	17	7	15	9	2	20	1	1	1

하정	흠문
2	1

1500(연산 6 庚申, 明 弘治 13)년부터 1599(선조 32 己亥, 明 萬曆 27)년까지 100년 동안은 고급, 고부청시, 공마관압, 동지, 동지겸사은, 동지겸주청, 등극, 변무주청, 사은, 사은겸주문, 사은겸주문진하, 사은겸주청, 사은겸진하, 사은겸천추, 성절, 성절겸사은, 정조, 정조겸사은, 존시, 주문, 주청, 주청겸진하, 진사, 진위, 진주, 진하, 진향, 진헌, 천추, 청량, 청사위, 청승습, 하정, 흠문 등 모두 34가지의 사행목적으로 362회를 다녀왔는데 매년 평균 4회 정도를 왕래한 셈이다. 사행의 관행화 경향이 나타나기 시작하는 시기라고 말할 수 있다.

[표-5] 17세기: 1600년(선조 33 庚子, 明 萬曆 28)~1699년(숙종 25 己卯, 淸 康熙 38)

사행목적	고급	고부	고부겸주청	동지	동지겸성절	동지겸성절천추	동지겸연공	동지겸주청	동지겸진주	동지겸천추
횟수	1	4	2	22	2	1	2	1	1	1

동지성절겸사은	등극	등극겸동지	문안6	변무사은동지성절	사은	사은겸고부	사은겸동지	사은겸삼절연공	사은겸성절동지연공	사은겸정조
1	1	1		1	32	1	1	10	1	1

사은겸주청	사은겸진위	사은겸진주	사은겸천추	사은진주겸삼절연공	사은진주겸성절동지연공	사은진주고부	사은진하겸진주	사은진하진주겸삼절연공	사은천추	삼절연공
2	1	11	2	2	2	1	1	2	1	26

성절	성절겸동지	성절겸사은	성절겸사은진주	성절겸진주	성절겸천추	성절동지겸년공	성절천추진하	정조	주문	주청
18	2	2	1	1	1	3	1	6	1	8

주청겸삼절연공	주청겸진주	주청	주문	주청겸사은사동지성절천추진하	진위	진위겸진주	진위겸진향	진주	진주겸사은	진주겸주청
2	1	2	1	1	5	1	9	4	1	1

진주사은겸정조	진주사은사겸삼절연공	진주	진하	진하겸사은	진하겸삼절연공	진하겸진주	진하사은겸삼절연공	진하사은겸진주	진하사은진주겸주청	진향
1	1	1	4	13	1	2	7	5	1	2

진주사 은겸 정조	진주사 은사겸 삼절 연공	진주	진하	진하겸 사은	진하겸 삼절 연공	진하겸 진주	진하사 은겸삼 절연공	진하사 은겸 진주	진하사 은진주 겸주청	진향
1	1	1	4	13	1	2	7	5	1	2

진향겸삼 절연공	진향겸 진위	책봉주청	천추	추신 (심양행)	춘신 (심양행)	호행	회답관 (심양행)
1	1	1	10	5	3	1	1

1600(선조 33 庚子, 明 萬曆 28)년부터 1699(숙종 25 己卯, 淸 康熙 38)년까지 100년 동안은 고급, 고부, 고부겸주청, 동지, 동지겸성절, 동지겸성절천추, 동지겸연공, 동지겸주청, 동지겸진주, 동지겸천추, 동지성절겸사은, 등극, 등극겸동지, 문안, 변무사은동지성절, 사은, 사은겸고부, 사은겸동지, 사은겸삼절연공, 사은겸정조, 사은겸주청, 사은겸진위, 사은겸진주, 사은겸천추, 사은진주겸삼절연공, 사은진주겸성절동지연공, 사은진주고부, 사은진하겸진주, 사은진하진주겸삼절연공, 사은천추, 삼절연공, 성절, 성절겸동지, 성절겸사은, 성절겸사은진주, 성절겸진주, 성절겸천추, 성절동지겸년공, 성절천추진하, 정조, 주문, 주청, 주청겸삼절연공, 주청겸진주, 주청, 주문, 주청겸사은사동지성절천추진하, 진위, 진위겸진주, 진위겸진향, 진주, 진주겸사은, 진주겸주청, 진주사은겸정조, 진주사은사겸삼절연공, 진주, 진하, 진하겸사은, 진하겸삼절연공, 진하겸진주, 진하사은겸삼절연공, 진하사은겸진주, 진하사은진주겸주청, 진향, 진향겸삼절연공, 진향겸진위, 책봉주청, 천추, 추신(심양행), 춘신(심양행), 호행, 회답관(심양행) 등 모두 73가지의 사행목적으로 277회를 다녀왔는데 매년 평균 3회 정도를 왕래한 셈이다. 이 시기는 1회 다목적 사행의 성행시기였다. 사행의 형식화와 관례화가 두드러진 시기였다.

[표-6] 18세기: 1700년(숙종 26 庚辰, 淸 康熙 39)~1799년(정조 23 己未, 淸 嘉慶 4)

사행목적	고부	고부겸주청	고부주청겸진주	동지겸사은	동지	문안	사은	사은겸삼절연공	사은겸진주	사은겸진주주청
횟수	4	2	1	2	1	3	11	22	5	3

사은겸진하	사은주청겸삼절연공	삼절연공	삼절연공겸사은	성절겸문안	삼절연공	주청겸삼절연공	진사겸사은	진위겸진향	진주	진주겸사은
1	7	28	26	1	1	1	3	8	1	3

진주겸주청	진주주청겸삼절연공	진하	진하겸사은	진하겸세폐	진하사은겸삼절연공	진하사은겸진주	진하사은삼절연공	참핵
1	1	2	14	1	8	1	1	6

1700(숙종 26 庚辰, 淸 康熙 39)년부터 1799(정조 23 己未, 淸 嘉慶 4)년까지 100년 동안은 고부, 고부겸주청, 고부주청겸진주, 동지겸사은, 동지, 문안, 사은, 사은겸삼절연공, 사은겸진주, 사은겸진주주청, 사은겸진하, 사은주청겸삼절연공, 삼절연공, 삼절연공겸사은, 성절겸문안, 삼절연공, 주청겸삼절연공, 진사겸사은, 진위겸진향, 진주, 진주겸사은, 진주겸주청, 진주주청겸삼절연공, 진하, 진하겸사은, 진하겸세폐, 진하사은겸삼절연공, 진하사은겸진주, 진하사은삼절연공, 참핵 등 모두 30가지의 사행목적으로 189회를 다녀왔는데 매년 평균 2회 정도를 왕래한 셈이다. 이 시기는 사행의 관례화가 고착된 시기라고 말할 수 있다.

[표-7] 19세기: 1800년(정조 24 庚申, 淸 嘉慶 5)~1894년(고종 31 甲午, 淸 光緖 20)

사행목적	고부	고부겸주청	고부겸청시청승습진주	고부청시겸승습주청	동지	동지겸사은	동지겸진주	문안	사은	사은겸동지
횟수	6	1	1	2	10	50	1	4	9	51

사은겸세폐	사은	삼절연공	성절진하겸사은	세폐겸사은	주청겸동지사은	주청겸사은	진위겸진향	진위진향겸사은	진주	진주겸사은
1	1	1	3	1	2	1	6	4	4	1

진하	진하겸동지사은	진하겸사은	진하겸사은동지	진하겸사은사	진하겸주청	진하사은겸동지	진하사은겸세폐	진하사은겸주청	진하사은주청겸세폐
2	2	17	1	4	1	5	5	1	1

1800(정조 24 庚申, 淸 嘉慶 5)년부터 1894(고종 31 甲午, 淸 光緖 20)년까지 95년 동안은 고부, 고부겸주청, 고부겸청시청승습진주, 고부청시겸승습주청, 동지, 동지겸사은, 동지겸진주, 문안, 사은, 사은겸동지, 사은겸세폐, 사은, 삼절연공, 성절진하겸사은, 세폐겸사은, 주청겸동지사은, 주청겸사은, 진위겸진향, 진위진향겸사은, 진주, 진주겸사은, 진하, 진하겸동지사은, 진하겸사은, 진하겸사은동지, 진하겸사은, 진하겸주청, 진하사은겸동지, 진하사은겸세폐, 진하사은겸주청, 진하사은주청겸세폐 등 모두 31가지의 사행목적으로 199회를 다녀왔는데 매년 평균 2회 정도를 왕래한 셈이다. 이 시기는 사행의 고착화가 노쇠하여 종식되는 시기다. 수백 년 동안 지속된 국제관계의 교류가 서로 한계상황을 인식하면서 자연소멸로 연소되고 그 자리에 새로운 교류의 시대를 잉태하는 전환기를 맞은 것이다.

앞에서 살펴본 바를 정리하여 보면 13~14세기(1)는 117년 동안 31사행목적으로 53회를 왕래하였는데 2년에 1회 정도를 다녀왔다. 13~14세기(2)는 8년 동안 16사행목적으로 60회를 왕복하였는데 매년 8회 정도를 다녀왔다. 15세기는 100년 동안 45사행목적으로 684회를 왕래하였는데 매년 6~7회 정도를 다녀왔다. 16세기는 100년 동안 34사행목적으로 362회를 왕래하였는데 매년 4회 정도를 다녀왔다. 17세기는 100년 동안 73사행목적으로 277회를 왕래하였는데 매년 3회 정도를 다녀왔다. 18세기는 100년 동안 30사행목적으로 189회를 왕래하였는데 매년 2회 정도를 다녀왔다. 19세기는 100년 동안 31사행목적으로 199회를 왕래하였는데 매년 2회 정도를 다녀왔다. 이를 도표화하여 보면 아래 [표-8]처럼 나타난다.

[표-8] 세기별 사행 목적과 횟수 분포

세기 별	총 기간	사행 목적 수	총 왕래 횟수	연간 왕래 횟수	참고
13~14세기(1)	117년	31목적	53회	2년 1회	⑥
13~14세기(2)	8년	16목적	60회	매년 8회	①
15세기	100년	45목적	684회	매년 6~7회	②
16세기	100년	34목적	362회	매년 4회	③
17세기	100년	73목적	277회	매년 3회	④
18세기	100년	30목적	189회	매년 2회	⑤
19세기	100년	31목적	199회	매년 2회	⑤

3. 연행록의 전승 현황

연행을 할 때마다 매번 한 사람만 기록을 남겼어도 최소 1천 7백여 종의 연행록이 전승되고 있어야 할 것이다. 2회를 연행할 때 연행사 중

한 사람만 기록을 남겼다 해도 최소 850여 종의 연행록이 남아 있어야 한다. 만일 3회를 연행할 때마다 1종 정도의 연행록을 남겼다고 가정하더라도 대략 6백여 종의 연행록이 전승되고 있을 것이다.

연행록의 전승 현황과 그 수집과 정리 현황을 살펴보기로 한다. 저자가 최근까지 찾아본 독립성을 가진 연행록은 이본(異本)을 포함하여 모두 596건이다. 이 중 전자책으로 정리된 것은 557건이다. 연행록의 범주를 어떻게 설정하느냐에 따라서 다소의 차이는 있을 수 있다. 전자책으로 정리된 것을 시대별로 살펴보면 원대가 1건, 명대가 146여 건, 나머지가 청대의 것이다. 여기에는 연행록을 이해하고 해석하는 데 꼭 필요하다고 생각한 독립 노정기, 발문류, 독립 별장류, 지도류를 포함시켰다. 이 중에서 저자가 수집하여 정리한 것은 이미 연행록전집 1-100권[3], 연행록전집 일본소장편 1-3권[4], 연행록속집 101-150권[3], 연행록총간DVD 10장[4] 연행록총간증보판 DVD 12장[5]으로 펴낸 바 있다. 앞에서 언급한 몇 가지 자료를 포함시킨 까닭은 이 분야의 연구에서 그 자료 활용도와 특별한 가치를 고려했기 때문이다. 가령 채제공(蔡濟恭)의 제이죽천항해승람도후(題李竹泉航海勝覽圖後)나 오재순(吳載純)의 항해조천도발(航海朝天圖跋)을 찾아내 수록함으로써 항해조천도 4종을 둘러싼 여러 가지 의문점과 혼미를 극복하게 한 것과 같은 사례 때문인 것이다. 단편적인 연행시(燕行詩)도 참참이 살펴보고 그 목록을 만들어 보았지만 이번 자료집에는 대부분 제외시켰다. 이 유형의 자료를 어떻게 활용할 것인가를 확정한 뒤에 그 출판 여부를 결정하려고 한다. 이번에 수집하여 정리한 연

---

3) 林基中, 燕行錄全集 1-100, 동국대학교 출판부, 2001.10.25.
4) 林基中・夫馬進, 燕行錄全集 日本所藏編, 1-3, 동국대 한국문학연구소, 2001.11.25.
5) 林基中, 燕行錄續集 101-150, 尙書院, 2008.3.25.
4) 林基中, DVD 燕行錄叢刊, 누리미디어, 2011.9.9.
6) 林基中, 燕行錄叢刊 增補版 DVD, 누리미디어, 2013.3.3.

행록들은 그 해제집을 별책으로 만들어 내는 일이 우선 당면한 과제이다. 이미 해제집 두 책[3]이 출간되었지만 그것은 일부분에 해당하는 것이기 때문이다. 저자가 아직 찾아내지 못한 연행록이 상당수 있을 것으로 본다. 이제까지 수집・정리한 연행록의 전승현황을 [부록-1] 전승 연행록의 현황으로 제시한다.

4. 연행도와 연행노정기

연행도(燕行圖)와 연행노정기(燕行路程記)는 단행본 별책으로 전승되고 있는 것, 두루마리 형식으로 전승되고 있는 것, 절첩본으로 전승되고 있는 것, 지도로 전승되고 있는 것, 그림으로 전승되고 있는 것, 연행록 속에 전승되고 있는 것 등 그 전승 양상이 다양하다. 양적으로는 저자가 수집하여 놓은 것만도 상당한 분량이 되며, 아직 수집은 하지 못하였지만 그 실체를 파악하고 있는 것도 적지 않다. 따라서, 이 문제는 그 수집본 정리의 출판과 함께 별도의 저서로 출판해 보려고 준비중에 있지만 이 글이 연행록의 전승 문제를 살펴보는 것이기 때문에 그 개략적인 거론이라도 하지 않을 수 없다.

연행도는 항해조천도(航海朝天圖, 1624, 仁祖 2, 天啓 4, 甲子)나 육로연행도(陸路燕行圖, 1760, 英祖 36, 乾隆 25, 庚辰) 등과 같이 연행 노정의 전모를 그림으로 그려 놓은 것도 있지만, 산해관도(山海關圖, 미상), 심양관도(瀋陽館圖, 미상), 열하도(熱河圖, 미상), 궁성도(宮城圖, 여러 종), 황도도(皇都圖, 여러 종) 등과 같이 어떤 한 단면만을 부각시켜 그려 놓은 것도 있다. 그리고, 조선에 다녀간 중국의 사신 일행들이 그린 위와 유사한 유형의 것도 전승되

7) 林基中 外, 국학고전 연행록해제 1(2003), 2(2005). 동국대학교 한국문학연구소.

고 있다. 가령, 청나라 하극돈(何克敦)의 봉사도(奉使圖)와 같은 것이 그러한 유형의 보기이다. 이 가운데서 항해조천도(航海朝天圖)만을 잠깐 거론하여 보기로 한다. 이 연행도는 국립도서관에 1종 1책, 국립박물관에 2종 2책, 이성원 님의 가장본 1종 2책, 군사박물관에 1종 1책이 전승되고 있다. 그러나, 그 연행도가 얼마 전까지도 어느 때 무슨 그림인지를 알고 있는 이가 없었으며 그에 관한 연구나 구체적인 거론을 한 이도 없어서 그 중요성이나 그에 관한 어떤 정보도 갖지 못하고 있었다. 그러던 중 저자가 몇 년 전에 연행록을 정리하다가 채제공(蔡濟恭, 1720~1799)의 번암집 권56(樊巖集 卷56)에 들어 있는 제이죽천항해승람도후(題李竹泉航海勝覽圖後)와 오재순(吳載純, 1727~1792)의 순암집 권6(醇庵集 卷6)에 들어 있는 항해조천도발(航海朝天圖跋)을[4] 읽게 되었다. 이 두 건의 발문을 살펴보았더니 위 항해조천도(航海朝天圖)는 1624(仁祖 2, 天啓 4, 甲子)년에 명나라 주청사행(奏請使行) 이덕형(李德泂), 오숙(吳䎘), 홍익한(洪翼漢), 채유후(蔡裕後)를 따라갔던 어느 화원(畫員)이 그린 것이라는 사실을 확인할 수 있었다. 그때의 연행록으로는 다음과 같은 것이 전승되고 있다.

1624 花浦朝天航海錄	洪翼漢, 1586~1637	仁祖2 天啓4 甲子
1624 燕行詩	吳 䎘, 1592~1634	仁祖2 天啓4 甲子
1624 竹泉朝天錄(航海日記)	李德泂, 1566~1645 閔上舍 再構?	仁祖2 天啓4 甲子
1624 朝天錄(竹泉先祖遺稿)	李德泂, 1566~1645 閔上舍 再構?	仁祖2 天啓4 甲子
1624 듁쳔니공힝젹(竹泉李公行蹟)	坤 李德泂, 1566~1645 미 상 (?~?)	仁祖2 天啓4 甲子
1624 됴텬녹(朝天錄)	미 상 (?~?)	仁祖2 天啓4 甲子

4) 林基中, 燕行錄全集, 40-451쪽, 41-353쪽 참조.

1624 됴텬녹(朝天錄)	미 상 (?~?)	仁祖2 天啓4 甲子
1624 슈로됴쳔록(水路朝天錄)	미 상 (?~?)	仁祖2 天啓4 甲子
1624 天槎大觀	金德承, 1595~1658	仁祖2 天啓4 甲子
1624 燕行圖幅(航海朝天圖)-A본	미 상 (?~?)	仁祖2 天啓4 甲子
1624 航海朝天圖-B본	미 상 (?~?)	仁祖2 天啓4 甲子
1624 無題簽(航海朝天圖)-C본	미 상 (?~?)	仁祖2 天啓4 甲子
1624 梯航勝覽 乾・坤-D본	미 상 (?~?)	仁祖2 天啓4 甲子
1624 無題簽(航海圖)	미 상 (?~?)	仁祖2 天啓4 甲子

이와 같이 전승되고 있는 연행록의 내용과 항해조천도(航海朝天圖)를 면밀히 대비하여 살펴본 결과 그림(항해조천도)과 글(홍익한, 이덕형, 오숙 등의 연행록)의 상황이 정확하게 일치하였다. 이러한 결과는 2001년 6월 2일 서울대학교에서 있었던 국어국문학회 전국대회에서 발표한 바가 있다.[5] 앞의 갑자수로조천록(甲子水路朝天錄)은 홍화포계 조천록(洪花浦系 朝天錄)과 김덕승계 조천록(金德承系 朝天錄)이 있으며, 한문본과 한글본이 있고, 항해조천도(航海朝天圖)와 그 발문(跋文)이 전승되고 있어서 다른 시기의 여러 연행록과 달리 그 입체적인 조명이 가능하도록 전승의 상황이 아주 이상적이다. 그리고, 저자가 찾아낸 두 발문 중 특히 오재순(吳載純)의 발문은 아주 중요한 의미를 가지고 있다.

조선왕조의 연행 노정은 육로 연행과 수로 연행의 두 통로가 있었다. 그리고, 육로와 수로 각각 대표적인 두 코스가 있었다. 시대마다 코스에 다소의 변화가 있었기 때문에 그 문제는 별도의 정밀한 조사가 요청된다. 수로 연행은 명청교체기 후금이 요동을 장악한 1621(光海 13, 天啓 1)년부터 시작되어 대명 외교가 단절된 1637(仁祖 15, 崇德 2)년까지 17년 동안

5) 2001년도 국어국문학회 전국대회 발표요지집, 2001.6.2. 참조.

에 이루어졌다. 이 시기의 중요한 연행록과 그 관련 기사는 다음과 같은 것들이 있다. 굳이 다음의 목록을 제시하는 까닭은 학계에 아직 이와 같은 방법으로 자료가 종합되어 발표된 일이 없기 때문이다.

1621년	駕海朝天錄	安 璥	光海 13	天啓 1	辛酉
1621년	朝天日記(芹田集)	安 璥	光海 13	天啓 1	辛酉
1621년	朝天日記(判書公實記)	安 璥	光海 13	天啓 1	辛酉
1622년	楸灘東槎朝天日錄(海槎朝天日錄)	吳允謙	光海 14	天啓 2	壬戌
1622년	朝天詩(楸灘集)	吳允謙	光海 14	天啓 2	壬戌
1623년	됴천일승(朝天日乘)	趙 濈	仁祖 1	天啓 3	癸亥
1623년	燕行錄(一云朝天錄)	趙 濈	仁祖 1	天啓 3	癸亥
1623년	癸亥朝天錄 上·中·下	李民宬	仁祖 1	天啓 3	癸亥
1623년	白沙公航海路程日記	尹 暄	仁祖 1	天啓 3	癸亥
1623년	朝天錄(石樓集)	李慶全	仁祖 1	天啓 3	癸亥
1624년	花浦先生朝天航海錄	洪翼漢	仁祖 2	天啓 4	甲子
1624년	天槎大觀	金德承	仁祖 2	天啓 4	甲子
1624년	됴텬녹(朝天錄)	未 詳	仁祖 2	天啓 4	甲子
1624년	슈로됴천녹(水路朝天錄)	未 詳	仁祖 2	天啓 4	甲子
1624년	燕行詩	吳 䎘	仁祖 2	天啓 4	甲子
1624년	竹泉朝天錄(航海日記)	閔上舍 再構	仁祖 2	天啓 4	甲子
1624년	朝天錄(竹泉先祖遺稿)	閔上舍 再構	仁祖 2	天啓 4	甲子
1624년	듁천니공힝젹(竹泉李公行蹟) 坤	未 詳	仁祖 2	天啓 4	甲子
1624년	燕行圖幅(航海朝天圖)	未 詳	仁祖 2	天啓 4	甲子
1624년	航海朝天圖	未 詳	仁祖 2	天啓 4	甲子
1624년	無題簽(航海朝天圖)	未 詳	仁祖 2	天啓 4	甲子
1624년	梯航勝覽 乾·坤	未 詳	仁祖 2	天啓 4	甲子
1624년	無題簽(航海圖)	未 詳	仁祖 2	天啓 4	甲子
1624년	燕行圖幅(航海朝天圖)	未 詳	仁祖 2	天啓 4	甲子
1625년	沙西全先生航海朝天日錄	全 湜	仁祖 3	天啓 5	乙丑

1625년	槎行錄	全 湜	仁祖 3	天啓 5	乙丑
1625년	朝天詩(沙西集)	全 湜	仁祖 3	天啓 5	乙丑
1625년	槎行贈言(沙西集)	全 湜	仁祖 3	天啓 5	乙丑
1626년	路程記	南以雄	仁祖 4	天啓 6	丙寅
1626년	朝天錄	金地粹	仁祖 4	天啓 6	丙寅
1626년	朝天錄	金尙憲	仁祖 4	天啓 6	丙寅
1628년	朝天時聞見事件啓	申悅道	仁祖 6	崇禎 1	戊辰
1629년	雪汀先生朝天日記	李 忔	仁祖 7	崇禎 2	己巳
1629년	雪汀先生朝天日記上·下	李 忔	仁祖 7	崇禎 2	己巳
1630년	東槎錄	崔有海	仁祖 8	崇禎 3	庚午
1630년	朝天記 地圖	鄭斗源	仁祖 8	崇禎 3	庚午
1630년	朝天錄	高用厚	仁祖 8	崇情 3	庚午
1631년	瀋陽往還日記	朴蘭英	仁祖 9	崇情 4	辛未
1631년	瀋陽往還日記	朴蘭英	仁祖 9	崇情 4	辛未
1631년	瀋陽日記	宣若海	仁祖 9	崇情 4	辛未
1632년	朝天日記	未詳/洪鎬	仁祖10	崇禎 5	壬申
1632년	朝天日記	未 詳	仁祖10	崇禎 5	壬申
1632년	朝天後錄	李安訥	仁祖10	崇禎 5	壬申
1635년	瀋行日記	李 浚	仁祖13	崇禎 8	乙亥
1636년	朝京日錄	金 堉	仁祖14	崇德 1	丙子
1636년	潛谷朝天日記(朝京日錄)	金 堉	仁祖14	崇德 1	丙子
1636년	北征詩	金 堉	仁祖14	崇德 1	丙子
1636년	朝天錄	金 堉	仁祖14	崇德 1	丙子
1636년	崇禎丙子朝天錄	李晩榮	仁祖14	崇德 1	丙子
1636년	北行日記	羅德憲	仁祖14	崇德 1	丙子
1636년	瀋陽日錄(松溪紀稿)	未 詳	仁祖14	崇德 1	丙子
1637년	乘槎錄	未 詳	仁祖15	崇德 2	丁丑
1637년	同行錄(瀋陽質館同行錄, 瀋中日記)	未 詳	仁祖15	崇德 2	丁丑
1637년	燕中聞見	據崔鳴吉記外	仁祖15	崇德 2	丁丑
1637년	瀋陽日記抄(漢瀋日記抄)	未 詳	仁祖15	崇德 2	丁丑

1637년	瀋陽日記	未詳	仁祖15	崇德 2	丁丑
1637년	瀋陽日記	未詳	仁祖15	崇德 2	丁丑
1637년	瀋陽日乘	金宗一	仁祖15	崇德 2	丁丑
1637년	使行錄(使行年人記)	未詳	仁祖15	崇德 2	丁丑
1637년	瀋陽狀啓	未詳	仁祖15	崇德 2	丁丑
1637년	瀋陽狀啓	未詳	仁祖15	崇德 2	丁丑
1637년	瀋陽狀啓	未詳	仁祖15	崇德 2	丁丑

여기에는 됴텬녹, 슈로됴텬록, 쥭쳔행녹 등과 같은 한글 연행록이 있다. 이 한글본 연행록은 모두 갑자수로조천록(甲子水路朝天錄) 중 홍화포계 조천록(洪花浦系 朝天錄)에 속한다. 이 한글 연행록에 관해서 몇 가지 문제를 거론할 필요가 있다. 거론하고자 하는 문제는 한글 연행록의 존재 양상 문제, 그 작자와 관련된 문제, 갑자수로조천록과 두 발문과 항해조천도의 문제 등에 관한 것이다.

먼저 한글 연행록의 존재 양상 문제를 살펴보기로 한다. 조선왕조 중종 때부터 한글로 글쓰기 하는 일이 점점 자유로워지기 시작하였다. 연산군의 한글 탄압 시기를 벗어난 자연스러운 변화의 물결이 일어난 것이다. 1624년 사은겸주청 사행의 부사였던 천파 오숙(天坡 吳䎘)은 당시 30대 초반의 나이로 삼사(三使) 중 가장 젊었으며, 이미 한 번의 연행을 체험한 터였다. 그뿐 아니라, 항해 도중에 삼사 중 뱃멀미를 전혀 하지 않은 이였다. 그는 점술을 좋아하여 삼사를 즐겁게도 하고 항상 재기 발랄하였으며, 연행의 출발에서나 귀국해서나 아무 사단이 없이 평탄했던 이다. 귀국하자마자 국문(鞫問) 파동과 낙직(落職)을 당한 정사 이덕형(李德泂)과 연행의 출발시 채유후(蔡裕後)의 병 때문에 갑자기 서장관으로 발탁되어 허겁지겁 배에 오른 화포 홍익한(花浦 洪翼漢)과는 상황이 사뭇 달랐다. 그뿐 아니라, 정사나 서장관과는 달리 두시언해(杜詩諺解)에 관여하는 등 한글로 글쓰기에 남다른 관심을 가진 이였다. 따라서, 그가 한글 연행록인 "조천언록(朝天諺錄)"을 지었다는 것은 그 개연성이 충분히 인정되고 남음이 있다. 그런데 이 문제가 그 개연성에 머물지 않고 됴텬녹과 슈로됴텬녹을 보면 현실로 나타난 곳이 더러 보이고 있다. 즉, 부사 오숙(吳翿)의 배에서 일어난 일과 오숙의 행동반경의 기록들이 그 구체적인 단서들이다. 이제한(李濟翰)의 조천록 발문을 보면, 듁쳔니공힝젹 또한 이 계통의 것임을 알 수 있다. 따라서, 저자의 소견으로는 됴텬녹, 슈로됴텬녹, 듁쳔니공힝젹은 모두 천파 오숙의 한글 연행록, 이른바 "조천언록"의 전사 이본(轉寫 異本)일 가능성이 높다. 이들 한글 연행록의 성립에는 홍익한의 조천항해록(朝天航海錄)이 모본(母本) 구실을 했을 것이라고 여겨진다.

다음은 그 작자와 관련된 문제를 살펴본다. 홍화포계(洪花浦系) 갑자수로조천록에서 서장관 홍익한의 조천록은 연행 도중에 그가 직접 쓴 것으로 여겨지며(매일 쓴 사실적인 세세한 일기체), 정사 이덕형과 부사 오숙의 조천록은 연행 후에 이루어진 것으로 보인다. 따라서, 정사의 조천록은 그의 군관(軍官) 김여종(金汝鐘)이, 부사의 조천록 또한 그의 군관(軍官) 김충갑(金忠甲)이 그 완성에 다소의 기여를 했을 것이다. 그리고, 이 정·부사의 조천록은 모두 서장관 홍익한의 조천항해록을 참고한 것으로 여겨진다. 조천록과 듁쳔니공힝젹의 작자로는 이덕형의 국문(鞫問)을 염려하고 그 대책을 모색하려고 이들 일행이 귀국할 때 제일 먼저 국내 사정을 알리려 연서역으로 달려간 허첨사(許僉使) 형제, 허륜(許崙), 허준영(許雋英), 허두영(許斗英) 중 한 사람이었을 것으로 추정을 하여 본다.

이제 갑자수로조천록과 항해조천도와 두 발문에 관련된 문제를 거론해 보기로 한다. 우선 채제공과 오재순이 쓴 두 발문에 나타난 내용으로 다음과 같은 몇 가지의 사실을 정리할 수 있다. 첫째, 국립도서관 소장 연행도첩(燕行圖帖)과 국립박물관 소장 항해조천도(航海朝天圖)의 정체를 기록의 논거로 소상하게 밝힐 수 있게 되었다. 둘째, 연행도첩과 항해조천도는 홍화포계 갑자수로조천록의 수로 연행도가 분명함을 알 수 있다. 셋째, 오재순이 발문을 쓸 당시인 계묘(1784)년에 정사, 부사, 서장관이 각기 항해조천도 1책씩을 소장했다는 것을 알 수 있다. 이른바 정해(1647)년 이덕형의 모출본(模出本) 1책이 그중 하나였던 것을 알 수 있다. 넷째, 부사 오숙의 소장본은 1783년 이전에 이미 분실했다는 것을 알 수 있다. 다섯째, 채제공은 이덕형의 소장본에 발문을 썼으며, 오재순은 홍익한의 소장본에 발문을 썼다는 것을 알 수 있다. 여섯째, 이 두 사람이 발문을 쓴 것은 그 연행의 서장관으로 차출되었던 채유후(蔡裕後)의 후손이 채제공(蔡濟恭)이며, 부사 오숙(吳䎘)의 후손이 오재순(吳載純)이라는 인연 때문이었다는 것을 알 수 있다. 일곱째, 국립도서관 소장 연행도첩은 이 책 본래의 이름이 아니었으며 항해조천도가 처음 붙여진 본래의 책 이름이었음을 알 수 있다. 따라서, 국립도서관 소장 연행도첩은 이제 항해조천도라고 바로잡아야 할 것이다. 연행도첩이란 이름은 국립도서관에서 붙인 이름이다. 여덟째, 국립도서관의 항해조천도는 해독 결과로 볼 때 서장관 홍익한의 배에 타고 있었던 화원(畫員)이 그린 원본으로 홍익한 소장본일 개연성이 가장 높다는 것이다. 따라서, 정사 이덕형과 부사 오숙은 모출본을 가지고 있었을 것으로 여겨지며, 채제공은 그 모출본에 발문을 썼으며, 오재순은 원본에 발문을 썼다는 것을 알 수 있다. 아홉째, 홍익한의 가장본(家藏本)에 발문을 쓴 오재순은 이러한 사정을 종합적으로 파악하고 발문을 구성했던 것으로 여겨진다. 이와 같은 사실이 밝혀졌으므로 국립도서관의 연행도첩은 이제 새로운 평가가 이루어져야 할 것이다. 그 희소성과 중요성으로 볼 때 보물로 지정하여 소중하게 관리해야 할 것이다.

국립도서관본 수로연행도와 숭실대학박물관본 육로연행도를 살펴보기로 한다. 먼저 수로연행도를 보자.

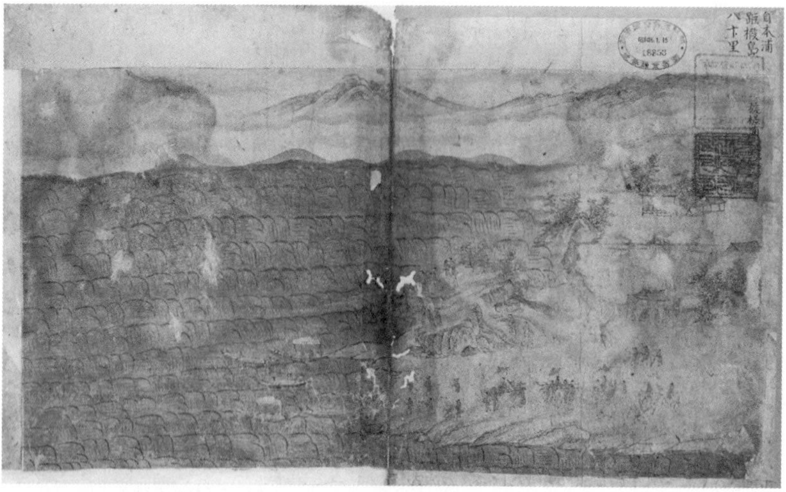

도001. 국립도서관본 수로연행도 1~2면. 1624년 미상 작

1-2면: 〈自本浦 距椵島 八十里 旋槎浦(舊名宣沙浦): 선사포에서 가도까지는 80리다. 옛 이름은 宣沙浦인데, 현재는 旋槎浦이다.〉 도서인 2개가 있으나 선명치 않음.

1면: 5채의 丹青 건물에서 나와 紅袍를 입은 官員 여섯 명의 안내를 받으면서 平轎子를 타고 日傘을 받쳐든 세 사람이 그 뒤를 따르고 있다. 그리고, 그 뒤는 馬頭의 안내를 받으며 紅袍를 입은 두 사람이 따르고 있다. 이들이 가는 곳은 일렁이는 파도 위에 6척의 배가 碇泊하여 있는 바다이다. 바닷가에는 몇 명의 전송객들이 나와 있다. 平轎子를 탄 세 사람은 맨 앞이 正使 李德泂이고, 그 뒤가 副使 吳䎘이며, 그 뒤가 書狀官 洪翼漢일 것이다.

2면: 삼사의 일행이 전송을 받으면서 떠나고 있다.(갑자 8월 4일)

도002. 국립도서관본 수로연행도 3~4면. 1624년 미상 작

3면: 〈自椵島 西距 車牛島 百里餘: 가도에서 서쪽으로 100여 리 떨어진 곳에 거우도가 있다.〉 蛇浦唐人避亂處라고 쓰고 몇 채의 집들이 있는 蛇浦를 그렸다. 그 집 바로 앞에는 배가 1척 정박하고 있다. 그 아래 섬을 하나 그리고, 毛帥留館處라고 썼으며 그 섬 앞에 배가 6척 정박하고 있다. 이것은 明나라 將帥 毛文龍이 淸兵에게 패하여 우리나라 서해 초도(椒島)에 한때 주둔한 일이 있는데, 그때의 그 椒島를 그리고, 毛帥留館處라고 한 것이다. 이덕형 일행은 여기에서 모도독부 군문에 가서 모문룡을 만나 북경 정가의 소식을 들었으며 사행 목적 달성을 위한 협조 요청을 한다. 이날 鐵山府使 安子淵이 전송연을 베풀려고 사포에서 초도까지 왔기 때문에 사포와 초도를 그린 것이다. 6척의 배에는 사람이 없다. 모두 초도에 내렸기 때문이다.(갑자 8월 7일)

4면: 〈自車牛島 西距 鹿島 五百里: 거우도에서 서쪽으로 500리 떨어진 곳에 녹도가 있다.〉 거우도를 그리고, 거우도라고 썼으며 2척의 배를 그 앞에 그렸다. 이덕형 일행이 거우도를 지난 것은 8월 11일이다.(8월 11일)

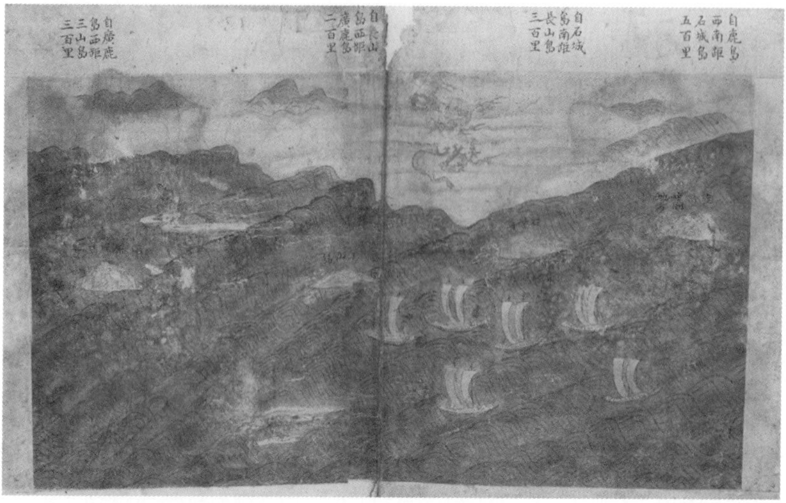

도003. 국립도서관본 수로연행도 5~6면. 1624년 미상 작

5면: 〈自鹿島 西南距 石城島 五百里: 녹도에서 서남쪽으로 500백 리 떨어진 곳에 석성도가 있다.〉 鹿島中國地方이라 쓰고 녹도를 그렸다.

〈自石城島 南距 長山島 三百里: 석성도에서 남쪽으로 300리 떨어진 곳에 장산도가 있다.〉 石城島라고 쓰고 석성도를 그렸다. 석성도 앞으로 6척의 배가 떠간다. 이덕형 일행은 우리의 영토인 車牛島, 竹島, 大獐子島, 小獐子島, 薪島를 지나서 중국 영토인 鹿島로 갔다. 녹도를 맨 먼저 통과한 배는 서장관 洪翼漢의 배다. 홍익한은 이때부터 파도가 잔잔해졌다고 하였는데 그림에도 파고가 잔잔하고 낮아져 있다.(8월 11일)

이덕형 일행은 8월 12일 새벽에 석성도로 향했는데, 이때 갑자기 서북방에서 긴 검은 기운이 솟아오르더니 해가 물결에 잠기고 빗줄기가 쏟아져 내렸다. 뱃사람들이 용이 승천한다고 하여 자세하게 살펴보니 비늘이 꿈틀거리며 번쩍번쩍 빛나며 두각은 벌써 구름 속으로 들어가고 허리와 꼬리만 보일 뿐이었다고 하였는데, 그림에 그때의 이 광경 용그림을 자세히 그리고 있다. 석성도를 30리 앞에 두고 순풍이 멎어서 서장관 홍익한은 申時(15~17시)에 겨우 석성도 앞바다에 이르렀는데, 이때 뒤에 오는 배는 上船 한 척뿐이었다. 副船과 나머지 배는 初更(20시경)에야 도착하였다. 홍익한의 배에서 기록한 것이다.(8월 12일)

6면: 〈自長山島 西距 廣鹿島 二百里: 장산도에서 서쪽으로 200리 떨어진 곳에 광록도가 있다.〉 장산도라고 쓰고 장산도를 그렸다.

〈自廣鹿島 西距 三山島 三百里: 광록도에서 서쪽으로 300리 떨어진 곳에 삼산도가 있다.〉 광록도라고 쓰고 광록도를 그렸다. 이들 일행은 8월 13일 새벽에 장산도를 향하여 떠났다. 深海인데 逆風을 만났다. 산더미 같은 파도와 눈 같은 물결이 용솟음쳤다고 하였는데, 그림에 아주 높은 파도를 그렸다. 그리고, 蛟龍과 고래와 악어가 뿔을 드러내고 갈기를 떨치며 물을 뿜어 안개를 이루었다고 하였는데, 그림에 그 뿔과 갈기를 그렸다. 上副船과 여러 배들이 간 곳이 없어 밤새 걱정하였다고 하였는데, 그림에 배가 보이지 않는다. 서장관 배의 그림이다.(8월 13일)

서장관 배가 광록도에 이르자 역풍이 불어 뱃머리를 장산도로 돌려서 장산도 북쪽 항구에 정박하고 가도를 떠난 4일 만에 正副 서장관이 한자리에 만나서 대면하고 생사를 기필할 수 없는 상황이었음을 이야기하고 삼사가 배에서 유숙하였다.(8월 14일)

8월 15일 아침 광록도를 향해 떠나 광록도에 정박하였다. 이날도 심한 파도와 역풍으로 고생하였으며, 부사의 배가 포구 가에 있어 바람을 많이 받아 세 번이나 파도를 맞고 배 가운데로 물이 들어와 方物이 모두 젖었다.(8월 15일)

도004. 국립도서관본 수로연행도 7~8면. 1624년 미상 작

7면: 〈自三山島 西距 平島 二百里: 삼산도에서 서쪽으로 200리 떨어진 곳에 평도가 있다.〉 삼산도라고 쓰고 삼산도를 그렸다. 세 산봉우리 같은 섬이어서 삼산도일 것이다. 〈自平島 西北距 旅順口 二百里 西南距 皇城島 六百里: 평도에서 서북쪽으로 200리 떨어진 곳에 여순구가 있으며, 서남쪽으로 600리 떨어진 곳에 황성도가 있다.〉 평도라고 쓰고 평도를 그렸다. 副使의 배가 유난히 많이 파손되어서 6선을 수리하여 바꾸어 탔다. 8월 20일 풍세가 좋아서 삼선도를 지나 평도에 다달았다. 평도 앞을 지나가고 있는 배를 보면 쌍돛대에 바람이 가뜩 실려 있음을 그렸다.(8월 20일)

8면: 〈自旅順口 西南距 皇城島 四百里餘 自皇城島 西南距 鼉磯島 二百里: 여순구에서 서남쪽으로 400여 리 떨어진 곳에 성황도가 있다. 성황도에서 서남쪽으로 200리 떨어진 곳에 타기도가 있다.〉 여순구라고 쓰고 여순구를 그렸다. 그리고, 성황도라고 쓰고 성황도를 그렸다. 龍王堂과 金山觜(금산취=금산부리)도 그렸다. 이들 일행은 8월 22일에 여순구를 지나서 황성도에 다달았다. 풍세가 좋아서 삽시간에 황성도에 닿았는데 배 그림에 바람이 많이 실려 있다.(8월 22일)

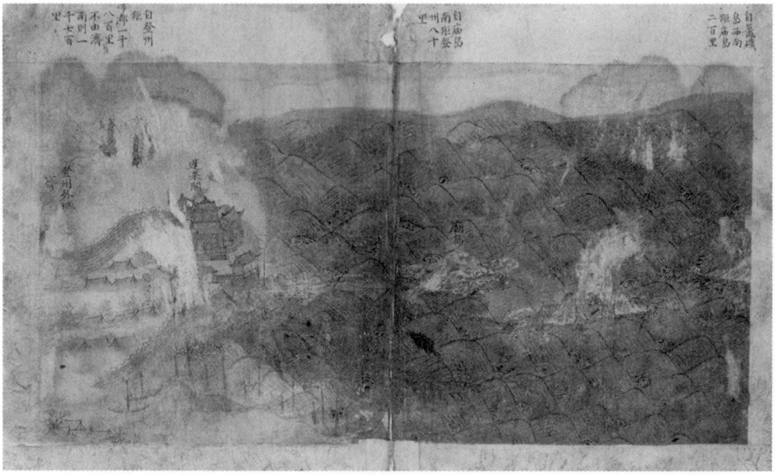

도005. 국립도서관본 수로연행도 9~10면. 1624년 미상 작

9면: 〈自鼉磯島 西南距 廟島 二百里: 타기도에서 서남쪽으로 200리 떨어진 곳에 묘도가 있다.〉 푸른 바다와 파도를 그리고 올망졸망한 여러 섬들을 그렸다.

〈自廟島 南距 登州 八十里: 묘도에서 남쪽으로 팔십 리 떨어진 곳에 등주가 있다.〉 묘도라고 쓰고 묘도를 그렸다. 타기도에서 묘도로 가는 항로에 그린 여러 작은 섬들을 홍익한은 이렇게 묘사하였다. 섬이 칼처럼 뾰쪽하기도 하고 쇠기둥처럼 깎아세운 듯도 하고 병풍처럼 둘러 있기도 하고 문처럼 마주 서 있기도 하였다. 이런 섬을 그린 것이다.(8월 22일)

10면: 〈自登州 距 帝都 一千八百里 不由濟南則 一千七百里: 등주에서 중국 황제가 있는 연경(현 북경)까지는 1800리며 제남은 1700리다.〉 단청이 찬란한 蓬萊閣과 잘 보존된 登州外城을 그리고, 등주외성이라고 쓴 옆에 齊라고 썼다. 이들 일행은 8월 23일 저물녘에 등주의 水門 밖에 정박하였다. 등주는 옛날 우이국(嵎夷國)이다. 석벽이 바다에 임했으며 호화 주택이 시가지에 즐비하다고 하였는데, 성 안팎의 집들을 호화롭게 그려 놓고 있다. 이곳에서 부사의 團練使 康貴龍이 범죄하여 곤장 30대를 맞았다.(8월 23일)

9월 4일 오후에 삼사가 함께 봉래각에 올라 창망한 운해 밖에 있는 본국을 바라보았다.

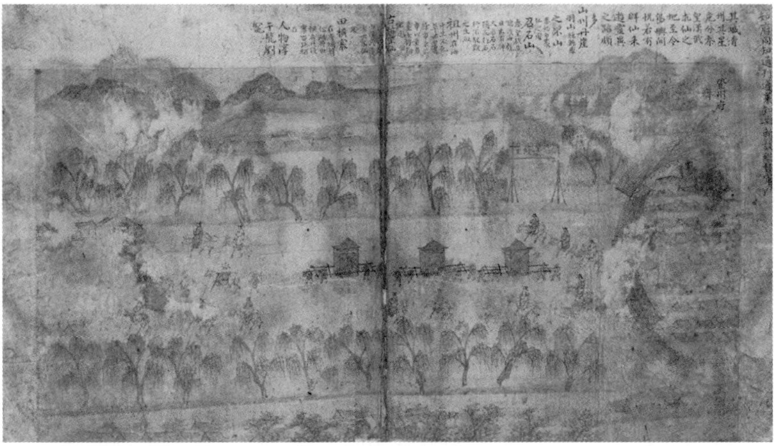

도006. 국립도서관본 수로연행도 11~12면. 1624년 미상 작

11–12면: 知府同知通判蓬萊知縣: 대륙을 그리기 시작함

〈其城青州其星危分秦 北京一千四百里 山川孤山 有夷齊廟 田横島 黑水萬歲河…… 古蹟沙丘…… 四知臺…… 卽黑城 名臣卽 黑大夫 楊震…… 人物寧戚晏嬰: 〉

萊州府 齊라고 쓰고 그림을 그려 나갔다. 먼저 呂東萊書院이라 쓰고 출입문을 중심으로 삼아 그 주변을 그렸다. 그 문을 나서서 맨 앞에 한 사람이 말을 타고 길을 인도하고, 다음에 두 사람이 칼을 들고 길 양쪽에 서서 다음 사람을 기다리고, 기다리는 사람은 관복 차림으로 말을 탔으며 일산을 받쳤다. 그 뒤는 말이 방물을 실은 마차를 끌고 따르고, 말을 탄 세 사람이 그 뒤를 따른다. 마지막으로 짐을 맨 시종이 따르고 있다. 삼사 일행은 9월 17일에 길에서 萊州 사람 왕응치(王應豸)가 새로 급제를 하여 처음으로 工部觀政에 제수되어 서울로 가는 행차를 만났다. 홍익한은 이 행차가 金鞍駿馬와 찬란한 남녀가 길을 메우고 武士가 앞을 인도하고 수종하는 자가 뒤를 옹호하였다고 하였는데, 그 행차를 그린 것으로 보인다. 이들 일행은 9월 15일 萊州 掖縣城 東館에서 유숙하였다. 9월 16일에는 동래서원에 갔는데, 사당에 동래선생 塑像이 있었다. 그곳에는 儒生 6~7인이 공부하고 있었는데 서장관이 율시 한 수를 써 주고 화답을 청하였으나 서장관을 대문장가라고 칭송만 하고 사양하였다. 이 행동반경을 그린 것이다.(9월 15~17일)

도007. 국립도서관본 수로연행도 49~50면. 1624년 미상 작

이처럼 국립도서관본 수로연행도는 선사포 출항 장면으로 시작하여 선사포 회박장면으로 마무리하였다. 출발에서부터 도착까지를 순차적으로 그린 것이다. 출발점과 도착점이 모두 한국이다. 다음은 육로연행도를 보자.

도008. 숭실대본 육로연행도 처음 1면 구혈대. 18세기 미상 작

도009. 숭실대본 육로연행도 2면 만리장성. 18세기 미상 작

도010. 숭실대본 육로연행도 4면 산해관동라성. 18세기 미상 작

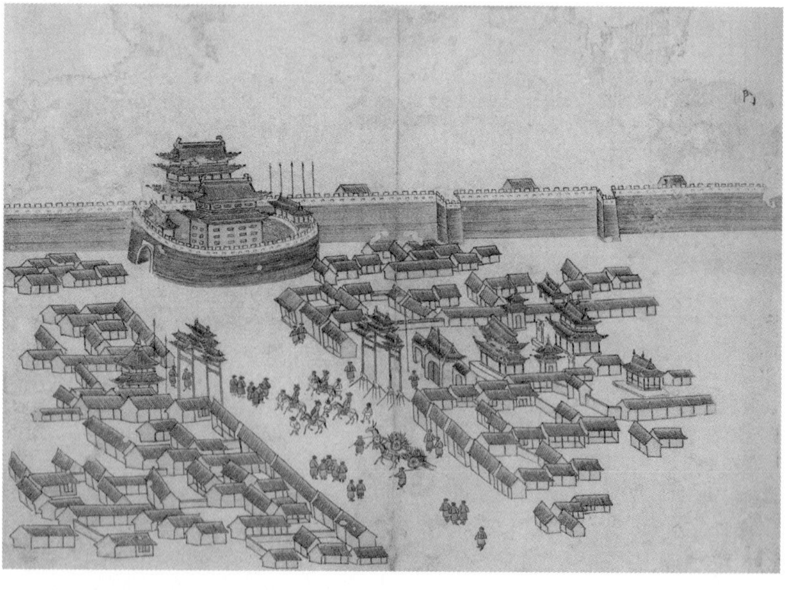

도011. 숭실대본 육로연행도 6면 조양문. 18세기 미상 작

도012. 숭실대본 육로연행도 끝 14면 서산. 18세기 미상 작

이처럼 숭실대본 육로연행도는 첫면을 구혈대로 시작하여 끝면을 북경의 서산으로 마무리하고 있다. 순차적인 배치는 수로연행도와 다르지 않지만 첫면이나 끝면이 모두 중국에서 시작하여 중국에서 마무리 되고 있다. 구혈대를 첫 그림의 대상으로 삼은 까닭은 존명사상과 관련이 있을 것이다.

연행록의 노정기(路程記)는 독립본으로 전승되는 것과 연행록의 부록으로 전승되는 것 두 가지가 있다. 앞에 속하는 것은 강백년(姜栢年, 1603~1681)의 연행노정기(燕行路程記, 1660, 顯宗 1, 順治 17, 庚子), 만든 이가 밝혀져 있지 않는 갑오조천노정(甲午朝天路程, 內題: 甲午赴京日錄), 연행노정기(燕行路程記) 같은 유형이며, 뒤에 속하는 것은 유인목(柳寅睦, 1839~1900)의 북힝가 부 노정기(北行歌 附 路程記, 1866, 高宗 3, 同治 5, 丙寅)와 같은 것인데 많은 연행록의 말미에 붙어 전승되고 있다. 이해를 돕기 위해서 참고로 강백년의 연행노정기(燕行路程記)와 유인목의 북힝가 부 노정기(北行歌 附 路程記) 처음과 끝부분을 소개한다.

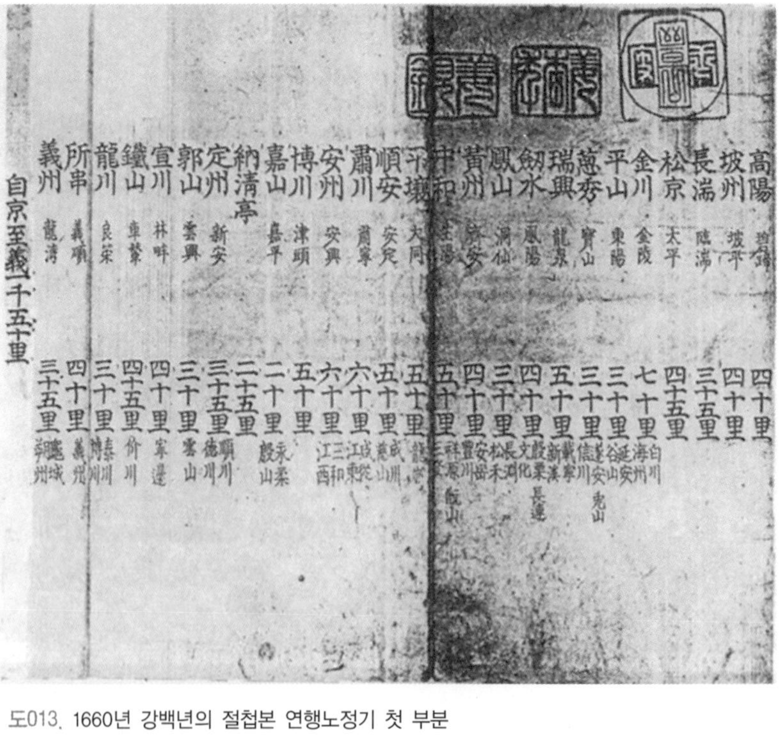
高陽 碧蹄 四十里
坡州 坡平 四十里
長湍 臨湍 三十五里
松京 太平 四十五里
金川 金陵 七十里
平山 東陽 三十里
葱秀 寶山 三十里
瑞興 龍泉 五十里
劍水 鳳陽 四十里
鳳山 洞仙 三十里
黃州 齊安 四十里
中和 生陽 五十里
平壤 大同 五十里
順安 安定 五十里
肅川 肅寧 六十里
安州 安興 六十里
博川 津頭 五十里
嘉山 嘉平 二十里
納清亭 二十五里
定州 新安 三十五里
郭山 雲興 三十里
宣川 林畔 四十里
鐵山 車輦 四十五里
龍川 良策 三十里
所串 義順 四十里
義州 龍灣 三十五里
自京至義州一千五十里

도013. 1660년 강백년의 절첩본 연행노정기 첫 부분

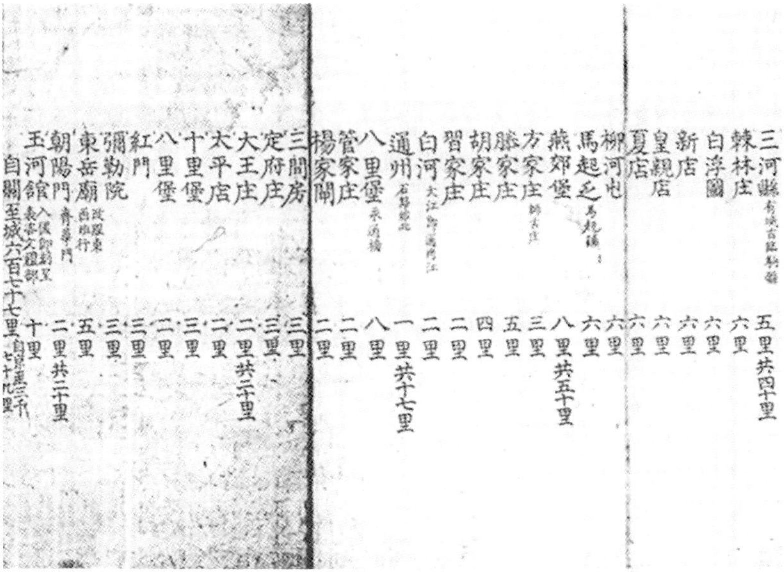
三河縣 有城古蹟驛館 五里共四十里
棘林庄 六里
白浮圖 六里
新店 六里
皇親店 六里
夏店 六里
柳河屯 六里
馬起乏 馬起鋪 六里
燕郊堡 八里共五十里
方家庄 歸古庄 三里
滕家庄 五里
胡家庄 四里
習家庄 二里
白河 大江即通州江 二里
通州 石路始此 一里共十七里
八里堡 永通橋 八里
管家庄 二里
楊家閘 二里
三間房 三里
定府庄 三里
大王庄 二里共二十里
太平店 二里
十里堡 三里
八里堡 二里
紅門 三里
彌勒院 改服東西班行 三里
東岳廟 五里
朝陽門 齊華門 二里共二十里
玉河館 十里
自關至城六百七十七里

도014. 1660년 강백년의 절첩본 연행노정기 끝 부분

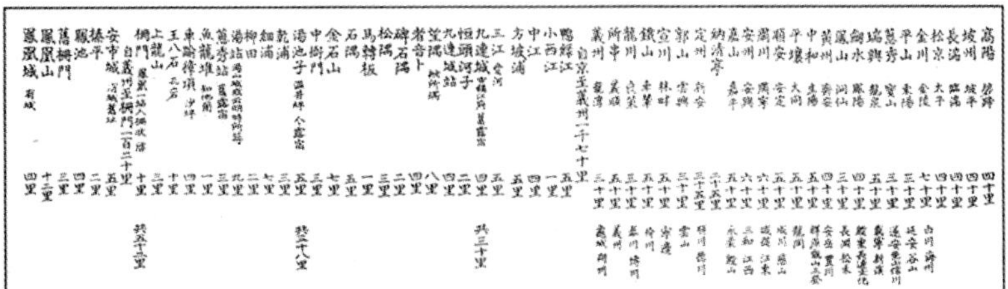
高陽 四十里
坡州 四十里
長湍 四十里
松京 四十里
金川 七十里
平山 三十里
葱秀 三十里
瑞興 五十里
劍水 四十里
鳳山 三十里
黃州 四十里
中和 五十里
平壤 五十里
順安 五十里
肅川 六十里
安州 六十里
嘉山 五十里
納清亭 六十五里
定州 三十五里
郭山 三十里
宣川 五十里
鐵山 五十里
龍川 三十里
所串 五十里
義州 三十里
自京至義州一千七十里
鴨綠江 五里
小西江 一里
中江 四里
方城浦 五里
三江 五里
九連城 四里 共三十里
恒頭河子 二里
九連城站 四里
望隅 八里
者音卜 四里
碑石隅 二里
松隅 三里
馬轉板 一里
石隅 五里
金石山 七里
中樹門 三里
湯池子 五里 共三十八里
乾浦 三里
細浦 七里
柳田 二里
湯站 九里
葱秀站 三里
魚龍堆 一里
東峪津嶺 四里
王八石 十里
上龍山 三里
柵門 十里 共五十二里
自義州至柵門一百二十里
安市城 五里
榛平 二里
瑞池 四里
舊柵門 三里
鳳凰山 十二里
鳳凰城 四里

도015. 1866년 유인목의 북행가 부록본 연행노정기 첫 부분

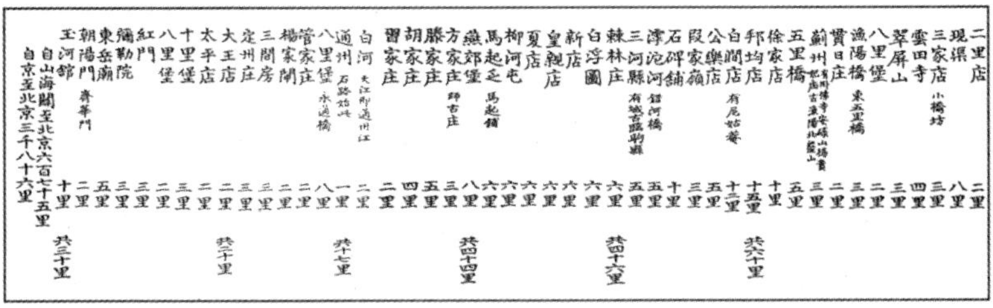
二里店 二里
現渠 八里
三家店 小橋坊 三里
雲田寺 四里
翠屏山 三里
八里堡 二里
漁陽橋 東五里橋 三里
實日庄 二里
薊州 三里
五里橋 五里
徐家店 十里
邦均店 十五里 共六十里
白澗店 有尼姑菴 十二里
公樂店 五里
段家嶺 三里
石碑鋪 十里
渟泡河 錯河橋 五里
三河縣 五里
棘林庄 六里 共四十六里
白浮圖 六里
新店 六里
皇親店 六里
夏店 六里
柳河屯 六里
馬起乏 馬起鋪 六里
燕郊堡 八里 共四十四里
方家庄 歸古庄 三里
滕家庄 五里
胡家庄 四里
習家庄 二里
白河 大江即通州江 二里
通州 石路始此 一里 共十七里
八里堡 永通橋 八里
管家庄 二里
楊家閘 二里
三間房 三里
定州庄 三里
大王店 二里 共二十里
太平店 二里
十里堡 三里
八里堡 二里
紅門 三里
彌勒院 三里
東岳廟 五里
朝陽門 齊華門 二里
玉河館 十里 共三十里
自山海關至北京六百七十五里
自京至北京三千八十六里

도016. 1866년 유인목의 북행가 부록본 연행노정기 끝 부분

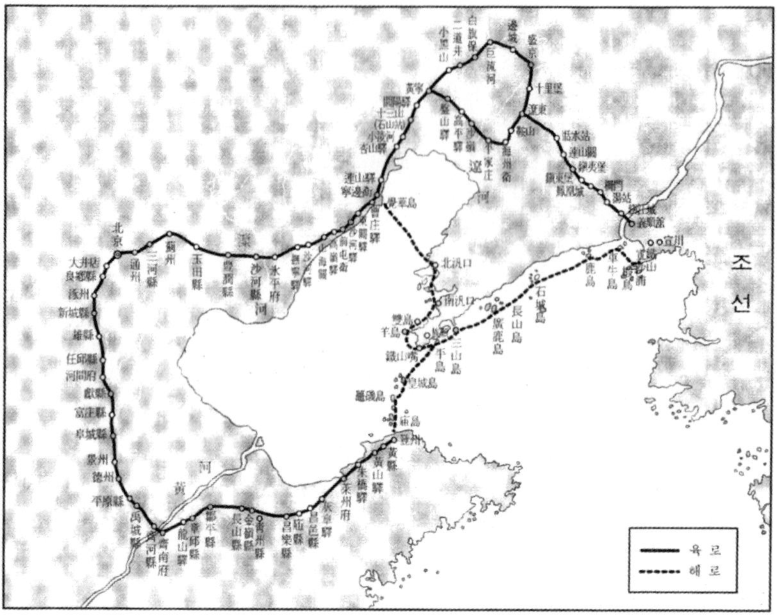

도017. 조선 시대 육로와 해로를 이용한 연행노정도

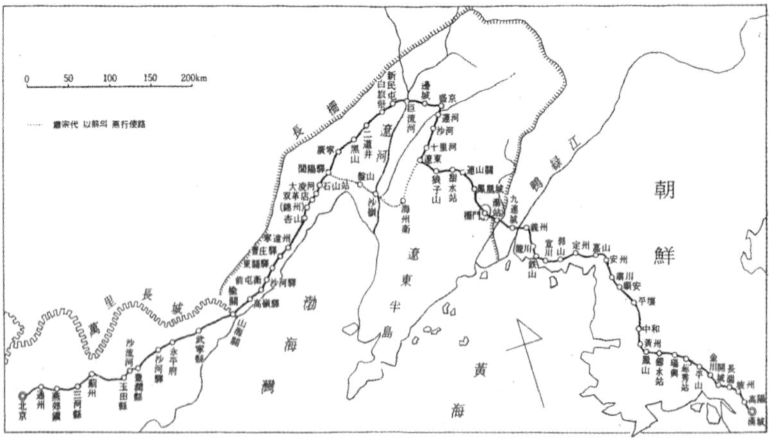

도018. 조선 시대 육로를 이용한 시대별 연행노정도

그리고 이제 전승되고 있는 연행도와 연행노정기를 가지고 육로와 해로 각각 두 코스의 연행도를 그려 보면 도 17, 도 18과 같이 나타난다.

5. 맺음말

앞에서 거론한 문제들을 간추려서 정리하여 보면 대략 다음과 같은 몇 가지가 된다.

첫째, 1271년부터 1894년까지 조선왕조실록, 승정원일기, 통문관지, 동문휘고, 조천록류, 연행록류, 문집류 등에 있는 관련 기록을 조사하여 왕래 시기, 사행 목적, 왕래 사신의 구성이 확인되는 고려와 조선 곧 원·명·청 시대의 역대 왕래 사신 일람표를 만들어 보면 이 책 [부록-2] 연행사의 중국왕래일람표(13~19세기)와 같다. 이 기간에 한국 연행사들이 중국에 다녀 온 횟수는 다음과 같이 나타난다. 13-14세기에 119회, 15세기에 698회, 16세기에 362회, 17세기에 278회, 18세기에 172회, 19세기에 168회로 이를 합하면 모두 1,797회가 된다. 이 중 고려 왕조 때가 59회이므로 조선 왕조 때는 모두 1,738여 회를 중국에 다녀온 셈이다.

둘째, 연행록의 전승 현황과 그 수집과 정리 현황을 살펴보았다. 현재까지 모두 596건을 [부록-1] 전승 연행록의 현황과 같이 수집하여 정리하였다.

셋째, 연행도와 연행노정기는 단행본 별책으로 전승되고 있는 것, 두루마리 형식으로 전승되고 있는 것, 절첩본으로 전승되고 있는 것, 지도로 전승되고 있는 것, 그림으로 전승되고 있는 것과 연행록 속에 끼어 전승되고 있는 것 등 그 전승 양상이 다양하다. 연행도는 항해조천도(航海朝天圖, 1624, 仁祖 2, 天啓 4, 甲子)나 육로연행도(陸路燕行圖, 1760, 英祖 36, 乾隆 25, 庚辰) 등과 같이 연행 노정의 전모를 그림으로 그려 놓은 것도 있지만, 산해관도(山海關圖, 미상), 심양관도(瀋陽館圖, 미상), 열하도(熱河圖, 미상), 궁성도(宮城圖, 여러 종), 황도도(皇都圖, 여러 종) 등과 같이 어떤 한 단면만을 부각시켜 그려 놓은 것도 있다. 그리고, 조선에 다녀간 중국의 사신 일행들이 그린 청나라 하극돈(何克敦)의 봉사도(奉使圖)와 같은 것도 전승되고 있다. 항해조천도(航海朝天圖)는 채제공(蔡濟恭, 1720~1799)의 번암집(樊巖集)에 들어 있는 제이죽천항해승람도후(題李竹泉航海勝覽圖後)와 오재순(吳載純, 1727~1792)의 순암집(醇庵集)에 들어 있는 항해조천도발(航海朝天圖跋)과 같은 발문이 별도로 전승되고 있어서 항해조천도(航海朝天圖)가 1624(仁祖 2, 天啓 4, 甲子)년에 명나라에 간 주청사행(奏請使行) 이덕형(李德泂), 오숙(吳䎘), 홍익한(洪翼漢)을 따라갔던 어느 화원(畫員)이 그린 것이라는 사실을 확인할 수 있다. 갑자수로조천록(甲子水路朝天錄)은 홍화포계 조천록(洪花浦系 朝天錄)과 김덕승계 조천록(金德承系 朝天錄)이 있으며, 한문본과 한글본이 있고, 항해조천도(航海朝天圖)와 그 발문(跋文)이 전승되고 있어서 다른 시기의 여러 연행록과 달리 입체적인 조명이 가능하도록 그 전승이 특이하다. 그런데 됴텬녹, 슈로됴텬록, 듁쳔행녹 등과 같은 한글 연행록은 모두 갑자수로조천록(甲子水路朝天錄) 중 홍화포계 조천록(洪花浦系 朝天錄)에 속한다.

넷째, 한글 연행록의 존재 양상을 살펴본 결과는 다음과 같다. 됴텬녹, 슈로됴텬녹, 듁쳔니공힝젹은 모두 천파 오숙(天坡 吳䎘)의 한글 연행록, 이른바 '조천언록(朝天諺錄)'의 전사 이본(轉寫異本)일 가능성이 높다. 이들 한글 연행록의 성립에는 홍익한(洪翼漢)의 조천항해록(朝天航海錄)이 모본(母本) 구실을 하였을 것이라고 여겨진다. 홍화포계(洪花浦系) 갑자수로조천록에서 서장관 홍익한의 조천록은 연행 도중에 그가 직접 쓴 것으로 여겨지며 정사 이덕형과 부사 오숙의 조천록은 연행 후에 이루어진 것으로 보인다. 따라서, 정사의 조천록은 그의 군관 김여종(金汝鐘)이, 부사의 조천록 또한 그의 군관 김충갑(金忠甲)이 그 완성에 다소의 기여를 하였을 것이다. 그리고, 이 정・부사의 조천록은 모두 서장관 홍익한의 조천항해록을 참고한 것으로 여겨진다. 조천록과 듁쳔니공힝젹의 작자로는 이덕형의 국문(鞫問)을 염려하고 그 대책을 모색하려고 이들 일행이 귀국할 때 제일 먼저 국내 사정을 알리려 연서역으로 달려간 허첨사(許僉使) 형제, 허륜(許崙), 허준영(許雋英), 허두영(許斗英) 중 한 사람이었을 것으로 추정을 하여 본다.

다섯째, 갑자수로조천록과 두 발문과 항해조천도의 문제에 관해서 살펴본 결과는 다음과 같다. 국립도서관 소장 연행도첩(燕行圖帖)과 국립박물관 소장 항해조천도(航海朝天圖)에 관해서 그 전승 과정과 제작 연대 등을 소상하게 알 수 있게 되었다. 즉, 연행도첩과 항해조천도는 홍화포계 갑자수로조천록의 수로 연행도이다. 오재순이 발문을 쓸 당시인 계묘(1784)년에 정사, 부사, 서장관이 각기 항해조천도 1책씩을 소장하였다. 이른바 정해(1647)년 이덕형의 모출본(模出本) 1책이 그중 하나였던 것을 알 수 있다. 부사 오숙의 소장본은 1783년 이전에 이미 분실했다는 것도 알게 되었다. 채제공은 이덕형의 소장본에 발문을 썼으며, 오재순은 홍익한의 소장본에 발문을 썼다는 사실도 확인되었다. 이 두 사람이 발문을 쓴 것은 그 연행의 서장관으로 차출되었던 채유후(蔡裕後)의 후손이 채제공(蔡濟恭)이며, 부사 오숙(吳翻)의 후손이 오재순(吳載純)이라는 인연 때문이었다. 국립도서관 소장 연행도첩은 이 책 본래의 이름이 아니었으며 항해조천도가 처음 붙여진 본래의 책 이름이었을 것이다. 따라서, 국립도서관 소장 연행도첩은 이제 항해조천도라고 책 이름은 바로잡아야 할 것이다. 국립도서관의 항해조천도는 현재까지 진행한 해독 결과로 볼 때 서장관 홍익한의 배에 타고 있었던 화원(畫員)이 그린 원본으로 홍익한 소장본일 개연성이 가장 높다. 따라서, 정사 이덕형과 부사 오숙은 모출본을 가지고 있었을 것으로 여겨지며, 채제공은 그 모출본에 발문을 썼으며 오재순은 원본에 발문을 썼다는 것을 알 수 있다. 홍익한의 가장본(家藏本)에 발문을 쓴 오재순은 이러한 사정을 종합적으로 파악하고 발문을 구성했던 것으로 여겨진다.

제2장
연행가사와 연행록의 상호원전성과 유행양식

1. 머리말

이 글에서 거론하려고 하는 것은 연행록의 상호텍스트성(intertextuality)과 패션(fashion)에 관한 것이다. 상호텍스트성이나 패션이 다소 다의적이며 한국어가 아니고 표현하려는 용어로써 적확성(的確性)도 떨어지기 때문에 그 대안으로서 상호원전성(相互原典性)과 유행양식(流行樣式)이라는 용어를 쓴다.

무에서 유를 만들어낸다는 말이 있기는 하지만, 이 세상에 존재하는 대부분의 것들은 어떤 필연적 인연에 의해서 새로운 것들이 탄생한다. 지식인이 가장 범하기 쉬운 과오는 정확하게 알지 못하고 있다는 사실을 잘 모르고, 잘 알고 있는 것으로 착각하는데서 나오는 것이 많다. 지식의 양이 적으면 무지의 양 또한 적고, 지식의 양이 많아지면 무지의 양 또한 많아진다. 알 수 있는 양은 유한한데 알 수 없는 양은 무한하기 때문이다. 알 수 없는 것이 대부분이라는 사실을 알고 있으면 지혜로워지며 다소 자유로워질 수 있다. 얼마 전 한 일본인 교수가 쓴 한국 연행록 연구수준을 폄하하는 글을 읽다가 그분이 연행록의 표절성을 발견하였다고 크게 놀라면서 경계대상의 문헌이라고 말한 부분에서 나 또한 놀라지 않을 수가 없었다. 그 뒤 그런 글을 받들어 인용하는 한국 학자들이 있는 것을 보면서 다시 또 한 번 놀라지 않을 수가 없었다. 그런 놀람의 연속이 이 글을 쓰게 만들었다. 내가 쓰고 있는 이 글을 읽고 또 놀랄 사람이 나올지도 몰라 두렵다. 홍대용이 그의 연행록에서 아는 만큼 보인다는 말을 하지 않았던가. 1980년대는 연행록 저술 심사에서 종사관(從事官)이란 관직은 있지도 않았는데 그런 용어를 썼다고 야유적으로 불가 판정을 내리는 일이 발생하더니, 2000년대 벽두에는 연행사(燕行使)란 있지도 않은 말을 만들어 쓴다고 공개적으로 비판하는 일이 나타났다. 그 분들이 앞으로 온라인 검색창을 열어보면서 어떤 생각을 할까. 이런 사례가 어찌 한두 가지겠는가. 얼마 전 국립박물관 전시도록 머리말과 그 전시장 입구에 크게 써 붙인 글에서 조선왕조에서 총 5백여 회의 사신단(使臣團)을 중국에 파견하였다고 쓴 글을 보았다. 그 이전 전시에서는 광개토왕비 원석탁본은 전시하고 있는 일본소장본이 대표적인 것이란 설명문을 붙여놓고 있었다. 잘 알고 있다고 생각하는 지식이 얼마나 불완전한 것인지 나를 포함하여 우리 모두 잘 생각하여볼 문제가 아닌가.

이 세상에 존재하고 있는 모든 것들은 그 생몰의 시간이나 존재의 양상이 같은 부분도 있고 다른 부분도 있다. 따라서 우리가 발견할 대상이 같음과 다름에 있는 경우가 많다. 일정 부분은 같지 않은 것도 없으며 또한 다르지 않은 것도 없지만, 같으면서도 각기 다른 새로운 부분들을 가지고 있기 때문이다.

저자가 취미 수준에서 원전정리 작업을 진행해본 것들 중에서 교합악부(校合樂府)·교합가집(校合歌集)·교합아악부가집(校合雅樂部歌集) 전5권(1982)이 나옴으로써 없어진 것으로 알려졌었던 아악부가집(雅樂部歌集)의 존재가 확인되었고, 악부의 주석본이 출현하였다. 교합송남잡지(校合松南雜識) 전5권(1987)이 나옴으로써 송남잡지의 주석본이 나왔다. 광개토왕비

원석초기탁본집성(廣開土王碑原石初期拓本集成)(1995)이 나옴으로써 한・중・일 학계가 1 백년 논쟁을 종식하고 원석탁본의 존재를 인정하였다. 연행록전집(燕行錄全集) 전100권(2001), 연행록속집(燕行錄續集) 전50권(2008), DVD연행록총간 전DVD10장(2011)이 나옴으로써 5백여 종의 연행록이 전승되고 있다는 사실이 알려졌다. 한국가사문학주해연구(韓國歌辭文學註解研究) 전20권(2005)과 한국가사문학원전연구(韓國歌辭文學原典研究)(2005)가 나옴으로써 가사문학 작품이 한국의 고전문학 유산으로는 가장 많은 양의 6천 5백여 종이 전승되고 있으며, 가사체가 한글 글쓰기의 보편적 전형이었다는 사실을 알게 되었다. 같음과 다름은 비교와 대비가 가장 쉬운 방법이고, 그렇게 하려면 자료의 확보와 교합(校合)이 첩경이다. 따라서 이런 과제에 관심을 갖는 연구자들에게는 먼저 이런 일련의 작업과정을 거쳤는지에 관한 자기성찰이 요청되는 것 같다. 틈틈이 취미삼아서 해본 보잘것없는 일들이었지만 이런 작업을 진행하는 동안에 저자는 소지(小知)로는 대지(大知)를 헤아리기 어렵고 소년(小年)으로는 대년(大年)을 헤아리기 어렵다는 큰 가르침을 배울 수 있어서 늘 행복하였다.

이제 우리는 연행록의 수집과 정리 작업을 마무리하고, 이 문헌군이 가지고 있는 특성과 세계성을 발견하여 그 문헌적 가치를 공유할 때가 되었다. 저자는 연행록의 제1특성으로 세계적인 담론연합(談論聯合)의 문헌군이라는 점을 몇 차례 지적한 바 있다. 지난 5백여 년간 다수의 동아시아 지식인들과 세계인들의 생활사담론연합이 곧 연행록이란 문헌군이다. 저자의 이번 발표는 그 제2특성으로 상호원전성, 이른바 상호텍스트성(intertextuality)을 지적하여 보려는 것이다. 이 문제는 방대한 저서가 될 수 있는 분량의 과제여서 이 글에서는 불가피 한두 가지 문제로 국한하여 지엽적으로 살펴볼 수밖에 없다. 이런 일련의 작업들은 연행록 5백여 종을 한자리에 모아 비교하고 대비하여 살펴볼 수 있는 환경이 조성되어 가능해졌다. 그동안 소중한 자료를 협조하여 주신 여러 분들께 깊은 감사를 드린다.

2. 태생적 상호원전성

저자가 2012. 7. 31. 현재까지 수집한 연행록은 주요 이본(異本)을 포함하여 모두 543건이다. 현재 추가정리 작업이 진행 중에 있으므로 2013년에는 이용 가능한 보완작업이 마무리될 수 있을 것이다. 그리고 저자가 2012. 7. 31. 현재까지 조사한 이 543건의 연행록이 탄생되는 기간에 한국 사신들이 중국에 다녀 온 회수는 대략 다음과 같이 나타난다. 13~14세기에 119회, 15세기에 698회, 16세기에 362회, 17세기에 278회, 18세기에 172회, 19세기에 168회로 이를 합하면 모두 1,797회쯤 된다. 이 중 고려 왕조 때가 59회쯤 되므로 조선 왕조 때는 모두 1,738여 회를 중국에 다녀온 셈이다.

연행록이 어떤 과정을 거쳐서 어떻게 탄생하는가를 추정해 볼 수 있는 기록들은 적잖이 존재한다. 그중에서 우리에게 널리 알려져 있는 1832년 김경선(1788~?)의 연원직지 서문[1] 하나를 (가)-(사)로 간추려본

---

1) 燕轅直指序 適燕者多紀其行 而三家最著 稼齋金氏 湛軒洪氏 燕巖朴氏也 以史例則稼近於編年 而平實條暢 洪沿乎紀事 而典雅縝密 朴類夫立傳 而贍麗閎博 皆自成一家 而各擅其長 繼此而欲紀其行者 又何以加焉 但其沿革之差舛 而記載隨而燕郢 蹈襲之互避 而詳略間或逕庭 苟非遍搜旁据 以相參互而折衷之 則鮮能得其要領 覽者多以是病之 歲壬辰 余充三行人 七閱月而往還 山川道里 人物謠俗 與夫古今事實之可資採摭者 使事始末 言語文字之間 可備考據者 無不窮搜而悉蓄 隨卽載錄 而義例則就準於三家 各取其一體 卽稼齋之日繫月月繫年也 湛軒之卽事而備本末也 燕巖之間以己意立論也 至於沿革之古今相殊處 備述其顚委 爲覽者釋疑 蹈襲之彼此難免處 直書其辭意 俾前人專美 若夫張皇鋪敍求其辭句之工鍊 則非直前述已備 又豈自量所及 然則比之醫家 此不過集諸家說而隨證立方 如直指方耳 故書成而名之曰燕轅直指 凡六卷 後之有此行者 自辭

다. 이 서문은 연원직지에 국한된 내용이라기보다는 그 시대 연행록 탄생의 보편적 실황 르포라고 볼 수 있기 때문이다. 이 기록은 이미 오랜 동안 관행화되고 보편화되어 있었던 연행록 탄생 과정을 비교적 잘 설명하고 있다.

(가)연경에 갔던 이들이 대부분 기행문을 남겼는데, 그중 노가재 김창업 담헌 홍대용 연암 박지원 이 삼가(三家)가 가장 저명하다. 노가재는 편년체에 가까운데 평순하고 착실하여 조리가 분명하며, 담헌은 기사체를 따랐는데 전아하고 치밀하며, 연암은 전기체와 같은데 문장이 아름답고 화려하며 내용이 풍부하고 해박하다.

위 (가)를 보면 수많은 연행록들을 서로 대비하면서 면밀하게 검토한 평가보고서와 같다. 좋은 연행록을 남긴 연행사들이 비단 이 삼가에 국한되는 것은 아니지만, 현재 전하고 있는 5백여 종의 연행록을 살펴볼 때 위 삼가의 연행록은 그가 지적한 것처럼 수준이 있는 연행록들이다. 그가 연행을 앞두고 많은 연행록을 구하여 읽었다는 증좌다. 따라서 이 기록은 연행사들이 언제나 선행 연행사들의 연행록과 그들의 연행체험에 관한 언술 등을 통해서 정보를 얻어 연행 준비를 하고 연행록을 썼다는 것이다. 그들은 선행 연행록의 의미나 가치 중심도 이런 측면에 비중을 두었다.

(나)다만 연혁의 변경으로 기록이 맞지 않고 도습(蹈襲)의 호피(互避)로 자상함과 간략함이 현격하여 두루 찾아보고 이리저리 대보며 서로 참고하여 절충하지 않으면 그 요령을 얻을 수 없으므로 보는 사람들이 이것

陛暨反面 無日不臨事而攷閱 對境而參證 有如指掌之按行 則或可詡其簡便 而不爲無助也否. 金景善(1788~?), 燕轅直指, 純祖 32 道光 12 壬辰 1832. -林基中, DVD燕行錄叢刊, 누리미디어, 2011.9.9.

을 결점으로 여긴다.

위 (나)를 보면 시간과 상황의 변화로 인한 기록의 차이와 서로 닮기와 서로 다르기로 인한 기록의 여러 양상들은 연행록이 가진 태생적 결점이라고 지적한다. 그러나 여러 연행록을 서로 면밀하게 대조하여 그 실상을 추출해내는 요령을 터득한다면 연행록은 신뢰성 있는 문헌이라는 강점도 지적한다. 변화로 인한 공백을 채우기 위해서 때때로 선행 연행록에서 퍼오기와 따오기를 해야 하는 경우가 발생하는 현상도 당시에 이미 잘 알려져 있었다는 증언이다. 이처럼 그는 19세기 초에 이미 연행록을 어떻게 읽어야 하는가를 그 방법까지 들어서 명료하게 설명하고 있다. 그는 연행록이란 문헌군이 가지고 있는 강점과 약점을 동시에 지적하면서 약점을 강점으로 만들 수 있는 묘책까지 제시한 셈이다.

(다)내가 임진년에 삼사의 한 사람으로 7개월 동안 연경을 다녀와서 산천, 도리(道里), 인물, 요속(謠俗), 고금 사실 등에 관해 수집한 것과, 사행 일의 시말과 언어 문자에서 상고하여 증거할 수 있는 것들을 모두 찾아 모아 기록하였다.

위 (다)를 보면 연행사가 수집한 광범한 자료와 선행 연행록과 여러 문헌들의 기록과 구전과 언술 등을 자료로 삼아서 새로운 연행록을 집필한다는 것이다. 연행록의 집필과 탄생과정을 연원직지를 통해서 설명하고 있다.

(라)체재는 위 삼가에 준하여 각기 그 한 가지 체씩을 취하였다. 노가재가 날을 달에다 붙이고 달을 해에다 붙인 것과, 담헌이 사항마다 본말을 갖춘 것과, 연암이 간혹 자기 의견으로 발론한 것과 같은 것이다.

위 (라)를 보면 새로운 연행록의 서술 체재는 선행 연행록들에서 각기의 강점과 기호에 맞는 것을 취택하여 자기화한다는 정보를 제공한다. 연행록의 서술 체재 선택과 그 확정 과정을 설명하고 있다.

(마)연혁에서 예와 지금이 서로 다른 것은 그 전말을 기술하여 의심

이 풀리게 하였다. 피차 도습을 면하기 어려운 것은 바로 전인들의 말을 그대로 썼다.

위 (마)를 보면 새로운 연행록의 경우 시대에 따라 달라진 불가피한 변화라면 그 전말을 기술하면 되지만, 어차피 도습을 해야 하는 상황일 때는 선행 연행록에 있는 것을 그대로 퍼온다는 현실적 대안으로서 퍼오기와 그 합리화를 주장하고 있다. 연행록의 퍼오기 문제를 19세기 초에 거리낌 없이 합리적 대안으로 제시하고 있는 것이다. 따라서 연행록에서 따오기나 퍼오기 하나를 발견하고 이 문헌군의 큰 결점이라고 놀란 21세기의 저명 국제 전공학자가 나타난 것은 참으로 놀랄 만한 일이라는 것이다.

(바)의술가에 비하면 이 연원직지는 마치 여러 의술가의 학설을 모아 종합하여, 증세에 따라 방문을 낸 직지방(直指方)과 같은 것이다.

위 (바)를 보면 새로운 연행록을 쓴다는 것은 선행 연행록과 현장 조사의 다양한 결과물과 여러 문헌 자료와 구술 자료들을 모두 결합하여 목적하는 바를 만들어내 다음 연행사들에게 도움을 주는 행위라고 생각하였다. 당시 연행록의 보편적 집필목적이 여기에 있었다는 것이다.

(사)뒤에 사행 가는 사람이 사폐에서 복명까지 언제나 일을 당하여 상고하고, 장소에 따라 참고하여 손쉽게 길을 안내하게 된다면, 혹은 그 간편함을 자랑할 수도 있고 도움을 줄 수도 있지 않겠는가.

위 (사)를 보면 결국 좋은 연행록이란 후대 연행사들이 여러 모로 참고할 수 있고, 그들이 어떤 경우 어떤 문제에 봉착하더라도 좋은 지침을 받을 수 있는 것이라고 생각한다. 이것이 김경선과 당대인들이 생각한 좋은 연행록의 보편적 기준이다. 결국 선행 연행록은 후출 연행록의 뛰어난 원전성을 갖추고 있어야 우수한 연행록이라는 결론이다. 이런 연행록의 상호원전성에 관한 기록과 논거는 아주 많아서 하나하나 모두 열거하면서 다 거론할 수가 없기 때문에 박지원(1737~1805)의 열하일기한 부분만 더 살펴보고 줄인다.

> …곧 稼齋의 기록을 끄집어내어 함께 보았다…稼齋의 기록이 여기에 이르러서 그쳤다. 德保는 다 읽고 나서 한바탕 크게 웃으면서 이야말로 이야기는 하면서도 자세하진 못하다는 말이군요(…因出稼齋所記共觀焉…稼齋記止此 德保讀已大笑曰 是所謂語焉而不詳也)[2)]

이처럼 연행사 박지원도 노가재 김창업(1658~1721)의 연행록을 가지고 다니면서 수시로 원전으로 활용하였다. 이와 같이 연행록은 태생적으로 상호원전성을 가지고 태어난 문헌군이다. 이런 생래적인 특성은 가치로 평가할 수도 있고 역가치로 평가할 수도 있는 이 문헌군의 본질적인 한 특색이다. 이런 특색을 김경선은 읽는 방법을 터득하면 역가치도 가치화할 수 있는 길이 있다고 주장한 것이다.

3. 도습과 호피

3-1. 이름과 표기양상

연행록의 이름이나 그 표기 양상에 관한 문제는 지엽적인 검토를 토대로 부분적인 언급을 하거나 성급한 견해의 제시가 아주 없었던 것은 아니지만, 아직 누구도 연행록 이름 전체의 표기 실상을 가지고 이 문제를 본격적으로 거론해본 일은 없는 것 같다. 그렇게 된 까닭은 연행록의 원전 정리가 미진하였기 때문이었을 것이다. 따라서 연행록의 원전 수집과 그 정리 작업은 여러 모로 큰 의미를 가지고 있다. 이제 저자

---

2) 朴趾源(1737~1805), 熱河日記, 黃圖紀略 天主堂, 正祖 4 乾隆 45 庚子. 1780, -林基中, DVD燕行錄叢刊, 누리미디어, 2011.9.9.

가 정리하여 세상에 내놓은 연행록 543건을 대상으로 연행록의 이름과 그 표기 양상들을 면밀하게 살펴 이름에서의 상호원전성을 알아보고 이 문헌군의 바른 이름이 무엇이라야 하는가를 논의하여 보려고 한다. 제시하는 통계에는 정리의 편의상 붙인 몇 개의 가제나 변별성 추가제 등이 포함되어 있어 다소의 오차는 있을 수 있다.

13세기 말부터 15세기 초까지의 제1세대 연행록은 賓王錄(1273), 赴南詩(1372), 奉使錄(1389), 觀光錄(1400) 등의 이름으로 태어나는데 이 중 관광록으로 표기되어 전하는 4건을 살펴보면 당시 처음은 아호나 간지 등으로 변별하려는 의식이 드러나 있지 않았던 것 같다.[3] 따라서 연행록 이름에서 상호원전성이 많이 나타나지 않던 시기라고 말할 수 있다.

15세기 초부터 16세기 중엽까지의 제2세대 연행록을 살펴보면 朝天錄으로 표기된 것이 28건[4]이나 된다. 이 시기 연행록은 朝天日記(1419), 朝天詩(1459), 朝天錄(1500), 朝天行錄(1587), 朝天記聞(1598), 朝天日乘(1598), 朝天紀行詩』·朝天贈行詩(1610), 됴쳔일승(朝天日乘, 1623), 朝天時聞見事件啓(1628), 朝天後錄(1632), 朝京日錄(1636) 등의 이름으로 태어나면서 서로의 변별이 어렵게 되자 사행 연도의 변별로 己卯나 庚辰 등과 같은 간지, 작자의 변별로 判書公, 荷谷, 金誠一과 같은 관직이나 아호나 성명 들을 앞에 얹어 포기하는 현상이 나타난다.[5] 17세기부터는 육

---

3) 赴南詩(1372)는 가제고, 奉使錄(1389)은 奉使雜錄(1384)과 重奉使錄(1390)이 있었다. 觀光錄(1400), 三魁先生觀光錄(辛丑觀光行錄)(1481), 三魁先生觀光錄(丙辰觀光錄)(1496), 觀光錄(嘯皐觀光錄)(1569) 등에서 아호나 간지는 문집에 수록할 때 붙였거나 저자가 정리의 편의를 위해서 붙인 것이다.

4) 朝天錄(1500) 朝天錄(1534) 朝天錄(1537) 朝天錄(1539) 朝天錄(1572) 朝天錄(1586) 朝天錄(1587) 朝天錄(1589) 朝天錄(1592) 朝天錄(1595) 朝天錄(1597) 朝天錄(1598) 朝天錄(1599) 朝天錄(1601) 朝天錄(1602) 朝天錄(1602) 朝天錄(1609) 朝天錄(1610) 朝天錄(1610) 朝天錄(1614) 朝天錄(1616) 朝天錄(1623) 朝天錄(1626) 朝天錄(1626) 朝天錄(1631) 朝天錄(1636) 됴텬녹(朝天錄)(1624) 등

로와 수로의 노정 변별로 駕海나 航海를 얹어 표기하는 현상도 나타난다.[6] 이런 현상들은 태생적 상호원전성 때문에 나타난 것이라고 말할 수 있다. 같은 이름의 많은 연행록들을 원전으로 참고하였기 때문에 변별의 필요성을 인식하였을 것이라고 보기 때문이다. 이 시기에 나타난 漂海錄(崔溥, 1487)과 표희록(崔溥, 1487)은 연행록이란 이름과 표기, 그 범주의 설정을 어떻게 해야 할 것인가의 한 指南이 된다. 使行錄이라고 한다면 이런 유형은 제외되어야 하고, 燕行錄이라고 한다면 이런 유형이 포함될 수 있기 때문이다. 따라서 연행록과 사행록은 옳고 그름의 문제가 아닌 것이며, 각자의 연구 방향과 학문의 기본 틀에 해당하는 선택의 문제다. 모든 학문에는 나름대로 학자의 철학이 존재한다. 다른 이들의 세계관과 인생관에 관하여 무분별한 시비를 하는 것은 사려 깊지 못한 데서 나오는 현상들이다. 저자는 사행이라는 종속적인 용어로 나의 문학연구를 전개하고 싶지 않으며, 그 용어가 문학용어로서 적확하거나 타당하다고 생각하지도 안는다. 연행록은 종속적인 용어가 아니며 보편성과 세계성을 갖는 문학용어다. 제2기를 넘나들면서 쓰였던 朝天과 됴텬系 표기의 연행록은 저자가 정리한 연행록 총 543건 중 96건으로 18% 정도를 차지한다.

16세기 중엽부터 19세기 말까지의 제3세대 연행록은 그 이름과 표기 방법이 가장 다양하게 나타난 시기다. 그리고 가장 많은 연행록이 생산

5) 判書公朝天日記(朝天日記)(張子忠, 1419년), 己卯朝天詩(李承召, 1459년), 庚辰朝天詩(徐居正, 1460년), 乙未朝天詩(成俔, 1475년), 庚子朝天詩(李承召, 1480년), 庚子朝天詩(金訢, 1480년), 辛丑朝天詩(洪貴達, 1481년), 乙巳朝天詩(成俔, 1485년), 荷谷朝天記 上·中·下(許篈, 1574년), 金誠一朝天日記(金誠一, 1577년), 丁酉朝天錄(李尙毅, 1597년), 庚申朝天錄 上·下(李廷龜, 1595년) 등

6) 駕海朝天錄(1621), 『白沙公航海路程日記』(1623), 燕行圖幅(航海朝天圖, 1624), 航海朝天圖(1624) 등

된 시기다. 정리된 연행록 총 543건 중 440여 건이 이 시기에 나타난 것들이어서 81% 정도를 차지하고 있다. 이름으로 볼 때 이 시기의 단초를 여는 연행록이라 할 수 있는 조위의 燕行錄(1498)과 燕行日記(任權, 1539), 燕行錄(宋純, 1547), 燕京行錄(柳仲郢, 1562), 辛巳行錄(崔岦, 1581), 石塘公燕行錄(權挾, 1597) 등에서 확인할 수 있듯이 연행록이란 이름은 15세기 말부터 등장하며 16세기로 접어들면서는 보편성과 변별성이란 두드러진 양면성을 드러낸다. 이 시기 燕行과 연힝系 표기의 연행록은 정리된 연행록 총 543건 중 281여 건으로 52%에 이른다. 燕行錄이란 이름으로 표기된 것만도 53건에 이른다.[7] 현재 전하고 있는 연행록의 이름 과반수가 燕行과 연힝系의 표기로 되어 있음을 알 수 있다. 따라서 이 문헌군을 연행록으로 명명하는 것은 가장 대표성을 갖는 용어라는 데서도 연유하는 것이다. 김육(1580~1658)의 朝天錄(1636)과 이만영(1604~1672)의 崇禎丙子朝天錄(1636)이 전하고 있으므로 조천록이란 이름은 1636년 명 왕조 말기까지 쓰였음을 알 수 있다. 그러나 청 왕조로 바뀌면서는 쓰이지 않다가 1864년 장석준의 朝天日記(春皐遺稿)에 한 번 더 쓰인 일이 있다. 따라서 명 왕조에는 연행록이란 용어가 자주 쓰였지만, 청 왕조에는 조천록이란 이름이 거의 쓰이지 않았다고 보아도 좋을 것이다. 명 왕조

7) 燕行錄(1874) 燕行錄(1729) 燕行錄(1894) 燕行錄(1664) 燕行錄(1664) 燕行錄(1653) 燕行錄(1743) 燕行錄錄)(1678) 燕行錄(1805) 燕行錄(1788) 燕行錄(1518) 燕行錄(1547) 燕行錄(1721) 燕行錄(1682) 燕行錄(1679) 燕行錄(1728) 燕行錄(1669) 燕行錄(1791) 燕行錄(1849) 燕行錄(1695) 燕行錄(1852) 燕行錄(1666) 燕行錄(1725) 燕行錄(1498) 燕行錄(1609) 燕行錄(1613) 燕行錄(1646) 燕行錄(1647) 燕行錄(1666) 燕行錄(1674) 燕行錄(1680) 燕行錄(1693) 燕行錄(1695) 燕行錄(1699) 燕行錄(1712) 燕行錄(1721) 燕行錄(1721) 燕行錄(1735) 燕行錄(1736) 燕行錄(1773) 燕行錄(1784) 燕行錄(1787) 燕行錄(1790) 燕行錄(1792) 燕行錄(1809) 燕行錄(1823) 燕行錄(1859) 燕行錄(1876) 燕行錄(1890) 연힝녹(1793) 연힝록(1858) 연힝록(1858) 연힝록(1858) 등

말기에는 燕行錄 一云 朝天錄(趙濈, 1623)이란 표기도 나타나고 있어서 당시 이미 연행록이란 이름이 조천록보다 더 보편화되어 있었음도 알 수가 있다. 따라서 이 유형의 문헌군을 연행록이라고 통칭하는 것은 가장 타당성이 있는 대안이라고 말할 수 있다. 한편 연행록의 이름을 使行錄系로 표기한 것은 梨川相公使行日記(1619), 使燕錄(1668), 寒圃齋使行日記(1721) 등으로 3건에 불과하다. 사행록이 이 문헌군의 이름이 될 수 없는 까닭의 하나다. 이 3가지 이름에 나타나 있는 철저한 변별성은 이름에서 상호원전성이 가장 두드러지게 나타난 것으로 볼 수 있어서 면밀한 내용 검증이 더 요청되는 자료다. 연행록 이름에서의 상호원전성은 그 이름에만 국한되는 문제가 아니며 구성과 내용, 대상과 표현, 관점과 가치 등 연행록 전반과 밀접한 관련성이 있는 아주 중요한 문제다. 방대한 저서로 태어날 큰 과제의 하나라고 생각한다.

16세기 전반기의 연행록 이름은 朝天錄系가 6건, 燕行錄系가 3건, 西征錄이 1건으로 나타난다.[8] 그리고 16세기 후반기의 연행록 이름은 朝天錄系 22건 燕行錄系 5건 行錄系 3건, 銀槎錄系 2건, 觀光錄(嘯皐觀光錄)(1569), 東還封事(1574), 文興君控于錄(1596), 赴京日錄(1592), 申忠一建州見聞錄(1596), 安南使臣唱和問答錄(1597), 皇華日記(1599)이 각 1건씩 나타난다.[9] 따라서 16세기는 朝天錄系가 28건으로 가장 많고 燕行錄系가 8

---

8) 朝天錄(1500), 燕行時諸公贈行帖(1502), 陽谷朝天錄(1533), 葆眞堂燕行日記(1533), 朝天錄(1537), 朝天錄(1539), 燕行日記(1539), 朝天錄(1534), 甲辰朝天錄(1544), 西征錄(1548) 등

9) 燕京行錄(1562), 觀光錄(嘯皐觀光錄)(1569), 朝天錄(1572), 朝天日記 上・中・下(1574), 東還封事(1574), 荷谷朝天記 上・中・下(1574), 朝天日記(詩)(1577), 金誠一朝天日記(1577), 丁丑行錄(1577), 朝天詩(1581), 辛巳行錄(1581), 燕行詩(百拙齋遺稿)(1584), 朝天錄(1586), 朝天錄(1587), 朝天行錄(1587), 朝天錄(1589), 辛卯書狀時燕行詩(1591), 赴京日錄(1592), 朝天錄(1592), 鄭松江燕行日記(1593), 甲午朝天路程(1594), 甲午行錄(1594), 庚申朝天錄 上・下(1595), 朝天錄 上・下

건으로 연행록 이름 유행양식의 과도기적 현상을 보여준다.

이제 16세기 중엽부터 19세기 말까지의 제3세대 연행록의 이름 표기 양상을 빈도수별로 유형화하여 좀 더 면밀하게 살펴보기로 한다.

3-1-1. 燕行錄系의 표기

이 유형은 燕行錄이란 이름으로 표기된 것이 53건으로 가장 많다. 그 밖에 燕行日記, 燕行雜錄, 燕行詩, 燕行詩軸, 燕行備覽, 燕行日乘, 燕行雜稿, 燕行雜記, 燕行雜錄, 燕行雜識, 燕行雜詠, 燕行鈔錄, 燕行塤篪錄, 燕行裁簡, 燕行雜詠, 燕臺錄, 燕途紀行, 燕紀程, 燕雲紀行, 燕雲續詠, 燕彙, 燕轅日錄, 燕轅直指, 燕中聞見, 燕中雜錄, 燕記, 入燕記, 연힝녹, 연힝록, 연힝일긔, 연힝가, 연힝별곡 등과 여기에 자, 아호, 성명, 간지, 관직 등을 얹어서 葆眞堂燕行日記(1533), 丙寅燕行日乘(1686), 慶尙道漆谷石田村李進士海澈燕行錄(1670) 등과 같이 표기한 것들이다.[10] 여기에 나

(1595), 文興君控于錄(1596), 申忠一建州見聞錄(1596), 石塘公燕行錄(1597), 丁酉朝天錄(1597), 安南使臣唱和問答錄(1597), 朝天錄(1597), 丁酉朝天錄(1597) 등

10) 燕行錄(1498), 燕行錄(一云 朝天錄)(1623), 葆眞堂燕行日記(1533) 朗善君癸卯燕京錄(1663) 甲子燕行雜錄(1684) 甲寅燕行詩(傳舊)(1794) 慶尙道漆谷石田村李進士海澈燕行錄(1670) 鏡浯遊燕日錄(鏡浯行卷)(1836) 庚戌燕行日記(1790) 庚子燕行雜識(1720) 墨沼燕行詩(1729) 연힝녹(燕行錄)(1793) 燕行時諸公贈行帖(1502) 燕行詩軸(1801) 燕行日記(1746) 燕行備覽(?) 燕行日乘(癸巳燕行日乘)(1653) 燕行雜稿(1730) 燕行雜記(1855) 燕行雜錄(1822) 燕行雜錄(1690) 燕行雜識(稗林)(1704) 燕行雜詠(碧蘆集)(?) 燕行鈔錄(燕行日記)(1862) 燕行塤篪錄(1712) 연힝가(燕行歌)(1866) 연힝별곡(燕行別曲)(1693) 연힝일긔(燕行日記)(1712) 一庵燕記(1720) 山房錄燕行裁簡(?) 燕行雜識(稗林)(1704) 燕行雜詠(碧蘆集)(?) 燕行鈔錄(燕行日記)(1862) 燕臺錄(1652) 燕臺錄(1801) 燕途紀行(1656) 燕紀程(燕薊紀程)(1828) 燕雲紀行(1782) 燕雲續詠(1794) 燕彙(湛軒說叢)(1765) 燕轅日錄(1888) 燕轅直指(1832) 燕中聞見(1637) 燕中雜錄(硏經齋集)(?), 入燕記(1778), 『燕行陰晴』(1780), 日乘(燕行日乘)(1786) 등

타난 이름의 변별 의식은 같은 이름의 반복을 학습한 상호원전성에서 발아된 것이라고 말할 수 있다. 한자 표기의 이름이 대부분 그러하듯이 한글 표기의 이름 연힝가와 연힝별곡 또한 그 내용면에서 특별한 변별치가 존재하지 않기 때문이다. 정리된 연행록 총 543건 중 282여 건이 이 유형 燕行錄系의 표기로서 52%나 차지한다.

3-1-2. 燕槎錄系의 표기

이 유형은 燕槎錄으로 표기된 것이 13건으로 가장 많다. 그 밖에 燕槎唱酬集, 後燕槎錄, 燕槎錄(燕行錄), 燕槎紀行, 燕槎錄(燕行日記), 燕槎日錄, 燕槎日錄, 燕槎從遊錄, 錦舲燕槎抄, 燕槎筆記, 燕槎日記, 燕槎酬帖, 觀華誌(燕槎隨錄), 燕山錄 등으로 표기된 것이다.[11] 정리된 연행록 총 543건 중 24여 건이 이 유형의 표기로서 4% 정도 된다.

3-1-3. 瀋行錄系의 표기

이 유형은 瀋陽往還日記(1631), 瀋陽往還日記(1631), 瀋陽日乘(1637), 瀋陽日記抄(1637), 瀋陽日記(1631), 瀋陽日錄(松溪紀稿)(1636), 瀋陽日記(1637), 瀋陽日記(1637), 瀋楊日記(1641), 瀋陽日記(1644), 瀋館錄(1639), 瀋館錄(1643), 瀋使啓錄(1682), 瀋行日記(1635), 瀋陽館圖帖(瀋館舊址圖)(1760), 瀋陽日錄(1764), 瀋行錄(甲戌), 瀋使還渡 江狀啓別單(1754), 入瀋記(1783), 瀋槎日

11) 燕槎唱酬集(1602), 燕山錄(1649), 燕槎錄(1686), 後燕槎錄(1694), 燕槎錄(詩燕槎錄)(1696), 燕槎錄(1731), 燕槎錄(燕槎錄 丁巳)(1737), 燕槎錄(1767), 燕槎錄(1831), 燕槎錄(燕行錄)(1831), 燕槎錄(石來堂草稿)(1845), 燕槎紀行(1855), 燕槎錄(1858), 燕槎錄(1858), 燕槎錄(1858), 燕槎錄(燕行日記)(1860), 燕槎綠(1846), 燕槎日錄(1854), 燕槎日錄(1858), 燕槎從遊錄(1862), 錦舲燕槎抄(1862), 燕槎筆記(1870), 燕槎日記(1887), 燕槎酬帖(?), 觀華誌(燕槎隨錄)(1887) 등

記(1829) 등으로 표기된 것인데 정리된 연행록 총 543건 중 19여 건이 이 유형의 표기로서 3% 정도 된다.

3-1-4. 北行錄系의 표기

이 유형은 北行日記(1636), 北征詩(1636), 北行酬唱(野塘燕行錄)(1656), 北征錄(1678), 北轅錄(1760), 북연긔힝(北燕紀行)(1783), 簡山北遊錄(北遊漫錄)(1821), 北轅錄(1855), 북힝가(北行歌)(1866), 北游艸(1870), 北楂談草(1873), 北遊續草(北遊續艸)(1873), 北遊日記(1873), 北遊詩草(1874), 續北征詩(1813), 北征日記(1841) 등으로 표기된 것인데 정리된 연행록 총 543건 중 16여 건이 이 유형의 표기로서 3% 정도 된다.

3-1-5. 熱河記系의 표기

이 유형은 熱河行(玉振齋詩抄)(1720), 熱河記(1780), 熱河日記(1780), 熱河日記(燕巖集)(1780), 熱河日記(1780), 熱河日記(1780), 熱河日記(1780), 熱河紀遊(1790), 熱河紀行詩(1801), 熱河圖(?), 後雲錄(熱河紀行詩註)(1790), 燕彙(熱河日記)(1780) 등으로 정리된 연행록 총 543건 중 12여 건이 이 유형의 표기로서 2% 정도 된다.

3-1-6. 西行錄系의 표기

이 유형은 西征錄(1548), 西行錄(1618), 西征日錄(1620), 西行日記(1644), 西征別曲(셔정별곡)(1694), 셔원녹(西轅錄)(1760), 셔힝록(西行錄)(1828), 셔힝록(1828), 西行錄(1844), 西征集(秋水閣詩初編)(1862), 西征記(1882) 등으로 정리된 연행록 총 543건 중 11여 건이 이 유형의 표기로서 2% 정도 된다.

3-1-7. 隨槎錄系의 표기

이 유형은 隨槎錄(1720), 隨槎錄(1778), 隨槎錄(1780), 隨槎閑筆(1822), 隨槎日錄(1825), 隨槎日錄(1829), 隨槎錄(龜巖公筆蹟)(1855), 隨槎錄(1855), 隨槎錄(龜巖公筆蹟)(1871), 隨槎錄(隨槎日錄)(1871) 등으로 정리된 연행록 총 543건 중 10여 건이 이 유형의 표기로서 2% 정도 된다.

3-1-8. 漂海錄系의 표기

이 유형은 錦南先生漂海錄(1487), 표희록(漂海錄)(1487), 표희가(漂海歌)(1796), 표희가(漂海歌)(1796), 표희가(漂海歌)(1796), 표희록(1796), 漂流燕行記(題簽:耽羅聞見錄)(1726), 漂流燕行記(題簽:耽羅聞見錄)(1729), 漂流燕行記(題簽:耽羅聞見錄)(1729) 등으로 정리된 연행록 총 543건 중 9여 건이 이 유형의 표기로서 2% 정도 된다.

3-1-9. 赴燕錄系의 표기

이 유형은 赴燕詩(1647), 赴燕詩(1805), 赴燕詩(1805), 赴燕詩(1833), 赴燕日記(1828), 赴燕日錄(燕行日記)(1669), 赴瀋日記(辛巳赴瀋錄)(1641) 등으로 정리된 연행록 총 543건 중 7여 건이 이 유형의 표기로서 1% 정도 된다.

3-1-10. 燕京錄系의 표기

이 유형은 燕京行錄(1562), 燕京錄(1660), 燕京錄(1660), 朗善君癸卯燕京錄(1663), 燕京雜識(1749), 燕京編(1784) 등으로 정리된 연행록 총 543건 중 6여 건이 이 유형의 표기로서 1% 정도 된다.

3-1-11. 槎行錄系의 표기

이 유형은 槎行錄(1625), 槎行贈言(沙西集)(1625), 槎路三奇帖(薊門烟樹)

(1784), 槎上韻語(冠岩遊史)(1830), 槎上續韻(1834) 등으로 정리된 연행록 총 543건 중 5여 건이 이 유형의 표기로서 1% 정도 된다.

3-1-12. 遊燕錄系의 표기

이 유형은 遊燕錄(1811), 游燕藁(1826), 游記(冠巖存藁)(1834), 遊燕錄(燕行日記)(1869), 遊燕錄(1869) 등으로 정리된 연행록 총 543건 중 5여 건이 이 유형의 표기로서 1% 정도 된다.

3-1-13. 銀槎錄系의 표기

이 유형은 銀槎錄(1598), 銀槎錄詩(1598), 天槎大觀(1624), 東槎錄(1630), 星槎錄(1697) 등으로 정리된 연행록 총 543건 중 5여 건이 이 유형의 표기로서 1% 정도 된다.

3-1-14. 輶軒錄系의 표기

이 유형은 輶車集(履園遺稿)(1803), 輶軒錄(三冥集, 임기중의 推定)(1805년), 輶軒續錄(1829), 輶軒三錄(1853) 등으로 정리된 연행록 총 543건 중 4여 건이 이 유형의 표기로서 1% 정도 된다. 이 유헌록계의 연행록은 1626(天啓6년) 명나라 姜曰廣이 輶軒記事를 쓴 일이 있기 때문에 한중간의 상호대본성도 그 개연성을 배제하기 어려울 것 같다.

3-1-15. 燕薊錄系의 표기

이 유형은 燕薊謏聞錄(1639), 三入燕薊錄(瓿錄雜彙)(1823), 燕薊紀略(1842), 燕薊紀略(1876) 등으로 정리된 연행록 총 543건 중 4여 건이 이 유형의 표기로서 1% 정도 된다.

3-1-16. 赴京錄系의 표기

이 유형은 赴南詩(1372), 赴京日錄(1592), 赴京別章(1614), 聖節使赴京日記(1617) 등으로 정리된 연행록 총 543건 중 4여 건이 이 유형의 표기로서 1% 정도 된다.

3-1-17. 薊山錄系의 표기

이 유형은 薊山紀程(1803), 薊山詩稿(燕行詩)(1803), 薊程散考(1822), 薊槎日錄(1875) 등으로 정리된 연행록 총 543건 중 4여 건이 이 유형의 표기로서 1% 정도 된다.

3-1-18. 椒蔗錄系의 표기

이 유형은 椒餘錄(1697), 蔗回錄(1697), 擣椒錄(1683), 椒蔗錄(1752) 椒蔗續編(1822) 등으로 정리된 연행록 총 543건 중 4여 건이 이 유형의 표기로서 1% 정도 된다.

3-1-19. 乘槎錄系의 표기

이 유형은 乘槎錄(1637), 승사록(庚戌乘槎錄(1790), 乘槎錄(1817) 등으로 정리된 연행록 총 543건 중 3여 건이 이 유형의 표기로서 1% 정도 된다.

3-1-20. 玉河記系의 표기

이 유형은 玉河日記(1837), 玉河館帖(1860), 館中雜錄(1696) 등으로 정리된 연행록 총 543건 중 3여 건이 이 유형의 표기로서 1% 정도 된다.

3-1-21. 飮氷錄系의 표기

이 유형은 飮氷錄(壬寅飮氷錄)(1662), 飮氷錄(己丑飮氷錄)(1649), 飮氷行程曆

(1755) 등으로 정리된 연행록 총 543건 중 3여 건이 이 유형의 표기로서 1% 정도 된다.

3-1-22. 行錄系의 표기

이 유형은 丁丑行錄(1577), 辛巳行錄(1581), 甲午行錄(1594) 등으로 정리된 연행록 총 543건 중 3여 건이 이 유형의 표기로서 1% 정도 된다.

3-1-23. 使行錄系의 표기

이 유형은 梨川相公使行日記(1619), 使燕錄(1668), 寒圃齋使行日記(1721) 등으로 정리된 연행록 총 543건 중 3여 건이 이 유형의 표기로서 1% 정도 된다. 使行錄으로 표기한 것은 고작 이 3건뿐이어서 1% 미만이다. 따라서 이 문헌군을 사행록이라고 일컫는 것은 적절치 못하다. 연행록이라 표기된 것만도 53건으로 가장 많고 연행록계의 표기는 앞에서 살펴본 바와 같이 정리된 연행록 총 543건 중 281여 건이 이 유형의 표기로서 52%나 차지한다. 연행록이란 이름은 표기의 빈도 측면에서도 이 문헌군의 대표성을 갖는다. 따라서 이 문헌군을 연행록이라고 일컫는 것은 여러 모로 타당성이 있는 용어인 것이다. 문집 등을 비롯한 여러 유형의 옛 기록들에서도 使行使보다는 燕行使로 다녀왔다는 기록이 훨씬 더 자주 보인다. 이름뿐 아니라 그 전반적인 내용을 살펴볼 때도 기록 당시 기록자들의 기록 의식에 드러나는 使行은 극히 부분적일 뿐이다. 후대로 내려오면서 단순히 行錄系나 遊燕系의 표기가 나타나는 데서도 볼 수 있듯이 사행록(使行錄)보다는 그냥 行錄이고, 더 나아가서 使行보다는 그냥 遊燕으로 생각하였던 의식을 외면해서는 안 될 것이다.

3-1-24. 그 밖의 표기양상

그 밖의 연행록 이름 표기양상으로 東還封事(1574), 文興君控于錄(1596), 申忠一建州見聞錄(1596), 安南使臣唱和問答錄(1597), 皇華日記(1599), 琉球使臣贈答錄(1611), 白沙公航海路程日記(1623), 無題簽(航海圖)(1624), 듁쳔니공힝젹(竹泉李公行蹟)(1624), 梯航勝覽(1624), 路程記(1626), 同行錄(瀋陽質館同行錄, 瀋中日記)(1637), 日記草(1694), 看羊錄(1701), 龍灣勝遊帖(統軍亭雅集圖)(1723), 啓下(甲辰啓下帖)(1724), 상봉녹(桑蓬錄)(1727), 桑蓬錄(1727), 杭傳尺牘(湛軒書)(1765), 含忍錄(1778), 瀛臺奇觀帖(瀛臺氷戲)(1784), 丙辰苫塊錄(1796), 贈季君(軸)(1798), 談艸(1880), 遼野車中雜詠(1801), 竝世集(1801), 奏請行卷(1812), 黃梁吟(1821), 相看編(1836), 出疆錄(1851), 領選日記(1881), 天津談草(天津奉使緣起)(1881), 析津于役集(雲養集)(1881), 夢經堂日史(1855), 觀華誌(日記, 隨錄)(1887) 등 34가지가 더 나타난다. 따라서 燕行錄系, 燕槎錄系, 瀋行錄系, 北行錄系, 熱河記系, 西行錄系, 漂海錄系, 隨槎錄系, 赴燕錄系, 燕京錄系, 槎行錄系, 遊燕錄系, 銀槎錄系, 輶軒錄系, 燕薊錄系, 赴京錄系, 薊山錄系, 椒蔗錄系, 乘槎錄系, 玉河記系, 飮氷錄系, 行錄系, 使行錄系 등의 23가지에 그 밖의 34가지 표기양상을 합하면, 16세기 중엽부터 19세기 말까지의 제3세대 연행록에 모두 57가지의 연행록 이름의 표기양상이 드러난다. 여기에다가 제1세대 연행록의 이름과 제2세대 연행록 朝天錄系를 더하면 모두 62가지의 연행록 이름의 표기양상이 드러나고 있다. 제2세대 연행록 중 朝天錄으로 표기된 것은 28건이고 朝天系 표기의 연행록은 총 543건 중 96건으로 18% 정도다. 제3세대 연행록 중 燕行錄으로 표기된 것은 53건이고 燕行系 표기와 그 밖의 57가지 이름으로 표기된 연행록은 총 543건 중 440여 건으로 81% 정도 된다.

앞에 나타나는 바와 같은 연행록 이름의 다양한 변별 노력은 상호원전성과 관련이 있다. 따라서 그 내용 또한 이와 무관할 수가 없다. 연행록 연구에서 이러한 문헌적 특색은 약점이면서 강점이 될 수 있는 이 문헌군만의 특색이다. 이러한 특색을 큰 문제가 있는 문헌군이라고 인식하는 것은 온당치 못하다. 모든 특색은 항상 강한 강점을 가지면서 늘 약점 또한 동시에 가진 것을 말하기 때문이다.

이처럼 연행록의 이름은 여러 종의 조천록이나 연행록처럼 선행의 것과 동일화 현상, 駕海朝天錄이나 荷谷朝天記 또는 무오연힝록이나 稼齋燕行錄처럼 선행의 것과 유사화 겸 변별화 현상, 控于錄이나 桑蓬錄이나 含忍錄처럼 선행의 것과 변별화 현상이라는 3가지 방법으로 만들어졌다고 할 수 있다. 그 발상의 단초는 대부분 상호원전성에서 기인한 것이다. 따라서 연행록 이름은 상호원전성에 의해 16세기는 조천록이 한 유행양식으로 곧 조천록 패션시대였으며, 18세기 19세기는 연행록이 한 유행양식으로 곧 연행록 패션시대였다는 것을 알 수 있다. 단적으로 표현하면 연행록 이름으로 볼 때 16세기는 조천록 패션시대였고, 18세기 19세기는 연행록 패션시대였다. 이런 패션은 상호원전성의 닮기에서 온 것들인데 이와 다르기로 그런 패션을 비껴나간 것이 여러 가지의 개성적인 연행록 이름들이다.

3-2. 서두와 결말

먼저 연행가사와 연행록의 서두 부분을 살펴보기로 한다. 수많은 논거들을 모두 제시하면서 하나하나 다 논의를 펼 수가 없으므로 불가피 그 거론 대상을 몇 작품으로 제한할 수밖에 없다.

연행가사 김지수의 『무자서행록』(가)과 홍순학의 『병인연행가』(나) 서두는 다음과 같다.

(가)무ᄌᆞ춘 회환ᄉᆞ의 헌괵ᄒᆞᆫ 긔별오니 ᄉᆞᄃᆡ국 ᄒᆞ는도리 딘하를 마을손가
봉표코 젼ᄃᆡᄒᆞ기 인긔를 간발ᄒᆞ니 상ᄉᆞ 남연군은 종영의 웃듬이오
부ᄉᆞ의 니참판은 외조의 즁망이오 셔장관 됴문학은 신진의 쳥션이라
나역시 문ᄉᆞ로셔 원유를 ᄉᆡᆼ각더니 부긔미힝 쳔니로 ᄇᆡᆨ의로 종ᄉᆞᄒᆞᆫ다[12)]

(나)병인년 츈삼월의 가례칙봉 되오스니 국가의 ᄃᆡ경이오 신민의 복녹이라
상국의 주청홀ᄉᆡ 삼ᄉᆞ신을 ᄂᆡ여셰라 샹ᄉᆞ의 뉴승상과 셔시랑은 부ᄉᆞ로다
힝듕어ᄉᆞ 셔장관은 직칙이 듕홀시고[13)]

이처럼 (가)'무ᄌᆞ춘'의 진하 겸 사은과 (나)'병인년 츈삼월'의 진하사은 겸 주청이란 연행의 동기와 목적을 쓰고, 그 연행사의 구성 (가)'남연군'과 '니참판'과 '됴문학', 그리고 (나)'뉴승상'과 '셔시랑'과 '힝듕어ᄉᆞ'인 본인을 명시하는 것으로 시작한다. 작자 김지수는 (가)'ᄇᆡᆨ의로 종ᄉᆞᄒᆞᆫ다'고 하였으며, 작자 홍순학은 (나)'힝듕어ᄉᆞ'로 간다고 하였으므로 작자의 자격과 지위를 밝히고 있다. 이러한 서두의 서술양식은 연행가사뿐 아니라 여러 연행록들에서도 자주 쓰인 아주 보편적 서술 양식이다. 이러한 틀이 보편적 서술양식으로 자리 잡으려면 많은 상호원전성의 과정을 거쳐야 가능하였을 것이다.

연행록 이의현의 경자연행잡지(다)와 서호수의 연행기(라) 서두는 다음과 같다.

(다)경자년 7월 8일에 나는 예조 참판으로서 동지사 겸 정조성절진하 정사에 승임되었다. 처음에 戚叔이신 宋相琦께서 이달 5일에 정사에 임명되고 충주 목사 李喬岳이 부사에 임명되

12) 金芝叟(1787~?), 셔힝록(西行錄), 純祖 28 道光 8 戊子, 1828. -林基中, DVD燕行錄叢刊, 누리미디어, 2011.9.9.
13) 洪淳學(1842~1892), 연힝가(燕行歌), 高宗 3 同治 5 丙寅, 1866. -林基中, DVD燕行錄叢刊, 누리미디어, 2011.9.9.

고, 김화 현감 趙榮世가 서장관에 임명되었다.[14]

(라)건륭 경술년 8월 13일은 황제 팔순 만수절이다. 진하사 창성위 黃仁點, 부사 예조 판서 徐浩修, 서장관 홍문관 교리 李百亨이 5월 27일에 대궐 뜰에 나가 하직을 드렸다.[15]

이처럼 (다)'경자년' 동지사 겸 정조성절진하와 (라)'경술년' 만수절 진하사라는 연행의 동기와 목적을 쓰고, 그 연행사의 구성으로 (다)나(李宜顯)와 李喬岳과 趙榮世, 그리고 (라)黃仁點과 徐浩修와 李百亨을 명시하는 것으로 서두를 시작한다. 이처럼 연행의 목적과 연행사 구성의 전말 등을 쓰는 것으로 시작하는 서두는 연행록과 연행가사가 상호원전성을 가졌기 때문이다. 상호원전성으로 서두의 투식화가 고정되기 전에는 이보다는 좀 자유로웠다. 가령 하곡선생조천기의 서두를 보면 "만력 2년 갑술년(1574, 선조 7) 5월 11일 갑신 맑음. 나는 서장관으로서 성절사 박희립 공을 따라서 경사(京師)로 가게 되어, 먼동이 틀 때에 건천동(乾川洞) 집으로 가서 양친께 하직하고 이른 아침에 입궐하였다.(萬曆二年甲戌五月十一日甲申 晴 余以書狀官 隨聖節使朴公希立赴京 昧爽 詣乾川洞家辭兩親 早朝入闕)"[16] 처럼 아직 투식화가 덜 되어 있다.

이와 같이 연행가사와 연행가사, 연행록과 연행록, 연행록과 연행가

---

14) 庚子七月初八日 余以禮曹參判 陞差冬至兼正朝聖節進賀正使 初宋叔相琦於是月五日差正使 忠州牧使李喬岳差副使 金化縣監趙榮世差書狀官矣. 李宜顯(1669~1745), 庚子燕行雜識, 肅宗 46 康熙 59 庚子. 1720. -林基中, DVD燕行錄叢刊, 누리미디어, 2011.9.9.

15) 乾隆庚戌八月十三日 卽八旬萬壽節也 進賀使昌城尉黃仁點 副使禮曹判書徐浩修 書狀官弘文館校理李百亨 以五月二十七日辭陛. 徐浩修(1736~1799), 燕行紀, 正祖 14 乾隆 55 庚戌, 1790. -林基中, DVD燕行錄叢刊, 누리미디어, 2011.9.9.

16) 許篈(1551~1588), 荷谷朝天記(許篈, 1574년), 宣祖 7 萬曆 2 甲戌, 1574. -林基中, DVD燕行錄叢刊, 누리미디어, 2011.9.9. p.10.

사의 서두는 상호원전성을 가지고 있었으며, 그런 원전성이 연행록 서두의 투식화를 만들어냈다. 이런 투식화는 당대 연행록 서두 서술의 한 유행양식이었다.

다음은 연행가사와 연행록의 결말 부분을 살펴보기로 한다. 먼저 연행가사로 작자 미상의 됴텬녹(가), 유명천(1633~1705)의 연ᄒᆡᆼ별곡(나), 서념순(1800~?)의 연ᄒᆡᆼ별곡(다), 홍순학(1842~1892)의 년ᄒᆡᆼ가(라), 유인목(1838~1900)의 북ᄒᆡᆼ가(마) 결말 부분을 살펴보기로 한다. 연행가사 작자 미상의 됴텬녹(가) 말미는 이렇게 끝난다.

(가)두어라 태평년월의 등쥬ㅣᄒᆞᆫ들 엇디ᄒᆞ리 ᄇᆡ에 ᄀᆞ득ᄒᆞᆫ 사ᄅᆞᆷ이 다토와 노ᄅᆡ블너 더브러 츄ㅣᄒᆞ여 즐기고 인ᄒᆞ여 비러 왈 원컨ᄃᆡ 이노래 ᄯᅳᆺ을 뎐문구듕에 드리고져 ᄒᆞ노라 ᄒᆞ더라[17]

연행가사 유명천(1633~1705)의 연ᄒᆡᆼ별곡(나) 말미는 이렇게 끝난다.

(나)가국이 ᄐᆡ평ᄒᆞ니 ᄐᆡ평곡을 말닐소냐 아희아 잔 ᄀᆞ득 부어라 쟝일취를 ᄒᆞ리라[18]

연행가사 서념순(1800~?)의 연ᄒᆡᆼ별곡(다) 말미는 이렇게 끝난다.

(다)가국이 ᄐᆡ평ᄒᆞ고 풍성이 냥냥ᄒᆞ니 쳔상신식이 무궁이 반갑도다
만세죵남산은 날을 보고 반기난 듯 일ᄃᆡ 한강수는 은파가 호탕ᄒᆞ다
귀거ᄅᆡ 귀거ᄅᆡ혀 가영성ᄐᆡᆨ ᄒᆞ리로다[19]

---

17) 작자 未詳, 됴텬녹(朝天錄), 仁祖 2 天啓 4 甲子, 1624. -林基中, DVD燕行錄叢刊, 누리미디어, 2011.9.9. p.74.
18) 柳命天(1633~1705), 연ᄒᆡᆼ별곡(燕行別曲), 肅宗 19 康熙 32 癸酉. 1693. -林基中, DVD燕行錄叢刊, 누리미디어, 2011.9.9. p.11.
19) 徐念淳(1800~?), 연ᄒᆡᆼ별곡(燕行別曲), 哲宗 3 咸豊 2 壬子. 1852. -林基中,

연행가사 홍순학(1842~1892)의 년힝가(라) 말미는 이렇게 끝난다.

(라)흔실이 안낙ᄒᆞ니 즐겁기도 그지업다 청계ᄉᆞ 녯곡죠로 의구히 노ᄅᆡᄒᆞ니 듀원ᄉᆡᆼ각 말지여다 의의토다 일쟝츈몽 노친ᄒᆞᆫ번 감ᄒᆞ시기 쇼ᄌᆞ의 위로로다[20]

연행가사 유인목(1838~1900)의 북힝가(마) 말미는 이렇게 끝난다.

(마)두어라 여운계슈 다본셜화 다버리두고 상산ᄒᆞ 낙슈변의 일녑쥬 자바타고
고기낙고 도라와셔 여가의 나모ᄒᆞ고 셕양의 밧흘갈고 송등의 글을일거
님쳐의 낙을붓쳐 황관야복 일민되야 승평일월 노ᄅᆡᄒᆞ니 이녁시 장부사업이로다[21]

이처럼 작자 미상의 됴텬녹(가)은 "태평년월의 등쥬ㅣ ᄒᆞᆫ들…이노래ㅅ듯을 텬문구듕에 드리고져 ᄒᆞ노라", 유명천의 연힝별곡(나)은 "ᄐᆡ평곡을 말닐소냐", 서념순의 연힝별곡(다)은 "가국이 ᄐᆡ평ᄒᆞ고 풍성이 냥냥ᄒᆞ니…귀거ᄅᆡ 귀거ᄅᆡ혀 가영성ᄐᆡᆨ ᄒᆞ리로다", 홍순학 년힝가(라)는 "즐겁기도 그지업다 청계ᄉᆞ 녯곡죠로 의구히 노ᄅᆡᄒᆞ니 듀원ᄉᆡᆼ각 말지여다", 유인목 북힝가(마)는 "승평일월 노ᄅᆡᄒᆞ니 이녁시 장부사업이로다"로 결말을 마무리 하고 있다. 태평곡을 노래하는 것으로 마무리하는 연행가사의 결말은 상호원전성을 통해서 투식화된 하나의 화석대라고 말할 수 있다. '淸溪詞'나 '昇平日月' 같은 표현상 다소 다르기가 나타나지만 그것 또한 모두 태평곡계열이다. 따라서 이런 투식화 현상은 당대 연행록

DVD燕行錄叢刊, 누리미디어, 2011.9.9. p.13. 작자를 徐念淳(1800~?)으로 확정한 것은 東國大 박사과정 곽미라의 논문 참조(고시가연구, 30집, 2012.8.).

20) 洪淳學(1842~1892), 연힝가(燕行歌), 高宗 3 同治 5 丙寅. 1866. -林基中, DVD燕行錄叢刊, 누리미디어, 2011.9.9. p.132.

21) 柳寅睦(1838~1900), 북힝가(北行歌), 高宗 3 同治 5 丙寅. 1866. -林基中, DVD燕行錄叢刊, 누리미디어, 2011.9.9. p.83.

결말의 한 유행양식이었다.

다음은 연행록 김창업의 가재연행일기(바)와 이해응의 계산기정(사)의 말미를 살펴보기로 한다. 많은 논거들이 있지만 비교적 후대에 많은 영향을 끼친 가재연행일기를 한 보기로 들어 거론한다. 김창업의 가재연행일기(바)의 말미는 이렇게 끝난다.

(바)연경에 갔다가 돌아오기까지의 기간은 5개월로 모두 146일이 걸렸고, 갔다 온 거리는 합하여 6천28리다. 연경에서 출입한 것과 길에서 돌아다닌 것이 또한 6백75리나 되고, 얻은 詩文은 402편이다.(往返五朔 共一百四十六日 去來路程 共六千二十八里 在燕京出入及在道迂行者 又六百七十五里 得詩四百二篇)[22]

1803년 이해응의 계산기정(사)의 말미는 이렇게 끝난다.

(사)연경에 갔다 온 길은 모두 6천183리인데, 이는 답사한 길과 館에 머무를 때 구경하기 위하여 돌아다닌 길은 셈하지 않은 것이다. 表文을 모신 날로부터 복명한 날까지는 1백52일이다.(往返程途 共六千一百八十三里 歷路及留館時 爲遊觀迂行之路 不論焉 自拜表日至復命凡一百五十二日)[23]

이처럼 연경에 갔다가 돌아오기까지의 걸린 날짜와 연경까지의 왕래거리를 쓰는 것으로 마무리하는 결말 투식화가 나타난다. 연행록의 이런 투식화 양식은 대부분 相互原典性 때문에 나타나는 현상이다. 당시 이런 통상적인 결말양식은 결말부분의 한 유행양식이다.

---

22) 金昌業(1658~1721), 稼齋燕行錄(老稼齋燕行日記), 肅宗 38 康熙 51 壬辰. 1712. -林基中, DVD燕行錄叢刊, 누리미디어, 2011.9.9.

23) 李海應(1775~1825), 薊山紀程, 純祖 3 嘉慶 8 癸亥. 1803. -林基中, DVD燕行錄叢刊, 누리미디어, 2011.9.9.

이제는 연행록과 연행가사의 결말 부분을 살펴보기로 한다. 이계호의 연힝녹(아) 말미는 이렇게 끝난다.

> (아)일긔를 진셔로 ᄒᆞ면 ᄌᆞ연이 피인을 휘ᄂᆞᆫ 일이 만키 언문으로 ᄒᆞ여 오니도 무슈ᄒᆞ다 ᄒᆞ고 겸ᄒᆞ여 노친과 쳐ᄌᆞ식들 보기를 위ᄒᆞ여 이리ᄒᆞ여시나 언문도 셔려 변변이 못ᄒᆞ니 혹 보ᄂᆞᆫ이 우슬가 ᄒᆞ노라[24)]

김지수의 셔힝록(자) 말미는 이렇게 끝난다.

> (자)왕ᄂᆡ의 지ᄂᆡᆫ일과 도쳐의 노든경과 인물과 풍속이며 듯는일 보는거슬
> 날마다 긔록ᄒᆞ야 녁녁히 적어시니 우리노친 심심즁의 파적이나 ᄒᆞ오실가[25)]

홍순학의 년힝가(차) 말미는 이렇게 끝난다.

> (차)노친ᄒᆞᆫ번 감ᄒᆞ시기 쇼ᄌᆞ의 위로로다[26)]

이처럼 이계호의 연힝녹(아)은 “노친과 쳐ᄌᆞ식들 보기를 위ᄒᆞ여”, 김지수의 셔힝록(자)은 “우리노친 심심즁의 파적이나 ᄒᆞ오실가”, 홍순학의 년힝가(차)는 “노친ᄒᆞᆫ번 감ᄒᆞ시기 쇼ᄌᆞ의 위로로다”로 결말은 마무리하고 있다. 노친과 아내와 자녀들이 쉽게 볼 수 있도록 하려고 한글로 쓴다는 것을 밝혀 마무리하는 방식이다. 한편 이계호는 연행록을 한글로

---

24) 李繼祜(1754~1833), 연힝녹(燕行錄), 正祖 17 乾隆 58 癸丑, 1793. 信권 -林基中, DVD燕行錄叢刊, 누리미디어, 2011.9.9. p.641.

25) 金芝叟(1787~?), 셔힝록(西行錄), 純祖 28 道光 8 戊子. 1828. -林基中, DVD燕行錄叢刊, 누리미디어, 2011.9.9. p.116.

26) 洪淳學(1842~1892), 연힝가(燕行歌), 高宗 3 同治 5 丙寅. 1866. -林基中, DVD燕行錄叢刊, 누리미디어, 2011.9.9. p.132.

쓰는 까닭은 한글을 읽을 수 있는 조선의 독자들을 위한 배려뿐만 아니라, 저들 곧 청나라 관리들이 알아서는 안 될 내용이 많은데 한문으로 쓸 경우 이를 피할 수 없기 때문에 한글로 쓰는 일이 많다고 하였다. 청나라 조정에서 불시에 연행록을 검열하는 일이 자주 있었기 때문에 이를 피하기 위한 수단으로서 한글 연행록을 쓰는 일이 많았다는 저간의 사정을 말하고 있다. 이와 같이 한글 연행록과 연행가사는 그 결말 부분에서 상호원전성을 보여주고 있다. 이것 역시 상호원전성에 의한 당대의 한 마무리 유행양식이다. 연행록에서 서두와 결말의 이런 유행양식은 연행록 내용구성의 닮기와 다르기 서술양식에 해당하는 것이다.

3-3. 내용구성의 펴오기와 따오기

앞에서 거론한 것처럼 연행록은 태생적으로 상호원전성을 가진 문헌군이다. 그런 태생적 성격은 앞선 여러 연행록을 가지고 부족하다고 생각되는 자기의 연행록을 보완하는 관행을 만들어낸다. 그런 보완방법의 하나가 곧 펴오기나 따오기다. 저자는 비교적 많은 양의 한 단위를 가져오는 것을 펴오기, 비교적 적은 양의 한 부분을 가져오는 것을 따오기라는 용어로 변별한다. 펴오기가 서술 단위로 볼 때 전체성이 있는 것이라면, 따오기는 서술 단위로 볼 때 부분성이 있는 것을 말한다. 이런 보기들 가운데 하나를 거론해 보기로 한다. 이해응의 계산기정 부록 '胡藩'[27]과 박사호의 연기정 류관잡록 '諸國'[28]을 대비하여 살펴본다. 그들은 모두 '胡藩'과 '諸國'을 '附錄'과 '雜錄'이란 독립서술 항목으로 설정

27) 李海應(1775~1825), 『薊山紀程』, 부록 胡藩. 純祖 3 嘉慶 8 癸亥, 1803. -林基中, DVD燕行錄叢刊, 누리미디어, 2011.9.9.

28) 朴思浩(?~1828~?), 『燕紀程』, 유관잡록 諸國. 純祖 28 道光 8 戊子, 1828. -林基中, DVD燕行錄叢刊, 누리미디어, 2011.9.9.

하였다. 이를 서술 순차에 따라서 1-6으로 간추려본다.

胡藩-1. 몽고는 명 나라 때 달단(韃靼)이라 일컬었다…(蒙古 明時稱韃靼…)

胡藩-2. 회국자는 무릇 12부이니, 합밀・벽전토로번・합랍사랍…(回國子 凡十二部 曰哈密 曰闢展土魯藩 曰哈拉沙拉…)

胡藩-3. 악라사는 대비달자국이라고도 이름한다…(鄂羅斯 亦名大鼻㺚子國…)

胡藩-4. 섬라는 본래 두 나라의 이름이다. 섬은 한나라 적미의 종족으로 원 나라 때 하나의 나라로 합쳐졌다…(暹羅 本二國名 暹乃漢赤眉遺種 元時合爲一國…)

胡藩-5. 안남국은 옛날 남교의 땅이다…(安南 古南交之地…)

胡藩-6. 농내국은 안남국의 속국이다…(農耐國 安南之附庸也…)

諸國-1. 몽고는 일명 달단으로 사막에 있는데, 천하의 막강한 나라이다…(蒙古 一名韃靼 居沙漠 天下莫强之國也…)

諸國-2. 회자는 회회국이라고도 하며, 바다 가운데에 있어 다섯 달이 걸려야 비로소 중국에 이른다…(回子 亦稱回回 國在海中 五閱月 始抵中國…)

諸國-3. 악라사는 대비달자국이라고도 하며 흑룡강 북쪽에 있으므로 중국에서 2만여 리나 떨어져 있다…(鄂羅斯 亦名大鼻㺚子國 在黑龍江北 距中國二萬餘里…)

諸國-4. 섬라는 적미유종국이라고도 하며, 점성족의 극남쪽에 있다…(暹羅 或稱赤眉遺種 國在占城極南…)

諸國-5. 안남은 옛 남교의 땅이다…(安南 古南交之地…)

諸國-6. 유구국은 동쪽 바다 가운데에 있어 우리나라의 탐라와 가장 가까우며, 나라 안에 보물이 많다…(琉球國 在東海中 與我國耽羅最近 國中多寶物…)

위의 '胡藩'과 25년 뒤 '諸國'의 두 기술에는 그 구성과 내용의 유사성이 극명하게 드러나는데 연행록에는 이런 현상이 적잖이 나타난다. 이처럼 앞선 연행록 원전에서 가져온 펴오기와 따오기를 적절하게 안배하고 거기에 변화에 따른 차이나 새로운 정보를 더하여 자기의 연행록을 만들어낸다. '諸國' 1-6의 구성은 '胡藩' 1-6에서 펴온 것이고, '農耐國'을 '琉球國'으로 바꾼 것은 또 다른 곳에서 따온 것이다. 이처럼 펴오기가 한 서술단위의 전체를 들어오는 것이라면, 따오기는 아주 적은 부분만 가져오는 것을 말한다. 연행록에서 이런 펴오기와 따오기 현상이 나타나는 까닭을 살펴보면 대부분 내용 보완의 욕망에서 비롯되고 있다. 따라서 이 부분을 부정적 시각으로만 보아서는 안 된다. 본래의 의도를 살려서 신뢰성을 더 높여가는 자료로 활용하여야 할 부분이다. 연행록에 자주 나타나는 따오기와 펴오기 현상은 연행록 내용 보완의 한 방법으로 이것 역시 상호원전성에 의한 연행록 서술방식의 한 유행양식이다.

다음은 박지원이 열하일기의 '幻戲記序'[29]에 쓴 내용을 이유준이 그의 몽유연행록 '己酉正月初五日 幻戲記'[30]에 그대로 펴오기한 보기다.

> 어떤 이가 말하기를, "이런 환술을 팔아 생계를 유지하는 사람을 王法 밖에 두고 誅絶시키지 않는 까닭은 무엇입니까?" 하고 묻기에, 나는 답하기를, "이는 중국 땅이 한없이 넓어서 이런 것을 길러내도 정치에 병이 되지 않기 때문입니다. 만일 천자가 좀스러워서 이런 것을 하나하나 따지고 깊이 추궁한다면, 도리어 깊숙한 곳에서 잘 보이지 않게 살다가 어떤 때는 나와서 세상을 흐려 놓을 것이기 때문에 천하의 근심이 더 클 것입니다. 그래서 날마다 사람들로 하여금 장난삼아서 구경하게 하면 부인이나 어린이까지도 이것을 환술로 알게 되어, 놀래고 현란하게 되지 않을 것이므로 이것이 임금 된 자가 세상을 어거하는 방법이 아니겠습니까."

---

29) 『熱河日記』의 幻戲記序: 或曰 售此術以資生 自在於王法之外而不見誅絶何也 余曰 所以見中土之大也 能恢恢焉並育 故不爲治道之病 若天子挈挈然與此等較三尺 窮追深究 則乃反隱約於幽僻罕覩之地 時出而衒耀之 其爲天下患大矣 故日令人以戲觀之 雖婦人孺子 知其爲幻術 而無足以驚心駭目 此王者所以御世之術也哉. 朴趾源, 熱河日記, 正祖 4 乾隆 45 庚子. 1780. -林基中, DVD燕行錄叢刊, 누리미디어, 2011.9.9. p.1128.

30) 『夢遊燕行錄』의 幻戲記: 寧使其售此術以資生 自在於王法之外 而恢恢焉並育 故不爲治道之病 若天子契契然 與此輩較三尺 窮追深究 則乃反隱約於幽僻罕到之地 時出而衒耀之 其爲患大矣 是以日令人觀之 雖婦孺皆知其幻戲 而無足以驚心駭目 此無乃爲王者御世之一端歟. 李有駿, 夢遊燕行錄, 憲宗 14 道光 28 戊申. 1848. -林基中, DVD燕行錄叢刊, 누리미디어, 2011.9.9. p.156.

이처럼 박지원의 '幻戲記序'를 68년 뒤 이유준이 '幻戲記跋'로 그 위치를 변경하지만, 이유준은 거의 원전 그대로를 펴온다. 만일 연행록 쓰기에서 따오기와 펴오기가 내용 보완의 한 방법으로 유행양식화가 되지 않았다면 이런 현상이 빈번하게 자주 반복되지는 못하였을 것이다.

이제 한글 연행록 김지수의 무자서행록과 홍순학의 병인연행가 한 부분을 더 살펴보기로 한다. 무자서행록은 '冊肆'를 다음과 같이 기술하고 있다.

> ᄎᆡᆨᄉᆞᄒᆞᆫ곳 드러가니 만고셔가 다잇ᄂᆞᆫᄃᆡ 경ᄉᆞᄌᆞ집 ᄇᆡᆨ가셔와 소셜ᄑᆡ관 운부ᄌᆞ뎐
> 슈학역학 텬문디리 의약복셔 불경이며 샹셔도경 긔문ᄐᆡᆨ을 시학뉼학 문집들과
> 제목쎠셔 ᄇᆞᆨ혀시니 모르ᄂᆞᆫ글 ᄐᆡᆨ반이라.31)

그리고 그 38년 뒤 병인연행가는 '冊푸리'를 다음처럼 기술한다.

> ᄎᆡᆨ푸리을 볼작시면 만고셔가 다잇ᄂᆞᆫᄃᆡ 경셔서긔 ᄇᆡᆨ가셔와 소셜패관 운부ᄌᆞ젼
> 슈ᄒᆞᆨ녁ᄒᆞᆨ 쳔문지리 의약복셔 불경이며 상셔도경 긔문벽셔 시ᄒᆞᆨ율학 문집들과
> 명필법쳡 그림쳡과 쳔하산쳔 지도가 아청갑의 ᄡᅢ며쑥이 불근의예 황지부침
> 졔목ᄡᅧ셔 놉히ᄇᆞᆨ하 못보던ᄎᆡᆨ ᄐᆡᆨ반이오.32)

이처럼 홍순학의 병인연행가는 38년 전 김지수의 무자서행록의 '冊肆'를 그대로 펴온다. 달라진 곳은 "명필법쳡 그림쳡과 쳔하산쳔 지도가

---

31) 金芝叟(1787~?), 셔힝록(西行錄), 純祖 28 道光 8 戊子. 1828. -林基中, DVD燕行錄叢刊, 누리미디어, 2011.9.9.

32) 洪淳學(1842~1892), 연힝가(燕行歌), 高宗 3 同治 5 丙寅. 1866. -林基中, DVD燕行錄叢刊, 누리미디어, 2011.9.9.

아청갑의 쌔며쑤이 불근의예 황지부침" 1행을 추가한 것뿐이다. 무자서행록에서 '冊肆'를 가져온 것은 병인연행가의 16가지 '푸리'구성에서 본다면 따오기다. 그러나, 무자서행록의 '冊肆'와 병인연행가는 '冊푸리'를 한 단위로 본다면 이것은 퍼오기에 해당한다. 한글본과 한문본의 퍼오기와 따오기의 유행양식은 그 성격의 본질적 측면에서 볼 때 별다른 차이가 발견되지 않는다. 그러나 한글본이 언어 선택 단위 위주라면 한문본은 문장 선택 단위 위주라고 말할 수도 있을 것 같다. 따라서 퍼오기와 따오기는 연행록의 한 기술양식, 곧 연행록 쓰기의 한 방법에 속하는 문제라고 말할 수 있다. 어느 한 시대의 의상 패션이나 언어 패션이 결점이 될 수 없는 것이라면 연행록의 쓰기 패션, 곧 연행록 기술의 유행양식 또한 결점이라고 말할 수만은 없을 것이다. 연행록 기술의 한 방법으로 인정하고 수용하면서 수용자의 목적에 따라서 각기 다른 활용방안을 선택하면 되는 문제다. 앞에서 거론한 것처럼 19세기 초 김경선이 연원직지서문에서 이미 영행록의 이런 특색을 들어 그 극복방안을 제시하고 있지 않은가.

3-4. 내용구성의 닮기와 다르기

연행록을 서로 비교하면서 살피다 보면 누구나 그 내용에서 크게 두 가지 현상이 드러나는 것을 쉽게 발견할 수 있다. 한 측면은 원전성의 연행록을 닮으려고 하면서 다른 한편에서는 그와 차별화 노력을 한다. 이른바 '踏襲'과 '互避'의 현상이다. 이런 현상은 원전성 연행록에만 국한되지 않으며 원전성의 여러 다른 자료 전반으로 확대되어 나타난다. 닮기는 서술양식이나 서술 언어의 선택에 많이 나타나며, 다르기는 그에 따른 내용의 기술에서 다양하게 많이 나타난다. 그 한 보기로 유리창에 관한 기록의 일부를 살펴보기로 한다.

박지원은 열하일기에서 '琉璃廠' 기사를 이렇게 시작한다.

"유리창은 정양문 밖 남쪽 성 아래 있는데 가로로 뻗어 선무문 밖까지 이르니 곧 延壽寺의 옛터이다…(琉璃廠 在正陽門外南城下 橫亘至宣武門外 卽延壽寺舊址 宋徽宗北轅 與鄭后同駐延壽寺…)".[33]

그런데 82년 뒤 이항억도 그의 연행일기에서 '琉璃廠' 기사를 이렇게 시작한다.

"유리창은 정양문 밖 남쪽 성 아래 있는데 가로로 뻗어 선무문 밖까지 이르니 곧 연수사의 옛터이다…(廠在正陽門外南城下 橫亘至宣武門外 卽宋延壽寺舊址也…)". [34]

이처럼 연행록 '琉璃廠' 기사의 시작이 투식화 된 문장으로 시작되는 것은 따오기성 닮기에서 기인한 것이지만, 그 내용의 다르기는 다 열거하기 어려울 정도로 아주 다양한 차이를 보여준다. 이런 유형의 닮기와 다르기 현상은 연행록 기술방식의 두드러진 한 특징이다. 상대적으로 많은 연구가 축적되어 있는 박지원의 열하일기는 펴오기와 따오기, 닮기와 다르기를 아주 정교하게 자기화하는데 세련된 솜씨를 보여준 대표적인 연행록이라고 할 수 있다. 그는 연행록의 통상적 유행양식을 극복하려고 철저하게 준비하고 치열하게 노력한 연행록 작가다. 따라서 저자는 열하일기연구는 이런 부분을 면밀하게 밝혀내는 작업부터 시작해야 될 것이라는 생각을 가지고 있다. 이런 연구를 바탕으로 삼지 않는

33) 朴趾源, 熱河日記, 黃圖紀略의 '琉璃廠', 正祖 4 乾隆 45 庚子. 1780.-林基中, DVD燕行錄叢刊, 누리미디어, 2011.9.9. p.683.

34) 李恒億, 燕行鈔錄(燕行日記), 二十八日 壬辰 晴, '琉璃廠', 哲宗 13 同治 元 壬戌, 1862. -林基中, DVD燕行錄叢刊, 누리미디어, 2011.9.9. p.76.

다면 사상누각이 되고 마는 부분이 많아질 것이라고 생각되기 때문이다. 18세기 청나라 이문조(李文藻)의 '琉璃廠書舍記'를 전후하여 중국에도 유리창 관련 기록들이 있어 왔다. 18세기 박지원은 열하일기에서 "중국의 거인(擧人)과 지명(知名)의 인사들이 많이들 유리창에 묵고 있다(天下擧人海內知名之士 多寓是中)"고 썼는데, 19세기 홍순학은 그의 병인연행가에서 "쳔하보뷔 드녑숫다"라고 노래하였다. 이처럼 유리창은 고급 문화정보의 산실이며 천하의 진귀한 것이 모두 집결되는 공간으로 인식되었기 때문에 거기에서 각자의 수준과 능력에 따라서 얻어낸 정보로 유리창기(琉璃廠記)를 썼다. 홍순학의 유리창기는 지필묵과 온갖 유형별 푸리로 구성하였는데 외형적 균형감각은 보여주지만, 박지원처럼 새로운 관심분야의 은밀한 추적과 새로운 자료획득은 하지 못 한 것 같다. 박지원의 관심 분야는 물화에 있지 않고 록명연(鹿鳴宴)을 치른 천하의 거인(擧人)들과 해내의 지명지사(知名之士)에 있었다. 이런 차이가 연행록의 성격과 각기 다름을 만들어낸다. 박지원의 열하일기는 그의 관심 분야에 관한 은밀한 정보원을 찾아내야 닮기와 다르기, 따오기와 펴오기를 말할 수 있을 것이다. 그는 의도적으로 상호원전성과 투식화된 유행양식을 극복하려고 치열하게 노력한 연행록 작가이기 때문이다. 그의 정보원은 18세기까지의 중국 거인들과 지명지사들한테서 찾을 수 있을 것이다.

다른 한글연행록 이계호의 『연힝녹』 '갑인졍월초구일'에서 '푸리' 한 부분을 더 살펴보기로 한다.

> 인ᄒᆞ여 화초푸리에 드러가니 열 대엿간은 ᄒᆞᆫ 쟝막을 짓고 ᄉᆞ면에 두 층으로 대를 무으고 각색 화초분에 온갖 긔화이초를 싱거시니 백매 홍매와 니화 도화며 목단 쟈약과 다화 계화와 모면화 영산홍과… 35)

35) 李繼祜, 연힝녹(燕行錄), 正祖 17 乾隆 58 癸丑, 1793. -林基中, DVD燕行錄叢

이와 같은 '푸리' 기사는 35년 뒤 김지수의 무자서행록에서 과도기 현상을 보이다가 73년 뒤 홍순학의 병인연행가에서 투식화 현상을 보인다. 무자서행록에는 새푸리, 화초푸리, 의복푸리, 서적푸리, 采風푸리, 곡식푸리, 각종 푸리 등과 이와 달리 과일전, 철물전, 목물전 등이 나타나고, 병인연행가에는 이를 모두 '푸리'로 통일하여 香푸리, 冊푸리, 비단푸리, 부채푸리, 茶푸리, 기명푸리, 采風푸리, 과실푸리, 곡식푸리, 생선푸리, 술푸리, 떡푸리, 철물푸리, 옹기푸리, 전당푸리, 각종푸리 등으로 나타난다. 김지수는 '푸리'와 '전'을 변별하여 기술하려는 투식화의 진행과정을 드러내지만, 홍순학은 '푸리'로 투식화 되어버린 서술방식을 그대로 따르고 있다. 다음은 김지수의 무자서행록 '화초푸리'를 위의 이계호의 연힝녹 '화초푸리'와 대비하여 살펴보기로 한다.

(가)화초푸리 드러가니 긔화이초 다잇는듸 쥴노심은 옥줌화는 향닉나기 졔일이오
푸른쏫춘 취됴화요 븕은쏫춘 도류화라 당국품국 셕쥭화며 모란ᄌ약 촉규화며
월계ᄉ계 쳔엽치ᄌ 옥믹홍믹 삼식도며 믿도라미 봉션화며 화셕뉴의 금젼화며…[36]

이처럼 이계호의 연힝녹 '화초푸리에 드러가니'가 35년 뒤 김지수의 무자서행록 '화초푸리 드러가니'로 조사 1음절을 빼서 운율화 하고 많은 화초를 나열한다. 한글연행록에서 '푸리'라는 기술방식이 상호원전성에 의해서 투식화되고 유행양식화 하는 것을 볼 수 있다.

刊, 누리미디어, 2011.9.9.

36) 金芝叟, 셔힝록(西行錄), 純祖 28 道光 8 戊子. 1828. -林基中, DVD燕行錄叢刊, 누리미디어, 2011.9.9.

다음은 무자서행록(가)과 병인연행가(나)의 ‘采風푸리’ 부분을 보기로 한다.

> (가)ᄎᆡ풍푸리 바느질은 옷도짓고 슈도노코 의뎐이라 ᄒᆞ는ᄃᆡ는 온갓의복 파는고나
> 보션슬갑 장숨이며 바지젹숨 두루마기 비단관복 깁속것과 숨승무명 기져긔며
> 공단니불 포다기며 몽고뇨의 슈방셕과 아희입는 ᄇᆡ오라기 복쥬감토 당감토며··37)

> (나)ᄎᆡ풍푸리 볼작시면 슈도노코 ᄇᆡᄂᆞ질의 속것젹삼 두루막이 소음바지 져고리며
> 보션슈갑 타오투와 잉쥬요ᄋᆡ 창파ᄒᆞ며 비단단복 깁슈건과 공단목화 슈당혜며
> 귀집코집 말악이와 다님돌씌 ᄇᆡᄅᆡ기며 마제토슈 등거리며 반팔ᄇᆡᄌᆞ 흉ᄇᆡ들과··38)

이처럼 무자서행록은 ‘采風푸리’와 ‘衣廛’을 나누어 기술하는데, 38년 뒤 병인연행가는 이를 ‘채풍푸리’로 통합하여 기술한다. 앞은 ‘푸리’라는 기술용어가 아직 ‘의전’을 통합할 수준까지 유행양식화 된 단계가 아님을 보여주는 보기라면, 뒤는 완전히 유행양식화 된 현상으로 나타난 단계라고 말할 수 있다. 시대마다 연행록 기술의 유행양식은 이와 같이 존재한다. 여기서 ‘푸리’는 닮기고 ‘의전’이 ‘푸리’로 통일되는 것은 다르기다.

이제 무자서행록(가)과 병인연행가(나)의 ‘곡식푸리’ 부분을 좀 더 살펴보기로 한다.

---

37) 金芝叟(1787~?), 셔힝록(西行錄), 純祖 28 道光 8 戊子. 1828. -林基中, DVD燕行錄叢刊, 누리미디어, 2011.9.9.

38) 洪淳學(1842~1892), 연힝가(燕行歌), 高宗 3 同治 5 丙寅. 1866. -林基中, DVD燕行錄叢刊, 누리미디어, 2011.9.9.

(가)곡식푸리 볼작시면 돌방하의 노미쌀과 기장슈슈 피좁쌀과 모밀보리 귀우리며
녹두젹두 광젹이며 황ᄃᆡ청ᄃᆡ 쥐눈콩과 옥슈슈를 밧출갈고 ᄊᆡ를빅여 울을ᄒᆞ고
피마ᄌᆞ를 타작ᄒᆞ고 박을울녀 집을덥고 큰ᄆᆡ돌은 반간즙이 당ᄂᆞ귀의 풍경다라‥[39]

(나)곡시푸리 볼작시면 이쌀찹쌀 슈슈쌀과 기장좁쌀 피쌀이며 모밀보리 귀우리와
녹두젹두 광젹이며 황틔청틔 반주콩과 율모의이 옥슈슈며 참ᄀᆡ들ᄀᆡ 아죽까리‥[40]

이 부분 병인연행가(나)의 '곡식푸리 볼작시면' 이 기술방법으로서 무자서행록(가)의 닮기라면, 병인연행가(나)의 '기장좁쌀 피쌀이며 모밀보리 귀우리와 녹두적두 광적이며 황틔청틔 반주콩과'는 무자서행록(가) 따오기에 '기장슈슈'를 '기장좁쌀'로 '쥐눈콩과'를 '반주콩과'로 다르기를 시도한 것이다. 전체로 본다면 닮기와 다르기, 따오기와 다르기의 기술방법인 셈이다. 그리고 김지수의 무자서행록에서는 의복, 서책, 약, 차 등의 푸리를 통합하였는데, 홍순학의 병인연행가는 이를 모두 독립시켜 개별화한다. '푸리'의 기술방법이 투식화 과정을 넘어서 전형화하는 현상까지 보여준다. 이런 기술방법은 유행양식의 전형화라고 말할 수도 있을 것 같다.

끝으로 무자서행록의 '철물전'(가)과 병인연행가의 '철물푸리'(나)를 한 곳 더 비교하여 본다.

---

39) 金芝叟(1787~?), 셔ᄒᆡᆼ록(西行錄), 純祖 28 道光 8 戊子. 1828. -林基中, DVD燕行錄叢刊, 누리미디어, 2011.9.9.
40) 洪淳學(1842~1892), 연ᄒᆡᆼ가(燕行歌), 高宗 3 同治 5 丙寅. 1866. -林基中, DVD燕行錄叢刊, 누리미디어, 2011.9.9.

(가)털물뎐의 호미독긔 셕쇠곱쇠 얼기쇠며 광이ᄉᆞᆯ포 가ᄅᆡᄂᆞᆯ과 모로작도 쇠시랑과
작위변탕 ᄃᆡ핏ᄂᆞᆯ과 도ᄅᆡ송곳 활비비며 한과쥴과 ᄉᆞᆯ톱가지 화져가락 통송곳과
ᄃᆡ갈편ᄌᆞ 거멀못과 오ᄇᆡ칼의 장도리라… 41)

(나)쳘물푸리 볼쟉스면 쟝도환도 시칼졉칼 장창독긔 협도쟉도 자귀변탕 ᄃᆡ픠ᄉᆞᆯ과
ᄃᆡ톱소톱 줄환이며 도ᄅᆡ송곳 활부븨와 보십가ᄅᆡ 삽갈리며 젹쇠곱쇠 어리쇠며
ᄃᆡ갈현ᄌᆞ 화젹가락 광쥬졍의 거멀못과 부회열쇠 자믈회와 인도가의 져울밧탕‥42)

이처럼 무자서행록에서 ‘철물전’이 38년 뒤 병인연행가에서는 ‘철물푸리’로 서로 다르게 기술된다. 무자서행록은 푸리식 기술방식이 아직 유행양식화가 덜 된 상태라고 말할 수 있을 것이다. 병인연행가에서는 16곳의 많은 푸리로 통일성을 보인 것과 달리 무자서행록에는 ‘전’과 ‘푸리’를 혼용하면서 ‘푸리’는 6곳뿐이다. 유행양식의 흐름을 알 수 있게 한다. ‘푸리’로 닮아가고 그 내용으로 달라지는 다르기가 주류를 형성하는 유행양식을 보여준다.

이처럼 닮기와 다르기는 연행록 쓰기의 한 방식이라고 말할 수 있다. 따라서 따오기와 펴오기가 연행록 내용 보완의 한 방식이었다면, 닮기와 다르기는 연행록 쓰기의 한 방식이었다. 이런 기술양식은 강점과 약점 양면성을 다 같이 가지고 있는 것이어서 연행록이란 문헌군이 가지고 있는 특징의 하나로 수용하여 강점으로 활용해야 할 과제다.

---

41) 金芝叟(1787~?), 셔ᄒᆡᆼ록(西行錄), 純祖 28 道光 8 戊子. 1828. -林基中, DVD燕行錄叢刊, 누리미디어, 2011.9.9.

42) 洪淳學(1842~1892), 연ᄒᆡᆼ가(燕行歌), 高宗 3 同治 5 丙寅. 1866. -林基中, DVD燕行錄叢刊, 누리미디어, 2011.9.9.

4. 맺음말

연행가사와 연행가사, 연행록과 연행록, 연행록과 연행가사에서 상호원전성은 연행록의 이름, 서두와 결말, 내용의 펴오기와 따오기, 닮기와 다르기에 잘 드러나 있다. 이 문제는 19세기 김경선이 지적한 이른바 도습(蹈襲)과 호피(互避)의 문제다. 펴오기와 따오기와 닮기가 도습의 영역이라면 호피는 다르기, 곧 다르게 하기 영역에 속하기 때문이다.

앞에서 거론한 논점들을 간추려서 그 대략을 요약하여 정리해 보면 다음과 같다. 연행록은 태생적으로 상호원전성을 가진 문헌군이다. 이것이 이 문헌군의 한 본질적인 특색이다. 따라서 읽는 방법의 터득이 특별하게 요청되는 문헌군이다.

수집된 연행록 540여 건을 대상으로 연행록의 이름과 그 표기양상을 살펴보면 13세기 말부터 15세기 초까지의 제1세대 연행록은 연행록 이름에서 상호원전성이 많이 나타나지 않던 시기다. 15세기 초부터 16세기 중엽까지의 제2세대 연행록은 조천록으로 표기된 것이 28건으로 연행록 이름에서 이때부터 상호원전성이 드러난다. 제2세대를 넘나들면서 쓰였던 朝天과 됴텬系 이름 표기의 연행록은 연행록 총 543건 중 96건으로 18% 정도다. 16세기 전반기의 연행록 이름은 朝天錄系가 6건, 燕行錄系가 3건이고 16세기 후반기의 연행록 이름은 朝天錄系 22건 燕行錄系 5건이어서 16세기는 朝天錄系가 28건으로 가장 많고, 燕行錄系가 8건으로 연행록 이름 유행양식의 과도기적 현상을 보여준다. 16세기 중엽부터 19세기 말까지의 제3세대 연행록은 그 이름과 표기 방법이 가장 다양하게 나타난 시기다. 그리고 가장 많은 연행록이 생산된 시기다. 정리된 연행록 총 543건 중 440여 건이 이 시기에 나타난 것들이어서 81% 정도를 차지하고 있다. 이 시기 燕行과 연힝系 이름 표기의 연행록은 정리된 연행록 총 543건 중 281여 건으로 52%에 이른다. 그중 燕行錄이란 이름으로 표기된 것만도 53건에 이른다. 한편 연행록의 이름을 使行錄系로 표기한 것은 3건에 불과하다. 사행록이 이 문헌군의 이름이 될 수 없는 까닭의 하나로 드러난다. 연행록은 燕行錄系, 燕槎錄系, 瀋行錄系, 北行錄系, 熱河記系, 西行錄系, 漂海錄系, 隨槎錄系, 赴燕錄系, 燕京錄系, 槎行錄系, 遊燕錄系, 銀槎錄系, 輶軒錄系, 燕薊錄系, 赴京錄系, 薊山錄系, 椒蔗錄系, 乘槎錄系, 玉河記系, 飮氷錄系, 行錄系, 使行錄系 등의 23가지 계열 이름에 34가지의 서로 다른 이름 표기양상을 합하면, 16세기 중엽부터 19세기 말까지의 제3세대 연행록에 모두 57가지의 연행록 이름의 표기양상이 드러난다. 여기에다가 제1세대 연행록의 이름과 제2세대 연행록 朝天錄系를 더하면 모두 62가지의 연행록 이름의 표기 양상이 드러나고 있다. 앞에 나타나는 바와 같은 연행록 이름의 다양한 변별 노력은 상호원전성과 관련이 있다. 따라서 그 내용 또한 이와 무관할 수가 없다. 연행록의 이름은 선행의 것과 동일화 현상, 유사화 겸 변별화 현상, 변별화 현상이라는 3가지 유형으로 만들어졌다고 말할 수 있다. 그 발상의 단초는 대부분 상호원전성에서 기인한 것이다. 따라서 연행록 이름은 상호원전성에 의해 16세기는 조천록이 한 유행양식으로 곧 조천록 패션시대였으며, 18세기 19세기는 연행록이 한 유행양식으로 곧 연행록 패션시대였다는 것을 알 수 있다. 이런 패션은 상호원전성의 닮기에서 온 것들인데 이와 다르기로 그런 패션을 비껴나간 것이 여러 가지의 개성적인 연행록 이름들이다.

연행록의 서두에서 보면 연행가사와 연행가사, 연행록과 연행록, 연행록과 연행가사의 서두는 상호원전성을 가지고 있었으며, 그런 원전성이 연행록 서두의 투식화를 만들어냈다. 이런 투식화는 연행록 서두 서술의 한 유행양식이었다. 연행록의 결말에서 보면 연경에 갔다가 돌아오기까지의 걸린 날짜와 연경까지의 왕래거리를 쓰는 것으로 마무리하는 결말 투식화가 나타난다. 연행록의 이런 투식화 양식은 대부분 상호원전성 때문에 나타나는 현상이다. 당시 이런 통상적인 결말양식은 결말부분의 한 유행양식이다. 연행록에서 서두와 결말의 이런 유행양식은 연행록 내용구성의 닮기와 다르기 서술양식에 해당한다.

연행록의 내용구성에서 펴오기와 따오기는 작자의 본래의 의도를 살려 신뢰성을 더 높여가는 자료로 활용하여야 할 부분이다. 연행록에 자주 나타나는 펴오기와 따오기 현상은 연행록 내용 보완의 한 방법으로 이것 역시 상호원전성에 의한 연행록 서술방식의 한 유행양식이다. 따라서 펴오기와 따오기는 연행록의 한 기술양식, 곧 연행록 쓰기의 한 방법에 속하는 문제라고 말할 수 있다. 어느 한 시대의 의상 패션이나 언어 패션이 결점이 될 수 없는 것이라면 연행록의 쓰기 패션, 곧 연행록 기술의 유행양식 또한 결점이라고 말할 수만은 없을 것이다. 연행록 기술의 한 방법으로 인정하고 수용하면서 수용자의 목적에 따라서 각기 다른 활용방안을 선택하면 되는 문제다.

연행록 내용구성에서 닮기와 다르기는 연행록 쓰기의 한 방식이라고 말할 수 있다. 따라서 펴오기와 따오기가 연행록 내용 보완의 한 방식이었다면, 닮기와 다르기는 연행록 쓰기의 한 방식이었다. 이런 기술양식은 강점과 약점 양면성을 다 같이 가지고 있는 것이어서 연행록이란 문헌군이 가지고 있는 특징의 하나로 수용하여 강점으로 활용해야 할 과제다.

연행록은 그 어느 문헌보다도 생래적으로 상호원전성이 강한 문헌군이다. 이것이 태생적 특성이며 본질적 성격이다. 따라서 앞으로 상호원전성의 계보작성 같은 작업이 절실하게 요청되는 문헌군이다.

제3장
연행록의 화답시

1. 머리말

이른바 조천록은 고려와 명(1368~1392), 조선과 명(1392~1636)의 전형적인 조공 관계가 만들어 낸 기록문학이며, 연행록은 조선과 청(1636 ~1894)의 의례적인 조공 관계가 만들어 낸 기록문학이다. 논의의 편의상 이글에서 이렇게 변별한다. 조천록과 연행록은 외교적인 공기록이 아니며, 문학적인 사기록이기 때문에 문학적 접근이 요청된다. 저자가 조사한 바에 따르면, 이런 유형의 문헌자료는 대략 500여 종 수백 책에 달하는 방대한 양이 전하고 있다. 이런 문학유산의 담당층은 모두 당시 상류사회의 사류계층들이기 때문에 자연스럽게 수준 높은 문학성을 보여 준다. 조천록과 연행록은 당시 한성과 연경을 외교 목적으로 왕래한 대략 5~6개월 내지 길게는 1년간의 여행기다. 조천사의 공로(貢路)는 해로와 육로 두 가지가 있었으며, 1621년부터 1637년까지 특수한 상황의 17년을 제외하고는 연행사들의 공로는 육로로 한정되어 있었다. 그리고, 이 외교 사절들이 연경에 체류할 수 있는 기간은 대략 한 달 남짓 정도였다. 조천록과 연행록의 작자는 대개 상사, 부사, 서장관이나 그들의 종사관(從事官)들이다. 삼사(三使) 중에서는 서장관이 단연 많고, 그밖의 작자 대부분은 종사관으로 수행한 당대를 대표하는 문사들이다. 특히 종사관으로 수행한 문사들은 학술외교와 문화외교를 전담하고 있었는데,

그중에서 시문(詩文)의 교류는 가장 자연스럽고 중요한 외교의 한 수단이었다. 시문의 교류는 한결같이 시주문종(詩主文從)의 방법을 택하였다. 그리고, 시적 교류는 차운화답이 보편적이었으나, 차운화답과 그에 대한 합평(合評)으로 진행되는 때도 있었다. 이러한 일련의 작시 과정을 통해서 양국의 문사들은 서로 상대국 시단의 수준과 경향을 탐지할 수 있었으며, 정치와 사회 현실은 물론 역사 인식의 단면들까지도 비교적 소상하게 파악할 수 있었다. 따라서, 조천록과 연행록은 당시 한국과 중국 두 나라 시학(詩學) 일반의 비교연구나 당시 시문외교의 특징적 관행을 해명하는 데 있어서 아주 중요한 텍스트의 하나라 할 수 있다.

이 글은 16~19세기 조천록과 연행록에 나타난 조선 연행사와 명나라와 청나라 문인들의 차운화답시를 가려뽑아, 그 외교적 기능과 의미를 해명해 보려는 작업의 일환이다.

2. 16~17세기 조천록의 화답시

이 시기 비교적 많은 독자를 가진 조천록은 허봉(許篈)의 조천록, 조헌(趙憲)의 동환봉사, 권협(權悏)의 연행록, 홍익한(洪翼漢)의 조천항해록, 김육(金堉)의 조경일록 등이 있다. 그러나, 이런 조천록에 조선 사행사와 명나라 사람과의 화답시가 보이는 것은 김육의 조경일록뿐이다. 김육은 인조 14년(1636) 병자호란이 발발되기 직전 동지사(冬至使)로 명나라에 다녀온다. 명나라 말기 명의 관리・군인・백성들이 모두 부패의 늪에 빠져 허우적거리고 있는 모습을 확인할 수 있었던 김육은 이 조경일록에서 명나라가 신흥 청나라를 대적할 수 없음을 예견하고 있다. 이 조경일록에 있는 김육의 시에 대한 명나라 제독(提督)의 차운화답시는 다음과 같은 것이 있다.

〈提督의 金堉에 대한 次韻和答詩〉

有酒能消旅館雪　술이 있으니 여관의 찬 눈을 녹일 수 있고,
聞鶯得見上林花　꾀꼬리 소리 들음에 상림의 꽃도 볼 수 있지요.
莫愁故國多惆悵　고국의 슬픈 사연 근심을 마소,
屈指相將已及瓜　손꼽아 세어 보니 이미 임기가 다가왔구려.[1]

瞻雲依北闕　구름을 우러르며 북궐에 의지하고,
就日正東來　해를 향하여 정동으로 오네.
四照連階映　사조는 섬돌을 연하여 비치고,
千瓊遍地堆　천경은 온 땅에 쌓이누나.
吹綿依弱柳　불어대는 솜인가 연약한 버들가진 듯하고,
粧蘂趁新梅　곱게 차린 꽃이던가 새로 핀 매화송이 같도다.
葭管東風啓　갈대재 율관에 동풍이 열리고,
吹律動飛灰　율관을 불어 비회를 움직이리.[2]

명나라 제독의 이 시가 김육의 어떠한 시에 화답한 것인지는 조경일록에 나타나 있지 않다. 속단하기는 어렵겠지만 아마 제독의 요청에 의한 증시(贈詩)였기 때문에 누락된 것이 아닐까 추측된다. 다른 조천록과 연행록들의 화답시로 유추해 볼 때 김육의 제독에 대한 증시는 칠언시와 오언시 두 수였을 것 같다. 앞의 칠언시 1~2행은 김육의 감상적 객수(客愁)에 화답한 내용이 아니라는 것이 이 시의 3~4행에 드러나 있다. 김육이 당시 조선의 슬픈 사연을 근심하는 시를 써 보냈기 때문에 명나라 제독이 너무 근심하지 말라는 위로의 시를 써서 화답한 것일 것이다. 술로써 객창의 찬 눈을 녹여야만 하는 암울한 상황 속에서 현실적으로 거의 가능성이 없는 상림의 꽃을 볼 수도 있다는 것은 지극히 형

---

1) 金堉, 朝京日錄, 346~347쪽.
2) 김육, 조경일록, 346~347쪽.

식적인 자위일 뿐이다. 이것은 명말(明末) 조선 실학의 선구자 김육과 명나라의 국운을 짊어진 제독이 만들어 낸 현실적 공감대다. 이미 회생불능의 상태로 가라앉고 있는, 거함과 같은 명나라에 가서 조선 앞에 다가오고 있는 거센 파고의 위기를 막아 달라고 하소연하는 것은 때가 늦은 것이다. 그러하기 때문에 '이미 임기가 다가왔구려'라고 종언을 고할 수밖에 없는 것이다. 이런 상황을 간파한 김육은 홀로 서기의 일환으로 유황 구매에 적극성을 보였으나 그것 또한 때가 늦었던 것이다. 그가 사행 도중에 병자호란이 일어나 귀국이 늦어지는 결과를 빚고 말았기 때문이다. 김육은 병자호란이 발발되기 직전에 명나라에 마지막 동지사로 간 사람이다. 그때는 이미 청군의 공격을 예상하여 공로(貢路)의 변경을 요구하던 급박한 상황이 도래한 때이다. 이러한 급박한 상황 속에서 조선의 외교사절과 명나라 제독이 화답시로 국운을 건 담판을 하고 있는 것은 외교사적 측면에서 우선 주목하지 않을 수 없다. 이때의 시는 감동적인 의사전달의 방법이라기보다는 가장 급박한 상황을 가장 간명한 언어로써 가장 신속하게 전달하는 한 방편이었다. 그리고, 이때의 화답시는 가장 신속하게 서로 상대방의 의표를 꿰뚫어 볼 수 있는 힘을 가지고 있었다. 그러면서도 서로 상대방에게 아무런 상처도 내지 않는, 아주 특수한 표현 도구라 할 수 있다. 당시 한국과 중국 외교시의 의미는 이런 데서 찾아볼 수 있다.

뒤의 오언시(五言詩) 1~4행은 기하급수적으로 불어나는 간신들의 부패가 극에 달해 이미 국가의 중심축인 왕실까지 에워싸 왕권이 퇴색하고 무력화되어 있음을 상징적으로 표현하고 있다. 거기에 비해 상대적으로 세가 줄어들고 입지가 좁아지는 충신 지사의 존재 공간이 시야에서 사라지는 안타까움을 5~8행에 담고 있다. 그러나, 명나라 제독은 비감하거나 흥분하지 않고 담담히 현실을 수용하는 역사인식을 보여 주고 있다. 조선 김육의 증시에는 아마 명의 현실에 회의를 품고 그 까닭을 알고 있는지를 물었을 것 같다. 그것은 시이기 때문에 물을 수 있었고, 그 대답 또한 시이기 때문에 가능한 것이었을 것이다. 따라서, 단적으로 표현한다면 외교시의 기능과 역할은 이런 데 있다고 할 수 있다.

3. 18세기 연행록의 화답시

이 시기의 화답시는 인평대군(麟坪大君)의 연도기행, 최덕중(崔德中)의 연행록, 김창업(金昌業)의 연행일기, 이의현(李宜顯)의 경자연행잡지, 서호수(徐浩修)의 연행기, 이갑(李坤)의 연행기사, 김정중(金正中)의 연행록, 서유문(徐有聞)의 무오연행록 등을 조사 대상으로 삼았다. 이중에서 화답시로 거론할 수 있는 작품들은 김창업, 서호수, 김정중, 서유문의 연행록에만 나타난다. 김창업의 연행일기는 숙종 38년(1712) 동지사 겸 사은사 김창집의 타각(打角)으로 연경을 다녀온 연행기다. 이 연행일기는 박지원의 열하일기보다 68년이나 앞선 것으로서 여러 연행록 중 대표적인 것으로 알려져 있다. 김창업은 청나라 여러 수재 중 한 사람인 40대의 늠상생(廩庠生)을 그들의 거소에서 자연스럽게 만나게 된다. 늠상생은 청나라 생원의 제1등급 관비생이다. 그는 곽여백(郭如栢)이란 선비인데, 호는 신보(新甫)이고 자는 확암(廓庵)이었다. 그의 10대조가 명대에 지휘동지(指揮同知) 벼슬을 한 것으로 되어 있다. 수인사를 한 후 먼저 시를 보여 달라고 요청한 것은 확암이다. 확암이 '邸中近體'라고 써서 김창업에게 내밀었을 때, 조선의 문장가 김창업은 '近體'라는 말의 뜻을 몰라서 당황한다. '體'가 '作'이란 뜻을 되물어서 안 뒤에야 동관(東關)에서 지은 절구 한 수를 내놓는다. 그는 도중에서 많은 시를 지었지만 청나라의 촉휘(觸諱는 금기임)에 저촉되어서 내놓을 수 없었다고 적고 있다. 조선 연행사에게 촉휘(觸諱)는 대개 가치지향적이고 긍정적인 대명관(對明觀)이었다. 김창업이 확암 앞에 내놓은 시는 다음과 같은 것이다.

〈金昌業이 郭廓菴에게 준 시〉

客從東海向燕京	동해에서 온 나그네 연경을 향하니,
鄕月隨人處處明	고향달이 나를 따라 곳곳마다 밝혀 주네.
臥算關門明日入	내일이면 관문에 들겠구나, 누워서 생각하니,
戍樓南畔聽濤聲	수루의 남반에서 파도소리 들려오네.[3]

확암은 이 시를 정독하고 나서 배석한 19세 된 그의 아들을 시켜서 다음과 같은 화답시를 받아쓰라고 한다.

〈郭廓菴이 金昌業에게 화답한 시〉

文物衣冠莫如京	문물 의관은 서울이 제일일세,
願隨驥尾啓文明	원컨대 따라가서 문명을 열고지라.
未窺全豹偶相見	우연한 만남이라 전체야 모르지만,
可憶當年絃誦聲	지난날 현송(학문에 힘씀) 소리 충분히 짐작되네.[4]

김창업은 위 확암의 화답시를 받아 읽으면서 적이 청나라 촉휘의 컴플렉스에서 빠져나온다. 그리하여, 시어의 선택은 매끈하지 못하지만 그 착상만은 가상하다는 자존적 촌평을 가한다. 그러나, 김창업이 귀로(歸路)에 다시 한번 가르침을 청하다가 거절당하고, 이어서 확암의 아들이 황상(皇上)의 만수과(萬壽科)에 응시한다는 것을 알고 또 다시 연경 재회를 제안하다가 침묵으로 거절당하는 장면에서 조선 문사의 자존이 여지없이 짓밟혀 패배 의식에 사로잡히고 만다. 시격(詩格)이나 서격(書格)

3) 金昌業, 燕行日記, 144쪽.
4) 김창업, 연행일기, 144쪽.

에서는 상대를 압도하는 자존을 가지면서도 화답시의 주체는 항상 청나라의 문사였으며, 청과 조선 문사의 관계는 주종적인 현상은 두드러지게 나타난다. 그러나, 이런 현상은 이후의 연행록 화답시에 언제나 지속적으로 나타나는 것은 아니다. 그렇다고 해도 앞에 유로된 언표는 단순한 겸사가 아니며 어쩔 수 없는 열등의식이라는 데 민족적 비극이 도사리고 있다. 앞의 김창업의 시는 '고향달'이 의지처기 때문에 관문에 들려 할 때 '파도소리'를 상기하지 않을 수 없는 필연적 상황이다. 곧, 조선을 대표하여 조선의 파고를 잔잔하게 할 책무가 그들의 어깨에 짊어져 있기 때문이다. 그러나, 확암의 시는 그런 김창업의 시상에 아랑곳하지 않고 거대한 중원사상으로 모든 것을 삽시간에 삼켜 버리고 만다. 낙후한 소국 신민이므로 선진의 중원 문물을 배워 자기계발에 진력하라는 것으로 대등한 상대가 아니라는 것을 내세우고 있다. 다만 '絃誦' 소리가 짐작된다는 정도로 형식적 예우치레를 한 것뿐이다. 이 시에 담긴 시인의 의식을 재빨리 간파하지 못한 김창업은 부질없이 확암에게 두 번의 요청을 하고, 결국 모두 거절당함으로써 세 번 패배하는 수모를 겪은 것이다. 문장을 잘하고 시를 잘하는 것만으로는 외교에 성공할 수 없다는 본보기를 보여 준 화답시다. 묵언으로 상대의 제안을 거절하는 것은 상대를 인정하지 않는 데서 연유되기 때문이다.

서호수의 연행기는 정조 14년(1790) 건륭 황제의 만수절에 진하부사로 다녀온 사행록이다. 서호수는 당대 문벌가인 서명응의 아들로서 문헌비고와 홍재전서를 편찬한 사람이다. 서호수가 이 연행기를 쓰기 15년 전인 병신년에 연경에 갔을 때 태화전 조참(朝參)에서 이조원을 만나 서로 친숙해졌는데, 그때 이조원한테 받았던 시구를 기억하여 이 연행기에 다음과 같이 소개하고 있다.

〈雨村 李調元이 徐浩修에게 준 시〉

莫道相逢不相識	서로 만나 모른다는 말을 마오.
早朝門外馬駸駸	이른 아침 문밖에서 쏜살같이 말 달리리.[5]

이 시가 이조원의 화답시란 기록은 없지만, 이조원이 "나와 왕복한 일도 자세하게 기록하였다."고 쓴 것을 보면 화답시의 한 구절일 가능성이 높기 때문에 거론 대상으로 삼는다. 이조원의 시구에는 기민한 재치가 엿보인다. 그렇다면, 이조원은 어떤 사람인가? 나장환(羅章煥) 주편의 이조원시주(李調元詩注)를[6] 살펴보면, 그는 옹정 12년(1734)에 나서 가경 7년(1802)에 기세하였다. 호를 우촌(雨村), 또는 동산(童山)이라 하였으며, 건륭 연간에 중진사를 한 후 여러 관직에 있다가 건륭 50년에 그의 고향 사천(四川)으로 낙향하였다. 그의 시는 이백의 시와 같이 호방 표일하고, 자연의 풍격까지 두루 갖춘 뛰어난 작품이라고 높이 평가되고 있다. 서호수는 우촌의 종부제(從父弟)인 정원(鼎元)한테 들은 이야기를 다음과 같이 적고 있다.

> 우촌은 함해(涵海) 1부를 저작하였는데, 모두 185종으로 그 속에는 양승암(揚升菴)이 지은 40종과 우촌이 지은 40종과 그의 시화(詩話) 3권이 들어 있으며, 나와 왕복한 이야기도 자세히 기록하였다고 한다. 또 이시랑 서구, 유득공, 이덕무의 아름다운 글귀도 실었는데, 판 새기는 일이 겨우 끝나고, 우촌이 파직되어 판각을 갖고 사천(四川)으로 돌아갔다 한다.[7]

이와 같은 사실은 최근의 이조원시주에 그대로 드러나 있으나, 우촌시화(雨村詩話)가 10권인 점이나, 조선 연행사의 시를 중시한 흔적은 드러

5) 徐浩修, 燕行記, 165쪽.
6) 羅章煥 주편, 陳紅, 杜莉 주석, 李調元詩注, 巴蜀書社, 1993.3.
7) 徐浩修, 燕行記, 165쪽.

나지 않는다. 그러나, 이 이후의 조선 시가 이조원시에서 많은 영향을 받았을 가능성은 도처에서 발견된다. 이 문제는 후고로 미룬다.

화답시의 주고받음은 조선 연행사와 명과 청의 문인이나 관인 사이에서만 오갔던 특수한 외교 관행은 아니었다. 당시 외교가에 보편적으로 두루 존재했던 외교의 한 방편이었다. 그렇기 때문에, 같은 외교 목적으로 청나라에 온 안남국의 이부상서와 공부상서가 서호수에게 자연스럽게 화답시를 청한다. 오늘날의 외교에서 외교관들이 어느 한 나라에 특정한 외교목적으로 나가서 그 나라에 모인 각국 외교사절들과 각기 또 다른 외교 활동을 전개하는 현상과 같은 것으로 이해된다. 안남 이부상서 반휘익(潘輝益)이 조선 연행사 서호수의 화답을 청하면서 보낸 시는 다음과 같은 것이 있다.

〈潘輝益의 시〉

居邦分界海東南	나라 경계는 바다 동남으로 나뉘었으나,
共向明堂遠駕驂	다같이 명당을 향해 말을 몰아왔네.
文獻夙徵吾道在	문헌엔 우리의 도 밝혀져 있고,
柔懷全仰帝恩覃	돌봐 주는 님의 은혜 뻗치기 바라네.
同風千古衣冠制	의관은 천고토록 풍속이 같고,
奇遇連朝指掌談	기이한 인연으로 아침마다 얘기 나누네.
騷雅擬追馮李舊	글 의논 풍(馮)・이(李)의 옛 일이 회상되니,
交情勝似飮醇甘	사귀는 정 술맛보다 더욱 짙어라.[8]

이 시를 받고 조선 연행사 서호수가 안남 이부상서 반휘익에게 화답한 시는 다음과 같다.

---

8) 서호수, 연행기, 212~214쪽.

〈潘輝益에게 화답한 徐浩修의 시〉

何處靑山是日南	어느 곳 청산이 일남의 땅이런가,
灣陽秋雨共停驂	만양의 가을 비에 함께 말을 멈췄네.
使華夙昔修隣好	사신은 예전부터 인호(隣好)를 닦아 왔고,
聲敎如今荷遠覃	성교는 지금도 멀리멀리 미친다네.
法宴終朝聆雅樂	아침내 법연에서 아악을 듣노라고,
高情未暇付淸談	높은 우정 청담에 붙일 겨를 없었네.
新詩讀罷饒風味	새 시편 읽고 나니 풍미가 푸짐하여,
頓覺中邊似蜜甘	문득 속이 꿀맛같이 느끼네.[9]

먼저 반휘익의 시에 서호수가 화답한 시를 살펴본다.

앞의 潘과 徐의 칠언율시는 1~4행에서 '帝恩'과 '聲敎'를 찬양하고 기원하였다. 안남을 돌봐주는 청나라 건륭 황제의 은혜가 앞으로 길이길이 뻗치기 바란다는 것이 반의 시고, 건륭 황제의 덕이 지금도 멀리멀리 비치고 있다는 것이 서의 시다. '제은'과 '성교'는 군과 신의 관계면서 군과 백성의 관계다. 따라서, 반과 서는 청나라 황제의 신하며 안남인과 조선인은 결국 청나라 황제의 백성이라는 인식 구도다. 조공사행의 공통적인 관료의식과 외교관행이 잘 드러나 있다. 그리고, 반과 서의 시 5~6행에서는 '指掌談'과 '付淸談'으로 지속적 친선과 돈독한 우의를 강조하였다. '아침마다 얘기를 나눈다'거나 '청담에 붙일 겨를이 없다'는 언표는 강자에 대한 약자의 동병상련이라기보다는 제후국 안에 존재하는 같은 형제라는 숙명 의식이 더 강하다. 이런 의식은 약소국의 한계를 자각한 생존 방식이었다고 할 수 있다. 그러므로, 이런 친선외교는 주체적이라기보다는 숙명적 유대를 강조하는 데 불과하다. 이들이 화답시를 어떻게 쓰고 있는가를 이 시 몇 행의 대비를 통해서 알아보기로 한다.

---

9) 서호수, 연행기, 212~214쪽.

반과 서의 시 1행은 반의 '海東南'에 서가 '是日南'이라 답한다. 반과 서의 시 2행은 반의 '遠駕驂'에 서가 '共停驂'이라 답한다. 반과 서의 시 4행에서는 반의 '帝恩覃'을 서가 '荷遠談'이라 답하였다. '해동남'이라는 것은 바다 동쪽에는 조선이 있고, 바다 남쪽에는 안남이 있다는 것이고, '시일남'이라는 것은 상하(常夏)의 나라가 곧 일남(日南은 안남임)이라는 것이다. 상대방 나라의 위치와 자연을 서로 이미 알고 있다는 친선 도모성 첫 인사다. '원가참'과 '공정참'은 두 사람 모두 먼 나라에서 말을 몰아 청나라 연경(燕京)을 향해 왔고, 외교 목적과 역할 담당 또한 다르지 않다는 동질성을 내세운 것이다. 결국 이런 동질성은 황제의 은혜를 찬양하고, '길이길이'나 '멀리멀리'란 표현으로 그 은혜를 강조하며 기원하는 데로 모아졌다. 그리고, 반과 서의 시 5행에서 반의 '指掌談'에는 서가 '付淸談'으로 답하고, 반과 서의 시 8행 반의 '飮醇甘'에는 서가 '似蜜甘'이라 답하였다. '아침마다 나누는 대화'나 '청담에 붙일 겨를이 없는 우정'은 이제는 우정을 논한다는 것이 세삼스럴 정도로 친숙해진 사이가 되었음을 강조하는 대목이다. 그렇기 때문에, 이제는 그 우정이 '술맛보다 더 짙고', '꿀맛같이 느껴진다'는 것이다. 이처럼 당시 외교가의 화답시는 자연스런 대화의 도구로 쓰였다. 가장 적은 양의 언어를 동원하여 가장 많은 내용을 예모를 갖추어서 응축해 표현할 수 있는 것은 시를 당해 낼 그 어떠한 것도 존재하지 않는다.

다음은 안남의 공부상서 무휘진(武輝瑨)이 조선 연행사 서호수에게 화답을 청하면서 보낸 시이다.

〈武輝瑨의 시〉

海之南與海之東	바다의 남쪽과 바다의 동쪽,
封域雖殊道脈通	나라는 다르지만 도는 통하네.
王會初來文獻並	왕회에 처음이나 문헌은 같고,

皇莊此到覲瞻同　　황장에 지금 와서 근첨을 함께 하네.
衣冠適有從今制　　의관은 마침 지금 제도를 따랐으나,
縞紵寧無續古風　　정분은 어찌 옛 풍속 없으랴.
伊昔使華誰似我　　옛날 사신 그 누구가 우리처럼,
連朝談笑燕筵中　　아침마다 한자리에 담소를 같이 하였던고.[10]

조선 연행사 서호수가 안남 공부상서 무휘진에게 보낸 화답시는 다음과 같다.

〈武輝瑨에게 화답한 시〉
家在三韓東復東　　집이 삼한의 동쪽 끝에 있어,
日南消息杳難通　　일남 소식 아득하게 몰랐었네.
行人遠到星初動　　사신 길 멀리 오니 행차가 처음 움직이고,
天子高居海旣同　　천자가 높이 있으니 사해가 같은 땅일세.
挏酒眞堪消永夜　　동주 좋은 맛이 긴긴 밤을 잊을 만하지만,
飛車那得溯長風　　어쩌면 나는 수레 얻어 긴 바람 타고 갈꼬.
知君萬里還鄕夢　　그대의 만리 고향 가고픈 꿈도,
猶是鉤陳豹尾中　　오히려 구진과 표미 사이에 있으리.[11]

이제 무휘진의 시에 서호수가 화답한 시를 살펴보기로 한다. 이 두 편의 칠언율시도 1~4행에서 무의 '覲瞻同'에 서가 '海旣同'이라 하여 한 제후국의 신민임을 강조하고, 청나라 건륭 황제의 위덕을 기리면서 그 덕이 고루 미치기를 기원하고 있다. '지금 황장에 와서 근첨을 함께 한다'는 것이나, '천자가 높이 있으므로 사해가 같은 땅이다'는 것은 모두 청나라 건륭 황제의 성은을 찬양한 것이다. 그리고, 무와 서의 시 5~8행

10) 서호수, 연행기, 212~214쪽.
11) 서호수, 연행기, 212~214쪽.

의 핵심 시어는 앞의 화답시에서와 같이 무의 '縞紵'와 서의 '消永夜'로 상징화된, 한 제후국 신민의 우의를 강조한 것이다. 따라서, 이 화답시도 제후국 신민으로서의 聖恩 찬양과 그 신민끼리의 우정 강조라는 동일 구도로 짜여져 있다. '옛 풍속이 담긴 정분'과 '긴 밤을 잊을 만한 정분'이라는 것은 끈끈하고 오래 지속되어 온 형제 우의의 강조다. 두 시의 몇 행을 대비하여 대화의 진행 구조를 알아보기로 한다. 무와 서의 시 1행에서 무의 '海之南與東'에 대하여 서는 '三韓東復東'이라 답한다. 무와 서의 시 2행에서 무의 '道脈通'은 서가 '杳難通'이라 답하였다. 이것은 결국 서로 통하고 서로를 잘 안다는 의미다. 무와 서의 시 4행의 '근첨동'과 '해기동'은 서로 같은 처지, 같은 역할, 같은 목적 수행을 하는 것으로서, 서로 동일한 것이 한군데로 귀결되어 가는 구조다. 그리고, 무와 서의 시 8행에서 무의 '談笑燕筵中'은 서가 '鉤陳豹尾中'이라 답한다. 이 부분은 서로간 친숙의 밀도와 선린 우의를 강조하는 마무리다. 앞의 반과 서의 화답시 마무리보다 이곳의 무와 서 화답시 마무리가 시적으로 훨씬 돋보이는 성공을 거두었다. '술맛'과 '꿀맛'이란 시어보다는 '한자리의 담소'와 '구진과 표미 사이'란 언어 조직이 함축성이 높고 훨씬 더 창조적이기 때문이다. 이런 차별화는 서쪽에서 비롯되는 것이 아니며, 반쪽에서 만들어 낸 결과다. 따라서, 화답시는 상당부분 상대방의 시적 수준에 따라서, 그 다른 상대방 시의 수준이 좌우되는 군집성을 갖는다.

위에서 거론한 반과 무와 서의 화답시는 조선과 안남의 외교사절이, 한 외교 목적국 청나라 연경에서 만나 부수적 친선외교를 도모함에 있어서 국제공통어의 역할과 기능을 아무런 불편없이 만족스럽게 수행해 내고 있다. 이처럼 당시 외교가의 화답시는 외교적 의전이 갖추어진 가장 수준 높은 고급의 국제적인 문화언어였다. 이런 유의 화답시 특색은 순차적인 대화의 연결이 있고, 단락별 부주제가 있다. 그리고, 이 부주제가 모여 하나의 궁극적 주제를 제시한다. 앞에 거론된 시에서 첫 인사로 시작하여 대화를 마무리하는 과정과 성은을 말하고 우정을 강조하는 두 가지의 부주제, 이 두 가지 부주제를 결합하여 중원 아래 조선과 안남이 존재함은 모두 중원 황제의 성은이기 때문에 그 성은을 찬양하고 기원한다는 궁극적 주제가 바로 그런 것이다.

김정중의 연행록은 정조 15년(1791) 연공 진하사(年貢陳賀使) 김이소 일행을 따라 연경에 다녀온 기록이다. 김정중은 벼슬을 하지 않은 평양 사족(士族)인데 시문을 좋아하였으며, 자를 사룡(士龍)이라 하고 호를 자재암(自在菴)이라 하였다. 김정중은 연경(燕京)에서 청나라 선비 정소백(程少伯)의 집을 찾아간다. 정소백은 그의 형 평기(萍寄)와 그의 종자(從子) 십연(十然)과 함께 찾아온 손님을 반겨 맞는다. 이 자리에서 정소백이 분운(分韻)을 청하자 김정중은 당시(唐詩) '細論文'이란 글귀를 고른다. 그리고, 소백은 '細' 자를, 십연은 '與'자를, 김정중은 '文' 자를 얻는다. 맨 먼저 김정중이 아래와 같은 칠언시를 짓는다.

다음은 조선 연행사 김정중(金正中)이 청나라의 소백(少伯)·십연(十然)과 서로 주고받은 시이다.

〈金正中의 시〉

吾生苦晩猶好古	말세에 태어났으되 옛것 좋아해,
少讀河南夫子文	하남 부자의 글을 젊어서 읽었네.
座上春風門外雪	좌상에는 봄바람 문밖에는 눈,
恨未摳衣三沐薰	직접 뵙고 수업 못해 한이 되더니.
後世雲孫在京國	후세에 먼 자손이 경사에 있어,
典形猶存特出群	전형은 남아 있고 무리에 빼어나
長安市上十萬家	장안의 거리에는 십만 집이요,
日夜車馬何紛紛	밤낮으로 거마만 어지러운데.
忽到程氏草堂裡	정 소백의 초당에 문득 이르니,

紙窓畫壁無塵氣	종이 창문 그림벽 티끌도 없네.
飜然出戶喜折屐	얼른 문에 나와서 몹시 반기고,
坐我胡床禮甚勤	호상에 나를 앉혀 예절 닦으며.
況復番番一幅錦	더구나 희디흰 한 폭 비단에,
筆能二分詩三分	글씨도 좋고 시도 훌륭해.
溫如滄海拾明珠	맑기는 창해에서 명주 거둔 듯,
晈若青山籠白雲	밝기는 청산 속에 백운 가둔 듯.
逖矣扶桑千里外	머나먼 부상 천 리 밖에 있다가,
不意今行得吾君	뜻밖에 이번 길에 님을 만나니.
君家仲容眉骨奇	님의 집 조카는 기품 잘나고,
咬菜脫粟窮典墳	가난에 마음 편코 옛글 통달해.
相看握手成三笑	서로 보고 손잡고 삼소 지으니,
牙頰生香日已曛	입가에 향기 일고 날은 저물어.
莫問平生我所爲	내 평생에 한 일을 묻지 마시오,
四十五十今無聞	마흔 넘어 쉰에 아직 무명이외다.[12]

청나라 문인 정소백은 조선 연행사의 수행 문인 김정중이 지은 이 시를 읽고 "杜甫의 품위와 蘇洵의 기상이므로, 오랜 동안의 깊고 정교한 연구가 있지 않고는 이룰 수 없는 시"라 평한다. 이 시의 1~8행은 김정중 자신의 이야기다. 그는 호고(好古)와 다독(多讀), 호학(好學)과 이상(理想) 실현이라는 그의 과거와 현재를 상대방에게 정중하게 내보인다. 그리고, 이 시의 9~18행에서는 당시 찬란한 문화대국 청나라 연경에서 청나라 선비 정소백을 만나 시서(詩書)로 예교(禮交)를 하면서 청나라 문인들의 아취에 흠뻑 빨려든다. 이어서 이 시 19~22행에서는 정소백의 從子 十然이 기품이 몹시 뛰어나 보인다고 하면서 시적 대상을 소백에서 십연으로 이동시킨다. 그리고, 십연이 자기와 비슷한 호고와 다독 취향,

---

12) 김정중, 연행록, 451~454쪽.

곧 궁전분(窮典墳)을 가진 사람이란 동질성을 발견함으로써 친숙감이 더 해져서 三笑를 짓게 된다. 이 시의 마지막 23~24행은 김정중 자신이 오십 대의 백의한사(白衣寒士)임을 들어 약소국 신민의 냉소적 자괴감을 토해 내고 있다.

정소백은 김정중의 위 시를 읽고 다음과 같은 화답시를 짓는다.

〈少伯의 시〉

平生重交遊	평생에 벗 사귀기 소중히 여겨,
動輒忘氣勢	걸핏하면 기세를 잊어버렸네.
仰睇古風遠	옛 풍도 깊은 것을 우러러보고,
俯懷壯心厲	장한 마음 굳셈을 생각했도다.
偶遊燕市中	우연히 연경 안에 와서 지내며,
放眼祛捍蔽	뜻대로 구경하여 답답 푸는데
君從東海來	임자가 동해에서 이곳에 오매,
萬里結神契	만리 밖의 神交를 맺었네.
語我殷俗存	나에게 말하기를 은 풍속 남아,
井田規古制	정전 옛 제도 그대로 있고,
三代法物在	삼대의 좋은 문물 보존되어서,
遵循仍勿替	지키고 바꾸지를 않는다 하네.
詩書夙所好	시서는 일찍부터 즐기는 바요,
禮義敢自勵	예의는 감히 스스로 닦아 왔으니.
高談豁心骨	고상한 이야기에 심신 트이고,
鄙俗忽已逝	비천한 습속이야 아주 떠났네.
譬觀滄海大	비유컨대, 바다의 큰 것을 보고서
始覺衆流細	뭇 냇물이 작은 줄 앎과 같아라.
何時復來遊	어느 때나 다시 와서 노시렵니까?
行李不敢滯	여행은 감히 지체 못 하오리다.
相思如層雲	서로서로 그리움 구름 겹치듯,
行行仰天際	가며가며 하늘만 우러러보리.[13]

김정중은 이 시를 읽고 "한푼도 들이지 않고 이런 비단에 수놓은 것 같은 시를 얻었으므로, 돌아갈 때 나의 전대가 빈곤하지 않겠다."고 평한다. 이 시의 1~8행은 정소백 자신의 이야기다. 그는 고풍(古風)을 받들고 벗 사귀기를 좋아하면서 살아왔고, 연경 풍물을 완상(玩賞)하면서 자적하는 자신의 과거와 현재를 진솔하고 담담하게 그려 낸다. 그리고, 이 시의 9~16행에서는 은속(殷俗), 고제(古制), 삼대문물(三代文物)을 지금도 그대로 보존하고 있는 소백의 정신세계와 예의와 시서(詩書)를 즐기는 문인들의 탈속적 아취를 보여 주고 있다. 이어서 이 시 17~20행에서는 조선 같은 소국 신민은 청나라에 와서 대국 문물을 보고 새로운 자각과 올바른 자기인식이 요청된다는 것을 자기의 체험을 통해서 조언하고 있다. 이 시의 마지막 21~22행에서는 서로 한계상황 속에 들어 있음을 깨달으면서 석별의 정을 나눈다.

청나라 십연은 김정중의 위 시를 읽고 다음과 같은 화답시를 짓는다.

〈十然의 시〉

空齋忽不懌	빈방이 문득 싫어
新歲作羈旅	새해에 길 떠나니.
昨日城西來	성서에서 어제 와
遠客乍容與	먼 데 손님 만났네.
相隔三千里	삼천리나 막혔거늘
何幸班荊敍	다행히도 한자리에.
況且春風吹	더구나 춘풍 불고,
龍團爲君煮	님을 위해 용단 달여.
呵凍略陳辭	붓 녹혀 얘기하니,
古今略備擧	고금 얘기 갖추어.

13) 金正中, 燕行錄, 451~454쪽.

且作斯文談	성학을 애기하니,
未暇問出處	출처 물을 겨를 없네.
珠玉旣在望	글 솜씨 이미 높거늘,
敢云較角汝	감히 겨룰 생각하랴!
慙無東道情	부끄럽다 주인다운 맛 없어,
未克速肥羝	살진 양을 대접 못 하니.
但得風雲篇	풍운의 시편만을 얻어서
歸爲錦囊貯	금낭에 담아 돌아가소서.[14]

김정중은 이 시를 읽고 '글자마다 고아(古雅)하므로 염락(濂洛)의 여파(餘派)라'고 평한다.

그리고, 정소백은 앞의 김정중 시를 소중히 가보로 전해 후손들에게 천리 밖의 신교(神交)가 있었음을 알리겠다고 한다. 김정중도 두 분의 시고를 가지고 돌아가서 서루(書樓)에 걸어두고, 때때로 읊으면서 잔을 들어 멀리 축원하겠다고 한다. 이 시의 1~12행은 십연 자신의 이야기다. 그는 성서(城西)에서 연경에 갓 도착했으며, 그가 연경에 온 까닭은 문득 공재(空齋)가 싫어져 화려한 문물을 찾아 나왔다는 것이다. 그리고, 이 시의 13~16행은 조선의 김정중이 쓴 위 시를 통해서 조선 문인들의 작시 수준을 새삼 확인하는 장면이다. 이 시의 마지막 17~18행은 앞의 김정중이나 정소백의 시에서처럼 별리의 정을 담아 마무리한다.

앞 세 편의 시는 화답시로 보기 어려운 점이 없지 않지만, 늘 있는 시회(詩會)에서의 작시(作詩) 합평(合評)과는 달리 평(評)과 시(詩)를 서로 주고받았고, 시상의 전체적인 흐름의 관점에서 볼 때도 화답시 논의의 범주에 포함시켜 별 무리가 없을 것 같아 거론 대상으로 삼았다.

앞에 보인 3편의 시에서 제1행은 일반 화답시에서처럼 시를 쓰는 이

---

14) 김정중, 연행록, 451~454쪽.

가 어떤 사람인지를 밝히는 인사성의 표현 발상이다. 곧, 김정중의 '猶好古', 정소백의 '重交遊', 십연의 '空齋忽不懌'이 모두 내가 누구인가의 언표다. 김정중과 소백의 시 5행과 십연의 시 6행은 '燕市中'이라는 같은 회동 장소를 제시한다. 그리고, 김정중 시의 9행 '忽到'와 소백 시의 7행 '海來'와 십연 시의 3행 '西來' 등은 연행사의 화답시에 항상 등장하는 공간성 투식어다. 시를 마감하는 단계에서 서로 그리움을 안고 헤어짐을 못내 아쉬워하는 것도 연행사의 화답시에 항상 보편화되어 나타나는 구도다. 따라서, 앞에 든 세 편의 시는 일반 시회에서 각기 다른 발상으로 자유롭게 지은 시와 달리 모두 화답시의 내면구조를 가지고 있다. 특히 십연의 시 9행 '붓을 녹여 얘기하니'나 11행의 '성학을 얘기하니'는 화답시의 상투적 대화체다. 십연의 시 13~14행에는 김정중의 글솜씨를 찬양하고 있지만, 김정중의 시 23~24행에서 김정중은 무명의 寒士인 점에서 자존을 상실한다. 반면, 십연의 시 17~18행에서 십연은 '풍운의 시편을 얻어 금랑에 담아 가라'는 주체적인 자존을 강하게 부각시킨다. 이런 현상은 조공사행사의 화답시에 나타나는 어쩔 수 없는 현실적 한계라 할 수 있다. 그러나, 그런 경우도 시는 가장 이상적인 대화수단으로서의 모든 기능과 역할을 다하고 있다. 자존과 자존의 상실이라는 대립적 갈등은 화답시로 표현했기 때문에 정서의 충돌이 생기지 않는다. 이런 점이 곧 당시 외교계에서 시가 국제어로 존재할 수밖에 없었던 당위론적 현상이었다고 말할 수 있다.

서유문의 무오연행록은 정조 22년(1798) 서유문이 사은 겸 동지사의 서장관으로 연경에 다녀온 견문을 한글로 쓴 특이한 연행록이다. 연경에 머무는 동안 조선 연행사 세 사람이 청나라 선비 이운(李雲)의 집을 찾아간다. 거기에서 다섯 사람의 청나라 선비와 주연을 벌이고 화답시를 짓는다. 모두 취중에 지은 시이기 때문에 다 기록하지 않고, 시 공부의 수준이 비교적 높아 보이는 다음과 같은 이운(李雲)과 섭등교(葉登喬)

의 시만을 적어 놓았다.

〈李生 雲의 시〉

東南賓主鬪分曹	동남의 손과 주인이 싸움하여 무리를 나누니,
漏巵原緣奠酒醪	잔이 새는 것이 술을 담음을 인연함이로다.
混沌何年傷鑿竅	혼돈은 어느 해에 구멍을 뚫기에 상하였는고,
獻壽有意賦偸桃	헌수는 뜻이 있어 복숭아 던지기를 글지었도다.
通波有穴尋源易	물결을 통한 결구멍은 근원을 찾기 쉽고,
穿石雲根引脈勞	샘을 뚫는 구름뿌리는 맥을 인도하기 수고롭더라.
那得携樽重九會	어찌 시러곰 준을 이끌어 구일 모꼬지[잔치 · 모임]하여,
龍山頂上更題糕	용산 이마 위에 다시 떡을 두고 글을 지을꼬.[15]

〈葉生 登喬의 시〉

落日金樽邀上客	낙일에 금준으로 으뜸 손을 맞았으니,
酒鱗紅動綺筵開	술비늘이 붉게 움직이매 비단자리를 열었도다.
主人雅欲傾千榼	주인은 본디 일천 합을 기울이고자 하나,
闔坐何曾進一盃	합좌는 어찌 일찍 한 잔을 내어왔으리오.
蟻穴潰堤從古有	개미언덕 무너짐이 예로부터 있고,
尾閭泄海幾時回	미려 바다를 새게 하여 어느 때 돌아오리요.
憑敎換取鸕鶿酌	비겨 가르쳐 노자작(술잔 이름)을 바꾸어 가져,
醉倚梅花待月來	취하여 매화를 의지하여 달 오기를 기다리는도다.[16]

15) 徐有聞, 무오연행록, 274~275쪽.

16) 서유문, 무오연행록, 274~275쪽.

이 화답시는 조선 연행사 서유문의 일행이 연경에 머무는 동안 일행 중 치형(致亨)이라는 사람이 경인(景仁)과 이광직(별호는 又也)을 대동하고 청나라 선비 이운(李雲)의 거처로 찾아간다. 거기서 섭등교(葉登喬), 이운의 외사촌 주원(周元), 절강 전당현 선비 한휴(韓休), 산음현 선비 진연(秦延) 등을 만난다. 한휴는 한유(韓愈)의 방손으로 소개되며 섭등교는 시를 잘 하는 선비로 소개된다. 그리고, 이광직은 호기가 있고 경인은 꼬장한 선비로 소개되었다. 화답시는 주연 석상에서 취흥이 도도한 가운데 짓는다. 먼저 이운이 운을 내렸다. 경인에게는 '桃', 치형에게는 '糕', 우야에게는 뜻대로 운을 정하라고 한다. 다음은 섭등교가 운을 불렀다. 진연에게는 '樽', 우야에게는 '巵', 한휴에게는 '壺'로 지으라고 한다. 이렇게 하여 지은 시에 이운과 섭등교가 화답한 시가 위에 소개한 작품이다. 따라서, 위 이운의 시는 경인, 치형, 우야가 '桃', '糕' 운으로 지은 시에 화답한 것이라 볼 수 있고, 섭등교의 시는 '樽', '巵', '壺' 운으로 지은 진연, 우야, 한휴의 시에 화답한 것이라 여겨진다. 이에 앞서 경인과 치형이 부른 '杯' 자 운이 너무 쉽다 하여 이운과 섭등교는 받아들이지 않았다. 그리고, 이광직이 먼저 "今日偶逢天下士 百年長作夢中人(오늘 우연히 천하 선비를 만나니, 백 해에 길이 꿈속 사람을 지으리로다)"이라는 한 구를 짓고 이운에게 다음 구를 완성하라고 하였으나, 좌중이 모두 과하다고 하는 가운데 받아들여지지 않는다. 조선 선비 세 사람의 그러한 객기와 작시 수준, 청나라 선비 세 사람이 지은 시를 모두 한목에 삼켜 버린 화답시가 위의 이운과 섭등교의 시라고 할 수 있다. 그 여섯 사람의 시가 어떠했는지를 상세히 알 수 없기 때문에 여기서 상론에 붙일 수는 없다. 그러나, 외교에 있어서 시는 훌륭한 국제어지만 그 수준의 차별화가 너무 극명하게 드러나기 때문에 누구나 쉽게 사용할 수 있는 국제어는 아니었다는 것이 드러나는 장면이다.

4. 19세기 연행록의 화답시

이 시기의 연행록은 비교적 많은 독자를 가지고 있던 유득공(柳得恭)의 연대재유록, 이해응의 계산기정, 박사호(朴思浩)의 심전고, 이재흡의 부연일기, 김경선(金景善)의 연원직지, 서경순(徐慶淳)의 몽경당일사와 김지수의 서행록, 홍순학의 병인연행가, 유인목의 북행가 등을 거론 대상으로 삼는다. 이 가운데 전자는 한문으로 쓴 연행록이고 후자는 한글 가사다. 한문 연행록에는 한시가 있고, 한글 가사는 그 형식이 운문이므로 연행록과 시문학은 밀접한 관계가 있다 할 것이다.

유득공의 연대재유록은 작자가 순조 1년(1801)에 사은정사(謝恩正使) 조상진(趙尙鎭)의 일행을 따라 검서관(檢書官)으로 연경을 다녀온 사행록이다. 이 연행록에는 청나라 선비 묵장(墨莊), 전교(田較), 백우(伯雨) 등이 작자에게 보여 준 시초(詩草)를 보고 교훈적 시평(詩評)을 정치하게 제시한 곳이 있고, 청나라 선비와 주고받은 여러 편의 제화시(題畫詩)와 선면시(扇面詩)가 들어 있다. 유득공의 시와 학문이 청나라 선비들에 비해 단연 돋보이고, 그의 겸손하면서도 의연한 자존이 여러 곳에 나타나 있어 민족적 긍지를 갖게 해주는 사행록이다. 서로 주고받은 선면시도 넓은 의미로 본다면, 화답시라 할 수 있겠지만 이번 거론 대상에서는 제외한다.

유득공은 연경의 서사(書肆)에서 진전(陳鱣)이라는 절강(浙江) 해녕(海寧)에 사는 한 선비를 만난다. 그의 자는 중어(仲魚)이고 관은 효렴(孝廉)이었다. 서로 상대국의 문화와 학문, 제도와 역사 등에 관해서 궁금했던 것을 문답하면서 서로를 알게 된다. 중어는 설문해자정의 30권을 저술했는데, 그 초고본을 유득공에게 보여 준다. 이 저술에 관해 서로 해박한 지식을 교환한다. 그리고, 중국의 역대 걸출했던 시인들에 관해서 스스럼없는 견해를 교환한다. 중어는 이어서 자기가 저술한 논어훈고 10권을 보여 준다. 이 책은 이본을 모두 인용하였는데, 고려본(高麗本)과 일본의 아시카가본(足利本), 산정정(山井鼎)의 칠경고이(七經考異)까지 미쳤다. 이를 본 유득공은 넓기는 하지만 간혹 미흡한 곳이 있다고 지적할 만큼 당시 이미 박학과 학문의 성숙도를 보여 주고 있다. 마침내 중어는 유득공에게 다음과 같은 오언율시 한 수를 시를 지어 준다.

〈仲魚가 저자 柳得恭에게 오언율시 한 수를 지어 줌〉

東方君子國	동방이라 군자의 나라에서
職貢入京師	조공을 받들고 서울에 왔네.
不貴文皮美	아름다운 호피도 반갑지 않고,
惟稱使者詩	다만 사신의 시를 일컫노라.
客愁三月暮	나그네 시름은 봄조차 저물었고,
交恨十年遲	사귄 정은 10년이 늦어 한이구료.
此去應回首	이번 가면 응당 고개를 돌리리니,
關山落月時	관산의 달이 떨어진 무렵에.[17]

이 시를 받아 본 유득공은 중어에게 다음과 같은 시를 지어 화답한다.

〈저자 柳得恭의 화답시〉

斯世囂然古	이 세상에 나서 옛사람 배우니,
其人可以師	그 사람 스승이 됨 직하구료.
形聲窮解字	형성으로 해자(解字)를 궁리도 하고,
名義守箋詩	명의는 시전을 고수하네.
居恨雲溟遠	사는 곳 멀어서 바다 밖이 한스럽고,
談忘午景遲	이야기는 여름해가 긴 줄 모르네.
相看俱老矣	서로 보니 모두들 늙었는지라,
寧有再來時	어찌 다시 올 때가 있을 거냐.[18]

17) 柳得恭, 燕臺再遊錄, 437~438쪽.

위 중어의 시와 유득공의 화답시 1~2행은 곧바로 자기가 아닌 상대를 소개하는 것으로 시작한다. 연행록의 화답시 1~2행이 일반적으로 자기를 소개하는 것으로 시작하는 것과 다른 점이다. 오랫동안 말과 필담으로 상대를 알 수 있었기 때문일 것이다. 중어는 유득공을 군자라 하고, 유득공은 중어를 스승이라 칭한다. 연행록 화답시에서 서로를 소개하는 투식적 시문법이다. 여기에다 서로 화답시를 쓰는 공간이 연경이란 점을 잊지 않고 표현한 점 역시 연행록 화답시의 아주 보편적 구조다. 그리고, 중어의 시와 유득공의 화답시 2~4행에서는 서로 상대방을 시인 또는 시인이며 학자로 추앙한다. 중어는 유득공을 뛰어난 시인이라 하고, 유득공은 중어를 대단한 문자학자이면서 시인이라고 칭찬한다. 여기까지가 대방의 소개와 예찬이다. 중어의 시와 유득공의 화답시 5~6행은 지기지우를 늦게 만남과 먼 곳에 두게 된 점을 시공 개념으로 강조한다. 그리고, 중어의 시와 유득공의 화답시 7~8행은 재회가 무망한 작별의 아쉬움을 표현하여 우의를 강조한다. 여기까지는 지기의 우의를 강조한 것이다. 이 두 편의 화답시는 시적 수준이나 학문적 수준이 유사한 두 나라의 문사가 외교가에서 시로써 대화하는 내용이 얼마나 자연스럽고 성공적이었는가를 보여 주는 좋은 본보기라 할 수 있다.

박사호의 심전고는 작자가 순조 28년(1828) 사은 겸 동지정사(謝恩兼冬至正使) 홍기섭 일행을 따라 연경을 다녀온 기록이다. 박사호가 연경에 머물면서 청나라 선비 소천(小泉)의 별장에서 용재(容齋), 운객(雲客), 중봉(中峰), 백암(白菴), 소백(少伯)을 만난다. 이곳에서 그들과 함께 학문과 시문에 관한 이야기로 하루를 보낸다. 청나라 선비들은 영재집과 초정집을 이미 다 읽고, 효효히 상고(尙古)한 기품이 있다고 평할 만큼 조선을 잘 알고 있다. 자하 신위, 종산 이규현, 호은 백한진, 지산 이만재 등과

18) 유득공, 연대재유록, 437~438쪽.

도 사귀고 있는 터이기 때문에 박사호와도 구면처럼 대화를 한다. 하루를 보내고 서로 헤어질 때, 운객(雲客)은 눈물을 흘리면서 다음과 같은 오언절구 한 수를 지어 박사호한테 준다.

〈雲客의 시〉

久矣聞君名	그대 이름 들은 지 오래던 차에,
君來行有日	그대 왔다 또 가게 되었네.
更勸君一扈	다시 한 잔 그대에게 권하여,
悤悤將惜別	총총히 이별을 아끼려 하노라.[19]

운객이 지은 이 시를 받아 읽고 박사호는 다음과 같은 시를 지어서 화답한다.

〈저자 朴思浩가 화답한 시〉

人生貴知心	인생은 마음을 앎이 귀하니,
百年當一日	백년이 하루와 같네.
四座且停盃	만좌가 술잔을 멈추고,
聽我歌遠別	내 작별의 노래를 듣는구나.[20]

운객의 시와 박사호의 화답시 1행은 서로를 잘 안다고 시작한다. 그리고, 운객의 시와 박사호의 화답시 2행은 시를 짓는 공간을 제시한다. 그리고, 마지막 행은 많은 연행록의 화답시에서처럼 역시 작별을 아쉬워한다. 이것은 연행록 화답시의 보편적인 작시법이다. 일행은 박사호의 윗 시를 모두 좋다고 하면서 다음과 같이 평한다. 이중봉은 "청고(淸

19) 朴思浩, 心田稿, 253쪽.
20) 박사호, 심전고, 253쪽.

古)하고 담원(淡遠)하여 참으로 악부(樂府)의 상승(上乘)이다."고 하고, 운객은 "원숙하여 마음을 쓰지 않고도 양한(兩漢)의 유풍을 터득하였다."고 평한다. 소천은 "지은이의 시가 아름답고 보는 이는 안목이 높으니 홍진십장(紅塵十丈)에 어찌 사람이 없다 하리요."라 하고, 소백은 "시가 매우 고고하여 한인(漢人)의 뜻을 터득하였도다."라고 평한다. 마지막으로 백암은 "시는 좋은데 화답을 못하니 벌주 한잔을 받겠다."라고 한다.

이와 같이 연행록의 화답시는 문화외교를 가장 성공적으로 수행해 내는 고급스런 국제어 구실을 하였다. 시로 하는 대화이기 때문에 항상 예모가 갖추어져 있었고, 그 내용이 순수할 수 있었으며, 표층적인 모든 충돌을 완화시켜 정서의 상처를 피해 갈 수 있었다.

김경선의 연원직지는 순조 32년(1832) 작자가 동지 겸 사은정사 서경보(徐耕輔), 부사 윤치겸(尹致謙)의 서장관으로 연경을 다녀온 사행기록이다. 이들 일행이 연경의 관소에 머물면서 청나라 도광(道光) 황제의 시에 화답한 세 수의 화답시가 있다. 김경선은 정사 부사와 함께 옹화궁, 국자감, 태학, 벽옹을 둘러보고 관소로 돌아온다. 이때 관소에는 주객사(主客司)에서 갱진(賡進은 임금이 지은 시에 화답하여 시를 지어올리는 일)하게 하라는 전갈이 와 있었다. 그것은 청나라 도광 황제가 원명원(圓明園)에서 칠언율시 한 편을 발표하고 각국 사신들에게 화답시를 지어 올리라고 한 것이다. 이런 일은 연례행사처럼 되어 있었다. 조선 사신과 유구국 사신 등에게는 화답시를 써 올리라 하고, 토사국(土司國) 사신은 글이 없는 나라에서 왔다 하여 갱진에서 제외시켰다. 그때 도광 황제가 지은 시는 다음과 같다.

〈道光皇帝의 시〉

春郭欣乘紫雪驄	자설 총마 기꺼이 타고 봄나들이 나가니,
御園淑氣歲皆同	어원의 맑은 기운 해마다 같구나.
層樓虛榭輕烟裏	층층 누대 빈 정자 얕은 연기 속이요,
疊嶂疎林細靄中	첩첩 봉우리 성긴 숲 엷은 안개 가운데네.
書室晝長多寂靜	서실은 낮이 길어 아주 고요하고,
氷湖氣暖半消融	얼음 호수는 기온이 따뜻해 반쯤 녹았네.
回思去夏焦憂事	지난 여름 걱정일 돌이켜 생각하면,
肅乂調勻籲昊穹	평정하고 고름을 하늘에 아뢰리.[21]

도광의 시 1~4행은 태평성세의 정조에다 자신의 선정을 부각시켜 놓았다. 그리고, 5~8행에서는 '解冬春色'이란 정조에다 평란의 공을 환기시키고 있다. 그렇게 함으로써 평란과 선정과 태평성세를 인과의 수레바퀴로 만들어, 그것을 중원이란 거대한 우주의 축에 매어 전 세계를 향해 돌리려는 세계관의 한 도식이 들어 있다.

위의 청나라 도광 황제가 지은 시에 조선의 정사 서경보가 화답한 시는 다음과 같다.

〈정사 徐耕輔의 시〉

和鑾淸蹕擁仙驄	화한 난령 맑은 행차 선총에 옹위되었는데,
夾路歡聲億兆同	길을 낀 환호 소리 억조 창생이 함께 하네.
萬國梯杭王會日	만국의 제후 신하 모여드는 날,
太平文物畵圖中	태평의 문물은 그림 속에 있구나.
燈明鳳闕三元近	봉궐에 등불 밝으니 삼원이 가까와지고,
春解龍顔四海融	용안에 봄 풀리니 사해가 풀리도다.
從此年年書大有	이로부터 해마다 대유를 써서,

21) 金景善, 燕轅直指, 394~395쪽.

宸誠前夜格于穹　　황제의 정성은 지난밤 하늘에 통했으리.[22]

조선의 정사 서경보는 그의 시 1~4행에서 중원의 평화는 곧 억조창생의 평화라고 화답하고, 만국의 제후가 중원에 모여 이미 도광의 세계관 구도 속에 들어와 있다고 화답한다. 그리고, 그의 시 5~8행에서는 중원의 평화가 곧 세계의 평화이고, 청나라 도광 황제의 용안에 근심이 풀린다는 것은 곧 전세계인의 얼굴에 수심이 걷히는 것이라고 화답한다.

위의 청나라 도광 황제 시에 화답한 부사 윤치겸의 시는 다음과 같다.

〈부사 尹致謙의 시〉

西園曉日馭龍驄　　서원의 아침 해에 용총이 납시니,
萬國梯杭此會同　　만국의 제후 신하 여기에 모였구나.
一派笙簫香霧裡　　한가락 생소 소리 안개 속에 울리는데,
九重城闕瑞雲中　　구중의 성궐은 구름 속에 묻혔어라.
恩覃遐外天如覆　　은혜는 먼 번방까지 뻗쳐 하늘과 같고,
仁布陽和雪共融　　인애는 양춘에 퍼져 눈과 함께 무르녹네.
歌詠太平均率普　　태평을 구가하는 노래 소리 천하가 똑같으니,
知應帝德格蒼穹　　알괘라 황제의 덕이 하늘에 사무친 것을.[23]

조선의 부사 윤치겸은 그의 시 1~4행에서 '西園' 곧 원명원에 있는 도광 황제의 성덕을 기리기 위해 만국 제후들이 한자리에 모였다고 화답한다. 그리고, 5~8행에서는 청나라 도광 황제의 은혜가 전 세계에 두루 펴져서 세계평화를 가져왔고, 마침내 그 덕이 하늘까지 미쳤다고 찬양한다.

---

22) 김경선, 연원직지, 394~395쪽.
23) 김경선, 연원직지, 394~395쪽.

위의 청나라 도광 황제 시에 화답한 조선의 서장관 김경선의 시는 다음과 같다.

〈저자 金景善의 시〉

雪泥紫衜點花驄	금원을 지나는 얼룩무늬 준마인데,
郊駕新春歲歲同	새봄에 교외 거둥 해마다 같구나.
玉帛梯杭重譯外	옥백 예물 제후 신하는 중역의 바깥인데,
笙簫幢蓋九天中	생소 소리 수레 깃발은 구천 가운데네.
樓臺曲曲香烟合	누대는 굽이굽이 향기 연기 서렸는데,
洞壑深深瑞靄融	골짜긴 깊고 깊어 상서 안개 뭉게뭉게.
應識今年時雨若	알괘라 올해는 비가 알맞게 내려,
憂勤宸念格蒼穹	걱정하는 황제 염려 하늘에 사무칠 것을.[24]

조선의 서장관 김경선은 시 1~4행에서 중원의 평화가 곧 세계의 평화라고 화답한다. 그리고, 5~8행에서는 금년에도 도광 황제의 은혜가 하늘에 미쳐 대풍을 이루는 평화의 세계가 도래할 것이라고 화답한다.

도광(道光)의 시 1~4행은 평화로운 태평성세를 선경으로 묘사한다. 정사의 시 1~4행은 만국의 제후 신하와 억조창생이 그런 태평성세를 함께 누린다고 화답한다. 부사의 시 1~4행은 만국의 제후 신하가 그런 태평세계 속에 들어 있는 것이 마치 선계에 있는 것 같다고 화답한다. 서장관 시의 1~4행은 그런 태평성세는 중원 밖의 제후 신하에게까지도 중원 안의 태평을 맛보게 한다고 화답한다. 정사 부사 서장관의 시에 나타나는 공통 시어는 '제후 신하'이다. 그리고, 정사의 시 5행 '봉궐', 부사의 시 2행 '여기', 서장관의 시 1행 '금원'은 연경 곧 신궁(新宮) 원명원이라는 공간이 공통시어로 선택된다. 앞에서도 언급한 것처럼 이런 공통어는

24) 김경선, 연원직지, 394~395쪽.

연행록 화답시의 한 투식적 작시 문법이다. 이런 시어의 선택은 만국 제후가 모두 우주의 축인 연경에 모여 황제의 성은을 받는다는 발상에서 기인하는 것이다. 도광의 시 5~8행은 태평성세를 무한한 하늘에 알린다는 것이다. 이에 대하여 정사의 시 5~8행은 도광의 평란은 전 세계의 평란이고, 도광이 하늘에 고한 것은 이미 하늘에 통하여 대풍(大豊)으로 이어질 것이라고 화답한다. 부사 시의 5~8행은 온 천하가 태평을 구가하므로 황제의 덕이 하늘에 사무친다고 화답한다. 서장관의 시 5~8행은 도광 황제의 뜻이 하늘에 미쳐 단비로 성세의 지속을 보장할 것이라고 화답한다. 결국 정사, 부사, 서장관의 시 5~8행은 모두 황제의 덕을 찬양하고, 그런 덕이 하늘까지 미쳐서 길이길이 태평할 것을 구가한 것이다. 여기에는 '書大有'와 '時雨若'이라는 농경민족의 태평 기원 양식이 공통 시어로 선택되고 있다.

이처럼 청나라 황제와 조선사신의 대화는 시로써 이루어진다. 시라는 형식을 빌리지 않고는 중국의 황제와 조선연행사가 이런 내밀한 대화를 할 수가 없었다. 상대방의 마음에 스며드는 외교의 유일한 방편이 이런 화답시였다. 따라서, 시를 못하면 연행사가 될 수 없었으며, 시를 잘 못하는 연행사는 항상 시 잘하는 문사를 대동하고 연경에 가야만 했다. 거듭 말하거니와, 연행록의 화답시는 가장 능률적이고 가장 수준 높은 국제어였으며, 시를 잘 못하면 유능한 외교관이 될 수 없었다. 연행록 화답시의 의미와 기능은 이와 같이 일반 화답시와 다른 독특한 면모를 가지고 있다.

서경순의 몽경당일사는 철종 6년(1855) 저자가 청나라 도광 황후의 붕서(崩逝)에 대한 진위진향사의 종사관으로 연경을 다녀온 일기체의 기록이다. 이 사행의 정사는 서희순, 부사는 조병항, 서장관은 신좌모였다. 서경순은 자를 공선(公善), 호를 해관생(海觀生)이라 했는데 달성 서영보의 장자다. 당시의 나이는 53세였다. 여기에는 여러 편의 화답시가 들어 있지만 그중 몇 수만을 거론키로 한다. 연경에 머물 때, 상서(尙書) 송잠(松岑) 화사납(花沙納)이 다음과 같은 칠언절구 한 수를 작자인 서경순에게 지어 준다.

〈尙書 松岑 花沙納의 칠언절구〉

昔年奉使赴東瀛	옛날 사명을 받들고 동영에 가서
偶爾題詩付驛程	우연히 시를 써서 역마길에 붙였네.
自愧何如文潞國	부끄럽노라, 문로국에 어찌 한단 말인가
海邦人士尙知名	바다나라 인사가 오히려 이름을 안다니.[25]

이 시의 말미에는 조선의 서해관(徐海觀)이 공사(貢使)를 따라 경도에 들어와 방문하므로 시로 사례한다고 썼다. 그리고, 청나라 선비 소동(小東)은 다음과 같은 오언율시 한 수를 써서 저자 서경순한테 준다. 이 시의 말미에는 명나라 천순(天順) 때 장영(張寧)이 조선에 사신으로 갔을 때에 신숙주가 참정(參政)이 되어 화답한 시가 많고, 화송잠(花松岑)이 조선에 사신으로 갔을 때도 남긴 시고가 많다. 지금 총재(冢宰) 화송잠이 시를 지어 사례하므로 나도 시를 써 보내니 화답하여 달라고 썼다.

〈화답함을 바라는 小東의 오언율시〉

海國文明盛	바다나라 문명이 성대하니,
天官意氣隆	천관이 의기가 높았네.
知音多季子	음악을 알기는 계자보다 더하고,
重望有萊公	무거운 덕망은 구 내공 같네.
七字傳何遠	일곱 글자 시 전하기를 어찌 그리 멀리했나.
千秋在此中	천추토록 이 가운데에 있으리라.

25) 徐景淳, 夢經堂日史, 379쪽.

叔舟富才學　　숙주처럼 재주·학식 풍부한 사람이야,
可否和高風　　높은 풍도에 화답할 만할거나.[26]

위의 시를 받고, 조선연행사 해관생 서경순은 청나라 선비 송잠에게 다음과 같은 칠언절구 세 수를 지어 화답한다.

〈花松岑의 韻에 화답한 시〉

仙槎萬里泛蓬瀛　　신선 뗏목이 동해 만리에 뜨니,
鰈域輿圖載紀程　　접역의 지도가 기정에 실었네.
流水落花淸俊筆　　유수낙화의 맑고 준걸한 필적,
至今灣上誦高名　　지금까지 용만에서는 높은 이름 왼다오.[27]

〈松岑에게 보내는 절구 두 수〉

車中英眄發眉端　　수레 속의 영웅의 눈썹 끝이 반짝이는데,
何幸容儀路上觀　　길에서나마 용위 보았으니 다행치 않은가?
難解高門徐孺榻　　높으신 댁의 서유의 탑 풀기 어려워,
東歸惆悵一郎官　　동으로 돌아가며 서운해하는 한 낭관이라오.

贈我詩篇不我遐　　나에게 시편을 주시어 나를 멀리하지 않으시니,
臨風玉樹愧蒹葭　　바람에 임한 옥수에 겸가가 부끄럽소.
携琴欲奏峨洋曲　　거문고를 끌어 아양곡을 연주하려니,
知己天涯一亦多　　지기는 하늘가에 한 사람도 많다네.[28]

---

26) 서경순, 몽경당일사, 380쪽.
27) 서경순, 몽경당일사, 380~381쪽.
28) 서경순, 몽경당일사, 380~381쪽.

그리고, 조선 연행사 해관생 서경순은 청나라 선비 소동에게는 다음과 같은 오언율시 한 수를 화답시로 지어 보냈다.

〈小東의 韻에 화답한 시〉

吾聞花冢宰	나는 들으니 화 총재는,
地望特占隆	지위와 명망이 높은 곳을 차지했다.
高弟多如爾	높은 제자들 그대 같은 사람 많아,
主司稱至公	맡은 일 주장함에 지극히 공평하다 칭도하네.
先容從海外	먼저 용납하는 너그러움 해외로 좇았고,
結識在心中	교제하기를 마음속에 두었네.
夾帒羅麟鳳	자루를 끼고 기린과 봉을 그물질하니,
當今下士風	오늘날 선비들을 대접하는 풍도이네.[29]

화송잠의 시에 화답하는 칠언절구 한 수를 쓴 조선 연행사 서경순은 그의 시에서 못 다한 이야기를 다시 두 수의 절구를 더 써서 보충한다. 화답시는 그 형식과 내용, 짜임과 시상이 대화처럼 서로 연결되어야 하기 때문이었을 것이다. 송잠과 해관의 화답시 1~2행은 먼저 송잠이 연전 동영(東瀛은 조선을 뜻함)에 사신으로 갔을 때, 시를 지어서 역마길에 붙인 일이 있다 하며, 친숙한 구면임을 강조한다. 이에 대해 해관은 그대가 봉영(蓬瀛은 조선을 뜻함)에 온 것은 신선이 뗏목을 타고 온 것과 같았다고 하며서, 화송잠이 시를 잘 하는 문화 사절이었음을 말한다. 역시 서로 잘 아는 사이라는 점을 맞받아서 강조하였다. 그리고, 2~4행에서 송잠은 해방(海邦은 조선을 뜻함)에서 자기가 뛰어난 시인으로 널리 알려진 것이 부끄럽다고 하여 이런 유의 시에서 보기 드물게 겸사를 고른다. 이에 대하여 해관은 지금도 용만에는 그대의 뛰어난 필적이 남아 있고, 시 또한

29) 서경순, 몽경당일사, 381쪽.

전하고 있어 명성이 자자하다고 예찬을 아끼지 않는다. 송잠이 접역(鰈域은 조선을 뜻함)에까지 알려진 뛰어난 시인이란 점을 서로 확인하고 인정하는 내용이다. 상대를 인정해 준다는 것은 자기를 인정받기 위한 방편도 된다는 면에서 볼 때, 외교가의 이런 화답시는 상당한 잠재력을 가질 수 있었을 것이다. 송잠이 옛날 사신으로 용만을 건너와서 쓴 시에 "나라를 넘어오니 광음이 유수 같음을 깨닫고, 봄을 보내매 떨어지는 꽃에서 천기를 알았네(越國光陰流水覺 送春天氣落花知)."라고 한 시의 한 구절이 있는데, 이 화답시는 송잠의 그 작품을 시로 화답한 것이므로 잘 안다는 것을 시로 써서 다지고 사귐에 들어가는 교유의 한 방편이다.

소동의 오언절구에는 해관 역시 오언절구로 답한다. 소동과 해관시의 1~4행은 소동이 먼저 해국(海國은 조선을 뜻함) 문명이 성대하므로 사신 또한 의기와 덕망이 높다고 예찬한다. 이에 대해서 해관은 총재(冢宰는 화송잠임)가 높은 지위에 올랐고, 그대 같은 훌륭한 고제(高弟는 제자임)를 두었으니 모든 일이 공평무사할 수밖에 없다고 송잠과 소동을 같이 올려서 예찬한다. 소동이 송잠을 따라 시를 써 보냈기 때문이다. 결국은 서로 맞칭찬을 함으로써 자연스럽게 가까이 다가서는 우의다. 소동과 해관의 시 5~8행은 소동이 그동안 자주 화답시 교류를 하지 못한 점은 옛날 조선의 신숙주처럼 재주와 학식이 풍부하지 못하기 때문이라고 말한다. 이에 대해서 해관은 교제하고 싶은 일념으로 이곳에 왔는데, 역시 선비 대접하는 풍도를 보니 만족스럽다고 화답한다. 이렇게 하여 서로를 이해하고 가까워지며 자유로운 의사소통을 한다. 그런 것 자체가 곧 문화외교였다. 사행의 주된 목적은 오히려 의례적인 데 불과했다. 연행록의 화답시 존재 의의는 이처럼 본래 사행 목적 이상의 또 다른 외교적 의미를 가졌었다.

앞에서 보아 온 것처럼 칠언절구는 화답시도 칠언절구로 짓고, 오언율시는 화답시도 오언율시로 짓는 것은 당시의 관행이었다. 대부분의 경우 명나라나 청나라 선비가 먼저 시를 짓고 조선연행사가 그에 화답하지만, 이와 반대의 경우도 간혹 있었다. 그러나, 주연을 베풀고 시회를 여는 사사로운 자리를 제외하면 항상 먼저 시를 쓰는 것은 명과 청인들이었다. 명과 청인이 주체가 되어 시를 쓰고, 조선 연행사는 그들의 시에 화답을 요청받고 나서 화답시를 쓴다. 사석이 아닌 공석에서의 화답시는 조공사라는 한계 때문인지 항상 조선 연행사의 답시라는 피동적 양상을 보여 준다.

5. 맺음말

이제까지 거론한 화답시는 다음과 같은 몇 가지의 특징이 드러난다.

첫째는 화답시의 작자와 작시에 관련된 문제다. 이 문제는 명과 청의 황제, 관인, 문사의 시에 조선 연행사가 화답하거나, 조선 연행사의 시에 명과 청의 관인, 문사가 화답하는 두 가지 유형이 나타난다. 조선 연행사의 시에 명과 청의 황제가 화답하는 시는 나타나지 않는다. 항상 공적인 자리나 공적인 경로에서의 화답시 주체는 명과 청인이고, 조선 연행사는 그에 화답하는 객체로 나타난다. 그러나, 사적인 주연 같은 자리에서는 조선 연행사의 시에 명과 청인이 화답하는 경우도 간혹 있었다. 청대에 와서 청나라 황제의 시에 조선 연행사가 화답시를 써 올리는 것은 보편화되었는데, 청나라 말기로 오면서 점점 빈번해진다. 제도적으로는 청나라 황제의 시에 화답하는 시는 조선의 정사, 부사, 서장관이 쓰도록 되어 있었으나, 실제는 연행사의 수행 문사들도 자유롭게 쓸 수 있었다. 청나라 황제의 시에 화답시를 지어 올리도록 하는 나라는 조선과 유구 등 한두 나라로 국한되어 있었다. 그 까닭은 문화 수준과 시적 수준이 조선 연행사를 제외하고는 청나라와 현격한 차가 있었기 때문이었다.

둘째는 화답시의 형식에 관련된 문제다. 화답시의 형식은 오언절구나 칠언절구, 오언율시나 칠언율시, 또는 오언배율이나 칠언배율을 썼으며, 부를 쓰는 경우도 나타난다. 그러나, 율시를 많이 썼다. 그런 까닭은 전하고자 하는 내용이 절구로는 너무 짧고 배율로는 너무 장황하기 때문에 그렇게 된 것이 아닌가 추정한다.

셋째는 화답시의 내용 구성과 관련된 문제다. 화답시의 내용 구성은 전반부에서 시를 쓰는 이가 먼저 자기를 소개한다. 간혹 자기 대신 상대를 지인으로 소개하는 경우도 있다. 그리고, 후반부에서는 서로를 예찬하고 우의를 다지거나 석별의 정을 담는다. 시어의 선택은 서로 만나고 있는 공간 연경(燕京)을 가져다가 서로 헤어지는 시간과 연결하여 공감대를 만들어 내는 데다 촛점을 맞추고 있다.

넷째는 화답시의 기능과 의미에 관련되는 문제다. 조천록과 연행록의 화답시는 가장 수준 높은 국제언어였으며, 가장 세련된 문화언어였다. 그리고, 외교적 충돌을 가장 부드럽게 피할 수 있는 정화 장치였다. 화답시로 대화를 하면 외교적 예모가 저절로 갖추어지고, 의미의 전달이 심층적으로 파고들어서 역관의 입을 통한 표층적 전달의 한계를 극복할 수 있었다. 바로 이런 점이 연행록의 화답시가 갖는 특징적 의미라고 할 수 있다. 이와 같이 화답시로 하는 외교 방식은 현대외교에도 많은 귀감이 될 것 같다.

다섯째는 화답시의 합평(合評)에 관련되는 문제다. 화답시의 합평은 상대방 시의 뛰어난 점을 발견하여 긍정적 평가를 하는 것이 관례로 되어 있다. 이런 현상은 화답시가 문화외교의 한 방편이었기 때문이다. 상대를 인정하는 것은 곧 나를 인정받을 수 있다는 외교의 질서를 읽어낼 수 있는 자료라 할 수 있다. 이점은 힘의 논리가 지나치게 지배하는 오늘날의 외교전에 많은 반성적 교훈을 던져 주고 있다.

제4장
연행록의 연희기와 관희시

1. 머리말

연행록은 조선 왕조 연행사들의 사기록이다. 정해진 일정에 따라 이동하고 일정한 규례 속에서 각기 맡은 바 책무를 수행해야 하는 것이 조선조의 연행사다. 그러나, 그들은 새로운 문화에 대한 충격, 미지의 세계에 대한 호기심 발동, 상상력을 동원한 자기적 해석을 그들의 사기록인 연행록에 거침없이 펼쳐 나갔다. 청나라 때 간혹 조선 연행사들의 기록을 불시에 점검하는 일들이 일어나면서 연행사들의 사기록 작성이 다소 위축되는 경향이 있기는 했지만, 그러나, 문화 관련 정보의 기록은 오히려 더욱 더 활발하게 사기록화되어 나갔다. 이 장은 16세기부터 19세기까지 조선 연행사들의 사기록인 연행록에 나타난 연희 관련 기사를 조사하여 그 현황을 파악하고, 그다음 그것이 양국의 외교 활동에 어떻게 기여하고 있는가를 알아보며, 궁극적으로는 양국 연희의 상호 영향 수수 관계가 어떠했는가를 살펴보기 위해서 진행하고 있는 작업의 한 부분이다. 당시 명과 청의 연희는 조선과 명·청 양국의 주종적 외교 활동에서 파생되는 외교적 긴장감을 해소시키는 데 많은 기여를 하였으며, 양국이 서로 자연스럽게 문화교류를 하여 국교를 정상화하는 데도 가장 큰 구실을 한 특이한 외교 매체의 하나였다. 그래서, 명과 청은 여러 나라 연행사들을 자주 황실 연희에 초청하거나, 그들의 관소로 연희

패를 보내 연희를 보게 하는 일이 많았다.

이 글에서 거론하는 연행록은 모두 20종을 조사대상으로 표집한 것이다. 표집된 연행록은 16세기 허봉의 조천록(朝天錄, 1574), 조헌의 동환봉사(東還封事, 1574), 권협의 연행록(燕行錄, 1597), 17세기 홍익한의 조천항해록(朝天航海錄, 1624), 김육의 조경일록(朝京日錄, 1636), 인평대군의 연도기행(燕途紀行, 1656), 18세기 최덕중의 연행록(燕行錄, 1712), 김창업의 연행일기(燕行日記, 1712), 이의현의 경자연행잡지(庚子燕行雜識, 1720), 서호수의 연행기(燕行記, 1790), 박지원의 열하일기(熱河日記, 1780), 이갑의 연행기사(燕行記事, 1777), 김정중의 연행록(燕行錄, 1791), 서유문의 무오연행록(1798), 19세기 유득공의 연대재유록(燕臺再遊錄, 1801), 이해응의 계산기정(薊山紀程, 1803), 박사호의 심전고(心田稿, 1828), 이재흡의 부연일기(赴燕日記, 1828), 김경선의 연원직지(燕轅直指, 1832), 서경순의 몽경당일사(夢經堂日史, 1855) 등이다.

이들 연행록에 나타난 연희 관련 기사를 조사하여 연희기의 추이를 검토하고, 연희 용어를 개념별로 정리한 다음 연희기(演戲記)의 내용 중 관희시(觀戲詩)에 관해서 살펴보려고 한다. 연행록의 관희시는 대개 관희서사와 같이 존재하기 때문에 관희서사가 없는 다른 연희시를 연구하는 데 있어서 많은 시사점을 제공함은 물론 새로운 지평을 열 수도 있다고 생각하기 때문이다. 그리고, 연희의 실상을 이해하고 해석함에 있어서 관희시가 갖는 한계점과 관희시만 가지고 있는 구체성과 사실성과 역동성이 어떠한 것인가를 발견하여 관희서사가 없는 대부분의 연희시를 연구하는 데 있어서 하나의 지침을 마련하여 보려고 한다.

2. 연행록의 연희기

박지원은 그의 열하일기에서 연희기의 역사를 하(夏)나라 때부터라고 하였다. 그는 하나라 유루(劉累)가 용을 길들여 하나라 임금인 공갑(孔甲)을 섬겼고, 주목왕(周穆王) 때 언사(偃師)가 살아 있는 인형을 만들었으며, 묵적(墨翟)은 목연(木鳶)을 날렸는데, 이런 술사들이 모두 환술을 한 것이라고 하였다.[1] 이처럼 그는 술사와 환희꾼을 같이 보고 있다. 만일 이와 같이 본다면, 환희기는 이미 역사시대부터 존재하여 오는 것이 된다.

공식적인 여행이건 비공식적인 여행이건 여행자는 항상 광범한 이색체험을 하려 하며, 다양한 인적 교류를 원하고, 일반적으로 볼거리·먹을거리에 관심을 갖는다. 연행록의 연희기는 그중 인적 교류와 볼거리의 한 분야라 할 수 있다. 이런 여행 체험들은 여행의 마감과 더불어 망각의 피안으로 사라져 버리는 것도 있고, 기록을 통해서 시대와 공간을 초월하여 길이 존재하며 한 시대의 문화를 이해하는 데 기여하는 것이 있다. 여행기는 그 내용과 형식이 다양하며 기록자의 목적하는 바와 관심의 비중에 따라서, 같은 대상일지라도 체재와 체적(體積)이 상이하게 나타나는 경우가 많다. 조사 대상 20여 종의 연행록 가운데서 연희에 관해 많은 관심을 가지고 상세한 기록을 남기려고 노력한 것은 18세기 서호수의 연행기와 서유문의 무오연행록을 들 수 있으며, 19세기로 와서는 박사호의 심전고와 이재흡의 부연일기와 김경선의 연원직지를 들 수 있다. 그리고, 연행 전후와 연행 도중의 예비조사와 현황조사 및 보완조사를 벌여 이 분야에 상당한 조예를 가지고 연희기를 가장 본격적으로 쓴 사람은 김경선이다. 박지원은 그가 본 연희를 그의 열하일기에 기록으로 남기는 목적을 명료하게 밝히고, 거기에서 연희의 역사를 상

---

1) 박지원, 열하일기, 환희기 서, 342쪽.

고하고 나아가서 교훈적인 효용성의 측면까지를 살핌으로써 가장 목적이 극명한 연희기를 쓴 사람이다. 이제 시대별로 여러 연희기들을 살펴보기로 한다.

16세기 허봉의 조천기에는 잡희, 곧 가면희와 잡희, 곧 환술에 관한 기록이 있다. 따라서, 허봉이 잡희라고 한 것은 가면희와 환술이다. 환술은 요술과 같은 의미로 당시에는 아주 보편적인 용어로 쓰였다. 그리고, 17세기 연행록에는 연희에 관한 기록이 나타나지 않는다. 이 시기는 명나라와 청나라 왕조의 교체기이며 병자호란 전후의 시기여서 명·청과 조선 연행사들의 대내외적 제반 사정이 연희에 관심을 가질 수 없었던 시대적 상황논리가 팽배하여 있기 때문이었을 것이다.

18세기 연행록에는 대부분 연희기가 존재한다. 최덕중은 그의 연행록에 풍악과 잡희, 장난감 솔개놀이와 장난감 원숭이놀이를 기록하고 있다. 그는 북경의 하마연(下馬宴)에서 풍악이 시작되면 술을 올리고 잡희 정재를 한다고 하였다. 김창업은 그의 연행일기에서 원숭이놀이[猿戲]와 개놀이[犬戲]를 소개하고 있으며, 연희 곧 놀이의 대본인 연본(演本)으로 연희가 만들어진다는 것을 설명하고 있다. 이의현은 그의 연행잡지에서 북경의 아문(衙門) 환술쟁이들이 벌인 11종의 환술에 관해서 쓰고 있다. 그가 본 환술은 그 내용으로 볼 때 일부는 환술이고 일부는 묘기였다. 아직 환술과 묘기의 변별이 되지 않고 있는 상태임을 알 수 있다. 서호수는 그의 연행기에서 연희에 관한 기록을 열하 피서산장 연희전(演戲殿)의 상세한 조사 보고기로부터 시작하고 있다. 그는 피서산장의 그 연희전에서 연제(演題)가 16장으로 되어 있는 각기 다른 연희를 3회나 볼 수 있는 행운을 가졌다. 그뿐 아니라, 북경의 원명원으로 와서도 또 연제 16장의 새로운 연희를 보았다. 어떤 연행사의 기록에도 이처럼 연제 16장의 연희를 네 번씩이나 본 기록은 없다. 그는 또, 원명원에서 서유기를 보고 그의 연행기에 이 모든 것을 상세하게 쓰고 있다. 이압은 그의 연행기사에 북경에서 본 5종의 환술을 보고하고 있으며, 박지원은 조선의 백성들에게 보여 줄 목적으로 그의 열하일기에 북경에서 본 20종의 환술을 아주 리얼하게 기록하였다. 그는 연행록의 여러 환술기 중에서 가장 다양한 환술을 보고하고 있는데, 그 까닭은 환술쟁이들이 열하에 가서 천추절에 행할 환술을 북경에서 미리 연습하고 있는 것을 보았기 때문이다. 김정중은 그의 연행록에서 그가 해전(海甸)에서 본 등불놀이[燈戱]와 유리창에서 본 광대놀이 3종을 소개하고 있으며, 원명원에서 본 각희(脚戱), 곧 씨름과 서양추천, 곧 서양의 서커스와 회자정희, 곧 회족의 서커스와 등불놀이[燈戱]에 관해서 아주 상세하게 보고하고 있다. 서유문은 그의 무오연행록에서 왕정(往程)의 백상루 기악과 연광정의 기악을 소개하였다. 그리고, 압록강을 건너서 무령현의 희자(戱子), 곧 광대놀음과 솟대놀음을 보고한다. 그리고, 북경에 체류하는 동안에는 유리창에서 본 광대놀음과 환술, 또, 다른 광대놀음과 환술을 보고 그에 관해서 쓰고 있다. 이처럼 18세기 연행록의 연희기는 시종 압록강 도강(渡江) 전후는 물론이고 왕환(往還)과 북경 체류를 가리지 않고 활발하고 자유로운 시각으로 써 나갔다.

19세기 연행록에는 거의 빠짐없이 연희기가 들어 있다. 이것은, 당시 조선과 청나라의 조공 관계는 대단히 의례적이었으며, 조선 연행사의 내적 자존이 상당부분 사대사상에서 일탈하고 있었던 시대적 상황과 관련이 있을 것이다. 무명의 조선 선비는 여러 가지의 연희를 보고 그의 계산기정에 여러 편의 관희시(觀戱詩)를 남겼다. 그리고, 관소인 옥하관에서 두 번에 걸쳐서 원숭이놀이와 묘기와 광대놀이를 보았으며, 유리창에 가서도 광대놀이를 보았다. 또, 북경의 환희 9종과 묘기를 보았다. 이와 같은 것을 모두 기록한 것이 계산기정의 환희기다. 박사호는 그의 심전고에 왕정(往程)의 압록강 도강 전 황주의 기악을 소개하였다. 연광정과 백상루의 기악은 연행록에 자주 등장하지만 이 황주의 기악은 희귀한 정보이다. 그는 북경 체류 기간에 유리창에 가서 연희를 보았으며 옥하관에서는 환술과 잡희를 보았다. 그리고, 또, 북경의 9가지 환술을 보았다. 그는 특히 북경 원명원의 연희에 특별한 관심을 가지고 그에 관한 상세한 조사 보고서를 작성하였다. 그는 원명원의 앞 등불놀이, 원명원의 연희, 원명원의 뒤 등불놀이, 원명원의 불꽃놀이로 나누어서 원명원의 연희기를 작성하고 있다. 그뿐 아니라, 청나라의 연희청(演戲廳)과 각종 연희에 관해서도 폭넓게 조사 활동을 벌여 연희기의 폭을 확장시켜 나갔다. 의관(醫官) 신분의 저자가 쓴 부연일기에서 저자는 북경의 광대놀이와 환술, 광대놀이의 음절(音節), 중국의 상악(喪樂), 연산관과 북경의 광대놀이, 북경의 11가지 환술, 그리고, 잡희 등을 보고듣고 체험하면서 그것을 상세하게 기록하였다. 특히 그의 중국 상악(喪樂)에 관한 보고는 당시 조선의 상례(喪禮)와 아주 다른 것이어서 조선의 예제(禮制)에 파문을 일으킬 수 있는 보고였다고 여겨진다. 김경선은 그의 연원직지에 다른 연행록들에서 찾아보기 어려운 가장 본격적인 연희기를 썼다. 그는 연원직지에 11개의 큰 연희 항목을 설정하고 그에 관한 면밀한 조사 활동을 벌였다. 이것은 조사 대상의 연행록들 가운데서 가장 방대하고 가장 체계적이며 가장 내용 충실한 연희 관계 기사였다. 그는 북경의 조선 연행사 관소인 옥하관에서 33종의 환술을 보았다. 이것은 조사 대상의 연행록에 나타난 환술 중에서 가장 방대한 규모다. 그는 북경의 정양문(正陽門)에서 조선의 산대놀이와 같은 장희(場戲)를 보았는데, 이것은 조사 대상의 연행록 가운데서는 유일한 장희 관계의 기사다. 그는 희본(戲本)에도 특별한 관심을 가져 30여 종의 희본을 조사하여 따로 제희본기(諸戲本記)를 작성하였다. 그는 원명원에 가서 지포희와 등희를 보았는데 이것을 원명원의 지포희, 원명원의 등희, 원명원 산고수장각의 등희로 나누어서 현장감 있게 체계화하여 기록하고 있다. 그는 또, 관소인 옥하관에서 곰놀이, 곧 웅희(熊戲)를 보고 웅희기를 쓰기도 하였다. 그리고, 환정(還程)에서는 백상루의 기악을 보고하였다. 그는 청나라의 악공과 악기, 청나라의 기예, 광대놀음, 곧 장희에 관해서도 면밀한 조사 보고서를 작성하였다. 그가 여느 연행록들과 차별화가 되는 이런 본격적인 연희기를 쓸 수 있었던 것은 무엇보다 사전 준비가 철저하였기 때문이라는 것이 그의 연희기에 드러나고 있다. 따라서, 김경선은 한・중 연희사 연구에 크게 기여한 연행기 작자이다.

이처럼 여러 연행록의 연희기는 연희를 하고 그것을 관람하는 공간인 연희전(演戱殿), 곧 연희각(演戱閣) 내외의 시설, 연희의 대본인 연본(演本), 곧 희본(戱本), 연희의 내용과 배우, 곧 희자(戱子)인 광대의 분장, 연희를 보는 관중의 반응, 관희(觀戱)의 평 등으로 짜여 있다.

3. 연행록의 연희 용어

여러 연행록에는 아주 다양한 연희 관련 기사들이 실려 있지만 그 표현 용어는 전혀 통일되어 있지 않다. 따라서, 연행록의 연희기를 이해하기 위해서는 먼저 그 다양한 용어들의 개념을 정리할 필요가 있다. 여기서 거론하는 용어들은 앞의 표집된 20종의 연행록 연희기에 아주 빈번하게 나타나는 것들이어서 용어의 출처 하나하나를 밝히는 것은 생략한다. 연행록의 연희(演戱)는 우리말 놀이에 해당하는 용어로 상당히 광범한 의미망을 가진 말이다. 이런 연희를 하는 공간, 곧 요즈음의 극장 개념으로 쓰이고 있는 용어로 희루(戱樓), 희각(戱閣), 희장(戱場), 연희전(演戱殿), 연희각(演戱閣), 연희청(演戱廳), 관희전(觀戱殿), 관희전각(觀戱殿閣) 등의 용어가 쓰였다. 이런 극장에 있는 요즈음의 무대를 연행록에서는 희대(戱臺), 희단(戱壇), 방단(方壇)이라고 하였다. 여기서 방단(方壇)은 조선조 산대놀이의 산대(山臺)와 같은 것이다. 그리고, 요즈음의 배우에 해당하는 용어는 연행록에서 산대(山臺), 희자(戱者), 희인(戱人), 우인(優人), 창우(唱優), 광대(廣大)로 표현되어 있다. 희본(戱本) 또는 연본(演本)은 놀이의 대본, 곧 연희의 대본을 일컫는 용어로 쓰였으며, 희구(戱具)와 희기(戱器) 등은 요즈음 연극에서 소도구에 해당하는 용어들이다. 희투(戱套)는 요즈음의 연극에서 분장이며, 희주(戱主)는 요즈음 상업적 연극공연의 사업주라 할 수 있다. 이제 연행록에 나타나는 연희의 이름을 살펴보기로 한다. 창희(唱戱) 또는 창우희(倡優戱)는 광대놀음이나 희자놀음과 같은 개념어이다. 김경선은 장희(場戱)도 이와 같은 개념어로 쓰고 있다. 등불놀이를 등희(燈戱), 불꽃놀이를 지포희(紙砲戱) 또는 매화포희(梅花砲戱)라 쓰고 있으며, 그것을 보러 운집한 인파를 등시(燈市)라 쓰고 있다. 연제(演題)는 연극의 마디 이름이라고 할 수 있으며, 관희시(觀戱詩)는 연희를 보고 쓴 시다. 환술(幻術) 또는 환희(幻戱)는 요즈음의 요술이나 마술이며 환술법(幻術法)은 요술하는 방법이다. 여러 연행록의 잡희(雜戱)는 주로 가면희와 환술을 가리키는 용어로 쓰였다. 웅희(熊戱), 원희(猿戱), 견희(犬戱)는 곰놀이와 원숭이놀이와 개놀이로서 곰과 원숭이와 개가 부리는 묘기를 일컫는 용어다. 조선의 산대희, 곧 산대놀이는 장희(場戱)라 쓰고 있으며, 씨름놀이를 각저(角觝), 각저희(角觝戱) 또는 각희(脚戱)라 하였다. 상악(喪樂)은 상례 때의 연희 음악이며, 희자습의(戱子習儀)는 긴 나무다리[木脚]를 타고 벌이는 놀이고, 홍봉환축(紅棒環逐)이나 서양추천(西洋鞦韆)은 서양 서커스다. 회자정희(回子庭戱)는 회족의 서커스라 할 수 있다. 곤두박질놀이는 요즈음의 기계체조 마루운동에 해당하는 것인데 근두희(筋斗戱)라 하고 있다. 여러 연행록의 이러한 연희 용어들은 당시 명·청과 조선에서 두루 통용되고 있었던 것이라고 할 수 있다. 당시 청나라에 서양 서커스가 들어와서 청나라의 연희사에 서양추천이란 연희 용어가 새로 등장하듯이 조선에 없는 명·청의 이런 연희 이름들은 조선 연희를 표현하는 데 자연스럽게 동원되었을 것이다.

4. 연행록의 연희 유형

연행록의 연희 유형화 방법은 여러 가지를 생각하여 볼 수 있다. 가령 조사자별, 시대별, 국적별, 지역별, 연희의 큰 유형과 작은 유형별, 연희청별 등등 관점에 따라서, 다양한 방법들을 상정하여 볼 수 있다. 그러나, 여기에서는 같은 개념어별 시대순 유형화를 통해서 각종 연희의 빈도와 시대별 추이를 살펴보려 한다.

여러 연행록에 나타나는 연희들을 같은 개념어별 시대순으로 정리하여 보면 다음과 같다. 연희의 개념어 배열은 가나다순으로 한다.

각희(脚戲): 김정중 연행록의 원명원의 각희 (1회)

근두희(筋斗戲): 김경선 연원직지의 근두놀이(筋斗戲) (1회)

기악(妓樂): 서유문 무오연행록의 연광정 기악과 백상루 기악, 박사호 심전고의 황주의 기악, 김경선 연원직지의 백상루의 기악 (4회)

등희(燈戲): 김정중 연행록의 등불놀이, 이압 연행기사의 해전의 등희, 박사호 심전고의 원명원의 등불놀이 2회, 김경선 연원직지의 원명원의 등희, 산고수장각의 등희 (6회)

상악(喪樂): 이재흡 부연일기의 중국의 상악(喪樂) (1회)

서양추천(西洋鞦韆): 김정중 연행록의 서양추천 (1회)

수희(獸戲): 김창업 연행일기의 원숭이놀이[猿戲], 개놀이[犬戲], 김경선 연원직지의 옥하관의 곰놀이[熊戲], 작자 미상의 계산기정에 있는 원숭이놀이[猿戲] (4회)

연희(演戲): 서호수 연행기의 피서산장의 연제 16장의 3종 연희, 원명원의 연제 16장의 연희, 원명원의 서유기, 박사호 심전고의 유리창의 연희, 박사호 심전고의 원명원의 연희 (7회)

완구희(玩具戲): 최덕중 연행록의 장난감 솔개놀이, 장난감 원숭이놀이 (2회)

잡희(雜戲): 허봉 조천기의 잡희, 곧 가면희, 잡희, 곧 환술, 최덕중 연행록의 잡희, 박사호 심전고의 옥하관의 잡희, 저자 미상 의관의 연산관과 북경의 광대놀이, 저자 미상 의관의 잡희 (6회)

장희(場戲): 김경선 연원직지의 북경 정양문 근처의 장희(場戲) (1회)

지포희(紙砲戲): 박사호 심전고의 원명원의 불꽃놀이[紙砲戲], 김경선 연원직지의 원명원의 지포희(紙砲戲) (2회)

창우희(倡優戲): 김정중 연행록의 유리창의 광대놀이 3종, 서유문 무오연행록의 무령현희자놀음, 음마하의 희자놀음, 유리창의 광대놀음, 북경의 희자놀음, 작자 미상 계산기정의 유리창의 광대놀이, 옥하관의 광대놀이, 저자 미상 부연일기의 북경의 광대놀이 (10회)

풍악(風樂): 최덕중 연행록의 북경 하마연의 풍악 (1회)

환희(幻戲): 허봉 조천기의 환술, 이의현 경자연행잡지의 11종 환술, 이갑 연행기사의 북경의 5종 환술, 박지원 열하일기의 20종 환술, 서유문 무오연행록의 음마하의 환술, 유리창의 환술, 북경의 환술, 무명 선비 계산기정의 북경의 환희 9종, 박사호 심전고의 옥하관의 환술, 북경의 9가지 환술, 저자 의관 부연일기의 북경의 환술, 북경의 11종 환술, 김경선 연원직지의 옥하관의 33종 환술 (13회)

회자정희(回子庭戲): 김정중 연행록의 회자정희 (1회)

희자습의(戲子習儀): 서유문 무오연행록의 희자습의 (1회)

이 17가지 유형의 연희가 16세기부터 19세기까지 조선 연행사들이 연행 기간중에 보았던 연희다. 이를 빈도수별로 나열해 보면 환희 13회, 창우희 10회, 연희 7회, 등희와 잡희가 각각 6회, 기악과 수희가 각각 4회, 완구희와 지포희가 각각 2회, 각희・근두희・상악・서양추천・장희・풍악・회자정희・희자습의가 모두 각각 1회씩으로 나타난다. 따라서, 4백여 년 동안 조선 연행사들이 명・청에서 가장 많이 즐겨 보았던 연희는 환희였다. 이 환희를 그 구성 규모순으로 나열해 보면 33종의 환희가 1회, 20종의 환희가 1회, 11종의 환희가 2회, 9종의 환희가 2회, 5종 환희가 1회이며, 그 밖의 환희는 몇 종으로 된 환희였는지 알 수가 없다. 따라서, 김경선 일행이 33종이나 되는 가장 큰 규모의 환희를 보았으며, 그다음으로 박지원도 20종이나 되는 비교적 큰 규모의 환희를 보았다. 이런 통계로 미루어본다면 명・청의 연희 중 조선에 가장 많은 영향을 준 것은 아마도 환희, 곧 요술이었을 것이다. 실제 연행록에 소개된 환희들은 일제 시기를 거쳐 최근까지도 한국에서 볼 수 있는 것이어서 그랬을 가능성은 더욱더 많다. 창우희가 10회이고 연희가 7회이고 잡희가 6회로 나타나는 것은 창우희와 연희와 잡희란 용어의 포괄성과 관계가 깊을 것이다. 그리고, 수희와 완구희란 용어는 연행록에 있는 용어가 아니며 저자가 위개념(位概念)에 맞추어 정리하기 위한 수단으로 이름 붙인 것이다. 이와 같은 것은 모두 연행 중 명과 청, 곧 중국에서 본 연희지만, 연행의 왕환정(往還程)에서 본 조선의 연희로는 기악이 있다. 여러 연행록에서 이 기악은 유일한 조선의 연희로 소개되고 있다. 압록강 도강 전 연광정과 백상루와 황주의 기악은 조선 연행사들의 왕환일정(往還日程)에서 그들의 여독을 위로할 수 있는 유일한 조선의 연희였다.

5. 연행록의 관희시

관희시(觀戲詩)란 실제로 어떤 연희(演戲)를 보고 그 연희의 내용과 그에 관한 감상평을 시로 쓴 것을 말한다. 신라 최치원(崔致遠, 857~?)의 향악잡영 5수(鄕樂雜詠五首), 고려 이규보(李奎報, 1168~1241)의 관농환유작(觀弄丸有作), 조선 전기 성현(成俔, 1436~1504)의 관괴뢰잡희시(觀傀儡雜戲詩)와 관나시(觀儺詩), 조선 후기 홍석기(洪錫箕, 1606~1680)의 관대랑검무(觀大娘舞劍), 김만중(金萬中, 1637~1692)의 관황창무(觀黃昌舞), 남공철(南公轍, 1760~1840)의 한벽당관검무(寒碧堂觀劍舞), 정약용(丁若鏞, 1762~1836)의 검무편증미인(劍舞編贈美人), 신위(申緯, 1769~1847)의 관극절구 20수(觀劇絶句二十首), 송만재(宋晚載, 1788~1851)의 관우희 50수(觀優戲五十首), 이유원(李裕元, 1814~1898)의 관극팔령(觀劇八令) 등과 같은 작품을 말하는 것이다. 이와 같은 관희시는 모두 한국인이 한국의 연희를 보고 쓴 작품들이다. 그러나, 중국인이 한국 연희를 보고 쓴 관희시가 있는가 하면, 한국인이 중국 연희를 보고 쓴 관희시도 있다. 일찍이 당나라 시인 이백(李白, 701~762)은 고구려의 연희를 보고 이런 관희시를 썼다.

金花折風帽	황금빛 꽃송이와 새깃을 단 고깔을 쓰고,
白馬小遲回	흰말을 타고서 조금씩 조금씩 느리게 도네.
翩翩舞廣袖	너울너울 춤을 추는 넓은 옷소매로서,
以鳥海東來	새처럼 해동에서 날아왔는가 보네.[2]

이 시는 고구려인들이 가무를 좋아했다는 위지 동이전(魏志東夷傳)에 있는[3] 고구려 춤사위의 실상을 파악하는 데 많은 도움을 준다.

그리고, 연행록에는 조선 순조(純祖 1790~1834) 때 정사 민태혁(閔台爀)의 수행원으로 북경에 다녀온 이름이 전하지 않는 조선 선비가 쓴 관희시, 같은 왕 때 정사 홍기섭(洪起燮)의 막비(幕裨)로 북경을 다녀온 박사호(朴思浩)가 쓴 관희시, 역시 같은 왕 때 서장관의 신분으로 북경을 다녀온 김경선(金景善)이 쓴 관희시가 있다. 이것은 모두 청나라의 연희를 보고 조선의 선비들이 쓴 관희시다. 저자는 이 글에서 연행록의 이런 관희시를 살펴보려고 하는 것이다. 연행록의 관희시는 관희서사와 더불어 존재하기 때문에 관희시만 전하고 있는 작품들을 해명하는 데 새로운 해석 지평을 열 수 있어 작품 수와 관계 없이 주목되는 연구 대상이다.

연행록 계산기정(薊山紀程)은 정사 민태혁(閔台爀), 부사 권찬(權攢), 서장관 서장보(徐長輔) 등이 순조(純祖) 3년(1803) 음(陰) 10월 21일에 동지사로 청나라 수도 연경(燕京)에 갔는데, 이를 수행한 한 조선 선비가 연경을 왕복한 노정(路程)에서의 견문(見聞)과 감회를 적은 한시(漢詩)를 일기체로

---

2) 李白, 李太白集, 권6, 高句麗詩五絶.

3) 魏志 東夷傳, "高句麗 其民喜歌舞 國中邑落 暮夜 男女群聚 相就歌戲."

편차한 것이다. 이 조선 선비는 1803년 12월 27일 연경의 옥하관(玉河館)에서 원숭이놀이를 구경하고 다음과 같이 썼는데, 옥하관은 당시 청나라가 조선 연행사들의 관소(館所)로 지정한 곳이다.

계해년 12월 27일(무자) 맑음. 옥하관에 머물렀다.

원숭이의 놀이를 구경함(觀戲猿)

(1) ①청나라 사람이 원숭이를 옥하관 안으로 끌고 들어와서 여러 가지의 원숭이놀이를 시켰다. 그들은 원숭이 두 마리, 흰 양 한 마리에 발발이 한 마리를 가졌다. 발발이는 즉, 개의 새끼로서 고양이보다 조금 작은데 놀이꾼이 앞세워 몰고 다닌다. 가죽 고삐로 원숭이의 목을 매었는데, 양을 몰면서 원숭이로 하여금 그 뒤를 따르게 하면, 원숭이는 곧 손으로 그 고삐를 붙잡고는 양의 등에 뛰어올라서 타고 내달린다. 또, 원숭이 한 마리는 붉은 저고리에 푸른 바지를 입었으며, 머리에는 여자의 머리처럼 꾸민 가면을 쓰고 발에는 오랑캐의 신을 신고서 궤짝 위에 높이 앉았으니 마치 두세 살 된 어린애와 흡사하였다.

②한 사람이 징을 치면서 소리를 지르면, 한 원숭이는 제 스스로 궤짝 뚜껑을 열고 모자를 꺼내 쓴다. 한 번 열면 하나를 꺼내 쓰게 되는데, 금방 썼다 금방 벗었다 하였으니, 그 갓과 모자의 등속은 하나뿐이 아니었다. 그리고, 그 원숭이는 사람의 걸음을 걷기도 하고 꿇어앉기도 하고 눕기도 하였으며, 더러는 창을 가지고 찌르는 시늉도 하고, 더러는 지팡이를 짚고 곱사등이 흉내를 내기도 하였다. 그리고, 또, 나무 두 개를 좌우에 세우고 그 위에 줄을 가로 친 다음, 사람이 또, 무어라고 소리를 지르면, 그 원숭이는 갑자기 나무를 붙들고 올라가 가로친 줄 위에서 달음박질을 하는데, 조금도 어긋나거나 자빠지지 않았으며, 혹은 나무 끝에 걸터앉기도 하고, 혹은 줄에 매달려서 간혹 자경(自經-스스로 목매어 죽음)하는 형상을 보이기도 하였다. 그리고, 한 원숭이는 몸을 뒤집어서 회전을 하는데, 사람이 만약 뒤에서 몰래 두들기면 좌불안석하면서 흘긋흘긋 곁눈질은 한다. 어떤 이는 말하기를, "원숭이가 만약 사람에게 두들김을 당하면, 반드시 그 사람에게 달려들어서 살을 째고 갓을 찢곤 한다."고 하였다.

③원숭이는 작기가 역시 발발이와 서로 비등하고 수족은 사람의 형상과 같은데, 팔뚝은 길고 손은 두꺼웠으며, 면모(面貌)에 한 줄기의 털도 없고 다만 얼룩얼룩 약간 붉을 뿐이었다. 또, 체바퀴 네 개를 서로 맞대어 '관(串)'자처럼 만든 다음, 혹은 서로 연이어 고리처럼 늘어놓기도 하고, 혹은 네 구석에 나눠 놓기도 하고, 혹은 체바퀴를 체바퀴 위에 더 올려 놓기도 한다. 그런 다음, 갑자기 징을 울려서 개를 부추기면, 개는 곧 몸을 돌려서 굴러 들어가되, 혹은

한번에 곧장 뚫어 지나기도 하고, 혹은 몸을 날려서 뛰어오르기도 하고, 혹은 허리를 굽혀서 꺾어 들어가기도 하는데, 한 번도 그 체바퀴에 대질리지 않으니, 매우 교묘한 동물이었다.

이날 북경에 있는 조선 연행사의 숙소인 옥하관에 한 사람이 원숭이 두 마리와 흰 양 한 마리와 발발이 한 마리를 데리고 들어와서 묘기를 부렸다. 원숭이는 주역이고 양과 발발이는 조역이다. 주역인 원숭이는 사람으로 분장하여 그들을 부리는 청나라 사람의 지시에 따라서, 온갖 묘기를 부린다. 조선 선비는 이날 원숭이를 난생 처음으로 본 것이다. 조선 연행사들은 중국에서 처음 보는 많은 문물을 통해서 새로운 충격을 받으면서 세계 인식의 시야를 넓혀 갔다. 한편, 청조는 연행사 숙소에 이런 볼거리를 제공하여 호기심을 자극하면서 그들의 중원관을 끊임없이 펼쳐 나가고 있었다. 조사 대상의 연행록에 조선 연행사들이 옥하관에서 연희를 보는 일이 아주 많았는데, 이는 명과 청에서 연희를 주선하여 조선 연행사들에게 보도록 하여 관람하였거나, 또는 조선 연행사들이 옥하관으로 연희꾼들을 불러들여서 일정한 관람료를 주고 본 것이다. 어떤 때는 조선 연행사들이 관람료를 주고 연희를 보려고 해도 보지 못하는 때도 있었다. 조선 선비 일행은 이날 그 원숭이놀이에 이어서 다음과 같은 3가지의 묘기를 더 보았다.

(2) ①또, 어린아이가 곁에서 갑자기 툭 튀어나오더니, 그 몸을 구부려 꺾기를 마치 유연한 납을 다루듯 하여, 거꾸로 서고 옆으로 서고 머리를 흔들고 발을 돌리곤 해서, 그 편리한 모습을 과시했다. 그의 나이를 물었더니 겨우 여덟 살이라고 하였다.

이것은 여덟 살짜리의 곤두박질놀이다. 조선조 산대놀이의 규식지희(規式之戲) 레파토리에 들어 있는 것과 같다. 한국의 여러 기록들에 산대희, 산대잡희, 산대도감희, 산대나희, 채붕나희, 백희잡희, 백희가무라고 한 것이 모두 산대놀이 계통의 연희라 할 수 있는데, 이것은 신라와 고려를 거쳐 조선조에 아주 성행하였다. 중국에서는 이것을 장희(場戲)라고 했는데, 역시 명나라 때 아주 성행하였다. 조선 시대의 산대놀이는 일반적으로 규식지희(規式之戲)와 소학지희(笑謔之戲)로 나누는데, 전자는 줄타기・방울받기・곤두박질・토화(吐火)・사자춤・곡예 등이고, 후자는 재담, 탐관오리나 양반의 횡포와 비행 등을 극화한 것이다. 이것은 궁중으로까지 흘러들어가서 여러 가지의 폐단을 야기시켜 조선조 인조 무렵에는 그의 중단 문제가 거론되기 시작하다가 마침내 정조 무렵 다시 그런 문제가 제기되면서 쇠퇴일로로 접어들었다. 중국에서도 장희가 궐내까지 흘러들어가서 폐단을 야기시키자 문제가 되면서 청나라 때는 많이 쇠퇴하여 갔다. 그런 까닭으로 해서 장희의 잔재가 옥하관의 연희 같은 데로 끼어들어간 것이라 할 수 있다.

②또, 열 살 남짓한 아이가 한 그림이 그려진 주발을 가지고 나와서 끝이 뾰족하고 자그마한 한 자쯤 된 나무로 그 밑을 받치고, 또, 한 나무를 그 한쪽 끝은 입에 물고 다른 한쪽 끝은 주발을 받친 나무에 가로 연한 다음, 이내 입속으로 무어라고 중얼거리면서, 한 손으로 주발을 쳐서 계속 빙빙 돌게 하면, 주발은 손놀림에 따라서, 빙빙 돈다. 그리고, 또, 바늘 두 개를 각각 한 장대에 매달고 바늘 끝이 서로 이어지게 흔들기도 하고, 또, 장대 머리에서, 마치 사람이 걸터앉은 모양을 이루게 하기도 하고, 또, 담뱃대 모양으로 그 끝을 이어서 받치기도 하지만, 그 주발은 한 번도 어긋나서 땅에 떨어지지 아니했다.

이것은 가늘고 뾰쪽한 막대기 끝에다가 주발을 올려 놓고 계속 완급을 조절하여 돌리면서 그 막대기를 손에서 입으로, 입에서 손으로 이동시키면서 돌리는 묘기다. 그리고, 거기에 이어지는 묘기는 한 개의 장대에다 바늘 두 개를 매달고, 그 장대를 흔들어서 바늘끝이 서로 이어지게 만들기도 하고 사람이 걸터앉은 모습을 만들기도 하는 등 다양한 조화를 부리는 묘기다.

③또, 붉은 나무로 된 탄환 세 개를 공중을 향해 던지고, 손을 번갈아 가면서 그것을 받는데, 금방 던지고 금방 받고 하니, 어느 탄환이 어느 손으로 좇아 던져지고 받아지고 하는지를 알 수가 없었다. 또, 구멍이 뚫린 한 자그마한 대롱[筒]을 이마 위에 달아매고 때로는 떨어지는 탄환을 받는다. 이것은 비록 환술(幻術)과는 다르지만, 역시 신기한 묘기에 속하는 것이었다.

이것은 세 개의 붉고 동그란 탄환처럼 생긴 방울을 공중에 던져서 두 손과 머리 위에 얹은 대롱으로 떨어뜨리지 않고 연속해서 받아 던지는 묘기다. 이것 역시 조선조 산대놀이의 규식지희 레파토리에 들어 있는 것이다. 중국에서 장희(場戲)가 쇠퇴하는 청말에 그 잔재가 흩어져 옥하관까지 흘러들어간 것이라 할 수 있다.

사람의 찡그림과 웃음 본받고 말소리도 이해하며, 效人嚬笑解人言
원숭이를 차고 양을 타는 등 잘 모였다 달렸다 하네. 蹴猴騎羊善聚奔.
애석하다 의관이 그리도 용처가 없어서, 可惜衣冠無用地
유희장 원숭이에게 맡겨져 입었다 벗었다 하는구나. 遊場脫着任猴孫[4]
(번호 (1)-(2)와 ①-③은 저자)

원숭이놀이에 이어서 8세아의 유연한 몸놀리기(體技) 묘기가 있었으며, 그다음은 10살짜리 어린아이의 장대 끝으로 주발돌리기의 묘기가 있었다. 그리고, 이어서 나무로 만든 붉은 탄환 같은 방울을 공중에 던져서 자유자재로 받는 묘기가 있었다. 여기에서 조선 선비는 환술과 묘기가 서로 다르다는 분명한 변별력을 획득하게 된다. 그리고, 조선 선비는 칠언절구의 관희시(觀戲詩) 한 편을 썼다.

이제 조선 선비의 그 관희시를 살펴보기로 한다. 이 시의 1~2행은 관희(觀戲)의 내용이며 3~4행은 관희의 내용에 관희평(觀戲評)을 곁들인 것

4) 이해응, 계산기정, 177~179쪽.

이다. 이날 조선 선비 일행이 옥하관에서 보았던 연희는 원숭이놀이와 세 가지의 묘기였다. 원숭이놀이는 놀이를 지휘하는 한 사람과 두 마리의 원숭이, 한 마리의 양, 한 마리의 발발이로 구성되어 있다. 그리고, 세 가지의 묘기란 곤두박질 묘기와 주발돌리기 묘기와 방울받기의 묘기다. 그러나, 이것을 보고 쓴 관희시의 내용은 오직 원숭이놀이의 첫 한 부분뿐이다. 이것은 어떤 기준을 마련하여 취사선택한 것으로는 보이지 않으며 시인의 주관적 선택에 따른 것이라 여겨진다. 이 한 편의 시만으로는 이날 조선 선비 일행이 어떤 연희를 보았는지 그 전모를 다 가늠할 수가 없다. 이것은 연희시의 불가피한 한계점으로서의 한 속성이라 할 수 있다. 한편, 관희시의 1행에 나타난 '사람의 찡그림과 웃음을 본받고 사람의 말소리도 이해한다(效人嚬笑解人言)'는 것이나, 2행의 '원숭이를 차고(蹴猴)'와 같은 구체적 사실의 근접 묘사는 12월 12일 '원숭이놀이를 구경함(觀戲猿)'이라는 장황한 관희서사에는 전혀 나타나지 않고 있다. 관희의 서사문은 연희 전체의 진행순 원거리 묘사일 뿐이며, 그 제목 또한 '관희원(觀戲猿)'이라 하여 전체 연희 구성에서 세 가지의 묘기를 생략한 채 편향적으로 붙여져 있다. 이것 또한 관희서사의 한계점으로서의 한 속성이라 할 수 있다. 이처럼 관희시와 관희서사는 한 편의 연희를 보고 같은 날 한 사람이 썼다고 하여도 그 연희를 이해함에 있어서는 선택적 참고 자료여서는 안 되며 상호보완적 참고 자료여야 한다는 점을 잊어서는 안 된다. 관희시를 거론할 때는 언제나 이와 같은 관희시의 한계적 속성이 전제되어야만 많은 오류에서 벗어날 수 있을 것이다. 조선 선비의 위 관희서사와 관희시는 서사와 시가 공존함으로써 관희시 해석의 새로운 지평을 여는 데 많은 것을 시사하고 있다. 관희시의 3~4행은 관희서사에 '원숭이 한 마리는 붉은 저고리에 푸른 바지를 입었으며, 머리에는 여자처럼 꾸민 가면을 쓰고'라고 한 것을 관희시로 쓴 것이라 할 수 있다. 여기에서는 관희서사가 훨씬 근거리의 정밀

묘사를 하고 있다. 붉은 저고리와 푸른 바지와 여자의 머리처럼 꾸민 가면을 쓴 원숭이가 그러한 정밀 묘사이다. 그러나, 관희시는 '애석하다'는 관희평(觀戲評)에 원숭이에게 입힌 '의상이 그리도 용처가 없어서'라고 하여 원숭이 의상의 원거리 간접 묘사를 하고 있다. 그리고, 의상의 '용처'라는 가치 지향적 표현으로 '입었다 벗었다'라는 표층묘사를 심층묘사화하고 있다. 이처럼 3~4행에서도 관희서사와 관희시는 연희를 이해함에 있어서 상보적 관계에 있음을 확인할 수 있다. 따라서, 관희시는 연희의 거시적 묘사와 미시적 묘사, 직접묘사와 간접묘사, 표층묘사와 심층묘사는 물론이고 관희평까지를 모두 다 할 수 있으나 연희의 전체 구도, 전체 등장인물, 모든 소도구 등은 다 구현해 낼 수 없는 한계를 가지고 있는 시이다. 그리고, 연희의 크고 작은 규모가 연희시의 형식이나 길이를 결정하는 것도 아니며, 문학적 감동은 시적 본질에서 나오는 것이라기보다는 연희의 내용에 따라서, 달라지는 것이 연희시라고 말할 수 있다. 조선 선비는 1804년 1월 2일 북경의 유리창(琉璃廠)에서 호화스런 희장(戲場)을 보고 다음과 같은 연희시(演戲詩)를 썼다.

갑자년 1월 2일 (임진) 맑음. 옥하관에 머물렀다.

유리창(琉璃廠)

매양 길이 나뉜 곳에 당하면 패문(牌門)이 섰고, 편액에 아무 호동(衚衕)이라고 쓰였는데, 호동이란 것은 바로 동방(洞坊)을 일컫는 말이다. 가두에는 종종 광대놀이를 베풀었으므로 가서 구경하는 사람들이 많았다.

수레바퀴가 부딪히는 삼조시(三條市)에,	轂擊三條市
행인은 가다가 더러 멈추네.	行人去或停
보화는 갖가지 이름이요,	貨珍各種種
패방(牌榜)은 우뚝이 벌여 있네.	牌榜列亭亭
난간은 다루(茶樓)에 반사되어 푸르고,	欄映茶樓碧

주기(酒旗)는 행사(杏肆)에 걸려 푸르네, 帘褰杏肆靑
많은 돈으로 놀이장을 시설하니, 萬錢場設戱
전각 동쪽 뜰에 구름처럼 모였네. 雲會殿東庭[5)]

도019. 오대 때의 한희재야연도권에서 궁정의 유희

이처럼 조선 선비는 유리창에서 광대놀이의 희장을 구경하고 그것을 시로 써 놓았다. 많은 돈을 들여서 전각 뜰에다 광대놀이의 희장을 가설하고 광대놀이를 하는데 관람객들이 구름처럼 모여들었다고 하였다. 여러 연행록에 유리창에서 본 광대놀이를 기록하고 있는 것을 보면 당시 유리창은 광대놀이를 하는 고정적인 연행 공간이 있었던 것 같다. 오언율시로 쓴 이 시의 1~2행은 당시 유리창 거리의 수많은 수레와 행인들이 오가며 뒤엉키는 장면을 묘사하고 있다. 조선 연행사들은 북경에 머무는 동안 거의 예외 없이 모두 유리창 구경을 하였다. 따라서, 대

5) 이해응, 계산기정, 186쪽.

부분의 연행록에 유리창에 관한 기록이 있다. 유리창은 문화의 거리로서 오랜 전통을 이어 오늘에 이르고 있다. 그런 유리창 거리의 모습이다. 3~4행은 유리창 거리에 진열된 진귀한 물건들과 거대한 간판들이 도열해 있는 모습이다. 5~6행은 유리창 거리에 있는 깔끔한 여러 찻집과 많은 현수막이 걸린 술집 모습이다. 그리고, 7~8행은 그런 유리창 거리에 자리잡은 휘황찬란한 희장(戱場)에 운집한 관객을 시로 표현하고 있다. 이처럼 이 관희시는 희장의 외곽묘사에 치중한 작품이다. 앞의 연희시와 이 연희시는 같은 작자, 곧 조선 선비가 쓴 작품이다. 연희의 내용이 다양하고 그 구성이 자못 방대한 앞의 관희시가 칠언절구 한 수이고, 단지 희장의 외곽만을 묘사한 이 시가 또한 오언율시 한 수인 점을 볼 때, 연희시는 연희의 내용이나 그 구성에 따라서, 시의 형식이 결정되는 것은 아니라는 것을 알 수 있다.

이어서 조선 선비는 다음날에도 숙소인 옥하관에서 9종으로 구성된 환희(幻戱)를 보고 다음과 같은 관희시(觀戱詩)를 썼다.

내 들으니 연시(燕市)의 잡희(雜戱)는,	我聞燕市戱
일종의 제해설(齊諧說)이라 하더라.	一種齊諧說
관문 아래서 옷을 질질 끌고,	曳裾關門下
뭇사람 가운데 두루 도는구나.	衆中徧揭揭
게걸음에 새 뜀을 하여,	蟹行兼雀躍
기이한 재주 멋대로 부리는구나.	逞技堪奇絶
술은 장대 끝 주발에서 넘치고,	酒溢竿頭楪
칼은 목구멍 사이의 피에 얼룩졌다.	劒斑喉間血
붉은 대추 구슬처럼 담겨 있으니,	赤棗徧如珠
뉘를 위해 옥소반 베풀련고?	爲誰玉盤設
연석(燕石)과 서석(鼠腊)을 구슬이라 속이고,	璞稱燕鼠粧
옷은 초후(楚猴)에게 씹힘을 당했네.	衣見楚猴齧

어리석은 사람은 술취한 듯하여,	痴人如中酒
곁에서 공연히 소리지르네.	在傍空嘖舌
요술 부리기를 이처럼 잘하는데,	弄幻誠如是
어째서 신선 비결은 배우지 않았나.	何不學仙訣[6]

(번호 (1)~(9)는 저자)

이처럼 이날 조선 선비 일행은 숙소인 옥하관에 청나라 환술단을 불러들여 아홉 가지로 구성된 환술을 본다. 이들이 본 아홉 가지의 환술 내용은 이러한 것이다. (1)터진 곳이 없는 둥근 쇠고리를 연결하였다가 다시 본래 모습의 낱개로 만들어 내는 환술, (2)두 사람이 달걀 크기의 검은 탄환과 흰 탄환을 각기 삼킨 다음에 서로 다른 색깔로 만들어서 뱉아 내는 환술, (3)긴 쇠칼을 입에 찔러넣었다가 뽑아 내는 환술, (4)불붙은 긴 담뱃대를 삼켰다가 그것을 쪼개서 내뱉고, 긴 담뱃대를 콧구멍에 집어넣어 박았다가 빼내는 환술, (5)빈 보자기 속에서 대추와 화채(花菜)가 담긴 주발 두 개와 화초(花椒)와 총엽(葱葉)이 담긴 동이를 만들어 내는 환술, (6)갈기갈기 찢어진 종이 조각을 입속에서 흔적 없이 이어서 실타래처럼 끌어내고, 그 속에서 새 두 마리를 날려보내는 환술, (7)칼로 실을 토막토막 잘랐다가 주문을 외면서 아무 흔적 없이 이어 내는 환술, (8)두 손을 기둥 뒤로 동여 묶고, 그것을 풀지 않고 기둥을 빠져 나오는 환술, (9)장대 위에다 주발을 돌리면서 병 속에다 술을 만들어 마시는 환술이 이날 본 아홉 가지의 환술이다. 이것은 모두 최근까지 한국에서도 볼 수 있었던 요술이다. 조선 선비의 관희시(觀戲詩)는 이런 환술의 내용을 소개하고, 환술 관람객들과 환술하는 사람들을 모두 비판적 관점으로 논평하고 있다. 환술에 속아 흥분하는 관객이나 정작 영

---

6) 이해응, 계산기정, 187~190쪽.

원히 신선이 되는 환술은 하지 못하는 환술쟁이 모두가 조선 선비의 비판적 대상이다. 이것은 당시 조선 선비의 관희관(觀戲觀)이라 할 수 있는데, 조선 선비는 환술을 보는 것도 결국 단순히 흥만을 즐기는 것이 아니며 결국 군자가 되는 수양의 하나라고 생각한 것이다.

이 오언배율(五言排律)의 관희시(觀戲詩)는 옥하관에서 아홉 가지로 구성된 환술을 보고 그것을 시로 쓴 것이다. 시 1~2행에서 작자는 환술을 '잡희(雜戲)'로 알고, 그 내용을 '제해설(齊諧說)'로 인식하고 있다. 이것은 관희 이전 단계의 기존 지식으로서 도입부라고 할 수 있다. 3~4행은 환희의 공연 장소가 '관하(關下)' 곧 옥하관이며, 관중 속에서 옷을 질질 끌고 두루두루 돌면서 환술을 시작한다. 이것은 환술의 서막이라고 여겨진다. 여기까지는 대부분 관희서사에 나타나지 않은 부분이라 할 수 있다. 다만, 관희서사에 환희의 공연장이 '옥하관 안'으로 명시되고 관희시에 '관문 아래'라고 한 것만은 예외라 할 수 있다. 관희서사와 관희시 모두 공연 장소는 생략할 수 없는 아주 중요한 기록 요소가 되고 있음을 알 수 있다. 5~6행은 게걸음과 새 뜀을 하면서 기이한 재주를 부리는 환술이다. 이것은 관희서사 (1)에 해당하는 관희시로 보인다. 고리를 던져 연결하는 환술꾼 동작의 하부 묘사가 이 관희시라면 그 환술꾼의 상부 묘사는 관희서사 (1)이라고 볼 수 있기 때문이다. 이처럼 연희를 이해하는 데 있어서 관희시와 관희서사는 철저한 상보적 관계로 이루어져 있다. 이 관희시의 7~8행에서 제7행은 관희서사 (9)에 해당한다. 관희서사 (9)의 장대 끝 주발에다 술을 만들어 마시는 환술을 관희시는 '술은 장대 끝 주발에서 넘치고'라 하였다. 그리고, 이 관희시 제9행 '칼은 목구멍 사이의 피에 얼룩졌다'는 관희서사 (3)의 두어 자쯤 되는 쇠칼을 목구멍에다 깊숙이 찔렀다 빼내는 환술 장면이다. 이 환술의 진행 순서는 관희서사와 같았을 것 같은데, 관희시는 이처럼 환희의 레파토리 순서 (3)과 (9)를 뒤바꾸어 놓고 있다. 이 관희시의 9~10행 '붉은 대추 구슬처럼 담겨 있으니'는 관희서사 (5)의 빈 보자기 속에서 붉은 대추가 담긴 주발을 만들어 내는 환술이다. 그리고, 제10행 '뉘를 위해 옥소반 베풀런고'는 관희평의 삽입이라 할 수 있다. 따라서, 이 부분에서도 관희서사 (9)와 (5)는 뒤바뀌고 있다. 11~12행에서 제11행은 연석과 서석을 구슬이라 속이는 환술의 전반적 속성을 말하고, 제12행은 환술꾼의 너덜너덜한 복식을 묘사하고 있다. 13~14행은 환술에 속아 흥분하는 관객들의 상황 묘사다. 그리고, 마지막 15~16행은 환술에 대한 총평이다. 환술꾼이 환술은 잘 하면서도 그들이 신선이 되지 못하는 것은 환술이 결국 속임수에 불과하기 때문이라는 총평이다. 이처럼 관희시는 관희서사 (1), (3), (5), (9)만을 시로 쓴 것이므로, 이날 조선 선비가 옥하관에서 보았던 환희 아홉 가지 중 다섯 가지를 누락시키고 있음을 알 수 있다. 그러나, 관희시에는 관희서사에 드러나지 않은 관중의 반응과 관희평이 들어 있다. 이 관희시에도 앞의 관희시처럼 관희평은 마지막 2행이어서 관희시 짜임의 한 특색을 발견할 수 있다. 한편, 관희시에 나타나는 연희의 내용은 앞의 관희시에서도 살펴보았듯이 전체가 아닌 부분으로서 시인의 주관적 선택에 따라서, 결정되고 있다.

조선 선비는 1월 12일에도 숙소인 옥하관에서 광대놀이를 보고 다음과 같은 관희시를 썼다.

12일(임인) 맑음. 옥하관에 머물렀다.

(1) 자광각(紫光閣)

이 날 황제가 자광각에서 잔치를 베풀었다. 세 사신이 입참(入參)하기에 나 또한 따라갔다. 해뜰 무렵에 서화문(西華門)을 경유, 복화문(福華門) 안으로 들어갔다. 황제는 황류소(黃流蘇)가 드리운 옥교(屋轎)를 탔고, 여러 시신(侍臣)들은 황금으로 된 화로와 술잔 등의 그릇을 받들고 좌우로 열을 나누어 앞에서 인도하였다. 황제는 낯을 내놓고 좌우를 돌아보고 있었으니, 한 번 쳐다보고도 황제의 얼굴을 자세히 살필 수 있었다. 수염은 자못 적은데다 낯은 모지고 하관은 풍만한데 대개 짙은 황색이었다. 세 사신은 잔치 반열로 따로 들어가고 나는 밖에서 바라보았다. 배반(杯盤)은 낭자하고 경관(磬管; 경쇠와 피리)은 함께 울렸다. 붉은 옷차림을 한 군사 백여 명이 큼직한 누른 포장(布帳)을 손에 받들고 서쪽에서 앞쪽으로 와서는 순식간에 그 뜰을 가린 다음, 거기에 문 셋을 설치했다. 놀이하는 기구는 모두 그 문으로 해서 들어왔는데, 각기 가면을 간직했고, 그 활수(闊袖)·원령(圓領)·복두(幞頭)·대대(大帶) 등은 한결같이 선왕(先王)의 법복(法服)을 닮았으며, 더러는 우리나라 제도보다 훨씬 뛰어났으니, 이는 이른바 '예(禮)를 잃고 들에서 구한다.'라는 것이었다. 모두 목판(木板) 하나씩을 가졌는데, 도금한 글자가 각기 한 목판에 한 자씩 쓰여 있었다. 그 글자들을 합쳐 보면, 「가경만수」(嘉慶萬壽) 즉, 가경 황제는 만수를 누리라는 뜻이었다.

(2) 또, 가화(假花)를 우선(羽扇) 모양으로 만들어서 그것을 가지고 흔드니, 낮추고 높이고 하는 것이 절차에 맞았다. 또, 궁둥이를 흔들고, 허리를 꺾고, 참새처럼 깡충깡충 뛰고, 게처럼 옆으로 다니는 등 그 기예(技藝)는 마치 우리나라의 화랑(花郞)과 흡사하였으니, 그 묘기를 곡진히 한 것이라 하겠다.

또, 큰 기둥 하나를 세우고 8~9세쯤 되는 아이로 하여금 벌거벗은 몸으로 그 기둥을 오르게 한다. 그 아이는 거꾸로 매달리고 옆으로 서고 하기를 마치 평지를 밟고 다니듯 하였다. 그 밖엔 씨름·사자춤 및 홍봉환축(紅棒環逐)의 장면이었는데, 모두 차서에 따라 놀이를 베풀었다.

(3) 황제가 환궁하자 차례대로 반상(頒賞)을 하였다.

(4) 잔치가 파한 뒤에 그 전각에 들어가 보았더니, 전각은 대범 2층이었고, 편액은 자광각(紫光閣)이라 쓰였으며, 건륭의 시가 벽에 걸린 게 네댓 군데였다. 전각에 설치된 보탑(寶榻)은 바로 황제가 앉는 자리였고, 전각 뜰은 모두 옥난간을 하였다.

용탑에 태운 향 연기 가냘프게 가늘고,	龍塔燃香嫋嫋纖
자광각 높은 전각엔 옥으로 발을 엮었네.	紫光高閣玉編簾
광대들 공정무(公庭舞) 시새워 추고,	優人競奏公庭舞
상사는 황금 또는 백겸이러라.	賞賜黃金又白縑[7]

(번호 (1)~(4)는 저자)

7) 이해응, 계산기정, 215쪽.

이것은 청나라 가경 황제가 자광각에서 조선 연행사들에게 베푼 연회에서 본 연희다. 가면과 선왕 법복으로 분장을 하고 '가경만수(嘉慶萬壽)'라는 네 글자를 한 사람이 한 글자씩 나누어 들고 차례로 입장하는 것으로 연희가 시작된다. 이어서 궁둥이를 흔들고 허리를 꺾고 참새처럼 뛰고 게처럼 옆으로 걷는, 마치 조선조 화랑(花郞)기예와 같은 연희를 한다. 다음은 한 아이가 거의 알몸으로 거꾸로 그네타기를 하고, 이어서 씨름과 사자춤과 홍봉환축(紅棒環逐)을 한 뒤 끝이 난다. 조선 선비는 여기의 춤을 그의 시에서 시경(詩經) 북풍 간혜장(簡兮章)에 나오는 공정무(公庭舞)라고 이름하였다. 조선 선비가 이 춤을 조선의 박수무당 화랭이 춤과 같다고 평한 것을 보면 춤사위가 남성적이다. 조선 선비의 시는 관희의 처음부터 끝까지를 모두 시로 썼는데, 청나라 광대는 공정무를 추었고 조선 상사(上使)는 황금을 하사받는 연희라고 하였다. 당시 청나라 황실 연희의 목적은 이렇게 하여 사해의 모든 조공사들을 청나라로 불러들이려고 한 것이다.

이 칠언절구(七言絶句)로 된 관희시 1~2행은 관희서사 (1)과 (4)에 해당하며, 3~4행에서 제3행은 관희서사 (2)이고 제4행은 관희서사 (3)이다. 관희서사 (1)과 (4)가 장황한 묘사와 서술을 하고 있지만, 관희시 1~2행의 '용탑…향 연기'나 '자광각…옥발'과 같은 구체적인 실상을 섬세하게 드러내지 못하고 있다. 그리고, 관희시 3~4행에서 제3행은 관희서사 (1)과 (2)가 아니라면 그 연희의 실상을 파악할 수 없지만, 제4행은 관희서사 (3)보다 훨씬 더 구체적 실상을 드러내고 있다. 이처럼 한 연희의 실상을 파악하거나 그 실상을 기록함에 있어서 연희시와 연희서사는 필연적인 상보관계를 가지고 있다.

위에서 거론한 내용들을 종합하여 볼 때, 19세기 초 조선 선비는 많은 청나라 연희를 보았지만 그 가운데서 원희(猿戱), 희장(戱場), 환술(幻術), 공정무(公庭舞)만을 관희시로 쓰고 그 나머지는 모두 관희서사로만 기록하였다. 그런데, 조선 선비가 보았던 청나라 연희의 전모를 살펴볼 때, 원희와 환술과 공정무가 가장 흥미롭고 가장 특색 있는 대표적인 연희이다. 그런 연희를 하는 희장은 연희기에서 빠뜨릴 수 없는 중요한 요소가 될 수밖에 없다.

연행록 연원직지(燕轅直指)는 1832년(순조 32) 서장관 김경선(金景善)이 쓴 것이다. 이때의 정사(正使)는 서경보(徐耕輔), 부사(副使)는 윤치겸(尹致謙)이었다. 서경보는 대호군(大護軍-현직이 아닌 五衛의 종삼품 벼슬)이었으나 판중추부사(判中樞府事-중추부의 종일품 벼슬)의 가함(假銜)을 썼고, 윤치겸은 부호군(副護軍-현직이 아닌 오위의 정사품 벼슬)이었으나 예조판서의 가함을 썼다. 삼사신 중 가함을 쓰지 않은 것은 서장관인 저자뿐이다. 가함을 쓰는 것은 겉으로는 사대의 예를 표하면서 심복(心腹)하지 않는 것을 뜻한다. 또, 상당한 직위에 있는 종친 및 대신을 사신으로 보내는 것이 사대사행의 규례이나, 마땅한 자격자가 없을 때엔 낮은 관직에 있는 자를 가함을 쓰게 해서 보낸 것을 알 수 있다.

서장관 김경선은 북경의 원명원에서 정월 대보름의 등희(燈戲)를 보고 다음과 같은 산고수장각등희기(山高水長閣燈戲記)를 썼다.

산고수장각등희기(山高水長閣燈戲記)

(1) 원명원 문을 들어서면 왼쪽에 또, 문 하나가 있는데, 문은 모두 아주 높거나 크지도 않고 단청도 설시되지 않고 편액(扁額)도 없었으니, 뭐라고 부르는지 알 수 없다. 또, 앞으로 4백~5백 보쯤을 바라보면, 띠처럼 기다란 누각이 있는데, 편액을 산고수장(山高水長)이라 하였다. 아홉 기둥・홑처마에 두 층 누(樓)를 만들었고, 아로새겨 꾸미는 일은 전연 없었다.

뜰을 둘러서 흑책을 설립하고, 흑책 밖의 뜰은 매우 광활한데, 즉, 놀이의 장소이다. 뜰을 빙 둘러서 또, 성긴 죽책(竹柵)을 설립했는데, 잡인을 금하기 위한 것이다. 황제가 이때에 아직 나와 좌정하지 않았다. 그래서, 걸음을 옮겨 두루 관람하면서 그 위치를 대강 알아보았더니, 이따금 흙을 쌓아 산을 만들고 물을 끌어 호수를 설시하였다. 그리고, 기이한 풀과 이상한 나무들이 빽빽이 우거져서 숲을 이루었고, 숲 사이로는 전각들이 더러는 숨기도 하고 더러는 나타나기도 하는데, 감히 깊이 들어가질 못했다.

뜰 좌우에는 몇 보 간격으로 커다란 붉은 지통(紙桶)을 마주 세웠는데, 아마 그 속에 화약을 넣어서 포를 쏠 기구로 만들어 놓은 모양이다. 뜰 서쪽 변두리에는 세 채의 채붕(彩棚; 채색을 해서 임시로 지은 집)을 얽었는데, 가운데는 높고 양쪽은 낮았으며, 각각 하나의 커다란 죽상(竹箱)을 달았는데, 그 모양은 마치 북[鼓]처럼 생겼고, 가운데 단 것이 더욱 컸다. 아마 남중(南中)에서 세공(歲功)한 물건으로 생각된다. 그 물건은 경풍도(慶豐圖)라고도 이르고, 또는 연화합자(烟火盒子)라고도 일컫는데, 그 안에는 크고 작은 각가지 등을 저장하였다. 채붕의 양쪽 가에는 추천(鞦韆—그네) 맬 나무를 세웠는데, 그 제도가 서양에서 나왔으므로 서양추천(西洋鞦韆)이라 이른다. 먼저 붉게 칠한 세 기둥을 일자로 열을 지어 세웠는데, 높이는 7~8길이 됨 직하고, 상·중·하 세 층으로 나눈 다음, 각각 긴 장대를 가로 질러서 정간을 만들었는데, 그 모양은 마치 다음 그림처럼 생겼다. 또, 그 밖에도 이따금 지뢰포(地雷砲)를 묻고, 또, 비포(飛砲)를 설치한 다음, 긴 노끈을 가지고 지통(紙桶)을 꿰어 그 두 끝을 나무에 맸는데, 모두 놀이의 기구를 미리 설치한 것이다.

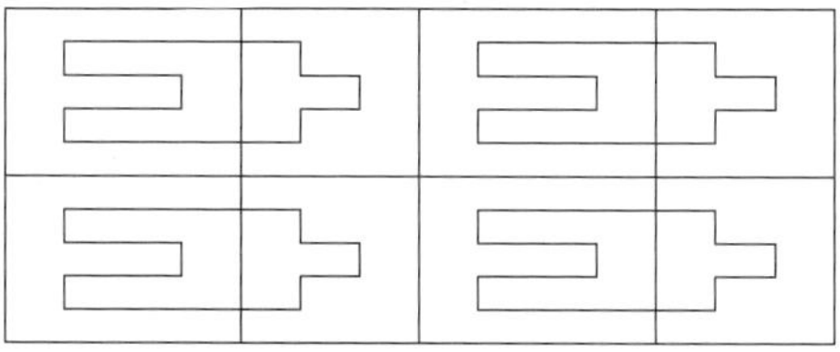

이처럼 등희에 초청을 받은 조선의 삼사신은, 현재는 모두 불에 타 없어진 원명원의 산고수장각에 도착한다. 그 산고수장각은 단청이나 꾸밈이 전혀 없는 긴 띠처럼 지은 건물이다. 그 뜰을 빙 둘러서 잡인들의 출입을 금지시키기 위한 죽책(竹柵)을 설치하였다. 그리고, 뜰의 좌우에는 붉은 지통을 마주 세웠다. 그 뜰의 서쪽 가에는 임시로 가설한 채색한 집 세 채가 있는데, 가운데 집이 가장 높다. 각 집에는 큰 북처럼 생긴 대나무상자 한 개씩을 매달았는데, 그것을 경풍도(慶豐圖) 또는 연화합자(煙火盒子)라고 한다. 이 경풍도와 연화합자 안에는 크고 작은 여러

개의 등을 넣었다. 그 채색된 집 양쪽 가에다는 그네를 맬 수 있는 나무를 세웠다. 그 그네는 서양에서 들어왔다 하여 서양추천, 곧 서양그네라고 한다. 높은 기둥 세 개를 일자로 세웠는데, 상・중・하 3층으로 각각 긴 장대를 가로 질러서 위의 그림처럼 정간을 만들었다. 그리고, 지뢰포(地雷砲)를 묻고 비포(飛砲)를 설치해 놓았다. 이것이 정월 대보름 외국사절을 초청한 청나라 왕실 주간의 원명원 등불놀이 준비 상황이다.

(2) 두루 구경하는 일을 마치고 전각 앞으로 되돌아오니, 유구국(琉球國) 및 금천국(金川國) 사신 역시 모두 와서 모였다. 한 어린아이가 있어, 복장이 매우 선명 화려하고 몸가짐이 비범하여 행동거지가 단상(端詳)한데, 2~3명의 수종인(隨從人)과 함께 와서 보고 있었다. 그는 아마 외국 인물들을 보기 위해서인 모양인데, 놀란 빛이나 당황한 기색은 조금도 없었다. 역관을 시켜 물어보게 했더니, 십팔왕(十八王)의 아들로 나이는 지금 일곱 살이며, 무슨 글을 읽느냐 물었더니, 사서(四書)를 이미 마치고 지금 춘추(春秋)를 읽는다고 대답했다. 듣건대, 십팔왕은 제왕(諸王) 중에서 가장 현명하다는 이름이 있으며, 무릇 군국사(軍國事)를 모두 참여해서 결정한다고 하는데, 그의 아들 또한 이와 같이 숙성 영이(夙成英異)하니, 그 집안은 왕운이 트였다고 할 만하다.

이처럼 조선의 삼사신 일행은 원명원의 등불놀이 준비 상황을 조사하고 지정된 전각의 좌석으로 온다. 이곳에는 이미 유구국과 금천국의 사신이 도착하여 있다. 십팔왕의 어린 아들들이 수행인을 대동하고 와서 외국사절들을 호기심 어린 눈으로 바라본다. 김경선 일행은 그 아이들의 당당한 모습에 감동하고, 그들이 이미 사서(四書)를 마치고 춘추(春秋)를 읽는다는 사실을 확인하면서 충격을 받는다. 이렇게 하여 조선 연행사를 비롯한 여러 조공사의 사대사상은 점점 더 깊어 갔다.

(3) 이윽고 황제가 나와 좌정했는데, 시위경필(侍衛警蹕)의 소리가 없었으니, 아마 전각 뒤를 경유해서 들어왔던 모양이다. 전각 하층에 어좌(御座)를 설치하고, 상루(上樓)는 앞에 주

렴(珠簾)을 드리웠는데, 들으니 거기는 태후(太后) 및 황후(皇后)와 여러 비빈(妃嬪)들이 앉는 자리라 한다. 만(滿)・한(漢)・몽고(蒙古)의 근신(近臣)들이 모두 시립(侍立)했는데, 비록 좁은 소매에 붉은 투구는 썼을 망정 대개 의젓하고 준일(儁逸)한 자가 많았다.

이제는 이처럼 청나라 왕이 입장하여 전각의 일층 어좌에 좌정을 한다. 그리고, 그 위층에는 태후와 황후 외 비빈들이 주렴을 친 안에 좌정을 한다. 그다음은 만족과 한족과 몽고족의 근신들이 모두 이들을 모시고 서 있다.

(4) 놀이가 비록 바야흐로 시작되자, 정・부사는 황제의 분부에 따라 앞으로 나아갔으니, 역시 규례이다. 맨 먼저 각저(角抵-씨름) 놀이가 베풀어졌다. 아마 4백 근 이상을 들 수 있는 힘이 있는 자 및 낙타[橐駝]보다 용맹이 뛰어난 자들을 뽑아서 그 놀이에 참여시킨 모양이므로, 신체들이 건장하였으니 과연 맹사(猛士)들이었다. 놀이가 끝나자 그중에서 많이 이긴 자를 뽑아서 은(銀)・단(緞)으로 후히 상을 주었다.

이처럼 조선의 정사와 부사는 등불놀이가 시작되자 규례대로 청나라 왕의 분부에 따라서, 그가 앉은 곳 가까이의 앞좌석으로 간다. 정월 대보름 원명원의 등불놀이는 맨 먼저 씨름경기로 시작된다. 거구의 맹사들이 등장해서 씨름경기를 하고 그 승자에게 은과 비단으로 포상한다.

(5) 그다음 근두(筋斗; 재주넘는 일)놀이가 베풀어졌다. 그 몸을 굽혔다 폈다 하면서 뛰어넘는 모습은 마치 나는 새처럼 빨랐다. 놀이가 끝나자 또, 앞서처럼 시상하였다.

이처럼 두 번째 순서는 근두놀이, 곧 곤두박질놀이다. 이 놀이도 놀이가 끝나자 은과 비단으로 시상을 한다.

(6) 그다음 서양추천놀이가 베풀어졌다. 놀이하는 자는 도합 16명의 동자(童子)로서, 나이

는 모두 열 대여섯 살쯤 되고, 체격과 생김새는 거의 비슷하며, 붉은 옷에 푸른 바지를 입었다. 그리고, 흑단(黑檀)으로 관(冠)을 만들었는데, 우리나라 화관(花冠)처럼 생겼다. 또, 붉은 실로 유소(流蘇; 드리우는 술)를 만들어서 관 위에 어지럽게 드리웠는데, 앞은 짧고 뒤는 길며, 분을 발라서 미인처럼 얼굴을 붉게 꾸몄다. 그들이 일제히 그네틀에 오르니, 그네틀은 사람을 따라서, 나갔다 물러갔다, 느리다가 빠르다가 하더니만, 휙 돌아서 올라갔다가 또, 내려오고, 내려왔다가 또, 올라가는데, 오르내릴 때면 흡사 나는 신선이 허공을 밟고 오르내리는 형상이었다. 처음에는 느리다가 나중에는 빨라지곤 하여 저절로 절주(節奏)가 있으니, 역시 기이한 기예라 할 만하다.

이처럼 세 번째 순서는 서양추천, 곧 서양그네놀이다. 붉은 옷에 푸른 바지를 입고 술이 달린 검은 모자를 쓴 16명의 소녀들이 등장한다. 그들은 얼굴에 짙은 화장을 하고 있었다. 그들은 일제히 그네에 올라서 절조에 맞추어 허공을 오르내리면서 완급을 조절하면서 신선처럼 놀았다. 이들 조선 연행사 일행은 여기에서 처음으로 서양 서커스를 본 것이다. 김경선은 기이한 기예라는 평을 하면서 이색 체험을 하게 된다.

(6-1)모기령(毛奇齡-청대(淸代)의 사람)의 시화(詩話)에,

① "경사(京師)의 연회(宴會) 가운데에는 파간(爬竿)놀이라는 게 있는데, 곧 옛적의 심당(尋橦)놀이이다. 그 제도는 두 동자(僮子)가 꽃무늬 배자에 붉은 바지를 입고, 장대를 타고 올라가서 거꾸로 서서 손을 휘둘러 춤을 추는 것인데 가장 기교하다. 단지 배꼽만으로 장대를 받치고서 그 손과 발을 마치 매[鷹]가 날개 펴듯 벌리고, 더러는 손을 장대를 받치고서 마치 원숭이처럼 붙어서 발을 떼기도 하는데, 이와 같은 교묘한 놀이일 뿐이다. 일찍이 장평주(昌平州)에 문상 갔을 때 두 부인이 파간(爬竿)놀이하는 것을 보고, 처음에는 이상하게 여겼더니, 뒤에 왕건(王建; 唐代의 사람)의 심당가(尋幢歌)를 읽게 되었다. 거기에,

몸이 가볍고 발이 날래기가 남자보다 낫다. 身輕足捷勝男子

라는 어구가 있는 것으로 보아 원래 이는 여창(女娼)의 춤이지, 남동(男僮)의 춤은 아니었던 것이다. 다만 그 시에,

짧은 상투를 거듭 빗질하여 금비녀 떨어뜨리고, 重梳短髻下金鈿
붉은 모자 푸른 수건이 각각 한쪽에 있구료. 紅帽靑巾各一邊

라고 하였으니, 여창 몇 사람을 사용한 듯싶다. 그들은 각각 짧은 상투를 빗질해서 장식을 풀고, 더러는 붉은 모자로, 더러는 푸른 수건으로 머리털을 싸매고, 두 줄로 나눈 다음, 장대를 붙들고 오르게 되었던 모양이다. 그러므로,

둘러 사면에서 먼저 오르려 다투네. 繞竿四面爭先緣

라 하고, 또,

오르내릴 적에 절름거리는 발에는 모두 버선 신었네, 上下蹁躚皆着襪

라고 하였으니, 이 몇 사람들은 손으로 장대를 잡고 발등을 장대에 부착했다는 것을 역력히 볼 수 있다.

다만 처음에는 '심당(尋幢)' · '대간(戴竿)'이 본래 두 가지의 춤[舞] 이름이라고 생각했더니, 그 시의 뜻을 읽고 나서는, 한 가지 춤으로 여겨진다. 다음과 같은 시가 있는 것으로 보면,

백 명 남자가 들어도 일으켜지지 않을 큰 장대가, 大竿百夫擎不起
간들거리며 반쯤은 푸름 구름 속에 있구나. 飄颻半在靑雲裡
가냘픈 허리의 여인은 얼굴을 요동치 않고, 纖腰女兒不動容
이고 다니며 춤 한 차례 추는 일 끝마치네. 載行直舞一曲終

여창 한 명은 장대를 이고, 여창 몇 명은 장대 위에 빙 둘러서 춤을 추되, 장대를 인 자는 그대로 태연하게 달리니 이른바 '얼굴을 요동치 않고 이고 다닌다.'는 이것이야말로 매우 신기한 일이다.

강북(江北)에 경제(擎梯)라는 놀이가 있다. 즉, 한 부인을 반듯이 눕히고 두 발을 들어 위로 향하게 하고 사다리 두 개를 두 발 사이에 세우게 한 다음, 한 여동(女童)을 시켜 사다리를 타고 춤을 추게 하는 것이니, 이는 곧 심당의 유의(遺意)인 것이다. 그러나, 누워서 하는 것과 다니면서 하는 것은 수고로움과 편안함이 판이하게 다르다. 이것은 모름지기 건장한 부인으로서 힘이 센 자를 가려서 그 기예를 익힌 다음이라야 가하다. 다만 그 시에, 또,

흩어질 때엔 생생한 안색이 만면하지만, 散時滿面生顔色
다니는 걸음은 전처럼 기력이 없구나. 行步依然無氣力

하였으니, 비록 잘 형용한 듯하나, 힘이 없는 자로서는 능히 익힐 바가 아닌 듯싶다." 하였다.

② 그렇다면 옛적의 심당은 이것과 서로 근사한 듯하니, 근대에 새로 생긴 것은 아니다. 또, 여창의 재주가 더욱 기이할 것인데 궁궐 안이기 때문에 동자들은 시켜서 하게 한 것일까?[8](번호 (1)~(6-1) ①②는 저자)

---

8) 김경선, 연원직지, 20~25쪽.

이처럼 작자 김경선은 서양그네놀이를 보고 청나라 모기령(毛奇齡)의 시화(詩話)를 연상한다. 그 시화로 본다면 경사(京師) 연회 때의 놀이로 원래 심당(尋橦)놀이가 있었는데, 그것이 뒤에 파간(爬竿)놀이가 되며, 이 서양그네놀이란 것이 이미 있었던 그 파간놀이와 유사한 것으로 추정해 본다. 당(唐)나라 때 사람인 왕건(王建)의 심당가(尋橦歌)를 볼 때도 그런 추정은 가능하다고 보고 있다. 그리고, 심당대간(尋橦戴竿)이란 춤이 서양그네의 연원일 수도 있다는 생각을 하고 있다. 작자는 강북의 경제(擎梯; 사다리를 들고 재주를 부리는 놀이)놀이라는 것도 서양그네와 어떤 관련이 있을 것으로 생각을 해본다. 이처럼 작자는 해박한 지식으로 청나라 사람들이 서양그네놀이라고 하는 것은 새로 생긴 것이 아니라 심당놀이에서 나온 것으로 보려고 한다. 김경선은 심당놀이, 파간놀이, 대간놀이, 강북의 경제가 서양추천 같은 것이어서 서양추천이라는 것이 새로운 것이라 할 수는 없으나 앞 심당놀이 유형은 두어 명의 여자가 한 것인데, 서양추천은 16명의 동자가 하는 것만 서로 다르다고 인식하였다. 그러나, 궁궐 안이기 때문에 여창을 동자로 바꾸었을 것이라고 추정하면서 서양추천이 새로울 것이 없다고 생각하였다. 이날 이런 관희시화(觀戱詩話)를 인용하는 것으로 볼 때, 작자 김경선은 이미 여러 연희에 관심을 가진 것으로 보이며, 이번 연행에서 이 문제를 집중적으로 조사할 준비가 되어 있었던 것 같다. 그런 까닭으로 해서 그의 연원직지에는 유난히 많은 연희 기록이 체계적으로 정리되어 나타나게 된 것 같다.

이제 청나라 모기령의 시화를 좀더 구체적으로 살펴보기로 한다. 이 시화는 관희서사와 관희시로 구성되어 있다. 7언으로 된 관희시 제1행은 '남자보다 낫다'라 하여 심당놀이는 여자가 하는 놀이라는 것이 구체화되어 있다. 제2~3행은 '비녀를 빼고 붉은 모자와 푸른 수건'을 썼다는 여창의 구체적인 머리 묘사를 하였다. 제4~5행은 '버선 신었네'라 하여 여창의 발묘사를 한 것이다. 제6~7행은 무겁고, 크고, 높은 장대를 묘사하고, 제8~9행은 섬약한 여창이 그런 크고 높은 장대를 이고 그 장대 꼭대기에서 다른 한 여창이 춤을 추는 묘기를 묘사하고 있다. 마지막 제10~11행은 연희 종료 뒤의 여창들을 묘사하는 것으로 끝을 맺는다. 모기령의 시화는 이처럼 파간, 심당, 대간, 경제놀이를 관희시와 관희서사로 쓴 것이다. 여기에서 관희시 1~11행은 그 놀이의 구체적 실상을 처음부터 끝까지 구현해 내고 있으며, 관희서사는 그런 관희시의 부연설명으로 일관한다. 결국 관희시와 관희서사는 상보적 관계를 가지고 있지만 관희시가 주이고 관희서사는 한낱 종속적 관계에 있음을 알 수 있다. 따라서, 시로 쓴 연희기는 연희를 이해하고 해석하는 데 있어서 연희서사보다 훨씬 더 비중을 두어야 할 텍스트라는 것을 알 수 있다. 관희서사는 항상 거시적 시각으로 연희의 전모를 그려내는 데 역점을 두지만, 관희시는 미시적 시각으로 연희의 요체가 되는 부분을 구체적으로 현장감 있게 그려 내고 있는 것이 특색이다.

6. 맺음말

지금까지 거론한 내용들을 요약하여 정리해 보면 대략 다음과 같은 몇 가지가 된다.

첫째, 조사 대상의 연행록에 연희 기사가 들어 있지 않은 연행록은 명과 청 왕조 교체기에 쓰여진 것과 병자호란 전후에 쓰여진 것뿐이다. 이 시대는 명과 청의 시대적 상황이 연희를 할 수도 즐길 수도 없었겠지만, 명과 청에서 설사 연희를 하고 있었다고 하더라도 조선 연행사들이 그것을 즐길 수 있는 정신적 여유나 명분이 없었을 것이다. 따라서, 이 시기 연행록에 연희 기사가 나타나지 않는 것은 자연스럽게 이해된다. 이 두 시기를 제외하면 정상적으로 작성된 연행록에는 대개 연희

기사가 들어 있다. 18세기와 19세기의 연행록에 연희 기사가 집중되어 있는 것은 이 시기가 비교적 조선과 청 양국에 안정적으로 평화가 유지되고 있던 시기였기 때문이라 할 수 있다.

둘째, 연행록의 연희 기사는 당시 조선의 연희와 명과 청의 연희를 모두 기록 대상으로 삼고 있으나, 조선 연희는 기악이 유일한 것이고 명과 청의 연희는 기록 조사와 견문을 종합한 광범한 것이다. 그리고, 16세기의 연희 기사는 부분적이고 단편적인 것이나 18세기와 19세기의 연희 기사는 종합적이고 구체적이다. 이것은 당시 명과 청의 연희 실상과 관계가 있었던 것으로 여겨진다. 18세기와 19세기의 연희 기사는 연희의 제도, 연희전(演戲殿)의 위치와 규모, 희대(戲臺)의 위치와 규모, 희자(戲子)의 구성, 희자(戲子)의 분장, 희구(戲具)와 희기(戲器), 희본(戲本)과 연본(演本), 연희의 내용, 관중의 반응, 연희의 교훈성, 관희(觀戲)의 평, 그리고, 중국을 가볼 수 없는 조선 백성에 대한 배려 내용 등을 쓰고 있다.

셋째, 16세기부터 19세기까지의 연행록에 기록된 연희는 대략 20여 종으로 나타나는데, 그 연희의 이름을 들어 보면 각희(脚戲), 근두희(筋斗戲), 기악(妓樂), 등희(燈戲), 상악(喪樂), 서양추천(西洋鞦韆), 수희(獸戲), 연희(演戲), 완구희(玩具戲), 잡희(雜戲), 장희(場戲), 지포희(紙砲戲), 창우희(倡優戲), 풍악(風樂), 환희(幻戲), 회자정희(回子庭戲), 희자습의(戲子習儀) 등이다.

넷째, 조선 연행사들이 명과 청 왕조에서 가장 많은 호기심을 갖고 가장 큰 충격을 받으면서 즐겨 보았던 연희는 환희(幻戲)였다. 그리고, 가장 큰 규모의 환희는 김경선이 옥하관에서 본 33종의 환희다. 이보다 앞서 박지원은 그다음으로 큰 규모였던 20종의 환희를 보고 그의 환술기를 작성하였다. 대부분의 환희는 당시 11종으로 구성되어 있었다.

다섯째, 18세기 말에는 청나라 왕조에 새로운 환희가 등장하였다. 회자정희와 서양추천이 그것인데, 이는 조선 연행사들한테 중국 환희사에 새로 등장한 레파토리로 받아들여졌으며 비상한 관심을 끄는 대상이 되었다.

여섯째, 16세기부터 19세기까지 나타난 연행록의 연희는 조선과 명·청의 조공 관계를 상당 부분 정상적인 외교 관계로 승화시키는 데 기여하고 있으며, 양국간에 긴장을 완화시키고 양국인의 인간적 체온을 연결하는 데 아주 중요한 매체가 되었다.

일곱째, 연행록의 관희시는 관희서사와 더불어 존재하는 것이 특색이다. 그런데, 이 양자의 관계는 연희를 이해하고 해석함에 있어서 상보적 관계를 가지고 있다.

여덟째, 연행록의 관희시는 연희의 내용이나 구성이 관희시 형식과 어떤 관련성을 갖는 것으로는 보이지 않는다. 그러나, 관희시에는 관중의 반응이나 관희의 평이 삽입되는 때가 있는데, 이런 관희평은 항상 일정하게 관희시의 마지막 2행에 고정되어 나타나고 있다.

아홉째, 이 글에서 거론된 관희시는 원희(猿戲), 환술(幻術), 공정무(公庭舞), 희장(戲場)을 시로 쓴 것이 한 편씩이고, 서양추천(西洋鞦韆)에 관련된 관희시화(觀戲詩話)가 한 편이 있는데, 청나라의 연희 가운데서 원희와 환술과 공정무는 가장 특색이 있는 연희라고 할 수 있는 것이어서 관희시 연희의 성격을 해석하는 데 시사하고 있는 바가 많다.

열째, 관희시는 연희의 전모를 시화한 것이 아니다. 전체 연희 가운데서 한 부분이나 또는 몇 부분만을 선택적으로 시로 표현한 것인데, 그 선택은 시인의 주관적이고 자의적인 취사선택 기준에 따라서 좌우되고 있다는 사실을 알 수 있다.

제5장
연행록의 환희기

1. 머리말

연행록에는 16세기부터 19세기까지 조선 연행사들이 연행 기간 중에 보았던 연희가 모두 17가지 유형으로 나타나 있다. 이를 빈도수별로 나열해 보면 환희 13회, 창우희 10회, 연희 7회, 등희와 잡희가 각각 6회, 기악과 수희가 각각 4회, 완구희와 지포희가 각각 2회, 각희 근두희 상악 서양추천 장희 풍악 회자정희 희자습의가 모두 각각 1회씩으로 나타난다. 따라서, 4백여 년 동안 조선 연행사들이 명・청에서 가장 많이 즐겨 보았던 연희는 환희였다. 이 환희를 그 구성 규모순으로 나열해 보면 33종의 환희가 1회, 20종의 환희가 1회, 11종의 환희가 2회, 9종의 환희가 2회, 5종 환희가 1회이며, 그 밖의 환희는 몇 종으로 된 환희였는지 알 수가 없다. 따라서, 김경선 일행이 33종이나 되는 가장 큰 규모의 환희를 보았으며, 그다음으로 박지원도 20종이나 되는 비교적 큰 규모의 환희를 보았다. 이런 통계로 미루어본다면 명・청의 연희 중 조선에 가장 많은 영향을 준 것은 아마도 환희, 곧 요술이었을 것이다. 실제 연행록에 소개된 환희들은 일제시기를 거쳐 최근까지도 한국에서 볼 수 있는 것이어서 그랬을 가능성은 더욱더 많다.

현재까지 조사된 연행록은 500여 종에 이른다. 대부분의 연행록에는 환희에 관한 기록이 있다. 그러나, 기록자의 식견과 관심도에 따라서,

그 내용과 체제는 사뭇 다르게 나타난다. 이 장에서는 제3장과 같은 20여 종의 연행록을 세기별로 표집하여 조선과 명·청 왕조의 환희가 어떻게 나타나고 있는가를 살펴보려는 것이다. 조선 연행사의 시각에서 본 조선과 명·청의 환희 기사는 양국의 환희를 이해하는 데 많은 도움을 줄 것이며, 양국 환희의 비교연구와 영향의 수수관계를 연구하는 데도 크게 기여할 것이다. 그뿐 아니라, 양국의 환희사(幻戲史)를 쓰는 데도 유용한 자료가 될 것이다.

2. 연행록 환희의 실상

2-1. 16세기의 환희

이 시기의 연행록은 주로 조천록(朝天錄)이라는 이름으로 청대(淸代)의 연행록(燕行錄)과 변별하여 쓰기도 한다. 중국의 명나라에 조천사(朝天使)로 다녀온 이들의 기록이기 때문이다. 허봉(許篈) 조천록(朝天錄)과 조헌(趙憲)의 동환봉사(東還封事)와 권협(權悏)의 연행록(燕行錄) 등이 여기에 속한다. 이 시기의 연행록은 이 3종을 조사 대상으로 삼아서 살펴보았다. 이제 이런 연행록들에서 환희 관계 기사를 뽑아 차례로 거론하여 보기로 한다.

허봉(許篈)의 조천기(朝天記)는 명·선조 때의 동인(東人)의 중심인물이던 초당(草堂) 허엽(許曄)의 아들이자 허성(許筬)의 아우, 허균(許筠)의 형이며 허난설헌(許蘭雪軒)의 오빠가 되는 허봉(許篈)이 성절사(聖節使) 박희립(朴希立)의 서장관(書狀官)으로 선조 7년(1574) 즉, 명의 만력(萬曆) 2년에 사행(使行)한 기행일기(紀行日記)이다. 상·중·하 3권으로 된 그의 조천기는 하곡집(荷谷集)에 수록되어 있다. 허봉의 사행(使行) 목적은 표면상으로는 만력 황제(萬曆皇帝)의 탄일(誕日)을 축하하기 위한 성절사행(聖節使行)이었다. 그들은 만력 2년 즉, 선조 7년 5월 11일 서울을 발정(發程)하기 4개월 전인 1월에 이미 임명되었다. 이때의 사행(使行)은 상사(上使)에 박희립(朴希立), 서장관(書狀官)에 허봉(許篈), 질정관(質正官)에 조헌(趙憲) 등이 임명되었다.

2-1-1. 북경 용정에서 본 환희

다음은 허봉 일행이 선조 7년(갑술) 8월 16일 북경의 용정(龍亭) 부근에서 본 환희(幻戲)이다.

> 상서가 앉자 상사도 동쪽에 앉았고, 나와 질정관은 서쪽에 앉았으며 상통사(上通事) 이하는 예를 행한 뒤에 동쪽에 열을 지어 앉았더니, 풍악이 울리고 술이 나왔으며 잡희(雜戲)가 시작되었는데 무릇 일곱 잔을 들고서 파하였다. 하인이 들어와서 철상을 하였다. 상서는 또, 우리들을 인솔하여 용정(龍亭) 앞에서 한 번 절하고 세 번 머리를 조아렸으니, 대체로 은혜를 사례하는 것이었다. 우리들은 그들을 전송한 뒤에 전원외(錢員外)를 보는 예는 그만두고 관으로 돌아왔다. 오늘 여러 잡희를 하던 사람들은 옥으로 만든 폐물을 빼내거나 혹은 텅 빈 그릇에다 아름다운 꽃을 활짝 피웠다. 이것은 반드시 요술이었는데, 우리들은 현혹되어 눈으로 그 사특하고 망령됨을 간파할 수 없었으니, 부혁(傅奕)에게는 부끄러움이 많았다.[1)]

이것은 허봉 일행이 북경의 용정(龍亭) 부근의 주연(酒宴)에서 본 환희인데, 텅 빈 그릇에다 아름다운 꽃을 피게 하는 것이다. 따라서, 허봉이 그의 조천록(朝天錄)에서 잡희라고 한 것은 결국 가면희와 환희를 총괄한 포괄적인 용어이다. 이 환희는 1종으로 구성된 것인데, 연행록의 환희 중에서 가장 단순한 것이다.

---

1) 허 봉, 조천기, 451쪽.

2-2. 17세기의 환희

이 시기의 연행록은 홍익한(洪翼漢)의 화포조천항해록(花浦朝天航海錄), 김육(金堉)의 조경일록(朝京日錄), 인평대군 요(麟坪大君㴭)의 연도기행(燕途紀行) 등 3종을 조사 대상으로 삼아서 환희 관계 기사를 조사하여 보았다. 그러나, 이 시기의 이런 연행록들에는 환희 관련의 기사가 찾아지지 않았다. 그 까닭은 명나라와 청나라의 교체기라는 상황과 병자호란 전후의 양국 사정과 깊은 관련이 있을 것으로 보인다. 따라서, 환희는 인류의 삶에서 평화로움의 상징물로 항상 평화의 밀도와 비례하여 존재하는 것이라는 해석을 가능케 한다.

화포조천항해록은 인조 2년(1624) 홍익한이 인조의 고명(誥命)을 주청(奏請)하러 간 주청사행의 서장관으로 다녀온 기록이다. 당시 이들은 인조의 즉위에 대한 고명과 면복(冕服)을 주청하러 갔다. 이들이 육로를 택하지 않고 수로를 택한 것은 청나라 군사들이 점령한 요동(遼東)의 육로를 피하기 위한 것이다. 이들 일행은 수로 항해중에 많은 고통을 겪었으며, 사행의 목적 수행에 있어서도 명·청 대립의 영향 때문에 전례없이 어려움을 겪었다. 따라서, 국내외의 제반 상황과 사행중의 현실적 상황이 한가롭게 환희를 보고 환희 기사를 남길 수 있는 형편이 아니었을 것이다.

조경일록은 인조 14년(1636) 조선 실학의 선구자인 김육이 병자호란이 발발되기 직전 명나라에 동지사로 다녀온 기록이다. 당시 명나라는 조선의 조공사들이 북경에 도착하여 조양문에 들어서다가 뇌물이 적다고 쫓겨나는 소동이 벌어질 정도로 관리와 병졸과 백성의 부패가 극에 달했으며, 외침과 내란과 한발과 흉작으로 조야의 혼란이 또한 극에 달하였다. 국가의 운명이 풍전등화와 같은 당시 명나라 사정으로 미루어볼 때 조선의 조공사들에게 연희를 보여 줄 여유가 없었을 것이다. 그리고,

조선의 조공사들 역시 대명관계의 붕괴를 목도하는 충격 속에서 환희에 관심을 가질 겨를이 없었을 것이다.

연도기행은 효종 7년(1656) 인평대군이 진주사(陳奏使)로 청나라 연경을 다녀온 연행록이다. 인평대군은 효종의 동생으로서 한때 심양에 가 있는 소현세자와 봉림대군을 대신하여 인질이 되기도 하였으며, 병자호란 때는 부왕인 인조를 남한산성으로 호종한 사람이다. 연도기행은 병자호란의 치욕을 겪은 뒤에 종친 진주사로서 연경에 갔기 때문에 환희를 볼 기회가 주어졌다고 해도 연희를 보지 않았을 것이다. 이와 같은 저간의 사정 때문인지 17세기의 연행록에는 환희 관계 기사가 보이지 않고 있다. 이와 같은 사실로 미루어본다면 환희는 역시 평화의 상징물이라 할 수 있다.

2-3. 18세기의 환희

이 시기의 연행록은 모두 8종을 조사 대상으로 삼아서 연희 관련 기사를 살펴 보기로 한다. 이를 연행 연대순으로 나열해 보면, 최덕중(崔德中)의 연행록(燕行錄), 김창업(金昌業)의 연행일기(燕行日記), 이의현(李宜顯)의 경자연행잡지(庚子燕行雜識), 서호수(徐浩修)의 연행기(燕行記), 이갑(李押)의 연행기사(燕行記事), 박지원(朴趾源)의 열하일기(熱河日記), 김정중(金正中)의 연행록(燕行錄), 서유문(徐有聞)의 무오연행록(戊午燕行錄)의 순이 된다. 이 시기의 연행록으로는 김창업의 연행일기와 이보다 68년 뒤에 쓰여진 박지원의 열하일기가 쌍벽을 이룬다. 이제 이런 연행록에 나타난 환희 관련 기사들을 뽑아서 차례로 거론하기로 한다.

2-3-1. 북경 관소(館所)에서 본 11종의 환희

이의현(李宜顯)의 경자연행잡지(庚子燕行雜識)는 그의 문집 도곡집(陶谷集)에 수록되어 있다. 이 경자(庚子)는 우리나라 숙종(肅宗) 46년인 서기 1720년에 해당한다. 이해에 도곡(陶谷) 이의현은 동지사 겸 정조성절진하(冬至使兼正朝聖節進賀)의 정사(正使)로서, 부사(副使) 이교악(李喬岳) · 서장관(書狀官) 조영세(趙榮世)와 함께 청(淸)나라 연경(燕京)에 다녀온다. 원래 동지사란 동지절(冬至節)을 전후해서 가는 것이지만, 이 사신 일행은 성절 진하를 겸한 길이기 때문에 정조(正朝)에 들어가게 되었다.

다음은 이 연행록에서 이의현 일행이 북경에서 본 11가지의 환희이다.

> (1) 아문(衙門)에서 요술 잘하는 사람을 들여보내서 그 재주를 시험해 보였다. 먼저 뜰 가운데에 다리가 높고 붉은 상(床)을 마련해 놓고, 그 상 위에 평평하게 붉은 전(氈)을 깐다. 거기에 백지(白紙) 한 장, 주석 돈 세 개, 붉고 뾰족한 가는 나무 한 개, 푸른 사기대접 한 개, 부채 한 자루, 조그만 목동자(木童子) 한 개, 언월단도(偃月短刀) 세 자루, 자루에 용 머리를 새긴 활 한 개, 윤건(綸巾; 綸子) 비단으로 만든 두건(頭巾)을 쓰고 소매 넓은 옷을 입은 목인(木人) 한 개, 세주목(細朱木)으로 중심을 꿰뚫은 목마(木馬) 한 개, 용의 머리를 새기고 속이 비고 스스로 도는 방패(防牌) 한 개, 용 머리를 새긴 자루에 붉은 실을 매단 금붕어 한 개, 용 머리를 새긴 자루가 있는 목연로(木煙爐) 한 개, 놋쇠로 만든 작은 접시 한 개를 놓는다. 그런 뒤에 차례로 각각 그 재주를 부린다.
>
> (2) 두 손으로 돈 세 개를 나누어 쥐고 공중으로 들어올리더니 주문(呪文) 두어 마디를 왼다. 그리고, 나서 이 돈 세 개를 모두 왼쪽 콧구멍 속에 집어 넣는다. 다시 주먹으로 코 옆을 두드리면서 콧김을 내서 코 속에 아무것도 없다는 것을 보여 준다. 그렇게 한 뒤에 오른손으로 검은 항라(杭羅) 보자기를 공중에 들면서 또, 두어 마디 주문을 외면서 그 보를 펴 보이니, 콧속에 있던 돈 세 개가 졸지에 이 보자기 속으로부터 땅으로 떨어진다.

이것은 북경의 아문 부근의 숙소 뜰에서 본, 콧속에 돈을 집어넣고 주문을 외워서 그것을 보자기로 옮겼다가 땅에 떨어뜨리는 환희이다.

(3) 또, 푸른 사기대접을 가는 나무 위에 올려 놓고 계속하여 공중에서 그 대접을 한참 동안 돌리다가 가는 나무로 대접을 공중으로 차올리니 거의 몇 길이나 올라간다. 다시 나무 끝으로 받으니 대접은 계속하여 돌고 있다. 이렇게 하기를 두세 차례나 하고, 나무를 비슷하게 뉘어서 5~6차례를 한 뒤에 다시 이 가느다란 나무를 엄지손가락 끝에 세우고 그 접시를 돌린다. 얼마 있다가 이번에는 나무를 코밑 인중(人中) 가운데에 옮겨 세우고 그 접시를 돌린다. 이렇게 얼마를 하더니 이번에는 나무를 이마 위 천정(天庭; 양미간의 사이) 가운데에 옮겨 세우고 역시 그 접시를 돌린다. 얼마 있더니 도로 손으로 나무를 쥐고서 처음과 같이 대접을 계속해서 돌린다.

이것은 북경의 아문 부근의 숙소 뜰에서 본, 가는 나무막대로 대접을 돌리는 대접 돌리기의 묘기다. 최근까지 한국에서도 자주 볼 수 있었던 묘기다. 묘기와 환희를 섞어서 진행하고 있다.

(4) 또, 부채를 펴서 상(床) 위에 있는 모전(毛氈)과 종이 위에 펴더니, 흰 당지(唐紙) 가는 가닥 한 묶음을 부채 위에 놓는다. 그리고, 우리나라 군사를 불러서 상 곁에 세운다. 그러더니 한편으로는 주문을 외고 또, 한편으로는 종이 가닥을 찢어서 자기 입속에 말아 넣고 삼킨다. 또, 군사의 입에도 말아 넣고 삼키게 하더니 목동자(木童子)를 가져다가 그 귓가에 대고 주문을 왼다. 얼마 있다가 목동자를 다시 상 위에 놓고, 두 손으로 번갈아 공중을 가리키며 하늘을 우러러 주문을 왼다. 그리고, 주먹으로 자기의 목을 두세 차례 두드리고 또, 두 볼을 두세 차례 두드리더니 입을 벌리고 찢어서 넣은 종이 가닥을 끄집어내니 푸르고 붉고 누르고 파랗고 흰 각색 종이 가닥이 두 자가 넘는 7~8가닥이나 나오는데 낱낱이 꿰어져 그 크기가 젓가락만 하였다. 그것을 상 위에 놓더니 이번에는 계속하여 희고 가느다란 10여 척(尺) 되는 종이 가닥을 끄집어내어 상 위에 펴서 쌓아놓는데, 조금도 젖은 기운이 없다. 계속하여 5색 종이 가닥과 군인의 입속에 넣었던 종이 부스러기를 꺼내어 한데 섞어 뭉쳐서 종이 덩어리 하나를 만들더니 두 손으로 들어다가 입술 위에 놓고 주문을 한 번 왼다. 그리고, 두 손을 떼면서 종이 부스러기를 불어내니 새 한 마리가 종이 부스러기 속에서 나와 깍깍 울면서 날아간다.

이것은 북경의 아문 부근의 숙소 뜰에서 본, 주문을 외워 입에서 긴 종이를 꺼내는 환희와 종이가 새로 변하여 날아가는 환희이다. 이 환희 역시 최근까지 한국에서도 볼 수 있었던 것의 하나다.

(5) 이번에는 붉은 모전(毛氈)을 땅 위에 평평하게 깔고 손으로 그 전을 들어서 높이 한 자쯤 올리더니, 한바탕 주문을 왼 뒤에 그 모전을 놓는다. 손으로 공중을 가리키면서 몸을 굽히고 하늘을 우러러 두어 마디 주문을 외고는 다시 두 손을 번갈아 폈다 오므렸다 하면서 마치 물건을 잡아 올리는 시늉을 한다. 그리고 나서 붉은 모전이 있는 곳을 향해 한 번 소리를 지르고 그 모전을 젖히니 거기에는 크기가 되[升]만한 검은 사기 항아리 하나가 돌연 나타나는데 거기에는 맑은 물이 가득 차 있으며, 항아리 속에는 푸른 이끼와 푸른 마름이 물 위에 떠 있다. 사기 대접으로 그 물을 떠서 보니 금붕어 네 마리와 검은 붕어 한 마리가 대접 속에 떠서 태연스럽게 노닐고 있다.

이것은 북경의 아문 부근의 숙소 뜰에서 본, 주문을 외워서 붉은 모전에서 없던 항아리를 꺼내고, 그 항아리 속에서 금붕어와 검은 붕어를 꺼내는 환희이다.

(6) 두 손으로 세 개의 언월도(偃月刀)를 가지고 일시에 모두 공중에 던져 거의 1~2장(丈)이나 되게 높이 올라가게 하고서 몸을 움직여 얼굴은 하늘을 보며 사방으로 거닐면서 칼을 번갈아 잡는다. 그리고, 도로 공중에 던지기를 마치 격구(擊毬)하는 것처럼 하는데 끝내 칼이 땅에 떨어지지 않았다.

이것은 북경의 아문 부근의 숙소 뜰에서 본, 세 자루의 칼을 공중에 던져서 떨어뜨리지 않고 번갈아 받는 묘기다. 묘기와 환희를 섞은 레파토리다.

(7) 또, 백지(白紙) 한 장을 뜰에 깔고 부채를 펴서 그 종이 위에 깔더니 다섯 개 색주머니를 꺼내어 홍・황・녹・백・청색의 가는 모래를 그 주머니 빛에 따라 담아서 종이 위에 놓는

다. 그리고는, 그 주머니를 열고서 색토(色土)를 꺼내어 부채 위에 뿌리고 도로 그 뿌린 흙들을 쓸어서 본래 있던 주머니 속에 넣어 먼저 있던 곳에 놓는다. 그리고, 물통 하나를 찾아다가 땅 위에 놓더니 거기에 맑은 물을 가득히 채우고서 푸른 보자기를 통 위에 덮어 놓는다. 자기 스스로 허리띠를 끄르더니 옷을 털어 아무 물건도 숨긴 것이 없다는 것을 보여 준다. 드디어 주머니 속의 색토를 쥐어다가 반쯤 통 위에 덮은 푸른 보자기에 놓고서 주문을 외고서 아울러 통 속에 넣고서 10여 차례나 물을 저어서 물이 흐려지게 한다. 조금 있더니 도로 물속에 있던 것을 꺼내어 부채 위에 놓고 쓸어서 주머니 속에 넣으니 흙의 오색이 하나하나 따로 갈라져서 끝내 서로 섞이지도 않고 또, 습기(濕氣)도 없으며, 통 속의 물도 깨끗하게 맑아 조금도 찌꺼기가 없다.

이것은 북경의 아문 부근의 숙소 뜰에서 본, 다섯 가지 색의 모래를 각기 다른 오색 주머니 속에서 꺼내 부채 위에 골고루 섞었다가 일시에 다시 원래의 주머니로 본래처럼 갈라넣는 환희이다. 그리고, 물통 속에다 오색의 주머니 속에 들어 있는 다섯 가지 색깔의 모래를 일시에 털어 넣고 휘휘 저은 다음에 그것을 다시 본래의 주머니에다 일시에 습기가 없이 집어넣는 환희이다.

(8) 이번에는 또, 조그만 놋접시를 가져다 가느다란 나무 끝에 놓고서, 공중에서 한참을 돌리다가 이 나무를 엄지손가락 위에 놓고서 접시를 돌린다. 다시 코밑 인중(人中)이 있는 곳에 옮겨 세우고 그 접시를 돌리고 다시 입술 위에 옮겨 놓고 그 접시를 돌린다. 이번에는 이마 위에 옮겨 세우고 그 접시를 돌리다가 다시 입으로 화로(火爐) 자루를 물고 그 나무를 화롯가에 세우고서 그 접시를 돌린다. 그뿐이 아니다. 이번에는 그 가느다란 나무는 놓아두고 관마목(貫馬木)을 가져다가 화로 가에 세우고, 접시를 관마목 끝에 놓는다. 그리고, 말[馬]을 나뭇가지 중앙에 꿰어서 일시에 말과 접시를 모두 돌리면서 때때로 주문을 왼다. 그러면 접시는 잠시도 쉬지 않고 도는 데, 말은 그 주문을 따라서, 정지하고 움직이지 않는다. 조금 있다가 목마(木馬)를 떼어버리고 이번에는 금붕어 자루를 가져다가 바꾸어 물리고서 먼저 놀리던 가느다란 나무를 붕어 등에 세우고 전과 같이 그 접시를 돌리는 데 붕어는 좌우로 놀지만 접시는 비뚤어지거나 떨어지지 않는다. 계속하여 스스로 도는 방패(方牌) 자루를 물리고 가느다란 나무를 방패 가에 세우고서 그 접시를 돌린다. 대개 그 방패의 모양은 마치 삽(翣; 상여의 양

옆에 세우고 가는 제구)처럼 생겨서 자루에서 저절로 놀게 되어 있는데, 한 자 남짓한 장대[竿]와 놋쇠 접시의 무게를 떠받치고 있음에도 조금도 비뚤어지지 않고 계속하여 돈다.

이것은 북경의 아문 부근의 숙소 뜰에서 본, 주문을 외면서 다양한 방법으로 자유자재로 놋접시를 돌리는 묘기다. 묘기와 환희를 섞어서 진행하는 레파토리다.

(9) 또, 화살을 잰 자루를 입에 물고 활시위를 반듯하게 한 뒤에 목인(木人)을 가져다 활줄에 세우고 그 활을 돌리니 목인은 한 줄 위에 서서 역시 움직이거나 떨어지지 않는다.

이것은 북경의 아문 부근의 숙소 뜰에서 본, 활과 목인(木人)을 가지고 재주를 부리는 묘기다. 묘기가 계속 이어지는 레파토리다.

(10) 또, 오른손으로 큰 바늘 30여 개를 쥐고 위로 왼손을 펴더니 바늘 세 개를 왼손 곁에 박아 놓고, 우리나라 마부(馬夫)를 불러다가 상 옆에 세운다. 다음에 두어 마디 주문을 외더니 먼저 오른손에 쥐었던 바늘을 모두 다 자기 입속에 넣는다. 다음으로 왼손 가에 꽂았던 바늘을 뽑아서 입속에 섞어 넣고 삼키더니 입을 벌리고 혀를 내둘러 아무것도 없다는 것을 보여준다. 다시 두 자[尺] 남짓하게 긴 희고 가느다란 실을 가져다가 주문을 외면서 입속에 말아 넣는다. 조금 있다가 삼킨 바늘 30여 개를 꺼내는데 모두 그 실을 바늘에 꿰니 간들어지게 흔들리면서 아래로 매달린다. 실을 꿴 바늘 하나를 가져다가 마부의 오른쪽 볼에 꽂았다가 조금 있다 뽑으니 바늘 꽂았던 곳에서 새빨간 피가 조금 나온다.

이것은 북경의 아문 부근의 숙소 뜰에서 본, 주문을 외면서 많은 수의 바늘을 입속에 집어넣어 삼킨 다음에 긴 실을 다시 입속에 집어넣어 입을 다물고 바늘 귀에 일일이 실을 꿰어내 뱉는 환희이다.

(11) 이번에는 붉은 모전(毛氈)을 뜰 가운데 펴고서 손으로 그 모전을 잡아 한 자 높이쯤 쳐든다. 그리고, 모전의 네 귀가 땅에 닿게 하고 주문을 두세 번 외다가 큰 소리를 지르면서 붉은 모전을 잡아 젖히니 대추와 밤이 뜰 위에 떨어진다. 씹어 보니 조금도 이상하지 않은 평상시에 먹던 실과였다. 모두 괴이하고 놀랄 일들이다.[2] (번호 (1)~(11)은 저자)

이것은 북경의 아문 부근의 숙소 뜰에서 본, 주문을 외면서 모전(毛氈)을 가지고 밤과 대추를 만들어 내는 환희이다. 이처럼 11가지 중 3가지는 묘기이고 9가지만 환희이므로 이것은 실제 9가지의 환희 유형에 드는 것이다.

2-3-2. 북경 남소관(南小館)에서 본 5종의 환희

이갑의 연행기사(燕行記事)는 정조 1년(1777) 정유 7월 하은군(河恩君) 이광(李垙)을 정사(正使)로, 이조 판서(吏曹判書) 이갑(李𡊠甲)을 부사(副使)로, 겸집의(兼執義) 이재학(李在學)을 서장관(書狀官)으로 구성한 연행사의 기록이다.

다음은 이 연행록에서 이갑 일행이 정조 2년(1778) 조선연행사의 숙소인 북경의 남소관(南小館) 뜰에서 1월 7일 보았다는 5가지의 환희이다. 청나라 세조 순치(順治) 연간부터 조선 연행사의 숙소로 사용해 왔던 옥하관(玉河館)은 러시아인들에 밀려 이 무렵 이미 이곳 남소관으로 옮겨져 있음도 알 수 있다.

환술(幻術)에 이르러서는 그다지 신기한 것이 없다. 그 환출(幻出)하는 것이, 좌자(左慈)가 동반(銅盤)에서 노어(鱸魚)를 낚고 한상(韓湘)이 경각간에 꽃을 피게 하는 것과 같은 것이 아니라, 안목을 현란하게 하는 약간의 기술에 불과한 것이다.[3]

---

2) 이의현, 경자연행잡지, 46~50쪽.

3) 이갑, 연행기사, 119~121쪽.

이것은 아래의 환희에 관한 이갑의 총평이다. 환희라기보다는 약간의 기술에 불과한 것이라는 평이다. 여러 연행록에는 환희와 묘기를 혼동하고 있는데, 유독 이의현은 환희와 묘기를 변별하려 하고 있는 것이 돋보이는 관찰력이다.

(1) 이날 아문(衙門)으로부터 환술(幻術)하는 자 두 사람을 불러 보냈는데, 허다한 괴술(怪術)을 다 기록할 수 없다. 굽이 높은 상 하나를 뜰 가운데에 놓고 붉은 전(氈)으로 덮은 다음, 여러 가지 모양의 그릇을 전 위에 놓고 각각 그 기술을 시험하는데, 한 사람이 가는 나무 장대 끝에 녹색 사기 대접을 놓고 돌린다. 장대의 길이는 길[丈] 반이고 끝이 뾰족하기가 송곳 같은데, 대접을 반공에서 선회(旋回)시키기를 한참 동안이나 그치지 않는다. 다시 가는 장대로 대접을 반공으로 차올리기를 두서너 길이나 되게 한 다음 도로 장대 끝으로 받아서 그대로 돌리는데, 좌로 돌리고 우로 돌리고 곧게 굴리고 거꾸러지게 굴리고 한다. 또, 장대를 손가락 끝에 세우고, 혹은 코 위와 이마 위로 옮겨 세우기도 하는데 그 대접은 떨어지지 않고 돌기를 한결같이 한다.

이것은 사기 대접을 장대 끝으로 옮겨 가면서 자유자재로 돌리는 묘기다.

(2) 또, 가는 장대 길고 짧은 것 9개를 가지고 장대마다 각각 접시 하나를 올려놓은 다음, 좌우 손에 각각 장대 하나씩 들고 또, 양다리 양 겨드랑에도 각각 한 개씩 끼고, 옷깃에도 장대 하나를 끼는데 손을 쓰지 않아도 장대 위의 접시가 모두 스스로 돈다. 또, 옆에 있는 우리나라 역졸(驛卒)을 시켜 손가락으로 '십'(十) 자를 땅 위에 긋게 한 다음, 붉은 전(氈)을 그 위에 덮어 그 중앙을 높게 하고 국궁(鞠躬)하여 주문(呪文)을 외고 나서 그 전을 벗기면 홀연히 큰 사기 대접 하나가 땅 위에 나타나는 데, 거기에는 대추·밤·사과 등속이 담겨져 있다. 손으로 받들어 낸 다음, 다시 먼저 하던 식으로 하고 전을 벗기면 이번에는 큰 유리 항아리에서 금붕어가 놀기도 하고 혹은 붉은 연(蓮) 한 떨기가 나와 꽃잎 가운데에 선동(仙童)이 오뚝 서 있기도 한다.

이것은 9개의 장대를 가지고 모든 장대에다 접시를 올려놓고 일시에 접시를 돌리면서 장대를 모두 이동시키는 묘기에다가 주문을 외면서 붉은 전으로 과일과 금붕어 어항과 연꽃과 선동을 만들어 내는 환희를 결합한 것이다.

도020. 명 청 왕조 때의 원소행락도권에서 황실의 장대 연희.

(3) 이와 같이 바꿔 내기를 5~6차나 하는데, 그때마다 문득 문밖으로 나갔다가 한참만에 들어오곤 한다. 또, 작은 병 하나에 물을 조금 담았다가 잔 가운데에다 따라 버리고 그 병을 거꾸로 세워 물이 없는 것을 보인 뒤에, 다시 한 잔 물을 도로 병 가운데에 부으면 병목까지 가득 차서 넘쳐 10여 잔이나 될 만하게 한다. 그러나, 도로 따르면 또, 한 잔도 차지 못하고 병 속은 전과 같이 빈다. 이와 같이 하기를 5~6차나 한다.

이것은 일정량의 물을 병에 담아 가지고 그 물의 양을 자유자재로 조절하는 환희이다.

(4) 또, 둥글고 밑이 없는 쳇바퀴와 붉은 전(氈)을 가져다가 들어서 툭툭 털어 그 속에 아무것도 없는 것을 보인 뒤, 쳇바퀴를 상 위에 놓고 붉은 전으로 덮고 주문을 한 번 외고 나서 그 전을 들면 비둘기 한 마리가 그 속에서 나와 날개를 치며 날아간다. 다시 그 비둘기를 붙잡아 도로 전 속에 넣고 주문을 왼 뒤에 전을 들면 비둘기는 간 곳이 없다.

이것은 망이 없는 쳇바퀴와 붉은 전을 가지고 주문을 외면서 쳇바퀴 속에서 비둘기를 만들어 날렸다가는 다시 잡아넣어 없애버리는 환희이다.

(5) 또, 중간 크기의 항아리 하나를 가져다가 상 밑에 놓고 모자를 벗고 옷을 여미고 상 위에 반듯이 누워 두 다리를 뻗어 세우고 그 항아리를 발바닥 위에 놓고 두 발로 그 항아리를 굴리면 좌우로 도는데 발은 도무지 쉬지를 않는다. 혹은 발로 차올리기를 공과 같이 하였다가 도로 받기도 하며, 혹은 비스듬히 굴리기를 고리같이 하여 항아리를 거꾸로 세우기도 한다. 또, 혹은 다리를 뻗고 움직이지 않아도 항아리는 발바닥 위에서 저 혼자 돌기도 한다. 한 사람은 눈 하나가 멀었는데 나이는 50쯤 되었고 한 사람은 얼굴이 예쁘고 나이가 젊은 자였다.[4] (번호 (1)-(5)는 저자)

이것은 발바닥으로 동이를 자유자재로 돌리는 묘기다. 이들 이갑 일행이 숙소인 남소관 뜰에서 본 다섯 가지의 환희는 묘기와 환희를 결합한 것과 묘기뿐인 것으로 나누어지는데, 주로 묘기여서 이의현의 평은 아주 타당성이 있는 것이다. 5종의 환희라고 하였으나 하나는 묘기였으며, 또 다른 하나는 묘기 반 환희 반이다. 따라서, 실제는 4종의 환희다.

2-3-3. 북경 광피사표패루(光被四表牌樓)에서 본 20종의 환희

박지원(朴趾源)의 열하일기(熱河日記)는 정조(正祖) 4년(1780) 청나라 고종(高宗)의 70수를 축하하기 위해서 연행사로 청나라에 간 금성위(錦城尉) 박

4) 이갑, 연행기사, 119~121쪽.

명원(朴明源)의 수행원 박지원이 쓴 것이다. 이 사절은 진하 겸사은사였으며 정사 박명원, 부사 정원시(鄭元始), 서장관 조정진(趙鼎鎭)으로 구성되었다.

박지원은 그의 열하일기 환희기(幻戲記)에 그가 광피사표패루(光被四表牌樓)에서 홍려시 소경(鴻臚寺少卿) 조광련(趙光連)과 같이 구경한 20가지의 환희를 다음과 같이 보고하고 있다.

박지원은 이 환희의 보고서 전제문에서 북경에 와서 이런 환희를 볼 수 없는 조선 백성을 위해 환희의 내용을 상세히 기록하는 것이라고 하였다. 따라서, 이것은 박지원의 애민사상이 담긴 환희기다.

(1) 요술쟁이가 대야에 손을 씻고 수건으로 정하게 닦은 뒤에 얼굴을 정제하고 사방을 돌아보면서, 손바닥을 치고, 이리저리 뒤집어 여러 사람들에게 보인 뒤에, 왼손 엄지손가락과 둘째손가락은 환약을 만지고 이나 벼룩을 잡듯이 마주 비비니, 갑자기 가느다란 물건이 생겨 겨우 좁쌀낟알만했다. 연거푸 이것을 비비니 점점 커져서 녹두알만해지고 차차 앵두알만하다가 다시 빈랑(檳榔)만하더니 차츰 달걀만해졌다. 두 손바닥으로 재빨리 비비어 굴리니 둥근 것이 더 커져서 노랗고 흰 것이 거위알만해졌다. 조금 있더니 이번에는 차차로 커지지 않고 별안간 수박만하게 된다. 요술쟁이는 두 무릎을 꿇고 가슴을 벌리고 더 빨리 비비어 장고를 끌어안은 듯 팔뚝이 아플 만하여 그치더니, 이내 탁자 위에 놓는데, 그 몸뚱이는 둥글고 빛은 샛노라며, 크기는 동이만한 것이 다섯 말들이는 되어 보이고, 무게는 들 수가 없고, 단단하여 깨뜨릴 수가 없어 돌도 아니요 쇠도 아니며, 나무도 아니요 가죽도 아니며 흙도 아니요, 둥근 것이 무어라 형언할 수 없이 냄새도 없고 향기도 없이 무언가 무엇인지 모를 만치 제공(帝工) 같았다. 요술쟁이는 천천히 일어나 손뼉을 치면서 사방을 둘러보더니 다시 그 물건을 만지는데, 부드럽게 굴리고 가만히 쓰다듬으니 물건은 부드러워지고, 손을 슬며시 대니 가볍기가 물거품 같아 점점 줄어들고 사라져서, 잠깐 사이에 다시 손바닥 속으로 들어가는데, 다시 두 손가락으로 집어서 비비다가 한 번 튀기니 즉시 사라져 버린다.

이 환희는 엄지손가락과 둘째손가락을 부벼 좁쌀만한 크기의 물건을 만들어서 그것을 계속 부벼 점점 더 큰 물건으로 만들어 마침내 물동이

만한 크기로 만들었다가 그것을 다시 계속해 부벼서 점점 작아지게 하여 좁쌀만한 크기로 만들었다가 마침내 없애버리는 것이다.

(2) 요술쟁이는 사람을 시켜 종이 몇 권을 켜서 큰 통에 있는 물속에 집어넣고 손으로 그 종이를 빨래하듯 저으니, 종이는 풀어지고 흩으러져서 흙을 물속에 넣은 것과 같았다. 여러 사람들을 두루 불러 통 속에 있는 종이가 물과 섞인 것을 보이니 가위 한심한 일이다. 이때 요술쟁이는 손뼉을 치고 한 번 웃더니 두 소매를 걷고 두 손으로 통에 있는 종이를 건져 내는데, 마치 고치에서 실을 뽑아 내듯이 하니, 종이는 서로 이어져 나오는 데 처음에 켤 때와 같고 이은 흔적이 없었다. 어느 사람이 풀로 발랐는지 띠와 같이 수백 발이나 되는 것을 땅바닥에 풀어놓아 바람에 펄럭거렸다. 다시 통 속을 보니 맑고 깨끗하여 찌꺼기 하나 없이 새로 길은 물과 같았다.

이 환희는 여러 권의 종이를 물동이에 집어넣고 그 종이가 물에 녹아 풀어지도록 휘휘 저어서 흙을 물에 넣고 저은 것처럼 완전히 풀어지게 한 다음에 거기에서 누에고치에서 실을 뽑아 내듯이 수백 발이나 되는 종이를 뽑아내는 것이다.

(3) 요술쟁이는 기둥을 등지고 서서 사람을 시켜 손을 뒤로 젖혀 붙이고 두 엄지손가락을 묶으라 했다. 기둥은 두 팔 사이에 있고 두 엄지손가락은 검푸르게 되어 아픔을 참지 못하니, 여러 사람들이 둘러서서 보다가 눈살을 찌푸리지 않는 이가 없었다. 조금 있더니 요술쟁이는 기둥에서 떨어져 서는데 손은 가슴 앞에 있고 묶은 데는 전이나 다름없이 아직 풀리지 못했다. 손가락의 피는 한곳으로 모여서 빛은 더욱 검붉어 몹시 아픈 것을 견디지 못했다. 여러 사람이 이에 노끈을 풀어 주니 혈기가 점점 통하고 노끈 자리는 오히려 붉었다. 우리 일행인 역부(驛夫)가 눈을 모아 자세히 보다가 심중으로 노해서, 얼굴빛을 변해 의분을 내고는 주머니를 털어 돈을 내어 큰 목소리로 요술쟁이를 불러 먼저 돈을 주고는, 다시 한 번 자세히 보기를 요구했다. 요술쟁이는 원망하는 듯이,

"내가 너를 속이지도 않았는데 너는 나를 못 믿으니 네가 맘대로 나

를 묶어 보려무나."
한다. 역부는 분기를 내어 먼저 노끈을 던져 버리고 자기가 가진 채찍을 끌러 입에 물어 축인 다음 요술쟁이를 붙들어 등에 기둥을 지우고 뒷손은 젖혀서 묶는데 먼젓번보다 훨씬 세게 묶었다. 요술쟁이는 아프다고 소리를 치는데 뼛속까지 아파서 콩알만큼 한 눈물이 떨어진다. 역부가 크게 웃으니 구경꾼들이 더욱 많아졌는데, 벗는 것을 볼 사이도 없이 요술쟁이는 벌써 기둥을 떠나 서 있고 묶은 데는 아직도 풀어지지 않았다. 이런 신통한 것을 세 번이나 보였으니 알 수 없는 일이다.

이 환희는 두 손을 기둥 뒤로 단단히 동여매게 한 다음에 그것을 풀지 않고 순식간에 빠져나오는 것이다.

(4) 요술쟁이는 둥근 수정 구슬 두 개를 탁자 위에 놓았는데 구슬은 계란보다 조금 작았다. 한 개를 입을 벌리고 집어넣으니 목구멍은 좁고 구슬은 커서 삼키지 못하고 구슬을 토해 내어 도로 탁자 위에 놓았다. 다시 광주리 속에서 계란 두 개를 내어 눈을 부릅뜨고 목을 늘이고서 알 하나를 삼키는데, 마치 닭이 지렁이를 삼키는 것 같고 뱀이 두꺼비 알을 삼키는 것 같아 목 속에 걸려서 거죽으로 혹이 달린 것 같았다. 다시 알 하나를 삼키니 과연 인후를 틀어막아 재채기하고 구역질하며 목에 핏대가 서고 하는 요술쟁이는 후회하고 살고 싶지 않은 듯이 대젓가락으로 목구멍을 쑤시니 젓가락이 꺾어져 땅에 떨어진다. 이제 어쩔 수가 없어 입을 벌리고 사람들에게 보이는데 목구멍 속에는 조금 흰 것이 드러난다. 가슴을 치고 목을 두드리며 답답하고 쩔쩔매는 꼴을 보고 사람들은,
"조그만 재주를 경솔히 자랑하다가 아아, 이제는 죽는구나."
하였다. 요술쟁이는 가만히 귀가 가려운 듯이 듣더니 귀를 기울이고 긁는 것이 무슨 의심이 있는 것처럼 손가락 끝으로 귓구멍을 후벼 흰 물건을 끄집어내니 과연 계란이었다. 이때에 요술쟁이는 오른손으로 계란을 쥐고 여러 사람 앞에 두루 보이더니, 왼쪽 눈에 넣었다가 오른편 귀에서 뽑아내고 오른편 눈에 넣었다가 왼편 귀에서 뽑아내며, 콧구멍에 넣었다가 뒤통수로 뽑아 내는데 목에는 아직도 계란 한 개가 남아 있었다.

이 환희는 계란 두 개를 가지고 목구멍에 넣어서 귀로 뽑아내고, 왼쪽 눈에 넣어서 오른편 귀로 뽑아내고, 오른편 눈에 넣어서 왼편 귀로 뽑아내는 것이다.

(5) 요술쟁이는 흰 흙 한 덩이로 땅에 큰 동그라미를 그어 여러 사람들을 동그라미 밖에 둘러앉게 했다. 요술쟁이는 이때 모자를 벗고 옷을 끄르고 시퍼렇게 간 칼을 내어 땅 위에 꽂아 놓고 다시 대가지로 목을 쑤셔 계란을 깨뜨리려 했다. 땅을 버티고 서서 한 번 토해도 알은 종내 나오지 않아 이에 그 칼을 빼어 좌에서 우로 휘두르고 우에서 좌로 휘두르다가, 공중을 쳐다보고 한 번 던져 이것을 손바닥으로 받더니, 또, 한 번 높이 던지고는 하늘을 향하여 입을 벌리니 칼 끝이 바로 떨어져 입속에 꽂힌다. 이때에 여러 사람들은 얼굴빛을 변하여 모두 벌떡 일어나고 깜짝 놀라 말이 없는데, 요술쟁이는 고개를 젖히고 두 팔을 늘이고 뻣뻣이 한참 선 채, 눈 한 번 깜짝하지 않고 하늘을 똑바로 쳐다보면서 한참 있다가 칼을 삼키는데, 병을 기울여 무엇을 마시듯 목과 배가 서로 마주 응하는 것이 성난 두꺼비 배처럼 불룩거렸다. 칼 고리가 이에 걸려 칼자루만 넘어가지 않고 남아 있다. 요술쟁이는 네 발로 기듯이 칼자루를 땅에 쿡쿡 다져 이와 고리가 맞부딪혀 딱딱 소리가 났다. 또, 다시 일어나서 주먹으로 칼자루 머리를 치고서 한 손으로 배를 만지고 한 손으로는 칼자루를 잡고 내두르니, 뱃속에서 칼이 오르내리는 것이 살가죽 밑에서 붓으로 종이에 줄을 긋는 것 같았다. 여러 사람들은 가슴이 선뜻하여 똑바로 보지 못하고 어린애들은 무서워서 울면서 안 보려고 엎어지고 기어서 달아났다. 이때에 요술쟁이는 손뼉을 치고 사방을 돌아보고 늠름하게 바로 서서 이내 천천히 칼을 뽑아 두 손으로 받들어 들며, 여러 사람들의 바로 눈앞에 두루 보이면서 인사를 하는데, 칼끝에 붙은 핏방울에는 아직도 더운 기운이 무럭무럭 났다.

이 환희는 날카롭고 긴 칼을 공중에 높이 던져서 입에 정확히 꽂히도록 한 다음에 그 칼을 뱃속까지 깊숙이 찔렀다가 뽑아내는 것이다.

(6) 요술쟁이는 종이를 나비 날개처럼 수십 장을 오리고 손바닥 속에서 부벼 여러 사람들에게 보이고는, 여러 사람들 중에서 한 어린이에게 눈을 감고 입을 벌리라 하고 손바닥으로 입을 가리니, 그 어린이는 발을 구르면서 울었다. 요술쟁이는 웃으면서 손을 떼니 어린이는

울다가 토(吐)하고 또, 울다가는 토하는데, 청개구리를 연달아 수십 마리를 토해 모두 땅바닥에 뛰놀곤 하였다.

이 환희는 관중 가운데서 한 아이를 불러내 세우고 여러 장의 종이를 오려 손으로 부벼서 그것을 그 아이의 입속에 집어넣어서 수십 마리의 청개구리로 만들낸 것이다.

(7) 요술쟁이는 탁자 위를 정하게 닦더니 붉은 탄자 보자기를 툭툭 털어 탁자 위에 펴놓고 사방을 돌아보면서 손뼉을 쳐서 여러 사람들에게 두루 보였다. 요술쟁이는 천천히 탁자 앞으로 와서 한 손으로 보자기 복판을 누르고 한 손으로는 보자기 귀퉁이를 집어올려 젖히니, 붉은 새 한 마리가 한번 울면서 남쪽을 향해서 날아갔다. 또, 한 번 손을 동쪽으로 쳐드니 푸른 새가 동쪽을 향해서 날아갔다. 손을 보자기 밑에 집어넣어 가만히 참새 한 마리를 집어내는데 빛은 희고 입부리는 붉었다. 두 발로 허공을 허우적거리다가 요술쟁이의 수염을 움켜잡았다. 요술쟁이가 수염을 쓰다듬으니 새는 다시 요술쟁이의 왼쪽 눈을 쪼았다. 요술쟁이는 새를 버리고 눈을 문지르니 새는 서쪽을 향해서 날아갔다. 요술쟁이는 분해서 한숨을 쉬면서 다시 가만히 손을 넣어 검정 참새 한 마리를 잡아서 다른 사람에게 주려고 하다가, 잘못해 놓쳐서 참새가 땅에 떨어져 돌아서 탁자 밑으로 들어가니, 어린이들이 서로 참새를 붙잡으려고 하다가 새는 일어나 북쪽을 향하여 날아갔다. 요술쟁이는 분이 나서 보자기를 집어치우니, 수없는 집비둘기들이 한꺼번에 날개를 치면서 나와 빙빙 돌다가 지붕 처마 위에 모여 앉았다.

이 환희는 탁자 위의 빈 보자기 속에서 붉은 새와 푸른 새와 참새를 만들어 날려보내고, 마지막에는 탁상 위의 그 보자기를 걷어 버리자 그 속에서 수많은 집비둘기들이 마구 쏟아져 나와서 하늘을 향해서 날아가게 하는 것이다.

(8) 요술쟁이는 작은 주석병을 가지고 오른손으로 물 한 대접을 떠서 병 주둥이에 철철 넘도록 붓더니, 대접을 탁자 위에 놓고 대젓가락을 가지고 병 밑을 찌르니, 물이 병 밑으로 방울져 흐르는데 조금 있다가 낙숫물처럼 줄줄 흘렀다. 요술쟁이는 고개를 젖히고 병 밑을 입으로

부니 새던 물이 뚝 그쳤다. 요술쟁이는 공중을 향해서 옆으로 흘겨보면서 입속으로 주문(呪文)을 외니, 물은 병 주둥이로부터 몇 자 높이나 솟아 땅바닥에 가득히 쏟아졌다. 요술쟁이는 소리를 지르면서 솟아오르는 물 중간을 움켜잡으니, 물은 중간이 끊어지면서 꾸부러져 병 속으로 들어갔다. 요술쟁이는 다시 대접을 가져다가 물을 도로 따르니, 병에 든 물의 분량은 처음과 같고 땅바닥에 물이 흐른 자국은 몇 동이나 쏟은 것 같았다.

이 환희는 주석병에 물을 가득 담아 그 병 밑을 대젓가락으로 뚫어 물이 병 밑으로 흐르게 하다가 그것을 입으로 불어서 막은 다음에 주문을 외워서 병 주둥이에서 물이 공중으로 높이 치솟게 한 다음 그 물줄기의 중간을 잡아 물줄기를 끊어 병에 담아 병에 담긴 물의 양이 줄지 않고 본래의 양이 되도록 하는 것이다.

(9) 요술쟁이는 금고리 두 개를 내어 탁자 위에 놓더니 여러 사람들을 두루 불러서 이 고리를 보였다. 크기는 두 뼘이나 되는데 밑도 끝도 없이 둥글둥글한 것이 천작(天作)으로 되었다. 요술쟁이는 이때 두 손을 쫙 벌리고 각각 고리 하나씩을 쥐고는 내둘러 춤을 추면서 공중을 향해 고리를 던졌다가 고리로 고리를 받으니, 두 고리는 서로 이어져서 이어진 고리를 여러 사람에게 보이는데, 끊어진 데도 없고 틈자리도 없으니 누가 이을 때를 보았으랴. 요술쟁이는 이때 두 손을 쫙 벌리고 두 손으로 고리 하나씩을 잡고 한 번 떼었다 한 번 붙였다 하고, 한 번 이었다 한 번 끊었다 하며 끊고 잇고 떼고 붙이곤 했다.

이 환희는 이은 흔적이 없는 금고리 두 개를 가지고 그것을 공중에 던져 이었다가 뗐다가를 자유자재로 반복하는 것이다.

(10) 요술쟁이는 수놓은 모직물 보자기를 탁자 위에 펴놓고 보자기 한 구석을 약간 들어 주먹만한 자줏빛 돌 한 개를 집어내어, 칼끝으로 조금 찌르고 돌 밑에 잔을 바치니 소주가 조금씩 흘러내렸다. 잔이 차면 그치는데 여러 사람들이 다투어 돈을 내어 술을 사 먹는다. 사괴공(史蒯公)을 청하면 돌에서 사괴공이 흘러나오고, 불수로(佛手露)를 청하면 돌에서 불수로가 흘러나오며, 장원홍(壯元紅)을 청하면 장원홍이 흘러나온다. 한 가지만 능한 것이 아니라

청하는 대로 문득 응하여 한 줄기 매운 향기는 위(胃)에 들어가면 볼이 붉어진다. 연거푸 수십 배를 쏟더니 홀연히 돌 있는 곳을 잃어버렸다. 요술쟁이는 놀라지도 않고 당황하지도 않으며, 멀리 백운(白雲)을 가리키면서 말하기를,

"돌이 하늘 위로 올라갔소이다." 하였다.

이 환희는 자줏빛 돌을 칼끝으로 찔러서 소주를 흘러나오게 하여 관중들에게 마시게 하고, 또, 그 돌에서 당시 청나라의 명주인 사괴공과 불수로와 장원홍을 마음대로 흘러나오게 하는 것이다.

(11) 요술쟁이는 손을 보자기 밑에 넣어 빈과(蘋果) 세 개를 끄집어냈다. 가지가 연하고 잎이 붙은 것을 한 개 가지고 우리나라 사람에게 사라고 청한다. 우리나라 사람은 머리를 흔들고 즐겨 사지 않으면서,

"네가 전일에 항상 말똥으로 사람을 희롱한단 말을 들었거든."

한다. 요술쟁이는 웃으면서 이것을 변명하지 않는데 여러 사람들은 다투어 사서 먹었다. 우리나라 사람이 비로소 사자고 청하니 요술쟁이는 처음에는 아끼는 듯하다가, 얼마 뒤에 한 개를 집어 주니 우리나라 사람이 한입 베어 먹고는 바로 토하는데, 말똥이 한입 가득 차서 온 저자 사람이 모두 웃었다.

이 환희는 빈 보자기 속에서 빈과(蘋果) 세 개를 꺼내서 관중들한테 나누어 먹인 다음 그 빈과를 말똥으로 만들어 토해내게 하는 것이다.

(12) 요술쟁이는 바늘 한줌을 입에 넣고 삼켰는 데, 근지럽지도 않고 아프지도 않고 말하는 것이나, 웃는 것이 평상과 다름없이 밥을 먹고 차를 마셨다. 천천히 일어나서 배를 문지르고 붉은 실을 비벼서 귓구멍에 넣고 한참 동안 섰더니, 재채기를 몇 번 하고는 코를 쥐어 콧물을 내고 수건을 내어 코를 씻고 나서 콧구멍에 손가락을 넣어 코털을 뽑는 것 같더니, 얼마 만에 붉은 실이 콧구멍에서 조금 보였다. 요술쟁이는 손톱으로 그 실 끝을 집어 당기니 실이 한 자 넘게 나오면서 갑자기 바늘 한 개가 콧구멍에서 누워 나오는 데 실에 꿰어져 있었다. 가느다

랗게 질질 끌려 빠지는 실은 자꾸 길어져서 백 개 천 개 바늘이 실 한 끝에 꿰어졌고, 혹은 밥알이 바늘 끝에 붙어 있었다.

이 환희는 많은 양의 바늘을 입에 집어넣어 삼킨 다음에 붉은 실을 귓구멍에 집어넣어서 붉은 실에 그 바늘의 귀를 꿰어서 콧구멍으로 뽑아내는 것이다.

(13) 요술쟁이는 흰 빛 대접 하나를 내어 여러 사람들에게 엎어 보이더니 땅바닥에 놓았는데 아무 물건도 없었다. 요술쟁이는 사방을 돌아보면서 손뼉을 쳐 보이고는 접시 한 개를 가져다가 대접을 덮고 사방을 향하여 노래처럼 부르더니, 얼마 있다가 열어 보니 은 다섯 쪽이 있는데 모양은 흰 마름처럼 생겼다. 요술쟁이는 사방을 돌아보고 손뼉을 쳐 여러 사람에게 보이고는 다시 접시로 대접을 덮고서 공중을 향하여 옆으로 흘겨보고 진언(眞言)을 외는 소리가 욕하는 것 같더니, 얼마 있다가 열어 보니 은(銀)은 돈으로 화하여 그 수효는 역시 다섯 개였다.

이 환희는 빈 대접을 접시로 덮고 주문을 외워서 은 다섯 입을 만들어 내고 다시 주문을 외워서 그 다섯 입의 은을 다섯 개의 은화로 만들어 내는 것이다.

(14) 요술쟁이는 은행 한 소반을 땅 위에 놓고 큰 항아리로 이것을 덮고 공중을 향해 주문을 외우다가 한참 만에 열어 보니, 은행은 보이지 않고 모두 산사(山査; 한약재의 일종)가 되었다. 다시 그 항아리로 덮고 공중을 향하여 주문을 외우다가 한참만에 열어 보니, 산사는 보이지 않고 모두 두구(荳蔲; 한약재의 일종)가 되었다. 다시 항아리를 덮고 공중을 향해 주문을 외다가 한참 만에 열고 보니, 두구는 보이지 않고 모두 붉은 오얏이 되었다. 다시 항아리를 덮고 공중을 향해 주문을 외다가 한참만에 열고 보니 붉은 오얏은 보이지 않고 모두 염주(念珠)가 되었고, 전단(旃檀)에 여러 개의 포대(布袋)를 새겼으며, 하나하나가 웃음을 머금고 낱낱이 뚱뚱하여 한 줄에 1백 8개를 꿰었는데 처음도 끝도 없이 가지런했다. 아무리 자세히 보아도 어디로부터 시작하여 세어야 할 지 알 수 없었다. 이때 요술쟁이는 사방을 돌아보면서

손뼉을 쳐 여러 사람들을 두루 불러 용한 술법을 자랑했다. 다시 그 항아리를 덮어서 땅 위에 있었다가 뒤집어 놓으니, 항아리는 밑으로 가고 소반은 위에 있게 되었다. 옆눈으로 보면서 화가 난 듯이 소리를 치고 한참만에 열어 보니, 염주는 하나도 없고 맑은 물이 철철 넘치며, 한 쌍의 금붕어가 항아리 속에서 활발히 노는데 물을 먹고 진흙을 토하고 한 번 뛰고 한 번 헤엄치곤 했다.

이 환희는 은행 한 소반을 동이로 덮고 주문을 외워 그것을 산사로 만들고, 다시 이것을 주문을 외워 두구로 만들고, 다시 그것을 주문을 외워 붉은 오얏으로 만들고, 다시 그것을 주문을 외워 백 팔 염주를 만들었다가 또, 주문을 외워 처음 물동이 위치와 달리 동이 위에 소반이 놓이도록 한 연후에 마지막에는 금붕어가 뛰노는 맑은 물이 담긴 동이로 만들어 내는 것이다.

(15) 요술쟁이는 한 자 넓이나 되는 꽃 자기 쟁반 다섯 개를 탁자 위에 놓고 다시 가는 댓개비 수십 개를 탁자 아래 놓았는데, 댓개비의 대소와 장단은 화살과 비슷하고 모두 끝을 뾰족하게 깎았다. 댓개비 한 개를 가지고 그 끝에 쟁반을 얹고 대를 돌리니, 쟁반은 기울지도 않고 삐뚤어지지도 않으며 도는데, 조금 느리게 돌면 다시 손으로 쳐서 빨리 돌게 한다. 쟁반은 빨리 도는 바람에 미처 떨어질 사이도 없었다. 쟁반이 조금 기울 때는 다시 댓가지로 질러 올리면 쟁반이 한 자 너머 높이 솟았다가 똑바로 댓개비에 그대로 내려앉아 팽팽 돌았다. 요술쟁이는 이것을 오른쪽 신 속에 꽂아 놓으니 쟁반은 저절로 돌고 있었다. 다시 한 개비로 쟁반을 처음처럼 돌리다가 왼편 신 속에 꽂고 또, 한 개비로 돌리다가 오른편 옷깃에 꽂고 다른 한 개비는 왼편 옷깃에 꽂으며, 또, 다른 한 개비는 끝에 쟁반을 얹어 흔들고 치밀고 핑핑 돌리니 손으로 칠 때마다 쟁쟁 소리가 났다. 이때 요술쟁이는 댓개비에 댓개비를 잇달아 꽂는데, 쟁반은 무겁고 댓개비는 길어지니 댓가지 중동이 절로 구부러져, 쟁반이 떨어져 부서질 생각도 않고 돌리기를 그치지 않는다. 댓개비 10여 개를 이은즉, 높이가 지붕 위에까지 올라갔다. 요술쟁이는 이었던 댓개비를 천천히 하나씩 빼어 옆에 있는 사람에게 주어 탁자 위에 도로 놓았다. 이때 요술쟁이는 입에 댓개비 하나를 담뱃대처럼 물고 입에 문 댓개비 끝에 높은 댓개비를 세우며, 두 팔을 늘어뜨리고 뻣뻣이 한참 동안 서니 이때 구경꾼들은 뼈가 짜릿하지 않는 이가 없었으니, 이는 쟁반을 아껴서 그런 것이 아니라 실상 목도하기가 너무 위험

해서였다. 별안간 바람이 일어 댓개비는 과연 중동이 불어지면서 여러 사람들이 일제히 놀라 소리를 치자, 요술쟁이는 역시 재빨리 쫓아가 쟁반을 슬며시 받아서, 다시 공중으로 높이 백 척이나 되게 던져 놓고 사방 구경꾼을 돌아보면서 편안한 듯 쟁반을 받는데, 자랑하는 빛도 없고 뽐내는 기색도 없이 옆에 사람이 없는 것처럼 했다.

이것은 쟁반 5개를 수십 개의 가느다란 댓가지 위에 올려 놓고 연속해서 완급을 조절하며 돌리는데, 그것을 포개서 양손으로 돌리다가 입으로 돌리다가 세워 놓고 돌리는 묘기이다.

(16) 요술쟁이는 낟알 너덧 말을 앞에 놓고 두 손으로 다투어 움켜쥐고 짐승 고기처럼 잠깐 사이에 다 먹어 버리니 땅바닥은 핥은 듯했다. 이때 요술쟁이는 땅바닥을 버티고 겨를 토하는데, 침이 뭉쳐서 덩어리가 되어 나왔다. 겨가 다 나오더니 계속해서 연기가 입술과 이 사이에 어리어 손으로 수염을 씻고 물을 찾아 양치질을 해도 연기는 끝내 그치지 않았다. 답답함을 참지 못하여 가슴을 치고 입술을 쥐어뜯으며 연거푸 물을 몇 그릇 마셨으나, 연기의 형세는 더욱 심하여 입을 벌리고 한번 토하니 붉은 불이 입에 찼다. 젓가락으로 집어 내니 반은 숯이요 반은 타고 있었다.

이 환희는 너덧 말이나 되는 벼를 삽시간에 모두 집어삼키고 겨를 토해 내다가 연기를 토해내고 연기를 토해 내다가 다시 불을 토해 내는 것이다.

(17) 요술쟁이는 금호로병(金葫蘆甁)을 탁자 위에 놓고 또, 녹동(綠銅) 화병을 내놓는데 공작의 깃이 꽂혀 있더니, 조금 있다 보니 금호로병이 간 곳이 없다. 요술쟁이는 구경꾼들 중의 한 사람을 가리키면서,

"저 노야(老爺)가 감추었다."

하니, 그 사람은 노하여 얼굴빛이 변해 가지고,

"어찌 이렇게 무례하단 말야."

했다. 요술쟁이는 웃으면서,

"노야께서는 정말 속이십니다. 호로병은 노야의 주머니 속에 있습니다."
하니, 그 사람은 크게 노하여 입속으로 욕을 하면서 옷을 한 벌 털어 보이니, 홀연 품속에서 땡그랑 소리가 나면서 호로병이 떨어졌다. 온 저자가 일제히 웃으니 그 사람은 묵묵히 있다가 딴사람 등 뒤에 가서 섰다.

이 환희는 금호로병을 탁자 위에 놓고 온데간데없이 만든 다음 관중한 사람의 품속에서 잃어버렸던 그 금호로병을 찾아내는 것이다.

(18) 요술쟁이는 탁자 위를 깨끗이 닦고 도서(圖書)를 진열하고 조그만 향로에 향불을 피우고 흰 유리 접시에 복숭아 세 개를 담아 두었는데 복숭아는 모두 큰 대접만 했다. 탁자 앞에 바둑판과 검고 흰 바둑알을 담은 통을 놓고 초석을 단정하게 깔아 놓았다. 잠깐 휘장으로 탁자를 가렸다가 조금 후에 걷으니, 구슬 관에 연잎 옷을 입은 자도 있고, 신선의 옷과 신 차림을 한 자도 있으며, 나뭇잎으로 옷을 해 입고 맨발로 있는 자도 있고, 혹은 마주 앉아 바둑을 두기도 하며, 혹은 지팡이를 짚은 채 옆에 서 있기도 하고, 혹은 턱을 괴고 앉아서 조는 자도 있어 모두가 수염이 아름답고 얼굴들이 고기(古奇)했다. 접시에 있던 복숭아 세 개가 갑자기 가지가 돋고 잎이 붙고 가지 끝에 꽃이 피니, 구슬 관을 쓴 자가 복숭아 한 개를 따서 서로 베어 먹고, 그 씨를 땅에 심고 나서 또, 다른 복숭아 한 개를 절반도 못 먹었는데, 땅에 심은 복숭아나무는 벌써 몇 자를 자라서 꽃이 피고 열매를 맺었다. 바둑 두던 자들이 갑자기 머리가 반백(斑白)이 되더니 이윽고 하얗게 세어 버렸다.

이 환희는 유리접시에 큰 복숭아 세 개를 담아 놓고 그 세 개의 복숭아가 순식간에 싹이 돋고 가지가 나고 잎이 피고 꽃이 피고 열매가 열게 하는 것인데, 그 열매를 따서 먹고 그 씨를 땅에 심으면 곧바로 또, 복숭아 씨가 움이 트고 가지와 잎이 생기고 열매가 맺어서 많은 세월이 흐르는 것을 옆에서 바둑 두는 사람들의 흑발이 백발로 변하게 하여 보여 주는 것이다.

(19) 요술쟁이는 큰 유리 거울을 탁자 위에 놓고 시렁을 만들어 세웠다. 이때 요술쟁이는

여러 사람들을 두루 불러서 거울을 열어 구경시키는데, 여러 층 누각과 몇 겹 전각이 아름다운 단청을 곱게 했는데, 관원 한 사람이 손에 파리채를 잡고 난간을 따라 서서히 걸어갔다. 아름다운 계집들이 서넛씩 짝을 지어 보검을 가지고 혹은 금병을 받들고, 혹은 봉생(鳳笙)을 불로 혹은 비단 공도 차며, 구름 같은 머리와 아름다운 귀고리가 묘하고 곱기 비할 바 없었다. 방 안에는 백 가지 물건과 수없는 보물들이 참으로 세상에서 부귀가 지극한 사람 같았다. 이때 여러 사람들은 부러움을 참지 못하여 서로 구경하기에 바빠서 이것이 거울인 줄도 잊어버리고 바로 뚫고 들어가려 했다. 이때에 요술쟁이는 구경꾼들은 꾸짖어 물리치고 즉시 거울 문을 닫아 더 오래 보지 못하도록 했다. 요술쟁이는 한가로이 걸어서 사방을 향해 무슨 노래를 부르다가 또, 거울 문을 열어 여러 사람을 불러 와 보라고 했다. 전각은 적막하고 누사(樓榭)는 황량한데 일월이 얼마나 지났는지 아름다운 계집들은 어디로 가고 한 사람이 침상 위에서 옆으로 누워 자는데, 옆에는 아무 물건도 없고 손으로 귀를 받치고 이마 밑으로 김 같은 것이 연기처럼 떠오르는 데, 처음은 가늘고 끝은 둥그렇게 늘어진 젖통 같았다. 종규(鐘馗)가 누이를 시집보내고 올빼미가 장가를 드는데, 버들 귀신이 앞을 서고 박쥐가 기를 들고 이마에서 나오는 김을 타고 올라가서 안개 속에서 논다. 잠자던 자는 기지개를 켜면서 깨려다가 또, 잠이 드는데, 갑자기 두 다리가 두 수레바퀴로 화하면서 바퀴살이 아직 덜 되었는데, 이때에 구경꾼들은 징그러워하지 않는 자 없어 거울을 가리고 등을 지고 달아났다. 세계의 몽환(夢幻)이 본래 이와 같아서 오히려 거울 속의 염량(炎凉) 변천도 현저히 달랐다. 일체 인간의 가지가지 일들이 아침에 무성했다가 저녁에 시들고, 어제 부자가 오늘은 가난하고 잠깐 젊었다가 갑자기 늙는 것이 꿈속에 꿈 이야기를 하는 것 같아서, 슬쩍 죽었다가 바야흐로 살고, 무엇이 있고 무엇이 없으며, 무엇이 참이요 무엇이 거짓인지 모를 일이다. 세상에 착한 마음을 지닌 착한 사내와 보살(菩薩)의 형제들에게 말하노니, 헛세상에 꿈 같은 몸과 거품 같은 금과 번개 같은 비단으로 큰 인연을 맺어서, 기운에 따라 잠시 머무를 뿐이니, 원컨대 이 거울을 표준 삼아 덥다고 나아가지 말고, 차다고 물러서지 말며, 있는 돈을 흩어서 이 가난한 자를 구제할지어다.

이 환희는 탁자 위에 유리거울을 놓고 많은 관중을 불러 그것을 열어 보게 하는데, 인간의 삶에서 아주 행복한 기세 있는 관리, 보검을 든 미인, 방 안에 온갖 보물이 가득한 집을 보여 주었다가 거울을 닫았다. 다시 여러 관중을 불러서 거울을 열어 보게 하는데, 앞에 보여 준 행복한 삶의 정경은 완전히 사라지고 이제는 많은 세월이 흘러서 수척해진 한 사람이 잠자는 모습으로 나타나 그의 두 다리가 수레바퀴로 바뀌어 가는 모습이다. 구경꾼들은 그런 모습이 징그러워서 달아난다. 이것은 인간사의 생로병사와 길흉화복과 흥망성쇠의 무상함을 아주 리얼하게 보여 주는 환희이다. 박지원은 이 환희가 가진 자는 재물을 풀어 가난한 이를 구제해야 한다는 교훈을 주는 주제라고 이해한다.

> (20) 요술쟁이는 큰 동이 하나를 탁자 위에 놓고 수건으로 정하게 닦고 붉은 옷감으로 위를 덮으며 장차 무슨 요술을 하려고 주선할 즈음에 품속에서 접시 하나가 쨍그렁 하고 땅에 떨어지면서 붉은 대추가 흩어지니, 여러 사람들은 일제히 웃고 요술쟁이도 역시 웃었다. 그릇과 도구를 주워담아 이내 놀음을 파하니, 이것은 재주가 없어 그러는 것이 아니라, 날이 저물어 바로 파하려 했으므로 일부러 파탄(破綻)을 하여 여러 사람들에게 본래 이것이 거짓인 것을 보여 준 것이다.[5] (번호 (1)-(20)은 저자)

이것은 스무 가지 환희의 에필로그다. 가슴에 품은 대추 담긴 접시를 실수로 떨어뜨리는 척하여 관중들의 긴장을 풀어 주는 것이다. 이것으로 스무 가지의 환희는 모두 끝난다. 박지원은 모든 환희들이 거짓인 것을 알려 주는 파탄으로 이해하고 있다. 박지원이 본 이 환희는 연행록의 여러 환희에서 그 규모가 아주 큰 편에 속하는데, 그 까닭은 천추절에 열하에 가서 행할 환희를 미리 연습 삼아서 한 것이었기 때문이다.

2-3-4. 음마하(飮馬河)에서 본 환희

한글본 무오연행록은 정조(正祖) 22년(1798) 10월 19일 삼절연공겸사은사(三節年貢兼謝恩使)에 서장관(書狀官)으로 동행한 서유문(徐有聞)이 그다음해

5) 박지원, 열하일기, 342~353쪽.

4월 2일 복명(復命)하기까지의 왕반(往返) 160 일간의 기록이다.

다음은 서유문 일행이 12월 14일 음마하(飮馬河)에서 본 환희이다.

> 12월 14일 계명초(鷄鳴初)에 발행하여 음마하(飮馬河)에 이르니 말 먹이는 물이란 말이라. 옛글에 많이 장성(長城)을 일컬으며 반드시 음마하를 많이 일렀으니 이 물을 가리킨 말인가 싶더라. 누택원(漏澤園)에 이르니 길가에 큰 집이 있고 지키는 자가 없으며, 가운데 현판에 써 가로되, "알아 얻기를 요구한다"하고, 왼편 협실에 써 가로되, "환술(幻術)을 드린다"하고, 오른편 협실은 가로되, "희미한 것을 깨친다" 하니 무엇을 이른 말인 줄 모르나 이 또한 희자(戲子)놀음하는 곳인가 싶으며, 그 곁에 또한 묘당이 있으니 현판에 써 가로되, "하늘이 주었다" 하고, 묘당 앞에 큰 밭이 있으며, 밭가에 패를 세우고 써 가로되, "소학 밭이라"[小學田] 하더라.6)

이처럼 서유문은 이 누택원에 서 있는 한 건물을 환술과 희자놀음하는 곳으로 판단하고 있는데, 협실에 써 있는 환술을 드린다는 기록으로 볼 때 그렇게 볼 수 있을 것 같다. 이것은 당시 각 지역마다 희자놀음을 하는 전용극장이 있었음을 알려주는 정보다.

2-3-5. 북경 경산(景山)에서 본 9종의 환희

서유문 일행은 1월 24일 북경의 경산(景山)에서 희자(戲子)놀음과 9가지의 환희를 보았다. 이전에 조선 연행사들이 길거리나 숙소인 옥하관, 또는 남관에서 보았던 희자놀음과 환희를 서유문 일행은 경산에 가서 보았다. 1월 27일 이전에는 도성 안팎에서 볼 수 없다는 이 두 연희를 경산에서 볼 수 있었다는 것은 행운인데, 이에는 어떤 사유가 있었을 것이다. 서유문은 이날 보았던 연희를 다음과 같이 희자(광대)놀음과 환희

---

6) 서유문, 무오연행록, 98쪽.

로 구분하여 기록하고 있다.

> (1) 희자는 진·한(秦漢) 이후로 역대에 전함직한 일을 가려 놀음을 삼으니, 곧 아국 산디[山臺]와 들놀음[野遊] 모양이라. 민간에 성행하여 상사(喪事) 만난 집은 삿집 속에서 이 놀음을 베푸니, 극히 괴이한 일이요, 황제 혹 궐내에 들여 본다 하니, 상하 무론하고 좋게 여기는지라. 비록 상(常)없는 놀음이나, 다만 놀음을 베풀 적이면 반드시 그 나라 복색을 갖추니, 옛 의복을 짐작할 뿐이 아니라, 조정 복색(朝廷服色)과 궁중 복색(宮中服色)과 상사 복색(喪事服色)과 길례 복색(吉禮服色)을 다 옛 위의를 갖추니, 성인(聖人)이 가로되,
>
> "예를 잃으매 들에 가 구한다." [禮失而求諸野]
>
> 하시니, 중국의 위의 다 희자(戱子)에 있다 이를지라. 만일 왕자(王者)가 일어나면 반드시 희자에 모방(模倣)하리니, 이러므로 무식한 피인(彼人)이 우리 복색(服色)을 보면 문득 웃어 가로되,
>
> "희자(戱子)와 한모양이라."
>
> 하니, 또한 어찌 불쌍치 않으리요.

이처럼 서유문이 경산에서 본 희자놀음이란 진한시대 이후를 대상으로 한 역사물이다. 그는 이것을 조선조의 산대와 야유 같은 것이라고 소개하였다. 조선시대 산대놀이는 산처럼 높이 가설한 무대 위에서 하는 공연물이다. 규식지희(規式之戱)와 소학지희(笑謔之戱)로 구분하기도 하는데, 전자는 줄타기·곤두박질·무동춤·사자춤·무용과 곡예 등이고, 후자는 재담 유형의 소극으로 탐관오리나 양반들의 횡포 등을 극화시킨 것이다. 현재도 전승되고 있는 양주와 송파산대 같은 것이다. 유득공(柳得恭)은 이것을 경도잡지(京都雜志)에서 산희(山戱)와 야희(野戱)로 구분하기도 하였다. 그는 산희는 다락을 매고 포장을 치고 놀며 사자와 호랑이춤을 춘다고 하였으며, 야희는 당녀(唐女)와 소매(小梅)로 분장하고 논다고 하였다. 그리고, 야유(野遊)란 들이나 시장 같은 넓은 터에서 하는 연희로 현재까지도 전승되고 있는 동래야유와 수영야유 같은 것이

다. 계층별 의식별 각종 복식의 분장이 등장하는 것을 보면 소학지희에 가까운 역사물일 것 같아 보인다. 이런 유형의 연희가 당시 청나라 민간과 왕실에서 인기리에 공연되고 있었음을 알 수 있다.

(2) 환술(幻術)은 ①혹, 사기 접시를 긴 대[竹] 위에 돌리되, 빠르기 표(鏢) 같으며, 혹 대를 치쳤다가 다시 받아 돌리기를 마지않고, 혹 입에 작은 월도(月刀)를 머금고 월도 위에 또한 작은 월도를 놓아 날이 서로 닿게 놓되 떨어뜨리지 않고 위에 놓인 칼 위에 접시 돌리는 대를 대어 심고[꽂고] 입으로 칼자루를 놀리며 눈으로 도는 접시를 살피니, 칼도 끌 박은 듯이 움직이지 않고 접시도 일향[한결같이] 도니 그 사람의 정신이 모여 눈을 깜짝이지 않으니 이 도리 밖의 일이요,

②혹, 탁자(卓子) 위에 나무 두 농을 놓아 뭇 사람을 뵈어 속에 있는 것이 없음을 보이고 담(毯)으로 덮었다가 손을 넣어 두 농의 속에서 비둘기 하나를 집어내니, 비둘기 울면서 뛰놀다가 간 곳이 없어지고,

③혹, 백지(白紙)를 오려 나비 날개같이 만들어 입을 벌리고 삼키더니 손을 입에 넣어 종이를 집어 냄에 종이가 다 성하여 오린 흔적이 없고,

④혹, 탁자(卓子) 위에 담(毯)을 덮었다가 이윽한 후 담을 거둔즉, 각색(各色) 실과(實果)와 각색 보보를 화접시[畫楪子]에 담았으니 먹어 보아도 진짜 것이요,

⑤혹, 역졸(驛卒)의 전립(氈笠)을 벗겨 뒤쳐 놓았다가 전립 안으로서 실과 접시를 집어내고 접시를 도로 놓았다가 홀연 간 곳이 없거늘, 곁에 선 사람의 품속을 뒤져 그 실과 접시를 들어내고,

⑥혹, 상아저(象牙箸) 짝을 가져 왼 코 속으로 찔러 오른 코로 빼어내고 오른 코 속으로 찔러 왼 코 속으로 빼어내며,

⑦혹, 탁자에 칼을 박더니 술이 솟아나는지라 병(瓶)을 대고 받아 두루 먹이며,

⑧혹, 아이를 공중에 던져 천도(天桃)를 받들고 내려오니, 다 섬홀(閃忽; 번쩍이는 모양)하여 알 길이 없으니, 비록 눈을 밝히고 살펴도 그 진가(眞假)를 잡아낼 길이 없다 하나, 접시 돌리는 것은 제 짐짓[진짜] 공부요,

⑨혹, 발을 동인 계집이 비슷이 눕고 동인 발로 아름드리 독을 치쳐 받아 죽방울 치듯 한다 하니, 이는 기이한 일이라 일컫더라.[7] (번호 (1)과 (2) ①-⑨는 저자)

이처럼 서유문은 이날 그가 본 9가지의 환희의 내용을 소상하게 소개하고 있다. 그가 본 9가지의 환희란 ①긴 장대 끝에 접시 돌리는 묘기, ②빈 농 속에서 비둘기 만들어 날리는 환희, ③오린 백지를 입속에 집어넣고 그 흔적이 없이 이어내는 환희, ④담 속에서 과실 만들어내는 환희, ⑤역졸이 쓰고 있는 전립 속에서 실과접시를 만들어내고 또, 그것을 역졸의 가슴 속에서 꺼내는 환희, ⑥상아젓가락을 오른쪽 콧구멍에 집어넣어서 구부러뜨리지 않고 왼콧구멍으로 꺼내는 환희, ⑦탁자에 칼을 꼽아서 술을 만들어내는 환희, ⑧아이를 공중에 던져서 천도를 가지고 오게 하는 환희, ⑨누어서 발로 동이를 돌리는 묘기 등 9가지다. 서유문은 여기서 접시돌리기는 진짜 공부라고 하여 환희와 묘기를 변별하고 있다. 서유문이 환희라 하여 소개한 9가지 중 그 첫번째의 접시돌리기와 그 마지막 아홉 번째의 동이돌리기는 묘기이고 나머지 7가지만 환희다. 묘기와 환희는 이처럼 같은 공연 공간에서 행해지는 때가 많았다. 서유문 일행은 2월 6일 북경의 국자감(國子監)에서 숙소인 관소(館所)로 가는 길거리에서도 돈을 받고 내국인들에게 환희를 보여 주는 장면을 목도하였다.

2-4. 19세기의 환희

이 시기의 연행록은 유득공(柳得恭)의 연대재유록(燕臺再遊錄), 이해응의 계산기정(薊山紀程), 박사호(朴思浩)의 심전고(心田稿), 이재흡의 부연일기(赴燕日記), 김경선(金景善)의 연원직지(燕轅直指), 서경순(徐慶淳)의 몽경당일사(夢經堂日史) 등 6종을 조사 대상으로 삼았다. 이제 이러한 연행록들에 환희 관련 기사가 어떻게 나타나 있는가를 차례대로 살펴보기로 한다.

---

7) 서유문, 무오연행록, 246~248쪽.

2-4-1. 북경 옥하관(玉河館)에서 본 9종의 환희

이어서 조선 선비는 다음날에도 숙소인 옥하관에서 환희를 보았다.

> 갑자년 1월 3일(계사) 맑음. 옥하관에 머물렀다.
>
> 환희(幻戲)
>
> 이날 요술쟁이를 초치, 관사 안에서 요술을 시켰는데, 요술은 대범 10여 종목이었다.
>
> (1) 그 하나는 손에 대여섯 개의 쇠고리를 가졌는데, 그 고리들은 터지거나 연결된 부분이 없이 아주 둥글다. 그 고리들을 손가락에 끼고 한참 굴리다가 갑자기 바꿔끼우니, 고리들은 죽 연결되었다. 그러다가 도로 곧 나누니, 고리들은 낱낱이 되었다. 혹은 두 사람이 각기 고리 하나씩을 가지고 상대해서 던지면 곧 또, 합해져서 연결된 고리가 되기도 하였다.

이것은 이은 곳이 없는 둥근 고리 여러 개를 가지고 서로 연결하였다가 떼었다가를 계속하는 환희이다.

> (2) 그 하나는 두 사람이 달갈만한 크기의 검은 탄환과 흰 탄환을 각기 가져 입에 넣어 삼키더니, 곧 손바닥 가운데서 그것은 내놓고 혹은 머리 뒤에서 뱉아내기도 하였다. 그리고, 더러는 검은 탄환을 삼킨 자의 입에서 흰 탄환을 뱉아내기도 하고, 더러는 흰 탄환을 삼킨 자의 입에서는 검은 탄환을 뱉아내기도 하였다. 그 뱉고 삼키고 하는 형상은 가위 신출귀몰한 것이었다.

이것은 달걀 크기의 검고 흰 탄환을 두 사람이 번갈아 가면서 삼켜 각기 색깔을 바꿔서 토해내는 환희이다.

> (3) 그 하나는, 쇠로 된 칼이 길이가 두어 자쯤 되었는데, 그 칼날을 입에 넣고 조금씩 조금씩 목구멍을 찔러서 거의 다 집어넣은 다음, 머리를 갑자기 땅에 떨어뜨리고 눈을 감고서 기절하는 시늉을 하다가, 이윽고 밀어올리는 시늉을 하더니, 입을 벌리고 그 칼날을 뽑아냈는데, 그 칼날에는 침이 축축히 젖어 있고 얼룩얼룩하게 핏자국이 있었다.

이것은 날카롭고 긴 칼을 입에서 배로 깊숙이 찔렀다가 빼내는 환희이다.

(4) 그 하나는, 담뱃대를 뻗치어 물고 담배를 피우다가 담뱃대 전체를 삼켰다. 또, 담뱃대를 쪼개어 두 조각으로 만드니, 그 길이는 여러 자가 되었는데, 그것은 콧구멍에 넣고 힘을 써서 박은 다음, 눈을 끔뻑거리고 입을 벌리곤 하여 삼키는 시늉을 하다가는 또, 아픔을 참는 모습을 하였다. 그러다가 얼마 후에 끌어냈는데, 담뱃대 전체에는 모두 피와 침이 젖어 있고, 불은 오히려 꺼지지 않았다.

이것은 담뱃불이 붙은 긴 담뱃대를 목구멍으로 삼켰다가 빼내고, 그것을 또, 콧구멍에 깊숙이 박았다가 빼내는 환희이다.

(5) 그 하나는, 빈 보자기로 땅을 덮고 몸을 굴려 빙빙 돌면서 무어라고 입속말로 중얼거리다가 잠시 후에 그 보자기를 걷어치우니, 거기에는 그림이 그려진 큰 주발 두 개가 있었는데, 하나에는 붉은 대추가 담겨 있고, 다른 하나에는 화채(花菜) 따위 잡종이 담겨 있었다. 또, 앞서처럼 보자기를 덮었다가 걷으니, 거기에는 큰 동이 하나에 물이 담겨져 있는데, 그 동이 곁에선 물이 계속 콸콸 쏟아져 나와 물결이 치곤 했으나 조금도 기울어지지 않았고, 화초(花椒)·총엽(葱葉)이 그 가운데 떠 있었다.

이것은 빈 보자기 속에서 대추와 화채가 담긴 주발을 만들어 내고, 또, 물이 가득 담긴 물동이에 화초와 총엽을 띄워 내는 환희이다.

(6) 그 하나는, 흰 종이를 갈기갈기 찢은 다음, 조각조각 서로 연결시키니, 한 조각도 붙이거나 연결시키거나 한 흔적이 없었다. 그리고, 그것을 두 손으로 번갈아 가며 끌어내니, 마치 누에고치에서 실이 뽑아지듯 하였는데, 그 길이는 몇 10척(尺)이 되는지 알 수 없었다. 그리고, 새 새끼 두 마리가 종이 속에서 날아 나왔다. 그러자 구경꾼들은 모두 놀랜 눈초리로 환호를 하였다.

이것은 종이를 찢어서 입에 집어넣고 그 종이를 길게 이어서 실타래처럼 뽑아 내다가 마침내 그 종이 타래 속에서 새 두 마리를 날려보내는 환희이다.

⑺ 그 하나는, 실끈 하나를 끌어다 칼로 잘라서 서너 가닥을 만든 다음, 곧 주문을 외며 손으로 주무르니, 끈은 다시 한 가닥으로 연결되었는데, 이은 흔적이라곤 조금도 없었다.

이것은 칼로 실을 토막토막 잘랐다가 그것을 아무 이은 흔적이 없이 이어 내는 환희이다.

⑻ 그 하나는, 기둥나무 하나를 뜰에 세운 다음, 손을 그 뒤로 해서 등에 얹고는 사람을 시켜 뒤에서 풀리지 않도록 꽁꽁 묶게 했다. 그러고는 보자기로 손이 묶인 곳을 덮도록 하더니, 그는 곧 순식간에 손이 등에 얹혀진 채로 걸음을 옮겼다. 그리고, 그의 묶여진 손은 풀리지 않았는데 세워진 기둥나무는 묶여진 손 밖에 있었다.

이것은 두 손을 기둥 뒤로 하여 동여맨 다음에 풀지 않고 빠져나오는 환희이다.

⑼ 그 하나는, 장대를 세워서 주발을 흔들었다. 그리고, 더러는 병을 기울여 술을 떠서 마시곤 했다. 술이 다되면 다시 기울여 마시곤 했는데, 빈 병에서 술은 계속 줄줄 쏟아졌다. 이것은 과연 하나의 일정한 요술이었지만, 황홀하게 방법을 사용하는 것에는 하나를 들어 천백가지를 알 수 있는 것이었다.

이것은 장대 위에다 주발을 돌리면서 병 속에서 술을 만들어 마시는 환희이다.

2-4-2. 북경 유리창(琉璃廠)과 옥하관(玉河館)에서 본 환희

다음은 박사호 일행이 북경의 유리창과 옥하관(玉河館; 일명 南小館)에서 본 환희이다.

> 순조 29년 1월 8일 맑음. 관에 머물렀다. 유리창(琉璃廠) 및 연희(演戲)를 돌아다니며 구경하였다.
>
> 9일 눈. 관에 머물렀다. 환술(幻術)과 잡희(雜戲)를 구경하였다. 따로 환희연설(幻戲演說)이 있다.[8)]

이 연행록은 그가 관람한 환희와 잡희를 별도의 서술 항목으로 설정해서 상세하게 쓰고 있는 것이 특색이다. 박사호 일행이 본 9가지의 환희는 앞의 계산기정에서 조선 선비 일행들이 1월 3일 환술쟁이들을 옥하관으로 초치하여 보았다는 9종의 환희와 같은 구성 같은 내용의 환희여서 생략한다. 그러나, 그 앞에 소개한 서유문 일행이 경산(景山)에서 본 9가지의 환희는 이 두 기록의 9가지 환희와는 아주 다른 구성의 환희이다. 따라서, 당시 청나라 수도 북경에 일정한 레파토리를 가진 전문 환희 집단들이 여럿 존재하고 있었음을 알 수 있다.

2-4-3. 북경에서 본 3종의 환희

다음은 의관으로 수행한 부연일기의 저자 일행이 북경에서 본 환희이다.

---

8) 박사호, 심전고, 84~85쪽.

6월 17일 오늘 요술놀이를 구경하였다. 요술쟁이 세 사람이 번갈아 다른 재주를 부리는데, ①한 사람은 큰 쇠고리 여섯 개를 가지고 연결시켰다 곧 떼어놓았다 하고 ②한 사람은 붉은 구슬 다섯 개를 가지고 없앴다 찾았다 하며, ③또, 다음 한 사람은 돈으로 희롱하여 불을 토하고, 칼을 삼켰다 뱀을 삼켰다 바늘을 삼켰다 탄환을 삼켰다 하며, 뼈를 뽑았다 종이를 토했다 하는 요술이 하도 해괴하여 의아스럽기도 하고 실지인 듯도 하여 그 까닭을 알 수가 없으니 우습고도 우스웠다.[9] (번호 ①-③은 저자)

이날 부연일기의 저자 일행이 본 환희는 세 가지의 환희이다. ①이은 흔적이 없는 쇠고리 6개를 가지고 연결시켰다 떼어 놓았다 하는 환희, ②붉은 구슬 5개를 없앴다가 다시 찾아내는 환희, ③돈으로 불을 토해내고 칼과 뱀과 바늘을 만들어서 삼켰다 뱉았다 하는 환희가 그것이다. 이 중 ①의 환희는 여러 연행록의 작자들이 자주 보았던 환희지만 ②와 ③의 환희는 자주 본 환희가 아니다. 부연일기의 작자는 의관의 신분답게 그런 환희에 현혹되지 않고 우습고 우습다고 하면서 단순한 흥밋거리로 평가하고 만다.

2-4-4. 북경에서 본 11종의 환희

다음은 부연일기의 주견제사의 기술—요술을 붙임에 있는 11가지의 환희이다.

요술하는 것을 한바탕 보았는데 해석하기 어려운 것이 많았으니, 이것은 반드시 술(術)이 있는 것이었다. 생판 이치 이외로 여러 사람의 눈을 이상스럽게 하였으니 어찌 사람을 속이고서 요술을 한단 말인가?

(1) 요술쟁이 세 사람이 교대하며 특이한 장기를 보였다. 처음에 한 사람이 지름의 크기가 바리때[鉢]만한 쇠고리 여섯 개를 가지고 여러 번 손으로 장난을 하였다. 그런데 빙빙 돌던

9) 이재흡, 부연일기, 315쪽.

쇠고리를 붙은 흔적도 없이 잠깐 이어졌다가 잠깐 떨어져서 아무리 보아도 이해하기가 어려웠다. 둘이서 서로 마주 던지는데 여러 번 붙었다가 여러 번 떨어지곤 하였으며, 여섯 개의 쇠고리가 나갔다 들어오고, 묶여졌다 다시 풀리었으니, 아주 괴이한 일이었다. 마침내는 여섯 개의 쇠고리가 서로 겹쳐져 수레바퀴를 씌워 놓은 그릇 등의 형태가 되었으며, 그 손놀림과 기술이 번뜻번뜻 묘해지더니 노래를 부르며 춤을 추니, 하나의 기이한 구경이었다.

이것은 이은 흔적이 없는 둥근 고리 여섯 개를 가지고 세 사람이 번갈아 던져서 그것을 이었다 풀었다 자유자재로 하는 환희이다.

(2) 다음에는 크기가 오동 열매와 비슷한 붉은 구슬을 가지고 요술을 하였다. 두 개의 빈 잔을 나누어서 좌우에 각각 엎어놓았는데 손안에 있던 것이 갑자기 잔 속에 있고 잔 속에 있던 것이 갑자기 손안에 있으며, 없어졌다가 다시 있고 있다가 다시 없어지며, 하나가 둘이 되고 둘이 하나가 되어 변화가 헤아릴 수 없었다. 가고 오고 나가고 들어오는 것이 모두 자취가 없었으며, 양쪽의 빈손으로 반복해서 손바닥을 울리고는 사방의 좌석에 돌려 보인 후, 광대가 중얼중얼 주문을 외며 꿇어앉아 손을 놀리더니 얼마 후에 손가락 끝으로 빙빙 돌리기를 마치 총알을 만드는 것같이 하여 완연히 한 개를 만들어 냈는데 이렇게 하기를 다섯 차례나 했으니, 역시 한 번쯤 볼 만하였다.

이것은 두 개의 빈 잔을 엎어놓고 붉은 구슬을 그 속에다 넣었다 뺐다 하면서 그 개수를 변화무쌍하게 바꾸는 환희이다.

(3) 다음에는 수수쌀을 두 군데에다 담아서 둘을 합쳤는데, 처음에는 수수쌀이 주발에 반도 채 못 찼던 것이 잠깐 사이에 열어 보자 가득 차서 사방으로 흩어졌으며, 이렇게 하기를 여러 번 반복하였다. 다시 한 주발에다 쌀을 담아서 땅 위에다 두고는 보자기로 덮었는데, 잠깐 사이에 주발은 간데 없이 완연히 없어졌다. 요술쟁이는 억지로 찾는 시늉을 하면서 몇 번이나 손으로 더듬거리니 주발의 윤곽이 보자기 밑에서 반쯤 올라왔다. 요술쟁이가 막대기를 가지고 후려쳐 부숴 버리니 평지에는 텅 빈 보자기만 붙어 있을 뿐이었다. 다시 찾아내는 시늉을 하니, 조금 후에 주발의 윤곽이 점점 땅에서 나와 보자기를 치밀면서 높이 치솟는데, 갑

자기 보자기를 여니 맑은 물이 주발에 가득 차 있을 뿐, 쌀은 한 톨도 없었다. 또, 저쪽 편에 있는 한 주발을 열어 보니, 상서로운 지초가 한 자나 되게 높이 돋아나서 붕 솟았고 채색 빛이 뒤섞여 있었으며, 동·서쪽에 있는 두 주발에는 모두 쌀 흔적이 온데간데 없었으니 자못 괴이하였다.

이것은 그릇에 수수쌀을 담아 놓고 그 양을 자유자재로 조절하고, 보자기 속에 쌀을 담아 넣어 없애고, 빈 보자기 속에서 물주발을 만들어 내고, 쌀주발에서 지초가 피어나게 하는 환희이다.

(4) 또, 수십 개의 전문(錢文)을 펴 놓았는데, 순전한 검정 빛깔이던 것이 만 가지로 주문을 외니, 잠깐 뒤에 각각 황금색으로 되어서 앞뒤가 번쩍거렸다. 진짜인가 자세히 검열하여 다시 거두어 쌓아 놓고는 주문을 끝내고 열어 보니 또, 꽃빛깔이 되어 한 전문의 사방이 다섯 가지 빛깔로 알록달록하였다.

이것은 여러 개의 전문을 펼쳐 놓고 주문을 외워 가지가지의 색깔로 변화시키는 환희이다.

(5) 또, 한 가지 이해하기 어려운 것은, 한 사람이 길이가 두어 치나 되고 이쑤시개[齒理介] 처럼 가느다란 골침(骨針) 하나를 가지고 콧구멍에다 꽂았는데, 점점 빠져들어가자 억지로 찡그리며 재채기하는 시늉을 하고는 여러 가지로 주문을 외고 빙빙 돌며 춤을 추니, 조금 뒤에 두 눈과 두 코와 좌우의 귀와 입에서 모두 골침을 머리를 내밀고 꼬리가 나오는데 그 수가 매우 많았다. 콧속에서 뺄 적에는 명령에 따라 빼냈으며, 연거푸 빼낸 것이 이미 수십여 개나 되어 제일 우스웠다.

이것은 콧구멍에 골침 한 개를 깊이 꽂아서 눈, 귀, 코, 입에서 수십 개의 골침을 빼내는 환희이다.

(6) 뱀을 삼키는 장난은 과연 진짜의 산[生] 뱀으로 하였다. 처음에 삼끈 한 발로 뱀을 묶어서 물동이에 집어넣어 보자기로 덮어 놓았다가 잠깐 사이에 열어 보니 산 뱀이 꿈틀거렸다. 이것을 삼키니 반이 콧구멍으로 나왔다. 요술쟁이는 구역질을 그치지 않으며 상 줄 것을 애걸하므로 곧 부채・청심환(淸心丸) 등의 물건을 가지로 전례대로 응하였다. 갑자기 동이를 열어 보니, 동이 안에는 물이 넘치고 붉은색의 붕어가 조아기 풀 속에서 놀았으니, 역시 의아스러웠다.

이것은 산 뱀을 삼켰다가 물동이에 뱉어 내서 그것을 붉은색의 붕어로 만들어 내는 환희이다. 조선 연행사들은 이런 환희를 보면서 관람료를 준비해 간 우황청심환으로 주고 있다. 관람 요금도 청심환이고, 안 되는 일을 교섭하는 것도 청심환이며, 외교도 청심환이어서 마침내 청심환 외교라는 말까지 생기게 된다.

(7) 또, 20개의 가느다란 바늘을 씹어 삼키고 다시 한 오라기의 실을 삼키고는 얼마 후에 토하였는데, 그 실에는 20개의 바늘이 꿰어져서 나왔다.

이것은 이십여 개의 바늘을 삼킨 다음에 실을 삼켜서 삼킨 바늘귀에 실을 꿰내는 환희이다.

(8) 또, 불을 삼키는 장난을 하였는데, 처음에 절단된 종이를 가늘게 잘라서 입에다 가득히 넣고는 다시 인광자(引光子; 불을 켜는 물건)로 불을 켜 삼키자, 연기가 사방으로 나왔다. 다시 불과 종이 한 가닥을 뽑어 내고는 따로 한 조각 종이를 토하면서 좌우의 손으로 끝을 끄집어냈다. 불이 두 줄에 붙어 한 가닥도 끊어지지 않았다. 잠깐 사이에 빼낸 것이 앞에 무더기로 쌓였는데, 길이가 몇 발이나 되는지 모르겠다. 처음에는 가느다란 종이가 나오더니, 차차로 가닥이 커지면서 점점 황색 종이를 토하였으며, 길이가 서까래만 한 것을 끌어내었다. 종이가 다 나오자 뱁새 두 마리가 나왔는데, 살아 있는 뱁새는 입에서 나와 날아갔다. 뜻밖에 한 입에서 많은 종이쪽지와 산 뱁새 두 마리를 용납하면서 미술로 장난을 하였으니, 과연 사람을 미혹시키는 술법이 있는 것인가 자못 알 수 없는 일이었다.

이것은 종이를 잘라서 입에다 가득 넣고 불을 붙여 태운 다음에 거기에서 긴 종이 가닥을 계속해서 꺼낸 다음에 거기서 뱁새 두 마리를 만들어 날려보내는 환희이다.

(9) 또, 쌍칼의 길이가 두 자나 되는 좌우의 칼날을 합하여 입에 삼키고는 입을 쳐들어서 그 칼끝을 똑바로 꽂더니 마침내는 하늘을 쳐다보고 펄쩍 뛰면서 뽑아 내었다.

이것은 쌍칼의 날을 양쪽으로 하여 입에 박아 뱃속에 박았다가 빼내는 환희이다.

(10) 또, 크기가 계란만한 하나의 총알을 금방 삼키자, 윗배가 불룩 솟아서 만져 보니 총알이 그 가운데 있었다. 다시 약간 작은 하나의 골환(骨丸)을 삼키고서 광대가 몸을 뒤집어 손을 얹고 돌아다니니, 뱃속에서는 두 개의 총알이 서로 삐걱삐걱 소리를 내어 닭이 홰치는 소리 같아 들을 만하매 참으로 우스웠다. 마침내 하늘을 쳐다보고 총알을 토하자, 두 개의 총알은 부서질 듯이 공중을 향해 나왔다.

이것은 계란 크기의 총알을 삼켜 뱃속에서 소리내어 굴리다가 공중으로 내뱉는 환희이다.

(11) 또, 하나의 큰 봉지에다 수박을 담아서 보자기로 덮어 놓고는 뒤로 물러나면서 열어 보니, 완연히 속이 붉은 수박을 쪼개 놓은 형태가 되었다.[10] (번호 (1)-(11)은 저자)

이것은 보자기 속에서 종이에 싼 수박이 저절로 쪼개지게 하는 환희이다.

이 11가지의 환희는 (1)이은 흔적이 없는 여섯 개의 고리를 던져서 이

10) 이재흡, 부연일기, 406쪽.

었다 풀었다 하는 환희, (2)엎어 놓은 두 개의 빈 잔 속에다 오동 열매 크기의 붉은 구슬을 번갈아 가면서 넣었다 뺐다 하는 환희, (3)두 개의 주발에다 쌀을 담아서 그 양을 마음대로 조절하고, 쌀 담은 주발을 없앴다가 찾았다가 하고, 쌀 주발을 물 주발로 바꾸는 환희, (4)수십 개의 전문(錢文)을 가지고 마음대로 그 색깔을 바꾸는 환희, (5)긴 이쑤시개를 콧구멍에 꽂아서 두 눈, 두 코, 두 귀와 입으로 뽑아 내는 환희, (6)산 뱀을 입으로 삼켜서 코로 뽑아 내는 환희, (7)많은 수의 바늘과 긴 실을 삼켜서 배 속에서 바늘귀를 꿰어내는 환희, (8)종이를 잘라서 입에다 가득 넣고 불을 붙여 태운 다음 긴 종이를 뽑아 내고 다음에 거기서 뱁새 두 마리를 날려보내는 환희, (9)쌍칼을 삼켰다가 뽑아 내는 환희, (10)계란 크기의 두 총알을 삼켜 뱃속에 넣고 소리를 내면서 그것을 굴리는 환희, (11)수박을 손 안 대고 자르는 환희이다. 이 11가지의 환희 레파토리는 앞에 소개한 것과 유사한 것이 있는가 하면 전혀 다른 것도 섞여 있다. 당시 각기 다른 환희 집단들이 여럿 존재하고 있었다는 것을 추정해 볼 수도 있으나 한 환희의 집단이 여러 가지의 레파토리를 가지고 있었을 것이란 추정도 가능하다. 어쨌든 조선 연행사들은 이런 환희 보기를 즐겼으며, 거기서 새로운 문화의 충격도 받고, 이색 체험도 하고, 연행길의 고달픔도 위로받았다. 그리고, 이것은 조선의 환희에 여러모로 많은 영향을 주었을 것이다.

2-4-5. 북경 옥하관(玉河館)에서 본 33종의 환희

다음은 서장관 김경선이 쓴 연원직지에 있는 환술기이다. 이 환술기는 여러 연행록의 환희에 관한 보고들 중에서 가장 상세한 것이다. 이들 일행은 1832년(순조 32) 12월 19일에 북경의 옥하관에 도착하여 12월 28일 옥하관으로 환희하는 사람을 불러서 다음과 같은 환희를 보았다.

28일 맑고 온화함. 관소에 머물렀다.

이날은 날씨가 맑고 화창하였다. 관소에 일이 없어서 임역(任譯)에게 환술(幻術)을 하는 배우를 불러오게 하여 환술을 구경하였다. 따로 환술기가 있다.

환술기(幻術記)

(1) 요술쟁이는 도합 세 사람이었다. 용모는 용렬하고 옷과 모자가 남루하니, 대개 배우는 천품(賤品)이다. 그들은 요술 기구를 짊어졌는데, 한 사람은 그 상자를 풀어서 그것을 지키고, 수행자 한 사람은 붉은 칠을 한 높은 탁자를 뜰 가운데 설치하였다. 탁자 위에 붉은 담요를 먼저 깔고 담요 위에는 또, 검은 베로 만든 작은 보자기를 깐 다음, 손으로 문질러 펴서 담요와 보자기가 탁자 면에 편평히 붙게 하였다.

이처럼 환희는 세 사람이 한다. 그들의 용모는 용렬하고 복식은 남루하여 천품이다. 세 사람은 각기 맡은 바 역할 분담을 하여 환희대를 가설하고 환희도구를 챙긴다. 옥하관의 뜰 가운데다 높고 붉은 탁자를 놓고, 그 탁자 위에 담요를 깔고, 그 담요 위에다 검은 보자기를 깐 다음 담요와 보자기를 탁자에 찰싹 달라붙게 한다. 이것으로 환희 무대 설치는 끝난다.

(2) 그런 다음, 요술쟁이는 홑적삼과 홑바지만을 입고 모자를 벗어서 땅에 두고는, 탁자 앞에 서서 사방을 돌아보며 우스운 이야기를 하면서 손바닥을 계속 쳤다. 대개 그 말은 탁자와 담요가 깨끗하여 다른 물건이 없다는 것과 기술의 묘한 점을 스스로 자랑하는 것이었다.

이처럼 환술쟁이는 홑적삼과 홑바지만 입고 모자를 벗어 바닥에 놓은 다음 가설된 탁자 앞에 서서 자기의 몸이나 탁자에 아무것도 없다는 것을 관객들에게 확인시킨다.

(3) 요술쟁이는 곧 끝이 송곳처럼 뾰족한 두어 길쯤 되는 긴 장대를 가져다가 그 위에 너비 한 자가 넘는 큰 사기 접시를 올려놓은 다음, 그 장대를 바로 손바닥에 세우고 무어라 두어 마디 중얼거리니, 장대 머리에 얹힌 사기 접시가 바퀴처럼 빙빙 돌았다. 요술쟁이는 조금 후

에 그것을 내려놓고, 시 길이 한 발 남짓한 다른 막대를 긴 장대 끝에 연달아 꽂고 다시 그 위에 접시를 올려놓았는데, 접시는 더욱 빠르게 돌았다. 요술쟁이는 손바닥으로 장대를 받치고 뜰 가운데를 돌았는데, 장대와 접시는 끝내 기울거나 떨어지지 않았다. 구경꾼들은 일제히 소리를 질러 갈채를 보냈다. 얼마 후에 그만두었다. 요술쟁이는 또, 큰 사기 접시 4개를 탁자 위에 놓고 한 자 남짓한 가는 대로 된 막대 수십을 탁자 아래에 놓았다. 그것들은 대소의 차이가 있었고 끝은 모두 뾰족하고 날카로웠다. 요술쟁이는 곧 한 막대를 가져다가 끝에 한 접시를 올려놓은 다음, 왼쪽 다리의 신 가운에 꽂고, 다른 한 막대 끝에 또, 한 접시를 올려놓은 다음, 오른쪽 다리의 신 가운데 꽂고, 좌우 어깨에도 모두 그처럼 하였다. 네 곳 막대 머리에 얹힌 접시들은 각기 돌았다. 도는 속도가 혹 조금 느리면 다른 막대로 쳐서 빨리 돌게 하고, 조금 기울어지면 쳐서 바르게 했다. 또, 다른 막대를 가지고 접시를 후려쳐서 공중으로 날렸는데, 막대 머리에서 두어 자쯤 떨어졌다가 다시 내려왔지만, 접시 복판과 막대 끝은 척척 서로 맞았으며 도는 것 역시 처음과 같았다. 또, 다른 막대를 가지고 접시 밑을 받친 막대에 연달아 꽂았다. 차례차례 꽂은 것이 3~4막대에 이르렀다. 막대는 점점 높아짐에 따라 허리가 휘었지만, 접시는 기울거나 떨어지지 않았다. 요술쟁이는 조금 있다가 머리를 위로 치켜들고 입으로 한 막대를 담배처럼 물고는, 다시 한 막대를 가져다가 입에 문 막대 머리에 세운 다음, 그대로 두 팔을 드리우고 뜰 가운데를 두루 걷는데 더러는 느리게도 하고 더러는 급하게도 하니, 구경꾼들은 위험스럽게 여기지 않음이 없었다. 얼마 후에 요술쟁이가 몸을 한번 흔드니, 모든 막대는 가운데가 꺾이고 접시는 모두 미끄러져 떨어졌다. 구경꾼들은 일제히 놀랐다. 요술쟁이 역시 거짓으로 놀란 체하면서 손으로 꺾어진 막대를 줍고 발로 떨어진 접시를 찼으며, 또, 네 개의 접시를 차서 연속해서 공중에 날렸다. 그리고, 나서 요술쟁이는 사방을 멀거니 돌아다보고 차분한 생각으로 접시들을 차례로 받았는데 뽐내는 기색은 없는 듯하였다.

이제 환희를 시작한다. 첫 번째 순서는 장대 끝에다 접시를 올려놓고 돌리는 다양한 묘기를 저 난도에서부터 고난도로 이어가는 묘기를 한다. 이 관람평은 보는 이는 위태위태한 긴장감이 있고 신기하였으나 환술쟁이는 뽐내는 기색이 없었다는 것이다.

(4) 요술쟁이는 탁자 앞으로 나아가 사방을 돌아보면서 얼마 동안 말을 하더니 손으로 보자기 복판을 잡고 올렸다 내렸다 하기를 수차례 하다가 휙 젖히니, 갑자기 그림이 그려진 한

접시에 대추·밤·호도 등 과일이 가득 담겨져서 담요 뒤에 분명히 있었다.

이처럼 두 번째 순서는 보자기로 하는 환희이다. 보자기 속에서 대추와 밤과 호도가 가득 담긴 접시를 만들어 내는 환희이다.

(5) 요술쟁이가 또, 보자기의 동쪽 귀퉁이를 드니, 청색의 조그마한 새가 동쪽을 향해 날아가고, 또, 남쪽·서쪽·북쪽 세 귀퉁이를 드니, 각각 새 한 마리씩이 있었고, 빛깔과 나르는 것 또한 그 방위를 따랐다. 그리고, 보자기 밑에 손을 넣어서 중앙의 새를 가만히 잡아 내니, 온 몸이 누른 빛깔이었다. 그 새는 두 발로 공중을 휘젓다가 요술쟁이의 수염을 움켰다. 요술쟁이가 수염을 흔드니, 그 새는 또, 그의 눈을 쪼았다. 요술쟁이가 놀라서 그 새를 놓치니, 새는 땅에 떨어져 탁자 아래에 굴렀다. 구경꾼들이 다투어 잡으려 하니, 새는 곧 옥상으로 날아가 앉았다. 요술쟁이가 분이 나서 탁자 위의 보자기를 걷어 버리니, 무수한 구욕(鸜鵒; 새의 일종)들이 일시에 날았다.

이처럼 세 번째 환희도 보자기로 하는 환희이다. 보자기 속에서 새를 만들어 날려보내는 환희인데, 사실성과 생동감을 모두 갖추었다. 새가 땅에 떨어지는 실수 같은 사실성과 새가 환술꾼의 수염을 흔들고 눈을 쪼는 생동감, 그리고, 날아가 버린 새를 보복하듯이 무수한 새를 만들어 날리는 극적 효과를 모두 갖춘 환희이다.

(6) 요술쟁이가 또, 보자기의 중심을 앞서처럼 헤치니, 갑자기 물이 담긴 커다란 주발이 있고, 홍어(紅魚) 10여 마리가 그 가운데서 헤엄쳤다. 요술쟁이가 또, 보자기의 복판을 이끌어서 걷어치우기를 앞서처럼 하니, 갑자기 그림이 그려진 한 커다란 쟁반에 빈과(蘋果)가 가득 담겨 있었는데, 더러는 가지가 이어지고 잎이 붙은 것도 있었다. 요술쟁이가 여러 사람들에게 나눠 주니, 사람들 중에 더러 먹다가 크게 놀라 토하니, 곧 한 덩어리의 말똥이었다. 그가 계속 구역질을 하니 구경꾼들은 모두 웃었다.

이처럼 네 번째의 환희도 보자기로 하는 환희이다. 보자기 속에서 여러 마리의 홍어가 담긴 주발을 만들어 내고 많은 과일이 담긴 쟁반을 만들어 내서 관중들에게 나누어 먹이는데, 그것을 받아먹은 관중들이 말똥을 토해 내게 하는 환희이다. 관람 평은 관중들이 모두 즐길 수 있는 환희라는 것이다. 앞의 세 가지 (4)와 (5)와 (6)이 보자기로 하는 환희이다.

(7) 요술쟁이가 주발 하나를 탁자 위에 놓고는 여러 차례 엎어서 주발 속에는 아무 물건이 없음을 보여 주고, 또, 접시 하나로 주발 아가리를 덮은 다음, 사방을 향해 노래를 부르고 한참 뒤에 열어 보이는데, 엽전 다섯 닢이 있었다. 요술쟁이는 또, 사방을 돌아보면서 우스개를 하였으니, 그는 아마 그것이 이상스럽다는 것을 말한 것이리라.

이처럼 다섯 번째 환희는 빈 주발 속에서 여러 개의 엽전을 꺼내는 환희를 한다.

(8) 요술쟁이는 또, 접시로 주발을 처음처럼 덮은 다음, 공중을 향해 곁눈질을 하고 성낸 소리로 꾸짖는 듯하다가 조금 후에 열어 보이는데, 엽전이 밤으로 변했고 그 수효 역시 다섯이었다. 그 밤을 사람들에게 주니, 사람들은 말똥에 징계되어 모두 무턱대고 받지 않았다.

이처럼 여섯 번째는 빈 주발에서 만든 엽전을, 먹는 밤으로 만들어서 관중들에게 먹도록 나누어 주는 환희이다. 관중들은 앞의 (6)번 환희에서 이런 과일을 얻어먹고 말똥을 토해 내는 봉변을 당한 바 있기 때문에 받아먹는 사람이 없다. 관중과 환술쟁이가 이제 혼연일체가 되는 환술 감상의 상황으로 전환되어 있는 장면이다. 이 (7)과 (8)의 환희는 빈 주발로 하는 환희이다.

도021. 청대의 환술 3장면

(9) 요술쟁이가 붉은 쟁반 하나를 탁자 위에 놓고 거기에 은행(銀杏)을 담고는 작은 동이로 덮은 다음, 뭐라고 중얼거리다가 한참 뒤에 열어 보이니 은행은 보이지 않고 모두가 산사(山査)였다. 또, 동이로 덮고 뭐라고 중얼거린 뒤에 열어 보이는데, 산사는 변화하여 두구(荳蔲)가 되었다. 또, 덮으니, 변화하여 원내(圓柰)가 되고, 또, 변화하여 염주(念珠)가 되었는데, 한 꿰미에 1백 8개가 시작된 데도 끝나는데도 없이 꿰어져 있었다. 또, 염주를 덮으니 도로 은행이 되었다. 또, 동이로 처음처럼 덮고 요술쟁이가 곁눈질을 하면서 성난 소리로 노여운 일이 있는 듯이 나무라고 나서 열어 보이는데, 쟁반 위에는 물건이 없어지고, 동이 속에는 물이 가득했으며, 고기가 뛰놀고 있었다.

이 일곱 번째 환희는 동이 속에서 은행을 산사로 만들었다가, 다시 산사를 두구로 만들고, 다시 그것을 원내로 만들었다가 108염주로 만들었다가는 본래의 은행으로 만드는 환희이다. 그리고, 다시 주문을 외워 은행을 없애고 빈 동이에다 물을 채워 고기가 뛰놀게 하는 환희이다.

(10) 요술쟁이가 손으로 보자기 복판을 끌어당겨 앞서처럼 걷어치우니, 갑자기 큰 대추 한 접시가 가지런하게 차곡차곡 쌓아올려져 있는데, 높이는 4~5촌(寸)쯤 되고, 그 위에는 채화(彩花) 한 가지[枝]가 꽂혔으며, 또, 수박 한 접시가 있었다.

이 여덟 번째의 환희는 빈 보자기 속에서 높이 쌓은 대추 접시와 수박 접시를 만들어 내는 환희이다.

(11) 요술쟁이가 황두(黃豆)만한 아주(牙珠) 몇 개를 탁자 위에 벌여 놓고 차례로 오른손 손아귀에 집어넣는다. 다 집어넣고 나서 주먹을 벌리니 구슬이 보이지 않았다. 그는 좌우 사람들에게 내둘러보이고 곧 엄지손가락과 집게손가락 둘을 마치 환약을 짓는 것처럼 부볐다. 처음에는 물체가 작아서 겨우 조[粟]알만 하였는데, 비벼 댈수록 더욱 커져서 녹두알만하다가 은행 알만 해지고, 계란만 하다가 거위 알만 해지자, 두 손바닥을 마주 대서 부벼 대고 수박만 해지니 무릎에 얹고 가슴으로 더욱 빠르게 부벼 대어 아름에 찰 정도로 커진 뒤에야 부벼 대는 일을 중지하고 그것을 탁자 위에 놓았다. 그 모양은 둥글고 빛깔은 정황색(正黃色)이었으

며, 크기는 동이만 해서, 예닐곱 말을 담을 수 있었다. 그리고, 견고해서 쪼갤 수도 없고 무거워서 들 수도 없었으며, 돌도 나무도 아니라, 뭐라고 이름할 수도 없었다. 냄새도 맛도 없고 혼연하게 천연적으로 이루어진 것이었다. 구경꾼들은 앞을 다퉈 더러는 손으로 만져 보기도 하고 손톱으로 긁어 보기도 하고 더러는 막대기로 두들겨 보기도 했지만, 무슨 물건인지 알지 못하여, 거개가 놀라고 괴이하게 여겼다. 요술쟁이는 사방을 돌아보며 웃으면서 이야기를 했는데, 대개 제 기술이 능히 그것을 다시 작게 만들 수 있다는 것을 말한 것이었다. 그는 곧 그 물건을 어루만졌다. 두어 차례 만지더니, 손댐에 따라 가벼워지고 연약해져서 솜과도 같고 거품과도 같았으며, 점차 사그라지고 점차 쭈그러지더니, 경각간에 도로 손바닥 속으로 들어갔다. 다시 두 손가락으로 비비니, 한 알이 곧 앞서의 아주(牙珠) 그대로였다.

이 아홉 번째 환희는 팥알만한 크기의 구슬을 부벼서 좁쌀 크기의 구슬로 만들었다가, 이것을 다시 부벼서 거위알만한 크기로 만들고, 더 부벼서 수박만한 크기로 만들고, 다시 더 부벼서 한 아름이나 되는 동이만한 크기로 만드는 환희이다. 이것을 관중들이 만져 보도록 하였는데 아주 육중하고 견고하였다. 이것을 다시 부벼서 솜처럼 부드럽고 거품처럼 가벼운 구슬로 만들었다가는 마침내 본래의 구슬로 환원시키는 환희이다.

(12) 요술쟁이가 큰 엽전 10여 닢을 탁자 위에 흩어 놓고 차례로 뒤치니 모두 고동색이었다. 두 번 뒤치니 칠과 같은 순흑색이었고, 세 번 뒤치니 은과 같은 순백색이었으며, 네 번, 다섯 번, 열 번까지 뒤쳤는데, 혹은 순황색, 혹은 순적색, 혹은 홍록 감색으로서 뒤침에 따라 변하였으니, 역시 괴이한 일이었다.

이 열 번째의 환희는 여러 개의 엽전을 탁자 위에 올려 놓고 한 번 뒤집을 때마다 다른 색깔로 변하게 하는 환희이다. 관희의 평은 괴이하다는 것이다.

(13) 요술쟁이는 가는 노끈 한 가닥을 가지고 구경꾼들을 시켜 중간 한 군데를 마음대로 잘라서 두 가닥으로 만들어 놓게 한 다음, 곧 침으로 붙여서 손에 쥐고는 사람을 시켜서 뽑아 당기게 하였는데, 붙인 흔적은 없는데, 퉁기니 팽팽해서 마치 활줄과 같았다.

이 열한 번째의 환희는 가는 노끈 한 가닥을 관중 한 사람이 나와서 자르게 한 다음에 그것을 손에 쥐고 흔적 없이 이어서 길게 뽑아 내게 하는 환희이다.

(14) 요술쟁이는 또, 길이 석 자쯤 되는 끈 한 가닥을 가운데를 매어, 엽전 수십 닢을 꿴 다음, 구경꾼 두 사람을 시켜서 각기 끈 한쪽씩을 잡게 하고서는 끌어당기니 엽전 구멍이 마디에 걸리지 않고 술렁술렁 오갔다. 또, 엽전 수십 닢을 끈에 꿰어 굳게 맨 다음, 두 사람을 시켜서 두 끝을 잡게 하고서는, 손을 허리에 얹고 이리저리 돌아보면서 두어 마디 뭐라고 중얼거리니 엽전이 갑자기 저절로 풀어져서 땅 위에 흩어졌다. 구경꾼들은 큰 소리로 기이하다고 외치니 그 소리가 관사를 진동시켰다.

이 열두 번째의 요술은 긴 줄 가운데 큰 매듭을 만들고 그 한쪽에 여러 입의 엽전을 꿰어서 엽전 구멍이 마디에 걸리지 않고 통과시키는 환희와 많은 엽전을 끈에 꿰어 동여매 놓고 저절로 풀어지도록 하는 환희이다. 이 환희는 관중에서 몇 사람이 나와 일정한 역할을 감당케 함으로써 더욱 큰 감동과 탄성을 자아내고 있다.

(15) 요술쟁이는 주석으로 만든 고리 두 개를 꺼내어 여러 사람들에게 두루 보였는데, 둘레는 두 위(圍)쯤 되었다. 그것을 두 손에 나눠 쥐고 두루 돌면서 잠깐 춤을 추다가 공중을 향해 한 고리를 날려 던지고, 또, 손안에 있는 한 고리로 맞이하여 받으니 두 고리는 갑자기 서로 연결되었다. 그것을 여러 사람에게 가져다 보이는데, 틈이라고는 한 군데도 없었으니 그 까닭을 알 수 없었다. 그리고 나서 또, 요술쟁이는 두 손을 벌려서 고리 하나씩을 각각 잡고 한 번 떼었다 붙였다 하고 이었다 끊었다 하다가 얼마 뒤에 그만두었다.

이 열세 번째 요술은 이은 흔적이 없는 두 개의 고리를 공중에 던져서 연결했다가는 그것을 다시 두 개로 갈라 놓고 양손에 고리 하나씩을 가지고 떼었다 붙였다를 자유자재로 하는 환희이다.

(16) 요술쟁이가 차 종지 4~5개를 가져다가 조각조각으로 깨뜨려 공중을 향해 던지니, 혹은 티끌과 모래가 날리는 것과도 같고, 혹은 가볍게 나는 새가 너풀거리는 것과도 같더니, 조금 뒤에 탁자 위로 도로 내려와 다시 합쳐져서 종지가 되었다.

이 열네 번째의 환희는 몇 개의 차 종지를 깨뜨려서 공중에 던져 티끌처럼 날리게 하였다가 요술탁자 위에 본래의 종지가 되어서 놓이게 하는 환희이다.

(17) 요술쟁이는 검은 베로 만든 탄환만한 작은 주머니 3개를 두 사람의 입에, 즉 갑이란 사람에겐 한 개, 을이란 사람에겐 두 개를 나눠 넣고 조금 있다가 두 사람에게 가서 뒤통수를 더듬고 입가를 문지르며 거짓으로 바꿔 놓는 시늉을 한 다음 두 사람에게 일시에 뱉아 내게 하니, 곧 갑이란 사람은 두 개, 을이란 사람은 한 개였다. 다시 합쳤다 다시 더듬기를 앞서처럼 하니, 두 사람은 모두 힘을 다해서 입을 다물고 행여 바뀔까 염려했으나 뱉아 낼 때에는 또, 앞서와 같았다. 다시 두 개의 주머니를 두 사람의 입에 나눠 넣었는데, 뱉아 낼 때에는 갑이란 사람에겐 없고, 을이란 사람에게 둘이었으니, 또, 나눠 넣었다 뱉게 하니, 이번엔 갑이란 사람에겐 둘이고 을이란 사람에겐 없었다.

이 열다섯 번째의 환희는 탄환만한 주머니 세 개를 가지고 두 사람의 입에 각기 다른 개수나 또는 같은 개수로 다양하게 나누어 넣고 입을 다물게 한 다음 뱉어 낼 때는 그들이 처음 입에 넣은 개수와 달리 뱉아 내게 하는 환희이다.

(18) 요술쟁이는 여러 사람이 지켜보는 앞에서 차 종지 두 개를 탁자 위에 놓고 공중을 바

라보며 뭐라 중얼거리더니, 손가락으로 공중을 향해 물 수(水)자를 쓰고, 또, 허공을 움켜다가 종지에 담으니 갑자기 맑은 술이 그 종지에 가득하였다.

이 열여섯 번째의 환희는 탁자에 빈 차 종지 두 개를 놓고 공중에 물 수(水)자를 써서 빈 차 종지에다 물을 만들어 가득 채우는 환희이다.

(19) 요술쟁이가 손으로 보자기 복판을 끌어 걷어젖히니, 갑자기 주먹 크기만한 붉은 돌이 있었다. 칼끝으로 돌 밑에 작은 구멍을 약간 뚫으니, 맑은 술이 솟아나왔다. 종지에 따라 가지고 구경꾼들을 돌아보며 사서 마시라고 하니, 말똥에 혼난 터라 감히 마시질 못했다. 굳이 권한 뒤에 한 사람이 비로소 마셨다. 맛이 극히 향기롭고 산뜻했다. 그러자, 사람들은 다투어 돈을 내고 마셨다. 사괴공(史蒯公)을 마시고자 하면 돌에서 누른 술이 흘러나오고, 장원홍(壯元紅)을 마시고자 하면 돌에서 붉은 술이 흘러나오고, 불수로(佛手露)를 마시고자 하면 돌에서 흰 술이 흘러나왔다. 이 세 가지는 곧 중국의 술 이름인데, 품질이 가장 좋은 것이다. 연달아 10여 잔을 따르니, 홀연히 돌이 보이지 않았다. 요술쟁이는 당황하지도 놀라지도 않고 멀리 공중을 가리키면서, "돌이 하늘 위로 올라갔소이다." 하였으니, 이와 같은 것은 기술이 없는 것이라고 볼 수 없다.

이 열일곱 번째의 환희는 보자기 속에서 돌을 만들어 내가지고 칼로 그 주먹만한 돌에다 구멍을 뚫어서 당시 청나라의 대표적 명주 사괴공과 장원홍과 불수로를 만들어서 관중들에게 팔아 마셔 보게 하는 환희이다. 그리고, 마침내 그 돌을 공중으로 날려서 없애버리는 환희이다. 관희의 평은 이런 환희는 단순한 속임수를 뛰어넘는 탁월한 기술이라고 하였다.

(20) 요술쟁이는 큰 유리 거울을 탁자 위에 놓고 여러 사람을 두루 불러서 열어 보였다. 높은 누대(樓臺)와 널찍한 마루에 단청이 번쩍거리고 중당(中堂)에는 산호(珊瑚)로 된 필상(筆床)에 아관(牙管)의 붓과 섬계(剡溪)의 종이, 그리고, 단연(端硯; 단계석(端溪石)으로 만든 벼루)·휘묵(徽墨; 휘주(徽州)에서 만든 먹)이 낱낱이 정초(精楚)하고, 게다가 준뢰(罇罍; 술

동이와 술잔) · 정이(鼎彝; 솥과 동이) · 생소(笙簫) · 종고(鍾鼓)로 갖추지 않음이 없으며, 곱디고운 여인들이 환한 귀고리를 흔들고 가벼운 옷자락을 끌면서, 더러는 희구(戲具)를 잡고 더러는 가판(歌板)을 가지고 좌우로 벌여 섰으며, 그 가운데는 한 관인(官人)이 비단옷을 찬란하게 차리고 손에 홍불(紅拂; 먼지채)을 쥐고는 의자에 비스듬히 앉았으니, 참으로 세상에서 가장 부귀한 사람이었다. 구경꾼들은 모두 흠탄해 마지않았다.

이 열여덟 번째의 환희는 관객을 불러 내서 탁자 위에 놓인 큰 거울을 열게 하고 그가 그 탁자에서 인간사의 온갖 호화롭고 행복한, 부귀영화를 누리는 삶의 모습을 생동감 있게 보여 주는 환희이다. 관람객들은 그 생동감 있는 현실성에 탄성을 지른다. 관희의 평은 흠탄해 마지않는다고 하였다.

(21) 요술쟁이는 손을 내저으며 여러 사람들을 소리쳐 물리치고 곧 거울을 가린 다음, 뒷짐지고 한가롭게 거닐면서 사방을 향해 노래를 부르니, 그 소리는 처량하여 마치 근심이 있는 듯한 형상이었다. 잠시 후에 또, 거울을 열고 여러 사람들을 불러서 보게 하였는데, 이때에는 무너진 담과 쓰러진 벽에 눈이 닿는 곳마다 쓸쓸하였다. 앞서 번화하던 것들은 까마득히 한때의 꿈속 일처럼 되어 버리고, 다만 쇠약한 한 반백 노인이 평상 위에서 전전(輾轉)하며 궁핍을 겪는 근심을 견디지 못하고 있었다. 구경꾼들은 모두 탄식하면서 물러났다.

이 열아홉 번째의 환희는 처량하고 우수에 잠긴 노래를 불러서 (20)의 인간사를 반전시키는 환희이다. 다시 관객을 불러내 탁자 위에 놓인 거울을 열어 보게 한다. 반백 노인의 궁핍한 생활상이 전개되어 있다. 관객은 또 한 번 탄성을 지른다. 이 (20)과 (21)의 환희는 거울을 가지고 하는 환희이다.

(22) 요술쟁이는 또, 탁자 위를 깨끗이 씻고 문방구(文房具) · 거문고 · 바둑, 그리고, 시(詩)와 술을 벌여 놓고 큰 복숭아 세 개를 큰 유리 쟁반에 담으니, 갑자기 주관(珠冠) · 하메(荷袂)를

갖춘 자가 나타나 있고, 우개(羽蓋) • 운리(雲履)의 차림을 한 자가 나타나 있고, 또는 나뭇잎을 걸치고 맨발을 한 자가 나타나 있었다. 그리고, 혹은 마주 앉아서 바둑을 두고 혹은 술을 마시고 시를 읊으며, 혹은 지팡이를 짚고 곁에 섰기도 했는데 용모가 모두 예스럽고 기이하였다.

이 스무 번째의 환희는 유리쟁반에다 큰 복숭아 세 개를 담아 서로 계층이 다른 복색을 한 세 부류의 사람을 만들어 내서 그들이 대국하고 대작하며, 그들을 옆에서 지켜보는 사람으로 만들어 보여 주는 환희이다. 관희의 평은 예스럽고 기이하다는 것이다.

(23) 조금 후에 쟁반 가운데에 있던 세 개의 복숭아를 가져다 서로 나눠 먹고 그 씨를 땅에 심으니, 복숭아 싹이 점점 자라 꽃이 피고 열매가 열어 한쪽 볼이 붉어갔고 바둑 두던 이들은 수염과 눈썹이 또한 반백을 이루었다.

이 스물한 번째의 환희는 쟁반 위에 올려 놓은 세 개의 복숭아를 나누어 먹고 그 씨를 땅에 심어 그 자리에서 싹이 트고 꽃이 피고 열매가 열려서 익어 가고, 이것을 지켜보는 이들도 늙어 가는 모습을 보여 주는 환희이다. 이 (22)와 (23)의 환희는 복숭아를 가지고 하는 환희이다.

(24) 요술쟁이는 두어 묶음의 종이를 가져다 가늘게 썰어서 큰 통에 담긴 물속에 놓고 손으로 휘저어서 진흙처럼 혼합한 다음, 갑자기 앉아 눈여겨보다가 손바닥을 어루만지며 한바탕 웃었다. 그는 아마 그것을 다시 종이로 만들 수 없음을 애석히 여긴 것이리라. 이윽고 두 소매를 걷고 통에 의지해 종이를 건지되, 두 손을 교대로 해 가며 끌어내기를 마치 고치에서 실을 뽑듯이 하였는데, 종이 넓이는 앞서 썰 때와 같았고 처음과 끝이 서로 연결되어 이은 흔적을 발견할 수가 없었다. 그리고, 땅 위에 사려 놓으니 바람에 움직여 펄렁거렸고 다시 통 속 물을 보았더니 깨끗하여 남은 찌꺼기가 없었다.

이 스물두 번째의 환희는 큰 물통 속에다 종이를 가늘게 썰어 담그고 손으로 그것을 휘저어서 진흙처럼 반죽한 다음에 그것을 다시 이은 흔적이 없이 처음 썰 때와 같은 크기의 종이로 길게 뽑아 내는 환희이다.

(25) 요술쟁이는 자른 종이 뭉치로 두어 덩이를 만들어서 입에 넣어 삼키더니, 조금 후에 두어 번 기침 소리를 내어 종이 끝을 뱉아 냈다. 손으로 그 끝을 잡아서 뽑아 내는데 뽑을수록 계속 나와 땅에 쌓였다.

가령, 정말 삼켜서 뱉아 낸다면 한 뱃속에 어찌 이처럼 많은 종이 조각이 들어가겠는가! 또, 주름이 잡히거나 붙인 흔적이 없었으니 매우 괴이하다. 얼마 후에 거짓으로 재채기 소리를 하니 종이 허리가 끊어지면서 그쳤다.

이 스물세 번째의 환희는 자른 종이 뭉치를 입속에 삼켰다가 이은 흔적이 없이 계속 길게 뽑아내 땅에 쌓는 환희이다. 관희 평은 이은 흔적이 없는 것이 매우 괴이하다고 하였다. 이 (24)와 (25)의 환희는 종이로 하는 환희이다.

(26) 요술쟁이가 보자기 복판을 이끌어 앞서처럼 걷어젖히니, 갑자기 순금으로 된 호로(葫蘆)가 분명히 탁자 위에 있었는데, 조금 후에 그것이 없어졌다. 요술쟁이는 여러 사람 가운데 한 사람을 가리키며, "저 노인이 감췄다." 하였다. 그 사람은 노기가 대단해 낯을 붉히며 저고리와 바지를 털어 헤쳤다. 그러자 요술쟁이는 정색을 하며,

"노인네는 속이지 마시오. 나는 이미 알고 있소. 그것은 분명히 노인 품속에 있소." 하였다. 그 사람은 노발대발 욕을 하면서 옷을 풀어 보이니, 호로가 쨍그렁하며 땅에 떨어졌다. 구경꾼들이 일제히 웃으니 그 사람은 무안해하며 다른 사람 뒤로 피했다.

이 스물네 번째의 환희는 보자기 속에서 순금으로 된 호로를 만들어 내서 그것을 없앤 다음에 관객의 품속에서 그 호로를 찾아내는 환희이다.

(27) 요술쟁이는 기둥을 지고 서서, 사람을 시켜서 팔을 뒤로 돌려 엄지손가락을 얽어매게

하니 기둥이 두 팔뚝 사이에 있었는데, 어느새 그는 기둥을 떠나 섰고, 손은 가슴 앞에 있었으며, 그 얽어맨 것은 여전하였다. 우리나라의 한 역졸(驛卒)이 그 얽어맨 것이 견고치 못한 탓인가 의심하여 직접 노끈을 가져다 그의 두 엄지손가락을 얽어매니, 혈맥이 검푸르게 멍들어 아픔을 견디지 못했다. 구경꾼들은 그것을 보고 콧등이 시큰거렸는데, 그는 또, 앞서처럼 기둥을 떠나 섰고 손가락은 아직도 얽혀 있어 혈맥이 더욱 푸르러지고 쑤시고 아픔이 더욱 심한 모양이었다. 그래서, 여러 사람들이 풀어 주니 혈기는 점차 회복됐지만 노끈 흔적은 아직도 붉었다. 또, 한 역졸이 있어 그를 주시하다가 괜히 분을 내어, 주머니에서 돈을 내어 요술쟁이에게 주고 재차 자세히 보여 주기를 요청하니, 요술쟁이는 원통하다면서, "나는 너를 속이지 않았는데 너는 나를 믿지 않는구나. 네 마음대로 나를 묶어 보라." 하였다. 역졸은 그 노끈을 던져 버리고 자기가 지닌 채찍 끈을 풀어서 입으로 씹어 부드럽게 해 가지고 그의 두 엄지손가락을 앞서보다 더욱 견고하게 묶으면서, "이와 같이 묶는데, 네 비록 신을 통했다 한들 어떻게 기둥을 떠나겠느냐?"고 장담했다. 그러나, 요술쟁이는 아프다고 크게 소리 지르며 눈물이 흐르듯 쏟아졌다. 구경꾼들은 모두, 어쩔 수 없겠거니 여겼다. 그런데, 이슥고 갑자기 또, 기둥을 떠나 섰고 묶은 것은 끝내 풀리지 않았다. 그는 빙 둘러 돌아보면서 한바탕 웃고 뽐내는 기색이 만면하였으며, 결박된 손은 어느새 가슴 앞에 있더니 어느새 등 뒤에 있었다. 그러자, 역졸은 바보처럼 어리둥절하다가 무료하여 물러났다.

이 스물다섯 번째의 환희는 관객들이 나와서 환희꾼의 두 손을 기둥 뒤로 꽁꽁 힘껏 동여매게 하고 환희꾼이 그 두 손을 풀지 않고 삽시간에 기둥을 빠져나오는 환희이다.

(28) 요술쟁이는 벼 4~5두(斗)를 탁자 위에 놓고 손으로 움켜 모두 다 삼키더니 조금 후에 땅에 대고 겨를 토하매, 침에 뭉쳐서 덩어리를 이뤘다. 겨가 다하매 연기가 계속 나와 입술과 이를 덮으니 손으로 수염을 씻고 물을 찾아 입을 닦았으나 연기는 끝내 그치지 않았다. 그는 가슴을 치고 입술을 문지르며 신열(身熱)을 견디지 못해 두어 그릇을 연달아 마셨지만 연기는 더욱 치열했다. 입을 벌려 한번 캭하니, 빨건 불이 목구멍을 막아 젓가락으로 집어내니 반은 숯, 반은 타는 것이었다.

이 스물여섯 번째의 환희는 여러 말의 벼를 입속에 삼키고 나서 침으로 벼덩어리를 만들고 그것을 태워서 연기가 나는 불덩어리로 만들어 내는 환희이다.

(29) 요술쟁이는 또, 크기가 거위알만한 둥근 수정주(水晶珠) 1매(枚)와 계란 두 개를 탁자 위에 놓고서 곧 수정주를 삼키다가 구슬이 커서 삼켜지지 않자 드디어 도로 뱉아서 지난번 자리에 두고 또, 계란을 삼키되 눈을 부릅뜨고 목을 빼기를 마치 닭이 지렁이를 먹고 뱀이 개구리 알을 삼키듯 하다가 목구멍에 걸려서 마치 혹이 붙어 있는 듯하였다. 재차 계란을 삼키다가 그 목구멍에 콱 막혔는데, 토악질과 게트림을 하니 힘줄이 꼿꼿하고 목이 붉어져서 못내 후회와 한탄을 금치 못했다. 그는 입을 벌려 사람들에게 보이는데, 계란의 하얀 것이 목구멍 속에 은은히 보였으며 괴로워하고 몹시 답답해하였다. 구경꾼들은 앞을 다퉈 그를 위하여 가슴을 두드리고 목을 치면서, "공연히 작은 기술을 더욱 자랑하려 하더니 목숨이 끊어지는 게 가엾구나."
하였다. 요술쟁이는 거짓으로 거의 다 죽은 체하다가 게으른 동작으로 금지첨(禁指尖)을 가져다 귓구멍을 살짝 후벼서 갑자기 한 덩이의 흰 물건을 끌어냈으니 바로 알이었다. 구경꾼들은 괴이하게 여기지 않음이 없었다. 요술쟁이는 곧 일어서서 알을 가져다 여러 사람들에게 보이고, 다시 오른쪽 눈으로 넣었다가 왼쪽 귀로 빼내고, 왼쪽 눈으로 넣었다가 오른쪽 귀로 빼냈다. 또, 귓구멍 콧구멍으로도 넣었다 뺐다 하였다. 구경꾼들은 눈이 휘둥그래지며 처음엔 놀라다가 곧 의심을 가졌다. 요술쟁이는 그 계란을 다시 이전 장소에 놓았지만 한 개의 계란이 아직도 목구멍을 막고 있었다. 그래서, 그는 뾰족한 댓가지로 계란을 쑤셔 깨뜨리려고도 해보고 한 번 토하고 두 번 토해도 계란은 끝내 나오지 않았다.

이 스물일곱 번째의 환희는 수정구슬 덩어리 한 개와 계란 두 개를 가지고 입속에 계란을 넣어 목구멍으로 넘겼다가 빼내고, 그것을 눈에 넣어서 귀로 빼내기도 하고, 귓구멍과 콧구멍으로 자유자재로 넣었다가 뺐다가를 하는 환희이다. 관희의 평은 괴이하고 경탄할 만한데 뭔가 속임수에 속은 듯하여 의심이 간다는 것이다.

(30) 긴 칼을 모래에 시퍼렇게 갈아서 좌에서 우로 휘두르고 우에서 좌로 휘두르다가, 상공

(上空)으로 한 번 던져서 손으로 그것을 받고, 또, 한 번 높이 던지고는 입을 벌려서 그것을 받으니 칼끝이 수직으로 떨어져 입속에 꽂혔다. 구경꾼들은 모두 아연실색하여 말이 없었다. 요술쟁이는 고개를 젖히고 두 팔을 늘어뜨리고 빳빳이 한참 동안 서서 하늘을 똑바로 쳐다보았다. 칼날이 점점 뱃속으로 들어가니, 목과 배 사이에서 사아(槎牙)가 버티고 일어나자 다행히 호인(護刃; 날을 휩싸서 댄 덧쇠)이 이빨에 걸려 오직 칼자루만은 넘어가지 않았으나 이빨과 호인이 맞부딪쳐 딱딱 소리가 났다. 구경꾼들은 소름이 끼쳐, "이제 꼭 죽겠구나." 하였다. 요술쟁이는 또, 고개를 젖히고 두루 돌면서 주먹으로 칼자루를 치고서, 한 손으로는 배를 만지고 한 손으로는 칼자루를 잡고 뱃속을 마구 찌르니, 사람들은 그것을 보고 마음이 언짢아 차마 똑바로 보지 못하였고, 어린애들은 무서워 울면서 모두 달아나다 엎어지고 자빠졌다. 이때에 요술쟁이는 손뼉을 치며 사방을 돌아보고 늠름하게 바로 서서 칼을 뽑아 여러 사람에게 두루 보이는데 칼끝에서는 핏방울이 뚝뚝 떨어지면서 더운 김이 무럭무럭 났다.

이 스물여덟 번째의 환희는 날이 시퍼렇게 선 긴칼을 공중에 던져서 환술꾼의 입 가운데에 정확히 꽂히게 한 다음에 그 칼을 뱃속까지 깊이 찔렀다가 핏방울이 뚝뚝 떨어지는 채로 뽑아내도 아무 탈이 없어 보이게 하는 환희이다. 관희의 평은 소름이 끼치고 언짢고 무서웠다는 것이다.

(31) 요술쟁이는 또, 바늘 한줌을 입에 넣어 삼켰는데, 아파하거나 간지럼을 타지 않고, 말하는 것이나 웃는 것이 평상시와 같이 태연하게 차를 마시고 밥을 먹었다. 그는 서서히 일어서서 배를 문지르고 이내 붉은 실을 부벼서 귓구멍에 넣고 한참 동안 조용히 섰다가 재채기를 계속하여 실 끝이 콧구멍에서 조금 드러나니, 손톱으로 집어서 점차 끌어내매, 여러 개의 바늘이 주렁주렁 실에 꿰어져 있고 더러는 밥알이 바늘 끝에 붙은 것도 있었다.

이 스물아홉 번째의 환희는 한줌이나 되는 바늘을 입속에 집어넣어 삼키고 밥과 차를 먹은 다음에 붉은 실을 귓구멍에 넣어서 바늘이 실에 꿰어져 주렁주렁 달리게 만들어서 콧속으로 뽑아 내는 환희이다.

(32) 요술쟁이는 종지 하나를 가지고 공기(空氣)를 떠서 병에 붓는다. 무릇 일곱 잔을 퍼붓

자 갑자기 물이 병에 넘쳐흘렀다. 그러나, 곧 뾰족한 바늘로 병 밑에 구멍을 뚫으니, 물이 새어 방울져서 떨어지다가 이내 낙숫물처럼 줄줄 흘렀다. 요술쟁이는 고개를 젖히고 병 밑을 부니, 새던 물이 뚝 그쳤다. 요술쟁이는 공중을 향해서 옆으로 흘겨보며 입속으로 주문(呪文)을 외니, 물은 병 주둥이에서 솟아 거꾸로 몇 자를 솟아올랐다. 요술쟁이는 소리를 지르면서 솟아오르던 물줄기의 중간을 움켜쥐니, 물은 갑자기 중간이 끊어지면서 병 속으로 오그라들었다. 요술쟁이는 다시 그 종지를 가지고 물을 도로 따르니, 병에 든 물은 또한 일곱 잔에 불과했는데 땅바닥에 물 자국은 몇 동이를 쏟아 놓은 듯하였다.

이 서른 번째의 환희는 병 하나에다가 7잔의 물을 붓고 바늘로 그 병 밑에 구멍을 내서 물이 새나오게 한 다음에 새던 물을 그치게 하고 주문을 외워 병 주둥이에서 물이 공중으로 치솟아오르게 하는 환희이다. 그리고, 그 물줄기의 중간을 손으로 잡아 멈추게 한 다음에 많은 물이 흘렀음에도 처음 7잔의 물을 병 속에서 그대로 유지시켜서 따라 내는 환희이다.

(33) 요술쟁이는 종이를 수십 조각으로 오려 손바닥에 문질러 두고, 어린애 한 명을 꾀어 내어 입을 벌리게 하고는 그것을 어린애의 입속으로 넣었다. 어린애는 울다가 토하다가 하는데 무수한 청개구리가 입속에서 튀어나왔다.

이 서른한 번째의 환희는 관객 중 어린아이 한 명을 불러 내서 오린 종이 조각을 부벼서 아이의 입속에 넣어 그것을 청개구리로 만들어 뱉아 내게 하는 환희이다.

(34) 요술쟁이는 또, 여러 사람이 앉아 있는 걸상을 가져다가 차곡차곡 포개어 쌓으니 그 무게는 수백 근, 그 길이는 6~7길[丈]쯤 되었다. 그것을 머리 위에 이고 뜰 가운데를 도니까 맨 위에 얹힌 것은 흔들려서 떨어지려 했다. 구경꾼들은 놀라서 피했는데, 요술쟁이는 더욱 빠른 걸음으로 달려서 몇 바퀴를 돌다 그쳤다.

이 서른두 번째의 환희는 환희라기보다는 묘기에 가까운 것이다. 많은 걸상을 모아다가 그것을 높이 포개 쌓아 머리에 이고 점점 더 빠른 걸음으로 달리는 묘기이다. 관희의 평은 관중이 모두 놀라 피하는 소동을 벌일 정도로 뛰어난 묘기였다는 것이다.

(35) 요술쟁이는 또, 자그마한 누대(樓臺)를 설립했는데, 난간이랑 창문이랑 그 제도가 기묘했다. 갑자기 한 선관(仙官)이 왼쪽 문에서 나와 빙글빙글 돌며 배회하다가 이내 오른쪽 문으로 나갔다. 또, 한 미녀가 오른쪽 문에서 나와 노래도 하고 춤도 추다가 이내 왼쪽 문으로 나갔다. 또, 사렵(射獵)하는 자, 경조(耕釣)하는 자, 탄검(彈劍)하는 자, 도박(賭博)하는 자 등 각가지 모양의 인물들이 잠깐 왔다가 금방 가 버렸는데 다 기록할 수 없다. 요술쟁이는 이내 사방을 돌아보며 손을 들어 절을 하고 나서 옷깃을 떨쳐입고 모자를 털며 나가 버렸다.

이 서른세 번째의 환희는 작은 누대를 하나 만들고 그곳에 선관, 가무하는 미인, 사냥꾼, 낚시꾼, 무사, 도박하는 사람 등을 등장시켰다가 삽시간에 사라지게 하는 환희이다.

(36) 대개 그 요술은, 드러내기는 해도 숨기지는 못하고, 어떤 것이 오도록 요술을 부릴 수는 있어도, 어떤 것이 가도록 요술을 부리지는 못한다. 그러므로, 장차 그 요술을 부리려면 반드시 미리 밖에 장치를 하여, 남의 힘을 빌지 않고도 요술을 부려서 오게 하지만, 그가 도로 나갈 적에는 반드시 수종자를 따르게 하여 능히 그 형상을 숨기지는 못하니, 요술에 통색(通塞)의 이치가 있어서 그런 것일까?

뒤에 백운관(白雲觀)에 이르러 보니 수많은 요술쟁이들이 휘장을 설치해 놓고 각기 그 요술을 부렸는데 더욱 특별난 재주들이 많았으니, 관사 안에서 본 것은 분주하게 책임만을 면하기 위한 데 불과했다는 것임을 비로소 알았다. 따라서, 아울러 기록해 한 부의 환사(幻史)를 만든다.[11] (번호 (1)-(36)는 저자)

11) 김경선, 연원직지, 308~320쪽.

이것은 (3)-(35)의 환희에 관한 저자의 총평이라 할 수 있다. 환희는 드러낼 수는 있어도 숨길 수는 없는 것이며, 오게 하는 환희는 할 수 있어도 가게 하는 환희는 할 수 없다는 것이다. 작자는 이 환희를 본 다음에 백운관에서 정식으로 가설된 환희 무대에서 수많은 환술꾼들이 더 탁월한 솜씨로 진행하는 환희를 보았는데, 이때 비로소 관소에서 본 환희가 흉내만 내는 약식 환희임을 깨닫게 된다. 이런 연유로 인해서 환희에 더 큰 관심을 가지면서 환희사(幻戲史)를 꾸며 보려는 시도를 하였다.

2-4-6. 북경의 환희와 연희

서경순의 몽경당일사(夢經堂日史)는 조선 철종 6년(1855) 연행 사신(燕行使臣)의 종사관(從事官)으로 수행했던 서경순(徐慶淳)이 쓴 것이다. 이때의 정사는 서희순(徐憙淳)이고, 부사는 조병항(趙秉恒)이며, 서장관은 신좌모(申左模)였다. 이들의 사행 목적은 청나라 도광황후(道光皇后)의 붕서(崩逝)에 대한 진위 진향사(陳慰進香使)였다.

다음은 서경순 일행이 이 환희(幻戲)에 관심을 보인 12월 3일의 기록이다.

> 12월 3일 서장관과 환희(幻戲) 볼 것을 의논했더니, 수역이 진향하는 사신에게는 이런 전례가 없다고 한다. 내가 말하기를,
>
> "지금 중국에서 날마다 연희(演戲)를 하고 음악을 쓰면서 유독 외국인에게만 환희를 보이지 않는데, 환희에도 음악을 쓰는가?"
>
> 하니, 수역이
>
> "환희에는 비록 음악은 쓰지 않지만 진향사라 명목하니 할 수 없고, 또, 정초(正初)가 아니어서 희인(戲人)들이 사방으로 흩어지고 모이지 않아서 환희를 볼 수 없다." 한다.[12]

12) 서경순, 몽경당일사, 360쪽.

이처럼 조선 연행사들이 환희를 아무 때나 자유롭게 볼 수 있었던 것은 아니다. 사행 목적이 진위 진향이란 점도 있지만 앞의 김경선처럼 조사 활동을 벌이기 위해서는 북경 체류 기간과 사전 준비와 안내역의 역할과 그 시기는 물론 일기까지 잘 맞아떨어져야만 가능했던 일이다.

3. 맺음말

지금까지 거론한 내용들 가운데서 중요한 것 몇 가지를 정리하여 보면 대략 다음과 같다.

조사 대상 연행록의 연희 기사에는 여러 종류의 명과 청의 연희가 보고되어 있는데, 이를 출현 빈도수 별로 제시하면 환희(13회), 창우희(10회), 연희(7회), 등희와 잡희(각 6회), 기악과 수희(獸戲)(각 4회), 완구희와 지포희(각 2회), 각희와 근두희, 상악과 서양추천, 장희와 풍악, 회자정희와 회자습의(각 1회)의 순으로 나타난다. 16세기 말 허봉은 환희와 가면희 등을 모두 잡희에 포함시켰으며, 18세기 초 이의현은 환희와 묘기를 변별하지 못하였는데, 이들 이후에는 환희가 독립된 연희로 인식되고 환희와 묘기가 서로 다른 연희로 변별되어 나타난다. 조사 대상의 연행록에서 환희는 가장 많은 빈도로 나타나며 조선 연행사들이 가장 선호한 볼거리였는데, 그런 환희의 구성을 규모별로 제시하여 보면 33종의 환희(1회), 20종의 환희(1회), 11종의 환희(2회), 9종의 환희(2회), 5종의 환희(1회)로 나타난다. 가장 큰 규모의 환희는 김경선이 본 33종의 환희며, 그 다음은 박지원이 본 20종의 환희다. 그리고, 가장 보편적으로 구성된 환희는 11종과 9종의 환희였으며 단종의 환희를 보는 때도 있었다. 이런 환희는 연행록에 나타나는 여러 연희 가운데서 가장 대표적인 것으로 부상되는데, 이는 조선의 환희 발전에 많은 영향을 주었을 것이다. 따라서, 앞으로 한·중 환희의 비교 연구와 한·중 환희사(幻戱史) 연구에 있어서 연행록의 환희기(幻戱記)는 아주 중요한 문헌자료가 될 것이다.

조선 연행사들이 명과 청 왕조에서 가장 많은 호기심 갖고 가장 큰 충격을 받으면서 즐겨 보았던 연희는 환희(幻戱)였다. 그런데, 18세기 말에는 청나라 왕조에 새로운 연희가 등장하였다. 회자정희와 서양추천이 그것인데, 이는 조선 연행사들한테 새로 비상한 관심을 끄는 대상으로 부상되었다.

제6장
연행록의 연희기

1. 머리말

대부분의 연행록에는 연희기가 있다. 앞 장에서 거론한 관희시와 환희기도 넓은 의미에서 볼 때 연희기에 속한다. 연행록의 연희기는 왕환(往還) 노정에서 본 모든 연희를 기록대상으로 삼고 있다. 따라서 명・청의 연희뿐 아니라 당시 조선의 연희까지도 기록하고 있다.

이 장은 앞 4, 5장과 같이 16세기부터 19세기까지의 연행록 20종을 표집하여 거기에 나타난 연희기(演戲記)를 검토한 것이다. 표집된 연행록 20종에서는 16~17세기에는 연희기가 거의 보이지 않다가 18~19세기에 집중적으로 나타난다.

연행록의 연희기는 연희를 공연하고 그것을 관람하는 공간인 연희전(演戲殿)의 시설, 연희의 대본인 연본(演本), 곧 희본(戲本)의 소개, 연희의 내용 서술과 배우[戲子]의 분장, 연희를 보는 관중의 반응, 연희를 본 관희(觀戲)의 평 등으로 짜여 있다.

2. 연행록의 연희 실상

표집된 16~17세기의 연행록에는 연희기가 거의 보이지 않는다. 허봉

(許篈)의 조천기(朝天記)에 가면희(假面戲)에 관한 단편적인 기록이 보일 뿐이다. 이때 상사(上使)는 박희립(朴希立), 서장관(書狀官)은 허봉(許篈), 질정관(質正官)은 조헌(趙憲)이었다. 다음은 허봉 일행이 선조 7년(갑술) 6월 27일 요동성에서 본 잡희(雜戲), 곧 가면희(假面戲)이다.

> 우리들은 중문(中門) 밖에 앉아서 기다렸는데, 해가 서쪽으로 기울자 비로소 잔치를 베풀어 주었다. 일행은 월대(月臺) 위 용정(龍亭) 앞에 나아가서 양대인(兩大人)과 더불어 분향(焚香)을 하고 망궐례(望闕禮)를 행하였으며, 다섯 번 절을 하고 세 번 머리를 조아렸다. 그 일을 마치고 대인이 다시 대청으로 들어오자 우리들은 두 번 절하고 읍하는 예를 행하기를 현관례(見官禮)를 할 때와 같이 하였으나, 다만 상사는 동쪽에 앉아 있었고, 나와 질정관(質正官)은 서쪽에 앉아 있었으며, 상통사(上通事) 이하는 두 줄로 나뉘어 역시 대청 안에 앉아 있었다. 동・서쪽 뜰 아래에는 탁자 위에 여러 가지 음식들이 푸짐하게 차려져 있어 모두 입맛을 돋우었다. 술이 나오고 풍악이 울렸으며 광대[優人]는 극을 연출하였는데, 풍악 소리의 구슬프고 촉박함은 우리나라보다 심하였다. 그들의 이른바 잡희(雜戲)란 무례하기가 그지없는 것으로 대부분 가면(假面)을 만들어 기형(奇形)과 괴상(怪狀)이 한 가지뿐이 아니었다. 칼과 창이 난발(亂發)하여 달려들고 치받으므로 준조(尊俎) 안은 불안하기 그지없었다.[1]

이처럼 이들은 요동성 용정(龍亭) 부근의 어떤 대청 안에서 잡희, 곧 가면희를 본다. 그곳에 음식상이 차려져 있었다고 기록한 것을 보면, 그 대청은 음식을 먹으면서 잡희를 보는 곳이다. 배우를 광대 곧 우인(優人)이라 하고 있으며, 가면극을 대표하는 것은 잡희라고 적고 있다. 이 가면극은 괴상한 가면을 쓰고 창과 칼을 들고 등장하여 실전을 방불케 하는 내용으로 되어 있다.

1) 허봉, 조천록, 357쪽.

2-1. 18세기의 연희

2-1-1. 북경 예부(禮部)의 풍악(風樂)과 잡희 정재(雜戲呈才)

최덕중의 연행록(燕行錄)은 숙종 38년(1712) 청국에 파견된 사은부사(謝恩副使) 윤지인(尹趾仁)을 수행한 군관(軍官) 최덕중이 그해 음력 11월 1일부터 다음해 3월 30일까지 겪은 사실을 기록한 것이다.

이 연행록에서 연희에 관한 기록을 살펴보기로 한다. 외국사신이 북경에 도착하면 회동관(會同館—順治 이전)이나 예부(禮部—順治 이후)에서 하마연(下馬宴)을 거행하는데, 최덕중 일행이 그 하마연에서 본 풍악과 잡희 정재다.

> 사신 이하가 공복을 갖추고 동랑(東廊)에서 기다리다가 예부 상서(禮部尙書)가 도착하면 사신 이하가 중문 밖에 나가, 반열을 벌여서 맞이해 들였다. 서쪽 섬돌 위에 용정(龍亭) 한 채가 설치되어 있는데, 상서가 사신 이하를 거느리고 용정 앞에서 일시에 1배 3고두례를 거행하였다. 홍려시 명찬(鳴贊)이 찬례(贊禮)함. 상서가 들어와서 남향(南向)해서 서면, 사신이 먼저 재배(再拜)하고 읍(揖)하며, 서장(書狀)도 또한 같이 한다. 상서는 모두 읍해서 답례한다. 상서가 주벽(主壁; 주되는 자리)에 앉고 사신은 동쪽에, 서장관은 서쪽에 앉으며, 상통사(上通事) 이하는 예식을 거행한 후에 동쪽에 벌여 앉는다. 풍악(風樂)이 시작되면 술을 올리고, 잡희(雜戲) 정재(呈才)를 하며, 무릇 일곱 잔을 올리고 상을 치운다.[2)]

이것은 최덕중 일행이 북경의 하마연(下馬宴)에서 본 잡희 정재인데, 그 내용에 관해서는 상세한 기록을 하지 않았다.

---

2) 최덕중, 연행록, 154쪽.

2-1-2. 북경 십산산 찰원의 원희(猿戱)와 견희(犬戱)

김창업의 연행일기(燕行日記)는 숙종 38년(康熙 51년, 1712) 임진년 동지사 겸 사은사(冬至使兼謝恩使) 김창집(金昌集)의 타각(打角; 호칭, 자벽군관(自辟軍官))으로 북경(北京)에 다녀온 김창집(金昌集)의 아우 노가재(老稼齋) 김창업(金昌業)이 쓴 연행(燕行) 기록이다. 이 연행록에서 김창업 일행이 12월 12일에 여양역(閭陽驛) 근처에 있는 십삼산의 찰원에서 본 원숭이놀이[猿戱]와 개놀이[犬戱]를 기록하였다. 먼저 원숭이놀이를 보자.

> (1) 어떤 사람 둘이 원숭이 한 마리씩을 데리고 왔다. 두 마리의 검은 개가 그 뒤를 따랐는데, 그 크기가 고양이만 하였다. 그들을 불러 들여 재주를 부려 보라고 하였더니, 빨간 옷을 꺼내 그 원숭이에게 입히고 한 사람이 징을 치면서 소리를 질러 뭐라고 지껄이니 두 마리의 원숭이가 각기 궤 속에서 나와 호인의 모자를 쓰고 사람처럼 일어서서 빙빙 돌았다. 조금 후에 또, 한 번 고함을 지르니 두 원숭이가 다 모자를 벗고 궤 속에서 가면을 꺼내 쓰는데, 하나는 갈래머리를 한 동자가, 하나는 점잖은 수염을 단 장자(長子)가 된다.
>
> 동자는 총채를 들었고, 장자는 구부러진 허리에 지팡이를 짚고 서서 빙글빙글 돌다가 얼마 뒤엔 다시 벗어 버리고 여자의 가면을 썼다. 한 여자는 시름겨운 얼굴에 수건을 들고 때때로 눈물을 닦는 시늉을 했다. 이어 여자 가면을 벗고, 이번엔 갑옷을 입고 목마(木馬)에 앉아 병기를 잡고 찌르는 시늉을 하면서 빙빙 돌기를 두어 번 하고 그쳤는데, 그 동작은 징소리로 맞추었다.
>
> 이 놀이는 광대[戱子]를 모방하여 만든 듯한데, 어느 연본(演本; 놀이의 대본)인지 알 수 없다. 호인들은 말하는 것도 마치 창(唱)하는 것과 같다.

징소리로 시작과 끝을 알리고 장단을 맞추면서 두 사람이 데리고 온 두 마리의 원숭이가 먼저 동자와 장자의 가면을 쓰고 나와서 동자와 장자역을 한다. 이어서 원숭이는 여자 가면을 쓰고 나와서 눈물겨운 여자의 역을 해낸다. 그리고, 갑옷과 병기와 목마로 분장한 원숭이가 나와서 용맹스런 장수의 역을 한다. 이처럼 두 마리의 원숭이는 동자역・장자역 · 여인역 · 장수역을 맡아서 놀이를 진행한다. 등장인물이나 그 구성으로 볼 때, 이 원숭이놀이는 대본이 있었을 것으로 여겨진다.

다음은 그들이 같은 장소에서 본 개놀이다.

(2) 또, 두 마리의 개가 수레를 끌고 나왔다. 수레 위에다 집을 짓고 휘장을 달아 놓았는데, 크기는 개와 서로 맞았다. 이를 끌고 달려 뜰안을 도는데 법도에 맞았다. 또, 쳇바퀴 네 개를 1장(丈) 간격으로 땅 위에 놓고 호인이 징을 치면서 뭐라고 지껄이니, 개가 쳇바퀴 바깥을 한 바퀴 돌고 선다. 쳇바퀴 한 개를 세워서 문을 만들어 놓으니, 개는 바깥을 한 바퀴 돌고 나서 문을 통해 나온다. 또, 하나를 마주 세우니, 개는 다시 그 두 쳇바퀴 문을 통과하여 한 바퀴 돈다.

이렇게 하여 네 개를 다 세우니 개는 그 네 개를 다 통과한다. 또, 바퀴 네 개를 '관(串)' 자 모양으로 붙여서 세워 놓으니, 개는 직선으로 통과한다. 이번엔 쳇바퀴 네 개를 서로 대어 연결된 고리처럼 세웠다. 그랬더니, 개는 허리를 구부려서 동쪽으로 들어가 서쪽으로 나오고 하여 네 개의 바퀴를 모두 통과하였다. 다음에는, 세 개를 붙여 세우고 한 개는 그 위에 올려 놓아 '산(山)' 자 모양을 만들었다. 개는 한쪽 바퀴를 통과하고 다음은 가운데 바퀴를 통과한 뒤 깡충 뛰어서 윗 바퀴도 통과하였다. 남은 한쪽 바퀴도 마찬가지였다. 이 개가 돌고 들고 나고 하는 것이 모두 호인의 뜻대로이고 한 번도 쳇바퀴를 건드려 움직이는 일이 없었다. 한 회가 끝나면 즉시 누웠다가 징소리를 들으면 천천히 가는데, 한가로운 그 맛이 더욱 기특하였다.[3] (번호 (1)-(2)는 저자)

이것은 시작과 끝과 절조를 징소리로 맞추면서 두 마리의 개가 수레를 끌고 나와서 쳇바퀴를 도는 개의 묘기다.

2-1-3. 북경 숭문문의 장난감 솔개놀이와 장난감 원숭이놀이

최덕중(崔德中)의 연행록(燕行錄)은 숙종 38년(1712) 청나라에 파견된 사

3) 김창업, 연행일기, 108~109쪽.

은부사(謝恩副使) 윤지인(尹趾仁)을 수행한 군관(軍官) 최덕중이 그해 음력 11월 1일부터 다음해 3월 30일까지의 견문을 기록한 것이다.

다음은 최덕중 일행이 2월 1일에 북경의 숭문문에서 본 솔개놀이와 장난감 원숭이놀이이다.

> 숭문문을 나서니 거마가 연이었고, 걸어다니는 여인이 먼저보다 더욱 많았다. 관제묘 앞에 이르니 노상에 탁자를 놓고 관제(關帝)의 상과 불상을 그린 병풍을 펴 놓고 향을 꽂았다. 그 앞에 왕래하는 많은 사람들이 종이로 만든 솔개를 가져와 날개를 펴는 모습을 짓는다. 원숭이가 작기는 마치 족제비[狼鼠]와 같은데, 막대기 끝에 매달려 가면서 사지를 모두 흔드는데, 그것은 어린아이들의 장난감이다.[4]

이것은 북경의 숭문문 근처에 있는 관제묘 앞에서 당시에 유행하던 어린이들의 솔개 장난감놀이와 원숭이 장난감놀이를 본 것이다.

2-1-4. 열하 피서산장의 연희전(演戲殿)

서호수(徐浩修)의 연행기(燕行記)는 그가 1790년(정조 14) 건륭 황제(乾隆皇帝)의 만수절(萬壽節)에 사은부사(謝恩副使)로 청(淸)에 다녀온 사행 기록(使行記錄)이다.

다음은 이 연행록에서 서호수 일행이 7월 16일 열하(熱河)의 피서산장에서 본 연희전(演戲殿)에 관한 기록이다.

> 우리는 이어 두 시랑을 따라 북쪽으로 가다가 두 문을 지나서, 연희전(演戲殿) 서서(西序) 협문(夾門) 밖에 있는 조방(朝房)에 이르러 잠깐 쉬었다. 조금 있으니까 전상(殿上)에서 음악 소리가 난다. 철 시랑(鐵侍郞)은 우리더러 '뒤따르라.'고 하더니 스스로 진하표(進賀表)를 받

4) 최덕중, 연행록, 322쪽.

들고 서서 협문을 거쳐서 전정(殿庭)에 섰다.

전(殿)은 2층으로 가로 7간인데 아래층 정중(正中)에 있는 한 간이 어좌(御座)이다. 남쪽 창을 활짝 열었는데, 좌우의 6간은 조각한 창을 달고 유리(琉璃)로 막았다. 보니 비빈(妃嬪)이 창 안에 내왕하고, 밖에는 공급(供給)하는 중관(中官 내시 內侍)이 가득히 모여 있다.

전 동쪽과 서쪽에 각각 부속실(附屬室) 수십 간이 있는데, 이는 곧 연회를 배설할 곳이다. 전 남쪽에는 3층각이 있는데, 맨 위층에는 「청음각(淸音閣)」이란 편액이 걸려 있고, 다음 층에는 「운산소호(雲山韶 護)」, 아래층에는 「향협균천(響叶勻天)」이라는 편액이 걸려 있다. 이는 곧 음악을 연주하고 유희(遊戲)를 설행(設行)하는 곳이다. 전계(殿階) 좌우에는 분화(盆花)와 분송(盆松)을 벌여 놓았다.[5]

열하의 피서산장에 있는 연희전은 가로 7간 짜리의 2층 건물이다. 그리고, 임금이 앉는 어좌(御座)는 1층 정중앙에 놓여 있다. 연희전의 동서편에는 연희의 분장과 연희의 각종 무대를 준비하는 부속실이 갖추어져 있다. 한편, 연희전의 남쪽에는 음악과 유희를 연주하고 준비하는 3층집이 있다. 이 건물의 계단에는 각종 화분과 분재들이 놓여 있다.

2-1-5. 연제(演題) 16장의 연희

이들 서호수 일행은 7월 17일 열하의 피서산장에서 다음과 같은 16장의 연희를 본다.

새벽에 통관이 삼사(三使)를 인도하여 여정문(麗正門) 밖 조방(朝房)에 이르러 잠깐 쉬고, 날샐 무렵에 통관이 우리를 인도하여 연희전(演戲殿)의 서서(西序) 협문(夾門) 밖에 있는 조방에 들어가 잠깐 쉬었다.

조금 있더니 황상어전 통관(皇上御殿通官)이 우리를 인도해 연반(宴班)으로 나아가게 한다. 묘시(卯時) 정삼각(正三刻)에 연희(演戲)를 개시하여 미시(未時) 초일각(初一刻) 5분에

5) 서호수, 연행기, 180~181쪽.

그친다. 연제(演題)는 도수맥수(稻穗麥秀) · 하도낙서(河圖洛書) · 전선중역(傳宣衆役) · 연간기년(燕衎耆年) · 익우담심(益友談心) · 소아현채(素蛾絢綵) · 민진회침(民盡懷忱) · 천무사부(天無私覆) · 중역내조(重譯來朝) · 일인부덕(一人溥德) · 동추우전(同趨禹甸) · 공취요준(共醉堯樽) · 전명봉선(煎茗逢仙) · 수의응후(授衣應候) · 구여지경(九如之慶) · 오악지존(五嶽之尊) 등 모두 16장(章)이다. 선찬(宣饌) · 선다(宣茶)는 다 어제의 의식과 같다.

연희(演戲)를 그치기 전에 각로(閣老) 화신(和珅)이 황제가 하사한 갖가지를 연회에 참석한 여러 신하들에게 나눠 주는데, 화석친왕(和碩親王)으로부터 사신(使臣) 등에 이르기까지 매품(每品)이 응당 받을 갖가지를 황색함(函)에 나눠 담고 매원(每員)의 작위(爵位) · 품질(品秩) · 성명(姓名)을 분패[粉牌; 패(牌)의 길이는 7촌, 너비는 2촌, 두께는 2푼(分)인데 머리에는 연잎을 새기고 푸르게 칠하였으며 아랫부분은 분을 발랐다.]에 써서 함 속에 넣었다. 이 함을 동 · 서서(東西序)의 섬돌 위에 벌여 놓으면 화신이 패를 살펴보고 이름을 불러 계하(階下)에 세우고 물품을 주는데, 여러 신하들이 꿇어앉아 받은 뒤에 한 번 머리를 조아리고 자리로 돌아간다. 나도 정사와 함께 갖가지 비단 5필과 하포(荷包) 3쌍 · 비연호(鼻烟壺) 1개 · 칠완(漆椀) 1개를, 서장관은 비단 4필 · 하포(荷包) 2쌍 · 비연호 1개 · 칠완 1개를 받았다.[6]

서호수 일행이 이날 열하 피서산장 연희전에서 관람한 총 16장으로 구성된 연희는 오전 5시 45분에 시작하여 오후 1시 20분경에 끝났다. 모두 8시간이 소요되는 긴 공연이다. 마치 오늘날의 식당처럼 꾸민 공연장에서 음식을 먹고 차를 마시면서 관람한 것임을 알 수 있다. 이날 연희의 연제는 도수맥수 · 하도낙서 · 전선중역 · 연간기년 · 익우담심 · 소아현채 · 민진회침 · 천무사부 · 중역내조 · 일인부덕 · 동추우전 · 공취요준 · 전명봉선 · 수의응후 · 구여지경 · 오악지존 등 16장이었다.

2-1-6. 연제(演題) 16장의 연희

다음은 서호수 일행이 7월 18일에 열하의 피서산장에서 본 16장의 연

6) 서호수, 연행기, 206쪽.

희다.

새벽에 통관이 삼사(三使)를 인도하여 여정문(麗正門) 밖 조방(朝房)에 이르러서 잠깐 쉬고, 해돋이에 통관이 우리를 인도, 연희전(演戲殿)에 들어가 서서(西序)의 협문(夾門) 밖 조방에서 잠깐 쉬었다. 조금 뒤에 황상어전통관(皇上御殿通官)이 우리를 인도하여 연희의 반열(班列)에 나아가게 하였다. 묘시(卯時) 정(正) 10분에 연희를 시작하여 미시(未時) 정 2각에 그치었다. 연희의 제목은 보탑릉운(寶塔凌雲) · 하상담로(霞觴湛露) · 여산여부(如山如阜) · 불식부지(不識不知) · 천상문성(天上文星) · 인간길사(人間吉士) · 화갑천개(花甲天開) · 홍희일영(鴻禧日永) · 오색서화(五色抒華) · 삼광여채(三光麗彩) · 주련벽합(珠聯壁合) · 옥엽금가(玉葉金柯) · 산령서응(山靈瑞應) · 농정상부(農政祥符) · 요지정비(瑤池整轡) · 벽락비륜(碧落飛輪) 등 모두 16장이었다.

선찬(宣饌) · 선다(宣茶)는 다 어제 의식과 같았다.[7]

서호수 일행이 이날 관람한, 모두 16장으로 구성된 연희는 전날 보았던 총 16장의 연희와 아주 다른 레파토리로 구성된 연희였음을 알 수 있다. 피서산장에 찾아온 조선 연행사들에게 이처럼 연일 다른 대규모의 연희를 보여 줄 수 있었던 것은 당시 중국 조정의 전속 연희대의 규모와 그들의 전문성을 이해하는 데 많은 도움을 준다. 이날 본 16장의 연희는 오전 5시 10분경에 시작하여 오후 1시 30분경에 끝났으니, 전날에 보았던 16장의 연희처럼 대략 8시간 정도의 공연 시간이 걸린 셈이다. 이 연희도 전날과 같은 장소에서 음식을 먹고 차를 마시면서 관람하였다. 이날 연희의 연제는 보탑릉운 · 하상담로 · 여산여부 · 불식부지 · 천상문성 · 인간길사 · 화갑천개 · 홍희일영 · 오색서화 · 삼광여채 · 주련벽합 · 옥엽금가 · 산령서응 · 농정상부 · 요지정비 · 벽락비륜 등 16장이었다.

7) 서호수, 연행기, 208쪽.

2-1-7. 연희 서유기(西遊記)

서호수 일행은 8월 1일 북경의 원명원(圓明園)에서 연희 서유기(西遊記)를 보고 다음과 같이 썼다.

좌우의 조방(朝房)과 영사(營舍)와 주루(酒樓), 다포(茶舖)가 완연히 한 도시(都市)와 같다. 동북쪽에 관희전각(觀戲殿閣)이 있는데, 제도는 열하(熱河)의 것과 일반이다. 정전(正殿)은 2층으로 동서가 5간이고, 아래층 한가운데의 1간이 어좌(御座)이다. 좌우의 각 2간은 다 유리창을 끼웠다. 비빈(妃嬪)들은 창 안에서 구경하고, 태감(太監)은 창 밖에서 공급(供給)한다. 동·서서(東西序)는 각각 수십 간씩이다.

종실제왕(宗室諸王)과 패륵(貝勒)과 각부 대신(閣部大臣)들은 동서(東序)에 두 줄로 앉아서 서향하니 북이 상좌이다. 몽고, 회부(回部)의 제왕(諸王)과 패륵과 안남 왕과 조선·안남·남장·면전의 사신과 대만의 생번(生蕃)은 서서(西序)에 두 줄로 앉아서 동향하니 북이 상좌이다. 황상이 내전(內殿)으로부터 상복(常服)을 입고 견여(肩輿)를 타고 나와 서서(西序)의 북쪽 협문(夾門)을 거쳐 희전(戲殿)에 들어오니, 연회에 참석한 여러 신하들이 나가서 서서(西序)의 남협문 밖에 꿇어앉아 거가를 영접한다.

전(殿)의 남쪽이 희각(戲閣)인데 3층이다. 상층을 청음각(淸音閣), 중층을 봉랑함영(蓬閬咸韺), 하층을 춘대선예(春臺宣豫)라고 한다. 각중(閣中)에서 음악을 연주하고 유희를 분장(扮裝)하여 묘시에 유희를 시작, 미시에 연희(演戲)를 마치었다. 그런데 다 당승(唐僧) 삼장(三藏)의 서유기(西遊記)를 연출하였다.

전정(殿庭)에 기화이초(奇花異草)를 배열하고 향연(香烟)이 승침(昇沈)하는 것은 또한 열하의 경우와 같다. 그러나, 분(盆)에 심은 전나무[檜]가 서리고 구불구불 굴곡이 져서, 원숭이·코끼리·사슴의 형상을 한 채, 가지와 잎이 청신(淸新)하여 신기하고 교묘함이 뛰어난 것은 열하에는 없었던 것이다. 연희(演戲)를 시작한 뒤에 모두 세 번 선찬[宣饌; 음식물을 선사(宣賜)함]을 하는데, 제1번과 제3번은 어탁(御卓)에서 배설(排設)한 것을 선사(宣賜)하고, 제2번의 것은 각기 한 반(盤)씩 갖추어서 선사한다. 찬(饌)을 거둔 뒤에는 세 번 다 낙다(酪茶)를 선사한다.

연희를 마치기 전에 군기대신(軍機大臣) 화신(和珅)이, 흠사(欽賜)한 각종 물품을 갖고 와서 연회에 참석한 모든 신하들에게 반사(頒賜)하였다. 나는 정사(正使)와 함께 각각 빈과(蘋果) 1접(楪)과 보이다(普洱茶) 1병·다고(茶膏) 1갑(匣)을, 그리고, 서장관은 빈과 1접·보이

다 1병을 공경히 받았다.[8)]

여기 청나라 세종(世宗)의 이궁(離宮) 원명원의 관희전(觀戲殿)은 앞에 소개한 열하 피서산장의 연희전(演戲殿)과 유사한 규모다. 이 관희전도 동서 5간의 2층 건물인데 1층의 정중앙에 어좌(御座)가 놓여 있다. 원명원 관희전의 관람석 좌석 배치의 서열화는 당시 청나라 황실의 의전 절차에 따라서, 아주 엄격하게 확정・정돈되어 있다. 청나라 왕은 1층의 정중앙에 앉아 관람하고, 비빈들은 별도로 마련된 유리창 안에서 관람하고, 종실 제왕과 패륵과 각부 대신들은 동서로 2열로 앉는데, 북쪽을 윗자리로 삼았다. 그리고, 몽고와 회부의 제왕과 패륵과 안남왕과 조선・안남・남장・면전의 사신과 대만의 생번은 서서(西序)에 2열로 앉아서 동향하며 북쪽을 윗자리로 삼았다. 이 연희전의 남쪽에 배치한, 음악을 연주하고 연희를 하는 3층짜리 희각(戲閣) 역시 열하의 피서산장에 있는 연희전의 배치와 일치하고 있다. 이 원명원에서 연희 서유기(西遊記)를 보았는데, 이 연희 역시 묘시에 시작하여 미시에 끝난 것을 보면, 당시 청나라 황실 연희 관람 시간은 오전 5시경에 시작해서 오후 1시경에 마치는 것으로 정례화되어 있었음 알 수 있다. 청나라 왕과 외교사절들이 이 연희를 관람할 때에는 왕이 내린 음식을 먹고 차를 마시면서 연희를 관람하였다.

2-1-8. 연제(演題) 16장의 연희

다음은 서호수 일행이 8월 19일 북경의 원명원에서 본 16장의 연희다.

---

8) 서호수, 연행기, 261~262쪽.

묘시에 연희(演戲)를 시작하여 미시에 그쳤다. 연희의 제목은 계향복욱(桂香馥郁)・선악갱장(仙樂鏗鏘)・인안경착(人安耕鑿)・해연경예(海宴鯨鯢)・만방징서(萬方徵瑞)・오악효령(五岳効靈)・요계가상(堯堦歌祥)・우정솔무(虞庭率舞)・무사삼천(武士三千)・천구십이(天衢十二)・해곤온가(海鯤穩駕)・운학편승(雲鶴翩乘)・무정단계(舞呈丹桂)・벽용금련(堛涌金蓮)・분비부단(芬菲不斷)・유구무강(悠久無彊) 등 16장이었다. 참연반열(叅宴班列)과 선찬의절(宣饌儀節)은 다 1일의 경우와 같았다.[9]

이날 서호수 일행이 원명원에서 관람한 이 16장의 연희도 묘시에 시작하여 미시에 끝난다. 오전 5시경에 시작해서 오후 1시경에 끝난 것이다. 당시 열하의 피서산장 연희전에서도 그랬으며, 원명원 관희전의 3~4 차례의 연희도 모두 시작 시간과 마치는 시간이 같다. 이 시간은 당시 청나라 황실이 정해 놓은 연희 관람 시간인 것 같은데, 이 8시간이 아침과 점심을 먹고 차를 마시면서 친교를 하며 연희를 즐기기에 알맞은 시간이었기 때문이었을 것이다. 이날 연희의 연제는 계향복욱・선악갱장・인안경착・해연경예・만방징서・오악효령・요계가상・우정솔무・무사삼천・천구십이・해곤온가・운학편승・무정단계・벽옹금련・분비부단・유구무강 등 16장이었다. 서호수는 이번 연행에서 16장의 연희를 3번이나 관람하는 행운을 얻었으며, 연희에 관심 또한 많아서 상세한 기록을 남기고 있다. 그가 이날 원명원에서 관람한 16장의 연희와 달포 전인 7월 17일과 7월 18일에 그가 열하의 피서산장에서 관람한 16장의 연희를 비교 검토해 보면 16장으로 구성되어 있는 점은 같지만, 세 차례의 연희는 각기 다른 것이었음을 알 수 있다.

9) 서호수, 연행기, 308쪽.

2-1-9. 해전(海甸)의 등희(燈戲)

김정중(金正中)의 연행록(燕行錄)은 조선 정조(正祖) 15년에 정사 김이소(金履素), 부사 이조원(李祖源), 서장관 심능익(沈能翼)이 연공(年貢)과 진하(陳賀)의 목적으로 연경에 갔을 때, 김정중이 벼슬이 없는 선비로 그들을 수행하면서 쓴 것이다.

다음은 이 연행록에서 김정중 일행이 북경에서 본 장관(壯觀), 해전(海甸)의 등희(燈戲)다. 해전은 북경성의 내성 서직문(西直門) 밖에 있었으며, 이곳에는 창춘원(暢春園)・이화원(頤和園)・원명원(圓明園)이 있었다.

> 해전(海甸)에 두 번 가서 네 밤의 등희(燈戲)를 보고, 서산(西山)으로 방향을 돌리니, 앞 호수는 거울 같고 뒤 산기슭은 그림 같아 그대로가 한 폭의 서호(西湖) 그림이었으며, 덕승문(德勝門) 밖으로 나가 금대(金臺)의 옛터를 찾으니 곁에 곽촌(郭村)이 있어 곽외(郭隗)가 살던 곳이라는데, 잠깐 서서 방황하노라니 시든 풀과 인기척이 없는 쓸쓸함에 구슬픈 느낌만 더해 주었으며, 태학(太學)에 들어가 주(周) 때의 석고(石鼓)를 보고, 시시(柴市)에 들러 송 승상[宋丞相; 문천상(文天祥)을 가리킴]의 사당[廟]에 조제(弔祭)하였으며, 또한 호권(虎圈)과 상원(象園)이 한층 기이하고 웅장함을 더하였습니다.[10]

김정중 일행은 조선 연행사의 숙소인 남관(이전은 옥하관이었음)에 머물면서 정조 16년(1792) 1월 15일을 전후해서 등희를 보려고 두 번씩이나 해전에 갔으며, 연속되는 등희를 나흘 밤이나 구경한다. 그리고, 옥하관에서 그의 백씨께 편지를 써서 선래군관 편에 보냈는데, 그 편지의 주된 내용은 이 등희에 관한 것이다. 해전의 등희는 그한테 새로운 문화에 대한 충격으로 다가온 것이다.

---

10) 김정중, 연행록, 353쪽.

2-1-10. 유리창의 광대놀이 3가지

다음은 이들 김정중 일행이 정조 16(1792)년 1월 8일 북경의 유리창에서 본 3가지의 창우희(倡優戲), 곧 광대놀이다.

> 윤봉사(尹奉事)・홍예경(洪禮卿)과 함께 유리창(琉璃廠)의 광대를 보러 갔다. 구경꾼이 산처럼 모이는데, 마당 가운데에 포장을 치고 몇 사람이 포장 밖에 서서 구경 값을 받는다. 돈을 내지 않으면 들어가지 못하게 하므로, 내가 주머니에서 5푼 동전을 찾아서 주니 그 사람이 곧 나를 맞이하여 높은 시렁 위에 앉히는데, 때마침 광대들이 각각 재주를 부린다.[11]

이 광대놀이는 북경의 유리창에 있는 한 마당에다 포장을 치고 그 안에 무대를 만들었으며, 포장 밖에서는 입장료를 받고 관객들을 입장시키고 있다. 일반 대중을 상대로 한 유료 공연인 셈이다. 관람객은 많이 모여들고 입장료를 주고 시렁에 올라가서 관람을 한 것을 보면 흥행에 아주 성공을 하고 있다. 입장료 5푼을 내고 우대를 받는 것을 보면 아마도 실제 요금은 그 이하였던 것 같다. 이 가설무대에서 공연한 광대놀이는 다음과 같은 것이다.

> (1) 길이 한 자 남짓 하고 둘레도 그만한 둥근 항아리를 든 자가 있다. 처음에는 왼손으로 그것을 던져서 오른손으로 받고, 손이 점점 익숙하여 던져서 공중에 올라갔다가 내려올 때에 문득 주먹 끝으로 받는데, 이와 같이 서너 번 하고는 또, 두 손가락으로 받는데, 항아리 밑에 손가락 끝을 세웠으되 흔들리지도 기울지도 않는다. 혹 왼쪽 손바닥으로 굴려서 팔로 해서 가슴에 가고, 오른쪽 손바닥에 옮기며, 곁에 한 사람이 있다가 그 팔을 차서 그것을 떨어뜨리면 땅에 떨어지기 전에 곧 놀라는 척하고 잡아온다. 그 몸을 돌리고 물건을 굴리는 것이 마치 조화를 부리는 듯하다.

---

11) 김정중, 연행록, 456~457쪽.

이것은 둥근 항아리를 손과 손바닥과 손가락으로 떨어뜨리지 않고 던지고 받으면서 그것을 자유자재로 이동시키는 묘기다.

(2) 또, 곰・범・원숭이를 길들이는 자가 있는데, 다 철사로 목을 묶었다. 범은 이빨과 손톱을 잘랐으나, 눈을 번뜩이고 입을 벌리면 사나운 기가 세차게 이는데, 되아이[胡兒]가 마하라(麻霞羅)를 벗고 뻔들뻔들한 알머리를 범의 입으로 바로 놓되, 범이 그 머리를 피하여 물러서서 조금도 치거나 물려고 하지 않으며, 등 위에 올라가 돌아다니며 춤추고 뛰는 것이 하나하나 절도에 맞는다. 곰은 거꾸로 잠시 사이에 세 번 뛰어오르는 것이 마치 광대의 모양 같다. 원숭이는 높은 막대 끝에 올라가 춤도 추고 눕기도 하는데 평지와 마찬가지로 편하게 하니 우습고 가엾다. 세 놈이 다 깊은 숲, 물이 많은 곳에서 사는 몸이므로, 산에 있을 적에는 뜻대로 먹고 마셨을 터이니, 사람으로 누가 감히 그를 얕보았으랴마는, 이제 사람의 억제를 받아서 유순하고 연약하기가 마치 땅강아지・개미・모기・등에 따위 같으니, 어찌 그리 좀스러워졌는가? 세상에서 웅걸[雄豪]한 자를 일컬어 반드시 곰 같으니 범 같으니 하고 또, 곰의 팔뚝[熊臂]이라 하니 얼마나 장한가? 그러나, 기세를 잃으면 이웃에 빌어먹어 평범한 지아비가 되려고 해도 되지 못하는 것이 이 세 놈에 견주어 무엇이 다르랴? 이런 까닭에 너를 슬피 여긴다.

이것은 곰과 범과 원숭이를 길들여 묘기를 부리는 것인데, 그것을 관람한 감상비평이 후첨되어 있다. 마치 오늘날의 연극평론 같은 것이다. 교훈적인 이야기로 마무리하지 않고 시종 순수한 감상비평적 시각을 가지고 감상한 것을 알 수 있다. 한국 연극비평사의 한 맥락을 이루는 시각이라고 할 수 있다.

(3) 또, 공작(孔雀)을 타는 괴이한 늙은이가 있고, 맴도는 두 계집이 배를 모는데, 질풍[飈忽]처럼 돌며 기묘한 재주를 갖추 다 한다. 그 밖에 여러 가지 놀이는 이루 다 얘기할 수 없다.[12] (번호 (1)-(3)은 저자)

12) 김정중, 연행록, 456~457쪽.

이것은 노인이 공작을 타고 묘기를 부리는 광대놀이와 두 여인이 배를 젓는 묘기이다. 따라서, 이들이 창우희(倡優戲)라고 하는 것은 3가지의 묘기를 지칭한 것이므로, 곧 묘기를 일컫는 것이며, 그런 묘기를 보기 위해서 인산인해를 이룬 것이다.

2-1-11. 원명원의 각희 · 서양추천 · 회자정희 · 등희

다음은 김정중 일행이 정조 16(1792)년 1월 13일 원명원에서 본 4장의 연희다. 이 연희는 각희(脚戲)와 서양추천(西洋鞦韆), 회자정희(回子庭戲)와 등희(燈戲)였다.

> 오후에 다시 원명원에 나아가는데, 내가 김첨정(金僉正) · 홍예경(洪禮卿)과 함께 따라갔다. 두 문을 지나 백여 보를 가니, 이층각(二層閣)이 있는데 '산고수장(山高水長)'이라 편액(扁額)하였다. 금옥(金玉)으로 꾸미지도 않고 단청(丹靑)을 베풀지도 않아서, 천연하여 딴세상 같은 느낌이 있다. 누각 위 처마 밑에 양각등(羊角燈)을 달고, 섬돌 좌우에는 채색 포장을 했다. 포장 안에는 푸른 종이로 가산(假山)을 만들어, 그 위에 각각 채색한 등을 달았으며, 수십 보 사이에 단향(丹香)으로 엮어 울타리를 만들고 가운데에 정로(正路)를 텄는데, 길의 동서가 곧 청조(淸朝)의 관원 및 여러 사신이 늘어서는 곳이다. 그 앞에서 각희(脚戲)를 먼저 하고, 또, 서양추천(西洋鞦韆; 추천은 줄타기. 그네 따위 곡예) · 회자정희(回子庭戲)가 있고, 또, 갖가지 등희(燈戲)를 베푸는데, 다 기관(奇觀)이다, 미시(未時)에 필성(蹕聲)이 세 번 나고 황제가 섬돌 위의 어탑(御榻)에 앉으니, 영관[伶官; 음악을 연주하는 사람. 악공(樂工)]이 풍악을 울리고 여러 가지 놀이를 다투어 올린다.[13]

이 연희는 이날 북경의 원명원에서 청나라 왕과 더불어 관람을 한 것인데, 오후 1시경에 시작을 하였는데, 먼저 각희를 하고 이어서 서양추천을 하였다. 그리고, 이어서 회자정희를 하였으며 등희로 마치는 것이다.

---

13) 김정중, 연행록, 462쪽.

미시는 앞에 소개한 16장의 연희가 끝나는 시간인데, 이 4장의 연희는 등희로 마무리하는 것이어서 이에 맞추어서 시작 시간을 정한 것 같다.

(1) 각희는 몽고·만주·중국[漢]사람 중에서 몸집이 크고 힘이 센 자를 뽑아서 달마다 살과 고기를 주되, 힘이 8백 근을 드는 자가 아니면 그 선발에 참여하지 못한다. 각희(脚戲)를 할 때에는 옷을 다 벗고 작은 바지만으로 허리 밑을 가릴 뿐이다. 각각 짝이 있어 승부를 가리되, 이긴 자 한 사람이 홀로 몇 사람을 맞으니, 이는 우리나라의 각희와 다르다.

이날 각희, 곧 씨름 선수는 몽고족과 만주족과 한족에서 선발했는데, 선수를 몸무게나 키로 선발한 것이 아니라 8백 근 이상을 들어올릴 수 있는 힘으로 선발하였다. 옷차림이나 경기 방식은 조선과 유사하였지만, 먼저 이긴 한 선수가 여타의 여러 선수를 상대로 계속 경기를 하는 것만 조선과 다른 대진 방법이다.

(2) 서양추천은, 마당 좌우에 붉게 칠한 긴 기둥 넷을 세우고, 칸마다 나무로 가늘게 '일(日)' 자 모양으로 만들고, 기둥 위아래에 일자 나무를 만들고, 기둥 가운데에 '삼(三)' 자로 짧은 서까래를 가로 꽂아서, 그 가운데의 서까래가 물레처럼 도는데, 머리 위에 붉은 상투를 틀고 몸에는 채색한 옷을 입었으되 붉기도 하고 누르기도 하여 그 색이 같지 않은 아이 열 여섯이 한꺼번에 기둥에 올라 각각 일자 나무를 밟고 서서, 위에 있는 자는 위에서 아래로, 아래에 있는 자는 아래에서 위로 빙글빙글 돌아, 붉고 푸른색이 어지러이 날아서 구름 사이를 나왔다 들어갔다 하는 게 마치 귀신이 부리는 듯하다. 곁에 높은 기둥 둘을 세우고 흰 채색 비단으로 둘렀으며, 기둥 위에 높은 누각 둘을 세우고, 누각에 여덟 추녀가 있으며, 추녀 끝에 온갖 무늬의 붉은 실이 달렸다.

밑에는 널빤지 둘을 두었고 또, 쌍 상투에 채색 옷의 아이 여덟이 널빤지에 올라 타고 있어 기둥은 수레바퀴처럼 도는데, 아이들은 조금도 힘을 들이지 않고 자연스럽게 뛰어 날며, 거꾸로 서는 자도 있고 손을 놓는 자도 있고 춤추는 자도 있어, 또한 하나의 기관(奇觀)이다.

김정중이 여기서 서양추천이라고 한 것은 서양 곡예(曲藝), 곧 서커스라고 할 수 있는 것이다. 앞글에서 묘기라고 한 것이 중국의 전통 곡예라면 이 서양추천은 서양 곡예라고 할 수 있을 것이다. 묘기는 짧은 시간에 좁은 공간에서 아주 간단히 공연 무대를 가설하는 것이지만, 서양 곡예는 많은 시간을 가지고 넓은 공간에다가 여러 날 공연할 수 있는 무대를 만드는 것이다. 묘기는 무대의 이동성이 시간대로 민첩한 것인데 비해 서양 곡예는 무대의 이동성이 날짜 단위로 더디다. 내용 구성이나 등장 연예인 수도 중국의 전통 묘기보다 서양의 곡예가 더 큰 규모이다.

(3) 회자정희는, 두 기둥에 홑 밧줄을 걸고 몸을 날려 기둥에 올라 밧줄을 밟고 평지처럼 오가는 것이 우리나라 광대와 다름없다. 혹 밧줄에 앉아서 다리를 내려뜨렸다가 몸을 일으켜 밧줄에 오르며, 보는 사람은 기특한 재주를 칭찬하여 외치는데, 다 우리나라 광대가 하기 어렵게 여기는 것이다.

이 회자정희라는 것은 외줄타기의 묘기인데, 회족들이 관아나 대가의 뜰에다 무대를 가설하고 공연한 것이어서 회자정희라고 한 것 같다. 김정중이 지적했듯이 우리나라의 외줄타는 광대놀이와 유사한 것이다. 그 영향의 수수 관계는 잘 알 수는 없지만 실크로드 문화의 동점을 생각한다면 한국의 광대 외줄타기 놀이는 회족놀이의 영향을 받았을 가능성이 있다. 승기(繩技) 또는 희승(戲繩)이라고도 하는 이 줄타기 놀이는 중국의 동한 때부터 있었던 것인데, 서역에서 전래된 것으로 되어 있어서 그런 추정을 해보는 것이다. 조선조 성종 때 성현이 나례를 보고 쓴 시에 줄 위에서 제비처럼 경쾌하게 돌아간다고 한 것을 보면 이때 이미 외줄타기 놀이가 조선조 초에 있었음을 알 수 있다.

(4) 날이 어두워서 등희(燈戱)를 아울러 올린다. 50~60인이 푸른 능(綾)으로 상투를 묶고 녹색 웃옷에 노랑 바지를 입고 각각 겉에 '천하태평(天下太平)'이니 '만방함녕(萬邦咸寧)' 따위의 글씨를 쓴 부채 같은 등 하나씩을 들고 한꺼번에 어탑(御榻) 앞에 나아가 고두(叩頭)하고 나서, 돌아서 뜰로 나가 한 기둥 탁자 위에 올라 등롱(燈籠)을 높이 들고 느린 소리로 선창[唱導]하는데, 그것이 무슨 소리인지는 모르나 만수무강(萬壽無疆)이라는 말로 황제에게 헌수(獻壽)하는 듯하다.

가운데 뜰에 긴 나무 하나를 세우고 그 위에 널빤지 하나를 설치하고, 널빤지 위에 채색 누다락을 꾸미고 널빤지 밑으로 길이 넉 자 남짓한 네 가닥의 붉은 끈을 드리워서, 네 가닥의 줄로 등롱 하나를 당겨 올리는 데, 노랑파(帕)로 덮은 것이 큰 북 같으며, 그 밑에 반 자 되는 화승(火繩)을 드리워서 불을 사른다. 불이 등롱 밑에 미치니, 등롱이 터지는 소리와 동시에 흰 연기가 공중에 차고 색종이가 어지러이 땅에 떨어지며, 문득 물건 하나가 등롱 안에서 나와 밑으로 늘어지는데, 크고 작은 것이 어느 것이나 다 등(燈)으로 한꺼번에 불이 밝아져 비치고 번쩍이는 것이 꼭 구슬을 잇고 별을 꿴 듯하여 기이하다. 등의 수가 무려 천만인데도 한꺼번에 불을 올리는 것은 사람이 공교히 할 수 없는 것이니, 조화(造化)가 있어 지휘한 듯 의심되며, 빛나고 어지러운 것을 헤아릴 수 없어 사람으로 하여금 마음이 취하게 한다. 조금 있다가 그 불이 앞서고 뒤지는 일이 없이 한꺼번에 다 꺼진다.

또, 화렴(火簾) 둘을 집[室] 안으로 내려 드리운다. 발 이마에 '만국래조'(萬國來朝)라는 넉 자를 쓰고 겉에 가득한 것이 모두 '희(喜)' 자인데, 그 위에서 불이 타니, 발의 색이 마치 자수정(紫水晶)과 같다. 그 발의 실이 타지 않는 것을 이상히 여겨 다가가 보니 철사로 된 발이다.

뜰의 동서에 자주빛 딱총을 두어서 딱총 소리가 우르르 울리고 불리 흐르는 폭포처럼 쏟아져 내리는데, 공중으로 뛰어오르는 것도 있고 땅으로 두세 길 내닫는 것도 있다.

광경이 갈수록 더욱 기이해지니, 대보름의 놀이로 등놀이를 첫째로 삼는다는 말이 참으로 헛말이 아니다. 등놀이의 방법을 물으니, 이 고장 사람이 말하기를, "등의 명칭은 만잔등(萬盞燈)이라 하는데, 가는 실을 써서 기계의 이빨로 서로 당기어 움직여서 한꺼번에 밝히고 꺼지게 됩니다." 한다. 비로소 중국의 지혜롭고 공교함이 변방 사람으로서 미칠 수 있는 바가 아님을 알았다.[14] (번호 (1)~(4)는 저자)

14) 김정중, 연행록, 462쪽.

이날 김정중 일행이 원명원에서 본 4장의 연희 중 핵심이 되는 것은 이 등희(燈戲)이다. 등희 시간에 맞추기 위해서 4장의 연희 시작 시간을 미시로 정한 것이며, 중국의 대보름 놀이 중에서 이 인용문에 드러나 있는 것처럼 등희를 첫째로 꼽기 때문이다. 이번 등희의 등장 인물은 60인 정도나 된다. 이것은 당시 청나라 왕실의 등희 구성 인원과 규모에 관한 정확한 보고서다. 이 등희를 위해서 등희에 앞서서 각희와 서양추천과 회자정희를 공연한 것이라고 할 수 있다. 따라서, 이 연희 4장의 전체 서막과 이 등희의 서막이 서로 다르다. 이 연희 4장의 전체 서막은 청나라 왕의 입장식이었으나, 등희의 서막은 청나라 왕의 천하관(天下觀)이라 할 수 있는 '천하태평(天下泰平)'과 '만방함녕(萬邦咸寧)'을 등에 달아 올리면서 만수무강올 기원하는 것으로부터 시작하고 있다. 이어서 등불발의 앞에 '만국래조(萬國來朝)'라고 쓴 현수막을 달아올리면서 수천 개의 등불을 점멸시킨다. 청조에 온 조공사들이 자리를 같이하고 있기 때문일 것이다. 이어서 줄불놀이가 계속되다가 딱총놀이로써 막을 내린다. 여기서 김정중은 만잔등(萬盞燈)의 여러 기법에 이르기까지 깊은 관심을 가지고 있다. 이러한 정황으로 미루어볼 때 어떤 형식으로든 조선조의 등희에는 중국적 영향이 있었을 것으로 여겨진다.

2-1-12. 연광정과 백상루의 기악

한글본 무오연행록(戊午燕行錄)은 정조(正祖) 22년(1798) 10월 19일 삼절연공겸사은사(三節年貢兼謝恩使)에 서장관(書狀官)으로 동행한 서유문(徐有聞)이 그다음해 4월 초 2일 복명(復命)하기까지의 왕반(往返) 1백 60일간의 기록이다.

조선조 연행사들의 연행길에서는 항상 압록강을 건너기 전에 평양 지방에서 기악(妓樂)을 즐겼는데, 서유문의 일행도 예외가 아니었다. 다음은 서유문 일행이 기악을 구경한 기록이다.

10월 28일 평양에 머물다. 사신이 모두 연광정(練光亭)에 모여서 사대하고 기악(妓樂)을 베풀었다.

10월 3일 안주(安州)에 머물다. 동헌(東軒) 정자 하처(下處)에서 3사신이 모여서 사대하고 정・부사는 백상루(百祥樓)에 올라서 기악(伎樂)을 베풀었다.[15]

여러 연행록에 이 연광정과 백상루는 조선조 연행사들이 압록강을 건너기 전에 통상적으로 들르는 코스였으며, 그들은 이곳에서 기악을 베푼 때가 많았다. 조선조에 이곳이 기악과 색향의 전통을 가진 고을이었다는 사실이 묻어나는 기록이다.

2-1-13. 무령현의 희자(戲子)놀음과 솟대놀음

서유문 일행은 12월 초에 중국의 무령현(武寧縣)에서 다음과 같은 희자(戲子)놀음을 본다.

④ 12월 10일 전방 안집에서 조반하고, 전방 윗집이 곧 관왕묘(關王廟)라, 밖에 두 겹 문을 막았으며, 바깥 문을 대하여 길을 건너 큰 채각(彩閣)이 있으니, 외채집이로되 섬돌이 길이 지나며 재목과 단청이 웅장하고 빛나니, 이는 희자(戲子)가 놀음하는 집이라. 희자라 하는 것은 우리나라 솟대놀음에 탈 쓴 광대(廣大)놀음과 같으니, 대명 때 조사(朝士)의 의관에 괴이한 복색을 갖추어 각색 희롱을 하니 이런고로 되[胡]들이 우리나라 사행(使行)의 의복을 보며 웃어 가로되, "이 희자(戲子) 일양(一樣)이라." 하니, 제 비록 근본 한인(漢人)의 자손이나 풍속에 물들어 도리어 웃으니 어찌 불쌍치 않으리요. 들보에 사람의 성명을 벌여 쓰고 성명 아래 은자(銀子) 추렴[出斂]한 수를 기록하였으니, 전혀 강남(江南) 상고(商賈)라. 길가 큰 묘당(廟堂) 앞에 매양 희자놀음하는 집을 지었으니 크게 제(祭)를 지내면 반드시 희자놀음을 베풀고,

15) 서유문, 무오연행록, 23~24쪽.

묘당 밖에 큰 비를 세웠으니 병신년에 중수한 비요, 시주(施主)한 사람의 성명을 또한 새겼으니, 그중 '조선 수당(首堂) 박도관'이라 하였으니, 이자는 곧 이번 행중(行中) 역관 박내행의 아비요 박영화의 할아비라.[16)]

여기서 서유문이 희자놀음하는 채각이 있었다고 한 것을 보면 채각은 당시 청나라 희자들이 공연하는 고정 극장인 듯한데, 그들의 희자놀이란 우리나라 솟대놀음에 탈 쓴 광대놀음과 같다고 하였다. 당시 조선의 사당패는 춤과 노래와 연극적인 연희를 주로 했으며, 솟대쟁이패는 곡예를 위주로 하였다. 따라서, 솟대놀음은 오늘날의 서커스에 해당하는 유랑연예라 할 수 있는데, 거기에다가 탈 쓴 광대놀음 같다고 하였으므로 분장한 줄광대놀음을 연상케 하는 것이 이 희자놀음이다. 솟대놀음이나 줄광대놀음은 모두 유랑연예인데, 이곳의 채각은 고정 극장 같은 것이어서 우리 연예와는 다소 차이가 있을 것 같다.

2-1-14. 청나라 황실의 희자습의(戲子習儀)

다음은 서유문 일행이 12월 19일 북경의 청나라 황실에서 본 희자습의이다.

12월 19일 자문(咨文) 바치기 전에 예부(禮部) 뜰이 가장 분요(紛擾)한지라, 물은즉, 희자습의(戲子習儀)를 한다 하더니, 치형(致馨)이 보고 전하되,

"처음에 여덟 사람이 머리에 긴 관을 쓰고, 옷은 각색을 입었으되 다 넓은 소매라. 각각 나무말[木馬]을 탔으되 두 다리는 줌 안에 드는 나무라, 나무 다리를 발에 디디게 만들어 멀리서 걸어들어오는 모양이 극히 위태(危殆)하되 행보(行步)가 종용(從容)하여 조금도 헛짚는 일이 없으며, 나무말 머리 흔들어 달리는 모양이라. 혹 바삐 가며 혹 천천히 가기를 임의(任

16) 서유문, 무오연행록, 88~89쪽.

意)로 하여, 한 손에 활을 들고 한 손에 살을 잡아 쏘는 형상을 하며, 뜰 가로 서른 두 사람이 각각 붉은 그릇을 들었으니, 키[箕]를 엎은 듯한 모양이라. 다 북향(北向)하여 서고, 또, 40여 명이 나무로 만든 칼을 들고 치며 찌르는 형상을 하여 동서로 나눠 섰으니, 입은 것은 다 너른 소매요 높은 관이라. 두 사람이 대청(大廳) 위에서 서로 갈아 무슨 소리를 하면 뜰 아래 사람이 다 소리를 응하여 재주를 드리니 붉은 그릇 가진 사람은 다만 그릇으로 땅을 쳐 우질길[울부짖을] 따름이라.

여남은 살 먹은 아이 여남은 다 악기(樂器)를 가지고 좌우로 나눠 섰되 풍류(風流)하는 일이 없고, 뜰 위에 너른 담[氈]을 깔더니 또, 여남은 아이 차례로 재주를 하니, 혹 거꾸로 서서 재주넘되 앉아서도 넘으며 서서도 넘되 아국 정재인(呈才人)의 재주 같으나 날래고 빠르기 아국에 비할 바가 아니라. 혹 이르되, "이는 고려재주[高麗才]라 하나 자세히 모를러라. 회일(晦日) 궐내(闕內)에서 장차 이 놀음을 하는 고로 익힌다." 하더라.[17]

이처럼 이날 서유문 일행은 예부의 뜰에서 섣달 그믐에 대궐에서 행할 희자놀이 연습 장면을 보게 된다. 먼저 여덟 사람이 분장을 하고 목마를 타고 나온다. 여기서 목마란 분장한 여덟 사람이 모두 긴 나무다리를 탄 것을 말한다. 그들은 위태위태하게 높은 긴 나무다리를 타고서 활을 들어 화살을 쏘는 등 자유자재로 민첩하게 움직이는 묘기를 부린다. 그다음은 악기를 든 10여 인의 십대들이 등장하여 도열하고 나서 카펫을 편 위에 십여 명의 나이 어린 희자가 등장하더니 갖가지 땅재주의 묘기를 부린다. 조선조 남사당패의 땅재주, 곧 체기(體技) 같은 것이다. 서유문은 연습이면서도 그들의 체기 수준이 조선조의 정재인(呈才人) 수준보다 훨씬 뛰어나다고 평가하고 있다. 청조 황실에서 섣달 그믐에 행하는 이 희자놀이를 고려재(高麗材)라고 하는데 서유문은 그 까닭을 알 수 없다고 하였으나, 조선조 남사당패의 땅재주 유형의 놀이가 청조 황실에 들어갔던 것으로 추정된다.

17) 서유문, 무오연행록, 127쪽.

2-1-15. 유리창의 광대놀음과 환술

다음은 12월 22일 서유문이 북경의 유리창에 가서 본 광대놀음[唱戱]과 환술[幻術]이다.

> 12월 22일 창희(唱戱; 광대놀음) 놀음과 환술(幻術; 요술) 구경이 또한 이곳이 많은지라. 사람의 어깨 서로 갈리며 수레바퀴 서로 치어 길이 통치 못하니, 왕왕 수레 앞이 막히어 식경(食頃)이 넘도록 머물러 섰는지라. 수레에 앉은 자가 손에 책을 들고 반 권을 남아 보니 인품이 조급(躁急)치 않음을 가히 볼러라. 비록 귀인(貴人)이라도 앞에 섰는 자가 지난 후에 지나고 벽제(辟除)하는 일이 없더라.[18]

조선조 연행사들이 항상 들렀던 곳이 이 유리창이다. 그들은 유리창에 가서 새로운 중국문화를 많이 접했으며 많은 문화 정보를 얻어 가지고 귀국하였다. 이 유리창에서 중국 문화인들을 만나서 대화하고 친분을 만들기도 하였으며, 책에 관한 정보와 다양하고 많은 학술 정보들을 입수하였다. 이 유리창 거리에서는 창희와 환술을 하는 때가 많아서 여러 연행록에 이에 관한 기록이 나타난다. 이날 또한 창희와 환술을 구경하는 인파 때문에 책 반 권을 읽는 기간 동안 도로 통행이 막혀 있었다고 한다. 창희와 환술 구경의 중국적 기호도와 그들의 만만디(慢慢的) 성격을 생생하게 전하고 있다.

---

18) 서유문, 무오연행록, 135쪽.

2-2. 19세기의 연희

2-2-1. 황주의 기악

심전(心田) 박사호(朴思浩)의 심전고(心田稿)는 그가 순조 28년(1828) 사은 겸 동지정사(謝恩兼冬至正使) 홍기섭(洪起燮)의 막비(幕裨)로 연경(燕京)에 다녀온 연행(燕行) 기록이다. 이 연행사는 사은 겸 동지사였는데 정사는 판충추부사 홍기섭(洪起燮), 부사는 예조판서 유정양(柳正養), 서장관은 겸장령(兼掌令) 박종길(朴宗吉)이었다. 다음은 박사호 일행이 황해도 황주 근처에 있는 제안당(齊安堂) 체인각(體仁閣)에서 본 기악이다.

> 11월 2일 맑음. 이곳에서 묵었다.
>
> 삼사신은 제안당(齊安堂)에서 사대(查對)를 하고, 장계를 보내는 파발(擺撥) 편에 집에 편지를 부친 후 체인각(體仁閣)에서 기악(妓樂)을 구경하였다. 사신의 일행 여러 사람이 처음으로 휴식을 얻어 취흥 속에서 하루를 보내니 먼길 가는 나그네의 괴로움이 조금은 위로된다.[19]

여러 연행록에 기악은 평양에서 즐기는 일이 많았는데, 박사호 일행은 일찍이 황해도 황주 부근부터 기악을 즐기고 있다.

2-2-2. 유리창과 옥하관의 연희

다음은 박사호 일행이 북경의 유리창과 옥하관(玉河館; 일명 南小館)에서 본 연희이다.

> 순조 29년 1월 8일 맑음. 관에 머물렀다. 유리창(琉璃廠) 및 연희(演戲)를 돌아다니며 구경하였다.

---

19) 박사호, 심전고, 21쪽.

9일 눈. 관에 머물었다. 환술(幻術)과 잡희(雜戲)를 구경하였다. 따로 환희연설(幻戲演說)이 있다.[20]

이 연행록은 그가 관람한 환술과 잡희를 별도의 서술 항목으로 설정해서 상세하게 쓰고 있는 것이 특색이다. 그 별도의 서술 항목에서 이 날 관람한 연희의 내용을 거론하기로 한다.

2-2-3. 원명원의 등불놀이

박사호 일행은 북경의 원명원에서 다음과 같은 등불놀이[燈戲]를 보았다.

순조 29년 1월 14일 맑음. 서산(西山) 30리를 가서 잤다.

사신을 따라 일찍 서산 원명원(圓明園) 잔치에 갔다. 대수암(大樹庵)에 사관을 정했다. 오후에 원으로 나가 산고수장각(山高水長閣)에서 등불놀이[燈戲]를 보았다 따로 원명원기(圓明園記)가 있다.

15일 맑음. 서산(西山)에 머물렀다. 사신은 원명원 잔치에 나아가 참석하였다. 식사 후에 호권(虎圈)을 가 보았다. 오후에는 등불놀이를 보고 어두워진 뒤에 물러나와 암(菴)에서 잤다.[21]

박사호는 원명원기를 따로 상세하게 작성하여 그의 심전고에 후첨하였으므로 원명원의 등불놀이는 뒤에서 따로 거론한다. 원명원의 등불놀이는 이처럼 정월 14-15일 이틀 동안이나 계속된 것을 알 수 있다.

---

20) 박사호, 심전고, 84~85쪽.
21) 박사호, 심전고, 85쪽.

2-2-4. 원명원의 연희

다음은 박사호 일행이 원명원에서 보았던 연희 가화우선의 춤 · 씨름놀이 · 사자춤 · 홍봉환축(紅棒環逐)이다.

> 또, 희대(戲臺)를 설치하여 높이가 집과 가지런하게 하고, 아름다운 나무와 고운 풀을 그 위에 가득 늘어놓고, 비단을 오려서 꽃을 만들고 구슬을 꿰어 과일을 만들고 금보장(錦步障)을 만들었다. 놀이를 하는 사람들은 모두 수놓은 옷을 입었는데, 옷을 갈이입고 번갈아 드나드는 자가 1천여 명이나 된다. 생황(笙簧)과 퉁소, 쌍피리와 젓대, 쇠북과 경쇠, 거문고와 비파 등 벌이지 않은 것이 없으며, 여러 사람이 각각 금자로 한 자씩을 쓴 널빤지 하나씩을 들었는데, 그것을 합해서 보면 '도광만년복수(道光萬年福壽)'라는 문구가 된다. 또, 가화우선(假花羽扇)의 춤 · 씨름놀이 · 사자(獅子) 춤 · 홍봉환축(紅棒環逐) 등의 여러 가지 놀이를 차례로 놀아서 보이고는 얼마 아니하여서 끝마치었다. 각의 위층 창에는 모두 접시만 한 큰 유리를 끼웠는데 홍록(紅綠)이 그 안에서 어른거린다. 통관(通官)이 말하기를, '황후와 비빈(妃嬪)들이 안에서 엿본다.'고 한다. 날이 어두워지자 또, 등불놀이를 하였는데, 그것은 따로 태평춘등기(太平春燈記)가 있다.[22]

이 연희는 앞에 소개한 계산기정에 있는 청나라 가경 연간에 조선 선비 일행이 자광각에서 보았던 것과 거의 같은 구성이다. 먼저 '도광만년복수(道光萬年福壽)'의 등장으로 시작하고, 이어서 가화우선의 춤 · 씨름놀이 · 사자춤 · 홍봉환축으로 끝나는 것이 가경년간의 것과 일치한다. 다만 '가경만수'가 '도광만년복수'로 바뀌었을 뿐이다. 그러나, 그 규모가 가경 때 것보다 훨씬 더 크며 레파토리도 더 호화롭다. 박사호 일행은 이런 연희를 본 다음에 곧 이어서 태평춘등기에 있는 다음과 같은 등희를 본다.

---

22) 박사호, 심전고, 169쪽.

2-2-5. 원명원의 등불놀이

박사호는 북경 원명원에서 본 등불놀이, 곧 등희를 태평춘등기에 이렇게 적었다.

태평춘등기(太平春燈記)

산고수장각(山高水長閣)에서 날이 어두워지자, 대포 쏘는 소리가 울리며 난간 언저리와 시렁 앞에 홍채등(紅彩燈)・양각등(羊角燈)이 무려 천만 개나 걸리었고, 뜰 가운데에 홍궐(紅闕) 2좌를 세우고 각각 누른 빛깔의 큰 궤짝 하나를 달아 놓았는데, 그 궤짝 밑에서 갑자기 등 하나가 떨어진다. 그 크기가 북만한데, 등에는 한 노끈이 달렸으며, 그 노끈 끝의 불이 갑자기 저절로 타서 궤짝 밑으로 타올라간다. 궤짝 밑에는 또, 하나의 둥근 등이 드리워져 있는데, 노끈의 불이 그 등에 붙어 땅에 떨어진다. 궤짝 안으로부터 또, 쇠바구니[鐵籠]・발[簾子]이 드리워지면서 그 발면에는 전자로 쓴 '수복(壽福)'이라는 글자가 뚜렷하다. 한참 동안 휘황하게 불이 붙다가 저절로 꺼져 땅에 떨어진다. 또, 궤 속으로부터 연주등(聯珠燈) 수백 줄이 드리워지는데, 한 줄에 달린 등이 40~50 등이나 되며, 등 안이 차례로 한때 훤하게 밝아지곤 한다.

또, 1백여 명의 미모의 선동(仙童)이 있어, '정(丁)' 자 지팡이를 들었는데, 그 지팡이 양쪽 끝에는 다 작은 홍등(紅燈)이 매달려 나아갔다 물러갔다 하며 빙빙 돌기도 한다. 또, 두 마리의 용이 꿈틀거리며 싸우는 듯한 것이 있는가 하면, 범과 표범, 물소와 코끼리, 난새와 봉새, 까마귀와 까치의 모양이 잇달아 자꾸자꾸 나타난다. 한 노끈이 다 타고 한 널빤지가 터져 저절로 떨어지면 궤 속의 종이에 싼 불꽃이 힘차게 터져 떨어지고, 각등이 저절로 타서 갑자기 변하여 채각 단영(彩閣丹楹; 아름다운 집들)・오산 경해(鰲山鯨海; 자라산과 고래바다)・전진희장(戰陣戲場; 싸움터와 놀이의 무대)이 된다. 선인등(仙人燈)・탑등(塔燈)・준등(樽燈)・칠보등(七寶燈) 등 이루 다 형용할 수가 없다. 제일 마지막엔 온갖 등(燈)이 일제히 훤히 밝아지며 수은을 공중에 흩뿌린 듯하더니 갑자기 변하여 '만년춘(萬年春)'이라는 세 글자가 되고, 또, 변하여서 '천하태평춘(天下太平春)'의 다섯 글자가 된다. 등불놀이가 끝나고 또, 매화포(梅花砲)를 벌였는데, 그것에 대한 것은 따로 매화포기(梅花砲記)가 있다.[23]

---

23) 박사호, 심전고, 169~170쪽.

박사호 일행은 앞에 나타난 것처럼 정월 14~15일 양일간 북경의 원명원에서 등불놀이를 관람하였는데, 그것을 이처럼 「태평춘등기」로 작성해서 아주 상세하게 보고하고 있다. 이 등희는 산고수장각에서 보았다. 대포소리를 신호로 하여 등희가 시작된다. 먼저 수천 개의 홍채등과 양각등에 점화가 된다. 다음은 뜰 가운데 가설한 두 좌의 홍궐 사이에 매달린 황색 궤에서 줄에 매달린 등 한 개가 땅으로 떨어진다. 그 줄을 따라서, 아래서 위로 불이 타오른다. 궤가 열리면서 쇠바구니와 발이 드리워지면서 '수복(壽福)'이란 두 글자가 나타났다가 불에 타서 없어진다. 그 다음에는 연주등(聯珠燈) 수백 줄이 드리워지면서 점화된다. 이어서 백여 명이나 되는 선동(仙童)들이 T자 모양의 지팡이 양끝에다 홍등을 달고 나타나 일정한 가락에 맞추어 춤을 춘다. 이어서 꿈틀거리는 두 마리의 용이 등장하고, 계속해서 범과 표범, 물소와 코끼리, 난새와 봉새, 까마귀와 까치 등이 등장한다. 그다음에는 궤 속에서 불꽃 덩어리가 힘차게 터져나오더니 모든 등들이 저절로 타서 없어지고 삽시간에 채각단영, 오산경해, 전진희장으로 된다. 그곳에는 선인등, 탑등, 준등, 칠보등이 걸렸다. 마지막으로 장내에 걸려 있는 모든 등불이 일제히 점화되면서 '만년춘(萬年春)'이란 세 글자가 보이더니, 그것이 또다시 변하여 '천하태평춘(天下太平春)'이란 다섯 글자가 되면서 등불놀이가 끝난다. 원명원의 이런 등희는 단순한 놀이가 아니며 청나라에 온 여러 나라 조공사들과 청나라 군신들이 한자리에 모여서 청나라 국왕의 수와 복을 빌고, 나아가서 그를 세계 평화의 상징축으로 삼는 의식이었다. 박사호 일행은 원명원에서 이런 등희를 본 다음에 곧 이어서 다음의 매화포기에 있는 불꽃놀이를 본다.

2-2-6. 원명원 산고수장각(山高水長閣)의 불꽃놀이

박사호는 그들 일행이 본 불꽃놀이를 매화포기에 이렇게 기록하고 있다.

매화포기(梅花砲記)

산고수장각(山高水長閣)의 등불놀이가 끝나자마자 매화포를 벌이었다. 홍지통(紅紙筒; 붉은 종이로 만든 통)・화살통[箭筒] 같은 것을 양쪽 뜰에 각각 십여 군데 세워 놓고, 그 통 아가리에 불을 붙이면 광염(光焰)이 사방으로 흩어지면서 천지를 뒤흔든다. 공중으로 날아올라가는 불꽃들은 모두 물건들의 모양을 갖추었는데, 용과 범이 서로 그러잡고 싸우는 듯, 입을 벌리고 꼬리를 뻗듯, 벌나비가 꽃을 머금은 듯, 매화와 대나무가 바람에 살랑이는 듯, 1천 부처[千佛]가 세상에 나온 듯, 휘당번개(麾幢幡蓋; 여러 가지 깃발)가 푸른 하늘에 휘날리고, 뭇 선인들이 하늘로 올라가느라고 혹은 연꽃배를 타고 혹은 학을 타고, 고래를 타고, 혹은 선사(仙槎)를 타고 난새[鸞]를 탄 듯, 혹은 보검(寶劍)을 지고, 혹은 호로(葫蘆)를 받들고 있는 듯한 것들이다. 혁혁히 불꽃이 날아 공중에 이르렀다가는 시름시름 꺼져 버리곤 하여 깜짝깜짝 놀라게 하여 쳐다볼 겨를이 없다.

또, 각 위에다 뜰을 가로건너 줄을 매어 놓은 뒤에 등을 달아 놓은 시렁이 40~50군데나 된다. 각 앞의 줄을 맨 곳의 양쪽 줄의 불덩어리가 유성(流星)같이 빨리 달려가 앞줄에 부딪치고, 또, 따라서, 두루 여러 시렁에 흩어지어 한꺼번에 불을 일으키면 요란한 우뢰가 땅을 뒤흔드는 것을 본다. 사나운 불꽃이 하늘을 덮고 밝은 등불에 휘황찬란한 세계가 갑자기 캄캄한 구렁이 되어 지척을 가릴 수가 없다. 이윽고 황제의 수레가 돌아가고, 정반(庭班)이 퇴출하였다.[24)]

이처럼 산고수장각에서 등희가 끝나면 곧이어서 매화포놀이가 벌어진다. 매화포놀이는 뜰의 양쪽에 세운 두 개의 큰 통에다가 점화를 해서 불꽃과 폭음을 내는 것으로 시작한다. 이어서 불꽃이 여러 가지 모양으로 나타나도록 하는데, 용과 뱀이 싸우는 모습, 벌과 나비가 꽃을 머금은 듯한 모습, 부처가 세상에 나오는 듯한 모습, 신선이 등천하는 듯한 모습 등 휘황찬란하고 아주 다양한 모습으로 나타났다가 사라진다. 다음은 등이 매달린 40~50개의 줄에서 유성

24) 박사호, 심전고, 170~171쪽.

같은 불덩어리들이 연속하여 터지면서 지축을 뒤흔든다. 이런 상황이 한참동안 계속되다가 갑자기 칠흑 같은 밤으로 변하면서 매화포놀이가 끝나면 청나라 황제가 퇴장하면서 막을 내린다.

정월 14~15일에 있었던 원명원의 대공연은 가면무나 씨름과 같은 일반적인 연희를 먼저 하고, 그다음에 등희를 하였으며, 매화포놀이를 끝으로 대단원의 막을 내린다.

2-2-7. 연희청과 각종 연희

박사호는 그의 심전고 연희기에서 (1) 연희의 유래, (2) 연희청, (3) 연희의 제목, (4) 연희의 내용, (5) 연희의 관객 등에 관해서 다음과 같이 아주 상세하게 쓰고 있다.

연희기(演戲記)

(1) 연희(演戲)는 놀이이니, 또한 중국의 연혁(沿革)에 관계된다. 청나라 초에 어떤 사람이 그 역대의 의관(衣冠)에 관해 전하여 내려오는 것이 없음을 민망히 여겨서 이 연극을 마련하여 사람들의 이목(耳目)을 끌게 되었다고 한다. 진실로 이러할진대 참으로 원려(遠慮)가 아니랴?

이것은 연희의 유래라고 할 수 있다. 다음은 그 연희를 하는 연희청에 관한 관찰 보고다.

(2) 연희청(演戲廳)은 큰 3층집으로 위층은 난간으로 두르고 아래층은 긴 가름대를 깔고 고기비늘과 같이 교착(交錯)하여 배열하였다. 가운데 층에는 희대(戲臺-무대)를 설치하고 그 뒤에 만막(幔幕)을 쳤는데, 그 만막 안에는 각종 제구를 비치하고 있다. 놀이를 벌일 때마다 만막으로 드나드는데, 한 놀이가 끝나면 또, 한 놀이가 계속해서 나온다. 밖에는 작은 문 하나를 만들어서 놀이 구경하려는 사람들이 문에 들어오면 돈을 거두는데, 돈을 많이 내는 사람은 위층에 앉고, 돈을 적게 내는 사람은 아래층에 앉게 되어 있어, 자리를 다투는 폐단이 하나도

없다. 앉은 사람이 혹시 일어나 나갔다가 다시 돌아와도 앉는 자리는 고정되어 있으며, 아래 위층에 앉을자리가 다 차서 빈데가 없으면 문지기가 사람을 집 안으로 더 들어오지 못하게 하므로, 질서가 정연하며 또한 떠들고 붐비는 폐단이 없다. 구경꾼들은 하루종일 놀이 구경을 하면서 앉아서 과자나 사탕이나 술안주 따위를 먹는다. 중국사람들은 비록 희장(戱場)에서라도 역시 규모가 있는데, 이것은 배울 만한 것이다.

이처럼 연희청은 3층 집으로 되어 있다. 그 가운뎃층에다 희대를 설치하고 희대 뒤에다 장막을 쳤으며, 이 장막 뒤에서 연희 준비를 하고 연희의 배역들이 이곳으로 드나든다. 연희청 밖에는 문이 하나 있는데, 이 문에서 입장료를 받는다. 입장료를 많이 낸 사람은 위층에 앉고 적게 낸 사람은 아래층에 앉도록 되어 있으므로 위층이 상석이다. 관객의 좌석은 고정 좌석제이므로 좌석이 다 차면 입장이 불가하다. 박사호에게는 이 제도가 상당히 인상적이었다. 아마 당시의 조선 사정은 연희청에 이런 고정좌석 제도가 없었기 때문이었을 것이다. 연희청의 이런 질서정연한 선진 문화 제도는 조선 연행사들을 통해서 조선조에 많은 영향을 끼쳤을 것이다. 청나라의 연희청에서는 관객들이 과자와 술과 안주 등을 자유롭게 먹으면서 연희를 관람한다. 이것도 박사호 일행에게는 특별한 인상을 주었던 것으로 보인다. 다음은 이런 연희청에서 연행했던 연희의 제목들이다.

(3) 그 연희 이름(제목)에는, 진시황의 아방궁연(阿房宮宴), 초 패왕(楚霸王)의 홍문연(鴻門宴), 한 고조의 남궁연(南宮宴), 위 무제(魏武帝)의 동작연(銅雀宴), 진 무제(晉武帝)의 운룡연(雲龍宴), 수 양제(隋煬帝)의 서원행락(西苑行樂), 당 태종의 칠덕무(七德舞), 송 태조의 청류관전(淸流關戰), 금 태조의 용왕묘전(龍王廟戰), 원 세조의 혼하전(渾河戰), 명 태조의 금릉전(金陵戰), 그 밖에 거록대전(鉅鹿大戰), 적벽대전(赤壁大戰)・서원아집(西園雅集)・기정고사(旗亭故事)・왕소군(王昭軍)의 출새행(出塞行), 오손공주(烏孫公主)의 비파행(琵琶行) 등등, 이와 같은 것들을 이루 다 적을 수가 없다.

여기 등장하는 연희는 (1)진시황의 아방궁연, (2)초 패왕의 홍문연, (3)한 고조의 남궁연, (4)위 무제의 동작연[조조가 동작대(銅雀臺)를 짓고 기첩들을 모아 놓고 벌인 잔치], (5)진 무제의 운룡연, (6)수 양제의 서원행락, (7)당 태종의 칠덕무, (8)송 태조의 청류관전(송나라 태조 조광윤이 안휘성에 있는 청류산에서 남당을 습격하여 이경의 십만대군을 무찌른 싸움), (9)금 태조의 용왕묘전(금나라 태조 아골타가 요령성에 있는 용왕문에서 요나라를 무찌른 싸움), (10)원 세조의 혼하전(원나라 세조 홀필렬이 송나라 군사를 무찌른 싸움), (11)명 태조의 금릉전(명나라 태조 주원장이 금릉에서 원나라 군사를 무찌른 싸움), (12)거록대전, (13)적벽대전, (14)서원아집, (15)기정고사, (16)왕소군의 출새행, (17)오손공주의 비파행 등등이라 하여 17종을 소개하고 있다. 어떤 기록을 참고로 하였을 것이 분명한데, 아마 당시에 이미 이런 연희의 팜플릿이 관람객들에게 배포되었을 듯하다. 다음은 이런 연희의 분장과 내용에 관한 간략한 보고다.

도022. 청대의 기계연희 2장면

(4) 그 의관은 모두 역대의 제도를 모방하고, 인물은 다 각 사람의 모습을 닮게 본떴다. 한 놀이를 벌일 때마다 반드시 먼저 한 패(牌)를 걸어서 그 이름을 표시하며, 당시의 사적을 시늉하여 나타내고, 또, 익살을 섞어서 웃음거리로 제공한다. 처음에는 보좌(寶座)가 하늘같이 높다란데 잔칫상을 높이 벌이고, 검패(劒佩)가 예절에 맞추어 위엄 있게 걸으며[趨蹌] 일산과 우선[繖扇]이 옹위하고 질장구를 치며[擊缶] 노래하는 것이 보이더니, 갑자기 변하여 청유옥장(靑油玉帳)이 되어 방패를 들고 곧바로 들어와서 옥두(玉斗; 술구기)를 쳐서 깨뜨리고 칼춤이 난무한다. 또, 갑자기 변하여 검을 빼어 기둥을 치고 술에 취하여 마구 호령하더니, 또, 갑자기 변하여 치장한 궁녀와 잘 길들인 좋은 말, 수놓은 연(輦)이 그림자처럼 따르면서 청야유곡(淸夜遊曲)을 부르는 장면이 된다. 이번에는 또, 변하여 간우무(干羽舞)를 추는 뜰이 되는데, 용맹한 장수가 잘라 온 목을 바치며 추장이 일어나서 춤을 추더니, 갑자기 또, 변하여 베에 그린 층성(層城)이 되는데, 병사를 지휘하여 관문을 베면서 뚫고, 혹은 철기(鐵騎)가 돌격해 나오는데 칼과 창이 일제히 울며, 혹은 누선(樓船)이 돛을 올리고 정기(旌旗)가 성을 둘러싸며, 혹은 배를 침몰하고 솥을 부숴 버리고 창을 가로놓고 시를 읊기도 하며, 혹은 문인사객(文人詞客)이 물가에서 시를 짓기도 하고, 혹은 미인이 다락에 의지하여 옥문곡(玉門曲)을 부르기도 하고, 혹은 피리를 불며 봄을 희롱하면서 홍장(紅粧)에 눈물을 흘리기도 하며, 혹은 말 위에서 한 곡조 타는데 그 음조가 매우 처량하다.

이처럼 이 연희는 앞에서 소개한 연희 제목별로 그 시대 역사의 주역과 상대역과 조역을 설정한다. 그리고, 그 주역의 역사적인 무대에다 각기 맡은 역을 분장・등장시킨 연극으로 장편의 역사물이다.

(5) 대저 연희의 묘처는 오로지 달리고 쫓고 돌고 할 즈음과 말을 주고받고 하는 사이에 있는데, 연극을 구경하는 사람들이 가끔 우뢰같이 소리를 지르며 웃건마는 우리나라 사람들은 말이 통하지 않아서 마치 진흙으로 빚어 놓은 사람같이 앉아 영문을 모른다. 내 마음속에 한 꾀가 생겨 그동안 친해 놓은 이웃 상인 장청운(張靑雲)을 시켜 일일이 그 말을 대신하여 전하게 하고, 또한 통역을 시켜 장의 말을 번역하게 하여 듣는 한편, 그 연극 이름을 쓴 패를 보고 그 사적을 상상하면서 보니, 조금은 짐작하여 알 만하나 의심스러운 것은 빼버려 가면서 밤새도록 구경하다가 파하였다.[25] (번호 (가)~(마)는 저자)

이것은 당시 이 연희의 관객에 관한 보고다. 대사를 알아듣는 관객은 연희에 동참하고 있지만, 그렇지 못한 관객은 석고상처럼 굳어 무감각해져서 연희 밖으로 고립되고 만다. 박사호는 연희에 동참하려고 통역을 내세워 대사를 확인하면서 밤을 새워 이 연희를 감상한다. 아마 이 연희는 그 스케일이 아주 큰 장편의 역사물이었던 것 같다.

2-2-8. 북경의 광대놀이

이재흡의 부연일기(赴燕日記)는 순조 28년(청 선종 8. 1828) 진하 겸 사은 사행(進賀兼謝恩使行)의 의관 및 비장으로 수행한 저자 미상의 연행(燕行) 기록이다. 이 연행사는 정사에 남연군 구(南延君球), 부사에 이규현(李奎鉉), 서장관에 조기겸(趙基謙)이었다.

다음은 의관으로 수행한 부연일기의 작자 일행이 북경의 정양문(正陽門) 동쪽 뒷문인 숭문문에서 본 광대놀이다.

> 6월 13일(신사) 맑음.
>
> 밥을 먹은 뒤 숭문문[崇文門; 정양문(正陽門)의 동쪽 뒷문]으로 걸어나가 광대놀이를 구경하였다. 성 안팎에 광대놀이를 하는 누가 수백 개소나 되는데, 그 집 제도가 굉장히 웅대하고 기구도 사치 화려하였다. 그 복색이나 기계가 결코 우리나라에서는 마련할 수 없는 것인데다가 그 놀이하는 법도 또한 달랐다. 가령 홍문연(鴻門宴) 잔치 같은 것이라면, 배우들이 각기 한 가지 책임을 맡아, 항우(項羽)나 패공(沛公) 노릇하는 자가 있으면, 장양(張良)・번쾌(樊噲)・범증(范增)・항장(項莊) 등 각기 그 사람으로 분장하고, 춤추는 사람, 노래부르는 사람이 박자에 따라 동작을 하며, 포(袍)・홀(笏)・갑주(甲冑)・의상(衣裳)・관대(冠帶)・창검(槍劒)・번당(幡幢)・기치(旗幟)・축물(畜物) 등 갖가지 장치가 정교하고 새로웠다. 악공(樂工)은 모두 의자에 걸터앉아 동작하고, 주위에는 층층 난간을 하여 관람하는 사람이 겹겹 막히거나 서는 폐단이 없으며, 간간히 자리를 살 수 있도록 하여 또한 매우 편리하고 규모가 있

---

25) 박사호, 심전고, 179~182쪽.

었다.[26]

이처럼 당시 청나라의 수도 북경에는 광대놀이를 하는 공연장이 수백 개나 있었다. 이런 공연장은 웅대하고 화려하였으며 희자의 복색이나 기계 등은 당시 조선으로서는 모방하기조차 힘들 만한 규모라고 본다. 연희의 방법 또한 조선과는 아주 다른 것으로 본다. 그리고, 분장이나 춤이나 노래가 조선보다 훨씬 정교하고 참신하다고 평가하고 있다. 이 부연일기의 작자는 악공들이 의자에 앉아서 연주하는 모습과 관람객의 불편을 없애려고 관람석을 계단식으로 만든 것을 보면서 문화적인 충격을 받는다. 이런 문화 충격은 귀국 후 어떤 형식으로든 조선에 영향을 끼쳤을 것이다. 이 부연일기의 작자는 이러한 것을 편리하고 규모 있다고 평가하고 있다.

2-2-9. 광대놀이의 음절(音節)

다음은 의관으로 수행한 부연일기의 저자 일행이 북경에서 진방해(陳方海) 등과 대화한 내용이다.

> 6월 29일 "연경(燕京)에 들어와 더러 광대놀이를 들어 보았는데, 그 음절(音節)이 구성지니, 여항(閭巷)의 곡조가 묘악(廟樂)이나 어악(御樂)·가송(歌頌) 등의 음률과 같지 않아서 그렇습니까?" 하니, "내성(內城)에서 연극하는 노래는 서쪽 사람이 많으므로 그 음성(音聲)이 바로 서방의 상성(商聲)이요, 외성(外城)은 남쪽 사람이 많으나 그 성음이 모두 오랑캐의 곡조를 익힌 것으로 음악이 모두 오랑캐 음악이므로 사당에 들이는 음악은 자연 같지 않으며 또한 노래를 부르며 광대놀이도 없습니다." 하였다.[27]

---

26) 이재흡, 부연일기, 313쪽.
27) 이재흡, 부연일기, 340쪽.

이처럼 당시 북경 내성의 연희 음악은 주로 서방 음악이었으며, 북경 외성의 연희 음악은 주로 남방 음악이었는데, 남방 음악은 격이 낮은 음악으로 인식되어 있다. 그뿐 아니라, 묘악과 연희 음악은 같은 것이 아니었다. 이 부연일기의 저자는 그러한 것을 쉽게 변별할 수 있는 음악적 소양을 가진 사람이어서 여항 음악과 묘악의 가락에 관해서 의문을 갖고 그런 의문점에 관해서 해답을 얻었다.

2-2-10. 중국의 상악(喪樂)

다음은 의관으로 수행한 부연일기의 작자 일행이 주견제사(主見諸事)의 풍속 곧 예절에 관한 기록에서 중국의 상악(喪樂)에 관한 보고이다.

> 비록 빈천한 사람이라 하더라도 초상이 났을 적에 악곡(樂曲)을 사용하는 것은 예제상 폐지할 수 없는 것이라 한다.[28]

이처럼 중국은 조선과 달리 그들의 상례(喪禮)에 상악(喪樂)과 상사연희(喪事演戱)와 상장무(喪葬舞)가 있어서 조선 연행사의 여러 기록에 이에 관한 기록이 빈번하게 나타나고 있다. 당나라의 기록에 상례에 기악(伎樂), 곧 악상(樂喪)을 썼다고 한 것을 보면 그 유래가 아주 오래인 것을 알 수 있다.[29] 그리고, 당나라와 송나라 때 관부에서 그런 민간 상악의 폐단을 들어 한때 그것을 금지하려고도 하였으나 금지할 수 없었으며 후대에도 계속하여 행해졌다.[30] 신분과 관계없이 상례에 상악과 상사연희와 상사

---

28) 이재흡, 부연일기, 394쪽.

29) '世人死者有作伎樂 名爲樂喪 魌頭以存亡者之魂氣也'. 唐代 段成式의 酉陽雜俎 권13.

30) 唐代의 唐會要 卷38 葬篇과 全唐書 卷 852 高鴻漸의 上疏 참조.

무가 따르는 당시 청나라 장속에서 또 한번 문화적 충격을 받고 있다.

2-2-11. 연산관과 북경의 광대놀이

다음은 부연일기의 주견제사(主見諸事)에 있는 연산관과 북경의 광대놀이다. 그중 연산관의 광대놀이는 (1)~(3)이고 북경의 광대놀이는 (4)~(12)이다. 먼저 연산관의 광대놀이를 보기로 한다.

(1) 연산관(連山關)에 이르러 도중에서 처음으로 광대놀이를 보았다. 대개 갈돗자리로 얽어서 높은 다락을 만들고 부계(浮階)를 만든 다음 장막으로 간막이를 하였는데, 금북[金鼓]이 그 속에 있었다. 밖에는 월금(月琴)・현자해금(弦子奚琴)・피리[觱篥]・적(笛)・퉁소 등의 악기를 설치했으며, 광대들은 장막 안에 들어가서 옷을 갈아입거나 얼굴에 화장을 하고 나왔는데, 매양 1회를 연주할 적마다 그 형태는 백 가지나 되었다. 따로 모양이 다른 의관을 착용하였는데, 혹은 남자로 만들기도 하고 혹은 여자로 만들기도 하였다. 군왕(君王)은 곤룡포(袞龍袍)와 옥대(玉帶)를 갖추었고, 장군에게는 금투구와 은갑옷을 입혔다. 무릇 다른 옷 색깔도 모두 금수(錦繡)나 능단(綾緞)으로 하였는데, 산뜻하고 좋은 것을 극도로 갖추었으며, 잡용(雜用)의 기구는 모두 새것으로 갖추어져 아주 많았다.

(2) 무릇 광대라고 하는 것은 모두 있는 사실대로 모양을 본뜬 것인데, 가령 홍문연(鴻門宴)이라고 한다면, 유방(劉邦)과 항우(項羽)가 있고, 항장(項莊)・범증(范增)과 번쾌(樊噲)・장양(張良) 등 여러 종자(從者)들과 칼과 창으로 호위하는 자들이 있어서 매회마다 이렇게 하였다.

(3) 우리나라의 광대들은 한 사람이 여러 가지 행동을 겸해서 하는데, 저들의 광대들은 각기 맡은 바가 있어서 몇 십 명인 줄을 모르겠다. 그들이 분장하는 데는, 부녀자는 참으로 그럴싸하였으나 장군은 믿기에 의심스러웠다. 입으로는 주문(呪文)과 노래를 부르면서 절차에 의한 동작으로 춤을 너울너울 추었으며, 동쪽으로 들어갔다가 서쪽으로 나오는데, 음악은 고저를 따랐다.

이처럼 북경을 가는 도중 연산관에서 본 광대놀이는 광대놀이의 희장을 높게 가설하고 여러 종의 악기가 등장하며 희자의 신분별 분장이 아주 화려하고 호화스럽다. 그리고, 광대놀이의 내용 구성은 삼국지류의 역사물이다. 조선의 광대는 일인다역을 하는데, 청나라의 광대는 일인일역으로 많은 희자들이 무대에 등장하는 것이 조선과 다르다고 보았다. 한편, 작자는 이 연희에서 분장술의 사실성에 감탄한다. 다음은 북경에서 본 연희다.

(4) 연경(燕京)에 이르러 광대들이 사는 거리를 구경하였는 데, 붉은 종이에다 방(榜)을 내걸기를, '모방 모관 모사 경희신연…'(某坊某官某事慶喜新演)이라 하였다. 그곳에 이르니, 12양(樑)의 큰 누와 네모 반듯한 층각(層閣)이 있었다. 안은 80여 간이나 되고, 중앙에는 당(堂)을 만들어서 광대들이 여기에서 유희(遊戱)하는데, 융단을 깔아놓았다. 그리고, 높은 평상과 의자・탁자는 좌우로 배치되었고, 장막・깃발・칼・창은 누 앞에 갖추어져 있었다. 금자로 된 액자와 주련의 글자들은 번쩍거려 광채가 있었으며, 악부(樂夫)들은 벽을 등지고 각기 의자에 걸터앉아 있었다. 후면은 간막이를 하여서 방과 같았는데, 광대들이 여기에서 옷을 갈아 입었다. 북과 나팔의 기구도 모두 그 가운데 두었다.

여기서 작자는 다른 연행록에서 쉽게 찾아볼 수 없는 새로운 체험을 한다. 그것은 북경에서 광대들이 모여 사는 광대촌을 구경한 것이다. 이 광대촌에서 맨 먼저 눈에 들어온 것은 '모방 모관 모사 경희신연'이라는 현수막이다. 여기서 '신연(新演)'이라고 한 것을 보면 주기적으로 어떤 새로운 프로의 공연이 있었던 것 같다. 그곳에는 80여 칸에 몇 개의 층으로 이루어진 네모 반듯한 연희청이 있었다. 그 연희청의 중앙에다가 광대들의 공연 무대를 만들고 그 무대 위는 카펫을 깔았다. 이 무대를 중심으로 의자와 탁자를 좌우로 배치하고 연희에 쓰이는 장막, 깃발, 칼, 창 등 여러 소도구들은 연희청 앞에 진열되었다. 연희의 악부(樂夫)들은 벽을 등지고 의자에 앉아 있다. 후면의 막 뒤에는 소도구실 겸 분장실이 있다. 이것은 당시 북경의 광대촌과 그곳에 있는 연희청에 관한 정보다.

(5) 동·서쪽에는 문을 만들어서 비단 장막을 쳐놓고 광대는 서쪽에서 나왔다가 동쪽으로 들어갔으며, 누 4면에는 층마루와 뜬난간을 만들어서 층마다 사람을 앉히고 사방에서 다같이 구경하게 하였다. 누 위에는 무려 천 백 개의 좌석을 쌓고 뜰 가운데다 두루 설치하되 질서 있게 간격을 만들어서 줄을 맞추어 앉게 하였으며, 제각기 한 걸상을 맡아서 앉았는데, 뒤에 있는 자는 한 걸상씩을 치올려 놓아서 희대(戲臺)를 바로 보아도 시야가 가리워지거나 방해될 염려가 없었다.

이처럼 무대의 동서쪽에는 출입문이 있는데, 광대는 서쪽에서 나오고 동쪽으로 들어간다. 모든 층의 누 4면에는 층마루를 만들어서 관객을 앉혔다. 관객석은 아주 질서정연하게 배치되어 있으며, 층마루를 만들어서 좌석을 배치했기 때문에 어느 곳에서도 무대가 잘 보였다. 이러한 연희청을 보면서 작자는 새로운 문화의 충격을 받는다.

(6) 누 위에는 1~2간에서부터 뜰에 이르기까지 앉은 걸상마다 각기 세전(貰錢)의 정가가 있었는데, 누의 제1간의 세전은 20민(緡)에 이르렀으며, 나열된 걸상은 줄이 맞추어져서 앞과 뒤가 제대로 맞았다.

또, 마주보는 두 군데에다 길고 커다란 높은 걸상을 설치하고 다과(茶果)와 음식물을 먹는데 편리하게 하여 좌우에서 팔았다. 구경하는 사람들은 좌석이 찬 것을 가지고 한정을 두었으며, 좌석이 이미 다 차게 되면 문을 닫고 받아들이지 아니하였다.

이처럼 관람석은 좌석별로 요금이 달랐는데, 맨 앞좌석이 상석으로서 당시 20민(緡)씩이나 했다. 관람석의 양쪽에는 음식과 다과를 파는 대가 설치되어 있으며 만석이 되면 문을 닫고 입장을 불허한다. 작자에게는 이런 제도가 모두 문화적 충격으로 받아들여진다.

(7) 비로소 장막 안에서 커다란 북을 두드리면서 나오는데, 먼저 미인과 광대가 나오고 소동(小童)·예쁜 남색(男色)들이 분장을 하고 나왔다. 이 밖에도 왕공(王公)·장군·귀국(鬼國)·외뢰(碨礧)·창수·검객·거북·사자·나귀·말·곰·범의 무리들이 모두 분장하여 나

왔다가 들어가며 분잡하게 놀이를 하였으나, 다만 말을 알 수가 없어서 무슨 일인지 모르는 것이 한스러웠는데, 대체로 요염한 것을 가지고 놀이를 한 것이었다.

이처럼 북소리를 시작으로 막이 열렸다. 미인과 광대가 먼저 나오고 소동과 남색(男色)이 분장하고 나온다. 이어서 왕공・장군・귀국・외뢰・창수・검객과 거북・사자・나귀・말・곰・범 등이 등장한다. 그러나, 대사를 알아들을 수가 없어서 감상을 제대로 하지는 못한다. 대체적으로 요염한 내용으로 이해하였다.

(8) 가장 구경할 만한 것은 창부(槍夫) 네 사람과 검부(劍夫) 네 사람이 뒤섞이어서 날뛰었으니 이것은 교봉희(交鋒戲)였다. 여덟 사람이 엎치락뒤치락 재주를 넘다가 거꾸러질 적에는 떨어지는 것과 같고 뛸 적에는 한 발을 넘으며 날쌔기는 원숭이와 같으니, 틀림없이 하나의 공[毬子]이었는데, 칼날들이 교접하는 동안에는 잠깐 나왔다가 없어지기도 하여서 구경하는 자로 하여금 혼이 놀라게 하였으며, 수시로 옷을 갈아입거나 제각기 얼굴을 바꾼 것이 몇 십 차례인 줄을 몰랐다.

이처럼 작자가 가장 구경할 만한 것으로 생각한 것은 창부와 검부 여덟 명이 벌인 교봉희(交鋒戲)다. 이 연희를 보면서 작자는 묘기에 가까운 연기와 잦은 분장술에 경탄을 하고 있다.

(9) 악구가 넉넉하고 화려한 것과, 복색이 곱고 찬란한 것과, 누헌(樓軒)이 넓고 큰 것과 유희(遊戲)가 활발한 것은 대략 창설한 비용을 계산해 볼 적에 은 수만 냥이 넘었으며, 음악 1회분을 밥 세 그릇 먹을 동안으로 친다면 연순(連旬)의 유희는 몇 회가 되는지 모른다. 매양 다른 구경이 있을 때마다 기계가 같지 않았으니 그 설치한 기구를 상상할 만하다.

이처럼 작자는 이 연희의 제작 규모와 제작비에 깊은 관심을 갖는다. 넉넉하고 화려한 악구, 찬란한 복색, 광활한 연희청은 은 수만 냥이 넘는 재원이 아니고서는 불가능하다고 본다. 그리고, 음악 1회분을 밥 세 그릇 먹는 시간으로 셈하여 볼 때 공연 시간 또한 충격적이라는 것이다. 한 막 한 막을 시작할 때마다 각기 다른 무대와 소도구가 등장하는 것도 당시 조선 선비의 생각으로서는 감당하기 어려운 문화적 충격이 되었다.

(10) 악기에는 긴 거문고와 큰 비파도 없으며 또한 적당하게 울리는 희음(希音)도 없었다. 악기의 법은 장(章)이 있고 횟수가 있어서 우리나라의 노래 한 편에 음악 한 곡과 춤 한 바탕 추는 예와는 같지 않았다.

이처럼 이 연희에는 거문고와 비파가 없었으며 희음 또한 없었다. 작자는 연희에 다소의 조예가 있었던 것 같다. 당시 조선의 경우는 노래 한 편에 음악 한 곡과 춤 한 바탕이라고 하면서 중국의 이 연희에서 악기의 법이 장이 있고 횟수가 있는 것은 조선과 다르다고 이해한다.

(11) 천자의 잔치에도 모두 광대놀이를 하였는데, 수레 앞에서 울리는 풍악은 음절과 더불어 약간은 달랐는데, 광대놀이의 곡조처럼 소리가 촉박한 것은 면하지 못하였으나 아정(雅正)한 것은 역시 비슷하였다.

이처럼 청나라 천자의 잔치에서도 광대놀이를 하였는데, 다만 연희의 음악은 민간에서와는 달리 아정한 음악을 연주하였다. 이처럼 작자는 가락에 대한 식별력을 가지고 연희를 감상하였다.

(12) 안에서 연주한 여러 곡들은 역력히 들 수 없으나 여기의 27회분은 역시 광대놀이의 곡명이다.

팔일무우정(八佾舞虞庭) · 점장(點將) · 쟁인(爭印) · 교봉(交鋒) · 부형(負荊)[이 다섯 곡은 금수도(錦繡圖)임] · 연희석조(延禧錫祚) · 입향래왕(入享來王) · 시천빙인(始倩氷人) · 선

요교객(旋要嬌客) · 유색승룡(謬索乘龍) · 도요과봉(徒邀跨鳳) · 동방오구(洞房娛救) · 선도기장(仙島奇藏) · 도서재현(圖書載現) · 과척유양(戈戚維揚) · 제번식전(諸番息戰) · 만국동구(萬國同球)[이 10곡은 태평왕회(太平王會)임] · 복록수(福祿壽) · 순양축국(純陽祝國) · 구망전경(句芒展敬) · 산령서응(山靈瑞應) · 사림가락사(士林歌樂社) · 희흡상화(喜洽祥和) · 사해승평(四海昇平) · 삼원백복(三元百福) · 태평유상(太平有像) · 만수무강(萬壽無疆)[이 10곡은 천추절(千秋節)에 연주하는 곡명임][31] (번호 (1)~(12)는 저자)

이처럼 이 연희의 곡은 아니라고 하면서도 별도로 27회분의 연희곡 이름을 기록하고 있는 것을 보면 작자는 이 연희기를 쓰기 위해서 광범위한 여러 가지의 조사활동을 벌인 것 같다. 첫번째의 5곡은 금수도이고, 그다음 10곡은 태평왕회이고, 마지막 10곡은 천추절에 연주하는 곡이라고 쓰고 있다. 그러나, 태평왕회는 10곡이 아니라 12곡이어서 모두 27곡으로 구성된 것임을 알 수 있다.

2-2-12. 잡희(雜戱)

다음은 부연일기의 주견제사에 있는 잡희다. 이 잡희에는 다른 연행록에서 보기 어려운 새로운 연희의 정보가 들어 있다.

성문(城門)으로 통하는 거리에는 매양 잡희(雜戱)가 있어, 광대들이 서로 모여서 혹 쟁검(鎗劒)을 쓰기도 하고, 혹은 탄환으로, 혹은 막대기로도 하는데, 주먹질하고 발질하는 법과 손과 머리의 형세가 종종 씨름하는 장난을 하였다.

덕승문(德勝門) 안과 지안문(地安門) 밖에도 희막(戱幕)이 있어서 장막으로 막아 간을 만들어 놓았는데, 장막 속에서는 노래를 부르는 듯 주문을 외는 듯, 거문고를 타고 피리를 불며, 북을 치고 춤을 추는데, 구경하는 자들이 담처럼 둘러섰다. 말 위에서 잠깐 보니 간막이를 한 곳이 있어 마치 유지창[油窓]이 비치는 듯한 가운데 어떤 물건의 전체가 창문에 붙어 있어 사

31) 이재흡, 부연일기, 397~400쪽.

람도 아니고 귀신도 아니며, 진짜도 아니고 그림자도 아닌 것이 활동하여 돌면서 춤을 추는데, 긴 몸과 긴 팔뚝에 발가벗은 몸이 바로 흑색이며, 얼굴과 머리는 완연히 원숭이 따위였으니 혹시 창문에 비쳐서 원숭이를 희롱한 것일까? 아니면 따로 요술하는 그림자가 있는 것일까? 매우 분명하지 않았다.[32]

이 부연일기의 저자 일행은 덕승문 안과 지안문 밖에서 희막을 본다. 그 희막 안에는 유지창 같은 스크린에서 흑색 그림자가 활동을 하고 있다. 그것이 무엇일까 하는 의문과 원숭이의 희롱 또는 요술이라는 추정을 해보는 강한 호기심이 발동을 한다. 그들은 처음으로 청나라의 그림자 연극을 본 것이다. 중국의 그림자 연극은 기원전 121년 한 무제와 그의 애첩의 죽음에 관한 전설과 기원전 205년 한 고조에 관한 설화에서 그 기원을 찾아보려 하는 이가 있을 정도로 역사가 길다. 조선은 동국세시기에 소개된 망석중놀이를 그림자극으로 보기도 한다. 조선 연행사들은 강한 조명으로 스크린에 그림자를 만들어 보이는 그림자 연극을 처음 본 것이다.

2-2-13. 옥하관기

김경선(金景善)의 연원직지(燕轅直指)는 1832년(순조 32) 그가 서장관으로 정사(正使)는 서경보(徐耕輔), 부사(副使)는 윤치겸(尹致謙)과 같이 연경을 다녀온 기록이다. 이때 서경보는 대호군[大護軍; 현직이 아닌 오위(五衛)의 종삼품 벼슬]이었으나 판중추부사(判中樞府事; 중추부의 종일품 벼슬)의 가함(假銜)을 썼고, 윤치겸은 부호군(副護軍; 현직이 아닌 오위의 정사품 벼슬)이었으나 예조 판서의 가함을 썼다. 따라서, 삼사신 중 가함을 쓰지 않은 것은 서장관인 저자뿐이다. 가함을 쓰는 것은 겉으로는 사대의 예를 표하면서 심복(心

32) 이재흡, 부연일기, 409~410쪽.

服)하지 않는 것을 뜻한다. 또, 상당한 직위에 있는 종친 및 대신을 사신으로 보내는 것이 사대사행의 규례이나, 마땅한 자격자가 없을 때엔 낮은 관직에 있는 자를 가함을 쓰게 해서 보내기도 했던 것이다.

다음은 북경의 조선 연행사 숙소에 관한 기록이다. 조선 연행사들이 그들의 숙소를 그냥 관소라고 많이 쓰고 있는데, 여기 옥하관기는 그들이 말한 관소에 관한 기록이다.

옥하관기(玉河館記)

명(明)나라 때에는 우리 사신이 북경에 이르면, 예부(禮部) 근처에 있는 여관에서 우거하고 있었는데, 순치(順治) 초년부터 이 관(館)을 짓고 우리 사신들을 거처하게 했다는 것이다. 이 관이 옥하(玉河)의 곁에 있기 때문에 옥하관이라고 하고, 혹은 남관(南館)이라고로 하다가, 건륭(乾隆) 임진년(영조 48, 1772)에 회동관(會同館)이라 사명(賜名)하여 관문에 '회동 사역관'(會同四譯館)이라고 편액했다는 것이다.

그런데 이 관은 중간에 악라사(鄂羅斯) 사람들이 점령하고 있었다. 그 사람들은 성품이 몹시도 흉한(凶悍)하여, 제재할 수가 없으므로, 다시 관 하나를 건어호동(乾魚衚衕)에 마련하고 이름을 서관(書館)이라 하여, 우리 사신을 이접시켰다.

이곳은 바로 옛날 도비(都丕)의 저택인데, 도비는 죄가 있어 형륙을 당하고, 그 권속들은 많이 자살을 하였다. 그래서, 그 집에는 귀수(鬼祟; 귀신의 빌미로 생기는 좋지 않은 일)가 많았으나, 집만은 웅장하고 화려하여 옥하관보다 나았다.

그런데 악라사 사람들이 또, 이 관을 옮겨 점령하였기 때문에 우리 사행은 다시 옥하관에 관사를 정했다. 그러나, 혹 사행(使行)이 두 패가 서로 마주쳐서 악라사 사람들과 서관을 나누어 쓰게 하면 그들은 매우 싫어하고 괴로워하므로 요사이는 아무리 서로 마주치더라도 이 옥하관에서 거처하였다는 것이다.

삼가 상고하건대, 선조 문정공(文貞公)이 사신으로 와서 이 관에 머물 적에 세보(世譜)를 편찬하였는데, 그 서문(叙文)의 끝에 '옥하관에서 쓴다 운운.' 하였으니, 그렇다면 옥하관이라고 일컬은 것은 이미 명(明)나라 때부터 있었던 것이다. 지금의 옥하관은 똑같이 옥하의 곁에 있지만 관사는 옛날의 것이 아닌지 알 수가 없다.[33]

이처럼 조선 연행사들은 이런 연유가 있는 지정된 이 관소에서 북경 체류 40여 일간을 보낸다. 이곳에 머물면서 그들은 여러 종류의 청나라 연희를 보게 되는데 그것은 대개 자의에 의한 것이지만 타의에 의해서 보는 때도 있다.

2-2-14. 북경 정양문의 장희(場戲)

김경선 일행은 북경의 정양문 부근에서 다음과 같은 장희(場戲)를 보았다. 다음은 장희에 관한 김경선의 기록이다. 여러 연행록 중 김경선의 연원직지는 여러 연희에 관해서 가장 상세한 보고를 하고 있다.

> 계사년(1833) 1월 5일 맑음. 관소에 머물렀다.
>
> 조반 후에 부사 및 여러 사람들과 더불어 구경하러 정양문(正陽門)으로 해서 나가 광덕당(廣德堂) 희대(戲臺)를 지나[별도로 장희기(場戲記)와 제희본기(諸戲本記)가 있다.] 길이 유리창(琉璃廠)을 나오게 되어 책사(冊肆)에서 잠깐 쉬었다가 저물 무렵에 돌아왔다.[34]

이처럼 이날 부사 윤치겸과 서장관 김경선 등 일행은 구경을 하기 위해서 숙소를 떠난다. 정양문으로 해서 광덕전에 가서 희대를 본다. 그리고, 유리창에 가서 책사를 돌아보고 저물 무렵에 숙소로 돌아왔다. 이날 광덕전의 희대에서 본 것을 장희기와 제희본기로 남겼다. 서장관의 직함 때문인지 아니면 작자의 남다른 관심 때문인지는 알 수 없으나 연희에 관해서 아주 성실하고 상세한 조사 보고를 하고 있다.

---

33) 김경선, 연원직지, 13쪽.

34) 김경선, 연원직지, 339쪽.

장희기(場戲記)

(1) 장희란 대개 우리나라의 산붕희[山棚戲; 산대극(山臺劇)을 말함.]와 같은데, 예로부터 있었던 것이나 명(明)나라 말기에 아주 성하였다. 매우 교묘하고 기이한 기예에 상하가 광탕(狂蕩)하며, 심지어 대내(大內; 대궐 안)에 흘러들기까지 하매 사람들이 상서롭지 못한 징조라고 하였다.

이 장희(場戲)는 조선의 산대(山臺)놀이와 같은 것이다. 우리나라의 여러 기록에 산대희, 산대잡희, 산대도감희, 산대나희, 채붕나희, 백희잡기, 백희가무라고 한 것이 모두 산대놀이다. 신라와 고려를 거쳐 조선조에 성행하였으며 양주산대와 송파산대는 현재까지도 전승되고 있다. 중국의 장희가 명나라 말기에 아주 성행하였다고 했는데, 이 무렵은 조선에서도 산대놀이가 성행한 시기다. 산대(山臺)란 산처럼 높은 무대를 일컫는데, 그런 산대를 만들어 놓고 그 위에서 연희를 하는 것이 산대놀이다. 산대를 산붕(山棚) 또는 오산(鰲山)이라고도 하며 오색 비단으로 장식을 하기 때문에 채붕(綵棚, 彩棚)이라고 일컫기도 한다. 일반적으로 조선조의 산대는 규식지희(規式之戲)와 소학지희(笑謔之戲)로 나누는데, 전자는 줄타기・방울받기・곤두박질・토화(吐火)・사자춤・곡예 등이고, 후자는 재담 또는 탐관오리나 양반의 횡포와 비행 등을 극화한 것이다. 이것이 중국에서 궐내까지 흘러들어가서 여러 가지 폐단을 야기시킨 것처럼 조선에서도 그러하였다. 그래서, 인조 무렵에 이의 중단 문제가 거론되었으며, 정조 무렵에도 다시 그런 문제가 제기되면서 쇠퇴하여 간다. 이제 청나라의 장희기를 살펴보기로 한다.

(2) 서울과 외방을 논할 것 없이 무릇 연희(演戲)하는 곳에는 반드시 희대(戲臺)가 있고, 그 재물을 내어 영건(營建)한 자를 희주(戲主)라 한다. 그 창립하는 비용은 은이 7만~8만 냥이 넘게 들고, 또, 해마다 수리한다. 희자(戲子; 연극하는 자)를 불러 놀이를 베풀어 값을 받아서, 위로는 관세(官稅)를 바치고 아래로 희자들의 삯을 주며, 그 나머지는 희주 자신이 가지

니, 그 돈을 많이 거둠을 알 수 있다.

이것은 당시 청나라 연희 제도의 실상을 이해하는 데 많은 도움을 주는 기록이다. 서울이나 지방이나 연희를 하는 곳에는 반드시 희대가 가설되어 있다. 그 희대(戱臺)를 마련하여 그것을 경영하는 사람을 가리켜서 희주(戱主)라고 하였다. 따라서, 희주는 요즈음의 극장 주인이다. 당시 희대 하나를 만들어서 경영하는 데는 은이 7만 내지 8만 냥 정도가 소요되었다. 희주는 희자(戱者), 곧 요즈음의 배우를 사서 연희를 하며 입장료를 받아서는 세금과 배우들의 공연료를 지급하고 남는 것이 희주의 몫이다. 상업적인 연희 극장 제도의 출현을 볼 수 있다.

(3) 희대의 제도는 벽돌을 쌓아 넓은 집을 만들었으니, 높이는 6~7길[丈]은 됨 직하고 네 귀가 고르며, 넓이는 50~60간 됨 직한데, 간마다 긴 대들보이며, 북쪽 벽 아래에다 9분의 1을 잘라서 간가(間架)를 만들어 비단 휘장으로 가렸다. 휘장 좌우 쪽에는 문이 있고 문에는 발[簾子]를 드리웠으니 희구를 간직하고 옷을 바꿔 입는 장소다. 휘장 앞에는 남쪽을 향해 방단(方壇)을 쌓았는데 둘레가 7~8간은 될 만하니, 이는 연희하는 장소다.

이것은 당시의 희대에 관한 기록이다. 희대는 벽돌을 6~7길이나 높이 쌓아서 만들었다. 그리고, 넓이는 50~60간 정도나 되었다. 간가(間架)를 만들고 비단 휘장을 둘렀다. 조선의 채붕희를 연상케 한다. 그 휘장 안에는 희자들의 분장실과 출입문이 만들어져 있다. 휘장 앞 남쪽에 7~8간의 방단(方壇)이 곧 연희를 하는 무대이다.

(4) 방단 앞으로부터 남쪽 벽 아래까지 긴 책상을 줄줄이 배치하되, 앞의 것은 조금 낮고 뒤의 것은 점점 높게 하여 연희를 보는 자로 하여금 차례로 걸터앉아서 굽어보기에 편리하도록 만들었다. 그리고, 남·서·동쪽 세 벽에는 별도로 층루(層樓)를 만들어 1간마다 각기 정해진 세(貰)가 있는데, 남쪽 벽 한가운데 맨 상루(上樓)의 세는 은 10냥이나 된다고 한다.

남쪽 벽 서쪽 구석에 다만 문 하나를 만들어 한 사람이 그것을 지키다가 관람자가 문에 이르면 먼저 요금을 받고서야 들어가는 것을 허락하는데, 관람자의 많고 적음에 따라 요금이 오르내린다.

이것은 당시 희장(戱場)의 관람석이다. 연희를 하는 무대인 방단(方壇)의 남쪽으로 열을 이루어 질서정연하게 층계를 이루면서 관람석이 배치되어 있다. 그리고, 남과 동과 서쪽에는 특석이 마련되어 있다. 남쪽 중앙에 있는 상루(上樓)의 특석은 입장료가 10냥이나 한다. 남쪽 벽 서편에서 관람객에게서 입장료를 받으면서 입장을 시키는데 관람객의 다소에 따라 입장료가 정해진다. 요즈음과는 다른 입장 요금의 체계이다.

(5) 연희가 바야흐로 시작할 때에, 희주(戱主)가 관람자를 위해 차・술・과일・음식 및 요강[溺器]을 각 관람자의 앞에 베풀어 준다. 관람이 한창 재미로운 장면에 이르면 일제히 웃고 그치며 조금도 시끄럽게 떠드는 일이 없다. 그리고, 비록 음설 희만(淫褻嬉慢)하는 중이라도 절제의 엄정함이 마치 범할 수 없는 군율과 같으니, 또한 대지(大地) 규율의 한 단면을 알 수 있다. 우리 동국 풍속은, 무릇 관광에 관계되는 일에는 큰 갓, 넓은 옷에 몇 겹씩 빽빽이 늘어서서 시끄럽게 떠들어 대기를 그치지 않고, 게다가 떡・술・나물 파는 소리가 그중의 반을 차지하며, 나중 온 자는 보고들을 길이 없어 밀치고 눌러 마지않으며, 심지어는 돌을 던지고 서로 치기까지 하니, 여기에 비교하면 어찌 부끄럽지 않겠는가?

이처럼 연희가 시작되기 전에 희주는 관객 앞에 각종 음료와 과일과 음식을 내놓는다. 관람 분위기는 질서정연하고 정중하고 품위가 있어 보여 감동을 받는다. 그리고, 당시의 조선 사정과 대비하면서 반성적 자괴심(自愧心)을 갖는다. 이러한 과정을 통해서 조선에도 선진 연희문화의 물결이 밀려들어왔을 것이다.

(6) 연암의 열하일기에, "그 음탕하고 사치스러우며 잡스러운 연극은 왕정(王政)에서 마땅히 금해야 하는 것이지만, 한관(漢官)의 위의와 역대의 장복(章服)은 유민(遺民)들의 발돋움하고 보는 바요 후세의 법으로 삼는 바인데, 그것이 여기에 있으니 작은 일이 아니다." 하였다. 대개, 황제(黃帝)·요(堯)·순(舜)으로부터의 그 의관을 본떠서 하지 않은 것이 없고, 또, 충효의열(忠孝義烈)과 오륜(五倫) 등의 일로써 분장 연출한 것이 진짜에 가까우며, 사곡(詞曲)으로써 격동하여 드날리고 생소(笙簫; 피리와 퉁소)로써 흔들어 움직여서 관람자로 하여금 초연히 그 사람을 보는 것과 같아 자신도 모르게 날로 착해지게 하니, 그 악을 징계하고 선을 권면하는 공이야말로 아남(雅南)의 교화와 다를 것이 없다. 왕양명(王陽明)은 말하기를, "소(韶)는 곧 순(舜)임금의 한 가지 연희(演戲)이며, 무(武)는 곧 무왕(武王)의 한 가지 연희이니, 걸왕(桀王)·주왕(紂王)·유왕(幽王)·여왕(厲王)도 또한 한 가지 연희가 있을 것이다." 하였는데, 지금 연출하는 것은 곧 청(淸)나라 사람들의 한 가지 연희인가? 이미 계찰(季札)의 알아줌이 없으니만큼, 그 정치의 잘하고 못함을 갑자기 논할 수 없다. 그러나, 대저, 악률(樂律)이 고고(高孤)하고 극히 높으면 위에서는 아래와 어울리지 않고, 노랫소리가 너무 맑고 격동하면 아래에서 숨기는 바가 없다 하더니, 그 말이 이치가 있는 듯하다.

이처럼 연암 박지원의 연희관과 왕양명의 연희관을 정중하게 제시하고, 그 어느 것에도 좌단(左袒)하지 않으면서 작자의 새로운 연희관을 쓰고 있다. 악률이 고고하고 아주 높은 격으로만 된다면 위에서는 아래와 어울릴 수가 없다. 그리고, 노랫소리가 너무 맑고 격동하면 아래에서는 숨기는 일이 없다. 이것이 작자의 연희관이다. 작자 김경선의 이런 연희관 때문에 연원직지에는 연희에 관한 기록이 유독 체계적이고 적극적으로 나타나 있는 것 같다.

(7) 정양문(正陽門)으로부터 나와 책사(冊肆)로 향해 가는데, 가는 길이 광덕당(廣德堂) 희대(戲臺)를 지나게 되었다. 성신(聖申)과 비장 역관이 들어가 보고 한참 뒤에 돌아왔다. 그들은 이렇게 말했다.

이처럼 이 장희기는 김경선이 쓴 것이지만 장희를 직접 관람한 사람은 성신(聖申)과 비장과 역관이다. 역관까지 대동시켜서 장희를 보아 오게 하고, 그들의 보고를 토대로 이런 장희기를 쓴다는 것은 김경선의 치밀한 사전 기획이 없이는 가능한 일이 아니다. 그런 까닭으로 해서 그의 연원직지에 들어 있는 연희에 관한 기록은 여느 연행록들과 달리 정밀하고 체계적이고 풍성하다.

이 장희기를 쓰기 위해서 김경선은 직접 장희의 역사를 조사하고, 장희의 희대를 조사하고, 여러 종의 희본을 수집하였다는 것을 알 수 있다. 그리고, 성신과 비장과 역관을 동원해서 장희를 관람케 하여 그들로 하여금 상세한 관람 내용 보고를 하도록 하였다. 이런 조직적인 분담 활동을 통해서 이 장희기가 이루어졌음을 알 수 있다.

(8) 그 문에 들어가서 서쪽 벽의 한 누각을 세내어 그것을 보았다. 연희하는 자 두어 사람이 큰 의자 하나를 희단(戱壇)의 북면 남쪽에 놓아 두고 그 좌우 쪽에 작은 의자 10여 개를 벌여 놓고, 악공(樂工) 8인이 붉은 옷, 검은 수건 차림으로 각각 악기를 쥐고 희단 남쪽 가에 차례로 앉아서 풍악을 울린다.

이처럼 역관과 비장과 성신은 입장료를 내고 들어가서 희장의 서편에 좌정하고 연희를 본다. 맨 먼저 무대에 악공 여덟 명이 등장한다. 그리고, 그들이 희단 남쪽에 차례로 앉아서 음악을 연주하는 것으로 연희가 시작된다.

(9) 풍악이 끝나자, 아름다운 수염이 달린 자 한 사람이 머리에는 복두(幞頭)를 쓰고 망포[蟒袍; 곤룡포(袞龍袍)] 차림에 옥띠를 띠고서 휘장 발을 천천히 헤치며 큰 의자 위에 나와 앉는다. 팔짱을 높이 끼고 말없이 단정히 앉았는데, 그 행동거지(行動擧止)가 의젓하였다. 또, 두 사람이 있는데 복식은 우리나라 관복 같은 것을 입고 휘장 안에서 나와서 동·서쪽 의장에 갈라 앉는다. 또, 두 사람이 나오는데 머리에는 뿔 없는 오건(烏巾)을 쓰고 소매가 넓은 검정 두루마기[黑周衣]를 입고 동서로 나누어 선다. 또, 붉은 수건[赤幘]에다 붉은 두루마기를 입

은 여섯 사람이 그의 앞에 벌여 선다. 망포(蟒袍)를 입은 자가 한 가지 명령을 내려 그것을 차례로 전한다. 그래서, 붉은 수건을 쓴 자가 큰 소리로 한 번 부르면, 갑옷 차림에 칼을 찬 자 수십 인이 있어 마치 회오리바람, 나는 새처럼 신속히 단상의 사방으로 진을 치고 지휘를 듣는 듯하다가, 조금 뒤에 헤치기도 하고 모이기도 하며 단상에서 두어 차례 돌다가 다 장막을 헤치고 들어간다.

이처럼 그 첫 번째의 무대는 군왕과 문무대신이 등장한다. 맨 먼저 복두를 쓰고 망포를 입고 옥대를 한 희자가 등장하였다. 그리고, 오건을 쓰고 흑주의를 입은 희자, 붉은 수건에 붉은 두루마기를 입은 6명의 희자, 갑옷 차림에 칼을 찬 수십 인의 희자가 등장하였다가 퇴장한다. 이들 희자의 분장에서 관복은 우리나라와 비슷하다고 하였다.

(10) 또, 융복(戎服) 차림을 한 자 1대(隊)가 나오는데 그중에 네 사람은 우리나라 전건(戰巾) 모양과 같은 작은 수건[小幘]을 머리에 쓰고 몸에는 검은 빛깔의 뒤가 짧은 옷을 입고 각각 쌍검(雙劍)을 쥐고 마주 서서 춤춘다. 처음에는 느릿느릿하다가 점점 급해져서, 손이 난숙하고 칼날이 번쩍거려 마치 배꽃이 어지러이 나는 것 같으며, 혹 사람의 형체는 보이지 않고 뛰고 치고 찌르매, 참으로 살벌(殺伐)한 기운이 있는 듯하다. 게다가 모든 악공이 금고(金鼓)를 울려 성세를 돋우니, 관람자가 모두 두려워서 몸을 움츠린다. 한참 뒤에 뒤가 짧은 누른 옷을 입은 네 사람이 왼손에는 창을, 오른손에는 방패를 잡고 나와서 충돌하매, 칼춤 추던 자는 다 휘장을 헤치고 달려들어가니, 그것은 패해 달아나는 것이다.

이처럼 두 번째의 무대는 융복 차림을 한, 한 그룹의 희자들이 등장해서 그들 중 조선의 전건(戰巾) 같은 것을 쓰고 검은 옷을 입은 네 사람이 쌍검무를 춘다. 검무는 처음은 완만하게 시작하여 점점 날쌔고 살벌한 분위기로 치닫는다. 이어서 황색 옷을 입고 창과 방패를 든 네 사람이 공격해 오자 검무를 추던 희자들은 이들한테 패배하여 막 뒤로 달아난다.

(11) 또, 두 사람이 있는데, 하나는 노랑 상의에 검정 바지를 입고, 하나는 검정 상의에 빨강 바지를 입고 나와서 노래를 부르니, 그것은 승전곡(勝戰曲)이다. 노래가 끝나자, 망포(蟒袍)를 입은 자가 의자에서 내려 들어가고 그 나머지 모든 사람도 그를 따라 들어가니, 온 단상이 조용하였다.

이처럼 세 번째의 무대는 노랑 상의에 검정 바지를 입고, 검정 상의에 빨간 바지를 입은 두 명의 희자가 등장해서 승전곡을 부른다. 이 승전곡이 끝나면서 망포를 입은 희자가 무대에서 퇴장하고 이어서 다른 희자들도 그 뒤를 따라서, 퇴장한다. 여기까지가 제1막으로서, 이 (8)~(11)은 희본(戲本) 지리도(地理圖)와 금교(金橋)까지의 부분일 것 같다.

(12) 중국 복장 차림의 머리가 하얗게 센 노파 하나가 있어 지팡이를 짚고 나와서 얼굴에 노기를 가득 띠고 관람자를 향해 무수히 마구 지껄여 댄다. 또, 나이 18~19세쯤 된 젊은 아낙 하나가 있어 중국 복장에 궁혜(弓鞋; 부녀의 발을 감싸는데 소용되는 가죽신)를 신고 머리에는 푸른 옥비녀 너댓 개와 산호(珊瑚) 가지 두어 줄기를 꽂고 채색 꽃으로 얽고 버들 눈썹[柳眉]에 앵두 입술로 단장하고 몸매가 아주 묘한데, 자못 성낸 뜻을 품고 와서 노파를 향해 중얼대어 마지않으니, 아마 고부(姑婦)간으로서 서로 반목한 듯하다. 노파가 사람을 향해 말한 것은 그 며느리의 죄악을 나무란 것이요, 젊은 아낙이 노파를 향해 말한 것은 자기의 원통함을 호소한 것이다. 대개 희자(戲子)들은 천금(千金)을 들여 나이 어리고 얼굴이 아름다운 자를 사서 연동(孌童)이라 이름하고 짙은 화장에 성대한 장식을 시켜 늘 여자의 모습을 익히는데, 다만 그 발이 크기 때문에 바지 속으로 감추고 가궁족(假弓足)을 만들어 발밑에 매단다고 한다.

젊은 아낙이 낮은 목소리, 풀린 얼굴로 휘장 안으로 들어간 뒤에 떡 한 접시를 손에 받들고 나와 노파에게 공손히 올리니, 노파는 받아서 땅에 동댕이친다. 그런데 홀연히 큰 개 한 마리가 휘장 밖으로 나와서 버린 떡을 물고 가 버린다. 젊은 아낙은 또, 휘장 안으로 들어간 뒤에 찻잔을 받들고 나와서 노파에게 올리니, 노파가 받아서 땅에 던져 버리자, 개가 또, 나와서 찻잔을 물고 가 버린다. 이에 젊은 아낙은 갑자기 얼굴빛이 변하며 노파를 밀어 넘어뜨리고 노파의 허리를 잡고 마구 때리니, 노파는 분노를 이기지 못해 큰 소리로 마구 지껄인다. 그런데, 갑자기 한 소년이 있어, 사냥 도구를 가지고 와서 포(砲)를 탁자 위에 내려놓고 노끈을 의

> 자에 걸어 두자, 젊은 아낙은 얼굴빛을 가다듬고서 물러선다. 노파는 분노가 심하여 머리를 흔들고 손을 휘저으며 소년에게 한바탕 이야기를 늘어놓는다. 소년은 다 듣고 나서 젊은 아낙에게 몇 마디 말하니, 젊은 아낙은 대강 대답한다. 소년은 당황하지도 않고 서둘지도 않고 눈썹을 찡그리며 휘장 안으로 들어간 뒤에 손에 긴 칼을 쥐고 나온다. 젊은 아낙은 그것을 보고 휘장 뒤로 급히 도망치니, 소년은 그를 쫓아 단상을 두어 차례 돈다. 젊은 아낙은 스스로 그의 머리를 풀어트리고 노파 앞으로 달려가서 발악하니, 노파도 또한 맞대해 꾸짖으매, 소년은 칼을 어루만지며 물끄러미 보고 있다. 그런데, 홀연히 또, 큰 개가 나와서 머리를 쳐들고 꼬리를 흔들며 사람 사이를 꿰뚫고 돌아서 가니, 소년은 칼을 휘둘러 그 머리를 잘라 버린다. 그것은 사람이 개의 탈을 쓴 것인데, 머리는 가짜다. 개가 머리를 가지고 달아나고 세 사람도 다 휘장 뒤로 달아나 들어가 버린다.

이처럼 네 번째의 무대에서는 먼저 중국 복식의 백발 노파가 등장한다. 그다음에는 중국 복식에 궁혜를 신고 머리에는 여러 개의 옥비녀와 두어 줄기의 산호가지를 꽂고 눈썹과 입술을 진하게 분장한 십대의 젊은 아낙이 등장한다. 이들은 고부간인 듯한데, 서로 반목하여 노파는 관객에게, 젊은 아낙은 노파를 향해 흉을 보고 호소를 한다. 젊은 아낙이 떡과 차로써 노파에게 환심을 사려고 시도하지만 뜻을 이루지 못하고 개만 좋은 일을 시킨다. 급기야 젊은 아낙은 노파를 구타하고 넘어뜨리는 충돌을 한다. 이때 한 소년이 사냥포를 가지고 등장하자 아낙의 기가 꺾인다. 노파와 젊은 아낙한테 전후 사정 이야기를 다 듣고 난 뒤에 소년은 다시 칼을 들고 나온다. 놀란 아낙은 급히 달아나 노파와 재충돌을 한다. 이제는 개가 한 마리 나타나서 두 사람 사이를 꿰뚫고 설쳐댄다. 이것을 본 소년은 그 개의 목을 친다. 개는 실재의 개가 아니라 사람이 개탈을 쓴 것임이 밝혀진다. 이 (12)는 희본 살견(殺犬)에 해당하는 부분일 듯하다. 조선조 산대놀이 규식지희(規式之戲)에 사자탈춤이 있었는데, 이것은 그에 비견되는 개탈춤이라 할 수 있다. 고부간의 갈등을 개탈춤으로 형상화한 것처럼 보인다. 여기에는 한 사족이 삽입되어 있는데, 그것은 연동(孌童)에 관한 정보다. 청나라 당시 연동이란 어리고 예쁜 아이를 많은 돈을 주고 사서 여자로 변장시켜 육성하여 희자로 썼는데, 그 발이 크기 때문에 가궁족(假弓足)을 썼다는 것이다. 이것은 희본에 없는 작자의 주석이다. 아마 이 무대에는 연동(孌童)이 등장했던 것 같다. 고려조 충렬왕 때 왕실 연희에 등장하는 남장 여대와 여장 남대를 연상케 한다. 이 (12)는 희본 살견(殺犬)에 해당되는 부분일 것 같다.

(13) 중국 장식을 한 매우 고운 소녀 하나가 있어, 화장을 하고 나와 노래를 부르는데, 소리가 극히 간드러지고, 또, 소매가 좁은 옷을 입은 사람이 하나 있어, 거문고를 짊어지고 소녀의 뒤에 앉으니, 그 집 하인인 듯하였다. 또, 수재(秀才) 한 사람이 있어, 당건(唐巾; 중국식 수건)을 쓰고 소매가 넓은 옷을 입고 의자에 나앉아서 소녀를 자주 돌아보며 매우 정사(情思)가 있었다. 그래서, 그는 몰래 거문고 짊어진 자를 불러 낮은 소리로 몇 마디 말하니, 거문고 짊어진 자가 소녀를 향해 한참 동안 밀담을 한다. 소녀가 처음에는 그 말을 거절하는 듯하더니, 마침내는 몸을 일으켜 맞은편 의자에 와서 앉아 그 거문고를 가져다가 스스로 퉁기며 노래하는데, 의사와 맵시가 완전(宛轉)하다.

이처럼 다섯 번째의 무대는 중국 복식을 한 미소녀가 거문고를 든 희자 앞에 등장하여 노래를 부른다. 그리고, 당건을 쓴 수재 한 사람이 그 아리따운 모습에 눈을 준다. 마침내 수재는 거문고 가진 희자를 불러서 뜻을 전하고, 그 뜻을 전해들은 미소녀는 거문고 곡조로 화답을 한다.

(14) 또, 중 하나가 있어 술을 가지고 와서 몰래 거문고 짊어진 자를 불러 한쪽 구석에 앉아 서로 마시기를 권하면서 그의 환심을 얻으려 한다. 술이 취하자, 거문고 짊어진 자의 귀에 대고 소곤거린다. 거문고 짊어진 자는 또, 그 말을 소녀에게 한참 동안 하니, 소녀는 의자에서 내려 마치 중에게 가려는 뜻이 있는 듯하였다. 그런데, 홀연히 어떤 사람 하나가 휘장을 헤치고 뛰어나오는데 좋지 못한 뜻을 품었으니, 그의 남편인 듯하였다. 중과 당건(唐巾) 쓴 수재가 모두 피해 달아난다. 그 사람은 소녀와 두어 마디 말을 하고는 가는데, 그 여자도 휘장 뒤로 따라 들어간다.

이처럼 여섯 번째의 무대는 술병을 가진 스님이 등장하여 거문고를 가진 희자를 불러 그와 더불어 술을 마신다. 그리고, 거문고 가진 자에게 스님의 뜻을 미소녀에게 전하게 한다. 그러자, 갑자기 미소녀의 남편이 나타난다. 수재와 스님은 혼비백산하여 그를 피해 달아나고 남편과 미소녀도 퇴장한다.

(15) 그 여자는 남자를 따라 들어갔다가 곧 다시 나와 의자에 앉아 노래를 부른다. 거문고를 짊어진 자가 또, 아름다운 소년과 함께 나온다. 그 사람이 거문고 짊어진 자를 시켜 여자에게 무슨 말을 전하자, 여자는 손가락을 꼽아 가면서 대답하니, 이것은 날을 세어서 약속하는 듯하였다. 그 사람이 다시 휘장 뒤로 들어가고 여자는 또, 노래를 부르는데 자태가 더욱 예쁘다.

조금 뒤에 그 사람(약속한 사람)이 또, 나와서 맞은편 의자에 앉는다. 거문고 짊어진 자가 촛대와 찻잔 등속을 배설(排設)하니, 아마 서로 약속한 밤인 듯하였다. 두 사람이 서고 마주 보고 말도 하고 웃기도 한다. 거문고 짊어진 자는 의자 뒤에 피해 앉아 있다. 여자는 또, 거문고를 퉁기고 노래를 하는데 아리따운 태도가 사랑스럽다. 그 사람이 먼저 여자의 성을 묻고 그다음에 그의 남편이 무슨 일을 하는가를 물으니, 여자는 아리따운 목소리로 묻는 대로 대답한다. 그 사람은 장사가 잘 되어 생업이 넉넉하고 전당포가 대여섯 군데나 있다고 자랑한다. 여자가 또, 노래를 부르니, 그의 넉넉함을 듣고 기뻐서 노래를 부르는 듯하였다. 그 사람이 무릎을 치며 칭찬하고는 차와 과일로 서로 권커니 잣커니 하며 점점 아름다운 경지로 들어갈 때에 그의 남편이 또, 갑자기 이르러 한 손으로는 휘장을 헤치고 돌아보며 사람들과 말한다. 여자는 남편의 목소리를 듣고 그 사람을 급히 뉘어 의자 뒤의 큰 궤에 넣어서 자물쇠로 잠그고 다구(茶具)를 감춘 다음, 그의 남편을 웃으며 맞이한다. 그의 남편은 의자에 앉아서 몇 마디 말을 한 다음, 삯군 두 사람을 불러 궤를 지우고 전당포로 따라가서 자물쇠 잠근 채로 은 3백 냥을 받아 품속에 넣고 돌아간다.

대개, 먼저 두어 사람이 있어 단상의 서쪽 구석에 전당포를 설치하여 표지를 세우고 그 밑에 열지어 앉아 있다. 궤 속의 사람이 큰 소리로 두어 마디 부르짖으매, 전당포 사람이 매우 놀라서 서로 돌아보며 눈이 휘둥그레져서 머리를 흔들기도 하고 손을 휘젓기도 하며 마구 지껄여 대어 마지않는다. 그것은, 물건이 오래 되어 신이 붙어 어떤 현상인지 모르는 사특한 마귀가 궤 속에 주접한 것이라 여긴 것이다. 맨 마지막에 한 사람이 대담하게 가벼운 걸음으로 가서 궤 가에 귀를 대고 그가 하는 말을 듣고서야 비로소 손으로 귀를 두드리고서 눈썹을 찡

그리며 지껄여 대더니, 본래의 일을 비로소 듣고 그가 같은 전당포의 사람이요 마귀가 아님을 안 듯하였다. 그가 지껄여 대던 바는 그가 험함을 무릅쓰고 이 지경에 이른 것을 나무란 것이다. 이에 궤의 문을 열매 그 사람이 어릿어릿하게 나오니, 여러 사람이 앞을 다투어 그의 뺨을 치고 입을 모아 번갈아 꾸짖는다. 그리고, 드디어 모두 휘장을 헤치고 들어간다.

이처럼 일곱 번째의 무대는 앞의 남편을 따라 퇴장했던 여인이 다시 등장한다. 그리고, 거문고를 가진 이가 한 미소년과 함께 다시 등장을 한다. 미소년은 거문고 가진 이에게 부탁하여 여인에게 뜻을 전한다. 이제 두 사람이 의기가 투합하여 약속한 날 밤에 서로 만나게 된다. 미소년이 돈 많은 전당포를 하는 부자인 것을 알아챈 여인은 마음을 주고 이내 분위기가 무르익는데 갑자기 남편이 들이닥친다. 여인은 그 미소년을 큰 궤 속에 넣고 자물쇠를 잠근 다음에 아무 일도 없었던 듯이 웃음으로 남편을 맞는다. 남편은 그 궤를 가지고 전당포에 가서 은 3백 냥을 받아 가지고 돌아간다. 전당포에서는 궤 속에 든 사람이 큰 소리로 구원을 청하자 모두 놀라서 일대 소란이 벌어진다. 이런 소동 뒤에 궤 속의 사연을 듣고 자물쇠를 열어 보니 같은 전당포 사람이었다. 여러 사람들이 몰려들어 그의 뺨을 때리면서 꾸짖다가 모두 퇴장을 한다. 이것은 조선조의 산대놀이 중 소학지희(笑謔之戱)에 해당하는 소극이다. 한 여인과 세 남자가 벌이는 음란물이면서 교훈적인 소극이라 할 수 있다. 주역으로 한 미인을 설정하고 상대역으로 세 남자를 설정하였다. 세 남자는 정부와 스님과 돈 많은 미소년이다. 그리고, 거문고를 가진 이는 조역이다. 절정은 돈 많은 척한 미소년이 그 정체가 드러나 망신을 당하는데 있다. 이 (13)~(15)는 희본 궤려(跪驢)에 해당되는 부분일 것이다.

(16) 융복(戎服; 군복) 차림을 한 1대(隊)가 있어 각기 창봉기치(槍棒旗幟)와 부월궁도(斧鉞弓刀)를 가지고 칼춤을 추기도 하고 활을 쏘기도 하는데 이기기도 하고 지기도 한다. 또, 미녀 네 사람이 있어 또한 나와서 칼춤을 추는데 능히 남자와 대적할 수 있고, 지난번의 칼춤

에 비해 더욱 기절(奇絶)하매, 관람자가 바로 보지 못한다. 그리고, 근두(筋斗) · 각저(角抵) 등의 놀이를 그중에 뒤섞어 해서 관람자로 하여금 응접할 겨를이 없게 한다.

이처럼 여덟 번째의 무대는 검무와 근두와 각저가 있는 대단원의 마무리 무대이다. 조선조의 산대놀이에서 이러한 검무와 근두와 각저는 규식지희(規式之戲)에 드는 것이다. 여기서 근두(筋斗)는 근두박질(筋斗撲跌), 곧 곤두박질이며, 각저(角抵)는 씨름이다. 남장 1대와 여장 1대의 검무가 긴장을 고조시키면서 근두와 각저가 그 긴장의 마디를 만들어 가는 구성이다. 이렇게 하여 이 장희는 모두 여덟 무대로 대단원의 막이 내려진다. 이 (16)이 희본(戲本) 영웅의(英雄義)일 것 같다.

(17) 그 희본(戲本)에 대해 물었더니, "처음에는 지리도(地理圖), 다음에는 금교(金橋), 다음에는 살견(殺犬), 다음에는 궤려(蛫驢), 다음에는 영웅의(英雄義)다"라고 한다. 그러나, 그 사곡(詞曲)이 어떠한 것인지 모르고 또, 말을 알아듣지 못하니, 마치 소경이 단청 보는 것 같아 취미가 전연 없으므로 희장(戲場)이 끝나지 않아서 돌아왔다."[35] (번호 (1)~(17)은 저자)

이처럼 성신과 비장 역관은 장희의 대사를 잘 알아들을 수가 없어서 희장이 다 끝나기도 전에 돌아온다. 그러나, 서장관 김경선의 요청을 성실하게 수행하여 아주 상세한 보고를 하였다. 그들은 관람 내용뿐 아니라 그 희본에 관해서도 조사를 해 왔다. 이 장희의 희본은 (1)지리도(地理圖), (2)금교(金橋), (3)살견(殺犬), (4)궤려(跪驢), (5)영웅의(英雄義)로 되어 있는 것이다.

다음은 김경선이 북경에서 희본(戲本)을 조사하여 기록해 놓은 제희본기(諸戲本記)다.

35) 김경선, 연원직지, 340~347쪽.

제희본기(諸戲本記)

연로(沿路)로부터 북경(北京)에 이르기까지 인가에 이따금 희본(戲本) 잡록(雜錄)을 쌓아 둔 것을 보았으니, 다 판본이었다. 그 이름은 이루 기록할 수 없고 몇 조목만 모아 적는다. 앞으로 나오는 것도 다 이와 같다. 도령(盜令)・황학루(黃鶴樓)・왕회도(王會圖)・산령응서(山靈應書)・조제경(朝帝京)・나한도해(羅漢渡海)・요전순수(堯傳舜受)・빈풍칠월(豳風七月)・왕녀헌배(王女獻杯)・헌야서(獻野瑞)・홍교관해(虹橋觀海)・유황건극(惟皇建極)・어가환음(漁家歡飮)・함곡기우(函谷騎牛)・습례대수(習禮大樹)・무사삼천(武士三千)・사해안란(四海安瀾)・만년상(萬年觴)・화봉삼축(華封三祝)・중역헌치(重譯獻雉)・응월령(應月令)・칠요회(七曜會)・구산공학(緱山控鶴)・낙요요(樂陶陶)・섬궁회(蟾宮會)・여환전(如環轉)・광한법곡(廣寒法曲)・장한가(長恨歌)・동창롱귤(東窓弄橘)・성단제풍(星壇祭風).[36]

이처럼 김경선은 압록강을 건너서 북경에 이르기까지 여러 희본과 잡록의 판본 조사를 한다. 그중 도령, 황학루, 왕회도, 산령응서, 조제경, 나한도해, 요전순수, 빈풍칠월, 왕녀헌배, 헌야서, 홍교관해, 유황건극, 어가환음, 함곡기우, 습례대수, 무사삼천, 사해안란, 만년상, 화봉삼축, 중역헌치, 응월령, 칠요회, 구산공학, 낙요요, 섬궁회, 여환전, 광한법곡, 장한가, 동창롱귤, 성단제풍 등 30종의 희본을 이 제희본기(諸戲本記)에서 소개하고 있다. 이런 남다른 관심이 그의 연원직지에 상세한 연희관계의 기사로 작성되어 나타나게 된다. 연원직지의 전체 내용 구성으로 본다면 김경선은 서장관의 임무 중 연희에 관한 조사 활동이 주임무인 것처럼 되어 있다.

2-2-15. 풍악놀이

김경선의 연원직지 중 1833년 1월 14일의 원소등화기(元宵燈火記)에 다음과 같은 풍악놀이가 있다.

36) 김경선, 연원직지, 347쪽.

원소등화기(元宵燈火記)

원소(元宵; 음력 정월 보름날 밤)에 등불을 밝히는 것은 그 유래가 오래된 일이다. 우리나라에서는 등을 밝히는 것을 4월 8일에 하는데, 이미 옛 풍습을 잃은 것이요, 또, 등을 다는 법 역시 서로 같지 않다. 우리는 높이 다는 것을 주력하고 저들은 많이 달기에 힘쓴다.

중국 금오(金吾)가 통금을 해제하여, 풍악놀이는 아침까지 계속되는데, 이미 열나흘 날 밤부터 그렇게 한 것이다. 등불을 달지 않은 집이 없고, 휘황찬란한 빛이 기교하기 그지없다. 많이 다는 집은 밖으로 처마에서부터 안으로 중류(中霤)까지 거의 조금도 빈틈이 없는데, 더러는 2백~3백 등[椀]까지 이르고, 모두 유리등(琉璃燈)과 양각등(羊角燈)을 사용한다. 또, 임시 자그마한 집을 얽어서 다는 것도 있다. 그 제도는 사방을 둘러서 높은 기둥을 세운 다음, 들보를 걸치고 서까래를 얹어서 정간(井間)을 만들었는데, 아래는 퍼지고 위는 좁아졌다. 정간마다 등을 달았으니, 정간의 다소에 따라 등의 수효가 헤아려진다. 더러는 높게 더러는 낮게 달곤 해서 한 성안이 온통 밝았고, 사녀(士女)들의 왕래와 거마(車馬)의 분답함이 밤새껏 그치질 않으니, 또한 태평 시대의 찬란한 꾸밈을 볼 수 있었다.37)

이처럼 김경선은 정월 대보름 연등의 유래가 오래임을 거론하면서 조선의 연등은 4월 8일인데, 청나라는 정월 대보름에 한다고 기록하고 있다. 조선에서는 신라 때 이미 정월 대보름의 간등(看燈) 기록이 보이며, 고려 현종 때는 2월 보름의 연등 기록이 보이다가 고려 말 공민왕 때부터 4월 8일에 연등을 하기 시작하여 조선조를 거쳐서 현재까지 이어지고 있다. 따라서, 이 원소의 등화는 그 유래로 본다면 청나라와 조선이 유사한 것이다. 그러나, 연등 방법은 조선은 높이 다는 데 주력하고 청나라는 많이 다는 데 주력하므로 차이가 있다고 보았다. 이처럼 작자는 고유문화와 선진 청나라 문화를 식별력을 가지고 항상 예민하게 관찰하고 있다. 당시 청나라는 정월 대보름의 전야부터 통금을 해제하고, 집집마다 휘황찬란한 등불을 밝히고 풍악놀이를 시작해서 대보름의

37) 김경선, 연원직지, 18쪽.

아침까지 계속한다. 등을 많이 다는 집은 집의 안팎으로 유리등과 양각등을 무려 2~3백 개까지 달고 있다. 그리고, 이날 밤에는 장안의 사녀와 거마가 밖으로 나와서 길을 메운다. 이것이 당시 청나라 북경 지역 민가에서의 정월 대보름 등불놀이다.

2-2-16. 원명원의 지포희(紙砲戱)

김경선은 1833년 1월 14일 북경의 원명원에서 지포희(紙砲戱)를 보고 다음과 같은 지포기(紙砲記)를 쓴다.

지포기(紙砲記)

(1) 지포(紙砲)는 더러 지등(紙燈)이라고도 일컫는다. 그 유래는 대나무를 태워 폭음이 나게 한 데서 시작된 것인데, 잡귀를 물리치는 데 목적이 있으므로 곧 나희(儺戱)에 가까운 것이다. 섣달 그믐날 밤부터 정월 보름날 밤까지 온 성의 인가가 밤마다 그것을 터뜨린다.

이처럼 지포의 유래가 당시 조선에서 행하고 있던 대나무를 태워 소리를 내는 데서 유래한 것이라고 하였다. 김경선은 지포놀이를 하는 까닭이 잡귀를 물리치기 위한 것이기 때문에 나희를 하는 것과 같은 것이라고 이해하고 있다. 당시 청나라의 이 지포놀이는 섣달 그믐밤부터 정월 대보름 밤까지 왕실은 물론 장안의 모든 민가에서 행하여졌으며, 그 폐단의 지적이 조선과 중국의 여러 문헌에 나타날 정도로 성행하였다.

(2) 그 제도는 종이에 풀칠을 하여 통(桶)을 만드는데, 대소·장단이 같지 않다. 그 안에 화약을 넣고 복선(伏線)을 깔아서 불을 댕기면, 불이 통에 붙자마자 갑자기 발화되고, 터지는 소리가 매우 웅장하다.

이처럼 지포는 길이와 크기가 다른 종이통에 화약을 넣고 복선을 깔아서 불을 댕길 수 있게 만든다. 지포를 만드는 방법을 조사하여 소개하고 있다.

(3) 혹은 20~30자루를 일시에 터뜨리면 그 소리가 더욱 웅장해서 거의 천지를 진동시킬 듯한 것도 있고, 혹은 화염이 폭발되자마자 갖가지의 전광(電光)이 공중을 향해 어지럽게 뿜어서, 마치 불을 부채질하는 것처럼 되는 것도 있고, 혹은 통 하나가 마디마디 터지면서 4~5자루의 짤막한 포(砲)로 나눠져서 처음에는 일시에 불을 뿜다가, 나중에 가서 맹렬한 소리 한 번을 내고 사라지는 것도 있으며, 혹은 한 개의 큰 통 속에 4~5개의 작은 통이 들어 있어, 큰 통이 터지면서 바로 작은 통이 튕겨나가 마치 유성(流星)이나 화전(火箭)처럼 반공에 비사(飛射)되는 것도 있고, 혹은 달려갔다 달려왔다 하여 마치 수십 가닥의 화사(火蛇)처럼 굽어돌고, 가시 같은 불꽃이 하늘에 넘쳐 재가 땅에 떨어져서 사람이 감히 가까이 하지 못할 것도 있다. 그 밖의 여러 포들은 다 기록할 수 없거니와, 이른바 유성포(流星砲)·반사포(盤蛇砲)·낙매화포(落梅花砲)·파대성포(破大城砲) 등이 그중에서 가장 우수하다.

이처럼 다양한 모양의 지포 화염빛과 폭발음의 조화가 밤하늘을 아름답고 황홀하게 수놓고 있다. 이런 지포의 이름 또한 밤하늘의 별처럼 많아서 그것을 하나하나 다 기록을 할 수가 없다. 그중에서 가장 유명한 것을 몇 개만 들어 본다면 유성포, 반사포, 낙매화포, 파대성포 등이 있다. 이것을 그 이름의 함의로 풀어 본다면, 유성포는 지포의 화염이 유성처럼 흩어지는 것일 것이며, 반사포는 그 화염이 여러 가닥의 가는 갈래로 낮게 퍼지는 지포일 것 같다. 그리고, 낙매화포는 매화꽃이 우수수 떨어지는 것처럼 많은 화염 덩어리들이 반짝이면서 떨어지는 지포일 것 같고, 파대성포는 우람한 폭발음 소리를 내면서 터지는 지포일 것이다. 이러한 지포놀이가 왕실과 장안의 모든 민가에서 2주일간이나 지속되었다.

(4) 대개 한 통에 드는 비용은 혹 은자(銀子) 4~5냥에 이르기도 하며, 한 집에서 하룻밤 태우는 것 또한 백 자루에 가까운 많은 양이고 보면, 높은 벼슬아치 집에서의 사치스러움을 경쟁하는 것이나, 궁궐 안에서 거대하게 설치하는 것은 더욱 미루어 알 만하다. 이 역시 그만두어야 할 일인데 왜 그만두지 못하는 것일까? 또, 화약은 병사(兵事)에 이로운 기구인데 절도 없이 마구 없애기를 이처럼 심하게 하니, 나는 그것이 옳은 일인지 알지 못하겠다. (번호 (1)~(4)는 저자)

이처럼 지포 하나를 만드는 데 드는 비용은 당시 은 4~5냥이 들었다. 그리고, 한 집에서 하룻밤에 일백 개 정도를 터뜨린다. 높은 관직에 올라 있는 이들의 집이나 왕실에서는 더 큰 규모에 사치스러움이 극에 달했다. 이것을 본 김경선은 군사용으로 써야 할 많은 화약이 무절제하게 낭비되고 있는 현상을 개탄하면서 당시 청나라의 지포놀이의 폐단을 지적하고 있다.

2-2-17. 원명원의 등희

김경선 일행은 1833년 1월 15일에 북경의 원명원에서 다음과 같은 등희(燈戲)를 본다.

1월 15일 원명원에서 등희를 보았다. 오시에 황제가, 등희(燈戲; 등불놀이)를 산고수장각(山高水長閣)에 베풀었는데, 전례에 따라 들어가 구경했다. 별도로 산고수장각등희기(山高水長閣燈戲記)가 있다. 정·부사와 함께 수레를 타고 가면서 보니, 길 좌우에 거마(車馬)들이 뒤섞여 분답하고, 사녀(士女)들이 총총 늘어선 것이 거의 이른바, "어깨가 문질리고 수레바퀴가 부딪친다."라는 것이었다. 마두배(馬頭輩)들의 말을 들으니, 중국 물색을 구경하려면 이 지방보다 나은 데가 없다고 한다. 이날은 아마 정월 보름날로서 등시(燈市)는 서산(西山)을 최상으로 삼기 때문에, 원근에서 와서 구경하게 되는가 본데, 개중에는 예쁘게 단장한 자도 많았다.

수일 전, 예부에서 "세 사신을 따르는 사람은 세 명 이상을 허락치 않는다."는 통보가 왔었다. 그래서, 애당초 갈 사람을 이 수효에 의해 배정했었으나, 문에 들어갈 때에는 하인배들 및 만상배(灣商輩)들이 많이 난입하여 문지기가 능히 저지할 수 없게 되었으니, 그들의 악습은 자못 통탄할 일이다. 그러나, 끝내 그 수효를 대조해서 꾸짖는 일이 없으니, 중국의 법금(法禁) 역시 허술하다고 하겠다.

종일 놀이를 구경하다가 저물어서야 관소로 돌아왔다. 저녁을 먹은 다음, 또, 정・부사와 함께 달밤에 호수 언덕을 거닐다가 답교(踏橋)를 하고 돌아왔다.[38]

이처럼 원명원의 산고수장각에서 정사와 부사와 서장관인 작자가 전례에 따라서 등불놀이를 보았다. 원명원으로 가는 길목에서 등불놀이의 분위기에 들뜬 수많은 인마와 장안의 사녀들을 만난다. 정월 대보름의 등불놀이는 이 원명원에서 멀지 않은 북경 근교의 서산을 최고로 치고 있다. 이미 정월 대보름의 수일 전에 조선 연행사들에게 참관 통보가 왔다. 정사와 부사와 서장관과 그 수행인 세 사람만으로 참가 인원을 제한하여 통보해 왔지만 막상 입장할 때 보니 질서가 없이 뒤죽박죽이 되어서 김경선은 중국의 법금(法禁)의 허술함을 비판하면서 개탄하고 있다. 그러나, 당시 청나라에도 정월 대보름의 답교놀이가 있어서 한・중 문화의 동질성을 확인하면서 안도한다.

(7) 놀이가 끝나자 바로 뜰 앞에 세워 둔 지통에 불을 붙였다. 불은 곧 발화되어 화염이 올랐다. 몹시 세찬 화광이 하늘을 진동하는데, 민가에서 전날 밤에 폭발하던 것과는 비교할 바가 아니었다. 또, 기다란 횃불을 가지고 먼저 양쪽 가의 채붕 위에 달린 큰 상자를 불질렀다. 대개 문을 상자 밑에 내고 노끈으로 묶어서 닫아 놓았기 때문에, 노끈이 타면 문이 열리면서 상자 속에 저장된 무수한 등들이 서로 얽힌 상태로 쏟아져 내려 거의 땅에 이르게 마련이다. 그중 큰 것은 독[瓮]만 하고 작은 것은 주먹만 하였으며, 혹은 유리(琉璃), 혹은 주기(珠璣), 혹은 금수(錦繡), 혹은 색지(色紙)로 된 것들이다. 그리고, 더러는 둥글고 더러는 모나고, 더

---

38) 김경선, 연원직지, 20쪽.

러는 기다랗고 더러는 짤막한 것도 있으며, 혹은 인물(人物)을 본뜨고, 혹은 산수(山水)로부터 금수(禽獸)・충어(蟲魚)・초목(草木)・화과(花果)・누대(樓臺)・운물(雲物)에 이르기까지를 모두 상징하여, 형형색색 교묘히 꾸미지 않은 것이 없었다. 대략 한 상자 속에 나온 등은 2백~3백이 못 되지 않았는데, 세 줄로 연결되어서 마치 패옥(佩玉) 모양과 같았다. 잠시 후 맨 밑에 있는 등에서 불이 일어나 차차 위로 붙었으니, 아마 심지 하나를 가지고 모든 등을 관통했기 때문이리다. 삽시간에 모두 타는데, 불빛이 각각 같지 않아, 흑・백・청・홍・자(紫)・녹(綠)・감(紺)・벽(碧) 등의 색깔이 한 가지도 갖춰지지 않은 게 없으니, 이는 각색 화약으로 심지를 물들였기 때문에 그런 것이리라. 또, 가운데 채붕에 걸린 가장 큰 상자에 점화했는데, 상자 속의 등은 앞서 것에 비해 더욱 많고 교묘하였다. 그 불들이 꺼지기를 기다려 모두 걷어 버리고, 다시 큰 상자를 달아 처음처럼 연소하고 또, 걷어 버린다. 이와 같이 하기를 대범 세 차례나 하고서야 그만두었는데, 아주 기교・화려・현란하여 일일이 기록할 수 없는 것들이었다. 거기에 든 비용을 계산하면, 비단 천만 냥뿐이 아니겠고, 설사 천만 냥이 있다손 치더라도 얻지 못할 것은 그 기기(奇技)・묘법(妙法)이었다. 갈채 소리가 아직 멈추기도 전에 갑자기 한 덩이의 마구 달리는 불이 전각 앞으로부터 날아 지나면서 지포를 충발(衝發)시키니, 포화(砲火)가 마구 치솟고 불꽃은 공중에 퍼지면서 천지를 진동하는 소리가 났다. 그러자 사람들은 모두 무서워서 정신을 차리지 못하고 있는데, 이윽고 또, 불덩이가 줄을 타고 오가더니, 비포가 다퉈 폭발하여, 마치 별이 흐르고 번개가 번쩍거리는 것과 같아 쳐다볼 겨를이 없을 지경이었다.

씨름과 곤두박질놀이와 서양그네놀이가 끝나자 바로 등불놀이가 시작된다. 먼저 뜰 앞에 세워 둔 지통에다 점화를 한다. 힘차게 불꽃이 피어오르면서 폭발음이 천지를 진동시킨다. 다음은 양쪽 채붕에 걸린 북처럼 생긴 큰 상자 줄에 불을 붙이자 문이 열리면서 그 속에서 다양한 모양의 크고 작은 무수한 등이 땅으로 쏟아져 내린다. 쏟아져 내리는 등의 모양은 인물(人物), 산수(山水), 금수(禽獸), 충어(蟲魚), 초목(草木), 화과(花果), 누대(樓臺), 운물(雲物) 등 형형색색이었다. 한 개의 상자 속에서 쏟아져 나온 이삼백 개의 등불이 세 줄로 걸리는데, 그것은 마치 옥을 꿴 줄이 걸린 것 같았다. 이것을 삽시간에 일시에 점화하여 태우는데, 없는

색이 없을 정도로 다양한 색깔을 나타낸다. 그다음은 가장 높은 가운데 채붕에 걸린 상자에 점화를 한다. 거기에서는 앞서의 것보다 훨씬 더 많고 교묘한 등불들이 쏟아져 내렸다. 이렇게 쏟아져 내린 등불을 같은 방법으로 연거푸 세 번 보여 주는데 참으로 화려하고 현란하였다. 그다음은 불꽃놀이 순서다. 연이어서 포화가 치솟으며 서로 다투어서 폭발음을 낸다. 마치 수많은 별이 흐르고 번개가 번쩍이는 것 같았다. 김경선은 이것을 보고 그 제작비가 천만 냥이 넘을 것이라고 추정하면서 청나라 왕실의 정월 대보름의 등불놀이 규모에 먼저 놀란다. 그리고, 그 비용보다도 그 등불놀이의 기기(奇技)와 묘법(妙法)에 더욱 감탄하게 된다. 당시 청나라는 이렇게 하여 여러 나라 조공사들의 사대사상을 더욱 공고하게 다스려 나갔다.

(8) 잠시 후에 불꽃이 걷히고 소리가 조용해졌는데, 날은 이미 저물었다. 황제는 안으로 들어가고 나는 정・부사와 함께 원명원 문을 나왔다. 수레가 벌써 와서 대기하고 있었는데, 인산인해여서 수레가 달리고 말이 달음질쳐 발굽과 다리가 거의 서로 바뀔 듯하였고, 더러는 자기 수레를 찾아서 타지 못하는 자가 있는가 하면, 보행자는 말굽과 수레바퀴 사이에 발을 다치기 십상이었으니, 이것이 문을 나온 뒤 가장 방심할 수 없는 일이었다. 관소로 돌아와 저녁을 들고 난 다음, 또, 정・부사와 함께 거리에 나가 등불놀이를 구경하고 돌아왔다.[39] (번호 (1)~(3)은 저자)

이날의 원명원 등불놀이는 청나라 왕이 퇴장하면서 이렇게 막을 내린다. 등불놀이의 진행 순서는 먼저 씨름경기를 하고 그다음에 곤두박질놀이를 한다. 그리고, 서양그네놀이를 하는 것으로 정월 대보름의 원명원 등불놀이의 서막을 구성하였다. 그다음이 본격적인 등불놀이이고, 에필로그로 불꽃놀이를 하였다. 따라서, 당시 정월 대보름 원명원의 등

---

39) 김경선, 연원직지, 21~27쪽.

불놀이는 3단 구성으로 꾸며져 있음을 알 수 있다. 이날 밤 이 등불놀이를 보고 김경선과 정사와 부사는 관소로 돌아와서 다시 거리로 나가서 민가의 등불놀이를 또 본다. 축제의 들뜬 기분에서라기보다는 왕실과 민가의 등불놀이를 비교하면서 당시 조선 사정과 견주어 생각해 보기 위함이었을 것이다. 따라서, 어떤 형식으로든 당시 청나라의 이런 등불놀이는 조선에 많은 영향을 주었을 것이다.

2-2-18. 옥하관의 웅희(熊戲)

김경선 일행은 1833년 1월 21일 숙소인 옥하관에서 다음과 같은 웅희를 보았다.

> 1월 21일 바람기가 차가왔다. 관소에 머물렀다.
>
> (전략) 손님들을 전송하고 관사로 돌아오던 중 곰을 끌고 지나는 자가 있기에 불러들여 놀이를 구경하였다. 별도로 웅희기(熊戲記)가 있다.
>
> 웅희기(熊戲記)
>
> 곰의 크기는 송아지만 하고 털은 길고 순흑색이었으며, 귀는 소처럼 생겼고, 얼굴은 개 같았다. 그리고, 앞발은 사람 손과 같으나 손가락이 짧아 무릇 물건을 대하면 반드시 두 발로 끼어서 들었고, 뒷발은 사람 발과 같아서 능히 일어섰다.
>
> 곰 임자는 쇠 말뚝을 뜰 가운데에 박고 곰을 쇠줄로 매 놓았으니, 도망을 방비하기 위해서이다. 또, 밥 한 그릇을 구해 큰 숟갈로 밥 한 덩이를 떠서 한 길 남짓 높이 들고 뜰을 따라 돌고, 또, 한 사람은 징을 치며 주문을 외니, 곰은 곧 일어서서 입을 벌리고 사람을 따라 달음질해 돈다. 입에 이빨이 없는 것으로 보면 아마 이빨을 뽑고 길들여 기른 모양이다.
>
> 두어 바퀴 돌다가 한 번 뛰어서 밥을 삼켰다. 그러자 곰 임자는 궤 속에서 모든 놀이 기구를 꺼내 벌여 놓은 다음, 또, 밥 한 숟갈을 담아 처음처럼 드니, 곰은 두 앞발로 큰 나무토막을 움켜 가지고 돌면서 제 스스로 그 머리에 이고 일어서서 뜰을 돌다가 또 뛰어서 밥을 삼켰다. 곰 임자가 처음처럼 또 밥을 드니, 곰은 또 모자를 가져다 제 스스로 그 머리에 쓰고 일어서서 뜰을 돌다가 또 뛰어서 밥을 삼켰다. 곰 임자가 또 밥을 드니, 곰은 또 희투(戲套)를 썼다. 이같이 하기를 대범 대여섯 차례 하는데, 희투는 각각 같지 않았고 뜰을 도는 걸음 또한 처음에

는 느슨하고 나중엔 촉박하여 자연 절차가 있었다.

맨 마지막에는 곰이 곤두박질을 너댓 차례 하다가 이내 곧 반듯이 누워서 네 발을 가지고 큰 칼로 윤무[輪舞; 원진(圓陣)을 이루어 추는 춤]를 하는데 칼 광채가 번개처럼 번쩍거렸다. 사람들이 모두 기특함을 칭탄하니 곰은 곧 칼을 던지고 일어나 앉았다. 그 주인은 값을 받고서 곰을 끌고 갔다.[40]

이처럼 이날은 김경선 일행이 묶고 있는 관소 옥하관으로 곰놀이패를 불러들여 곰놀이를 본다. 김경선 일행은 여기에서 난생 처음으로 곰을 보았다. 곰놀이는 곰 주인의 지시에 따라서, 곰이 묘기를 부리는 것이다. 먼저 곰은 주인의 지시에 따라서, 두 앞발로 나무토막을 들어 머리에 이고 뜰을 도는 묘기를 부린다. 그다음은 주인의 지시에 따라서, 곰이 모자를 가져다가 그것을 쓰고 뜰을 도는 묘기를 부린다. 다음은 주인의 지시에 따라서, 희투를 벗었다 썼다 하다가 그것을 입고 절조에 맞추어 가며 뜰을 천천히 또는 빠르게 걷는다. 그리고, 그다음은 곤두박질놀이를 하였으며, 맨 마지막은 누워서 맨발로 큰 칼을 빙글빙글 돌리는 윤무(輪舞)를 추는 것으로 끝마쳤다. 이 곰놀이를 보기 위해서 조선 연행사 김경선 일행은 청나라의 곰 주인에게 관람료를 지급한다. 여기에서도 김경선 일행이 청나라 연희에 아주 깊은 관심을 가지고 있었다는 것을 알 수 있다.

2-2-19. 백상루의 기악

김경선 일행은 1833년 3월 20일 회정(回程) 길에서 다음과 같은 기악을 보았다.

---

40) 김경선, 연원직지, 55쪽.

3월 20일 정・부사와 함께 백상루(百祥樓)에 올라 기악(妓樂)을 구경하고, 돌아오는 길에 망경루(望景樓)에 올랐으며, 지나는 길에 병사를 찾아 보았다. 밤에 주수를 보러 갔다.

이처럼 압록강을 건너 조선 땅으로 들어와서도 김경선 일행은 백상루에서 기악을 본다. 백상루에서 기악을 즐긴 기록은 다른 연행록에도 보이긴 하지만 김경선 일행처럼 왕환과 북경 체류 기간 모두 연희를 본 기록으로 점철되어 있는 현상은 찾아보기 어렵다.

2-2-20. 청나라의 악공과 악기

김경선은 당시 청나라의 악공과 악기에 관한 것을 다음과 같이 그의 유관별록(留館別錄)의 기용(器用)에 상세하게 기록하고 있다. 여기에 당시 청나라의 연희 악기에 관한 기록이 들어 있어 그것을 이해하기 위한 방편으로 이제 악기와 악공에 관하여 살펴보기로 한다.

(1) 악기는 모두 명(明)나라 제도를 따랐다. 대조회(大朝會) 때에는 악공(樂工) 64인, 인악(引樂) 2인, 소(簫) 4인, 생(笙) 4인, 비파(琵琶) 6인, 공후(箜篌) 4인, 진(箏) 6인, 방향(方響) 4인, 두관(頭管) 4인, 용적(龍笛) 4인, 장고(杖鼓) 24인, 대고(大鼓) 2인, 판(板) 2인을 대개 협률랑(協律郞)이 미리 단지(丹墀; 붉은 칠을 한 뜰. 궁궐)에다 죽 달아 놓는다. 난가(鑾駕; 천자의 수레)가 장차 나오려 할 때 운휘장(雲麾仗)이 움직이면 협률랑은 상기(常旗)를 들고 비룡인(飛龍引)이라는 곡을 창주(唱奏)하고, 오운가(五雲駕; 오색 운기를 그린 수레)가 좌정하면 상언악(上偃樂)이 그친다. 명찬관(鳴贊官)이 창로(唱臚)하면 협률랑은 또, 풍운회(風雲會)라는 곡을 창주하고 백관(百官)들은 배고례(拜叩禮)를 행한다. 배고례가 끝나면 여러 친왕(親王)들은 전(殿)에 오르고 국공(國公)・각보(閣輔)들은 그 뒤를 따라 올라가서 반차(班次)를 나눠 앉는다. 그러면, 협률랑은 경황도희승평(慶皇都喜昇平)이라는 곡을 주창하고 그 곡이 끝나면 조회가 파한다.

이처럼 청나라의 조회 때 등장하는 악기 구성은 모두 명나라 제도를 그대로 계승한 것이다. 조회 때 등장하는 이 의식악은 협률랑이 맡아서 진행하고 있으며 그 구성원은 모두 130여 명이나 되는 큰 규모다. 그리고, 당시 청나라 조정의 조회는 비룡인(飛龍引)이라는 곡을 창주하는 것으로 시작하며 경황도희승평(慶皇都喜昇平)이란 곡을 주창하는 것으로 끝났다.

(2) 악공(樂工)의 복장은 곡각 복두(曲脚幞頭)에 붉은 비단이 번쩍번쩍 빛나고, 꽃을 수놓은 소매가 큰 저고리에 도금을 한 속대(束帶)요, 붉은 비단으로 이마를 싸매는가 하면 붉은 끈에 검은 가죽신이었다.

이처럼 그 악공들의 복장은 곡각 복두에 꽃을 수놓은 붉은색 상의에 속대를 하였으며 검은 가죽신을 신었다.

(3) 악기 소리는 상량(爽亮)하여 듣는 사람으로 하여금 저절로 심목(心目)을 다 맑게 하니, 가히 그 악기를 짐작할 만하다. 금(金)・석(石)・사(絲)・죽(竹)이 정련(精鍊)하여 법도에 맞으니, 외국의 것과는 비교할 게 아니었다. 그래서, 지금의 음악은 음절(音節)이 촉박하여 비록 완화(緩和)하는 의미는 모자라지만, 그 성률(聲律)이 청고(淸高)・정직(正直)하여 천완(闡緩)・애원(哀怨)의 뜻이 없으니, 역시 난세(亂世)의 음악은 아니었다.

앞의 조회 음악을 들은 작자 김경선은 악기는 금・석・사・죽이 정련되어 있어서 그 소리가 상량(爽亮)하다고 평하고, 성율은 청고하고 정직하여 천완과 애원의 뜻이 없으므로 태평성세의 음악이라고 평하였다. 이것은 조선 연행사의 공식적 논평이지만 김경선의 식견에 따른 비평이기도 하다. 다음은 악기에 관한 김경선의 조사 보고이다.

(4) 금(琴)의 제도는 칠을 짙게 칠해서 광채가 찬란하고 줄은 대범 일곱이며, 왼쪽은 점점 가늘고 오른쪽은 점점 굵고 오른쪽 네 줄은 모두 실로 감았으니, 비록 구법(舊法)은 아니지만 오히려 고아(古雅)한 편에 속하며 음운(音韻)이 마치 금석(金石) 소리처럼 쟁그랑거렸다. 대소 연회에서 모든 악공들을 보니, 그들은 다 광대와 비슷했으나 오직 금만은 거기에 참여되지 않았다. 그리고, 태상 악관(太常樂官) 및 사대부(士大夫)로서 옛것을 좋아하는 사람들만이 그것을 사용하니, 오히려 아기(雅器)에 속하고 천기(賤技)에 속하지 않음을 알 수 있다.

(5) 현금(玄琴)은 북경(北京) 사람은 모두 좋아하지 않고, 오직 책문(柵門) 사람만이 좋아하면서 그것을 '쟁'(箏)이라고 부른다. 그것을 한 번 퉁기면 부녀들 또한 때로 모여서 그 소리를 들으니, 풍기(風氣)가 우리나라에 가까워서 그러한가? 현금을 금과 함께 튀기면 현금 소리가 탁하니, 고악(古樂)이 아니라는 것을 알 수 있다. 또, 현금은 가까이서 들으면 너무 시끄럽고 벽 하나를 사이에 둔 거리에서 들으면 벌써 희미하다. 그러나, 금으로 말하면, 가까이서 들을 때에는 극히 청정(淸淨)하고 멀리서 들을 때는 더욱 낭랑(琅琅)하니, 그 기물의 우열을 정할 수 있다.

이처럼 김경선은 금과 현금을 비교하면서 금을 가장 고아한 악기라고 한다. 금은 일곱 줄이며 그 음색이 금석 소리처럼 쟁그랑거린다고 했다. 그는 이 악기가 천기에 속하지 않고 아기에 속한다는 사실을 대소 연회에 광대 같은 악공들이 참여하는데 오직 금만은 거기에 빠져 있다는 데서 발견한다. 그리고, 옛것을 좋아하는 사대부들만이 금을 사용한다는 것도 그런 논거로 제시한다. 현금은 북경 사람들은 싫어하나 책문 사람들은 좋아한다고 하면서 격하하고 있다. 이것을 연주하면 부녀자들이 모여든다고 하면서 책문이 조선과 가깝기 때문에 그런 것이 아닌가 하고 의문을 갖는다. 현금은 금에 비해서 소리가 탁하다는 것이 김경선의 음색에 관한 느낌이다. 현금은 가까이 들으면 시끄럽고 멀리 들으면 희미하나, 금은 가까이 들을 때는 극히 청정하고 멀리 들을 때는 낭랑하다고 하여 두 악기의 우열을 가린다. 이처럼 악기의 우열 평가 이면에는 당시 조선 연행사들의 대청 의식과 대조선 의식이 드러난다. 김경선은 조선을 현금으로 비유하려는 의식이 엿보이기 때문이다.

호금(壺琴)은 해금(奚琴)과 거의 비슷한데, 다만 통면(桶面)에 동판(銅板)을 쓰지 않고 망피(蟒皮)를 붙였으며 줄 넷을 벌여 놓았을 뿐이다. 그리고 또, 작은 줄 둘을 큰 줄 사이에 분입(分入)시켜 그 두 줄에서 나는 소리를 취하니 해금에 비해 더욱 우렁차다.

(7) 양금(洋琴)은 서양(西洋)에서 나온 것인데, 오동나무 판자와 쇠줄로 소리가 쟁그랑거린다. 멀리서 들으면 마치 종경(鐘磬) 소리와 같지만 소리가 너무 털털거리니 금이나 비파만은 훨씬 못하다. 작은 것은 열두 줄, 큰 것은 열일곱 줄이다.

(8) 비파(琵琶)는 우리나라의 것과 같다. 구걸하는 맹인(盲人)들이 다니면서 튀기기도 하고, 더러는 노래를 부르면서 반주하기도 한다.

이것은 호금과 양금과 비파에 관한 조사 보고이다. 호금은 두 줄 또는 네 줄로 되어 있으며 해금과 비슷하나 그 소리가 해금보다 우렁차다고 하였다. 양금은 서양에서 온 것인데 열두 줄 또는 열일곱 줄로 되었으며 그 소리가 너무 털털거려서 금이나 비파만 못 하다고 하였다. 비파는 조선의 것과 비슷한데, 구걸하는 맹인들이나 민간노래의 반주 악기로 쓰이는 것이라 하면서 여기에서도 조선 악기의 격하 의식이 드러난다.

(9) 쟁(箏)은 본래 진(秦)나라의 성악이다. 어떤 이는 "몽염(蒙恬; 진시황 때의 장수이며 붓을 처음으로 만든 사람)이 만든 것이다." 하고, 어떤 이는 "부자간에 금(琴)을 가지고 다툼질을 하다가 각기 절반씩을 나누어 가지고 따라서, '쟁'이라고 이름했다. 그러므로 본래는 열두 줄이었는데, 더러는 열세 줄인 것도 있다." 하니, 즉, 부현(傅玄)의 부(賦)에 이른바, "위가 높은 것은 하늘과 같고 아래가 평평한 것은 땅과 같고 가운데가 빈 것은 육합(六合; 상하 사방)과 같다. 그리고, 주현(柱絃)은 열두 달을 모방한 것이고 뒤에 한 줄을 더한 것은 아마 윤달을 모방한 것이리라."는 바로 그것이다. 그 제도는 약간 가야금(伽倻琴)과 같다. 그러나, 가야금은 도무지 볼 수 없으니 요즘 풍속에서 숭상하지 않는 것인 듯하다. 본래 우리나라에서 난 것이므로 혹 중국에 들어가지 않아서 그런 것일까?

이처럼 쟁의 두 가지 유래를 소개하고 진(晉)나라 무제(武帝) 때 음률에 박학하여 악부가장(樂府歌章)을 지었다는 부현(傅玄)의 부(賦)까지 소개하는 열성을 보인다. 이 부에 쟁은 천지사방과 일년 열두 달을 본떠서 만든 것이라 하였다. 김경선은 이 악기를 가야금과 같은 것이라고 하면서 청나라 악기에 가야금이 보이지 않는 것을 기이하게 생각한다. 그는 가야금을 조선의 고유한 전통 악기로 알고 있으면서도 청나라에 없다는 이유만으로 민족적 자존심을 갖지 못하는 모습을 보여 준다. 작자의 이런 의식은 조선 연행사들의 보편적 시각과 의식의 한 단면이었을 것이다.

(10) 현자(弦子)는 일명 '완'(阮)이라고도 한다. 그 제도는 원통(圓筩)을 만들어 직경은 한 자쯤 되고 두께는 서너 치가 되며, 앞뒤에는 염사피(蚺蛇皮; 이무기 껍질)를 붙였다. 그리고, 오목(烏木)으로 기둥을 만들어 넓이는 두 치쯤 되고 길이는 한 자 남짓하며 줄 셋을 벌여 놓았는데, 오른쪽 것은 굵고 왼쪽 것은 가늘다.

(11) 생황(笙簧)은 대략 우리나라의 것과 같다. 그 관(管)은 혹 열넷이기도 하고, 혹 열일곱이기도 하며, 황엽(簧葉)은 매미 날개처럼 엷다. 그리고, 그 집은 옛적에는 박[匏]을 썼는데 지금은 나무를 사용하고 거기다가 칠을 칠했다. 더러는 백동(白銅)을 쓴 것도 있는데 그것은 더욱 아름답다. 혹은 별도로 부리를 꼬부랑하게 한 것도 있어 그 길이는 한 자 남짓 하니, 앉아서 불기에 매우 편리하다 한다.

(12) 연락(宴樂)에는 생황·비파·호금·양금·현자·죽적(竹笛) 등 여섯 종류를 쓰니, 우리나라 풍속에서 세 종류의 악기가 1부(部)를 이루는 것과 같다.

이것은 현자와 생황에 관한 조사 보고다. 현자는 가는 줄과 굵은 줄로 된 세 줄짜리 현악기다. 그리고, 생황은 조선 것과 유사한데 그 관이 열네 개, 또는 열일곱 개로 되어 있다. 생황의 집은 옛날에는 박을 썼으나 당시는 나무를 썼다. 간혹 백동을 쓴 것도 이 시대에 이미 등장하고 있다. 청나라는 이처럼 연악(宴樂)에 생황·비파·호금·양금·현자·죽적(竹笛) 등 여섯 종류를 쓰고 있다. 조선이 세 종류의 악기를 1부(部)로 구성하는 것과 차이가 있다.

(13) 그리고, 희대(戲臺)에서는 징(鉦)・고(鼓)・아(牙)・박(拍)을 아울러 사용해서 음절(音節)을 하고, 상악(喪樂)에는 나팔(囉叭)・쇄눌(瑣吶; 날라리)・방향(方響; 방경 方磬)・나고(鑼鼓) 등을 2부로 나누어서 고취(鼓吹)한다.

(14) 혁고(革鼓)의 종류는 모두 우리나라 것과 같은데, 소리가 매우 우렁찼으니, 아마 그 묘법은 가죽을 잘 다루는 데 있는 것이리라.

(15) 지고(紙鼓)란 바로 어린아이의 장난감이다. 자루를 달고 우리나라 종이로 발랐는데, 그 소리가 동동하였다.[41] (번호 (1)~(15)는 저자)

이처럼 연희를 하는 희대(戲臺)에는 징(鉦), 고(鼓), 아(牙), 박(拍)을 사용하는 것으로 되어 있다. 그리고, 상악에는 나팔과 쇄눌과 방향과 나고를 썼다. 여기의 고(鼓)는 혁고(革鼓; 가죽 북)와 지고(紙鼓; 종이 북)를 쓰는데, 지고는 조선 닥종이로 만든 것을 최고로 쳤다. 이러한 조사 보고는 당시 조선의 악기 제작은 물론이고 여러 악제에도 많은 영향을 끼쳤을 것이다.

2-2-21. 광대놀음, 곧 장희(場戲)

김경선은 광대놀음, 곧 장희(場戲)에 관한 조사 보고를 그의 유관별록 인물 요속(謠俗)에다 다음과 같이 쓰고 있다.

경의를 표하는 자는 공수(拱手)를 하지 않는다. 조정의 의식에서는 손을 드리우고 빨리 걷는 것으로 예를 삼으며, 미천한 자들은 한쪽 무릎을 꿇고 두 손을 땅에 짚는 것으로 가장 공손함을 삼는다.

비록 대관(大官)이나 단정한 선비의 걸음이라도 반드시 팔을 휘두르고 자주 걸으며, 광대놀음[場戲]에서 옛 의관을 갖춘 자가 어깨를 높이고 천천히 걷는 것을 보고서야 비로소 한관(漢官)이 위의가 있다는 것을 알 수 있었다.

일찍이 어떤 사람을 보았는데, 머리를 풀어헤치고 맨발로 쇠사슬[鐵鎖]에 목이 매어 끌려

41) 김경선, 연원직지, 199~202쪽.

다니고 있었다. 들으니, 이는 사형수(死刑囚)로서 형기를 기다리는 동안 돌아다니며 걸식을 한다고 한다. 또, 들으니, 인삼(人蔘)을 캔 범죄인을 알방퇴(挖棒槌)라 칭한다고 한다.[42)]

이처럼 당시의 청나라는 공수보다는 무릎을 꿇고 절하는 것이 더 공손한 인사법이며, 조정의 의식은 빨리 걷는 것이 예의이다. 그러나, 당시 광대들의 연희에는 당시의 조선 사정처럼 한족의 천천히 걷는 것을 예의로 삼았던 유풍이 남아 있다. 여기에는 인삼 캐 가는 도둑을 알방퇴(挖棒槌)라고 했다는 기록이 있어서 당시 청나라 사회상을 전하는 한 코드가 자리잡고 있다.

2-2-22. 청나라의 기예

김경선은 당시 청나라의 기예(技藝)에 관해서 상세한 조사를 하고 그의 유관별록에 다음과 같이 쓰고 있다. 이 기예는 연희가 아니지만 넓은 의미로 볼 때 다소 관련지어 생각해 볼 수 있는 부분이 있다고 여겨져서 거론하는 것이다.

기예(技藝)

(1) 중외를 막론하고 운명을 점치고 관상 보는 자가 많은데, 거리에다가 조그마한 점옥(簟屋)을 만들어 그 속에 의자를 놓아 걸터앉고 산통(筭筒) • 술서(術書)를 탁상 위에 놓았다. 혹은 행인이 보고 찾아들도록 깃대를 점옥 앞에 세우기도 한다. 어떤 사람은 한쪽 어깨에 두 개의 둥그런 통을 메고 다니기도 한다. 그 통 겉에는 잡스러운 채색을 하고 그 안에는 삭도(削刀), 크고 작은 빗[篦], 세수그릇[貫盆], 물을 끓일 수 있는 노관(爐罐) 등의 기구를 넣었으니, 이는 사람들의 귀 청소, 족핵(足核; 복사뼈)의 굳은 때 긁기 • 세발 • 삭발 등을 일삼는 자다. 비루한 일을 이와 같이 꺼리지 않으니, 인물이 번성하여 삶이 간구함을 알 수 있다. 들으니, 이는 모두 한인(漢人)들이라 한다.

---

42) 김경선, 연원직지, 225~226쪽.

당시 한인들이 관상을 보고 점을 치는 기예와 귓속과 발의 때 청소를 하고 세발과 삭발을 하는 기예를 직업으로 삼는 이가 있어서 그런 풍속을 비판적 시각으로 비루한 직업이라고 하고 있다.

(2) 의약(醫藥)은 별로 숭상하지 않는 풍속이다. 간혹 의약이 있는데, 약을 파는 법은 약종에 따라 봉지를 각각 만든다. 이미 샀던 약이라도 복용하지 않으면 도로 약포에 돌리니, 이 제도는 매우 좋다. 의기(醫技)는 〈동의보감〉[東醫寶鑑; 조선조 선조 때 허준(許浚)이 편찬한 의서]으로 진귀함을 삼는데 서사(書肆)에서 간행한 지 이미 오래 되었다. 또, 〈제중신편〉[濟衆新篇; 조선조 정조 때 강명길(康命吉)이 지은 의서]이 있다고 한다.

이처럼 당시 청나라에서 약을 샀다가 먹지 않고 반납해도 약종상이 그것을 받아주는 제도에서 상도덕의 합리성과 타당성을 배운다. 그러나, 당시 청나라에서 대표적인 의서로서 조선의 동의보감과 제중신편이 손꼽히고 있는 현실에는 둔감한 김경선이다. 당시 중국이 조선 문화의 영향을 받은 것 중 이 동의보감과 제중신편을 첫째로 꼽을 수 있는 것임에도 김경선 일행이 이를 간파하지 못하고 지나치는 것은 그의 고착화된 사대사상 때문이다.

(3) 지패(紙牌)를 하는 법은, 종이 쪼가리 1백 장을 오려서 그 안팎에 모두 중국 속담[唐諺]을 썼다. 20장을 좌중에 놓고 4인이 각각 20장씩을 나누어 가지고 빙 둘러앉아 각각 1장씩 내고 문득 가운데 있는 것을 1장씩 뒤치면서 혹 놀라기도 하고 혹 웃기도 한다. 10여 장까지 내다가는 판을 채 마치지 않고 그대로 거두면서 서로 떠들어 대면 돈을 내니, 대개 그 노는 법이 판이 끝나기 전에 승부가 결정된다.

이것은 중국 속담을 써서 만든 지패를 가지고 돈을 걸고서 4명이 20여 장의 지패를 가지고 하는 지패놀이다. 우리나라의 시조 지패놀이 비슷하지만 돈을 걸고 하는 것이 우리와 다르다.

(4) 연로에서 점인(店人)들의 지패놀음하는 것을 보니 단지 물형(物形)만 그렸다. 그 법은 더욱 이해할 수 없다. 장기 두는 법은 우리나라와 같지만, 단, 장(將)이 모[方]로 가지 못하고 사(士)가 바로[正] 가지 못하며, 차(車)의 사용법은 우리나라와 같다. 포(包)는 상대방을 만나서 공격할 때는 건너뛴다. 상(象)은 밭전[田] 자로, 마(馬)는 입구[口] 자로, 졸(卒)은 앞으로 나아갈 뿐 횡행(橫行)하지 못한다.

(5) 바둑 두는 법은 오직 중앙에 한 점을 놓을 뿐, 나머지는 모두 우리나라 법과 같다.

(6) 주사위[骰子]는 대략 우리나라 법과 같으나 약간 다르다.

(7) 투호(投壺; 화살을 던져 병 속에 넣는 유희)와 활 쏘는 것은 모두 우리나라 법과 같다. 산법(算法)은 기용록(器用錄)에 보인다.[43] (번호 (1)~(7)은 저자)

이것은 장기와 바둑과 주사위와 투호놀이에 관한 보고다. 장기의 행마법이 당시 조선과 많이 다른 점을 보고하면서 바둑 두는 법은 한 가지를 제외하고는 조선과 비슷하다고 이해한다. 그리고, 주사위놀이는 조선과 약간 다르지만 투호와 활쏘기는 조선과 같다고 보고한다. 이러한 조사 보고를 통해서 이후 조선의 놀이문화는 많은 변화를 가져왔을 것으로 본다.

2-2-23. 극장(戱場)과 배우, 곧 희자(戱者)

서경순은 장희(場戱)와 희자(戱者)에 관해서 다음과 같이 쓰고 있다. 그는 12월 19일 북경에서 알게 된 청나라 사람 소동(小東)과 중화당(中和堂)의 희루(戱樓; 극장)에 갔다. 당시 북경에는 많은 희루들이 있었지만, 이곳은 특별한 곳이어서 주로 상류층들이 이용하는 희루였다.

---

43) 김경선, 연원직지, 234쪽.

(1) 12월 19일 누(樓)의 제도는 극히 넓고 시원스러운데, 사방에 두른 난간은 구자(口字) 모양을 했고 그 중간에 극장[戲場]을 설치해서 난간을 의지하고 구경할 수 있도록 마련해 놓았다. 누 위에는 간마다 간막이를 하고서 각각 상탁(床卓)과 의자(椅子)를 설치해 놓았으니 연극을 관람하는 사람들이 앉도록 한 것이다. 누 아래에는 긴 탁자와 긴 의자를 벌여 놓았는데, 차례로 앉아 있으려니 해가 이미 신시(申時)가 되어 가고 연극도 반이 지났다.

이처럼 이 극장은 입구 자 모양의 난간 안에다 희장을 설치하여 난간을 기대고 관람하도록 하였다. 위층은 간막이로 독립 공간을 마련한 상탁과 의자가 있는 특석이며 아래층은 긴 의자만을 줄줄이 이어 놓은 일반 관람석이다. 그러나, 서경순 일행은 늦게 입장하여 이 연희를 처음부터 다 보지 못했다.

(2) 배우[戲者]가 칼과 창을 잡고 전투하는 모양을 하기에 그 이름을 물어보니, 서중산(徐中山)의 '격철목'(擊鐵木)이라 하고, 또, 미인이 짙은 화장과 화려한 차림으로 남자와 함께 조희(調戲)를 하기에 그 이름을 물으니, 당백호(唐佰虎)의 '잠추향'(賺秋香)이라 한다. 미인(美人)은 극장의 사오단(沙吾段; 이것은 중국 음이고 실지음은 소단(小段)이다)이라는 것인데, 이는 열대여섯 살 된 남자로서 형모(形貌)가 아름답고 태도가 얌전하여 살빛과 손결이 아주 여자와 흡사해서 주의하여 살펴보아도 분별하기 어려우니 가위 경국(傾國)할 만한 미색이라 하겠다.

이처럼 당시 이 극장에서 연희를 하는 배우는 사오단이라 하는 아름다운 여장남인들이다. 서경순은 서중산의 격철목과 당백호의 잠추향을 확인하는 것으로부터 관람이 시작된다.

(3) 들으니, 남경(南京) 사람들이 희구(戲具)를 갖추어 놓고는 우선 많은 돈을 가지고 해내를 두루 다니면서 소단(小段)을 산 다음, 희기(戲器)를 만들어 북경에 와서 노는데, 남자 얼굴의 우열(優劣)로 극장의 고하(高下)를 정하게 되며, 오늘 이 극장은 황성에서 제일이기 때문에 사오단(沙吾段)도 역시 극품(極品)이라 한다. 얼마 있다가 또, 노래를 부르는데, 곧 양관삼

첩(陽關三疊)이었다. 노래가 끝나자 사람들이 흩어졌다. 문밖에 나가 소동(小東)과 서로 작별하는데, 세 사람이 마주섰을 뿐 말이 없고, 말을 하려 하나 말이 통하지 않는지라 다만 서로 돌아다보며 눈물만 떨어뜨리니, 그때에 하늘은 망망하고 구름은 암암하여 길 곁에서 보는 사람도 우리를 위하여 탄식하였다.

이처럼 당시 남경 사람들이 사오단을 사서 북경으로 와서 연희단을 운영하고 있다. 희장의 급수는 사오단 남자 배우들의 얼굴의 우열로써 고하가 정해진다. 서경순과 소동은 이날 귀족 극장에서 가장 아름답다는 사오단을 보았다.

(4) 돌아와 여관에 누워 슬픈 회포를 금치 못하는데, 두 겸종이 와서 나를 위로하며 말하기를, "오늘 채조포(綵鳥鋪)에 가 보았더니 온하점 별상(蘊和店別觴)보다 도리어 나았습니다." 하기에, 내가 묻기를, "어떠하더냐?" 하니 대답하기를, "기조(奇鳥)와 이금(異禽)이 수없이 많은데, 어떤 것은 철망으로 가둬 놓고, 어떤 것은 목가(木架)에 매어 놓았습니다. 그런데, 그중에 홍앵무(紅鸚鵡)의 색깔이 가장 곱고, 남송압(南松鴨)은 생김새가 앵무와 같으나 작으며 사람의 말을 잘 하는데, 그 성음(聲音)의 곡절(曲折)에 따라 혀를 놀리는 것이 두 살 된 아이가 처음으로 말을 배우는 것 같았습니다." 하므로 나는 말하기를, "기이하구나, 못 본 것이 한(恨)이다." 하였다.[44] (번호 (1)~(4)는 저자)

이것은 기조와 이금을 본 간접 체험의 기록이다. 여러 연행록에 이런 기록이 많이 전하고 있는데, 코끼리나 앵무새 등을 처음 보면서 받은 충격에 관한 것이 특히 많이 나타난다. 여기에도 앵무새에 관한 것이 주가 되는데, 그런 앵무새를 보지 못한 서경순이 몹시 안타까워하고 있다.

44) 서경순, 몽경당일사, 433~435쪽.

2-2-24. 심양의 등희

서경순은 심양의 등희(燈戱)에 관해서 다음과 같이 쓰고 있다.

임진년 1월 14일 흐리고 눈이 내리다가 저녁때 그쳤다. 대방신(大方身) 유계방(劉桂方)의 집에서 점심을 먹으며 계방과 정답게 구정을 나누었다. 눈을 무릅쓰고 심양성(瀋陽城) 서쪽 관제묘(關帝廟)에 이르렀다. 마침 사녀(士女)들이 몰려들고 있었으니, 이는 오늘 저녁의 관등(觀燈)놀이를 위함이었다. 부녀들은 모두 화려한 화장과 아름다운 옷에 수놓은 꽃수레를 타고 서로 사치를 자랑하고 있다. 그곳에 사는 사람들에게 물으니, 오늘부터 16일까지 사흘 밤 동안 관등놀이를 하는데 황성과 마찬가지로 모여든다고 한다.[45]

이것은 정월 대보름 전후 3일 동안의 심양성 일대의 관등놀이다. 장안의 사녀들이 화려한 화장을 하고 아름다운 옷을 차려입고 꽃수레를 타고 나와 관등놀이를 한다. 이런 관등놀이가 청나라 때 북경뿐 아니라 다른 지역에서도 아주 성행하였음을 알 수 있다.

2-2-25. 요동성의 등불놀이

서경순은 또, 요동성의 등희(燈戱)에 관해서 다음과 같이 쓰고 있다.

병진년 1월 15일(임신) 눈 내리다. 동이 트자 출발했다. 눈을 무릅쓰고 달려 십리하(十里河)에 이르니, 상사(上使)와 부사(副使)가 막 도착하여 여기에서 점심을 먹는다. 점심이 끝난 후 동행하여 곧바로 요동성(遼東城) 안으로 들어갔다. 이날은 1백 30리를 갔다. 눈이 그치고 달이 밝았다. 시가의 현등(懸燈)에 남녀노소가 모여들어 구경하는데 심양성보다 오히려 나았다. 통구(通衢)에서는 채색 붕호(棚戶)를 만들고 희극(戱劇)을 베풀었는데, 음악 소리 요란하고 무용 또한 아름다워 한번 볼 만하다. 요동 사람들은 우리가 지나가는 것을 보면 반드시 '가

45) 서경순, 몽경당일사, 491쪽.

오리'[嘉吾麗]라 부르니,-중국 발음에 고려(高麗)를 가오리[嘉吾麗]라 하니, 고(高)의 중국음은 가오(嘉吾)이고, 여(麗)의 중국음은 이(離)이다. 또는, 조선(朝鮮)을 접역(鰈域)이라 칭하기 때문에 우리를 접(鰈)이라 부르기도 한다.-그 업신여기고 능멸히 여기는 태도가 다른 데 비하여 심한 편이다. 대개 사행(使行)이 성안에서 유숙하는 예가 종전부터 드물다고 한다.[46]

이것은 정월 대보름 요동성의 등불놀이다. 이날 저녁은 희극과 음악을 동반한 등희를 본다. 서경순은 이런 소규모의 지역 연등놀이를 보면서도 조선의 등석에 비하여 월등히 낫다고 감탄을 한다. 그리고, 조선 연행사들이 종전부터 성안에서 묵지도 못한 것을 알게 되며, 이곳이 특히 조선 연행사들을 능멸하는 곳임을 체험한다. 그러나, 그에 관한 어떠한 저항도 하지 않는다. 북경에 체류하는 연행사들의 기록을 때때로 청나라가 검열하는 일도 있기 때문에 조선의 연행사들은 감정 토로를 글로 하지 못할 수도 있다. 그렇기 때문에 이런 기록만을 가지고 단정적으로 이들 연행사들의 대청 의식을 말할 수는 없다. 하지만, 별로 의식을 가진 대응이 없는 것으로 볼 때 사대사상이 이미 고착화되고 보편화되어 민족의 자존을 이미 상실했기 때문이라고 볼 수 있다.

3. 맺음말

지금까지 거론한 18~19세기 연희기의 내용들을 요약하여 정리해 보면 대략 다음과 같은 몇 가지가 된다.

첫째, 18~19세기 연행록의 연희는 조선과 청의 관계를 상당 부분 정상적 외교 관계로 승화시키는 데 기여하였으며, 한·중 양국간에 긴장

---

46) 서경순, 몽경당일사, 492쪽.

을 완화시키고 양국인의 인간적 체온을 연결하는 데 많은 기여를 한 특수한 문화적 외교 매체다.

둘째, 표집된 18세기 연행록 8종의 연희기에 등장하는 주요 연희 기사는 다음과 같은 것이 있다.

① 숙종 38년(1712) 최덕중(崔德中)의 연행록(燕行錄)에 소개된 북경 예부(禮部)의 풍악(風樂)과 잡희 정재(雜戲呈才), 북경 숭문문의 장난감 솔개놀이와 장난감 원숭이놀이.

② 숙종 38년(1712) 김창업의 연행일기(燕行日記)에 소개된 북경 십산산 찰원의 원희(猿戲)와 견희(犬戲).

③ 정조 14년(1790) 서호수(徐浩修)의 연행기(燕行記)에 소개된 열하 피서산장의 연희전(演戲殿), 열하 피서산장의 연희전(演戲殿)에서 본 연제(演題) 16장(章)의 연희(演戲) 2종, 북경의 원명원(圓明園)에서 본 연희 서유기(西遊記), 북경의 원명원에서 본 연제(演題) 16장의 연희.

④ 정조 15년(1791) 김정중(金正中)의 연행록(燕行錄)에 보고된, 연 4일간이나 계속된 해전(海甸)의 등희(燈戲), 정조(正祖) 16년(1792) 북경의 유리창에서 본 3가지의 창우희(倡優戲), 곧 광대놀이 3가지, 같은 해 원명원에서 본 4장의 연희, 곧 각희(脚戲)·서양추천(西洋鞦韆)·회자정희(回子庭戲)·등희(燈戲).

⑤ 정조 22년(1798) 서유문(徐有聞)의 무오연행록(戊午燕行錄)에 보고된 연광정과 백상루의 기악(妓樂), 청나라 왕실의 희자습의(戲子習儀), 유리창의 광대놀이[唱戲]와 환술(幻術).

셋째, 표집된 19세기 연행록 6종의 연희기에 등장하는 주요 연희 기사는 다음과 같은 것이 있다.

① 순조 28년(1828) 박사호(朴思浩)의 심전고(心田稿)에는 황주의 기악(妓

樂), 유리창과 옥하관의 연희, 원명원의 등불놀이[燈戲], 원명원의 연희(演戲) 곧 가화우선의 춤・씨름놀이・사자춤・홍봉환축(紅棒環逐)에 대해 아주 상세히 소개하고 있다. 그리고, 그는 북경 원명원에서 본 등불놀이를 태평춘등기(太平春燈記)라는 별도의 독립 항목으로 보고하는 정성을 보였으며, 원명원 산고수장각(山高水長閣)의 불꽃놀이를 매화포기(梅花砲記)라는 별항의 보고서로 작성하는 성의를 보여 주고 있다. 한편 연희청과 각종 연희에도 두루 관심을 보이고 있다. 그는 심전고의 연희기에서 연희의 유래, 연희청, 연희의 제목, 연희의 내용, 연희의 관객 등에 관해서도 연희기(演戲記)라는 별항으로 아주 상세하게 쓰고 있다.

② 순조 28년(1828) 이재흡(李在洽)의 부연일기(赴燕日記)에는 북경 광대놀이의 음절(音節), 중국의 상악(喪樂), 연산관과 북경의 광대놀이, 다른 연행록에서 보기 어려운 새로운 연희 잡희(雜戲)를 소개하고 있다.

③ 순조 32년(1832) 김경선(金景善)의 연원직지(燕轅直指)에는 북경 정양문의 장희(場戲)와 풍악놀이, 원명원의 지포희(紙砲戲), 원명원의 등희, 옥하관의 웅희(熊戲), 청나라의 악공과 악기, 청나라의 기예(技藝), 백상루의 기악을 상세하게 소개하고 있다. 특히 그는 옥하관기(玉河館記), 장희기(場戲記), 제희본기(諸戲本記), 원소등화기(元宵燈火記), 지포기(紙砲記), 웅희기(熊戲記)라는 별항을 설정하여 연희기의 체계적 작성에 기여하고 있다.

④ 철종 6년(1855) 서경순의 몽경당일사(夢經堂日史)에는 극장(戲場)과 배우 곧 희자(戲者), 심양의 등희(燈戲), 요동성의 등희(燈戲)에 관해서 쓰고 있다.

이 글은 거론 대상 연희기의 현황 파악에 역점을 둔 것이므로 그 영향의 구체적인 수수(授受) 관계는 다음 글로 미룬다.

제7장
연행록의 복식

1. 머리말

복식 연구는 구전 복식(口傳服飾) 연구, 문헌 복식(文獻服飾) 연구, 실물 복식(實物服飾) 연구의 세 영역이 있다. 구전 복식의 연구란 입에서 입으로 전승되어 내려오는 것을 조사하여 학문적 체계화를 하는 것이다. 문헌 복식 연구란 문자로 정착된 것을 조사하여 연구하는 것이고, 실물 복식 연구란 실물을 조사하여 연구하는 것이다. 이 세 영역 중 구전 복식 연구를 독립시켜 연구한 실적물은 아직 보지 못했다. 문헌 복식 연구는 1940년대 이여성(李如星)의 조선복식고가 나옴으로써 개안(開眼)의 지평이 열린다. 이어서 1970년대 김동욱(金東旭)의 조선복식사 연구와 유희경(柳喜卿)의 한국복식사 연구는 한국 복식학의 위상 정립에 크게 기여한다. 특히 유희경의 한국복식사 연구는 한국 복식학의 견실한 기반 조성을 한 주춧돌로 평가할 수 있다. 실물 복식 연구는 석주선(石宙善)이 전 생애를 내건 집념과 정력적인 수집・정리와 연구로 이 분야의 독보적인 실적을 쌓는다. 그는 한국 복식 연구의 실증적 자료를 체계적으로 확보함으로써 민족혼이 살아 숨쉬는, 살아 있는 복식 연구를 할 수 있도록 하는 데 크게 기여한다. 그의 조선복식사와 석주선박물관 도록인 민속학자료 제1집부터 3집까지: 흉배・장신구・의(衣)와 석주선박물관 소장품은 한국 복식학의 가시적 골격을 형성시켜 줌으로써 구전 복식의 연구와 문헌 복식 연구의 허전한 공간을 내실 있게 채워 주는 역사적 공헌을 하고 있다.

한국 복식 연구의 당면 과제는 앞에서 말한 3분야가 각기 독자적인 연구 실적을 축적하여 상호 보완적 체계화를 이루는 데 있다. 그다음 단계는 각 민족 복식의 비교 연구를 통해 영향의 수수 관계를 확인하고, 한민족의 고유한 민족 복식의 특징과 그 위상을 정립해야 한다.

이와 같은 당위론적 명제를 가지고 생각할 때, 그동안 복식학계에서 조천록류(朝天錄類)와 연행록류(燕行錄類)의 복식을 거론하지 않고 있는 것은 기이한 현상이 아닐 수 없다. 조선조의 복식이 명나라 복식의 영향을 많이 받았다는 것은 주지의 사실이지만, 구체적으로 어떤 영향을 받았는지를 추적하는 작업은 그리 많지 않다. 따라서, 이 연구는 동양 각 민족 복식의 비교 연구와 한국 복식의 영향의 수수 관계를 밝히기 위한 전 단계의 작업으로서의 의미를 갖는다.

우리 민족이 명나라를 다녀와서 남긴 조천록과 청나라를 다녀와서 남긴 연행록은 민족별・왕조별・유형별 복식 연구를 가능케 하는, 많은 복식 연구 자료를 내장한 사기록이다. 그뿐 아니라, 민족간의 복식의 영향의 수수 관계와 구전 복식・문헌 복식・실물 복식의 연구 영역을 확대하는 데도 아주 중요한 기본 자료다. 수많은 이런 유형의 기록물들은 복식에 대한 견문을 상세하게 적고 있다. 복식기(服飾記)라는 항목을 설정하여 전문적 식견으로 상세하게 기록한 것, 우리 민족 복식과 비교하는 관점에서 적은 것, 영향의 수수 관계에 촛점을 맞춘 것, 우리의 민족 복식에 대한 자긍심을 가지고 복식을 거론한 것, 복식을 의식하지 않고 써 놓은 기록이지만 복식 연구에 중요한 정보를 제공하는 것들이 다양하게 자리잡고 있다. 어떤 것은 단편적이지만 어떤 것은 아주 구체적인 묘사가 있어서 실물을 보여 주는 것 같은 자료들도 있다.

따라서, 이 논문은 한국 복식 연구에 있어서 회고와 전망, 새로운 제안과 자료의 정보 제공에다 일차적인 목표를 둔다. 그리고, 조천록과 연행록 복식 자료를 그러한 목표에 접맥시켜 전개하고 서술해 보려고 한다.

이러한 연구는 앞으로 한국 고전문학의 복식을 통해서 계속 확대・전개해 보려고 한다. 한국 고전문학 속의 복식은 한민족의 복식 의식이 화석화(化石化)되어 있는 거대한 화석대(化石帶)로서의 의미를 갖는다고 생각하기 때문이다.

2. 자료와 범주

저자가 조사한 바에 의하면 연행록은 500여 종이 전한다. 고려 왕조에서 조선 왕조 말기까지 정례사행(定例使行)과 각종 별사재자(別使賫咨) 등을 합하면 우리 민족이 중국을 왕래한 것은 2000여 회에 육박했을 것으로 본다. 이들 사행 인원은 많게는 매회 수백 명이나 되는 큰 규모의 집단적인 왕래였으므로 그들이 남긴 공사 기록의 양은 수천 종에 달하는 방대한 것이었을 것으로 추정된다. 이 연행사 그룹에는 서장관 외에도 당대를 대표하는 뛰어난 문사들이 항상 몇 명씩 종사관(從事官)으로 학술과 외교와 견문 기록을 담당하면서 동행하였는데, 그들은 대개 사기록을 남겼다. 대개 한문으로 기록한 것들이지만, 부녀자들이 읽어 볼 수 있도록 배려하여 처음부터 한글로 썼을 것으로 추정되는 것도 10여 종이 남아있다. 통문관지(通文館志)를 보면 조선조에 와서는 매년 명나라와 청나라에 정례사행(定例使行; 冬至・正朝・聖節・千秋)과 부정례사행(不定例使行; 王薨・嗣位・冊妃・建儲・先王追崇)을 보냈는데, 대부분 정관이 30여 명으로 구성되어 있다. 그들 가운데서 특히 서장관(書狀官)・질문종사관(質問從事官)・사자관(寫字官)・반당(伴倘)・서자(書者)・의인(醫人)의 신분을 가진 이들이 사기록을 많이 남겼다. 따라서, 상당한 전문성과 사실성과 구체성을 띤 기록물들이라는 점을 잊어서는 안 된다.

이 논문에서는 조천록계에서 6종, 연행록계에서 14종 도합 20종을 거론 대상으로 삼는다. 성균관대학 대동문화연구원에서 펴낸 연행록 상·하를 모본으로 한 민족문화추진회의 번역본을 참고한다. 그것을 시대순으로 배열하여 소개하면 다음과 같다. 이 글의 서술에서 인용하는 책과 쪽의 표시는 다음 자료에 의거한 것이다.

Ⅰ. 표해록(漂海錄)·조천기(朝天記)(조천록류)

Ⅰ-1. ① 표해록, 최부(1454~1504)

성종 18(1487)년에 제주도에서 표류되어 중국 석강성에 착륙한 최부 일행 43명이 6개월 동안 중국 각지를 돌아보고 귀국한 뒤에 쓴 보고서다. 33~236쪽.

Ⅰ-2. ② 조천기, 허봉(1551~1588)

선조 7(1574)년 성절사 서장관으로 명나라에 다녀온 허봉이 쓴 것이다. 261~542쪽.

Ⅱ. 동환봉사(東還封事)·조천항해록(朝天航海錄)·조경일록(朝京日錄)(조천록류)

Ⅱ-1. ③ 동환봉사, 조헌(1544~1592)

선조 7(1574)년 조헌이 질정관으로 북경에 다녀와서 쓴 것이다. 13~92쪽.

Ⅱ-2. ④ 연행록, 권협(1553~1618)

선조 30(1597)년 정유재란이 일어나 고급사(告急使)로 명에 구원을 청하러 간 권협이 쓴 100일간의 기록이다. 99~146쪽.

Ⅱ-3. ⑤ 조천항해록, 홍익한(1586~1637)

인조 2(1624)년 인조의 고명을 주청하러 명나라에 갔던 홍익한이 쓴 것이다. 157~297쪽.

Ⅱ-4. ⑥ 조경일록, 김육(1580~1653)

인조 14(1636)년 병자호란 발발 직전 동지사로 명나라에 다녀온 김육이 쓴 것이다. 305~375쪽.

Ⅲ. 연도기행(燕途紀行)·연행록(燕行錄)(연행록류)

Ⅲ-1. ⑦ 연도기행, 인평대군 요(1622~1658)

효종 7(1656)년 진주사로 청나라를 다녀온 인평대군(효종의 동생)이 쓴 것이다.

11~139쪽.

Ⅲ-2. ⑧ 연행록, 최덕중(?~?)

숙종 38(1712)년 사은부사 윤지인을 따라 연경에 갔던 군관 최덕중이 쓴 것이다. 147~360쪽.

Ⅳ. 연행일기(燕行日記)(연행록류)

⑨ 연행일기, 김창업(1658~1722)

숙종 38(1712)년 동지사겸사은사 김창집의 타각으로 북경을 다녀온 김창업이 쓴 것이다. 박지원의 열하일기보다 68년 앞선 것. 15~558쪽.

Ⅴ. 경자연행잡지(庚子燕行雜識) • 연행일기(燕行日記)(연행록류)

Ⅴ-1. ⑩ 경자연행잡지, 이의현(1669~1745)

숙종 46(1720)년 동지정사 이의현이 연경을 다녀와서 쓴 것이다. 9~112쪽.

Ⅴ-2. ⑪ 연행기, 서호수(1736~1799)

정조 14(1790)년 진하부사로 연경을 다녀온 서호수가 쓴 것이다. 119~393쪽.

Ⅵ. 연행기사(燕行記事) • 연행록(燕行錄)(연행록류)

Ⅵ-1. ⑫ 연행기사(燕行記事), 이갑(1737~1795)

정조 1(1777)년 진주부사 이갑이 연경을 다녀와서 쓴 것이다. 22~331쪽.

Ⅵ-2. ⑬ 연행록(燕行錄), 김정중(?~?)

정조 15(1791)년 진하사 김이소를 따라 연경에 갔던 김정중이 쓴 것이다. 339~552쪽.

Ⅶ. 무오연행록 • 연대재유록(燕臺再遊錄)(연행록류)

Ⅶ-1. ⑭ 무오연행록, 서유문(1763~?)

정조 22(1798)년 사은겸동지사의 서장관으로 연경을 다녀온 서유문이 쓴 것이다. 17~395쪽.

Ⅶ-2. ⑮ 연대재유록, 유득공(1749~?)

순조 1(1801)년 사은사 일행을 따라 검서관으로 북경을 다녀온 유득공이 쓴 것이다. 405~462쪽.

Ⅷ. 계산기정(薊山紀程)(연행록류)

⑯ 계산기정, 이해응

순조 3(1803)년 동지사 민태혁 일행을 따라 연경을 다녀온 이가 쓴 것이다. 15~423쪽.

Ⅸ. 심전고(心田稿) • 부연일기(赴燕日記)(연행록류)

Ⅸ-1. ⑰ 심전고, 박사호(?~?)

순조 28(1828)년 사은겸동지사 홍기섭을 따라 연경을 다녀온 박사호가 쓴 것이다. 15~274쪽.

Ⅸ-2. ⑱ 부연일기, 이재흡

순조 28(1828)년 진하사 이옥을 따라 연경을 다녀온 의원이 쓴 것이다. 281~437.

Ⅹ. 연원직지(燕轅直指)(연행록류)

⑲ 연원직지, 김경선(1788~1853)

순조 32(1832)년 사은겸동지사의 서장관 김경선이 연경을 다녀와서 쓴 것이다. 28~417쪽.

Ⅺ. 몽경당일사(夢經堂日史)(연행록류)

⑳ 몽경당일사, 서경순(?~?)

철종 6(1855)년 진위진향사를 따라서 연경에 갔던 서경순이 쓴 것이다. 9~249쪽.

3. 분류 방법과 체계화

한국 복식사 연구의 서술 체계를 점검해 보면, 대부분 이여성의 조선복식고를 바탕으로 삼아서 변용시킨 것이다. 그러나, 그러한 서술 체계와 분류 방법은 이 시점에서 반성적 성찰을 통해 한층 학문적인 체계로 예각화시켜 발전적 대안 모색을 시도해야 한다.

사적 검토는 통시적인 연구다. 복식의 연구는 공시적 연구가 가능하며, 공시적인 유형화와 통시적인 체계화가 이루어져야 한다. 따라서, 이러한 문제는 복식 연구의 발전 단계에서 필연적으로 대두되는 문제다.

유형화는 공시적 갈래라 할 수 있으며, 체계화는 통시적 갈래라고 할 수 있다. 갈래는 큰 갈래(Gattung)와 작은 갈래(Art)가 있다. 조천록계와 연행록계의 복식 자료들은 이러한 논리 체계로 유형화하고 체계화시켜 본다면 다음과 같은 모형을 생각해 볼 수 있다.

큰 갈래로서 민족별 복식・왕조별 복식・유형별 복식을 설정할 수 있다. 그리고, 거기에 따른 작은 갈래로는 민족별 복식에는 중국 복식·소수민족 복식·조선 복식이 있으며, 왕조별 복식에는 조선 전기 곧 명대의 복식·조선 후기 곧 청대의 복식이 있다. 유형별 복식에는 복식소재·지존 복식(至尊服飾)·품계 복식(品階服飾)·일반 복식·하인 복식·군인 복식·종교 복식·사례 복식(四禮服飾)·역사 복식(歷史服飾)·수식 복식(修飾服飾)·복식 관리(服飾管理)가 있다고 하겠다.

이러한 분류 방법과 서술 체계를 가지고 조천록 계통의 6가지 기록물과 연행록 계통의 14가지 기록물에 등장하는 복식 자료들을 정리하여 보면 다음과 같다.

위와 같은 방법과 체계로 서술할 경우, 모든 자료가 항상 3가지 큰 갈래에 반복하여 예시되지 않으면 안 된다. 그러한 번거로움을 피하기 위해 민족별 복식과 왕조별 복식에서는 복식의 명칭 위주로만 서술하고, 유형별 복식에서만 구체적인 기록을 제시하기로 한다.

4. 민족별 복식

조천록과 연행록에 나타난 민족 복식은 크게 중국 복식·소수민족 복식·조선 복식으로 유형화시킬 수 있다. 이중 중국 복식에 대한 기록이 압도적으로 많다. 그다음으로 많은 것이 조선 복식이다. 중국복식과 소수민족 복식의 관찰자는 조선인이다. 새로운 복식 문화를 접한 기록자들은 우선 우리의 민족 복식과 다른 부분에서 신선한 충격을 받고 호기심을 갖는다. 그리고, 우리의 민족 복식에 대해 자긍심을 갖는 경우는 명나라 복식과 유사하다는 명나라 지향적인 의식에서 기인된다. 조선 복식에 관한 기록은 관찰자가 중국인이거나 조선인이다. 대개는 조선인이 비교의 관점에서 적고 있는 것이 많다. 그리고, 공식적인 물목(物目)

을 통해서 드러난다.

4-1. 중국 복식

조천록과 연행록의 작가들은 중국 복식에 대해 쓰지 않은 사람이 거의 없을 정도로 선진 중국의 복식 문화에 관심을 가졌다. 따라서, 그에 관한 기록물들이 대단히 많다. 대개 본격적인 조사 활동을 통해서 조선 복식과 비교하며 서술하기 때문에 조선 복식 연구에도 중요한 자료가 된다. 그뿐 아니라, 명·청과 그 이전의 중국 복식이 조선 복식에 어떠한 영향을 주었는지를 연구하는 비교복식 연구에도 많은 기여를 할 수 있는 자료들이다. 따라서, 이 문제는 유형별 복식에서 본격적으로 거론하려 하기 때문에 여기서는 중국 복식의 현황을 개괄하는 서술만을 한다.

이 글에서 검토 대상으로 삼은 조천록 6종과 연행록 14종에 압도적으로 많은 기록을 한 것이 중국의 복식 소재[衣料]다. 그리고, 그다음으로 많은 것은 중국의 품계 복식에 관한 것이다. 그다음은 일반 복식에 대한 기록인데, 남복에 관한 것이 대부분이다. 그러나, 여복의 기록도 상당수가 전한다. 수식 복식으로는 모자와 선자(扇子; 부채)에 관한 것이 두드러지게 많은 특색으로 꼽을 수 있다. 그 밖에 수식(首飾)·호복(胡服)·역사 복식(歷史服飾)·하인 복식(下人服飾)·군인 복식·상복·종교 복식·신발[鞋]·띠[帶]·장신구·자[尺]·바늘[針]·옷가게[衣服鋪子]와 갖옷[裘]을 별개의 항목으로 기술하였다.

조선 복식의 유행은 조천사나 연행사의 견문과 그들이 남긴 위와 같은 기록물에 따라서 좌우되었다. 이 길이 선진 복식문화를 수입할 수 유일한 통로였기 때문이다. 이 글의 유형별 복식에서 중국 복식을 본격적으로 검토하려는 의도가 이와 같은 데에 있음을 밝혀 둔다.

저자의 생각으로는 고유한 조선 복식과 조선 복식의 전통적 맥락 찾기는 조천록과 연행록의 복식 연구 없이는 불가능하다고 생각한다.

4-2. 소수민족 복식

소수민족 복식은 비교의 관점에서 기록하고 있는데, 항상 조선 복식과 명・청의 복식을 비교의 기준으로 삼고 있다. 소수민족 복식을 거론한 것은 새로운 복식문화에 대한 충격의 일환이기 때문에 그것이 조선 복식 문화에 어떤 형식으로든지 많은 영향을 주지 않을 수 없었다고 생각된다. 따라서, 비교복식학이나 조선복식사의 연구에서 도외시될 수 없는 부분일 것이다. 그리고, 조선 복식과 비교하기 때문에 자연히 조선 복식이 등장하는 것도 소수민족 복식의 거론을 생략할 수 없는 까닭이다.

소수민족 복식으로 자주 거론된 관심의 대상은 섬라국(暹羅國)・몽고인(蒙古人)・유구국(琉球國)・회자국(回刺國)・생번인(生番人)・안남인(安南人)의 복식에 관한 것이다. 청대의 연행록에는 영국인 복식에서의 충격도 자주 나타난다.

인조 14년(1636) 김육(金堉)이 섬나국(지금의 태국) 사신 복식인 김사모(金絲帽)・금의(錦衣)・금관(金冠)・홍금모(紅錦帽)・홍모(紅毛)에 관한 것을 아주 디테일하게 기록한 보기다.

> 새벽에 일어나 대궐에 나아가 동장안 문이 열리기를 기다렸다. 暹羅國 사신도 또한 같다. 上使는 머리에 金絲帽를 썼는데 모양은 僧巾 같았으며 靑金線 錦衣를 입었고, 그다음 사람은 金冠을 썼는데 梁冠과 같았으며 紅鹿皮衣를 입었고, 그다음 사람은 홍관을 썼는데 길기가 파초 잎과 같아 뾰족하고 곧게 위를 가리키며 홍의를 입었다. 옷은 겨우 무릎을 가리고 머리는 깎아 망건이 없다. 종자들도 모두 머리를 깎아 정수리를 드러냈으며, 머리의 길이가 2~3인치(寸)나 되어 더부룩이 쑥대 같았고 낯은 모두 씻지 않았으며 사신 이하 전부 보행하였다. 〈II-4-340〉

정조 22년(1798) 서유문(徐有聞)은 섬나 복식(暹羅服飾)에 대해 다음과 같이 쓰고 있다.

> 섬나 사신 네 사람이 들어왔는지라, 곁 칸에 앉았거늘 잠깐 보니 복식은 중국 제도와 다르지 아니하되, 붉은 바탕과 검은 바탕에 약간 수를 놓아 입었으니, 머리에 쓴 것은 금빛으로 만들어 이마에 덮이게 하고, 위에 긴 뿔을 만들었으니 길이가 거의 6~7치(寸)나 되며, 긴 뿔 아래 2층도 만들고 3층도 만들어 네 사람이 쓴 바가 같지 않으니, 옷빛과 冠層으로 品職을 표한 것 같더라. 從子가 3~4명 들어왔는데, 그들은 중국의 마래기[抹額]를 썼으며, 머리털은 모두 깎아 辮子(변자; 머리를 따서 늘인 것)라는 것이 없었다.〈VII-1-128〉

순조 3년(1803)에도 동지사 민태혁(閔台爀)의 수행인이 유사한 기록을 남겼다.

> 暹羅의 衣服은 대개 淸人과 같다. 5년에 1번씩 조공을 바친다. 史臣은 4명인데 服色은 검붉고 金花를 수놓았다. 머리에 외뿔로 된 금관을 썼는데 길이는 1尺쯤 되며 그 끝이 송곳처럼 뾰쪽하다.〈VIII-416〉

순조 2년(1828) 박사호(朴思浩)가 섬나국의 조공품에 관하여 쓴 것을 보면 그들의 조공품에는 복식 관계의 것이 취조피(翠鳥皮)와 홍포(紅布) 두 가지뿐이다. 나머지는 모두 향(香) · 빙편(氷片) · 장뇌(獐腦) · 계피(桂皮) · 상아(象牙) · 서각(犀角) 종류다. 〈IX-1-215〉

몽고의 복식에 대해서는 초의(貂衣) · 표모(豹帽) · 전립(氈笠)이 관심을 끌었으나 큰 충격은 없었다. 조선족도 몽고족이기 때문이었을 것이다.

> 蒙古의 의복제도는 胡女와 같으며 머리는 우리나라 女人과 비슷하다.
> 〈IV-221〉
>
> 回回와 蒙古는 內服에 들어 연경에서 벼슬하므로 모든 것이 淸人과 거의 같은데 蒙古는

노랑옷을 입었을 따름이다. 〈VI-2-434〉

蒙古의 옷은 赤黃色이며 하나로 된 두루마기 외에는 바지와 저고리가 따로 없는데 婦女子도 그러하다. 여자는 머리를 기르고 깎지 않으며, 좌우로 나누어 羊脂(양기름)을 발라서 양쪽 어깨 앞으로 늘어뜨린다. 〈IX-2-392〉

蒙古 여자 셋이 앉아 있었는데 모두 얼굴과 광대뼈가 넓었다. 하나는 蒙古王의 妻이고, 둘은 侍女였다. 세 여자는 모두 貂衣를 입고, 貂帽를 쓰고 장화를 신고, 編髮(땋아 내리는 머리)을 두 갈래로 만들어 늘어뜨렸는데, 주인공은(몽고왕의 妻며 喪中이다) 검은 비단으로 묶었다. 〈IV-348〉

길가에 한 여인이 붉은 수레를 타고 지나가는 이가 있는데, 머리에는 붉은 氈笠을 쓰고 검은 옷을 입고, 좌우로 따르는 말 탄 이와 여인들이 모두 7~8쌍이다. 역졸을 시켜 물으니 "蒙古의 王母인데, 나이가 어려 正朝에 들어와 賀禮하지 못하므로 대신 왔다 돌아가는 길이라 한다. 〈V-1-55〉

이와 같이 몽고의 복식은 품계(品階)의 표시가 엄격하지 않았으며, 왕모(王母)가 검은 옷에 전립(氈笠)을 썼다.

유구(琉球)의 복식은 사신의 활수장의(濶袖長衣), 종인(從人)의 협수의(狹袖衣), 수식(首飾), 품계 복식(品階服飾), 일반 복식(一般服飾)을 조선 복식과 대비하여 쓰고 있다.

琉球國 使臣이 함께 祗迎(지영)에 참여하였는데, 그들은 우리 사신 아래에 섰었다. 그 사신이 帽子 제도는 누런 무늬 비단을 둘러서 묶었는데, 대강 우리나라 金冠 모양과 흡사하다. 모두 黑紋緞 闊袖衣를 입고 누런 넓은 비단 띠로 허리를 둘러 두 끝을 가지런히 늘어뜨렸으며, 머리털은 묶어 상투를 만들어 두 비녀를 꽂고 발에는 검은 신을 신었다. 從人은 모두 회색 狹袖衣를 입고 상투를 검은 비단으로 쌌다. 〈IV-127〉

琉球 사람들은 머리를 깎지 않고 우리나라 제도와 같이 상투를 트는데, 다만 망건을 쓰지 않고 밀기름을 발라 살쩍(귀밑털)과 머리털을 모아 올렸다. 〈X-287〉

이와 같이 수식(首飾)이 특징적이다. 두 비녀 장식과 망건(網巾) 없이 살쩍(귀밑털)과 머리털을 모아 올린 것이 이색적으로 비쳤다.

琉球人의 朝冠은 黃帛으로 만들었는데, 우리나라 耳掩(毛皮로 만든 防寒具)과 같았으나 冠樑(冠의 앞 이마에서 뒤로 줄을 두르는 것)이 있었으며, 그 수는 같지 않았는데 이것으로 官階의 高下를 구분한다. 옷과 신발은 무늬를 繡놓아 만들었는 데, 모두 만주 제도를 모방하였으나 黃帛으로 넣은 띠를 더했다. 그들 하례들은 冠 모양이 우리나라 족두리[足道里]와 같았으며, 입은 것은 비단이 아니고 베였는데, 이 또한 貴賤을 구분한 것이다. 〈X-287〉

유구인 복식은 조관(朝冠)에 있는 관량(冠樑)의 수가 품계(品階)를 나타낸다. 그리고, 유구인의 일반 복식은 다음과 같이 쓰고 있다.

琉球 일반 백성들은 겨울과 여름을 가리지 않고 모두 홑바지를 입는데, 그 위에는 周衣를 걸쳤으며 간혹 홑周衣만 입은 사람도 있었다. 버선이나 신발은 신지 않았는데, 손님을 맞거나 제사 때는 버선과 신발을 신는다. 신발 모양은 우리나라 繩鞋(승혜; 미투리)와 같은데 다만 앞에 두 귀가 있었다. 머리에 쓰는 것은 집에 있을 때는 머리쓰개를 썼는데 우리나라의 緇布冠(치포관; 한나라 이후 중국과 조선에서 緇布冠이라 하여 士人이나 學者가 평시에 쓰던 冠)과 비슷했으며, 나다닐 때는 갓을 썼는데 우리나라 삿갓과 같았다. 천인들은 발가벗었고 다만 두어 가지의 거친 베로 궁둥이나 허벅지만을 가렸을 뿐이다.〈X-293〉

유구인의 상민(常民) 신발은 앞에 두 귀가 달린 승혜(繩鞋)를 신었고 집에서는 치포관(緇布冠)과 유사한 것을 쓰고 있었다.

정조 1년(1777)에 이갑(李押)과 순조 28년(1828) 박사호(朴思浩)는 회회국(回回國) 복식을 이렇게 썼다.

西山을 보고자 하여 平明에 세 사신이 수레를 타고 대궐 밖 서쪽 담을 지나 回回國 사람이 사는 官所 앞을 지나는데 남자들을 보니 모두 胡服을 입었다. 면목은 추악하고 머리는 깎았으며 수염은 기르고 머리에 胡帽를 썼는데 그 모양은 위가 뾰족하고 높다. 수레를 탄 여인의 얼굴은 비록 아름다우나 머리에 쓴 것이 남자와 다름없고 비단으로 머리와 목을 둘렀다. 〈VI-1-139〉

回回國 사람들은 皮帽와 狹袖는 모두 淸나라 제도를 따랐다. 그 여인들의 의상은 더러는 白色, 더러는 紫色이었고, 제도는 우리나라 철릭[帖裏]과 같았는데 소매가 좁았다. 그들의 首飾에는, 더러는 종종 머리를 얽어서 10여 갈래로 딴 자도 있고, 더러는 먼저 좌우 두 갈래로 나눠 땋다가 끝에 가서는 다시 한 갈래로 합해 땋아서 등 뒤로 드리운 자도 있는데, 혹은 흰 모자를 머리 위에 쓰기도 하고, 혹은 珠貝와 綵花를 꽂기도 하였다. 그 열 갈래와 한 갈래로 땋은 것은 어른과 아이를 구별한 것이라 한다. 〈IX-1-47〉

회회국 여인의 수식(首飾)에서 여러 갈래로 딴 머리는 어른이고, 한 갈래로 딴 머리는 아이들이다. 순조 3년(1803)에 계산기정(薊山紀程)을 쓴 이가 이러한 복식에 대해 쓴 것과 비교해서 보면 기록이 얼마나 구체적이고 정확한 것인가를 확인할 수 있다.

回回國人의 의복과 모자는 賤人과 같으나, 관소에 있을 때나 나다닐 때 쓰는 모자로는 둥글게 말아 묶은 紅氈를 머리 위에 세워 쓰는데 그 끝이 차츰 뾰았다. 여인들은 알록달록한 장옷 같은 것을 입고 머리를 따서 아래로 늘어뜨렸는데 간혹 미인이 있다. 〈VIII-415〉

정조 14(1790)년 서호수(徐浩修)는 생번인(生番人; 대만의 아미족)의 복식을 인상 깊게 관찰하였다. 그들의 괘문(卦文) 자자(刺子) 계롱(鷄籠) 15사(社)를 소상하게 보았다.

이달에 生蕃 15명이 熱河에 도착하였는데, 그들의 冠帶와 衣服은 머리털을 잘라 이마를 덮었으며, 먹실로 眉間이나 턱 위에 卦文을 刺字하였다. 붉은 바탕에 푸른 수를 놓은 冠을 썼는데, 모양이 단지를 덮어 쓴 것 같다. 사방이 차양이 있고, 위에는 차이가 나는 梁(관의 앞에서 뒤로 골이 지게 한 것)이 있으며, 양 위에는 羽毛로 장식을 꽂았다. 이것이 鷄籠 15社의 舊俗이다. 차양 좌우에는 각기 작은 방울 3개를 달았는데, 이것은 三保太監(鄭和를 말한다. 三保는 그의 字이고 太監은 官名이다)이 남긴 풍속이다. 속에는 소매가 좁고 옷깃을 오른쪽으로 한 녹색 長衣를 입고, 겉에는 소매가 좁고 옷깃을 가운데로 한 紅氈에 金線으로 선을 두른 단의를 입었다. 목에는 木牌를 걸었는데 살고 있는 社名과 姓名을 적었다. 그들이 입은 관복은

모두 臺灣府에서 그들의 本俗에 따라 만들어 준다. 〈V-2-206〉

서호수(徐浩修)는 안남 사신복(安南使臣服)에도 다음과 같이 관심을 가졌다.

일찍이 들으니 安南使臣은 머리털을 묶어서 뒤로 드리운 채, 烏紗帽를 쓰고, 소매 넓은 紅袍를 입으며, 금과 대모로 장식한 띠를 매고, 검은 가죽신[皮鞋]을 신은 것이 우리나라 관복과 비슷한 데가 많았다고 하였다. 그런데, 이제 보니 君臣이 모두 만주의 官服을 따랐으나 머리털만 깎지 않았다. 〈V-2-189〉

안남 사신의 관복은 오사모(烏紗帽)에 소매 넓은 홍포(紅袍)를 입었으며, 금대모대(金玳帽帶)에 피혜(皮鞋)를 신었다. 여기서의 변화는 상유(上諭)를 받들지 않을 수 없어 잠깐 바꾸어 입었을 뿐이다.

순조 32년(1832) 김경선(金景善)은 영국인의 버선[襪子], 모자(帽子), 복식(服飾)을 이렇게 쓰고 있다.

영국인 버선[襪子; 양말]은 혹은 흰 左紗 혹은 흰 三升으로 만들었는데 등 위에 꿰맨 데가 없고, 신[鞋]은 검은 가죽으로 만들어 發莫(마른신) 모양과 같다. 〈X-93〉

영국인이 머리에 쓰는 것은 子爵 胡夏米의 것은 푸른 緞으로 마치 족두리 같이 앞을 검은 뿔로 장식하였고, 그 밖의 것은 紅氈, 혹은 검은 三升으로, 더러는 감투[甘吐] 모양같이 하고 더러는 두엄달이(頭掩達伊; 두룽다리, 추위를 막기 위해 머리에 쓰는 쓰개) 모양같이 하고, 더러는 풀로 짠 氈笠 모양과 같이 하였다. 〈X-93〉

영국인 衣服은 羊布나 猩氈(성전)이나 三升으로 만들어, 저고리가 周衣 모양이나 狹袖 모양인데 띠를 붉은 緞으로 하였고, 衫은 團領 오른편 섶에다 金단추를 옷깃에 합쳐진 곳에 달았는데 그 소매가 넓거나 좁고, 바지는 우리나라 것과 모양이 같아 넓기도 하고 좁기도 한데 더러는 검고, 더러는 희며, 官爵이 있는 사람의 의복은 무늬 있는 緞이 선명하였다. 〈X-93〉

굳이 영국인 복식까지 소개하는 것은 조천록과 연행록의 복식기(服飾記)가 어떤 성격을 가지며, 그 기록의 신빙도와 이해의 방법은 어떠해야 하는가를 시사하고 있기 때문이다.

4-3. 조선 복식

조선 복식은 조선 사행자들이 착용한 것을 본 중국인 관찰자의 표현을 조선 사행이 기록한 것, 중국인들의 조선 복식에 관한 질문에 조선 사행자들이 답하고 해설한 것을 적은 것, 조선 사행자가 예물(禮物)로 가져간 복식과 중국에서 조선의 사행자들에게 예물로 준 복식 등을 통해 확인할 수 있다.

중국은 명대(明代)에 와서 의복 제도에 관한 일대 개혁을 단행하였음을 다음 기록에 전하여 준다.

> 지금 明나라가 옛날의 더러운 풍속을 깨끗이 씻어 버리고 오랑캐 의복이 유행하던 地區로 하여금 衣冠의 습속이 되도록 하였으니, 조정 문물의 성대함에는 볼 만한 점이 있다. 〈중략〉 의복은 짧고 좁아 남녀 모두 제도가 같았으며…… 〈Ⅰ-2-198〉

이와 같이 명나라는 각 지역의 소수민족 복식을 중화의 민족 복식으로 통일하였는데, 그 옷의 특색은 남녀복 모두 한국인의 눈에는 짧고 좁아 보였다. 그러나, 청대(淸代)에는 다시 의복 제도가 바뀌었음을 다음 기록이 전해 준다.

> 우리들의 의관이 대국과 다른데 해괴하지 않습니까? 노야들의 의관을 매우 좋아합니다. 우리도 明나라 때는 의관이 그와 같았지요. 그렇다면 공들의 지금 의관은 옛 제도가 아닙니까? 우리들의 지금 의관은 곧 만주 것입니다. 〈Ⅳ-153〉

이와 같이 청나라의 의복 제도는 만주족의 복식으로 바뀌었으며, 조선의 의복 제도는 명나라 복제와 같았음을 알려 준다. 그리고, 명나라 지향적인 의식이 조선 복식을 예찬하는 것으로 표출되어 나타나고 있다.

4-3-1. 조선의 의복 소재

조선의 복식 소재는 다음과 같은 것이 있었다. 복식 소재의 품위(品位)를 알려 주는 정보를 파악하기 위해서 기록된 내용 중 관련 설명을 간추려서 덧붙인다.

다음은 조선의 복식 소재를 중국에 보낸 것들이다.

> 皇帝와 皇后와 太子에게 올린 禮幣의 복식 소재는 黃色線布・紫色線布・白色線布・紵布. 〈III-2-161〉

황제에게 연공 예물(年貢禮物)・동지 예물(冬至禮物)・정조 예물(正朝禮物)・성절 예물(聖節禮物)로 바친 복식 소재는 다음과 같은 것이 있다.

> 연공 예물(年貢禮物): 白苧布(2백 필)・紅綿紬(1백 필)・綠綿紬(1백 필)・白綿紬(2백 필)・白木綿(1천 필)・生木綿(2천 8백 필)・鹿皮(1백 장)・獺皮(4백 장)・青鼠皮(3백 장). 〈III-2-158〉
>
> 동지 예물(冬至禮物): 黃細苧布(10필)・白細苧布(20필)・黃細綿紬(20필)・白細綿紬(20필). 〈III-2-158〉
>
> 정조 예물(正朝禮物): 黃細苧布(10필)・白細苧布(20필)・黃細綿紬(20필)・白細綿紬(20필). 〈III-2-158〉
>
> 성절 예물(聖節禮物): 黃細苧布(10필)・白細苧布(20필)・黃細綿紬(30필)・白細綿紬(20필)・紫色綿紬(20필)・獺皮(20장). 〈III-2-159〉

황후에게 바친 동지 예물(冬至禮物)・정조 예물(正朝禮物)・성절 예물(聖節禮物)의 복식 소재는 紅細苧布(10필)・白細苧布(20필)・紫色綿紬(20필)・

白細綿紬(10필)〈Ⅲ-2-159〉이었다.

다음은 방물세폐식(方物歲弊式)에 기록된 황제에게 바친 연공예물(年貢禮物)의 복식 소재들이다.

白苧布(2백 필)・紅綿紬(1백 필)・綠綿紬(1백 필)・白綿紬(2백 필)・白木綿(1천 필)・生木綿(2천 8백 필)・鹿皮(1백 장)・獺皮(4백 장)・靑黍皮(3백 장). 〈Ⅳ-20〉

다음은 표(表)・부본(副本)・자문(咨文)・주본(奏本)・방물(方物)・세폐(歲幣)의 수량에 기록된 복식소재들이다.

皇太后 尊謚進賀 方物: 黃細苧布(30필)・白細苧布(30필)・黃細綿紬(20필)・紫色綿紬(20필)・白細綿紬(30필). 〈Ⅵ-1-26〉

詔書順付謝恩 方物: 黃細苧布(30필)・白細苧布(30필)・黃細綿紬(20필)・白細綿紬(30필). 〈Ⅵ-1-27〉

討逆陳奏 方物: 黃細苧布(20필)・白細苧布(20필)・黃細綿紬(20필)・紫色綿紬(20필)・白細綿紬(30필)・獺皮(20장)・靑黍皮(30장). 〈Ⅵ-1-27〉

聖節 方物: 黃細苧布(10필)・白細苧布(20필)・黃細綿紬(30필)・白細綿紬(20필)・紫色綿紬(20필)・獺皮(20장). 〈Ⅵ-1-27〉

冬至 方物: 黃細苧布(10필)・白細苧布(20필)・黃細綿紬(20필)・白細綿紬(20필). 〈Ⅵ-1-27〉

正朝 方物: 黃細苧布(10필)・白細苧布(20필)・黃細綿紬(20필)・白細綿紬(20필). 〈Ⅵ-1-27〉

歲幣 方物: 白木綿(1천필)・生木綿(2천필)・紬子(4백필)・苧布(2백필)・木獺皮(3백장)・鹿皮(1백장). 〈Ⅵ-1-27〉

다음은 세폐(歲弊)로 기록된 복식 소재들이다.

만수성절 진하의 어전 예물(萬壽聖節進賀御前禮物): 黃細苧布(10필)・白細苧布(20필)・黃細綿紬(20필)・紫色綿紬(20필)・獺皮(20장). 〈Ⅷ-339〉

중궁전 예물(中宮前禮物): 紅細苧布(10필)・白細苧布(20필)・黃細綿紬(20필)・白細綿紬

(10필). 〈Ⅷ-339〉

동지령절 진하 예물(冬至令節進賀禮物): 黃細苧布(10필)・白細苧布(20필)・黃細綿紬(20필)・白細綿紬(20필). 〈Ⅷ-339〉

중궁전 예물(中宮前禮物): 紅細苧布(10필)・白細苧布(20필)・紫細綿紬(10필)・白細綿紬(10필). 〈Ⅷ-339〉

정조령절 진하 어전 예물(正朝令節進賀御前禮物): 黃細苧布(10필)・白細苧布(20필)・黃細綿紬(20필)・伯細綿紬(20필). 〈Ⅷ-339〉

中宮前 禮物: 紅細苧布(10필)・白細苧布(20필)・紫細綿紬(20필)・白細綿紬(10필). 〈Ⅷ-339〉

진공 어전 예물(進貢御前禮物): 白細苧布(2백 필)・紅綿紬(1백 필)・綠綿紬(1백 필)・白綿紬(2백 필)・白木綿(1천 필)・木綿(2천 필)・鹿皮(1백 장)・獺皮(3백 장). 〈Ⅷ-339〉

다음은 공폐물종(貢弊物種)에 있는 복식 소재들이다.

성절(聖節)에 황제(皇帝)에게: 黃細苧布(10필)・白細苧布(20필)・黃細綿紬(20필)・紫細綿紬(20필)・白細綿紬(20필)・獺皮(20장). 〈X-30〉

성절(聖節)에 황태후(皇太后)에게: 黃細苧布(10필)・白細苧布(20필)・紫細綿紬(20필)・白細綿紬(10필)이며, 皇后에게 하는 禮物은 皇太后와 같았다. 〈X-30〉

동지(冬至)에 황제(皇帝)에게: 黃苧布(10필)・白苧布(20필)・黃細綿紬(20필)・白細綿紬(20필). 〈X-30〉

동지(冬至)에 황태후(皇太后)에게: 紅細苧布(10필)・白細苧布(20필)・紫細綿紬(20필)・白細綿紬(10필). 〈X-30〉

정조(正朝)에 황제(皇帝)에게: 黃細苧布(10필)・白細苧布(20필)・黃細綿紬(20필)・白細綿紬(20필). 〈X-30〉

정조(正朝)에 황태후(皇太后)에게: 紅細苧布(10필)・白細苧布(20필)・紫細綿紬(20필)・白細綿紬(10필)이며, 冬至나 正朝에도 皇后에게는 皇太后와 같았다. 〈X-30〉

다음은 세폐(歲幣)에 들어 있는 복식 소재들이다.

皇帝에게: 白細苧布(2백 필) • 紅綿紬(1백 필) • 綠綿紬(1백 필) • 白綿紬(2백 필) • 白木綿(1천 필) • 生木綿(2천 8백 필) • 鹿皮(1백 장) • 獺皮(3백 장) 青鼠皮(3백 장)이었으나, 皇太后와 皇后에게는 禮物이 없었다. 〈IX-1-169〉

조선 사행자들이 중국에 가지고 간 복식 소재들 중에는 다음과 같은 것도 있다.

표피(豹皮)는 방물세폐식(方物歲弊式)의 사은사기 예물(謝恩四起禮物)에 표피(豹皮)의 감면 기록이 있는 것을 볼 때 희귀한 복식 소재로 쓰였음을 알 수 있다.〈IV-21〉 돈피(獤皮=貂皮)는 진주와 같이 바쳤는데, 돈피(獤皮)가 크고 길어서 한 영(領)의 크기가 중국산에 비해 4~5배가 넘는다고 하였고,〈IV-311〉 후에 연경(燕京)에 가지고 가는 것을 금지한 것 가운데 금과 인삼과 돈피(獤皮)가 있었다고 하고 수달피[獺皮]도 금지되었다고 하였으므로 초피(貂皮)와 수달피들이 희귀한 복식 소재의 하나였다〈IX-1-45〉. 앞에서 거론되지 않는 복식 소재로는 함경도의 대포(袋布)가 진상(進上)된 바 있다. 그에 관한 다음 기록을 보기로 한다.

咸鏡一道의 進上에 들어가는 袋布는 한 해에 백 필(疋)이 못 되는데도, 온도의 백성으로 하여금 크고 작은 戶를 막론하고 官債를 쓰는 자면 의례 細布 21尺을 거두나, 큰 戶라면 온갖 계책으로 마련할 수 있지만, 오막살이에 생명을 부지하고 사는 자는 어디서 마련하겠습니까? 〈II-1-72〉

이와 같이 함경도의 대포(袋布)가 값진 소재였다. 중국에서 들어온 복식 소재들은 유형별 복식의 6-1.복식소재에서 거론하기로 하고, 여기서는 가장 일반적인 보기 하나만을 소개한다. 조선의 사행자들에게 청나라 황제는 다음과 같은 복식 소재들을 상사(賞賜)하였으므로, 결국 조선에서 상류층의 복식 소재가 된다.

조선(朝鮮)의 국왕전(國王前): 冬至의 綵緞 5表裏·正朝에도 綵緞의 5表裏·聖節과 年貢도 각각 綵緞 5表裏인데, 年貢에는 貂皮 3백 장을 銀 1천 냥 대신 받는 때도 있었다.

정사(正使)와 부사(副使): 冬至에는 大緞紬 2表裏·黃絹 2필·正朝에는 大緞紬 3表裏·黃絹 2필, 聖節에는 大緞紬 3表裏·黃絹 2필, 年貢에는 大緞紬 2表裏·黃絹 2필인데 당초에는 黑靴子 털 달린 것을 주었으나 淸나라가 1683년 숙종 9년부터 黃絹을 주고 押物官에게는 대신 靑布를 주었다.

서장관(書狀官): 冬至에는 大緞紬 1表裏·黃絹 1필, 正朝에도 大緞紬 1表裏·黃絹 1필, 聖節과 年貢에도 이와 같았다.

대통관(大通官, 3員): 冬至 正朝 聖節 年貢에 각각 大緞紬 1表裏와 黃絹 1필씩을 주었다.

압물관(押物官, 24員): 冬至에는 小緞 1表裏, 正朝에는 小緞 1表裏와 靑布 4필, 聖節에도 小緞 1表裏와 靑布 4필, 年貢에는 小緞 1表裏를 주었다.

종인(從人, 30名): 冬至·正朝·聖節·年貢 때 모두 복식의 소재를 준 일이 없다. 〈IV-150~151〉

4-3-2. 조선의 복식

최부(崔溥)는 표해록(漂海錄)에서 명나라 사람들에게 "나는 왜인과의 말소리도 다르고 의관(衣冠) 제도도 다르니, 나를 왜인으로 오해하지 말라"고 하면서 그 증험으로 마패(馬牌)와 관대(冠帶)와 문서(文書)를 내보였다. (Ⅰ-1-73) 그는 왜인과 조선인은 의관(衣冠) 제도로 구분된다는 것을 주장한다. 조선의 복식은 항상 청나라 사람들의 선망과 관심의 대상이었다. 서유문(徐有聞, 1798)은 청인의 물음에 조선의 복제를 다음과 같이 설명한다.

一身에 입은 것이 大明 제도가 아닌 것이 없고, 혹 時俗制度가 있으나 我國 下賤이 입을 따름이다. 紗帽冠帶는 본디 중국 제도요, 金冠朝服이 있으니 金으로 만든 冠이요 붉은 冠服이며, 玉을 차니 곧 鸞聲歲歲를 이룸이니라. 갓은 宋나라 사람 謝臨川이 늘 쓰던 것인데, 이름을 曲容笠이라 하며, 또한 折風巾이라 한다. 〈VII-1-286〉

여기에서 조선 지배 계층의 복제(服制)가 모두 명나라 복제(服制)였음을 알 수 있고, 또, 이 글을 쓴 서장관(書狀官) 서유문(徐有聞)은 곡용립(曲容笠, 折風巾)을 쓰고 있었음도 알 수 있다.

삼사(三使)가 표문(表文)을 받들고 떠날 때의 복식은 오모(烏帽)와 오대(烏帶)와 백포(白袍)를 착용했다. 곧, "오시(午時)에 오모・오대・백포차림으로 인정전(仁政殿)에서 배표(拜表)했다."〈Ⅳ-25〉고 하였다.

박사호(朴思浩)는 심전고(心田稿)에서 조선 대소복색(大小服色)을 무엇으로 구분하느냐는 물음에 다음과 같이 답한다.

> 조선의 의복은 옛 제도가 아닌 것이 많다. 선비들의 幞頭・襴衫, 관원의 紗帽・團領, 戎服의 朱笠・철릭[貼裏], 군복의 氈笠・挾袖는 대소가 다 같지만 團領은 紅・藍의 두 빛깔인데, 당상관은 紅色을 입고 당하관은 藍色을 입는다. 董越의 朝鮮賦에 "장삼활수절풍건(長衫濶袖折風巾)"이란 말은 곧 그 옛 제도가 아님을 비웃는 것이다. 〈Ⅸ-1-241〉

여기에서 조선 순조 때 선비와 관원(官員)의 옷, 융복(戎服)과 군복(軍服), 당상관(堂上官)이 당하관(堂下官)의 복제(服制)가 드러난다.

조선 성종(成宗) 때의 관복(冠服)에 대해 최부(崔溥; 1454~1504)는 다음과 같이 설명한다.

> 무릇 朝服・公服・圓領은 한결같이 中華의 服制와 같으나, 다만 帖裏(武官의 公服인데 直領으로서 허리에 주름을 잡히고, 큰 소매가 달렸다.)의 주름이 조금 다를 뿐이다. 〈Ⅰ-1-133〉

여기서 첩리(帖裏)는 앞 심전고(心田稿)의 첩리(貼裏)와 같은 방법의 표기법으로 철릭일 것이다. 홍익한(洪翼漢; 1586~1637)은 인조의 고명(誥命)을 주청(奏請)하러 명나라에 갔는데, 그가 쓴 조천항해록(朝天航海錄)에 조선에 면복(冕服)을 반사(頒賜)한 것을 2백 년 전해오는 규례라고 주장한다. (Ⅱ-3-173) 여기에도 조선 면복(冕服)의 중화(中華) 영향 단서가 선명하다.

이제 조선 사신의 복식에 관한 기록을 보기로 한다. 김경선(金景善; 1788~1853)은 연원직지(燕轅直指)의 일행 복색기(一行服色記)에서 다음과 같이 적고 있다.

> 正使・副使・書狀官 三使臣은 平服을 입고, 伴倘・軍官・別陪行・乾糧官은 모두 半臂(반비는 세속의 快子라고 하는 것임)를 입는데, 戰笠에는 銀花雲日(은박지로 구름 형상을 만드는 것)을 불쑥하게 세우고 三眼雀羽(공작 깃에 3개의 바퀴 형상을 한 것)를 달았으며, 허리에 남색 전대(纏帶)를 차고, 藥囊・佩刀・수건・안경・담배갑 같은 것을 모두 좌우에 찬다.
> 譯官은 모두 큰 갓에 철릭[天翼]을 입으며, 傔從은 裨譯과 같으며, 雀羽는 달 때도 있고 달지 않을 때도 있으니, 달지 않는 것은 다소 구별이 있게 하려는 까닭이다. 各房 馬頭・放料하는 灣上 사람・上判事의 馬頭는 모두 소매 좁은 周衣를 입고 氈笠을 쓰는데, 雀羽와 雲月이 없으며, 그 나머지 하인들은 모두 소매 좁은 周衣에 氈笠을 쓰고, 驅人(구인; 모시고 다니는 하인)들은 모두 짧은 옷에 氈笠을 쓴다. 〈X-59〉

여기에서 정사(正使)・부사(副使)・서장관(書狀官)・반당(伴倘)・군관(軍官)・별배행(別陪行)・건량관(乾糧官)・역관(譯官)・겸종(傔從)・마두(馬頭)의 복식(服飾)이 어떠했는가를 확인할 수 있다. 군뢰(軍牢)의 복식은 박지원(朴趾源)이 그의 열하일기(熱河日記)에 있는 군뢰복(軍牢服)을 다음과 같이 소개하고 있다.

> 그 차림새는 藍雲紋段 上裹와 氈笠에다 髢結에는 높이 雲月을 꽂고, 꼭두서니 색 털모자 앞에 쇠로 한 개의 勇字를 새겨 붙였으며, 鴉靑色 麻布 소매 좁은 戰服과 木紅色 무명 背子에다, 허리에 藍色 纏帶를 차고 어깨에 붉은 실 大絨을 걸고 발에는 총이 많은 삼신[麻鞋]를 신었다. 〈열하일기 II-59〉

이것은 안주(安州)와 의주(義州)에서 각기 한 명씩 내놓은 군뢰(軍牢)의 복식(服飾)을 설명하는 데서 인용한 것이다. 김창업(金昌業; 1658~1722)은 박지원의 열하일기보다 68년이나 앞서 연행일기(燕行日記)를 썼는데, 개가죽 귀가리개[狗皮耳掩]을 쓴 자신의 복식을 다음과 같이 적고 있다.

> 이날 입고 온 옷은 모두 벗고, 저고리는 세 겹, 바지는 두 겹으로 갈아입었는데, 속옷은 모두 명주[紬], 저고리는 무명[綿布]으로 만든 것이며, 바지는 生三升이었다. 갖옷은 羊皮였는데, 이것은 선군께서 癸丑年(현종 14 · 1673) 燕行 때 입으셨던 것이다. 天馬皮小裘와 豹皮屯子도 준비해 왔지만 쓰지 않았다. 머리는 개가죽이엄[狗皮耳掩]을 썼으며, 護項과 護頰은 쥐털로 만든 것인데 번갈아 썼다. 〈Ⅳ-1-63〉

겨울철의 갖옷과 방한 복식이 어떠했는가를 알려 주고 있다. 어떤 방한복은 신분의 차이가 많이 나지 않았음도 아울러 전해 준다.

> 軍官과 驛卒들은 다 冠帶를 갖추고 있으며, 나의 복색은 종들과 구별이 없으나 豹裘를 입고 從者까지 있으니, 호인들이 눈여겨보는지라 〈Ⅳ-214〉
>
> 平明에 출발하여 봉황점에 이르렀다. 이곳에 와서야 입었던 豹裘를 다시 벗었다. 〈Ⅳ-442〉
>
> 서북풍이 심하게 불어 댔다. …다시 豹裘를 꺼내 입었다. 〈Ⅳ-456〉

범털갖옷[豹裘]이 가장 좋은 방한복(防寒服)으로 등장한다. 그리고, 벼슬품수(品數)와 의복제양(衣服制樣; 지은 모양)은 청인(淸人)의 관심을 끄는 경우가 많았는데, 부사(副使)의 금관자(金貫子) 같은 것이 표적이 된다. 부사가 금관자를 하였다는 기록은 서유문(徐有聞; 1763~?)의 무오연행록은 상방별배행(上房別陪行)인 이광직(李廣稙)의 입을 통해서 황태후(皇太后) 상사 때 조선사신들의 상복(喪服)이 어떠했는가를 다음과 같이 전해 준다.

> 小人이 일찍 丁酉年에 단립 李判書 대감을 따라 들어왔을 제, 太上王 皇太后 상사를 당하여 성복날[成服日] 烏紗帽 · 烏角帶 · 검은 휘양[揮]으로 참예하였으니, 이 밝은 증거라 의심할 바 없다. 〈Ⅶ-1-176〉

이 기록은 오사모(烏紗帽)와 오각대(烏角帶)를 흰 백지로 발라야 할 것인가의 분분한 논의에 의한 대답이다. 그 결과 상복(喪服) 차림이 다음 기록과 같이 결정된다.

上使도 전례대로 함이 무방타 하여 드디어 바른 것을 뜯고, 이날 새벽 大布冠帶와 烏紗帽와 烏角帶와 黑靴子를 갖추고 궐 아래 나아갔다. 〈VII-1-176〉

목화(木靴)까지도 검은색으로 통일한 조선 삼사신 상사・부사・서장관(三使臣; 上使・副使・書狀官)의 상복(喪服)이다. 한편, 갓[笠帽]・흑두건(黑頭巾)・사립(絲笠)・평립(平笠)・모관(毛冠)・당건(唐巾)과 상립(喪笠)에 관한 것을 다음과 같이 기록하고 있다.

요동의 파총관이 갓[笠帽]을 구하므로 上使는 한 가지를 선사하였다. 〈I-2-364〉 唐巾.

아침에 왕지부가 나와 예식에 예물로 杜律抄 1부와 皮金 3장을 보냈으므로 우리들은 갓모[笠帽]두 벌과 油扇 10자루를 답례로 보냈다. 〈I-2-364〉

國子監生員 楊汝霖・王演・陳道 등이 黑頭巾을 쓰고 青衿團領을 입고는 와서 말하기를 "당신 나라 학도들도 이 옷을 입습니까?" 하므로 신은 말하기를 "儒學(벼슬하지 않은 유생)은 비록 窮村僻巷에 있는 사람일지라도 모두 이 옷을 입습니다." 〈I-2-183〉

絲笠 3부를 요청하였는데, 絲笠은 冬至使가 마땅히 가지고 올 것입니다. 〈I-2-333〉

우리나라에서는 外邑의 아전들이 수령이 冠帶를 바르게 한 곳에서도 深簷과 胡笠을 쓰고, 혹은 平笠을 쓰는 등 모두 禮服 없이 심히 사람다운 모습 같지가 않습니다. 〈II-1-26〉

우리나라 사람들은 사치스럽고 큰 이엄[大耳俺]을 좋아하여 常民들도 두 가지 가죽을 쓰며 여인들의 毛冠은 거의 세 가지의 가죽을 쓰고, 이른바 대이엄(大耳俺)이란 것은 거의 다섯 가지 가죽을 씁니다. 〈II-1-27〉

나의 갓과 唐巾과 창의(氅衣)를 빌어 입고 문을 나가 신을 끌며 천천히 거닐면서, "참 재미있다."고 하였다. 〈VII-2-453〉

"이것은 무슨 모자인가?" "이것은 喪笠입니다. 우리나라 풍속에는 모두 3년 동안 여러 廬墓를 사는데, 불행히 나처럼 표류하거나, 혹은 부득이 멀리 여행하게 된 사람은 감히 天日을 우

러러보지 못하고 몹시 슬퍼하는 마음을 단단히 먹게 되므로 이런 深笠을 지니게 되는 것이오" 〈Ⅰ-1-76〉

수식복식(修飾服飾)에는 칼집[刀鞘]·칼집 있는 작은칼[刀鞘]·담뱃대[煙竹]·당선(唐扇)·다리[月乃] 등의 기록이 있다. 숙종 38(1712)년에 군관(軍官) 최덕중(崔德中)이 쓴 연행록(燕行錄)은 봉성(鳳城)의 두 장수에게 각색(各色) 연죽(煙竹; 담뱃대) 6개, 은연죽(銀煙竹) 1개, 석장도(錫粧刀; 주석 장도) 1개, 은장도(銀粧刀) 1개, 도초(刀鞘; 칼집) 3개, 월내(月乃; 다리)와 환도(還刀) 각 1벌씩을 주었다고 적었다.〈Ⅲ-2-161〉 숙종 38(1712) 같은 해에 타각(打角)으로 북경(北京)에 다녀온 김창업(金昌業)도 유사한 기록을 남겼다. 그는 화봉철(花峯鐵)과 화철(火鐵)의 용도도 전해 준다.

가진 노자는 부채[扇子] 50여 柄, 火鐵(부시) 30개, 鞘刀[칼집이 있는 작은 칼] 10자루, 煙竹 10여 개, 花峯鐵 5개였다. 〈Ⅳ-42〉

부채[扇子], 煙竹, 火鐵[부시] 30개, 鞘刀 각각 약간씩을 준비하여 체면치레를 하는 데 쓰게 하였다. 〈Ⅵ-510〉

別扇 1개, 煙竹 2개를 주었더니 사양하였다. 〈Ⅳ-558〉

그뿐 아니라, 그는 또 봉선(鳳扇)·심양(瀋陽)·산해관(山海關)·북경(北京)에서 쓸 예단(禮單)과 인정(人情)의 총수로 전죽(鈿竹) 2백 개, 은연죽(銀煙竹) 96개, 은항연죽(銀項煙竹; 입에 무는 부분을 은으로 만든 담뱃대) 2백 63개, 은장도(銀粧刀) 1백 8병, 초도(鞘刀) 3백 70병, 부채 8백 병, 월도(月刀) 68부(部), 환도(還刀) 14병, 은대모장도(銀玳瑁粧刀) 12병, 은연죽(銀煙竹) 19개, 연죽(煙竹) 1백 79개를 나열하였다.〈Ⅳ-21〉 정조 1년(1777)에 이갑(李押)도 산해관 예단(山海關 禮單)은 별도로 은장도(銀粧刀), 초도(鞘刀), 별선(別扇), 전연죽(鈿煙竹), 은항연죽(銀項煙竹), 은장연죽(銀粧煙竹), 소연죽(小煙竹), 별연죽(別煙竹), 화철(火鐵)을 준비하였다고 썼다.〈Ⅵ-1-89〉 그리고, 순조 32년

(1832)에 김경선(金景善)은 각처소용 예물인정 도수(各處所用 禮物人情 都數)에서 다음과 같이 쓰고 있다.

> 柵門・鳳城・瀋陽・北京 禮部에 항상 예물이 있고, 그 밖에 觀光하게 되는 夷齊廟・北鎭廟・東岳廟・雍和宫・五龍亭・西山 같은 곳에 으레 인정을 써야 한다. 옛 준례에 모두 싸가지고 가는 것이 있으니 다음과 같다.
>
> 銀煙竹(자개 박은 담뱃대) 2백20개, 長煙竹 96개, 銀項煙竹(은동고리 담뱃대) 2백 63개, 銀粧刀 1백 8자루, 鞘刀 3백 70자루, 扇子 8백 자루, 다리[月乃] 68벌, 還刀 14자루, 銀玳瑁粧刀 7자루, 靑銀玳瑁粧刀 12자루, 銀煙竹 19개, 煙竹 1백79개, 火鐵 3백10개, 火烽火鐵 15개인데 上房과 副房에서 절반씩 나누어 낸다. 〈X-72〉

이와 같이 연죽(煙竹)・선자(扇子)・장도(粧刀)・화철(火鐵)과 다리[月乃]가 중요하고 값진 수식 복식(修飾服飾)이었다. 김창업(金昌業)은 당선(唐扇)을 인정(人情)으로 썼으므로 당선(唐扇)도 조선의 수식 복식이었음을 알려준다.

> 나는 唐扇을 하나 꺼내서 그에게 주고 사례하였다. 이때 三使臣이 冠帶를 갖추고 말에 올라 차례로 나아갔다. 나는 융복(戎服) 차림으로 書狀官의 뒤를 따랐으며, 軍官과 譯輩는 내 뒤에 섰다. 〈IV-203〉

이처럼 정사(正使)・부사(副使)・서장관(書狀官)은 모두 관대(冠帶)를 입었으며, 타각(打角)의 신분인 김창업(金昌業)은 융복(戎服)을 입었다. 행렬은 삼사(三使) 뒤에 타각(打角)・군관(軍官)・역배(譯輩)의 순으로 늘어선 행렬도(行列圖)를 보여 준다. 조선 연행사(燕行使)들이 가지고 간 가장 값진 수식 복식(修飾服飾)은 호요도(好腰刀; 허리에 차는 칼)였던 것 같다. 앞에 열거한 수식 복식들은 어전(御前)에 바친 것이 아니다. 어전(御前)에 바친 것은 호요도가 유일한 수식 복식이었다.

皇帝에 바친 年貢禮物에 好腰刀 10把(자루)가 들어 있다.〈III-158〉
皇帝에 바친 年貢禮物에 好腰刀 10把가 들어 있다. 〈IV-20〉
進貢 御前禮物에 好腰刀 10把가 들어 있다. 〈VIII-339〉
皇帝에 바친 歲幣에 好腰刀 10把가 들어 있다. 〈XI-169〉

이와 같이 호요도(好腰刀)만이 어전 예물(御前禮物)에 들어 있기 때문이다. 따라서, 조선 호요도는 청조(淸朝) 황실(皇室)에서 패용(佩用)할 만큼 값진 것으로 인정받았다는 것을 알 수 있다.

5. 왕조별 복식

5-1. 조선 전기: 명대(明代)의 복식

조선 전기, 곧 명대의 조천록계에 나타난 복식의 추이와 현황을 살펴보고, 곧 청대의 연행록계에 나타난 복식의 변화와 현상 진단을 통해서 양국의 복식문화를 종합적으로 검토할 필요가 있다는 연구 과제를 제시하는 의미에서 이런 서술 항목을 설정한다. 이 논문에서 이에 관한 심도 있는 실적을 기대할 수는 없다. 이 논문은 조천록과 연행록의 복식 관계 자료 전반을 검토하는 데다 목표를 두고 있기 때문이다. 따라서, 제시된 과제의 전 단계적 의미를 부여하는 수준에 머물고 말 것이다. 그렇지만 이 논문의 짜임상 통시적 검토와 공시적 검토의 두 가지 관점을 결합시켜 결론을 내리려는 의도는 충족시킬 수 있다고 본다.

조선의 전후기를 막론하고 조선인의 복식관은 명나라 지향인 데 특색이 있다. 그뿐 아니라 조선 복식의 전범을 항상 한(漢) · 당(唐) · 송(宋) · 원(元) · 명(明)에서 찾고자 하였다.

명대의 한족(漢族)들은 조선 복식이 명나라 복식과 유사하거나, 한 ·

당・송대에 뿌리를 두고 있다는 사실을 인정해 주는 것에 자존을 가지고 있었다. 한편, 조선족(朝鮮族)은 그러한 인정을 받는 데서 긍지를 느꼈고, 또, 항상 인정을 받으려고 노력하였다. 이러한 저간의 사정들은 조선 복식이 얼마나 중국의 복식제도의 영향권 아래서 깊은 영향을 받아 왔는가를 구체적으로 알려준다.

이 글에서 살펴본 조천록계 6종과 연행록계 14종의 저자 중 복식 제도에 관한 전문적 식견과 해박한 지식을 가지고 있는 이는 선조 7(1574)년 질정관(質正官)으로 북경에 갔던 조헌(趙憲)이다. 그는 한・당・송・명의 복제(服制)와 복식사(服飾史) 자료에 대해 구체적이며 정확한 지식을 가지고 있었다. 그뿐 아니라, 조선 복식의 연원과 조선적 변모에 관해서도 아주 폭넓은 지식을 가졌다. 그는 마치 조선 복제(服制)의 개선책을 강구하기 위해 북경에 간 것과 같은 전문적 식견과 대안제시로 양국 복제에 대해 적극적인 접근을 한다. 대개의 견해가 조선 복식의 개선책 제시에 관한 것이어서 이 뒤 조선 복식의 변화 추세를 심도 있게 추적 검토해야 할 당위론적 과제를 우리에게 안겨 준다.

이 시기의 복식을 이 장 앞부분의 유형별로 거론하면 다음과 같다. 여기서는 이 시기 복식 유형의 존재만을 확인하기로 한다.

복식 소재에서는 백포(白布)〈Ⅰ-2-344〉, 흑포(黑布)〈Ⅰ-2-484〉, 면포(綿布)〈Ⅱ-3-197〉, 단저(緞紵)〈Ⅱ-3-268〉, 저사(紵絲)〈Ⅰ-2-479〉, 금(錦)・금단(錦緞)・나단(羅緞)・나(羅)・단(緞)・사(紗)〈Ⅰ-2-333〉의 존재가 가장 뚜렷하다.

품계 복식(品階服飾)에서는 홍무년간(洪武年間; 1368~1398)부터 당시(조선 선조 7; 1574년경)까지 문무관복(文武官服)이 거(袪; 소매통)의 크기와 옷의 길이로 변별되었다. 그리고, 품계별(品階別) 대(帶)가 옥(玉; 1品)・서(犀; 2品)・금(金; 3~4品)・은(銀; 5~6品)・각(角; 7~9品)으로 단순하고 명쾌하였다. 이것은 청조(清朝)에 와서 다양하고 복잡한 변화를 가져왔다.

일반 복식에서는 뇌포(腦包)와 건(巾), 모자(帽子)와 삼(衫), 포(袍)와 벽적(襞積; 주름)이 중요시되었고 엄격하였다. 그리고, 양모건(羊毛巾), 흑필사단모(黑匹四緞帽), 마미모(馬尾帽), 사모(紗帽), 백포건(白布巾), 녹포건(鹿布巾), 피혜(皮鞋), 옹혜(𩍐鞋; 수여자목), 망혜(芒鞋; 짚신), 원령(圓領), 습자(褶子), 답호(褡𧞤), 반오(胖襖), 난삼(襴衫), 심의(深衣), 백록피혜(白鹿皮鞋), 전말(氈襪), 좌임(左衽), 우임(右衽), 이당(耳璫), 관음관(觀音冠), 주취봉관(珠翠鳳冠)의 존재가 확인된다.

하인 복식(下人服飾)으로는 무각흑건(無角黑巾), 홍단(紅段), 사모(紗帽), 융건(絨巾), 입모(笠帽), 민자건(民字巾), 백포건(白布巾) 등이 있었다. 그리고, 칠선(漆扇), 칠별선(漆別扇), 칠환선(漆環扇) 등 칠선(漆扇)이 조선 부채를 대표하는 명품으로 명인(明人)의 관심을 끌었다. 그 밖에 유선(油扇)과 승두선(僧頭扇)이 상품(上品)의 선물로 명나라의 예물(禮物)로 쓰였다.

5-2. 조선 후기: 청대(淸代)의 복식

조선 후기, 곧 청대의 연행록계에 나타난 복식관(服飾觀)은 큰 변화를 가져온다. 조선족이나 한족과 이른바 호족(胡族)의 복식관이 모두 조선족 복제(服制)에 대해 선망의 표적으로 모아진다. 이것은 명대(明代) 복식을 선망하는 방편이었다. 단순히 복식의 복고(復古)에 머물러 있는 문화의식 차원이 아니라 청조(淸朝)에 대한 내밀한 반발 의식으로 나타난다. 따라서, 조선족은 조선 복식에 대한 큰 긍지를 가지고 청인(淸人)과 교류하며, 한편 청인들은 그들의 복제에 대한 심한 열등의식을 가지고 조선족을 대한다. 그러나, 청조문화(淸朝文化)는 조선 문화보다 선진한 것으로 조선인에게 신선한 충격을 주는 복식문화가 따로 있어서 조선 복제에 항상 영향을 주어 왔다. 따라서, 이 장 앞부분의 유형별로 연행록계 14종에 나타난 특징적인 것을 개괄적으로 살펴보면 다음과 같다.

복식 소재는 팽단(彭緞), 반포(斑布), 초포(蕉布), 대니(大呢), 우사포(藕絲布), 회회포(回回布), 서양홍포(西洋紅布), 대단(大緞), 견주(繭紬), 한단(漢緞), 문금채단(文錦綵緞), 야견주(野繭紬), 직금단(織金緞), 장융(糸章絨), 팔사단(八絲緞), 오사단(五絲緞), 우모단(雨毛緞), 망단(蟒緞), 회단(回緞), 회주(回紬), 표피(豹皮), 녹피(鹿皮), 학피(狢皮), 호피(虎皮), 청양피(青羊皮), 청렵피(青獵皮) 등이 보편적 복식 소재로 조선과 청조(淸朝)에 거래되며 알려졌다.

지존 복식(至尊服飾)은 청대에 와서 구체적 관찰 대상이 되는데, 명대와 비교 서술을 하고 있기 때문에 명대의 지존복 정보도 간접적으로 알 수 있게 한다. 지존 복식 중 동・서・남・북교(北郊)에서 각각 적(赤)・옥(玉)・청(青)・황(黃)의 공복(公服)과 산호(珊瑚)・백옥(白玉)・청금방석(青金方石)・호박대(琥珀帶)를 한다는 것과 조회(朝會) 때는 또, 이와 달리 황색복과 녹송석대(綠松石帶)를 착용한다는 사실이 조선에 알려진다. 그리고, 왕공(王公)의 조복(朝服), 보복(補服), 채복(采服), 평상복(平常服)에 관한 정확한 복제가 조선에 알려지며, 조선의 지존복이 청조적(淸朝的)인 권위주의로 보완된다.

품계 복식(品階服飾)은 명대(明代)의 특징적이고 제한적인 관점의 약술과는 달리 공후백(公侯伯)과 1품에서부터 9품(品)까지 문무관(文武官)의 관대(冠帶)・보복(補服)에 관한 체계적 기술과, 조복(朝服)에 관한 구체적 기술이 이루어진다. 그리고, 진사(進士), 거인(擧人), 관생(官生), 공생(貢生), 감생(監生)의 복식까지도 빠짐없이 기록하여 조선에 전한다. 기술 방법이 모두 각각 개성과 특색을 가지고 나타나는 것을 볼 때, 일정한 문건을 보고 쓴 것이 아니라 견문과 관찰을 전문적으로 한 것임을 알 수 있다. 여기에서 연행사는 단순한 기술에 그치지 않고, 조선의 품계 복식이 품계별(品階別)로 정확히 제도화되지 못한 것을 비판하고 그 시정까지를 요청한다. 조선의 복제(服制)가 명나라적인 것을 긍지를 가지고 청인들을 대했지만, 이 품계 복식만은 열등의식을 가지고 그 개선책이 시급함을 지적한다. 따라서, 이러한 결과가 조선의 품계 복식에 어떠한 변화를 가져왔는가는 앞으로 구명해 내야 할 과제다.

일반 복식(一般服飾)은 구금(裘襟), 마제주(馬蹄袖), 붕체(鬅髢), 용자건(勇子巾), 연복(燕服), 취포의(毳布衣), 좌임(左衽), 우임(右衽) 등이 특색 있게 등장하여 변화된 모습을 보여 준다.

군인 복식(軍人服飾)은 종결(鬉結), 운월(雲月), 목홍색배자(木紅色背子), 남운문단상리(藍雲文緞上裏), 마혜(麻鞋)로 차린 한 군뢰(軍牢)가 나타나 군뇌 당시의 한 특색 있는 복식 형태를 알려 주고 있다. 그리고, 무부(武夫)의 육량대궁(六兩大弓), 사포(侯布), 옥결(玉玦)도 특색 있는 한 정보다.

종교 복식(宗敎服飾)은 승(僧), 도사(道士), 비구니복(比丘尼服)에 관한 단편적 존재 확인만 가능케 하였다. 여기에서도 막희악(莫喜樂), 복다지(覆多只) 같은 특색 있는 복제가 있었음을 알려 준다.

사례 복식(四禮服飾)은 주로 상복(喪服)에 관한 것인데, 비판적 시각과 야유적 관심의 기술이어서 조선 복식에 어떤 영향을 주지는 않았을 것으로 판단된다.

역사 복식(歷史服飾)은 연행사들의 복식기(服飾記) 작성에 많은 동기 유발의 계기가 되었을 것이다. 소상(塑像)과 연극(演劇)을 보면서 옛 복식의 복원(復原)이 기록 없이는 불가능하다는 것을 확인했을 것이기 때문이다. 여기에서의 관심은 조복(朝服), 군복(軍服), 백이숙제(伯夷叔齊), 삼충신(三忠臣), 고력사(高力士), 관제(關帝), 이청연(李青蓮) 등 다양한 계층이어서 이것이 복식기(服飾記)의 폭을 넓혀 주었을 것으로 생각된다.

수식 복식(修飾服飾)은 청조(清朝)에 아주 다양한 특색을 보여 준다. 명·청의 특징적 다양화와 동서 교류 확대가 이러한 다양화를 가속화시켰다고 이해된다. 그리고, 아계(丫髻), 홍전방관(紅氈方冠), 전두(纏頭) 등은 왕조(王朝)의 변화가 빚어낸 필연적 산물로 등장한 것이다.

이와 같이 조선왕조 전기와 후기, 명대와 청대 복식은 계승적 변화와 의도적 이질화(異質化)의 변화라는 두 가지 현상을 보여 줌으로써, 조선 복식의 특성에도 이러한 현상이 어떤 형식으로든 영향을 미쳤을 것으로 생각된다. 따라서, 조선 복식 연구에 있어서 이 문제는 당면한 당위론적 연구 과제의 하나라고 생각된다.

6. 유형별 복식

지금까지 간행된 한국 복식에 관한 논저의 유형화 작업은 대개 이여성(李如星)의 조선복식고(朝鮮服飾考)의 틀과 방법에 의존한 것이 대부분이다. 그러나, 저자는 용어와 방법을 전통적 방법에만 의존하는 것을 바라지 않는다. 어떠한 학문이든 그 학문의 틀은 결국 분류와 유형화가 중요한 의미를 가지며, 그 체계화가 곧바로 학문의 독창성과 연결되기 때문이다. 그뿐 아니라, 종래의 방법은 위개념(位概念)과 종개념(種概念)간의 넘나듦이 심하여 분류의 논리체계에도 문제가 있다. 그러나, 선공(先功)이 없는 새로운 유형화는 존재하지 않는다는 사실을 겸허하게 기억하면서 시안적(試案的) 유형화에 따른 서술의 방법을 택한다.

저자는 조천록과 연행록에 나타난 복식의 유형을 ①복식 소재(服飾素材) ②지존 복식(至尊服飾) ③품계 복식(品階服飾) ④일반 복식(一般服飾) ⑤하인 복식(下人服飾) ⑥군인 복식(軍人服飾) ⑦종교 복식(宗敎服飾) ⑧사례 복식(四禮服飾) ⑨역사 복식(歷史服飾) ⑩수식 복식(修飾服飾) ⑪복식 관리(服飾管理)라는 11가지의 갈래로 나누어 살펴보려 한다.

6-1. 복식 소재

복식의 소재를 크게 포(布)・금(錦)・단(緞)・견(絹)・피(皮)・전(氈) 등으로 나누어서 가급적 시대별로 거론해 보면 다음과 같다. 먼저 명과 청의 복식 소재를 살펴보기로 한다.

〈白布〉

1) 계유는 조선인에게 백포 50필을 주어야 한다고 한다. 〈Ⅰ-2-314〉

2) 별인정으로 백포 1필을 문우에게 주었다. 〈Ⅰ-2-344〉

〈黑布〉

1) 主事는 앉아서 상으로 내리는 물건을 나누어 주었다. 내가 받은 것은 옷 1벌, 신 1켤레와 좋은 黑綠色 緋緞 2필, 黃色 明紬 2필, 黑布 1 필이다. 〈Ⅰ-2-484〉

〈綿布〉

1) 수일 동안 지나온 田野에는 모두 木綿花를 재배하여 흰구름을 펴 놓은 듯 수백 리에 연달았다. 〈Ⅱ-3-197〉

2) 각 省에는 養濟院을 두어 빈궁한 자를 수용하는 데 매월 綿布 1필을 준다. 〈Ⅳ-229〉

〈緞紵〉

1) 짐이 망의(蟒衣)와 슬란(膝襴)과 단저(緞紵) 120필을 모아서 그대에게 보내고 공로 있는 자에게 상을 주게 하는 바다. 〈Ⅱ-3-268〉

〈彭緞〉

1) 押物官 24원에게 각각 彭緞 1필, 紬 1필, 布 2필씩을 주었다. 元朝와 聖節과 冬至와 年貢 모두 같았다. 〈Ⅳ-150, Ⅵ-1-151〉

〈綿木布〉

1) 西洋木이란 것은, 곧 가는 綿木布로서 광이 2자나 되었는데, 값이 그리 비싸지 않았으며 조선에서는 아직 광이 나지 않아서 입어 볼 만하였다. 이것은 西洋의 복식 소재다. 〈Ⅸ-1-402〉

〈斑布〉

1) 수놓은 주머니를 속명으로 荷包 또는 憑口子라 하는데, 여기에 斑布(반베) 手巾 등이 들어 있다. 〈Ⅺ-176〉

〈大升布〉

1) 남자들의 의복은 부자나 사치하는 사람이 아니면 모두 大升布를 쓴다. 北京도 마찬가지다. 〈Ⅺ-173〉

〈綺羅〉

1) 여자들은 아주 가난한 자가 아니면 綺羅(무늬 있는 비단)로 옷을 해 입었는데, 궁벽한 시골도 마찬가지다. 〈XI-173〉

〈蕉布〉

1) 琉球國에서 조공하던 유일한 복식 소재였다. 〈VI-1-305〉

〈西洋布〉

1) 利諾草로 짠 베인데 綿布보다 튼튼하고 깨끗하다. 떨어져 해진 것을 빨아서 다듬어 종이를 만들면 결백하고 오래간다. 〈VI-1-303〉

〈布匹·皮張·麻觔·綾緞·細緞·紵絲〉

1) 緞匹庫는 각 省의 細緞·布匹·皮張·麻觔을 거두어 저축한다. 〈VI-1-228〉

2) 國制를 상고하면 僧尼의 의복에는 紬絹와 布匹 쓰는 것만 허락하고 袈裟·道服 외에는 紵絲 쓰는 것을 금한다. 〈VI-1-261〉

〈大呢〉

1) 大英國 船主가 배에 싣고 온 物貨의 견본으로 大呢紅色 1필을 보여 주었다. 이것은 영국의 복식의 소재다. 〈X-97〉

〈江南苧布·江南西洋綿布〉

1) 土産으로 江南의 苧布와 西洋綿布는 생활에 편리하게 쓰는 것들이다. 〈IX-2-434〉

〈藕絲布〉

1) 藕絲布란 것은 매우 희어서 눈과 같고 실옷이 거미줄과 같았는데 성글게 짜여진 것이 우스웠다. 하절에 땀옷을 만들게 되면 몸이 시원해져 땀을 식히고 또, 땀이 배어들지 않는다. 〈IX-2-402〉

〈道虜麻·南海布〉

1) 道虜麻와 南海布란 것은, 모두 모시의 종류로서 우리나라의 고운베와 같았다. 〈IX-2-402〉

〈回回布〉

1) 回回布는 공중에 비쳐 보면 거친 베나 다름없으나 온 폭이 거북 무늬로서 색색이 같지 않으므로 요를 꾸미거나 안장을 만드는 데는 적당하나 의복을 만드는 데는 적당치 않다. 〈IX-2-402〉

〈紵絲〉

1) 여러 번 포로가 된 자를 송환한 忠順을 갖추어 보였으므로 錦 4段과 紵絲 12表裏를 賞

으로 준다. 〈Ⅰ-2-479〉

2) 姓諱가 사람을 송환하여 여러 번 忠順을 다하였으므로 錦 4段 紵絲 12表裏를 상주고 〈Ⅰ-2-488〉

3) 일을 끝내고 通事로 하여금 主客司에 가서 勅書 가운데 씌여 있는 물건을 받게 하였는데 錦 4段, 紵絲 48필이었다. 〈Ⅰ-2-491〉

4) 조선국왕(姓諱)에게는 銀 1백 냥, 錦 4단, 紵絲 12表裏를 주며 觀憲使 尹毅中 등 12인에게는 각자에게 銀 10냥, 紵絲 1表裏를 준다. 〈Ⅰ-2-492〉

〈黃布〉

1) 禮官이 사신에게 책 앞으로 나오도록 청하고 관장하는 사람들에게 黃布를 가져오도록 해서 쌌다. 〈Ⅲ-2-304〉

〈大布〉

1) 書冊, 書圖, 衣服, 什物이 각각 號가 있어 검은 三升帳을 두르고 廛(전) 앞에 쓰기를 '山東大布'라 한 것은 大布를 매매하는 가게다. 〈Ⅵ-1-69〉

〈西洋紅布〉

1) 暹羅國의 방물을 물으니… 犀角(물소뿔) 6개, 西洋紅布 10필 등 도합 26가지다. 〈Ⅶ-1-145〉

2) 暹羅國이 중국에 바치는 貢物은 황제에게 龍涎香 1근, 沈香 2근 … 西洋紅布 10필 등이다. 〈Ⅷ-416〉

〈錦·錦緞·羅緞·羅·緞·紗〉

1) 여러 번 포로 된 자를 송환한 忠順을 갖추어 銀 1백 냥과 錦 4단을 상으로 준다. 〈Ⅰ-2-479〉

2) 중국이 暹羅國 사신에게 賞賜하는 것은, 國王에게 錦 8필, 직조한 錦緞 8필, 羅緞 8필, 紗 12필, 緞 18필, 羅 18필, 女妣에게는 錦만 없고 나머지는 國王의 반이다. 〈Ⅷ-417〉

3) 帽段 2필, 羅 1필이라고 쓰다. 〈Ⅰ-2-333〉

〈方紬·大緞·貂皮〉

1) 宗班이 正使일 때는 大緞 5표, 貂皮 10장, 大緞으로 지은 團領, 方紬로 지은 홑적삼[單衫]과 바지 1벌씩이었다. 〈Ⅲ-2-157〉

〈玉軸鶴錦面·犀軸赤尾錦面·貼錦軸·角軸·牧丹錦面·角軸小團花錦面〉

1) 1품은 玉軸鶴錦面이고, 2품은 犀軸赤尾錦面이며, 3~4품은 貼錦軸이고, 5품은 角軸인데, 모두 牧丹錦面이며, 6~7품 이하는 모두 角軸小團花錦面이다. 이것은 모두 江寧局에서

직조하는데 吏・兵의 2부에서 공문을 보내서 가져다 쓴다. 〈VI-1-271〉

〈繭紬(견주)・漢緞〉

1) 賞을 頒賜하였는데 紋銀 25냥, 漢緞 1필, 繭紬 1필, 靴子 1부, 氈褐 1부다. 〈IX-2-353〉

2) 繭紬란 것은 빛깔은 赤黑이고 부드럽고 윤기가 나서 입을 만한데, 綿裘服(면갖옷)을 만들어 입으면 추위를 막아 주어서 오래 입을 수 있다. 〈IX-2-402〉

〈大緞・彭緞・帽緞・紡絲・紬・絹・綵緞・小卷八絲緞・小卷五絲緞・漳絨〉

1) 元別(본래 규정과 특수 규례: 元・別)의 欽賜品이 왔다. 나(進賀副使 徐浩修)와 正使에게는 元賞賜가 大緞 1필, 彭緞 1필, 紡絲 1필, 帽緞 1필, 紬 1필, 絹 1필… 등이고, 別賞賜는 각각 彭緞 1필, 大緞 1필, 小卷八絲緞 1필, 小卷五絲緞 1 필… 등이다. 書狀官에게는 原賞賜로 大緞 1필, 彭緞 1필, 絹 1필, 紬 1필, 別賞賜로 漳絨 1필, 大緞 1필, 小卷八絲緞 1필이었다. 〈V-2-275〉

〈表緞・裏綾・裏紬・裏絹・粧緞・雲緞・貂皮・冒緞・彭緞・紬・方絲(絲)・絹・布〉

1) 正朝 15년(1791) 金正中이 回送禮單으로 기록한 것을 간추려 보면 다음과 같다.〈VI-1-150~151〉

㉠ 冬至에 대한 것

御前에―表緞 5필, 裏綾 2필, 裏紬 2필, 裏絹 1필, 粧緞 4필, 雲緞 4필, 貂皮 1백 장

正副使에게―大緞 1필, 冒緞 1필, 彭緞 1필, 紬 1필, 方絲 1필

書狀官에게―大緞 1필, 彭緞 1필, 絹 1필

大通官 3員에게―大緞 1필, 絹 1필

押物官 24員에게―彭緞 1필, 布 2필

㉡ 元朝에 대한 것

御前에―表緞 5필, 裏綾 2필, 裏紬 2필, 裏絹 1필, 粧緞 4필, 雲緞 4필, 貂皮 1백 장

正副使에게―大緞 1필, 冒緞 1필, 彭緞 1필, 方紗 1필, 絹 2필

書狀官에게―大緞 1필, 彭緞 1필, 紬 1필, 絹 1필

大通官 3員에게―大緞 1필, 紬 1필, 絹 1필

押物官 24員에게―彭緞 1필, 紬 1필, 布 1필

㉢ 萬壽聖節에 대한 것

御前에게―表緞 5필, 裏綾 2필, 裏紬 2필, 裏絹 1필, 粧緞 4필, 雲緞 4필, 貂皮 1백 장

正副使에게―大緞 1필, 冒緞 1필, 彭緞 1필, 紬 1필, 方紗 1필, 絹1필

書狀官에게―大緞 1필, 彭緞 1필, 紬 1필, 絹 1필

大通官 3員에게-大緞 1필, 紬 1필, 絹 1필

押物官 24員에게-彭緞 1필, 紬 1필

㉣ 年貢에 대한 것

御前에게-表緞 2필, 裏綾 2필, 裏紬 2필, 裏絹 1필, 粧緞 4필, 雲緞 4필, 貂皮 1백 장

正副使에게-大緞 1필, 冒緞 1필, 彭緞 1필, 紬 1필, 方紗 1필, 絹1필

書狀官에게-大緞 1필, 彭緞 1필, 絹 1필

大通官 3員에게-大緞 1필, 絹 1필

押物官 24員에게-彭緞 1필, 布 2필 〈VI-1-150~151〉

2) 賞賜는 冬至·正朝·聖節·謝恩 등이 각기 그 숫자는 같으나 합계하면, 國王에게는 綵緞 25필, 上副使에게는 大緞 12表裡, 黃絹 8필, 書狀官에게는 大緞 5表裡, 黃絹 5필, 大通官 3員에게는 大緞 4表裡, 黃絹 5필, 押物官 24員에게는 小緞 4表裡, 靑三升 10필이다. 押物官이 들어온 賞賜는 수외에 들어온 이들에게 고루 나누어 주었는데 각기 小緞 4필, 潞州紬(노주주) 2필, 靑三升 8필이었다. 〈IV-394〉

3) 造船和詩使臣(皇帝의 詩에 和答한 조선 사신) 3명에게 賞賜하는 물건은 大緞 1필, 箋紙 각 2권, 붓과 먹 2갑이었다. 〈XI-20〉

4) 純祖 32(1832)년에 金景善도 위와 같은 賞賜의 賞單을 적고 있다.

〈文錦綵緞〉

1) 皇帝는 조선 국왕(姓諱)에게 勅諭하노니, …文錦綵緞을 주어서 그 忠勞에 답한다. 〈Ⅰ-2-492〉

〈綵緞表裏·大紅苧絲〉

1) 皇帝가 분부 내리기를 "위 충현은 공적이 널리 드러났으니 弟姪의 벼슬을 한 계급 승진시키고, …綵緞表裏 2벌을 하사한다. 〈Ⅱ-3-249〉

2) 綵緞表裏 4襲과 大紅苧絲坐蟒을 하사한다. 〈Ⅱ-3-238〉

〈綠緞·黑緞·紅緞·藍緞·紅紗·紅綃·黃綃〉

1) 巳時에 대궐에 나가서 상을 받았다. 사신은 綠緞·黑緞·紅緞·藍緞 각 6필, 紅紗 20필, 綠團領 4벌, 黑團領 1벌, 紅帖裡 10벌, …書狀官 이하 正官은 무늬 없는 黑緞 10필, 紅綃 10필, 黑團領 5벌, …半臂(반비) 5벌, 從人은 紅綃衣 15벌, 그 나머지는 黃綃나 갖추지 못하여 나중에 준다고 하였다. 〈Ⅱ-4-352〉

〈繭·野繭紬〉

1) 저고리도 엷게 솜을 넣고, 野繭紬(산고치로 짠 명주)로 만들었다. 〈XI-173〉

〈織金緞〉

1) 荷蘭國(하란국)의 조공품은 珊瑚鏡・自鳴鐘 등인데 예전에 조공하던 것은 …琥珀 …織金緞 등이다. 〈IV-306〉

〈紬緞・布疏・綿疏〉

1) 각 庫는 10개가 있는데 …乙字庫는 각 省의 布疏・紬緞・綿疏・雜香을 거두어 저축한다. 〈VI-1-228〉

〈錦・漳絨・八紗緞・五絲緞〉

1) 잔치가 파한 뒤에 비단을 내렸다. 正使에게는 綿(綿은 錦의 잘못) 3필, 漳絨 3필, 八紗緞 5필, 八紗緞과 五紗緞 각 3필씩이다. 〈IV-448〉

2) 조선 사신에게는 正使한테 錦 3필, 漳絨 3필, 八紗緞과 五紗緞 각 4필, 副使와 書狀官에게는 각각 錦과 漳絨 2필, 八紗緞과 五紗緞 각 3필이다. 〈X-338〉

〈雨毛緞〉

1) 雨毛緞이란 것은 촘촘히 짠 倭의 비단 같은데, 순흑색으로 옷을 만들어 입었다. 그러나, 저들은 雨具를 만들어서, 빗물에 젖어도 새어들지 않는다고 하니 역시 특이하였다. 〈IX-2-402〉

〈蟒緞・福字方〉

1) 朝鮮國王에게 賞賜하는 물건은 蟒緞 2필, 福字方 1백 幅 등이다. 〈XI-20〉

〈大緞紬・黃絹・方紬〉

1) 冬至・正朝・聖節・年貢에 上副使에게 大緞紬 2表裏, 3表裏, 3表裏, 2表裏씩을 주고, 黃絹은 각 2表裏씩을 주었으며, 謝恩에 上副使에 方紬로 지은 홑적삼[單衫]과 바지 1벌씩을 주었다. 〈III-2-157〉, 〈IV-26~28〉

〈回緞・回紬・回布〉

1) 通官이 賞賜하는 물건을 가져와서 나누어 주는데, 正使에게 回緞과 回紬・5필, 回布 2필을 주었다. 副使에게는 回緞과 回紬 각 4필,回布 2필이며, 書狀官에게는 回緞과 回紬가 3필이며, 大通官 3인에게는 回緞이 각 1필씩이다.

〈大紡絲・閃緞・紡絲〉

1) 元別의 欽賜品에 …大紡絲 5필, 閃緞 2필, 正副使의 元賞賜에 紡絲 1필 …등이다. 〈V-2-274~5〉

〈絹〉

1) 冬至・正朝・聖節・年貢에 三使와 대통관에게 견 1필씩을 주었다. 〈IV-150~1〉

〈紋綃 · 麻布 · 葛布〉

1) 下士부터는 모두 紋綃를 입으며, 褻衣[속옷]는 麻布 · 葛布 등속으로 흰 적삼과 흰 바지를 만들어 입는다. 〈IX-2-418〉

〈通帛〉

1) 옷은 모두 通帛(다른 옷감이 섞이지 않는 순비단)으로 만들어 입는데 꿰맨 자국이 반듯반듯해서 기운 곳이 전혀 없다. 〈IX-1-172〉

〈紬絹 · 綃紗 · 布帛〉

1) 그 밖에 綾緞 · 紬絹 · 綃紗 · 布帛 따위로 명목이 많이 있는데, 무늬를 놓아서 짠 것이 많다. 〈IX-2-403〉

〈豹皮〉

1) 북경인인 豹皮를 매우 진귀하게 여겨 조선인이 가져가면 이익을 많이 본다. 〈XI-176〉

〈鹿皮〉

1) 말 타고 사냥을 하거나 먼길 가는 사람은 모두 鹿皮로 된, 두쪽으로 갈라진 치마를 만들어 무릎 앞에 댄다. 〈XI-176〉

〈虎皮〉

1) 40~50명의 羽軍林이 머리에 虎皮를 쓰고 黃屋車를 메고서 오는 것이 마치 우리나라 護輦隊와 같다. 〈IV-422〉

〈貉皮(담비가죽) · 有頭爪虎皮 · 無頭爪虎皮 · 狼皮 · 獾皮 · 野羊皮 · 狗皮 · 猞猁猁猻皮(스라소니) · 狐皮 · 艾葉豹皮 · 金錢豹皮〉

1) 이것은 坐褥(방석)을 까는 품계를 나타내며 복식 소재로도 쓰였다. 〈III-2-260 · 280, IV-215 · 224 · 308 · 422, VI-1-223 · 309, XI-169~171〉

〈豹皮 · 貂皮〉

1) 남자가 착용하는 胡帽와 갖옷[裘]은 부자 사람은 豹皮를 쓰고, 그다음은 羊, 그리고, 여러 짐승의 가죽을 쓴다. 〈V-1-74〉
2) 皇帝는 …덮어 입는 옷이 있는데, 옷깃과 소매의 선은 黃金色으로 꽃무늬를 수놓은 푸른 비단으로 두르지만 겨울에는 貂皮로 선을 두른다. 〈V-2-191〉
3) 민간 출신의 公侯伯은 …옷은 貂皮로 선을 두를 수 있다. …表裘는 貂皮를 쓴다. 〈V-2-192〉
4) 만주 冠帶 服飾에 品官朝服은 …1品에서 3品까지 貂皮로 선을 두를 수 있다. 〈V-2-191~193〉

5) 冬至・正朝・聖節・年貢에 대한 回送禮單 중 御前에 貂皮 1백 장씩이 있다. 〈VI-1-149~151〉

6) 이전 貂皮 모자를 쓰는 것은 중국의 옛 제도다. 〈VI-1-440〉

〈靑羊皮〉

1) 5品은 靑羊皮 坐褥을 썼으며, 복식 소재다. 〈XI-170〉

〈白氈〉

1) 永平府에서는 白氈을 특별히 산출한다. 〈IV-224〉

2) 永平府에서 묵었는데, 이곳의 白氈이 가장 좋고 특이하다고 한다. 〈IV-500〉

명과 청의 복식 소재는 위와 같은 것이 있었다. 이러한 복식 소재들을 누가 누구에게 얼마나 주었는가와 누가 어떤 때 입는 복식의 소재였는가를 확인할 필요가 있다. 그것은 곧 당시 이러한 복식 소재들에 대한 가치 평가의 척도가 되기 때문이다. 따라서, 위의 논거 제시는 이와 같은 연유로 작성한 것이다.

이제 조선의 복식 소재들을 살펴볼 차례다. 명과 청에 공물(貢物)로 보낸 복식 소재들은 이미 4-3. 조선복식의 복식 소재에서 거론한 바 있다. 그러므로 여기서는 개괄적으로 소재 이름 위주의 소개만을 한다.

〈白布・正布〉

1) 별인정으로 명인에게 주었다. 〈Ⅰ-2-344〉

〈葛麤布(갈추포)〉

1) 宋나라 때, 너희 제주도 사람이 표류되어 蘇州의 지경에 이르렀는데, 그 배에 크기가 蓮仁(연밥)만한 麻子(삼씨)가 있었다. …그것은 고대의 일입니다. 지금은 보통 삼씨도 귀합니다. 그래서, 公賤의 貢布를 거둘 때엔 모두 갈추포(葛麤布)를 바친다. 〈Ⅰ-1-182〉

〈白細綿紬・黃紵布〉

1) 冬至・正朝・聖節・年貢 禮物로 10필 정도를 皇帝에게 바쳤다. 〈III-2-306〉

〈白細紵布・綠綿紬・紵布・鹿皮・獺皮・靑黍皮〉

1) 年貢禮物로 皇帝에게 주었다. 〈III-2-158〉

〈交織布〉

1) 肅宗 38(1712)년에 打角 金昌業이 交織布 옷을 입고 淸나라에 갔다. 회색이었는데 淸人들이 양질의 복식 소재로 평가했다. 〈IV-335〉

〈白紬・白綿紬〉

1) 인정(人情)으로 청인들한테 주기 위해 가져간 복식 소재다. 正朝 14(1790)년에 徐浩修가 공부상서에게 竹淸紙・野笠・倭鏡, 白紬, 白綿紬, 雪花紙를 보내 주었다. 〈V-2-314〉

〈六鎭麻布・關西名紬・海西綿〉

1) 民生의 일용품으로 조선에 없어서는 안 될 것이라고 하였다. 〈XI-179〉

〈白布・黃布〉

1) 明人 陳言의 집에 白布 4필과 黃布 2필을 보냈다. 〈I-2-340〉

〈綿布〉

1) 綿布 2필을 주인한테 주었다.〈III-2-347〉

2) 저고리는 綿布로 만든 것이다. 〈IV-63〉

〈黃細紵布・白細紵布〉

1) 冬至・正朝・聖節・年貢 禮物로 皇帝에게 10~30필 정도씩을 바쳤다. 〈III-2-158~160, IV-273, V-2-121, VI-1-26~29, X-29〉

〈紫細綿紬・黃細綿紬〉

1) 年貢・冬至・正朝・聖節・年貢 禮物로 20필 정도씩 皇帝에게 바쳤다. 〈III-2-158~160, IV-21~22, V-2-121 VI-1-26~29〉

〈紅紬・紫紬・綠紬・黃紬〉

1) 方物 歲幣로 1백 필 정도를 가져갔다. 〈VI-1-74, X-127〉

6-2. 지존 복식

청나라의 황제 복식(皇帝服飾)을 가장 상세히 쓴 이는 서호수(徐浩修; 1736~1799)다. 그는 특히 황제는 예복(禮服)・상복(常服)이 있었다고 단정적인 기술을 하고 나서 관대와 복식 제도에 대해 상세히 쓰고 있다. 그의 기록을 간추려 정리하면 다음과 같다.〈V-2-190~194〉

먼저 황제의 관복제도(冠服制度)를 보기로 한다.

禮服의 暖冠: 검은 여우가죽으로 선을 둘렀는데 겉은 푸르고 속은 붉다.

禮服의 涼冠: 붉은 비단으로 선을 두르며 겉은 희고 속은 붉다.

① 모두 朱緯로 덮고 갓끈은 푸른 끈이다. 緯笠이라고도 하는데, 금빛으로 용무늬를 수놓았다.

② 頂의 높이는 4겹인데, 위에 珍珠 하나를 쓰고 아래 3겹은 東珠 3을 꿰어서 龍 12칸을 만들었는데, 구슬의 수는 용의 수와 같다.

禮服의 服色: 南郊에서는 青色, 北郊에서는 黃色, 東郊에서는 赤色, 西郊에서는 玉色을 쓰며, 朝會에는 黃色을 쓴다.

덮어 입은 옷은 어깨와 허리에 주름이 있고, 앞뒤가 正幅으로 되어 있어 장막과 같다. 12章을 갖추었고 五色의 채색을 베풀었다. 옷깃의 선과 소매의 선은 황금색으로 꽃무늬를 수놓은 푸른 비단으로 두르지만, 겨울은 貂皮로 선을 두른다.

곤복의 빛깔은 푸른색인데, 길다란 무릎덮개에 金絲를 짜서 용트림 무늬 셋을 수놓았다. 띠는 黃色 실띠를 쓰되, 南郊에서는 青色과 金色으로 된 方石 4개를 쓰며, 北郊에서는 琥珀를 쓰며, 東郊에서는 珊瑚를 쓰고, 南郊에서는 白玉을 쓰고, 종묘와 朝會에서는 綠松石을 쓰는데, 모두 金을 물리고 구슬을 꿰어 엮었다.

띠 아래 左右便에는 金을 물린 고리에 佩囊(패낭)과 髟帛(치렁치렁 늘어뜨린 명주끈)을 2개씩 찬다. 朝珠(淸나라 때 천자와 5品 이상의 문관, 4품 이상의 무관들이 목에 걸고 다닌 주로 산호, 마노 …등인데 108개다.)는 東珠(混同江 등의 하천에서 산출되는 寶玉)를 사용한다.

采服의 冠頂: 이중으로 되어 있는데, 頂端에 긴 珠 1개를 물린다.

采服의 服色: 옷색은 푸르며, 袍의 빛깔은 누른 것을 숭상하고 옷 조각은 4조각으로 열린다. 12장을 갖추었고 五彩를 베풀었다.

옷깃과 소매는 용무늬를 수놓은 푸른 비단이고, 금색 꽃무늬의 푸른 비단으로 선을 둘렀다.

띠는 각색 寶石을 쓰고 朝珠는 잡보석과 여러 가지 香木으로 한다.

常服의 冠: 結綿頂을 사용한다.

常服의 服色: 袍色은 黃色을 숭상하나, 여러 가지 빛깔을 쓰기도 한다. 겉옷은 푸른빛을 쓰되, 무늬나 채색을 베풀지 않는다. 織造 무늬는 용트림과 各色 꽃무늬를 쓴다.

다음은 왕공(王公)의 관복 제도이다.

王公의 朝服: 親王에서 入八分公(貝子 이상 爵位)까지는 冠頂이 三鐘인데, 위에 紅寶石을 쓰고 중간은 東珠로 꾸민다. 冠 앞뒤의 舍林과 갓 뒤의 金花를 꿰어 연결하였는데 모두 東珠로 장식한다.

옷은 滿翠龍文의 비단을 쓰고, 옷깃과 소매는 金花무늬의 비단으로 선을 두른다. 겨울에는 貂皮로 선을 두른다.

王公의 補服: 親王은 둥근 용무늬 넷이 있는 것을 착용하는 데, 앞뒤는 正龍무늬, 좌우는 旁龍 무늬다.

世子와 郡王은 旁龍의 둥근 무늬 넷을 쓰고, 長子貝勒과 貝子는 正蟒圓文 둘을 수놓았다.

王公의 采服: 王·公·侯·伯이 모두 頂冠은 二重이다. 다만 王·公의 冠頂에는 紅寶石을 쓰고, 民間 출신 公·侯·伯의 冠頂에는 珊瑚를 쓴다.

王·公·宗室의 옷자락은 모두 4조각으로 열린다. 親王·世子·郡王은 龍文綵繒을 쓰고, 貝勒·貝子(淸나라 宗室에 주던 爵名으로 位次는 郡王→貝勒→貝子)·公은 蟒文綵繒을 쓰며, 民間 출신의 公·侯·伯 옷자락은 앞뒤만 열리는데 모두 蟒文綵繒을 쓴다.

王公의 常服: 親王에서 入八分公까지 冠에 紅寶石을 사용한다.

袍의 빛깔은 藍色을 쓰지만 간혹 여러 색을 사용하기도 한다.

겉옷은 푸른색을 쓰는데, 모두 章彩를 베풀지 않는다.

織造의 무늬는 親王·世子·郡王·貝勒은 龍文을 쓰고, 貝子와 公은 蟒文을 쓴다. 民間 출신 公·侯·伯의 冠은 珊瑚頂을 쓰고, 袍는 蟒文이 있는 채색 비단을 쓴다.

위와 같은 관복 제도(冠服制度)의 기술은 단순한 견문이 아니라 전문적인 조사 활동이었다고 보이는데, 실제의 단편적인 견문과도 일치하는 대목이 아주 많아서 신빙도를 더해 준다. 예컨대, 서호수(徐浩修)가 같은 책에서 "諸王·貝勒·公侯가 다 黃色 褂服을 입고 扈從하는 데…"〈V-2-256〉라고 한 것은 단순 스케치지만 전문적 조사 활동과도 일치된다.

따라서, 어떤 형식으로든 조선의 국왕(國王)과 세자 복제(世子服制)에도 영향을 미쳤을 것이므로 이에 관한 심도 있는 연구가 요청된다. 띠(帶)와 방석[坐褥]도 친왕(親王)과 종실(宗室)은 엄격한 제도가 있었다.

黃帶·黃手扯는 宗室이나 特賜가 아니면 감히 쓰지 못하였다. 紫手扯는 貝勒·貝子 외에는 사용을 허락지 않았다. 宗室은 黃帶를 띤 자가 있으나, 그 밖의 사람에게는 띠가 있는 것을 보지 못하였으니, 괴이한 일이다. 〈VI-1-223〉

방석[坐褥]은 親王부터 侯伯까지 貂皮·猞猁猻豹皮(스라소니 표피)·虎皮… 등을 品等에 따라서 쓴다. 〈VI-1-224〉

6-3. 품계 복식

품계 복식은 철저하고 면밀한 연구 대상이었다. 선조 7년(1574) 질정관(質正官)으로 갔던 조헌(趙憲)의 다음 기록이 당시의 정황을 설명해 준다.

중국의 衣冠制度는…臣이 洪武 연간에 정했던 법규를 고찰해 보니, 文官의 옷은 땅까지의 거리가 1寸이고, 武官의 옷은 땅까지 5寸인데 소매는 넓어 모두 1尺쯤 된다. 그리고, 袪(소매통)는 文官은 9寸이고 武官은 겨우 주먹이 나갈 정도로 좁으며, 衣撒直領(의살직령)을 입습니다. (그 제도는 앞은 철릭[帖裏]같고, 뒤는 直領인데, 좌우 양쪽에 각각 주름이 있었다.) 지금 문무관의 규제가 똑같으나 그 정제하고 단엄한 형상은 마땅히 본받을 만한 것 같습니다. 〈II-1-25〉

이와 같아서 홍무(洪武, 明; 1368~1398) 연간부터 이미 엄격했던 품계 복제(品階服制)가 조선 초부터 조선의 품계 복제의 전범이 되었을 것이란 점은 의심할 나위가 없다. 따라서, 조선의 품계 복식 연구는 명·청(明·淸)의 제도를 연구하지 않고서는 거의 불가능한 것이다. 이 글에서는 가급적 품계 변별이 정확한 것만을 거론하려 한다.

도023. 영조 어진의 익선관에 곤룡포

공후백(公侯伯)에서부터 구품(九品) 잡직(雜職)에 이르기까지를 아주 소중하게 쓴 이는 숙종 28년(1712) 사은 부사의 군관(軍官)이었던 최덕중(崔德中)이다.〈III-2-279~281〉 그의 기록을 간추려서 품계 복식을 정리해 본다.

公·侯·伯: 帽는 起花金帽를 쓰는데 꼭지 위에 커다란 紅寶石 1덩이가 박혀 있다. 帶는 둥근 玉板 4개를 달았고, 둘레에 金줄이 있다. 衣는 발톱이 4개인 蟒龍 補服을 입는다. 坐褥은 公은 겨울에는 머리에서 발톱까지 있는 虎皮를 쓰고, 여름에는 파란 비단에 紅氈을 쓴다. 侯는 겨울에는 위와 같으나 여름에는 남색 비단에 紅氈을 쓴다. 伯은 겨울에는 위와 같으나, 여름에는 紅褐色 氈을 쓴다. 구슬의 수가 公은 꼭지 복판 紅寶石 안에 구슬 4개를 박았고, 侯는 구슬이 3개이며, 伯은 구슬이 2개이다.

1品: 金帽이고,
紅寶石은 위와 같으나 구슬 1개를 박았다.

帶는 모가 난 玉板을 쓰며, 4 둘레가 金鑲(금양: 금줄)인데, 文官은 仙鶴 補服이고 武官은 麒麟補服이다.

坐褥은 겨울은 狼皮, 여름은 홍갈색 복판에 붉은빛 나는 氈이다.

2品: 金帽는 위와 같고,

紅寶石은 위와 같으나 작은 것이다.

帶는 起花金圓板을 쓰며, 文官은 錦鷄補服, 武官은 獅子補服이다.

坐褥은 겨울은 獾皮(관피), 여름은 靑布에 복판은 紅色, 변두리는 붉은 빛나는 氈이다.

3品: 金帽는 위와 같고,

紅寶石도 위와 같으나 작은 보석은 남색을 박았다.

帶는 위와 같은데, 文官은 孔雀補服, 武官은 豹補服이다.

坐褥은 겨울은 狢皮(학피), 여름은 靑布에 붉은 빛 나는 氈을 쓴다.

4品: 金帽는 위와 같다.

꼭지에 藍寶石은 박았고, 또, 작은 남빛 보석이 물려 있다.

帶는 위와 같으나 文官은 雲鶴補服, 武官은 虎補服이다.

坐褥은 겨울은 野羊皮, 여름은 藍布에 흰빛 나는 氈을 쓴다.

5品: 金帽는 위와 같다.

꼭지에 水晶 하나를 박았고, 또, 작은 藍寶石을 박았다.

帶는 素金圓板을 쓰고, 文官은 白鷳補服이고, 武官은 熊補服이다.

坐褥은 겨울은 狍皮에 희색 나는 氈, 여름은 灰靑色이 나는 베다.

6品: 金帽는 위와 같다.

水晶을 박은 것은 위와 같으나, 寶石은 박지 않았다.

帶는 玳瑁圓板을 썼으며, 文官은 鷺鷥(노자)補服이고, 武官은 彪(표)補服이다.

이들 官職에서 庶民까지는 모두 흰 氈을 쓰는데 老米色(묵은 쌀 색깔)의 베를 쓴다.

7品: 金帽는 위와 같다.

꼭지에 작은 藍寶石을 박는다.

帶는 素銀圓板을 쓴다. 文官은 鷄鶒(계칙)補服이고, 武官은 위와 같다.

8品: 金帽는 위와 같다.

꼭지 보석도 위와 같다.

帶는 明羊角圓板을 쓴다. 文官은 鵪鶉(엄순)補服이고, 武官은 犀牛(서 우)補服이다.

9品 및 雜職: 起花銀帽다.

帶는 烏角圓板을 쓴다. 文官은 湅雀補服이고, 武官은 海馬補服이다. 都察院이나 按察使 등 官職은 품계를 막론하고 모두 獬豸(해치)補服이다.

進士는 補服과 頂玉과 帶와 七品과 같다.

擧人·官生·貢生·監生은 八品과 같다.

生員은 銀雀 꼭지에 藍布가 변이 파란 가죽 깃 고대다.

이 밖에도 보복(補服)에 관한 많은 기록이 있다. 반복적으로 나오며, 공통적인 것은 보복은 모두 장단(粧緞)과 망단(蟒緞)을 썼다는 것이며, 보복에서 문관(文官)은 새[禽紋], 무관(武官)은 짐승[獸紋]으로 하였는데 명나라 제도였다는 것이다.

도024. 문관 당상관의 쌍학흉배. 무관 당상관의 쌍호흉배

정조 14(1790) 진하부사(進賀副使) 서호수(徐浩修)가 쓴 품계복식기(品階服飾記)의 내용은 다음과 같다. 〈V-2-194〉

品官의 朝服은 1品에서 8品에 이르기까지 金을 조각한 것으로 冠頂을 한다.

1品은 冠頂 위에 紅寶石을 쓰고, 그 가운데는 東珠로 꾸민다.

2品은 꽃을 조각한 珊瑚를 쓰고, 그 가운데는 紅寶石으로 꾸민다.

3品은 藍寶石을 쓰고 그 가운데는 2品과 같다.

4品은 靑金石을 쓰고 그 가운데는 藍寶石을 쓴다.

5品은 水晶을 쓰고, 그 가운데는 4品과 같다.

6品은 硨磲(차거)를 쓰고, 그 가운데는 水晶으로 꾸민다.

7品은 素金頂을 쓰고 그 가운데는 水晶으로 꾸민다.

8品은 鏤金頂을 쓴다.

9品은 鏤銀頂을 쓴다.

品官의 조복은 1品에서 3品까지 貂皮로 선을 두를 수 있고, 구렁이를 수놓은(蟒繡) 은금색 花文의 채색 비단을 쓸 수 있다. 7品 이상은 금색 花文의 채색 비단을 쓸 수 있다. 8品과 9品은 흰 비단을 쓴다.

品官의 補服은 文武職 1品은 鶴을 수놓고,

2品은 錦鷄을 수놓고,

3品은 孔雀을 수놓고,

4品은 雲雁을 수놓고,

5品은 白鷴(백한)을 수놓고,

6品은 白鷺를 수놓고,

7品은 鸂鶒(계칙)을 수놓고,

8品은 鷯鶉(요순)을 수놓고,

9品은 練雀을 수놓는다.

武官職 1品은 麒麟(기린)을 수놓고,

2品은 사자(獅)를 수놓고,

3品은 표범(豹)을 수놓고,

4品은 범(虎)을 수놓고,

5品은 곰(熊)을 수놓고,

6品은 칙범(彪)를 수놓고,

7品과 8品은 犀牛를 수놓고,

9品은 海馬를 수놓는다.

어사(御使)와 안찰사(按察使)는 모두 해치 보복(獬豸補服)이다. 초구(貂裘)는 4품 이상과 한림과도관(翰林科道官)이 사용한다.

品官의 帶는 1品은 金을 물린 方玉 4개를 사용하고, 紅寶石을 장식한다.
2品은 金을 조각한 圓板 4개를 사용하고, 1品의 경우와 같다.
3品은 金을 조각한 圓板 4개를 사용하고,
4品은 銀을 물린 鏤金圓板 4개를 사용하고,
5品은 銀을 물린 素金圓板 4개를 사용하고,
6品은 銀을 물린 玳瑁圓板 4개를 사용한다.
7品은 銀圓板 4개,
8品은 銀을 물린 明羊角圓板 4개,
9品은 銀을 물린 烏角圓板 4개를 사용한다.

정조 22(1798)년에 서장관 서유문(徐有聞)은 이것을 다음과 같이 쓰고 있다. 〈Ⅶ-1-157〉

文官은 새, 武官은 짐승을 수놓아 가슴과 등에 가리개 한 것을 이른바 補服이라고 하니, 我國의 胸背란 말이다.

王公과 侯伯은 文武가 모두 蟒龍胸背며,
1品 文官은 仙鶴胸背고,
1品 武官은 麒麟胸背고,
2品 文官은 金鶴胸背고,
2品 武官은 獅子胸背고,
3品 文官은 孔雀胸背고,
3品 武官은 표범(豹)胸背고,
4品 文官은 雲雁胸背고,
4品 武官은 범(虎)胸背고,
5品 文官은 白鶴胸背고,
5品 武官은 곰(熊)胸背고,
6品 文官은 노자(鸕鶿)胸背고,

6品 武官은 추(鶖)胸背고,

7品 文官은 溪鶒[계압: 비오리]胸背고,

7品 武官은 犀牛(서우)胸背고,

9品 文官은 燕雀胸背고,

9品 武官은 海馬胸背다.

都察院와 按察使와 科道官은 모두 우리나라 法官과 같은지라 品級을 의논치 아니하고 해치 흉배(獬豸胸背)를 붙인다.

朝會 때 입은 피오자는 같은 蟒袍인데, 1品부터 9품까지 용 같은 이무기(螭龍)를 수놓는데,

1品·2品·3品은 9 이무기에 발톱이 4개이고,

4品·5品은 8 이무기에 발톱이 4개이고,

6品·7品·8品은 9品은 5 이무기에 발톱이 4개이다.

마래기[抹額]에 繒子(증자)를 달았는데,

王公侯伯과 文武 1品은 金으로 꽃바탕을 만들어 위는 紅寶石을 물리고 가운데는 東珠를 박았으며,

4品은 위에 靑金石을 물리고, 가운데 푸른 보석을 막았으며, 바탕은 모두 1品과 같다.

5品은 水晶을 물리고 가운데 푸른 보석을 박았으며,

6品은 車磲石(거거석)을 물리고, 가운데 水晶을 박았으며,

7品·8品·9品은 위에 물린 것이 없고, 가운데 작은 水晶을 박았다.

순조 3(1803)년에 동지사(冬至使)가 쓴 계산기정(薊山紀程)을 살펴보기로 한다.〈Ⅷ-372〉 조복(朝服)은 모두 망포(蟒袍)인데, 또한 피견(披肩), 첩수(倿袖) 등의 보복(補服) 명칭도 있다. 저자가 읽은 연행록에 이에 관한 기록은 여러 사람의 언급이 있으나 정확한 것이 없다.

補服은 1品 文官은 鳳, 武官은 麒麟을 수놓고,

2品 文官은 鶴, 武官은 사자(獅)를 수놓고,

3品 文官은 난새(鸞), 武官은 표범(豹)을 수놓고,

4品 文官은 화충(華虫), 武官은 범(虎)을 수놓고,

5品 文官은 해오라기(鷺), 武官은 곰(熊)을 수놓고,

6品 文官은 孔雀, 武官은 칡범(彪)을 수놓고,
7品 아하는 文官은 메추리(鶴鶉), 武官은 海馬를 수놓는다.

기록하는 방법을 달리한 몇 가지 품계복식기(品階服飾記)를 소개하였다. 다소의 차이가 없는 것은 아니나, 전체의 구성과 내용이 유사한 점으로 볼 때, 계획적이고 면밀한 조사 활동의 기록임에 틀림없다.

숙종 38(1712)년에 김창업(金昌業)은 "우리나라가 스스로 관대지국(冠帶之國)이라 하나, 귀천(貴賤)과 품계 구별이 겨우 대(帶)와 귀자(貴子)에 불과하며, 보복(補服)에 이르러서는 일찍이 문무귀천(文武貴賤)의 구별을 두지 않았고, 부사(副使) 또한 백씨(伯氏; 上使였음)와 같이 선학(仙鶴)을 써서, 그 무늬가 문란하니 가소롭다."〈IV-215〉고 하여 조선의 품계 복식(品階服飾)이 청나라에 비하면 분명치 못하고 문란함을 지적하였다. 따라서, 이후 조선의 품계 복식이 어떻게 변하였는가는 앞으로 연구할 과제다.

명·청의 품계 복식은 모정(帽頂)과 조복(朝服)과 보복(補服)의 구별이 엄격하여, 조선이 이 제도를 어떻게 변용시켜 수용하였는가는 이후 검토할 기회를 별도로 마련하려 하므로 이 글에서 다루지 않는다.

순조 32(1832)년 서장관 김경선(金景善)의 복식기(服飾記)는 천자(天子)로부터 서민에 이르기까지 한결같이 고른 관심을 가지고 쓴 것인데, 그중 품계 복식에 관한 내용을 소개한다.〈XI-169~171〉

朝帽와 朝服制度

1品·親王의 世子·郡王의 長子·貝勒·貝子:

紅寶石頂子에 蟒袍玉帶와 仙鶴補服이며, 坐褥은 겨울 狼皮(낭피: 이리 가죽), 여름은 紅氈이다.

2品·補國將軍:

珊瑚頂子에 蟒袍金帶와 金鷄補服이며, 坐褥은 겨울은 貛皮(환피: 너구리 가죽), 여름은 紅氈이다.

3品・奉國將軍:

藍寶石頂子에 蟒袍金帶와 孔雀補服이며, 坐褥은 겨울은 貂皮, 여름은 紅氈이다.

4品・奉恩將軍:

青金石頂子에 蟒袍金帶와 雲雁補服이며, 坐褥은 겨울은 野羊皮, 여름은 紅氈이다.

5品: 水晶頂子에 蟒袍金帶와 白鷳補服(백한; 흰황새)이며, 坐褥은 겨울은 青羊貂皮, 여름은 白氈이다.

6品: 車磲(거거; 玉이름) 頂子에 蟒袍玳瑁帶와 鷺鷥(노사)補服이며, 坐褥은 겨울은 黑羊皮, 여름은 白氈이다.

7品: 素金頂子에 蟒袍銀帶와 鸂鶒(계측)補服이며, 坐褥은 겨울은 鹿皮, 여름은 白氈이다.

8品: 常金頂子에 蟒袍羊角帶와 鵪鶉(암순; 메추리)補服이며, 坐褥은 겨울은 狍皮, 여름은 白氈이다.

9品: 常銀頂子에 蟒袍五角帶와 練雀補服이며, 坐褥은 모두 狍皮이다.

進士・擧人・貢生은 모두 金頂이고, 生員・監生 들은 모두 銀頂이며, 평상시의 帽子도 이에 준하여 만든다.

거거(車磲)는 암백색(黯白色)이고, 수정은 양백색(亮白色)이며, 청금석(青金石)은 암남색(黯藍色), 남보석(藍寶石)은 양남색(亮藍色)이다. 도찰원(都察院)과 외안찰사(外按察使)는 모두 해치(獬豸: 소처럼 생긴 神獸) 복식을 입는다. 망포(蟒袍)는 삼품 이상은 9망 4조(九蟒四爪)요, 사품 이하는 팔망(八蟒), 칠품 이하는 오망(五蟒)이다. 망포(蟒袍)와 보복(補服)은 공사(公事)가 아니면 입지 않는다.

김경선(金景善; 1788~1853)의 기록은 조모(朝帽)와 조복(朝服)의 명칭이 정제되어 있고, 노가재(老稼齋)의 연행일기(燕行日記)에서부터 관심 있게 이 문제를 살핀 사람이어서 별도로 소개한 것이다.

김창업(金昌業)은 좌욕(坐褥)은 유두조호피(有頭爪虎皮)를 제일로 치고, 다음은 무두조호피(無頭爪虎皮), 그다음은 낭피(狼皮)・환피(獾皮)・학피(貉皮; 담비 가죽)・야양피(野羊皮)・포피(狍皮)・전(氈)의 순이라고 하였으며, 관대(冠帶)의 포피(狍皮)・전(氈)의 순이라고 하였으며, 관대의 피견(披見)・접수(接袖) · 마척흉(馬踢胸)에 대해서도 관심을 가진 바 있어 후에 김경선이 이를 일일이 소개하고 있다.

서호수(徐浩修; 1736~1799)는 공작령(孔雀翎)에 대해 구체적인 기록을 남겼다. 공작령이란 청나라 때 공작의 깃을 관원의 모자에 장식하여 품급(品級)을 표시하는 것인데, 3원문(圓文), 2원문, 1원문으로 구분하여 3원문이 높은 품급이었다. 이에 대해 다음과 같이 썼다.

> 翎端에 3圓文이 있는 것은 貝子가 쓰고, 2圓文은 鎭國公·輔國公·和碩額附가 쓰며, 1圓文은 內大臣 1·2·3·4 등의 侍衛 및 前鋒護軍과 각 統領·參領·前鋒侍衛가 모두 쓸 수 있다.

순조 28(1828)년 부연일기(赴燕日記)에서는 복식 소재(服飾素材)와 색깔별로 품급을 알 수 있다고 하였는데, 다음과 같이 쓰고 있다.

> 天子는 黃色 옷을 입고, 軍兵과 士庶人은 青色과 黑色의 바지 저고리를 입으며, 庶人은 褐袍를 입고, 下人부터는 모두 紋緞과 紋綃를 입으며, 속옷[褻衣]은 麻布·葛布 등 속으로 흰 적삼과 흰 바지를 만들어 입는다.

이제까지 청의 품계 복식을 품계별로 소개하였다. 그런데, 최부(崔溥; 1454~1504)가 성종 18(1487)년에 부영(傅榮)이란 사람에게 명나라의 산개(傘蓋) · 관대 · 대패(大牌)의 제도를 물었을 때 그가 이렇게 답한 바 있어 청과의 차이를 알 수 있게 한다.

> 傘(산; 일산)과 紗帽는 등급이 없으며, 蓋(개; 수레위에 씌우는 덮개)는 1品과 2品은 茶褐羅의 겉과 紅絹의 안과 三簷銀浮屠(삼첨은부도)이고, 3품과 4품은 앞의 것과 같은데도 浮屠는 紅色이고, 5品은 青羅의 겉과 紅絹의 안과 二簷紅浮屠이고, 7품·8품·9품은 青紬絹의 겉과 紅絹의 안과 單簷紅浮屠, 帶는 1품은 玉帶, 2품은 犀帶·3품은 花金·4품은 光金·5품은 花銀·6품은 光銀·7품·8품·9품은 角帶이며, 牌는 文武職 1품에서 9품까지는 모두 錫牌를 갖는데,

한 면에는 所任의 衛門을 楷字로 쓰고, 한 면에는 '常川懸帶'란 4 글자를 篆字로 써서 皂隷(조례)가 이를 짊어지고, 武官職은 皂隷衛門이 있어 모두 이를 차고 있다.〈Ⅰ-1-163〉

앞에서 소개한 품계 복식 가운데서 항상 공통성을 띠고 나타나는 것은 띠[帶]다. 이 띠가 조선의 성종·숙종·정조·순조 때는 어떤 변화가 있었는가를 알아보기 위해 〈표-1〉을 만들어 보인다.

여기에서 확인할 수 있는 것은 청나라도 명나라의 품계별 띠 제도(品階別帶制度)의 골격을 이어받고 있었다는 것이다. 곧 1품(品)의 옥대(玉帶) 3품과 4품의 금대(金帶), 8품과 9품의 각대(角帶)의 골격을 조금 변화시킨 것뿐이다.

이밖에 품계가 분명한 복식은 돈피복(獤皮服)이다. 이 돈피복은 종실(宗室)의 왕위(王位)에 해당하는 이가 입었다는 것을 정조 22(1798)년에 서유문(徐有聞)은 두 군데서 쓰고 있다.〈Ⅶ-1-151, 156〉

[표-1] 시대별 띠[帶]의 품계별(品階別) 변화

品階	明王朝	淸 王 朝		
	朝鮮:성종18(1487)	朝鮮:숙종28(1712)	朝鮮:정조14(1790)	朝鮮:순조32(1832)
1品	玉 帶	玉板金鑲	金 물린 方玉	玉 帶
2品	犀 帶	起花金圓板	金 조각한 圓板	金 帶
3品	花金帶	起花金圓板	金 조각한 圓板	金 帶
4品	花金帶	起花金圓板	銀 물린 鏤金圓板	金 帶
5品	花銀帶	素金圓板	銀 물린 鏤金圓板	金 帶
6品	花銀帶	玳帽圓板	銀 물린 鏤金圓板	玳帽帶
7品	角 帶	素銀圓板	銀圓板	銀 帶
8品	角 帶	明羊角圓板	銀물린 明羊角圓板	羊角帶
9品	角 帶	角帶圓板	銀물린 烏角圓板	烏角帶

6-4. 일반 복식

조천록과 연행록의 복식기(服飾記)는 단순한 복식 견문록(服飾見聞錄)이 아니다. 지존(至尊)이나 품계의 복식이 조선에 영향을 주었으리라는 것은 상식적인 이해의 범주며, 실제 앞의 살핌에서도 확인된 바 많다. 그런데, 일반 복식의 경우도 다를 바 없다.

선조 17(1574)년 조헌(趙憲)은 그가 쓴 귀천의관기(貴賤衣冠記)에서 마지막 단락을 다음과 같이 쓴다.

> 그리하여 신이 삼가 雁翅(안시)와 유건과 髮髻(봉계; 비녀도 갖춤)와 鈒子(역자; 가죽과 금으로 장식함)를 갖추어 올리오니 전하께서 만일 時王의 제도라서 따르지 않을 수 없다고 판단하신다면, 신은 청하옵건대 이것을 王曹에 내려보내어 그 양식을 보고 만들게 하소서. 그래서, 腦包와 巾, 帽子와 衫, 포와 주름[襞積]같은 것을, 오래된 通事를 시켜 工人에게 상세히 가르쳐 주도록 하되 종이로 재단하여 표본을 만들어서 널리 8도에 펴서 차츰 고쳐 나가면 衣冠이 모두 華制를 따르게 되는 것이 거의 확실한 것입니다. 〈Ⅱ-1-28〉

이와 같은 일반 복식도 화제(華制)를 따라야 한다는 구체적 방안을 제시한다. 따라서, 명・청의 일반 복식기(服飾記)를 검토하는 일은 조선의 일반 복식 연구에 있어서 필수적인 과제라고 아니 할 수 없다.

이제 남복(男服)과 여복(女服)으로 나누어, 조천록과 연행록의 일반 복식을 복식 이름 중심으로 거론해 보면 다음과 같다. 먼저 남복에 관한 것이다.

> 강남 복식(江南服飾): 양모모(羊毛帽)・흑필단모(黑匹緞帽)・마미모(馬尾帽)・사모(紗帽)・백포건(白布巾)・추포건(麤布巾)・피혜(皮鞋)・옹혁(翁革; 수여자목)・망혜(芒鞋; 짚신):
>
> 강남 사람들은 넓고 큰 검은 옷과 바지를 입었는데, 羊毛帽, 黑匹緞帽, 馬尾帽를 쓰기도 하고, 巾과 帕(머리띠)로 머리를 싸매기도 하고, 귀[角]가 없는 黑巾을 쓰기도 했다. 官人은 紗

帽를 쓰고, 喪人은 白布巾을 쓰고 또는 麤(추)布巾을 썼다. 가죽신[皮鞋]를 신기도 하고, 수여자목[鵝鞋]과 짚신(芒鞋)을 신기도 했으며, 수건으로 다리를 감아서 버선을 대신한 이도 있었다.〈Ⅰ-1-233〉

소저사의(素紵絲衣)・내홍 단자단령(內紅 段子團領)・흑록 단자습자(黑綠 段子褶子)・청단자답호(青段子褡䕶):

정보 등이 대궐 뜰에서 상을 받아 왔는데, 신이 받은 것은 素紵絲衣 1套, 內紅 段子圓領 1件, 黑綠段子褶子 1件, 靑段子褡䕶 1件이고 靴가 1쌍이다.〈Ⅰ-1-189〉

면고(綿袴)・옹혜(革雍鞋)・반오(胖襖):

정보 등이 대궐 뜰에서 받은 상 중에, 정보 이하 42인이 받은 것은 胖襖 각 1건, 綿袴 각 1건, 革雍鞋 각 1쌍이었습니다.…皇帝에게서 받은 胖襖와 綿袴는 모두 겨울철 의복입니다.〈Ⅰ-1-189, 221〉

백낭피 표의(白狼皮 表衣):

양조는 전둔위의 사람인데 ……싸울 때마다 반드시 白狼皮의 겉옷을 입고서 먼저 올라가서 적진을 무너뜨린다.〈Ⅰ-1-25〉

흑단령(黑團領)・난삼(襴衫)・유건(儒巾):

擧人(향시에 합격하고 회시를 보려는 사람)으로서 國子監에 있는 자 및 武學生으로 西庭에 참여하는 자 모두 儒巾과 黑團領을 입고 있으며, 기타 학생들은 모두 襴衫을 입었는데, 대개 흰 바탕에 靑絹으로 선을 둘렀고 선의 너비는 2寸이다.〈Ⅱ-1-25〉

면류관(冕旒冠)・면복(冕服)・심의(深衣):

공자가 왼쪽에 있고 앞줄에 四聖이 있었는데, 모두 冕旒冠을 쓰고 深衣를 입었다.〈Ⅲ-2-330〉

백이와 숙제는 冕服 차림으로 단상에 앉아 있었다.〈Ⅳ-166〉

복두연각(幞頭軟脚)・안시(雁翅):

중국 조정의 衣冠 제도는 모두 幞頭軟脚으로서의 이름을 雁翅(안시)라 합니다.〈Ⅱ-1-24〉

단령(團領)・오사모(烏紗帽)・활주장의(濶紬長衣)・화관(華冠)・주립(朱笠)・철릭[貝占裏]・모립(毛+笠):

遼東과 廣寧은 비록 邊防이지만 掾吏(연리; 하급관리)의 巾은 錄事와 같으며, 知人 이하의 巾은 書吏와 같은데 조금 높은 편이며 모두 團領을 입었다. 撫寧(무령)・豊潤 같은 작은 고을의 아전들도 이와 같았다.〈Ⅱ-1-126〉

三吏에게 例常으로 銀・緞・馬匹을 주는데, 上吏는 종친이기 때문에 團領을 따로 주었다.〈Ⅵ-1-149〉

그러나, 우리나라의 團領・烏紗帽・濶袖長衣는 저들이 감히 웃지를 못한다.〈VI-1-225〉

그러나, 時代의 團領・華冠은 모두 戱子堂으로 돌아가고 예전 제도는 조금도 없다.〈VI-1-226〉

朝鮮의 官職 대소 服色은 어떻게 구별합니까? 선비들은 幞頭 襴衫, 관원은 紗帽・團領, 戎服의 朱笠・貝占裏, 복의 氈笠・挾袖는 대소가 같지만, 단령은 紅과 藍의 두 빛깔인데 당상관은 紅색을 입고, 당하관은 藍색을 입습니다.〈IX-1-241〉

貢生(지방의 우수한 生員이 중앙에 추천되어 入仕할 수 있는 자)은 벼슬이 없고, 秀才(宋代에는 과서에 응시할 수 있는 자, 明과 淸代에는 縣學에 들어갈 生員을 말함)는 官員을 볼 때 賓客의 禮를 행하느라고 襴衫을 입고 頂雀을 쓴다.〈VII-346〉

모구(毛裘)・구금(裘襟)・항권(項圈)・마제수(馬蹄袖):

남자의 軍服과 朝服은 한 모양인데 바지는 솜을 넣지 않고, 추우면 毛裘를 입으며, 깃이 없기 때문에 추우면 긴 털 가죽을 목에 두르는데, 그것은 裘襟이라 하며, 또는 項圈이라고도 한다. 옷소매는 모두 말발굽 모양으로 만드는데, 이것이 소위 馬蹄袖다.〈VI-1-222〉

시복(時服: 入侍할 때, 공무를 볼 때에 官員이 입는 옷으로 團領에 胸背가 없고 붉은 빛이다):

朝鮮의 冬至使 일행이 첫 닭이 운 뒤에 役員을 거느리고 五鳳樓에 나아가서 時服으로 冬至賀禮를 행하였다.〈II-3-221〉

민자건(民字巾)・사건(士巾)・붕계(髗髻)・역자(鈠子)・난액(煖額)・흉포(胸包)・충정관(忠靜冠)・모관(毛冠)・방건(方巾)・이건(吏巾):

儒巾의 이름은 民字巾이라고도 하는데, 民字와 같기 때문이다. 竹으로 엮어 검은 布로 싸거나, 종이를 발라 만든 다음 옻칠을 한다. 이슬비가 내리는 때도 이것을 쓰고 다니는데, 우리나라 士巾이 이슬비를 맞으면 금방 늘어지는 것과는 다르다.〈II-1-24〉

여인이 시집을 가면 머리를 이마 위에 묶어 髗髻(붕계)를 쓰는데, 그 제도가 북쪽 사람은 철사로 묶고, 남쪽 사람은 竹으로 엮어, 모두 비단으로 싸고 이것을 이름하여 鈠子(역자)라 한다. 겨울에는 毛皮로 만들어서 그것을 煖額(난액)이라 한다.

胸包는 곧 조선에서 耳掩(이엄)이라 하는 것이다. 조선은 사치스럽고 큰 이엄을 좋아하여 常民들도 모두 두 가지 가죽을 쓰며, 여인의 毛冠은 거의 세 가지 가죽을 쓰고, 大耳掩은 거의 다섯 가지 가죽을 쓴다. 중국의 胸包처럼 작으면서도 항상 쓰기 편한 것으로 바꾸어야 한다. 중국은 笠의 제도가 있으나 사람마다 다 마련하지 못하여 出行할 때 文官은 忠靜冠을 쓰고, 武官은 차양이 있는 털모자를 쓰며, 儒者는 儒巾이나 方巾을 쓰고 관리는 吏巾을 쓴다.〈II-1-28〉

초피호모(貂皮胡帽)・초피복(貂皮服):

皇子를 만났는데 貂皮胡帽를 쓰고, 貂皮服을 입고 金裝刀를 차고, 흰나귀를 타고 간다.〈V-1-29〉

백의(白衣)·백모(白帽):

중국에서도 白衣를 숭상하여 남녀를 막론하고 흰 베로 머리를 싸고, 혹은 黃絹에 白帽를 쓰는데, 華州·渭南 등이 더욱 심하다. 元朝의 吉禮에는 白冠과 白衣를 입고 서로 賀禮한다고 한다.〈VI-1-225〉

단의(緞衣):

正使의 加賞으로 緞衣 1套를 주었다.〈VI-1-151〉

백의(白衣)·흑단령(黑團領)·낙동품대(烙桐品帶)·흑화(黑靴)·오모(烏帽):

白衣 차림으로는 天子의 車賀 곁에 있을 수 없다. 그래서, 天子를 한번 보려고, 역관의 관복을 빌어 입었다. 雙鶴黑團領에 烙桐品帶인데, 띠 고리가 10에 8~9개도 못 되며, 다 떨어진 黑靴는 색이 바래서 누렇고, 겹사(紗) 烏帽는 칠이 떨어지고 紗가 벗겨져 油紙帽 같았다.〈IX-2-343〉

유의(油衣)·성성모의(猩猩毛衣):

도중에 눈을 만나서 油衣를 입었다.〈IV-55〉

가랑눈이 어지러이 내리는데, 侍從들은 油衣를 입지 않고 猩猩毛衣[성성이 털옷]를 입었으므로 길에 가득한 붉은 빛이 숲 끝에 어른거린다.〈IV-422〉

대단단령(大段團領)·방주단삼고(方紬單衫袴):

종반정사에게는 大段團領과 方紬單衫袴 각 1습씩이 더 사급된다.〈IV-422〉

이것은 老稼齋의 연행일기에도 같은 기록이 있다.

용자건(勇字巾)·호이구(護耳具)·이표(耳杓)·이선자(耳扇子)·호이(護耳):

그들이 帽子라 하는 것은 위가 둥그스름하여, 두골과 흡사하고, 그 단을 살짝 걷어 위로 향하였으니, 조선의 勇字巾 제도와 같다.〈VIII-369〉

毛皮로 護耳具(귀를 보호하는 방한구)를 만들어 귀 둘레를 덮고, 그 자루를 모자 안에 꽂으니, 그것을 耳杓라 하고, 또, 耳扇子라고도 한다. 휘양과 護耳는 천한 자가 착용한다.〈VIII-1-373〉

생복청단령(生福青團領)·백하포파(白夏布木罷)·백삼사포삼(白三梭布衫)·대전모(大氈

帽)・소의(小衣)・백록피화(白鹿皮鞾)・전말(氈襪):

신이 받은 것은 生福靑團領 1件, 白夏布木罷 1件, 白三梭布衫 1件, 大氈帽 1頂, 小衣 1件, 白鹿皮鞾 1쌍, 氈襪 1쌍이었다.〈Ⅰ-1-125〉

연복(燕服)・상의(上衣)・중의(中衣)・도포(道袍):

남자의 관복으로는 흰 周衣를 입으니, 이것을 燕服이라 한다. 연복은 반소매를 많이 입는다.〈Ⅸ-2-417, 419〉

중들은 道袍를 입는데, 검은 깃이 매우 넓고 束帶(속대)는 쓰지 않는다. 귀인의 관복은 上衣는 어깨와 등에 금선으로 용과 구렁이를 둘렀고, 中衣는 옷자락에 그림을 섞어서 찬란하게 수놓았다.〈Ⅸ-2-417〉

양전립(涼戰笠)・청괘자(靑掛子):

이른아침에 涼戰笠과 靑掛子 차림으로 말을 타고 남문을 나왔다.〈Ⅸ-2-292〉

취포의(麤布衣):

저들의 의복을 자세히 보았다. 순흑색 옷을 입었는데, 혹은 緞(속칭 貢緞・毛緞이라 함), 혹은 麤布(속칭 三升이라 함)로서 빈부에 따라 옷을 하였다. 항전이나 버선까지도 역시 흰색은 없다.〈Ⅹ-68〉

겹(袷=겹옷)・온포(蘊袍=솜옷)・겹고(袷袴=겹바지)・단의(短衣):

귀천간에 복장은 모두 겹(袷)은 있어도 蘊袍는 입지 않는다. 한 겨울이면 袷袴에다 短衣를 입는데 길이가 허리춤에 닿는다. 많이 입는 사람은 혹 6~7겹을 껴입는다.〈Ⅺ-172〉

녹피(鹿皮)치마:

말을 타고 사냥을 하거나 먼길을 가는 사람은 모두 鹿皮로 된 두 쪽으로 갈라진 치마를 만들어 무릎 앞에다 댄다. 바지가 해지지 않게 하기 위한 것이다.〈Ⅺ-176〉

다음은 여복(女服)에 관한 것이다.

강북 부녀 복식(江北 婦女服飾): 도식(道飾)・좌임(左衽)・우임(右衽=옷섶):

江北 婦女의 道飾은 둥글면서 뾰족하여 닭부리와 같다. 滄州에서 북쪽은 여자의 옷섶이 오른쪽 섶을 왼쪽 섶 위로 여미기도 하고[左衽], 혹은 왼쪽 섶을 오른쪽 위로 여미기도 했으나[右衽], 通州부터는 모두 왼쪽 섶을 오른쪽 섶 위로 여미었다. [右衽]〈Ⅰ-1-233〉

강북 부녀의 복식(江北婦女服飾): 좌임(左衽)・관음관(觀音冠)・이당(耳璫):

강북 부녀가 입은 옷은 모두 오른쪽 섶을 왼쪽섶 위로 여미고[左衽], 장식이 있다. 寧波府에서 남쪽은 옷섶이 둥글면서 길고, 그 끝을 크게 하고 중간에는 화려한 장식을 둘렀으며, 혹은 觀音冠을 썼는데, 金과 玉으로 장식하여 보는 사람의 눈을 현란케 했고 백발노인도 귀걸이[耳璫]를 달았다.〈Ⅰ-1-233·234〉

명부복(命婦服: 士大夫 婦人服): 주취봉관(珠翠鳳冠)·대홍단패(大紅緞珮)·옥대(玉帶)·서대(犀帶)·금대(金帶)·은대(銀帶):

中原의 命婦服色은 珠翠鳳冠을 머리에 쓰고, 大紅緞珮를 입으며(朝服임), 1品은 玉帶, 2품은 犀帶, 3-4品은 金帶, 5品은 銀帶를 띠는데, 남자의 띠에 비해 약간 작다.〈Ⅱ-4-348〉

배자(褙子)·장의[長衣=장옷]·장군[長裙=긴치마]:

褙子는 소매가 무척 넓고 長衣는 없으며, 長裙은 주름을 잡지 않고 장식도 별로 많지 않다.〈Ⅱ-1-27〉

그들의 長衣는 길이가 복사뼈까지 내려가는데 좁은 소매가 점차로 좁아지다가 부리는 말발굽처럼 생겨 가까스로 손이 들어갈 만하게 되어 있다.〈XI-172〉

면사포(面紗布)·당의(唐衣):

唐女 중 혹 面紗布를 드리우고 唐衣에다 주름치마를 입었으며, 나귀를 타고 가는 자가 있어, 완연히 그림 속의 계집과 같다.〈Ⅲ-2-332〉

關門 안에는 淸人이 아주 없다시피 하였고, 모두 漢人이었다. 女人은 혹 주름치마에 唐衣를 입고, 머리는 꽃구슬로 꾸몄다. 黑色面을 드리운 채, 나귀를 타고 가는 자가 가끔 있었다. 女子 옷에는 아직도 明나라 제도가 남아 있어 사랑스러웠다.〈Ⅲ-2-220〉

계(髻; 여자의 상투)·장의(長衣)·폭건(幅巾)·혜(鞋)·궁혜(弓鞋)·기라의복(綺羅衣服):

女子의 髻는 오히려 中華의 제도가 남아 있다. 치마는 반드시 주름을 잡는데, 앞은 세 폭, 뒤는 네 폭이고, 그 위에는 長衣를 입는데, 그 길이는 땅에 끌린다. 소매부리는 남자 옷보다 넓고, 바지 통도 남자 것보다 조금 넓다. 빈궁한 農家를 제외하고는 綺羅衣服을 쓴다. 女子는 幅巾을 쓰는데 검은 비단으로 만들어 상투 위에 얹는다. 漢女가 신는 鞋는 앞뒤가 뾰족하고, 활처럼 휘어져 발가락과 발꿈치가 들어가지 않으면 땅에 닿지 않으니, 이른바 弓鞋다. 滿女는 鞋의 바닥이 높고 두꺼워 屐[나막신]을 신는 것과 같다.〈Ⅷ-373〉〈XI-173~4〉

화수식(花首飾)·혜(鞋)·화(靴=목이 긴 신)·마혜(麻鞋)·고혜(藁鞋)·피혁말[皮革襪=가죽신]·월오지(月吾只):

漢女는 남편이 있으면 아무리 늙어도 화장을 하고 꽃을 꽂는다고 하였는데 지금 보니 그렇지 않다. 男女 귀천을 막론하고 鞋나 靴를 신는다. 혜는 베나 비단으로 만들었고, 가죽으로 된 것이나 麻鞋·藁鞋 따위는 없다.

봉성과 심양 사이에는 간혹 皮革襪을 신는데 이것은 바로 우리나라의 月吾只(다로기)다. 두세 살 먹은 어린애라도 鞋나 靴를 신으며 맨다리를 드러내지 않는다. 〈IV-33〉

호인복(胡人服)·한인복(漢人服):

胡人 男女服은 사치하나 검소하나 모두 검은 복색이며, 漢人女服은 그렇지 않고 푸르고, 붉은 바지를 입은 자가 많다.〈IV-33〉〈V-1-74〉

동적고리[胴赤古里=동저고리]·당고[唐袴=당바지]:

여자는 두루마기[周衣]를 입었으니 사나이 비슷하고, 치마를 입은 이도 있는데, 앞 3폭이며, 뒤는 4폭이다. 혹 胴赤古里에 唐袴를 입은 계집이 길가에 있는데 밉상이다. 머리는 상투 모양으로 만들어 비녀를 둘 꽂았으며 귀에 귀고리를 달지 않은 자가 없다. 어린 사내도 모두 달았다.〈VII-1-40〉

단삼(單衫):

10여 세 된 여자애의 옷을 보니 속옷은 까만 천의 單衫이고, 저고리는 엷게 솜을 놓아 만든 野繭(산고치)으로 짠 명주였다. 〈XI-175〉

6-5. 하인 복식

하인 복식에 관한 기록은 조천록계에 한 군데와 연행록계에 한 군데 모두 두 가지 기록뿐이다. 대단히 소중한 것으로 평가되어 여기 소개한다. 성종 18(1487)년 최부(崔溥)는 노복(奴僕)들의 옷을 모두 홍금의(紅錦衣)에 금화주(金花胄)라고 하였다.

冬至에 南壇에서 하늘에 郊祭를 올렸는데, 수종하는 奴僕들은 모두 紅錦衣를 입고 金花胄(꽃으로 장식한 투구)를 썼다.〈I-1-221〉

이것은 당시 노복(奴僕)들의 예복(禮服)인 듯하다.

정조 22(1798)년 서유문(徐有聞)은 각 지방의 쇄마구인(刷馬驅人)과 주방하인(廚房下人)의 복식을 이렇게 쓰고 있다.

各房의 刷馬驅人과 廚房下人들은 떨어진 戰笠이 얼굴을 덮었고, 새끼 띠로 허리를 동였으며, 더러운 옷이 懸懸百結하였다.〈Ⅶ-1-327〉

이것은 당시 하인(下人)들의 작업복(作業服)이다. 따라서, 명 · 청 하인들의 예복과 작업복에 관한 희귀한 대조적 자료다.

6-6. 군인 복식

이 글에서 군인 복식은 품계 복식(品階服飾)의 무관복(武官服) 이외의 것으로 품계가 분명치 않거나 또는 없는 군병복(軍兵服)을 일컫는다.

정조 4(1780)년에 박지원(朴趾源)은 열하일기(熱河日記)에서 조선의 안주(安州)와 의주(義州) 군뢰복(軍牢服)을 상세히 쓰고 있다.

군뢰복(軍牢服): 상리(上裏) · 전립(氈笠) · 운월(雲月) · 전복(戰服) · 배자(背子) · 전대(纏帶) · 대융(大絨) · 마혜(麻鞋) · 영기(領旗) · 마가목(馬家木):

그 차림새를 보면 藍雲紋段 上裏와 氈笠에다 鬉結(종결)에는 높이 운월을 꽂고, 꼭두서니색 털모자 앞에 쇠로 한 개의 勇字를 새겨 붙였으며, 鴉青色 麻布 소매 좁은 粘服과 木紅色 무명 背子에다 허리에 남색 纏帶를 차고, 어깨에는 붉은 실 大絨을 걸고, 발에는 총이 많은 麻鞋를 신었다. 등에는 正藍色 조그만 領旗를 꽂고, 한 가닥의 팔뚝만한 馬家木 짧은 채를 잡고, 입으로 나발을 불며, 앉은 밑에는 비스듬히 10여 개의 붉은 칠 나무 곤장을 꽂았다.〈열하일기 1-60〉

이것은 정조 때 조선의 군인 복식이다. 이제 청의 군뢰복을 보기로 한다. 숙종 38(1712)년에 김창업(金昌業) 등은 이렇게 썼다.

군뢰복(軍牢服): 전립(氈笠)·홍영(紅纓)·옥각지(玉角指)·답의(褡衣)·홍전립(紅氈笠):

그 軍官들과 軍牢가 입은 服色은 우리나라의 복색 형식과 자못 같은데, 氈笠의 창둘레가 좁고 위가 높으며, 그 모자 꼭대기와 紅纓은 모두 같았다. 이것으로 본다면 우리 군복이 또한 중국의 것을 모방하여 만든 것이었다.〈IV-435〉

북경에 있을 때 張遠翼이 전하는 말을 들으니, 寧遠伯의 玉角指(활 쏠 때 엄지손가락에 끼는 고리)는 매우 작아 武人이 쓴 것 같지 않았다고 하였는데, 이제 비문을 보니 그는 본래 書生으로 거대한 장정이 아니었음이 확인된다.〈IV-500〉

이 사람은 武官으로 평상시는 褡衣(답의)를 입습니다.〈IV-187〉

城을 지키는 官員이 출발할 때 角을 불고 軍牢란 자는 갓을 썼는데 바로 紅氈笠이었다.〈III-324〉

여기서 군뢰(軍牢)는 성직이, 죄인 호송, 귀인 호송 등의 소임을 맡은 말직 무인(末職武人)이다.

군복(軍服): 모구(毛裘)·구금(裘襟)·항권(項圈)·마제수(馬蹄袖):

남자의 군복은 바지는 솜을 넣지 않고 추우면 毛裘를 입으며, 또한 깃이 없기 때문에 긴 털가죽으로 목을 두르는데 이를 裘襟이라 하며, 혹은 項圈이라고 한다. 옷소매는 모두 말발굽 모양으로 만드는데, 이것이 소위 馬蹄袖다.〈IV-222〉

무관복(武官服): 의살직령(衣撒直領):

洪武 때 법규를 고찰해 보니, 武官의 옷은 땅까지 5寸인데, 武官 옷의 소매통은 겨우 주먹이 나갈 정도로 좁은데, 衣撒直領(그 제도는 앞의 철릭[帖裏]같고, 뒤는 直領인데, 좌우 양쪽에 각각 주름이 있었음)을 입습니다.〈II-1-25〉

무부(武夫): 육양대궁(六兩大弓)·후건(帿巾)·옥결(玉玦):

武夫는 오로지 弓槍과 가무를 연습하는데 역시 槍劍도 잘한다. 일찍이 習射하는 것을 구경하였는데, 활의 만듦새는 조선의 六兩大弓과 같고, 원래 작은 것은 없으며, 당겨 보니 힘이 약하고 정밀하지 못하다. 세워 놓은 과녁[的]은 50보에 불과하며, 꼿꼿이 서서 쏜다. 과녁의 만듦새도 같지 않아 帿巾는 牌를 쓰며, 아주 가까이 서로 맞히기 쉽지 않다. 손가락에는 玉玦(옥결; 옥으로 만든 활가지)를 끼었는데, 圓通玉으로 길이는 반치가 넘고 손가락에 끼워서 시위를 당긴다. 〈IX-2-390〉

군병복색(軍兵服色):

軍兵과 庶民人은 靑色과 黑色의 바지와 저고리를 입는다. 〈IX-418〉

6-7. 종교 복식

종교 복식은 일반 승도(僧徒) · 라마승(喇嘛僧) · 비구니(比丘尼) · 도사(道士) · 몽고승(蒙古僧) · 천주교 복식(天主敎服飾) 등의 기록이 단편적으로 전하는데 라마승에 관한 것이 가장 많다. 라마교는 티베트를 비롯하여 만주 · 몽고 · 네팔 등지에 퍼져 있는 불교의 한 종파로서 청조(淸朝)에 번창하였음을 알려 준다.

승복(僧服): 막희락(莫喜樂) · 복다지(覆多只) · 흑양구(黑羊裘):

중들이 莫喜樂을 입었는데, 추위를 막기 위한 것이라 한다. 붉은 覆多只(부다지)를 쓰고, 또, 黑羊裘를 걸쳤다. 〈III-2-196〉

승도복(僧徒服): 장의(長衣) · 유모자(襦帽子) · 가사(袈裟) · 도복(道服):

僧徒들은 몸에 검은색 좁은 소매 長衣를 입었다. 冠은 綿布로 襦帽子를 만들었는데 높이가 길고, 위는 편편하며 面은 좁다. 國制를 상고하면 僧尼의 服에는 다만 紬絹 · 布匹 쓰는 것만을 허하고 袈裟 · 道服 이외는 紵紗 · 綾緞 쓰는 것을 금했다. 〈VI-1-261〉

승복(僧服): 복주감두(覆主甌頭):

스님들은 발개자(鉢蓋子) 같은 흑단(黑緞)으로 이른바 복주감두(覆主 甌頭)라는 것을 썼는데, 僧俗男女가 통용하는 바다. 〈IX-2-418〉

승복(僧服): 방관(方冠) · 난모(煖帽):

스님들은 모두 辮髮(변발)을 하지 않는다. 그들의 모자는 方冠 비슷하나 그보다 앞뒤가 배나 길다. 겨울에는 煖帽를 사용하는데, 藤(등)으로 만든다. 〈XI-1-230〉

비구니복(比丘尼服): 승모(僧帽):

比丘尼 의복은 보통사람과 분별이 없고, 冠과 풍속은 南僧과 같다.

道士는 넓은 冠과 넓은 소매로 중들과 섞어 살아 道釋의 구별이 없다. 〈VI-1-262〉

女僧은 胡女들과 별로 다름이 없었으나, 다만 머리를 깎고 僧帽를 쓰고 있었다. 〈VI-1-191〉

왼편 月廊에 女僧이 사는데, 옷모양은 胡人과 같고 머리를 깎고 僧帽를 썼다.〈VI-2-414〉

白澗店에 이르러 上使와 副使가 香花庵에 들어가 구경을 하는데 나도 따라갔다. 담 밑으로 집을 길게 짓고 女僧들이 살고 있는데, 의복 제도는 보통 胡人들과 다름없었다. 다만 머리를 깎고 僧帽를 썼더라.〈VII-1-332〉

라마승(喇嘛僧): 황모(黃帽) · 홍의(紅衣):

라마승이라 하는 자는 僧帽와 僧衣를 사용하지 않고 그가 사용하는 옷과 모자는 보통사람과 같으나, 다만 純黃色으로 염색했다. 雍和宮에에 있는 자 중에는 혹 黃帽와 紅衣를 착용한 자도 있는데, 이는 대개 직품이 있는 중이다.〈XI-230〉

라마승 한 사람도 들어왔다. 옷을 양쪽으로 걷어올리고 뛰었는데 아래는 아무것도 입지 않았기 때문에 모두가 웃었다. 그 역시 웃으면서 무릎 밑에 감아 올린 것을 보였다. 마치 조선의 行纏(행전)을 묶는 것 같은 방법이었다.〈IV-517〉

만주족과 한족이나 몽고인은 승려가 된 사람을 라마승이라 하는데, 그들의 의복과 모자는 모두 누런 빛으로 되어 있다. 이것은 그들의 의식이 풍족하기 때문이다.〈XI-159〉

라마승 3인이 와서 서쪽 월랑 계단 위에 앉았는데, 모두 누런 옷에 붉은 가사를 걸쳤다. 從者의 복색도 누런 上衣가 종아리에 이르고, 아래엔 바지를 입지 않았다. 黃色 모자를 썼는데 胡帽와 같았으며 조금 높았다. 3중이 쓴 것은 위에 모두 둥글고, 종자가 쓴 것은 모두 뾰족했다.〈IV-348〉

도사복(道士服): 청갈두포(青褐頭布) · 청갈전립(青褐戰笠):

道士는 青褐頭布나 혹은 青褐戰笠이나 소매가 넓고 푸른 周衣를 입는다.〈IX-2-418〉

몽고승(蒙古僧): 법복(法服) · 가사(袈裟):

蒙古僧은 누렇고 붉고 좁은 소매의 周衣를 입었다. 法服은 이른바 袈裟라는 것이다. 上體는 벗고, 큰 幅으로 몸을 두르고, 두 팔뚝이 벌겋게 노출된다. 다닐 때는 金으로 칠을 한 갓을 쓰는데, 우리나라 戰笠 모양과 같다.〈IX-2-418〉

천주표재 법복(天主薦齋 法服): 법복(法服) · 두관천(頭貫穿):

朔望에 王主에게 天齋할 때 입는 法服이 있다. 冠은 평상시에 쓰는 것과 같았으나, 금빛이 더욱 휘황찬란하였으며, 옷 또한 金을 입혔는데, 又字의 모양과 같았다. 이것은 頭貫穿(두관천)인 듯하였다.

6-8. 사례 복식(四禮服飾)

사례복은 상례복(喪禮服)에 관한 기록이 몇 가지 있을 뿐 많지 않다. 성종 18(1487)년 최부(崔溥)는 길복(吉服) 입는 이를 보았다고 썼으므로 3년상을 마친 뒤 길복(吉服) 입는 제도가 명나라에 있었음을 알 수 있다. 그리고, 선조 7(1574)년 조헌(趙憲)은 혼례(婚禮)는 친영(親迎)으로써 하고, 친족(親族) 중에 상(喪)을 당하면 모두 백의(白衣)와 백건(白巾)으로 거상(居喪) 월수를 마쳤다고 썼다. 인조 2(1624)년 홍익한(洪翼漢)은 앞선 이들보다는 더욱 깊은 관심을 가지고 살펴본 바 있는데 다음과 같이 썼다.

漢人은 3年 服喪하는 제도를 써서 술을 마시거나 고기를 먹지 않으며 화장을 하지 않는다. 漢人으로서 큰 氏族과 높은 벼슬을 했던 집은 아직도 淸人과 婚姻하지 않으나 常人과 가난한 이는 淸人과 결혼한다. 그 자손된 자는 常制와 纏足하는 등의 일은 한결같이 아비 쪽을 따른다. 喪禮의 服制는 한결같이 家禮(朱子家禮)를 따라 굵은 흰 베로 만든다.〈Ⅱ-3-243〉

길에서 喪人을 만났는데, 男女老少 할 것 없이 모두 흰 베 長衣를 입었고, 흰 베로 머리를 감싸고 있었다. 服人은 다만 흰 베로 머리를 감쌌고 검은 옷을 입었는데 비록 삼척동자라도 또한 그러하다.〈Ⅱ-3-208〉

상복(喪服)은 주자가례(朱子家禮)에 있는 대로고, 그 복제(服制)는 부계(父系)를 따랐다는 것이다.

상복(喪服): 백대포(白大布) · 대포의(大布衣) · 마대(麻帶):

喪服은 白大布로 만들고 거친 베를 쓴다.〈Ⅴ-1-80〉

喪服 입는 제도는 天子로부터 庶人에 이르기까지 모두 27일을 公除의 일환으로 한다. 그러나, 漢人은 3년 동안 守制한다. 장사 지내고 나면 大布衣를 벗고, 의복과 모자를 다 검은색깔로 하며, 오직 비단옷을 입지 않는 것으로써 平人들과 구별한다.〈Ⅷ-399〉

胡人 중 父母喪을 당한 자는 의복과 모자는 예전 그대로고, 다만 옷 끈 아래에 麻帶를 찰 뿐이다.〈Ⅷ-399〉

상복(喪服): 면의장의(綿衣長衣) • 포대(布帶):

喪服은 朱子家禮를 따랐는데, 生布를 쓰지 않고 綿布로 長衣(장옷)를 만든다. 우리나라 道袍와 비슷한데, 넓은 소매가 없고 장사 지낸 뒤에 반드시 吉服으로 갈아입으므로 복색이 보통 사람과 다름없다. 혹은 겉옷 속에 작은 布帶를 띠는 자도 있다.〈VI-1-243〉

제복(祭服): 벽령(辟領) • 부판(負板; 최복 뒤에 늘어뜨린 베 조각) • 수질(首絰; 상주가 삼으로 꼬아서 머리에 두르는 것) • 요질(腰絰; 허리에 두르는 것) • 상장(喪杖):

祭服에는 辟領과 負板은 있으나 首絰은 없고, 소위 腰絰이란 것은 대단히 크고 길어서 흐트러져 늘인 끝이 땅에 끌리며, 喪杖은 심히 짧다.〈IV-243〉

상복(喪服): 방관(方冠):

喪人 외에 五服親(斬衰 • 齊衰 • 大功 • 小功 • 緦麻, 이 五服을 입는 친족)이 삼베옷 입는 것을 보지 못하고, 상이 있으면 친소를 막론하고 喪人 이하 男女가 모두 흰 베로 머리를 두르는데 方冠의 모양과 같다.〈IV-243〉

상복(喪服): 상관(喪冠):

상복은 굵은 베로 마르고, 그 위에 띠를 매며, 喪冠은 온폭 굵은 베로 재봉하고, 그 남은 부분을 당겨 머리를 싸되 맺음이 앞으로 오도록 한다.〈VIII-373〉

祭服祭服: 生麻布生麻布 • 下裳下裳 • 수질(首絰) • 상장(喪杖):

제복은 生麻布로 짓는데, 上衣는 넓고 깃을 대며, 下裳은 앞은 세 폭, 뒤는 네 폭인데 주름을 잡지 않는다. 首絰도 또한 있는데, 실매듭을 지어 얽기설기 매달린 것이 마치 영락(瓔珞) 같으니, 그것이 무슨 제도인지 모르겠다. 喪杖의 길이는 한자 남짓하고, 그것을 잡고서 四拜禮를 행하며 예법대로 한다. 여자도 굵은 베옷을 입는데, 베로 좁게 재봉하여 그 이마 위를 두르되 위아래가 굴곡이 지며, 그 끈이 양 살쩍이로 해서 드리운다.〈VIII-373〉

상복(喪服): 백포(白布):

喪服의 제도는 다만 발인할 때 흰옷과 白巾을 볼 수 있지만, 평일에는 알 수 없다. 여자들은 花飾을 버리고 白巾을 드리웠는데 그 길이는 무릎 아래를 지났으며, 흰 광목 온폭을 써서 촘촘하게 깁고 튼튼하고 풀리지 않게 해서 상복을 꾸몄다.〈IX-2-396〉

상복(喪服): 전립(氈笠) • 홍우(紅羽):

喪禮는 家禮를 따라 굵은 무명이나 흰 삼베로 상복을 짓는다. 푸른 일산과 붉은 일산과 朱棒 • 芭蕉扇 • 幢幡(당과 번을 겹치어 만든 기) 5~6대가 앞에 가면서 鼓吹하고, 그 사람들은 모두 검은 氈笠에 붉은 깃(紅羽)을 달아 조선 제도와 같다.〈XI-233〉

고랑(姑娘; 어머니)의 상복(喪服): 편발(編髮) • 백포소투(白布小套; 흰 천으로 머리에 얹

도록 동그랗게 만든 것):

머리를 들게 하고 보니 좌우로 딴 編髮은 조선에서 하는 것같이 이마 위로 서려 올리고, 비녀와 머리 침들을 가로 세로 꽂아 흐트러지지 않게 하였다. 또, 篩輪(사륜; 대나무로 똬리 같이 둥글게 엮은 것) 같은 白布小套를 머리에 얹고 있었다. 물으니 姑娘의 상을 당했다고 한다. 〈IV-348・462, IX-418・419〉

행상(行喪): 홍량산(紅涼傘)・명족(銘族)・신마(神馬)・칠선(漆扇)・파초선(芭蕉扇):

또, 行喪하는 자를 만났다. 상여 앞에는 紅涼傘・銘族・神馬・漆扇 등 속을 늘여 세웠는데 부채는 조선의 芭蕉扇과 같다. 〈VI-1-140〉

상행(喪行): 기(旗)・지폐(紙幣)・백두건(白頭巾)・옆튼 주의(周衣)・나올(羅兀; 너울):

길가에 와와 패루가 있으니 다 열녀와 효자를 旌表한 곳이요, 또 다른 상행을 만나니 앞에 풍류(風流; 풍악을 잡히는 일)하는 모양은 이번 보던 바요, 풍류 뒤에 두 旗를 세웠으니 흰 기와 푸른 기요, 그 뒤에 지폐(紙幣)를 그렸으며, 喪輿가 그 뒤에 섰으니 제도가 네모 번듯하며, 사면 검은 비단에 금을 뿌려 만들어 둘렀으며, 상여 앞에 한 사람이 머리에 흰 頭巾을 썼으니 길이가 자[尺]가 넘고, 몸에 소매 좁은 흰옷을 입었으니 옆 튼 두루마기[周衣]라. 두 사람이 좌우로 붙들어 가매 머리 거의 땅에 닿아 我國 新來 불리는 親恩의 모양 같으니 喪人인가 싶으며, 계집 서넛이 한 수레 위에 앉아 또한 흰옷이며, 머리에 흰 너울[羅兀]같은 것을 드리웠으나 헤치고 얼굴을 내었으니, 비록 거상을 입었으나 분을 희게 바르고 입에 연지(臙脂)를 찍었으니 평인과 다름이 없더라. 〈VII-1-91〉

재상(宰相)의 행상(行喪): 홍기(紅旗)・군악(群樂)・부월(斧鉞)・초엽선(蕉葉扇)・태평소(太平簫):

상여의 위의가 길을 막아서 혼란한지라 馬頭에게 물으니, 宰相의 行喪이라 했다. 앞에 紅旗를 세워 길을 인도한다. 그 뒤에 10여 쌍의 群樂 行列이 나란히 左右로 나열되었고, 각종 깃발 두어 쌍과 金銀斧鉞과 蕉葉扇이 틈틈이 줄을 나누어 섰다. 喇叭・太平簫・方響・징・북 등이 갖추어진 행렬이다. 〈VII-1-328〉

거상(居喪): 백포두건(白布頭巾):

白旗堡에 이르러 張가집에 숙소를 했다. 주인이 居常 입은 모양이 大布頭巾같이 하여 썼다. 그 길이는 한 자 남짓하게 접어 썼으며, 대포로 만든 자루같이 만들어 이마를 동였다. 그 맺은 것은 이마에 있게 하였다. 아재비 상복이라 했다. 〈VII-1-379〉

6-9. 역사 복식

여기에서 역사 복식이라 함은 연희(演戲)나 소상(塑像) 등에서 볼 수 있는 것은 복식을 말한다. 역사적인 유물로 남아 있어 가시적(可視的) 관찰을 한 것이다. 숙종 38(1712)년 최덕중(崔德中)은 희자(戲子)놀이를 보고 이렇게 썼다.

마침 戲子놀이가 벌어졌으므로 三使가 모여서 구경했다. 마치 조선의 廣大놀이 같았다. 여러 가지 服色으로 바꾸는데, 모두 明나라 宋나라 때의 朝服과 군복이었으며, 형상은 水滸傳 따위로 기기괴괴한 일이 있다.〈III-2-320〉

여기서 그는 명과 송의 조복(朝服)과 군복(軍服)을 보았는데 이와 같은 것을 역사 복식이라 이름하였다.

삼충신복(三忠臣服): 와룡관(臥龍冠) • 학창의(鶴氅衣) • 우선(羽扇) • 복두(幞頭) • 조포(朝袍) • 갑주(甲胄):

三間의 殿 안에 塑像을 앉혔는데, 가운데는 諸葛武侯요, 왼쪽은 문승상이고, 오른쪽은 악무목이었다. 무후는 臥龍冠을 쓰고, 鶴氅衣(학창의)를 입고, 손에 羽扇을 들고, 문승상은 幞頭에 朝袍를 입었고 악무목은 甲胄를 갖추었는데, 모습은 다 살아 움직이는 것 같았다.〈IV-237〉

백이(伯夷)와 숙제복(叔齊服): 평천관(平天冠; 위가 평평한 관) • 면류(冕旒) • 도포(道袍) • 규(圭) • 화룡문포(畫龍紋袍):

正堂 위에 두 塑像을 봉안했는데, 平天冠에 冕旒를 드리웠다. 龍文 소매 넓은 흰 도포를 입고서 붉은 榻(탑) 위에 걸터앉았다. 마당 아래 자리를 깔고 절하고 뵈었다.〈V-1-58〉

正殿의 위에 伯夷, 아래에 叔齊의 塑像을 안치하였는데, 平天冠에 冕旒를 느리고 圭(규)를 잡았다. 옷은 畫龍文袍를 입었는데 面貌가 豊厚하다.〈VI-1-164〉

고력사복(高力士服): 장복(章服) • 자금관(紫金冠):

榕村(용촌) 李光地의 語錄에 章服은 시대에 따라서, 각각 제도가 다르다. 드러난 배우에게만은 높은 신분의 분장을 금하지 않아, 高力士도 紫金冠을 썼다. 唐나라의 제도는, 中官은 반드시 紫金冠을 써야 하고 감히 烏紗帽는 쓰지 못하였다. 어느 한 왕조의 遊戲를 연출하려면,

그 왕조의 衣冠을 사용해야 명배우인 것이다.〈V-2-184〉

사임천복(謝臨川服): 곡용립(曲容笠) · 절풍건(折風巾):

이는 宋나라 謝臨川이 늘 쓰던 것인데, 이름을 曲容笠, 또는 折風巾이라 한다.〈VII-1-287〉

관제복(關帝服): 금선관(金蟬冠) · 황룡곤포(黃龍袞袍) · 백옥대(白玉帶):

눈부신 正殿 단청 안에 關帝의 塑金像을 모셨다. 金蟬冠을 쓰고, 黃龍袞袍를 입고, 白玉帶를 띠고서 畫榻 위에 걸터앉았다.〈V-1-63〉

이청련복(李靑蓮服): 금속관(金粟冠):

머리 변두리에 조선의 隱頂冠처럼 생긴 金粟冠이 비스듬히 얹혀 있는데, 李靑蓮의 像이라 한다.〈XI-86〉

6-10. 수식 복식

수식 복식이란 옷에 더 꾸밈이 가해진 것이다. 우리말로 꾸밈 복식이라 할 수 있다. 저자는 이 꾸밈 복식을 머리꾸밈[首飾] · 허리꾸밈[腰飾] · 손꾸밈[手飾] · 발꾸밈[足飾]으로 나누어서 거론하려 한다.

먼저 조천록계와 연행록계의 머리꾸밈[首飾]에 대한 기록을 살펴보면 다음과 같다.

무각흑건(無角黑巾; 귀가 없는 흑건): 江南 사람들이 썼다.〈Ⅰ-1-233〉

사모(紗帽): 江南의 官人들이 즐겨 썼다.〈Ⅰ-1-233〉

백포건(白布巾) · 추포건(麤布巾): 江南의 喪人들이 썼다.〈Ⅰ-1-233〉

홍단(紅段): 즐겁고 경사스런 일이 있을 때, 붉은 비단을 어깨 위에 걸어 주고, 모자 꼭대기에 꽃을 꽂아 주어 영광되게 하였다.〈Ⅰ-2-336〉

융건(絨巾): 조선 崔溥가 받은 선물이니, 선물용 巾이다.〈Ⅰ-2-513〉

입모(笠帽): 조선 崔溥가 明의 사신한테 받은 선물용의 帽다. 여러 사람한테 받은 것을 보면 흔한 것이다.〈Ⅰ-1-203〉〈Ⅰ-2-398〉〈Ⅰ-2-495〉

양모건(羊毛巾): 강남 사람들이 썼던 帽다.〈Ⅰ-1-233〉

흑필단모(黑匹緞帽): 위와 같다.〈Ⅰ-1-233〉

마미건(馬尾巾): 위와 같다. 〈Ⅰ-1-233〉

유건(儒巾=民字巾): 대[竹]로 엮어 검은 布로 싸거나 종이를 발라서 옻칠을 한 것인데, 조선의 士巾과 같은 것이다. 〈Ⅱ-1-25〉

백립(白笠): 당시 4냥 4돈짜리 笠인데, 인기가 있었다. 〈Ⅲ-2-217〉

면포관(綿布冠): 중들이 평상시에 썼던 冠으로 寢帽子와 같았다. 〈Ⅲ-2-217〉

자형관(紫荊冠): 형상이 뛰어남을 비유하는 말인데, 당시의 俗語다. 紫荊冠에 紅羅 옷을 입고, 呂洪 띠를 매고, 亮馬를 타고, 兩龍河 강변으로 가서 경치를 구경하라고 王俊公이 조선의 금주에게 필담으로 말하였다. 〈Ⅳ-470〉

단립(壇笠): 기생들이 壇笠을 쓰고, 戰服을 입었다. 당시 妓女들의 보편적 首飾이다. 〈Ⅳ-61〉

홍사건(紅絲巾): 皇帝의 호위병들이 썼던 戰笠과 유사한 것이다. 〈Ⅴ-1-32〉

호모(胡帽): 胡人 男子들이 쓰고 다녔던 帽다. 〈Ⅴ-1-74~75〉

위립(緯笠): 暖冠과 涼冠은 마주의 禮服에 속하는데, 이것을 緯笠이라고도 한다. 금빛으로 龍文을 놓았으며, 끈은 푸른색이다. 〈Ⅴ-2-190〉

금선관(金蟬冠): 關帝의 塑像이 쓰고 있는 冠이다. 〈Ⅴ-1-63〉

홍전방관(紅氈方冠): 옛 越常氏의 땅인 南掌 사신이 熱河에 왔을 때 쓰고 있던 冠이다. 높이가 한 자 남짓 하고, 뒤에는 두 자 남짓한 주미개를 드리웠는데, 金絲와 珠貝로 장식했다. 〈Ⅴ-2-202〉

황관(黃冠): 道士가 쓰는 冠인데, 곧 道士를 黃冠이라고도 한다. 〈Ⅴ-2-342〉

황좌계모(黃左髻帽): 西番의 四時에서 조공하던 帽다. 〈Ⅵ-1-308〉

아계(丫髻): 머리 위에 작은 낭자를 만들어, 검은 비단으로 모자처럼 그것을 가리고 꽃을 꽂았는데, 이것을 丫髻라 한다. 〈Ⅵ-1-220〉

문공관(文公冠): 조선의 망건과 비슷한 것이다. 〈Ⅵ-2-434〉

절풍건(折風巾) · 곡용립(曲容笠) · 마은관(麻恩冠) · 윤건(綸巾) · 폭건(幅巾) · 정자관(程子冠) · 동파관(東坡冠): 당시 士夫들이 쓰고 싶었던 대로 썼던 冠과 巾. 〈Ⅶ-1-345〉

방관(方冠): 중들이 검은 무명 수건으로 만들어 썼던 冠이다. 〈Ⅵ-1-243〉

난모(煖帽): 중들도 겨울에 썼다. 方冠보다 앞뒤가 배나 길고, 검은 비단으로 솜을 두껍게 샀다. 〈Ⅺ-230〉

양모(涼帽): 중들도 여름에 썼다. 藤으로 만들었다. 〈Ⅺ-230〉

표피모(豹皮帽): 扈轎校尉(호교교위)들이 겨울에 썼다. 〈Ⅵ-1-261〉

전모(氈帽): 扈轎校尉들이 여름에 썼다. 가난한 자들도 썼는데 조선의 감투[甘吐]와 비슷

하다.〈VI-1-261〉

홍건(紅巾): 儀仗軍이 붉은 옷에다가 紅巾을 썼다.〈VI-1-200〉

효모(孝帽): 喪主가 쓰는 帽다. 楊大郁은 孝帽를 쓰고 일생을 마쳤기 때문에 楊孝帽라고 했다. 明나라 때도 孝帽가 있었다.〈VI-1-245, 278〉

효화(孝花): 明나라 때, 기복・공복[朞功] 이하의 상인은 孝帽의 꼭대기에 모두 붉은 융(絨) 한 떨기를 달고, 그것을 花孝라고 하였다.〈VI-1-245〉

유모자(糯帽子): 僧徒들이 검은 綿布로 만들어 썼다. 높이가 높고, 위는 편편하고, 면은 좁다.〈VI-1-261〉

달피모(獺皮帽): 親軍들이 겨울에 썼다.〈VI-1-261〉

죽사점립(竹絲粘笠): 조선 사신 중 伴倘(반당)이 썼는데, 꼭대기에는 金花雲月을 세웠다.〈XI-262〉

당탄모(唐彈帽): 책문에서부터 교역 교섭을 했던 인기 있는 帽다.〈VI-1-329〉

오사모(烏紗帽): 皇太后 상사의 成服日에 썼던 帽다.〈VII-1-176〉

용자건(勇字巾): 조선의 軍牢가 썼다. 〈VIII-370〉

초모(草帽): 行喪에 軍樂이 길을 인도하는데, 이때 악기를 부는 자들이 깃을 꽂아 썼다. 明나라 군대 의식에서 기원된 듯하다. 조선 儀仗軍의 草帽도 여기서 나온 것으로 본다.〈XI-175〉

모건(帽巾): 검은 비단으로 만든다. 가난한 집 여자들이 썼다.〈VIII-373〉

금엽화(金葉花): 미혼 여성은 가르마를 타는데, 이마의 왼쪽이나 오른쪽에 탄다. 또, 귀를 뚫어서 귀고리를 3~4개 달고 金葉花를 꽂는다. 백발 노인도 그렇게 장식하나 젊은 과부는 귀고리는 있어도 꽃은 꽂지 않는다.〈VIII-397〉

전두(纏頭): 여자들이 黑緞으로 이마를 두르는데, 조선의 網巾과 흡사하며, 여기에 구슬을 꿰어서 장식을 하였는데, 그것을 纏頭라 하였다.〈XI-174〉

청갈두포(青褐頭布): 道士가 쓰는 布다.〈IX-2-418〉

청갈전립(青褐戰笠): 위와 같다.〈IX-2-418〉

총방관(驄方冠): 妓樂이 벌어지는데 술취한 사람이 쓰고 와서 下人에게 제지당했다는 사람이 썼으니 한량이 쓴 冠인 듯하다.〈IX-2-289〉

죽량립(竹涼笠): 조선의 선비들이 썼다.〈IX-1-46〉

풍채(風遮): 머리에 쓰는 防寒具다.〈XI-176〉

죽사립(竹絲笠): 軍牢가 竹絲笠에 푸른 깃을 꽂아 썼다. 대를 명주실로 엮어서 옻칠을 했다.〈IX-1-106〉

초모(草帽): 藤으로 만든 農笠이다.〈XI-172〉

황모(黃帽): 라마승이 쓴 모자다.〈XI-230〉

소모(小帽): 아이들이 쓰는 모자다.〈XI-172〉

금속관(金粟冠): 李太白의 塑橡에 씌운 冠이다.〈XI-86〉

이제 허리의 꾸밈[腰飾]을 살펴보기로 한다. 이 허리의 꾸밈은 넓게 보면 몸꾸밈까지를 포함한 것이다.

袖刀(수도): 조선의 崔溥가 선물로 받은 것이다.〈Ⅰ-2-513〉

면경(面鏡)・은장도(銀粧刀): 예부상서 李相公이 조선의 사신 일행한테 얻으려 했으므로 淸나라에서 귀하게 여겼던 조선의 예물이다.〈Ⅱ-3-236〉

대모(玳瑁)・마노(瑪瑙): 길에 펼쳐 놓고 팔던 보석이었다.〈Ⅳ-280〉

마노는 부싯돌로도 팔았다.〈Ⅳ-116〉

안장식(鞍裝飾; 말안장 장식): 나무를 굽혀서 만들었다.〈Ⅳ-37〉

비장식(轡裝飾; 말고삐 장식): 나무를 굽혀서 만들었다. 구리나 철이 귀하기 때문이다.〈Ⅳ-37〉

패낭(佩囊): 王公과 百官의 장식이다.〈Ⅴ-2-195〉

표백(影帛): 王公과 百官의 장식이다. 치렁치렁 늘어뜨린 명주 끈인데, 좌우의 띠 아래 드리워져 장식으로 삼는다.〈Ⅴ-2-191, 195〉

대모장도(玳瑁粧刀)・청은장도(靑銀粧刀)・환도(還刀)・장도(粧刀)・초도(鞘刀): 北京의 禮單이다.

화포(和布): 비단 주머니를 말하는데, 上使가 大和布 1쌍, 小和布 5쌍을 선물로 받았으므로 꽤 귀한 선물이다.〈Ⅶ-1-277〉

비연병(鼻煙甁): 琥珀 ・金貝・水晶・珊瑚 같은 것으로 만들었는데, 鼻煙이란 담배가루를 거기에 담았다.〈Ⅶ-1-202〉

하포(河包)・빙구자(憑口子): 수놓은 주머니인데 좌우에 찼다. 담배주머니(煙包)・茶香・粧刀・부시(火鎌) 등을 넣었다.

도장식(刀裝飾): 魚皮・象牙로 칼을 장식한 것을 말한다.〈XI-176〉

공죽장(邛竹杖): 西南夷란 邛이란 나라에서 나는 대로 만든 지팡이인데, 장건이 대하에 있을 때 본 것이다.〈Ⅸ-1-130〉

비연호(鼻煙壺): 코 담배통이다. 만주인들이 차고 다니다가 이것을 콧속에 넣으면 가슴이 후련해진다고 한다.〈IX-1-176〉

손꾸밈[手飾]으로 대표적인 것은 선자(扇子; 부채)다. 여자의 경우 팔찌가 있지만, 이것은 조천록과 연행록의 기록에 잘 보이지 않는다. 예물단자(禮物單子)에 들어 있는 것은 가급적 거론을 생략한다. 너무 많은 양이면서 한번 예물단자에 들면 계속해서 예물에 들어 있지 않은 경우가 별로 없기 때문이다.

칠선(漆扇): 조선 성종 때 조선 부채로 明에서 인기가 있었다.〈Ⅰ-2-343〉

보선(寶扇): 조선의 上使와 副使가 스님 奇玄과 明友가 내놓은 寶扇에 시를 써 주었으니, 당시에 明의 上品 부채다.

칠별선(漆別扇): 조선 부채로 明의 도독에 보낼 수 있을 만큼 上品 부채다.〈Ⅱ-4-318〉

칠환선(漆環扇): 回謝品으로 보낸 上品의 조선 부채다.〈Ⅱ-3-196〉

금선(金扇): 조선 사신 홍익한이 선물로 받은 명나라 부채다.〈Ⅱ-3-196〉

明의 도독이 詩를 써서 書狀官에게 선물로 준 부채다.〈Ⅱ-4-317〉

별선(別扇): 조선의 부채로 淸에서 인기 있는 부채다. 文選 한 질 값과 別扇 8자루 값이 같았다. 禮單에도 항상 들어 있을 만큼 상품의 부채다.〈Ⅳ-65~105, 173, 425, 442〉

유선(油扇): 조선의 기름 먹인 부채로 明·淸 시대 예물로 가져갔던 上品의부채다.〈Ⅰ-2-495〉〈Ⅲ-2-161~7〉〈Ⅳ-22〉

왜선(倭扇): 유구국의 陳善 등이 崔溥에게 준 선물로 유구국 상품의 부채다.〈Ⅰ-1-187〉〈Ⅶ-2-451〉

승두선(僧頭扇): 자루가 둥그렇게 만들어진 조선 부채다.〈Ⅳ-303, 473〉

우선(羽扇): 諸葛武侯의 塑像 손에 들린 부채다.〈Ⅳ-237〉

단용적선(單龍赤扇)·난봉적선(鸞鳳赤扇)·치미선(雉尾扇)·공작선(孔雀扇)·단용황선(單龍黃扇)·쌍용적선(雙龍赤扇)·쌍용황선(雙龍黃 扇)·수자황선(壽字黃扇): 禮物로 가져간 조선 부채다.〈Ⅴ-2-225〉

항선(抗扇): 抗州에서 생산되는 부채다.〈Ⅷ-269〉

접선(摺扇): 청의 상품 부채로 삼명대사가 조선 사신에게 준 答禮品이다.〈Ⅺ-70〉

조선 부채로는 별선(別扇)과 유선(油扇)이 가장 많이 명·청으로 나갔다.

발꾸밈[足飾]에 관한 것은 전족(纏足)에 대한 기록이 가장 많다. 그 유래와 시행 연대, 견문과 금지, 거기에 얽힌 많은 이야기들이 간단없이 기록되었다. 그러나, 전족은 거론을 생략한다.

고혜(藁鞋; 짚신): 明·淸에서는 볼 수 없었던 조선 신이다.〈Ⅰ-1-233〉〈Ⅳ-33〉

피혜(皮鞋): 明·淸의 官人들이 신었다.〈Ⅰ-1-233〉〈Ⅺ-233〉

당혜(唐鞋): 淸代에 많이 신었다. 胡女들도 즐겨 신었다.〈Ⅲ-2-180, 190〉

피말(皮襪; 가죽버선): 柵門과 瀋陽 지역에서 모두 이것을 신고 있었다.〈Ⅳ-33〉〈Ⅺ-173〉

어저피(魚苧皮): 신발의 테두리를 공단이나 갈포를 사용하고, 바닥에는 魚苧皮를 깔았다. 魚苧는 귀한 것이지만 조선에도 있었다.〈Ⅸ-2-401〉

궁족(弓足): 纏足이라고도 하였다.〈Ⅺ-285〉 전족 유래〈Ⅳ-291〉, 전족 금지〈Ⅺ-231〉, 전족 시행 연대〈Ⅶ-1-108〉, 전족 관련 기록〈Ⅲ-2-233~243〉〈Ⅳ-218, 462〉

옹혜(革雍鞋; 수여자목신): 明代 江南의 官人 신발이었다.〈Ⅰ-1-233〉

혜(鞋): 淸代 남녀 귀천인이 두루 신었다. 베, 비단 등으로 만들었다.〈Ⅳ-33〉

화(靴; 수여자목신): 淸代 남녀 귀천인이 두루 신었다.〈Ⅳ-33〉

망혜(芒鞖): 짚신인데 明代에 江南에서 신었다.〈Ⅰ-1-233〉

마혜(麻鞋): 조선의 신발이었으며 淸나라에서는 볼 수가 없었다고 썼다.〈Ⅺ-173〉

6-11. 복식 관리(服飾管理)

복식 관리란 의복포(衣服鋪), 의복수선(衣服修繕), 모자포(帽子鋪), 모자수선(帽子修繕) 등 모자나 옷을 만들고 수선하는 일에 관련된 것의 기록을 다루기 위해서 이름 붙인 항목이다. 이에 대해서는 잠서(蠶書), 모포(帽鋪), 의포(衣鋪), 침(針), 척(尺)에 관한 기록들이 있다. 이러한 기록들을 중요한 것만 살펴보기로 한다.

영조사(營造司)와 직염국(織染局):

營造司는 修繕과 工作 및 薪炭 陶冶의 일을 맡으며, 織染局은 宮中衣服의 자수를 맡는다. 궁중 의복을 內用衣服이라고 한다.〈VI-229〉

의복포자(衣服鋪子; 옷파는 가게):

衣服鋪子를 지내는데, 재상이 입는 蟒龍이며, 온갖 鮮明한 옷을 두 줄에 걸었다. 낡은 의복은 길에다가 山처럼 쌓아 놓았다. 옷의 品數는 높고 값은 싸니 사 입으라고 외쳐댄다. 사람들이 무수히 모여 옷을 구경했다.〈VII-1-317〉

포포자(布鋪子):

鋪店에 山東大布라고 쓴 大布 매매 가게가 있었다.〈VI-1-69〉

포의포자(布衣鋪子; 시장옷 가게):

시장에 옷을 파는 점포가 있으니, 그것은 의복 제도의 장단이 통용해 입을 수 있기 때문이다. 그래서, 비록 부자라도 역시 이미 지어 놓은 옷을 사서 입는다. 〈옷을 파는 데〉는 두 사람이 큰 거리에서 떨어져서서 갖가지 의복을 벌여 놓고, 한 사람은 왼쪽에서 옷깃을 잡고 한 사람은 오른쪽에서 옷 허리께를 들고 높은 목소리로 "사려" 하고 외치면 한 사람은 그 소리에 응해 "좋다"고 찬양한다. 한 가지 옷을 외치고 나서는 또, 한 가지 옷을 들어서 끝내는데 종일토록 이와 같이 한다.〈VIII-228〉

을자고(乙字庫):

各 庫가 10개나 있었는데, 乙字庫는 각 省의 布疋·紬緞·綿疋·雜香을 거두어 저축하는 곳이다.〈VI-1-228〉

의고(衣庫):

동·서무(東西廡)는 각각 32간이었는데, 東廡 가운데는 체인각(體仁閣), 西廡 가운데는 홍의각(弘義閣)이며, 또, 내부(內府)를 두어, 은고(銀庫)·피고(皮庫)·단고(緞庫)·자고(瓷庫)·다고(茶庫) 등 여섯 창고를 동무·서무에 나누어 놓았다.〈XI-396〉

위의 기록을 보면, 청대(淸代)에 대상의 의복도 기성품으로 상품화되어 있었음이 확인된다.

침척(針尺)에 대해서는 청나라에서 척(尺; 자)은 주척(周尺)을 쓰며, 우리 조선에서 말하는 침척이라는 것은 없다고 하였다.〈XI-194〉 이에 대하여 선조 7(1574)년 조헌(趙憲)도 융광년간(隆廣年間)에 이미 주척(周尺)이 쓰였다는 것을 지적하고 있다.

신이 금년 5월에 내리신 위패의 치수를 考査하여 아뢰라는 고시를 보고 생각건대, 신의 소견으로는 隆廣年間에 나온 太學志에 기록된 尺數는 周尺이지 布帛尺은 아닐 것입니다.

여기서 포백척(布帛尺)이니 침척이니 하는 것은 바느질자이다. 침(針; 바늘)에 관한 기록은 두 곳에 있다. 정조 15(1791)년과 순조 28(1828)년의 기록이 그것인데 토산품으로만 소개되었다.

通天의 바늘과 冷泉의 물도 다 關中에서 유명하다.〈VI-2-550〉 土産으로는 通州의 강철 바늘, 계주 臥佛寺의 謝筒眼藥, 中後所의 膽, 沙下所의 層柤筐이 모두 交易하는 것이다.〈IX-2-434〉

침선비(針線婢)와 침선(針線)에 대해서도 간단한 기록을 남겼다. 숙종 38(1712)년 최덕중(崔德中)은 "호녀(胡女)가 무리를 지어 채단(彩緞)을 하는데, 우리 조선의 침선비 같은 무리일 듯하다.〈Ⅲ-2-310〉"고 하여 조선은 물론 청대에도 침선비가 있었으리란 기록을 남겼다.

순조 28(1828)년 부연일기(赴燕日記)의 작자는 침선에 관한 관심을 누구보다도 가장 깊이 가졌던 것이다. 그는 방적(紡績)이란 항목을 별도로 설정해서, 그중 침선을 이렇게 썼다.

부녀자로 문에 와서 구경하는 자들은 모두 바느질감을 가지고 와서 항시 작업을 하였다. 성읍에는 모두 바느질집이 있었으니, 곧 채색으로 포장한 점포 속이 바로 의복을 만드는 곳이었다. 일찍이 뭇 胡人들이 큰 坐板에 빙 둘러앉아서 한창 바느질하는 광경을 보았는데, 모두 綾羅와 錦繡의 옷이었으며, 우리나라에서 사용하는 여자의 長衫 따위는 모두 남자가 지은 것이다. 일행중 館에 있는 자도 역시 돈을 주고 옷을 만들었는데, 그 바느질법의 치밀한 것은 우리나라에서 삯바느질하는 여자 솜씨보다 못하지 않았다. 그 의복을 만들 때는 매양 粉繩(분승; 흰끈)을 가지고 한계선을 그었으므로, 똑바르고 매우 편리해서, 좋은 법이었으나, 다만 곱게 깁는 법에 있어서는 우리나라 능란했던 까닭에 歲幣에서 누비옷으로 항상 바치게 한 것은 참으로 그렇기 때문이었다.〈IX-2-400〉

청대(淸代)에 장삼(長衫) 따위의 옷까지도 이미 남자가 지었다는 사실과 분승(粉繩)이란 침구(針具)・세폐(歲幣)의 누비옷을 진상하는 까닭에 대한 정보를 전해 준다.

7. 맺음말

이 글은 조천록계(朝天錄系) 6종과 연행록계 14종에 나타난 조선 전・후기와 중국 명・청대의 복식을 살펴본 것이다. 앞에서 거론한 내용들을 간추려 정리해 보면 대략 다음과 같다.

분류의 방법과 체계화에서는 한국 복식사 연구의 서술 체계를 점검하여 문제를 발견해 보고, 그 반성적 성찰을 통해서 대안을 모색해 보았다. 유형화는 공시적 갈래, 체계화는 통시적 갈래라는 이분법으로 유형화와 체계화를 시도해 본 것이다.

민족별 복식은 중국 복식, 소수민족 복식, 조선 복식으로 나누어서 검토하였다. 여기서 중국 복식은 주로 한족(漢族), 만주족(滿洲族)의 복식이며, 소수민족 복식은 유구국(琉球國), 생번인(生番人), 몽고족(蒙古族), 회자국(回剌國), 섬나국(暹羅國), 영국인(英國人) 복식을 거론한 것이다. 조선 복식은 조선 전기 곧 명대(明代), 조선 후기 곧 청대(淸代)라는 등식적 시대 구분으로 검토하였다. 조천록과 연행록은 선진 복식 문화 유입의 유일한 통로며, 소수민족의 새로운 복식 문화에 대한 신선한 충격의 매개자 역할을 하기 때문에, 이러한 요소들이 조선 복식에 어떠한 영향을 주었는가를 살피기 위한 전단계 작업이라는 목표를 설정하고 살펴보았다. 조선 복식은 복식 소재와 복식 전반을 본격적이고 구체적으로 거론하였다. 동지(冬至) · 정조(正朝) · 성절(聖節) · 연공(年貢) 예물로서 명 · 청과 조선 사이에 오간 복식 관련 자료를 소상하게 검토 점검하여 그 실상을 파악해 보았다.

왕조별 복식에서는 조선 전기 곧 명대, 조선 후기 곧 청대라는 시대 구분을 하여, 양국간의 복식 현황과 인식이 어떠했는가를 보았다. 명대의 한족(漢族)은 조선 복식이 명나라 복식과 유사하거나 한 · 당 · 송에 뿌리를 두고 있다는 긍지를 느꼈다. 그리고, 그렇게 인정을 받기 위해서 노력한다. 그러나, 청대는 한족(漢族)과 이른바 호족(胡族)이 모두 조선 복식을 선망하며 그들의 복식에 심한 열등감을 갖는다. 한편, 조선은 명대의 복제(服制)를 그대로 간직하고 있다는 것에 긍지를 갖는다. 그리고, 복식에 대한 인식의 일대 변화를 가져왔다. 그러나, 청대의 지존복(至尊服)이나 품계복(品階服)은 오히려 이와 반대의 현상이 나타났다. 청대의 엄격하고 철저한 품계(品階) 표시 방법에 비하면 조선의 품계복은 그렇지 못하다고 비판하고 자성하며 개선을 촉구한다. 이러한 복식관이 조선의 품계 복식(品階服飾)에 구체적으로 어떤 변화를 주었는가는 이 논문에서 살피지 못했다.

유형별 복식에서는 먼저 복식 소재를 문헌적 전거를 요약하여 밝히면서 살펴봄으로써 시대별로 어떤 복식 소재들이 어떻게 쓰였는가를 확인해 보았다. 지존 복식(至尊服飾)과 품계 복식(品階服飾)은 기록자들이 전문적 식견을 가지고 구체적이고 체계적으로 기술하여 그 전모를 파악하는 데 거의 완벽한 자료였다. 따라서, 명 · 청대의 품계 복식 비교표(品階服飾比較表)를 작성하여 변모 양상을 제시하였다.

일반 복식은 남복과 여복으로 나누어서 살피고 시대별 특성이 무엇인가에 관심을 두면서 검토하였다.

하인 복식·군인 복식·종교 복식·사례 복식은 자료가 많지 않아서 특징적 성격 파악만 하였다. 군인 복식은 군뢰복(軍牢服)만 구체적 실상 파악을 가능케 했으며, 사례복(四禮服)은 거의 상복(喪服)에 국한된 것이다. 역사 복식은 연희(演戲)와 소상(塑像)의 복식을 통해서 살펴보았다. 수식 복식(修飾服飾)은 머리꾸밈[首飾]·허리꾸밈[腰服]·손꾸밈[手飾]·발꾸밈[足飾]이라는 분류체계를 설정하여 그 전모를 살펴보았다.

복식 관리는 의고(衣庫)·수선(修繕)·제작(製作)과 침선(針線) 등에 관한 기록이 단편적으로 있어 살펴본 것이다.

이 글은 조천록과 연행록이 우리의 복식 연구에 어떤 의미를 갖는가를 확인해 봄으로써 복식 연구의 새 장을 여는 데 다소라도 도움이 될 것 같아서 작성해 보았으나 최초의 일차적 접근이라는 한계를 느끼지 않을 수 없었다.

따라서, 미진한 문제는 후고로 미룰 수밖에 없다. 앞에서 제시해 본 과제들이 모두 당면한 후고의 대상이다.

제8장
연행록의 대청·대조선 의식

1. 머리말

연행록(燕行錄)은 고려와 명(1368~1392), 조선과 명(1392~ 1636), 조선과 청(1636~1894)의 조공 관계가 만들어 낸 기록문학이다.

청대에는 정기적인 사행(四行)이 있었는데 동지행(冬至行), 정조행(正朝行), 성절행(聖節行), 세폐행(歲幣行=年貢行)이 곧 그것이다. 이것은 뒤에 동지행으로 합병되기도 하였다.

공로(貢路)는 명대에는 해로와 육로가 있었으나 청대에는 육로로 통일되었으며, 그 육로는 서울-평양-의주-압록강-봉황성-연산관-요동-심양-광녕-사하-산해관-통주-북경이 일반적인 코스다. 이 총거리는 3100리며 서울에서 북경까지 약 40~60일이 소요되었다. 귀로는 대개 50일의 여정이었으며 북경 체류 한 달을 합하여 보통 총 5~6개월이 소요되었다.

저자가 조사한 바에 의하면 연행록은 모두 500여 종이 전하고 있다. 이와 같은 사기록의 작자는 다양한 계층들이지만 三使와 종사관으로 수행한 문사들이 대부분이다. 그들은 학술 외교와 문화 교류를 담당하고 선진 문화를 구체적이고 다각적으로 관찰하는 역할을 담당하고 있었다.

이 글에서 저자는 이런 담당층들이 남긴 사기록을 통해서 당시 우리 민족의 대청 의식을 살펴보고, 아울러 청조 한족들이 가지고 있던 대조선 의식의 실상이 어떠했는가를 살펴보려고 한다.

거론 대상의 텍스트는 다음과 같은 연행록 15종과 연행가사 5편이다. 이것을 서명과 연대와 작자를 밝혀 소개하면 다음과 같다.

연행록—연도기행(燕途紀行; 효종 7. 1656. 陳奏使 인평대군), 연행록(燕行錄; 숙종 38. 1712. 軍官 최덕중), 연행일기(燕行日記; 숙종 38. 1712. 打角 김창업), 경자연행잡지(庚子燕行雜識; 숙종 46. 1720. 正使 이의현), 연행기사(燕行記事; 정조 1. 1777. 進奏副使 이갑), 연행기(燕行記; 정조 14. 1790. 進賀副使 서호수), 연행록(燕行錄; 정조 14. 1790. 陳賀使 수행인 김정중), 무오연행록(戊午燕行錄; 정조 22. 1798. 書狀官 서유문), 연대재유록(燕臺再遊錄; 순조 1. 1801. 檢書官 유득공), 계산기정(薊山紀程; 순조 3. 1803. 冬至使 이해응), 심전고(心田稿; 순조 28. 1828. 謝恩兼冬至使 수행인 박사호), 부연일기(赴燕日記; 순조 28. 醫員 신분으로 進賀使 수행인 이재흡), 연원직지(燕轅直指; 순조 32. 1832. 書狀官 김경선), 몽경당일사(夢經堂日史; 철종 6. 1855. 陳慰進香使 수행인 서경순).

연행가사—연행별곡(燕行別曲; 숙종 19. 1693. 正使 유명천), 서정별곡(西征別曲; 숙종 21. 1695. 書狀官 박권), 무자서행록(戊子西行錄; 순조 28. 1828. 從事官 김지수), 병인연행가(丙寅燕行歌; 고종 3. 1866. 書狀官 홍순학), 북행가(北行歌; 고종 3. 1866. 子弟軍官 유인목).

2. 대청 의식(對淸意識)

조선 연행사와 청의 관인 및 士庶人과의 대화는 역관의 통역이나 필담으로 이루어진다. 그러나, 은밀하고 심도 있는 사사로운 대화는 대개 필담으로 이루어졌다. 언어의 불통은 피차의 비밀 유지를 보장받고, 필담은 의사 전달이 정확하기 때문에 스스럼없이 심층적인 의사 교류를 하는 데 오히려 더 많은 도움이 되었다. 연행록에는 이런 필담들을 정리해 놓은 것이 많다. 따라서, 연행록은 사기록이지만 의식의 추이를 살피는 데 있어서는 신빙도가 아주 높은 자료적 성격을 가지고 있다.

조선 연행사들은 청조에 조공을 바치러 온 나라의 문사들이지만 사행 목적의 공식 절차 이외에는 그런 주종 관계의 열등의식이나 속박은 전혀 드러내지 않았다. 이들은 항상 강한 주체 의식과 높은 긍지를 가지고 비판적 입장에서 청의 관인과 사서인들을 상대하였다. 그뿐 아니라, 이들은 청에 대한 절대 긍정이나 절대 부정의 편향적 시각을 극복하려고 노력했으며, 청을 조공의 대상국이라기보다는 탐구의 대상국으로 삼아 나갔다. 한편, 이러한 현상과는 대조적으로 청의 관인과 사서인들은 조선 연행사들을 통해서 차츰 조선을 찬양하고 긍정하는 방향으로 시각 교정을 하기에 이른다. 따라서, 조선은 그들에게 있어서 또한 차츰 탐구의 대상국으로 부상되어 나갔다.

조선 연행사들의 대청 의식은 균형 감각을 상실하지 않은 비교적 엄정한 것이었다. 맹목적인 명 지향적 사고나 정복 왕조 청에 대한 감정적 선입견이 전혀 없었던 것은 아니지만, 청조의 여러 신문화를 접함에 있어서는 항상 자기적인 거름 장치를 가지려고 노력하였다. 그리하여 이들은 부정적으로 비판할 대상과 긍정적으로 평가할 대상을 혼돈하지 않았다. 이러한 조선 연행사들의 선진 문화 수용 태도는 높이 평가할 만하다.

이러한 조선 연행사들은 청조 한족들이 가지고 있었던 감추어진 의식의 내면세계를 밖으로 끄집어내 보여 주기도 하며, 다른 한편으로는 조선조인들이 가지고 있었던 왕조적 가치 의식의 실체를 드러내 주기도 한다.

조선 연행사들의 이와 같은 대청 의식의 실상을 연행록에 반복되어 나타나는 몇 가지 기록들을 가지고 거론해 보려고 한다.

먼저 청조에 대한 조선 연행사들의 부정적 비판 의식이 어떻게 투영

되어 나타나고 있는가를 살펴보자.

인평대군은 청나라 임금의 황음함을 이렇게 쓰고 있다.

> 경사 주변의 주부(州府)에서는 바야흐로 양가(良家; 지체 있는 집안)의 미녀(美女)들을 뽑아서 후정(後庭; 궁중의 후비)으로 충당하는데, 그 숫자는 3천 명이요, 이것을 분정하여 높다랗게 방문(榜文)을 걸면 인민들은 수심에 쌓인다고 하니, 청나라 임금의 황음(荒淫)함을 대개 생각할 수가 있다.[1]

이해 청나라는 흉년이 들어 도둑이 일어나고 민심이 흉흉하여 관군이 황성을 지키고 있음에도 임금은 황음(荒淫)을 일삼고 있다. 이런 왕도의 타락을 꼬집는 이 글은 조공을 바치러 온 나라 백성의 의식이라 할 수 없다. 겉으로는 연행사의 신분이지만 도덕적 의식의 내면세계에서는 오히려 청조를 지배하고 있기 때문이다. 여기서 우리는 정복왕조를 지배하는 또 다른 하나의 도덕적 정복왕조를 발견하게 된다.

이와 맥을 같이하는 청나라 지배층의 타락상은 도처에서 발견된다. 서유문은 청의 관직 매매 실상에 대해서 이렇게 쓰고 있다.

> 벼슬을 팔아 병량(兵粮)을 도우니, 벼슬에 따라 정한 값이 있다. 내직(內職)은 낭중(郎中)이 1만 3천 냥, 원외랑(員外郎)이 1만 2천 냥이며, 급사중(給事中)과 주서(注書)같은 벼슬은 값이 수시로 오르내려 일정치 않고, 외직(外職)은 도(都)벼슬이 3만여 냥, 지현(知縣) • 통판(通判) • 풍부(豐薄)의 순서로 값이 매겨져 있다.
>
> 치형이 묻기를,
>
> "그대도 돈이 있다면 벼슬을 할 수 있습니까?"
>
> 대답해 말하기를,
>
> "돈이 있다면 누가 못 하겠는가?"[2]

---

1) 인평대군, 연도기행, 88쪽.

청의 이러한 관직 풍토 때문에 이부 상서로 있던 강직한 재상 기균(紀昀)이 쫓겨남으로써 청조 지식층의 불만이 더욱 팽배한다. 그리하여, 그들은 조선 연행사들에게 조선의 관직 풍토에 대해 많은 질문을 던진다. 조선에서도 "재상이 돈을 요구하는 자가 있느냐?"는 물음이 가장 자주 나오는 가장 궁금한 질문이다. 이에 대한 조선 연행사들의 대답은 한결 같았다. "재상이 어찌 돈을 요구하겠는가? 돈을 요구하면 재상이 되지 못한다. 조선은 청렴하고 곧은 자를 골라서 인재를 등용한다."는 것이 그 대답이다. 청의 지식층은 조선의 이러한 관직 풍토를 통해서 위로를 받고 한 가닥의 희망을 갖는다. 따라서, 청의 지식층한테 조선은 희망의 상징이며, 그들의 의식 속에 조공국으로 자리잡아 나갔다.

김정중은 청나라 과거제도의 문란함을 이렇게 지적하고 있다.

> 전일 동관(東關)을 지나다가 관의 벽에 고시(告示)하는 관문(關文)이 있는 것을 보았는데, 그 글에 이르기를, "만약 상제임을 숨기고 장옥(場屋; 科試場)에 들어온 자가 있으면 노예를 삼는다" 하였으니, 중국 과거의 폐단이 어찌 이 지경에 이르렀습니까?[3]

이것은 김정중과 소백의 청나라 과거 제도에 관한 대화의 첫머리에 나오는 말이다. 김정중의 이러한 야유에 소백은 웃으면서 한동안 대답을 하지 않고 있다가 조선은 공도(公道)대로냐고 응수하였다. 여기서 김정중은 청조의 장옥(場屋)이 관리의 등용문이면서 동시에 노예의 등용문도 된다는 과거제도 운용의 문란한 실상을 읽어냈다. 이러한 실상은 곧 청조 관인들의 부패상과 일맥상통하는 것이다. 따라서, 김정중은 청조 관인 세계의 부패상을 세 번씩이나 직접 체험하고 마침내 그들을 멸시

2) 서유문, 무오연행록, 제3권, 166쪽.
3) 김정중, 연행록, 442쪽.

하기에 이른다.

이갑의 다음 글도 이와 같은 청조 관리들의 부패상을 잘 설명하고 있다.

"서반(西班)들이 이준(移准)하는 숫자가 서로 틀리는 것을 가지고 여러 날을 버티더니 끝내는 자꾸만 뇌물을 토색하므로, 역배(譯輩)들이 여러 차례 절감(折減)하여 겨우 3백으로 결정하였습니다. 그런데도 서반(西班)은 불만족한 마음을 가지고 농락(籠絡)을 하고자 하여 말하기를, '문서를 입계(入啓)하기 전에 고쳐 쓸 수는 없는 것이다. 우리들이 마땅히 순하(順下; 말썽없이 도로 내려옴)되는 길을 도모하리니 순하되는 것을 기다려서 가져다가 고쳐 쓰는 것이 좋다' 하므로, 역배(譯輩)가 대답하기를, '만일 이와 같다면 무엇 때문에 뇌물을 쓰겠는가?' 하니, 서반이 비로소 고쳐 쓰는 것을 허락하였습니다. 그래서, 오늘 사자관(寫字官)과 함께 서반이 있는 곳에 가서 자문(咨文)을 찾으니, 서반이 품속에서 꺼내 주며 매우 난처한 빛을 보이고, 또, 몰래 고쳐 다른 사람으로 하여금 보지 못하게 하려고 하였습니다."
한다. 대개 자문은 본래 예부에서 청서(淸書)로 번역하여 입계(入啓)하는 것이라, 실상 휴지(休紙)와 같은 것이므로 품속에 넣어 두고 있는 것이다. 그렇다면 한때 고쳐 쓰게 하는 것이 무슨 불편이 있기에 반드시 비밀히 하게 하고 또, 뇌물을 토색하는지 모르겠다. 따라서, 저 무리의 정상과 나라의 기강(紀綱)을 알 수 있는 것이다. 요구대로 하지 않으면 형세가 장차 사단이 생기겠기로 뇌물 3백을 주고 수효를 고쳐 쓰지 않을 수 없었으나, 이 일은 극히 해괴한 것이다.[4)]

당시 청나라 관리의 부패상과 조선 연행사들의 그들에 대한 뇌물 공여 행위가 얼마나 공공연하게 이루어지고 있었는가를 알려 준다. 이와 같은 청나라 관리들의 뇌물 토색 행위를 통해서 이갑은 청나라 조정의 기강 해이를 간파한다. 그리고, 그는 그의 의식 속에 들어 있는 조공 바치는 나라를 지워나가기 시작한다. 그리하여 마침내 그는 청조의 황실까지도 비판의 대상으로 삼아 스스럼없이 부정적 비판을 가한다.

이갑의 다음 글을 하나 더 읽어 보자.

---

4) 이갑, 연행기사, 128쪽.

일찍이 들으니, 청인의 기율이 아직도 엄하여 황제에게는 반드시 만세(萬歲)를 부르고, 모든 일에 영을 내리면 행하고 금하면 그친다고 한다. 그런데 지금은 점점 해이해져, 탐오(貪汚)한 풍습은 건륭(乾隆)이 엄칙(嚴飭)하는 것이 옹정(雍正) 때보다 배나 더하다. 조금만 발각이 돼도 죽이고 적몰하는 등 조금도 용서하지 않는다. 그리고, 금계(禁戒)하는 조서가 전후에 서고 계속하였다. 그러나, 위로는 조정으로부터 아래로 여염(閭閻)에 이르기까지 탐한 풍습이 더욱 성하고 뇌물의 문이 크게 열려 있다. 위에서 행하는 모순이 아래에서 더욱 심해져서 그런 것일까?

그러므로, 우리나라 사람의 말이 입에서 나오면, 일의 대소(大小)와 난이(難易)를 몰론하고 반드시 뇌물을 요구한다. 그리하여 주면 순하고 일이 없으나 그렇지 않으면 반드시 백방으로 혼단을 낸다. 전에는 사관 안에서도 문금(門禁)이 지극히 엄하여 우리나라 사람이 공사(公事) 외에는 감히 한 걸음 땅도 엿보지 못하였는데, (뇌물을 주면) 이것도 막힘이 없이 마음대로 출입하여 본국과 다름이 없이 성안을 편답하게 된다. 부채 몇 자루 환약 몇 알만 쓰면 황제가 있는 데서 아주 가까운 곳이라도 처음부터 막히지 않는다.

또, 강희(康熙) 때로부터 구경(九卿)과 의논하여, 음서(淫書)·춘도(春圖)·춘약(春藥)을 법으로 엄금하였는데, 아직도 시가에 낭자하여 조금도 꺼리는 것이 없다. 제택(第宅)·거복(車服)·분영(墳營)도 모두 정한 제도가 있는데 하나도 준행하지 않는다. 이것으로 미루어보면 그 기강을 또한 알 수가 있다.[5]

이와 같이 건륭·옹정·강희제 등도 모두 비판의 대상이다. 그뿐 아니라, 청나라 조정의 경상(卿相)들에 대해서도 본받을 만한 위의가 없음을 한탄한다. 청조의 사례(四禮)에 관해서도 그는 극히 비관적인 비판을 가한다.

그는 청의 제례와 상례를 이렇게 쓰고 있다.

제례(祭禮)는, 관동(關東)에서는 모두 만주의 예를 쓰기 때문에 무지하기가 특히 심하다. 그래서, 소위 사당(祠堂)이라는 것은 저들의 중당(中堂) 들보 사이에 감실 하나를 설치하고서

5) 이갑, 앞의 책, 317쪽.

그 3대(代) 혹 4대의 조상 화상과 아울러 기명(器皿)・축물(畜物)을 그린다. 그리고, 향로・향합을 그 앞에 놓고 재로 분향(焚香)하며 머리를 조아릴 뿐이다. 내가 일찍이 지적하여 사관 사람에게 묻기를,

"이것이 과연 너의 사당인가? 나귀・말・닭・개가 사람과 아울러 있으니 누가 너의 조상이냐?" 하니, 그 사람도 또한 웃었다. 상가에서 장사 지낸 뒤에 전(奠)을 올리는 절차는 없는데, 소위 궤연(几筵)이라는 것을 탁자 위에 만들어 캉 안에 모신다. 그리고, 향로와 향합을 그 앞에 놓고서 조석으로 분향하며 머리만을 조아린다. 신주(神主)는 그 제도가 한결같지 않아 혹은 위판(位版) 같고 혹은 거전(居前)・거후(居後)도 없이 신혈(神穴; 신주 옆에 뚫는 구멍)만 뚫었다. 대소 장단과 제주(題主; 신주에 글씨를 쓰는 일)의 규격이 또한 같지 않은데, 모두 머리는 둥글둥글하고 부방(跗方)은 심히 작고 방제(傍題)는 쓰지 않는다. 혹은 시조(始祖)와 증조(曾祖) 이하만 제시하고, 혹은 신주를 만들지 않고 두루마리 한 폭을 만들어서 자기 성씨의 시조(始祖)부터 열서(列書)하여 방친(傍親)에게까지 미친다. 대개 일정한 예가 없고 각각 제 뜻에 따라서 쓰는 것 같다.

위장(慰狀)도 또한 규식(規式)이 없어 가례(家禮)와 다르다. 기제사는 행하지 않으며, 분향하고 머리를 조아리는 외에 기타의 예절 찬품(饌品)은 모두 볼 것이 없다. 청명날 무덤에 가면 흰 종이로 작은 기를 만들어 분묘 위에 꽂는데 역시 그 뜻을 알 수 없다.[6]

그는 家禮와 아주 다른 청의 제멋대로식 상례와 무지한 제례를 조소하는 의식을 이와 같이 노출한다. 그리고, 보잘것없고 배울 것이 전혀 없는 청의 상제례를 보고 허탈해하고 실망하면서 맹렬한 비판을 한다. 다만, 한 가지 이색적인 것이 있는데, 그것은 그들이 청명날 분묘 위에 흰 종이 기를 꽂는 풍속뿐이라는 것이다.

청의 관례와 혼례에 대해서도 그는 실망과 냉소를 하면서 희망적 상상만으로 자기 위로를 한다.

---

6) 이갑, 앞 책, 문견잡기, 246~247쪽.

관례(冠禮)에 있어서는, 출생하여 터럭이 마르기도 전에 다 깎으므로, 모자를 쓰는 것은 다시 논할 것도 없고, 남녀의 분별은 실로 명나라 제도를 따르기 때문에 그 법이 또한 엄하다. 무릇 동성혼(同姓婚)·존비혼(尊卑婚)·상피혼(相避婚)·양천혼(良賤婚)이나 처첩(妻妾)이 차서를 잃은 것, 사위를 잃고 딸을 시집보내는 것은 모두 금하고, 남편이 비록 갑자기 죽더라도 3년이 된 뒤 관가에 고하여야 개가하는 것을 허락한다. 사위를 맞는 예는 채붕(綵棚)을 맺어서 행하는 것에 불과하며, 원래 전안(奠雁)과 신랑 신부가 맞절[交拜]하는 등의 예절이 없고 신부가 시부모를 뵙는데는 3배를 행하기가 우리나라 신부의 예와 같이 한다고 한다.

이것은 모두 오랑캐 풍속이므로 다 고례(古禮)로써 책망할 것은 없으나, 육침(陸沈)된 지가 이미 오래어 황명(皇明)도 바로잡아 고치지 못하였으니, 대개 중원의 풍속이 이 습관에 많이 물들었을 것이다. 한인은 청인과 결혼하는 것을 부끄럽게 여기는데 빈궁한 자는 하지 않을 수 없다. 그러나, 그를 수치로 여긴다. 무릇 그 혼취(婚娶)하는 것은 중매를 쓰지 않고 부자는 은으로 처첩을 사고 가난한 자는 죽도록 짝이 없다. 한인이나 사환하는 자는 그렇지 않다고 하지만 참인지 아닌지는 알 수가 없다. 일찍이 들으니, 강남(江南)의 유식한 선비는 간혹 주문공(朱文公; 주자)의 가례(家禮)를 강구하여 행하는 자가 많이 있다 한다. 그리고, 수빙(受聘)한 여자가 예를 지키어 신랑이 죽은 데에 분곡(奔哭)을 하면, 문에 들어가서 영연(靈筵)에 절하고는 시체에 기대지 않고 주인에게 조상만 한다고 한다. 이것으로 미루어보면 아녀자가 변에 임하여 예를 차리는 것이 오히려 이와 같으니, 강남의 혼상(婚喪) 제도는 과연 북방의 전연 예절이 없는 것과는 같지 않은가 보다.7)

그는 관례와 혼례는 오랑캐 풍속이 중원을 지배하고 있기 때문에 논의할 가치가 없다고 비판한다. 그러나, 간혹 명나라 제도나 조선 제도 같은 것도 있어서 그것을 통해 위로받는 입장이다. 강남에 고례가 남아 있어 아직 가례(家禮)가 지켜지고 있다는 것을 북방과 견주어 자위한다. 이것은 곧 명조와 청조를 상징하고 있다. 이렇듯 청조를 멸시하는 조공사들이 곧 조선의 연행사들이다. 조선은 옛날 중원에서 주문공의 가례를 배워 왔지만 이제는 조선의 가례를 청에 가르쳐야 한다는 자존적 의

---

7) 이갑, 앞의 책, 247쪽.

식이 팽배해 있음을 알 수 있다. 여기서 우리는 조선 연행사들이 물질적인 조공은 바치러 갔지만 오히려 더 많은 정신적인 조공을 받아 가지고 돌아오게 된다는 새로운 사실을 발견할 수 있다. 따라서, 조선 연행사들의 대청 의식은 정신세계에서는 오히려 청의 조공을 받으면서 그들을 교화하고 지배하는 주체가 된다.

조선 연행사들은 청의 복제에 대해서도 비판적 야유를 서슴지 않는다. 김정중은 청의 선비 소백과의 대화에서 소백을 이와 같이 궁지로 몬다.

> 내가 그 뜻을 살피려고 자리에 아무도 없음을 틈타서 무릎을 다가앉아 묻기를,
>
> "노랑 옷은 천자의 옷인데 몽고의 오랑캐가 함부로 입고, 궁혜(弓鞋)는 몸에 해로운 물건인데 중국 여자가 신고, 각희(脚戲)와 주유(侏儒)는 유희하는 것인데 잔치 자리에 먼저 오르니, 무슨 까닭인지 모르겠습니다."
>
> 하니, 소백이 곧 먹으로 그 글자를 지우고 한번 웃고 만다. 이때에 차달이는 연기가 막 그치고 술기가 조금 얼근했다. 다시 먹을 갈아 놓고 가까이 다가앉아서 무슨 말이든 다 하였다. 내가 오른손에 부채를 들고 소백이 입은 마하라(麻霞羅)를 치며 말하기를,
>
> "어찌 이것을 입습니까?"
>
> 하니, 소백이,
>
> "오늘 저녁에는 풍월(風月)만 이야기합시다."[8]

8) 김정중, 앞 책, 444쪽.

여기에서 보면 소백도 그가 입은 마하라에 불만을 가지고 있으며, 청의 복제 전반에 대해서 부정적임을 알 수 있다. 청조에 대한 현실비판 의식을 조선 연행사들은 표층으로 노출하지만 청의 선비들은 심층으로 숨기고 있다는 차이뿐이다. 여기서 우리는 청의 사류들과 조선 연행사들의 대청 의식 속에 공통분모가 들어 있음을 인지할 수 있다. 이런 공통분모는 곧 조선 연행사들이 지니고 있는 대청 비판 의식의 노출을 촉진시켜 준다. 한편, 청의 사류들은 이런 조선 연행사들의 입을 통해서 그들의 억압 잠재된 청조에 대한 불만을 대리만족한다. 따라서, 조선 연행사들은 항상 청의 사류에게 희망의 빛이며, 그들의 병들어가는 의식을 소생시킬 수 있는 유일한 에너지 원이다. 이것이 곧 청의 사류들이 조선 연행사들에게 의식의 조공을 바치게 한 것이다. 이러한 것으로 연유해서 학문과 시문의 교류에 있어서 청의 사류와 조선 연행사는 서로 대등한 자리를 확보할 수 있었다.

이제 김정중과 소백이 즉흥시를 써서 주고받아 각각 상대방 시를 평가한 사율(四律) 한 편씩을 들어서 그들의 시적 경지와 시를 보는 안목을 살펴보기로 한다.

한 그루 부상 아래	一樹扶桑下
금서가 문을 가렸네.	琴書自掩門
동풍에 상사 따라	東風隨上价
한설에 중국 오니,	寒雪入中原
대지엔 황하 닫고	大地黃河走
심궁엔 북극 높아,	深宮北極尊
뜻대로 유람하여	從爲誇有眼
하늘 땅을 노래하네.	長嘯依乾坤

소백이 평하기를,

"크게 당인(唐人)의 풍골(風骨; 고상한 품격, 문장의 골격)을 터득하셨으니 경복(敬服)

경복입니다."
하고, 이어 시를 써 보인다.

이락 선파 이어받아　　伊洛傳先派
이몸 자못 부끄러워,　　富躬頗自慙
문장 조금 알겠으나　　文章差可信
성도를 어찌 알랴.　　性道詎能諳
다행히 서울 와서　　何幸來京邑
님과 함께 토론하니,　　同君一劇談
알겠네, 인화 멀어　　始知仁化遠
대지에 미친 것을.　　大地猶抱含

나에게 평을 써 달라기에, 내가
"한 자도 더하거나 줄이지 못하겠으니, 향을 사르고 욀 만합니다."[9]

소백은 김정중의 시를 당시의 우아한 품격이라고 평하며, 김정중은 소백의 시를 첨삭이 불가능한 완벽한 시라고 평한다. 그러나, 이 두 편의 시에는 반도적 면모와 대륙적 기질이 그대로 뚜렷하게 아로새겨져 있다. 김정중은 "대지에는 황하가 달리고 심궁에는 북극성이 높다."는 표현으로 사대사상의 큰 물줄기를 거슬러올라가지 못하는 한계를 노출하고 만다. 이것을 당시 조선 연행사들이 가져야 할 정당한 가치관이라고 해석한다고 해도 그들이 청의 사류를 상대할 때와 견주어 본다면 뚜렷한 의식의 이중 구조를 드러냄으로써 가치관의 혼란을 극복하지 못하고 있는 것 또한 문제가 아닐 수 없다. 이른바 풍월을 풍월 그 자체로 소화하지 못하고 풍월에다 혼란된 가치 의식을 담은 구겨진 조선 연행사의 한계가 애처롭다. 이에 비하면 소백의 시는 오히려 그런 구김살이 전혀 없고 일관된 가치 체계가 드러나 있다. 그리고, 풍월이지만 우주적

9) 김정중, 앞 책, 444~445쪽.

이고 관조적인 이미지를 만들어 내고 있다. 여기에서 조선 연행사들은 겉으로 그들과 대등한 위치에 있지만 실제 그 사상적 차원에서는 그들이 늘 한 단계 위에 있다는 것을 발견했어야 한다. 겸손하게 그들한테서 배울 바를 발견하지 못한 것은 역시 조선 연행사들의 한계다.

조선 연행사들은 앞에서 거론한 바와 같은 청조에 대한 비판적 자세만을 가지고 있었던 것은 아니다. 청조 문화에서 배워 올 것을 찾으려는 노력 또한 집요하다. 이들은 청조 문화에 대한 선입견적 시각을 교정하여 균형감각을 가지고 냉정하게 청조 문화를 대하려고 노력한다.

이제 조선 연행사들이 청조 문화를 긍정적으로 평가하여 조선에서도 마땅히 받아들여 수용해야 한다고 생각한 점들에 관해서 살펴보려 한다.

박사호는 청나라 공주의 혼가(婚嫁) 제도를 고금에 없는 좋은 법규라고 이렇게 높이 평가한다.

> 대개, 청인은 고금에 없는 좋은 법규를 가지고 있다. 매년 정월 대보름날 궁녀를 뽑아 대궐로 들여보내는데, 반드시 열다섯 살짜리를 뽑아서 스물한 살이 되면 내보내어 시집을 가게 한다. 입궁할 때에는 그 자색을 골라 뽑고, 대궐을 나갈 때에는 좋은 물건을 많이 상으로 내려준다. 중매쟁이 노파들이 당장 구름같이 모여들어 혼가(婚嫁)가 바로 성립되므로 속으로 원망하는 여인이 없다. 그렇다면, 당나라 태종이 궁녀 3천 명을 놓아준 것에 비해 도리어 나은 것이다.[10]

박사호의 이러한 인식은 왕조 시대에 나타난, 여권 곧 인권에 대한 새로운 자각이다. 그리고, 그가 군왕의 일시적 선정보다 합리적 제도의 장기적 정착이 더 중요하다고 생각한 것을 통해 왕조시대 선비의 충격적인 인식 전환을 읽어 낼 수 있다. 이런 일들은 조선 연행사들의 부정

---

10) 박사호, 심전고, 유관잡록, 128쪽.

적 대청 의식을 완화시켜 주고 선진 청조 문화에 대한 예찬의 계기가 된다.

김경선은 청나라의 의약과 의기에 대해서 이렇게 쓰고 있다.

> 의약(醫藥)은 별로 숭상하지 않는 풍속이다. 간혹 의약이 있는데, 약을 파는 법은 약종에 따라 봉지를 각각 만든다. 이미 샀던 약이라도 복용하지 않으면 도로 약포에 돌리니, 이 제도는 매우 좋다. 의기(醫技)는 동의보감(東醫寶鑑)[조선조 선조 때 허준(許浚)이 편찬한 의서]으로 진귀함을 삼는데 서사(書肆)에서 간행한 지 이미 오래되었다. 또, 제중신편(濟衆新編)[조선조 정조 때 강명길(康命吉)이 지은 의서]이 있다고 한다.[11]

우리의 동의보감이나 제중신편으로 약 처방을 하는 청나라지만, 자만하지 않고 그들한테서 또한 배워 올 것을 분명히 발견하고 있는 것은 매우 소중한 의식이라 아니 할 수 없다. 이런 시각은 조선 연행사들이 청조 문화를 사시적으로만 보지 않고 얼마나 예리한 눈으로 냉정하게 살펴보려고 노력했는가를 설명해 준다. 청나라 사람들이 가지고 있는 그 특유한 실용 정신과 검약 정신을 우리가 본받을 점으로 부각시켜 놓은 것은 현대를 살고 있는 우리들에게도 경종을 울려 준다.

의원 신분으로 수행한 부연일기의 작자가 외성에 사는 처의 한족을 만나면서 청나라 사람들의 친절과 예의를 이렇게 쓰고 있다.

> 중국 사람들의 손님 접대하는 예는 비록 매우 친숙한 사이일지라도 만나면 반드시 읍하며 절하고, 떠나면 반드시 문에서 전송하여 우리나라 풍속과 같이 손님에게 거만하여 예를 잃는 일이 없었다.[12]

---

11) 김경선, 연원직지, 유관별곡, 235쪽.
12) 이재흡, 부연일기, 326쪽.

우리 민족은 예나 이제나 가족과 친척, 학연과 지연을 가진 가까운 이들끼리는 인정이 철철 넘쳐흐르는 좋은 점을 가지고 있지만, 이런 관계가 없는 이들과의 인간 관계에 있어는 친절미가 모자란다는 아쉬운 점도 가지고 있다. 그리고, 친절한 사이거나 지위가 높은 이는 예의를 소홀히 하는 경우가 많다. 그러므로 부연일기의 작자는 언제 누구에게나 예의 바르고 친절한 청나라 한족의 예법을 우리가 배울 만한 것이라고 주장한다.

박사호는 청나라 황제와 청나라 백성한테서 이런 것들을 본받아 배워야 한다고 생각한다.

> 나라를 엿봄에 방법이 있다. 옛사람은 언어 문답 외에서 탐지할 수 있었으니, 경고(更鼓)·교량(橋梁)·집옥(執玉)·고비(高卑: 지위의 높고 낮음)·진시(陳詩)·열악(閱樂)·시가(市價)·귀천(貴賤) 같은 데에 징험할 수 있었다. 요즘 사람들이 한번 연경에 들어가면 문득 말하기를, 관풍(觀風; 그 고장의 풍속과 습관을 관찰함)을 잘하였다고들 하는데, 어찌 그리 쉽게 말하는가? 말이 서로 다르고 정의(情義)가 잘 통하지를 않는데, 장수나 재상의 어질고 어질지 못함이나 명나라에서 청나라로 바뀐 일이나, 만주인이나 한인의 용사(用事; 정권을 행사함) 등을 물으려 하면 말이 기휘(忌諱)에 저촉되고, 또, 전곡(錢穀; 재정)·갑병(甲兵; 군사)·산천의 형승(形勝), 관애(關隘)의 험이(險夷; 험하고 평평함)를 물으려 하면 염탐하는 것같이 되니, 글로 적거나 말로 하는 가운데서 무엇을 능히 찾아낼 수가 있겠는가?
>
> 내가 중국에 들어가서 가만히 살핀 것이 한두 가지 있다. 황제의 부(富)가 사해(四海)를 소유했는 데도 돈피 갖옷이 다 해지고 채색한 의장(儀仗)이 빛이 많이 바랜 것으로써 검소함을 엿보았고, 변새(邊塞)의 버들이 황량하고 연대(煙臺; 봉화대)가 퇴락하니 문교를 숭상하면서 군비를 소홀히 한 것으로써 그 쇠함을 엿보았고, 남만의 상인과 촉의 장사치[蜀賈]들이 아름다운 구슬을 팔지 않는 것으로써 그 진귀한 보배를 멀리함을 엿보았다.[13]

13) 박사호, 앞 책, 137쪽.

그는 유관잡록에서 '점국'이란 항목을 별도로 설정하여 이와 같이 쓰고 청나라 황제와 백성들한테서 배워야 할 것과 그들을 경계해야 할 점들을 하나하나 열거한다. 이처럼 조선 연행사한테 청은 먼저 경계의 대상이고, 그다음은 탐구의 대상이었다. 그리고, 한편으로는 선진 서양문화를 받아들이는 중간 매체로서의 대상이다.

앞에서 거론해 온 바와 같이 조선 연행사들의 대청 의식은 사대나 찬양 일변도의 무분별한 것이 아니다. 항상 비판과 평가라는 양극선 안에다 청나라를 올려놓고, 일정한 거리를 유지하면서 경계하고 탐구하려 한다. 그리고, 아무리 선진한 문화나 새로운 문화라고 하여도 왕조적 가치 체계로 여과하려고 하며, 서둘러 직수입하려 하지 않는다. 청에 조공을 바치러 온 나라 백성이지만 민족적 자존과 우월성을 확보하려는 꼬장함을 저버림이 없다. 그리하여, 청에 물질적 조공을 바치는 대신 그들한테서 정신적 조공을 받아 가지고 돌아오려고 부단한 노력을 한다. 학문과 예절, 예술과 제도를 토론하여 그들이 잃어버린 옛날 대명의 향수를 조선을 통해서 달랠 수 있도록 유도한다. 그리하여 그들이 조선 연행사를 통해서 대리만족을 얻도록 하고, 이런 그들의 대리만족을 조선에 대한 청의 정신적 조공으로 받아 온다.

3. 대조선 의식(對朝鮮意識)

조공을 바치러 온 조선 연행사는 조공을 받는 청의 관인과 사류들에게 숭앙과 선망의 대상이다. 형식은 조공을 바치러 왔으나 내용은 조공을 받으러 온 것이 그 결과다. 청의 관인과 사서류들은 조선 연행사들을 통해서 수준 높은 조선문화의 실상을 이해하고 충격을 받는 경우가 많다. 특히 조선의 수준 높은 학문과 예술, 변함없이 상존하는 도덕과 예절을 찬양과 선망의 표적으로 삼는다. 따라서, 조선은 그들에게 있어서 희망의 나라며 탐구의 나라로, 명(明) 지향 의식의 최후의 안식처가 되며, 그러한 의식을 가진 이들에게 대리만족의 대상국이 된다.

청이 조선을 어떻게 생각하고 있는가에 관해서 서유문은 이렇게 쓰고 있다.

자문(咨文)에 대국에서 내려보낸 인(印)을 쳤으니, 글은 "조선국왕지인(朝鮮國王之印)"이라 하였으니, 금으로 만들고 거북뉴[龜紐]를 앉혔으며, 우편에 전자(篆字)로 쓰고, 좌편에 만주(滿洲) 글자로 썼으니, 만주는 한(汗)이 일어난 지방이라.

내국법에 금으로 만든 인(印)의 거북뉴는 친왕(親王)을 주는 인이요, 친왕은 황제의 형제와 황자(皇子)를 일컫는 이름이라. 안남국(安南國)·유구국(琉球國)과 같은 나라는 다 은으로 만든 인에 탁타뉴(橐駝紐)를 앉혔으니, 이로 보아도 우리나라 대접하는 것이 외국에 비할 바 없는 줄 가히 알러라.[14]

같은 조공국이지만 청이 조선을 안남국이나 유구국과 구분하여 으뜸 조공국으로 대우한다는 것을 이렇게 자랑스런 일로 생각한다. 그러나, 이것은 결코 자랑스런 일이 아니다. 이것을 가장 자랑스럽지 못한 일로 바꾸어 인식하지 못한 연행사들의 사상에 한계가 있다. 이것은 곧 조선왕조적 한계며 당시 우리 민족이 가지고 있던 한계 상황이다.

조반(朝班)의 차서에 관해서는 김정중과 김경선도 청이 조선을 첫머리로 삼았다고 쓰고 있다.

조반(朝班)은 우리나라가 첫머리를 차지하고, 그다음이 유구·안남·회회 따위이다. 조하(朝賀)가 끝나니, 필성이 또, 세 번 나는데, 그 소리가 마치 부수어지는 병의 울림 같다.[15]

---

14) 서유문, 앞 책, 제1권, 19쪽.
15) 김정중, 앞 책, 453쪽.

예부 시랑(禮部侍郎)이 앞으로 나와 우리 사신을 앞세워 인도하다가 미처 계단을 다 오르지 못했을 때 갑자기 유구국 사신을 먼저 오르게 했는데 무슨 까닭인지 알 수 없었다. 옛 규례에 반열의 차서(次序)는 반드시 우리 사신을 앞세웠는데, 이제 갑자기 차서를 바꾼 것은 사사로이 부르는 것이 반열에 나아가는 예절과는 달라서 그런 것일까, 아니면 별다른 이유가 있어서 그런 것일까? 아무렇든 그들의 뒤를 따라 올라가서, 설시한 한 장의 풍악을 베푸는 것을 보았다.[16)]

이와 같이 조공국 반열의 차서에서 항상 조선을 수위로 삼는다. 이것이 옛 규례에 있다고 한 것을 보면 작금의 일이 아니다. 청의 입장에서 본다면 조선에 영광된 자리를 부여한 것이지만, 조선의 입장에서 본다면 가장 치욕의 자리라는 자각을 하였어야 함에도, 조선 연행사들은 그 치욕의 자리를 계속 영광의 자리로 생각하면서 고수하려 든다. 이것은 곧 당시 조선의 지배층과 지식층이 가지고 있던 어쩔 수 없는 비극적 한계다.

청의 대조선관은 경계와 탐구를 넘나들지만 결국 경계의 대상국이다. 김경선은 그러한 실상을 이렇게 쓰고 있다.

공사(貢使)가 북경에 들어가면 명(明)나라 때부터 문의 출입을 금하는 것이 있어서 마음대로 나아가 유관(遊觀)을 하지 못한다. 사신이 정문(呈文)하여 청하면 혹 허락하기는 하지만 끝내 수월하지가 않았다.

청(淸)나라 초기에 와서는 금하는 것이 더욱 엄하더니, 강희(康熙) 말년에 이르러, 천하가 이미 태평해지자 동방(東方)은 걱정할 것이 못 된다고 생각하여, 금방(禁防)이 조금 풀렸다. 그러나, 유관을 하려면 오히려 물을 긷는다고 핑계해야 하고 감히 공공연하게 출입하지를 못하였는데, 요사이 와서는 태평세월이 이미 오래 되고 금제(禁制)도 점점 풀려서 우리나라 사람의 출입만이 구애가 없는 것이 아니라 저들의 장사치도 때가 없이 왕래하더라는 것이다.[17)]

16) 김경선, 앞 책, 유관록, 제3권, 321~322쪽.
17) 김경선, 앞 책, 출강록, 제2권, 228~229쪽.

청조가 조선 연행사들을 이렇듯 경계하는 것은 그 뿌리가 아주 깊다. 명나라 때부터 조선 조공사들의 금방과 금제가 있었다. 이 글을 쓴 김경선의 시대는 이런 문제가 비교적 자유로워졌지만 그의 표현처럼 조선 연행사들에 대한 청조의 경계심이 완전히 사라진 것은 아니다.

김창업의 다음 기록은 피차의 경계심에 대한 당시의 상황을 적나라하게 그려 내고 있다.

"그곳에 청나라에 없는 어떤 책들이 있느냐?"
하였다. 사신들이 상의하기를,
"황제가 이미 우리나라에 있는 책을 묻고, 또, 없는 책에 대해서도 물었은즉, 비록 금서(禁書)에 관계되더라도 한결같이 모두 몰래 숨긴다면 성실한 도리가 아니요, 이와 같이 간곡하게 요청한 뒤에 반드시 금서로써 트집잡을 것도 아니며, 비록 묻는 바 있더라도 다만 명나라 때 일찍이 가져온 것이라고 대답하면 일은 그리 난처하지 않을 것이나, 이해로 따진다면 금서를 빼내 버리고 알리는 것이 또한 좋을 것이오."
하였다.

드디어 사서(四書) 오경(五經)·강목(綱目)·제자(諸子)·사문유취(事文類聚) 등 책과 아울러 십여 종을 나열해서 적었다. 역관들이 오경 중의 춘추는 금서이기에 빼어 버리고 대답하려 하나, 사리에 닿지 않으므로 오경도 기록하였다. 병서(兵書)에 이르러서는, 아무것도 없다고 할 수가 없어 손무자(孫武子)·오자(吳子)·삼략(三略) 등의 책을 모두 아울러 적어 넣었다. 지금 가져온 서적으로는 딴 책이 없어 백씨의 당률광선(當律廣選), 부사의 육선공주의(陸宣公奏議)를 바치기로 하였다.

창춘원에서 문답한 말에 대해 상세히 더 물어 보았더니, 다음과 같다. 예부 시랑 이격(二格)에게 말하기를,
"사신이 가져온 책은 어떤 책이오?"
하기에, 수역이 대답하기를,
"원로에 달려오느라 어느 틈에 책을 보겠습니까?"
했다. 통관이 말하기를,
"사신이 교자 안에서 책을 봤다는 말을 들은 듯한데, 어찌 책이 없다고 합니까?"
하기에, 수역이 대답하기를,

"사신이 노중에서 본 것은 일기에 불과합니다."

하였다고 한다. 일기 중의 설화도 저들에게 보일 수 없는 것이 있기 때문에 혹시 일기를 들여보낸다면 장차 걱정스러운 일이 있을 것 같았다. 내가 그래서, 책 한 권을 만들어 우문으로 하여금 압록강을 건넌 뒤부터 날이 밝고 흐림과, 자고 쉰 곳, 거쳐온 길을 밤새워 베껴 쓰게 하여 의외의 일에 대비하였다.[18]

당시 청은 대조선 금서 제도를 엄격하게 다루었다. 그런 금서에 해당하는 책은 춘추를 비롯한 각종 병서들이다. 비정통 왕조인 청으로서는 조공국 조선에 당연한 조처를 취한 것이다. 김창업의 이 글은 청이 조선 연행사들의 일거수일투족을 항상 감시하고 있었다는 사실을 알려 주며, 조선 연행사들도 그에 대한 대비를 소홀히 않고 있었다는 것을 보여 준다.

김창업 이전 시대에도 청의 이런 대조선 경계심은 강하게 나타나고 있다. 최덕중이 쓴 다음 글을 자세히 살펴보면 당시 청조의 조선 경계 실상을 소상하게 알 수 있다.

예부에 바친 글은 대략,

"우리나라 서적을 일찍이 가져온 일이 없습니다. 가져온 것이 있다면 어찌 감히 숨기겠습니까? 소방(小邦)에 비록 문인의 작품이 있기는 하나 진실로 볼 만한 것은 못 됩니다. 기억나는 대로 오・칠언절구(五七言絶句)와 율시(律詩)를 아울러 35수를 외워서 적어 바칩니다."

했다. 한참 있으니, 두 사신을 창춘원 동편문 밖으로 명초(命招)한다. 조금 후 상서(尙書)와 시랑(侍郎)이 명을 받들고 나왔다. 사신이 앞에 나아가 읍하니,

"너희 나라에 서적이 매우 적은데 그중에 새로운 작품이 많이 있으니, 장차 상사(賞賜)코자 한다……."[19]

---

18) 김창업, 연행일기, 제3권, 340~341쪽.

19) 최덕중, 연행록, 299쪽.

조선 지식층과 지배층의 사상을 탐색하려는 청의 노력은 부단히 계속되며, 그것은 대개 조선 탐구를 위한 것이 아니라 조선 경계를 위해서다. 따라서, 청의 눈에 거슬리는 조선 사상이 노출되면, 그 화를 면할 수 없기 때문에 그런 단서를 피하기 위해서는 조선의 학문이나 조선의 사상을 철저하게 감추지 않을 수 없다.

최덕중의 이런 대청 대응 방법은 다른 연행사들한테서도 한결같이 나타난다. 다시 김창업의 글을 통해서 그의 대응 방법은 어떠했는가를 살펴보자.

> 대답할 문자와 시책(詩冊)을 상존에게 주어 들여보냈다. 그 대답할 글에 이르기를,
> "조선국 정사 모(某: 金昌集), 부사 모 등은 삼가 육선공집·당률광선을 바치오니 이 두 책 외에는 결코 가져온 딴 책이 없습니다. 만약 가져왔다면 어찌 감히 속이고 숨기오리까? 소반(小邦) 제인(諸人)들이 지은 시율 몇 수는 외고 있는 것을 뽑아 삼가 적어 올립니다."
> 하였다. 수역이 마지못하여 받아 갔다. 이 때문에 통관들이 무어라고 숙덕거리며 자못 의심하고 염려하는 빛이 있더니, 이윽고 그 책을 되가지고 나와 말하기를,
> "예부관이 말하기를, '이 책을 바친 뒤에 황제가 다시 이 이외의 글을 구해 보고자 하면, 사신이 또한 능히 지어 바칠 수가 있겠습니까?' 하고 이어서 서(序)·기(記)·사(詞)·부(賦)·비문(碑文)·5체(五體)를 종이에 적어 주면서 말하기를, '시험삼아 이러한 것을 사신들에게 물어 보라' 했는데 대답할 바를 모르겠습니다. 어떻게 해야겠습니까?"
> 한다. 대개, 내가 책을 바치자는 의논을 주장하였기 때문에 먼저 나에게 물은 것이다. 내가 대답하기를,
> "황제가 만약 묻는다면 우리들은 마땅히 대답할 수 있을 것이니, 이것은 예부관들이 걱정할 것이 아니고, 사신에게 가서 고하시오."[20]

조선 시율(詩律)은 대개 청의 경계 대상에서 쉽게 벗어날 수 있기 때문에 최덕중이나 김창업 모두 그들의 뜻을 간파하여 이와 같은 대응 방법

---

20) 김창업, 앞 책 제5권, 349쪽.

을 택한다. 그러나, 청은 조선 연행사들이 숨기고 있는 부분을 추적하기 위해 조선 연행사들한테 서·기·사·부·비문의 5체를 지어 바치도록 한다. 여러 연행록에 보이지 않는 이런 치열한 공방전이 계속해 나타난다.

청나라 황제는 조서를 내려 조선 연행사들의 경계심을 풀려고 노력하면서 집요하게 조선에서 읽히고 있는 청조의 서책을 알아내려고 하는 때도 있다.

오후에 통관이 와서,

"황제께서 조서(詔書)를 내려 수역(首譯) 및 양 통사(通史)를 장춘원으로 불러 오라 하십니다."

하여, 무슨 일인지도 모르고 달려갔다가 초경쯤에 돌아와 말하기를,

"예부에 청인(淸人) 상서(尙書) 혁석색(赫碩色)과 좌시랑 이격(二格)이 문밖에 나앉아서 불러 묻기를, '너희 나라는 어떤 서책(書冊)이 있는가?' 하므로, '사서(四書)·사경(四經) 외에 딴 책은 별로 없다'고 답했습니다. 또, '너희 나라는 문헌의 나라이니 문재가 반드시 많을 것이다. 너는 물러가서 세 사신에게 보고하고 서책 이름을 열기(列記)했다가 내일 새벽에 모시고 오라' 하기에 돌아왔습니다."

고 한다. 세 사신이 서로 의논하고 서책 이름을 대략 적었다. 나는 닭이 울면 창춘원으로 가야 할 것이므로 앉아서 시간을 기다렸다. 밤이 깊은 뒤에 황제의 조서를 열어 보니,

"이번에 온 조선국 사람들아! 너희들은 모두 독서하기를 좋아하니, 가지고 온 문헌이 혹 있을 것이다. 어떤 글이든지 상관치 말고 모두 가져와서 짐이 관람하도록 하라. 너희들에게 이르노니, 아무 염려 말고 모두 가져와서, 한번 보여도 방해될 것이 없다. 다시 묻노니, 너희 곳에 우리 청국의 어떤 서적이 없는가?"

라는 것이었다. 우리가 적어서 보이려 하던 것은 사서와 오경과 의약(醫藥)·복서(卜筮)·병서(兵書)·삼국지(三國志)·주자대전(朱子大全)·통감(通鑑)·강감(綱鑑) 등 40여 질이었다. 그리고, 뒤에다 우리나라 서책은 본래 가져온 것이 없다고 하였다. 육선공집(陸宣公集)과 당률광선(當律廣選) 2질도 적어 바칠 계획으로 의논을 마쳤다.[21]

최덕중 일행은 사서·사경·삼국지·주자대전·통감·강감·의약서·점복서·병서 등 40여 질의 책 이름을 적어 낸다. 이들이 처음 조선에서 읽히고 있는 책 이름을 말할 때는 '사경'이라고 했다가 청 황제의 유화적 조서를 접하고 나서는 다시 '오경'이라고 정정한다. 조선 연행사들은 춘추가 금서라는 것을 미리 알고 경계한 것이다. 청의 조선 탐구와 조선 경계에 대해서 연행사들은 항상 긴장을 풀 수가 없었다. 이것은 청조의 대조선 억압의 그림자를 의식하고 있기 때문이다.

청은 조선 연행사들의 이런 경계심을 풀기 위해서 다각적인 방법을 동원한다. 최덕중의 다음 글을 다시 읽어 보자.

> 너희 나라엔 서적이 매우 적고 여기엔 새로 지은 책이 많으므로 책 4질을 너희 국왕에게 부쳐 보낸다. 곱게 가지고 가서 국왕에게 드리라. 또, 동국 책으로서 시(詩)·부(賦)·잡문(雜文)을 등사한 것이거나 인출한 것이나를 막론하고 사신이 왕래하는 편에 부쳐 보내라. 짐이 보고자 한다.[22]

청의 황제는 이렇게 조선 국왕에게 책을 보내 주면서, 조선의 시·부·잡문을 인출한 책을 알아보려 한다. 청 황제의 이런 의도는 한편 조선에 대한 지적 호기심의 발로라고 볼 수 있지만, 다른 한편으로는 조선에 대한 경계심의 발로다. 조선 말기가 가까워지면서 이런 경계심은 많이 완화되지만 청의 지배층과 조선 지배층들의 사이에서는 계속 남아 있다. 그러나, 청의 소외 계층이던 한족들과는 사정이 전혀 달랐다. 가장 가깝고 믿을 수 있는 이웃이고, 마음놓고 스스럼없이 의식의 통로를 연결할 수 있는 지기였다. 그럴 수밖에 없었던 까닭은 청조에서는 다같

21) 최덕중, 앞 책, 295쪽.
22) 최덕중, 앞 책, 303쪽.

이 지배층에 대한 피지배층이라는 등식과 또한 청조에서는 어쩔 수 없이 동병상련이라는 동일한 상황 논리 때문이다. 그래서, 청조의 소외 계층 사류들은 조선의 학문과 문학 등 조선 문화 전반에 대해 해박한 지식을 가질 수 있게 된다.

그들의 조선에 관한 정보를 박사호의 글을 통해서 알아보자.

"귀국에 기인(畸人)이 많은 것은 전부터 잘 아는 바이지만 요즘의 박정유(朴貞蕤) · 유혜풍(柳惠風) 두 선생 같은 이도 또한 교교(矯矯)하여 범상한 사람들에서 뛰어나며, 전에 패해(稗海)를 보았더니 4가(四家)의 저작과 함께 청비록(淸脾錄)에 실려 있었습니다. 혹 행리 속에 또한 가지고 오신 한두 종류가 있지 않겠습니까?"

"유 · 박 두 분의 시문은 우리나라에서 중히 여기는 바이며, 청비록은 아정(雅亭) 이덕무(李德懋)가 지은 것입니다만은 미처 가져오지를 못하였습니다."[23]

이것은 청의 문인 난설과의 대화다. 이처럼 난설은 조선 박정유와 유혜풍의 시문에 대해 소상히 알고 있을 뿐만 아니라 패해와 청비록을 읽었으며 4가들의 저작에도 정보가 밝다. 그리고, 조선 문인들과의 교류 또한 활발하다. 다시 난설의 말을 들어 보자.

난설이 말하기를,

"귀국에는 시인이 매우 많이 있어 나의 변변치 못한 작품을 추려서 전하고 있습니다. 나도 또한 귀국의 시를 좋아합니다. 벽 사이에 걸려 있는 김추사(金秋史) · 신자하(申紫霞)의 여러 시를 보아도 알 것입니다. 자하가 이번 편에 편지와 명주 옷감을 부쳐 온 것 또한 옛사람의 제포(綈袍)의 뜻이지요."

하였다.[24]

---

23) 박사호, 앞 책, 응구만록, 262쪽.
24) 박사호, 앞 책, 263쪽.

청의 문인 난설은 이처럼 조선의 김추사나 신자하 등과도 시문 교류를 통해 두터운 교류를 계속하고 있다. 난설의 조선 탐구와 조선 이해의 폭은 넓고 깊으며, 정확하고 해박하다.

박사호의 다음 글을 하나 더 읽어 보자.

내가 말하기를,

"우리나라의 친구 완산(完山) 이정리(李正履)의 자는 원상(元祥)으로, 경학을 널리 읽고 고문(古文) 익히기를 좋아하며 시는 당(唐)을 주종(主從)으로 하는데, 그의 시집 한 권이 이미 주인의 책상 위에 있습니다. 난설 노인과 함께 보시고 비평해 주시지 않겠습니까?"

하니, 난설이 말하기를,

"그 분의 고문(古文)이 매우 높습니다. 일찍이 그가 남을 위하여 서(序)를 지은 것을 보았습니다. 이 책에서 논한 것과 경학이 모두 뛰어난 식견이 있어서 우리들의 낮은 학문으로써는 짧은 시간 동안에 망령된 평을 할 수가 없습니다."

하였다.[25]

박사호가 조선 이원상의 경학과 고문에 대해서 소개하고 있으나, 난설은 이미 원상의 고문과 경학의 경지를 알고 있다. 난설뿐 아니라 청의 문인 운객도 조선의 문장과 경제에 해박하다.

박사호의 글을 한 군데만 더 살펴보자.

운객(雲客)이 내가 난설의 처소에 있다는 말을 듣고 또한 뒤따라와서 나에게 묻기를,

"귀국에는 문장·경제(經濟)에 뛰어난 선비가 많습니까? 원컨대 높으신 가르침을 들음으로써 경양하는 사정(邪正)을 위로하고자 합니다."

한다. 내가 말하기를,

"문장·경제에 뛰어난 이는 중조(中朝)의 인물이 많이 있습니다. 원컨대 청고한 가르침을 먼저 받고 싶습니다."

25) 박사호, 앞 책, 260쪽.

하니 그가,

"어찌 겸손한 말씀을 하십니까? 귀국에는 본래부터 남(南)・유(柳)・신(申)・채(蔡)・윤(尹)・박(朴)・오(吳)・노(盧)의 팔대가(八大家)의 시문과 잡저(雜著)가 있으며, 그리고, 신라・고려에 있어서는 최고운(崔孤雲; 崔致遠)・이목은(李牧隱; 李穡)・이율정(李栗亭; 李寬義)・정율은(鄭栗隱)・이월사(李月沙; 李廷龜)・최간이(崔簡易; 崔笠)・차오산(車五山; 車天輅) 등 많은 이가 계시는데 반드시 중조에 양보할 것은 못 됩니다."

하였다.[26]

청의 문인 운객은 조선 8대가의 시문과 신라의 최고운, 고려의 이목은, 조선의 이월사, 최간이, 차오산 등에 대하여 소상히 알고 있다. 조선의 문학사를 박사호 못지않게 꿰뚫고 있다.

이와 같이 청조의 소외 계층 사류들은 청조의 지배층들과는 달리 조선의 문화 정보에 밝았으며, 조선 연행사들과도 깊고 진솔한 교류를 계속한다. 조선은 청의 지배층한테는 경계의 대상국이고, 청의 소외층 사류에게는 탐구와 명 복원의 상징국이다. 그리고, 청조의 상인들한테는 가장 손쉬운 무역 대상국이다.

이갑은 청과 조선의 무역 실태를 이렇게 쓰고 있다.

돌아올 때 사행(使行)이 책문(柵門)을 나오면 책문 밖에서 서로 무역하게 하는데, 우리나라 상인들의 지선(紙扇)・우혁(牛革)・면포(綿布) 어망(漁網)과 호리(狐狸)의 가죽은 의주(義州)로부터 수를 계산하여 들여보내어 1만 냥 가은(價銀)으로 정해 놓고 더 들여오는 것을 허락지 않는다. 책상(柵商)에게서 사오는 것은 면화(棉花)・함석(鉛錫)・소목(蘇木)・호초(胡椒)・용안육(龍眼肉)・여지(荔枝)・민강(閩薑)・귤병(橘餠)과 각종 자기(磁器) 등속이다. 무릇 책화(柵貨)에서는 모두 세금이 있는데 동화(東貨)는 세금이 없고 사행(使行)의 경화(京貨)도 세금이 없다. 오직 나귀와 노새를 가진 자에게만 삼승 베[三升布] 두어 필을 거두는데, 나귀와 노새의 대소(大小)에 따라 증감한다. 세금을 바치지 않으면 감히 책문을 나오지 못하

26) 박사호, 앞 책, 261쪽.

> 는데, 이것은 모두 세관(稅官)이 맡고 있다. 그리고, 박씨(博氏)·보십구(甫十口) 등 7~8인과 갑군(甲軍) 십수 인이 있는데 세간(稅官) 이하는 모두 심양 장군(瀋陽將軍)이 차송(差送)한 것이다.[27]

청은 조선의 수입품을 1만 냥어치로 제한하고, 철저히 관세를 부과한다. 수입 품목도 청조의 수출 품목에 비해 제한된 몇 가지에 불과하다. 청 주도의 이런 무역은 조선에 유리할 수가 없다. 따라서, 조선은 청의 가장 손수운 무역 상대국이었다.

박사호는 청과의 이런 무역 불균형을 가장 염려했던 연행사다. 그가 우려했던 바를 들어 보자.

> 수레 짐바리가 일제히 도착하였다. 큰 수레 60~70대가 책 안에 죽 늘어서니 마치 돛대들이 무수히 들어서 있는 것 같다. 매년 사행(使行) 때에 은과 인삼이 연경으로 들어가는 것이 그 수를 헤아릴 수 없이 많으며, 중국의 잡화로서 우리나라로 들어오는 것으로, 비단 등속과 약재나 바늘·모자책 같은 쓸 만한 것 이외에 구슬·부채·향(香)·당나귀·노새·앵무·융전(絨纏: 모직물)·거울·허리띠·종이·벼루·붓·먹 따위의 진기 괴상한 물건들은 나라의 보배가 아니라 부질없이 작은 나라의 사치하는 습관만 조장하게 되니 참으로 작은 걱정이 아니다. 우리나라의 금물(禁物)은 금·삼·초피와 수달피[貂獺]이고, 저 사람들의 금물은 병서(兵書)·무기[兵器]·약대[駝]·말쇠[金籤]·상모(象毛)·흑각(黑角; 무소 뿔) 등이 물건인데, 모두 수색 검사한 후에 책문을 내보낸다. 그래서, 잠상배(潛商輩: 금물을 몰래 파는 장사)들의 눈을 치뜨고 모면하려는 꼴이란 가증스럽기도 하고 가소롭기도 하다.[28]

조선의 큰 수레 60여 대가 은과 인삼을 싣고 연경으로 들어가는데, 청나라에서 사 가지고 나오는 것은 비단, 구슬, 향, 거울 등 사치품이 대종을 이룬다. 이로 인해 조선에서는 사치 풍조만 조장되니 걱정이 안

27) 이갑, 앞 책, 문견잡기, 331쪽.
28) 박사호, 앞 책, 연계기정, 108쪽.

될 수 없다. 청은 병서와 무기 등을 금수품으로 정해 놓고 엄격한 수출 규제를 한다. 무역에 있어서도 청은 조선에 경계의 고삐를 늦추지 않는다. 일방적인 청 주도로 대조선 무역이 이루어질 수 있었으므로 인접한 조선처럼 손쉬운 무역 대상국이 없었을 것이다.

청의 한족들은 조선의 명나라 복식 제도의 유지를 선망하고, 조선 연행사들은 그것을 자랑하며 긍지를 갖는다.

이의현은 조선의 의관에 대해서 이렇게 자만심을 가졌다.

> 계속하여 두어 마디 수작을 하다가 우리들의 의관(衣冠)이 어떤가를 물어 보았더니 현저하게 부끄러워하는 빛으로 글로 써서 보이기를, "우리들도 일찍이 부러워하지 않은 것은 아니나, 다만 우리들은 시세(時勢)를 따를 뿐이오."라고 한다.[29]

조선 연행사들의 이런 의관 자랑은 많은 연행록에 아주 빈번하게 나타난다. 의도적인 청나라 복제에 대한 야유의 방법이다.

김창업도 다음과 같은 특유한 반어법을 써서 조선의 의관을 자랑하고 있다.

> "대국의 문·무과법은 한결같이 명나라 조정의 것에 의지하고 변함이 없습니까?"
>
> "변한 것이 없습니다. 우리나라에서는 5경이라 하여, 곧 서경·시경·예경·주역·춘추가 있는데, 귀국의 경서는 어떻습니까?"
>
> 하고 반문했다. 나는,
>
> "다 있습니다."
>
> 라고 답한 뒤 이어 말하기를,
>
> "설령 우리나라의 인물과 문장을 보자고 하더라도, 동이(東夷)에 무슨 볼 만한 문물이 있겠습니까? 입고 있는 의관을 봐도 대국과 모양이 다르니, 아마도 웃음거리가 될 것입니다."

---

29) 이의현, 경자연행잡지, 19쪽.

라고 하였더니,

"마음속으로는 귀국의 의관을 좋아하지만 나는 지금의 제도에 따르고 있습니다."[30]

청의 한족들은 언제나 조선 의관을 좋아하지만 시세에 따를 뿐이라고 응수한다. 조선 의관을 좋아한다는 것은 곧 명나라 때 의관을 좋아한다는 것인데, 조선 연행사들은 그것으로 인해서 무한한 자존과 긍지를 갖는다. 청의 한족은 명으로의 복귀 의식 때문에 조선 의관을 선망하며, 조선 연행사들은 청조에 대한 부정적 비판 의식으로 인해 조선 의관에 긍지를 갖는다.

서유문은 송과 명의 복제가 조선에 그대로 남아 있는 것에 관해서 이렇게 자만한다.

내 의복을 가리켜 가로되,

"이 다 대명(大明)적 제도냐? 그 자세함을 얻고자 하노라."

내 가로되,

"일신(一身)에 입은 것이 대명 제도가 아닌 것이 없고, 혹 시속 제도(時俗制度)가 있으나 아국 하천(下賤)이 입을 따름이다. 사모관대(紗帽冠帶)는 본디 중국 제도요, 또, 금관(金冠)과 조복(朝服)이 있으니 금(金)으로 만든 관(冠)이요 붉은 관복(官服)이며, 옥(玉)을 차니 이 곧 난성홰홰(鸞聲噦噦)를 이름이니라."

또, 갓을 묻거늘, 내 가로되,

"이는 송(宋)나라 사임천(謝臨川)이 상애[항상, 평시] 쓰던 것이니, 이름을 곡용립(曲容笠)이라 하며, 또한 절풍건(折風巾)이라 하느니라."

우문왈(又問曰),

"대국은 여염(閭閻) 의복제도(衣服制度)가 또한 조정과 한가지냐?"

답왈,

"상하가 어이 다르리요. 고제(古制)는 이제 다 없어졌느니라."

---

30) 김창업, 앞 책 제3권, 186쪽.

하고, 적이 부끄러운 듯하다. 아국 복제(服制)를 묻거늘 내 가로되,[31]

서유문은 일신에 입은 것이 대명 때의 것이 아닌 것이 없다고 자랑한다. 그리고, 조선의 고유한 복식은 하천인들만 입는다고 주장한다. 한편, 청조의 한족들은 청나라에는 이제 고제가 다 없어져 버렸기 때문에 그저 단순히 고제 소멸에 대한 아쉬움만 가지고 있는데도, 그들의 옛 복제에 대한 이런 단순한 향수까지 조선 연행사들은 지나치게 침소봉대하여 받아들이려 한다. 이것은 조선 연행사들의 의식 속에 청조에 대한 지나친 부정 의식이 너무 강하게 자리잡고 있었기 때문이다.

연행가사 무자서행록과 병인연행가에도 조선의 의관에 대한 청나라 한족의 예찬과 조선 연행사들의 긍지는 계속되어 나타난다.

조외 치발ᄒᆞ고 좌임의 셧거시니 우리보고 흠션ᄒᆞ여 왕왕이 낙후ᄒᆞ며 조용히 필담ᄒᆞᆯ제 진정쇼회 ᄒᆞᄂᆞᆫ 말이 그ᄃᆡ는 외국이나 텬ᄒᆞ의 졔일이라 지금의 세상사ᄅᆞᆷ 졔마다 호복인ᄃᆡ 의관을 보존ᄒᆞ고 녜악이 가ᄌᆞᆺ시지 즁국의 졔도들도 션왕문을 간ᄃᆡ업고 죤주ᄒᆞ는 놉흔 의리 ᄒᆞᆫ죠션 ᄲᅮᆫ이로다.[32]

모도다 ᄃᆡ명젹의 명문거족 후예로셔 마지못ᄒᆡ 삭발ᄒᆞ고 호인의게 벼ᄉᆞᆯᄒᆞ나 의관이 슈통ᄒᆞ옴 분ᄒᆞᆫ 마음 품어고나 녯의관 죠션ᄉᆞᄅᆞᆷ 형제ᄀᆞᆺ치 반겨ᄒᆞᆫ다.[33]

천하가 모두 호복 입은 사람들뿐인데 오직 조선만 옛 의관을 갖추고 존주(尊朱)를 하니 형제처럼 반갑다고 조선 예찬을 한다.

조선의 연행사들은 청조 문화의 발전과 변혁에 따른 그들의 대조선관에 능동적이고 신속한 대처를 하지 못했다.

---

31) 서유문, 앞 책 권 5, 286~287쪽.

32) 임기중, 연행가사연구, 김지수의 무자서행록, 아세아문화사, 2001. 11. 138~286쪽.

33) 임기중, 연행가사연구, 홍순학의 병인연행가, 아세아문화사, 2001. 11. 287~392쪽.

최덕중이 슬퍼한 다음 글을 읽어 보자.

황제가 서책 사급한 것을 통관이 매우 뽐내어 자랑하니 절로 우스웠다. 그 책을 가져다가 상고하니, 전당시(全唐詩)가 20갑(匣) 1백 20권인데 옛 시율(詩律)이었고, 연감유함(淵鑑類函)이 20갑 1백 40권인데 이것은 고사(古事)를 유별(類別)해서 모은 것으로서 유원총보(類苑叢寶)·문헌통고(文獻通考) 같은 것이며, 무비(武備)에 대한 글도 기록되었다. 패문운부(佩文韻府)가 20갑 95권인데 이것은 군옥(群玉) 따위로서 문자를 유별해서 모은 것인 듯하며, 그 글자 밑에 각각 문자를 많이 모아서 상세하고 극진하다. 고문연감(古文淵鑑)이 4갑 24책인데 이것은 좌전(左傳) 따위다. 네 질이 아울러 3백 79책이고 모두 무색 비단으로 옷을 입혀 갑을 만들었으며, 황제가 친히 서문을 짓고 또, 제목을 쓰기도 했으나 그것이 성리(性理)에 대한 글은 아니었다. 그리고, 군왕(君王)을 경대(敬待)하는 도리로도, 명나라 때에 경서를 하사하던 거조와는 다름이 있었건만, 일행은 모두 기쁜 일이라 이르니 마음이 절로 슬펐다.34)

최덕중은 청나라 황제가 사급한 책이 명나라 때처럼 경서가 아니고 연함유함·전당시·패문운부·고문연감 따위를 주는 것은 조선 군왕을 경대하는 도리가 아니라고 슬퍼한다. 이것은 참으로 딱한 생각이다. 청조 학문의 변화 추세와 담을 쌓고 있는 그의 폐쇄성을 오히려 슬퍼해야 할 일이기 때문이다. 이러한 부질없는 폐쇄성은 서경순의 다음 글에서도 읽을 수 있다.

중주(中州)의 재상(宰相)들도 모두 다사(茶肆)·주방(酒房)·청루(青樓)·화시(貨市)에 출입하는데, 소위 조선(朝鮮)의 양반(兩班)들은 스스로 표치(標致)만을 높여 중국에 와서 유람할 때에도 오히려 남들이 보고 듣는 데 구애된다 하여 감히 가지 못하는 것이 있어서, 내가 양한(養漢)들이 사는 곳을 슬며시 한번 가 보려 했더니, 마두배(馬頭輩)가 나를 향하고 큰소리로 하는 말이, "노야(老爺)의 행지(行止)가 옳지 못합니다." 하므로 나도 또한 그 말을 듣고 물러나와 융복사에 갔을 뿐 아직 보지 못하였다. 이렇게 조선 사람은 촌스럽고 어둡지 않는

---

34) 최덕중, 앞 책, 306쪽.

사람이 없으니 어찌 한탄스럽지 않은가?[35]

서경순의 한탄은 그가 양한들이 있는 곳을 가 보지 못한 것에 국한되어 있지 않다. 조선 연행사들의 청에 대한 적극적인 탐구 자세 전반의 문제다. 조선 연행사들은 조선의 의관 제도에 대한 안일한 긍지를 갖기보다는 선진 청조 문화의 적극적인 탐구와 수용에 더 큰 관심을 가졌어야 한다. 그렇게 하였다면 청의 대조선 의식도 더 우호적이고 발전적으로 변화를 가져왔을 것이다.

청나라 사람들은 조선인들의 얕은 지식과 거기에서 나타나는 여러 가지 병폐들을 꿰뚫어보고 있으면서도 그런 것들을 좀처럼 노출시키지 않는다. 조선인들은 이런 대륙적인 기질을 읽어 내지 못하는 데서 얻어지는 병폐가 또한 많았다.

서경순이 쓴 다음의 조선 풍수설 병폐는 시사하는 것이 많다.

그래서, 생각하기를, 중국은 큰 나라이고 또, '인자수지(人子須知)'와 비결(秘訣)이 천백 가지 종류가 모두 중국에서 나왔으니, 의당 전문으로 술업(術業)에 신기한 안목을 가진 자가 있을 것이라 하여, 곧 사행을 따라 연경에 들어와서 지리학을 하는 여러 사람을 찾아보고, 모두 형제같이 친숙하여져 날마다 서로 오가면서 그 이기(理氣)의 성쇠를 논하고 이해(利害)의 유무를 질정하였는 데, 저 사람들의 얼굴을 대하는 것이 본 듯 만 듯, 아는 듯 모르는 듯 갈수록 더욱 소원해진 지가 무릇 3년이 되었다. 이에 여러 사람들이 이르기를,

"내가 지금 돌아가는데 다시 만나기를 기필할 수 없으니 섭섭함을 견디지 못하겠다. 내가 3년 동안 연경에 들어와서 지리의 오묘(奧妙)한 이치를 들어 보려 하였으되 여러분들이 끝내 한마디의 말도 없어서 그 요령을 들을 수 없으니, 실로 내 성심이 부족한 것이 부끄러우며 역시 여러분들을 위해 개연(慨然)함이 없을 수 없다."

하고 옷을 털고 일어나니, 그중 나이 제일 많은 사람 하나가 말하기를,

35) 서경순, 몽경당 일사 권4, 자금쇄술, 449~450쪽.

"앉으라. 내가 말을 하리다. 그대가 지리의 학설을 들으려 하는가?

그대가 지리의 학설이 처음 생기게 된 동기를 모르니, 마치 여름 벌레가 얼음 이야기를 하는 것 같기에 일찍이 깊은 말을 하지 않았다.[36]

이 글에서 보면 청나라 사람은, 마치 여름 벌레가 얼음을 이야기하는 것처럼 풍수설을 늘어놓는 조선 지사와 3년간을 교유하면서도 깊은 말을 하지 않고 지낸다. 조선 지사의 마지막 작별 인사 때에야 입을 연 청나라 사람은 지리서의 연원이 한나라 선비가 부회한 주례이며, 요즈음의 지리방서는 당 태종 때 시작된 것이라고 전제한다. 당태종이 안시성에서 폐하고 경혈이라는 책을 만들어 조선에 들여보내 조선의 인재를 말살하려 한 것이 가필 부연되어서 조선의 기괴한 풍수설이 된 것이라고 한다. 그러한 것도 모르고 죽을 때까지 풍수설만 믿는 조선 사람의 병폐는 편작과 창공인들 고칠 수 있겠는가라고 꼬집으므로, 조선 지사가 그 말을 듣고는 다시 지리설을 말하지 않았다고 한다.

대륙적 기질 앞에서 일시에 무너져 내리는 조선인, 조선인들이 알고 있다는 지식의 한계, 이것은 곧 청나라 사람들의 대조선 의식 속에 자리잡고 있으며, 그것은 조선인들이 가장 경계해야 할 점이다.

4. 맺음말

조선 연행사들의 대청 의식에는 비판과 평가, 부정과 긍정이라는 양극점 안에 청을 올려 놓고, 청에 대한 대응과 수용을 주체적으로 하려는 노력이 두드러지게 자리잡고 있다. 맹목적인 명 지향적 사고나 정복

36) 서경순, 앞 책 권2, 오화연필, 348쪽.

왕조 청에 대한 감정적 선입견에서 벗어나 새로운 문화를 자기적으로 수용하려는 균형감각도 가지고 있다. 부정적 비판의 대상과 긍정적 평가의 대상을 혼동하지 않으려는 의지도 가지고 있다. 그러나, 조선 연행사들은 청조 소외층의 한족 사류들과 의기투합하는 상황논리 속에 감상적 복고주의에 빠져 허우적거리며 퇴영적 자기도피처를 찾아 안주하려는 경향도 없지 않았다.

조선 연행사들은 한편으로는 존주와 명 유풍 전수국이라는 자존을 가지고 청을 천시하면서, 다른 한편으로는 정복 왕조의 힘과 선진 문화를 가진 나라라는 현실적 상황으로 청에 조공을 바치는 모순된 관계 속에서 희망과 갈등과 좌절이 연결된 수레바퀴를 계속해서 굴리지 않을 수 없었다. 이런 와중에서 조선 연행사들의 대청 의식에 지엽적인 여러 가지 문제점들이 파생되었다.

조선 연행사들은 한편으로 청에 물질적 조공을 바치면서, 다른 한편에서는 그들한테 정신적 조공을 받아 가지고 돌아왔다.

청조의 입장에서 볼 때 조선은 경계와 탐구의 대상국이었다. 청의 지배층은 조선을 경계의 대상으로 보았으며, 청의 소외층 사류는 조선을 탐구의 대상으로 보았다. 한편, 청의 한족들한테는 조선이 명 복원의 희망적인 상징국이었다. 그리고, 청의 상인들에게 조선은 가장 수월한 무역 상대국이었다.

이러한 골격이 청의 다양한 대조선 의식을 만들어 내고 있었다. 그러나, 청의 대조선 의식의 주류는 항상 경계의 대상국이었다는 것을 잊어서는 안 된다. 그 까닭은 조선이 명·청과 전형적인 조공 관계를 가진 이래 단 한 번도 변함이 없었던 그들의 대조선 의식이었기 때문이다.

제9장
연행록의 문물 인식

1. 머리말

저자가 최근까지 조사한 바에 따르면 연행록은 500여 종이 전승되고 있다. 그중 2/3 정도가 조선왕조 후기의 연행록이다. 이 글에서는 19세기 연행록 무자서행록과 병인연행가의 실학적 문물인식을 살펴보려고 하는 것이다. 통문관지(通文館志)를 보면 조선왕조는 명나라와 청나라에 매년 정례사행(冬至・正朝・聖節・千秋)과 부정례사행(王薨・嗣位・冊妃・建儲・先王追崇)을 보냈다는 것을 알 수 있다. 조선왕조 병란(丙亂)에서 한말(韓末)까지 사행 횟수는 정례사행(定例使行)과 각종 별사재자(各種 別使賫咨) 등을 합하여 대략 700여 회나 되는 것으로 알려져 있다. 이들 사행은 대개 정관(正官)이 30여 명으로 구성되나 실제 인원은 그보다 훨씬 더 많았었다.[1] 그들 중 특히 서장관(書狀官)・질문종사관(質問從事官)・사자관(寫字官)・화원(畫員)・반당(伴倘)・의인(醫人) 등의 신분을 가졌던 이들이 많은 공사(公私) 기록을 남겨 놓았다.

연행록은 표기문자로 볼 때 한글본과 한문본으로 나누어지며, 문학적 양식으로 볼 때 크게 문(文)과 시(詩)로 양분된다. 그러나 문(文)이면서 시

---

1) 朝鮮貢使 正副使各一員 以其國大臣 或同姓親貴稱君者充 書狀官一員 大通官三員 護貢官二十四員 從人無定額 賞額凡三十名,『欽定大淸會典』卷39.

(詩)이고, 시(詩)이면서 문(文)인 순 한글표기나 국한문 혼용표기로 된 가사체 연행록도 있다. 이것을 연행가사라고 한다. 연행가사는 조선왕조 연경 사행자(燕京 使行者)들이 쓴 가사작품이다. 연행가사는 연행별곡(燕行別曲)·서정별곡(西征別曲)·서행록(西行錄)(셔힝녹)·연힝별곡(燕行別曲)·燕行歌(연행가, 년힝가)·북원가(北轅歌)·북행록(北行錄) 등의 이름으로 현재 6~7종이 전승되고 있다. 연행가사는 작품 밖에서 보면 전체 형식이 가사체지만, 그 가사체의 안에서 보면 일기체의 기록문학이다. 짧게는 200여 구에서부터 길게는 3,000여 구에 달하는 장편으로 되어 있고, 가제(歌題) 역시 ○○록(錄)이라고 표기한 것이 있어서 그러한 성격을 잘 드러내 주고 있다. 질량 면에서 볼 때 연행가사의 대표작은 무자서행록과 병인연행가이다. 무자와 병인을 작품 이름 앞에 얹은 것은 서행록과 연행가가 여러 편 전승되고 있기 때문에 간지를 붙여서 변별한 것이다.

연행록 중에서 연행가사는 그 전승력과 전파력이 가장 뛰어난 갈래이다. 한글로 쓰여서 누구나 쉽게 읽을 수 있었고, 노래체로 되어서 가락을 붙여 즐겁게 낭송할 수 있었기 때문이다. 이러한 연행가사는 연행별곡(燕行別曲)이 1693(肅宗 19 癸酉 康熙 32)년에 지어졌으므로 17세기 후반부터 나타난다. 김지수(1787~?)의 무자서행록(1828)과 홍순학(1842~1892)의 병인연행가(1866)는 모두 19세기 작품이다. 이 두 작품은 연행가사 중에서 제일 완성도가 높은 작품이며 가장 장편으로 씌어진 작품이다. 그리고 처음부터 가사체로 쓴 작품이고 이본의 전승 양상으로 미루어볼 때 가장 전파력이 컸던 작품들이다. 그런 까닭에서 무자서행록과 병인연행가를 텍스트로 삼아 19세기 연행가사의 물류 인식과 문물 인식의 편모를 거론하여 보려고 한다.

2. 무자서행록과 병인연행가

무자서행록(戊子西行錄)은 김지수(金芝叟, 1787~?)가 쓴 작품이다. 그는 종사관(從事官)(白衣寒士)이었다. 그는 1828(純祖 28 戊子 道光 8)년에 진하겸사은행(進賀兼謝恩行)으로 북경을 다녀왔다. 그는 당시 40세 전후의 나이였다. 이 작품은 저자의 소장본으로 총 2,710구(句)로 구성되어 있다. 그들 일행은 순조 28년 4월 13일부터 같은 해 10월 3일까지 5개월 18일 총 168일간의 일정으로 연경을 다녀왔다. 병인연행가(丙寅燕行歌)는 홍순학(洪淳學, 1842~1892)이 쓴 작품이다. 그는 서장관이었다. 그는 1866(高宗 3 丙寅 同治 5)년에 진하겸사은주청행(進賀兼謝恩奏請行)으로 연경을 다녀왔다. 당시 그의 나이는 25세였다. 도남본(陶南本)을 비롯해서 많은 이본이 전한다. 도남본은 총 3,782(이본에 따라 다름)句로 구성되어 있다. 그들 일행은 高宗 3년 4월 9일부터 같은 해 8월 23일까지 5개월 미만인 총 133일간의 일정으로 연경을 다녀왔다. 따라서 무자서행록은 40대의 백의한사(白衣寒士)가 썼으며 병인연행가는 20대의 서장관이 썼다. 앞은 문필로 민간외교를 담당한 사람이고 뒤는 기록관의 직책을 맡은 사람이다. 두 작품은 모두 사실적 기술에 치중하고 있다. 앞 작품은 자유분방하면서도 속되지 않게 쓰려고 노력하였으며 사실적이면서도 지루하지 않게 쓰려고 노력하였다. 뒤 작품은 모든 견문들을 빠짐없이 기술하려는 의욕이 지나쳐서 지루한 나열식 기술을 많이 하고 있는 것이 특색이다. 그러나 사실성의 확보에는 크게 성공을 하고 있다. 두 작자의 태도를 살펴보면 김지수는 매사를 주체적으로 대처하고 자신감에 차 있으며 이색적 체험도 감정의 격랑을 노출시키지 않고 서술하지만 홍순학은 때때로 미숙한 자신을 확인하면서 이색 체험에 대한 정서적 흥분을 여과시키지 못한 채 거칠게 서술해 버린 곳이 많다. 무자서행록과 병인연행가는 사행 목적과 왕환 일정이 서로 비슷하며, 그 작품의 질량과 구성 방법 등이 또한 비슷하다. 그들이 연행가사를 쓴 동기와 견문한 바를 왕환 도중 매일 써나갔다는 점도 유사하다. 따라서 이 글은 그러한 두 연행가사 작품을 대상으로 김지수・홍순학과 그 시대 사람들의 청나라 물류와 문물에 대한 인식이 어떠했는가를 살펴보면서 그 의미를 생각해 보려고 하는 것이다.

3. 물류와 문물 인식

무자서행록(가)과 병인연행가(나)에 나타난 물류와 문물 인식에 관련된 부분들을 서술 단위의 순차별로 세부 목록을 작성하여 제시하여 보면 대략 다음과 같이 나타난다. 무자서행록은 1828년에 썼고 병인연행가는 1866년에 썼으므로 이 두 작품은 38년간이라는 시간차가 있다.

(가) 「戊子西行錄」

가-1. 화려한 집 치레	가-2. 의복제도
가-3. 머리모양	가-4. 전족
가-5. 음식	가-6. 寺刹
가-7. 葬俗과 상여	가-8. 棺
가-9 墳墓	가-10. 通州의 호화선박
가-11. 海甸에서 본 범과 곰	가-12. 回刺 토평연회
가-13. 幻戲 구경	가-14. 처음 본 코끼리와 禽畜
가-15. 처음 본 아라사인과 아라사 문자	
가-16. 임금사과의 환대	가-17. 처음 본 자명종
가-18. 처음 본 방화수	가-19. 천자의 모습과 그의 輦
가-20. 새풀이	가-21. 화초풀이
가-22. 특이한 음식	가-23. 의복풀이
가-24. 서적풀이 등 각종 풀이	가-25. 拔齡과 藥材

가-26. 백 명의 몽고스님
가-27. 太學과 成均館
가-28. 張際亮·陳方海·吳嘉賓·將湘南과 筆談
가-29. 주안상과 음식
가-30. 처음 보는 실과
가-31. 술의 종류
가-32. 科擧제도와 科場
가-33. 回程의 연회
가-34. 冊肆
가-35. 市場스케치
가-36. 문방제구
가-37. 毛物廛
가-38. 采風풀이
가-39. 과일전
가-40. 곡식전
가-41. 처음 본 악대
가-42. 철물전
가-43. 목물전
가-44. 상인들의 행각

(나) 「丙寅燕行歌」

나-1. 綠窓朱戶의 여염집
나-2. 의복제도
나-3. 발 맵시
나-4. 집제도
나-5. 음식
나-6. 짐승치기 숭상하는 胡人 풍속
나-7. 육아법
나-8. 농경과 방적
나-9. 關帝廟 숭상 풍속
나-10. 槍矢 놀음 구경
나-11. 집제도
나-12. 通州의 호화선박과 夜市
나-13. 海東館의 三使臣房
나-14. 몽고스님
나-15. 十三經碑
나-16. 琉璃廠스케치
나-17. 香풀이
나-18. 冊풀이
나-19. 비단풀이
나-20. 부채풀이
나-21. 茶풀이
나-22. 기명풀이
나-23. 采風풀이
나-24. 과실풀이
나-25. 곡식풀이
나-26. 생선풀이
나-27. 술풀이
나-28. 떡풀이
나-29. 철물풀이
나-30. 옹기풀이
나-31. 전당풀이 등 각종 풀이
나-32. 처음 본 악대
나-33. 葬俗과 상여
나-34. 棺
나-35. 墳墓
나-36. 婚俗

나-37. 처음 본 화초　　나-38. 처음 본 자명고
나-39. 道士와 스님　　나-40. 幻戲 구경
나-41. 곰 놀리는 구경　　나-42. 천자와 黃玉車
나-43. 鄭少卿・黃郎中・董學士와 筆談
나-44. 주안상　　나-45. 처음 만난 洋鬼子(서양인)

이처럼 무자서행록과 병인연행가는 서술 단위와 서술 순차의 유사성이 드러난다. 모두 45개 항목 내외의 서술 단위의 양적 유사성이 발견되고 서술의 항목과 서술의 순차가 유사함을 발견할 수 있다. 이러한 현상을 모두 우연의 일치라고 보기는 어렵기 때문에 영향의 수수관계를 상정하여 보지 않을 수 없다. 연행록의 형성 과정을 보면 대체적으로 몇 가지의 보편적 현상이 드러난다. 연행사로 차정되면 누구나 먼저 선행 연행사와 선행 연행사의 연행록에서 연행정보를 얻으려고 노력한다. 그래서 선행 연행사를 만나고 선행 연행록을 구하여 읽는다. 연행록의 작성 준비는 대개 연행 길에 오르기 전에 마무리되며 연행 도중에는 계속 작성이 진행되고 연행 일정이 끝나면서 연행록도 마무리되는 경우가 많았다. 따라서 어떤 형태의 연행록을 쓸 것인가는 출발 시점에 이미 결정되는 경우가 많았다. 이와 같은 정황으로 유추하여 본다면 홍순학은 연행 길에 오르기 전에 김지수의 연행가사를 구하여 읽었을 개연성이 충분하다. 두 작품의 마무리 부분을 살펴보기로 한다.

(가) 날마다 긔록ᄒᆞ야 녁녁히 적어시니
우리노친 심심즁의 파적이나 ᄒᆞ오실가[2)]

---

2) 김지수의 무자서행록 마무리 부분.

(나) 왕명의 모신빅라 무亽왕반 복병ᄒᆞ고
이십삼일 저문후의 집으로 도라오니
노친이 마조나와 반기신듯 늣기신 듯
파렴ᄒᆞ신 덕틱으로 병업시 단여오니
혼실이 환희ᄒᆞ니 즐겁기도 그지업다[3]

이처럼 김지수가 노친을 위해서 한글 가사체로 연행록을 썼듯이 홍순학 역시 노친을 위해서 한글 가사체로 연행록을 작성하였던 것으로 여겨진다. 따라서 홍순학은 연행록 작성의 의도가 자기와 비슷하면서 자기와 가장 가까운 앞 시대에 작성되었던 김지수의 무자서행록을 구해 읽었을 것으로 생각된다. 앞 두 연행가사의 유사성은 이러한 영향의 수수관계로 보아야 할 것 같다. 이제 무자서행록과 병인연행가의 물류와 문물 인식의 서술 순차와 서술 항목(작품에는 서술 항목이 설정되어 있지 않기 때문에 저자가 작성한 항목)이 얼마나 유사한가를 구체적으로 대비하여 살펴보기로 한다.

가-1. 화려한 집 치레/ 나-1. 綠窓朱戶의 여염집
가-2. 의복제도/ 나-2. 의복제도
가-4. 전족/ 나-3. 발 맵시
가-5. 음식/ 나-5. 음식
가-7. 葬俗과 상여/ 나-33. 葬俗과 상여
가-8. 棺/ 나-34. 棺
가-9 墳墓/ 나-35. 墳墓
가-10. 通州의 호화선박/ 나-12. 通州의 호화선박과 夜市
가-13. 幻戲 구경/ 나-40. 幻戲 구경
가-17. 처음 본 자명종/ 나-38. 처음 본 자명고

---

3) 홍순학의 병인연행가 마무리 부분.

가-14. 처음 본 코끼리와 禽畜/ 가-18. 처음 본 방화수

가-19. 천자의 모습과 그의 輦/ 나-42. 천자와 黃玉車

가-15. 처음 본 아라사인과 아라사 문자/ 나-45. 처음 만난 洋鬼子(서양인)

가-20. 새풀이 가-21. 화초풀이 가-23. 의복풀이 가-24. 서적풀이 가-38. 체풍풀이(針線과 衣方) 가-36. 문방제구 가-37. 毛物廛 가-39. 과일전 가-40. 곡식전 가-42. 철물전 가-43. 목물전/ 나-17. 香풀이 나-18. 冊풀이 나-19. 비단풀이 나-20. 부채풀이 나-21. 茶풀이 나-22. 기명풀이 나-23. 采風풀이 나-24. 과실풀이 나-25. 곡식풀이 나-26. 생선풀이 나-27. 술풀이 나-28. 떡풀이 나-29. 철물풀이 나-30. 옹기풀이 나-31. 전당풀이 나-37. 처음 본 화초

가-26. 백 명의 몽고스님/ 나-39. 道士와 스님

가-27. 太學과 成均館/ 나-9. 關帝廟 숭상 풍속 나-15. 十三經碑와 거리 스케치

가-28. 張際亮陳方海吳嘉賓將湘南과 筆談/ 나-43. 鄭少卿 黃郎中 董學士와 筆談

가-32. 科擧제도와 科場 가-34. 冊肆 가-35. 市場

나-36. 婚俗

이처럼 두 작품은 물류와 문물에 관한 인식의 서술 항목과 서술 순차가 아주 유사하거나 또는 일치하여 우연히 나타난 현상이라고 볼 수 없다. 따라서 이것은 두 작품의 영향의 수수관계 때문에 나타날 수밖에 없는 당위론적 현상이라고 보아야 할 것 같다. 그뿐 아니라 인식대상의 물류와 문물에 대한 관점과 가치지향성이 또한 같아서 단순한 영향의 수수관계를 넘어서 당시 두 작가의 가치지향적 인식대상이 어떠한 것이었는가를 단적으로 보여 주고 있다. 두 사람 모두 작품에 '풀이'와 '전'(위 가-20부터 가-43까지와 나-17부터 나-37까지)이라는 용어를 동원하여 물류 인식을 극대화하고 그를 더 넓게 확장시켜 나가는 적극성을 보여 주고 있다. 그리고 두 작가 모두 주로 의 · 식 · 주, 통과의례, 삶과 학문(풀이와 전을 제외한 위 가-1부터 가-35까지와 나-1부터 나-43까지)에 관련된 문물 인식에 관심을 집중하고 있다. 이 글에서 쓰고 있는 물류 인식과 문물 인식의 변별에는 다소의 혼선이 야기될 수 있는 부분이 있지만 그 문제는 서술

의 논리 전개를 위한 인위적 분류라는 점을 감안한다면 쉽게 극복될 수 있을 것으로 본다. 따라서, 무자서행록과 병인연행가의 물류와 문물 인식을 그와 같이 분류하고 유형화하여 거론해 보려고 한다.

4. 물류 인식

무자서행록과 병인연행가에서의 물류 인식은 유개념과 종개념의 가운데 단위[中間單位] '풀이'와 '전(廛)'과 '사(肆)'라는 용어를 동원하여 적극적인 구체화와 개별화를 이루어 내고 있다. 「무자서행록」은 대략 6단위 내외의 풀이와 6단위 내외의 전으로 모두 독립항목 12단위 내외로 물류 인식을 하여 서술하고 있으며, 병인연행가는 대략 40단위 내외의 풀이로 물류 인식을 하여 서술하고 있다. 그중에서 독립성이 있는 서술 단위가 작품 (가)와 (나)에서 정확하게 일치하고 있는 곳은 대략 다음과 같은 6 단위 내외가 된다.

가-34. 책사(冊肆)/ 나-18. 책풀이
가-38. 채풍(采風)풀이/ 나-23. 채풍(采風)풀이
가-39. 과일전/ 나-24. 과실풀이
가-40. 곡식전(풀이)/ 나-25. 곡식풀이
가-42. 철물전/ 나-29. 철물풀이
가-43. 목물전/ 나-22. 목기풀이

이제 그 해당 서술 단위 몇 곳을 들어 작품의 실상을 살펴보기로 한다. 인용문의 서술항목 설정과 인용문에 표시한 모든 볼드체 표기는 이해를 돕기 위해서 저자가 가필한 것이다. 먼저 책에 관한 인식을 살펴

보기로 한다.

1) 가-34. 책사/ 나-18. 책풀이

(가) ᄎᆡᆨᄉᆞ4) ᄒᆞᆫ곳 드러가니 만고셔가 다잇ᄂᆞᆫᄃᆡ/ 경ᄉᆞᄌᆞ집 ᄇᆡᆨ가셔와 소셜ᄑᆡ관 운부ᄌᆞ뎐/ 쥬학역학 텬문디리 의약복셔 불경이며/ 샹셔도경 긔문ᄐᆡᆨ을 시학늌학 문집들과/ 졔목써셔 ᄇᆞᆨ혀시니 모르ᄂᆞᆫ글 ᄐᆡᆨ반이라

(나) ᄎᆡᆨ푸리을 볼작시면 만고셔가 다잇ᄂᆞᆫᄃᆡ/ 경셔서긔 ᄇᆡᆨ가셔와 소셜패관 운부ᄌᆞ젼/ 쥬ᄒᆞᆨ녁ᄒᆞᆨ 쳔문지리 의약복셔 불경이며/ 상셔도경 긔문벽셔 시ᄒᆞᆨ율학 문집들과/ 명필법쳡 그림쳡과 쳔하산쳔 지도가/ 아청갑5)의 ᄊᆡ며쑥이6) 불근의예 황지부침/ 졔목뼈셔 놉히ᄇᆞᆨ하 못보던ᄎᆡᆨ ᄐᆡ반이오

이처럼 (가)와 (나)는 책 이름은 물론 그 책의 배치 순서까지도 일치하는데 다만 (나)에 '명필법쳡', '그림쳡', '쳔하산쳔지도' 정도만 더 첨가되어 있을 뿐이다. 김지수와 홍순학이 같은 책사를 둘러보았다고 하더라도 30여 년간이나 책의 배치 순서가 그대로 고정되어 있었다고는 볼 수가 없기 때문에 홍순학의 병인연행가 형성에 김지수의 무자서행록은 어떤 형식으로든 상당한 영향을 주었을 것으로 보지 않을 수가 없다. 그러나 (나)에 와서 물류의 증가 현상이 드러나 있음을 주목할 필요가 있다. 그들은 국내에서 볼 수 없었던 수많은 책들을 발견하고 필요한 책들은 사오기도 했을 것이다. 따라서 연행사들의 학문적 폭과 식견은 그만큼 넓고 깊어 갔을 것이고 국내학계에도 많은 변화를 불러일으켰을 것이다. 따라서 그런 정황으로 미루어 본다면 연행가사를 포함한 연행록의 연구는 앞으로 조선왕조 문학의 중국 원천 연구에 많은 기여를 할

4) ᄎᆡᆨᄉᆞ(冊肆) : 서점.
5) 아청갑(鴉靑匣) : 검은 빛을 띤 푸른빛의 작은 상자.
6) 며쑥이 : 메뚜기. 책갑(冊匣) 같은 것에 달아서 물건이 벗어지지 못하도록 하는 기구. 뿔로 만듦.

수 있을 것으로 본다. 두 작자 모두 '틱반'이 못 보던 책이었다고 한 것을 보면 그들은 자신들의 지적인 한계를 자각하면서 그것을 극복하려는 욕구가 촉발되고 있었음을 알 수 있다. 그리고 그 호한한 학문적 성과와 방대한 양의 저술들을 보면서 당시 조선학계의 실상을 현실감을 가지고 객관적으로 인식하게 되었을 것이다. 이제 침선(針線)과 의방(衣方)에 관한 물류 인식이 어떠하였는가를 살펴보기로 한다.

2) 가-38. 채풍풀이/ 나-23. 채풍풀이

(가) 칙풍푸리[7] 바느질은 옷도짓고 슈도노코/ 의뎐이라 ᄒᆞ는듸는 온갓의복 파는고나/ 보션슬갑 장숌이며 바지젹솜 두루마기/ 비단관복 깁속것과 숌승무명 기져긔며/ 공단니불 포다기며 몽고뇨의 슈방셕과/ 아희입는 ᄇᆡ오라기 복쥬감토 당감토며/ 목도리의 겹ᄇᆡᄌᆞ며 ᄃᆡ련견듸 ᄌᆞ로가지/ 당단맛게 여립소ᄅᆡ 여긔져긔 번화ᄒᆞ고

(나) 칙풍푸리 볼작시면 슈도노코 ᄇᆞᄂᆞ질의/ 속것젹삼 두루막이 소음바지 져고리며/ 보션슈갑 타오투와 잉쥬요ᄋᆡ 창파ᄒᆞ며/ 비단관복 깁슈건과 공단목화 슈당혜[8]며/ 귀집[9]코집 말악이와 다님돌씌 ᄇᆡᄅᆡ기며/ 마졔토슈[10] 등거리[11]며 반팔ᄇᆡᄌᆞ 흉ᄇᆡ들과/ 도ᄉᆞ입ᄂᆞᆫ 도포두건 즁놈입ᄂᆞᆫ 쟝삼이오/ 담ᄇᆡ넛ᄂᆞᆫ 찰빰지와 판의박은 인문보오/ 쥬황당ᄉᆞ 벌ᄆᆡ돕[12]은 두루졉ᄂᆞᆫ 쟝삼이오/ 비단이불 몽고요의 벼개모며 슈방셕과/ 휘장방ᄉᆞ 몰면ᄌᆞ와 복쥬감토 당각토며/ ᄃᆡ젼ᄌᆞ포 젼ᄃᆡ까지 녁마쓰지 헌옷들가/ 갈ᄆᆡ[13]다묵 잇다홍[14]과 지치보라[15] 진ᄌᆞ쥬며/ 분홍토홍

---

7) 칙풍푸리 : 옷을 만들고 바느질을 하는 가게. 칙풍(采風)은 사람의 외모(外貌)를 말함.
8) 슈당혜(繡唐鞋) : 수놓은 비단으로 울을 만든 당혜(唐鞋).
9) 귀집 : 귓집. 추위를 막기 위하여 귀를 싸는 물건.
10) 마졔토슈(馬蹄吐手) : 토시의 윗부리가 말굽 모양으로 되어 손등을 덮게 된 토시. '토수(吐手)'는 '토시'의 발음을 한자로 쓴 것.
11) 등거리 : 조끼처럼 깃과 소매가 없이 만든 홑옷.
12) 벌ᄆᆡ돕 : 벌매듭. 끈목을 벌 모양으로 매는 매듭.
13) 갈ᄆᆡ : 갈대나무의 열매. 물감 재료. 짙은 초록빛.
14) 잇다홍 : 잇꽃의 부리에서 채취한 붉은 빛 물감.
15) 지치보라 : 지치에서 뽑아낸 자색 염료.

쥬황빗과 두록초록 년두식과/ 희식금향 먹물들여 줄을믹고 너러시며/ 우물줄[16]의 겨양쳐셔 틀을메여 말니이고

이처럼 (가)에 비해서 (나)는 물류 인식이 훨씬 더 예각화, 개별화, 전문화가 되어 있다. 그뿐 아니라 (나)에 와서 단위별 물류의 양적인 팽창과 개별 물류의 증가 현상이 아주 두드러지게 나타나고 있다. 이것은 시대에 따라 나타나는 물류의 자연 증가현상 때문이라기보다는 물류에 대한 가치관의 변화에서 기인된 현상으로 보아야 할 것이다. (가)에서 작자는 '온갓의복'이라는 용어로 구체적인 옷의 종류를 많이 생략하려는 기술 의도를 보이고 있으나, (나)의 작자는 처음부터 (가)의 채풍풀이와 의전의 혼돈을 극복하면서 곧바로 옷의 종류별 존재를 빠짐없이 모두 인식하고 확인하여 조사하려는 적극적인 자세로 기술에 돌입하고 있다. 이러한 물류의 서술담론은 18세기 이전의 연행록에서는 거의 나타나지 않고 있다. 끝으로 철물전의 물류 인식을 살펴보기로 한다.

3) 가-42. 철물전/ 나-29. 철물풀이

(가) 텰물뎐의 호미독긔 셕쇠곱쇠 얼기쇠며/ 광이슬포 가릭늘과 모로작도 쇠시랑과/ 작위변탕 딕핏늘과 도릭송곳 활비비며/ 한과쥴과 쓸톱가지 화져가락 통송곳과/ 딕갈편즈 거멀못과 오븨칼의 장도리라

(나) 쳘물푸리 볼쟉스면 쟝도환도 시칼졉칼/ 쟝창독긔 협도쟉도 자귀변탕 딕픠쓸과/ 딕톱소톱 줄환[17]이며 도릭송곳 활부븨[18]와/ 보십가릭 삽칼리며 젹쇠곱쇠 어리쇠[19]며/ 딕갈[20]현

16) 우물줄 : 우무 줄. 우무색깔의 아교풀.
17) 줄환 : 쇠를 끊는 데 쓰는 톱.
18) 활부븨 :송곳의 한 가지. 무추(舞錐).
19) 어리쇠 : 석쇠. 발이 세 개로 되어 있으며 화로에 놓고 그 위에 뚝배기 등을 얹어 덥힐 때 쓰는 것.
20) 딕갈 : 말굽 따위에 편자를 신기는 데 박는 징. 제정(蹄釘).

즈 화젹가락 광쥬졍의 거멀못[21]과/ 부회열쇠 자믈쇠와 인도가의 져울밧탕/ 유납차관 신셜누며 무쇠가마 옹솟[22]치오/ 구리ᄃᆡ아 퉁노구[23]며 오동향노 화로ᄭᆞ지

이처럼 여기서도 (나)에 와서 물류의 양적인 증가현상이 두드러지게 나타나고 있음을 알 수 있다. 무자서행록은 기술 단위를 '풀이'와 '전'과 '사' 등으로 3원화하여 장소를 이동하면서 그때그때 보이는 물류를 산만하게 소개하였다. 그러나 병인연행가는 '풀이'와 '전'과 '사'를 '풀이'라는 하나의 단위로 통일하고 다양한 물류를 한곳에 모아서 전문적 식견으로 그것을 구체적으로 인식하려는 데 초점을 맞추어 기술하고 있다. 이것은 작자가 물류 인식을 적극적으로 확장하려는 의도에서 기인된 현상이라고 여겨진다. 곧 '풀이'와 '전'과 '사'라는 변별이 중요한 것이 아니라 풍성하고 다양한 물류를 얼마나 많이 인식하여 구체적으로 소개하느냐가 중시되어야 한다고 생각하는 데서 나타난 기술 태도의 변화라고 보아야 할 것 같다. 홍순학의 병인연행가는 총 133일간의 일정이며 김지수의 무자서행록은 총 168일간의 일정인데도 무자서행록보다 병인연행가가 1천 구 이상이나 장편화된 까닭은 작자가 물류를 적극적으로 증가시켜서 서술하고 있기 때문이다. 작품 (나)는 작품 (가)에 비해서 일관되게 물류 인식의 확대현상을 보이고 있다. 이것은 곧 물류에 대한 가치관의 변화를 보여 주는 현상이다.

이제 무자서행록과 병인연행가에서 물류 인식의 단위가 서로 다르게, 또는 더 세분화되어 나타나는 곳을 살펴보기로 한다. 작품 (가)의 작자는 아래의 인용문에서처럼 새풀이와 화초풀이(가-20. 새풀이/ 가-21. 화초풀

21) 거멀못 : 나무그릇 등 벌어질 염려가 있는 곳에 걸쳐 박는 못.
22) 옹솟 : 옹솥. 작고 오목한 솥.
23) 퉁노구 : 동로구(銅爐口). 동(銅)으로 만들되 바닥이 평평한 휴대용 솥.

이)에 관심을 보였으나 작품 (나)의 작자는 그런 범상한 대상에는 큰 관심을 보이지 않고 있다.

4) 가-20. 새풀이/ 가-21. 화초풀이

늉복시라 ᄒᆞ는데는 졀안의 당이셔니/동ᄉᆞ픽루 지ᄂᆞ가셔 남관셔 십여리라/ 동북편 구셕으로 교역ᄒᆞ는 곳이어늘/ 차셰타고 가셔보니 긔ᄯᅩᄒᆞᆫ 구경이라/

ᄉᆡ푸리[24]라 ᄒᆞ는ᄃᆡ는 **온갓ᄉᆡ**가 다잇고나/**당닭ᄃᆡ닭 오리게우** 히동청과 **조롱틱**며/ 각ᄉᆡᆨ소ᄅᆡ 빅셜됴며 ᄶᅬ고리의 굴독ᄉᆡ며/ 말줄ᄒᆞ는 잉무ᄉᆡ며 곱고고은 **공쟉ᄉᆡ**라/

화초푸리 드러가니 긔화이초 다잇는ᄃᆡ/ 쥴노심은 **옥즙화**는 향ᄂᆡ나기 졔일이오/ 푸른ᄭᆞᆺ츤 취됴화요 븕은ᄭᆞᆺ츤 **도류화**라/ **당국품국 셕쥭화**며 **모란ᄌᆞ약 쵹규화**며/ **월계ᄉᆞ계 쳔엽치ᄌᆞ 옥ᄆᆡ홍ᄆᆡ 삼ᄉᆡᆨ도**며/ **ᄆᆡᆫ도라미 봉션화**며 화셕뉴의 **금젼화**며/ **금ᄉᆞ오쥭 벽오동**과 노송분송 빅간송과/ **젹목단목 들믜나무 은힝박달 축빅**이며/ **파초난초 종녀쇼쳘 무화과**라

이처럼 작품 (가)의 작자는 여기저기를 다니면서 물류를 만나면 별달리 취사선택을 하지 않고 그때그때 물류들을 기록한 것 같다. 그러나 작품 (나)의 작자는 실생활에 직접 관련성이 있는 실용적인 물류에 집중적인 관심을 보였다. 작품 (나)의 작자가 '새'나 '화초' 등에 큰 관심을 보이지 않은 것은 그런 이유 때문이라고 여겨진다. 그 대신 작품 (나)의 작자는 실용성이 있는 물류들의 존재인식을 철저히 하고 그것을 체계적으로 세분화하여 하나하나의 물류에 대해서 섬세하게 관찰하고 조사하여 빠뜨리지 않고 소개하려는 노력을 하고 있다. 이제 그러한 서술 관점을 작품 (가)와 (나)에서 몇 군데만 살펴보기로 한다.

5) 가-23. 의복풀이, 셔칙푸리, 약파는ᄃᆡ, ᄎᆞ파는ᄃᆡ / (나)약푸리

(가) **의복푸리 셔칙푸리 약파는ᄃᆡ ᄎᆞ파는ᄃᆡ**/ 차관차종 노구솟과 **옹긔ᄉᆞ긔 유눕긔명**/ 연적

24) ᄉᆡ푸리 : 새[鳥] 파는 곳.

필통 벼로들과 **조희필묵 필산조차**/ **칙상문갑 궤그릇**과 요지경의 **죽방울**과/ 져편ᄒᆞᆫ곳 도라가니 ᄯᅩᄒᆞᆫ뎐을 버려는ᄃᆡ/ ᄒᆞᆫᄉᆞ롬이 안ᄌᆞ는ᄃᆡ 두간만치 펼쳐시되/ 집ᄃᆡᄒᆞᄂᆞ 압희노코 쥬엄쥬엄 버린거시/ 산ᄉᆞ롬의 니를빼혀 곡식너듯 너러시니/ ᄉᆡᆼ인골이라 ᄒᆞ는거슨 약의쓴다 ᄒᆞ는고나

(나) 약푸리을 볼작시면 환약고약 ᄀᆞ로약과/ 당ᄌᆡ초ᄌᆡ 금셕지ᄌᆡ 약쥽치셔 약저울과/ 협도ᄃᆡ연 돌졀구와 깁체풍노 막ᄌᆞ이며

작품 (가)는 이처럼 '의복푸리 셔칙푸리 약파는ᄃᆡ ᄎᆞ파는ᄃᆡ'를 종합하여 개략적으로 대충대충 서술하고 말지만 작품 (나)는 (가)의 약 파는 데를 약풀이라는 독립항목을 설정하여 물류의 존재 확인과 그에 대한 서술을 독립시키고 있다. 이러한 현상은 물류의 실용성에 비중을 두면서 실용적인 물류 인식을 철저히 하려고 하는 데서 나타난 것이라고 할 수 있다. 그러함에도 전문 지식이 모자라서 다른 물류처럼 구체적으로 원만한 기술을 하지는 못하였다. 그리고 (가)는 잡화풀이를 서술 단위로 명료하게 드러내지 못하고 있는 데 반해서 (나)에 와서는 잡화풀이를 독립시켜서 다음과 같이 구체적으로 물류를 확충하고 있다.

(나) 잡화푸리 볼작시면 면경셕경 화류테경/ 지관보ᄂᆞᆫ 지남철과 시맛ᄎᆞᄂᆞᆫ 시게들과/ 졀노우ᄂᆞᆫ ᄌᆞ명종과 그림그린 유리병과/ 고동틀면 쇼ᄅᆡ나ᄂᆞᆫ 오음뉵뉼 ᄌᆞ명악과/ 유리구멍 녀어보ᄂᆞᆫ 긔형괴샹 요지경과/ ᄇᆡᆨ옥등잔 뉴리등은 옥ᄆᆡ화의/ 화반셕 도셔돌과 마간셕 벼로돌과/ 화루삭임 벼로갑과 오ᄉᆡᆨ칠ᄒᆞᆫ 셩적경ᄃᆡ/ ᄎᆡᆨᄉᆡᆨ유리 기름함과 ᄇᆡᆨ옥으로 ᄆᆡᆫ든분통/ 화각부친 음양쇼[25]며 면빗참빗/ 진옥지환 구리골모 비단풀솜 가화ᄭᅩᆺ과/ 귀여ᄭᅩ리 팔ᄯᅮᆨᄭᅩ리 옥판ᄶᅴ 돈단초증ᄌᆞ/ 좁술구술 모각주며 조옥빈혀 납가락지/ 은조롱의 금방울과 호로병의 ᄊᆞᆼ방울과/ 금둑겁이 은오리오 진쥬푸심 조ᄀᆡ부젼[26]/ 당부쇠깃[27] 인쥬합과 셕유황[28] 졉뷰ᄎᆞ돌

---

25) 음양쇼(陰陽梳) : 빗살이 한쪽은 성기고 다른 한쪽은 빽빽한 빗.

26) 조ᄀᆡ부젼 : 조개로 만든 계집아이들의 노리개.

27) 당부쇠깃 : 당(唐)부싯깃. 중국 부싯깃. 부싯깃은 부시를 치는데 불똥이 박혀서 불이 붙도록 부싯돌에 대는 물건.

이러한 물류의 확충 현상은 작품 (나)의 비단풀이, 생선풀이, 전당풀이 등에서도 지속적으로 나타나고 있다. 작품 (나)는 다음과 같이 전당풀이를 독립시켜서 기술하고 있다.

나-31. 전당풀이

젼당푸리 볼쟉시면 돈밧고며 은밧곤다/ 년바오[29] 오십냥듕 말굽쇠 이십냥듕/ 닷냥듕 죵두쇠와 한냥듕 바둑쇠랄/ 큰쟉도로 찍어보며 은탕평[30] 져울달고/ 당십ᄃᆡ젼 너돈으룬 힝용소젼 ᄒᆞᆫ냥너돈/ ᄒᆞᆫᄌᆞ오[31]리 ᄒᆞ엿스니 아국돈은 녓돈일네

이처럼 물류와 화폐경제의 관계를 통해서 물류의 상품성과 가치성을 새롭게 인식하기도 하였다. 그리고 작품 (가)는 '문방졔구'란 단위 안에서 '붓', '먹', '조희'를 종합하여 간단하게 기술하고 있지만 작품 (나)에서는 이를 '붓푸리', '묵푸리', '죠희푸리'로 모두 독립 단위를 만들어서 구체적으로 물류의 존재를 확장하여 기술하였다. 그리고 (가)에서는 '과실장ᄉᆞ' 안에 채소류를 포함시켜서 기술하였으나 이를 (나)에서는 '실과푸리', 'ᄎᆡ소푸리'로 독립시켜서 물류의 존재를 확충하고 확장시키고 기술하고 있다. 그뿐 아니라 앞에서 거론한 것처럼 (가)에서 별로 비중을 두지 않고 'ᄌᆞ명종 잡화'로 묶어서 기술하고 만 부분을 (나)에서는 그것을 '잡화푸리'로 독립 항목을 설정하여 물목별로 기술을 세분하여 확충하고 확장시키고 있다. 그리고 그러한 현상은 또 (가)에서 '의복풀이 셔칙푸리 약파는ᄃᆡ ᄎᆞ파는ᄃᆡ'를 한 단위로 묶어서 기술한 것을 (나)에서는 이를 '약푸리'로 분리하고 독립시켜서 기술하는 데서도 나타난다. 결국

28) 셔유황(石硫黃) : 유황(硫黃)의 일종.
29) 년바오 : 원보(元寶). 말굽은(馬蹄銀).
30) 은탕평(銀蕩平) : 은냥칭.
31) ᄒᆞᆫᄌᆞ오 : 10전.

「무자서행록」에서 '전', '풀이', '사'를 합하여 모두 10단위 내외로 기술한 물류가 「병인연행가」에 와서는 '안경푸리, 잡화푸리, 향푸리, 붓푸리, 묵푸리, 죠희푸리, ᄎᆡᆨ푸리, 비단푸리, 붓ᄎᆡ푸리, 년ᄃᆡ푸리, 약푸리, ᄎᆞ푸리, 안경푸리, 잡화푸리, 향푸리, 붓푸리, 묵푸리, 죠희푸리, ᄎᆡᆨ푸리, 비단푸리, 붓ᄎᆡ푸리, 년ᄃᆡ푸리, 약푸리, ᄎᆞ푸리, 기명푸리, 모물푸리, ᄎᆡ풍푸리, 실과푸리, ᄎᆡ소푸리, 곡식푸리, 고기푸리, ᄉᆡᆼ션푸리, 술푸리, 썩푸리, 목긔푸리, 마안푸리, 쳘물푸리, 옹긔푸리, 젼당푸리, 져권무ᄉᆞᆷ 푸리'(기타) 등 모두 40여 단위 내외로 독립되고 확장되었다.

끝으로 작품 (가)와 (나)의 서술 단위에서 물류 인식을 결집시켜 서술하고 있는 유리창을 살펴보기로 한다. 다소 장황한 인용이 되겠지만 당시 물류 인식의 실상을 현실감 있게 파악하기 위해서는 불가피하게 다음과 같은 작품 원문을 읽어 보지 않을 수가 없다.

7) 가-유리창/나-유리창

(가)뉴리창[32]의 드러가니 멀리보는 쳘니경과/ 만호슈졍 양목경은 ᄃᆡ모양각 테를ᄒᆞ고/ 마조보기 소년경은 쥬셕ᄇᆡᆨ쳘 톄을ᄒᆞ고/ 지관보는 건량구며 면경톄경 오갑경과/ 시마초는 ᄌᆞ명종과 그림그린 뉴리병풍 ᄇᆡᆨ옥등잔 뉴리등과 옥ᄆᆡ화의 금ᄂᆞ뷔며/ 각ᄉᆡᆨ슐병 슐잔들과 어항슈젹됴뉴리라/ 온갓보ᄑᆡ 문방제구 도셔필통 벼로필목/ 진옥밀화 셕우황의 젹게삭인 신션부쳐/ 괴셕필산 청강셕과 쳔도연젹 옥ᄎᆞᆺᄃᆡ며/ ᄃᆡᄌᆞ쓰는 종녀붓과 셰ᄒᆡ쓰는 초호필과/ 양호상호 회호슈필 쥬먹갓튼 졔모필과/ 황모토모 마모필과 쥐ᄂᆞ로ᄉᆡᆨ ᄀᆡ털붓과/ 쌍농박은 광녕먹은 비단갑의 금칠갑과/ 두간즙이 윈쟝조희 분지죽지 ᄐᆡᆨᄉᆞ지며/ 고려견지 시젼지며 오ᄉᆡᆨ궁젼 ᄇᆡᆨ노지며/ 모물뎐을 볼ᄌᆞᆨ시면 촉묘피와 화셔피며/ 돈피붓치 두루막이 오양피의 등거리며/ 담뵈털은 마으라기 여호털은 도금ᄒᆞ고/ 표피휘항 괴털보션 ᄀᆡ가족은 바지로다/ ᄎᆡ풍푸리 바느질은 옷도짓고 슈도노코/ 의뎐이라 ᄒᆞ는ᄃᆡ는 온갓의복 파는고나/ 보션슬갑 장ᄉᆞᆷ이며 바지적ᄉᆞᆷ 두루마기/ 비단관복 깁속것과 ᄉᆞᆷ승무명 기져긔며/ 목도리의 겹ᄇᆡᄌᆞ며 ᄃᆡ련견ᄃᆡ ᄌᆞ로가지/ 당단맛게

---

32) 뉴리창(琉璃廠) : 북경 남쪽 정양문 밖에 있는 거리. 원래 해왕촌(海王村)이었는데 명나라 때부터 서화와 골동의 거리로 유명함.

여립소릐 여긔져긔 변화ᄒᆞ고/ 과실장ᄉᆞ 청근장ᄉᆞ 여긔져긔 버려노코/ 살고능금 복셩화셔 모과ᄉᆞ과 포도ᄃᆡ초/ 호도ᄀᆡ암 풋밤이며 은힝셕뉴 ᄉᆡᆼ감이며/ 유ᄌᆞ비ᄌᆞ 귤병민강 녀지놓안 밀들물/ 힝인당의 호도당과 빙당셜당 슈박씨며/ 머루다릐 아가외며 문ᄇᆡ춤ᄇᆡ 싀아리며/ 슈박이라 ᄒᆞ는거슨 우리ᄂᆞ라 호박인ᄃᆡ/ 거쥭빗츤 파르ᄉᆞ러 누른속의 허연씨가/ 노코보면 호박이나 먹어보면 슈박이오/ 동고라ᄒᆞᆫ 검은가지 오지항과 쳔연ᄒᆞ고/ 청당무는 동고라코 홍당무는 진홍이오/ 무우가지[33] 외동아가 동고란것 긴것잇셔/ 져른거슨 통통ᄒᆞ고 가는거슨 기다ᄒᆞ다/ 고초당초 마늘ᄉᆡᆼ강 굵은파의 가는부초/ 향갓슉갓 아옥ᄇᆡᄎᆞ 상치근ᄃᆡ 토련이며/ 버셧쥭슌 도라지며 콩기름의 녹두슉쥬/ 고비달늬 고ᄉᆞ리며 콩입팟입 당호박과/ 곡식푸리 볼작시면 돌방하의 노미쌀과/ 기장슈슈 피좁쌀과 모밀보리 귀우리며/ 녹두젹두 광젹이며 황ᄃᆡ청ᄃᆡ 쥐눈콩과/ 옥슈슈를 밧츨갈고 ᄊᆡ를ᄲᅵ여 울을ᄒᆞ고/ 피마ᄌᆞ를 타작ᄒᆞ고 박을울녀 집을덥고/ 큰ᄆᆡ돌은 반간죱이 당ᄂᆞ귀의 풍경다라/ 눈봉ᄒᆞ고 도라가며 두부갈고 밀도갈고/ 약ᄃᆡ게는 셕탄시러 솔발다라 졩겅졩겅/ 약ᄃᆡ모양 ᄒᆡ괴ᄒᆞ다 킈는놉하 셜멍ᄒᆞ고/ 가는다리 셩큼ᄒᆞ고 젹은ᄇᆡ는 등의붓고/ 볼기ᄶᆨ은 ᄲᅢ분이오 목아지는 뒤곱아셔/ ᄃᆡ가리는 별노젹고 샹을보면 말상이오/ 목아지는 셰모지고 ᄃᆡ가리는 츄혀들어/ 어긋어긋 거러가니 두길이ᄂᆞ 되는고나/ 웃닙슈얼 코밋츠로 노를ᄢᅦ여 죱아가며/ 몬다외는 압뒤흐로 길마쳐로 이러셔고/ 살발인ᄃᆡ 쪽발이오 발톱ᄂᆞ듯 굽이붓고/ 져근초리 쇠초리요 우는소릐 말소릐요/ 열은가쥭 털버셔져 도랑오른 ᄀᆡ몸갓다/ 각슈장이 옥장이며 풀무간의 마치소릐/ 광이술포 가릐늘과 모로작도 쇠시랑과/ 작위변탕 ᄃᆡ핏늘과 도릐송곳 활비비며/ 한과쥴과 ᄉᆞᆯ톱가지 화져가락 통송곳과/ ᄃᆡ갈편ᄌᆞ 거멀못과 오ᄇᆡ칼의 장도리라/ 지위도가 ᄯᅮ닥ᄯᅮ닥 목물면의 농두지며/ ᄉᆞ금궤의 피상ᄌᆞ며 층찬합의 각계셝과/ 교의탁ᄌᆞ 교ᄌᆞ상의 쥬홍금칠 ᄉᆞ모통과/ ᄌᆞᄀᆡ박은 목장이며 ᄇᆡᆨ통장식 옷함이며/ ᄊᆞ리바ᄌᆞ 삿ᄌᆞ리며 등다랏기 ᄎᆡ광쥬리/ ᄎᆡ반상ᄌᆞ 바고니와 쥬걱목판 함지박과/ 조리족박 두레박과 소반징반 칠합이며/ 횃ᄃᆡ변ᄃᆡ 넙가릐며 누역삿갓 나무신과/ 등경거리 밋돌테며 바지랑ᄃᆡ 지팡이라/ 셕지판ᄌᆞ 장목뎐과 동희소라 항독아리/ 놋쇠지음 피그릇과 유납ᄎᆞ관 신션노며/ 구리ᄃᆡ아 퉁노구며 무쇠두멍 가마솟과/ 화로향노 ᄉᆡ옹[34] 번쳘[35] 인도가위[36] 다류리[37]라

---

33) 무우가지 : 무우와 가지[茄].

34) ᄉᆡ옹 : 놋쇠로 만든 작은 솥.

35) 번쳘 : 번철(燔鐵). 지짐질할 때 쓰는 쇠그릇.

36) 인도가위 : 인두와 가위. 인두는 바느질할 때 구김살을 펴는 제구.

37) 다류리 : 다리미(함경도 방언).

이처럼 작품 (가)는 유리창을 쳘니경, 뉴리병풍, 문방졔구(죵녀붓, 광녕먹, 왼쟝조희), 모물뎐, ᄎᆡ풍푸리, 의뎐, 과실장ᄉᆞ 청근장ᄉᆞ(채소류), 곡식푸리, 당ᄂᆞ귀, 약ᄃᆡ, 목물뎐, 셕ᄌᆡ판ᄌᆡ 장목뎐 등의 중간단위를 설정하고 물류를 서술하였다. 그리고 작품 (가)에서는 곡식이라는 물류를 기술하다가 그와 관련 있는 당나귀와 약대를 기술하여 물류 조사의 초점이 흐터지는 현상을 보여 주나 작품 (나)는 이와 달리 완전히 물류의 존재 확인과 철저한 조사에 초점을 맞추어서 일관성 있는 서술을 하고 있다. 작품 (나)에서는 유리창의 물류 서술을 다음과 같이 하고 있다.

(나) 유리창이 여긔더라 쳔하보ᄇᆡ 드녀밧다/ 쳔은경은 녑ᄌᆞ금과 진옥무부 비취옥과/슈만호와 ᄌᆞ만호며 불호박과 명호박과/ 금ᄑᆡ밀화 산호가지 슈졍진쥬 쳥강셕과/ 보셕명쥬 셕웅황과 통쳔셔각 ᄃᆡ모조각/ 안경푸리 볼작시면 오슈졍과 ᄌᆞ슈졍과/ 먼니보ᄂᆞᆫ 쳔니경과 노소층경 양목경과/ 슌ᄃᆡ모테 슌양각테 은학슐의 ᄇᆡᆨ통장식/ 돗보기며 맛보기며 보리경의 ᄃᆡ거리오/ 잡화푸리 볼작시면 면경셕경 화류테경/ 지관보ᄂᆞᆫ 지남쳘과 시맛ᄎᆞᄂᆞᆫ 시계들과/ 졀노우ᄂᆞᆫ ᄌᆞ명종과 그림그린 유리병과/ 고동틀면 쇼ᄅᆡ나ᄂᆞᆫ 오음뉵뉼 ᄌᆞ명악과/ 유리구멍 녀어보ᄂᆞᆫ 긔형괴샹요지경과/ ᄇᆡᆨ옥등잔 뉴리등은 옥ᄆᆡ화의 금납븨며/ 오ᄉᆡᆨ유리 술병술잔 어항슈젹 화류바침/ 먹상필통 쳔도연젹 고셕필통 옥촛ᄃᆡ와/ 화반셕 도셔돌과 마간셕 벼로돌과/ 화루삭임 벼로갑과 오ᄉᆡᆨ칠ᄒᆞᆫ 셩젹경ᄃᆡ/ ᄎᆡᄉᆡᆨ유리 기름함과 ᄇᆡᆨ옥으로 ᄆᆡᆫ든분통/ 화각부친 음양쇼[38]며 면빗참빗 어레빗과/ 빗치ᄀᆡ며 쪽직ᄀᆡ며 금졉시의 연지합과/ 이쑤시ᄀᆡ 귀이ᄀᆡ며 치아집의 바ᄂᆞᆯ통과/ 진옥지환 구리골모 비단풀솜 가화ᄭᅩᆺ과/ 귀여ᄭᅩ리 팔ᄯᅮᆨᄭᅩ리 옥판ᄯᅴ 돈단초증ᄌᆞ/ 좁슬구슬 모각주며 조옥빈혀 납가락지/ 은조롱의 금방울과 호로병의 ᄽᅡᆼ방울과/ 금둑겁이 은오리오 진쥬푸심 조ᄀᆡ부젼/ 당부쇠깃 인쥬합과 셕유황 졉뷰ᄎᆞ돌/ 향푸리ᄅᆞᆯ 볼작기면 침향졍향 ᄇᆡᆨ단향과/ 비취한듕 용쥬향과 이궁젼의 금ᄉᆞ향과/ ᄇᆡᆨ팔념쥬 줄향이며 십팔ᄒᆞᆷᄉᆞ 구슬향과/ 옥난향 강진향의 부영쳥운 타래향의/ 쇼합향 만슈향을 비단갑의 너허잇고/ 붓푸리ᄅᆞᆯ 볼작시면 토호장호 슌양호며/ ᄃᆡᄌᆞ쓰ᄂᆞᆫ 종여필과 소ᄌᆞ쓰ᄂᆞᆫ 명월쥬며/ 황모쳥모 마모수필 쥐나룻 센ᄀᆡ털붓/ 쥬먹ᄀᆞᆺ튼 제모필은 외ᄌᆞ쓰기 죠타ᄒᆞ고/ 묵푸리을 볼작시며 ᄉᆞ향너흔 당연묵과/ 용트림ᄒᆞᆫ 니금묵과

38) 음양쇼(陰陽梳) : 빗살이 한쪽은 성기고 다른 한쪽은 빽빽한 빗.

글자삭인 쥬홍묵과 아청상청 북두청과 삼눅울금 ᄉᆞᆨ간쥬와/ 죠희푸리 볼쟉시면 분지죽지 ᄐᆡᄉᆞ지며/ 판의박은 시젼지며 오색궁전 백노지와/ 니금ᄉᆡᆨ리 ᄋᆡᆼ금젼지 억숭틸슝 능화지며/ 분당지며 쳔연지와 모호지며 문보라지/ ᄎᆡᆨ푸리을 볼작시면 만고셔가 다잇ᄂᆞᆫᄃᆡ/ 경셔서긔 ᄇᆡᆨ가셔와 소셜패관 운부ᄌᆞ젼/ 쥬ᄒᆞᆨ녁호 쳔문지리 의약복셔 불경이며/ 상셔도경 긔문벽셔 시ᄒᆞᆨ율학 문집들과/ 명필법쳡 그림쳡과 쳔하산쳔 지도가/ 아청갑의 쌔며쑥이 불근의예 황지부침/ 제목뼈셔 놉히ᄡᆞ하 못보던ᄎᆡᆨ ᄐᆡ반이오/ 비단푸리 볼작시면 공단ᄃᆡ단 운문단과/ 모단공단 영초단과 죠ᄀᆡ장단 소쥬단과/ 도리불슈 원앙단과 우단모탑 숭금단과/ 벙ᄉᆞ슈ᄉᆞ 광월ᄉᆞ며 져ᄉᆞᄃᆡᄉᆞ 슈갑ᄉᆞ와/ 궁초영쵸 뺭문쵸며 ᄉᆡᆼ쵸모초 셜한초며/ 츙견황견 은죠ᄉᆞ와 공능ᄃᆡ능 츄라항나/ 장원쥬와 통ᄒᆡ쥬와 노방쥬며 가계쥬며/ 져쥬슈쥬 슈하쥬며 뉵양팔양 십냥쥬며/ 삼승당뵈 셔양목과 회회포와 몽고젼은/ 온갖비단 다잇스니 이로긔록 다못ᄒᆞᆯ네/ 붓ᄎᆡ푸리 볼작시면 화루변듁 쇄금당션/ ᄇᆡᆨ단향살 종여살과 ᄌᆞᄀᆡᄉᆞ북 승두션과/ 쥭피부친 소당션과 그림그린 세술부ᄎᆡ/ 두루미털 ᄇᆡᆨ우션과 오목ᄌᆞ로 만든미션/ 우그러진 파쵸션과 방셕곗듯 창포미션/ 년ᄃᆡ[39]푸리 볼작시면 셔쳔셩 ᄇᆡᆨ통ᄃᆡ며/ 퉁소ᄀᆞᆺ튼 아편연통 물다마둔 슈연통과/ 비취ᄉᆞᆫ호 옥물ᄉᆡᆨ리 봉안노리 ᄌᆞ문쥭과/ 화류혈ᄃᆡ 오목혈ᄃᆡ ᄎᆡᆨ식칠ᄒᆞᆫ ᄌᆞ졈쥭과/ 약푸리을 볼작시면 환약고약 ᄀᆞ로약과/ 당ᄌᆡ초ᄌᆡ 금셕지ᄌᆡ 약쥽치셔 약저울과/ 협도ᄃᆡ연 돌졀구와 깁체풍노 막ᄌᆞ이[40]며/ ᄎᆞ푸리을 볼작시면 갑의너흔 황다봉과/ 뭉치뭉치 보의다며 동골도골 만보다오/ 향편다와 작셜다와 고아ᄆᆡᆫ든 향다고며/ 긔명푸리 볼작시면 ᄉᆞ긔반상 화긔반상/ 금테두룬 ᄉᆞ발ᄃᆡ졉 보아ᄌᆢᆼᄌᆞ ᄇᆡ락이와/ ᄎᆡ화그린 슐병슐잔 ᄌᆡᆼ반졉시 탕긔로다/ 항아리며 푼ᄌᆞ기며 ᄎᆞᄌᆢᆼᄎᆞ관 ᄉᆞ싯가지/ 기여진 것은 거멀뭇 조개진 것 철ᄉᆞ로집고/ 모물풀리 볼작시면 ᄎᆢᆼ모피며 화셔피며/ 아양피며 노양피와 담뷔털과 슈달피오/ 돈피ᄌᆞ알 호ᄇᆡᆨ구와 수우피며 오리털과/ 표피호피 산양피와 ᄀᆡ가쥭 ᄀᆡ잘양과/ ᄎᆡ풍푸리 볼작시면 슈도노코 ᄇᆡᄂᆞ질의/ 속것젹삼 두루막이 소음바지 져고리며/ 보션슈갑 타오투와 잉쥬요ᄋᆡ 창파ᄒᆞ며/ 비단단복 깁슈건과 공단목화 슈당혜며/ 귀집[41]코집 말악이와 다님돌ᄯᅴ ᄇᆡᄅᆡ기며/ 마제토슈[42] 등거리며 반팔ᄇᆡᄌᆞ 흉ᄇᆡ들과/ 도ᄉᆞ입ᄂᆞᆫ 도포두건 즁놈입ᄂᆞᆫ 쟝삼이오/ 담ᄇᆡ넛ᄂᆞᆫ 찰빰지와 판의박은 인문보오/ 쥬황당ᄉᆞ 벌ᄆᆡ돕은 두루졉ᄂᆞᆫ 쟝삼이

39) 년ᄃᆡ(煙臺) : 담뱃대.
40) 막ᄌᆞ이 : 조금 되는 가루약을 가는 데 쓰는 작은 방망이.
41) 귀집 : 귓집. 추위를 막기 위하여 귀를 싸는 물건.
42) 마졔토슈(馬蹄吐手) : 토시의 윗부리가 말굽 모양으로 되어 손등을 덮게 된 토시. '토수(吐手)'는 '토시'의 발음을 한자로 쓴 것.

오/ 비단이불 몽고요의 벼개모며 슈방셕과/ 휘장방ᄉᆞ 몰면ᄌᆞ와 복쥬감토 당각토며/ 분홍토홍 쥬황빗과 두록초록 년두ᄉᆡᆨ과/ 희ᄉᆡᆨ금향 먹물들여 줄을ᄆᆡ고 너러시며/ 우물줄의 겨양쳐셔 틀을메여 말니이고/ 실과푸리 볼작시면 ᄉᆡᆼ실과며 당쇽이라/ 문ᄇᆡ참ᄇᆡ 능금이며 모과ᄉᆞ과 포도ᄃᆡ쵸/ 가암연밤 복숑화며 머루다래 아가외와/ 흰슈박과 누른슈박 불근차뫼 ᄇᆡᆨᄉᆞ과와/ ᄉᆞ탕귤병 오화당과 빙당셜당 팔보당과/ 용안여지 당ᄃᆡ초며 민강평강 청ᄆᆡ당과/ ᄒᆡᆼ인당과 당표도며 낙화ᄉᆡᆼ외 슈박씨오/ ᄎᆡ소푸리 볼작시면 홍당무오 청당무오/ 향갓쑥갓 아옥ᄇᆡᆨᄎᆞ 버셧쥭슌 도라지며/ 고초당초 마늘ᄉᆡᆼ강 굴근파와 가ᄂᆞᆫ부쵸/ 동구란 거문가지 가ᄂᆞ라ᄒᆞᆫ 기단박과/ 호박동이 누른외며 고비달ᄅᆡ 고사리와/ 콩기름의 녹두슉쥬 콩닙팟닙 ᄭᆡ닙히오/ 곡시푸리 볼작시면 이ᄊᆞᆯ찹ᄊᆞᆯ 슈슈ᄊᆞᆯ과/ 기장좁ᄊᆞᆯ 피ᄊᆞᆯ이며 모미보리 귀우리와/ 녹두젹두 광젹[43]이며 황ᄐᆡ청ᄐᆡ 반주콩과/ 율모의이 옥슈슈며 참ᄀᆡ들ᄀᆡ 아쥭ᄭᆞ리/ 고기푸리 볼작시면 황육은 극귀하고/ 자쳔ᄒᆞᆫ 양육져육 오리게우 진계ᄭᆞ지/ ᄃᆡ통박고 입김들여 푸ᄒᆞᆫ고기 ᄉᆞᆯ져뵈게/ ᄉᆡᆼ션푸리 볼작시면 이어농어 가물치와/ 만어도미 업치ᄃᆡ구 죠긔쥰치 ᄌᆞ가ᄉᆞ리/ 슈어복어 모장이[44]며 병어상어 머역이와/ 모ᄅᆡ모지 썩져귀며 배암장어 도령허리/ 문어젼복 해삼홍합 죠개낙지 새우게와/ ᄉᆞᆯ푸리 볼작시면 약쥬소쥬 온갖슐이/ ᄆᆡ우로[45]며 불슈죠와 낙양츈[46] 이화ᄇᆡᆨ[47]과/ 두견쥬 포도쥬며 계화쥬와 벽향쥬며/ ᄉᆞ국공[48] 방문쥬와 ᄇᆡᆨ화쥬 년엽쥬를/ 나모궤를 크레ᄶᅩ셔 이궤제궈 부어두고/ 썩푸리를 볼작시면 왼갓썩이 다잇스니/ 좁ᄊᆞᆯ덕 지단강노 흑탕너흔 ᄉᆞ오병과/ ᄒᆡᆼ인병과 산ᄌᆞ병과 둥그러ᄒᆞᆫ 소월병과/ 창마호 지진썩은 삭기쳐럼 ᄭᅩ아스며/ 셕ᄉᆞ호라 하ᄂᆞᆫ썩은 인졀미 ᄀᆞᆺ튼게오/ 젼병증병 다식썩과 화젼슈교 만두ᄭᆞ지/ 목긔푸리 볼작시면 장농뒤지 궤그릇과/ 쥬홍금칠 피상ᄌᆞ며 층찬합 갑계슈리[49]/ 교의탁ᄌᆞ 교ᄌᆞ상과 ᄎᆡᆨ상경ᄃᆡ 벼로샹과/ ᄌᆞᄀᆡ박은 반다지면 ᄇᆡᆨ통쟝식 옷함이오/ 마안푸리 볼쟉시면 ᄆᆡᆼ이[50]등ᄌᆞ[51] 젼후거리/ 청청치년 겹다리며 구레혁바 담언치오/ 철물푸리 볼쟉스면 쟝도환도 시칼졉칼/ 쟝챵독긔 협도쟉도 자귀변

43) 광젹 : 광저기. 콩과에 딸린 한해살이풀. 중국이 원산지(原産地)임.
44) 모장이 : 모쟁이. 숭어의 새끼.
45) ᄆᆡ우로(梅雨露) : 매화가 핀 뒤에 담근 술.
46) 낙양츈(洛陽春) : 술의 이름.
47) 이화ᄇᆡᆨ(李花白) : 배꽃을 넣어 빚은 술.
48) ᄉᆞ국공(史國公) : 사긱공(四蒯公). 술 이름.
49) 갑계수리 : 가께수리. 왜궤(倭櫃)의 일종(一種).
50) ᄆᆡᆼ이 : 말 안장의 몸뚱이가 되는 물건.
51) 등ᄌᆞ(鐙子) : 말에 탔을 때 두 발로 딛는 제구.

탕 ᄃᆡ픽쓸과/ ᄃᆡ톱소톱 줄환이며 도ᄅᆡ송곳 활부븨와/ 보십가ᄅᆡ 삽칼리며 젹쇠곱쇠 어리쇠며/ ᄃᆡ갈현ᄌᆞ 화젹가락 광쥬졍의 거멀못과/ 부회열쇠 자믈회와 인도가의 져울밧탕/ 유납차관 신셜누며 무쇠가마 옹솟치오/ 구리ᄃᆡ아 퉁노구며 오동향노 화로ᄶᅡ지/ 옹긔푸리 볼쟉스면 동의소라 항독아리/ 오지그릇 툭박이며 셕간쥭 ᄉᆞ파병과/ 젼당푸리 볼쟉시면 돈밧고며 은밧곤다/ 년바오 오십냥듕 말굽쇠 이십냥듕/ 닷냥듕 죵두쇠와 한냥듕 / ᄒᆞᆫᄌᆞ오리 ᄒᆞ엿스니 아국돈은 넛돈일네/ ᄯᅩᄒᆞᆫ곳 둘러보니 져긘무슴 푸리련고/ᄡᆞ리바쟈[52] 삿지리며 종다락기[53] 바구니와/ 치반샹ᄌᆞ 치광듀리 조리족박 함지박과/ 삿갓삼ᄐᆡ 밋둘테며 참바믓쥴 피ᄎᆞ슨과/ 등경거리 입담ᄇᆡ와 슈슈ᄊᆡ도 뭇거노코/ 숫도팔고 회도팔고 셕탄시른 약ᄃᆡ온다

이처럼 작품(나)는 유리창의 물류를 '쳔은(보셕류)로 시작하여, 쳔하보ᄇᆡ, 안경푸리, 잡화푸리, 향푸리, 붓푸리, 묵푸리, 죠희푸리, ᄎᆡᆨ푸리, 비단푸리, 붓ᄎᆡ푸리, 년ᄃᆡ푸리, 약푸리, ᄎᆞ푸리, 긔명푸리, 모물푸리, ᄎᆡ풍푸리, 실과푸리, ᄎᆡ소푸리, 곡식푸리, 고기푸리, ᄉᆡᆼ션푸리, 술푸리, ᄯᅥᆨ푸리, 목긔푸리, 마안푸리, 쳘물푸리, 옹긔푸리, 젼당푸리, 져긘무슴 푸리'로 마감하였다. 이러한 기술 현상은 당시 유리창에 이와 같이 많은 물류가 다 한자리에 모여 있었다기보다는 연행록 작자들이 수시로 조사하여 가지고 있었던 물류조사 단자를 가지고 유리창이라는 서술 단위를 구성하였을 가능성이 더 크다. 작품 (가)와 (나)에 나타나는 그러한 풀이는 조선 후기, 특히 19세기의 다른 연행록에서도 찾아볼 수 있다. 그러나 서술 단위의 용어나 서술의 방법이 같은 것은 아니며 연행록 작성자의 성향에 따라서는 그런 물류가 작자의 인식권에서 벗어나 있는 경우도 있다. 이러한 연행록의 물류 인식 경향의 출현을 전후하여 정약용(1762~1836)의 물명고(物名攷, 物名括 또는 物名類라고도 함), 이가환과 이재위의 물보(物譜, 1802년), 유희의 물명고(物名考, 物名類考라고도 함, 1820년), 유(柳)씨

52) ᄡᆞ리바쟈 : 싸리바자. 싸리나무로 엮은 발과 같은 물건.
53) 종다락기 : 종다래끼. 메고 다니기에 편리한 싸리그릇.

의 물명찬(物名纂, 1890년) 등이 나타나는데 그것은 모두 물류에 대한 관심이 고조되고 그것에 대한 가치 지향성이 고조되는 사조가 만들어낸 산물이다. 이렇게 해서 물류 곧 상품의 가치가 부상되며 그것이 곧 한국 산업발전에 여러 모로 기여하였을 것이다. 따라서 생활필수품의 가치가 제고되면서 실생활에 필요한 공산품의 생산 활동이 가치 있는 일로 인식되어 갔을 것이다. 그래서 사농공상의 기존 가치의식에 변화를 가져와 마침내 공상인의 신분격상으로까지 이어지는 계기가 되었다고 할 수 있다. 실생활에 필요한 공산품의 생산과 그 유통에 가치를 인정하는 계기가 되면서 기존의 가치관에 많은 변화를 초래하게 되었을 것이다. 이러한 현상은 조선 후기 특히 19세기부터 더욱 활발해졌다. 조선 전기와 후기의 초중반까지의 연행록에서는 역사, 인물, 학문, 제도, 예술, 문화, 시문 등이 보편적이며 공통적인 담론이었지만 18세기부터는 물류에 많은 관심이 드러난다. 이러한 물류에 대한 가치 지향성은 문물 인식의 실용적 가치 기반을 형성하고 확충하면서 문물인식에서의 실용성 중시라는 변화를 가져오게 되었다.

5. 문물 인식

대부분의 연행가사가 청나라의 문물을 담론으로 올려 놓고 있다. 그러나 본격적인 담론들을 담고 있는 작품은 「무자서행록」과 「병인연행가」 두 작품뿐이다. 연경 사행자들은 선진 문물을 접하면서 때때로 많은 충격을 받았다. 그리고 새로운 문물을 접하는 시야의 확대를 통해서 다양한 세계를 인식하고 폐쇄되었던 자아를 확인하기도 하였다. 그들의 의식 속에는 항상 자존과 긍지가 자리잡고 있었지만 무한히 개방된 넓은 세계를 체험하면서 그들은 새삼스럽게 자신들의 왜소함을 깨닫기도 하였다. 무자서행록과 병인연행가에 그러한 모습들이 어떻게 투영되어 있는가를 몇 가지만 살펴보기로 한다. 두 작품의 작자가 많은 관심을 가졌던 생활방식으로서의 의・식・주, 통과의례, 연예와 오락, 국제적 인국 교유 등에 관한 문물 인식의 서술을 거론 대상으로 삼으려고 한다.

5-1. 의・식・주

무자서행록(가)과 병인연행가(나)에서 의・식・주에 관한 인식의 서술을 어떻게 하고 있는가를 살펴보기로 한다. 먼저 의복제도 곧 복식문화에 관한 기술을 보기로 한다.

5-1-1. 의복제도

(가) 의복제도 볼작시면 노소남녀 업시/ 아청적삼 반물바지 깃업슨 후리ᄆᆡ요/ 남ᄌᆞ는 슬갑쓰고 좁은ᄉᆞᄆᆡ 손을덥고/ 녀ᄌᆞ는 너른ᄉᆞᄆᆡ 션두른 장삼이오/ 남ᄌᆞ는 머리깍고 가온ᄃᆡ만 져쳐ᄶᅡ코/ 슈염가지 깍그되 삼십후면 그져두고/ 몽고는 적황의오 머리는 아조아조깍고/ 셔양국인 머리풀고 보션신발 아니신고/ 남녀승은 아조 깍고 도ᄉᆞ는 상토ᄒᆞ고/ 즁거ᄉᆞ는 깃단옷ᄉᆡ 너른ᄉᆞᄆᆡ 거문도포/ 도ᄉᆞ는 청두건의 푸른삼승 벙거지라/ 부녀는 머리길너 뒤로얼거 족쳐두고/ 금은파란 쥬취화식 각ᄉᆡᆨ으로 ᄭᆞ며시며

(나) 의복기 괴려ᄒᆞ여 쳐음보기 놀납도다/ 머리ᄂᆞᆫ 압흘깍가 뒤만ᄯᆞᆨ ᄒᆞᆫ 느리쳐셔/ 당ᄉᆞ실노 당긔ᄒᆞ고 마라기을 눌러쓰며/ 거문빗 져구리ᄂᆞᆫ 깃업시 지어쓰되/ 옷고름은 아니달고 단초다라 입어쓰며/ 아청바지 반물속것 허리ᄯᅴ로 눌너ᄆᆡ고/ 두다리의 힝젼모양 타오구라 일홈ᄒᆞ여/ 회목의셔 오금ᄭᅡ지 회ᄆᆡᄒᆞ게 드리ᄭᅵ고/ 깃업슨 청두루막기 단초가 여러히요/ 좁은 ᄉᆞᄆᆡ 손등덥혀 손이 겨오 드나들고/ 곰방ᄃᆡ 옥물ᄲᅮ리 담ᄇᆡ너ᄂᆞᆫ 쥬머니의/ 부시[54]ᄭᅡ지 ᄶᅧ셔들고 뒤짐지기 버릇시라

---

54) 부시 : 부싯돌을 쳐서 불을 일으키는 쇳조각.

이처럼 작품 (가)는 거시적 관점으로 당시 청나라의 복식제도를 광범하게 인식하려고 하고 있다. 작자는 내국인 복식과 외국인 복식, 남녀복식과 노소복식, 일반인 복식과 종교인 복식으로 나누어 당시 조선복식과 다른 점을 중심으로 기술하였다. 그러나 작품 (나)의 작자는 미시적 관점으로 한 사람의 복식을 택하여 머리쓰개, 상의, 하의, 외투, 장신구로 나누어 관찰하면서 당시 조선복식과 다른 점을 섬세하게 파악하여 기술해 보려고 노력하였다. 두 작자가 이러한 관점의 차이를 가지고 있지만 청나라 복식제도에 대한 폄하 의식은 공통적으로 드러나 있다. (가)에서 '노소남녀 업시'라고 한 것이나 (나)에서 '괴려ᄒᆞ여 쳐음보기 놀납도다'라고 한 것은 당시 청나라 복제에 대한 조선 지식인들의 비판적 인식이 드러난 것이다. 이러한 비판정신은 당시 조선 지성인들의 정신적 자존의식과 문화적 우월의식에서 나온 것이다. 따라서 당시 외교적 주종관계와 문화의식의 주종관계가 서로 상반되게 실존하고 있었음을 보여 준다. 다음은 음식제도 곧 음식문화를 보기로 한다.

5-1-2. 음식제도

(가) 차먹고 슐을드려 음식이 ᄃᆡ탁[55]이라/ ᄃᆡ청의 샹을노코 과실부터 버려오니/ 당과ᄉᆡᆼ과 온갖거슨 ᄉᆞ면ᄉᆞᆺᄐᆡ 버려노코/ 가온ᄃᆡ는 어육편면 십여긔를 드려노코/ 목합속의 담아메여 종일토록 날ᄂᆞ오니/ 몬져든것 물녀ᄂᆡ고 ᄎᆞᄎᆞ로 흘녀드니/ 부뷔음 국밥가지 오륙십긔 되는고나/ 아졔ᄧᅵᆷ의 연계ᄧᅵᆷ의 오리게우 ᄇᆡᆨ슉이며/……누른ᄒᆡ슴 흰ᄒᆡ슴을 국물잇게 ᄧᅵᆷ을ᄒᆞ되/ 아모소도 아니녀코 약념ᄒᆞ야 익혀ᄂᆡ니/……우리나라 ᄒᆡ슴ᄧᅵᆷ은 ᄧᅵᆷ이아녀 지짐이라/……셜당써셔 먹어보면 향미가 긔절ᄒᆞ다/ ᄇᆡᆨ즁긔[56] 흥을ᄂᆡ여 그릇들고 탐식ᄒᆞ니/ 문인습긔[57] 볼만ᄒᆞ고 흑ᄉᆡᆼ

55) ᄃᆡ탁(大卓) : 아주 잘 차린 음식상.

56) ᄇᆡᆨ즁긔(白仲紀) : 부사 반당인 백한진(白漢鎭)의 자(字). 나이는 55세이다(부-286).

57) 문인습긔(文人習氣) : 문인들의 습관.

원[58] 조롱커다/ ……거긧ᄉᆞᄅᆞᆷ 슐먹을제 먹음먹음 슈여먹고/ 우리는 벌쩍벌쩍 ᄒᆞᆫ먹음의 ᄒᆞᆫᄌᆞᆫ이라/…… 골흔잔 ᄎᆡ와붓고 연ᄒᆞ야 권ᄒᆞ는고/ 아니먹고 그져두면 다시권튼 아니ᄒᆞᄂᆡ

(나) 상가의 교위노코 쥬ᄀᆡᆨ이 둘너안져/……화졉시 녜일곱의 ᄉᆡᆼ실과며 당쇽이오/……낙화ᄉᆡᆼ이 이상ᄒᆞ다 먹어보니 잣맛ᄀᆞᆺ다/……슐붓ᄂᆞᆫ놈 ᄯᅡ로잇셔 도라가며 슐을부니/ 슐먹기을 서로 권히 ᄒᆞᆫ모금식 쉬염쉬염/ 먹다가 잔노흐면 골은잔을 ᄎᆡ워부어/ 죠금식 마시면서 그음식 다먹ᄂᆞᆫ다/ 먹던음식 물녀ᄂᆡ면 ᄉᆡ음식 가져오니/ 아졔짐[59] 년계짐[60]과 오리계유 탕이로다/……이런음식 칠팔긔을 년니여 갈아들여/ 죵일토록 먹고나니 이로긔록 못ᄒᆞᆯ너라/ 황낭듕과 동ᄒᆞᆨᄉᆞ도 졔집으로 청히가니/ 집치례도 훌늉ᄒᆞ고 음식범졀 ᄉᆞ치ᄒᆞ데/……봉ᄂᆡ국 음식와셔 외당의 갓다두고/ 큰교ᄌᆞ의 둘녀안져 ᄎᆞ례로 드려먹고/ 우리나라 주방으로 죠션음식 조금ᄒᆞ여/ 평안소쥬 감홍노[61]ᄂᆞᆫ 잇던거시 ᄒᆞᆫ병이오/의쥬역과 다식과ᄂᆞᆫ 나문것시 ᄒᆞᆫ병이오/……어만두라 ᄒᆞᄂᆞᆫ거ᄉᆞᆫ 맛갈업시 ᄆᆡᆫ드런네/ 건낭마두[62] 의쥬놈의 그솜씨가 오죽ᄒᆞ랴

이처럼 작품 (가)와 (나)의 작자는 청나라의 음식문화를 같은 방법으로 인식하였다. 당시 청나라 음식상은 양이 많고 종류가 많은 대탁이었다. 먼저 온갖 과실이 나온다. 계속하여 먼저 먹던 음식을 가져가고 새 음식을 가져온다. 술을 따르는 사람이 따로 있으며 음식을 먹으면서 쉬엄쉬엄 술을 마시고 술잔에 술이 줄면 계속하여 술을 따른다. 술을 권하지만 잔을 비우지 않으면 더 권하지는 않는다. 이러한 음식문화는 당시 조선의 음식문화와 사뭇 다른 것으로 인식하였다. 그러면서 이러한 청나라의 음식문화를 범절이 있는 것이라고 높이 평가하였다. 한편 조

58) 흑싱원(黑生員) : 죽은 짐승이나 그 밖의 먹이에 떼로 달라붙어 먹이를 쪼아대는 까마귀를 의인화한 표현인 듯하다. 여기서는 백중기 등의 탐식하는 모습을 그렇게 풍자적으로 비유한 듯.

59) 아제짐 : 아저(兒豬)찜. 어린 돼지의 찜.

60) 년계짐 : 영계(嬰鷄) 찜. 병아리 찜.

61) 감홍노(甘紅露) : 평양(平壤) 특산(特産)의 소주로 지치 뿌리를 꽂고 꿀을 넣어서 밭은, 빛이 붉고 단 술.

62) 건냥마두(乾糧馬頭) : 옛날 중국에 가는 사신이 가지고 가는 양식을 맡은 사람.

선의 음식문화는 열등의식을 가지고 비판한다. (가)의 작자는 '우리나라 ᄒᆡ슴빔은 빔이아녀 지짐이라'고 하면서 조선음식을 폄하하고, '우리는 벌쩍벌쩍 ᄒᆞᆫ먹음의 ᄒᆞᆫᄌᆞᆫ이라'고 하면서 조선인의 음주문화를 비판한다. 그리고 (나)의 작자는 '어만두라 ᄒᆞᄂᆞᆫ거ᄉᆞᆫ 맛갈업시 ᄆᆡᆫ드런네 건냥마두 의쥬놈의 그솜씨가 오ᄌᆞᆨᄒᆞ랴'라고 하면서 조선의 음식문화를 비판하고 사치스러운 청나라 음식문화를 선망한다. 가지고 간 조선음식과 현지에서 만든 조선음식은 모두 청나라 음식문화 앞에서 그 존재의미마저 상실하고 만다. 두 작자 모두 음식 사대주의 의식을 염치없이 드러내고 있다. 조선의 염치의식은 청나라의 음식문화 앞에서 실용의식을 향해 힘없이 무너져 내렸다. 끝으로 가옥제도 곧 주택문화를 살펴본다.

5-1-3. 가옥제도

(가) 봉셩장 문을열고 녀관의 드러가니/ 평디의 셩을ᄊᆞ혀 ᄉᆞ면이 방뎡ᄒᆞ고/ 시뎐이 부요ᄒᆞ니 화려킈 금ᄌᆞᆨᄒᆞ다/ 슈호문창 긔교ᄒᆞ고 금벽조ᄎᆞ 찬난ᄒᆞ니/ 지빈ᄒᆞᆫ 편호들도 집치레 과람코나……조양문 다다르니 연경의 동문이라/ 놉고큰 셩을ᄊᆞ고 셩문은 겹문이오/ 삼층문누 지어시되 청기와 니윗고나/ 녀염이 거려ᄒᆞ고 시뎐이 웅부ᄒᆞ니/ 뎐집을 볼ᄌᆞᆨ시면 외모도 훌늉ᄒᆞ다/……긔도갓치 너펄너펄 각ᄉᆡᆨ모양 느러걸고/ 뎐마다 그러ᄒᆞ고 집집마다 황홀ᄒᆞ다

(나) 녹창쥬호 여염들은 오ᄉᆡᆨ이 영농ᄒᆞ고/ 화ᄉᆞ치란 시젼들은 만물이 번화ᄒᆞ다

이처럼 (가)와 (나)의 작자들은 전이나 지빈한 편호들이나, 전집이나 여염집이나, 시전들까지도 모두 화사하고 사치스럽고 훌륭하다고 하면서 당시 청나라의 주택문화를 찬양하고 수준 높은 것으로 인식하였다. 그러나 분수에 넘치는 화려한 가옥 곧 사치스런 주택문화를 '과람'이라는 표현으로 비판하기도 하였다. 그것은 청나라 편호들에 대한 조선 선비들의 우월의식과 열등의식이 동시에 발로된 것이라고 여겨진다. 그리고 반실용주의 가치관에 대한 비판이라고도 할 수 있다.

5-2. 통과의례

예나 이제나 사람들의 삶에서 의·식·주는 가장 중요한 부분이다. 그다음으로 중요한 것이 통과의례이다. 그래서 조선 연행사들은 청나라의 의·식·주에 많은 관심을 가졌으며 또한 청나라 통과의례를 주목하여 관찰하였다. 이제 작품 (가)와 (나)에 나타난 통과의례에 관한 담론 중에서 혼속, 학업과 과거, 장속 등에 관한 것들을 살펴보기로 한다.

5-2-1. 혼속

혼속은 연경 동북부의 호화로운 혼속과 청나라에 있었던 승겁해 등을 다음과 같이 서술하고 있다.

① 혼속(婚俗)과 승겁해(僧劫解)

(나) ᄯᅩᄒᆞᆫ곳 지ᄂᆡ더니 혼인구경 맛춤한다/ 긔구도 장커이와 위의가 볼만ᄒᆞ다/ 긔치창검 슉졍ᄑᆡ[63]와 청ᄀᆡ홍ᄀᆡ[64] 일산갓지/ 쌍쌍이 압흘셰워 몃쌍인지 모로겟고/ ᄃᆡ풍악 압뒤삼연[65] 어울너 요란ᄒᆞ고/ 팔인교를 놉히메여 쳔쳔이 지나가니/ 불근젼 휘장의다 치ᄉᆡᆨ실노 슈을노코/ 거문공단 ᄯᅮ경의다 황금으로 ᄭᆞᆨ지ᄒᆞ고/ 젼후좌우 향불피여 향취가 ᄎᆞᆨ비ᄒᆞᆫᄃᆡ/ 좌우뉴리 밀창으로 그속을 여어보니/ 응장셩식[66] ᄒᆞᆫ온신부 단졍이 안저앗고/ 그뒤희 사인교가 두서넛 ᄯᆞ로오니/ ᄒᆞ나흔 본ᄉᆡᆼ모요 ᄯᅩᄒᆞ나흔 유모라네

---

63) 슉졍ᄑᆡ(肅靜牌) : '숙정(肅靜)'자를 써서 조용하게 하기 위해 세우던 나무 패(牌).

64) 청ᄀᆡ홍ᄀᆡ(靑蓋紅蓋) : 의장(儀杖)의 하나로 임금이나 고관(高官)이 쓰던 것으로 용(龍)이나 학(鶴)이 그려진 일산(日傘)과 같은 것.

65) 삼연 : 삼현(三絃). 거문고, 가야금, 당비파 세 악기를 이름.

66) 응장셩식(凝裝盛飾) : 얼굴과 옷을 아름답게 꾸밈.

이 청나라의 혼속은 (나)에만 나타나 있는데 이처럼 아주 큰 규모였고 관현악대의 합주행렬을 앞뒤로 거느리고 있었다. 팔인교와 사인교가 하나의 행렬을 이루고 있으며 생모와 유모가 뒤따랐다. 당시 연경 북방의 성대한 결혼식 풍속도다. 승겁해(僧劫解)는 (가)의 동행일기인 「부연일기(赴燕日記)」에 소개된 혼속이다. 결혼한 여자가 초야(初夜)를 스님과 보내고 나서 신랑한테 간다는 특이한 혼속이다. 거기에는 몽고의 특이한 혼속도 소개되어 있다. 남녀가 전려(氈廬)에서 동거하는데 한방을 가로지른 막대기로 남녀의 침소를 구분하고 남편이 외출 중에 외래객이 찾아와도 매한가지로 그 집 여자와 외래객이 거기에서 함께 묵는다. 남편이 집에 돌아오면 외래객의 손에 냉수를 한잔 들게 하여 떨어뜨리지 않아야만 남편이 안심을 한다는 풍속이다. 이것은 몽고에 간통 뒤에 냉수를 마시면 죽는다는 금기의 풍속이 있었기 때문이라고 한다. 당시의 연행사들은 청나라 혼속의 화려함과 큰 규모에 놀라고 승겁해나 전려의 동거에서 충격을 받으면서 세계인식의 폭을 넓혀 갔다.

5-2-2. 학업과 과거

학업과 과거제도는 중국의 태학과 조선의 성균관을 비교하고, 청나라와 조선의 학업제도를 비교하는 관점에서 다음과 같이 기술하고 있다.

① 태학(太學)과 성균관(成均館)

(가) ᄐᆡ학은 그셔편의 뎨도가 굉ᄃᆡᄒᆞ니/ 우리나라 셩균관이 모쩌다가 지어는ᄃᆡ/ ᄃᆡ셩뎐은 앏희잇고 명눈당은 그뒤히니/ 즁원ᄐᆡ학 지을적의 디형ᄃᆡ로 지은거슬/ 그ᄃᆡ로 달마오니 ᄃᆡ국ᄉᆞ름 웃는다네

(나) ᄐᆡᄒᆞᆨ을 ᄎᆞᄎᆞ가셔 ᄃᆡ셩젼의 ᄉᆞᄇᆡᄒᆞ고/…… 젼ᄂᆡ을 봉심ᄒᆞ니 불근위픽 뫼셔노코/ᄃᆡ셩지경 공ᄌᆞ신위 금ᄌᆞ로 여ᄃᆞᆲᄌᆞ요/ 안증ᄉᆞᄆᆡᆼ 넷셩인은 동셔로 뫼셧스며/……등문밧 뜰가온ᄃᆡ 쥬룽룽 셧는비ᄂᆞᆫ/ 식년마다 과거뵈고 진ᄉᆞ방을 삭인비라/ 몃식년을 지ᄂᆡ더냐 몃ᄇᆡᆨ인지 모르겟

다/ 그셔편의 벽옹이니 쳔즈의 흑궁이라/……그속의 어탑잇셔 친님과거 뵌다하데/……북편의 놉흔집은 이륜당이 현판이라/ 아국으로 니로라면 명눈당과 일반이라/ 그우희 올나보니 션비 모혀 글을짓고/ 그뒤당의 시관잇셔 글바다다 꼬흔다[67]네/ 아국으로 이르라면 승보[68]뵈는 일체=로다

이처럼 조선의 성균관과 중국의 태학을 비교하여 보면서 (가)의 작자는 태학을 지을 때 그곳 지형의 사정 때문에 불가피하게 태성전(太成殿) 뒤에 명륜당(明倫堂)을 지었는데 아무 까닭도 없이 조선이 그것을 그대로 모방하였던 선유(先儒)들의 어리석음을 확인하고 비판한다. 그리고 석고(石鼓)의 고전(古篆)을 보면서는 (가)와 (나) 작자 모두 자신들의 학문적 한계를 실감하였다. 십삼경비(十三經碑)를 보면서는 두 작자 모두 중국의 학풍에 위축되었으며 중국 과거제도의 오랜 역사와 인재의 배출, 청나라 이륜당(彝倫堂)과 조선 명륜당(明倫堂)의 유사함, 청나라 시관(試官)이 거처하는 당(堂)과 조선의 승보(陞補)가 같음을 비교해 보면서 조선 과거제도의 유래와 뿌리를 확인하고 어쩔 수 없이 사대의 소용돌이 속으로 휘말려 들어갔다. 심각한 자기한계의 자각이었다. 이러한 자각은 한편은 자기 상실로 이어졌고 다른 한편은 새로운 자기의 창조로 나타났다.

② 과거제도와 과장(科場)과 품계

(가) 팔월초 팔일의 과거를 뵌다ᄒᆞ니/ 우리ᄂᆞ라 식년쳐로 삼년일ᄎᆞ 샌이로다/ 향공의 ᄲᆡ힌 션비 한셩시를 와셔보고/ 과거를 못ᄒᆞ여도 다시향공 아니보며/ 향공을 ᄒᆞᆫ번ᄒᆞ면 한셩시는 세번가지/ ᄒᆞ던지 못ᄒᆞ던지 못ᄒᆞ야도 벼슬ᄒᆞ니/ 회시의는 진ᄉᆞᄒᆞ고 진ᄉᆞᄒᆞ면 급제일톄/ 세번의 못마치면 외임[69]을 ᄒᆞ야가니/ 칠품관 현감현령 우리나라 ᄂᆞᆷ힝[70]갓고/ 공원[71]이라 ᄒᆞ는ᄃᆡ는

67) 꼬흔다 : 꿇는다. 잘잘못을 살피어 정함.

68) 승보(陞補) : 조선(朝鮮) 때 음력 10월 성균관장(成均館長)이 사학(四學)의 유생(儒生)을 모아 시부(詩賦)를 시험 보던 일.

69) 외임(外任) : 지방 관청의 벼슬.

과거뵈는 당즁이나/ 슈만간 집을짓고 ᄒᆞᆫ간의 션비ᄒᆞ나/ 드러간후 문ᄌᆞᆷ으고 그속의셔 글지으니/ 쳣날 경의보고 둘ᄌᆡ날은 ᄉᆞ셔의심/ 귀글노 지어보고 말ᄌᆡ날은 ᄎᆡᆨ문이라/ 초듕종 ᄉᆞ흘과거 이틀걸너 뵈는고나/ 거깃말 드러보니 겟과거도 ᄉᆞ졍[72]쓴다/ 한달만의 방이ᄂᆞ고 ᄂᆡ년봄의 회시로다/ 한셩시의 ᄲᆡ인ᄉᆞ름 ᄐᆡ학ᄉᆡᆼ 힝세ᄒᆞ고/ 명경과 쏘잇는ᄃᆡ 외오는 공부로다/ 명경ᄉᆡᆼ 향공ᄉᆡᆼ은 숩승옷슨 아니닙고/ 아젼장교 갓튼것도 품슈잇셔 증ᄌᆞ다니/ 마으락 ᄭᆞᆨ닥이의 각ᄉᆡᆨ구슬 달아시되/ 푸른구슬 누른구슬 금증ᄌᆞ 은증ᄌᆞ며/ 산호증ᄌᆞ 승품이오 홍보셕은 일품이라/ 황뎨는 우히업다[73] 증ᄌᆞ업시 쓰는고나

과거제도에 관한 기술은 (가)에만 나타난다. 이처럼 청나라에서 8월 8일에 보는 과거는 조선의 식년시처럼 3년에 1번 보는 과거였다. 청나라는 향공에 합격하면 한성시를 보았다. 향공에 1번 합격을 하면 한성시를 3번까지 볼 수 있지만 한성시에 합격을 못해도 향공을 다시 보지는 않았다. 한성시에 합격을 못해도 외임 관직을 가질 수 있기 때문이었다. 한성시에 합격하면 태학생이 되며 명경과는 암송으로 시험을 보았다. 조선에서 과거를 자(子), 오(午), 묘(卯), 유(酉)년에 실시하는 것은 청나라 과거제도에서 사정(四正)을 쓰고 있는 것과 같은 것이었다. 청나라의 품계는 구슬과 증자와 보석으로 변별하였다. 이와 같은 것이 김지수가 확인한 당시 청나라의 과거제도였다. 김지수는 조선 과거제도의 뿌리가 중국에 있지만 청나라와 조선의 과거제도가 똑같은 것만은 아니며 조선의 과거제도는 조선적으로 변모되어 왔음을 확인하였다.

---

70) ᄂᆞᆷ힝(南行) : 음직(蔭職). 생원, 진사, 유학으로서 하는 벼슬의 통칭.

71) 공원(貢院) : 과거시험을 실시하던 곳(부-353).

72) 사졍(四正) : 자(子), 오(午), 묘(卯), 유(酉)의 네 방위. 해당 해에 과거시험을 보임.

73) 우히업다 : 위가 없다. 윗 사람이 없다.

5-2-3. 장속

작품 (가)와 (나)에 기술된 장속을 그 진행 순서에 따라 상가(喪家), 관(棺), 상여(喪輿), 장의행렬(葬儀行列), 봉분(封墳) 순으로 살펴보면 다음과 같다.

① 상가(喪家)

(가) 상가라 ᄒᆞ는거슨 ᄯᅳᆯ가온ᄃᆡ 삿집짓고/ 문밧긔 초막짓고 ᄃᆡ취타와 세ᄒᆡ적이/ 됴ᄀᆡᆨ의 츌입마다 풍유로 영송ᄒᆞᆫ다

(나) ᄯᅩᄒᆞᆫ곳 지나더니 상가의셔 발인ᄒᆞᆫ다/ 상가라 ᄒᆞᄂᆞᆫᄃᆡᄂᆞᆫ ᄯᅳᆯ가온ᄃᆡ 삿집짓고/ 문밧긔 초막지어 ᄃᆡ취ᄐᆡ와 필이적이/ 죠ᄀᆡᆨ의 출입마다 풍뉴로 영송ᄒᆞᆫ다

이처럼 청나라의 상가(喪家)는 뜰 가운데 삿집을 지었다. 그리고 조객(弔客)들을 풍류로 영송(迎送)하는 것이 조선과 다른 특이한 상례풍속(喪禮風俗)이다. 인용문처럼 (가)와 (나) 두 작품은 이 부분에서 내용뿐 아니라 표현까지도 정확하게 일치한다. 작품 (가)를 가지고 작품 (나)를 보완한 것 같다. 다음에서 살펴보겠지만 상여는 조선의 상여와 크게 다른 것이 없는데 상여의 묘사 역시 (가)와 (나)가 아주 유사하다. 이러한 점으로 미루어 본다면 (가)가 (나)의 이본 형성에 결정적인 역할을 한 것 같다. 다음의 관 묘사도 그렇게 추정할 수 있는 논거가 된다.

② 관(棺)

(가) 관치례를 볼ᄌᆞᆨ시면 놉히는 반길되게/ 왜쥬홍으로 칠을ᄒᆞ고 황금으로 그림긔려/ 모양도 괴려ᄒᆞ고 크기도 영당ᄒᆞ다

(나) 관치례을 볼작시면 놉히ᄂᆞᆫ 간반되게/ 쥬홍으로 칠을ᄒᆞ고 황금으로 그림그려/ 모양도 긔려ᄒᆞ고 크기도 굉장ᄒᆞ다

이와 같이 관의 묘사도 (가)와 (나) 두 작품이 정확하게 일치한다. 관은 황금으로 그림을 그리고 크기가 대단했다는 것 외에는 조선왕조의

관과 다른 것이 별로 없다.

③ 상여(喪輿)

(가) 상여를 볼죽시면 소방상 틀을ᄧᅡ고/ 오ᄉᆡᆨ비단 두로얼거 황홀ᄒᆞ고 긔이ᄒᆞ게/ 뒤얼거셔 문을노하 ᄭᅩᆺ송이도 쳔연ᄒᆞ게/ 아ᄅᆡ우희 길반되게/ 층층이 ᄭᅮ며시며 ᄉᆞ면춘혀 충도리의/ 누각과 일톄로다

(나) 상여을 볼작시면 소방상을 틀을ᄧᅡ고/ 오ᄉᆡᆨ비단 두루얼거 황홀ᄒᆞ고 그이ᄒᆞ게/ 뒤얼거서 문흘노하 ᄭᅩᆺ송이도 쳔연ᄒᆞ고/ 아ᄅᆡ우히 길반되게 층층이 ᄭᅮ며스며/ ᄉᆞ면츈혀 츙도리의 누각과 일체로다

이와 같이 상여의 기술도 앞에서 언급한 바 있지만 작품 (가)를 가지고 (나)를 보완한 것 같다. 상여는 호화로움을 제외하면 조선의 상여와 크게 다른 것이 없다. 이 상여의 묘사 역시 (가)와 (나)가 아주 유사하다. 따라서 작품 (나)의 장속은 작품 (가)를 가지고 보완했던 것으로 여겨진다.

④ 장의행렬(葬儀行列)

(가) 샹여앏희 상인셔고 샹졔앏희 공포셔고/ 동ᄌᆞ삼텬 그압셔고 계집복인 ᄎᆞ를타고/ 흰슈건의 머리ᄆᆡ고 흰옷을 입어시며/ ᄎᆞ례로 슈샹ᄒᆞ니 몃수렌지 모를노다/ 조희로 긔를ᄒᆞ여 쥬룽쥬룽 너푼너푼/ 노곤사슴과 ᄀᆡ들과 토기ᄉᆞ지 쥭산ᄆᆡ며/ 신션과 귀신들도 몃쌍인지 로로겟고/ 가화분은 몃쌍이며 즙물은 몃슈레니/……의복금침 조희로다/ 교의반둥 셔안문갑 셔칙필통 무ᄉᆞ일고/ 슈긔치의 쳥홍ᄀᆡ며 ᄉᆞ인교는 영좌로다/ 길앏희 느려셔니 그도ᄯᅩᄒᆞᆫ 볼만ᄒᆞ니/ 산디도 조흘시고 밧두듥이 명당이라

(나) ᄉᆞᄂᆡ상졔 계집상졔 일가친쳑 복인들이/ ᄎᆞ을ᄐᆞ고 뒤ᄯᅡ르ᄃᆡ 흰무명옷 입어시니/ ᄉᆞ나히ᄂᆞᆫ 흰두루막이 흰슈건 머리동여/ 계집은 흰무명을 ᄯᅩ아리를 ᄒᆞ여이고/ 무영ᄒᆞᆫᄭᅩᆺ 뒤로느려 발뒤ᄭᅮᆷ치 치렁치렁/ 샹여압히 션동드른 ᄉᆡᆨ등거러/……압뒤풍악 ᄌᆞ아져셔 중괭가리 요란ᄒᆞᆫᄃᆡ/ 명졍공포 웁압삽과 일산ᄉᆡᆨ긔 몃쌍인지/ 오ᄉᆡᆨ능화 당조희로 ᄎᆞ와말을 ᄆᆡᆫ드러셔/ 흔ᄇᆡᆨ위ᄒᆞᆫ 나뷔ᄉᆞ와 이부ᄌᆞ리 금침ᄭᆞ지/ 모도다 ᄉᆡᆨ죠히로 죠작이 휘황ᄒᆞ다/ 관을갓다 결의두고 삼연을 지ᄂᆡᆫ후의/ 벌판의 산지잡아 밧두독이 명당이라

작품 (가)의 장의행렬 순서는 공포, 동자, 상인, 상제, 상여 순이며, 여자 복인도 행렬에 따랐다. 그리고 상복은 흰 머리수건에 흰옷을 입었다. 장지는 밭둑이며 영정은 사인교로 모시고 갔다. 작품 (나)의 장의행렬 순서는 선동, 상여, 그 앞뒤에 풍악대가 따랐다. 상복은 남자는 흰 머리수건에 흰 두루마기고 여자는 흰 또아리에 무명 한 끝을 뒤로 발끝까지 걸쳐 입었다. 시신은 절에다 3년 안치를 하였다가 모시는데 장지는 밭둑이다. 조선과 다른 점은 장의 행렬이 동자의 인도로 나아가며 풍악대가 풍악을 울리면서 나아가는 점이다. 그리고 장지가 밭둑이라는 점이다. 여기에는 사람이 죽는다는 것은 환희의 세계로 돌아간다는 내세관이 드러나 있다. 따라서 죽는다는 것은 슬픔이 아니라 기쁨인 것이다. 그리고 죽은 이를 밭둑에 안치하여 산 사람의 경작 공간을 침범하지 않는 것은 거기에 중국인들의 실용적 가치관이 자리 잡고 있다고 보아야 할 것이다. 따라서 이것은 곧 후손에 대한 현세 발복인 셈이다. 조선 연행사들은 이런 중국적 명당관에서 많은 깨우침을 받았을 것이다.

⑤ 봉분(封墳)

(가) 산디도 조흘시고 밧두듥이 명당이라/ 관을노코 벽을ᄊᆞᆨ하 밧긔는 회를쓰고/ 봉분모양 넙젹둥굴 웃둑웃둑 이러셔고/ ᄉᆞ초업시 나무심어 그늘속의 무덤잇고/ 사방으로 담을ᄊᆞᆺ고 가온ᄃᆡ는 고쥬ᄃᆡ문/ 문앏희는 신도비요 좌우의는 망쥬로다……ᄇᆡᆨ년후의 밧츨갈면 ᄒᆡ골을 어이ᄒᆞ며/ 슈직목근 응당이오 젼장도기 가려로다/ 호인의 인ᄉᆞ도리 칙망키야 ᄒᆞ련마는

(나) 벌펀의 산지ᄌᆞ바 밧두둑이 명당이라/ 아모ᄃᆡ나 영장ᄒᆞᄃᆡ 그우히 벽덜ᄡᅡᆨ하/ 회을발나 봉분ᄒᆞ여 잔ᄃᆡ는 아니덥고/ 뒤흐로 담을ᄡᅡᆺ고 압흐로 문을ᄂᆡ여/ 문압히 비셕포셕 단청ᄒᆞᆫ ᄑᆡ루들과/ 슈기ᄃᆡ ᄒᆞᆫ쌍세워 위의가 굉장ᄒᆞ다

이와 같이 청나라의 봉분은 밭둑에 만들었으며 봉분에다 잔디를 심지 않고 나무를 심었다. 그리고 봉분 앞뒤 또는 사방으로 담을 쌓았다. 청나라의 봉분제도는 조선왕조의 봉분제도와 아주 다른 특이한 양식이

었다. 김지수는 이러한 봉분제도를 우려하면서도 'ᄎᆡᆨ망키야 ᄒᆞ련마는'이라고 하면서 결국 청나라 사람들의 실용적 사고에는 동의를 하고 있다. 조선의 관념적 명당관이 청나라의 실용적 명당관을 수용한 것이다. 장속(葬俗)은 조선왕조의 의례에서 아주 중요시된 통과의례였으므로 연행가사에서도 소홀히 넘겼을 까닭이 없었겠지만 30여 년의 간격을 두고 왕래한 연행길에서 똑같은 장속(葬俗)을 보고 똑같은 표현과 같은 내용의 기록을 할 수 있겠는가 하는 데는 역시 회의적일 수밖에 없다. 따라서 「무자서행록」이 「병인연행가」의 이본 형성에 어떠한 영향을 끼쳤는지에 대해서는 앞으로 면밀한 검토가 뒤따라야 할 것 같다.

5-3. 연예와 오락

사람들의 삶에서 기본적으로 요청되는 것은 의·식·주와 통과의례다. 그다음으로 필요한 것은 연예와 오락이라 할 수 있다. 연예와 오락은 삶에서 긴장을 풀어 주고 삶에 리듬을 주어 생산 활동을 원활하게 해주고 삶의 격조를 높여 준다. 따라서 조선왕조의 연행사들이 의·식·주와 통과의례 다음으로 관심을 가졌던 것이 연예와 오락이다. 그들은 각희, 근두희, 등희, 서양추천, 완구희, 지포희, 창우희, 회자정희, 환희 등에 관하여 상세한 기술을 하였다. 그런 연예오락 중에서 작품 (가)와 (나)에 기술된 환희와 창시를 살펴보기로 한다.

① 환희(幻戲)

(가) **환희를** 보려ᄒᆞ고 **희ᄌᆞ**를 불너오니/ **세네놈** 드러와셔 소ᄅᆡ와 즈즐ᄒᆞ며/ **큰쇠고리** 여ᄉᆞᆺ기를 이엇다가 ᄭᅳᆫ어다가/……잉도갓튼 **다ᄉᆞᆺ구실** 두손의 난화쥐고/ 하나히 둘도되고 잇던것 업셔지고/……**그르슬** 싸희노코 보흐로 덥허두고/ 다시금 ᄎᆞᄌᆞ보면 그릇간ᄃᆡ 젼혀업ᄂᆡ/……ᄯᅩ ᄒᆞᆫ놈 **검은소쳔** 수십기를 모하노고/ 부ᄌᆞᆨᄒᆞ고 뒷집으로 노라ᄒᆞᆫ 금젼인데/ 이리져리 뒤집으면

모도다 금빗치라/……또ᄒᆞᆫ놈 ᄲᅢ를ᄶᅡᆨ가 **니ᄡᅳ시ᄀᆡ** 가튼거슬/ 기리는 두치되게 단ᄒᆞᆫ기를 코히녀고/ 분명히 히긴줄을 ᄉᆞ면ᄉᆞ롬 혜여뵈고/……또ᄒᆞᆫ놈 **빈그릇시** 놋긴ᄒᆞᆫᄂᆞ 드르치고/ 경각간의 여러보니 산ᄇᆡᆨ암이 굼틀굼틀……또ᄒᆞᆫ놈 **바늘ᄂᆡ여** 이십기를 넙의녀코/ 무슈히 너흐다가 답십어 삼킨후의/……이시히 칼을ᄲᅦ고 쳘탄ᄌᆞ를 토ᄒᆞ는고/ 그외의 잔ᄌᆡ조는 긔록기 어렵도다

(나) **환희**를 구경코져 **희ᄌᆞ**를 불너오니/ **세놈이** 드러와셔 요술노 진슐ᄒᆞᆫ다/ 잉도ᄀᆞᆺ튼 **다ᄉᆞᆺ구실** 정녕이 난화노코/ ᄉᆞ발노 덥혓다가……**큼쇠고리** 여ᄉᆞᆺ기를/ 난화들고 맛부ᄃᆡ쳐 ᄉᆞ슬고리 만드러셔/ 어금맛겨이엿다가……**ᄇᆞ늘ᄒᆞᆫ줌** 입의너코 ᄶᅵ룩ᄶᅵ룩 삼킨후의/ 실ᄒᆞᆫ님을 ᄎᆞᄎᆞ삼켜 ᄭᅳᆺ출잡고 ᄲᅦ여ᄂᆞ니/……상아ᄲᅢ로 ᄶᅡᆨ가민든 **이ᄡᅳ시ᄀᆡ** ᄀᆞᆺ튼거시/ 두치기릐 되ᄂᆞᆫ거솔 ᄒᆞᆫ기를 코의너허/……식ᄃᆡ구 허리ᄯᅴ를 칼노정녕 ᄭᅳᆫ너다가/ 두ᄭᅳᆺ츨 ᄒᆞᆫᄃᆡᄃᆡ여 손으로 부뷔치니/……**빈ᄉᆞ발** 업허다가 열어보면 가화ᄭᅳᆺ과/ 난ᄃᆡ업ᄂᆞᆫ 뉴리어항 금붕어도 ᄲᅱᄂᆞᆫ것과/……이런ᄌᆡ죠 저런ᄌᆡ죠 이로긔록 다못ᄒᆞᆯ네

조선왕조 후기 연행록의 연예오락에 관한 서술 중에서 환희는 가장 많은 빈도수로 기술되어 있다. 따라서 작품 (가)와 (나)에 환희가 소개된 것은 별로 새로운 것이 아니다. 그리고 김지수와 홍순학이 보았던 환희는 누구나 가장 쉽게 볼 수 있었던 환희다. 다만 한 세대를 훨씬 뛰어넘으면서도 같은 유형의 환희가 당시 청나라 외교가에 예전 모습 그대로의 연예오락 프로로 전승되고 있었다는 점이 주목을 받는다. 이점은 당시 세계인의 여가 즐기기에서 청나라 환희가 아주 널리 공연되고 있었다는 사실을 말해 준다. 작품 (가)와 (나)에서 환희하는 사람은 모두 3~4인으로 구성되어 있다. 환희를 하는 사람을 희자(戱子)라고 한다. 이 희자 3~4인이 번갈아가면서 여러 개의 구슬, 큰 쇠고리, 빈 그릇, 바늘, 이쑤시개를 가지고 환술 곧 요술을 한 것이다. 이 5가지의 환희는 작품 (가)와 (나)에 공통적으로 기술된 같은 환희다. 여기에서 작품 (가)의 작자는 고리로 하는 고리 요술, 보자기로 하는 보자기 요술, 뼈를 깎아 만든 이쑤시개로 하는 이쑤시개 요술, 빈 그릇과 긴 끈을 가지고 하는 그릇과 끈의 요술 등을 보았다. 그리고 작품 (나)의 작자는 구슬 서

너 개로 하는 구슬 요술, 고리로 하는 고리 요술, 바늘 한줌으로 하는 바늘 요술, 오색실로 하는 실 요술 등을 보았다. 이러한 환희(幻戱, 幻術, 妖術)는 다른 연행록들에도 나타나 있어서 조선왕조의 연희 곧 연예와 오락에 많은 영향을 끼쳤을 것이다. 다음은 창시(槍矢)놀음을 보기로 한다. 이것은 작품 (나)인 「병인연행가」에만 있다.

② 창시(槍矢)놀음

(나) 마잔편 희ᄌᆞ루의 창시노름 맛츔ᄒᆞᆫ다/ 구경군 모하드러 인셩만셩 뇨란ᄒᆞ고/ 풍뉴소ᄅᆡ ᄌᆞ아져서 텬지가 진동ᄒᆞᆫ다/ 엇던ᄉᆞᄅᆞᆷ 얼골의다 흉괴ᄒᆞ게 먹칠ᄒᆞ고/ 거문ᄉᆞ모 누른관복 야ᄃᆡ를 놋게ᄯᅴ여/ 두ᄉᆞᄆᆡ을 놉히둘어 번득이며 츔을츄니/ 엇던미인 얼골의다 아릿답게 셩적ᄒᆞ고/ 오ᄉᆡᆨ화관 치ᄉᆡᆨ원삼 ᄃᆡᄃᆡ을 길게ᄭᅳᆯ며/ 슈미션을 손의들고 마죠셔셔 ᄃᆡ무ᄒᆞ니/ ᄃᆡ명적 의복제도 져러ᄒᆞ다 일으리라/ 아국으로 일으랴면 산ᄃᆡ도감 모양이라

이 창시(槍矢)놀음은 (나)의 작자가 우리나라의 산대도감(山臺都監)과 같다고 했기 때문에 두 연희의 비교검토가 요청된다. 조선의 산대도감극이 창시놀음의 영향을 받았을 개연성이 충분히 있다고 보기 때문이다. 그렇다면 고려 말부터 조선왕조까지의 수많은 중국 사행록이 그 영향의 통로 구실을 하였을 것이다. 그리고 앞의 청나라 환희가 조선의 연희와 비교의 대상이 안 되었던 것은 당시 조선에는 환희 유형의 연희가 존재하지 않았기 때문이었을 것이다.

5-4. 이색 체험

대부분의 여행기에는 이색 체험이 들어 있다. 이색 체험은 삶의 폭을 넓혀 주는 신선한 충격의 하나다. 그러한 체험은 대상에 대한 이해의 폭을 넓혀주면서 자기의 삶을 확충시키는 계기가 된다. 조선왕조 때 선

진 문물에 관한 이색 체험은 주로 명나라와 청나라에 가야 할 수 있었다. 작품 (가)와 (나)에 나타난 이색 체험 가운데서 자명종과 자명악, 방화수를 담는 쇠독, 아라사인과 서양인과 횡서문자, 청나라 황제와 의장, 몽고스님, 청나라의 도사 등에 관해서 살펴보기로 한다.

① 자명종과 자명악

(가) **ᄌᆞ명종**[74] 별품이라 칙장모양 가튼거시/ ᄆᆡᆫ우희 궁글ᄂᆡ여 유리를 붓쳐는ᄃᆡ/ 시각이 다 아오면 비둘기 궁게ᄂᆞ와/ 네마ᄃᆡ 다ᄉᆺ마ᄃᆡ 시를ᄯᅡ라 울고가고/ **ᄌᆞ명악** 이란거슨 ᄯᅩ그러ᄒᆞᆫ 쟝모양의/ 문열고 손을녀어 고동틀고 들어보면/ 오음뉵뉼 굉굉ᄒᆞ야 풍뉴소ᄅᆡ 진동ᄒᆞ니/ **ᄉᆞᆯ펴보고 ᄌᆡ조보면 긔이ᄒᆞ고 공교ᄒᆞ다**

(나) ᄌᆞ명죵과 ᄌᆞ명악은 절노우러 소ᄅᆡᄒᆞ며/ 좌우히 당젼ᄭᆞᆯ고 담방셕과 ᄇᆡᆨ젼뇨요/ 이편져편 화류교의 서로마죠 거러안코/ 거긔사ᄅᆞᆷ 쳐음인ᄉᆞ ᄎᆞᄒᆞᆫ그릇 갓다준다

이처럼 김지수와 홍순학은 자명종과 자명악을 직접 보고 그 소리를 들었다. 그러나 이러한 정보는 선행 연행사들을 통해서 이미 알고 있었던 터여서 그리 큰 충격이 아니었음을 알 수 있다. 다만 이들이 그런 물류들의 자동화 시스템에 섬세한 관심을 가지게 되었다는 것이 중요한 의미를 갖는다. (가)의 작자가 "ᄉᆞᆯ펴보고 ᄌᆡ조보면 긔이ᄒᆞ고 공교ᄒᆞ다"라고 한 것은 선행 연행사들의 흥분 상태를 벗어나 섬세한 관찰을 하고 그 자동화 원리를 생각해 보는 단계에 이른 것을 말해 준다. 그리고 (나)의 작자가 "거긔사ᄅᆞᆷ 쳐음인ᄉᆞ ᄎᆞᄒᆞᆫ그릇 갓다준다"라고 한 것도 흥분 상태를 이미 벗어나 있는 기술이다. 두 사람 모두 조선에 있을 때 자명종과 자명악을 간접 체험했기 때문으로 여겨진다.

74) ᄌᆞ명종(自鳴鍾) : 정해 놓은 때가 되면 종을 울려 시간을 알려주는 시계.

② 방화수를 담는 쇠독

(가) 쇠독의 물을너어 셤돌밋틔 느러노하/ 여긔져긔 간ᄃᆡ마다 쳔빅이 ᄂᆞᆷ아ᄒᆞ니/ 만일의 실화ᄒᆞ면 방비ᄒᆞ는 거시로다

이처럼 김지수는 그가 청나라 황궁에 갔을 때 쇠로 만든 물독을 발견하였다. 일천여 개나 되는 쇠로 만든 독에다가 물을 가득 부어서 여기저기 섬돌 밑에다가 늘어 놓은 것을 보았다. 그것이 방화수라는 사실을 확인하고 그는 큰 충격을 받았다. 이러한 체험과 충격은 조선왕조의 문물 생성에서 실용성을 강조하는 의식의 초석이 되었을 것이다.

③ 아라사인과 서양인과 횡서문자

(가) 긔골은 **슈쳑쟝신** 흰샹의 **누른터럭 깁흔눈**의/ 누른망ᄌᆞ **날칸코가** 놉다ᄒᆞ여 슈십인을/ ᄂᆞ리보ᄃᆡ ᄀᆡᄀᆡ히 그려ᄒᆞ고 **가야미 갓튼글ᄌᆞ**/ **쥴쥴이 가로쓰고** ᄉᆞ면의 노흔셔칙/ 즁국글이 틔반이라 ᄃᆡ져ᄒᆞᆫ지 거긔ᄉᆞᄅᆞᆷ/ 즁국과 글이달나 도학이라 ᄒᆞ는 거ᄉᆞᆫ/ 쳔쥬학과 방불ᄒᆞ다……**셔초와 청심환을 ᄉᆞ양코 아니받네**/ 이시히 필담ᄒᆞ니 글ᄌᆞ는 셔트르나/ 강보록이 늘근ᄉᆞᄅᆞᆷ 긔상이 휴휴ᄒᆞ다/ 간간이 노흔거슨 **텬문도슈** 공부 로다

(나) 황낭듕의 필담으로 비밀이 이른말이/ 근일의 양귀ᄌᆞ놈 귀국을 침노운운/ 녜부샹셔 ᄌᆞ문으로 몬져급보 ᄒᆞ엿스니/ 존형은 아모조록 ᄉᆡᆯ이도라 갈지어다……황셩안을 ᄉᆡᆼ각히도 셔양관이 여러히오/ 쳐쳐의 쳔쥬당과 ᄉᆞ혹편만 ᄒᆞ엿다며/ 큰길의 양귀ᄌᆞ들 무상히 왕ᄂᆡᄒᆞ니/ 눈깔은 움푹하고 코마루ᄂᆞᆫ 웃둑ᄒᆞ며/ 머리털은 발간거시 곱실곱실 양피갓고/ 긔골은 팔쳑쟝신 의복도 고이ᄒᆞ다/……입은거ᄉᆞᆫ 어이ᄒᆞ야 두다리가 핑핑ᄒᆞ냐/ 계집년을 볼쟉시면 더구나 흉측ᄒᆞ다/ 퉁퉁ᄒᆞ고 커다ᄒᆞᆫ년 살깔은 푸루쥭쥭/……ᄉᆞᄆᆡ좁은 져구리의 쥬룸업ᄂᆞᆫ 긴치마을/ 엉벗히여 휘두루고 헤젹헤젹 가ᄂᆞᆫ고나/ 삿기놈들 볼만ᄒᆞ다 ᄉᆞ오뉵세 먹은거시/ 답팔답팔 발간머리 ᄉᆡ노란 동근눈깔/ 원슝이 삿기들과 쳔연이도 흡ᄉᆞᄒᆞᆯ사/ 졍녕이 즘ᄉᆡᆼ이오 사ᄅᆞᆷ죵ᄌᆞ 아니로다/ 져러틋 ᄉᆞ류요물[75] 침노아국 되단말가

75) ᄉᆞ류요물(邪類妖物) : 간악(奸惡)하고 요사(妖邪)한 무리.

이처럼 (가)는 김지수가 아라사관에 갔을 때 아라사인을 처음 만난 것이고 (나)는 홍순학이 정소경(鄭少卿)의 집에 갔을 때 황랑중(黃郎中)한테서 서양인[洋鬼子]의 조선 침범사건 이야기를 들은 뒤에 거리로 나와서 서양인을 만난 것이다. 이 사건은 고종 3(1866)년 프랑스 극동함대가 조선을 침범한 병인양요다. 이들 김지수와 홍순학은 아라사인과 서양인을 만나고 '도학'과 '천주학'과 '천문도수'를 처음 접하였다. 김지수는 아라사인의 용모를 처음 보았으며 그들이 쓴 횡서(橫書)문자를 난생 처음으로 보았다. 아라사인들은 김지수가 주는 서초와 조선 청심환을 받지 않았다. 조선 연행사들을 만나면 으레 서초와 청심환을 받으려고 온갖 노력을 하던 당시 청나라 인사들과 아주 다른 모습을 체험한 것이다. 따라서 김지수는 아라사인을 긍정적으로 관찰하였다. (나)에서 홍순학은 서양인의 조선 침범 사실을 전해 들었으며 이런 까닭으로 인해서 서양인들을 양귀자(洋鬼子)라고 칭하면서 부정적으로 보았다. 그리하여 "계집년을 볼쟉시면 더구나 흉측ᄒᆞ다……샷기놈들 볼만ᄒᆞ다 원슝이 샷기들과 쳔연이도 흡ᄉᆞᄒᆞᆯ사 졍녕이 즘ᄉᆡᆼ이오 사ᄅᆞᆷ죵ᄌᆞ 아니로다"라고 하면서 미개한 원숭이 같은 종자라고 혹평하였다. 홍순학은 마침내 서양인들을 'ᄉᆞ류요물(邪類妖物)'이라고 단정하였다. 그것은 아주 폐쇄된 사고의 발로였지만 뒤에 새로운 문화에 대한 개안(開眼)의 충격으로 작용하였다. (가)와 (나)에 나타난 것처럼 당시 청나라 연경에는 아라사인과 서양인들이 이미 많이 들어와 있었다.

④ 청나라 황제와 의장

(가) 황뎨[76]는 피셔ᄒᆞ려 ᄒᆡ젼에 나가이셔/ 삼일일ᄎᆞ ᄐᆡ후문안 삼ᄉᆞ신 지영ᄎᆞ로/ 초십일 북문나셔 숩십니 ᄒᆡ젼가셔/ 잇튼날 진시냥의 황뎨가 츌궁ᄒᆞ니/ 션진[77]도 바히업고 산ᄀᆡ[78]도 아

76) 황뎨(皇帝) : 여기에서는 청(淸)의 선종(宣宗).

조업고/ 긔치와 의장들이 녕셩히 못겨오니[79]/ 오륙십 말탄ᄉᆞᄅᆞᆷ 노은혁 느러셔셔/ 고취도 아니ᄒᆞ고 양산도 아니뵈고/ 누른연 멀니오니 긔아니 황뎨신가

(나) 죠션ᄉᆞ신 녁관들도 여덜통관 반을지어/……픠동ᄀᆡᄒᆞᆫ 말탄관원 셔너쌍이 압흘셔고/ 황냥산이 나온후의 홍의입은 여덥군ᄉᆞ/ 팔인교을 메고오니 누룬 쑥경 누룬휘쟝/ 좌우의 완ᄌᆞ밀챵 압뒤ᄎᆞ을 길게ᄒᆞ고/ 멜방망이 네줄인ᄃᆡ 둘식둘식 달아메니/ **우리나라 ᄉᆞ인교을 둘을홈게 메음ᄀᆺ다/ 밀챵을 반즘녈고 황뎨가 ᄂᆡ다보니/ 용봉지ᄌᆞ[80] 쳔일지포[81] 엇더ᄒᆞ신 쳔안인고/ 츈츄가 십일셰라 어린ᄐᆡ도 어엿브다**/ 갸름ᄒᆞ온 얼골밧탕 일월각이 공골ᄎᆞ고/ 자그마ᄒᆞᆫ 눈모양이 안ᄎᆡ가 돌올ᄒᆞ다/ 누른비단 두루막이 말ᄋᆡᆨ이도 누르더라/ **쳔하의 제일인이 호복ᄒᆞ신 져란말가**

이처럼 (가)는 청나라 선종(宣宗)과 그 의장(儀仗)을 본 것이며 (나)는 청나라 목종(穆宗)과 그 의장(儀仗)을 본 것이다. 이제 조선 연행사들이 청나라 황제를 보는 것은 단순한 이색체험 수준의 것일 뿐이다. (가)의 작자는 엉성한 청나라 선종의 의장을 비판적 시각으로 기술하고 있다. 여기에서 청나라 황제는 숭배의 대상이 아니라 단순한 관찰의 대상일 뿐이다. (나)의 작자는 한 걸음 더 나아가서 "츈츄가 십일셰라 어린ᄐᆡ도 어엿브다"라고 하면서 청나라 황제를 눈 아래로 내려다 보는 의식을 노출시키고 있다. 그뿐 아니라 "쳔하의 제일인이 호복ᄒᆞ신 져란말가"라고 하면서 야유적 표현으로 반청 의식을 드러내고 있다. 이들 조선 연행사들은 지성적 비판과 의식의 변화로 이제 그들 자신의 정체성을 확립해

---

77) 션진(先陣) : 본진(本陣) 앞에 자리 잡거나 앞장서 나가는 군진(軍陣).

78) 산ᄀᆡ(散開) : 간격을 잡아 옆으로 너른 대형을 만드는 일. 여기서는 산개대형(散開隊型)으로 친 진(陣)을 말함.

79) 못겨오니 : 몰려오니.
"앞뒤의 배종(排從)은 1백기(騎)에 차지 않고 약간의 의장은 멀리서 따라가 지극히 간소하였으며 위의(威儀)는 하나도 없었다."(부-311).

80) 용봉지ᄌᆞ(龍鳳之姿) : 뛰어난 인물(人物)의 더할 나위 없는 모습.

81) 천일지포(天日之表) : 사해(四海)에 군림(君臨)할 상(相).

가는 모습을 보여 주고 있다.

⑤ 몽고스님

(가) 법눈뎐 드러가니 몽고승 슈ᄇᆡᆨ명이/ 식경을 외오면서 식당이라 ᄒᆞ는거시/ 양육녀흔 슈져비를 십여통을 느러노코/ ᄒᆞᆫ표ᄌᆞ식 써가지고 일시의 송경소ᄅᆡ/ 쐬약쐬약 ᄒᆞ는소ᄅᆡ 듯기슬코 고이ᄒᆞ다

(나) 엇던몽고 듕놈ᄒᆞ나 ᄉᆡᆼ불되여 쥬벽ᄒᆞ여/ 감즁연의 도ᄉᆞ리고 눈을ᄂᆞ리 짜라스며/ 그압ᄒᆡ 옥등잔의 인등하여 불혀노코/ 좌우의 여러몽고 ᄎᆡᆨ상을 압ᄒᆡ노코/ 불경을 느러노코 일시의 숑경ᄒᆞ니/ 웅왱웅왱 ᄒᆞᄂᆞᆫ소ᄅᆡ 듯시슬코 보기슬타/ 몽고놈들 볼작시면 머리ᄂᆞᆫ 다싹갓고/ 젹삼 속것 아니입어 팔다리ᄂᆞᆫ 별거ᄒᆞ니/ 누른무명 네폭보을 왼몸의 뒤뼈감고/ 목홍삼승 가ᄉᆞ착복 엇개우히 메여시며/ 송낙이라 ᄒᆞᄂᆞᆫ거ᄉᆞᆫ 기ᄅᆡᄂᆞᆫ ᄒᆞᆫᄌᆞ남즛/ 우리나라 즁의숑낙 것구로 쁜것갓치/ 우흐로 쌔친거시 기장비와 방불ᄒᆞ다

이처럼 당시 청나라 연경에는 많은 몽고승들이 있었다. 조선 연행사들은 몽고승들의 송경 의식, 식경 의식, 몽고승의 음식, 몽고승의 복색 등을 이색 체험으로 기술하고 있다. 그들에 대한 조선 연행사들의 인식은 비판적 부정으로 일관되는 편향성을 면치 못하였다.

⑥ 청나라의 도사

(나) ᄇᆡᆨ운관[82]이 어ᄃᆡ메냐 그리로 차자가니/ 아층ᄑᆡ루 삼층누의 황와청와 덥허시며/ 겹겹이 ᄎᆡᆨᄉᆡᆨ집의 우럿두럿 휘황하다/ 졍젼안의 융건도복 구진인[83]을 위ᄒᆡ노코/ 여러도ᄉᆞ 느러안ᄌᆞ 도경공부 ᄒᆞᄂᆞᆫ고나/ 도ᄉᆞ모양 엇더터냐 머리ᄂᆞᆫ 아니깍가/ 상토ᄂᆞᆫ 트러ᄧᆞᄃᆡ 망건도 아니쓰고/ 거문공단 두건지어 우리나라 뉴건ᄀᆞᆺ치/ 뒤흐로 졔쳡스고 먹물드린 도복의다/ 거문공단 깃슬달아 너른ᄉᆞᄆᆡ 길개썰쳐/ 우리나라 쟝삼ᄀᆞᆺ치 천연도 ᄒᆞ온지고/ 드르니 이곳의셔 ᄆᆡ년뎡월

82) ᄇᆡᆨ운관(白雲館) : 북경(北京) 서문(西門) 밖에 있는 도관(道館). 태극궁(太極宮), 장춘궁(長春宮)이라고 하다가 명(明)나라 때부터 백운관(白雲觀)이라고 하였음.

83) 구진인(九眞人) : 도교(道敎)의 9명의 도사(道師).

십구일의/ 신션이 하강ᄒᆞ여 뜰아릐셔 논다기로/ 쟝안ᄉᆞ룸 남녀노소 그날모혀 긔도ᄒᆞ데

이처럼 홍순학은 청나라 도관 백운관을 보았다. 거기에서 여러 도사들이 모여앉아 도경 공부하는 것을 보았으며 도사들의 복식과 그들의 신앙을 확인하였다. 그리고 그들 도사들의 복식과 조선의 장삼이 유사함을 발견하였다. 다양한 종교에 대한 이색 체험을 할 수 있었던 것이다.

5-5. 국제적인 교유

조선왕조 때 명나라와 청나라는 세계적인 물류와 문물의 선진국이었다. 당시 조선은 그런 선진 물류와 문물을 가장 쉽게 접할 수 있는 나라다. 조선 연행사들은 그런 물류와 문물을 생산하고 있었던 주체 곧 수준 높은 명·청인들과 외교루트를 통해서 아주 자연스럽게 국제적인 교유를 할 수가 있었다. 조선 지식인들은 그런 교유를 통해서 세계인식의 폭을 넓혀 갔다. 이제 작품 (가)와 (나)에서 조선 연행사들과 청나라 문사들의 필담과 시문교류를 통한 교유의 실상들을 살펴보기로 한다.

① 청나라의 문사(文士)들과 나눈 필담(筆談)

(가) 셔하연 ᄃᆡ은션원 큰션비 잇다ᄒᆞ니/ 칠쳔니 복건짜의 건녕군 ᄉᆞ룸이라/ 셩명은 당뎨량이 년긔는 ᄉᆞᆷ십인ᄃᆡ/ 표연ᄒᆞᆫ 청슈골격 문장이 독보로다/ 향공의 ᄲᅡ히여셔 여ᄃᆞᆲ번 셔울오니/ 긔안은 발월ᄒᆞ고 의리는 졍밀ᄒᆞ며/ 강ᄀᆡᄒᆞ고 걸오ᄒᆞ여 츈츄가 ᄉᆞᆷ엄ᄒᆞᆫᄃᆡ/ 분울ᄒᆞᆫ 당ᄒᆞᆫ긔운 은영이 드러나니/ 져러ᄒᆞᆫ 긔남ᄌᆞ가 앗가올ᄉᆞ 졀통ᄒᆞ다/ 하ᄂᆞᆷ파 조흔가셰 뎡쥬를 ᄇᆡ호다가/ 일조의 치발[84] ᄒᆞ고 좌임[85]의 셧겨시니/ 우리보고 흠션ᄒᆞ여 왕왕이 낙누ᄒᆞ며/ 종용히 필담ᄒᆞᆯ제 진

84) 치발(薙髮) : 머리털을 바싹 깎음.

85) 좌임(左衽) : 오른쪽 섶을 왼쪽 섶 위에 여민다는 말로 아직 미개함을 일컫는

졍소회 ᄒᆞ는말이/ 그ᄃᆡ는 외국이나 텬ᄒᆞ의 졔일이라/ 지금의 셰샹상ᄉᆞᄅᆞᆷ 져마다 호복인ᄃᆡ/ 의관을 보존ᄒᆞ고 녜악이 가잣시니/ 즁국의 졔로들고 션왕문물 간ᄃᆡ업고/ 존쥬ᄒᆞ는 놉흔의리 ᄒᆞᆫ조션 ᄲᅮᆫ이로다/ 시쥬로 논회ᄒᆞ며 형뎨갓치 ᄆᆡ즌졍의/ 동ᄂᆞᆷ짜 만여리의 지긔가 샹통ᄒᆞ니/ 일부일 왕ᄂᆡᄒᆞ야 슈삭을 교유ᄒᆞ니/ 듕원의 놉흔션ᄇᆡ 그조ᄎᆞ 몃치런가/ ᄐᆡ학ᄉᆡᆼ 진방히와 오가빈은 명경86)이오/ 하당쉬 당샹ᄂᆞᆷ이 명하의 걸ᄉᆡ로다/ 일졔히 ᄂᆞᆯ을보려 ᄂᆞᆷ관의 ᄎᆞᄌᆞ오니/……친구보면 쳣인ᄉᆞ로 글지어 몬져쥬고/ 우리글도 보려ᄒᆞ고 시험을 겸ᄒᆞ엿다/ 칠언뉼 강운시를 졸지의 마조쥬니/ 글바다 ᄌᆞᆷ간보고 붓ᄌᆞᆸ고 화답ᄒᆞ니/ 망발은 아니ᄒᆞ나 포장이 과ᄒᆞ도다

(나) 녯의관 죠션ᄉᆞᄅᆞᆷ 형뎨ᄀᆞᆺ치 반겨ᄒᆞᆫ다/ 뎡소경이 쳥ᄒᆞ기로 그집의 ᄎᆞᄌᆞ가니/ 왓노라고 통긔ᄒᆞ니 쥬인나와 영졉ᄒᆞ며/ 셔로인ᄉᆞ 읍을ᄒᆞ고 외당으로 인도ᄒᆞᆯ시/ 션후을 ᄉᆞ양ᄒᆞ여 쥬ᄀᆡᆨ지예 분명ᄒᆞ다/ 드러가셔 ᄉᆞᆯ펴보니 범ᄇᆡᆨ이 황홀코나/……거긔사ᄅᆞᆷ 쳐음인ᄉᆞ ᄎᆞᄒᆞᆫ그릇 갓다준다/ 화ᄎᆞ졍의 ᄃᆡ을밧쳐 가득부어 권하거늘/ 파르스럼 노르스럼 향취가 만구ᄒᆞ데/ 져의들과 우리들이 언어가 갓지안하/ 말ᄒᆞᆫ마ᄃᆡ 못ᄒᆞ보고 덤덤ᄒᆞ니 안져시니/ 귀먹어리 벙어린듯 물ᄭᅳ름이 서로보다/ 쳔하의 글은ᄀᆞᆺ하 필담이나 ᄒᆞ오리라/ 당연의 먹을갈아 양호슈필 덤썩찍어/ 시젼지을 ᄲᆡ혀들고 글시써셔 말을ᄒᆞ니/ 뭇ᄂᆞᆫ말과 ᄃᆡ답ᄒᆞᆷ을 글귀졀노 오락가락/ 간담을 상응ᄒᆞ여 졍곡샹통 ᄒᆞᄂᆞᆫ고나/ 졔빵ᄀᆞᆺ튼 교자상의 음식이 ᄃᆡ탁이라

이처럼 (가)는 조선의 김지수가 청나라의 문사(文士)인 장제량(張際亮), 진방해(陳方海), 오가빈(吳嘉賓), 장상남(將湘南)을 만나서 나눈 필담(筆談)이고 (나)는 조선의 홍순학이 청나라의 문사(文士) 정소경(鄭少卿), 황랑중(黃郎中), 동학사(董學士)를 만나서 나눈 필담이다. 당시 양국 문사들은 상당히 높은 수준의 지식인이며 지성인들이었다. 그들은 시문의 화답으로 교유하고, 서로 형제국 사람으로 인정하면서 우의를 다졌다. 그리고 아이러니하게도 두 나라의 문사들은 배청사상과 존주사상으로 의기투합을 한다. 그들은 쌍방의 존재가치를 서로 인정하며 존중하고 있었다.

말. 고유의 풍속을 버리고 청(淸)나라 풍습을 따르게 되었음을 말하는 것.

86) 명경(明經) : 명경과에 합격한 사람. 명경과(科)는 사서삼경에 정통한 사람을 시취하던 과거.

한편 청나라 선비들은 조선인의 의리를 높은 정신세계로 추앙하고 선망의 대상으로 삼았다. 이에 조선 연행사들이 많이 고무되었으며 조선 지식인의 자존을 지킬 수 있었다. 이러한 현상은 모두 조선의 연행사들이 필담과 시문으로 민간외교를 성공적으로 수행하였던 당시의 실상이다. 한국과 중국의 외교에는 현재도 시와 문의 외교가 어느 정도 필요할 것이라는 시사를 하고 있는 대목이다. 홍순학은 당시 그런 중국의 문물이 이미 사치와 호화의 도를 넘었다고 인식하였으며 그런 현상을 다음과 같이 비판하였다. 그는 "쳔하지물 혀비ᄒᆞ고 ᄇᆡᆨ셩인역 궁진ᄒᆞ여/ 쓸ᄃᆡ업ᄉᆞᆫ 궁ᄉᆞ극치 이일이 무순짓고/ 진시황의 아방궁은 쳔하로 ᄌᆡ앙나니/ 젼감[87]이 소소[88]ᄒᆞ여 쳔이[89]가 맛당토다"라고 하여 비판적 지성으로 청나라의 말기적 현상을 인식하고 있었다. 20대의 조선 연행사 홍순학이 그런 인식 기반을 가지고 있었다는 것은 당시 조선 지성인들의 세계인식이 상당히 건강하였음을 보여 준다.

6. 맺음말

이 글에서 텍스트로 삼은 홍순학의 병인연행가는 그보다 38년 전에 작성된 김지수의 「무자서행록」을 참고했을 뿐 아니라 무자서행록을 가지고 보완한 것이라고 여겨진다.

조선 후기 연행가사는 조선인의 실생활에 도움을 줄 수 있는 물류와 문물을 조사하여 소개하는 데 역점을 두었다. 그러한 현상은 연행가사

---

87) 젼감(前鑑) : 거울로 삼을 만한 과거의 경험.
88) 소소(昭昭) : 일이나 이치(理致)가 환하고 뚜렷함.
89) 쳔이 : 천리(天理). 천도(天道)의 다스림.

뿐 아니라 조선 후기 특히 19세기 연행록에 나타나는 보편적 현상이다. 그런 실용적 인식 기반에서 작성되고 있었던 조선 후기의 연행록은 가사라는 형식으로 쓰는 것이 가장 효과적이었다. 그런 까닭으로 무자서행록과 병인연행가에는 다양한 많은 물류가 소개될 수 있었으며 새로운 선진 문물을 자유롭게 기술할 수 있었다. 18세기에서 19세기로 오면서 물류 인식의 폭은 점점 확장되었으며 19세기에서도 후반기로 오면서 더욱더 확장되는 현상을 보여 주고 있다. 물류에 대한 실용적 가치지향성이 점점 강조되고 있었기 때문이다. 문물인식에 관한 기술 역시 그와 같은 가치지향적 기반에서 이루어지고 있었다. 이러한 연행록의 실용적 물류 인식 경향과 때를 같이하여 정약용의 물명고(物名攷), 이가환 등의 물보(物譜), 유희의 물명고(物名考), 유(柳)씨의 물명찬(物名纂) 등이 나타났다. 그것은 모두 물류에 대한 관심이 고조되고 그것에 대한 가치지향성이 고조되는 시대적 상황이 만들어낸 산물이다. 이렇게 해서 물류 곧 상품의 가치가 부상되며 그것이 곧 한국 산업발전에 여러 모로 기여하였다. 따라서 생활필수품의 가치가 제고되고 실생활에 필요한 공산품의 생산 활동이 가치 있는 일로 인식되어 갔다. 그래서 마침내 공상인의 신분격상으로까지 이어지는 계기가 되었다. 실생활에 필요한 공산품의 생산과 그 유통에 가치를 인정하는 계기가 되면서 기존의 가치관에 많은 변화를 가져오게 되었다. 이러한 현상은 조선 후기 특히 19세기부터 더욱 활발해졌다. 그리하여 조선의 상업자본 형성에 여러모로 기여하였다. 조선 전기와 후기의 초중반까지의 연행록에서는 역사・인물・학문・제도・예술・문화・시문 등이 보편적이며 공통적인 담론이었지만 18세기부터는 물류에 많은 관심이 드러났다. 이러한 물류에 대한 가치지향성은 문물 인식의 실용적 가치기반을 형성하고 확충하면서 문물인식에서의 실용성 중시라는 변화를 가져오게 되었다.

연행가사에서는 조선 연행사와 청나라 선비와의 심층적인 교류가 필담과 시문을 통해 이루어졌다. 그러한 필담에서는 쌍방이 서로 스스럼 없이 의사전달을 하고 있었다. 언어의 불통이 피차 비밀유지를 보장받고 있기 때문이다. 외교적 관례로는 조공을 받는 나라의 문사와 조공을 바치러 온 나라의 문사들이었지만 그들의 의식세계는 그러한 외교적 관례에서 벗어나 아주 자유로웠다. 한편 조선 연행사들은 그들 나름으로의 주체의식과 긍지를 가지고 있었으며 청나라 인식에 극단적 편향성에 빠져들지 않으려고 노력한다. 청나라의 문사들 역시 그와 같은 대조선 의식을 가지고 있었다. 당시 존명배청사상은 조선 연행사들과 청나라 문사들의 의식에 똑같이 자리잡고 있었다. 그뿐 아니라 정주학류(程朱學流)에 대한 생각도 서로 뜻을 같이하고 있다. 한편 조선 연행사들은 대청 감정이 많이 완화되는 데 반해서 청나라의 문사들은 조선의 존주학풍(尊朱學風)과 의관제도(衣冠制度) 등에 대하여 흠모와 선망의 정이 훨씬 강화되어 가고 있었다. 관직에 있는 청나라 문사들까지도 대청 감정이 좋지 않으며 대단히 비판적이다. 그러나 시문(詩文)으로 상대국 문사들을 가늠해 보려는 태도는 줄기차게 경쟁적이고 의욕적이다. 조선 연행사들은 청나라 문사들을 대하면서 때때로 자신들의 지적 우월성을 확인하고 민간외교에서는 항상 대등한 위상을 유지하려고 노력하였다. 조선 연행사들은 청나라를 탐구의 대상으로 생각하면서 건전한 비판적 안목을 가지려고 하였다.

따라서 이 시대 조선 연행사들의 대청의식은 비교적 객관적이고 합리적이었다. 예컨대 그들의 두발·복식·생활 태도 등을 조소하면서도 그들의 성도덕과 법 운용은 배울 바가 있다고 예찬한다. 한편 존명의식과 배청의식도 많이 균형을 잡아 가고 있다. 청나라 문사들의 대조선의식도 조선을 탐구의 대상으로 보았으며 대등한 상대국으로 인식하려 하고 있다. 한편 일부 청나라 문사들의 존명의식이 조선으로 향하고 있었음도 알 수 있다.

제10장

수로 연행록과 등주(登州)

1. 머리말

연행록은 전 세계에 존재하는 많은 문헌군(文獻群) 가운데서 독특한 의미와 광범한 가치를 지니고 있는 기록유산이다. 연행록은 조선의 사신들이 원・명・청 왕조 때 중국의 수도에 나가서 그들이 해낸 일, 본 것, 들은 것, 느낀 것, 준 것, 받은 것, 체험한 것 등을 구체적이며 현장감 있게 기록하여 놓은 기록물이다. 원나라 때 중국을 다녀온 기록은 빈왕록(賓王錄)이라는 이름을 붙였으며, 명나라 때 중국을 다녀온 기록은 조천록(朝天錄)이라 이름 붙인 것이 많고, 청나라 때 중국을 다녀온 것은 연행록(燕行錄)이라 이름 붙인 것이 많다. 그런 까닭으로 조천록과 연행록이란 용어를 명・청 왕조를 변별하는 용어로 사용하려고 하는 경향까지 생겨났다. 그러나, 명나라 때 중국을 다녀온 기록에도 연행록이라고 이름 붙인 것이 여러 종이 있으며, 청나라 때 중국을 다녀온 기록에도 조천록이라고 이름 붙인 것이 있기 때문에 이 글에서는 넓은 의미로 원・명・청 왕조 때 중국을 다녀와서 쓴 기록을 연행록이라는 용어로 통일하여 쓴다. 따라서, 이 글에서 연행록이란 용어는 한국인이 원・명・청 왕조에 중국을 다녀와서 써놓은 일반 기행록을 포함한 사행록(使行錄)을 일컫는다.

연행록은 고려부터 조선왕조까지 7백여 년 동안 한국인들이 외교적인 통로로 중국에 나가서 보고들은 견문과 선진문물에 대한 체험들을 자유롭고 창의성 있게 기록한 것이다. 여기에는 한국과 동아시아, 동아시아와 세계 외교의 역학관계, 공식 비공식의 국제무역과 경제적 상황, 문화교류와 첨단 학술교류 등 아주 다양하고 많은 양의 정보가 수록되어 있다. 연행록은 북경까지의 사행 노정, 제반 사행 의식과 절차, 중국의 역사와 전통과 제도, 인적교류와 문화교류, 북경의 서적정보와 학술활동, 중국의 전통연희와 서양의 최신연희, 북경의 서양문물과 서양서적, 중국과 서양의 과학기술, 그리고 민정, 풍속, 언어, 지리 등을 기본내용으로 구성하여 기술하고 있다. 한편, 연행록에는 중국 쪽의 기록에서 찾아볼 수 없는 중요한 기록들과 중국 쪽에서 소홀하게 기록한 것을 아주 상세하고 구체적으로 기록한 것들도 적잖이 존재한다. 따라서, 연행록은 동아시아 어느 분야의 연구에서도 참고하지 않을 수 없는 실로 다양하고 방대한 기록의 보고이다.

저자는 1970년부터 연행록(燕行錄)의 발굴조사(發掘調査)에 착수하였다. 그리고 그 일차적인 결과물을 2001년에 연행록전집 1~100권(동국대 출판부)으로 출간하였다. 여기에는 연행록 398건을 수록하였다. 이어서 같은 해에 연행록전집 일본 소장편 1~3권(임기중/부마진, 동국대 한국문학연구소)을 출간하였다. 여기에는 33건의 연행록을 수록하였다. 한편 2003년에는 60건의 연행록을 수집하여 연행록해제(燕行錄解題)-1로 출간하였으며, 2004년에는 연행록해제(燕行錄解題)-2로 52건의 연행록을 수집하여 2005년 출간을 마무리한 상태다. 이렇게 하여 현재까지 조사가 완료되어 정리를 마무리한 연행록은 모두 543건이다. 이를 소장국(所藏國) 별로 본다면 일본과 미국에 몇 건이 남아 있고 나머지는 모두 한국 소장본들이다. 이후 정본화 작업을 거쳐 2011년 연행록총간 DVD에 455종을 수록하였으며, 다시 증보를 하여 2013년 연행록총간증보판 DVD에 556종을 수록하여 내놓았다. 따라서, 앞으로 발굴조사를 더 진행하겠지만 현재까지 파악한 연행록의 전승 총규모는 대략 6백여 건 정도가 되는 것같다.

2. 수로 연행록의 전승 현황

고려부터 조선왕조까지 7백여 년(13세기~19세기) 동안 한국인들이 외교적인 통로로 중국을 왕래한 내용을 기록한 연행록 5백여 건 가운데서 항해수로연행록(航海水路燕行錄)은 대략 30건 내외로 다음과 같은 것들이 전승되고 있다. 다음은 1621년부터 1637년까지 해로기간의 전승 연행록을 연행 연대순으로 정리하여 본 것이다.

1621년	駕海朝天錄	安 璥(1564~1640)	光海 13 天啓 1 辛酉
1621년	朝天日記(芹田集)	安 璥(1564~1640)	光海 13 天啓 1 辛酉
1621년	朝天日記(判書公實記)	安 璥(1564~1640)	光海 13 天啓 1 辛酉
1622년	秋灘東槎朝天日錄(海槎朝天日錄)	吳允謙(1559~1636)	光海 14 天啓 2 壬戌
1622년	朝天詩(楸灘集)	吳允謙(1559~1636)	光海 14 天啓 2 壬戌
1623년	됴천일승(朝天日乘)	趙 濈(1568~1631)	仁祖 1 天啓 3 癸亥
1623년	燕行錄(一云朝天錄)	趙 濈(1568~1631)	仁祖 1 天啓 3 癸亥
1623년	癸亥朝天錄 上·中·下	李民宬(1570~1629)	仁祖 1 天啓 3 癸亥
1623년	白沙公航海路程日記	尹 暄(1573~1627)	仁祖 1 天啓 3 癸亥
1623년	朝天錄(石樓集)	李慶全(1567~1644)	仁祖 1 天啓 3 癸亥
1624년	花浦先生朝天航海錄	洪翼漢(1586~1637)	仁祖 2 天啓 4 甲子
1624년	天槎大觀	金德承(1595~1658)	仁祖 2 天啓 4 甲子
1624년	됴텬녹(朝天錄)	未 詳(?~?)	仁祖 2 天啓 4 甲子
1624년	슈로됴쳔녹(水路朝天錄)	未 詳(?~?)	仁祖 2 天啓 4 甲子
1624년	燕行詩	吳 䎘(1592~1634)	仁祖 2 天啓 4 甲子
1624년	竹泉朝天錄(航海日記)	閔上舍(?~?) 再構	仁祖 2 天啓 4 甲子
1624년	朝天錄(竹泉先祖遺稿)	閔上舍(?~?) 再構	仁祖 2 天啓 4 甲子

1624년	듁쳔니공힝젹(竹泉李公行蹟) 坤	未 詳(?~?)	仁祖 2 天啓 4 甲子
1624년	燕行圖幅(航海朝天圖)	未 詳(?~?)	仁祖 2 天啓 4 甲子
1624년	航海朝天圖	未 詳(?~?)	仁祖 2 天啓 4 甲子
1624년	無題簽(航海朝天圖)	未 詳(?~?)	仁祖 2 天啓 4 甲子
1624년	梯航勝覽 乾·坤	未 詳(?~?)	仁祖 2 天啓 4 甲子
1624년	無題簽(航海圖)	未 詳(?~?)	仁祖 2 天啓 4 甲子
1625년	沙西全先生航海朝天日錄	全 湜(1563~1642)	仁祖 3 天啓 5 乙丑
1625년	槎行錄	全 湜(1563~1642)	仁祖 3 天啓 5 乙丑
1625년	朝天詩(沙西集)	全 湜(1563~1642)	仁祖 3 天啓 5 乙丑
1625년	槎行贈言(沙西集)	全 湜(1563~1642)	仁祖 3 天啓 5 乙丑
1626년	路程記	南以雄(1575~1648)	仁祖 4 天啓 6 丙寅
1626년	朝天錄	金地粹(1585~1636)	仁祖 4 天啓 6 丙寅
1626년	朝天錄	金尙憲(1570~1652)	仁祖 4 天啓 6 丙寅
1628년	朝天時聞見事件啓	申悅道(1589~1659)	仁祖 6 崇禎 1 戊辰
1629년	雪汀先生朝天日記	李 忔(1568~1630)	仁祖 7 崇禎 2 己巳
1629년	雪汀先生朝天日記上·下	李 忔(1568~1630)	仁祖 7 崇禎 2 己巳
1629년	朝天日記	尹安國(1569~1630)	仁祖 7 崇禎 2 己巳
1630년	東槎錄	崔有海(1587~1641)	仁祖 8 崇禎 3 庚午
1630년	朝天記 地圖	鄭斗源(1581~1642)	仁祖 8 崇禎 3 庚午
1630년	朝天錄	高用厚(1577~?)	仁祖 8 崇禎 3 庚午
1631년	瀋陽往還日記	朴蘭英(?~1636)	仁祖 9 崇情 4 辛未
1631년	瀋陽往還日記	朴蘭英(?~1636)	仁祖 9 崇情 4 辛未
1631년	瀋陽日記	宣若海(1579～1643)	仁祖 9 崇情 4 辛未
1632년	朝天日記(無住逸稿 寫本)	洪 鎬(1586~1646)	仁祖10 崇禎 5 壬申
1632년	朝天日記(無住逸稿 印本)	洪 鎬(1586~1646)	仁祖10 崇禎 5 壬申
1632년	朝天日記(原橋本)	未 詳(?~?)	仁祖10 崇禎 5 壬申
1632년	朝天後錄	李安訥(1571~1637)	仁祖10 崇禎 5 壬申
1635년	瀋行日記	李 浚(1579~1645)	仁祖13 崇禎 8 乙亥
1636년	朝京日錄	金 堉(1580~1658)	仁祖14 崇德 1 丙子
1636년	潛谷朝天日記(朝京日錄)	金 堉(1580~1658)	仁祖14 崇德 1 丙子

1636년	北征詩	金 堉(1580~1658)	仁祖14 崇德 1 丙子
1636년	朝天錄	金 堉(1580~1658)	仁祖14 崇德 1 丙子
1636년	崇禎丙子朝天錄	李晩榮(1604~1672)	仁祖14 崇德 1 丙子
1636년	北行日記	羅德憲(1573~1640)	仁祖14 崇德 1 丙子
1636년	瀋陽日錄(松溪紀稿)	未 詳(?~?)	仁祖14 崇德 1 丙子
1637년	瀋陽日乘	金宗一(1597~1675)	仁祖15 崇德 2 丁丑
1637년	燕中聞見	據崔鳴吉記外	仁祖15 崇德 2 丁丑
1637년	乘槎錄	未 詳(?~?)	仁祖15 崇德 2 丁丑
1637년	同行錄(瀋陽館同行錄, 瀋中日記)	未 詳(?~?)	仁祖15 崇德 2 丁丑
1637년	瀋陽日記抄(漢瀋日記抄)	未 詳(?~?)	仁祖15 崇德 2 丁丑
1637년	瀋陽日記	未 詳(?~?)	仁祖15 崇德 2 丁丑
1637년	瀋陽日記	未 詳(?~?)	仁祖15 崇德 2 丁丑
1637년	使行錄(使行年人記)	未 詳(?~?)	仁祖15 崇德 2 丁丑
1637년	瀋陽狀啓	未 詳(?~?)	仁祖15 崇德 2 丁丑
1637년	瀋陽狀啓	未 詳(?~?)	仁祖15 崇德 2 丁丑
1637년	瀋陽狀啓	未 詳(?~?)	仁祖15 崇德 2 丁丑

이처럼 수로연행록(水路燕行錄)은 명과 청의 교체기에 육로연행(陸路燕行)이 자유롭지 못하였던 1617년부터 1637년까지 대략 20여 년 동안에 작성되었다. 당시까지의 항해 상황으로 유추하여 볼 때 수로(水路)는 육로(陸路)보다 훨씬 위험도가 높았을 것이다. 항해기술이나 선박 사정 등이 모두 열악하였기 때문이다. 그래서 연행사들은 주로 육로를 통해서 중국에 나갔으며, 수로를 통해서 중국에 나간 것은 육로의 통행이 원활하지 못한 경우였다. 삼국시대는 고구려 때문에 육로가 막히자 백제나 신라가 뱃길을 통해서 당나라에 오갔다. 고려시대에도 거란이나 금나라 때문에 육로가 막히자 고려가 뱃길을 통해 송나라에 오갔다. 조선조에는 여진족의 세력이 강성해지다가 1616년에 누르하치가 후금을 세웠다. 그는 1621년에 요동을 쳐서 심양을 점령하고, 요양으로 도읍을 옮겼다.

이런 까닭으로 해서 조선도 수로(水路)를 이용한 것이다. 그러나 당시의 뱃길은 생사를 걸어야 하는 위험한 코스였다. 조선왕조 1621년 수로연행(水路燕行)에서 살아 돌아온 안경(安璥, 1564~1640)은 귀국 후에도 계속 사경체험(死境體驗)의 충격에서 벗어나지 못하였다. 자신이 그런 죽음을 경험한 이유가 문관(文官)이었기 때문이라고 생각하면서 그는 후손들에게 문관 벼슬을 하지 말라고 유언을 남길 정도였다. 그뿐 아니라 선사포(宣沙浦) 인근의 안주 백성들은 연행사(燕行使)가 떠날 때마다 수행원으로 차출을 당했으므로, 언제 끌려갈지 몰라서 항상 불안에 싸여 있었다.[1] 그리고 1620년에는 광해군이 명나라 신종을 조문하려고 보낸, 진위사(陳慰使) 박이서, 진향사(進香使) 유간, 서장관(書狀官) 정응두 일행은 육로를 통해 명나라에 갔다가 요동반도의 통행이 막히자 1621년 뱃길로 귀국을 하다가 폭풍을 만나서 모두 죽고 말았다. 이처럼 당시의 수로(水路)는 아주 위험한 연행로(燕行路)였다. 이흘(李忔, 1568~1630)이 수로후부경사(水路後赴京使)를 다음과 같이 특기한 까닭도 이러한 연유 때문일 것이다.[2]

水路後赴京使
辛酉 崔應虛 安璥 謝恩使 權盡己 柳汝恒 陳慰使
壬戌 吳允謙 邊潝 柳應元 天啓登極 李顯英 冬至使
癸亥 李慶全 尹暄 李民宬 請封 趙濈 任賚之 冬至使
甲子 權啓 金德承 冬至使
乙丑 全湜 李莯 冬至使 朴鼎賢 鄭雲湖 南宮檝 冊封謝恩
丙寅 金尙憲 南以雄 金地粹 冬至使 聖節使 謝恩陳賀
丁卯 權怗 鄭世矩 虜情奏聞 邊應壁 尹昌立 冬至使

1) 安璥, 駕海朝天錄, 1617 參照.
2) 水路後赴京使(林基中 編 燕行錄全集 ⑬-183쪽, 雪汀先生朝天日記, 李忔(1568~1630), 仁祖7 崇禎2 己巳 1629. 參照.

戊辰 韓汝溭 閔聖徵 姜善餘 賀登極崇禎皇帝 洪滂 進香於天啓 陳慰於崇禎 宋克訒 申悅道 冬至使
己巳 李忔 進賀 皇孫誕生 卞誣媾倭款虜 尹安國 冬至使[3]

저자가 진행하고 있는 발굴조사 작업에서 이흘(李忔, 1568~1630)이 기록한 이 수로후부경사(水路後赴京使)들의 수로연행록 중 아직 찾아내지 못하고 있는 것은 위의 기록에 들어 있는 정묘(丁卯)와 무진(戊辰) 수로연행사들의 수로연행록뿐이다. 앞에서 말한 당시의 상황은 수로연행록의 전승 규모와 밀접한 관련이 있다.

3. 육로와 수로의 노정

연행도(燕行圖)와 연행노정기(燕行路程記)는 단행본 별책으로 전승되고 있는 것, 두루마리 형식으로 전승되고 있는 것, 절첩본(折帖本)으로 전승되고 있는 것, 지도로 전승되고 있는 것, 화본(畫本)으로 전승되고 있는 것, 연행록 속에 끼어 전승되고 있는 것 등 그 전승 양상이 다양하다. 양적으로는 저자가 수집하여 놓은 것만도 상당한 분량이 되며, 아직 수집은 하지 못하였지만 그 실체를 파악하고 있는 것도 적지 않다. 따라서, 이 문제는 그 수집본 정리의 출판과 함께 별도의 저서로 출판해 보려고 하지만, 이 글이 연행록의 전승과 노정 문제를 살펴보는 것이기 때문에 우선 그중 한 부분인 연행도의 개략적인 것만을 먼저 거론하여 보려고 한다.

연행도는 항해조천도(航海朝天圖, 1624, 仁祖 2, 天啓 4, 甲子)나 육로연행도

3) 林基中 編 燕行錄全集 ⑬卷-183쪽, 雪汀先生朝天日記, 李忔(1568~1630), 仁祖 7 崇禎2 己巳 1629 參照.

(陸路燕行圖, 1760, 英祖 36, 乾隆 25, 庚辰) 등과 같이 연행 노정의 전모를 그림으로 그려 놓은 것이 있으며, 산해관도(山海關圖, 미상), 심양관도(瀋陽館圖, 미상), 열하도(熱河圖, 미상), 궁성도(宮城圖, 여러 종), 황도도(皇都圖, 여러 종) 등과 같이 어떤 한 단면만을 부각시켜 그려 놓은 것도 있다. 그리고, 조선에 다녀간 중국의 사신 일행들이 그린 위와 유사한 유형의 것도 전승되고 있다. 가령, 청나라 하극돈(何克敦)의 봉사도(奉使圖)와 같은 것이 그러한 유형의 보기이다. 이 가운데서 항해조천도(航海朝天圖)만을 잠깐 거론하여 보기로 한다. 이 연행도는 국립도서관에 1건, 국립박물관에 2건, 군사박물관에 1건이 있다. 그러나, 그 연행도가 최근까지도 어느 때 무슨 그림인지를 잘 알고 있는 이가 없었으며, 그에 관한 연구나 구체적인 거론을 한 이도 없어서 그 중요성이나 그에 관한 어떤 정보도 갖지 못하고 있었다. 그러던 중 저자가 몇 년 전에 연행록을 정리하다가 채제공(蔡濟恭, 1720~1799)의 번암집(樊巖集) 권56에 들어 있는 제이죽천항해승람도후(題李竹泉航海勝覽圖後)와 오재순(吳載純, 1727~1792)의 순암집(醇庵集) 권6에 들어 있는 순암집(醇庵集)[4]을 읽게 되었다. 이 두 건의 발문을 살펴보고, 위 항해조천도(航海朝天圖)는 1624(仁祖 2, 天啓 4, 甲子)년에 명나라 주청사행(奏請使行) 이덕형(李德泂), 오숙(吳䎘), 홍익한(洪翼漢), 채유후(蔡裕後)를 따라갔던 화원이 그린 것이라는 사실을 확인하였다.

4) 林基中, 燕行錄全集, ㊵-451쪽, ㊶-353쪽 參照.

도025. 1761년 이필성의 심양관도첩에서 산해관외도

도026. 1761년 이필성의 심양관도첩에서 산해관내도

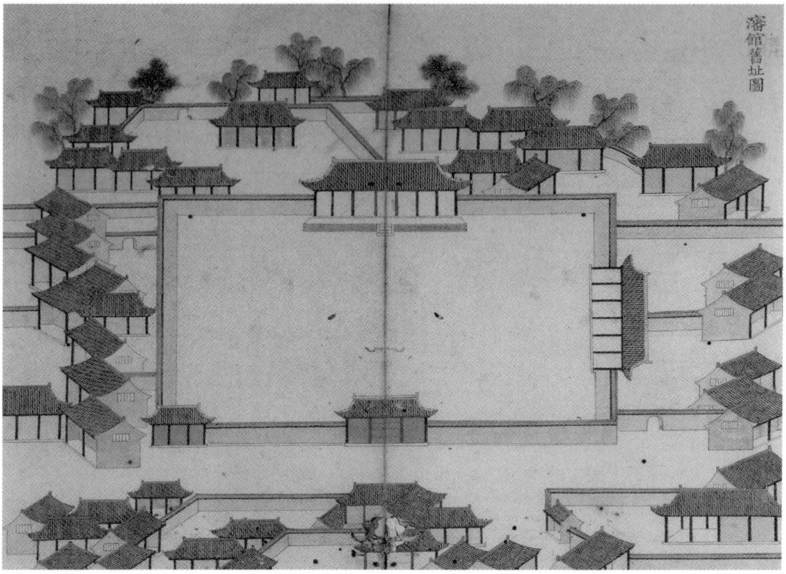

도027. 1761년 이필성의 심양관도첩에서 심관구지도

연행노정기(燕行路程記)는 많은 육로노정기(陸路路程記)와 몇 편의 해로노정기(海路路程記)가 전승되고 있다. 이것을 정리하여 보면 다음과 같이 나타난다.

조선왕조(15세기~19세기)의 연행로(燕行路)는 육로(陸路) 2코스와 해로(海路) 2코스로 모두 4코스를 이용하는 것이 보편적인 연행로였다. 육로 2코스는 요동(遼東)에서 십리보(十里堡)를 거쳐 광녕(廣寧)에서 연경(燕京)으로 가는 것이 1코스고, 요동(遼東)에서 안산(鞍山)을 거쳐 광녕(廣寧)에서 연경(燕京)으로 가는 것이 1코스로 되어 있다. 해로 2코스는 평도(平島)에서 묘도(廟島)를 거쳐 등주(登州)에서 연경(燕京)으로 가는 것이 1코스이고, 평도(平島)에서 각화도(覺華島)를 거쳐 조장역(曹庄驛)에서 연경(燕京)으로 가는 것이 1코스로 되어 있다. 그리고 등주에서 연경에 가는 코스는 육로로 가는 코스와 운하로 가는 2코스가 있었다. 앞의 수로연행록 27종에 나타나는 코스는 다음과 같이 나타난다.

현전하는 수로연행록으로 가장 오래된 것은 1621년 안경(安璥)의 가해조천록(駕海朝天錄)인데, 이 연행록은 등주 코스를 택하였다. 그리고, 홍호(洪鎬, 1586~1646)와 김육(金堉, 1580~1658) 일행은 각화도(覺華島) 쪽의 코스를 택하였다. 그러나, 수로연행록을 처음으로 쓴 안경을 비롯하여 그 밖의 연행사들은 모두 묘도를 거쳐서 등주로 가는 코스를 택하고 있다. 다만 등주 코스를 택한 연행사로서 1622년 추탄조천일록(秋灘朝天日錄)을 쓴 오윤겸(吳允謙, 1559~1636) 일행은 등주에서 덕주(德州)로 가서 운하를 이용해서 통주(通州)를 거쳐서 연경으로 갔다. 따라서 당시 수로연행록(水路燕行錄)의 코스를 대표하는 것은 등주 코스였다. 그러나 당시 이 등주 코스가 얼마나 위험했는지는 가해조천록(駕海朝天錄)에 잘 나타나 있다.

안경 일행은 5월 17일 평안도 안주에서 명나라 사신 유홍운을 만나 인사하고, 20일에 청천강에서 배를 타고 출발하였다. 바다를 건너 6월 20일에 등주에 내렸으므로, 등주까지 꼭 한 달이 걸린 셈이다. 도중에 풍랑을 만나 고생하였는데, 이때 배 9척이 침몰되었다. 이러한 사정은 사은사 최응허가 6월 25일 광해군께 올린 장계에도 밝혀져 있다. 그는 장계에서 "중국 사신이 여순 항구에 도착하는데 밤중에 사나운 바람이 강하게 불어, 유천사(劉天使)가 탄 배와 신이 타고 있던 배, 진위사가 타고 있던 배, 두 중국 사신의 짐을 실은 배 등 모두 9척의 배가 침몰되었습니다. 유천사는 겨우 몸만 빠져 나왔고, 한인들 가운데 물에 빠져 죽은 사람은 얼마인지 모릅니다. 신도 겨우 헤엄쳐 나와 표문・주문・공문을 물속에서 건져냈는데, 토산물의 태반은 물에 떠내려가 유실했습니다."라고 알린다. 이 사건은 안경이 6월 4일에 쓴 일기에도 처절하게 기록되어 있다. 그는 "배에서 떨어진 자들과 떠다니는 시체가 서로 섞여, 바다에 가득했다. 뱃전을 부여잡고 울부짖으며 죽음을 무릅쓰고 다투어 기어올랐다. 급박하고 절박한 와중에 간신히 8~9척에 실린 방물을 옮겼다. 해가 저물며 어둑해지자, 이번에는 후금 오랑캐가 떼를 지어 포를 쏘고 화살을 쏘았다. 미처 멀리 달아나지도 못했는데 큰비가 또 내리고 천둥과 바람까지 바다를 뒤집어 놓아, 뱃사람들은 두려움에 떨며 속수무책으로 배가 가라앉는 것을 보고만 있을 뿐이었다."고 썼다. 안경은 이러한 아비규환의 상황 속에서 고향의 어머니를 생각하자 눈물이 흘렀다고 하였다. 안경 일행은 명나라에서 조선에 왔던 사신 일행과 조선의 진위사, 사은사 일행과 더불어서 많은 인원이 함께 떠났었다.

당시 요동반도는 후금의 군사들에 의해서 연행 루트가 차단되었다. 따라서 뱃길을 통해서 명나라에 갈 수밖에 없었다. 뱃길을 이용하기 위해서는 명나라의 승인을 받아야 했는데 당시로서는 명나라의 승인을 얻어낼 시간과 방법이 없었다. 그래서 그 문제를 명나라 사신들이 책임지기로 하고 떠나면서, 다른 한편으로는 이번 기회에 비변사에서 뱃길 개척 문제를 별도로 건의하기로 하였다. 그때 진향사와 서장관은 여러 사람들이 추천되었는데, 추천되는 사람마다 뇌물을 쓰거나 온갖 핑계를 대면서 사퇴하는 상황이었다. 지난번에 갔던 진위사와 진향사, 서장관 일행이 돌아오는 길에 배를 탔다가 모두 죽었기 때문이다. 시간을 가지고 착실하게 준비된 뱃길이 아니라 갑작스레 떠난 뱃길이기 때문에, 배도 튼튼하지 못하고 뱃길도 익숙하지 않은 데다 뱃사공들도 서툴러서 발생한 사건이었다. 그래서 두 차례나 계속 몰살을 당하는 참상을 겪었던 것이다. 이와 같은 수로연행의 후유증이 한동안 계속되었다.

홍익한(洪翼漢, 1586~1637) 일행의 수로노정(水路路程)은 다음과 같았는데, 이 노정이 이후에도 보편화되는 데는 앞에서 언급한 항해조천도(航海朝天圖)가 크게 기여하였을 것으로 본다.

自本浦距椵島八十里 自椵島西距車牛島百里餘 自車牛島西距鹿島五百里 自鹿島西南距石城島五百里 自石城島南距長山島三百里 自長山島西距廣鹿島二百里 自廣鹿島西距三山島三百里

自三山島西距平島二百里 自平島西北距旅順口二百里 西南距皇城島六百里 自旅順口西南距皇城島四百里餘 自皇城島西南距鼉磯島二百里 自鼉磯島西南距廟島二百里 自廟島南距登州八十里 自登州距帝都一千八百里 不由濟南則一千七百里5)

본포(宣沙浦)에서 80라-가도(椵島), 가도에서 서쪽으로 100여 라-거우도(車牛島), 거우도(청대 지도에 없음)에서 서쪽으로 5백 라-녹도(鹿島), 녹도에서 서남쪽으로 500라-석성도(石城島), 석성도에서 남쪽으로 3백 라-장산도(長山島), 장산도에서 서쪽으로 2백 라-광록도(廣鹿島), 광록도에서 서쪽으로 3백 라-삼산도(三山島), 삼산도에서 서쪽으로 2백 라-平島, 평도에서 서북쪽으로 2백 라-여순구(旅順口)(平島에서 皇城島까지는 6백 리), 여순구에서 서남쪽으로 4백여 라-황성도(皇城島), 황성도에서 서남쪽으로 2백 라-타기도(鼉磯島), 타기도에서 서남쪽으로 2백 라-묘도(廟島), 묘도에서 남쪽으로 80라-등주(登州), 등주에서 천8백 리(濟南을 경유하지 않으면 천7백 리)-제도(帝都).

이 항해조천도는 홍익한(洪翼漢)의 배에 같이 타고 간 화원이 그린 것으로 보이는데, 선사포에서 연경까지의 노정과 행렬, 바닷길과 경유한 섬들, 바람과 파도, 경유지의 실경을 설명하고 그린 것이다.

4. 등주의 문록과 화록

등주(登州) 문록(文錄)으로는 홍익한의 화포선생조천항해록[花浦先生朝天航海錄, 1624 仁祖2 天啓4 甲子(全)]과 작자 미상의 갑자수로조천록[甲子水路朝天錄, 고려대 소장본 원명은 됴텬녹, 1624 仁祖2 天啓4 甲子(全)]의 기록을 살펴보기로 한다. 이는 각기 다른 배를 탄 일행의 기록으로서 하나는 한문본이고 다른 하나는 한글본이란 점이 흥미롭고, 그뿐 아니라 그들 일행의 등주 체류 기간이 유난히 길었다는 점이 거론 대상으로 선택된 까닭이다. 이

5) 航海朝天圖, 1-5쪽 參照.

들 洪翼漢 일행의 수로 노정을 정리하여 보면 다음과 같이 나타난다.

1624년 8월 4일 길일(吉日)을 택하여 일행 40여 명이 6선에 나누어 타고 선사포(宣沙浦)를 출발한다. 이들은 — 5일 가도(椵島) 도착. — 10일 사포(蛇浦) 도착. — 11일 황골도(黃鶻島) 도착. — 12일 석성도(石城島) 도착. — 13일 장산도(長山島) 도착. — 15일 광록도(廣鹿島) 도착하여 해안에 상륙함(거리에 餠肆와 酒店이 즐비하고 登州와 내주에서 운반해 온 모독부(毛督府)의 군량(軍糧) 20여 가리가 쌓여 있었음. 총병(總兵) 장계선(張繼善)이 섬 안의 성보(城堡)를 주관하고, 참장(參將) 마경백(馬景栢)과 수비(守備) 주국창(朱國昌)이 연해를 순시하고 있었음). — 20일 평도(平島) 도착. — 22일 황성도(皇城島) 도착. — 23일 등주(登州)의 수문 밖에 정박함. — 9월 12일 등주(登州)를 출발하여 황현(黃縣)에서 유숙함. — 10월 12일 북경(北京) 조양문(朝陽門)을 통해서 회동관(會同館)에 도착하였다.

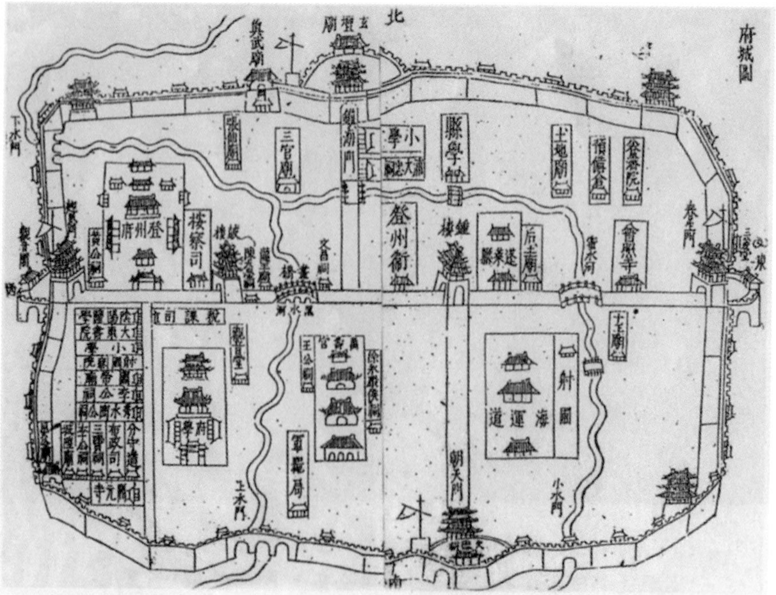

도028. 태창등주부지의 등주부성

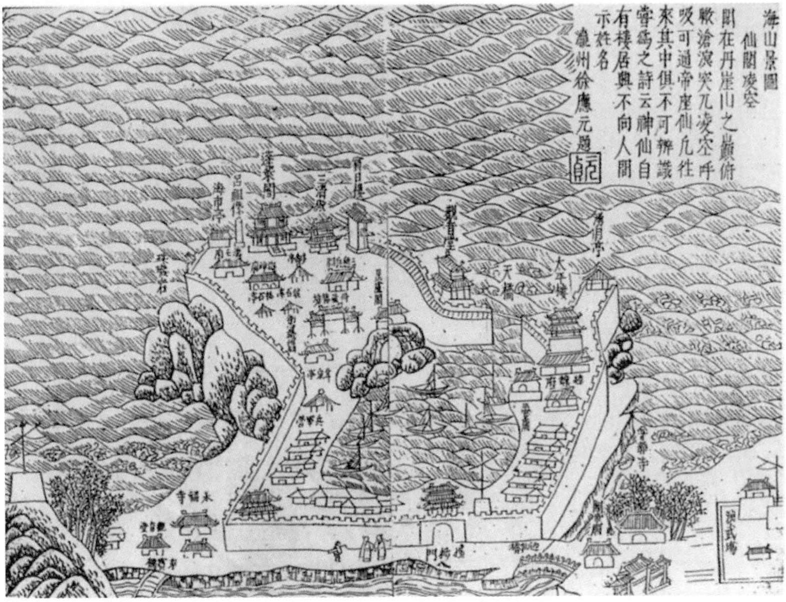

도029. 태창등주부지의 등주수성

이처럼 이들 일행은 선사포에서 등주까지 20일이 걸렸다. 등주에서 북경까지는 30일이 걸렸으므로, 조선의 선사포에서 중국 북경까지는 50일이 걸린 셈이다. 이것이 당시 이 연행로의 보편적인 일정이었던 것으로 보면 될 것이다. 다만 등주에서의 체류 일정을 조정하기에 따라서 일정에 다소의 가감이 생길 수 있을 것이다.

홍익한 일행은 380년 전 등주의 상황을 다음과 같이 쓰고 있다. 이들 일행은 지루한 항해 끝에 산동반도(山東半島)에 있는 등주에 정박하여 중국의 뭍에 첫발을 디딘다. 처음으로 대륙의 인민을 만나고 진주성을 구경한다. 다음은 그들 일행이 등주 체류 기간에 있었던 일들을 간추려 본 것이다.

8월 23일. 등주의 수문(水門) 밖에 정박한다. 등주는 옛날 우이국(嵎夷國)이다. 지역이 극동에 위치하고 석벽이 바다에 임했으며, 호화주택이 시가지에 즐비하니 실로 웅주(雄州) 거진(巨鎭)이다. 황혼에 시중(市中)의 민가에 숙소를 정한다.

8월 24일. 사관(舍館)이 정해지지 않아서 시중의 민가에 유숙한다. 예전부터 조선사신이 등주에 당도하면 이를 지부(知府)에 알리고, 지부는 표문(票文)을 내려 공관(公館)에 들도록 되어 있다. 그러나 이번에는 군문(軍門) 무지망(武之望)이 새로 도임하여 아문(衙門)의 관원들이 모두 교외로 그를 영접 나갔기 때문에 그렇게 되었다. 오후에 이슬비가 내리는데 군문(軍門)이 성북(城北)에서 들어왔다. 금교(金轎)와 옥안(玉鞍)이 거리에 빛나고 창을 든 자가 그 앞뒤를 호위하고 홍건(紅巾)과 홍장(紅杖)을 든 자들이 쌍쌍이 잇따랐다. 북치고 나팔 불며 벽제(辟除)하는 자들이 길에 가득하였다. 홍여(紅輿)를 탄 15인은 모두 가기(家妓)들이었으며, 여노(女奴)들도 두자(兜子)를 탔다. 공자(公子)라고 부르는 청춘소년 6~7인은 준마(駿馬)를 타고 화려한 의복을 입었다. 모든 기물(器物)이 조선에서는 보지 못한 것이었다. 일개 군문이 영솔하는 바가 이처럼 성대하니, 이것이 비록 부화(浮華)의 그릇된 습속이지만 대국의 위의(威儀)임을 볼 수 있었다고 썼다.

8월 25일. 황효성(黃孝誠) 등이 지부아문(知府衙門)에서 표문(票文)을 받고 쾌수(快手) 1인을 대동하고 와 보정사(普靜寺)에 임시로 사처를 정해 준다. 서장관 홍익한은 상사(上使)와 더불어 동서(東西)의 선방(禪房)에 머물렀다. 그는 이날 중국인의 신의(信義) 있고 극히 인후(仁厚)함을 알 수 있었다고 쓰고 있다.

8월 26일. 정오에 선소(船所)에 가서 격군(格軍)을 호궤(犒饋)하고 돌아온다. 저녁에 초관(哨官) 왕삼중(王三重)과 왕국조(王國祚) 등이 주찬(酒饌)을 갖추어 찾아와 공궤(供饋)한다.

8월 27일. 군문이 문묘(文廟)에 알현하므로 현관례(見官禮)를 행하지 못한다. 상사, 부사와 보정사(普靜寺)로 구경을 간다. 스님 기현(奇玄)과 명우(明友) 등 6~7인이 보선(寶扇)과 설화전(雪花牋)을 가지고 나와서 시를 간청하므로 각각 한 구절씩 써 준다. 비장(裨將) 이인남(李仁男) 등이 찾아와 상사의 생신축하주연을 베풀어 준다.

8월 28일. 군문(軍門)이 이날도 신묘(神廟)와 사찰에 향을 올리기 때문에 또 현관례를 행하지 못한다. 근래 중국 풍속에 대소관원(大小官員)이 새로 도임하면 먼저 사찰과 신묘에 두루 알현(謁見)하는 것이 규례로 되어 있기 때문에 이 예절을 끝내기 전에는 빈객(賓客)을 접견할 수가 없었던 것이다. 홍익한은 중국인들이 이처럼 사귀(邪鬼)를 섬기는 풍습이 있으므로 참으로 안타깝다고 쓰고 있다. 보정사(普靜寺) 법당 좌우에 금자(金字) 청판(靑板)을 달았는데 좌편에는 연월일과 등주지부(登州知府) 노정언(魯廷彦), 동지(同知) 적동(翟棟), 통판(通判) 교봉상(喬鳳翔), 추관(推官) 왕명진(王名晉), 지현(知縣) 왕유(汪裕) 중수(重修)라고 써 있으며, 우편에는 흠차진수(欽差鎭守) 산동등지(山東等地) 도독부(都督府) 도독(都督) 심유용(沈有容) 정건(鼎建)이라고 쓰여 있다. 이를 본 홍익한은 사대부도 오히려 이와 같거늘 하물며 어리석은 백성임에랴? 성교(聖敎)가 인멸(湮滅)되었음을 이로써 짐작할 수 있다고 개탄한다.

도030. 강희봉래현지의 명말청초 등주수성도

도031. 등주수성 남문 진양문

8월 29일. 군문에서 만나자고 연락이 온다. 아문(衙門)에 가서 현관례를 행하였다. 북경(北京)에 가는 까닭을 물어서 사은, 진하, 주청하기 위해서 왔다고 하자, 군문(軍門)이 말하기를 황자(皇子)는 여름에 작고하였다고 알려준다. 또 귀국(貴國)의 廢君(폐군, 光海君)이 잘 있느냐고 물어 잘 있다고 대답한다. 군문(軍門)에서 말하기를 오랑캐를 쳐서 멸하고 요동의 길이 통한 뒤에라야 봉군전례(封君典禮)을 완성할 수 있을 것이라고 한다. 일행은 표노야(表老爺)에게 속히 봉전(封典)을 완결시켜 주는 일을 도와 달라고 간청한다. 이에 협조하겠다는 약속을 받는다. 문묘에 들려서 소왕(素王, 孔子)을 알현한다. 소상(塑像)은 해구(海口, 큰 입), 하목(河目, 큰 눈), 흰 이를 약간 드러냈으며, 사성(四聖)과 십철(十哲)의 상이 좌우에 있었다. 한당(漢唐) 이하 여러 유학자(儒學者)들은 모두 동서무(東西廡)에 안치되어 있었는데 구경산(丘瓊山)[6]에 이르러 그쳤다.

9월 1일. 주홍모(周鴻謨)와 주종망(周宗望)이 주찬(酒饌)을 보내와서 은자(銀子)와 인삼(人蔘)으로 회사(回謝)한다. 정오에 진해루(鎭海樓)에 올랐는데 중당(中堂)에는 관왕(關王)의 소상(塑像)을 만들기 시작하였으나 아직 준공이 되지 않았다.

9월 2일. 주중군(周中軍)에게 차와 인삼과 호피(虎皮)를 증정하고 감사의 뜻을 표한다. 군문(軍門)에서 연무장(演武場)에 주연을 베풀었다. 조선의 훈련원과 규모가 같은데 편액에는 신무(神武)라고 쓰여 있었다.

9월 3일. 군문(軍門)에서 일행에게 은 1냥씩과 표문을 내려준다.

9월 4일. 감군(監軍) 양지원(梁之垣)의 집이 등주성(登州城) 안에 있었다. 그가 연전에 조선에 왔을 때 상사(上使)와 여러 번 만났고 한강에서 시주(詩酒)로 즐겁게 논 일이 있었다. 그런 인연으로 예물과 찬품(饌品)을 보내왔는데 술이 1백 병이나 되었다. 그리고 상사를 초청한다. 상사는 예단

6) 明나라 孝宗 때의 유학자 丘濬.

을 보내어 회사한다. 오후에는 삼사(三使)가 봉래각(蓬萊閣)에 오른다. 창망한 운해 밖에 있는 조선을 바라보면서, 소식(蘇軾)의 "아득한 나의 회포여 미인을 하늘 저 끝에 바라본다.(渺渺兮余懷望美人兮天一方)"라는 구절을 떠올린다. 난간에 의지하여 사면을 바라보니 산천은 수려하고 만 길이나 되는 붉은 석벽이 바닷가에 솟았으니 과연 신선이 살 만한 곳이었다. 묵객(墨客)과 선옹(仙翁)이 남긴 붉은 바위에 새긴 글들이 이루 셀 수 없이 남아 있지만, 진희이(陳希夷, 宋나라 摶)가 쓴 수복(壽福) 대자(大字)와 소식(蘇軾)이 쓴 해시시(海市詩) 1수는 더욱 기절(奇絶)하였다. 이는 유람객(遊覽客)들의 안목을 크게 하는 것이라고 생각한다. 봉래각(蓬萊閣) 서측에 소반만한 석경(石鏡)이 있는데 무슨 물건이건 와서 비치면 그대로 나타나며 하늘이 흐릴 때는 더욱 밝아진다고 한다. 그 북쪽에는 주기암(珠璣巖)이 있다. 봉래각(蓬萊閣)은 성(城)의 동쪽 붉은 석벽 위에 있고, 그 아래에는 큰 호수가 있는데, 안으로는 여러 냇물이 모여들고 밖으로는 멀리 바다와 통했다. 성 한편을 차지하고 전함(戰艦)이 드나들어 황룡청작(黃龍青雀)[7]이 앞뒤를 연달았고 천만 개의 돛대가 그 가운데 운집한다.

9월 5일. 주종망(周宗望)이 찾아와서 문후(問候)한다.

9월 6일. 등주성 안에 유명한 성학가(星學家) 유형홍(劉亨洪)이 살고 있었다. 부귀빈천(富貴貧賤)과 사생수요(死生壽夭)를 정확하게 추산하므로 사람들이 구름처럼 모여들었다. 부사(副使)가 심히 미혹(迷惑)된다. 홍익한이 부사의 말에 따라 시험삼아 물어 보았는데 들은 바와 같이 정확하다.

9월 7일. 군문(軍門)이 새로 도임(到任)해서 옛 규례(規例)를 잘 몰라서 연행사 일행이 지체하고 있었다.

7) 黃龍은 隋나라 때 兵艦의 이름이며, 青雀은 물새의 이름인데, 그 모양을 뱃머리에 그리므로 배를 말하는 것임.

9월 8일. 군문의 게첩(揭帖)과 감합(勘合)이 완성되지 않아서 출발하지 못하고 있었다. 군문의 두 아들이 등과하여 벼슬에 제수되었으므로 하객(賀客)이 문전성시(門前成市)를 이루었다. 느지막하여 주종망이 명일(明日)은 중양절(重陽節)이므로 봉래각에서 연회를 베푸니 참석하여 달라는 초청장(招請狀)을 보내온다.

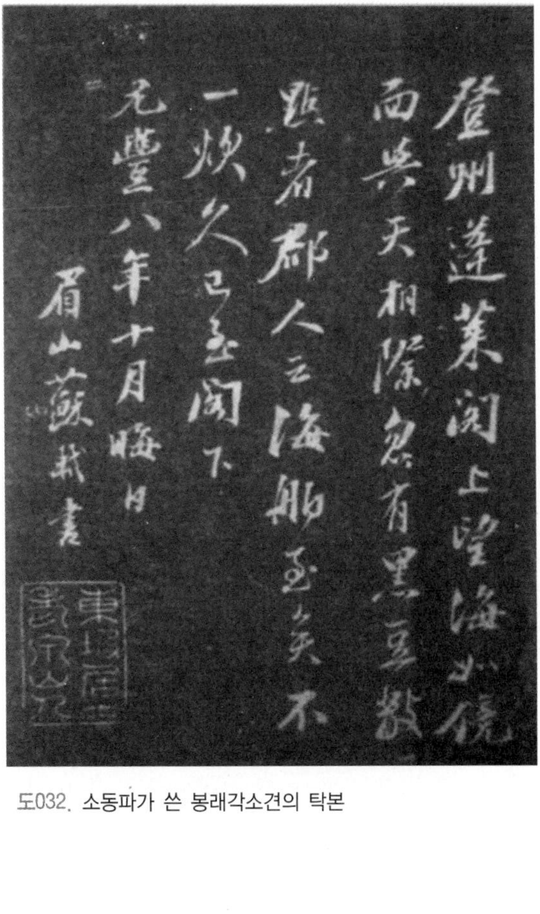

도032. 소동파가 쓴 봉래각소견의 탁본

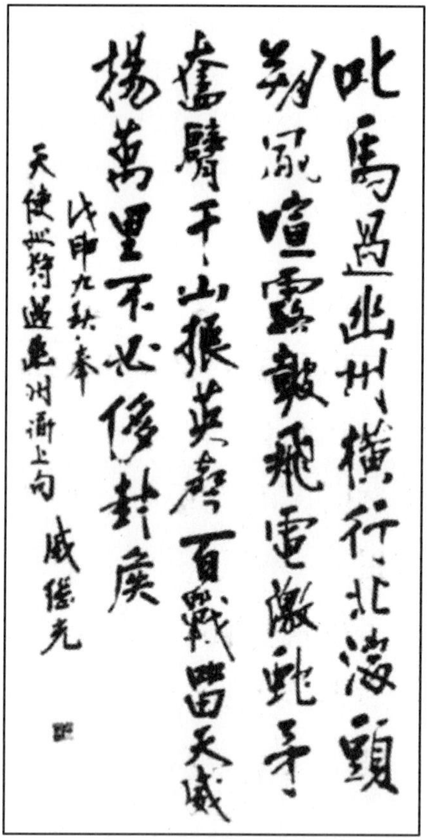

도033. 척계광이 쓴 시고 병부술계 사진

9월 9일. 등주에 도착한 지 10여 일이 되었는데도 출발하지 못하고 있는 것은 역관(譯官)들이 밀무역을 하기 위해 고의로 지체하는 것 같아서 상통사(上通使) 2인을 잡아들여 곤장(棍杖)으로 심문하고 떠날 날을 독촉한다. 주종망(周宗望)이 금선(金扇) 한 개씩을 보내준다. 부채에다가 그가 자필(自筆)로 쓴 시(詩)는 운격(韻格)이 높았다. 봉래각에는 가지 않는다. 대신 삼사(三使)가 진해루(鎭海樓)에 올라가서 술을 마시고 돌아온다.

9월 10일. 아침에 군문(軍門)에서 감합표문(勘合票文)을 가지고 온다. 표역관(表譯官)이 망자존대(亡自尊大)하여 일을 그르쳤다. 현관례(見官禮)를 할 때 동지(同知)와 적동(翟棟)한테 봉변을 당한다. 돈수배(頓首拜)란 평교간(平交間)에 쓰는 말인데 외국(外國)의 배신(陪臣)이 어찌 감히 이럴 수가 있느냐는 시비가 벌어진다. 사변(事變) 이후 산동(山東)의 역로(驛路)가 피폐하여 중국(中國)의 대관행차(大官行次) 때도 마필(馬匹)을 준수(準數)대로 조발(調發)할 수 없는 실정이다. 조선사(朝鮮使) 일행이 사용할 말과 노새가 자그마치 1백여 필이나 되므로 삼사(三使)의 교부(轎夫)와 정관(正官)의 기마(騎馬)와 방물(方物) 공진(貢進)하는 데 쓰는 마필(馬匹)밖에는 조발해 줄 수가 없다고 한다. 역적(逆賊) 서승(徐勝)의 여당(餘黨)이 노략질이 심하기 때문에 군문(軍門)에 간청하여 무사(武士) 수십 명이 순라군(巡邏軍)으로 차출되어 무기(武器)를 가지고 와 일행이 호위를 받게 된다.

9월 11일. 반송관 왕 운륭이 행장을 수습하지 못하였다고 핑계하고 1~2일을 더 기다리라고 한다.

도034. 1624년 사은겸주청 정사
이덕형의 초상

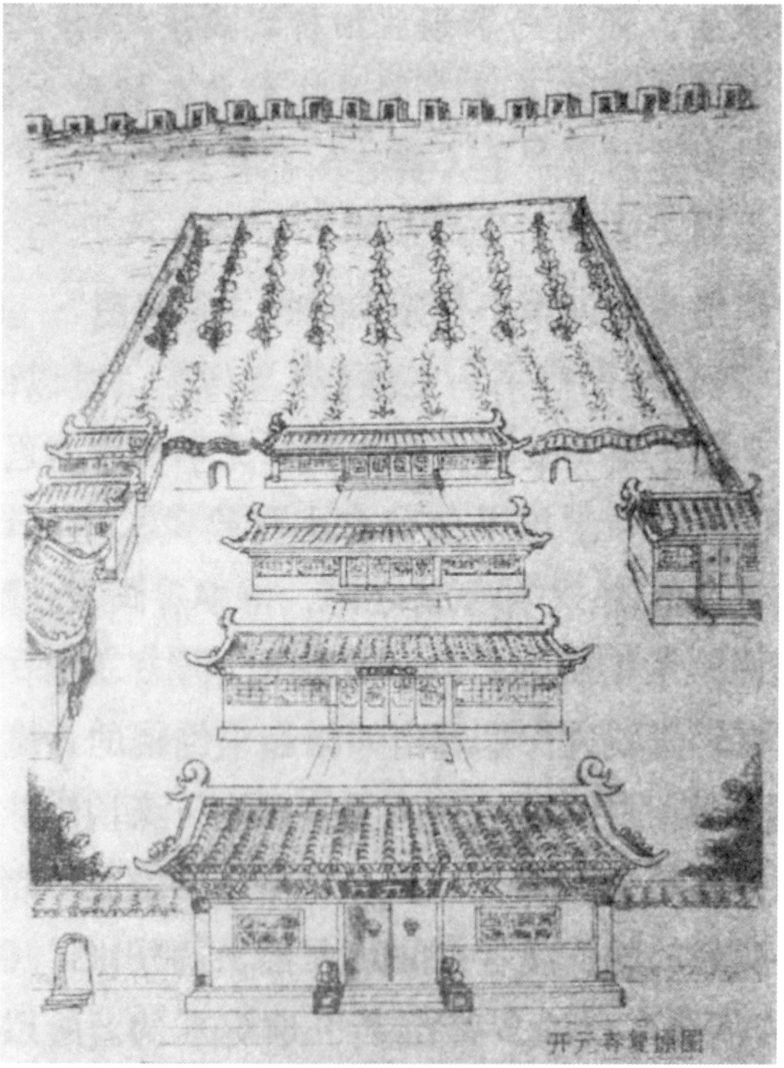

도035. 사향양이 그린 개원사도

9월 12일. 오후에 등주를 출발하여 황현(黃縣)에서 유숙한다.

이것이 홍익한 일행이 380여 년 전에 등주에 10일간 체류했을 때의 행적이다. 따라서 다음과 같은 곳을 확인하여 보는 일은 흥미롭고 의미 있는 과제가 될 수 있을 것이라고 생각한다.

1) 上使 李德泂과 書狀官 洪翼漢이 登州에 도착하여 맨 처음으로 안내받았던 臨時宿所 普靜寺의 東西 禪房.

2) 普靜寺 法堂 左右에 걸렸던 것으로, 左便에 年月日과 登州知府 魯廷彦, 同知 翟棟, 通判 喬鳳翔, 推官 王名晉, 知縣 汪裕 重修라고 쓰고, 右便에 欽差鎭守 山東等地 都督府 都督 沈有容 鼎建이라고 쓰여 있었던 金字靑板.

3) 鎭海樓에 올랐을 때, 中堂에 關王의 塑像을 만들기 시작하였으나 竣工이 되지 않았었다고 하였는데, 鎭海樓 中堂에 있을 그 關王의 塑像.

4) 文廟에 들려서 素王(孔子)을 알현하였는데, 그 塑像은 海口(큰 입), 河目(큰 눈), 흰 이를 약간 드러냈으며, 사성(四聖)과 십철(十哲)의 상(像)이 左右에 있었다. 한당(漢唐) 이하 여러 儒學者들은 모두 동서무(東西廡)에 안치되어 있었는데 구경산(丘瓊山)에 이르러 그쳤다고 기술하였던 그 문묘.

5) 삼사가 올라갔던 봉래각과 봉래각에 올라가서 보았던 창망한 운해 밖에 있는 조선. 그리고 조선을 바라보면서, 소식의 "아득한 나의 회포여 미인을 하늘 저 끝에 바라본다.(渺渺兮余懷望美人兮天一方)"라는 구절이 바로 이것이다라고 말한 감회. 봉래각 난간에 의지하여 사면을 바라보니 산천은 수려하고 만 길이나 되는 붉은 석벽이 바닷가에 솟았으니 과연 신선이 살 만한 곳이었다고 한 소감. 묵객과 선옹이 남긴 붉은 바위에 새긴 글이 이루 셀 수 없이 남아 있지만 진희이(宋나라 摶)가 쓴 수복 대자와 소식이 쓴 해시시 1수는 더욱 기절하다고 하였던 수복 대자와 소식이 쓴 해시시. 봉래각 서측에 소반만한 석경이 있는데 무슨 물건이건 와서 비치면 그대로 나타나며 하늘이 흐릴 때는 더욱 밝아진다고 하였던 소반만한 석경. 그 북쪽에 있다는 주기암. 봉래각은 성의 동측 붉은 석벽 위에 있고, 그 아래에는 큰 호수가 있는데, 안으로는 여러 냇물이 모여들고 밖으로는 멀리 바다와 통했다고 하였던 주기암과 봉래각. 당시 성 한편을 차지하고 전함이 드나들어 황룡청작이 앞뒤를 연달았고 천만 개의 돛대가 그 가운데 운집하였다고 하였던 옛정취의 상상.

이제 갑자수로조천록(甲子水路朝天錄)에 있는 등주 기록을 살펴보기로 한다.

성상(城上)의 채곽(彩廓)이 해에 비치고 여염이 땅에 깔렸다. 물굽이 들어간 속에는 집을 지어 꾸민 배가 서로 닿았으며, 사녀(士女)들이 소매를 연하여 도로에 왕래하니, 이미 그림 가운데의 것이요, 인간 광경이 아니었다. 배에서 내려 성의 북사(北寺)에 들어가니, 집이 굉려하고 기승(奇僧)이 심히 많았다. 나와서 성내로 들어가니, 좌우 저자에 보화가 쌓였으며, 푸른 기(旗)를 드리운 곳에는 주식(酒食)이 일만 가지요, 또 청루가 대도 위에 있으며, 고운 계집이 단장을 어리게 하고 주렴을 드리워 사창에 의지하여 누하에 왕래하는 유객을 맞으며, 고을 관원이며 장수가 개(蓋)를 받고 수레를 타 도중위의(道中威儀)가 심히 성하였다. (저자의 현대어 표기)

홍익한의 기록으로 미루어볼 때 여기에서 성의 북사(北寺)는 보정사(普靜寺)일 듯하며, 도중위의(道中威儀)가 심히 성하였다고 한 것은 군문 무지망(武之望)의 도임 행렬인 것 같다. 이들 일행은 배에서 내려 성의 북사로 들어갔다. 그리고 등주성 안의 저잣거리에 쌓인 많은 보화와 주식을 접하고 충격을 받았으며, 또 대도에 있는 청루에서 기녀(妓女)들이 유객(遊客)을 맞는 장면을 보고 충격을 받는다. 서장관 홍익한은 주인의식을 가지고 예각화된 시각으로 연행록을 썼는데, 갑자연행록의 작자는 방관자적 산만한 시각으로 연행록을 썼다.

다음은 등주의 공자사당에 관한 기록인데, 개원사라는 절 옆에 공자의 사당이 있었다. 선성과 제제자(諸弟子)의 소상(塑像)을 앉혔는데, 근처 유생이 삭망(朔望)으로 모여 예배하였다. 성묘(聖廟)가 불사(佛寺)로 더불어 한곳에 벌었으므로, 그 선성(先聖)을 욕함이다. 또한 가히 숭불을 성히 함을 알 수 있었다고 하였다. 이 등주의 공자사당(孔子祠堂)에 관한 기록은 홍익한이 문묘의 기술에서 상세히 언급한 것의 지엽적인 언술에 불과하다.

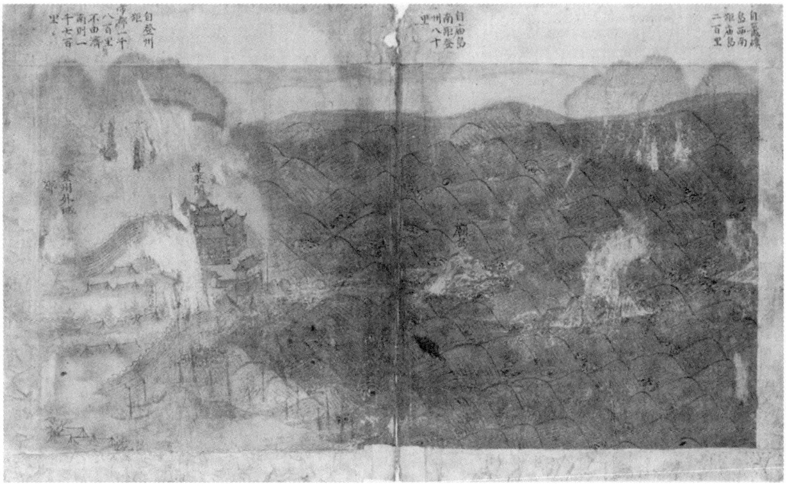

도036. 1624년 국립도서관본 수로연행도의 봉래각

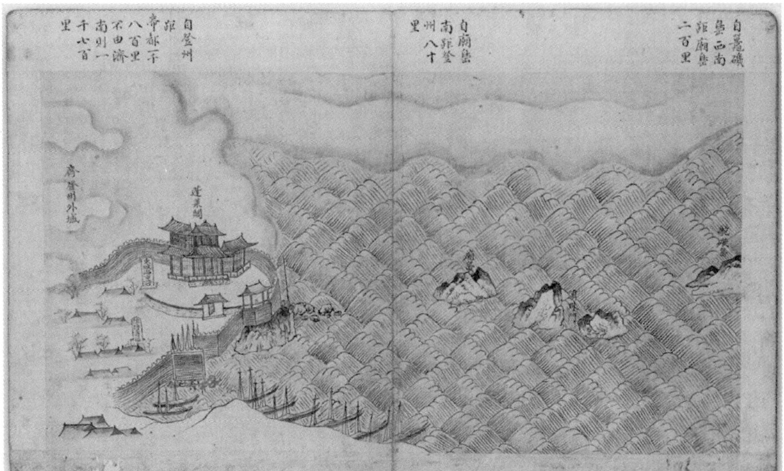

도037. 이성원본 수로연행도의 봉래각

등주 화록은 다음 4종의 수로연행도(水路燕行圖)에 실경(實景)으로 나타나 있다.

1) 연행도폭(燕行圖幅, 航海朝天圖의 誤記, 國圖本)
저자의 판단으로는 1624년(仁祖 2, 天啓 4, 甲子)에 홍익한과 동승한 화원이 그린 모본(母本)으로 보인다.
2) 항해조천도(航海朝天圖, 國博 A本)
저자의 판단으로는 1624년 이후의 모사본(模寫本)으로 보인다.
3) 무제첨(無題簽, 國博 B本)
저자의 판단으로는 1624년 이후의 모사본으로 보인다.
4) 무제첨(無題簽, 軍博本)
저자의 판단으로는 1624년 이후의 모사본의 재모사본으로 보인다.

이 4본에 나타난 등주(登州) 화록(畫錄)은 다음과 같다.

항해조천도는 정사(正使) 이덕형(李德泂), 부사(副使) 오숙(吳䎘), 書狀官 홍익한(洪翼漢)으로 구성된 일행의 화록(畫錄)이다. 오숙은 당시 30대 초반의 나이로 삼사(三使) 중 가장 젊었으며, 채유후(蔡裕後) 대신 서장관으로 발탁되어 허겁지겁 배에 오른 홍익한은 채유후의 질병으로 도중에 교체된 멤버다. 위 조천도는 동행한 화원의 작이다. 지금으로부터 380여 년 전인 1624(仁祖2 天啓4 甲子)년의 등주(그림 9~10面)의 실경이어서 자못 흥미롭다. 채색 그림의 상단에 이렇게 쓰여 있다.

그림 9면에 "자타기도 서남거 묘도 이백리(自鼉磯島 西南距 廟島 二百里, 타기도에서 서남쪽으로 200리 떨어진 곳에 묘도가 있다). 자묘도 남거 등주 팔십리(自廟島 南距 登州 八十里, 묘도에서 남쪽으로 팔십리 떨어진 곳에 등주가 있다)"라고 쓰고, 파도 위로 보이는 타기도—진주문—묘도를 차례로 그리고 섬 이름을 써넣었다. 타기도에서 묘도로 가는 항로에 그린 여러 작은 섬들을 홍익한은, 섬이 칼처럼 뾰족하기도 하고 쇠기둥처럼 깎아 세운 듯도 하고 병

풍처럼 둘리어 있기도 하고 문처럼 마주 서있기도 하다고 묘사하였다.[8] 이런 섬을 그린 것이다.

그림 10면에는 "자등주거제도 일천팔백리 불유제남즉 일천칠백리(自登州距帝都 一千八百里 不由濟南則 一千七百里, 등주에서 중국 황제가 있는 연경까지는 1800리인데 제남을 경유하지 않을 경우 1700리다)"라고 그림 상단에 썼다. 그리고 단청이 찬란한 봉래각과 잘 보존된 등주외성을 그리고 등주외성이라고 쓴 옆에 제라고 썼다. 이들 일행은 8월 23일 저물녘에 등주의 수문 밖에 정박하였다. 등주는 옛날 우이국이다. 석벽이 바다에 임했으며 호화 주택이 시가지에 즐비하다고 하였는데 성 안팎의 집들을 호화롭게 그려놓고 있다. 이곳에서 부사인 단련사(團練使) 강귀룡(康貴龍)이 범죄하여 곤장 30대를 맞았다.[9] 이 봉래각을 9월 4일 오후에 삼사가 함께 올라 창망한 운해 밖에 있는 조선을 바라보았다.

이처럼 등주는 수로연행에서 가장 중요한 의미를 갖는 곳이었다. 등주는 조선 연행사들이 목숨을 걸고 천신만고의 긴 항해를 하여 대륙에 상륙하는 희망봉이었다. 조선 연행사들은 여기에서 처음으로 대륙을 체험하고 느꼈으며, 중국인들과의 근접 교류가 시작되는 곳이었다. 조선 연행사는 등주에서부터 외교관으로서의 역할 수행이 시작되며, 중국은 등주에서부터 조선 연행사를 외교사절로 맞는 영접을 하기 시작하는 곳이기도 하다. 연경과 한성(漢城)의 정보를 서로 교환하고, 사행의 목적 성취를 위하여 인정의 교류가 시작되는 곳이 등주였다.

---

8) 洪翼漢, 花浦朝天航海錄, 8月 22日.

9) 洪翼漢, 花浦朝天航海錄, 8月 23日.

5. 맺음말

이 시대를 살고 있는 우리는 한중 교류에서 등주의 역할을 새롭게 발전적으로 재정립할 필요가 있을 것 같다. 우리 시대의 교통수단은 당시와 사뭇 다르다. 해로와 육로와 공로(空路)가 자유롭게 열려 있고, 통행의 위험성도 또한 당시와는 사뭇 다르게 개선되어 있다. 한중 교류의 방법이나 목적 또한 큰 변화를 가져왔다. 그렇다고 해도 교류의 빠르기에서 공로를 선택할 수 있다면, 교류의 물량유통이라는 측면에서는 이 시대에도 해로를 선택할 수밖에 없을 것이다. 이 경우 한중 교류에서 등주의 역할은 전통의 계승발전이 가능할 것이다. 21세기에 등주가 한국인의 새로운 희망봉이 되고, 등주가 중국인의 새로운 발전적 출입문이 될 수 있도록 만드는 과제가 이 시대를 사는 한중인(韓中人)의 화두(話頭)가 되어서 새로운 동아시아 질서를 창조하는 데 크게 기여할 수 있기를 기대하여 본다.

지난 역사를 돌이켜볼 때, 주변여건으로 인해서 한중교류가 원활하지 못하였던 시기에 등주는 그 소통(疏通)의 대안으로 등장하였던 관문이었다. 21세기에도 등주가 한중교류와 동아시아의 교류에서 그런 성취의 개선문 역할을 담당할 수 있기를 바란다. 이 과제가 이 시대를 사는 우리들의 중요한 화두로 자리 잡는다면 많은 가능성을 새롭게 창출하여 낼 수 있을 것으로 생각한다.

제11장
항해조천도의 형성양상과 원본비정

1. 머리말

연행록이라는 이름으로 통칭되고 있는 한중교류의 사기록은 13세기 말부터 19세기 말까지 6백여 년 동안에 한국인들이 자유로운 시각으로 기록하였던 일군의 기록물인데 대략 5백여 종이 발굴・정리되었다.[1] 현재도 발굴 작업을 진행하고 있기 때문에 확정할 단계는 아니지만 대략 6백여 종 이상이 전하는 것으로 추정한다. 독립성을 갖지 않는 사기록물까지 조사대상으로 삼는다면 그보다 훨씬 더 많은 분량이 존재한다. 한국인들이 6백여 년 동안 지속적으로 생산해낸 이 기록물군은 넓게 보면 모두 중국의 요동반도・산동반도와 깊은 관련성을 가지고 있다는 데 주목할 필요가 있다. 이 기간 동안 두 반도는 동아시아 평화공존의 상징적 공간으로서 일정한 기능을 하고 있었기 때문이다. 이 글에서는 17세기(1624) 전반 7월부터 이듬해 4월까지 10개월간에 생산된 항해조천도와 그것을 둘러싼 당시의 몇 가지 문제들을 거론 대상으로 삼아 간결한 논의를 시도하여 보려고 한다. 논점을 적시하면 다음과 같다.

---

1) 임기중, 燕行錄全集, 1-100권, 동국대출판부, 2001. 燕行錄續集, 101-150권, 상서원, 2008.

첫째는 항해조천도의 단계별 생성양상 추적, 둘째는 원본 항해조천도의 비정(比定), 셋째는 항해조천도의 생성동인 발견, 넷째는 나타난 오류의 시정이다. 그리고 항해조천도의 생산적 해석방안 모색을 21세기 지구촌 지역연구의 한 과제로 제시하여 보려고 한다.

이 글은 죽천 이덕형공의 후손 성원님이 소장하고 있는 죽천공 가문의 문건 일체를 원만하게 살펴볼 수 있도록 배려하여 주어서 작성이 가능하였다. 그에 앞서 유헌속록과 유헌삼록을 쓴 문헌 강시영공의 후손 인구님의 세교인연에 힘입은 바 크다. 미수 허목공과 더불어 모두 남인 가문이기 때문이다. 두 분께 깊은 감사를 드린다.

2. 형성양상과 원본비정

중국 명나라에 가서 조선 인조의 즉위를 승인 받고 고명과 면복을 주청하기 위해서 1624년 7월 3일 조선 한양에서 주청사행이 출발하였다. 정사 이덕형(1566-1645), 부사 오숙(1592-1634), 서장관 홍익한(1586-1637), 역관 표정로 외 2인, 이문학관 이원형, 상통사 황효성 외 1인, 압물관 현예상, 사자관 현득홍, 건량장무관 박치룡 외 1인 등 일행 40여 명이 관상감에서 택한 길일 8월 4일에 조선 선사포(旋槎浦, 舊名 宣沙浦)에서 6척의 배에 나누어 타고 중국 연경을 향해 출항한 것이다. 중국 산동반도에 있는 등주로 상륙하여 연경으로 가는 사행경로였다. 이 사행경로는 1621(광해6)년에 진위사 권진기, 사은사 최응허 일행이 갔던 해로를 이용하는 경로인데 그때부터 이미 정식 사행경로로 인정을 받았던 길이다. 항해조천도는 서장관 홍익한의 배에 동승한 한 화원이 그린 것 같다.[2)]

2) 임기중, 증보판 연행록연구, 일지사, 2006. pp.482-483 참조.

1617년부터 1636년까지 20여 년 동안은 요동반도가 후금의 누루하치(奴爾哈赤) 세력권이어서 육로의 연행경로가 차단되어 해로를 이용한 기간이다. 이 기간 중 해로가 열린 초기는 해난사고가 유난히 많았던 시기다. 1620년 조선이 명나라 신종을 조문하러 보낸 진위사와 진향사 일행이 육로를 통해 연경에 갔다가 이듬해 해로를 통해 귀국하는 도중에 폭풍을 만나서 모두 다 죽고 마는 슬픈 사건이 발생하였다. 1921년 변무사은사 일행도 많은 희생자를 내고 서장관 안경(安璥, 1564-1640)이 겨우 살아 돌아왔다. 그는 가해조천록(駕海朝天錄)을 써서 속수무책으로 당할 수밖에 없었던 당시 해난사고의 실상과 순식간에 목전에서 전개된 해난의 참상을 세상에 알렸다. 그런 대형 해난사고가 발생한 뒤 해로를 이용할 때 산동반도 연해안의 안전문제가 크게 대두되었다. 특히, 앞의 진위사・진향사・변무사 일행들이 모두 사전준비가 미비하였고, 선박도 허약하였으며, 해로도 익숙하지 못하고, 항해기술 또한 부족하여 발생한 예견된 조난사건이라는 사실이 세상에 널리 알려졌다. 1624년은 그런 해난사고 뒤이기 때문에 그 대비책으로 고심하는 시기였다. 항해조천도는 그런 시기에 실용적 필요성에 의해서 만들어졌다고 할 수 있다. 따라서, 항해조천도에서 우리는 당시 요동반도와 산동반도의 해양 정보를 읽어낼 수 있어야 한다. 해양 정보를 읽어내기 어려운 모출도(摹出圖)는 항해조천도의 당초 제작의도를 상실한 것이라고 할 수 있다. 그래서 원본의 비정이 요청된다. 항해조천도의 전승현황은 다음과 같다.

A본: 국립중앙도서관 소장본(題簽:燕行圖幅)

B본: 국립중앙박물관 소장황색표지본(題簽:航海朝天圖)

C본: 국립중앙박물관 소장청색표지본(題簽:無題簽)

D본: 이성원씨 개인소장본(題簽:梯航勝覽 乾・坤)

이 항해조천도 4본(A본 · B본 · C본 · D본)은 각기 전체가 25장면씩으로 구성되어 있는데, 그것을 3단위로 나누어서 읽어볼 수 있다. 1단위는 조선 곽산 선사포(旋槎浦, 舊名 宣沙浦)에서 등주 봉래각(登州 蓬萊閣)까지(1장면부터 5장면까지) 모두 5장면, 2단위는 등주부(登州府)에서 연경(燕京)까지(6장면부터 24장면까지) 모두 15장면, 3단위는 연경(燕京)에서 다시 선사포(旋槎浦)까지 1장면으로 나누어서 읽어볼 수 있을 것 같다. 이처럼 항해조천도는 전체를 25장면 3단위로 구성하여 작성한 당시의 요동반도와 산동반도 연해안과 그 내륙의 실상도이다. 그 밖에 군사박물관 소장본(18장면), 한국국학진흥원 소장본(2장면, 1623), 개인소장본(1장면, 1626) 등이 있지만, 그것은 위 4본(A본 · B본 · C본 · D본)과는 다른 종에 속하는 것으로 보기 때문에 거론 대상에서 제외한다. 그중 군사박물관 소장본은 위 4본에서 앞뒤로 모두 9장면을 빼고 새로 황현(黃縣, 屬登州)과 웅주(雄州, 燕)[3] 2장면을 추가하였다. 이 군사박물관 소장 18장면본은 위 4종에서 파생된 파생종(派生種)이라 할 수 있다. 그렇게 볼 수 있는 까닭은 다음과 같다. 첫째 모든 장면들이 현장에서 그린 실경도라고 보기 어렵다. 등주외성과 봉래각을 비롯하여 여러 장면에서 실경묘사가 아님을 보여준다. 둘째 위 4본(A본 · B본 · C본 · D본)에서 실경의 이해가 가장 어려운 용왕당과 여순구를 이해하기 쉽도록 변모시켰다. 셋째 위 4본(A본 · B본 · C본 · D본)에는 그 장면이 없지만 홍익한의 화포조천항해록으로 실경을 그릴 만한 두 곳이 더 있는데 그것이 곧 군사박물관 소장본에만 있는 황현(黃縣)과 웅주(雄州)다. 넷째 위 4본(A본 · B본 · C본 · D본)에는 마고선적(痲姑仙跡)이 창락현에 그려져 있으나 홍익한의 화포조천항해록에는 황현에 기록되어 있어 서로 걸맞지 않기 때문에 홍익한의 화포조천항해록에 의거하여 마고

3) 碓로 읽은 이(정은주, 朝鮮時代 明淸使行關聯 繪畫硏究, pp.75~322. 2008.)는 雄을 誤讀한 것 같다. 洪翼漢 일행은 10월 7일 雄州 南關에서 留宿하였으며 畫卷의 표기도 碓州가 아닌 雄州로 되어 있다.

선적을 황현으로 변개한 것이라 할 수 있다. 위 4본(A본 · B본 · C본 · D본)과 차이가 나는 다른 장면 또한 위 4본의 보완적 성격이 드러나 있다. 따라서, 굳이 말한다면 군사박물관 소장본은 위 4본의 보완적 파생본이라고 할 수 있을 것 같다.

도038. 미상년 미상작 군사박물관본 첫1장면 용왕당과 여순구

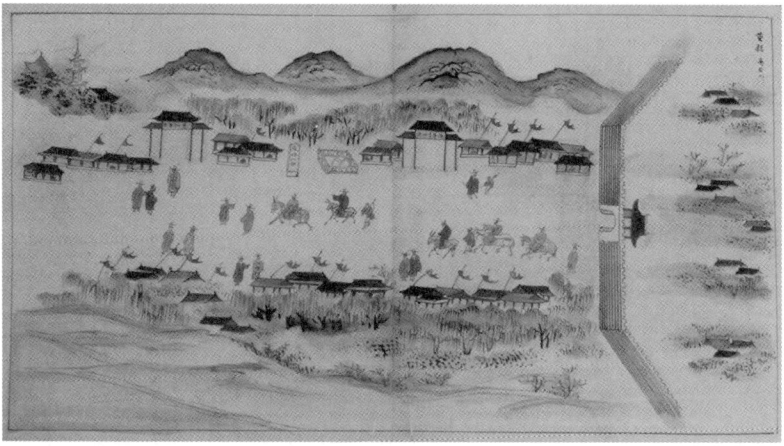

도039. 미상년 미상작 군사박물관본 제4장면 황현

도040. 미상년 미상작 군사박물관본 제12장면 등주외성과 봉래각

도041. 미상년 미상작 군사박물관본 끝18장면 웅주

위 4본(A본 · B본 · C본 · D본)의 항해조천도에 나타난 25장면의 구성은 다음과 같다.

❶旋槎浦(舊名 宣沙浦), ❷椵島, ❸鹿島, ❹三山島, ❺鼉磯島에서 登州外城(齊),
齊-(1)登州府, (2)萊州府, (3)濰縣, (4)昌樂縣, (5)青州府, (6)長山縣, (7)鄒平縣,
(8)章丘縣, (9)濟南府(山東省), (10)濟河縣, (11)禹城縣, (12)平原縣,
趙-❶德州(屬濟南府), ❷景州, ❸獻縣, ❹河間府,
燕-❶新城縣, ❷涿州, ❸燕京
❶旋槎浦 回泊

이것을 이해하기 쉽게 도표화 시켜보면 다음과 같이 드러난다.

[표-1] 항해조천도의 장면 구성

단위	영역	장 면	계
1	조선 황해	❶旋槎浦(舊名 宣沙浦) ❷椵島 ❸鹿島 ❹三山島 ❺鼉磯島에서 登州外城(齊)	5
2	齊	(1)登州府 (2)萊州府 (3)濰縣 (4)昌樂縣 (5)青州府 (6)長山縣 (7)鄒平縣 (8)章丘縣 (9)濟南府(山東省) (10)濟河縣 (11)禹城縣 (12)平原縣	12
	趙	❶德州(屬濟南府) ❷景州 ❸獻縣 ❹河間府	4
	燕	❶新城縣 ❷涿州 ❸燕京	3
3	조선	❶旋槎浦 回泊	1
합 계			25

이와 같이 항해조천도는 한국 선사포와 요동반도와 산동반도 연해안의 도서 5장면, 제가 12장면, 조가 4장면, 연이 3장면, 다시 한국 선사포가 1장면으로 모두 25장면으로 구성되어 있다.

먼저 제첨(題簽)을 살펴보기로 한다. A본은 두 번 이상 장정을 다시 한 것으로 보이며, 최종 장정자가 쉽게 이해할 수 있도록 편의상 연행도폭이란 이름을 붙인 것 같다. B본의 항해조천도와 D본의 제항승람은 책의 상태로 볼 때 장정을 할 당시 붙인 이름인 것 같다. 그리고 C본은 제첨이 아예 없다. 목적지향적 발상에서 이름을 붙인다면 항해조천도라고 함이 적절할 것 같고, 내용지향적 발상으로 이름을 붙인다면 제항승람이라는 이름이 더 적절할 것 같다. 그러나, 항해조천도는 시공적 상황논리를 구체화하는 적확성을 구현하지만, 제항승람은 시공적 한계상황을 초월하는 보편성을 구현하는 용어이기 때문에, 이 글에서는 항해조천도라는 이름을 쓰기로 한다.

이제 항해조천도의 형성양상을 살펴보기 위해서 관련기록들을 검토하여보기로 한다.

기록-1: 오재순(1727-1792)의 순암집에 있는 항해조천도발(임기중, 연행록전집 41권-353면, 2001)[4)]

---

4) 載純高大父天坡公 以天啓甲子充陳奏副使赴京師 竹川李公德泂爲正使 忠正公洪翼漢爲書狀官 時有虜警 關以外道不通 航海而達焉 載純幼時 尙見其畵卷於舊藏 辛亥仲夏 忠正公後孫淸安使君逑祖 示其家藏畵卷二冊 宛然與昔日所覩不爽毫髮 盖其時三使各寫一本 而載純家所藏 今已不存矣 撫玩斯卷 不覺興感 由郭山 水行至登萊 幾里島嶼渺茫 濤瀧洶湧 龍騰鯨戱若在舟行咫尺之間 由登萊陸行至京師 幾里 山川人物邑市樓臺 與夫帝王公卿聖賢英豪塚廟宅里 千古之蹟沿道錯列 無不歷歷 如身履其地 寓目追想信乎 當時之行險且危 然其遊覽之勝誠可謂富矣 皇朝文物之盛 我國事大之誠 亦可以徵也 使還十三年 忠正公爲皇朝捐身抗節 未幾京師淪沒 雖欲復見彷佛卷中之事 今不可得 其不悲哉 宜使君之寶藏斯卷也 使君以載純 爲天坡公孫 請跋語 遂略記事實于卷後 以寓風泉之思且識兩家世好之有舊云爾.(林基中, 燕行錄全集 41권-353면, 동국대출판부, 2001.).

① 1624년 6월 주청삼사인 정사 이덕형(1566~1645), 부사 오숙(1592~1634), 서장관 홍익한(1586~1637)이 각기 같은 항해조천도 사도 1본씩을 소장하였다. 여기에서 항해조천도의 원본 1본과 사도 2본 모출(摹出)을 상정하여 볼 수 있다.

② 18세기 전반까지 오숙(1592~1634)의 가장본이 존재하였다. 오숙의 고손 오재순(1727~1792)이 유년시절(18세기 전반)에 홍익한(손자 述祖)의 가장본과 똑같은 오숙의 가장본을 보았다고 썼기 때문이다. 그러나 오재순이 1791년 5월 홍술조의 가장본을 살펴보면서 발문을 쓸 당시 오숙의 가장본은 이미 실전된 상태였다. 오재순은 1790년 이조판서에 올랐으므로, 그가 발문을 쓴 1791년은 이조판서 때일 것이다.

③ 18세기 후반(1791년 5월 吳載純이 航海朝天圖跋을 쓸 당시) 홍익한(손자 述祖)의 가장본 화권(畫卷, 航海朝天圖 寫圖) 2책이 존재하였다. 홍술조는 1784년 금천현감(衿川縣監), 1793년 순천부사(順天府使)를 지냈으므로 신해(1791)년 5월은 홍술조가 금천현감(淸安使君) 때였을 것이다. 금천현은 현재 경기도 시흥시 일대다.

④ 홍술조가 오재순에게 제발을 청하여 화권(航海朝天圖 寫圖)의 뒤에 약기(略記)하였다. 그러나 현재 전하고 있는 앞의 항해조천도 4종(A본·B본·C본·D본) 중 화권(항해조천도 사도)의 뒤에 오재순의 제발을 수록한 것은 존재하지 않는다. 약기라는 표현과 수록 위치를 감안하면서 살펴본다면 위의 B本을 상정할 개연성은 있다. 그러나, 그것은 2책본의 화권이 아닌 단책본이다.

⑤ 조선 곽산을 경유 수로로 중국 등주(登州) 내주(萊州)까지, 등주와 래주에 이르러 육로로 북경에 이르기까지 산천, 인물, 읍시(邑市), 누대(樓臺), 제왕과 영웅호걸의 무덤 및 사당의 자취를 그렸다. 그 유람의 풍경이 참으로 풍부하다. 그리고, 당시 사행이 얼마나 위험하였는가를 알 수 있다고 썼다. 1624년의 항해조천도에서 오재순은

167년 뒤에 해로사행의 위험성과 유람의 풍경이 넉넉함을 읽어냈다.

기록-2: 채제공(1720~1799)의 번암집에 있는 제이죽천항해승람도후(임기중, 연행록전집 40권-451면, 2001.)[5)]

① 18세기 후반까지 이덕형(1566~1645)의 가장본 항해조천도가 존재하였다. 채제공(1720~1799)이 항해조천도를 살펴보고 제이죽천항해승람도후를 쓴 때가 1798년 7월이기 때문이다. 채제공은 당시 79세로 노령이었다. 그는 이 조천도는 이충숙죽천공(李忠肅竹泉公)의 항해조천도라고 단정하면서 제발을 썼다.

② 채제공은 항해조천도를 항해승람도(航海勝覽圖)라고 하였다.

③ 항해조천도에는 제・조・연의 성곽, 명인, 명현, 거공, 충신열사의 촌락과 묘지가 있다. 심지어 독서당까지 있어 매우 상세하다고 썼다.

④ 채제공(1720-1799)의 제이죽천항해승람도후가 실려 있는 것은 D본이며 맨 앞 면지 제2면에 수록하였다. 따라서, 이 책의 장정은 1798년 7월 이후라고 보아야 할 것이다.

---

5) 此李忠肅竹泉公航海朝天圖也 天啓癸亥 仁祖反正御極 公之忠義 皦如爲一國山斗 粤明年奉王命 航遼海萬頃 奏事天朝 事訖 俶裝旋艪 穹鯨巨鰐 屛息帖伏 如期利涉 有若一葦之抗于河 非忠信感神明 何以致此 況是帖也摸畵頗詳 使車所經歷 齊趙燕數三千里之間 山川城郭姑無論 古今人名賢鉅公忠臣烈士之里巷在焉 丘墓在焉 又或讀書之所在焉 平日渺然興想於方冊之中者森列眼前 怳若接其面而聆其語 使人益不禁嘐嘐然古之人之思 是圖之興起懦夫也亦大矣 吾生也局於方域 興起動作 不過如膍蜂穴蟻而止耳 今乃因是而觀於海 海之大不知爲幾萬里也 日月之所出入 鯤鵬之所窟宅 其量誠大矣 其觀誠壯矣 吾雖老 亦豈不願爲公所爲 但神州之海變爲桑 己酉餘年矣 雖欲航 於何而航之使公之靈俯視之得無如痲姑仙一笑一歎矣乎 爲之撫卷長唏. (林基中, 燕行錄全集 40권-451면, 동국대출판부, 2001.).

⑤ 채제공(1720~1799)의 제이죽천항해승람도후는 이덕형(1566~1645)의 조천록 맨 뒤에도 실려 있다.

기록-3: 이덕형(1566~1645)의 조천록[一云航海日記] 발문(이성원씨 개인소장본 竹泉遺稿 利, 1816)와 죽천유고 문집서문(이성원씨 개인소장본 竹泉遺稿 貞, 1816.)[6)]

① 이덕형(1566~1645)의 조천록을 비롯한 관련문건은 병자란(1636) 때 산일되었다. 후에 이덕형 가문 밖에서 관련 문건이 없다고 기록한 것은 이미 산일되어버린 뒤기 때문일 것이다. 위 발문에서 이제한(1780~1873, 자는 穉圭, 호는 贊叟로 추정)은 당형(堂兄) 제홍(濟弘)의 간청을 거절할 수 없어서 이덕형 관련 문건정리를 하게 되었다고 썼다.
② 이덕형(1566~1645)의 외손인 민상사(閔上舍)가 오숙(1592~1634)의 가장

6) 天啓癸亥 長陵剋大難 請命于上國 粵明年特命公申請誥命 時建奴叛遼左貢路截是行也 航渤溟四千里 馳驅齊趙燕界又數千里 凡舟車所過鯨島蛟窟之怪 城郭人物之盛 與夫專對諏謀靡鹽之狀 備載於斯錄 而丙子亂不幸見逸 其後公之外孫閔上舍得朝天諺錄於天坡吳公暇 依其音義而飜以文字 自是其本始傳矣 尤後曾王考幾庵公又取洪花浦航海錄 參諸家傳舊聞而攷證之 采其唱和詩什而附益之 因成一通之書 呈禮部文 凡六其五缺 告海神文凡二 其一書狀所製也 堂兄濟弘氏嘗命余曰 國家危疑之日 請命于天朝重任也 中興之世 英俊非不嬪然于朝也 吾祖獨膺使乎之命 及詣京師周旋乎公卿大夫之間 使天子嘉其忠藎 許遣冊使 又許朝于午門內 仍寵賜經書及通天寶帶 於是大邦暨我邦咸稱公善辭令 竣厥事 自公朝天未二紀皇統絶 今距甲申百有七十餘年矣 惟是錄未泯 足徵於文獻 而詳略猶失宜 宜有以裁之 盍其勉諸 余義不可辭 然竊惟吳洪二公爲价使所錄 皆信蹟也故閔氏之輯錄 由玆以甚悉 幾庵公之考校 據此以頗晰 先祖爲國盡瘁之誠 庶幾可想 夫何敢增刪於其間 嗚呼 神州陸沈 禮樂文物己變爲昧僸 是編幾於謝皐羽桑海錄矣 後之覽此者 一詠一歎 自不禁匪風下泉之思云爾. 崇禎紀元後三丙子春正月日 後孫濟翰 謹識. (李德泂의 朝天錄(一云航海日記) 跋文. 이성원씨 개인소장본. 竹泉遺稿 利, 1816). 竹泉遺稿 文集序文(이성원씨 개인소장본 竹泉遺稿 貞, 1816.)은 각주 6)을 근거로 한 기록이므로 생략한다.

본 조천언록(朝天諺錄)을 얻어다가 한역하고, 그 뒤 홍익한(1586~1637)의 화포조천항해록과 창화시 등 여러 자료를 모아 기암공(幾庵公)이[7] 고증하고 보완한 것이 죽천유고에 실려 전하고 있는 이덕형의 조천록이다. 따라서 이것은 재구성본 조천록인 셈이다.

③ 이덕형(1566~1645)의 재구성본 조천록 맨 뒤에 채제공(1720~1799)의 제이죽천항해승람도후를 조천도첩발이라는 표현으로 바꾸어 실어 놓았다. 그리고, 이 화권 1첩은 조천도라 하였는데 일명 제항승람이라 한다고 하였다.

④ 위 문집서문에서 이제한은 이미 하세한 당형의 선사요청(繕寫要請)에 따라서 죽천유고를 정리해냈다고 썼다.

기록-4: 서죽천행록후 송찬수귀호남서(書竹泉行錄後 送贊叟歸湖南序. 竹泉行錄 附記, 이현조 개인소장본)[8]

---

7) 幾庵公은 幾庵 兪茂煥(조규익, 죽천행록, p.315, 2002.)이 아닐 것이며, 李濟翰(贊叟)의 曾王考인 李幾庵(李德泂의 5代孫)일 것이다.

8) 子曰 夏禮吾能言之 杞不足徵也 殷禮吾能言之 宋不足徵也 雖以夏殷之盛 而及至杞宋之衰 則乃有無其文不徵之歎 國猶然矣 況於家乎 余觀古家世閥名賢德業炳烺于世 行誼文章照耀於時 若其後裔寢衰 季代愈邈 則賢祖之謨訓遵守者尠矣 傳家之詩禮散佚者多矣 後人之尙論者 將何所考徵 吾友贊叟韓山之李也 奧自稼牧以來 莞爲我東華閥 而竹泉公之德望事業 山斗於宣仁之朝 楊口公之孝友懿行趾美其父兄之賢 不幸家世中微 流寓於湖南者于今三世 早孤失學 不羈放浪 周遊八域 遍跡於名山大川之間 以至道里之遐邇 風俗之浮灕 蹊之險夷 財賄之饒瘠 無不歷歷於胸中 其襟懷之疎宕 氣槪之傑驁 揣可想矣 生平質直 與人交則信在言外 人謀則忠而盡已 遇事而勇 賁育莫奪 臨機而斷 竹剖波決 此皆讀書之士志學之人 所難能者 若使用力於當世 則庶可以立功名揚先烈 惜乎 落拓而棲遑老於蓬蒿也 慟家聲之陵替 懼文獻之殘缺 來留於二水亭下 其從兄所因 丁亥七年 于玆遍謁先墳 印其碣文 畵其邱陵 移寫二水亭古事 竝錄其先世遺蹟 粧爲六帖 摸出航海圖一帖 精寫竹泉年譜及遺稿五冊 考正派系一冊 凡爲十有餘編航海一帖畵工之所摸 而其他諸編 鄕隣士友所書也 始終主其事者 其族姪履善文吾從

① 19세기 전반까지 이덕형(1566-1645) 가문에 항해조천도 모출대상의 원본이 존재하였다. 1827(丁亥七年)[9]년에 이덕형 가문에서 이제한(1780-1837)이 주간하여 항해항해도 1첩을 모출하였다고 썼기 때문이다. 그리고 이덕형(1566-1645)이 기세한 180여년 뒤에 모출본을 만들었다고 하였기 때문이다. 이때 모출대상의 원본을 항해조천도의 원본이라고 상정하여 볼 수 있다. 당시 정사였던 이덕형이 항해조천도 원본을 소장하게 되었을 개연성이 가장 높기 때문이다.

② 1827(丁亥七年)년에 찬수(贊叟)가 주간하여 화공을 시켜 모출본 항해도 1첩을 만들었다고 썼다. 학계는 이 기록에 나타나는 찬수가 누구인지를 알지 못하고 있었다. 다음에 거론할 관련 기록에서 찬수가 곧 이제한(1780-1837)이라는 사실을 알게 될 것이다.

③ 1827(丁亥七年)년에 묘갈문을 탁본하고 묘소도를 그렸다. 이수정고사(二水亭古事)를 이사(移寫)하고 선세유적(先世遺蹟)을 병기하여 6첩으로 꾸몄다. 항해도 1첩을 모출하고 죽천연보와 유고 5책을 정사(精寫)하였으며 파계(派系) 1책을 고정(考正)하였는데, 그것이 모두 10여

昆弟 噫 贊叟之成得許多先蹟也 若非向先之至誠 有足感勞人者 何以得人力勤且勞也 履善文吾之誠與勤 非人所及而孜孜焉 克竣其事者 亦其亦有感於贊叟也. …이하 缺落. (書竹泉行錄後 送贊叟歸湖南序. 竹泉行錄 附記, 이현조님 소장본).

9) 조규익이 "丁亥七年"을 1647(仁祖25)년으로 본 것(국문사행록의 미학, 역락, 2004. p.52)은 다른 事案들의 기록과 연대가 걸맞지 않는다. 정은주가 "丁亥七年"을 1647(仁祖25)년으로 본 것(朝鮮時代 明淸使行關聯 繪畫硏究, 2008. p.77) 또한 오류의 반복일 것이다. "丁亥七年"은 1827년 道光 七年일 것이다. 그래야 다른 事案들과 年代가 맞아떨어진다. 李濟翰(1780~1837)이 쓴 李德泂의 朝天錄 跋文에 崇禎紀元後 三丙子(1816)라고 한 것을 보면 李德泂 관련 문건정리 작업은 대략 10여년에 걸쳐서 점진적으로 진행되었던 것 같다. 이 跋文에 나오는 李德泂의 朝天錄을 고증하였다는 幾庵公은 贊叟 李濟翰의 曾王考인 李德泂의 5代孫 李幾庵이다.

편이라고 하였다. 이 작업을 한 사람은 족질 이선(履善)과 문오(文吾)라고 하였다. 항해도 1첩은 화공이 그렸으며, 나머지는 모두 향린사우(鄕隣士友)들이 썼다고 하였다. 이수정(二水亭)은 원래 태종의 둘째 아들 효령대군의 서호임정(西湖林亭)이었는데 이때는 이덕형의 친형 이덕연(李德演) 소유의 정자였다.[10] 그런 연유로 이덕연은 이수옹(二水翁)이라는 아호를 썼다. 진경산수화를 그렸던 겸재 정선(1676~1759)의 양천팔경첩에도 이수정이 그려져 있으며 이수정제영 건권 맨 앞에도 이수정이 그려져 있다. 한음 이덕형의 이수정기와 허목(1595~1682)의 이수정제영 발문도 현재까지 전해오고 있다. 이수정은 서울 강서구 염창동 도당산(현 증산) 상봉에 있었다고 한다.

기록-5: 이덕형(1566~1645)의 항해조천도 발문(B본: 국립중앙박물관 소장 황색 표지본 항해조천도, D본: 이성원씨 개인소장본 梯航勝覽 乾)[11]

① 이 발문은 17세기 전반기(1624~1645)에 썼을 것이다. 이덕형이 주청사로 간 것이 1624년이고 그가 세상을 뜬 해가 1645년이기 때문이다.

② 해로연행의 위험성을 말하고 다음에 오는 봉사월해자(奉使越海者)들이 참고하도록 하기 위해서, 산동반도 연해안의 원이제도(遠邇諸島)와 산동반도 내륙의 연로명승고적(沿路名勝古蹟)을 그렸다고 항해조천도의 제작의도를 밝히고 있다.

---

10) 二水亭故, 後孫 宗和 竹帶 謹稿, 二水亭故題詠 乾, 參照.

11) 聖上卽位之明年甲子余猥膺謝　恩奏請之　命與副使吳公翻((B本에는　空欄으로 되어 있고, D本에는 翻으로 되어 있다. 이 표기만으로 본다면 B本이 吳翻의 가장본이었을 가능성도 배제하기 어려울 것 같다.) 書狀洪公霅冒滄海之 險歷齊趙之境往返水陸萬有餘里諸島遠邇沿路勝蹟繪爲一帖仍想壯遊且使後之　奉使越海者有考焉(洪公後避匈人名改以翼漢).

③ 맨 처음 장정 때는 이 발문이 A본(국립중앙도서관 소장본, 제첨 燕行圖幅) 뒤에 붙어 있었겠지만, 장정이 거듭되면서 A본에서 빠졌을 것으로 추정할 수 있다. 이제한(1780~1837, 자는 穉圭 , 호는 贊叟로 추정)이 종형 제홍(濟弘)의 간곡한 부탁을 받고 1827(丁亥七年) 도광 7년에 이덕형 가문의 문건 10여 종을 선사작업(繕寫作業) 마무리할 때까지 항해조천도는 이 가문에 소장되었던 것 같다. 그 원본으로 모출 D본이 만들어진 다음, 항해조천도가 이덕형 가문에서 다른 곳으로 이동하였기 때문에 발문을 제거한 새로운 장정이 탄생되었을 것이다. 이런 입론은 다음에서 거론할 위 4종 항해조천도의 비교검토로 그 논증이 상당 부분 가능하여질 것이다.

위 기록(-1.-2.-3.-4.-5)을 근거삼아 추적조사를 진행하여 본 결과 이제한이 주간하여 완성해냈다는 앞의 10여 편의 문건들이 모두 이덕형(1566~1645)의 13대손 이성원씨 댁에 그대로 전해지고 있다. 이성원씨의 말씀에 의하면 이덕형의 종손집 형편이 어려워지자 증조부 이채(李寀)공께서 문건일체를 모셔왔다는 것이다. 앞 10여 편의 문건을 하나하나 면밀하게 조사하여본 결과 이선(履善)은 이제승(李濟昇)의 차남으로 이상규(李祥奎, 1804~?, 자는 履善)였다. 앞에서 말한 이른바 묘소도를 살펴보면 1세 감무공(監務公)에서부터 시작하여 20세 이제승에서 끝나고 있으며, 기록과 전승문건의 연대가 모두 다 일치한다. 따라서, 위 기록-1부터 기록-5까지의 내용은 그 실증적 논거 제시가 가능한 신뢰성이 아주 높은 기록임을 알 수 있다. 그 동안 학계에서 "丁亥七年"을 1827년으로 보지 않고 1647년으로 본 것은 아주 큰 오류여서, 이 시기를 이해하고 항해조천도를 해석하는데 많은 장애요인이 되고 있었다. 19세기에 모출한 항해조천도를 17세기에 모출한 것으로 오인할 소지가 있었기 때문이다. 좀 더 부연설명을 하면 기록-3에서 당형의 간청으로 이덕형(1566~1645)의 8대손인 이제한이 이덕형 가문의 문건을 정리해 냈다고 하였다. 그리고, 기록-4에서는 찬수가 종형의 요청 때문에 이수정 아래서 이덕형 가문의 위 10여 편 문건을 정리하였다고 하였다. 여기에서 당형(堂兄)은 곧 종형(從兄)이므로 이제한(1780~1837)이 곧 찬수(1780~1837)다. 그 뿐 아니라 기록-3에서 종형의 실제는 이제승인데 그의 실형은 이제홍이다. 따라서, 이제한 곧 찬수가 종형 곧 당형인 이제홍의 간곡한 지침을 받아서 이덕형 가문의 문헌정리를 주간한 것임을 알 수 있다. 이제한의 친구가 죽천행록 뒤에 기록-4를 쓴 까닭은 李德泂 가문의 문헌정리 과정에서 서로 교류가 잦았던 터라, 호남으로 떠나는 친구 이제한에게 송별의 정표로 기록-4를 써서 그 죽천행록을 이제한에게 주었을 가능성이 있다. 그리고, 그는 이른바 이제한의 향린사우 중 한 사람일 수 있다. 이제한이 기록-3에서 죽천행록을 전혀 언급하지 않은 까닭은 그것이 새로운 정보가 아니기 때문이었을 것이다. 죽천행록의 생성 또한 이덕형 가문의 문건정리과정과 무관하지 않을 것으로 보이지만 그 문제는 따로 다루어야 할 것 같다. 듁쳔니공힝젹과 "書竹泉行錄後 送贊叟歸湖南序"(듁쳔니공힝젹의 附記)가 모두 허목의 친필로 보기 어려운 점 또한 이 문제와 어떤 관련이 있을 것이다. 따라서, 찬수는 이제한(1780~1837, 자는 穉圭, 호는 贊叟로 추정)이며 "丁亥七年"은 1827년 도광 7년일 것이다. 찬수 이제한의 묘소는 현재 충청북도 제천시 원서면에 있으며 그는 58세로 기세하였다.

이제 항해조천도의 형성양상을 잠시 살펴보기로 한다. 항해조천도는 1624년 서장관 홍익한(1586~1637)의 배에 동승한 한 화원이 제작한 것으로 보인다.[12] 그 제작 동기는 1620년과 1621년에 해난사고로 순직한 연행사들로 기인해서 안전대책의 일환으로 차기의 항해조천을 대비하기 위해서 작성되었을 것이다. 위 B본과 D본의 서발에 그런 취지가 명시

---

12) 林基中, 前揭書, pp.466-484 參照.

되어 있다.[13] 따라서, 항해조천도는 연행도중 현장에서 수시로 그린 생생한 실경기록화라고 할 수 있다. 그런 측면에서 이 항해조천도는 17세기 회화사에서도 주목해야 할 대상이다.

저자는 그 원본으로 A본(국립중앙도서관 소장 연행도폭)을 비정(比定)한다. 이 원본 항해조천도 1첩을 가지고 그것을 더 모출하여서 1624년 주청정사 이덕형, 부사 오숙, 서장관 홍익한이 각기 1본씩 나누어 소장하였을 것이다. 여러 상황을 설정하고 살펴보아도 항해조천도의 원본은 역시 정사 이덕형이 소장하였을 개연성이 가장 높다. 위 기록1-5를 정리하여 보면 18세기 전반까지 오숙(1592~1634)의 가장본이 존재하며, 18세기 후반까지 홍익한(1586~1637)의 가장본이 존재였다. 홍익한의 가장본 발문은 18세기 말기(1791. 5)에 작성된다. 그리고, 19세기 전반까지 이덕형(1566 ~1645) 가문에 모출대상의 원본이 존재하였다. 그 발문은 18세기 말기(1798. 7.)에 작성된다. 이덕형의 가문에서 이제한(1780~1837)이 주간하여 모출본을 만든 것은 19세기 초반(1827년경)이다. 채제공(1720~1799)의 발문은 이제한이 모출본을 만들기 29년 전의 일이어서 이덕형 가문에서 모출대상 원본을 소장하고 있었다는 논거가 된다. 이와 같은 사실의 기록으로 미루어본다면 이덕형 가문이 소장하였던 원본 1첩, 모출본 1첩, 오숙 가문이 소장하였던 모출본 1첩, 홍익한 가문이 소장하였던 모출본 1첩 도합 4첩이 모두 다 현재 A본・B본・C본・D본으로 전하고 있다고 볼 수 있을 것 같다. 저자가 A본(국립중앙도서관 소장 燕行圖幅)을 원본으로 비정하는 까닭은 제1차 전체 육안조사에 따른 잠정적 결론이다. 현장감, 紙質, 색채, 그림의 밀도, 장정, 도서인(圖書印) 등을 기준으로 삼

---

13) 聖上卽位之明年甲子余猥膺謝　恩奏請之　命與副使吳公䎘((B本에는　空欄으로 되어 있고, D本에는 䎘으로 되어 있다) 書狀洪公霫冒滄海之 險歷齊趙之境往返水陸萬有餘里諸島遠邇沿路勝蹟繪爲一帖仍想壯遊且使後之　奉使越海者有考焉(洪公後避匈人名改以翼漢).

고 형성과정의 변화추이에 주목한 결과다. 제2차 세부 대비조사 내용은 지면의 제한으로 이글에서 모두 다 거론할 수가 없다. 그중 기록 대비에서 나타나는 한두 곳을 언급하면 다음과 같다. 제7면에서 A본과 D본은 래주부(萊州府)인데 C본은 동래부(東萊府)이며, B본은 공란이다. 이것은 A본으로 B본을 모출할 때 래주부를 놓쳤을 것이며, B본으로 C본을 모출할 때 B본의 공란을 화면의 동래서원(東萊書院)으로 보완한 논거가 될 수 있다. 만일 D본이 A본이 아닌 B본이나 C본을 모출하였다면, D본의 내주부 표기는 불가능하였을 것이다. A본과 C본과 D본이 장구현(章丘縣)인데 B본만 장평현(章平縣)인 까닭은 B본 모출 당시 단순오류를 C본에서 바로잡은 것이라 할 수 있다. 장구현은 옛날 고당현(高唐縣)인데 제나라 서쪽에서 시가를 잘 짓기로 아주 유명한 곳이어서 당시 웬만한 조선 문인들은 모두 다 잘 알고 있는 지명이기 때문에, 자연스럽게 바로잡을 수 있는 곳이다. 제12면에서 위 4본(A본 · B본 · C本 · D본)은 추평현(鄒平縣)인데 군사박물관 소장본은 추사현(鄒師縣)이다. 이것은 '平'을 '師'로 오독한 결과다. 따라서, D본과 B본의 모출대상 원본은 A본일 수 있으며, C본의 모출대상 원본은 B본일 것이고, 군사박물관 소장본은 파생종이란 단서가 될 수 있다. 그리고, 장정 당시의 도서인(낙관)이 A본에만 있고, 제2차 도서인(후낙관) 또한 A본에만 있다. 특히, 장정 당시의 도서인(낙관)이 계인형식(契印形式)이어서, 원본 표시의도가 드러나 있다. 그리고, 2회 이상 장정한 것도 A본뿐인 것 같다. 그뿐 아니라 A본만 유난히 마모와 박락이 심하여 오랫동안 가장 많이 열람되고 있었다는 정보를 가지고 있다. 따라서, A본에서 B본 · C본 · D본이 모출 생성되었을 가능성이 매우 높다.

이제 위 항해조천도 4본(A본 · B본 · C본 · D본)의 생성계통과 그 단계별 생성양상을 살펴보기로 한다. 장정 부분에서 1책본과 2책본의 문제는 큰 의미가 없으므로, 거론하지 않기로 한다. 앞에서 언급한 것처럼 A본에서 2회 이상 장정을 바꾼 사실을 확인할 수 있었기 때문이다. 그러나,

하나의 가설은 성립된다. 원본이 처음 2책본으로 장정되었으며, 그에 따라서 이덕형, 오숙, 홍익한 가문의 모출소장본이 모두 처음은 2책본으로 장정될 수 있다는 것이다. 항해조천도 4본(A본·B본·C본·D본)의 화면구성과 그 기록을 근거로 세부적인 대비를 진행하면서 살펴보면 B본과 D본은 A본을 모출한 것으로 볼 수 있으나, C본은 그 가능성이 거의 없다. 화면구성과 그 기록이 A본과 판이한 곳이 많기 때문이다. 따라서 C본은 D본보다는 앞서 만들어진 모출본이기 때문에, 현재로서는 B본을 모출한 것이라고 추정할 수밖에 없다. 이와 같이 본다면, A본과 D본은 이덕형 가문의 소장본이고, B본은 홍익한 가문 소장본이며, C본은 오숙 가문의 소장본이었다고 할 수 있을 것 같다. 그렇다면 A본을 가지고 D본을 만든 것이 19세기고, A본을 가지고 B본과 C본을 만든 것이 17세기 중반 이후일 것이다. 어쨌든 1본을 가지고 3본이 생산되는 형성과정을 확인할 수 있다. A본은 화본의 밀도가 가장 높고 유일하게 현장성을 가장 많이 확보하고 있다. 그 현장성은 바다와 도서, 바람과 구름, 지상과 고적, 인물과 풍습 등으로 나타난다. 파도의 상황묘사, 위급시 대피할 수 있는 도서묘사, 풍세와 풍향묘사, 운세(雲勢)와 운향묘사(雲向描寫), 운기(雲氣)와 운무묘사(雲霧描寫), 해양의 이변묘사(異變描寫), 고적의 분포와 인물의 활동묘사, 현지의 풍습과 지형묘사에 현장성이 두드러지게 나타난다. 특히, 고래(鯨魚)와 어룡(魚龍)이 출몰하였던 광록도와 장산도, 파도와 파고가 불규칙하고 가장 험난하였던 철산취, 여순구, 용왕당 구간의 장면은 그 사실성이 매우 탁월하다. 흥미를 끄는 주목할 화면과 기록은 이 구간에서 해면 밖으로 머리를 내놓는 귀신고래를 보았던 것 같다. 이 귀신고래는 현재 북서태평양에 약간 남아 있는 희귀어종으로 되어 있다. 위 B본과 D본은 A본의 제2차 장정 이전에 모출한 것이 분명하다. A본에서 장정 때 잘려나간 보이지 않는 글자들을 모두 원래의 표기대로 모출하였기 때문이다. 따라서 A본을 제1세대원본 곧 모본이라고 할 수 있다. B본은 A본을 모출한 제2세대본일 것이다. 곧 자본이라고 할 수 있다. 홍익한의 가장본 계통으로 추정할 수 있는 것이다. C본은 B본을 모출한 제3세대본일 것이다. 곧 손본이라고 할 수 있다. 그래서 화본의 밀도가 제1세대 원본과 제2세대 자본에 비해 현저하게 떨어지고 전체적으로 간략본의 특성이 드러나 있으며 현장감 또한 거의 드러나지 않는다. 특히, C본의 5면은 간략모출의 변형성을 아주 잘 보여주고 있다. A본・B・본・D본과 많이 다른 모출본이다. 이것을 제3세대본의 한 특색이라고 지적할 수 있을 것 같다. D본은 A본을 모출한 것으로 추정할 수 있다. 그 구체적 단서는 앞에서 거론한 화면의 기록과 23면의 문주(門柱) 등 여러 화면의 모출에서 찾을 수 있다. 따라서 D본은 제2세대본, 곧 자본으로 보아야 할 것 같다. 그리고, 군사박물관본은 위 4본(A본・B본・C본・D본)의 파생본인 18면본이므로 제4세대본 곧 증손본일 것이다. 이처럼 제1세대본에서 제4세대본까지의 형성양상을 보여주고 있는 것이 현전하는 항해조천도다. 따라서, 항해조천도는 17세기부터 19세기까지 3백여 년 동안에 걸쳐서 지속적으로 생성되고 있었다. 그런 까닭은 호고적 취미에서 기인된 것이라기보다는 실용적 관심에서 기인하였다고 보아야 할 것이다.

현장감이 거세된 항해조천도의 모출본으로는 당시의 요동반도와 산동반도 상황을 읽어내기 어렵기 때문에 원본의 비정은 필수적 과제다. 연행록의 연구 또한 다르지 않다. 저자가 현재까지 살펴본 바에 따르면 연행록의 생산방법은 대략 6유형이 나타난다.[14] 따라서 연행록연구에서 해당 연행록의 형성과정을 검토하는 것은 필수적 과제의 하나라고 인식하여야 할 것이다.

---

14) 이 문제의 詳論은 방대한 분량이 될 것이므로 후고의 저서나 논문으로 미룰 수밖에 없다.

다음 [표-2]와 [표-3]은 항해조천도 4본의 부기와 장면을 대비하여 살펴본 결과이다.

[표-2] 항해조천도의 부기 대비표

장면	국도본(A본)	국박본(B본)황색	국박본(C본)청색	이성원본(D본)	참 고
①	간주식 배치	소자 2행 배치	간주식 배치	간주식 배치	(B본)글자배치 다름
6	人物淳	人物淳	人物淳	人物淳于	(D본)글자배치 다름
7	夷齊庙 墨大夫	夷齊庙 墨大夫	夷齊廟 大夫楊	夷齊廟 墨大夫楊	(D본)글자배치 다름.(A본)(B본)간자
⑩	王府 마모 仲寗戚司	王府長史等官 仲寗戚	王府長史等官 仲寗戚	王府長史等官 仲寗戚	(A본)마모, 글자배치 다름
⑬	章丘縣	章平縣	章丘縣	章丘縣	(B본)오기
⑭	巾 마모 明堂齊	軍門 明堂齊室	軍門 明堂齊室	軍門 明堂齊室	(A본)마모, 글자배치 다름
⑰	박락 所封	趙公子勝所封	趙公子勝所封	趙公子勝所封	(A본)박락
㉑	박락 府同 右上附記左上 移添-마모	官員與他府同 右上附記	官員與他府同 右上附記	官員與他府同 右上附記	(A본)右上附記 左上 移添-마모
㉓	박락	官員與景州同 范陽守備駐劄 屬北直隸	官員與景州同 范陽守備駐劄 屬北直隸	官員與景州同 范陽守備駐劄 屬北直隸	(A본)박락과 글자배치 다름
24	古幽薊之 박락	古幽薊 五里	古幽薊 五里	古幽薊 五里	(A본)박락과 글자배치 다름
㉕	旋槎浦回泊	旋槎浦回泊	旋槎浦回泊	旋槎回泊	(D본)약기

[표-3] 항해조천도의 장면 대비표

장면	국도본(A본)	국박본(B본)황색	국박본(C본)청색	이성원본(D본)	참 고
1	紅衣 2열 6명+2-4명	紅衣 2열 6명	배치 등 다름	紅衣 2열 6명+4명	(C본) 다름
2	避亂處 2행, 선박 6척	避亂處 1행, 선박 6척	避亂處 3행, 선박 5척	避亂處 1행, 선박6척	(C본) 다름
③	구름과 용오름	구름 변형	구름과 용오름 변형 심함	구름과 용오름 (A)본과 근사	(C본) 다름
④	여순구와 용왕당 구도, 파고와 풍세	여순구와 용왕당 구도, 파고와 풍세 (A본)과 유사	다른 구도, 파고와 풍세 약함	여순구와 용왕당 구도, 파고와 풍세 (A본)과 유사	(C본) 다름
⑤	齊 登州外城 2행. 좌 하단 와가 4지붕 측면	齊 登州外城 2행. 좌 하단 와가 2지붕 측면	齊 登州外城 2행. 좌 하단 와가 2지붕 측면	齊 登州外城 1행. 좌 하단 와가 4지붕 측면	(A본)과 (D본) 유사. (B본)과 (C본) 유사
6	表자 마모 馬와 否馬. 4인교 3척 배치. 개원사 출입문 그림 마모.	表馬와 否馬. 4인교 3척 배치. 개원사 출입문 그림 (D본)과 유사.	表馬와 否馬 표시 없음. 다인교 3척 다름. 개원사 출입문 그림 다름.	表馬와 否馬. 4인교 3척 배치. 개원사 출입문 그림 (B본)과 유사.	(C본) 다름
⑦	呂東萊書院 출입문과 古郇墨 현판 정면구도	呂東萊書院 출입문 측면구도에 古郇墨 현판 입면 구도. 門樓 변형	呂東萊書院 출입문 측면구도에 古郇墨 현판 없음. 門樓 다름	呂東萊書院 출입문과 古郇墨 현판 정면구도	(A본)과 (D본) 유사. (B본)과 (C본) 유사. (C본) 정밀성 상실

장면	국도본(A본)	국박본(B본)황색	국박본(C본)청색	이성원본(D본)	참 고
⑧	囊沙上流 3脚2段, 4人	囊沙上流 3脚2段, 4人	囊沙上流 3脚2段 3人	囊沙上流 1脚1段, 4人	(C본)과 (D본) 다름
9	公孫弘別業 2馬7人	公孫弘別業 2馬7人	公孫弘別業 2馬5人	公孫弘別業 2馬7人	(C본) 다름
10	靑州府 門樓 앞 1馬1人 외 마모	靑州府 門樓 앞 1馬 4人	靑州府 門樓 앞 無馬 無人	靑州府 門樓 앞 1馬 4人	(C본) 다름
11	長山縣 門樓 1馬 2人, 3人, 1人紅衣 前向	長山縣 門樓 1馬 2人, 3人, 1人 紅衣前向	長山縣 門樓 1馬 2人, 3人, 1人 白衣前執杖後向	長山縣 門樓 1馬 2人, 3人 위치 다름, 1人靑衣 前向	(C본) 다름
⑫	范文正讀書處 後人 紅衣	范文正讀書處 後人 紅衣	范文正讀書處 後人 靑衣	范文正讀書處 後人 靑衣	(A본)과 (B본) 유사, (C본)과 (D본) 유사
⑬	秀江橋 앞 前2人 後 2人 사이 紅衣 1인	秀江橋 앞 前2人 後 2人 사이 紅衣 1인	秀江橋 앞 前2人 後 2人 사이 白衣 1인	秀江橋 앞 前3人 後 1人 사이 紅衣 1인	(C본) 다름. (A본)과 (B본) 유사
⑭	泰山進香 3층 4인교	泰山進香 3층 4인교	泰山進香 3층 4인교 변형	泰山進香 2층 4인교	(A본)과 (B본) 유사
⑮	大淸橋 월편 역행 1마 2인	大淸橋 월편 역행 1마 2인	大淸橋 월편 역행 1마 2인 없음	大淸橋 월편 역행 1마 2인	(C본) 다름
16	禹廟 앞 3인 後 1인 靑衣	禹廟 앞 3인 後 1인 靑衣	禹廟 앞 2인 後 1인 없음	禹廟 앞 3인 後 1인 紅衣	(C본) 다름
⑰	桃園結義 처 앞 4인 세 번째 靑衣	桃園結義 처 앞 4인 세 번째 靑衣	桃園結義 처 앞 3인 세 번째 없음	桃園結義 처 앞 4인 세 번째 紅衣	(A본)과 (B본) 유사. (C본) 다름

장면	국도본(A본)	국박본(B본)황색	국박본(C본)청색	이성원본(D본)	참 고
18	南京孔道 앞 6인 2번째와 5번째 인 紅衣.	南京(孔道누락 2자) 앞 6인 2번째와 4번째 인 紅衣.	南京孔道 앞 1마5인. 漕河의 선박 배치와 숫자 (A본),(B본),(D본)과 다름	南京孔道 앞 6인 2번째와 4번째 인 紅衣.	(C본) 다름
⑲	董仲舒里와 細柳營 전후 인물 배치 3마 12인	董仲舒里와 細柳營 전후 인물 배치 3마 12인	董仲舒里와 細柳營 전후 인물 배치 3마 9인	董仲舒里와 細柳營 전후 인물 배치 3마 12인	(C본) 다름
20	八省會道 麥飯亭 滹沱河 1마6인 배치	八省會道 麥飯亭 滹沱河 1마6인 배치	八省會道 麥飯亭 滹沱河 1마인 배치로 滹沱河 2인 배치 없음	八省會道 麥飯亭 滹沱河 1마6인 배치	(C본) 다름
㉑	吾與軒 縱書	吾與軒 縱書	吾與軒 橫書	吾與軒 縱書	(C본) 다름
22	督亢古跡 2마 10인 배치	督亢古跡 2마 10인 배치	督亢古跡 3마 6인 배치	督亢古跡 2마 10인 배치	(C본) 다름
23	萬國朝宗 석교 상 2마4인 하 1마 3인 배치	萬國朝宗 석교 상 2마4인 하 1마 3인 배치	萬國朝宗 석교 상 2마3인 하 1마 1인 배치	萬國朝宗 석교 상 2마4인 하 1마 3인 배치	(C본) 다름
24	연경도	연경도	연경도	연경도	4본 유사
㉕	6선 배치와 선박 모양 (A본)(B본) (D본) 유사	6선 배치와 선박 모양 (A본)(B본) (D본) 유사	6선 배치와 선박 모양 (A본)(B본) (D본)과 다름	6선 배치와 선박 모양 (A본)(B본) (D본) 유사	(C본) 다름

항해조천도 4본 대비화면

〈A본 · B본 · C본 · D본〉

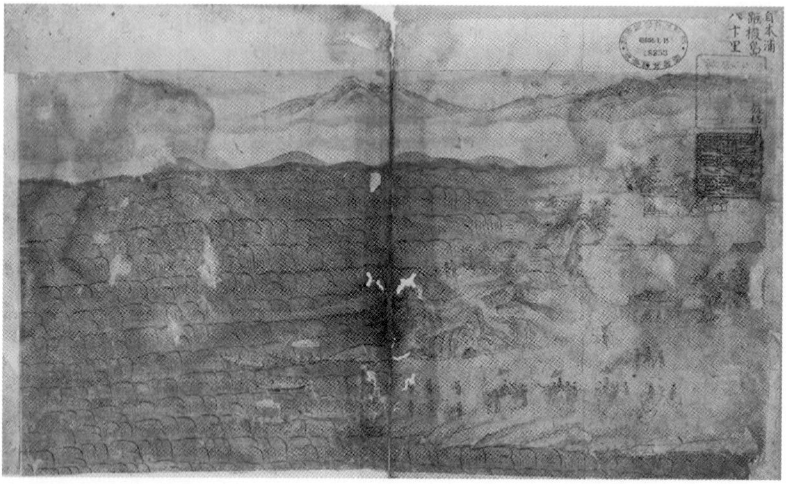

도042. A본 1장면

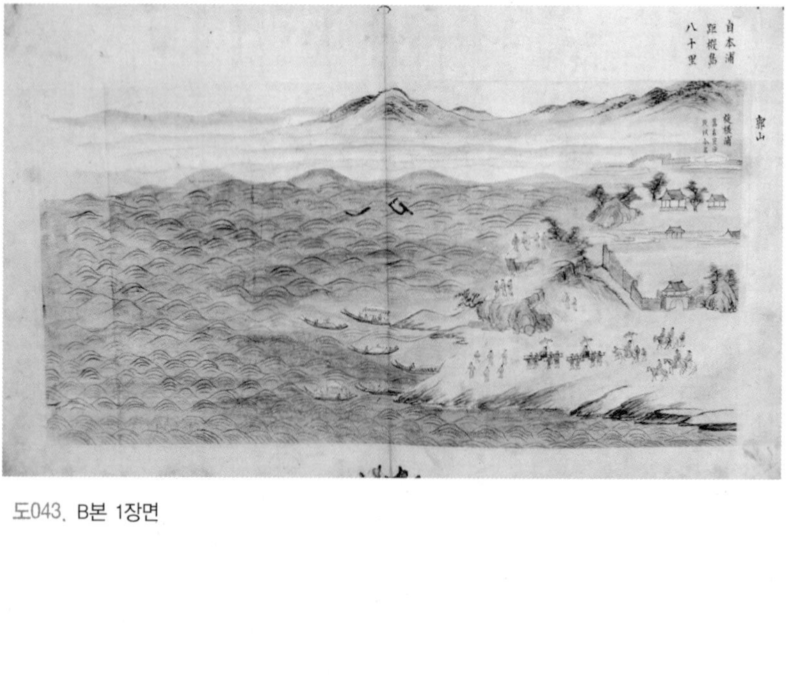

도043. B본 1장면

도044. C본 1장면

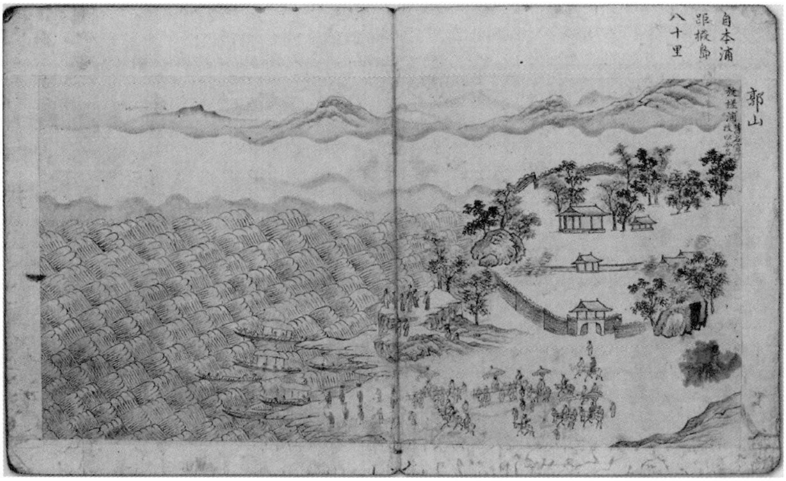

도045. D본 1장면

도046. A본 3장면

도047. B본 3장면

도048. C본 3장면

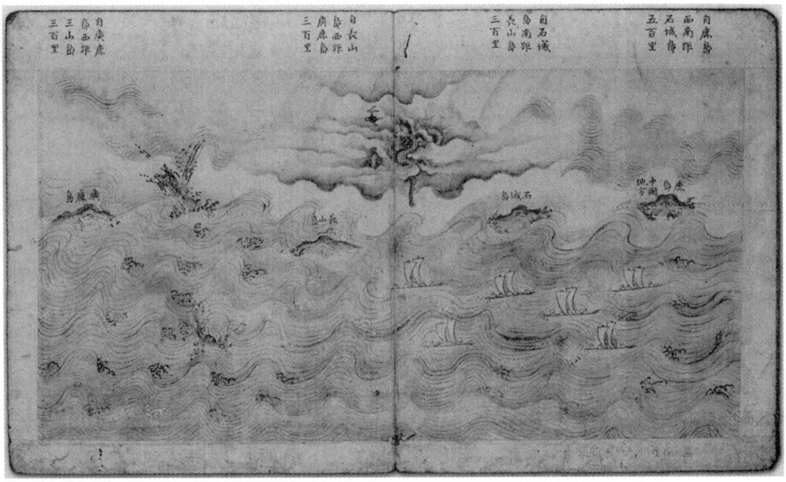

도049. D본 3장면

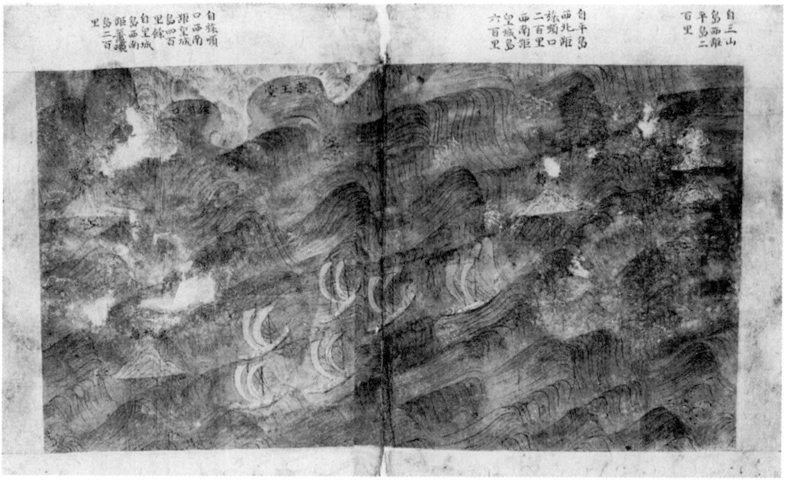

도050. A본 4장면

도051. B본 4장면

도052. C본 4장면

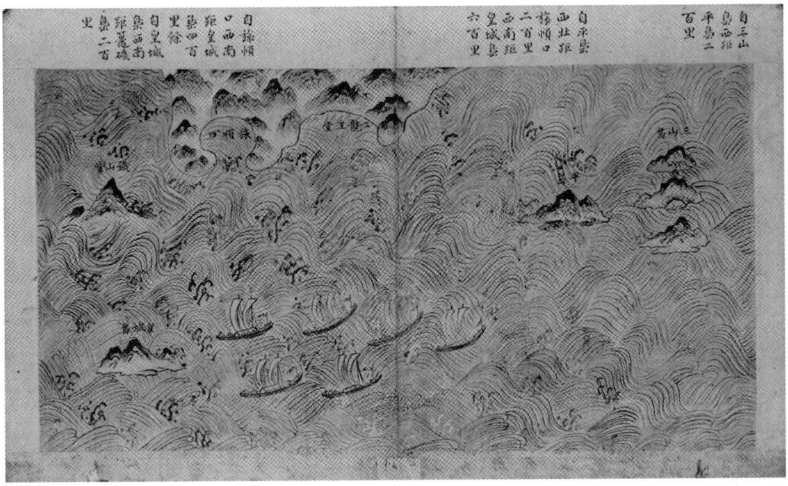

도053. D본 4장면

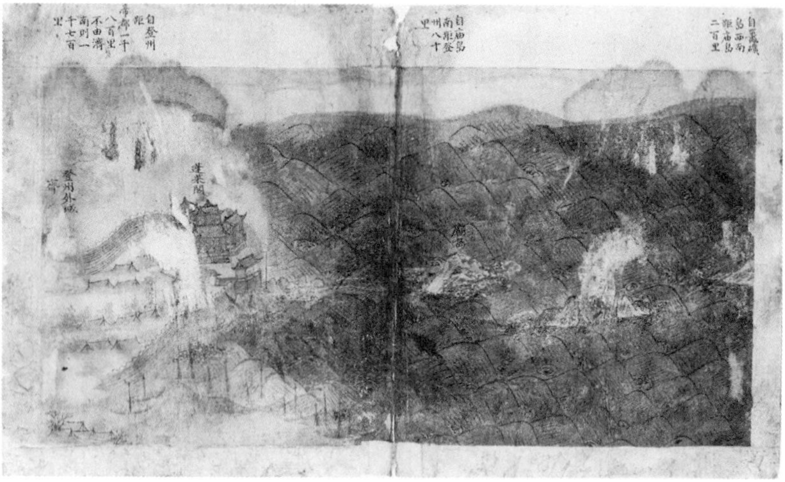

도054. A본 5장면

도055. B본 5장면

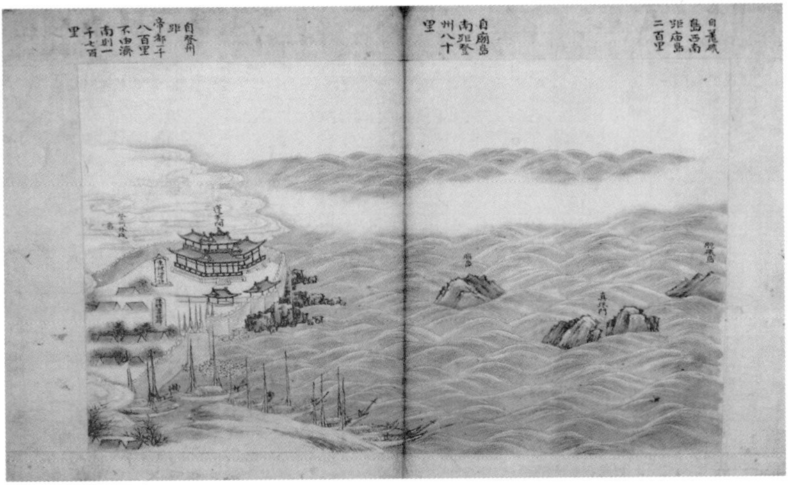

도056. C본 5장면

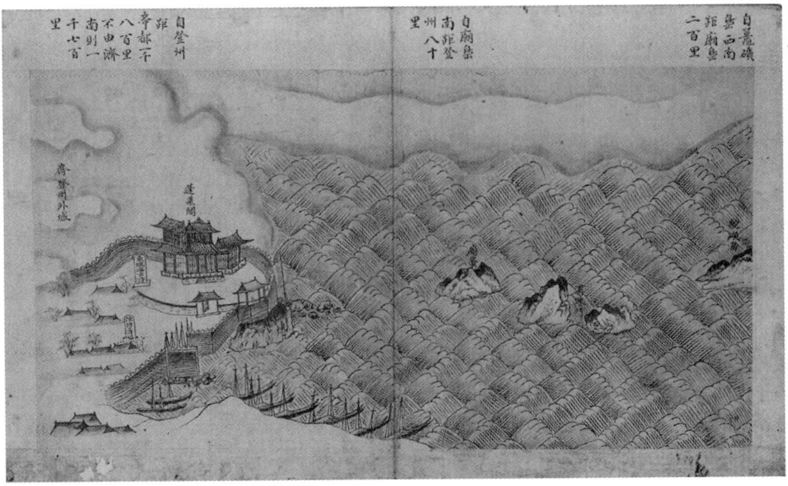

도057. D본 5장면

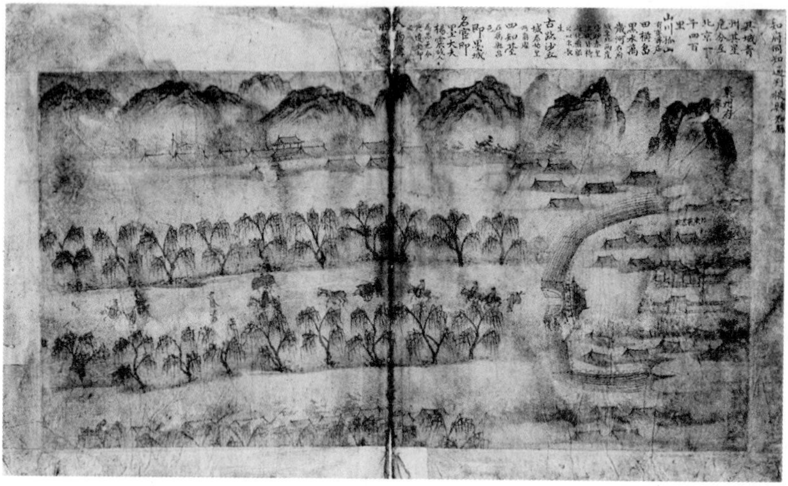

도058. A본 7장면

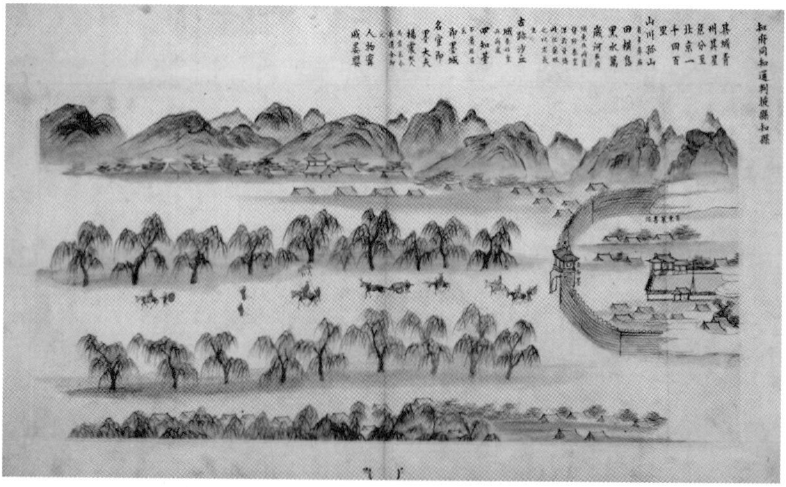

도059. B본 7장면

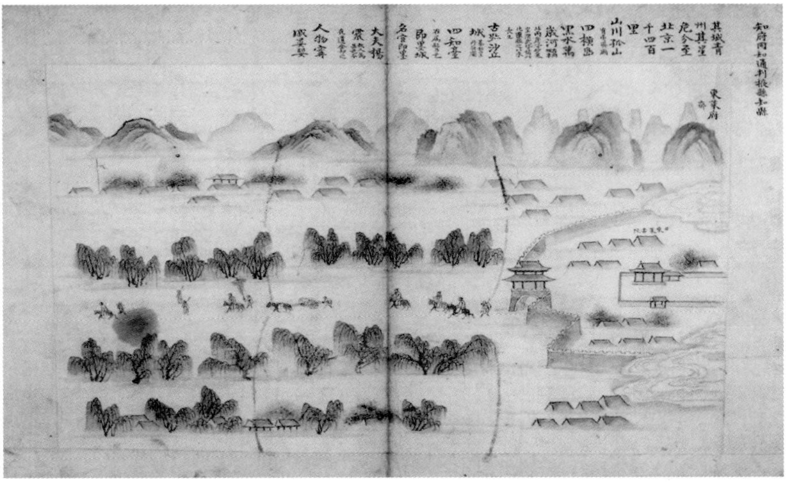

도060. C본 7장면

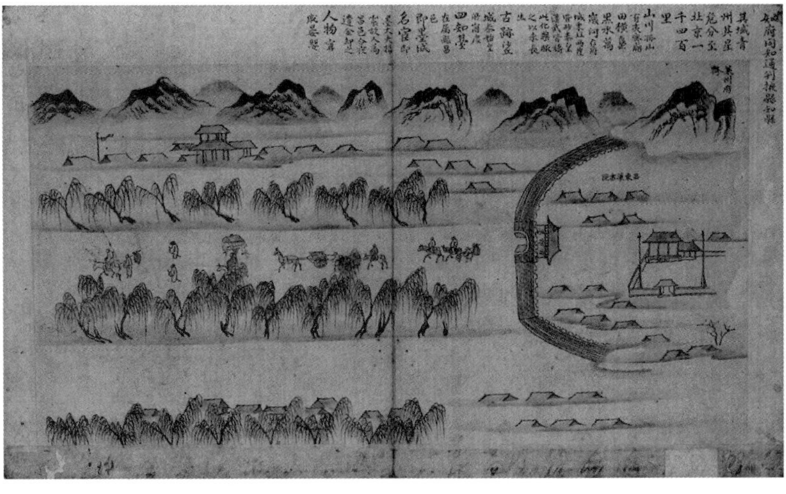

도061. D본 7장면

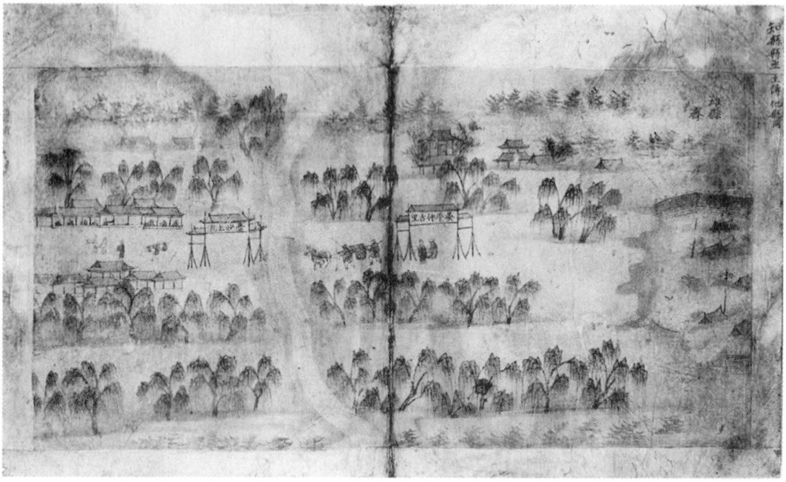

도062. A본 8장면

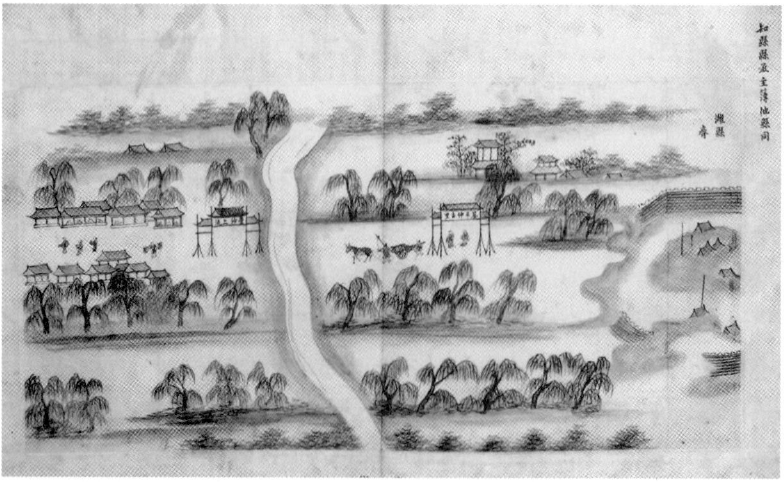

도063. B본 8장면

도064. C본 8장면

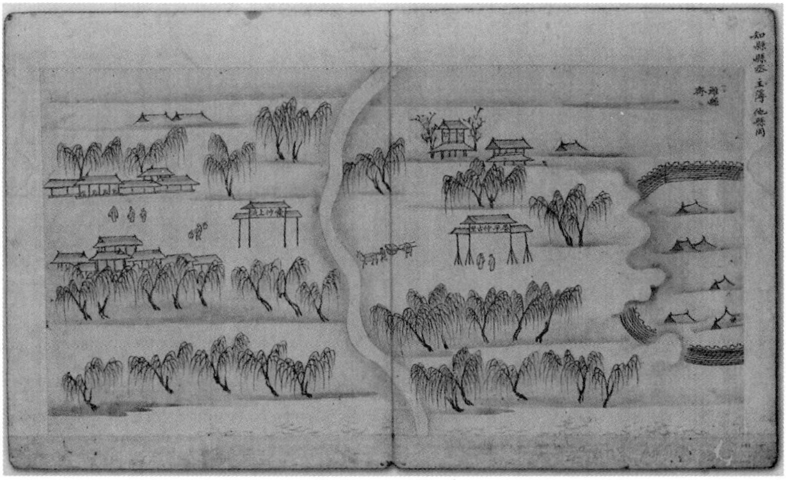

도065. D본 8장면

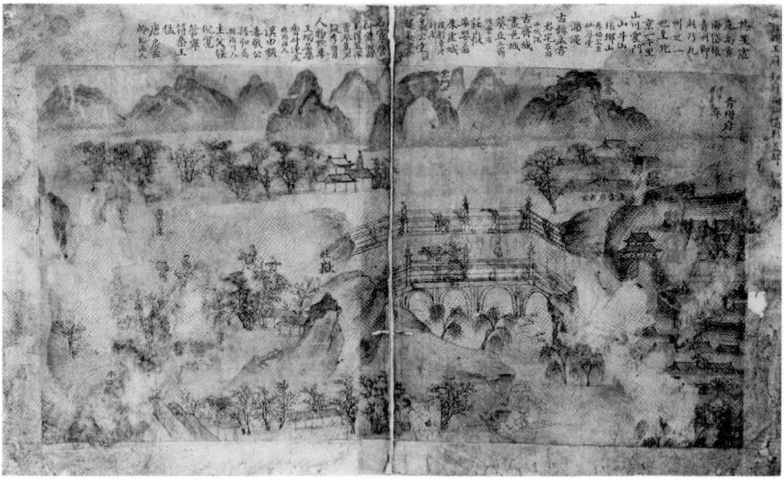

도066. A본 10장면

도067. B본 10장면

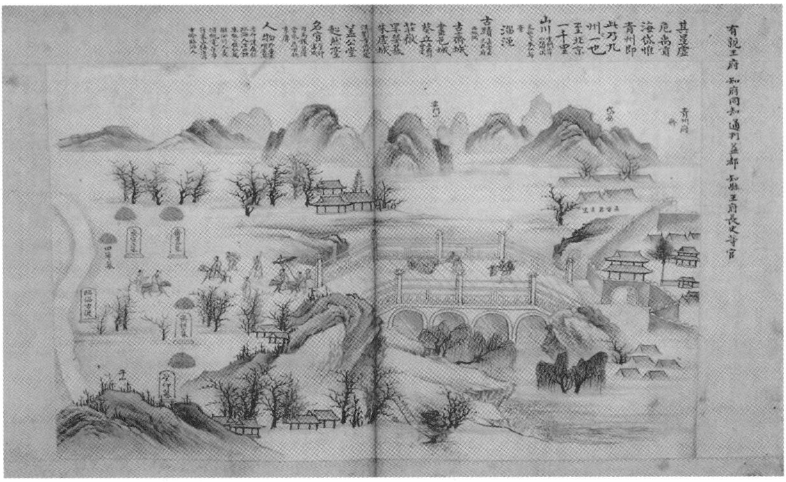

도068. C본 10장면

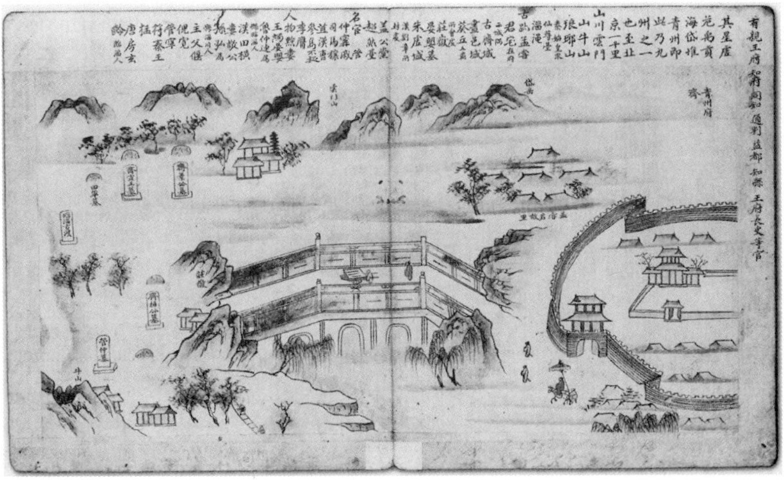

도069. D본 10장면

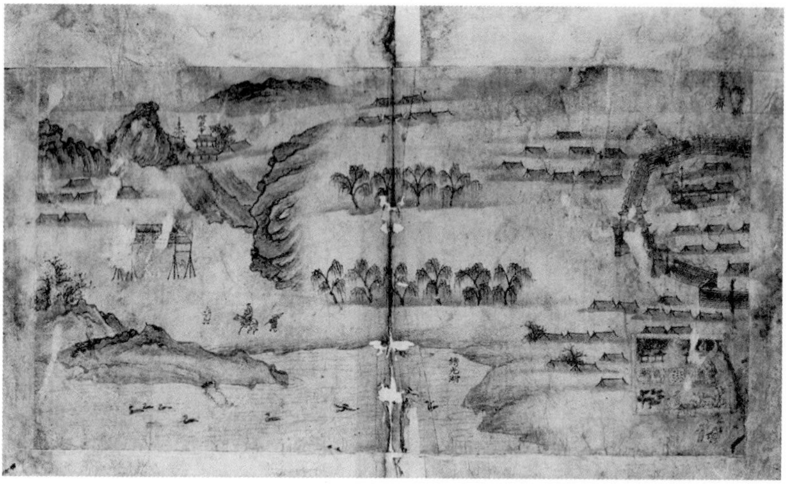

도070. A본 12장면

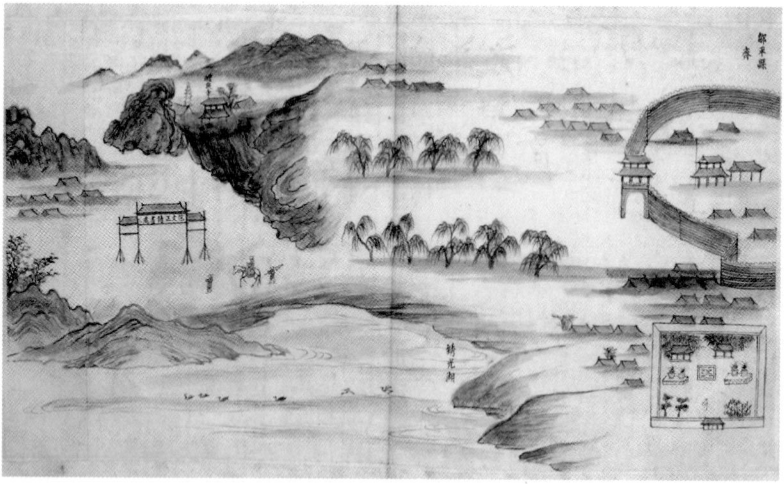

도071. B본 12장면

도072. C본 12장면

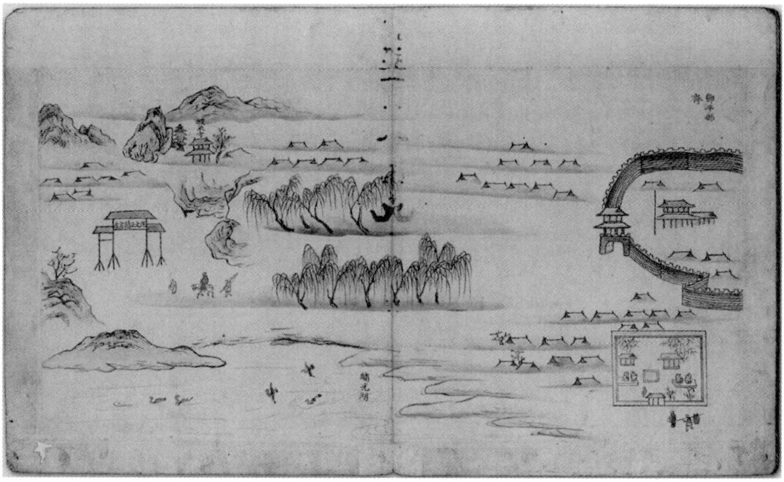

도073. D본 12장면

도074. A본 13장면

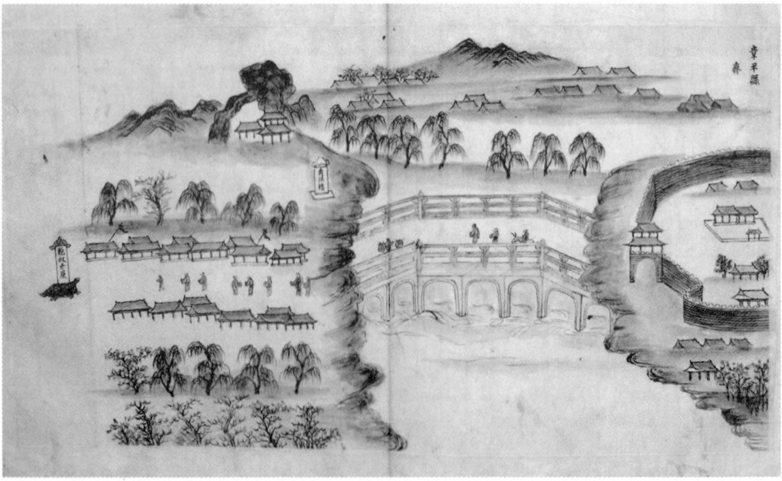

도075. B본 13장면

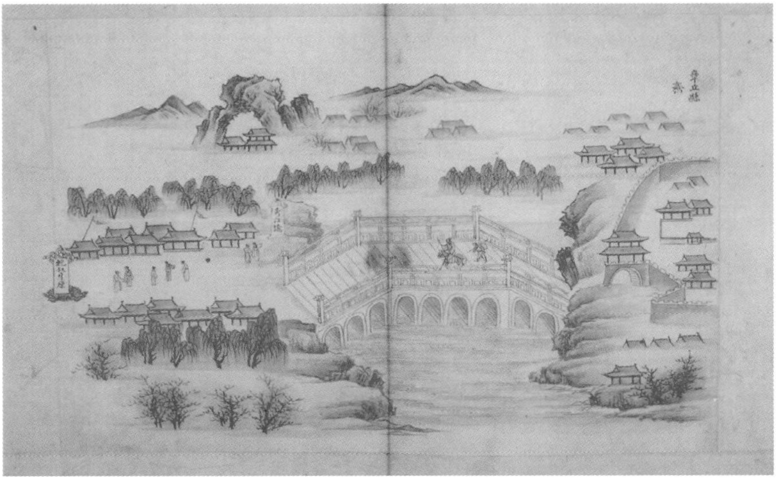

도076. C본 13장면

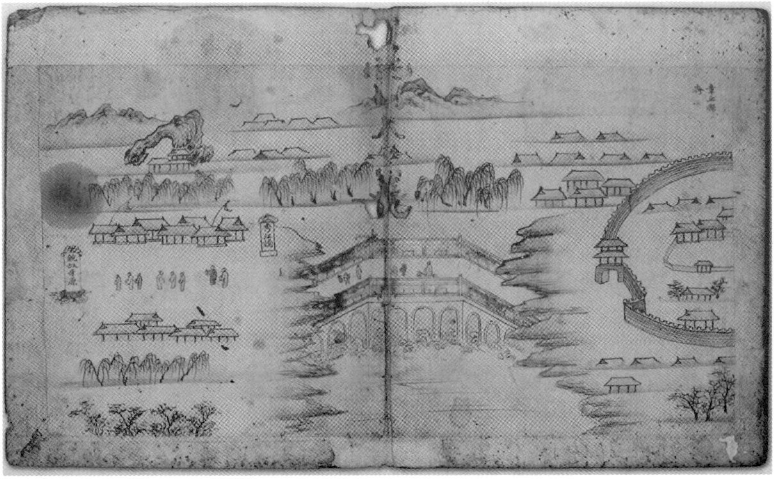

도077. D본 13장면

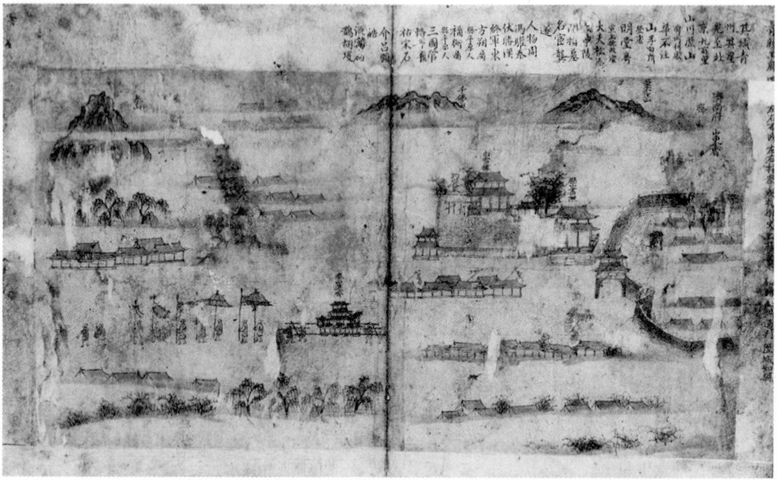

도078. A본 14장면

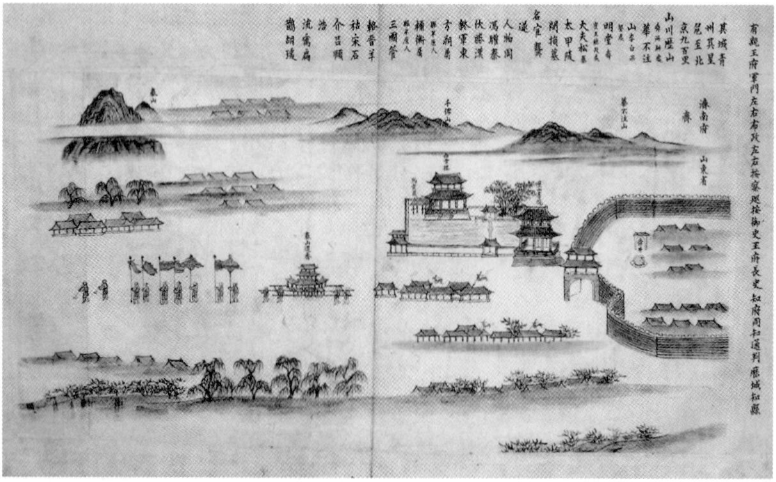

도079. B본 14장면

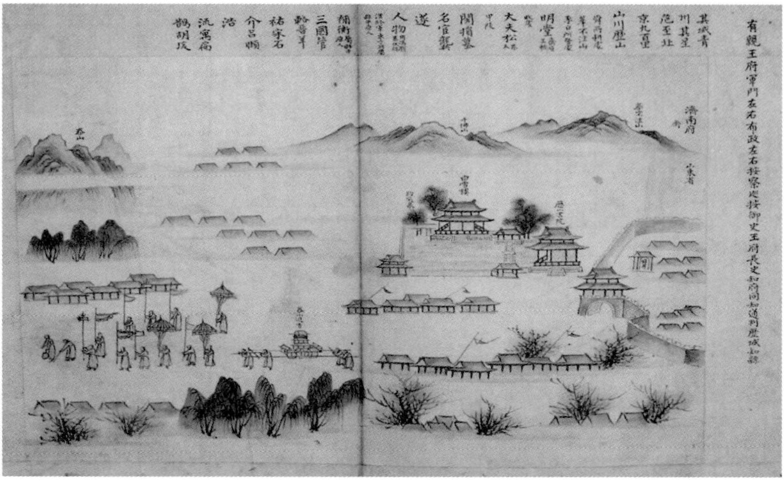

도080. C본 14장면

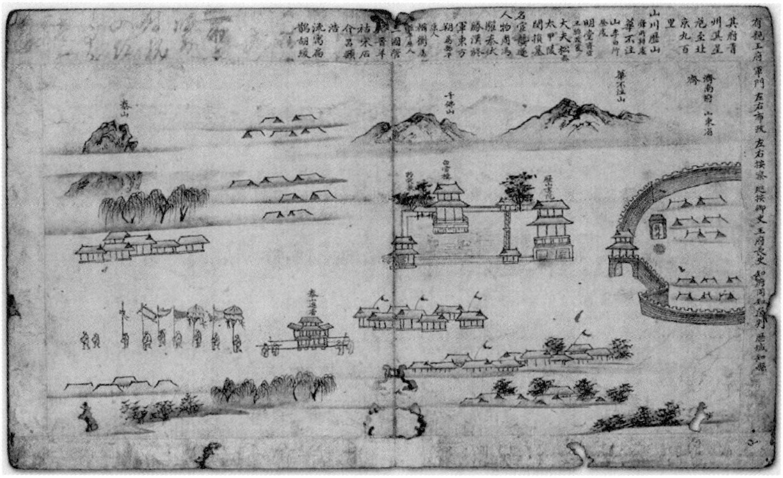

도081. D본 14장면

도082. A본 15장면

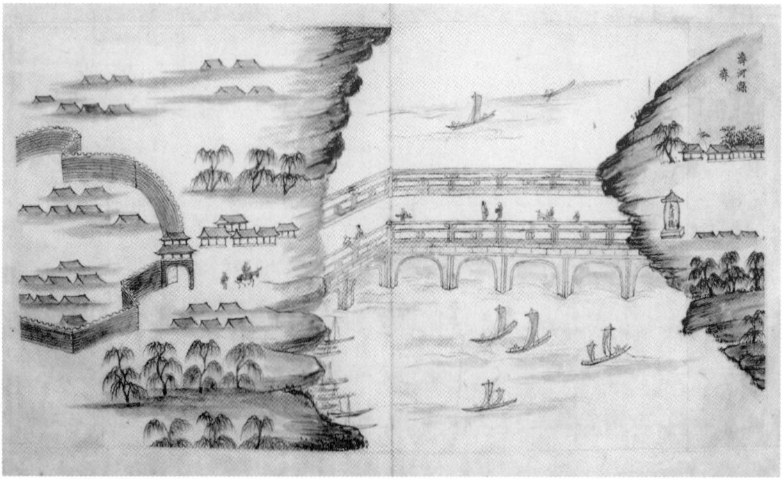

도083. B본 15장면

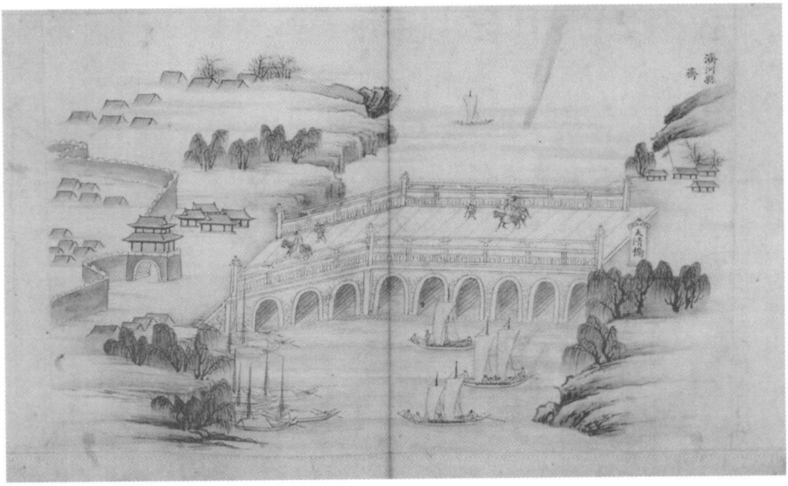

도084. C본 15장면

도085. D본 15장면

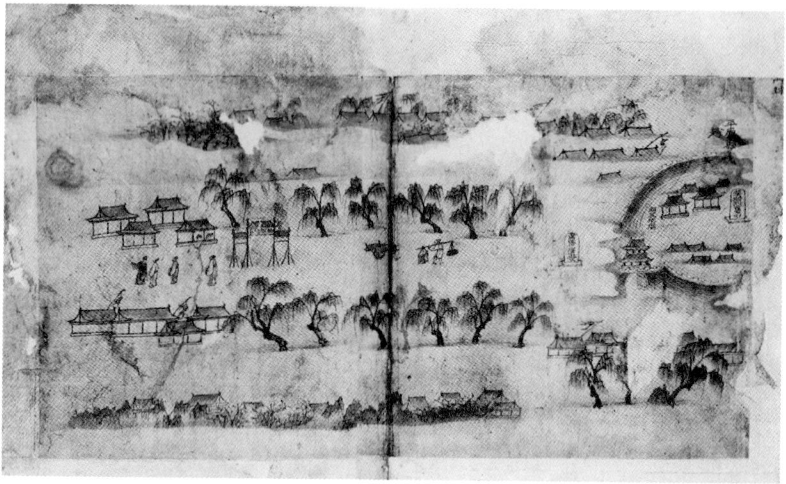

도086. A본 17장면

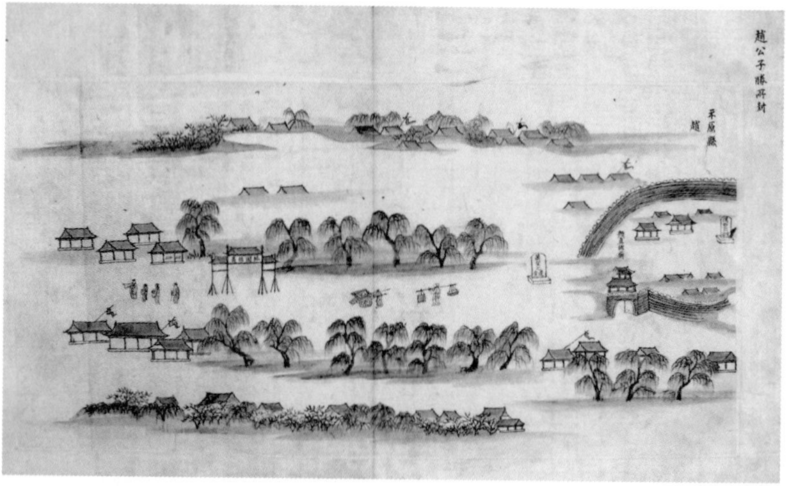

도087. B본 17장면

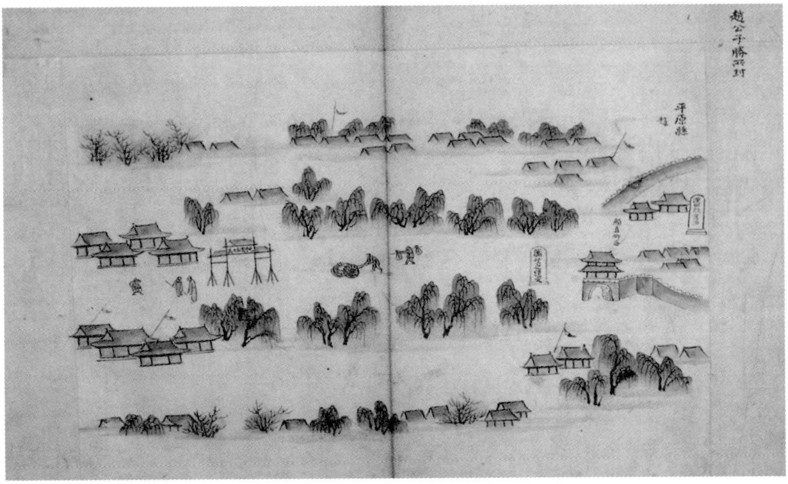

도088. C본 17장면

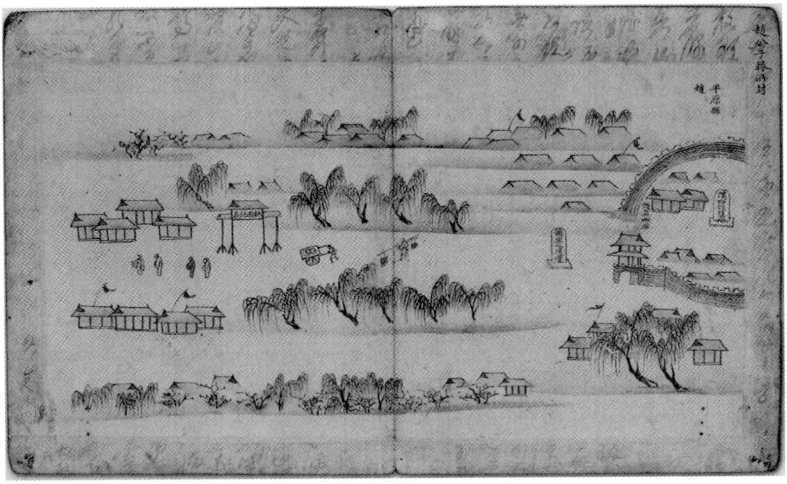

도089. D본 17장면

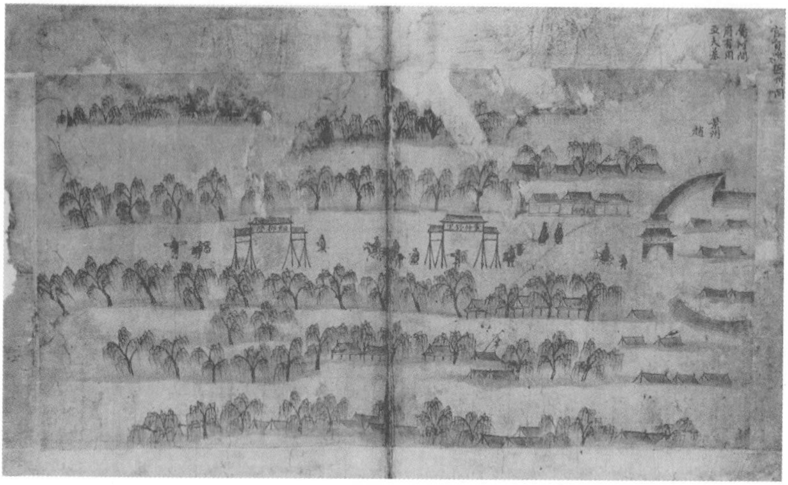

도090. A본 19장면

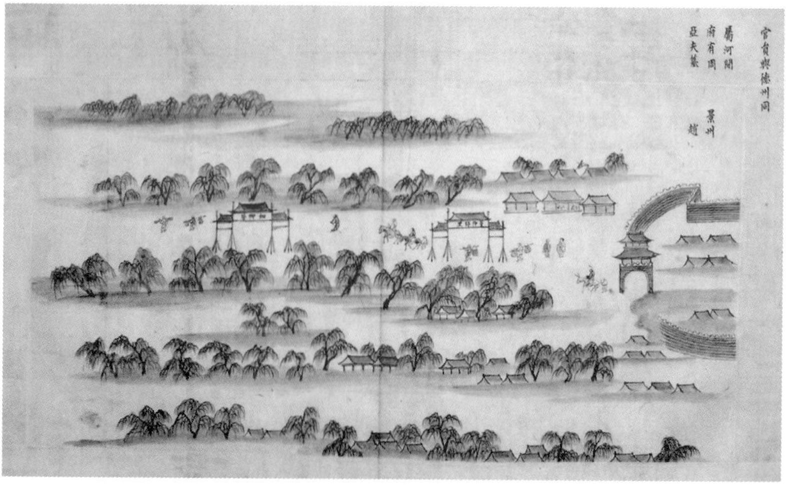

도091. B본 19장면

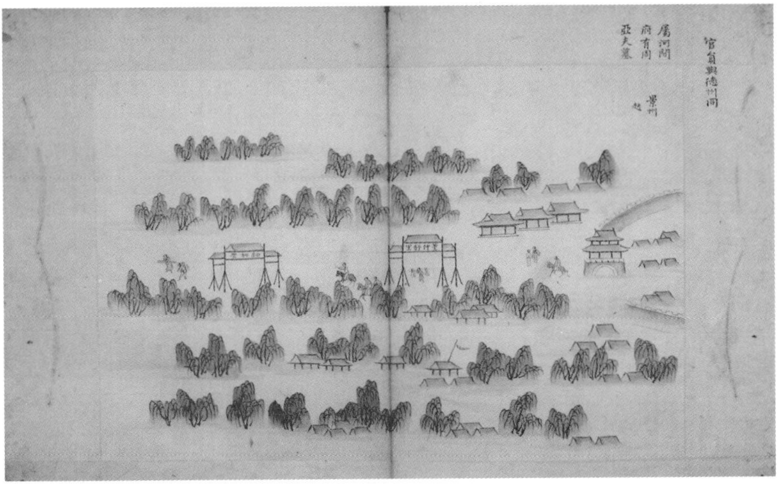

도092. C본 19장면

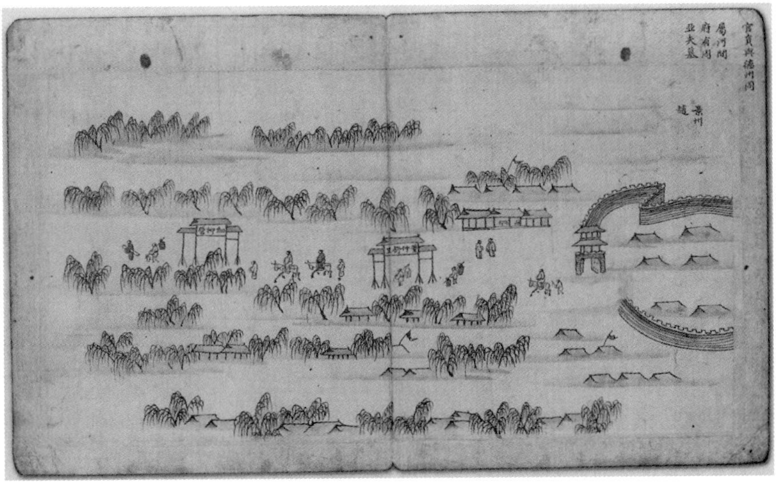

도093. D본 19장면

도094. A본 21장면

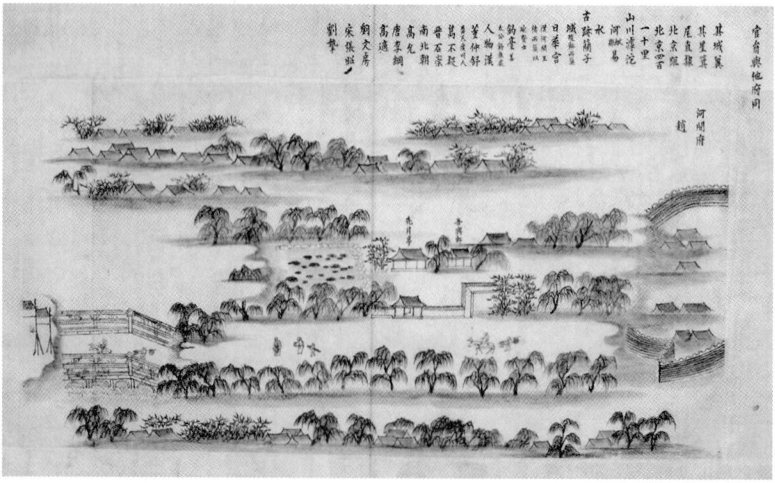

도095. B본 21장면

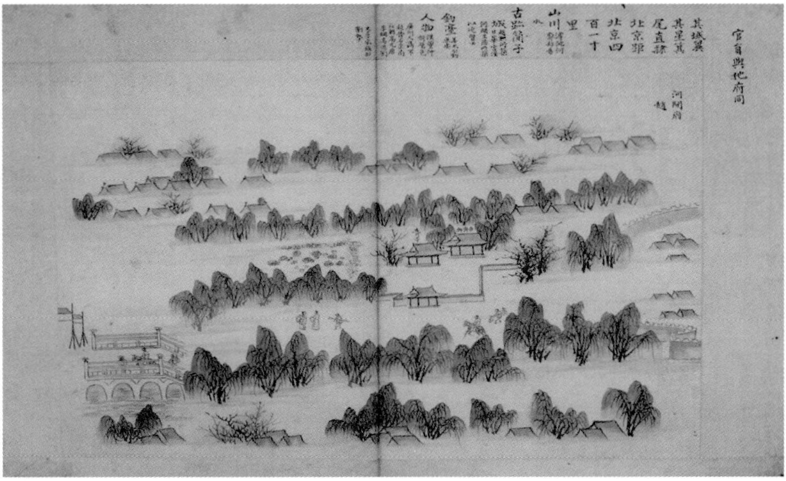

도096. C본 21장면

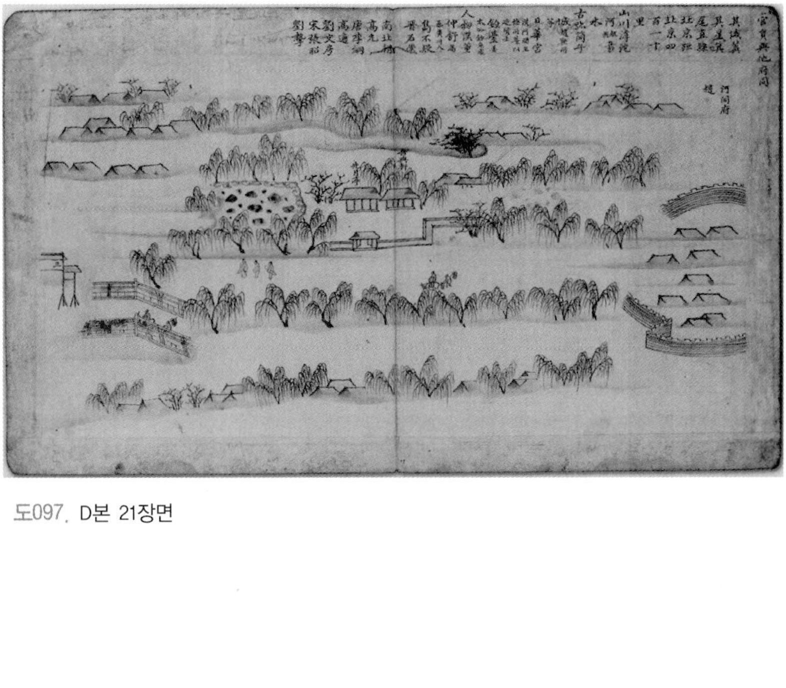

도097. D본 21장면

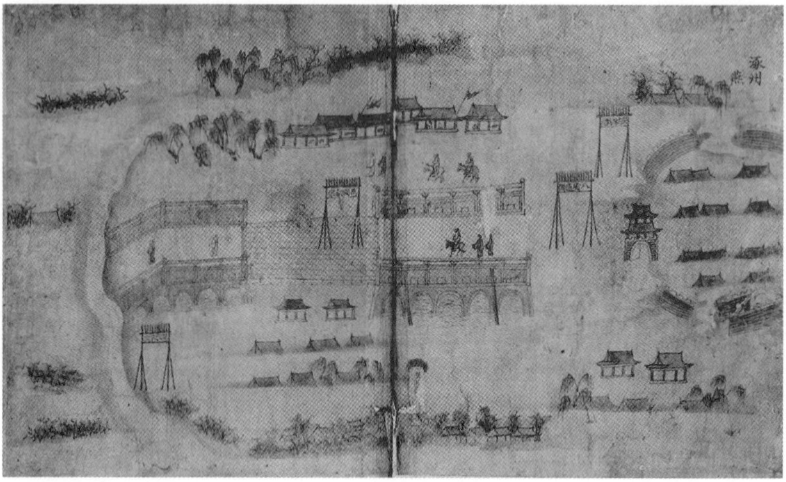

도098. A본 23장면

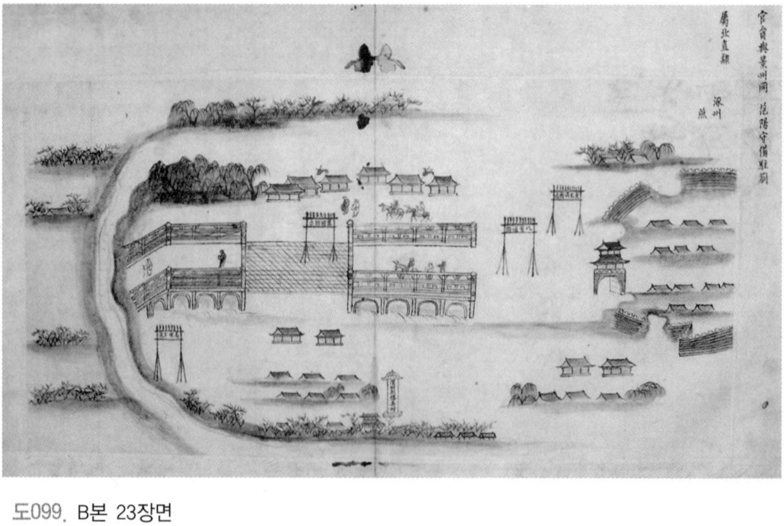

도099. B본 23장면

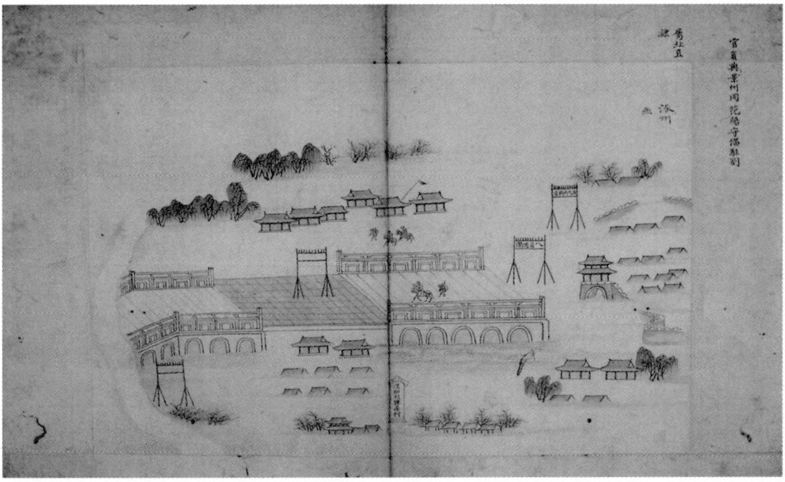

도100. C본 23장면

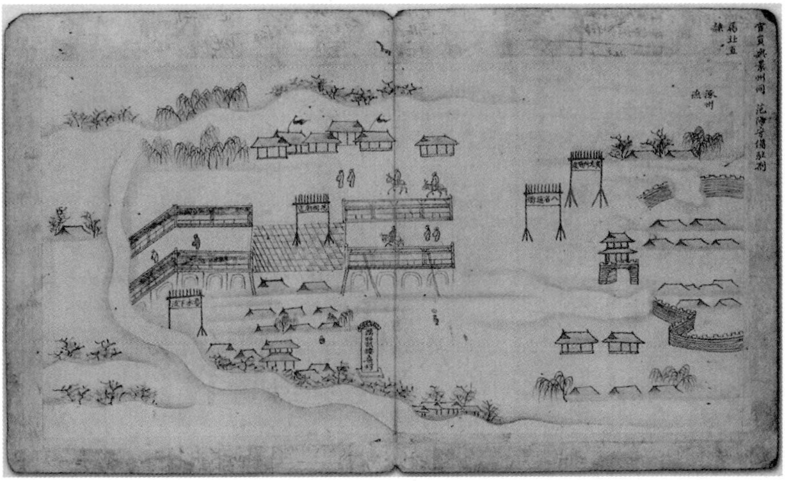

도101. D본 23장면

도102. A본 25장면

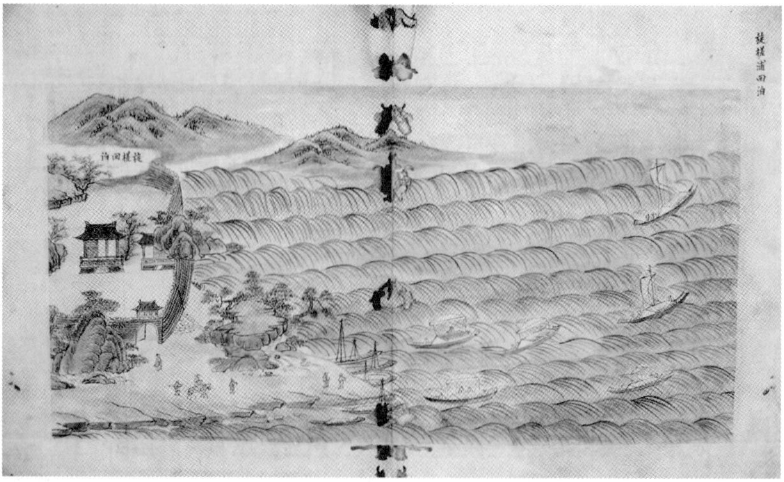

도103. B본 25장면

도104. C본 25장면

도105. D본 25장면

3. 시대적 의미와 가치

이 글에서는 요동반도와 산동반도 연해안의 한두 가지 문제를 제한적으로 거론하여 보려고 한다. 17세기 초반 항해조천도에 나타난 두 반도의 연해도서들과 그 위치는 다음과 같다.

> 本浦(宣沙浦)에서 80里 椵島, 가도에서 서쪽으로 100여 리 車牛島, 거우도에서 서쪽으로 5백 리 鹿島, 녹도에서 서남쪽으로 500리, 石城島, 석성도에서 남쪽으로 3백 리, 長山島, 장산도에서 서쪽으로 2백 리 廣鹿島, 광록도에서 서쪽으로 3백 리 三山島, 삼산도에서 서쪽으로 2백 리 平島, 평도에서 서북쪽으로 2백 리 旅順口(平島에서 皇城島까지는 6백 리), 여순구에서 서남쪽으로 4백여 리 皇城島, 황성도에서 서남쪽으로 2백 리 鼉磯島, 타기도에서 서남쪽으로 2백 리 廟島, 묘도에서 남쪽으로 80리 登州, 등주에서 천8백 리(濟南을 경유하지 않으면 천7백 리) 帝都.[15]

이처럼 항해조천도는 조선 선사포(旋槎浦, 舊名 宣沙浦)에서 등주(登州)까지 분포되어 있는 항로주변 도서들의 방향과 거리를 그림과 기록으로 아주 상세하게 드러냈다. 홍익한의 화포조천항해록은 연행일정에 따라 다음과 같이 산동반도 연해안의 다양한 정보를 아주 구체적으로 기록하였다. 그림과 기록으로 작성한 이 두 가지 자료는 당시 산동반도 현황을 복합적 방법으로 조명한 것이다. 그런 복합적인 정보작성법은 당시로서는 새로운 방법이며 최선의 방법이었을 것이다. 따라서, 그 두 가지

---

15) 自本浦距椵島八十里 自椵島西距車牛島百里餘 自車牛島西距鹿島五百里 自鹿島西南距石城島五百里 自石城島南距長山島三百里 自長山島西距廣鹿島二百里 自廣鹿島西距三山島三百里 自三山島西距平島二百里 自平島西北距旅順口二百里 西南距皇城島六百里 自旅順口西南距皇城島四百里餘 自皇城島西南距鼉磯島二百里 自鼉磯島西南距廟島二百里 自廟島南距登州八十里 自登州距帝都一千八百里 不由濟南則一千七百里(A本). 航海朝天圖, 1-5面 參照.

정보를 상보적으로 활용할 경우 요동반도와 산동반도 연해안을 경유하는 해로연행에 많은 기여를 할 수 있는 방안이었다고 평가할 수 있다. 당시 홍익한의 화포조천항해록에 나타난 관련기록은 다음과 같다.

> 주청사 이덕형 일행은 1624년 8월 4일 길일을 택하여 40여 명이 6척의 배에 나누어 타고 조선 旋槎浦(舊名 宣沙浦)를 출발한다. 이들은 5일에 椵島, 10일에 蛇浦, 11일에 黃鶻島, 12일에 石城島, 13일 長山島, 15일 廣鹿島에 도착하여 해안에 상륙한다. 거리에 餅肆와 주점이 즐비하고 登州와 萊州에서 운반해 온 毛督府의 군량 20여 가리가 쌓여 있었다. 總兵 張繼善이 섬 안의 城堡를 주관하고, 參將馬景栢과 수비 朱國昌이 연해를 순시하고 있었다. 20일 平島에, 22일 皇城島, 23일 登州의 수문 밖에 정박한다. 그리고 9월 12일 登州를 출발하여 黃縣에서 유숙한다. 10월 12일 북경 朝陽門을 통해서 會同館에 도착하였다.16)

이처럼 주청사 이덕형 일행은 선사포(旋槎浦, 舊名 宣沙浦)에서 등주까지 20일이 걸렸다. 등주에서 북경까지는 30일이 걸렸으므로 조선의 선사포(구명 선사포)에서 중국 북경까지는 50일이 걸린 셈이다. 이것이 당시의 요동반도와 산동반도 연해안 해로를 이용한 정상적인 연행노정이다. 항해조천도는 그런 일정의 장면들을 그리면서 당시 해륙(海陸)의 실상과 실경을 묘사하였다. 특히 당시의 두 반도 해양상황을 입체적이며 역동적으로 묘사하여 내는데 성공하였다. 시나 문으로는 표현하기 어려운 문자의 한계성을 회화로 극복해낸 17세기 한국식 실용적 해양도라고 평가할 수 있다. 이와 같은 양식의 해양상황도가 이것 외에 현재 전 세계에 얼마나 전해지고 있는지 관심을 가져볼 과제다. 항해조천도는 이처럼 17세기 두 반도 연안의 육・해・공 입체적 실상도이며 역동적 움직임이 살아 있는 연안상황도라고 할 수 있다. 도서와 도서 사이의 거리 측정이 어떤 방법으로 이루어졌는지는 밝혀져 있지 않지만 그 방향표시

16) 洪翼漢의 花浦朝天航海錄을 참고로 일정별로 간결하게 정리한 것.

와 거리를 정확하게 기록한 점으로 미루어 볼 때, 사전에 주밀한 준비를 다 하여 거론대상의 항해조천도가 작성되었다는 사실은 알 수 있다. 항해조천도를 그린 화원이 서장관 홍익한의 배에 같이 타고 가면서 화원은 방향과 거리의 기록에 치중하고 홍익한은 일정과 현황의 기록에 치중하여 작성한 것이 항해조천도와 화포조천항해록이라고 할 수 있다. 이처럼 해로의 연행경로를 다시 튼실하게 개척할 목적에서 탄생시킨 것이 항해조천도일 것이다. 위 항해조천도에 있는 거우도(車牛島)는 청대의 일반지도에는 나타나 있지 않아 그 정밀성 또한 간과할 수 없다. 항해조천도 원본 곧 모본을 세밀하게 살펴보면 당시 두 반도 연해안의 기상현상이 들어 있다. 해양의 파고와 파장이 있고 풍향과 풍세가 있다. 정상기상과 기상 이변이 있고 기상 이변시 대피가능한 장소가 있다. 그리고 특이한 풍운조화도 들어 있다. 그래서 입체적이며 역동적인 살아있는 해양도라고 하는 것이다. 항해조천도는 해도와 육도로 양분하여 살펴볼 수 있는데 해도는 당시의 해양현황에 더 역점을 두었고 육도는 역사유적과 지배계층의 삶의 현황에 더 역점을 두었던 것 같다. 따라서 항해조천도는 17세기 전반의 요동반도와 산동반도를 입체적이며 역동적으로 조명해놓아 현재도 실용적 참고가 가능한 살아 움직이고 있는 중요한 기록유산의 하나다.

4. 맺음말

앞에서 거론한 몇 가지를 요약하여 그 결론을 정리하여 보면 다음과 같다. 원본 항해조천도는 A본(국립중앙도서관 소장본, 제첨 燕行圖幅)으로 비정(比定)된다. A본으로 B본(국립중앙박물관 소장황색표지본, 제첨 航海朝天圖)과 D본(이성원씨 개인소장본, 제첨 梯航勝覽 乾・坤)이 모출(摹出)되었을 것이며 B본으로

C본(국립중앙박물관 소장청색표지본, 무제첩)을 모출하였을 것이다. 그리고 군사박물관본은 보완적 성격의 파생종일 것이다. 항해조천도의 생성단계는 4단계까지 추적이 가능하며 대략 3백여 년 동안에 걸쳐서 생성되고 있었다. 항해조천도의 생성동인을 포괄적인 명분의 측면에서 찾아보면 동아시아인들의 평화소통염원에서 찾을 수 있다. 그러나 특정의 구체적 측면에서 찾아보면 해로연행의 안전대책을 강구하기 위해서 생산한 것이라고 할 수 있다. 누구나 수시로 쉽게 활용이 가능하도록 실용적 목적으로 제작한 것이며 신뢰성을 높이기 위해서 입체적 역동성을 확보하는 방법을 고안하여 냈다. 그리고 상보적 활용이 가능하도록 복합적 방법을 동원하여 다양한 정보의 활용을 원활하게 할 수 있게 하였다. 서죽천행록후 송찬수귀호남서(書竹泉行錄後 送贊叟歸湖南序)에 나타나는 "丁亥七年"은 1647년이 아니라 1827년이므로 그에 따라 나타난 오류들을 모두 시정해야 할 것 같다. 대주(碓州) 또한 웅주(雄州)를 오독한 것이므로 그에 따라 나타난 오류들 또한 모두 시정해야 할 것이다. 그리고 찬수는 이덕형의 8대손 이제한(1780~1837, 자는 穉圭)이다. 기암은 유기암이 아니고 이기암일 것이며, 그는 이덕형의 5대손일 것이다.

목은 이색(1328~1396)은 14세기 중후반 고려와 조선의 왕조교체기와 원과 명의 왕조교체기에 외교사절로 중국에 갔다. 그의 9대손 이덕형 또한 17세기 전반 조선 국왕 광해군과 인조의 국왕교체기와 중국의 명과 청의 왕조교체기에 외교사절의 대표로 명나라에 간다. 그들은 공교롭게도 모두 요동반도와 산동반도 연해안의 해로경로를 이용한다. 두 반도가 동아시아에서 어떤 의미를 가지고 있는 공간인가를 생각하게 하는 역사적 기록이다. 두 반도는 지난 역사에서 늘 동아시아의 평화와 번영을 생산하는 아주 특별한 소통공간이다. 따라서 21세기 지구촌의 평화와 번영을 위한 각 지역연구에서 우선적으로 관심을 가져야 할 지역이다. 앞에서 거론한 바와 같이 항해조천도는 17세기부터 19세기까지

3백여 년 동안 제1세대본부터 제4세대본까지 지속적으로 생산되었으며 연행록 또한 13세기 말부터 19세기 말까지 6백여 년 동안 5백 내지 6백여 종이 지속적으로 생산되었다. 이 두 유형의 기록물 모두 두반도와 北京이 양대 주축이다. 북경은 국왕중심의 지배계층을 기록하는 것이 주가 되고 두 반도는 백성중심의 피지배계층을 기록하는 것이 주가 된다. 두 반도가 어떤 연유로 그렇게 지속적인 관심지역으로 부상될 수 있었을까. 평화와 번영을 생산해낼 수 있는 지속가능한 공간인식 때문이었을 것이다. 언제나 두 반도의 평화가 곧 동아시아의 평화이며 두 반도의 번영이 곧 동아시아의 번영으로 연결되었다. 동아시아의 정치・경제・외교의 성패가 항상 이 두 반도의 상황과 맞물려 나타났다. 그리고, 두 반도 연해안은 동아시아의 국제관계를 소통시키는데 많은 기여를 하여왔다. 이와 같은 맥락에서 볼 때 21세기를 열어가는 동아시아인들이 이 지역연구에 관심을 갖는 것은 매우 희망적인 미래를 예견할 수 있게 한다. 지구촌의 평화와 공영을 위해 두 반도를 지역연구의 한 중요거점으로 부상시키는 공감대를 마련하는 것이 과제일 것이다.

제12장
연행록 세계인 인식 담론에서 가치와 역가치

1. 머리말

이 발표는 연행록을 어떻게 읽은 것인가에 관한 시론적 방안의 하나를 선택해서 같이 생각하여 보기 위한 것이다. 연행록을 읽는 코드의 선택은 전적으로 독자에게 부여된 권리라고 말할 수 있다. 그러나 코드를 타고 올라온 자료를 해석하는 논리는 객관적 신뢰성을 확보할 수 있어야 할 것이며 합리적 타당성이 담보되어야 할 것이다.

연행록을 어떻게 읽을 것인가. 연행록은 조공관계의 기록이다. 연행록은 일기체로 쓴 것이 많다. 그러나 나는 연행록을 조공관계의 기록으로 읽거나 일기로 읽는 방법을 찬성하지 않는다. 연행록은 대부분 그런 경계를 벗어난 기술들이기 때문이다. 연행록은 국제관계의 현실적 상황 논리와 그에 따른 평화적 대응 논리로 읽어야 한다. 연행록은 평화와 공영을 위한 소통의 기록이며 그 지혜의 기록으로 읽어야 한다. 연행록은 이데올로기의 안경을 벗고 한 시대의 생생한 현장보고의 기록으로 읽어야 한다. 연행록은 여러 가지 담론연합의 문헌군으로 읽어야 한다. 연행록은 자료의 본질이 그러하듯이 그 해석의 지평 또한 무한히 개방되어 있는 자유로운 개방성이 자료의 특색이라 말할 수 있다. 그러나 연행록은 읽는 이의 책임으로 자료를 귀납하여 그 기술의 신뢰성을 확보하여야 함을 잊어서는 안 된다. 연행록의 기술은 대부분 개인적 기술 방법에 의존한 것이기 때문이다. 따라서 선입견이 배제되기 어렵고 편견은 어디에나 존재한다. 그런 점으로 미루어 볼 때 연행록의 기술을 가치중립적 탐구의 기술로 기대해서는 안 된다. 그런 부분은 탐구자에게 부여된 과제이며 사명이라고 보아야 할 것이다. 그러나 역사의 기술 또한 이와 얼마나 다른 것일까를 염두에 둘 필요가 있을 것이다. 연행록은 시간과 공간의 복합성을 가지고 있기 때문에 평면적 사료가 갖는 한계를 극복할 수 있는 입체적 사료가 될 수 있어 상대적으로 사료적 가치가 크다고도 말할 수도 있다. 연행록은 이 글과 같은 방법의 거론만으로는 사료로서 다소의 문제가 있을 수 있지만, 그 전체를 귀납하여 낸 사료는 어느 사료보다 더 신뢰성 있는 사료가 될 것이다. 지속적인 관찰과 체험, 다양한 시각의 종합, 여러 시대의 변화 양상 비교, 담론별 축적성이 매우 뛰어나기 때문이다.

현재 전하는 연행록은 한·중 관계 6백여 년사의 특수성이 낱낱이 각인된 하나의 화석대라고 말할 수 있다. 이 화석대에는 우리의 지난날 자화상이 들어 있다. 따라서 거기에는 우리의 현재와 미래의 삶에 관한 지혜로운 방향타도 들어 있다고 보아야 할 것이다. 연행록 연구의 까닭은 여기에 있으며 그것이 대전제가 되어야한다고 생각한다.

저자가 최근까지 조사한 바에 따르면 연행록은 1273부터 1894까지 620여 년 동안 이본을 포함하여 대략 5백여 종이 전하고 있다. 그러나 연행록의 범주 설정을 어떻게 하느냐에 따라서 다소 달라질 수가 있다. 저자가 만든 이번 DVD연행록총간[1] 데이터베이스는 450여 종을 간추린 것이다. 그리고, 증보연행록총간 DVD 데이터베이스는 556여 종을 수록하였다.[2] DVD연행록총간을 왕조별로 살펴보면, 원대가 1종, 명대가

1) 林基中, DVD燕行錄叢刊, 누리미디어, 2011.9.9.

150여 종, 나머지 300여 종이 모두 청대다. 현재까지 나타난 것 중 가장 오래된 것은 1273년의 빈왕록이고 마지막 것은 1894년의 연행록이다.[3]

누락된 것이 적잖이 있겠지만 저자가 그동안 조사한 바에 따르면, 이 기간에 한국의 사신들이 중국에 다녀 온 횟수는 대략 다음과 같이 나타난다. 13~14세기에 119회, 15세기에 698회, 16세기에 362회, 17세기에 278회, 18세기에 172회, 19세기에 168회로 이를 합하면 모두 1797회 쯤 된다. 한 번 갈 때마다 정관이 보통 30여 명이고 일행이 3백여 명 이상 되는 때가 있었으므로 3회 왕복에 그중의 한 사람이 1종씩만 연행록을 남겼다 하여도 5백여 종이 전하여야 할 것이다. 그러한 가설을 실증하여 나가는 것이 저자가 진행하고 있는 연행록의 발굴 작업이다. 이 기회에 저자의 그런 발굴 작업에 많은 협조와 동참을 부탁드리고 싶다. 이 글은 연행록 읽기 정보의 공유라는 측면에서 다소의 의미가 있을 것으로 여겨 발표하는 것이다. 연행록군의 문헌적 성격을 한 마디로 표현한다면 세계 최대의 담론 연합의 기록물이라고 말할 수 있다. 오늘 발표는 그런 담론 중 하나의 세포에 해당하는 미세담론 '세계인 인식 담론의 가치와 역가치', 그중에서 또 극히 일부분에 해당하는 것을 그것도 주마간산 격으로 언급하여 보는 수준의 것이다. '세계인 인식 담론의 가치와 역가치' 문제는 그 거론의 층위가 당대적 관점과 현대적 관점이 같지 않기 때문에 단순치 않아 이번 발표에서는 이 부분도 또한 아주 범박한 발상적 수준에 머무를 수밖에 없을 것 같다.

2) 林基中, 增補燕行錄叢刊 DVD, 누리미디어, 2013.3.3.

3) 1273년 李承休(1224~1300)의 賓王錄이 元宗14 至元10 癸酉년 것이고, 1894년 金東浩(1860~1921)의 燕行錄(甲午燕行錄)이 高宗31 光緒20 甲午년 것이다.

2. 세계인 인식 담론에서 인식 의지와 양상

이 문제를 심도 있게 거론하려면 먼저 DVD연행록총간에 들어 있는 모든 관련기록을 뽑아내야 한다. 만족할 만한 수준은 아니지만 어느 정도의 검색이 가능한 DVD연행록총간이 나와 있는 현재의 상황에서는 그다지 어려운 작업이 아니다. 그러나, 그렇게 하지 못하였으므로 이번 발표는 다만 그런 단초를 여는데 의미가 있을 뿐이다. 연행록 세계인 인식담론에는 세계인의 인식 의지가 매우 강하게 드러나고 있다. 연행사들은 문헌과 전문(傳聞)과 실제의 접촉에서 세계인들을 더 많이 만나 보려고 노력한다. 한 보기를 들면 일통지를 통해서 섬라국(暹羅國) 사람들의 성향과 그들의 여권을 알게 되며, 명말기이를 통해서 부제국(浮提國) 사람들의 놀기 좋아하는 습성을 알게 된다.[4] 그런가 하면 흑진국(黑眞國) 사람은 전문을 통해서 그들이 수렵생활을 하는 미개인들임을 알게 된다.[5] 물론 대부분은 연경에서 실제의 접촉을 통해서 세계인들을 알게 된다. 더 많은 세계인들을 알아보려는 의지와 노력은 연행록 기술에서 이해응의 계산기정 부록의 호번(胡藩)[6]이나 박사호의 연기정 유관잡록

---

4) 暹羅國은 一統志에 있는 나라다. 浮提國은 내가 읽은 明末記異에 있는 나라다. -林基中, DVD燕行錄叢刊, 누리미디어, 2011.9.9. 1803. 이해응, 계산기정, 부록 胡藩 참조.

5) 黑眞國은 청나라 강희 연간에 조선인이 산해관 밖에서 黑眞國 사람을 만나서 알게 되었다고 전한다. -林基中, DVD燕行錄叢刊, 누리미디어, 2011.9.9. 1803. 이해응, 계산기정, 부록 胡藩 참조.

6) 蒙古는 명나라 때 달단이라 일컬었다. 그 사람들은 무례하고 사납기가 오랑캐들 중 으뜸이다. 집단이 강성하여 예부터 제어하기가 어려웠다. 다만 부처를 숭상하므로 청인들도 그들을 불교로 다스린다. 回國子는 12부인데 回回國이라고도 한다. 그들은 눈이 우묵하고 얼굴이 검으며 수염이 더부룩한데 가까이 가면 노린내가 난다. 청인들은 그들을 매우 더럽게 여겨 말을 붙이는 일이 없다. 여자는 간혹 미인이 있다고 한다. 鄂羅斯는 흥룡강 북에 있는데

의 제국(諸國)[7]과 같은 유형의 독립 항목 설정의 기술로 나타나고 있다.

얼굴은 검고, 높은 코에 천성이 사나워서 흔히 거리에서 사람을 죽인다. 청인들은 그들을 천히 여겨 개돼지처럼 대한다. 暹羅는 본래 두 나라 이름인데 원나라 때 합쳐졌다. 모두 머리를 깎아서 번쩍번쩍하고 몸집이 작고 경박하며 중과 비슷하다. 겨울에도 춥지 않으며 사용하는 문자는 범패 같은 것이다. 一統志에는 섬라국은 침략을 숭상하며 부인들이 형법의 경중과 전곡의 출납을 관장한다고 한다. 浮提國은 내가 읽은 明末記異에 있는 나라다. 부제국 사람들은 飛仙처럼 놀기를 좋아하며 천하를 돌아다니고, 남녀가 정사를 나누는 陽臺別館에서 정을 통하기도 한다. 黑眞國은 조선인이 강희 연간에 산해관 밖에서 黑眞國 사람을 만나서 알게 되었다. 영고탑 북동쪽 수천 리 밖 氷海가 있는 곳에 있다. 머리털과 수염은 양털처럼 꼬불꼬불하며 오직 생선만 먹는다. 임금이 없는 나라며 사냥을 일삼는다. 安南國은 옛날 南交 땅인데 秦나라 때부터 중국의 통치권 영향 안에 있어온 나라다. 農耐國은 안남국의 속국이다. 지금 중국은 영토의 전고에 으뜸이며 조공하는 나라가 전에 비해 배나 늘었다. 占城, 于闐, 爪와, 琉球, 安南, 暹羅, 眞臘, 渤泥, 蘇椽, 打回, 安定, 哈密 등의 나라가 가장 드러난다. 그들은 한 해 걸러, 혹은 3년, 혹은 5년에 한 번 오기도 하고, 10년, 혹은 1세에 한 번 오는 나라도 있다. -林基中, DVD燕行錄叢刊, 누리미디어, 2011.9.9. 1803. 이해응, 계산기정, 부록 胡藩.

7) 蒙古는 韃靼으로 사막에 있는데 천하의 막강한 나라다. 回子는 回回國이라고도 하며 바다 가운데 있어 다섯 달이 걸려야 중국에 온다. 鄂羅斯는 大鼻㺚子國이라고도 하며 흑룡강의 북쪽에 있다. 暹羅는 赤眉遺種國이라고도 하며 占城의 極南 쪽에 있다. 安南은 옛 南交의 땅이다. 眞臘(캄보디아)은 땅이 사방 칠천여 리인데 점성 남쪽에 있다. 農耐國은 안남의 부속국이다. 琉球國은 동쪽 바다 가운데 있어 우리나라 耽羅와 가장 가까우며 보물이 많다. 黑眞國은 寧古塔(청 조정 발상지) 동쪽 수천 리 어름바다 밖에 있다. 浮提國은 바다 밖에 있는데 그곳 사람은 모두 날아다니는 신선으로 노닐기를 좋아한다. 지금 중국 땅이 서북쪽은 甘肅에 이르고 서남쪽은 緬甸(버마)에 이르며, 남쪽 끝에 운남, 귀주가 있고 동쪽에는 와라(瓦喇) 선창이 있다. 이른바 서역, 토번, 돌궐의 땅이 모두 다 판도에 들어 있다. 신강을 개척한 뒤부터는 幅圓의 큼이 고금에 없었다. 조공하는 나라도 전대의 갑절로서, 占城, 于闐, 爪哇(인도네시아 자바), 琉球, 安南, 暹羅, 眞臘, 渤泥(태국 남부 바타니), 蘇綠, 打回, 安定, 哈密 등의 나라가 가장 두드러진 것이다. 조공은 한 해 한 번 오는 것과 해를 걸러 한 번 오는 것, 3년 5년 10년에 한 번 오는 것이 있고, 또한 1世에 한 번 오는 것도 있다. -林基中, DVD燕行錄叢刊, 누리미디어, 2011.9.9. 1828. 박사호, 연기정, 유관잡록의 諸國.

연행사들은 여러 경로를 통해서 몽고(蒙古), 회자(回子), 악라사(鄂羅斯), 섬라(暹羅), 진랍(眞臘), 농내(農耐), 유구(琉球), 흑진(黑眞), 점성(占城), 우전(于闐), 조와(爪蛙), 안남(安南), 발니(渤泥), 소록(蘇祿), 타회(打回), 안정(安定), 합밀(哈密)과 같은 많은 나라와 그 백성들에 관심을 갖는다. 그렇게 하여 세계인 인식의 시야를 확대하여 간다. 위의 '호번'과 '제국' 두 기술에는 그 내용과 구성의 유사성이 드러나는데 연행록에는 그런 현상이 적잖이 나타난다. 연행록 기술 양식의 몇 가지 두드러진 특징에 속하는 것이다. 앞선 연행록에서 정보를 얻는 과정에서 나타나는 보편적 현상의 하나다. 그뿐 아니라 동일하거나 유사한 대상을 반복하여 기술하는 과정에서 나타나는 불가피한 현상도 있다. 그런 보편적 현상을 처음 접한 일본의 어느 한 학자가 얼마 전 자기만 발견한 표절 현상의 한 사례처럼 거론하면서 연행록의 신뢰성을 문제 삼으며 흥분한 일이 있었다. 마치 자기가 앉아있는 곳에만 공기가 존재한다는 것을 처음 발견한 것처럼 놀란 것 같아 보였다. 그 공기가 중요한 것처럼 연행록의 유사기록 또한 중요한 의미를 갖는 부분이다. 그런 논문을 아무런 검증 없이 추종적으로 인용하고 있는 한국 학자들도 있는 것 같다.

이해응의 '호번'과 박사호의 '제국'에는 세계인을 조공국 중심으로 이해하려는 경향이 드러난다. 그들이 "조공은 한 해 한 번 오는 것과 해를 걸러 한 번 오는 것, 3년 5년 10년에 한 번 오는 것이 있고, 또한 1세 에 한 번 오는 것도 있다."[8]고 세계인 담론을 마무리하고 있기 때문이다. 그렇지만 그들은 조공국이 아닌 악라사나 서양 같은 데로 시야를 확대하는 탈이데올로기 현상을 보이기도 한다. 이렇게 세계 인식의 시야가

8) 林基中, DVD燕行錄叢刊, 누리미디어, 2011.9.9. 1803. 이해응, 계산기정, 부록 胡藩. -林基中, DVD燕行錄叢刊, 누리미디어, 2011.9.9. 1828. 박사호, 연기정, 유관잡록의 諸國.

확장된 단계에 이르러서는 조공이 가치나 역가치의 문제를 벗어나 현실적 상황논리일 뿐이며, 생존 전략이고 삶의 한 보편적 방식일 뿐이다. 조공은 지난 한 시대의 국제관계 속에서 외교의 한 양식일 뿐이며, 평화와 공영을 위한 소통의 한 방식일 뿐이다. 따라서, 조공은 이 시대 우리의 삶에서 어떠한 족쇄도 될 수가 없는 것이며, 그것이 어떤 족쇄로 작용되어서도 안 된다. 조공은 지난날의 화석화된 한 유물일 뿐이다. 그 속에서 현재와 미래의 삶에 필요한 지혜를 발견할 수 있는 자료로서만 그 존재가치가 있는 것이다.

2-1. 동양인과 서양인

연행록에서 동양이나 동양인이란 표현은 만나보기가 쉽지 않다. 특히 요즈음의 동양과 서양 개념으로 쓴 동양의 보기는 찾아보기 어렵다. 연행록에서 동양은 산동반도와 조선 사이의 바다를 말한다.9) 그러나 연행록에서 세계인 인식 양상을 살펴보면, 현재의 동양인과 서양인 개념과 유사한 방법으로 세계인을 인식하려는 경향이 있었던 것 같다. 회회인(回回人), 안남인(安南人), 몽고인(蒙古人), 서달인(西㺚人), 유구인(琉球人), 섬라인(暹羅人), 조선인(朝鮮人), 일본인(日本人), 한인(漢人), 청인(清人) 등을 묵시적 동양인으로 설정하면서, 그들과 달리 서양인을 인식한 것 같다. 동양인이란 용어 대신 안남인, 몽고인, 섬라인, 조선인 등등으로 기술하면서 그들 집단과 달리 서양인이란 기술을 하고 있기 때문이다. 연행록의 세계인 인식은 동양은 개별적 방식, 서양은 포괄적 방식으로 이루어졌다.

9) 소위 北洋과 東洋이란 등주지방을 두고 하는 말이다. 북양은 요동과 산해관 일대의 바다를 가리키고, 東洋은 산동과 조선 사이의 바다를 가리킨다. -林基中, DVD燕行錄叢刊, 누리미디어, 2011.9.9. 1712. 김창업, 연행일기, 계사년 1월 26일.

2-2. 미개인과 문명인

연행록의 세계인 인식 담론에는 그들의 생활양식이 거론된다. 고유 문자, 외모, 복식, 언행, 전통, 생활 도구, 경제 활동 등등이 관찰 대상이며 담론 내용이다.[10] 이것은 세계인들을 미개인과 문명인으로 변별하여 인식하려는 경향이라고 말할 수 있다.

2-3. 조공국 사람과 비조공국 사람

연행록의 세계인 인식담론에서 아라사인(俄羅斯人, 阿羅斯人, 鄂羅斯人, 斡羅斯人)을 거론할 때는 그들은 비조공국 사람이라는 표현을 지속적으로 반복한다.[11] 이것은 세계인을 조공국 사람과 비조공국 사람으로 변별하여 인식하려는 경향이라고 말할 수 있다.

---

10) 林基中, DVD燕行錄叢刊, 누리미디어, 2011.9.9. 1803. 이해응, 계산기정, 부록 胡藩 참조.

11) 아라사는 조공국이 아닌데 강희 때 한어 한서를 배우려고 북경으로 와서 아라사관을 주었다. -林基中, DVD燕行錄叢刊, 누리미디어, 2011.9.9. 1832. 김경선 연원직지, 유관록 상 12월 26일 악라사관기.

도106. 1862년 10월 진하사은겸세폐사행의 정사 이의익 부사 박영보 서장관 이재문 등 일행이 북경 아라사관에서

도107. 1871년 10월 동지겸사은사행의 정사 민치상 서장관 박봉빈이 북경의 관소에서

2-4. 물질 가치국 사람과 정신 가치국 사람

연행록의 세계인 인식 담론에는 조공 물품을 중심으로 그 나라의 생산품과 특산품이 거론되고 물질적 풍요의 정도가 거론된다. 그리고 전통, 풍속, 종교, 문화생활 등을 통해서 정신세계가 거론된다.[12] 이것은 물질 가치국 사람과 정신 가치국 사람을 변별하여 인식하려는 경향이라고 말할 수 있을 것 같다.

2-5. 가치인과 역가치인

연행록의 세계인 인식 담론에는 가치인과 역가치인으로 양분하여 세계인들을 인식하려는 경향이 두드러지게 드러난다. 그런데 가치인의 가치 거론보다는 역가치인의 역가치 거론에 치중되는 현상을 보인다. 이해응의 '호번'에 나오는 몽고인(蒙古人), 회회국인(回回國人), 악라사인(鄂羅斯人), 섬라인(暹羅人), 부제국인(浮提國人), 흑진국인(黑眞國人)이 그런 보기들이다.[13]

---

12) 林基中, DVD燕行錄叢刊, 누리미디어, 2011.9.9. 1777. 이압, 연행기사, 3월 견문잡기 하, 林基中, DVD燕行錄叢刊, 누리미디어, 2011.9.9. 1574. 허봉, 조천기 갑술년 8월 28일, 林基中, DVD燕行錄叢刊, 누리미디어, 2011.9.9. 1832. 김경선 연원직지 12월 25일 유관록 상, 林基中, DVD燕行錄叢刊, 누리미디어, 2011.9.9. 1801. 유득공, 연대록, 4월 1일 이후 연경에서 등 참조.

13) 蒙古 사람들은 무례하고 사납기가 오랑캐들 중 으뜸이다. 집단이 강성하여 예부터 제어하기가 어려웠다. 다만 부처를 숭상하므로 청인들도 그들을 불교로 다스린다. 回回國 사람은 눈이 우묵하고 얼굴이 검으며 수염이 더부룩한데 가까이 가면 노린내가 난다. 청인들은 그들을 매우 더럽게 여겨 말을 붙이는 일이 없다. 여자는 간혹 미인이 있다고 한다. 鄂羅斯 사람은 얼굴이 검고, 높은 코에 천성이 사나워서 흔히 거리에서 사람을 죽인다. 청인들은 그들을 천히 여겨 개돼지처럼 대한다. 暹羅 사람은 모두 머리를 깎아서 번쩍번쩍하고 몸집이 작고 경박하며 중과 비슷하다. 사용하는 문자는 범패 같은 것이다. 그들은 침략을 숭상하며 부인들이 형법의 경중과 전곡의 출납을 관장한다. 浮提國 사람은 飛仙처럼 놀기를 좋아하며 천하를 돌아다니고, 남녀가 정사를 나누는 陽臺別館에서 정을 통한다. 黑眞國 사람은 머리털과 수염이 양털처럼 꼬불꼬불하며 오직 생선만 먹는다. 임금이 없는 나라며 사냥을 일

도108. 1871년 만국내조도

삼는다. -林基中, DVD燕行錄叢刊, 누리미디어, 2011.9.9. 1803. 이해응, 계산기정, 부록 胡藩 발췌 요약.

이처럼 연행록 세계인 인식 담론에서 세계인을 인식하려는 의지는 줄기차게 이어지고 있다. 그 인식의 양상 또한 동양인과 서양인, 미개인과 문명인, 조공국 사람과 비조공국 사람, 물질 가치국 사람과 정신 가치국 사람, 가치인과 역가치인 등등 매우 다양하게 전개되어 가며 지속적으로 관찰하고 탐구하는 풍성한 담론내용을 형성하여 나간다.

3. 세계인 인식 담론에서 가치와 역가치

연행록에서 세계인 인식 방법을 살펴보면 체험에 앞선 선험적 인식과 체험에 따른 경험적 인식으로 나타나는데, 전자는 여러 통로의 정보에 의한 간접인식 방법으로 이야기 소설과 같은 인식담론이라 말할 수 있으며, 후자는 체험에 의한 직접인식 방법으로 플롯 소설과 같은 인식담론이라고 말할 수 있다. 연행록의 세계인 인식 담론을 살펴보면 선험지식 없이 직접 체험한 것, 선험 지식만으로 판단한 것, 선험과 체험에 의한 것 등이 나타난다. 그러한 인식방법에 따른다면 선험적 역가치와 체험적 역가치, 선험적 가치와 체험적 가치, 선험적 가치와 체험적 역가치, 선험적 역가치와 체험적 가치로 나누어서 담론분석을 시도하여 볼 수도 있을 것이다. 가치는 물질적 가치, 정신적 가치, 외형적 가치, 내면적 가치, 이상적 가치, 현실적 가치, 개인적 가치, 집단적 가치 등등이 각기 다를 수 있으며, 시대에 따라서도 변화할 수 있는 가변성을 가진 것이다. 그런 문제점을 극복하려는 한 수단으로 이 글에서 가치와 역가치는 대상에 대한 긍정과 부정, 수용과 배척, 기능과 역기능, 추수와 역추수, 지향성과 반지향성 등을 그 척도로 삼은 것이며, 대상에 대한 객관적 탐구 의식이 내재하는 것은 가치중립으로 본 것이다. 한편 담론들은 가급적 짧게 발췌하거나 요약을 한 것이다. 연행록의 세계인 인식방법은 탐구의 대상이기보다는 가치와 역가치의 대상으로 인식하려는 경향이 많이 나타난다. 그러나 좀 더 깊이 살펴보면 그런 이분법적 인식만 있는 것은 아니다. 가치 편향과 역가치의 편향 의식이 각기 드러나는 것이 있고, 가치 편향과 역가치 편향이 같이 드러나는 것도 있다. 그뿐 아니라 가치 중립의식이 드러나는 것이 있는가 하면, 가치 변화의식이 드러나는 것도 있다. 그런 담론들이 어떤 의미를 갖는 것인가를 알아보기 위해서는 불가피 담론 분석을 시도하지 않을 수가 없다. 그래서 가치 편향의식이 드러나는 것(가), 역가치 편향의식이 드러나는 것(나), 가치 편향의식과 역가치 편향의식이 같이 드러나는 것(다), 가치 중립의식이 드러나는 것(라), 가치 변화의식이 드러나는 것(마)으로 나누어서 세계인 인식 담론들을 살펴보려고 한다.

3-1. 가치 편향의식이 드러나는 담론

다음(가-1.2.3.)은 서양인 가치편향 의식이 드러난 담론들이다.

가-1. 만력연간 서양 사람이 들어와 책력을 만드는 欽天官 벼슬을 주어 대대로 들어와 살게 하므로, 天地度數를 낱낱이 의논하여 세월 절후를 틀리지 않게 함이 옛사람이 미치지 못할 바고, 또 그 나라 풍속이 가장 工巧하여 온갖 기계들을 아주 정묘하게 만든다고 한다. 선덕 연간에 王三輔라는 사람을 서양에 보내 기이한 보배와 특이한 器皿들을 많이 얻어왔다.[14)]

가-2. 서양은 물산이 풍부하고 특히 西洋布가 유명하다. 서양 악기가 뛰어나고 그것으로 合奏와 分奏를 할 수 있다. 그들의 자명종은 중국에서 사용한지가 오래며 기이한 그릇과 이상한 완구가 많아서 다 기록할

---

14) 林基中, DVD燕行錄叢刊, 누리미디어, 2011.9.9. 1798. 서유문, 무오연행록, 기미년 1월 17일.

수 없다. 서민은 모두 짧은 옷을 입어서 동작을 편하게 한다고 한다. 내복은 백포를 쓰는데 무시로 바꿔 입어서 깨끗한 것을 좋아한다고 한다.[15)]

가-3. 서양의 새로운 역법이 동양에서 가장 정밀하다는 원나라 郭太師의 授時曆보다 훨씬 더 정밀하다는 이론적 근거를 숙지하고 있다.[16)]

이처럼 서양을 대서(大西)와 소서(小西)로 나누어 이해하면서 서양인에 대한 가치 편향의식이 드러난다. 서양인들의 선진 과학문명, 정밀한 기계문명, 실용적인 문명의 이기, 그들이 가진 풍부한 물산 등에 경도된 나머지 비판의 대상이 되던 짧은 옷차림까지도 동작을 편하게 한다는 가치로 거론되고 있다.

다음(가-4.5.6.7.)은 조선인 가치편향 의식이 드러난 담론들이다.

가-4. 자문에 대국에서 내려 보낸 인을 찍었다. 인에 새긴 글자는 朝鮮國王之印이라 하였다. 금으로 만들고 거북 뉴를 앉혔다. 대국 법에 금으로 만든 인의 거북 뉴는 親王에게 주는 것이다. 안남국, 유구국 같은 나라는 은으로 만든 인에 낙타 뉴를 앉혔다. 이로 보아도 우리나라 대접은 외국에 비할 바 아님을 알겠다.[17)]

가-5. 朝班은 우리나라가 첫머리를 차지하고 그다음이 유구, 안남, 회회 등으로 이어졌다.[18)]

---

15) 林基中, DVD燕行錄叢刊, 누리미디어, 2011.9.9. 1777. 이압, 연행기사, 3월 견문잡기 하.

16) 林基中, DVD燕行錄叢刊, 누리미디어, 2011.9.9. 1790. 서호수, 연행기, 8월 24일.

17) 林基中, DVD燕行錄叢刊, 누리미디어, 2011.9.9. 1798. 서유문, 무오연행록, 10월 16일.

18) 林基中, DVD燕行錄叢刊, 누리미디어, 2011.9.9. 1791. 김정중, 연행록, 임자 1

가-6. 오늘 宴席에서 유구국 사신을 전상에 먼저 오르게 하고, 조선국 사신을 다음에 오르게 해서 차서를 전도시켰다는 것으로 죄목을 삼았다고 한다.[19]

가-7. 동쪽이 상석이다. 경사에 머물던 왕공대신 이하는 동편에 있고, 다음에는 朝鮮使, 다음은 回子, 安南의 從臣, 다음에는 南掌, 緬甸의 사신이 벌여 섰다.[20]

이처럼 '조선국왕지인(朝鮮國王之印)'이나 조반(朝班) 등을 통해서 조선인의 국제적 위상을 새삼스럽게 확인하고 자각하면서 조선인에 대한 가치 편향적 자긍심을 드러낸다. 청조에 대한 조공의 수치나 한족의 청 왕조 참여 비판 의식 등은 가치 편향성에 매몰되어서 전혀 드러나지 않고 있다.

다음(가-7.8.9.)은 유구인 가치지향 의식이 드러난 담론들이다.

가-7. 琉球國은 곧 大琉球國인데 동남해 가운데 있다. 왕이 있고 순치 연간부터 조공하기를 청하였는데 20여 가지 산물을 조공하다가 후에 많이 면제 받고 2년에 한 번 조공한다.[21]

가-8. 회동관에서 만난 琉球國 통사 張主簿는 유구는 과거제도가 없으며 효렴(孝廉)을 가지고 선비를 채용한다고 하였다[22].

가-9. 國書는 나라마다 같지 않은데 琉球의 국서는 일본 글자였다.

월 1일.

19) 林基中, DVD燕行錄叢刊, 누리미디어, 2011.9.9. 1832. 김경선, 연원직지, 유관록 상.

20) 林基中, DVD燕行錄叢刊, 누리미디어, 2011.9.9. 1790. 서호수, 연행기, 7월 30일.

21) 林基中, DVD燕行錄叢刊, 누리미디어, 2011.9.9. 1777. 이압, 연행기사, 3월 견문잡기 하.

22) 林基中, DVD燕行錄叢刊, 누리미디어, 2011.9.9. 1574. 허봉, 하곡조천기 갑술년 8월 28일.

일본 글자는 중국 글자 20여 자를 가지고 半字를 만들어 자모를 만들었다. 그런데 한자의 곁에다 썼으니 이는 구두(口讀)였다. 그들은 처음은 글자를 몰라서 飮酒를 酒飮이라 하고 作詩를 詩作이라 하였는데 片假文을 써서 구두를 정하여 사람을 가르친 연후에 차츰차츰 글을 하게 되었다.[23)]

이처럼 유구인에 대해서는 가치편향 의식과 아울러 긍정적 가치 지향의식이 드러난다. 아주 작은 유구국을 대유구국이라고 한 것은 정보의 부재 때문만은 아닌 것 같다. 효렴(孝廉)의 가치, 독자적인 문자, 왕권이 존재하는 국가 등이 유가적 이데올로기 권역 안에 들어있는 것으로 인식되는 것과 관련이 있을 것 같다. 그래서 작지만 큰 나라로 가치 지향의식이 드러난 것이라고 말할 수 있다.

연행록 세계인 인식 담론에서 조선인과 서양인은 가치 편향적 의식이 강하고 유구인은 가치 지향적 대상으로 인식하려는 경향이 드러나고 있다. 이런 의식은 조선인이 주체적으로 서양 문물을 수용할 수 있는 가치의 그릇을 마련하는 데 기여할 수 있었을 것이다.

3-2. 역가치 편향의식이 드러나는 담론

다음(나-1.2.3.)은 청인(淸人)의 역가치 편향의식이 드러난 담론들이다.

나-1. 김창업이 현재의 청나라 閣老들의 덕망과 智勇에 관해서 묻자 潘德輿는 우리나라 사정에 관해서 남에게 이야기하지 못하는 법이라고 하면서도 만약 각로를 논한다면 모두 밥이나 축내는 위인에 불과하고,

23) 林基中, DVD燕行錄叢刊, 누리미디어, 2011.9.9. 1801. 유득공, 연대록, 4월 1일 이후 연경에서.

재상이나 대장들도 지용을 가진 사람은 한 사람도 없다고 평가한다.[24)]

나-2. 사행 도중 일행의 선두를 가로질러 달린 사람은 滿人이다. 그는 더러운 욕설을 퍼붓고 달아나다 잡혀서 重杖을 맞았다.[25)]

나-3. 김창업은 문인 趙華에게 만족인지 한족인지를 묻는다. 그가 만족이라고 답한다. 김창업은 조화는 시꺼멓고 바짝 마른데다 얽었고 한 눈마저 찌그러져 외모로 보면 문인인지를 알지 못하겠다고 썼다. 조화는 시서에 일가를 이룬 뛰어난 선비였으나 그의 시에 逆자 虜자가 들어 있는 것을 보고 만족인지 한족인지를 물은 것이다. 그리고 그의 시를 읽어보지도 않고 가지고 귀국해서 조선 문인들에게 보이겠다고 말한다.[26)]

이처럼 한인(漢人)인 반덕여(潘德輿)는 청나라의 관인이지만 극명하게 청인(淸人) 역가치 편향을 보인다. 인평대군 또한 만인(滿人) 역가치 의식이 잠재하고 있음을 보여 준다. 김창업은 만족(滿族) 역가치 편향성을 극단적으로 드러내 보이고 있다. 조화(趙華)는 시와 글씨가 뛰어난 문인이다. 조화가 자신이 지은 시를 주면서 교정을 요청하자 김창업은 가지고 귀국하여 다른 이에게 보이겠다고 하면서 그의 시에 관심을 보이지 않는다. 그가 한족이 아니라 만족이고 외모가 초라했기 때문이다. 김창업은 조화를 문인답지 않다고 하였으나 기실 문인답지 못한 것은 조화가 아니라 김창업 자신이다. 시와 글씨를 거론해야 문인이지 종족과 외모

24) 林基中, DVD燕行錄叢刊, 누리미디어, 2011.9.9. 1712. 김창업, 연행일기, 계사년 1월 3일.

25) 林基中, DVD燕行錄叢刊, 누리미디어, 2011.9.9. 1656. 인평대군, 연도기행, 11월 20일.

26) 林基中, DVD燕行錄叢刊, 누리미디어, 2011.9.9. 1712. 김창업, 연행일기, 임진년 12월 24일~2월 13일.

로 문인을 거론하는 사람을 어찌 문인이라 말할 수 있겠는가. 이렇게 된 요인들은 여러 측면에서 찾아볼 수 있을 것이다.

다음(나-4.)은 한인(漢人)의 역가치 편향의식이 드러난 담론이다.

나-4. 蠻子嶺을 넘어서니 재 밑에 1백여 호의 민가가 있었는데 蠻子村이라고 한다. 대체로 북방의 풍속은 한인을 蠻子라고 한다. 원나라가 남송을 빼앗고 그 백성들을 포로로 잡아다가 蠻軍이라 하면서 욕하였다는 것이다. 옛날부터 이미 그러하였다.[27)]

이처럼 한인(漢人)을 만자(蠻子)나 만군(蠻軍)이라고 한 이른바 북방풍속은 한인의 역가치 표현이다. 김창업의 연행일기에도 한인을 만자라고 부르고 한인이지만 한인이 아닌 것을 한군(漢軍)이라고 칭하는 까닭을 묻는 곳이 나온다.[28)] 여기에 한군(漢軍)은 산해관 백성을 우호적으로 칭하는 것이라고는 하지만 그것을 가치편향으로까지 보기는 어렵다. 이때 한군(漢軍)은 곧 만군(蠻軍)과 같은 존재이기 때문이다.

다음(나-5.)은 한인(漢人)이나 청인(淸人)모두 역가치 편향의식이 드러난 담론이다.

나-5. 漢人은 간사하고 淸人은 억세며, 관 안 여인은 매우 거칠었으나 관 밖에는 혹 아름다운 여자도 있었는데, 당녀의 전족이나 수식과 청녀의 머리모양이나 귀고리는 꽤 달랐다.[29)]

---

27) 林基中, DVD燕行錄叢刊, 누리미디어, 2011.9.9. 1790. 서호수, 연행기, 7월 8일.
28) 林基中, DVD燕行錄叢刊, 누리미디어, 2011.9.9. 1712. 김창업, 연행일기, 계사년 1월 3일.
29) 林基中, DVD燕行錄叢刊, 누리미디어, 2011.9.9. 1712. 최덕중, 연행록, 임진년 12월 23일.

이처럼 '한인은 간사하고 청인은 억세다'와 유사한 중국의 남방인과 북방인에 대한 변별적 표현은 몇 가지 구전되는 것도 있고 문자화된 것도 있는데 최덕중은 굳이 한인이나 청인 모두를 역가치로 인식한 표현을 택하고 있다.

다음(나-6.7.)은 몽고인(蒙古人)의 역가치 편향의식이 드러난 담론들이다.

나-6. 蒙古 사람들은 무례하고 사납기가 오랑캐들 중 으뜸이다. 집단이 강성하여 예부터 제어하기가 어려웠다. 다만 부처를 숭상하므로 청인들도 그들을 불교로 다스린다.[30]

나-7. 蒙古는 원나라 유종으로 옛날 韃靼이다. 그들은 청인들과 다르다. 한악(悍惡)하고 추건(麤健)하여 집에서 살지 않는다. 낙타고기를 먹고 개와 한 그릇에서 음식을 먹는다. 강한하고 추악하기가 이와 같기 때문에 청인들 모두 두려워하고 천히 여긴다. 욕할 때는 몽고인을 비유하여 표현하며 그들을 사람으로 대접하지 않는다. [31]

이처럼 몽고인에 대해서는 극단적인 표현으로 역가치 편향의식을 드러내고 있다. 그것도 청나라 왕조 내부의 인식과 조선 연행사들의 인식이 공감대를 형성하면서 역가치 편향성의 극단화가 된 것 같다. 그러한 부정적 편향의식의 극단화에는 송과 원, 고려와 원의 역사적인 배경과 무관할 수 없는 어떤 인자가 작용하고 있는 것이라고 볼 때 연행록 세계인 인식의 한계성을 보이고 있다.

---

30) 林基中, DVD燕行錄叢刊, 누리미디어, 2011.9.9. 1803. 이해응, 계산기정, 부록 胡藩.

31) 林基中, DVD燕行錄叢刊, 누리미디어, 2011.9.9. 1777. 이압, 연행기사, 3월 견문잡기 하.

다음(나-8.9.10.)은 악라사인(鄂羅斯人, 俄羅斯, 阿羅斯, 斡羅斯)의 역가치 편향의식이 드러난 담론들이다.

나-8. 鄂羅斯 사람은 얼굴이 검고, 높은 코에 천성이 사나워서 흔히 거리에서 사람을 죽인다. 청인들은 그들을 천히 여겨 개돼지처럼 대한다.[32)]

나-9. 玉河館은 순치 초년에 지어 조선사신이 거처하게 한 곳이다. 그런데 중간에 鄂羅斯人이 점령하였다. 그들은 성품이 몹시도 흉한(凶悍)하여 제재할 수 없어서 서관을 새로 마련하여 조선사신을 이접시켰다.[33)]

이처럼 청인들의 인식과 조선 연행사들의 간접체험을 통해서 악라사인은 역가치 편향으로 인식되었다. 그런 폭력 편향성은 유독 몽고인과 아라사인한테 많이 나타나고 있다.

다음(나-11.12.)은 안남인(安南人)의 역가치 편향의식이 드러난 담론들이다.

나-11. 安南 문자는 중국과 같고 새로 수십 글자를 만들었는데 흔히 흙토 변을 더하였다. 풍속은 음란하여 부끄러운 것이 없으며, 목욕과 대소변을 보는데 남녀의 분별이 없고, 서로 회피하지도 않는다.[34)]

나-12. 나는 잔치 자리에서 안남 왕과 그의 從臣 이부상서 반휘익, 공

32) 林基中, DVD燕行錄叢刊, 누리미디어, 2011.9.9. 1803. 이해응, 계산기정, 부록 胡藩.

33) 林基中, DVD燕行錄叢刊, 누리미디어, 2011.9.9. 1832. 김경선 연원직지, 12월 20일 옥하관기.

34) 林基中, DVD燕行錄叢刊, 누리미디어, 2011.9.9. 1777. 이압, 연행기사, 3월 견문잡기 하.

부상서 무휘진 등과 매일 반열이 이어 있어서 자주 의사소통을 하였다. 그런데 화신(和珅)의 아들로서 황상의 부마가 된 이가 나에게 "안남 사람은 결코 깊이 사귀어서는 안 됩니다" 고 말하여 주었다.[35)]

여기에서 서호수는 검서(檢書)가 전해주는 정보와 화신(和珅)과 복강안(福康安)의 불화 등으로 미루어 볼 때, 감정의 개입이 있는 안남인 인식이라고 판단하는 탐구적 방식의 인식을 한다. 그러면서도 그 종신(從臣)들한테서 드러난 언동의 경박성과 교사성(狡詐性), 그리고 조잔한 체구 등으로 미루어 볼 때 그런 평가가 가능하다는 암묵적 동의를 한다. 이처럼 안남인은 탐구적 방법으로 역가치 인식을 하였다.

다음(나-13.)은 섬라인(暹羅人)의 역가치 편향의식이 드러난 담론이다.

나-13. 暹羅는 본래 두 나라 이름인데 원나라 때 합쳐졌다. 暹羅 사람은 모두 머리를 깎아서 번쩍번쩍하고 몸집이 작고 경박하며 중과 비슷하다. 겨울에도 춥지 않으며 사용하는 문자는 범패 같은 것이다. 그들은 침략을 숭상하며 부인들이 형법의 경중과 전곡의 출납을 관장한다.[36)]

이처럼 섬라인은 경박하고 호전성을 가지고 있으며 여존남비의 여권이 우위라는 사회규범을 들어 그들에 대한 역가치 지향의식을 보이고 있다.

---

35) 林基中, DVD燕行錄叢刊, 누리미디어, 2011.9.9. 1790. 서호수, 연행기, 7월 16일.
36) 林基中, DVD燕行錄叢刊, 누리미디어, 2011.9.9. 1803. 이해응, 계산기정, 부록 胡藩.

다음(나-14.)은 회자국인(回子國人, 回回國, 回紇)의 역가치 편향의식이 드러난 담론이다.

나-14. 回子國 사신은 중국에 品職이 있어 자못 높다하나 검은 낯과 구레나룻이 흉악한 오랑캐며 앞으로 지나가면 비린내가 코를 거슬리더라.[37]

다음(나-15)은 서달인(西㺚人)의 역가치 편향의식이 드러난 담론이다.

나-15. 西㺚人은 몽고족의 일종인데 집이 없고 사나우며 군사가 강하다. 변화가 무상하며 아침에 화친하고 저녁에 배반하는 사람들이다.[38]

다음(나-16.)은 부제국인(浮提國人)의 역가치 편향의식이 드러난 담론이다.

나-16. 浮提國 사람은 飛仙처럼 놀기를 좋아하며 천하를 돌아다니고, 남녀가 정사를 나누는 陽臺別館에서 정을 통한다.[39]

다음(나-17.)은 흑진국인(黑眞國人)의 역가치 편향의식이 드러난 담론이다.

나-17. 黑眞國 사람은 머리털과 수염이 양털처럼 꼬불꼬불하며 오직 생선만 먹는다. 임금이 없는 나라며 사냥을 일삼는다.[40]

---

37) 林基中, DVD燕行錄叢刊, 누리미디어, 2011.9.9. 1798. 서유문, 무오연행록, 기미년 1월 5일.

38) 林基中, DVD燕行錄叢刊, 누리미디어, 2011.9.9. 1777. 이압, 연행기사, 3월 견문잡기 하.

39) 林基中, DVD燕行錄叢刊, 누리미디어, 2011.9.9. 1803. 이해응, 계산기정, 부록 胡藩.

40) 林基中, DVD燕行錄叢刊, 누리미디어, 2011.9.9. 1803. 이해응, 계산기정, 부록 胡藩.

다음(나-18.)은 일본인(日本人)의 역가치 편향의식이 드러난 담론이다

나-18. 日本人은 우리나라와 철천의 원수로서 임란 이후 국교가 끊겨 노정과 정상을 알지 못한다.[41]

이처럼 회자국인은 그 용모와 체취가 역가치로, 서달인은 조변석개와 배반을 일삼는 것으로 역가치의 표본, 부제국인은 성실하지 않고 성생활이 문란한 것으로 역가치 지향, 흑진국人 왕권이 확립되지 않은 것으로 역가치, 일본인은 역사적 역가치 편향의 표본으로 인식되어 있다.

3-3. 가치 편향의식과 역가치 편향의식이 같이 드러나는 담론

다음(다-1.)은 청인(淸人)은 가치 한인(漢人)은 역가치 의식이 들어난 담론이다.

다-1. 북쪽으로 몽고와 혼인을 맺어 화친하고 남쪽에는 심복을 두어 중요한 권한은 청인이 전관한다. 한인은 녹이나 받는 권세 없는 자리에 두어 서로 시샘하지 못하도록 되어 있다.[42]

다음(다-2.)은 한인(漢人)은 가치 청인(淸人)은 역가치 의식이 드러난 담론이다.

다-2. 玉河館 부근 翰林 마을은 연행사들이 番所에 들어가 詩酒로 唱和하던 곳인데, 근년 문을 막고 드리지 않는다. 그 까닭을 侍讀 張問陶에게 물었더니 마지못해 다음과 같은 사실을 알려준다. 한림은 본디 明

41) 林基中, DVD燕行錄叢刊, 누리미디어, 2011.9.9. 1624. 홍익한, 화포선생조천항해록, 3월 13일.

42) 林基中, DVD燕行錄叢刊, 누리미디어, 2011.9.9. 1712. 최덕중, 연행록, 계사년 1월 1일~1월 23일.

나라 大家 자손들이 많은데 조선 연행사들이 "名祖의 후손으로서 어찌 머리를 깎고 왼편 옷깃을 하며 本朝의 벼슬을 구하느냐"라고 야유를 한 연유 때문이라고 한다.[43]

이처럼 (다-1.)은 청인은 가치고 한인은 역가치 의식이며, (다-2.)는 한인은 가치고 청인은 역가치라는 의식이 드러난다. 여기에서 연행사들은 현실적 가치와 이상적 역가치의 충돌을 지혜롭게 극복하지 못하고 있다. 당사자인 한인들은 오히려 조선 연행사들과는 달랐다. 조선 연행사들은 가치의식의 고정성 때문에, 가치관이 변화하고 있는 국제사회 질서 속에서 유연하게 대처하지 못하는 한 사례를 보인 것이라고 말할 수 있다. 담론의 주제는 한족이나 만족의 가치나 역가치의 문제가 아니라 세계인들의 가치와 현실 문제였어야 변화에 적절한 대응책을 찾을 수 있었을 것이다.

다음(다-3.4.)은 회자국인(回子國人)은 역가치나 그 여성은 가치라는 의식이 드러난 담론들이다.

다-3. 두어 오랑캐가 문을 지나가는데 얼굴은 검누르고 깊은 눈에 짧은 수염, 머리에 쓴 것은 麻霞羅와 같다. 발에는 宮鞋를 신고 허리에는 검은 끈을 묶었는데 헤아릴 수 없이 추하다. 舌人을 시켜 물으니 회회국 사람이라고 한다. 그들은 7월 7일에 떠나 12월 17일에 연경에 도착했으며 종인 50여 명을 거느리고 왔는데 다음 해 5월 5일에 귀국한다고 한다. 전에 들은 바로는 화자국 남자는 추하고 회자국 여자는 매우 아름다워 황제가 후궁을 삼은 일이 있었다고 한다.[44]

43) 林基中, DVD燕行錄叢刊, 누리미디어, 2011.9.9. 1798. 서유문, 무오연행록, 12월 21일.

다-4. 回回國 사람은 눈이 우묵하고 얼굴이 검으며 수염이 더부룩한데 가까이 가면 노린내가 난다. 청인들은 그들을 매우 더럽게 여겨 말을 붙이는 일이 없다. 여자는 간혹 미인이 있다고 한다.[45]

이처럼 회자 남성들을 외모와 선험만 가지고 역가치로 인식한다. 그리고 황제의 후궁과 미모라는 척도만으로 회자 여성들을 가치로 인식한다. 한 민족이 가진 변별적 골격이나 그 민족의 전통복식 등이 역가치로 인식되는 것은 정당하지 못하다.

3-4. 가치 중립의식이 드러나는 담론

다음(라-1.2.3.4.5.)은 한인(漢人), 청인(淸人), 몽고인(蒙古人), 아라사인(俄羅斯人), 유구인(琉球人)에 대한 가치중립 의식이 드러난 담론들이다.

라-1. 오문으로 들어가서 조회에 참석하여 보니 많은 관원이 몽고인, 청인, 한인이었다….각 曹에 司務 2인이 있는데 이는 3등 직이며 만인과 한인이 반반씩이다….中書와 육조에 과급사중이 있는데 만족과 한족 각 2인이 있다.[46]

라-2. 漢人을 蠻子라고 부름은 무슨 뜻이냐고 묻자 만자는 孔聖人이 초나라 사람을 말한 것이어서 원래는 한가지로 두루 쓴 말이 아닌데, 지금 달자들이 그런 연고를 모르고 두루 어지럽게 쓰고 있는 것이라고 답한다. 蠻子와 韃子가 결혼하느냐고 묻자 한인이지만 한인이 아닌 사

44) 林基中, DVD燕行錄叢刊, 누리미디어, 2011.9.9. 1791. 김정중, 연행록, 12월 26일.

45) 林基中, DVD燕行錄叢刊, 누리미디어, 2011.9.9. 1803. 이해응, 계산기정, 부록 胡藩.

46) 林基中, DVD燕行錄叢刊, 누리미디어, 2011.9.9. 1712. 최덕중, 연행록, 계사년 1월 1일~1월 23일.

람을 漢軍이라고 하는데 漢軍과 韃子들은 결혼을 하지만 한인들과 결혼하는 일은 아직 없다고 답한다. 한인이면서 한인이 아닌 漢軍이 무엇인가를 되묻자 청 왕조가 들어서면서 산해관 백성들을 자기네 사람이라고 하면서 한군이라 하였다고 답한다. 漢人과 漢軍은 결혼을 하느냐고 묻자 열에 다섯쯤은 결혼을 한다고 답한다.[47)]

라-3. 淸人은 모습은 豊偉하나 文致가 적다. 문치가 적기 때문에 淳實한 자가 많다. 漢人은 이와 정반대이며 남방 사람은 더욱 輕薄 狡猾하다. 그렇다고 꼭 그런 것은 아니다. 청인이 중국에 들어온 지도 오래며, 황제 역시 문을 숭상했기 때문에 그런 풍속이 많이 사라졌다.[48)]

이처럼 최덕중은 한인, 청인, 몽고인에 대하여 가치중립 의식을 보인다. 김창업이 북경에서 절강성 출신 서반(序班) 반덕여(潘德輿)를 만나 여러 정보를 얻는 중에 이런 담론이 있다. 조선에서 청나라의 은밀한 내부 사정을 알고 싶을 때는 북경의 서반(序班)들을 통해서 정보를 수집하여 왔기 때문에 그들 또한 그런 사정을 간파하고 허위 문서를 만들어 역관들에게 팔고 거짓 정보를 만들어 거래하는 일이 많아 그들의 말은 신뢰하기가 어렵다. 종래의 담론이 그러하였듯이 오늘의 담론도 또한 그러할 것이라고 말한다. 그는 혼인관계를 통해서 객관적 판단을 하여 보려고 노력한다. 그뿐 아니라 청인과 한인의 장단점을 살피고 당시의 실상을 파악하여 한인과 청인이 모두 가치 지향적으로 변모하였다고 판단한다. 그런 탐구적인 경향은 가치중립적 인식으로 이어진다. 그는 기본적으로 한인 가치 편향성을 가지고 있었지만, 탐구적 자세로 회귀하

47) 林基中, DVD燕行錄叢刊, 누리미디어, 2011.9.9. 1712. 김창업, 연행일기, 계사년 1월 3일.
48) 林基中, DVD燕行錄叢刊, 누리미디어, 2011.9.9. 1712. 김창업, 연행일기, 산천풍속총록.

면서 한인과 청인에 대하여 가치중립적인 인식을 한다. 김창업이 탐구적 방법에 의해서 객관적으로 세계인 인식을 하여 보려고 노력한 결과 그에 따라서 깊이 있는 실상을 밝혀 기술한 한 사례라고 말할 수 있다.

라-4. 아라사는 조공국이 아닌데 강희 때 한어 한서를 배우려고 북경으로 와서 아라사관을 주었다. 친교하는 것은 교역으로 이익을 얻기 위함인 것 같다. 아라사는 중국보다 몇 배나 더 큰 나라라고 하니 믿어지지 않는다. 그들은 코가 커서 大鼻韃子라고 하는데 몽고의 변종이다. 아라사관에서 천주상과 야소상을 보았다. 그들은 긴 수염에 키가 크고 안색이 아름다웠다. 아라사 문자는 星篆같기도 하고 梵書같기도 하여 해득할 수가 없었다. 아라사관에 머무는 이가 세 사람뿐이니 유달리 이상한 일이다.[49]

라-5. 琉球人은 모두 성품이 온유하고 나라가 작고 힘이 약하다. 일본과 가까워 일본인들이 자주 와서 교역을 하는데 그들을 두려워하여 왕성에 들어와 보는 것을 허락하지 않는다고 한다. 빈객과 관혼상제는 古禮를 쓰며 市肆는 여자들이 주관한다. 남녀분별은 엄격하지 않다. 궁실의 제도는 중국과 비슷하다. 천인들은 발가벗고 다니며 궁둥이와 허벅지만 가렸다. 예의를 조금 알며 부드럽기는 남음이 있고 강하기는 부족하니 곧 中庸에 이른바 남방의 강인 것이다. 3년에 한 번 조공한다. 한어를 해독하지 못하여 중국에서 옛날 사람을 보내 한어를 가르친 일이 있다.[50]

---

49) 林基中, DVD燕行錄叢刊, 누리미디어, 2011.9.9. 1832. 김경선 연원직지, 유관록 상12월 26일 악라사관기.

50) 林基中, DVD燕行錄叢刊, 누리미디어, 2011.9.9. 1832. 김경선 연원직지, 12월 25일 유관록 상.

이(라-4.5.)처럼 객관적 관찰자의 입장에서 아라사인과 유구인들의 존재가치를 긍정적으로 이해한다. 그러나 앞서 역가치 편향으로 바라본 아라사인은 이와 많이 달랐다. 유구인도 중용(中庸)까지 거론하면서 탐구적이며 가치중립적으로 인식하려는 경향을 보이고 있다. 가치와 역가치를 탐구적으로 보는 가치중립적인 기술이다.

3-5. 가치 변화의식이 드러나는 담론

다음(마-1.)은 만인(滿人, 滿洲族, 滿族)에 대한 가치변화 의식이 드러난 담론이다.

마-1. 滿人 成榮은 副都統이다. 그는 서호수가 초가을 열하를 갈 때 장맛길이 힘들 것을 알고 車馬를 내주고 白金을 贈與한다. 그에 대한 사례로 서호수는 檢書 柳得恭을 시켜 선물을 보낸다. 그러나 성영은 地主의 상례적인 예일 뿐이라며 수용과 사양의 범절을 가려 한 부분만 받아드리고 나머지는 回謝를 사양한다.[51]

이에 대하여 유득공은 이렇게 쓰고 있다. 성영(成榮)은 만인(滿人)이나 의용이 선비답고 글씨와 서한이 뛰어나며 그 인품에 재상의 풍도가 있다. 그리고 근래 만주문학은 중화보다도 낫다고 평한다. 철시랑 같은 사람도 그중의 하나라고 한다. 이것은 만족에 대한 가치인식의 변화라고 말할 수가 있다. 연행록에는 한인 기록보다 만인에 관한 기록이 더 많이 나타나는 것 같다. 그러나 한동안 만인은 역가치의 대상으로 담론화 되다가 만인에 대한 가치의식의 변화를 가져오면서 역가치가 가치로

---

51) 林基中, DVD燕行錄叢刊, 누리미디어, 2011.9.9. 1790. 서호수, 연행기, 10월 25일 참조.

변화하는 경향이 나타난다.

저자는 앞에서 16세기부터 19세기까지 13인이 쓴 13종의 연행록을 대상으로 모두 37개의 세계인 인식 담론들을 살펴보았다. 그 담론에서 거론된 세계인은 서양인(西洋人), 조선인(朝鮮人), 유구인(琉球人), 청인(淸人), 한인(漢人), 몽고인(蒙古人), 악라사인(鄂羅斯人), 안남인(安南人), 섬라인(暹羅人), 회자국인(回子國人), 서달인(西㺚人), 부제국인(浮提國人), 흑진국인(黑眞國人), 일본인(日本人) 등 모두 14개 국인인데 담론의 분포는 다음과 같이 나타난다.

역가치 편향의식이 드러나는 담론이 18회로 가장 많고 청인(淸人), 한인(漢人), 몽고인(蒙古人), 악라사인(鄂羅斯人), 안남인(安南人), 섬라인(暹羅人), 회자국인(回子國人), 서달인(西㺚人), 부제국인(浮提國人), 흑진국인(黑眞國人), 일본인(日本人) 등이 여기에 속하는데 그중에서 특히 청인, 악라사인, 몽고인 등에 역가치 편향의식이 두드러진다. 청인과 몽고인은 역사적 배경이, 악라사인은 현실적 배경이 편향의식의 한 요인으로 작용하였을 개연성은 충분히 있지만 그것만은 아닌 것 같다. 가치 편향의식이 드러나는 담론이 9회로 그다음으로 많고 조선인, 서양인, 유구인 등이 여기에 속하는데 그중에서 조선인과 서양인은 가치 편향의식이, 유구인은 가치지향의식이 나타난다. 이 담론들에 드러나는 조선인의 자존적 주체의식과 서양인 추수적 수용의식은 조선의 서양 받아드리기에 많은 순기능을 만들어냈을 것이다. 가치 편향의식과 역가치 편향의식이 같이 드러나는 담론이 4회로 세 번째로 많으며 청인과 한인, 회자국인의 남자와 여자 등이 여기에 속하는데 그중 청인과 한인에 관해서 특히 그 양면성이 두드러진다.

이처럼 연행록에는 청인이나 한인이 역가치로 인식되고 조선인과 서양인이 가치로 인식되어 나타난다. 이런 점이 곧 연행록을 조공기록으로만 읽는 방법에 찬성할 수 없는 까닭의 하나가 되는 것이다. 그러나 14개 국인에 관한 37개의 세계인 인식 담론들 중에서 역가치 편향의식이나 가치 편향의식이 무려 27회나 되고 가치 편향의식과 역가치 편향의식이 같이 드러나는 담론이 4회로 나타난다는 것은 조선 연행사들의 세계인 인식방법에 문제를 제기하지 않을 수 없다. 모두 37개의 세계인 인식 담론들 중에서 편향성을 보이지 않는 담론은 고작 6개뿐이라는 점 때문이다. 편향성을 극복하지 못한 세계인 인식 방법은 그 객관성이나 합리성을 보장받을 수 없어서 그 가치인식의 정당성에 동의 할 수 없기 때문이다. 그러나 청인과 한인에 관한 담론에서 양면적 편향성을 두드러지게 보여주고 있는 점은 탐구적인 가치중립적 인식을 향한 과정이라고 볼 때 의미가 없는 것은 아니라고 여겨진다. 연행록의 그런 편향적인 인식 방법은 현대까지도 그 전통이 이어지면서 많은 역기능을 생산한 부분이 없지 않아 이 시대에 비판적 검토가 요청되는 과제라고 말할 수 있다.

오늘날 이런 문제들을 객관적인 입장에서 합리적으로 살펴본다면 당시의 가치가 역가치가 되기도 하고, 당시의 역가치가 가치가 되는 것이 있다. 현대인들이 연행록을 어떻게 읽어야 할 것인가의 지남이 되는 것 중 하나라고 말할 수 있다. 그렇게 된 까닭은 한족과 한인이 가치고 만족과 만인이 역가치인 데서 찾아볼 수 있다. 한족과 한인이 가치가 된 까닭은 명나라 배경 때문일 것이며, 만족과 만인이 역가치가 된 까닭은 청나라 배경 때문일 것이다. 위로 올라가면 배경의 배경까지 소급할 수 있는 또 다른 원경이 자리 잡고 있기 때문일 것이다. 그러나 그런 까닭으로 인해서 현실적 가치를 상실하거나 현실적 가치를 전도해서는 안 될 것이다. 그런 점이 오늘날 우리가 연행록을 어떻게 읽을 것인가의 해답이 될 수 있을 것이다.

가치 중립의식이 드러나는 담론은 5회로 그 대상은 한인, 청인, 몽고인, 아라사인, 유구인이다. 그들은 모두 앞에서 이미 가치와 역가치 양면적 가치 편향성 담론 대상이 된 것들이다. 연행록 세계인 인식담론에서 가치 중립의식이 드러나는 담론 유형은 매우 중요한 의미를 갖는다. 편향성을 극복하고 균형감각을 유지하려고 하였으며, 객관적 방법의 탐구로 합리성과 정당성을 확보하려고 하였기 때문이다. 연행록에 그런 인간 인식 방법이 존재한다는 것은 연행록이 좋은 사료로서 충분한 가치가 있다는 평가를 가능케 하는 부분이다. 가치 변화의식이 드러나는 담론은 1회로 만인(滿人, 滿洲族, 滿族) 담론이다. 세상에 존재하는 모든 것이 변하는 것처럼 가치도 변한다. 당시의 가치가 현재의 가치로, 당시의 역가치가 현재의 역가치로 동일하게 인식되는 것도 있겠지만 당시의 역가치가 현재의 가치로, 당시의 가치가 현재의 역가치로 상이하게 인식되는 것이 있기 마련이다. 우리에게 주어진 과제는 그 속에서 필요한 지혜를 발견하는 일일 것이다.

4. 맺음말

이 글에서 저자는 16세기 1종, 17세기 2종, 18세기 6종, 19세기 4종 총 13종의 연행록에 나타난 모두 37개의 세계인 인식 담론들을 살펴보았다. 이 담론에서 거론된 세계인은 서양인, 조선인, 유구인, 청인, 한인, 몽고인, 악라사인, 안남인, 섬라인, 회자국인, 서달인, 부제국인, 흑진국인, 일본인 등 모두 14개 국인이다. 이 담론에서 가치인식의 양상은 가치 편향의식, 역가치 편향의식, 가치 편향의식과 역가치 편향의식, 가치 중립의식, 가치 변화의식 등 5가지로 나타났다. 연행사들의 가치 인식은 기록, 전문(傳聞), 체험 등으로 이루어진 것이 대부분이었다. 그중 가장 두드러진 것은 극단적인 가치와 역가치 편향 의식이다. 모두 37개의 담론에서 무려 31개의 담론이 편향성 의식이어서 대부분이 그런 경향이라고 말할 수 있다. 사람의 가치란 무엇인가는 담론에 나타나지 않는다. 연행사들의 이런 편향의식은 곧 당시 조선 지식인들의 편향의식이라고 말할 수도 있다. 그런 조선인들의 극단적 편향의식은 후에 많은 역기능으로 이어지는 의식의 한 흐름이 된 것 같다. 현대 한국인들의 삶 속에서 나타고 있는 극단적인 이분법적 편향의식 같은 역기능, 가령 특정지역인 편향성 의식이나 우리 것만 최고라는 편향성 의식 같은 것도 이와 같은 맥락에 놓여 있는 한 현상이라고 볼 수 있기 때문이다. 그러나 희망적인 것은 가치중립적인 담론도 5개나 나타나 있다는 점이다. 세계인을 한 눈으로만 보는 것은 불완전하다는 것을 깨닫고 두 눈으로 볼 줄도 알았다는 의미이다. 연행사들의 담론에서 가장 극단적 가치 편향성을 보이는 것은 아이러니하게도 조선인이다. 조공을 바치러 들어온 나라 사람이 조공을 받는 나라사람을 역가치로 인식하면서 조공을 바치는 나라 사람은 가치로 인식하는 것이다. 연행록을 조공기록으로만 읽어서는 안 되는 까닭의 하나이다. 그것은 분명 자존을 넘어선 가치 편향성이다. 조선인 다음으로 서양인에 대한 가치 편향의식은 어느 정도 설득력을 갖는다. 그들이 물산이 풍부하고, 과학문명이 앞서 있고, 높은 문화생활을 한다는 그들 나름의 객관적 척도에 따른 것이기 때문이다. 이러한 서양인 가치 편향의식은 선진 서양 수용에 순기능으로 작용한 부분도 있었겠지만 그들의 짧은 옷까지도 가치로 인식하는 편향성은 탐구적인 자세라고 보기 어렵다. 그리고 한인과 청인을 가치중립적으로 탐구하려고 한 것은 세계인 인식방법에서 균형감각을 확립한 큰 진전이며 한 성과라고 여겨진다. 연행록에서 세계인 인식방법에는 역기능도 있고 순기능도 있지만 다양한 세계인들의 인식을 통해서 자아를 새롭게 확립하고 세계인을 넘어서 새로운 세계인식의 지평을 열 수 있었다는 데서 큰 의미를 찾을 수 있을 것이다.

어떤 경제학자는 경제가 세계의 모든 것을 지배한다고 생각한 것 같은데, 내가 생각하여온 바로는 힘이 세계의 모든 것을 지배하는 것 같다. 경제나 정치의 힘, 종교나 도덕의 힘, 물질이나 정신의 힘 등등 여러 형태의 힘이 모든 것을 지배하는 것 같다. 원시사회에서는 주력(呪力)이라는 힘이 모든 것을 지배한다고 생각한 것 같으며, 문명사회에서는 개인의 힘이나 집단의 힘 같은 유형의 사람이 만들어 내는 힘이 모든 것을 지배한다고 생각하는 것 같다. 세계 속의 모든 것은 언제나 어떠한 힘의 자장권(磁場圈) 속에서 존재한다. 따라서 그 세계에 존재하는 모든 것은 그 힘의 자장(磁場)과 구조적 관계를 가질 수밖에 없다. 조공은 그런 힘의 논리적 자장 속에 존재하는 인류의 보편적 의식의 한 단면이라고 말할 수 있다. 상황과 표현 언어가 각기 다를 뿐 어느 시대 어느 공간에서나 존재하는 현상이라고 생각할 수 있다. 따라서 조공으로 인해서 숙명론적 비극사관이 탄생해야 되는 것도 아닐 것이며, 조공 때문에 전고론적 전통사관으로 대상을 극복하여야 하는 것도 아닐 것이다.[52] 조공은 오히려 평화와 공영을 위한 발전사관을 탄생시켜야 하는 대상이 아닐까하는 의문을 갖는다.

---

52) 朝鮮日報, 문화 학술란의 '朝貢', 自主近代化의 가장 큰 장애물, 어둡고 침침했던 大陸 中華主義 그늘 2천년, 1982.7.28. 참조.

제13장

한글연행록의 자금성과 황제

1. 머리말

우리 시대에 연행록을 어떻게 읽을 것인가는 중요한 과제의 하나라고 생각한다. 연행록을 읽으면서 이 시대의 삶에 도움이 되는 지혜를 어떻게 발굴할 것인가를 생각해 보아야 하기 때문이다. 특정 이념(Ideology)이나 정태적 사관, 또는 극단적 편향성 등은 대상의 본질을 왜곡시키는 때가 있다. 연행록은 평화와 공영을 위하여 동아시아인들이 수백 년 동안 온갖 지혜를 적층한 문헌군이다. 이 문헌군은 동아시아문화권에만 존재하는 세계유일의 희귀한 문화유산이다. 동아시아인들이 전쟁을 하지 않고 서로 더불어 평화롭게 살아갈 수 있는 방법을 모색하면서 그것을 실천에 옮긴 것이 연행이고, 그 결과물이 연행록이기 때문이다. 연행록의 깊고 깊은 심연 속에는 반드시 그런 인자가 박혀있다. 그 나머지는 대부분 그것을 실현하기 위한 방편에 속하는 것들이었다.

연행록은 한글연행록과 한문연행록이 있다. 이 두 계열의 연행록은 그 작성 동기가 같지 않다. 한글연행록은 현재 이십여 편이 전하고 있는데, 그중 처음 초고 단계부터 한글로 작성하였을 것으로 추정하여 볼 수 있는 것은 그 절반 정도인 다음 십여 편에 불과하다. 그 처음은 됴텬녹(朝天錄,1624), 그 70년 뒤 셔정별곡(西征別曲,1694), 그 89년 뒤 북연긔힝(北燕紀行,1783), 그 7년 뒤 승사록(庚戌乘槎錄,1790), 그 3년 뒤 연힝녹(燕行

錄,1793), 그 3년 뒤 표ᄒᆡ가(漂海歌,1796), 그 32년 뒤 셔힝록(西行錄,1828), 그 24년 뒤 연힝별곡(燕行別曲,1852), 그 14년 뒤 북힝가(北行歌,1866), 같은 해 연힝가(燕行歌,1866) 등이 한글연행록이다. 한글연행록이 생산된 시기는 명말에서 청말까지에 해당한다. 지금으로부터 390년 전부터 148년 전에 작성된 연행록들이다.

한글연행록의 작성 동기나 목적이 특히 자금성과 황제에 관련된 부분이 많기 때문에, 그런 부분을 몇 가지 거론하여 보려고 한다. 한글연행록뿐 아니라 많은 연행록에서 자금성과 황제는 단순한 호기심의 대상이거나 흥미의 대상만이 아니다. 표면상 그런 부분이 없는 것은 아니지만, 그 이면의 실상은 동아시아의 평화와 안정을 진단하고 예견하는데 있었다. 따라서, 연행록 중에서도 한글연행록을 더 비중 있게 읽어야 하고, 그중에서도 자금성과 황제에 관한 기록들을 더 깊이 있게 읽어야 할 것이다.

2. 한글연행록의 전승과 가치

저자가 현재까지 확인한 연행록은 모두 596건 정도가 된다. 그중 한글연행록은 20건 정도며 나머지는 모두 한문연행록이다. 연행록은 한글과 한문으로 표기되어 전승되고 있는데, 이 글에서 한글로 표기된 연행록을 한글연행록 한문으로 표기된 연행록을 한문연행록이라는 용어로 변별하여 쓴다. 한글연행록은 초고부터 한글로 작성한 것과 한문연행록을 모본으로 삼아서 한글연행록을 작성한 것이 있다. 한글연행록과 한문연행록의 초고를 상호보완적으로 활용하면서 두 계열의 연행록이 작성된 경우도 상정하여볼 수 있다. 한문연행록을 모본으로 삼아서 작성한 한글연행록은 한문연행록의 발췌역형식, 축약역형식, 추가역형식,

전역형식 등 다양한 양식으로 나타날 수 있다. 따라서 이러한 문제는 별도의 심층적인 논의가 요청된다. 한글연행록과 한문연행록이 같이 전승되고 있거나, 한글연행록의 이본이 여럿 있는 경우를 포함하여, 그 유형별로 한글연행록의 전승 현황을 소개하면 다음과 같다. 한글연행록은 표제를 한글 고어 그대로 쓰고, ( )안에 저자가 한자를 써 넣었으며, 한문연행록은 표제 그대로 한자로 썼다.

①1623년 됴텬일승(朝天日乘), 조즙, 필사본-국도
1623년 燕行錄(一云朝天錄), 조즙, 필사본-국도/미국U버클
②1624년 됴텬녹(朝天錄), 미상, 필사본-고대
1624년 슈로됴텬녹(水路朝天錄), 미상, 필사본-황희영
③1624년 듁쳔니공힝젹(竹泉李公行蹟) 곤, 미상, 필사本-이현조
1624년 竹泉朝天錄(航海日記), 민상사 재구-이대
1624년 朝天錄(竹泉先祖遺稿), 민상사 재구-이성원
④1693년 연힝별곡(燕行別曲), 유명천, 필사본-고대
1693년 燕行日記, 유명천, 필사본-규장
1693년 燕行錄, 유명천, 필사본-규장
⑤1694년 셔졍별곡(西征別曲), 박권, 필사本-박영구
⑥1712년 연힝일긔(燕行日記), 김창업, 필사본-국도
1712년 行塡篪錄, 김창집, 몽와집-문총
1712년 燕行日記 一~四, 김창업, 필사본-국도
1712년 稼齋燕行錄(老稼齋燕行日記) 一~六, 김창업, 필사본-규장/연대
1712년 燕行日記, 김창업 2책본, 필사본-연대
1712년 燕行日記, 김창업 5책본, 필사본-일본 동경대
⑦1727년 상봉록(桑蓬錄), 강호부 2책본, 필사본-연대
1727년 桑蓬錄, 강호부 4冊本, 부전본
1727년 桑蓬錄 예·악·사·어·서·수, 강호부, 필사본-연대
⑧1760년 셔원녹, 이상봉, 필사본-연대
1760년 北轅錄, 이상봉, 필사본-연대

⑨1765년 을병연힝록(乙丙燕行錄) 一~二十, 홍대용, 필사본-장서
1765년 을병연힝록(乙丙燕行錄) 一~十, 홍대용, 필사본-숭대박물
1765년 湛軒燕記 一~六, 홍대용, 필사본-규장
1765년 湛軒說叢 一~六, 홍대용, 필사본-규장
1765년 燕行雜記, 홍대용 2책본, 필사본-연대
1765년 杭傳尺牘(湛軒書), 홍대용, 필사본-국도
1765년 燕記(湛軒書) 一~六, 홍대용, 필사본-국도
1765년 燕彙(湛軒說叢), 홍대용, 필사본-미국U버클
1765년 燕杭詩牘, 육비 외, 필사본-미국 H하버드옌칭
1765년 湛軒燕行記, 홍대용, 필사본-숭대박물
⑩1780년 열하기(熱河記), 박지원, 필사본-일본 동경대
1780년 熱河日記 상・중・하, 박지원, 필사본-忠南大
1780년 熱河日記(燕巖集) 一~十二, 박지원, 필사본-전남대
1780년 熱河日記(燕巖集) 一~十二, 박지원, 필사본-延大
1780년 熱河日記(燕巖集), 박지원, 인본-문총
1780년 熱河日記(淵民校合), 박지원, 인본-민추
1780년 熱河日記(燕巖集), 박지원, 필사본-문총
1780년 熱河日記(燕巖集), 박지원, 필사본-단대
1780년 熱河日記(燕彙), 박지원, 필사본-연대
1780년 熱河日記抄, 박지원, 필사본-미국U버클
1780년 燕彙(熱河日記), 박지원, 필사본-미국U버클
1780년 熱河日記(杏溪雜錄), 박지원, 필사본-단대
⑪1783년 북연긔힝(北燕紀行), 이노춘, 필사본-숭대박물
⑫1790년 승ᄉᆞ록(庚戌乘槎錄) 一・二・三, 황인점, 필사본-연대
⑬1793년 연힝녹(燕行錄) 인・의・예・지・신, 이계호, 필사본-고대
⑭1796년 표힌가(漂海歌), 이방익, 필사본-高大
1796년 표힌가(漂海歌), 이방익, 인본(청춘본)-국도
1796년 표힌가(漂海歌) 단, 이방익, 필사본-서강
⑮1798년 무오연힝록(戊午燕行錄), 서유문, 필사본-장서/고대
1798년 戊午燕錄, 徐有聞 一・二・三・四・五・六, 필사본-국도/장서

⑯1828년 셔힝록(西行錄), 김지수, 필사본-일용
1828년 셔힝록(西行錄), 김지수, 필사本-코베
1828년 셔힝록(西行錄), 김지수, 필사본-규장
⑰1852년 연힝별곡(燕行別曲, 가사소리), 서염순, 필사본-담양
1852년 연힝별곡(燕行別曲, 竹下集), 서염순, 필사본-국도
⑱1858년 연힝녹(燕行錄) 샹・즁・하, 김직연, 필사본-의왕
1858년 燕槎錄(品山漫筆) 上・中・下, 김직연, 필사본-의왕
1858년 燕槎錄(燕槎日錄 上・中・下) 건・곤, 김직연, 필사본-의왕
1858년 燕槎日錄 천・지・인, 김직연, 필사본-일본 동경도립
⑲1866년 북힝가(北行歌), 유인목, 筆寫本-권영철
1866년 燕行日記, 유인목, 필사본-동대
⑳1866년 연힝가(燕行歌), 홍순학, 필사본-일용
1866년 연힝가(燕行歌), 홍순학, 필사본-국도
1866년 연힝가(燕行歌), 홍순학, 필사본-일용
1866년 연힝록(燕行錄) 단, 홍순학, 필사본-고대
1866년 연힝녹(燕行錄) 전, 홍순학, 필사본-장서
1866년 연힝가(燕行歌), 홍순학, 필사본-담양
1866년 연힝긔(燕行錄), 홍순학, 필사본-高大
1866년 연힝가(燕行歌), 홍순학, 필사본-일용
1866년 연행녹(燕行錄), 홍순학, 필사본-일본 일동도립
1866년 연행록(燕行錄), 홍순학, 필사본-충남대
1866년 연행록(燕行錄), 홍순학, 필사본-원대
1866년 연힝녹(燕行錄), 홍순학, 필사본-연대
1866년 연힝가(燕行歌), 홍순학, 필사본-단대
1866년 연힝긔(燕行錄), 홍순학, 필사본-동아대

단정하기에는 아직 이르지만, 현재와 같은 전승상황에서 살펴볼 때, 앞에 제시한 한글연행록에서 초고부터 한글로 작성한 것으로 유추하여 볼 수 있는 것은 다음 10건 정도다. 연행 연도, 판종, 소장처, 원전의 분

량 쪽수를 적어서 아래와 같이 소개한다. 그 나머지는 한문본을 모본으로 하여 한글연행록이 탄생한 것들이다. 다만, 홍대용의 한문연행록 담헌연기와 한글연행록 을병연힝록(乙丙燕行錄)은 이와는 좀 다른 별개의 것으로 보인다.

②1624(仁祖 2 天啓 4 甲子)년 됴텬녹(朝天錄), 미상, 필사본-고대, pp.1-73[1)]

⑤1694(肅宗 20 康熙 33 甲戌)년 셔정별곡(西征別曲), 박권, 필사본-박영구, pp.1-17[2)]

⑪1783(正祖 7 乾隆 48 癸卯)년 북연긔힝(北燕紀行), 이노춘, 필사본-숭대박물, pp.1-12[3)]

⑫1790(正祖 14 乾隆 55 庚戌)년 승사록(庚戌乘槎錄) 一·二·三, 황인점, 필사본-연대, pp.1-227[4)]

⑬1793(正祖 17 乾隆 58 癸丑)년 연힝녹(燕行錄) 仁·義·禮·智·信, 이계호, 필사본-고대, pp.1-642[5)]

⑭1796(正祖 20 嘉慶 1 丙辰)년 표힉가(漂海歌), 이방익, 필사본-고대, pp.1-24[6)]

⑯1828(純祖 28 道光 8 戊子)년 셔힝록(西行錄), 김지수, 필사본-일용, pp.1-117[7)]

⑰1852(哲宗 3 咸豊 2 壬子)년 연힝별곡(燕行別曲, 가사소리), 서염순, 필사본-담양, pp.1-30[8)]

⑲1866(高宗 3 同治 5 丙寅)년 북힝가(北行歌), 유인목, 필사본-권영철, pp.1-82[9)]

⑳1866(高宗 3 同治 5 丙寅)년 연힝가(燕行歌), 홍순학, 필사본-일용, pp.2-47[10)]

---

1) 1624. 林基中, 增補燕行錄叢刊DVD, 누리미디어, 2013.3.3.
2) 1694. 林基中, 增補燕行錄叢刊DVD, 누리미디어, 2013.3.3.
3) 1783. 林基中, 增補燕行錄叢刊DVD, 누리미디어, 2013.3.3.
4) 1790. 林基中, 增補燕行錄叢刊DVD, 누리미디어, 2013.3.3.
5) 1793. 林基中, 增補燕行錄叢刊DVD, 누리미디어, 2013.3.3.
6) 1796. 林基中, 增補燕行錄叢刊DVD, 누리미디어, 2013.3.3.
7) 1828. 林基中, 增補燕行錄叢刊DVD, 누리미디어, 2013.3.3.
8) 1852. 林基中, 增補燕行錄叢刊DVD, 누리미디어, 2013.3.3.
9) 1866. 林基中, 增補燕行錄叢刊DVD, 누리미디어, 2013.3.3.
10) 1866. 林基中, 增補燕行錄叢刊DVD, 누리미디어, 2013.3.3.

이를 세기별로 살펴보면 17세기에 2건, 18세기에 4건, 19세기에 4건이다. 연호별로 살펴보면 천계 1건, 강희 1건, 건륭 3건, 가경 1건, 도광 1건, 함풍 1건, 동치 2건으로 비교적 널리 분포되어 있다. 전승규모로 살펴본다면 한글연행록은 한문연행록의 3% 정도에 불과하며, 그중에서도 처음부터 한글연행록으로 작성된 것으로 추정할 수 있는 것은 1.5%정도에 불과하지만, 한글연행록은 한문연행록과 차별화되는 중요한 몇 가지의 가치를 내장하고 있다. 이제 그러한 가치의 단서들을 찾아보려고 한다. 앞에 소개한 이계호의 연힝녹(燕行錄) 말미는 이렇게 끝난다.

> 일긔(日記)롤 진셔(眞書)로 ᄒᆞ면 ᄌᆞ연이 피인(彼人)을 휘(諱)ᄂᆞᆫ 일이 만키 언문(諺文)으로 ᄒᆞ여 오니도 무슈(無數)ᄒᆞ다 ᄒᆞ고 겸ᄒᆞ여 노친(老親)과 쳐ᄌᆞ식(妻子息)들 보기롤 위ᄒᆞ여 이리ᄒᆞ여시나 언문(諺文)도 셔려 변변이 못ᄒᆞ니 혹 보ᄂᆞᆫ이 우슬가 ᄒᆞ노라[11] (한자는 저자가 삽입한 것임)

이처럼 일기를 한문으로 작성하면 청나라사람들이 읽어볼 수 있기 때문에, 그들이 모르게 하여야 할 기록들이 많아서 연행록을 한글로 작성하여 온 사람들도 무수히 많다는 저간의 사정을 기록하였다. 청조는 간혹 불시에 연행기록을 검열하거나 압수하는 일이 있었기 때문이다. 그리고 노친과 처자식들이 읽을 수 있도록 한글연행록으로 작성하였다는 것이다. 이런 두 가지의 까닭이 한글연행록을 탄생시킨 것이다.

김지수의 셔힝록(西行錄) 말미는 이렇게 끝난다.

---

11) 李繼祜(1754 ~1833), 연힝녹(燕行錄), 正祖 17 乾隆 58 癸丑, 1793. 信권, 林基中, 增補燕行錄叢刊DVD, 누리미디어, 2013.3.3. pp.641~2.

왕닋(往來)의 지닌일과 도쳐(到處)의 노든경과 인물(人物)과 풍속(風俗)이며 듯는일 보는 거슬 날마다 긔록(記錄)ᄒᆞ야 녁녁(歷歷)히 젹어시니 우리노친(老親) 심심즁의 파젹(破寂)이나 ᄒᆞ오실가[12] (한자는 저자가 삽입한 것임)

이처럼 노친의 파적을 위해서 성심을 다하여 매일 빠짐없이 노정의 실상과 체험, 도처의 여행담과 경관, 인물과 풍속, 그리고 다양한 견문들을 모두 생동감 있게 記錄하여 한글연행록을 작성한다고 하였다. 한글 독서계층을 위해서 한글연행록을 작성한 것이다.

홍순학의 년힝가(燕行歌) 말미는 이렇게 끝난다.

노친(老親) ᄒᆞᆫ번 감(鑑) ᄒᆞ시기 쇼ᄌᆞ(小子)의 위로(慰勞)로다[13](漢字는 筆者가 揷入한 것임)

이처럼 노친께서 잘 읽어주시기를 바라는 아들의 간절한 마음을 담아서 한글연행록을 作成한다는, 한글연행록 작성 동기를 밝히고 있다. 당시 한글 독서계층은 노친을 비롯하여 처, 자녀, 한글 해독능력을 가진 이 모두가 될 것이므로 아주 광범하다.

이와 같이 이계호의 연힝녹(燕行錄)은 "노친과 쳐ᄌᆞ식들 보기를 위ᄒᆞ여", 김지수의 셔힝록(西行錄)은 "우리노친 심심즁의 파젹이나 ᄒᆞ오실가", 홍순학의 년힝가(燕行歌)는 "노친ᄒᆞᆫ번 감ᄒᆞ시기 쇼ᄌᆞ의 위로로다"로 결말을 마무리하고 있다. 노친과 아내와 자녀들이 쉽게 읽어볼 수 있도록

---

12) 金芝叟(1787~?), 셔힝록(西行錄), 純祖 28 道光 8 戊子. 1828. 林基中, 增補燕行錄叢刊DVD, 누리미디어, 2013.3.3. p.115.

13) 洪淳學(1842~1892), 연힝가(燕行歌), 高宗 3 同治 5 丙寅. 1866. 林基中, 增補燕行錄叢刊DVD, 누리미디어, 2013.3.3. p.131.

하려고 한글연행록으로 작성하였다는 취지를 밝혀 마무리하였다. 한편 이계호는 연행록을 한글로 쓰는 까닭은 한글을 읽을 수 있는 조선의 독자들을 위한 배려뿐 아니라, 저들 곧 청나라 관리들이 알아서는 안 될 내용이 많은데 한문으로 쓸 경우 이를 피할 수 없기 때문에, 한글로 작성하는 일이 많았다고 하였다. 청나라 조정에서 불시에 연행록을 검열하는 일이 자주 있었기 때문에 이를 피하기 위한 수단으로서 한글연행록을 작성하는 일이 많았다는 당시의 상황을 말하고 있다. 이와 같은 점들로 미루어볼 때 한글연행록은 진정성, 사실성, 신뢰성이 확보된 차별화된 연행록이다. 따라서 한글연행록은 가독성과 검열문제 때문에 생성된 연행록임을 알 수 있다. 한글연행록은 한문연행록과 차별化되는, 특별한 가치를 가진 연행록이다. 주로 그런 대상의 중핵은 자금성과 중국 황제에 관한 기록들이었다. 이러한 실상들로 미루어볼 때, 이번 자금성과 황제를 거론할 때 한글연행록은 당위적 거론대상이다.

3. 한글연행록의 양식과 중핵

한글연행록의 표현양식은 운문체 양식과 산문체 양식 두 가지로 되어 있다. 운문체로 작성된 연행록은 셔정별곡(西征別曲), 표ᄒᆡ가(漂海歌), 셔ᄒᆡᆼ록(西行錄), 연ᄒᆡᆼ별곡(燕行別曲), 북ᄒᆡᆼ가(北行歌), 연ᄒᆡᆼ가(燕行歌) 등 6편이고, 산문체로 작성된 연행록은 됴텬녹(朝天錄), 북연긔ᄒᆡᆼ(北燕紀行), 승사록(庚戌乘槎錄), 연ᄒᆡᆼ녹(燕行錄) 등 4편이다. 한글연행록을 연행노정별으로 살펴보면, 해로연행록과 육로연행록이 다 있는데, 됴텬녹(朝天錄), 표ᄒᆡ가(漂海歌) 등은 해로연행록이고, 셔정별곡(西征別曲), 북연긔ᄒᆡᆼ(北燕紀行), 승사록(庚戌乘槎錄), 연ᄒᆡᆼ녹(燕行錄), 셔ᄒᆡᆼ록(西行錄), 연ᄒᆡᆼ별곡(燕行別曲), 북ᄒᆡᆼ가(北行歌), 연ᄒᆡᆼ가(燕行歌) 등은 육로연행록이다. 이 중 표ᄒᆡ가(漂海歌)는 사행록 아니지만 당시 연경을 다녀온 기록이기 때문에 연행록에 포함시켰다. 연행노정이 표현양식을 결정하는 것 같지는 않지만, 표현양식에 따라서 대상의 기술방법은 다소의 차이를 보인다. 운문체가 산문체보다는 기록대상을 비교적 정연하게 이끌어 가는 특색을 가지고 있다.

연행록에서 기록대상은 연행사가 자유롭게 선택할 수 있는 범주 안에 들어 있는 것과 전혀 그렇지 못한 범주가 있다. 자유로운 대상의 선택이 가능한 경우도, 그 선택은 곧 작성자의 가치관에 따라서 사뭇 달라진다. 가령 황실의 방화통을 기록대상으로 선택하는 경우도 어떤 기록자는 방화통 안에 들어 있는 물의 가치에 초점을 맞추는가 하면, 어떤 기록자는 방화통 외면을 도금한 황금의 가치에 초점을 맞추었다. 자금성과 황제는 기록자가 임의로 선택할 수 있는 자유로운 기록대상이 아니다. 연행사들 중에서도 그에 대한 타율적 제한의 한계가 있고, 기록의 실현 또한 그것이 가능한 연행사라고 하여 다 하는 것이 아니다. 연행록의 자금성과 황제에 관한 기록 유무와 그 기록의 밀도와 시각 등에 따라서 연행록의 성격과 가치가 달라질 수밖에 없다. 따라서 자금성과 황제의 기록 유무는 연행록 평가의 한 척도가 된다. 이는 연행사의 신분이나 지위와 무관 것은 아니지만, 그것만으로 모두 가능한 것도 아니며, 기록자의 의지만으로 가능하게 되는 것도 아니기 때문이다. 거론 대상 10종의 한글연행록 또한 다르지 않다. 자금성과 황제에 관한 기록의 분량과 밀도, 구현해내는 현장성과 정보력에 따라서 가치가 달라진다. 그런 영향력 측면에서 볼 때 이계호의 연힝녹(燕行錄)과 김지수의 셔힝록(西行錄)은 산문체와 운문체 한글연행록의 선편을 치는 가치의 쌍벽을 이룬다. 자금성과 황제의 기록이 이 두 한글연행록에서 내밀화되면서 다른 한글연행록에도 영향을 미쳤기 때문이다. 이와 같이 볼 때 자금성과 황제에 관한 기록은 한글연행록의 중핵을 이룬다고 말할 수 있다. 한글연행록에서 이런 가치와 중핵의 문제들이 어떻게 기록되어 있는지를 한

두 가지만 거론하여보기로 한다.

황인점은 1790(正祖 14 乾隆 55 庚戌)년 승사록(庚戌乘槎錄)을 썼다. 이 연행 직후에 정조는 정사 황인점과 부사 서호수를 불러 다음과 같이 물으면서 직접 보고를 들었다.

> 황제께서 경들을 인조견한 것이 몇 번인가? 황인점이 황제 앞에 나간 것이 세 번이고, 인조견한 것은 거의 없는 날이 없었습니다. …곤명지에서 배를 탓을 때 좌석 차례가 황제의 御座와 가까웠는가? 황인점이 황제는 樓船의 위층에 있었고 여러 閣老와 安南 國王 및 臣 등은 아래층에 앉았습니다. …正大光明殿에서 연회를 열었을 때 황제가 과연 친히 술을 부어 경들에게 주던가? 황인점이 황제가 玉杯를 들어 臣 등에게 주었는데 시위한 臣下들과 大臣 등이 모두 말하기를 이는 바로 萬壽杯로서 國王에게 전하는 뜻이다고 하였습니다. …臣등이 일어나서 받으려 할 때에 황제의 손이 마주 닿았습니다. …참석한 禮部의 신하들이 모두 놀라면서 陪臣이 寶榻 위에 近接한 것도 이미 옛날에 없던 은전인데 친히 玉杯를 준 것은 더욱 전례에 없는 특별한 예우라고 하였습니다, …軍機大臣 和珅이 萬壽表文과 奏請咨文을 황제 앞에 올렸는데 그것을 安南 國王에 내 보이면서 다른 나라에 모범이 될 수 있다고 하였습니다. …황제의 筋力과 용모가 연전에 비교하여 어떠하던가? 황인점이 용모는 약간 노쇠하였으나 아직도 60세 남짓한 사람과 같았고, 筋力은 耳目이 총명하고 걸음걸이도 민첩하였습니다. …서호수가 아뢰기를 熱河에서 譯官의 淸語 통역이 서툴러서 전달이 원만하지 못하였습니다. 앞으로 淸語 譯官을 양성하여 데리고 가는 것이 좋을 것 같습니다. …正祖께서 淸語는 당장의 실용 가치가 漢語보다 낫지만, 공부를 시키는 방도는 도리어 그만 못하다. 司譯院에 申飭하라고 하였다.[14]

이처럼 황제와의 만남을 중시하고 있다. 정조는 그 만남의 현장성을 직접 확인하여 여러 가지 국제상황과 국내현실을 판단해야 했기 때문이다. 서호수가 역관의 청어 통역 문제를 제기하는 데서도 황제와의 만남, 그 가치와 중요성이 거듭 강조되고 있다. 연행록의 일반 독자들 또한

---

14) 正祖實錄 卷 31(정조14년 10월 22일) 참조.

당시 세계의 중핵으로 인식되어 있는 황성과 구중궁궐 안의 주인공 황제에 관한 이야기는 최고조에 달하는 흥미유발 효과를 가진 것이다. 연행록의 일반 독자들에게까지 자금성과 황제가 중핵이 되는 까닭이다.

유인목은 1866(高宗 3 同治 5 丙寅)년 북힝가(北行歌)를 썼다. 그는 다음과 같이 황제를 보지 못한 것이 연행의 한으로 남는다고 하였다.

> 장ᄒᆞ도다 장ᄒᆞ도다 천ᄌᆞ궁궐(天子宮闕) 즁ᄒᆞ도다/ 구즁궁궐(九重宮闕) 깁고깁흔 즁의 쳔ᄌᆞ승안(天子承顔)[15] 못ᄒᆞ여ᄂᆡ/ 즁국(中國)의 허다장관(許多壯觀) 이밧기야 한(恨)이업소[16]
> (한자는 저자가 삽입한 것임)

이처럼 유인목이 '한(恨)'이라고 한데서도 한글연행록의 중핵이 무엇인지를 말하고 있다. 자금성 구중궁궐의 안과 밖을 모두 구경하고 그것을 기록한다하여도 황제를 보지 못하고 그에 관한 기록을 하지 못한다면, 그 연행록의 가치는 점정(點睛)이 빠진 화룡(畵龍)과 같은 것이라는 자평을 한 것이다. 따라서 한글연행록 10건에서 자금성과 황제, 자금성 안의 황제의 관원들이 어떤 비중으로 어떻게 기록되었는지를 살펴보는 것은 흥미를 뛰어넘어 연행록 평가의 본질에 속하는 문제다. 따라서 연행록의 자금성 거론이나 연구에서 자금성만 분리하여 논의하는 것은 점정(點睛)이 빠진 화룡(畵龍)만 거론하는 것과 같다. 한글연행록시대인 15세기부터 19세기까지 한글연행록은 물론이고 모든 연행록의 중핵이 되는 것은 자금성과 황제인데, 그중에서도 중핵 중 중핵에 해당하는 것은 황

---

15) 쳔ᄌᆞ승안(天子承顔) : 황제(皇帝)를 만나 뵘.
16) 1866, 북힝가(北行歌), 柳寅睦, pp.56-65, 林基中, 增補燕行錄叢刊DVD, 누리미디어, 2013.3.3.

제에 관한 기록이다.

4. 한글연행록의 자금성과 황제

연행사들은 자금성과 황제의 무엇을 보고, 어떻게 보았는가. 어떤 측면을 주의 깊게 살펴보고, 무엇에 초점을 맞추어 기록하려고 하였을까. 왜 그것에 초점을 맞추어 기록하였을까. 자금성은 지난 5백여 년 동안 일반인 출입이 통제된 공간이다. 그 속의 황제들 또한 신비의 베일에 싸여있는 존재들이었다. 호기심을 유발시키기에 충분한 기록대상이다. 따라서 자금성과 황제는 이런 현실적 상황만 가지고도 누구나 간과할 수 없는 기록가치를 가진 것이다. 연행록은 그러한 대상을 지난 5백여 년 동안 현장에 들어가서 보고, 듣고, 느끼고, 체험하면서 그에 관한 선지식과 후지식 등을 모두 동원하여, 각기 다른 기록자들이, 각기 다른 개방적 관점에서, 각기 다른 시대에, 지속적으로 기록하여 축적한 기록물군이다.

연행록의 작성자가 자금성과 황제를 기록할 수 있는 범주 안에 들어있어, 그것을 기록으로 남겼다고 해도 그가 무엇을 기록가치의 대상으로 선택했는가에 따라서 평가는 달라진다. 자금성과 황제라는 기록대상은 개방적이지만, 철저하게 선택적일 수밖에 없기 때문이다. 가령 자금성 안에 놓여 있는 방화수 항아리를 기록대상으로 삼은 경우, 어떤 기록자는 그 속에 담겨 있는 물의 가치에 초점을 맞추었지만, 어떤 기록자는 그 밖에 도금된 황금의 가치에 초점을 맞추어 기록하였다. 기록내용의 신뢰성과 현장성 등에 따라서도 평가는 달라진다. 연행록 작성자들은 기록대상에 대한 선기억 후기록, 선체험 후기록, 선조사 후기록, 선견문 후기록 등 다양한 방법들을 동원하였기 때문이다. 따라서 그 현장성이나 사실성 등이 간혹 기록된 내용과 차이를 드러내는 사례들이 나타난다. 많은 연행록 중에서 한글연행록은 그런 부분에서 다소간 차별화되는 강점을 가지고 있다. 어느 경우든 자금성과 황제에 관한 기록은 연행록 작성자들의 강한 감성적 인상과 이성적 판단에 따른 선택적 기록이다. 그러나 공통된 초점이 하나 있었다. 그것은 당시 자금성은 동아시아 평화유지의 온상이며, 황제는 그 온상의 주인공이라는 인식이 그것이다. 연행록에서 연행사들이 그 부분을 어떻게 평가하여 썼는지는 우리 시대에도 거론가치가 충분한 대상이라고 생각한다.

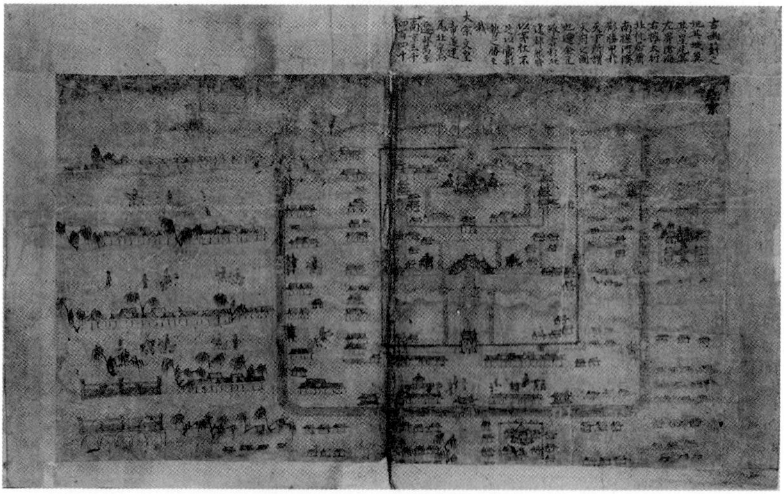

도109. 1624년 사은겸주청사 이덕형 일행이 그린 자금성

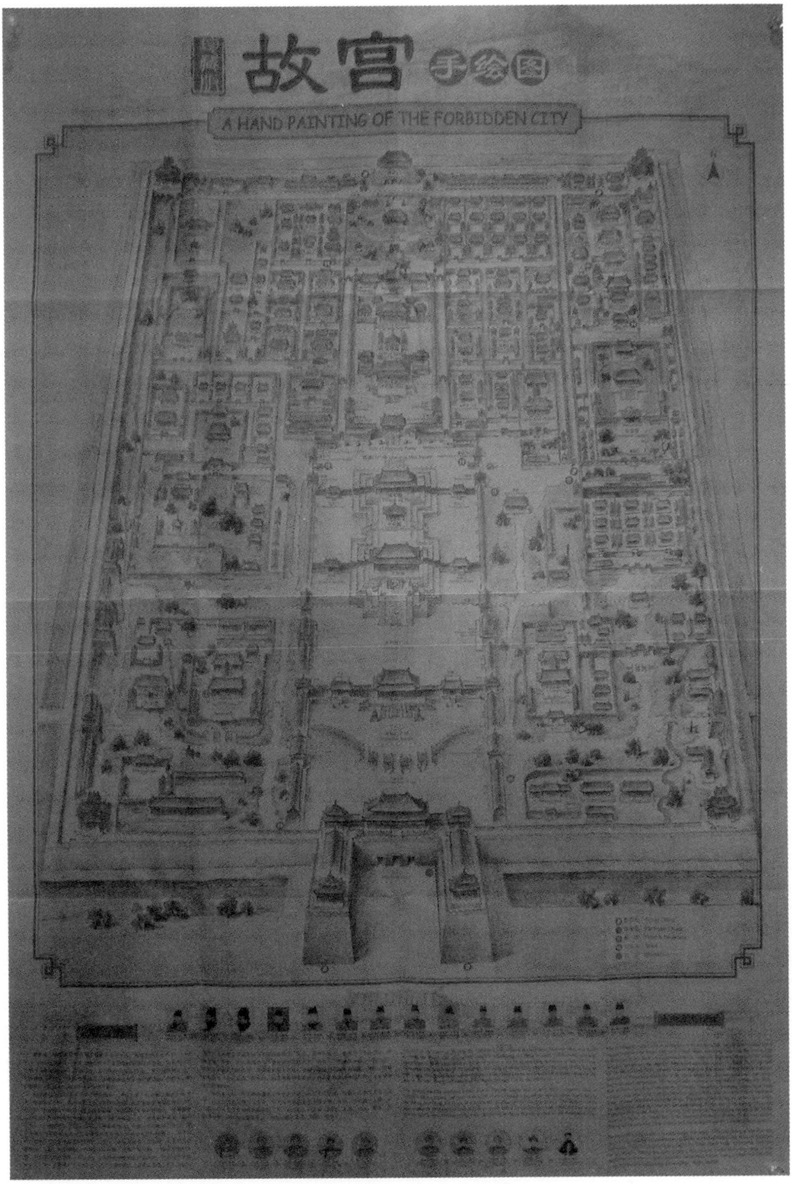

도110. 2014년 북경 고궁 매점에서 판매용으로 그린 자금성

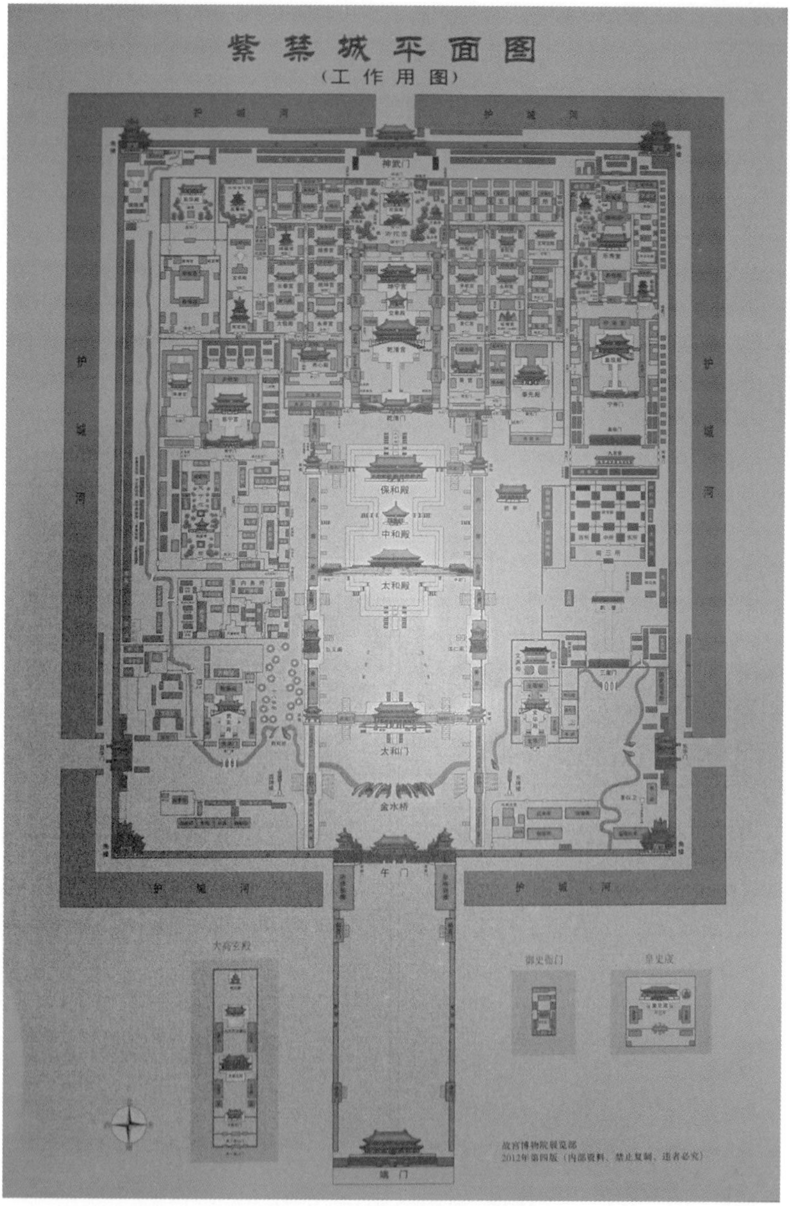

도111. 2014년 북경 고궁관리소에서 관리용으로 제작한 자금성

1624(仁祖 2 天啓 4 甲子)년 명나라 희종 4년에 연행사 중 어떤 이가 됴텬녹(朝天錄)을 썼다. 그는 당시 자금성 안에 만연되어 있는 부패의 실상을 다음과 같이 썼다.

> 中國 朝廷이 이미 衰하여 財物을 탐하는 풍습이 蔓延되어 있어서 名公巨卿까지도 賂物 받기를 좋아하지 않는 사람이 없으므로 大小 政事와 刑罰을 모두 賂物로 해결하였다. 다만 우리나라의 일이 너무 지체되어 민망할 뿐 아니라 大明의 運命이 장차 다 하여가니 진실로 슬퍼할 만한 일이었다.[17] (현대어화 한자는 저자 삽입)

이처럼 당시의 중국 조정 자금성 안은 회생이 불가능할 정도로 부패가 만연되어 있었다. 명공거경들이 스스럼없이 국정전반을 뇌물로 농단하고 있었다. 이 조선 연행사는 명나라의 국운이 이미 풍전등화와 같이 위급한 상황이라는 판단을 하였다. 그런 상황을 슬퍼한다고 썼다. 동아시아인들의 유가적 가치관 '의리'라는 정체성(正體性, identity)이 연민의 정을 자극한 것이다. 흥망은 너의 것만이 아니고 우리 모두의 것이라는 공동체의식이 있다. 이러한 동아시아적 정체성은 현대 우리들의 삶에서 지속가능한 가치관으로 부상시킬만하다. 이 연행록에는 기록자의 관점이 철저하게 내부로 향하고 있어 자금성 외부기록이 없다. 다음은 더욱 깊숙한 곳까지 직접 탐색적 바늘을 꽂아 넣어 동류가 되는 실천적 皆濁의 장면이다.

> 皇帝가 使臣 보내기를 命하니 모든 內官들이 서로 使臣으로 가려고 다투므로 두 사람을 보낸다는 명이 내려졌다. 이에 나라에 폐를 끼칠까 염려되어 首譯을 시켜서 萬曆年에 한 사람의 勅使 劉用만 보냈던 일을 알렸는데도 皇帝는 듣지 않고 內官監太監 王御馬(王敏政)와 太

---

17) 1624, 됴텬녹(朝天錄), 未詳, pp.53-71, 林基中, 增補燕行錄叢刊DVD, 누리미디어, 2013.3.3.

監副提督 胡良輔 두 宦官을 使臣으로 삼았다. 이 두 宦官은 皇帝의 恩寵이 있어서 官職이 아주 높은 자들이었다. 이 두 勅使들이 將官 數百人과 商賈 九百人을 거느리고 올 것이라는 말을 듣고, 다시 首譯을 시켜 魏太監과 친한 사람을 알아내 禮를 갖추어 賂物을 주고, …두 使臣을 따라오는 數를 줄이고 商賈들이 따라오는 일이 없게 하여달라고 부탁하였다. …太監은 이름이 忠賢이다. 그는 首宦으로서 國命을 마음대로 휘두르는 사람이었다. 즉시 두 勅使를 불러서 私私 사람들이 싫어하는 것을 嚴히 警戒하고 皇帝도 두 勅使에게 銀 3백 냥을 내려주면서 東國에 폐를 끼치지 말라고 하였으므로 참으로 大幸이었다.18) (현대어화 한자는 저자 삽입)

이처럼 희종의 유모와 통하여 희종의 신임을 얻었다는 수환 위충현이 왕권을 대행하면서 실권을 장악하고 있었다. 명을 망국으로 이끌었다는 평이 있는 당시 위충현의 위상과 실상이다. 그리고 환관 왕민정, 환관 호양보 등이 특히 총애를 받고 있었다. 이 무렵에 조선에 보내지는 내관 신분의 사신들은 이와 같이 사실상 상인집단의 성격도 가지고 있었다. 이 기록에서 확인할 수 있는 것처럼 이러한 중국 조정의 혼란양상은 황제인 희종의 왕권장악 능력의 결핍에서 기인한 결과였다. 황제나 칙사나 모두 정도를 벗어난 길에서 방황하고 있다. 동아시아인들의 의식 속에 들어 있었던 세계의 중심축이 흔들리고 있는 현장에서 자금성의 화려함이나 그 규모의 경이로움은 관심의 대상이 될 수 없었을 것이다. 그런 까닭으로 이 연행록은 자금성 외부의 기록이 없는 편향성을 가지고 탄생하였다. 자금성 안의 황제와 황제의 관원들을 기록가치로 선택한 연행록이다.

이 기록에서 보면 황제가 동국에 폐를 끼치지 말라고 칙사에게 은 3백 냥을 내려주었다. 동아시아 국가들의 공존공영을 위한 배려, 곧 황제의 덕성을 확인한 것이다. 이러한 성격의 배려의식, 곧 덕성의 확인은

---

18) 1624, 됴텬녹(朝天錄), 未詳, pp.53-71, 林基中, 增補燕行錄叢刊DVD, 누리미디어, 2013.3.3.

연행록에 자주 나타난다. 동아시아 공동체의식이라고 말할 수 있다. 까막눈 황제라고 혹평 받은 희종까지도 그런 의식은 가지고 있었음을 확인할 수 있다. 이 기록은 황제의 판단력과 근신들의 전횡, 해이해진 조정 분위기와 왕권의 실추 등을 예리하게 관찰하였다.

1694(肅宗 20 康熙 33 甲戌)년 청나라 성조 4년에 박권은 셔정별곡(西征別曲)을 썼다. 그는 서장관 신분이었지만 자금성과 황제의 기록을 불과 몇 행으로 다음처럼 요약하고 말았다.

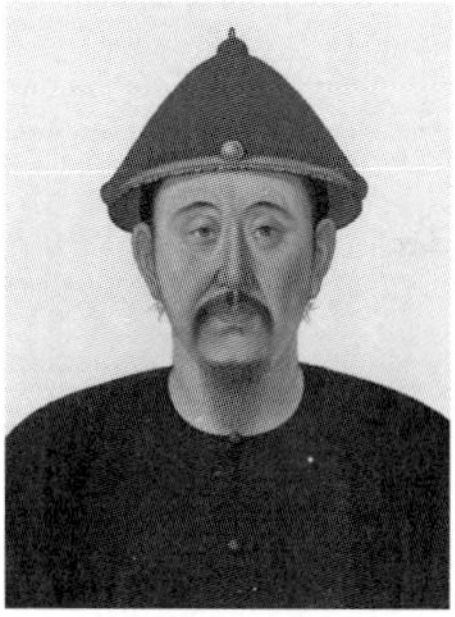

도112. 청 제4대 성조 강희의 초상

동악묘(東岳廟)의 옷슬 가라 치화문 드러가니/ 황조(皇朝) 옛 궁궐(宮闕)이 완연이 잇다마ᄂᆞᆫ/ 한관 위의(漢官威儀)를 어ᄃᆡ 가 ᄎᆞᄌᆞ보리/ 금화(金華) 취벽(翠壁)은 조일(朝日)를 ᄇᆞ라 잇고/ 수각 ᄃᆞᆫ누ᄂᆞᆫ ᄎᆡ운이 어ᄅᆡ엿다/ 경천(擎天) 옥슈ᄂᆞᆫ 일쌍이 마조 셔고/ 가공 은교ᄂᆞᆫ 다ᄉᆞ시 버러 잇다.[19] (한자는 저자 삽입. 저자의 행구분)

19) 1694, 셔정별곡(西征別曲), 朴權, pp.16-17, 林基中, 增補燕行錄叢刊DVD, 누리

이처럼 한관위의를 찾아볼 수 없는 자금성과 황제는 기록가치가 별로 없다는 판단이었을 것이다. 여기에서도 동아시아인들의 정체성인 '의리'가 가치의 판단기준으로 작용하고 있다. 그러나 이 '의리'는 상당 부분 현실과 괴리된 이상적 '의리'다. 실천가능하고 발전지향적인 '의리'로 승화되어 나타나지 못하였다. 그저 정태적 가치관으로만 존재할 뿐이다. 그런 까닭으로 기록마저 부실화되고 말았다. 황조의 옛 궁궐 자금성 금화취벽은 찬란한 모습그대로 눈앞에 보여도 기록가치가 없기 때문에 쓰지 않는 것이다. 현실을 외면한 '의리' 때문이다. 기록자의 가치관이 기록 대상과 기록 내용을 결정하는 사례를 보여주는 연행록이다. 있어도 없는 것으로, 보여도 보지 않은 것으로 만드는 것이 이념이고, 이념은 그런 보편적 가치를 역가치로 만드는 때가 있다.

1783(正祖 7 乾隆 48 癸卯)년 청나라 고종 48년에 이노춘은 북연긔힝(北燕紀行)을 썼다. 그는 중정전의 연회에 다녀와서 다음과 같이 썼다.

이날은 中正殿의 잔칫날이다. 上副使, 冬至上副使와 琉球國, 回回國, 蒙古國 使臣과 朝廷諸臣을 中正殿에 모아 잔치를 했다. 中正殿은 寢室 지근지지라 皇帝가 轎子를 타고 殿에 나와 黃帳幕 안에 앉고, 殿 위에 金玉 그릇을 많이 벌여놓고, 뜰에 戲子 놀음을 벌였다. 皇帝는 病이 낫지 않아서 悄悄히 療養하고 人心이 搖動할 것을 두려워하여 南京 길도 물려 정하고 病을 强仍하여 잔치를 하되 皇帝의 病을 말하는 자는 法이 허리를 벤다고 하였다. …譯官이 따라와 들어가지 못하였으므로 말이 통하지 않아 귀를 막은 듯이 돌아왔으므로 使臣이 漢語를 못하는 것이 심히 답답하였다.[20] (현대어化 한자는 저자 삽입) 정월 초구일

미디어, 2013.3.3.

20) 1783, 북연긔힝(北燕紀行), 李魯春, 정월 초구일, 林基中, 增補燕行錄叢刊 DVD, 누리미디어, 2013.3.3.

이처럼 이날 연회에는 당시 청나라 조정제신과 유구국, 회회국, 몽고국 사신들과 조선의 사은정사 홍악성, 부사 윤사국, 서장관 이노춘과 동지상부사 황인점, 류의양 등이 자리를 같이 하였다. 황제가 미령하여 남순을 연기하는 상황에서도 희자까지 등장시킨 연회였다. 민심의 동요가 두려워 황제의 병을 숨겨야 하는, 당시 황실의 내밀한 사정과 황제의 병을 발설하는 자는 극형에 처한다는 국법의 준엄함이 기록관점이다. 역관을 대동하지 못하여 더 세부적인 내용을 쓰지 못하였음을 알 수 있다. 서장관 이노춘 일행은 정월 십사일 오후에도 상부사가 중정전에 가서 잔치에 참여하고, 등희를 보고 왔으며, 정월 십오일에도 새벽에 상부사가 보화전에 가서 잔치에 참여하고, 또 오후에는 중정전 잔치에 참여하여 화초와 등희를 구경하였다. 정월 이십일 일에는 상부사, 동지 삼사신 등이 남순 하는 황제를 지송하면서 청나라 관원들의 품수에 따른 반열 등 황제의 남순 행렬을 보았다. 이처럼 고종의 건강 상태를 진단해 보았으며, 국법과 조정의 기강을 살펴보았다. 그리고 황제의 위의와 근신들의 결속력과 위계질서의 확립을 확인하였다. 당시 국제관계의 공고함과 긴장 속에서도 여유로운 황실의 분위기를 확인한 것이다.

1790(正祖 14 乾隆 55 庚戌)년 고종 55년에 황인점은 승사록(庚戌乘槎錄)을 썼다. 그는 영조의 부마였는데, 연행사로 여섯 차례나 왕래하였다. 다음은 그가 청 고종 55년 8월 13일 고종의 팔순기념 만수절 진하겸사은 正使로 다녀온 기록이다. 이날 새벽 정관 30여 명을 거느리고 태화전 뜰로 들어가 우편의 품계 구품석 옆에 자리를 잡고 만수절 축하를 하였다. 그리고, 만수절의 의식절차를 다음과 같이 소상하게 썼다. 이때의 연행부사 서호수도 한문연행록 연행기를 남겼다.

새벽에 通官이 三使臣을 인도하여 東門으로 말미암아 금수교를 건너 天安門과 단문을 지나 午門 밖에 잠간 쉬어 平明에 내금수교를 건너 太和門 정도문을 넘어 太和殿 뜰에 들어가니 法駕와 奴婢 좌우에 묶어서고, …文武百官이 다 조복을 입고 班列에 나아가니 親王과 世子와 郡王이 한 班列이고, …皇上이 禮服을 어거하고 보좌에 오르니 文武百官과 各國 使臣들이 구고례를 행하기를 한결같이, …보화전 뒤에 수레에서 내리고 皇上이 중화전에 어하여 御座에 오르면 文武百官들이 삼배구고례를 행하고, … 皇上을 인도하여 太和殿을 어거하면 중화묘악을 짓고 건평의 樂을 奏하고, 皇上이 座에 오르면 樂이 그치고, …皇上이 還宮함에 내감이 皇帝께 奏請하여 內殿을 어거하면 樂을 作하여 건평의 章을 奏하고, 皇上이 御座에 오름에 악이 그치고, 妃嬪들이 육육삼궤 삼배례를 行하고, 樂을 作하여 옹평의 章을 奏하고, 妃嬪들이 물러남에 皇子와 皇孫과 皇曾孫 玄孫들이 삼궤구고례를 行하라고 하더라. 通官이 三使臣을 인도하여 좌익문을 말미암아 나와 동북편으로 行하여 양성전 동편 희각에 이르니 즉 寧壽宮이다.[21] (현대어化 한자는 저자 삽입) 팔월 십삼일

이처럼 지금부터 224년 전 8월 13일, 황인점은 이날 새벽 통관의 안내를 받아 동문에서부터 영수궁까지 이동하면서 만수절 연례 진행절차를 소상하게 기록하였다. 예악 연주 등의 레퍼토리(repertory)를 아주 소상하게 기록한 것을 볼 때, 기존의 보조문헌이나 10년 전 칠순 만수절 선행연행록의 기록도 참고하였을 것 같다. 연례 예악에 이처럼 기록이 집중된 까닭이 어디에 있을까. 이 연행록은 자금성과 황제의 기록에서 비교적 균형감각을 유지하고 있다. 다음의 정조실록 인용처럼 황제의 기록이 뛰어나게 현장감을 확보하고 있는 것도 높이 평가할 수 있다. 황인점이 만수절 예악을 높은 기록가치로 인식하고 비중을 두어 기록한 까닭은 무엇일까. 예는 민심을 절도 있게 하고, 악은 민성을 화평하게 한다. 예악이 사방에 널리 행해져서 어긋나지 않으면 곧 王道가 갖춰진 것이라고 하는 인식 때문이었을 것이다.[22] 따라서 여기서 예악이 의미

---

21) 1790, 승사록(庚戌乘槎錄), 黃仁點, 팔월 십삼일. 林基中, 增補燕行錄叢刊 DVD, 누리미디어, 2013.3.3.

하는 것은 요즈음 연예의 의미망(意味網)과는 사뭇 다르다고 보아야 한다. 청 고종의 만수절 예악을 이른바 중화의 미덕을 구현한 것으로 수용한 가치인식에 기인한 기록이었을 것이다. 결국 고종의 견고한 왕도 확립을 체감했다는 기록이다. 특히 종친들의 평등한 질서의식에서 황제의 수신제가를 확인하였다.

황인점 일행은 7월 15일 열하에 도착하여, 거기서 5일간 머물다가 21일 열하를 떠나 25일에 북경에 도착하여 8월 1일 경풍도 연회에 참석하였다. 7월 16일 황제 알현차 열하 이서산장에 갔는데, 그때의 기록은 앞에서 인용한 정조실록에 그 핵심이 요약되어 있다. 그때의 다음 장계를 좀 더 살펴보기로 한다.

進賀正使 黃仁點과 副使 徐浩修가 狀啓하기를, …和珅이 나와서 使臣들은 앞으로 나오라는 皇帝의 말씀을 전달하였다. 그렇게 하자 皇帝가 國王의 安否를 묻고, 이어서 得男했는지를 물었다. 금년 설날 皇帝께서 福자를 쓴 書翰을 받고 6월 18일에 마침내 得男했다고 對答하자 皇帝가 웃으며 매우 기쁜 慶事라고 하였다. …臣等이 特産物을 받아달라고 請하였으나 禮部의 尙書와 侍郞 등이 말하기를 연전에 皇帝께서 사례하는 特産物을 앞으로 永遠히 바치지 말도록 하라는 命이 있었고, 이번에도 받아들일 필요가 없다는 皇帝의 指示도 恩典에 관계되는 것인데 陪臣으로서 어찌 감히 받아드릴 수 있겠는가라고 하여 그만 중지하고 말았다. …20일에 정대광명전 宴會에 들어갔는데, …帝王 貝勒 蒙古王과 回回 安南 國王은 殿內의 皇帝 자리 東쪽에 位置하고, 衍聖公과 1品 文武 滿漢大臣은 皇帝 자리 西쪽에 位置하고, …音樂은 中和韶樂과 平章樂을 演奏하였는데, 차를 내오거나 술을 올릴 때에 모두 音樂을 演奏하였습니다. …皇帝가 여러 王과 大臣에게 술을 줄 때는 호위하는 대신 和珅이 황지에 의하여 臣 仁點과 臣 浩修를 불러 皇帝가 술을 부은 玉杯를 손수 잡고 직접 주었습니다.[23]

---

22) 禮記, 卷37 樂記 參照.
23) 正祖實錄 卷 31(14년 9월 27일) 正使와 副使의 狀啓.

이처럼 국가 간 국왕 간에 연례행사와 연하장을 통한 친교를 돈독하게 하면서, 상대국의 경사와 애사 등을 서로 공유하는 범애적인 동아시아적 통치관이 존재하고 있다. 여기서 당시 조공국들이 특산물을 가져오지 못하도록 하는 황제의 배려, 곧 덕성을 보았다. 조공과 책봉에 관한 현대적 해석을 요청하는 부분이다. 당시 조선의 세자책봉은 극히 의례적 절차였을 뿐이다. 당시의 조공제도는 상대국과 서로 주고받는 동아시아적 정표의 의례적인 소통과 교류의 방편이었다. 당시의 책봉제도는 상대국에 대한 인정과 상호 신뢰의 방편이었다. 당시 예와 악의 제도가 동아시아 평화공유의 방편으로 해석할 여백을 우리 시대에 넘겨주고 있다.

1793(正祖 17 乾隆 58 癸丑)년 청나라 고종 58년에 이계호는 연힝녹(燕行錄)을 썼다. 그는 자금성에 들어가기에 전에 다음과 같이 강한 기록의지를 천명하였다.

> 세상 사람들이 좋은 풍경을 보고 돌아가서 그것을 전하려고 하면 자연히 지나친 표현을 하기 마련이다. 말보다 나은 것은 그림이고 그림보다 자세한 것은 글이지만, 中原의 風景은 蘇秦의 口辯으로도 다 전할 길이 없고, 莊子의 語法으로도 칭찬하여 장려할 길이 없을 것이고, 吳道子의 名畵로도 칠분도 다 못 그릴 것이며, 韓退之의 문장으로도 절반도 형용하여 기록하지 못할 것이다. 하물며 나처럼 매우 급하게 지나가는 작은 눈으로는 만분의 일도 못 표현할 것이지만 차마 그저 있지 못하여 또 기록하며…[24](현대어化 한자는 저자 삽입) 십이월 이십이일

이처럼 강한 기록 의지와 준비를 갖추어서 조선 삼사신과 같이 조양문으로 들어갔다. 이때 청나라 측의 대통관 2명과 소통관 4명이 길을

---

24) 1793, 연힝녹(燕行錄), 李繼祜, 십이월 이십이일. 林基中, 增補燕行錄叢刊 DVD, 누리미디어, 2013.3.3.

인도하였다. 이계호는 이 조양문부터 문의 위치, 높이, 너비, 크기, 단청, 분위기, 원경과 근경, 조화로움과 그에 관한 감성적 소감 등을 다음과 같이 소상하게 기록하였다.

이계호는 조양문에서 자금성으로 진입하면서 다음과 같이 썼다.

門을 또 들어 皇極殿의 宮墻 밖으로 지나가니 열 길은 되는 담을 蜜牌같이 쌓고 上層에는 초록 벽돌로 한 켜를 올리어 황기와로 이었고 안팎을 다 唐朱紅 漆을 하였으니, 이러한 기구와 혼란한 담이 세상 어디에 있겠는가. 大闕 주위는 얼마가 되는지 아직 모르지만 이 담 안에 또 이와 같은 담이 있고, 그 안에 성가퀴가 있는 성을 쌓았다고 하더라.[25] (현대어化 한자는 저자 삽입) 십이월 이십이일

이처럼 이계호는 자금성의 가시적 측면에 초점을 맞추면서 그것을 기록가치로 선택하였다. 황극전 주변의 겹 담장 조성방식, 그 주변의 축조물 규모, 도색, 등을 소상하게 써나기 시작했다. 그리고 이계호는 당시 건륭제 고종의 전위에 관한 황실 내부의 정보를 다음과 같이 썼다.

乾隆의 時年이 84歲다. 내년이 등극 60년이라 前年 4월에 勅書를 내려 재명년에 傳位하려 하고 嗣皇帝가 登極하는 과거를 정하였다고 하되 지금 太子를 봉하지 아니하였으므로 여러 아들 중 누구를 세울지 모른다. 皇子가 합하여 16명인데 다 죽고 5명만 남았다. 長子는 본래 病身이고 겸하여 酒色이 과하므로 의논할 것이 없고, 第4子와 第5子가 사람됨이 무던하므로 이 둘 중에서 天子가 될 것이라고 하였다.[26] (현대어化 한자는 저자 삽입) 십이월 이십이일

25) 1793, 연힝녹(燕行錄), 李繼祜, 십이월 이십이일. 林基中, 增補燕行錄叢刊 DVD, 누리미디어, 2013.3.3.

26) 1793, 연힝녹(燕行錄), 李繼祜, 십이월 이십이일. 林基中, 增補燕行錄叢刊 DVD, 누리미디어, 2013.3.3.

이처럼 당시 연행사들이 확보한 정보가 꼭 맞는 것만은 아니었다. 어떤 기록에는 건륭이 아들 17명에 딸 10명이라고 했으며, 고종(건륭)은 1796년 88세 때 인종(가경)에게 양위했던 것으로 되어 있다. 그리고 인종(가경)은 고종(건륭)의 15번째 아들이다. 그러나 조선 연행사로서는 전위로 인한 칙사와 사신의 왕래라는 당면한 과제가 눈앞에 놓여있고, 새 황제의 대내외 통치관의 변화로 인한 미래의 대응과제가 있기 때문에 기록가치가 높았을 것이다. 황제의 권속과 전위문제를 기록한 것이다.

이해 1793(正祖 17 乾隆 58 癸丑)년 12월 23일부터 자금성과 건륭황제의 기록이 계속 이어진다. 12월 23일 건륭이 영안사에 거동한다는 연락을 받고 조선 연행사들은 다음처럼 신무문에서 지영(祗迎)하였다.

> 새벽에 닭이 시간을 알릴 때에 三使臣은 太平車를 세내어 타고, 우리는 譯官의 帽帶를 빌어 입고, 玉河館을 나와 蒙古館을 지나 옥하관 다리를 건너 外宮墻 밖으로 하여 東安門으로 들어가니, 大闕門 안에도 閭閻과 저자가 가득하였다. 이는 모두 宰相의 저자였다. 王公巨卿을 위하여 나라에서 집과 가게를 사주어 세를 받아먹게 하였으니 우리나라 공물과 같은 법이었다. 宮城 안이 심히 넓어 우리나라 長安의 둘레만 하고, 또 東安門을 지나서 한참 가니 비로소 內宮墻 밖이었다. 내궁장은 담 위에 절묘하게 성가퀴를 하여 성곽처럼 하였으므로 매우 높고 청결하며, 담 밑으로 四面에 長閣을 짓고 外面 畵墻壁에 朱紅 칠을 하였다. 이 장각은 곡식을 쌓아 두는 창고다. 長閣 밖으로 垓字를 깊고 넓게 파고 石築을 方正하게 쌓고 蓮花를 가득 심었으므로 사오월이면 蓮花가 만발하여 宮中에 가득하다고 하였다. 또 石門과 저자 平門 두엇을 계속하여 들어가니 그 사이 지루하여 그저 대궐 안으로 가는지 대궐 밖인지 지향을 알 수 없더니, 그제야 神武門 밖에 왔다. 이 문은 皇極殿 북편 문인데 높이는 우리나라 南大門만 하고 자우에 작은 문을 내고 문짝에 함박쇠를 鍍金하여 정제히 박고, …永安寺 …神武門 …奉先門 …景山 …梅山閣은 崇禎皇帝가 殉節하신 집이었다.[27] (현대어化 한자는 저자 삽입)십이월 이십사일

27) 1793, 연힝녹(燕行錄), 李繼祜, 십이월 이십사일. 林基中, 增補燕行錄叢刊 DVD, 누리미디어, 2013.3.3.

이처럼 이계호 일행은 옥하관과 몽고관을 지나서 동안문으로 들어가 내궁장(內宮墻), 사면 장각, 해자, 석문, 평문, 황극전, 신무문, 경산, 매산 각까지를 기록 대상으로 삼았다. 그는 건물의 위치, 단청, 이름, 유래, 소감 등을 썼다. 특히 관심을 보인 대상은 대궐문 안에 여염과 같은 저자[假家, 廛房]가 가득하다는 것이다. 그 저자[假家, 廛房]들이 자금성 안의 왕공거경들을 위한 재상들이 세 받아먹는 곳이었다는 사실에서 충격을 받았다. 이것을 조선의 공물법과 같은 것이라고 이해했다. 그리고 자금성의 외형적 규모와 황극전 북문 크기에서 문화적 충격을 받았다. 이 두 가지가 기록가치의 주 대상이었다. 대궐 안의 왕공거경들을 위한 저자[假家, 廛房]와 황극전의 큰 규모를 기록한 것이다.

다음은 건륭황제가 영안사로 행차할 때 지영하면서 건륭의 행차의식과 절차를 보고 쓴 것이다.

날이 점점 밝아지며 神武門 정문을 여니 東西夾門으로 一陣胡人이 나와 거동 길로 달리더니, 이를 따라서 黃陽傘이 나와 鼎爐에 서고, 砲聲이 점점 가까이 들리니, 通官이 使臣과 從人을 한 사람 한 사람씩 당부하여 整齊히 앉았다가 祗迎하고 하인들도 부디 흰 服色을 감추고 일어서지 말라고 신신 부탁하였다. 이윽고 近侍하는 大重臣들이 다 갖옷을 뒤집어 입고, 整齊히 걸어 나오며 乾隆이 黃屋小車를 타고 지나더니, 閣老 和珅이 御前에 들어가 무엇이라 두어 마디 말을 아뢰니, 轎子를 멈추게 하고, 乾隆이 머리를 轎子 밖으로 잠깐 내어 使臣을 보며, 國王이 平安하시냐고 물으므로 通官이 대답을 和珅에게 전하되, 和珅이 즉시 받아 아뢴 후 지나갈 때에 祗迎하나, 큰 나라를 공경하는 데에는 꿇어앉아 두 팔을 옆에 드리우고, 머리를 굽게 하여 쳐다보니, 굿 보기는 극히 좋은 법이다.[28] (현대어化 한자는 저자 삽입) 십이월 이십사일

28) 1793, 연힝녹(燕行錄), 李繼祜, 십이월 이십사일. 林基中, 增補燕行錄叢刊 DVD, 누리미디어, 2013.3.3.

이처럼 신무문 정문을 열자 동서협문으로 일진호인이 나왔다. 이를 따라서 황양산이 나왔으며 포성이 들렸다. 통관이 사신과 종인을 정제히 앉게 하였다. 근시 대중신들이 다 갖옷을 입고 정제히 걸어 나왔다. 건륭이 황옥소거를 타고 지나가면서 화신과 통관의 통역으로 국왕의 안부를 물었다. 이계호는 이 장면을 방외자적 입장에서 이성적으로 관찰하고 '굿 보기는 극히 좋은 법이다'라고 하였다. 황제의 이 행차에서 근시 대신과 호위무사들의 일사분란한 기강과 청나라를 망국으로 이끌었다는 당시 화신의 역할을 기록하였다. 이계호는 이처럼 이성적이며 비판적 기록관점을 가지고 있었다.

다음은 건륭황제가 영안사로 행차할 때 지영하면서 건륭의 관상을 본 것과 그가 거동할 때마다 가전의 기구가 말 탄 사람 4~5인에 불과한 것과는 달리 사문 밖은 많은 군병이 동원된다는 사실을 알고 충격을 받은 기록이다.

> 乾隆의 얼굴을 잠깐 보니, 相面에 융중이 眉間부터 내파이어 수키왓장 엎은 듯하고, 수염이 적어 멀리 보면 없는 듯하고, 얼굴이 오히려 주름이 덜 잡혀 九十老天子 같지 아니하였다. 威儀는 旗幟 하나가 없고, 다만 玉璽를 실은 달마에 龍을 그린 누른 보를 덮어 黃屋 뒤에 세 쌍이 따르고, 표범의 꼬리를 창끝에 씌워 두 쌍을 세우고, 말 탄 사람 들 사오 인이 따라갈 뿐이었다. 天子가 門 안 擧動을 하면 四門 밖으로 鐵騎가 擁衛하고, 郊外에서 동은 사면 삼십 리 밖으로 軍兵이 둘리어 있다고 하니, 비록 駕前에는 機構가 없는 듯하나 실인즉 장한 일이었다.[29] (현대어化 한자는 저자 삽입) 십이월 이십사일

29) 1793, 연힝녹(燕行錄), 李繼祜, 십이월 이십사일. 林基中, 增補燕行錄叢刊 DVD, 누리미디어, 2013.3.3.

이처럼 건륭은 융중이 수키왓장 엎어놓은 것과 같이 길며 뚜렷하고, 수염이 적었으며, 얼굴에 주름이 없어서 젊은 사람 같았다는 것이다. 이런 황제의 외모에 대한 정보를 기록하였다. 나이에 비해서 건강상태가 아주 량호하다는 평가를 한 것이다. 그리고 그가 행차 때 근시경호는 4~5인이 하여 위의가 없어 보이지만, 문 안의 거동 때도 사문 밖으로 철기가 옹위하고, 교외에서 동은 사면 삼십 리 밖으로 군병이 둘리어 있다는 것을 알게 되었다. 황제의 용모, 건강상태, 거동 때의 경호, 위의를 기록하였다.

이계호는 자금성의 원경을 다음과 같은 문장으로 묘사하였다.

> 들어갈 때에는 밤이 어두워 두루 자세히 보지 못하였더니, 밝은 후 內宮墻을 멀리 바라보니, 五色 기와에 金翠가 휘황한 집이며, 八面 畵閣에 風磨銅꼭지와 靑琉璃꼭지를 한 집이며, 바깥 궁궐 머리에 자개로 日月星辰을 찬란하게 박은 樓閣이 樹木 사이로 층층이 隱映하여 무수히 보이니, 이것이야말로 朱樓貝闕이라 이를 만하였다. …東安門에서 玉河館으로 돌아오니, 오히려 밥을 먹어야 할 때가 못 되었다.[30] (현대어化 한자는 저자 삽입) 십이월 이십사일

이처럼 1793년 십이월 이십사일 자금성의 아침을 한 장의 그림처럼 글로 써서 남겼다. 자금성은 이날 아침 이계호의 눈에 주루패궐처럼 찬란하였다. 이런 자금성을 왕권의 상징으로 본 기록이다.

이계호의 다음 기록을 보면, 당시 황성의 하수시설이 잘 되어 있었으며, 황성의 치안 상태도 아주 양호하였다.

---

30) 1793, 연힝녹(燕行錄), 李繼祜, 십이월 이십사일. 林基中, 增補燕行錄叢刊 DVD, 누리미디어, 2013.3.3.

皇城 안은 址臺를 모두 灰로 바르고, 大闕과 閭閻집들은 굴을 파서 물이 스미어 흘러가게 한 까닭으로 작은 開川이 없다. 골목마다 兵門에 軍舖幕 을 짓고, 槍劍을 갖추어 軍兵이 밤낮으로 번을 서다가 밤이면 촛불을 켜고 새울 때에 제 골목 안 사람은 그 안에서 어지럽게 다니어도 禁하지 아니하고, 만일 이 골목에 사는 사람이 저 골목을 往來하면 잡고, 혹 밤중에 公地에 平凡한 사람은 다른 동내를 가도 잡지 아니하니, 巡邏法이 없어도 절로 夜禁이 된다. 各燈에 켜진 불이 족히 희소한 觀燈이나 다르지 아니하다. 목탁 치는 소리도 서로 응하여 의연히 戰陣을 대한 듯하니, 성 위와 성 밑과 各處에 번을 드는 軍兵을 모두 합하면, 언제나 十萬 兵을 埋伏한 것이라고 하므로, 만일 蘇張之辯[31]이 없으면 졸연히 그 규칙을 범할 자가 누가 있겠는가?[32] (현대어化 한자는 저자 삽입) 십이월 이십오일

이처럼 황성 안은 하수도 시설을 잘 해서 개천이 없었다. 치안상태는 안정되고 체제가 정비되어 있었다. 정해진 규율이 잘 지켜지고 엄격하였으며 질서정연하였다. 각처에 번을 서는 군병들 수가 10만여 명이나 된다는 정보를 접한 기록이다. 그 규모와 실제적 상황에서 충격을 받았다. 황성의 정비현황, 치안상태, 질서의식 등을 기록했다.

이계호는 건륭황제가 종묘에 거동하다는 연락을 받고 궐내로 들어가 지영하고, 다음과 같이 자금성을 기록하였다.

鷄鳴 후에 副使公을 모시고 闕內로 들어가서 祗迎을 했다. 밤이 어두워서 門 이름은 알 수 없었다. 처음 木柵門을 들어 조금 가다가 西便으로 창살한 문을 들어…三門이 있고…門樓 하나에 정문을 當中하여 내고 左右에 夾門이 있었다. 左夾門으로 들어가… 門에 들어가는 동안 매우 지루해서 문통을 발로 밟아서 헤아려보니 스물여섯 발이다. …작은 집만한 石獅子 한 쌍을 가로 앉히고, 큰 물을 건너 무지개다리를 놓고 玉石으로 일곱 줄을 난간하여 다섯 길을 내

31) 소장지변(蘇張之辯): 춘추전국시대 蘇秦과 張儀의 말 재주.
32) 1793, 연힝녹(燕行錄), 李繼祜, 십이월 이십오일. 林基中, 增補燕行錄叢刊 DVD, 누리미디어, 2013.3.3.

고, 난간 머리에다 獅子를 앉히어 서로 돌아보게 하고, 垓字가로 두 편에 연하여 屛風石을 치고, 石築을 方正하게 쌓았다. 그 다리를 건너 흰 돌로 네모지게 우리를 짜고, 속에 두 층대를 무으고 옥돌을 둥글게 다듬어 龍을 난만하게 조각하여 높이가 열 길쯤 되는 擎天柱 한 쌍을 세웠다. 이것은 하늘을 괸다는 것을 의미한다고 말했다. 이 門 안에 들어가니 저와 같은 擎天柱 한 쌍이 또 서 있다. 北으로 일 馬場쯤을 가니 午門이 泰山같이 削立하고, 그 門 안에 들어가 두어 살바탕쯤을 가니 이곳은 皇極殿(太和殿) 앞 五鳳門(紫禁城 正門인 午門) 밖이니, 東으로는 宗廟와 통하고, 南으로는 正陽門을 마주보게 하고, 西쪽으로는 社稷을 사이한 門이었다. 門을 지은 法은 … 東西 兩便으로 또 이와 일체로 지었으니 山으로 말한다면, 正門은 主山이오, 그 나머지 四門은 內外 青龍과 白虎를 겸한듯하였다. 薄石은 木柵門 안부터 내리깔아 한 점 흙이 없게 하고, 熟石으로 깨끗하게 깔아 御路를 내고, 皇極殿부터 宗廟까지는 紅糖紙 초롱을 한 간 동안씩 사이를 두고 두 줄로 御路에 달아 불빛이 혹 희미할 때에는 두 줄기 무지개가 두른 듯하고, 火光이 밝은 때에는 붉은 비단을 널어놓은 듯이 보였다.[33] (현대어化 한자는 저자 삽입) 십이월 이십팔일

이처럼 목책문을 지나서 좌협문으로 들어가 집만큼이나 큰 석사자 한 쌍을 보고, 무지개다리를 건너서 경천주 한 쌍을 보았다. 문 안에 들어가서 경천주 한 쌍을 더 보았다. 오문으로 들어가서 황극전(태화전) 앞 오봉문(자금성 정문인 오문) 밖에 섰다. 동으로는 종묘와 통하고, 남으로는 정양문을 마주보게 하고, 서쪽으로는 사직을 사이한 문이었다. 황극전부터 종묘까지 홍당지 초롱을 두 줄로 어로에 달았다. 하늘을 괸다는 경천주를 본 것과 문을 지은 법이 산으로 말한다면, 정문은 주산이고 그 나머지 사문은 내외 청룡과 백호를 겸한듯하다고 보았다. 자금성의 통로와 어로, 건물 배치, 풍수, 조형물, 청결한 분위기 등을 기록했다.

---

33) 1793, 연힝녹(燕行錄), 李繼祜, 십이월 이십팔일. 林基中, 增補燕行錄叢刊 DVD, 누리미디어, 2013.3.3.

이계호는 또 건륭황제가 종묘에 거동할 때 지영하면서 관찰한 장면을 다음처럼 썼다.

이윽고 쇠북소리가 午門 안에서 나며, 各色 旗幟를 御路와 左右에 빈틈없이 세우고, 紅糖紙燈이 일시에 없어지며, 동이만한 羊角燈을 바꾸어 켜더니 正門을 열며, 黃陽傘 뒤에 皇上이 黃玉小轎를 타고 나올 때에 이번은 무슨 儀仗이 무수히 따라오되, 어두워 자세히 분간하지 못하고, 皇上이 지난 후는 등불을 차차 그 자리에 도로 내려놓고, 시위와 追從이 이번은 永安寺 거동 때보다 백배는 더하나 한만하되, 시끄러움이 없고, 다만 말들도 발소리만 들리었다. 宗廟로 들어간 지 한식경은 하여서 종묘 문밖에서 大吹打하더니, 땅에 놓았던 羊角燈을 일제히 도로 들며, 黃玉小轎 앞에 風流를 치고 還宮하니, 樂生과 黃玉을 맨 놈들은 다 붉은 옷에다 머리에는 梟首같은 장식을 하여 꽂고 갓옷도 아니 입었더라. 日前의 祗迎 때는 琉球使臣은 오지 않았는데 이번은 참예하여 朝鮮使臣 뒤에서 祗迎하였다. 인하여 구실을 파하고 첫 문을 나오니, 비로소 平明이 되었다.[34] (현대어化 한자는 저자 삽입) 십이월 이십팔일

이처럼 이른 새벽 오문의 북소리가 울린 뒤, 어로에 많은 기치를 세우고, 홍당지등이 일시에 꺼지면서 양각등으로 바뀌어 켜졌다. 그러더니 정문을 열며 황양산 뒤에 황상이 황옥소교를 타고 나오는데 의장이 무수히 따라 나왔다. 시위와 추종이 아주 많았지만 조용하고 엄숙하였다. 종묘로 들어간 지 한참 뒤 종묘 문밖에서 대취타를 하였고, 양각등을 일제히 다시 들면서 황옥소교 앞에서 풍류를 치며 환궁하였다. 악생과 황옥을 맨 사람들의 복색은 붉은 옷에 효수같은 장식을 하였었다. 유구사신은 지영에 때때로 나오지 않았으나, 이번은 조선사신의 뒤에서 지영하였다. 황제의 종묘 거동의식을 주의 깊게 관찰하여 기록한 것이다. 시간과 장소, 등장인물의 동작, 등장 대상과 분위기까지 소상하게

34) 1793, 연힝녹(燕行錄), 李繼祜, 십이월 이십팔일. 林基中, 增補燕行錄叢刊 DVD, 누리미디어, 2013.3.3.

기록했다. 황제 어로의 경비, 의장, 추종 인원수, 위엄과 격식, 일사분란한 규율을 기록했다. 유구사신들은 아주 빈번하게 관찰자의 반열에 서 있지 않았다.

다음은 221년 전 당시 연경의 옥하관부터 동안문까지 정월 초하룻날 새벽의 소묘다.

> 통행금지를 푸는 북소리가 울린 뒤에 官服을 빌어 입고 玉河館 다리에 나가니, 皇帝가 朝參 전에 願堂에 먼저 거동한다고 한다. 坦坦大路에 鐵網燈과 琉璃 같은 羊角燈을 두 줄로 연하여 켰으며, 가운데 往來하는 燈燭이 首尾를 이었으니, 火光이 照耀하여 달빛을 대신하고, 兵門마다 淸三升으로 設布帳을 하여 치고, 軍兵이 지키었으니, 엄숙한 法을 비할 곳이 없었다. 궁장 밖 燈 가게를 지나오니, 은자 사오십 냥씩 달라고 하였다. 各色 등을 彩閣에서 빌리어 걸고, 紅燭을 밝히었으므로 황홀한 빛이 온 마을 안을 환하게 하였다.[35] (현대어化 한자는 저자 삽입) 甲寅 正月 初一日. 1794.1.1.

이처럼 거리에는 형형색색의 많은 등이 걸려 있었으며, 거리를 왕래하는 이들이 가지고 다니는 등불이 줄을 이었다. 황홀한 등불로 온 마을 안이 가득하였으며, 정초의 그렇게 평화로운 분위기인데 군병들이 지키는 황성 거리의 치안상태는 아주 철통같았다. 수도 연경의 치안상태를 기록한 것이다.

다음은 갑인(1793)년 정월 초일일 이계호가 천안문 안 서편 월랑에서 본 새벽의 자금성이다.

---

35) 1793, 연힝녹(燕行錄), 李繼祜, 甲寅 正月 初一日. 1794.1.1. 林基中, 增補燕行錄叢刊DVD, 누리미디어, 2013.3.3.

東安門을 들어 東和門 밖으로 작은 大闕門 둘을 지나 東闕門에서 天安門 안의 서편 月廊에 앉았다. 이 擧動에는 祗迎을 하지 않았다. 太和門 안에서 쇠북소리가 연하여 나며 皇帝가 黃屋坐纛(좌독)으로 나오니, 侍衛와 儀仗은 우리나라의 宗廟 거동과 비슷하였다. 使臣들은 등불을 감추고 月廊 안에 앉아 있었더니, 오래지 않아 天安門 밖에서 수레 소리가 나며 太和門 안에서 또 북을 울리더니, 燈을 밝히고 還宮하였다. 東方이 오히려 밝지 아니하여서 天安門으로 五峰山 같은 것이 들어오거늘 놀라서 보니, 코끼리에 輦을 매어 다섯이 오니, 이 짐승은 크기 천하에 다시 짝이 없고, 귀로 사방 사람의 말을 분간하고, 눈으로 帝王 될 이를 알고, …天子가 아니면 부리지 못하고, 朝鮮 사람의 말도 능히 알아듣는 까닭으로 譯官은 象譯이라 하니, …또 추위를 심히 타는 까닭으로 두 귀에 비단으로 집을 하여 끼웠다. 본래 西蜀 짐승이니, 飼牧에 자리가 나게 되면, 새로 잡아올 때에 天子의 詔書를 가지고 사람이 가면, 洞口에 나와 코로 使者의 냄새를 맡아 가지고 들어가 여러 코끼리가 모여 詔書를 보고, 그중 하나가 두 무릎을 꿇으면, 앞세우고 온다고 하였다. 잔등에 안장을 짓고 목에 사람 하나가 타고 앉아 오더니, 午門 밖에 세우고 무엇이라 두어 마디 말을 한즉 즉시 꿇어 엎드리니, 그제야 사닥다리를 놓고 내려와 또 무슨 말을 하니 도로 일어나니, 만일 聽令을 잘 아니하면, 어찌 능히 부리리오. 전신이 다 기름인 까닭으로 죽어도 값은 천금이 된다고 하였다.[36] (현대어化 한자는 저자 삽입) 甲寅 正月 初一日. 1794.1.1.

이처럼 태화문 안에서 쇠북소리가 나며 황제가 황옥좌독으로 나왔다. 곧 천안문 밖에서 수레 소리가 나며 태화문 안에서 또 북을 울리더니 등을 밝히고 환궁하였다. 이어서 천안문으로 코끼리에 연을 매어 들어왔다. 이때 이계호는 큰 코끼리를 보고 많은 충격을 받았다. 눈으로 제왕 될 사람을 알아보고, 천자가 아니면 부리지 못하고, 조선 사람의 말도 알아들어 역관을 상역(象譯)이라고 하고, 천자의 조서를 알아보는 등의 능력을 가진 동물이라고 하였다. 죽은 코끼리도 값이 천금이라고 하였다. 코끼리에 대한 그의 이러한 정보의 출처가 궁금하면서도 흥미롭

36) 1793, 연힝녹(燕行錄), 李繼祜, 甲寅 正月 初一日. 1794.1.1. 林基中, 增補燕行錄叢刊DVD, 누리미디어, 2013.3.3.

다. 황제의 시위와 의장을 조선의 종묘 거동에 견주어보고, 황제의 권능이 동물 군속의 조련에까지 미치고 있었다고 기록했다.

갑인(1793)년 정월 초일일 이계호는 자금성 안으로 들어가서 원단(元旦)의 자금성을 다음과 같이 보았다.

> 동이 트려 하매 太和門 西便으로 들어갈 때에 이곳은 官服한 사람 이외에는 못 들어가는 곳이다. 한 손에 방석을 들고 한 손으로 副使公을 모시고 문턱에 들어가니, 中國法은 朝臣이 闕內에 燈燭을 못 가지고 들기 때문에 門에 들어가는 동안이 깊은 굴속 같아서 새벽이지만 어둡기가 漆夜 같았다. 서로 붙들고 木靴를 끌어 한동안 들어가니, 皇極殿이라 하는 집을 太和殿이라고 懸板하였다. 雪月이 照耀하거늘 怪異하여 눈을 들어 다시 보니 달빛이 아니다. 모두 天井의 欄干을 한 돌 빛이었다. 太和殿을 반공에 높이 짓고, 옥돌로 섬돌을 아홉 층을 무으고, 층층이 길을 내어 구름과 龍을 새기어 四面에 欄干을 겹겹하여 御路와 東西의 夾路를 넷씩 내고, 上層과 中層 臺上에 한 欄干 기둥 밑마다 龍 둘을 중간에 드리워 입으로 물을 토하게 하였으며, 左右 前後 廊閣으로도 가며, 같은 몸통처럼 欄干을 하고, 너른 뜰에 흰 빛 돌로 방정히 다듬어 가득히 깔았으니, 찬란한 돌 빛은 서리나 눈처럼 새하얗기가 일반이다. 의의한 殿閣은 그림 속에 들어 있는 듯하고, 정로에는 구름을 무르녹게 그려 새기고, 아홉 龍을 벌이고, 위에는 棕櫚 껍질로 행보석을 엮어 정제히 깔았다. 白玉京이 天上에 있는가 하였더니 아마도 여기를 이른 것인가 하며, 이러한 宮闕에도 火災를 오히려 염려하여 두멍에 鹽水를 풀어 사면 처마가로 두 간에 하나씩 누른 보를 덮어놓았다.37) (현대어化 한자는 저자 삽입) 甲寅 正月 初一日. 1794.1.1.

이처럼 이계호 일행은 태화문 서편으로 들어갔다. 관복을 입은 사람만 들어갈 수 있었다. 중국법에 조신이 궐내에 등촉을 못 가지고 들기 때문에 어두웠다. 황극전이라 하는 집을 태화전이라고 현판한 곳에 이

---

37) 1793, 연힝녹(燕行錄), 李繼祜, 甲寅 正月 初一日. 1794.1.1. 林基中, 增補燕行錄叢刊DVD, 누리미디어, 2013.3.3.

르렀다. 이 건물 내부를 사진처럼 상세하게 기록하였다. 천상의 백옥경을 본 것처럼 신선한 충격을 받았다. 그런 외화가 사치인지 번영의 상징인지를 기록한 것이다. 그는 특히 궁궐 처마 가에 놓인 화재 방화용 염수가 담긴 물두멍에 큰 관심을 보였다. 이런 것이 형식인지 실용인지를 기록했다.

이계호는 갑인(1793)년 정월 초일일 자금성의 연예와 의장의 구성과 그 세부적인 실상을 다음과 같이 썼다.

> 卯時쯤 되어 演藝와 儀狀이 들어서니, 香寶輦이 하나요, 糧寶輦이 하나요, 玉牢와 大牢閣이 하나요, …鼓手가 八十명이요, 紅短衣에 綠朱帶 띄고, 靑氈帽 쓰고 구리 꼭지에 누런 깃을 꽂은 左右前後 교위 一千 八百 五十 三명이 東西를 갈라 整齊히 서고, 殿上에 黃陽傘이 堂中하여 나서고 鴻臚官이 무슨 소리를 길게 한 마디 하더니, 쇠북 다섯 번과 그저 북 다섯 번을 치니, 天官이 文武를 갈라 東西班에 나누어 세우고, 堂上 堂下에 軒架소리가 일어나니, 大小强弱은 전혀 다르나 의연히 우리나라 仁政殿에서 大朝會하는 절차와 같아서 반갑고 생기가 났다.[38] (현대어化 한자는 저자 삽입) 甲寅 正月 初一日. 1794.1.1.

이처럼 원단의 아침 6시경에 연예와 의장이 자금성 안으로 들어섰는데, 그 규모가 놀랄만큼 방대하였다. 등장인원의 수가 무려 일천팔백 오십삼 명이나 되었다. 마치 조선의 인정전에서 행하는 대조회 절차와 유사하여 친숙감이 생겼다고 썼다. 연예와 의장의 규모와 정제된 격조의 품격을 기록했다.

---

38) 1793, 연힝녹(燕行錄), 李繼祜, 甲寅 正月 初一日. 1794.1.1. 林基中, 增補燕行錄叢刊DVD, 누리미디어, 2013.3.3.

이계호 일행은 갑인 정월 초일일 다음처럼 황제를 가까이서 볼 수 있는 상황이 아니었다.

殿上이 높고 深邃하여 天子는 어디에서 나와 어디에 殿座하였는지를 알 길이 없으나, 帝王霸勒과 公侯卿相들은 海濤紋 비단에 금실로 雙龍을 수놓은 옷에 寶石 증자와 珊瑚 증자와 純金이며, 眞玉 증자에 孔雀羽를 달아 쓰고, …職品을 따라 어깨를 맞추어 정정하게 섰으니, 黙黙한 威儀와 肅肅한 節操를 누가 오랑캐라고 하겠는가. 外國 使臣은 西班 말단에 참례하고, 琉球國 使臣은 朝鮮 使臣의 뒤에 섰다.[39](현대어化 한자는 저자 삽입) 甲寅 正月 初一日. 1794.1.1.

이처럼 이날은 제왕패륵과 공후경상들의 화려한 관복 차림을 보고, 그들의 위의와 절조에 감동을 받았다. 청조에 대한 인식의 전환을 보여주고 있다. 이날도 유구국 사신은 조선 사신의 뒤에 섰다. 그렇게 정해진 것이 관행이었던 것 같다.

이어서 이계호 일행은 갑인 정월 초일일 홍려관(鴻臚官)의 지시에 따라 노장창을 부르고 나서 십삼생 도학관의 행례를 보았다.

십삼생 도학관이라 하는 벼슬은 우리나라 監察과 같은 官員이다. 十餘人이 東西로 나누어 行禮하는 절차를 申飭하니, 눈같이 흰 뜰에 수놓은 의복과 붉은 마라기가 아침 햇빛에 비치어 눈이 부시고 아름다운 날빛과 상서로운 안개가 殿上에 엉기어 사람이 사는 세상과 같지 아니하였다. 禮式을 파하고 나올 때에 太和門 正路에 세 길쯤 되는 靑石獅子 한 쌍을 左右에 앉히었으니, 새김이 신통하여 완연히 살아있는 것 같고, 天安門을 나올 때에 皇帝의 孫子 정친왕이 나오니, 나이가 불과 열대엿은 되고, 얼굴이 옥과 같아서 男中一色이었다. … 威儀는 뒤에

---

39) 1793, 연힝녹(燕行錄), 李繼祜, 甲寅 正月 初一日. 1794.1.1. 林基中, 增補燕行錄叢刊DVD, 누리미디어, 2013.3.3.

말을 탄 追從이 사십 내지 오십이나 되었다.[40] (현대어化 한자는 저자 삽입) 甲寅 正月 初一日. 1794.1.1.

이처럼 조선의 감찰과 같은 관원인 십삼생 도학관 십여 인의 마지막 행례가 화려하고 운치를 더해주었다. 이들 일행은 태화문 정로 좌우에 앉힌 한 쌍의 생동감 있는 청석사자 조각을 본 것도 인상적이었다. 황제의 손자 정친왕이 나이 열대여섯 되 보였는데 남중일색이었고, 그의 뒤에 말을 탄 추종이 사오십이나 되었다. 전상의 서기와 황제 권속의 품격과 품위를 기록했다.

갑인(1793)년 정월 초이일에는 건륭이 자광각에서 잔치를 하였다. 다음은 이 잔치에 가서 본 인물평이다.

還宮하면서 閣老 셋을 머물러 諸臣들을 班賞하게 하니, 아계라 하는 이는 나이 七十이나 되어 뵈고, 福康安이는 四十이 넘은 듯하고, 和珅이는 그중 더 젊고 上寵이 제일이었으니, 內閣學士의 벼슬을 스무남은 마을이나 겸하였다. 본래 戶部尙書의 자식으로서 姜嬪이 친노하여 거동에 輦매는 군사가 되었더니, 乾隆이 한번 보고 사랑하여 生員科學를 주어 벼슬을 높이 시켜 차차 資級이 높아져서 少年 政丞으로 一寵이 되어 다니니, 才局은 어떠한지 얼굴이 和順하여 극히 길하여 보이고, 福康安이는 눈에 殺氣가 많아 심히 不蔚하여 보이니, 한번 曲境을 당할 듯하고, 또 평상시에 성품이 화순하지 못하여 한번 웃으면, 사람이 하나씩 죽는다고 하였다.[41](현대어化 한자는 저자 삽입) 甲寅 正月 初二日. 1794.1.2.

40) 1793, 연힝녹(燕行錄), 李繼祜, 甲寅 正月 初一日. 1794.1.1. 林基中, 增補燕行錄叢刊DVD, 누리미디어, 2013.3.3.

41) 1793, 연힝녹(燕行錄), 李繼祜, 甲寅 正月 初二日. 1794.1.2. 林基中, 增補燕行錄叢刊DVD, 누리미디어, 2013.3.3.

이처럼 자광각에서 칠십쯤 되 보이는 아계, 사십 남짓 되어 보이는 복강안, 젊어 보이는 화신을 관찰했다. 이 중 상총이 제일인 자는 화신이었다. 화신은 얼굴이 화순하여 길하여 보였고, 복강안이는 눈에 살기가 많아 불울하여 보였으며 곡경을 당할 것 같은 인상이었다. 그는 성품이 화순하지 못하여 한번 웃으면 한 사람씩 죽는다고 하였다. 청을 망국으로 이끌었다는 화신은 화순하여 길하다고 본 기록이다.

다음은 이계호 일행이 갑인 정월 십이일 상신일 건륭이 천단에 거동할 때 지영한 기록이다.

正月 上申日에 祈穀大祭 지내는 법은 萬國이 한가지다. 初三日 申日은 立春節이라 하여 十三日 重申日에 天祭를 행하기에 오늘 天壇에 擧動할 때에 五更頭에 副使公을 모시고 東安門으로 들어가 午門 밖에서 出宮을 기다렸더니, 해가 높이 오른 뒤에 法駕를 타고 午門으로 나오니, 두렷한 얼굴이 山河之氣를 띄워 조금도 朽落한 氣色이 없으니, 어찌 九十天子라 이르겠는가. 지날 때에 外國 使臣들 祗迎하는 것을 자세하게 보았다. 威儀는 다만 누런 양산에 아홉 마리 龍을 그리고, 宴禮軍은 붉은 무늬를 놓은 오색 누런 깃을 꽂은 놈 스물씩 세 줄에 메었으니, 합하여 육십 명이라 한 마디 경경 칠 소리도 없이 말발굽소리와 사람들의 발자국소리만 들리고, 前後 시위하여 가는 官員이 市府를 벌리었으니, 붉은 마래기들이 아침 햇빛에 비치어 더욱 빛나 보였다.[42] (현대어化 한자는 저자 삽입) 甲寅 正月 十二日. 1794.1.12.

---

42) 연힝녹(燕行錄), 李繼祜, 甲寅 正月 初十二日. 1794.1.12. 林基中, 增補燕行錄叢刊DVD, 누리미디어, 2013.3.3.

도113. 청 제6대 건륭 고종의 초상

이처럼 정월 상신일의 기곡대제는 동아시아 농경민족의 한 정체성으로 존재했다. 이때 이계호 일행은 오문에서 출궁하는 건륭을 근거리에서 볼 수 있었다. 얼굴이 산하지기를 띄워 조금도 후락한 기색이 없었다. 구십천자라고 말할 수 없는 아주 좋은 건강상태였다. 위의는 연례군이 60명이나 되는 규모였다. 동아시아적 가치의 실현, 황제의 안면기운, 황제의 건강상태와 위의를 기록했다.

1796(正祖 20 嘉慶 1 丙辰)년 청나라 인종 1년 이방익은 표히가(漂海歌)를 썼다. 그는 자신이 처한 상황 때문이었는지 자금성을 "五月 初三日에 燕京에 다다르니/ 皇極殿 놉흔집이 太淸門 소사낫다/ 人民의 豪奢함과 山川의 秀麗함은/ 天子의 都邑이라"43)고 주마간산격으로 요약하고 지나쳤다. 황제의 배려는 기록

43) 1796, 李邦翼, 표히가(漂海歌), pp.20-21, 林基中, 增補燕行錄叢刊DVD, 누리미디어, 2013.3.3.

하였지만 황제를 만난 기록은 없다. 연행사들의 기록과는 여러 측면에서 다른 점이 많다. 대비를 통해서 연행록의 높은 기록가치를 확인할 수 있다.

1828(純祖 28 道光 8 戊子)년 청나라 선종 8년 김지수는 셔ᄒᆡᆼ록(西行錄)을 썼다. 그는 피서하러 해전에 나가 있는 선종을 보려고 그곳까지 갔지만, 다음처럼 행열만 보고 황제는 보지 못했다.

황뎨(皇帝)는 피셔(避署)ᄒᆞ려 ᄒᆡ젼(海甸)에 나가이셔/ 삼일일ᄎᆞ(三日一次) ᄐᆡ후문안(太后問安) 삼ᄉᆞ신 지영ᄎᆞ(祇迎次)로/ 초십일 북문(北門)나셔 ᄉᆞᆷ십니 ᄒᆡ젼(海甸)가셔/ 잇튼날 진시냥(辰時量)의 황뎨(皇帝)가 츌궁(出宮)ᄒᆞ니/ 션진(先陣)도 바히업고 산ᄀᆡ(散開)도 아조업고/ 긔치(旗幟)와 의장(儀仗)들이 녕셩(零星)히 못겨오니[44]/ 오륙십 말탄ᄉᆞᄅᆞᆷ 노은혁 느러셔셔[45]/ 고취(鼓吹)도 아니ᄒᆞ고 양산(凉傘)도 아니뵈고/ 누른연[黃步輦] 멀니오니 긔아니 황뎨(皇帝)신가/ ᄌᆞ세히 보려ᄒᆞ고 눈고초[46] 기다릴제/ 상판ᄉᆞ(上判事) 마두(馬頭) 놈이 ᄭᅮᆯ어앗기 청ᄒᆞ거늘/ 뒤쥴의 ᄭᅮ러안져 두손을 넙희ᄭᅵ고/ 어늬게[47] 황뎨(皇帝)신고 우러러 바라보니/ ᄃᆡ가(大駕) 는 아직멀고 말[馬]ᄌᆞ최 ᄲᅮᆫ이로다/ 어늬듯 마두놈이 이러셔라 ᄒᆞ는고야/ 그어인 곡졀(曲折)인지 연고(緣故)를 무러ᄒᆞ니[48]/ 황뎨(皇帝)는 막지나고 져뒤흔 뷘년(輦)이라/ 이시(爾時)히 ᄉᆡᆼ각ᄒᆞ니 맛업고[49] 졀도(絶倒) [50]ᄒᆞ다[51] (한자는 저자 삽입. 저자의 행구분)

---

44) 못겨오니 : 몰려오니.
45) 노은혁 느러셔셔 : 줄지어 늘어서서.
46) 눈고초 : 눈을 들어.
47) 어늬게 : 어느 게, 어느 것이.
48) 무러ᄒᆞ니 : 물어 보니.
49) 맛업고 : 맛없고. 재미가 적고.
50) 졀도(絶倒) : 포복절도(抱腹絶倒)의 준말. 몹시 우스움.
51) 1828, 金芝叟, 셔ᄒᆡᆼ록(西行錄), pp.37-74, 林基中, 增補燕行錄叢刊DVD, 누리미디어, 2013.3.3.

이처럼 마두의 요청에 따라 고개를 숙이고 있다가 황제가 지나가는 것도 모르고, 뒤따르는 빈 련만 본 것을 포복절도할 만큼 우습다고 자조하였다. 삼사신이 선종황제를 만나는 지영을 방외자적 관찰태도로 기록하였다. 그의 기록은 감성적 충격에 경도되기보다는 이성적 판단에 따를 것이라는 기록의 성격을 예고하였다.

김지수는 섬세하고 정밀한 한글문장으로 연경을 다음과 같이 그림으로 그려내듯이 썼다. 노모가 아들의 연행록을 읽으면서 현장감을 가질 수 있도록 온갖 노력을 다 하였다. 한글연행록이기 때문에 가능했고, 가사체로 썼기 때문에 흥취를 더할 수 있었다.

> 연경(燕京)을 의논ᄒᆞ면 날일ᄌᆞ(日字) 갓튼셩(城)이/ ᄂᆞᆷ(南)의는 외셩(外城)이니 ᄂᆡ셩(內城)보다 더너르고[52]/ 북편(北便)의는 ᄂᆡ셩(內城)이니 ᄂᆡ셩(內城)안의 ᄃᆡ궐(大闕)잇다/ ᄉᆞ면(四面)이 방졍(方正)ᄒᆞᄃᆡ 셩(城)안팟긔 ᄀᆡ쳔(開川)파고/ 셩문(城門)은 아홉인ᄃᆡ ᄂᆞᆷ편(南便)의만 셰문(門)잇고/ 안팟업는[53] 놉흔셩(城)이 벽(壁)으로 ᄡᆞ하는ᄃᆡ/ 셩(城)우희 셩낭(城廊) 지어 슈셩군(守城軍)이 거긔잇고/ 외ᄂᆞᆷ문(外南門) 영뎡문(永定門)은 외셩(外城)의 ᄂᆞᆷ문(南門)이오/ ᄃᆡᄂᆞᆷ문(大南門) 뎡양문(正陽門)은 ᄂᆡ셩(內城)의 ᄂᆞᆷ문(南門)이요/ 슝문문(崇文門)은 동ᄂᆞᆷ(東南)이요 션무문(宣武門)은 셔ᄂᆞᆷ(西南)이라/ 청기와 삼층문누(三層門樓) 곳곳이 그러ᄒᆞ고/ 즁셩(重城)은 담을ᄡᆞ고 황기와의 문누(門樓) 업고/ ᄉᆞ면(四面)의 문(門)을ᄂᆡ여 녀염(閭閻)이 ᄉᆞᆯ게ᄒᆞ고/ 그안의는 궁셩(宮城)인ᄃᆡ 벽으로 놉게ᄡᆞ아/ 큰셩과 갓게ᄒᆞ되 우희는 셩낭(城廊) 업고[54] (한자는 저자 삽입. 저자의 행구분)

이처럼 그는 먼저 186년 전의 연경을 있는 그대로 써냈다. 연경은 일

52) 더너르고 : 더 넓고.

53) 안팟업는 : 안팎 없는.

54) 1828, 金芝叟, 셔힝록(西行錄), pp.37-74, 林基中, 增補燕行錄叢刊DVD, 누리미디어, 2013.3.3.

자 모양으로 만들어진 성이다. 외성 안에 내성이 있다. 그 내성 안에 대궐 자금성이 있다. 사면이 방정하고 그 밖에는 개천을 팠다. 성문은 아홉이 있다. 성 위에 성랑을 짓고 수성군이 지키고 있다. 외남문 영정문은 외성의 남문이고, 대남문 정양문은 내성의 남문이고, 숭문문은 동남이고, 선무문은 서남이다. 중성은 담을 쌓고 문루가 없으며, 사면에 문을 내서 여염이 살게 하였다. 그 안은 궁성이다. 기록 시각을 연경 전체의 구도로부터 시작하여 점점 좁혀서 자금성으로 이동하는 탁월한 기록 방법을 택하였다. 거시적인데서 시작하여 미시적인데로 이동하는 원근법으로 그림을 그리듯이 글을 썼다.

김지수는 1828(純祖 28 道光 8 戊子)년 그가 본 당시의 자금성을 다음과 같이 소상하게 묘사해 냈다. 장황한 인용을 하는 까닭은 그의 기록방법과 관찰력 때문이다. 기억에 의한 선각인 후기록의 방법만으로는 이처럼 정밀하게 쓰기가 쉽지 않았을 것이다. 철저한 사전의 준비나 여러 참고자료를 동원하였을 것이다.

> 궁셩(宮城)안 네귀마다[55] 층집을 지어시되/ 네층으로 팔모지게 황기와로 니어잇고[56]/ 그속의 녀흔거슨 쇠북을 달아시며/ 궁셩ᄉ면(宮城四面) 도라가며 셩밋틔 쟝낭(長廊)지어/ 궁쟝(宮墻)을 얇흘두고 밧겨츤[57] 젼벽(塼壁) 이요/ 벽뒤흔 깁흔ᄀ쳔(開川) 슉셕(熟石)으로 구지(溝池)싸고/ 다리노코 문을ᄂ여 여닷고 츌입(出入) ᄒ고/ 군냥(軍糧)이며 마초등물(馬草等物) 병마(兵馬)와 군긔(軍器)ᄭ지/ 그속의 녀허두고 쥬냐(晝夜)로 슈셩(守城) ᄒ니/ 문닷고 아니열면 나오지는 못ᄒ겟고[58] (한자는 저자 삽입. 저자의 행구분)

---

55) 네 귀마다 : 네 모퉁이마다.

56) 니어잇고 : 이어 있고
"궁성 안의 네 모퉁이에는 종고루(鍾鼓樓)가 있는데, 4층 8각에 누른 기와를 덮은 각이다."(부-375).

57) 밧겨츤 : 바깥은.

이처럼 자금성 안 네 모서리에 황기와로 이은 4층 8모집이 있었으며, 그 안에는 쇠북을 달았다. 궁성사면을 돌아가며 성 밑에 장랑을 지었다. 그 속에 군량, 마초등물, 병마, 군기 등을 두고 주야로 수성하였다. 궁성의 건축물 용도와 황실의 조직적인 경비상황을 기록하였다. 다음은 태화전(황극전)까지 나아간 기록이다.

> 궁셩(宮城)밧 뎡ᄂᆞᆷ문(正南門)은 ᄃᆡ청문(大淸門)이 외문(外門)이오/ 길ᄂᆞᆷ은[59] 셕칙(石柵)으로 그문밧긔 작문(作門) ᄒᆞ고/ ᄃᆡ청문(大淸門) 드러가면 텬안문(天安門)을 디어시니/ 그안은 단문(端門)이오 그안은 오문(午門)이라/ 황기와 삼층문누(三層門樓) 텬안문(天安門) 오문(午門)까지/ 둣겁게 셩을ᄡᆞ고 다ᄉᆞᆺ문식 ᄂᆡ엿고나/ 오문(午門)안 드러가면 ᄐᆡ화문(太和門)이 안문[60]이라/ 소덕문(昭德門)은 좌편(左便)이요 졍도문(貞度門)은 우편(右便)이라/ ᄐᆡ화문(太和門) 드러가면 ᄐᆡ화뎐(太和殿)이 뎡뎐(正殿)이니/ 황극뎐(皇極殿)이라 ᄒᆞ는거시 ᄐᆡ화뎐(太和殿) 긔아닌가/ 놉기도 금즉ᄒᆞ고 웅당(雄壯)도 ᄒᆞ온지고[61] (한자는 저자 삽입. 저자의 행구분)

이처럼 궁성 밖 정남문인 대청문부터 천안문, 단문, 오문, 태화문, 태화전(황극전)까지를 앞으로 진행하면서 관찰하고, 그 낱낱의 위치, 규모, 외형, 통로, 주변상황과 소감 등을 상세하게 기록했다. 다음은 태화문과 태화전 주변의 구조물과 조형물을 이렇게 보았다.

> ᄉᆞ방(四方)의 월랑(月廊)[62] 짓고 ᄃᆡᆺ돌[63]은 길이ᄂᆞᆷ고/ 큰벽돌 모박여셔[64] 뜰안의 좀속깔

---

58) 1828, 金芝叟, 셔힝록(西行錄), pp.37~74, 林基中, 增補燕行錄叢刊DVD, 누리미디어, 2013.3.3.
59) 길ᄂᆞᆷ는 : 길[丈] 넘는. 한 길이 넘는.
60) 안문 : 가장 안 문. 곧 내문(內門).
61) 1828, 金芝叟, 셔힝록(西行錄), pp.37~74, 林基中, 增補燕行錄叢刊DVD, 누리미디어, 2013.3.3.
62) 월랑(月廊) : 행랑.
63) 댓돌 : 섬돌. 오르내리는 돌층계.

고[65]/ 틔화문(太和門)의 옥난(玉欄) ᄒᆞ고 그압흐로 품텰(品鐵)[66] 잇고/ 틔화뎐(太和殿) 볼죽시면 옥계(玉階)가 슴층(三層) 인ᄃᆡ/ 한층이 길반되게 셥삭여[67] 무어두고/ 뎡노(正路)의 노흔돌이 크기도 당(壯) ᄒᆞ도다/ 너븨는 간반이요 기릐는 슴간(三間)되게/ 아홉농(龍) 도도삭여[68] 왼장돌[69]을 결쳐노코/ 그우층 ᄯᅩ우층이 옥계(玉階)가 일반이오/ 믿우층 셤돌[70]우희 좌우로 노흔거시/ 동(東)의는 오동(烏銅)거복 셔(西)의는 완노(宛鷺)로다/ 층층이 난간속의 오동향노(烏銅香爐) 노핫는ᄃᆡ/ 놉기는 길이놈고 슈십기 느러셧다[71] (한자는 저자 삽입. 저자의 행구분)

이처럼 태화문의 옥난, 품철과 태화전의 옥계, 정로, 구용, 오동구, 완로, 오동향로 등을 다소의 소감을 가미하면서 세부적으로 기록했다. 그 다음은 여러 협문과 구창을 보았다.

톄인각(體仁閣) 홍인각(弘義閣)은 좌우의 ᄉᆞ각(史閣)[72]이요/ 좌익문(左翼門) 우익문(右翼門)은 동셔(東西)의 뎡문(正門)이오/ 즁좌문(中左門) 즁우문(中右門)은 북편의 협문(夾門)이라/ 삼층뎐(三層殿) 놉히지어 구창(九窓)이 됴요(照耀) ᄒᆞ고[73] (한자는 저자 삽입. 저자의 행구분)

이처럼 김지수는 체인각, 홍의각, 좌익문, 우익문, 중좌문, 중우문 등

64) 모박여셔 : 모로 박아서.
65) 즘속깔고 : 뜰 안에 포장(鋪裝) 깔고, 포장하고.
"뜰에는 큰 벽돌을 깔았고…"(부-376)(?).
66) 품텰(品鐵) : 품계를 표시하는 쇠말뚝.
67) 셥삭여 : 섭새겨. 섭새기다는 속이 뜨게 파거나 뚫어지도록 새기다.
68) 도도삭여 : 돋워 새겨. 도드라지게 새겨. 도도다는 돋우다.
69) 외쟝돌 : 온장돌. 장석(長石)을 통째로.
70) 셤돌 : 섬돌. 계단.
71) 1828, 金芝叟, 셔힝록(西行錄), pp.37~74, 林基中, 增補燕行錄叢刊DVD, 누리미디어, 2013.3.3.
72) ᄉᆞ각(史閣) : 사고(史庫) 안의 실록(實錄)을 넣어 두던 곳.
73) 1828, 金芝叟, 셔힝록(西行錄), pp.37~74, 林基中, 增補燕行錄叢刊DVD, 누리미디어, 2013.3.3.

의 협문과 그 구창의 조요한 분위기까지 섬세하게 묘사해 냈다. 그리고 다음처럼 보화전을 보는 것으로 마무리했다.

> 그뒤희 즁화뎐(中和殿)은 모지게[74] 집을지어이고/ 쏘그뒤희 보화뎐(保和殿)은 그역시 조당(朝堂)[75]이라/ ᄐᆡ화뎐(太和殿) 뒤뎐(殿)[76]가지 아오로[77] ᄉᆞᆷ뎐(三殿) [78]인ᄃᆡ/ 다각각 담을 막고 삼층계 쪽갓튼ᄃᆡ/ ᄐᆡ화뎐(太和殿) 셤돌부터 ᄭᅳᆺ물인[79] 옥난간의/ 삼층난간 ᄒᆞᆫᄃᆡ이어[80] 세뎐을 둘너고나/ 좌익문(左翼門)밧 동북으로 셕경문(錫慶門) [81]을 여어보면/ 아로삭인[82] 담을ᄡᅡ하 오ᄎᆡ(五彩)가 영농ᄒᆞ고/ 궁뎐(宮殿)이 몃곳진ᄃᆡ 궁슝(窮崇)[83]ᄒᆞ고 조쳡(稠疊)[84]ᄒᆞ니/ ᄂᆡ외궁뎐 동궁(東宮)[85]가지 ᄌᆞ비[86]가 무슈ᄒᆞ다[87] (한자는 저자 삽입. 저자의 행구분)

이처럼 마지막으로 태화전, 중화전, 보화전의 배치, 용도, 찬란한 외형, 주변의 정비상태로 마무리하였다. 그는 이렇게 관점의 시야를 점점 좁혀 들어가면서 다른 한편으로는 낱낱의 개체들을 점점 더 구체화하고 세부화하는 기술방법을 썼다. 마치 유능한 사진기사가 카메라의 눈

---

74) 모지게 : 네모지게.
75) 조당(朝堂) : 조정(朝庭). 나라의 정치를 의논하고 집행하던 곳.
76) 뒤뎐 : 뒷 전(殿). 뒤에 있는 전. 중화전을 말함.
77) 아오로 : 아울러. 여럿을 한데 합하여. 여럿을 함께. 아오로는 아울러.
78) ᄉᆞᆷ뎐(三殿) : 세 개의 전. 곧 태화전, 중화전, 보화전을 말함.
79) ᄭᅳᆺ물인 : 끝물인. 맨 나중의 것인.
80) ᄒᆞᆫᄃᆡ이어 : 한데 이어. 하나로 이어.
81) 셕경문(錫慶門) : 정궐의 좌익문 밖 동북쪽에 있음. 동화문 안 내전과 춘궁(春宮)이 그 사이에 있음.
82) 아로삭인 : 아로새긴. 아로새기다는 재주있고 묘하게 새기다.
83) 궁슝(窮崇) : 아름답기가 극도에 이르고 숭엄함.
84) 조쳡(稠疊) : 빈틈없이 포개짐.
85) 동궁(東宮) : 왕세자의 궁.
86) ᄌᆞ비 : 가마와 같은 탈것의 총칭.
87) 1828, 金芝叟, 셔힝록(西行錄), pp.37~74, 林基中, 增補燕行錄叢刊DVD, 누리미디어, 2013.3.3.

[Camera eye]을 작동하듯이 냉정한 자세로 기록했다.

다음은 김지수의 시각이 궁전 내부로 향하였다가 다시 궁전 밖으로 향하였던 기록이다.

쇠독[88]의 물을너어 셤돌밋ᄐᆡ 느러노하/ 여긔져긔 간ᄃᆡ마다 쳔ᄇᆡᆨ이 ᄂᆞᆷ아ᄒᆞ니/ 만일의 실화(失火) ᄒᆞ면 방비(防備)ᄒᆞ는 거시로다/ 동화문(東華門)밧 ᄂᆞ가보면 죠신(朝臣)들 츌입(出入) ᄒᆞᆯ졔/ 교ᄌᆞ(轎子)와 거마(車馬)가지 여긔셔 ᄂᆞ리는고/ ᄉᆞ인교(四人轎)는 몃치러니 동ᄎᆞ와 한 임차와/ 나귀노ᄉᆡ 안마(鞍馬)들이 ᄎᆞ례로 느러잇셔/ 좌우의 담밋치로 쌍쥴노[89] 니어시니/ 교ᄌᆞ(轎子)는 몬져노코 좌ᄎᆞ(坐車)는 다음이오/ 그다음 노ᄉᆡ말이 담으로 뒤를두고/ 외쥴노 나리셔고[90] 곱집어셔[91] 마조세워/ ᄉᆞ름은 아조업고 말말찌리[92] 셔로ᄆᆡ여/ 동(東)의도 두쥴이요 셔(西)의도 두쥴인ᄃᆡ/ ᄭᅩ리를 갓치두고[93] 쳔ᄇᆡᆨ(千百)말[94]이 다야셔셔[95]/ 머리를 마조두어 겹으로 세워시나/ 요동(搖動)들도 아니ᄒᆞ고 아모소ᄅᆡ 업셔시니/ 우리말 갓게되면[96] 요란키 아닐손가/ 동안[97]을 헤아리면 솔바탕[98]이 ᄂᆞᆷ즛ᄒᆞ다[99]/ ᄃᆡ조회(大朝會) 아니라도 평일의 그러ᄒᆞ니/ 아국의 비기건ᄃᆡ 관원(官員)이 ᄇᆡᆨᄇᆡᆨ로다/ 단문(端門)밧긔 ᄐᆡ묘(太廟)잇셔 가문(街門)[100]이라 ᄒᆞ엿시니/ 그안을 여어보면 광활(廣闊)ᄒᆞ고 심슈(深邃)ᄒᆞ며/홍등ᄃᆡ(紅燈臺) 길길

---

88) 쇠독 : 쇠로 만든 항아리.
89) 쌍(雙)쥴노 : 두 줄로.
90) 나리셔고 : 내리 서고. 늘어서 있고.
91) 곱집어셔 : 곱쳐서. 겹으로. 두 줄로. 곱다는 곱하다. 곱치다는 반으로 접어 한 데 합치다. 곱절을 하다.
92) 말말찌리 : 말끼리.
"말에다 말을 매고…"(부-425).
93) 갓치두고 : 같이 두고.
94) 쳔ᄇᆡᆨ말 : 천백(千百) 마리의 말.
95) 다야셔셔 : 닿아 서서. 서로 접(接)해 서서.
96) 갓게되면 : 같게 되면. 같으면. 같았으면.
97) 동안 : 어디서부터 어디까지의 사이.
98) 솔바탕 : 활터에서 솔대가 있는 데까지의 활 한 바탕. 보통 1백 20걸음.
99) ᄂᆞᆷ즛ᄒᆞ다 : 남짓하다. 무게, 수효 따위가 어떤 정도보다 조금 더 되다.

> 까의 느러셧다[101] (한자는 저자 삽입. 저자의 행구분)

이처럼 김지수는 방화용으로 물을 담아서 궁전 섬돌 밑에 늘어놓은 수많은 쇠항아리들에 눈이 꽂혔다. 그리고 평소 조신들이 드나드는 동화문 밖의 번화함과 그런 중에서도 질서정연함에 감동을 받았다. 교자, 차마, 사인교, 안마, 동차, 한임차, 좌차, 노새, 말 등이 모두 질서 있게 제자리에 있는 것을 보았다. 조선에 비해 관원의 수가 월등하게 많고 조선의 말에 비해서 조련이 아주 잘 된 중국의 말에서도 배울 점을 찾고 있었다. 당시 선진의 질서의식이 흘러내리는 문화현상이다. 황실의 과학적인 안전관리 상태와 많은 관원들의 질서의식을 기록했다.

김지수는 1828년 청나라 선종 8년 칠월 초칠일 천자(天子)의 태묘 추향 때 해전까지 가서도 보지 못하였던 선종을 보려고 관복을 차착하고 철저한 준비를 하였다. 그는 먼저 황제의 출궁(出宮) 전 단계 의식을 다음과 같이 썼다.

> 계미명(鷄未鳴) [102] 니러가셔[103] 동ᄒᆞ문(東華門) 뎐안문과/ 단문드러 오문밧긔 즘간시[104] 헐각(歇脚)[105] ᄒᆞ고/ 박셕(薄石)깐 들[庭]가온ᄃᆡ 길까의 안젓더니/ 오봉누(五鳳樓) 깁흔속의

---

100) 가문(街門) : 태묘가문(太廟街門).
"태묘도 또한 궁성 안에 있다. 단문(端門) 밖 동쪽가에 문이 있는데 '태묘가문(太廟街門)'이라는 현판이 걸려있다."(부-377).

101) 1828, 金芝叟, 셔힝록(西行錄), pp.37~74, 林基中, 增補燕行錄叢刊DVD, 누리미디어, 2013.3.3.

102) 계미명(鷄未鳴) : 첫 닭이 울기 전. 계명(鷄鳴)은 첫 닭이 울 무렵. 새벽.

103) 니러가셔 : 일어나 가서. 닐다는 일어나다.

104) 즘간시 : 잠깐시. 잠깐. 잠깐 동안.

105) 헐각(歇脚) : 잠시 다리를 쉼.

북소릭 둥둥ᄒᆞ며/ 양각등(羊角燈) 근빅기가[106] 일시의 ᄂᆞ오더니/ 오문밧길 좌우의 나모[107]셰워 다라두고/ 원근(遠近) 을 ᄇᆞ라보니 다른불 바히업셔/ 궐ᄂᆡ(闕內) 도 침침ᄒᆞ고 ᄉᆞ면이 칠냐(漆夜)로다/ 아국을 ᄉᆡᆼ각ᄒᆞ면 동가(動駕) 를 ᄒᆞ옵실졔/ 취군(聚軍)ᄒᆞᆯ졔 말소릭[108] 각영문(營門) 호응(呼應) 소릭/ 관원의 벽졔(僻除)소릭 등농(燈籠) 초롱 농지횃불[109]/ 짓거리고[110] 분쥬ᄒᆞ기 오죽 ᄒᆞ랴마는[111]/ 검어득ᄒᆞᆫ[112] 가온ᄃᆡ 인젹(人跡) 이 난동만동[113]/ 희미ᄒᆞᆫ 쳘초롱[114]의 조관(朝官)들이 풋득풋득[115]/ 시위군병(侍衛軍兵) 의장들도 항오ᄇᆡ립(行伍立) ᄒᆞ련마는/ 아모것도 동뎡(動靜)업고 엄슉ᄒᆞᆯ 분이로다[116]/ 홀연이 뎡편[117]소릭 ᄌᆡᆨ각ᄌᆡᆨ각 셰번나니/ 오문구녕 캄캄ᄒᆞᆫᄃᆡ 말발소릭 나오더니/ ᄉᆞ오십긔(四五十騎) 나온후 황냥산(黃凉傘)이 나오는고/ 공즁(空中) 에 비최이니 고부라진 즐니로다[118]/[119] (한자는 저자 삽입. 저자의 행구분)

이처럼 오봉루의 북소리가 울리더니, 조용하면서도 질서정연하고 엄숙한 분위기로 황제를 선도하는 행렬이 나타났다. 조선의 유사한 상황과 대비하여 볼 때 한층 더 수준 높은 의식절차였음을 기록했다.

---

106) 근(近) 빅기가 : 거의 백 개 가량이.

107) 나모 : 나무.
"正路를 끼고 푯말을 세워 달았고."(부-344).

108) 말소릭 : 말[馬] 소리.

109) 농지횃불 : 용지횃불. 용지는 헝겊이나 헌 솜을 나무에 감아 기름을 묻혀서 초대신 불을 켜는 것.

110) 짓거리고 : 지껄이고.

111) 오죽 ᄒᆞ랴마는 : 오죽하겠는가마는.

112) 검어득ᄒᆞᆫ : 어두컴컴한.

113) 난동만동 : 있는 것인지, 없는 것인지.

114) 쳘(鐵) 초롱 : 철로 만든 초롱.

115) 풋듯풋득 : 푸뜩푸뜩. 드문드문 나타나는 모양.

116) 엄슉ᄒᆞᆯ 분이로다 : 엄숙(嚴肅)할 뿐이로다.

117) 뎡편 : 정편. 경편(磬編). 아악기의 한 가지. 16개의 경쇠가 달림. 편경.

118) 즐니로다 : 자루로다. 즐은 자루.
"일산의 자루의 위가 구부러졌는데…"(부-344).

119) 1828, 金芝叟, 셔힝록(西行錄), pp.37~74, 林基中, 增補燕行錄叢刊DVD, 누리미디어, 2013.3.3.

김지수는 당시 황제가 탄 연을 보고 다음과 같이 썼다.

그뒤희 년(輦)을타고 텬ᄌ(天子)가 츌궁(出宮) ᄒᆞᆫ다/ 년졔도(輦制度) 를 볼ᄌᆞ시면 경편(輕便) ᄒᆞ고 ᄉᆞ치롭고/ 십여명 년멘군[120]이 홋두루막[121] 닙어더라/ 뉴리창 다든속의 셔리셔리[122] 안져시나/ 어두온ᄃᆡ 지나가니 볼길이 쏘업고나[123] (한자는 저자 삽입. 저자의 행구분)

이처럼 황제가 탄 당시의 연은 간편하지만 호화스러웠다. 연을 맨 사람 수는 십여 명이었고, 홑두루마기 옷차림이었다. 아마도 날씨가 더운 탓이었을 것이다. 연의 실용성을 기록했다.

김지수는 당시 황제가 태묘 추향을 마치고 환궁하는 의장을 보면서 다음과 같이 썼다.

환궁(還宮)ᄯᅢ를 기다려셔 도로나가 안ᄌᆞ보니/ 안ᄀᆡ[124]는 혜여지고[125] 동역(東域)히[126] 밝아오니[127]/ 그졔야 둘너보니 위의(威儀)도 당ᄒᆞ거다[128]/ 오문(午門)셔 단문(端門)ᄭᅡ지 담밋ᄐᆡ 두편으로/ 의댱과 군병들이 뷘틈업셔 이어잇다/ 황옥차(黃屋車) ᄊᆞ며노하 훌늉코 조흔모양/ 놉기는 두길이오 몸피[129]는 큰ᄒᆞᆫ간의/ 두예의[130] 닷집[131] ᄒᆞ고 가는ᄃᆡ는 좌탑(坐榻) 노코/

---

120) 년멘군 : 연 멘군[輦軍]. 연을 멘 군졸(부-344).

121) 홋두루막 : 홑두루마기.

122) 셔리셔리 : 서리서리. 안정되게, 의젓하게 앉아 있는 모양의 의태어. 서리다는 국수나 새끼 따위를 둥그렇게 포개어 감다.

123) 1828, 金芝叟, 셔힝록(西行錄), pp.37~74, 林基中, 增補燕行錄叢刊DVD, 누리미디어, 2013.3.3.

124) 안ᄀᆡ : 안개.

125) 혜여지고 : 흩어지고. 흩어져 없어지고. 헤다는 헤치다, 곧 흩어져 가게 하다.

126) 동역희 : 동녘이.

127) 밝아오니 : 밝아오니.

128) 당ᄒᆞ거다 : 장(壯)하구나. 놀랍구나.

129) 몸피 : 몸둘레의 굵기.

밋틔는 보(褓) 를깔고 ᄉᆞ면의 뉴소(流蘇)ᄒᆞ고/ 밧그로 난간ᄒᆞ고 쌍박회[132] 크게달고/ 좌우와 젼면(前面)ᄭᆞ지 쥬홍다리[133] 노핫시니/ ᄶᅡ의셔 발젹이면[134] 찻속이 겨오뵌다[135]/ 그런것 동셔흐로 두쌍을 노하시니/ 쥬황당ᄉᆞ(朱黃唐絲) 쥴을거러 코키리게 메온단네[136]/ 공년(空輦)도 두쌍이오 교ᄌᆞ는 몃쌍인지/ 법안지은[137] 조흔말이 좌우갈ᄂᆞ[138] 느러셔고/ 긔치와 동기[139]들과 무슈ᄒᆞᆫ 의장들과/ 창검(槍劍)든 군ᄉᆞ(軍士)들이 엇기[140]를 이어셔셔/ 그안의 빈틈업시 함오[141]물고 느러셔니/ 여긔셔 뵈는동안 져러케 ᄇᆡ립ᄒᆞ니/ 틔화문안 침뎐(寢殿)부터 단문밧겻 틔묘ᄭᆞ지/ 곳곳이 간ᄃᆡ마다 응당이 이러ᄒᆞ리[142] (한자는 저자 삽입. 저자의 행구분)

이처럼 김지수는 황제가 연경에서 심양까지 거동할 때도 이번 호위 행렬처럼 철기가 옹위하고, 외방 군병이 배립하고, 근이천리나 병마를 숲처럼 세워두고, 고 속을 통해서 온다는 엄격한 호위의장에 관하여 그 규율이 무섭다고 기록했다.

드디어 김지수는 치밀하게 준비하면서 고대하던 도광황제 선종을 보고 다음과 같이 썼다.

---

130) 두예의 : 뚜껑에. 두에는 뚜껑.
131) 닷집 : 닫집. 옥좌(玉座)나 불좌(佛座) 따위의 위에 장식으로 다는 모형 가옥.
132) 쌍박희 : 쌍(雙) 바퀴. 박회는 바퀴.
133) 쥬홍다리 : 붉은 칠을 한 나무 사다리(부-345).
134) 발젹이면 : 발을 돋우면. 발돋움질을 하면. 젹이다는 발을 돋우다.
135) 겨오뵌다 : 겨우 보인다.
136) 메온단네 : 메게 한다네.
137) 법안지은 : 법 안 지운. 법여(法輿), 곧 임금의 수레를 등에 지지 않게 한.
138) 좌우갈ᄂᆞ : 좌우(左右) 갈라.
139) 동기 : 활과 화살을 넣어 메는 기구.
140) 엇기 : 어깨.
141) 함오 : 함(銜)우. 하무. 하모. 옛날 군대에서 떠들지 못하도록 입에 물리던 나무막대. 하모는 하무의 잘못인 듯.
142) 1828, 金芝叟, 셔힝록(西行錄), pp.37~74, 林基中, 增補燕行錄叢刊DVD, 누리미디어, 2013.3.3.

> 조일(朝日)이 도다올제[143] 황뎨(皇帝)가 드러오니/ 졈졈이 갓가와셔 안면(顔面)ᄒᆞ여[144] ᄇᆞ라보니/ 어ᄂᆡ듯 지ᄂᆞ치니 보온가 못보온가[145]/ 년(輦)속의 안즌모양 뇽(龍)의형상(形狀) 아니런가/ 구쳑댱신(九尺長身) 굽은거동(擧動) 구뷔구뷔[146] 셔려잇고[147]/ 누른얼골 쥬걱턱[148]이 숨결의 어쓧[149]본지/ 망월구(望月口)[150] 너른입이 니빠져 우굿ᄒᆞ고[151]/ 너른샹의 하관(下觀)ᄲᆡᆺ고[152] 슈염은 아조업고/ 가는눈이 길게븟고[153] 안광(眼光)이 금즉다ᄂᆡ[154]/ 우리ᄉᆞ신(使臣) 지영쳐(祗迎處)를 이시히 굽어보ᄂᆡ/ 만승텬ᄌᆞ(萬乘天子) 뎨일인[第一人者]을 이졔야 보게고나/ 젼후의 시신(侍臣)들도 츌궁(出宮)보다 ᄇᆡᄂᆞᄒᆞ고[155]/ 비로소 풍뉴(風流)ᄒᆞ니 듯기의[156] 근가(近可)[157]ᄒᆞ다.[158] (한자는 저자 삽입. 저자의 행구분)

이처럼 김지수가 본 선종의 관상은 룡의 형상에 구척장신이고, 누른 얼굴에 주걱턱이다. 입은 망월구처럼 넓고 이가 빠져 우굿하였다. 넓은 이마에 하관이 좁고 수염은 없었다. 눈은 가늘었고 길게 붙어있었다. 안광이 빛났으며 만승천자로 제일인자였다. 황제의 관상, 관록, 건강상태, 판단력을 기록했다.

---

143) 도다올졔 : 돋아올 때.
144) 안면(顔面)ᄒᆞ여 : 마주하여.
145) 보온가 못보온가 : 본 것인가 보지 못한 것인가.
146) 구뷔구뷔 : 굽이굽이. 물이 굽이져 흐르는 모양.
147) 셔려잇고 : 서려 있고.
148) 쥬걱턱 : 주걱턱. 길고 굽은 턱.
149) 어쓧 : 언뜻. 잠깐 나타나는 모양.
150) 망월구(望月口) : 보름달 같은 입.
151) 우굿ᄒᆞ고 : 우굿하고. 우굿하다는 안쪽으로 조금 우글어져 있다.
152) 하관ᄲᆡᆺ고 : 하관(下觀)이 빨고. 얼굴 아래쪽이 좁으며. 빨다는 끝이 차차 가늘어서 뾰족하다.
153) 길게븟고 : 길게 붙어 있고.
154) 금즉다ᄂᆡ : 끔찍하다네. 놀랄만 하다네.
155) ᄇᆡᄂᆞᄒᆞ고 : 배(倍)나 하고. 배나 되고.
156) 듯기의 : 듣기에.
157) 근가(近可) : 근사(近似). 그럴싸하게 좋음.
158) 1828, 셔힝록(西行錄), 金芝叟, pp.37~74, 林基中, 增補燕行錄叢刊DVD, 누리미디어, 2013.3.3.

도114. 청 제8대 도광 선종의 초상

1852(哲宗 3 咸豐 2 壬子)년 청나라 문종 2년 서염순은 연힝별곡(燕行別曲)을 썼다. 서염순은 다음과 같은 몇 행으로 자금성을 표현했을 뿐 황제에 관한 기록은 하지 못했다.

홍노(鴻臚) 연예(演禮)와 오문(午門)지영(午門祗迎)을 ᄎᆞ례로 지ᄂᆞᆫ후의/ 산쳔형승과 셩궐 졔도을 넉넉히 ᄉᆞᆯ펴보니/ 슌쳔부(順天府) ᄃᆡ도회의 풍긔도 다를시고/ 영낙년(永樂年) ᄐᆡ평시의 경눈도 장훌시고/ 뎡양문(正陽門) 너른 길의 오국숩죠 둘너잇고/ ᄐᆡ화젼(太和殿) 놉흔 집의 만호젼문 열녀셔라/ 경산 화목(景山花木)이 울울 총총ᄒᆞᆫᄃᆡ/ ᄌᆞ광각(紫光閣) 만세루ᄂᆞᆫ 반공의 소ᄉᆞ잇고/ 오룡졍(五龍亭) 쳔불ᄉᆞ는 경즁의 ᄌᆞᆷ겨셔라[159] (한자는 저자 삽입. 저자의 행구분)

이처럼 서염순은 정양문, 태화전과 경산 등을 존평형식으로 나열하고 말았다. 그러나 그는 "ᄐᆡ화젼(太和殿) 놉흔 집의 만호젼문 열녀셔라"라고 하여 당시 자금성과 황제의 개방성과 포용성을 체감하였다.

1866(高宗 3 同治 5 丙寅)년 청나라 목종 5년 유인목은 북ᄒᆡᆼ가(北行歌)를 썼다. 유인목의 한문연행록이 있지만, 한글연행록은 초고 단계부터 방외인의 기록처럼 한글로 작성된 것으로 여겨진다. 그는 다음처럼 자금성을 보았으나, 황제는 만나보지 못하였다.

됴양문(朝陽門) 드러셔니 황셩(皇城)이 여계로다/ 좌우의 시젼(市廛) 집은 도금빗 영농ᄒᆞ고 / …/ 신무문(神武門) 얼풋지ᄂᆡ 만슈산(萬壽山) ᄎᆡ다보니 /산샹의 ᄆᆡ산각(煤山閣)[160]은 이졔ᄭᆞ지 완연ᄒᆞ니/…장ᄒᆞ도다 장ᄒᆞ도다 천ᄌᆞ궁궐 ᄌᆞᆼᄒᆞ도다/ 구즁궁궐 깁고깁흔 즁의 쳔ᄌᆞ승안(天子承顔)[161] 못ᄒᆞ여ᄂᆡ/ 즁국의 허다장관 이밧기야 한이업소[162] (한자는 저자 삽입. 저자의 행구분)

---

159) 1852, 연ᄒᆡᆼ별곡(燕行別曲), 徐念淳, pp.20~22, 林基中, 增補燕行錄叢刊DVD, 누리미디어, 2013.3.3.

160) ᄆᆡ산각(煤山閣) : 명(明)의 의종(毅宗)이 순사(殉死)한 만수산(萬壽山) 위에 있는 삼첨전각(三簷殿閣).

161) 천ᄌᆞ승안(天子承顔) : 황제(皇帝)를 만나 뵘.

162) 1866, 북ᄒᆡᆼ가(北行歌), 柳寅睦, pp.56~65, 林基中, 增補燕行錄叢刊DVD, 누리미디어, 2013.3.3.

이처럼 유인목의 연행록은 황제에 관한 기록만 없는 것이 아니고, 자금성에 관한 기록도 소루하다. 관심이 그와는 다른 곳에 많았기 때문이다. 그러나 그는 황제를 만나지 못한 것만 한이라고 쓰면서 스스로 자기 기록의 한계성을 인식했다.

1866(高宗 3 同治 5 丙寅)년 청나라 목종 5년 홍순학은 연힝가(燕行歌)를 썼다. 홍순학은 그보다 38년 전인 1828(純祖 28 道光 8 戊子)년의 연행사 김지수가 쓴 셔힝록(西行錄)을 참고하였던 것 같다. 저자가 몇 차례 이런 문제들을 거론한 바 있다.[163] 그는 김지수처럼 자금성 밖의 연경으로부터 궁궐 안쪽으로 시각을 이동하였다.

ᄂᆡ외셩(內外城)을 합히보면 날일ᄌᆞ(日字) 형상인ᄃᆡ/ 졍양문이 즁획되여 장안의 복판이라/ 물싀의 번화ᄒᆞ미 쳔하의 ᄃᆡ도회라/ 졍양문 마즌편의 ᄃᆡ쳥문이 져기잇셔/ ᄃᆡ궐의 남문이라 삼문이 두렷ᄒᆞ고/ 그압ᄒᆡ 긔반갓흔 네거리 ᄒᆞᆫ바닥의/ 광활하게 터을닥가 셕난간을 둘러치고/ 졍월망일(正月望日) 발근달의 귀공ᄌᆞ(貴公子) 노ᄂᆞᆫᄃᆡ라[164] (한자는 저자 삽입. 저자의 행구분)

이처럼 연경은 외성 안에 내성이 있고, 일자 모양으로 만들어진 성이다. 정양문이 장안의 한복판으로 중획되었다. 대궐의 삼문 앞 네거리가 광활하고 귀공자들이 노는 곳이다. 그다음 대궐로 기록 시각을 이동하였다.

---

163) 林基中, 燕行歌辭와 燕行錄의 相互原典性과 流行樣式, 東北亞歷史財團 國際學術大會, 2012.8.23.~24. 東亞細亞의 疏通과 交流, pp.1~33 參照.

164) 1866, 연힝가(燕行歌), 洪淳學, pp.25~27, 林基中, 增補燕行錄叢刊DVD, 누리미디어, 2013.3.3.

딕궐(大闕)을 살펴보니 그도쏘흔 안팟궁장/ 벽돌빠하 황기와이며 쥬히는 삼십니라/ 딕청문(大淸門) 들어셔면 쳔안문이 마조잇셔/ 다숫홍예 두렷ᄒ고 이층문누 굉장ᄒ여/ 그압 금쳔교(襟川橋)는 다숫다리 느려노혀/ 다리마다 옥난간이 간간이 격ᄒ엿고/ 좌우의 돌기둥은 경쳔쥬(擎天柱) 한빵이니/ 십여장 놉핫는딕 용트림 긔졀ᄒ다/ 쳔안문(天安門) 들어셔면 단문(端門)이 마조잇셔/ 그도쏘흔 다숫홍예 이층문누 웅장ᄒ고/ 그압흐로 좌우편의 마조셧는 져삼문이/ 좌편의는 사직(社稷) 이오 우편의는 틱묘(太廟) 로다/ 단문(端門)을 들어셔면 오문(午門)이 마조잇셔/ ᄌ금셩(紫禁城)봉누는 셩우히 놉히잇셔/ 좌루의는 쇠북이오 우루의는 북이로다/ 그입히 각ᄉ직방(各司直房) 동셔로 난와잇고/ 일영보는 시판(時板)이며 비직이는 측우긔는/ 옥을삭여 긔이ᄒ게 좌우로 버려노코/ 오문(午門)안의 틱화문(太和門)은 그도쏘한 삼문이오/ 옥난간 두룬거시 볼ᄉ록 장ᄒ고나/ 틱화문안 틱화젼(太和殿)은 황극젼(皇極殿) 이 져러토다/ 놉기도 금직하며 웅위도 ᄒ온지고/ 길이너문 놉흔옥계 월딕가 삼층이오/ 층층이 옥난간의 겹식김[165] 용트림과/ 삼층젼각 놉히지어 구천(九天) 이 포모ᄒ니/ 금벽(金碧)도 휘황ᄒ고 단확(丹雘) [166]도 찬난ᄒ다[167] (한자는 저자 삽입. 저자의 행구분)

이처럼 홍순학은 '대궐을 살펴보니'로 시작하는 글에서 당시 자금성의 실상을 그려내듯이 썼다. 그는 대청문으로 들어가 금천교를 지나 경천주 한 쌍을 보았다. 그리고 천안문, 단문, 사직, 태묘, 단문, 오문을 지나 자금성의 봉루를 보면서 각사직방, 태화문, 태화전(황극전)으로 이동하였다. 이런 건축물들의 위치, 특색, 도색 등과 그에 관한 소감 등을 기록하였다. 그다음은 자금성 안에서 본 여러 구조물과 조형물에 대한 견문을 기록했다. 그리고 다음과 같이 조형물을 보았다.

---

165) 겹ᄉ김 : 나무, 돌, 쇠붙이에 깊고 얇게 여러 겹으로 새긴 것.

166) 단확(丹雘) : 주색(朱色)의 선명(鮮明)한 흙. 진사류(辰砂類).

167) 1866, 연힝가(燕行歌), 洪淳學, pp.25~27, 林基中, 增補燕行錄叢刊DVD, 누리미디어, 2013.3.3.

오동(烏銅)으로 ᄆᆡᆫ든거북 구리로 지은학은/ 동셔로 빵을지어 엇지ᄒᆞ여 노하시며/ 오동향노(烏銅香爐) 큼도크사 수십개 버려노코/ 슌금(純金)두멍[168] 물기러다 여긔져긔 몟치러냐/ 뜰 아ᄅᆡ 품셕(品石) 들은 일품이품 삭여세워/ ᄇᆡᆨ관이 조회(朝會) ᄒᆞᆯ제 품슈ᄃᆡ로 션다ᄒᆞᆫ데/ 좌우의 월낭(月廊)지어 의장(儀仗) 을 둔다ᄒᆞ고[169] (한자는 저자 삽입. 저자의 행구분)

이처럼 그는 오동구, 오동학, 오동향로, 순금두멍, 품석, 의장을 두는 월랑 등의 크기와 용도 등에 관해서 썼다. 소감과 현장성이 잘 드러나지 않아서 앞선 김지수의 이 부분 기록과 차이가 있음을 알 수 있다. 그는 다시 다음과 같이 자금성 안의 건축물을 보았다.

ᄐᆡ인각(泰仁閣) 흥의각(興義閣)은 좌우의 ᄌᆞ각(子閣) 이오/ 좌익문 우익문은 동셔의 졍문이며/ 듕하문(中華門) 듕우문(中右門)은 북편의 협문(夾門) 이니/ 그안의 듕화젼(中和殿)은 이층이 놉히잇고/ 그위히 보화젼(保化殿)은 그역시 졍젼이라/ ᄐᆡ화젼 셤돌부터 ᄉᆞᆺ물닌 옥난간이/ 보화젼 셤돌가지 셰젼을 둘너고나/ 그뒤ᄒᆡ 건쳥젼(乾淸殿)은 황뎨의 편젼(便殿) 이오/ 그뒤히 교ᄐᆡ젼(交泰殿) 과 또그뒤히 교녕젼(巧齡殿) 은/ 황후(皇后)잇ᄂᆞᆫ ᄂᆡ젼이니 구중궁궐이아니냐/

궁젼(宮殿)이 몟ᄎᆞᆺ인지 쳐쳐의 조쳡(稠疊) [170] ᄒᆞ여/ 아로삭인 장원이며 ᄎᆡᄉᆡᆨ칠ᄒᆞᆫ 바람벽과/ 벽돌ᄭᆞᆯ아 길을ᄂᆡ고 박셕ᄭᆞᆯ아 뜰이로다/ 울긋불긋 오ᄉᆡᆨ기와 ᄉᆞ면의 녕농ᄒᆞ니/ 것흐로 얼는보아 져러틋 휘항ᄒᆞᆯ제/ 안의들어 ᄌᆞ세보면 오죽히 장ᄒᆞᆯ호냐/ 조양문(朝陽門) ᄎᆞᄌᆞ드니 궁셩의 동문이오/ 동화문(東華門) 밧 지나가니 ᄌᆞ금셩 동문이라/ 셩밋ᄒᆞ로 지쳔파셔 이편져편 셕륙ᄊᆞ코/ 셕튝가의 장낭(長廊)지어 창과고이 ᄇᆞ려잇고/ 셩을ᄭᅵ고 도라가며 신무문(神武門) 압 다ᄃᆞ르니/ ᄌᆞ금셩 북문이오 그마죠 부샹문의/ 그안의 경산(景山)이니 ᄃᆡ궐의 쥬산이라[171] (한자는

---

168) 두멍 : 물을 길어 붓고 쓰는 큰 가마.

169) 1866, 연힝가(燕行歌), 洪淳學, pp.25~27, 林基中, 增補燕行錄叢刊DVD, 누리미디어, 2013.3.3.

170) 조첩(稠疊) : 빈틈없이 차곡차곡 포개어 있음.

171) 1866, 연힝가(燕行歌), 洪淳學, pp.25~27, 林基中, 增補燕行錄叢刊DVD, 누리미디어, 2013.3.3.

저자 삽입. 저자의 행구분)

이처럼 홍순학은 태인각, 흥의각, 중화문, 중우문, 중화전, 보화전, 건청전, 교태전, 교령전, 조양문, 동화문을 지나서 신무문에 이르기까지 각 건축물의 위치, 용도, 규모 등에 대하여 썼다. 연경의 전체 구도 속에 자금성을 놓고, 기록 시야를 거시적인데서 미시적인데로 작동시키는 카메라의 눈[Camera eye]이 김지수의 것과 유사하다. 다음은 홍순학이 본 태묘친제 때의 목종에 관한 기록이다.

녜부지휘(禮部指揮) 드ᄃᆡ여셔[172] ᄐᆡ묘친졔(太廟親祭) 거동시의/ 삼사신이 지영(祗迎) ᄒᆞᆯᄉᆡ ᄉᆡ벽의 녜궐(詣闕)[173] ᄒᆞ여/ 동장안문 다ᄃᆞ르니 만됴ᄇᆡᆨ관 들어간다/ 각노(閣老) ᄀᆞᆺ튼 일품관도 부ᄋᆡᆨ(扶腋)업고 긔구업시/ 양각등의 불혀들고 하인ᄒᆞ나 업시가니/ 다각각 벼ᄉᆞᆯ일홈 양각등(羊角燈)의 써잇더라/ 오문(午門)밧긔 들어가셔 녜부직방 안져더니/ 날이장ᄎᆞᆺ 발가오ᄆᆡ 묘시(卯時)츌궁 ᄯᆡ되엿다/ 쳔ᄌᆞ가 나오시며 위의를 경졔ᄒᆞᆫ다/ 오문밧 동셔편의 황옥ᄎᆞ(黃玉車) 세빵이니/ 놉기ᄂᆞᆫ 두길이오 몸피[174]ᄂᆞᆫ 큰한간의/ 누룬비단 쑥경에다 슌금으로 쇽지ᄒᆞ고/ 누른융젼(絨氈) 휘장의다 젼후좌우 완자창과/ 벌ᄆᆡ듭 불근유소(流蘇) 네귀흐로 드리우고/ 유리풍경(風磬) 뎅강뎅강 슈항낭[175]을 쥬렁쥬렁/ 좌우로 익장(翼帳) 달아 누른쥬렴 드림하고/ 그안의ᄂᆞᆫ 닷집달고 ᄒᆞᆫ가온ᄃᆡ 좌탑노코/ 황보덥혀 위히노코 밧그로 도라가며/ 불근난간 둘너치고 오르나릴 ᄉᆞ닥다리/ 좌우로 빵박회오 불근칠을 길게ᄒᆞ여/ 쥬홍당ᄉᆞ 줄을걸어 코키리게 메엿다데/ 황옥교 줄걸어셔 셔너뺭 ᄃᆡ령ᄒᆞ고/ 누른우단 안장지은 어승마(御乘馬)[176]ᄂᆞᆫ 슈십여필/ 길가희로 좌우편의 홍두루만 입은군ᄉᆞ/ 의장들고 창검들고 ᄃᆡ궐의셔 ᄐᆡ묘ᄭᆞ지/ ᄒᆞᆫ간동안 두세식이 뺭을 지어 느려셧고/ 지영반의 나와보니 ᄇᆡᆨ관이 다모혓다/ 됴션ᄉᆞ신 녁관들도 여덜통관 반을지어/ ᄎᆞ례로 ᄶᅡ히ᄭᅮ러 기ᄃᆞ리고 안져더니[177] (한자는 저자 삽입. 저자의 행구분)

---

172) 드ᄃᆡ여셔 : 딛어서. 앞의 말을 따라 말해서. 혹은 따라서.
173) 녜궐 : 예궐(詣闕). 임금이 몸소 종묘(宗廟)의 제사를 지내는 것.
174) 몸피 : 몸둘레의 굵기.
175) 슈항낭 : 수항낭(受香囊). 제사(祭祀)지내려 할 때 향(香), 제문(祭文)을 담는 것.
176) 어승마(御乘馬) : 임금이 타는 말.

이처럼 청나라 목종의 태묘친제 의장을 보았다. 각로 같은 일품관들도 부액이 없었으며, 그들이 든 양각등에 관직명이 쓰여 있었다. 황제가 출궁 때 코끼리가 끄는 황옥차 세 쌍이 나와서 대령하였다. 황옥차는 규모가 크고 아주 화려하게 치장되었다. 황제가 타는 어승마 수십여 필이 등장하고, 군사들이 대궐에서 태묘까지 늘어 서 있다. 황제의 태묘친제 의장, 각로들의 검소성, 황제의 권위를 기록했다. 그는 다음처럼 황제를 보았다. 당시 태묘친제의 출궁 시간은 상오 여섯 시 경이었다.

> ᄑᆡ동ᄀᆡ[178] ᄒᆞᆫ 말탄관원 셔너쌍이 압흘셔고/ 황냥산(黃洋繖) 이 나온후의 홍의(紅衣)입은 여덥군ᄉᆞ/ 팔인교(八人轎)을 메고오니 누룬 쑥정 누룬휘장/ 좌우의 완ᄌᆞ밀챵 압뒤ᄎᆞ을 길게 ᄒᆞ고/ 멜방망이 네줄인ᄃᆡ 둘식둘식 달아메니/ 우리나라 ᄉᆞ인교을 둘을ᄒᆞᆷ게 메음ᄀᆞᆺ다/ 밀챵을 반즘널고 황뎨(皇帝)가 ᄂᆡ다보니/ 용봉지ᄌᆞ(龍鳳之姿) 쳔일지표(天日之表) 엇더ᄒᆞ신 쳔안인고/ 츈츄(春秋)가 십일셰라 어린ᄐᆡ도 어엿브다/ 갸름ᄒᆞ온 얼골밧탕 일월각(日月角)[179]이 공골ᄎᆞ고[180]/ 자그마ᄒᆞᆫ 눈모양이 안ᄎᆡ가 돌올ᄒᆞ다/ 누른비단 두루막이 말ᄋᆡᆨ이도 누르더라/ 쳔하의 제일인이 호복(胡服)ᄒᆞ신 져란말가/ 지영(祗迎)압의 이르더니 팔인교(八人轎)을 머무르고/ 너희국왕 평안하믈 근시불너 무르시니/ 삼ᄉᆞ신이 긔복(起伏) [181]ᄒᆞ여 ᄒᆞᆫ번고두 ᄉᆞ례헌다[182] (한자는 저자 삽입. 저자의 행구분)

이처럼 황제는 팔인교를 탔다. 황제는 십일 세였지만 용봉지자에 천일지표였다. 그의 얼굴 생김새는 갸름한 얼굴에 이마가 야무지고, 작은

177) 1866, 연ᄒᆡᆼ가(燕行歌), 洪淳學, pp.38~40, 林基中, 增補燕行錄叢刊DVD, 누리미디어, 2013.3.3.
178) ᄑᆡ(佩)동ᄀᆡ : 활과 화살을 꽂아 넣어 등에 지도록 만든 물건을 허리에 참.
179) 일월각(日月角) : 좌우의 이마.
180) 공골ᄎᆞ고 : 모양이 야무지게 생기고.
181) 긔복(起伏) : 왕(王)에게 상주(上奏)할 때 먼저 일어섰다가 다시 몸을 굽히는 것.
182) 1866, 연ᄒᆡᆼ가(燕行歌), 洪淳學, pp.38-40, 林基中, 增補燕行錄叢刊DVD, 누리미디어, 2013.3.3.

눈 모양에 안광이 뛰어났다. 그는 호복을 입고 있었다. 황제의 관상, 판단력, 복식을 기록했다. 다음은 황제가 지나간 뒤의 의장이다.

도115. 청 제10대 동치 목종의 초상

팔인교(八人轎) 지나간후 그뒤흘 술펴보니/ 말탄관원 이십여인 ᄯᅡ라갈 ᄲᅮᆫ일러라/ 미시(未時) 후 오봉누의 북소ᄅᆡ 긋치면셔/ 쇠북소ᄅᆡ 뎅뎅ᄒᆞ니 환궁(還宮)ᄒᆞᄂᆞᆫ ᄯᅢ로고나/ 아국으로 혜아리면 동가(動駕)[183]을 ᄒᆞ오실제/ 요란ᄒᆞ고 분쥬ᄒᆞ미 오죽들 ᄒᆞ랴마ᄂᆞᆫ/ 츌궁시의 북을치믹 지졈도 ᄯᅮᆨ긋치고/ ᄇᆡᆨ관들은 나와셔셔 기춤들도 아니ᄒᆞ고/ 하인들은 들어셔셔 숨도크게 못쉬이고/ 창틈으로 여어보면 목을베ᄂᆞᆫ 죄라ᄒᆞ며/ ᄃᆡ가(大駕) 지쳑(咫尺) 짓거리면 듕ᄒᆞᆫ형별 당ᄒᆞᆫ다데/ 엄슉하고 경졔ᄒᆞ며 아모소ᄅᆡ 못ᄒᆞ게고/ 박셕우히 말굽소ᄅᆡ 져벽져벽 ᄒᆞᆯ분이라/ 일노써 헤아리면 군률(軍律)이 금직ᄒᆞ다/ 관소(館所)로 도라오니 ᄒᆞᆯ일이 ᄇᆡ히업ᄂᆡ[184] (한자는 저자 삽입. 저자의 행구분)

이처럼 말을 탄 관원 이십여 명이 뒤따르고 있었다. 황제는 오후 두 시경에 환궁하였다. 이 거동은 시종이 정중하고 엄숙하였다. 엄숙함이나 정제됨 등 조선에서 배울 만한 점이 많다고 보았다. 그러나 엄숙과 정제의 도가 지나쳐서 창틈으로 엿보면 목을 베는 중罪가 되며, 대가 가까이서 떠들면 중죄로 다스렸다. 황제 호위의 규율이 너무 지나치게 준엄함과 비정함을 기록했다. 여기에 효불효나 열불열과 같은 충불충에 관한 강한 문제의식이 제기되어 있다.

5. 맺음말

연행록의 무엇을 읽고, 어떻게 읽을 것인가. 동아시아인들이 13세기부터 19세기까지 생산해낸 기록물군인 연행록을 현대의 지구촌 사람들이 어떻게 읽어야 할 것인가는 중요한 과제의 하나다. 연행록 작성 당

183) 동가(動駕) : 임금이 탄 수레가 대궐(大闕) 밖으로 나감.

184) 1866, 연힝가(燕行歌), 洪淳學, pp.38~40, 林基中, 增補燕行錄叢刊DVD, 누리미디어, 2013.3.3.

대의 동아시아적 상황논리와 평화지향적 공동체의식으로서의 그들의 지혜를 탐색하는 작업이 요청되기 때문이다. 동아시아인들의 전통적인 사고방식과 그들이 가지고 있었던 가치의 정체성을 해석논리에 반영해야 한다. 조공과 책봉 문제도 당대적 의미와 현대적 의미가 서로 만나는 공통영역에서 미래 지향적 해석대안을 모색해야 한다. 상대를 인정하는 동아시아 전통적 표현방법에서 동아시아인들의 수평적 사유체계인 '애(愛)'나, 공동의 질서유지를 하기위한 동아시아인들의 수직적 사유체계로서의 정표의식인 '자(慈)' 등이 해석논리에 반영되어야 한다. 연행록 작성의 근본취지를 살려내야 하며, 본질과 방편을 혼돈하거나 전도해서는 안 된다. 연행록의 중요한 화두는 평화와 공영이었고, 그 중요한 실천으로서 소통과 교류를 지속한 것이다. 따라서 연행록의 모든 기록 취지는 결국 이 두 가지에 귀결되는 것이다.

한글연행록과 한문연행록의 존재가치에 차별성이 있는가. 현전 순수 한글연행록은 그 비중이 1.5%에 불과하지만, 처음부터 검열을 회피하는 방편과 한글 독자들을 위한 작성동기가 뚜렷하기 때문에 특별한 의미를 가지고 있다. 한글연행록의 표현 양식은 운문체와 산문체가 다 있고, 그 노정은 해로와 육로가 다 있어 고르게 분포되어 있다. 그리고 그 중핵에는 자금성과 황제가 놓여 있다.

한글연행록에서 자금성과 황제의 비중과 그 의미는 무엇인가. 연행록을 어떻게 읽을 것인가에서 핵심 부분은 자금성과 황제고, 조공과 책봉일 것이다. 물론 관점에 따라서는 이와 전혀 다른 곳에 비중을 둘 수도 있다. 그러나 당시 조공과 책봉은 의례적이고 형식적 절차의 동아시아적 외피였으며, 그 이면에 자금성과 황제라는 동아시아 평화유지의 계량기가 들어 있었다. 그런 동아시아 평화유지의 계량기를 공동으로 살피면서, 공동으로 관리해야 하는 과제를 수행하기 위해서 연행사들이 자금성에 모였던 셈이다. 한글연행록에서 위충현과 화신 등이 중요한 관찰 대상이 되었던 사실 등이 그러한 입론의 구체적 논거다.

한글연행록에서 조공과 책봉은 어떤 의미를 갖는가. 조공은 동아시아 국가 간 문물교류의 한 방편이었으며, 당시의 보편적 의례로서 동아시아적 정표의 방법이기도 했다. 당시 조공은 서로 주고받음의 관계가 성립되어 있었기 때문이다. 책봉은 국가 간 신뢰를 구축하는 방편이었으며, 당시의 보편적 의례로서 국가 간 동아시아적 경하의 방법이기도 했다. 당시 책봉은 아주 형식적이고 의례적 절차였기 때문이다.

지영과 지송은 어떤 의미를 갖는가. 황제의 지영과 지송은 단순한 형식적 의례의 절차가 아니다. 황제가 동아시아권을 대표할 자질과 능력을 가지고 있는지. 그런 대표자로서 인품과 위엄을 가지고 있는지. 대내외적 신의와 덕망은 어떠한지. 그의 측근들이 대표자 집단으로 적합한지. 그러한 것들을 동아시아 각국의 연행사들은 면밀하게 관찰하고, 황제는 그런 것들을 보여주는 방법이었다. 따라서 연행사로 와서 지영지송에 참가하지 않았다면, 당시 국가가 부여한 역할을 방기해 버린 것이나 다름이 없다.

한글연행록에서 자금성과 황제의 기록 현황은 어떠한가. 자금성은 예외 없이 한글연행록 전체의 기록대상이었다. 그중 됴텬녹(朝天錄), 셔정별곡(西征別曲), 표히가(漂海歌), 연힝별곡(燕行別曲), 북힝가(北行歌), 등은 기록이 소략하고, 셔힝록(西行錄), 연힝가(燕行歌), 북연긔힝(北燕紀行), 승사록(庚戌乘槎錄), 연힝녹(燕行錄) 등은 기록이 상세한 편에 속한다. 황제는 한글연행록 셔정별곡(西征別曲), 표히가(漂海歌), 연힝별곡(燕行別曲), 북힝가(北行歌) 등에 기록이 없거나 구체화되지 못했으며, 됴텬녹(朝天錄), 셔힝록(西行錄), 북연긔힝(北燕紀行), 연힝가(燕行歌), 승사록(庚戌乘槎錄), 연힝녹(燕行錄) 등에는 기록이 상세한 편이다. 따라서 한글연행록에서 자금성과 황제는 기록대상의 중핵이다. 그중에서 산문체로 쓴 이계호의 연힝녹(燕行錄)과 운문체로 쓴 김지수의 셔힝록(西行錄)은 그런 측면에서 볼 때 쌍벽을 이루는 대표 작품이다.

한글연행록은 자금성과 황제의 무엇을 기록했는가. 왜 그것이 종요했는가.

자금성의 무엇을 기록대상으로 삼았으며 왜 그것이 중요했는가. 자금성의 외형적 규모, 건축물의 배치, 건축물의 용도, 성안의 통로, 조형물의 설치, 성안의 분위기, 성안의 질서, 성안의 경비, 성안의 관리, 성안의 의식, 성밖 주변의 환경과 치안상태 등을 썼다. 정보의 탐색을 통한 동아시아 평화유지의 실태와 전망을 하기 위한 것이었다. 따라서 수신제가치국평천하의 현장상태 점검이라고 말할 수 있다.

황인점은 자금성의 예악을 집중적으로 기록하였다. 자금성의 예악이 기록 대상이었던 까닭은 어디에 있었는가. 예악은 민심의 절도와 민성의 화평을 측정하는 도구로서 왕도의 확립을 탐색하는 방법이었기 때문이다.

황제의 무엇을 기록대상으로 삼았으며, 왜 그것이 중요했는가. 황제의 외모, 황제의 관상, 황제의 복식, 황제의 건강, 황제의 권속, 황제의 근신, 황제의 위의, 황제의 덕성, 황제의 인품, 황제의 전위, 황제의 일상생활, 황제의 관원, 황제 주변의 기강 등을 썼다. 황제를 직접 만나 동아시아 평화유지의 의지와 전망을 확인하기 위한 것이다. 따라서 이것 또한 수신제가치국평천하의 현장상태 점검이라고 말할 수 있다.

이처럼 자금성과 황제는 상호보완적이며 입체적인 측정방법의 핵심이었다. 현재는 물론 앞으로 어떤 방식으로 얼마나 동아시아의 평화유지가 가능할 것인가를 판단해야 했기 때문에 그것이 중요했다. 그런 판단으로서 각기 자국의 현재와 미래를 설계해야 했기 때문이다.

이계호는 건륭(고종)의 관상은 얼굴에 산하지기가 있다고 하였다. 융중이 수키왓장 엎어놓은 것처럼 길고 뚜렷하며, 수염이 적었다고 하였다. 김지수는 도광(선종)의 관상은 룡의 형상이라고 하였다. 키는 구척장

신이고, 누른 얼굴에 주걱턱이고, 입은 망월구처럼 넓고 이가 빠져 우긋하고, 넓은 이마에 하관이 좁으며 수염이 없고, 눈은 가늘고 길게 붙어 있어 안광이 빛났으며, 만승천자로 제일인자라고 하였다. 홍순학은 동치(목종)의 관상은 용봉지자에 천일지표라고 하였다. 갸름한 얼굴에 이마가 야무지고, 작은 눈 모양에 안광이 뛰어났다고 하였다. 이처럼 연행사들이 황제의 관상을 본 까닭은 어디에 있었는가. 동아시아의 운명을 판단하는 척도로 활용할 수 있다는 의식을 가지고 있었기 때문이다.

이계호는 황제의 종친과 권속들을 주의 깊게 관찰하였다. 황제의 종친과 권속이 관찰의 대상이었던 까닭은 어디에 있었는가. 황제의 수신제가를 확인하여 평천하가 가능한 황제인지를 알아보려는 것이었다.

이노춘, 김지수, 홍순학 등 여러 연행사들이 황제 호위의 규율이 너무 지나치게 준엄함과 비정함을 기록했다. 그것은 어떤 의미를 갖는 것인가. 동아시아 제국에 효불효나 열불열과 같은 충불충에 관한 강한 문제의식을 제기한 것이다.

자금성과 황제에 관한 연행록의 기록들을 모두 모아 그것을 모자이크(mosaic)식으로 재구성한다면 자금성과 황제의 시대별, 왕조별 여러 옛 모습을 재현하여 볼 수 있다. 한글연행록은 감성적 충격과 이성적 인식을 바탕으로 작성되었으며, 자아 확충과 세계관 변모를 가져오는데 크게 기여하였다.

제14장
한문연행록의 심양 백성 생활상 점묘

1. 머리말

왜 조선 연행사인가. 섬라(暹羅) 연행사, 안남(安南) 연행사, 면전(緬甸) 연행사, 몽고(蒙古) 연행사, 유구(琉球) 연행사 등등이 있어 그 변별이 요청되기 때문이다. 왜 심양 백성인가. 심양은 조선 연행사들의 의식 속에 그 친연성이 연경보다도 훨씬 더 깊이 자리 잡고 있었기 때문이다. 심양은 발해국 대씨(大氏)가 처음으로 심주(瀋洲)를 설치한 곳이다. 조선은 정묘년(1627)부터 심양에 춘신사와 추신사를 보내야 했으며, 심양은 청의 건국과 함께 조선의 삼학사, 소현세자, 봉림대군이 머물렀던 곳이고, 기묘년(1639)부터는 청의 심양에 세폐(歲幣)를 보내야 했다. 따라서 심양은 조선 연행사의 의식 속에 여러모로 깊숙하게 각인되어 있었던 지역이다. 왜 미시적 시각이 아니고 거시적 시각인가. 필자는 첫 접근 단계에서 늘 거시적 시각을 선호하기 때문이다. 현대의 인문학에서도 미시적 시각이 최선의 방법론은 아니다. 조선 연행사들의 어떤 기록으로 청대 심양 백성들의 생활상을 그려볼 것인가. 청국권 기록 속의 심양기로 그려볼 것인가. 독립된 심양권 기록의 심양기로 그려볼 것인가. 아니면 두 유형의 기록 전체로 그려볼 것인가. 이번은 청국권 기록 속의 심양기로 심양 백성 생활상의 윤곽을 그려보려고 한다. 이것 또한 거시적 시각의 관점이기 때문이다. 점묘법(點描法)으로 그림을 그릴 때는 점들을 많이 찍어야 밀도 있는 그림이 나오는데, 이 글은 그런 점들을 많이 찍지 못하였다. 내공이 쌓이지 않은 좀 엉성한 윤곽의 그림이 될 수밖에 없음을 안타깝게 생각한다.

이 시대에 우리들이 연행록을 어떻게 읽어야 할 것인가는 아주 중요한 문제다. 특정의 이념이나 정태적 사관, 또는 편향된 가치관이나 잘못 체득된 기존의 지식 등은 대상의 본질을 왜곡시키는 때가 많다. 연행록은 평화와 공영을 위한 소통의 기록이며, 그 원천이 되는 지혜의 산물이다. 동아시아인들이 전쟁을 하지 않고 평화롭게 살아갈 수 있는 방법을 모색하면서 그것을 실천에 옮긴 것이 연행이고, 그 결과물이 연행록이기 때문이다. 연행록의 깊고 깊은 심연 속에는 반드시 그런 인자들이 박혀있다. 그 나머지는 대부분 그것을 실현하기 위한 방편에 속하는 것들이다. 이러한 본질을 외면한 연행록 읽기는 우리들의 삶에 도움을 주는 생산적인 지적활동이 못된다. 따라서 이 글의 심양 백성 생활상 점묘는 하심(下心)의 붓끝으로 자료의 먹(墨)을 찍을 것이다. 우리들의 삶에 도움이 되는 지혜의 가치는 그런 여백에 있을 때가 많기 때문이다.

2. 연행록의 심양기

연행록의 심양기에는 두 가지 양식이 있다. 현재 이본을 포함하여 정리가 이루어진 6백여 종의 연행록에는 대부분 심양권의 기록들이 들어있다. 그리고 이와는 달리 심양권을 독립시켜서 기록한 심양기가 있는데, 현재 필자가 조사한 바로는 아래와 같은 28종이 있다. 대략 30여 종이 되는 것 같다. 이와 같은 양식으로 된 것도 물론 6백여 종의 연행록에 포함되어 있는 것들이다. 붓으로 점을 찍어서 그림을 그리는 화법에도 전체의 구도 속에 한 부분을 존치시키는 방법과 전체를 그리지 않고 어느 한 부분만 따로 독립시켜 그리는 화법이 있다. 후자에 속하는 것이 다음의 심양기라고 말할 수 있다. 소장처를 밝혀 다음과 같이 연대순으로 정리한다.

1631년 瀋陽往還日記(朴蘭英)/奎章
1631년 瀋陽日記(宣若海)/國圖
1635년 瀋行日記(李浚)/國圖
1636년 瀋陽日錄(松溪紀稿)(未詳)/日天
1637년 同行錄(瀋陽質館同行錄, 瀋中日記(未詳)/日東
1637년 瀋陽日記抄(漢瀋日記抄)(未詳)/藏書
1637년 瀋陽日記(未詳)/藏書
1637년 瀋陽日記(未詳)/藏書
1637년 瀋陽日乘(金宗一)/藏書
1637년 瀋陽狀啓(未詳)/奎章
1637년 瀋陽狀啓(未詳)/奎章
1637년 瀋陽狀啓(未詳)/活字/奎章
1639년 瀋館錄(竹堂集)(申濡)/國圖
1641년 赴瀋日記(辛巳赴瀋錄)(李景嚴)/藏書
1641년 瀋陽日記(未詳)/藏書
1643년 瀋館錄(玄洲集)(李昭漢)/國圖
1644년 瀋陽日記(未詳)/奎章
1645년 昭顯乙酉東宮日記(未詳)/藏書
1682년 瀋使啓錄(未詳)/日都
1754년 瀋行錄(甲戌),瀋使還渡江狀啓別單(兪拓基)/明金
1760년 瀋陽館圖帖(李必成)/明大
1764년 瀋陽日錄(金鍾正)/奎章

1783년 入瀋記 上·中·下(李田秀)/奎章
1829년瀋槎日記(朴來謙)/奎章
未詳년 瀋陽日記(未詳)/藏書
未詳년 瀋陽日記抄(未詳)/藏書
未詳년 瀋中日記(尹鳳九)/日東
未詳년 瀋行錄(黃話功)/國圖

이글의 심양 백성 생활상 점묘는 전자의 일부분에 국한된 자료를 바탕으로 거론하는 것이므로 희미한 윤곽 정도를 기대할 수밖에 없지만, 이러한 시도에 다방면의 추가작업을 지속적으로 진행한다면 청대 심양 백성의 생활상을 여러 측면에서 재구성하여 낼 수 있을 것이며, 청대 심양문화의 수월성을 바탕으로 앞으로 우리들의 삶의 지표를 설정하는 데 여러모로 기여할 수 있을 것이다. 위 28종의 심양기로 예각화된 접근을 먼저 시도할 수 있음에도 불구하고 굳이 이를 회피하면서 전체를 조감(鳥瞰)하는 방법으로 우회를 시도하는 까닭은 명료하다. 한 부분으로부터 시작하는 거론방법보다는 허점의 범위가 넓지만 결과적으로는 결정적인 과오가 적기 때문이다.

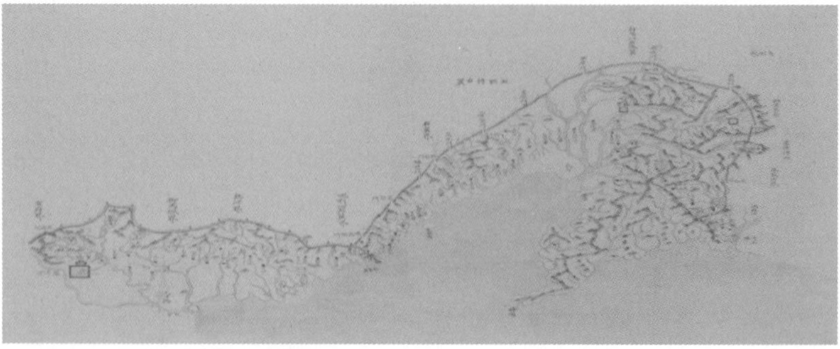

도116. 여지도 중 의주북경사행도

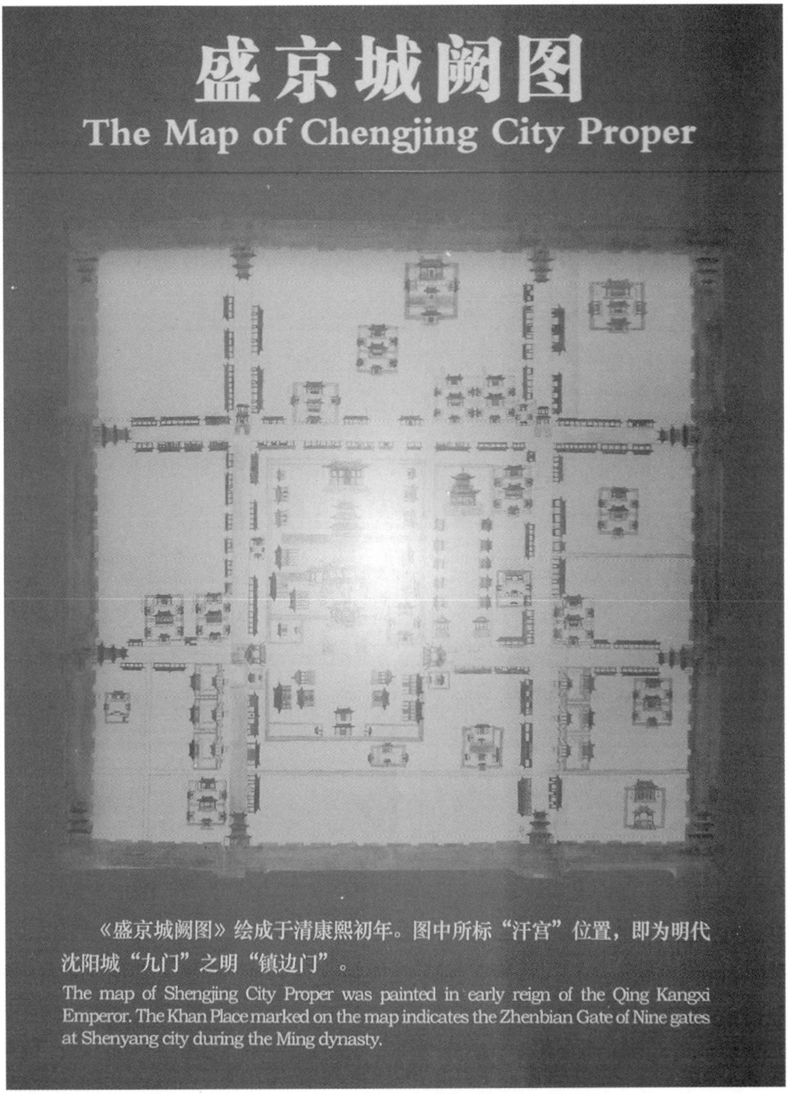
盛京城阙图
The Map of Chengjing City Proper
《盛京城阙图》绘成于清康熙初年。图中所标“汗宫”位置，即为明代沈阳城“九门”之明“镇边门”。
The map of Shengjing City Proper was painted in early reign of the Qing Kangxi Emperor. The Khan Place marked on the map indicates the Zhenbian Gate of Nine gates at Shenyang city during the Ming dynasty.

도117. 성경성궐도

3. 연행록의 심양 백성 생활상 점묘

조선 연행사들은 심양권을 어떻게 이해하고 있었을까. 이해응(1775~1825)은 19세기 초엽 심양권을 북쪽으로 몽고 접경, 동쪽으로 개원(開原)과 영고탑(寧古塔), 서쪽으로 산해관(山海關)과 연경, 요동부터 동팔참(東八站)과 압록강까지라고 하였다. 그리고 심양성 내외의 인가를 1만 5천 호에서 1만 6천 호라고 하였으며, 시가의 번성함이 연경에 버금갔다고 하였다.[1] 서경순(?~1855~?)도 19세기 중엽 심양권을 동남쪽으로 압록강, 동북으로 회객탑(回客塔), 서쪽으로 산해관, 북쪽으로 변문 몽고 접경, 남쪽으로 영고탑까지라고 하였다.[2] 이번 논의에서 심양 백성은 조선 연행사들의 이런 심양권 개념을 따른 것이다. 백성들의 생활상은 어떤 관점으로 살펴볼 것인가. 필자의 관점은 다음과 같다. 생활의 수준, 곧 삶의 질을 알아보기 위한 방법으로 물동문화, 음식문화, 교육문화, 종교문화, 성문화와 도박문화 등 6가지 관점에서 거론할 것이다. 문화는 사람들의 생활방식이다. 물동과 음식은 사람들의 생활기반이다. 교육과 종

---

1) 淸屬奉天府。亦曰盛京。卽淸人首業地也。其北蒙古界。其東由開原。歷烏喇船廠。抵寧古塔。爲一千三百餘里。西則從山海關抵燕京。爲一千四百餘里。自遼東越東八站。抵我境爲五百。城內外人家。合一万五六千戶。而城周五里。其形如斗。蓋方城也。每面九十。每堞十卒守之。城四角有三層鋪樓。每鋪百六十卒守之。每城中百卒守之。入里門而有甕城。城有內城。亦有左右門。門外有濠。城凡八門。南曰德盛。小南曰天祐。東曰撫近。小東曰內治。西曰懷遠。小西曰外攘。北曰福勝。小北曰地載。有六部衙門。亦設侍郎以下官。蓋官府之制。市肆之盛。亞於燕京. 李海應, 薊程錄, 卷2, 渡灣, 癸亥年(1803, 純祖 3) 12月 4日 瀋陽.

2) 瀋陽稱盛京。與北京, 南京, 興京爲四京。其地方東南至鴨綠江五百七十餘里。東北至回客塔二千餘里。西至山海關八百餘里。北至邊門四百五十餘里。爲蒙古地境。南至海七百三十餘里。去寧古塔一千三百餘里。船廠在瀋陽, 寧古塔之間。瀋陽之地。北極出地四十二度。當天星析木之次。入尾宿十度之分。徐慶淳, 夢經堂日史, 1編, 馬訾軔征紀, 乙卯年(1855, 哲宗 6) 11月, 7日.

교는 사람들의 생활기반 위에 존재한다. 이와는 별도로 남녀의 성문화와 도박문화는 당시의 사회적 여러 현상들을 진단할 수 있다. 이것이 필자가 이 글에서 전제하는 논점들이다.

3-1. 물동문화

청대의 심양은 세폐와 관련된 특별한 물동문화가 형성되어 있었다. 천도 후에도 세폐를 심양에서 교부하고 분납하는 제도가 남아 있었기 때문이다. 청초에는 사행(使行)이 요동도사의 아문에 도착하면 그때부터 반송관이 세폐를 호송하다가, 순치 이후는 사행이 우가장에 도착하면 압거장경(押車章京)이 인도하게 하였다. 강희 기축년(1709)부터는 난두(攔頭)를 정하여 연경의 관소까지 세폐를 운반하게 하였다. 세폐 중에서 종이, 저포, 찹쌀 등은 능묘수용의 다과를 계산하여 종사관과 청역이 심양의 호부에 수납하도록 하였다.[3] 이를 바탕으로 삼아 이른바 중강후시, 책문후시, 단련사후시와 심양창고에 세금을 채워주는 계기를 마련한 봉황성 거호(車戶) 자칭 란두 12인 등의 물동과 경제활동이 나타났다. 그뿐 아니라 1637년(인조 15)부터 1644년(인조 22)까지는 춘신사와 추신사가 심양의 시중에서 남초, 종이, 포목 등을 가지고 가서 은자를 바꾸어오는 일이 있었다. 그 후 사행이 연경에 가면서 그 은자를 가지고 갔다.[4]

먼저 무작위로 조선 연행사들의 세폐 단자 한 사례를 뽑아본다. 1803(순조 3, 가경 8, 계해)년 이해응(1775~1825)의 계정록에 있는 것이다.[5] 그 물

3) 通文館志, 卷3, 瀋陽交付分納, 參照.
4) 通文館志, 卷3, 開市, 參照.
5) 萬壽聖節進賀御前禮物:黃細苧布 十匹 白細苧布 二十匹黃細綿紬 二十匹 紫細綿紬 二十匹 龍文簾席 二張 黃花席 二十張 滿花方席 二十張 雜綵花席 二十張 獺皮 二十張 白綿紙 一千四百卷 粘六張厚油紙 十部 已上。今年則。前方物移準。中宮前禮物:紅細苧布 十匹 白細苧布 二十匹 紫細綿紬 二十匹白細綿

동량이 결코 적지 않음을 알 수 있다. 그리고 당시의 실상을 이해하기 위해서 1832(순조 32, 도광 12, 임진)년 김경선(1788~?)의 심양 세폐 단자를 참고할 필요가 있다.[6] 그 물동량은 일정하지도 않았고 아주 많지는 않았지만 정례적이었고 제향용이었기 때문에 파급효과는 결코 적지 않았을 것이다. 김경선이 심양에 바쳤다는 녹주, 홍주, 생상목, 호대지, 호소지, 점미 등은 모두 상품이었을 것이다. 이것은 민국시대까지 중국인들이 고려지를 상품의 종이로 인식한 전통의 뿌리가 되었을 것이다. 당시 청나라 내에서도 심양의 제향용 검은색 소, 흑우(黑牛)는 양우소에서 길렀으며 엄격하게 정선한 사례가 있었기 때문이다.[7)]

紬 十四 黃花席 十張 滿花方席 十張 雜綵花席 十張 已上。今年則。前方物移準。冬至令節進賀御前禮物:黃細苧布 十匹 白細苧布 二十匹黃細綿紬 二十匹 白細綿紬 二十匹 龍文簾席 二張 黃花席 二十張 滿花席 二十張 滿花方席 二十張補進 雜綵花席 二十張 白綿紙 一千三百卷 已上。今年則前方物移準。中宮前禮物:螺鈿梳函 一事奉進 紅細苧布 十疋補進 白細苧布 二十匹紫細綿紬 十疋 白細綿紬 十疋 黃花席 十張 滿花席 十張 雜綵花席 十張 已上。今年則前方物移準。正朝令節進賀御前禮物:黃細苧布 十疋 白細苧布 二十疋黃細綿紬 二十匹 白細綿紬 二十疋 龍文簾席 二張 黃花席 十五張 滿花席 十五張 滿花方席 十五張 補進 雜綵花席 十五張 白綿紙 一千三百卷 已上。今年則前方物移準。中宮前禮物:螺鈿梳函 一事奉進 紅細苧布 十疋補進 白細苧布 二十匹紫細綿紬 二十匹 白細綿紬 十匹 黃花席 十張 滿花席 十張 雜綵花席 十張 已上。今年則前方物移準. 進貢御前禮物:白苧布 二百匹 紅綿紬 一百匹 綠綿紬 一百匹 白綿紬 二百匹 白木綿 一千匹 木綿 二千匹 五爪龍席 二張 各樣花席 二十張 鹿皮一百張 獺皮 三百張 好腰刀 十把 好大紙 二千卷 好小紙 三千卷 粘米 四十石. 盛京截留今年歲幣:紅紬 一百匹 綠紬 一百疋 好大紙 一百卷 好小紙 一千二百十卷 生上木 三百匹 粘米 三石五斗四升. 李海應, 薊程錄, 卷5, 附錄.

6) 瀋陽歲幣記:歲幣之納于瀋陽者。原無定式。每歲。自北京禮部先期文移。依其數呈納。今年則綠紬一百疋, 紅紬一百疋, 生上木三百疋, 好大紙一百五十卷, 好小紙二千二百一十卷, 粘米三石五斗三升。而畢納後。其餘物種。照數交付於瀋陽押車章京. 金景善, 燕轅直指, 卷2, 出疆錄, 壬辰年(1832, 純祖 32) 12月 初1日.

다음은 무작위로 조선 연행사들의 심양 예단의 한 사례를 뽑아본다. 1777(정조 원, 건륭 42, 정유)년 이갑(李坤, 1737~1795)의 연행기사에 있는 심양 예단이다.[8] 적지 않은 다양한 물량이다. 청대에 지속적으로 이런 물동량이 있었다. 물동량의 질적인 수준도 높은 편이었다. 이는 심양 백성들의 삶에 일정 부분의 기여도가 있었을 것이다.

이처럼 세폐나 예단은 단순히 심양을 지나가는 물동량이 아니었으며, 심양 백성들의 경제활동과 삶에 직간접적으로 영향이 컸던 물동문화였다.

이제 세폐와 직접 관련성이 없는 당시 심양의 물동문화는 어떠하였는가를 살펴본다. 1791(정조 15, 건륭 56, 신해)년 김정중(?~1791~?)은 그가 객사에서 유숙할 때, 밤이 깊었음을 알리는 누고가 들렸지만, 통금이 없어서 말발굽과 수레바퀴 소리가 밤새도록 들리며, 엿장수가 징을 치고 기름 장수가 나무를 치고, 떡 장수와 국수 장수가 긴 나무에 두 나무통을 매달아서 제 물건을 각기 외치고 있어서, 창밖이 너무 요란하여 사신들이 잠을 이루지 못하였다고 하였다고 하였다.[9] 그리고 1803(순조 3, 가경

7) 城東有養牛所。牛首百角皆黑。望之。如鴉衣軍。若一毛有白者。擯不與焉。春秋大享時。貢於京城云。金正中, 燕行錄, 奇遊錄, 辛亥年(1791, 正祖 15) 12月 初四日.

8) 瀋陽禮單: 門將一人。迎送官一人。衙譯 一人。甫古二人。甲軍十六名。從人五名。禮部郎中四人。筆貼式四人。外郎四人。押車將一人。甫古二人。甲軍十六名。從人五名。戶部郎中二人。外郎四人。筆貼式四人。書吏四人。庫直四人。都書吏二人。米庫郎中二人。書吏二人。庫直二人。甲軍六名。從人四名。合壯紙一百三十四束。白紙三百三十二束。小匣草三百二十匣。封草一百九十二封。月乃三十六部。青銀粧刀四柄。錫粧刀二十八柄。鞘刀九十柄。別扇一百二十一柄。鈿烟竹二十六箇。銀項烟竹四十箇。錫長烟竹二十二箇。小烟竹七十六箇。銀小烟竹四箇。黃筆八柄。眞墨八錠。火鐵二十四箇。大口十八尾。方物歲幣例爲除。留瀋陽。故大好紙二百五十卷。小好紙二千五百卷。綠紬一百疋。紅紬一百疋。米四石五斗六升。並當先納於此處。而方物諸馱。午後始到。衙門紛擾。不卽輸送。明日亦難畢捧。將待再明。故任譯三人。落後在此。李坤, 燕行記事, 丁酉年(1777, 正祖 1) 12月 8日.

8, 계해)년 이해응(1775~1825)이 심양에서 지은 시에는 "시가의 물건들 산적하여 금방에 연이었고(市珍山積聯金牓), 궁전 기와는 구름같이 옥난간에 솟아 있네(殿瓦雲飛屹玉欄)"라는 표현이 들어 있다.[10] 1828(순조 28, 도광 8, 무자)년 박사호(?~1828~?)는 "궁궐이나 상가의 번성(繁盛)함이 연경에 버금가며, 또한 육부아문(六部衙門)이 있어, 장려하고 웅장 사치함이 요동성에 비하여 10배나 된다."[11] 고 하였다. 1832(순조 32, 도광 12, 임진)년 김경선(1788~?)은 심양이후연로소견에서 "노가재의 연행일기에, '심양 이후로 노상에 거마들이 매우 많았는데 서쪽으로 가는 것은 더욱 많았다. 노루, 사슴, 돼지, 목물 등을 실은 수레는 모두 영고탑 올랄(兀喇) 지방에서 세시 공물을 바치려고 서울로 가는 것들이다. 서쪽에서 오는 것들은 차, 누룩, 베, 비단을 많이 실었다. 혹 빈 수레도 있었는데, 이것은 요양, 심양의 상인들이 관내로부터 돌아오는 것들이었다. 올랄 지방에서 진공하는 물건은 모두 구슬, 담비 가죽[貂], 꿀, 잣이라고 한다. 그 수레 위에는 작은 황색 기를 꽂았는데, 그 기에다 상용(上用) 두 자를 썼었다.'고 했는데, 지금도 그러하였다."고[12] 썼다. 김창업(1658~1721)의 노가재연행일기

---

9) 還歇店舍。日欲曛矣。夜深漏鼓相聞。而城中無禁街之法。馬蹄車轍。終夜有聲。且賣餳者擊錚。賣油者擊木。凡餻者，麪者繫長木兩木桶。各呼其貨。瞭亂窓外。使家眠不得。亦覺牢騷。金正中, 燕行錄, 奇遊錄, 辛亥年(1791, 正祖 15) 12月 初四日.

10) 李海應, 薊程錄, 卷2, 渡灣, 癸亥年(1803, 純祖 3) 12月 4日. 瀋陽에서 지은 시.

11) 朴思浩, 燕紀程, 卷1, 戊子年(1828, 純祖 28) 12月 初五日.

12) 瀋陽以後沿路所見: 稼記曰。瀋陽以後。路中車馬益多。而向西去者尤多。獐鹿豕及木物所載之車。皆自寧古塔凡喇地方來。趁歲時入京者。其自西來者。多載茶麴布帛。或有空車。是則遼陽商賈。自關內回者也。其凡喇地方進貢之物。皆是珠貂蜜海松子云。而其車上揷小黃旗。旗上書上用二字。今亦然矣。又曰。自瀋陽每五里有烽臺汛堠。烽臺高可數丈。上爲短女墻。臺下列烽筩如大瓮者五。汛堠如我國旌門制。上加短簷。今則或有或無。又曰。自渡江始向西南行。過九連城。或向西或向北。自遼東至瀋陽。向丑方。自瀋陽至孤家子。向戌行。日影半入車簾內。自孤家子至山海關。向未行。自遼東以後至孤

가 1712(숙종 38, 강희 51, 임진)년의 연행기이므로 120여 년 전이나 당시나 비슷한 물동량이었음을 알 수 있다. 1712(숙종 38, 강희 51, 임진)년 최덕중(?~1712~?)도 심양 거리의 상점들에는 물건들이 많이 진열되어 있었으며 상인들은 활기가 넘쳐나고 있었다고 하였다.[13] 이런 물동문화와 상인문화를 만들어낸 원동력은 당시 심양 백성들의 재신숭배신앙도 한몫을 하였을 것이다. 1855(철종 6, 함풍 5, 을묘)년 서경순(?~1855~?)은 십리하보(十里河堡)에서 횡거 장재의 후손 장붕핵(張鵬翮)의 집에 묵었다. 그는 "책문에서부터 여기 오기까지 여염집이나 점사를 막론하고 재신의 제사는 어디나 있었으나, 조상을 제사하기 위하여 신위를 설치해 놓은 집은 없었는데, 유독 이 장씨 집에만 있으니, 혹 선현의 후예인 까닭이 아닐까?"[14] 라고 하였다. 심양 백성들의 이런 실용적인 재신숭배신앙 의식은 장기적인 물동문화의 에너지(energy)원이 되었을 것이다. 이렇게 왕성한 물동문화는 결국 사치스러운 생활로 이어졌다. 1712(숙종 38, 강희 51, 임진)년 최덕중(?~1712~?)은 "아문(衙門)에 있는 여러 심양백성들의 사치와 꾸밈이 우리나라보다 더 심하였으니 예전 습속이 점점 변해지고 있음을 알 수 있었다."[15]하였다.

이처럼 청대의 심양은 매년 조·청 사이의 정례 또는 비정례로 계속

家子。皆溯北風。極寒時。最難行。孤家以後數百里間則每多橫風。以西北無山故也。今見果然。金景善, 燕轅直指, 卷之一, 出疆錄, 壬辰年(1832, 純祖 32) 11月 30日.

13) 沿街鋪廛。各立貨標。行賣者不呼物名。各鳴錚鼓兆之器。滿城賣買之人。皆是男丁。無一女人。其男多女小可知。崔德中, 燕行錄, 壬辰年(1712, 肅宗 38) 12月 7日.

14) 自柵至此。無論閭家店舍。皆有財神之祀。而無祭先設位處。獨於張家有之。無乃先賢遺裔之故歟。徐慶淳, 夢經堂日史, 第1編, 馬訾軔征紀, 乙卯年(1855, 哲宗 6) 11月 6日.

15) 而衙門諸胡之嬌侈冶容粧束。有甚我東。其漸改舊習。亦可知矣。崔德中, 燕行錄, 壬辰年(1712, 肅宗 38) 12月 7日.

해서 특수한 물동량이 있었다. 세폐와 예단뿐 아니라 이와 관련된 왕성한 물동문화가 형성되어 있었다. 심양권의 국내 물동량 또한 많았고 역동적이었다. 그리고 조선 연행사 문화로 인해서 중강후시, 책문후시, 단련사후시와 같은 독특한 상업문화가 발전하였다. 이에 힘입어 심양 백성들의 생활수준이 많이 향상되어 갔을 것이다. 사치가 심하였다는 것이 그 반증이다. 그뿐 아니라 당시 심양권 백성들의 실제 생활상을 1793(정조17 건륭58 계축)년 이계호(李繼祜, 1754~1833)는 그의 연힝녹(燕行錄)에서 쌍양점(雙陽店) 지역이 요동처럼 부려(富麗)하다고 하였고, 영원 지역 또한 시사(市肆)가 번화하고 부유(富裕)하였다[16] 고 쓴 보고기사도 있다.

3-2. 음식문화

음식문화는 경제적 상황이나 생활 수준과 직접 맞물려 나타난다. 1803(순조 3, 가경 8, 계해)년 이해응(1775~1825)은 심양은 본래부터 별미가 많기로 잘 알려져 있다고 하였다. 그런 별미로 당귀채(當歸菜)・금인어(錦鱗魚)에 이화죽엽청(梨花竹葉青)을 뿌린 것・사국공포도주(史國公葡萄酒)・녹용고(鹿茸膏)・산사병(山査餠) 같은 것이 있다고 하였다.[17] 그리고 항북리 풍도선(馮道善) 점사에서 밀고(密糕) 한 그릇을 먹은 다음에 “소반에 차려낸 좋은 과실 산배가 붉고(薦盤佳實山梨紅), 옥잔에 넘치는 맑은 향기 사국공 포도주라(溢斝淸香史國公). 심양 객관 중의 풍도선(瀋水館中馮道善), 손님

16) 李繼祜, 연힝녹(燕行錄), 권2, 십이월 초십일, 십일일, 참조.
17) 馮道善店舍: 家在巷北里。屋宇精灑。器玩可觀。坐定。主人進蜜糕一椀。致殷勤。主人馮道善自言。讀文章。走官衙。方爲戶部尙書云。瀋陽素稱多別味。如當歸菜, 錦鱗魚。洒之梨花竹葉靑。史國公葡萄酒。及鹿茸膏, 山査餠之屬。而菘與葱。亦倍大於東種也。薦盤佳實山梨紅。溢斝淸香史國公。瀋水館中馮道善。迎賓頗有古人風。李海應, 薊山紀程, 卷2, 渡灣, 癸亥年(1803, 純祖 3) 12月 5日.

영접에 자못 옛사람 풍도 있네(迎賓頗有古人風)."[18]라는 시를 썼다. 그는 특히 심양의 별미 녹용고(鹿茸膏)는 심양에서 파는 것이라고 하면서, 수박씨의 인(仁, 씨에서 種皮를 제거한 胚나 胚乳)이나 살구의 인(仁)을 녹용(鹿茸) 속에 약간 넣어 고(膏)를 만들어 그 맛을 돕는데, 우리나라의 전약(煎藥)과 비슷하다고 하였다.[19] 대릉하의 어차과(魚醝瓜)와 풍윤현의 동치미도 별미였다. 어차과(魚醝瓜)는 젓갈을 소금에 오래 절여 두면, 젓국이 기름처럼 맑아지는데, 그 젓국으로 작은 오이를 담근 것이다. 색깔은 갓 딴 순무처럼 시퍼렇다. 그것을 노하고(鹵蝦苽)라고도 하였다. 풍윤현과 영원현에는 동치미가 있었는데, 우리나라의 것과 맛이 같지만 풍윤현 것이 더욱 좋다고 하였다.[20] 특히 대릉하의 젓갈에 무친 오이 어차과(魚醝苽)는 여러 연행록에서 여러 번 별미로 소개된 것이다. 고려보에서 팔았던 고려병도 이 지역의 음식문화에서 빼놓을 수 없는 것이다. 고려병은 송병으로 속절병(粟切餠) 등과 같은 것이다. 우리나라의 떡을 본떠서 만들었기 때문에 고려병이라고 하였다.[21] 당시 심양권 서민의 체취와 인정이 묻어나는 음식문화의 하나로 유득공은 다음과 같은 것을 기록하였다. 사류하참(沙流河站)에서 주인 늙은이의 나이를 물어보니 바로 나와 동경(同庚)이었다. 그 사람은 달려가 백주(白酒), 저육(猪肉), 우채(藕菜)를 사 가지고 와서 탁(卓)을 씻고 잔을 차려, 흔연히 서로 권하며 동갑례로 한턱한다 하므로, 나는 굳이 사양하는 것도 안 될 일이어서 보따리를 풀어

18) 李海應, 薊山紀程, 卷2, 渡灣, 癸亥年(1803, 純祖 3) 12月 5日.

19) 李海應, 薊山紀程, 卷5, 癸亥年(1803, 純祖 3), 附錄 參照.

20) 魚醝瓜。大凌河所産。甘同醢苦。沈鹽日久。醢汁淸如油。以其汁沈小苽。而色靑如新摘蔓者。或名鹵蝦苽。豐潤寧遠。有冬沈葅。如我國之味。而豐潤尤勝。李海應, 薊山紀程, 卷2, 癸亥年(1803, 純祖 3) 12月 12日 癸酉. 卷5, 附錄.

21) 麗餠。卽松餠。粟切餠之屬也。高麗堡所賣。而依樣我國餠。故稱高麗餠。李海應, 薊山紀程, 卷5, 附錄.

청심원 몇 알과 연낭(煙囊) 두 벌을 내어 사례하였다.[22] 이처럼 누구든지 언제나 쉽게 사먹을 수 있었던 당시 심양권(瀋陽圈) 서민들의 음식문화다. 손님 접대를 하려고 집에서 음식을 만들지 않고서도 편리하게 상점에서 사서 접대할 수 있는 음식문화가 있었다. 활발했던 물동문화와 상업문화의 한 단면이다. 무령현(撫寧縣)에서 팔고 있었던 만두처럼 생긴 편식(扁食)도 그 맛이 매우 좋았다고 기록하였다.[23] 차(茶)는 요동과 심양의 황차(黃茶)와 동팔참(東八站)의 노미차(老味茶)가 유명했다. 이해응(1775~1825)은 차(茶)는 여러 가지 종류가 있는데, 그중 용정차(龍井茶)가 상품이며, 항주에만 1무의 밭이 있어 그 씨를 받는다고 하였다. 차에는 은창차(銀鎗茶)・송라(松蘿)・벽라춘차(碧蘿春茶)・기창(旗鎗)・식이(式彝)・대엽(大葉)・향편(香片)・상담(湘潭)・노군미(老君眉)・감람차(橄欖茶)・보이차(普洱茶)・백호차(白毫茶)・청차(青茶)・황차(黃茶) 등이 있다고 소개하면서, 황차는 연경 사람들은 마시는 이가 없고, 오직 요동과 심양의 시장에서만 팔며, 또 동팔참(東八站)은 차가 귀한 곳이라, 쌀을 볶아 차를 대신하는데, 그것을 노미차(老味茶)라 한다고 하였다. 요동과 심양의 황차(黃茶)와 동팔참(東八站)의 노미차(老味茶)가 이 지역의 별미 차였던 셈이다.[24] 주점에서 파는 술은 황주(黃酒)와 백주(白酒)만 있었다. 연경과 심양에서는 매괴(玫瑰)・노사(露史)・국공(國公)・가피(加皮)・이화(梨花)・백죽엽(白竹葉)・청포도주(青葡萄酒) 등이 가장 좋은 술이었다.[25] 1828(순조 28, 도광 8, 무자)년 박사호(?~1828~?)는 영안교를 지나 길가의 술집에 들어갔더니, 포도춘(葡萄春), 죽엽청(竹葉青), 이화백(梨花白) 등의 술 이름이 있었으며, 그

22) 柳得恭, 燕臺再遊錄, 辛酉 5月 21日.
23) 李海應, 薊山紀程, 卷5, 癸亥年(1803, 純祖 3), 附錄 參照.
24) 黃茶則燕人無吸者。只賣於遼瀋市上。又東八站茶貴處。或以炒米代之。謂之老味茶。李海應, 薊山紀程, 卷5, 附錄.
25) 李海應, 薊山紀程, 卷5, 癸亥年(1803, 純祖 3), 附錄 參照.

맛 또한 향기롭고 시원하였다고 하였다.[26] 일찍이 김창업도 심양 음식이 좋았다고 기록하였다. 저녁밥을 보니 배추와 신감채[蔆菠菜]가 나왔는데 맛이 하도 싱싱하여 나도 모르게 밥을 더 먹었다. 또 물고기로 만든 탕(湯)과 구이가 나왔는데, 우리나라에 없는 고기였다. 모양은 흡사 붕어 같고 맛은 눕치[重唇] 같았다. 두부는 우리나라 것처럼 부드럽게 잘 만들어 국을 끓이니 맛이 매우 좋았다. 백탑포(白塔鋪)의 두부도 역시 그러했다.[27]고 하였다. 이해응은 개침채(芥沈菜)·송침채(菘沈菜)는 가는 곳마다 있는데 맛이 나쁘면서 짜고, 또한 갖가지 장아찌[醬瓜]가 있는데 맛이 좋지 못하였다. 혹 통관(通官)의 집에는 우리나라의 침채(沈菜) 만드는 법을 모방하여 맛이 꽤 좋다고 하였다.[28] 조선 연행사들의 잦은 왕래를 통해서 당시 조선과 청나라 사이에 음식문화가 교류되고 있었다는 사실이 확인된다.

이처럼 청대 심양은 여러 가지의 별미로 여기는 고급의 음식문화가 있었으며, 일반 백성들의 실용적이면서도 편리한 음식문화가 그와 공존하고 있었다. 차와 술 두 가지의 기호 음식문화도 비교적 높은 수준이었으며, 조·청 사이 음식문화의 발전적 교류현상도 나타고 있었다. 이러한 음식문화는 당시 활발한 물동문화와 맞물려 있었던 심양 백성들의 수준 높은 생활상이었다.

---

26) 雪。大方身四十五里午炊。孤家子三十五里宿。早發。瀋陽十里許。...過永安橋。入路傍酒樓。酒有葡萄春, 竹葉靑, 梨花白等名。而味亦香冽。朴思浩, 燕薊紀程, 卷1, 戊子年(1828, 純祖 28) 12月 初六日.

27) 金昌業, 燕行日記 卷2, 壬辰年(1712, 肅宗 38) 12月 6日(乙卯).

28) 芥沈菜, 菘沈菜。到處有之。味惡而鹹。亦有各樣醬瓜。而味不好。或通官家倣我國沈菜法。味頗佳云。李海應, 薊山紀程, 卷5, 癸亥年(1803, 純祖 3), 附錄, 飮食 參照.

3-3. 교육문화

1828(순조 28, 도광 8, 무자)년 이재흡은 당시 심양 초학자들의 문자교육은 읽기가 먼저이고, 글자의 음(音)을 안 뒤에 석의(釋義)를 익힌다고 하였다. 나이 8, 9세 때부터 구두(口讀)를 익혀 구두가 대략 통하면 석의(釋義)를 익힌다고 하였다. 그리고 글방 아이들이 송독을 하는 책을 살펴보니 모두 경서였다고 하였다. 교사는 나이가 들고 경륜이 있어 보이는 노숙한 이들이었지만 필담을 하여본 바로는 그 지적 수준이 그리 높지는 않은 것 같았다고 하였다.[29] 당시 심양권의 초학자 교육의 방법과 내용에 관심을 가졌던 기록이다. 그러한 교양교육의 결과로 한시는 당시 의사소통과 언어생활에 운치를 더하기 위한, 조선의 시조와 같은 교양인들의 생활문학이었다. 문사로 행세하는 이들이나 사장으로 제배(儕輩)의 추장(推奬)을 받는 이들은 사람을 만나면 반드시 먼저 한시를 지어주는데, 그 필법이 정교하고 뛰어난 이는 많지 않았다.[30] 한시가 교양인의 보편적인 의사소통언어였던 셈이다. 당시 심양의 태학과 서원에서는 공교육이 이루어지고 있었다. 신민둔(新民屯)에 살고 있는 제갈공명(諸葛孔明)의 후손 16세의 수재(秀才) 옥청(玉淸)이 태학생(太學生)이었던 것으로 미루어볼 때, 이때 태학생들은 10대나 20대 초반대의 수강생 집단이었던 것 같다.[31] 이해응은 백변참(白邊站)에서 하루를 묵고 교습(敎習) 심사

---

29) 蒙學者先習口讀。只以字音爲務。經史皆然。雖甚孰習口誦。而不知其義。蓋訓法誦讀幾年。字音通解之後。另習釋義。所過讀房。兒童羣聚誦讀。考其冊子。盡是經書也。自八九歲習口讀。口讀略通。又習釋義。如是積工之後。乃可解文矣。敎習之人。年頗老宿。而與之筆談。十不解六七。敎習者文理可知耳。亦於行文門路自別故耶。李在洽, 赴燕日記, 主見諸事, 人物 參照.

30) 文士行于世。擧皆贍博。用工詞章。儕類之推奬者必以詩先之。逢人必有贈詠。筆法之精透者亦未多見。李在洽, 赴燕日記, 主見諸事, 人物 參照.

31) 文昌閣: 太學傍有一閣。外門扁曰瀋陽書院。入院門。而又有門。扁曰華升書院。又內門上層。題文昌閣三字。東邊門有明倫堂。其門內樓下。扁曰藏書

림(沈仕臨)의 안내로 성 안의 서호동(西衚衕)에 있는 정위원(程偉元)의 서재를 찾아갔다. 정위원은 나와서 경의를 표하고 다음과 같은 절구 한 수를 써주었다. "나라 말은 전하기 어려우나 안색엔 봄기운 나타나 있고(國語難傳色見春), 우아한 재질과 굉장한 풍도는 남김없이 드러나 있네(雅材宏度盡精神). 이 미천한 사람 다행히 찾아 주어(賤生何幸逢青顧), 잠시 동안 정을 말하는데 모두가 참이었네(片刻言情儘有眞)"라고 하였다. 정(程)의 관향은 본래 하남(河南)이고 이천(伊川) 정이(程頤) 선생의 31대 손인데 심양학장원(瀋陽學掌院)으로 있었다. 이해응은 이렇게 답하였다. "영 땅 노래 백설의 봄을 이루니(郢下歌成白雪春), 주인 마음 안존하여 정신 즐겁게 한다(主人情緻憺怡神). 시 자리 서로 만나 총총히 이야기하니(逢迎詩席悤悤話), 덧없는 인생 꿈인지 생시인지 분간하지 못 하겠네(莫辨浮生夢與眞)." 교육의 결과는 이런 시문(詩文) 교류의 생활문화를 만들어내고 있었다.[32] 심양의 태학 곁에 문창각(文昌閣)이 있다. 바깥문 편액에는 심양서원(瀋陽書院), 안문 편액에는 화승서원(華升書院)이라 하였고, 삼한(三韓) 국계(菊溪) 백령(百齡)이 쓴, "가르침 또한 방법이 많지만, 그 시를 외고 그 글을 읽어서 몸을 깨끗이 할 것이니, 문은 여기에 있는 것이 아니겠는가! 예에 서고 악에 이루어지는 것은 선비만이 할 수 있다."라는 좌우 주련이 있었다.[33] 선비는 시문을 읽고 수신하면서 예악(禮樂)으로 인격도야(人格陶冶)를 해야 한다는 공자의 가르침을 교육지표로 삼고 있었음을 알 수 있

室。左右有層藏書架。而架用鎖鑰。未知有何等書也。...遂下閣而入講堂。有諸生出門禮接。蓋諸生屬太學。而太學與書院相通。故每講會于此。有十六歲秀才。乃諸葛武侯後孫名玉淸者也。家住新民屯云。李海應, 薊山紀程, 卷2, 癸亥年(1803, 純祖 3), 12月 5日, 渡灣.

32) 李海應, 薊山紀程, 卷2, 癸亥年(1803, 純祖 3), 12月 6日, 渡灣.

33) 敎亦多術矣 頌其詩 讀其書 潔己以進 文不在玆乎 立於禮 成於樂 唯士爲能. 朴思浩, 燕紀程, 卷1, 戊子年(1828, 純祖 28) 12月 初五日.

다. 당시 교육내용의 핵심은 이런 선비정신이었다. 1712년 김창업은 십리보에서 역승(驛丞) 이작주(李作周)의 집에 들어 유숙하였다. 그의 아들 이정옥(李廷玉)은 13세인데 사서(四書)를 읽었다. 맹자(孟子)를 읽혔더니 막히는 데가 없었다. 스승은 책준(翟璿)이라고 하였다.[34] 사서(四書)와 효경(孝經) 등을 가정에서 사교육으로 철저하게 교육하였던 사례는 여러 연행록의 이 지역 기록에 자주 나타난다. 1712년 김창업의 연행일기에는 심양의 시장 가게는 온갖 물건이 다 있어 연경과 다름이 없지만, 다만 서책(書冊)이 없다고 하였는데, 1832년 김경선(1788~?)은 지금 이곳 심양에는 책방도 많이 있고, 봉황성이나 책문 등지에 있는 책자는 모두 여기로부터 나간다고 하였으므로, 120여 년에 걸쳐서 나타나는 심양권 백성들의 교육성과와 지적활동 추이를 알 수 있다. 이는 심양권 교육의 성공사례라고 말할 수 있을 것 같다.[35] 당시 심양서원은 20대의 각 계층과 각 지역 인재들이 모여든 공교육기관이었다. 만주인(滿洲人), 질황제(質皇帝)의 후손(後孫), 한군(漢軍), 김과예(金科豫)의 종자(從子) 등이 이곳에서 공부하고 있었으며, 승덕현(承德縣), 복주(復州), 영해현(寧海縣) 등지에서 온 인재들이 이곳에서 교육을 받고 있었다. 그러나 현대 국가의 일반 백성들을 위한 보편적 공교육기관과는 달리 지배계층으로 차별화된 공교육기관이었던 것 같다.[36] 이곳에서 유득공이 왜 유독 문소각(文溯閣)에

34) 金昌業, 燕行日記, 卷2, 壬辰年(1712, 肅宗 38) 12月 5日.

35) 三十日 ... 至瀋陽止宿。...瀋陽城記: ..稼記云。此處市肆。百物皆有。與北京無異。但無書冊云。而今則冊肆亦間多有之。鳳城及柵門所有冊子。皆自此出去云。金景善, 燕轅直指, 卷1, 出疆錄, 壬辰年(1832, 純祖 32) 11月 30日.

36) 瀋陽書院。舊所游也。旋車歷造。見諸生森集。有曰八十太。曰呑多布。曰明文。曰雅隆阿。滿洲人也。曰覺羅富坤。興祖質皇帝之後孫云。于溧, 王開緖。漢軍也。吳化鵬。承德縣人也。溫岱, 徐祥霖。復州人也。董理, 馮天良, 王潔儒。寧海縣人也。有金尙絅者。字美含。舊交金科豫笠菴從子。年二十。美貌。恭執後生之禮。問其伯父安信。答知射洪縣。係川省。距此八千

집요한 관심을 가졌을까. 당시 그는 연경에 주자전서를 구하러 갔으며, 그때 문소각에는 사고전서(四庫全書)가 소장되어 있었기 때문이다.[37] 유득공은 연경에서 어류(語類), 유편(類編), 독서기(讀書記), 간명서목(簡明書目), 모두 8권으로 된 청나라 왕무굉(王懋竑)의 저서 백전잡저(白田雜著) 등도 구입하려고 하였으므로 문소각 소장의 사고전서(四庫全書)를 열람하여 보고 싶은 욕망이 컸을 것이다. 풍윤성에서도 7,8세 초학자의 가정교육에서 사서(四書)가 교재로 쓰이고 있었다. 이런 가정교육도 지배계층에서 주로 이루어지고 있었다.[38]

이처럼 청대 심양은 공교육과 사교육이 공존하고 있었으며, 주로 지배계층의 교육문화가 주류를 형성하고 있었다. 수월성교육제도였다고 말할 수 있다. 그러나 일반 백성들의 보편적 공교육이 부실하여 책자의 수요마저도 극히 미미한 현상이 나타나다가 19세기부터 책자의 수요가 급증한 사례를 보면 18세기부터는 일반 백성들의 보편적 공교육이 어떤 형식으로든지 이루어지고 있었던 것으로 추정된다.

里。問諸生。此處文溯閣可登否。答禁地。非有功名人。不能也。六月六日曬書。學院大人率僚屬。始得一登。柳得恭, 燕臺再遊錄, 辛酉 5月 2日.

37) 일찍이 듣건대, 盛京의 文溯閣에 四庫全書를 쌓아 두었다 하였는데, 어디에 있는지 알 수 없다. 徐慶淳, 夢經堂日史, 1編, 馬訾軔征紀, 乙卯年(1855, 哲宗 6) 11月, 7日. 參照.

38) 游豐潤城中。偶步一衕衕。聞童子讀書聲。入其室。多挂名人書畫。童子年可七八歲。所讀者孟子也。其師據椅而坐。詢之縣吏目胡迺恒家也。胡赴衙門未回。胡之子與數人者。聚磨墨。悤悤治文書。見客起揖。引至別炕。請坐接話。其人老實。柳得恭, 燕臺再遊錄, 辛酉 5月 2日.

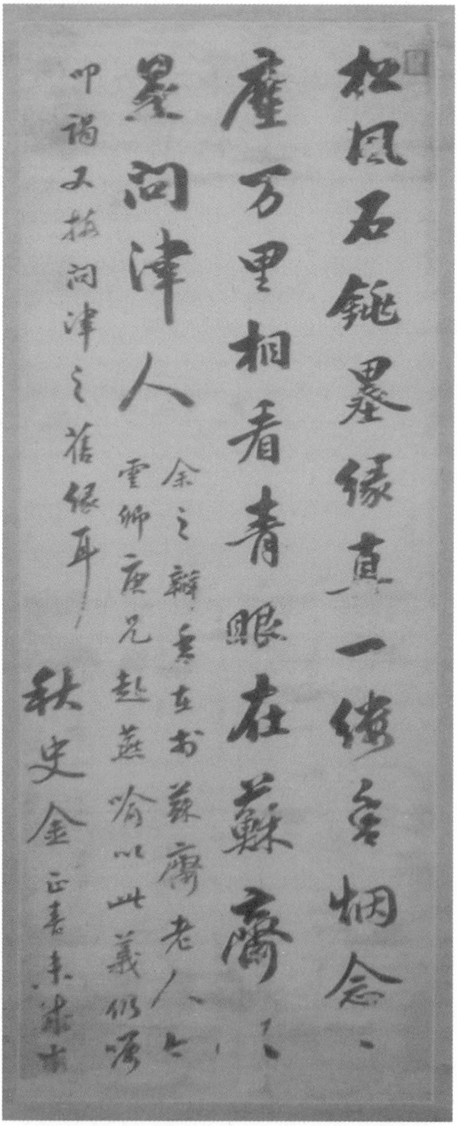

도118. 1801년 동지겸 진주 정사 조윤대의 자제군관으로 연경에 가는 운경 조용진에게 김정희가 옹방강을 찾아보라고 써준 시.

3-4. 종교문화

청대의 심양은 민간신앙으로 재신숭배신앙이 깊고 넓게 분포되어 있었으며, 유가적 조상숭배신앙은 몇몇 명문가문에만 남아 있었다.[39] 그러나 심양태학에는 '유학대전(儒學大殿)'이라는 현판이 걸려 있었고, 그 안에는 공성인(孔聖人)의 위판이 있었으며, 안자(顔子), 증자(曾子), 자사(子思), 맹자(孟子)를 배향하고 있었다. 그리고 유자(有子)와 주자(朱子)를 제배(躋配)하여[40] 지배계층에서는 유가적 신앙이 외형상으로는 대종을 이루고 있었음도 알 수 있다. 그리고 민간신앙으로 약왕숭배신앙(藥王崇拜信仰)이 있었다. 1798년 서유문은 심양 성내에 약왕묘(藥王廟)가 있었는데, 이곳에 약을 처음 만든 신농씨를 모셨거나 기백(岐伯)과 편작(扁鵲)을 모신 것이 아닌가하는 의문을 가지고 지나쳤다.[41] 그 뒤 1855년 서경순도 영평부에서 약왕묘를 보았다.[42] 당시 황성(皇城) 천단(天壇) 북쪽에도 약왕묘가 있었는데, 무청후(武淸侯)와 이성명(李誠銘)이 창건한 것으로 벽상에 태호복희씨(太昊伏犧氏)의 위패를 모시고, 왼쪽에는 신농(神農), 오른쪽에는 헌원(軒轅)을 위시하여 역대의 명의인 손진인(孫眞人) · 기백(岐伯) · 편작(扁鵲) · 화타(華陀) · 장중경(張仲景)과 같은 분들을 배향하였다.[43] 1780年 박

---

39) 自柵至此。無論閭家店舍。皆有財神之祀。而無祭先設位處。獨於張家有之。無乃先賢遺裔之故歟。徐慶淳, 夢經堂日史, 第1編, 馬訾軔征紀, 乙卯年(1855, 哲宗 6) 11月 6日. 參照.

40) 瀋陽太學: 太學外門。扁曰儒學大殿。殿深邃。中安孔聖板。而設龕櫝之殿。東西配享四聖。從享十哲。而躋配有子於東。朱子於西。又東西廡各設六十二神位。殿內多扁額。康熙以下四帝筆也。李海應, 薊山紀程, 卷2, 渡灣, 癸亥年(1803, 純祖 3) 12月 5日.

41) 徐有聞, 戊午燕錄, 卷2, 戊午年(1798, 正祖 22) 12月 16日. 參照.

42) 徐慶淳, 夢經堂日史, 五花沿筆, 乙卯年(1855, 哲宗 6) 11月 20日(己卯), 參照.

43) 余問韓曰。見皇城藥王廟乎。曰。未也。余曰。天壇之北有藥王廟。武淸侯李誠銘刱建也。壁上設太昊宓犧氏位牌。左神農右軒轅。配以歷代名醫如孫眞人, 岐伯, 扁鵲, 華陀, 張仲景。多不可盡記云。徐慶淳, 夢經堂日史, 紫禁

지원의 열하일기에도 이런 기록이 있다.[44] 영평부의 약왕묘도 이와 다르지 않았을 것이다. 불교 의왕신앙(醫王信仰)의 토착화가 아닌 중국 고유의 민간신앙이었음을 알 수 있다. 그리고 건강이나 복을 비는 기복불교 신앙과 관제숭배신앙이 성행하고 있었다. 만수사(萬壽寺)는 강희(康熙)의 원당(願堂)이고 실승사(實勝寺)는 숭덕(崇德)의 원당이다.[45] 관제묘(關帝廟)와 불사(佛寺)가 길에 연달아 있었고 영보사(靈保寺)와 옹정(雍正)의 원당 같은 것들이 그러한 것이다.[46] 관제묘는 박사호(?~1828~?)의 연계기정에도 기록이 있다.[47] 1828년의 기록에도 실승사(實勝寺)는 숭덕(崇德)의 원당이고, 만수사(萬壽寺)는 강희(康熙)의 원당이며, 영보사(靈保寺)는 옹정(雍正)의 원당이다. 만수사(萬壽寺)의 편액(扁額)에는 '만수무강(萬壽無彊)'이라 하였으며, 그 안의 꾸밈새는 대단히 화려하였다.[48] 원당이기 때문이었다. 심양성의 명륜당 등이 불우(佛宇)나 관제묘(關帝廟)에 비해서 존엄성이 상실되고 폐허화 되어가는 현상은[49] 당시 심양 백성들의 종교적 실제 현상을 반

瑣述, 乙卯年(1855, 哲宗 6) 12月 22日 庚戌.

44) 天壇之北。有藥王廟。武淸矦李誠銘所建也。殿中設太昊伏羲氏。左神農右軒轅。配以歷代名醫如孫眞人, 岐伯, 扁鵲, 葛洪, 華陀, 王叔和, 韋眞人, 太倉令張仲景, 皇甫士安。多不能盡記。槩倣文廟從享之制。每月朔望。士女雲集。祈禱疾病。燭燼香灺。堆積如雪。方有一女子盛粧叩頭。粉汗漬席。殿宇壯麗。殆與太陽宮相伯仲。朴趾源, 燕巖集, 卷之十五, 別集, 熱河日記, 盎葉記.

45) 李海應, 薊山紀程, 卷2, 渡灣, 癸亥年(1803, 純祖 3) 12月 6日. 喇嘛師大布壇禪堂. 參照.

46) 李海應, 薊山紀程, 卷2, 渡灣, 癸亥年(1803, 純祖 3)12月 6日. 萬壽寺. 參照.

47) 朴思浩, 燕紀程, 卷1, 戊子年(1828, 純祖 28) 12월 初五日. 參照.

48) 早發。瀋陽十里許。有崇德明陵。太宗福陵。望見樹木蒼蔚。實勝寺。崇德願堂。萬壽寺。康熙願堂。靈保寺。雍正願堂。歷見萬壽寺。金篆扁門曰萬壽无疆。其中制度。窮極侈麗。丹碧之榭。琉璃之龕。錦繡之帳。孔雀之扇。鐘鼓之樓。漆紙繡匣之佛經。寶幢彩幡之儀仗。龍鳳飛騰之畫棟。罘罳隱映之鐵網。玉缸懸空。白日燃火。長明之燈也。錦墩鋪地。淸晝焚香。大師之榻也。炫輝駭眼。不可殫記。朴思浩, 燕紀程, 卷1, 戊子年(1828, 純祖 28) 12월 初六日.

영하고 있는 것이다. 원당사(願堂寺, 일명 實勝寺)는 청 태종 원당이다. 이곳 주승(主僧) 몽고 라마(蒙古喇嘛)는 당시 세봉(歲俸)이 은 200냥이었다. 스님 수는 모두 100여 명이었는데, 동자(童子)가 절반 정도였다. 모두 라마복(喇嘛服)을 착용하였다. 조선 연행사들이 이곳에 도착하면 항상 상판사(上判事)의 마두(馬頭)가 종이, 부채 등의 물건을 가지고 가서 뇌물을 주는 것이 준례였으므로 당시 그 세속적 위세를 짐작할 수 있다.[50] 1760년(영조36 건륭25 경신) 이상봉(李商鳳, 1733~1801)의 북원록(北轅錄)에 당시 7백 명의 조직원을 거느린 6품관 벼슬의 봉황성장(鳳凰城將) 세봉(歲俸)이 은자 1백 냥이었으므로 원당사 주승의 국가적 위상도 짐작할 수 있다.[51] 김경선(1788~?)의 성자사기(聖慈寺記)에는 박지원의 열하일기가 인용되어 있다. 이 절은 강희황제의 원당이어서 황제가 심양에 행행할 때에는 반드시 들른다고 하였다.[52]

이처럼 청대 심양은 민간신앙으로 재물숭배신앙, 관제숭배신앙, 약왕숭배신앙 등이 성행하였다. 한편 고등종교신앙으로 황실 중심의 기복불교신앙이 있었으며, 지배계층의 유가적 조상숭배신앙 등이 공존하고 있었다. 영적 신앙보다는 실용적 신앙 쪽에 치우쳐 있었다. 내세적인 삶보다 현실적인 삶의 문제, 영적인 삶보다 실용적인 삶의 문제를 더 많이 생각하였던 것이 당시의 심양백성들이다.

---

49) 瀋陽太學記: 殿廡窓紙皆壞。雀矢滿地。大抵尊嚴整飭。比佛宇關廟。不啻大遜。明倫堂在正殿之左。而堂中鋪甎。倚一輛翰林車於壁。柱繫二馬一驢。殊可駭也。金景善, 燕轅直指, 卷1, 出疆錄, 壬辰年(1832, 純祖 32)11月 30日.

50) 又其西有一屋。主僧蒙古喇嘛居之。而歲俸銀二百兩云。金景善, 燕轅直指, 卷1, 出疆錄, 壬辰年(1832, 純祖 32) 12月 初1日. 願堂寺記.

51) 李商鳳, 北轅錄, 庚申, 11月 30日. 參照.

52) 金景善, 燕轅直指, 卷1, 出疆錄, 壬辰年(1832, 純祖 32) 11月 30日. 聖慈寺記.

도119. 2014년 실승사(황사) 출입구

도120. 2014년 실승사 외부 현판(실승사)

도121. 2014년 실승사 내부 현판(황사)

3-5. 성문화와 도박문화

청대의 심양에는 사창가가 많았다. 이재흡(?~1828~?)의 부연일기에 일행 중 창가를 출입한 자가 많았다. 경읍(京邑)의 기녀(妓女) 등은 수십 냥을 써도 어려웠지만, 기녀 이외에 행음(行淫)하는 이른바 양한지[養漢的]들은 따로 음소(淫所)가 있는데 마을마다 있다고 하였다. 하급은 당전(唐錢) 50냥을 교음(交淫)한 대금으로 지불하는데, 좀 자색(姿色)이 있는 여자는 하루에 수십 남자를 겪는다고 하였다.[53] 1760년(영조36 건륭25 경신) 이상봉

53) 一行下輩。多有潛宿娼家者。京邑妓女。非數十銀兩之費。無由一見。而妓女之外。另女行淫之女。卽所謂養漢的也。此輩別有淫所。村村有之。爲作室

(李商鳳, 1733~1801)의 북원록(北轅錄)에 봉황성(鳳凰城)의 하급관리 보십고[撥什庫] 세봉(歲俸)이 은자 20냥이었다.54)

독특한 혼속의 성문화도 있었다. 접경 몽고인들의 유속으로 추정되는 승겁해(僧劫解) 혼속이 그것이다. 혼인하는 날 신랑 집 모든 가족은 신부 집에 가서 같이 유숙하고, 바깥채에서는 별도로 한 도승을 맞아 음식을 잘 차려 받들고 신부는 도승과 하루 저녁을 잔 후에야 신랑과 동침한다는 것이다. 기록자는 고려 옛 승겁해(僧劫解)라는 것도 이런 풍속에서 나왔을 것이라고 하면서 증오하였다.55) 이와 다른 순정적인 성문화도 있었다. 벽상(壁上)에 표자(嫖子) 김주(金珠) 방경(芳卿)에게 지어준 시가 있었다. 그 시를 쓴 이는 호주(湖州)의 지부(知府)였다. 그가 초봄에 이곳을 지나다 김주(金珠)가 좋아서 7일 동안이나 머물면서 사랑하다가 떠났다는 것이다. 이와는 달리 공공연한 성매매가 있었다. 표자 김주(金珠)는 심양의 장군이 은자 500냥을 주고 사가서 당시는 그곳에 있지 않고 아문 안에 있었다. 표자(嫖子)란 토기(土妓)라고도 하는데, 우리나라의 이른바 사창이다. 사창은 관(關)의 안팎에 곳곳마다 있는데 별산참(鱉山站)이 가장 많다고 하였다.56) 당시 요동 심양에는 천초(川楚)에 출정(出征) 나갔다 돌아오지 못한 자가 매우 많았고, 근자에 또 길림(吉林), 영고탑(寧古塔), 흑룡강(黑龍江), 색륜(索倫)의 병정을 징발하므로, 기민(旗民)들의 수심과 한탄이 멎지 못하는 형편이었다고 한 것을 보면, 이런 사회적

屋。屋主責貫錢日有課。淫婦輩朝朝而聚。逐室入處。踞床對門而坐。淫夫過之。看色入門。相與盡奸。下者以五十唐錢。交淫之債。稍有姿色者。日經數十夫云。李在洽, 赴燕日記, 主見諸事, 人物.

54) 李商鳳, 北轅錄, 庚申, 11月 30日. 參照.

55) 又聞嫁娶之法。當其婚日。郎家擧族。往于婦家。同爲留宿外廬。別邀一箇道僧。多備盛羞。尊奉而供僧。新婦和僧宿三夜。然後郎與婦同寢云。高麗故俗所謂僧劫解者。亦出此風矣。可惡可惡. 李在洽, 赴燕日記, 主見諸事, 人物.

56) 柳得恭, 燕臺再遊錄, 辛酉 5月 21日. 參照.

현상에서 기인된 불가피한 성문화였을 것이다.[57] 청대의 심양에는 도박문화가가 성행하였다. 이해응은 쌍양점(雙陽店)에서 이런 시를 지었다. “변경 길 멀고 멀어 말 달리기 지쳤는데(塞路漫漫馬倦驅), 문의 산색은 석양에 외롭구나(薊門山色夕陽孤). 연남엔 옛날부터 기발한 선비 많았으니(燕南從古多奇士), 그 누가 푸줏간에서 마시고 투전하는 사람인가(誰是屠門飮博徒).”[58] 이런 성문화와 도박문화가 당시의 해이한 치안상태 때문에 발생한 것일까. 김경선(1788~?)은 객점(客店)과 사관(寺觀)을 보면, 모두 고시(告示)하는 방문(榜文)이 나붙어 있다. 그 글 내용에, 안면이 생소하고 언어가 달라서, 무릇 내력이 불분명한 사람은 일체 머무르는 일을 허락하지 않는다고 하였으므로, 이르는 처소에서 혹시 조사를 당한다면 자신만 낭패가 아니라, 사행에 누(累)가 미칠까 염려되어 그것이 어려운 점이었다고 하였다.[59] 치안상태가 결코 허술하지 않았던 것이다. 성문화나 도박문화 같은 것은 치안상태로만은 근절시키기가 쉽지 않은, 한 시대나 한 지역의 특수한 사회적 현상이다. 따라서 왜곡된 성문화나 도박문화 등은 특별한 사회적 여과 장치가 요청되는 문화현상이다.

이처럼 청대 심양은 비교적 개방된 성문화가 있었다. 특히 매춘문화가 도처에 있었으며, 승겁해(僧劫解)라는 혼속의 왜곡된 성문화도 있었다. 이런 성문화와 아울러 도박문화가 만연하였다. 왕성하였던 물질문화의 필연적인 후유증이었을 것이다.

57) 柳得恭, 燕臺再遊錄, 辛酉 5月 21日. 參照.

58) 李海應, 薊山紀程, 卷2, 渡灣, 癸亥年(1803, 純祖 3) 12月 12日 癸酉.

59) 見客店寺觀。皆有告示榜。其文曰。面生話異。凡係來歷不明人。一切不許容留云云。所到或遇譏詰。則不但一身狼狽。恐或弄出事來。累及使行。其難六也。金景善, 燕轅直指, 卷5, 回程錄, 癸巳年(1833, 純祖 33) 2月 26日.

4. 맺음말

이 글은 조선 연행사들의 연행록을 통해서 청대 심양 백성들의 생활상을 알아보기 위한 것이다. 저자는 백성들의 생활 수준, 곧 삶의 질을 알아보기 위한 방법으로 물동문화, 음식문화, 교육문화, 종교문화, 성문화, 도박문화 등 6가지 관점에서 논의를 진행하였다. 문화는 사람들의 생활방식이다. 물동과 음식은 사람들의 생활기반이다. 교육과 종교는 사람들의 생활기반 위에 존재한다. 이와는 별도로 남녀의 성문화와 도박문화는 당시의 사회적 여러 현상들을 진단할 수 있다. 이것이 저자가 이 글에서 전제하는 논점이다. 앞에서 거론한 내용들을 요약하면 다음과 같다.

청대의 심양은 매년 조·청 사이에 특수한 물동문화가 있었다. 세폐(歲幣)와 예단(禮單)뿐 아니라 이와 관련된 왕성한 물동문화가 형성되어 있었다. 심양권의 국내 물동량 또한 많았고 역동적이었다. 그리고 조선 연행사 문화로 인해서 중강후시(中江後市), 책문후시(柵門後市), 단련사후시(團練使後市)와 같은 독특한 상업문화가 발전하였다. 이에 힘입어 심양 백성들의 생활수준이 많이 향상되어 갔다. 청대 심양은 고급의 음식문화가 있었다. 별미로 여기는 다양한 음식문화가 있었으며, 실용적이면서도 편리한 일반 백성들의 음식문화가 그와 공존하고 있었다. 차와 술 등의 기호 음식문화도 비교적 높은 수준이었으며, 조·청 사이의 발전적인 음식문화 교류현상도 나타나고 있었다. 이러한 음식문화는 당시 활발한 물동문화와 맞물려 있었던 심양 백성들의 수준 높은 생활상이었다. 청대 심양은 공교육과 사교육이 공존하고 있었다. 그리고 지배계층의 교육문화가 주류를 형성하고 있었다. 수월성교육제도였다고 말할 수 있다. 그러나 일반 백성들의 보편적 공교육이 부실하여 18세기까지 책자의 수요마저도 극히 미미한 현상이 나타나다가 19세기부터 책자의 수요가 급증한 사례를 보면, 18세기부터는 일반 백성들의 보편적 공교육이 어떤 형식으로든지 이루어지고 있었던 것으로 추정된다. 청대 심양은 민간신앙과 고등종교신앙이 공존하고 있었다. 민간신앙으로 재물숭배신앙, 관제숭배신앙, 약왕숭배신앙 등이 성행하였다. 고등종교신앙으로 황실 중심의 기복불교신앙이 성행하였고, 지배계층의 유가적 조상숭배신앙 등이 있었다. 영적 신앙보다는 실용적 신앙 쪽에 치우쳐 있었다. 내세적인 삶보다 현실적인 삶의 문제를 더 많이 생각하였던 것이 당시의 심양백성들이다. 청대 심양은 비교적 개방된 성문화가 있었다. 특히 매춘문화가 도처에 성행하고 있었으며, 승겁해라는 혼속의 왜곡된 성문화도 있었다. 이런 성문화와 아울러 도박문화가 만연하였다. 물질문화가 몰고 온 필연적인 후유증이었을 것이다. 이해응(1775~1825)은 19세기 초엽(1803) 심양성 내외의 인가를 1만 5천 호에서 1만 6천 호라고 하였으며, 시가의 번성함이 연경에 버금갔다고 하였다. 김경선(1788~?)은 19세기 초엽(1832) 청나라 태종의 원당인 원당사(실승사)의 주승 몽고라마(蒙古喇嘛)의 세봉(歲俸)이 은 200냥이라고 하였다. 이재흡(?~1828~?)은 19세기 초엽(1828) 심양 창녀의 화대는 당전(唐錢) 50냥이라고 하였다. 현재는 어떠한가? 21세기 심양 백성들의 삶의 질을 높이기 위해서는 청대의 이러한 문화전통으로 다방면에서 많은 여과가 있어야 할 것이다. 반면교사(反面教師)로 삼아야 하는 부분이 있기 때문이다.

[부록-1] 전승 연행록의 현황

저자의 연행록 수집과 정리 작업은 대략 30년에 이르는 긴 여정(旅程)이었다. 연행록속집(燕行錄續集) 101~150권의 출간은 연행록전집(燕行錄全集) 1~100권의 후속 작업으로 이루어진 것이다. 연행록속집에는 모두 166건의 연행록을 수록(蒐錄)하였다. 전집과 속집에 모두 568건을 수록한 셈이다. 그 이후 오류를 바로잡고 정본화 작업을 거쳐서 2011년 455종의 연행록을 연행록총간 DB로 제작(외장하드 DVD 10장)하여 내 놓는 한편, on-line 창에서 누구나 쉽게 검색하여 사용할 수 있는 환경을 만들었다. 그리고, 2013년 556건의 연행록을 다시 연행록총간증보판 DB로 만들어 세상에 내놓았다. 다시 오류를 수정하고 수집된 자료를 추가하였다. 목차 수준의 찾아보기가 가능한 작업을 더 진행하였으며, 통문관지와 동문휘고를 같은 창에서 검색할 수 있게 만들었다. 그리고, 세기별, 왕대별, 작자별로 검색이 가능한 환경을 만들었으며, 한국사신의 중국왕래 일람표(13~19세기)를 만들어 붙였다. 그 이후 수집분을 합한 596여건의 새로운 작업은 보다 더 개선된 환경으로 내놓고 싶지만, 그것이 가능할지는 두고 보아야 할 것 같다. 나머지의 후속 작업은 후학들의 손에 넘겨주고 싶다. 나는 이 일을 착수할 때부터 대략 500여 종의 연행록이 전승(傳承)되고 있을 것으로 추정(推定)하였기 때문에 이제 그 책임을 거의 다 성취한 것 같아서 홀가분한 심정이다. 내가 300여 종의 연행록을 수집 완료하여 정리하고 있는 동안에도 이 분야의 전공 학자들까지 연행록의 전승 규모가 100종 안팎이라는 글을 쓰고 있었기 때문에 더욱 그러하다. 내가 자료의 존재를 확인하였지만 위 전집과 속집은 물론 연행록총간증보판 DVD에도 수록하지 못한 연행록들이 있다. 그 자료들을 모두 수록하지 못한 것이 못내 아쉬움으로 남는다. 인연이 된다면 완벽한 마무리 작업으로 학계에 또 한 번의 마지막 봉사를 할 수도 있을 것이라는 희망을 가져본다. 따라서, 이제 지난 30여 년에 걸친 연행록의 수집과 정리 현황을 학계에 보고하고, 그 후속작업의 마무리를 독려할 때가 된 것 같다.

연행록은 13세기부터 19세기까지 6백여 년간 우리나라의 일급 학자군(學者群)이 간단(間斷) 없이 기록하여 놓은 동아시아의 일급 문헌군(文獻群)이다. 전 세계로 시야를 확대하여 살펴보아도 그런 문헌군의 존재를 그 어디에서도 발견할 수가 없는 아주 특색 있는 문헌군이다. 우리가 이와 같은 문헌유산(文獻遺産)을 가지고 있다는 것은 문화민족으로서의 큰 긍지다. 아무쪼록 이 연행록이 시대마다 우리민족의 정체성을 확립하고 지속발전(持續發展)이 가능한 가치체계(價値體系)를 확립하는 데 많은 기여를 할 수 있기 바란다.

그동안의 연행록 탐색작업을 종합하여 보면, 현재 전승되고 있는 연행록은 몇몇 이본을 포함하여 대략 600여 종이 되는 것 같다. 이들 연행록의 소장처는 한국과 일본과 미국에 있다. 중국에도 한두 종이 소장되어 있는 것으로 전문한 바 있으나 확인하지는 못하였다. 이것은 독립성이 인정되는 연행록의 전승 규모다. 단편적인 시문이나 필담 자료, 그리고 노정기나 연행도 등 관련 문건들의 전승 규모는 다양하면서도 방대한 양이 있다. 앞으로 연행록의 연구에는 그러한 자료들이 모두 동원될 수 있을 것이다.

저자가 연행록의 수집과 정리 작업을 진행하는 동안에 필사의 시대에서, 습식복사의 시대를 거쳐서, 건식복사의 시대가 왔다. 그리고 카드작성의 시대를 거쳐서, 컴퓨터 워드작업 시대를 맞았다. 워드작업도 디스켓 시대를 지나, CD와 DVD 시대를 맞았다. 이와 같은 시대상황의 변화는 예기치 못한 여러 오류를 파생시킬 개연성이 있다. 한자의 입력이 자유롭지 못한 데서 발생한 오류가 최근에야 발견되는가 하면, 서기나 연호 연대를 한번 잘못 입력한 것이 시대의 혼선을 야기시킨 경우도 나타났다. 연행록의 작자를 찾아 밝히는 일도 때때로 함정이 도사리고 있었다. 관변사료나 사전류의 오류가 함정이 되는 수도 있다. 수집과 분류 작업 때도 장소나 시차 때문에 중복이나 판단의 착오를 범하기도 하였다. 수시로 이러한 부분들을 바로잡아 왔지만, 자료의 방대성 때문에 아직도 미진한 점이 있을 것이다. 작자 미상의 연행록이 작자가 새로 밝혀지는 것이나, 작자의 성씨 표기가 잘못된 것을 바로잡는 등 빠뜨리지 않고 수정을 더 하여 목록을 작성하였다. 앞으로 연행록의 연구가 축적되어 가면 자연스럽게 보완해야 할 점이 더 드러나기도 할 것이다. 그러나, 아주 중요한 것은 연행록의 전승 규모가 5백여 종이라는 사실의 확인과 그 수집과 정리의 의미이다. 우리 민족이 13세기부터 19세기까지 6백여 년 동안 동아시아의 일급 문헌군(文獻群) 하나를 완성해 낸 일을 이 세상에 드러낸 일이다.

년도	서명(저자)	비고
1273년	賓王錄(李承休)	문총
1372년	赴南詩(鄭夢周)	문총
1389년	奉使錄(權近)	문총
1400년	觀光錄(李詹)	문총
1419년	判書公朝天日記(朝天日記)(張子忠)	국도
1459년	己卯朝天詩(李承召)	문총
1460년	庚辰朝天詩(徐居正)	문총
1475년	乙未朝天詩(成俔)	문총
1480년	庚子朝天詩(李承召)	문총
1480년	庚子朝天詩(金訢)	문총
1481년	三魁先生觀光錄(辛丑觀光行錄) 上(申從濩)	국도
1481년	辛丑朝天詩(洪貴達)	장서
1485년	乙巳朝天詩(成俔)	문총

년도	서명(저자)	비고
1487년	錦南先生漂海錄(崔溥)	고대 · 계명대
1487년	표히록(漂海錄)(崔溥)	국도
1496년	三魁先生觀光錄(丙辰觀光錄) 下(申從濩)	국도
1498년	燕行錄(曺偉)-梅溪集	문총
1500년	朝天錄(李荇)	문총
1502년	燕行詩諸公贈行帖(權柱)	규장 · 장서
1519년	燕行錄(十淸先生集)(金世弼)	문총
1533년	陽谷朝天錄(蘇世讓)	국도
1533년	葆眞堂燕行日記(蘇巡)-전남대 목활자	국도 · 전남대
1533년	朝天詩(蘇世讓)	국도
1534년	朝天錄(鄭士龍)	규장
1537년	朝天錄(丁煥)-檜山集	문집
1539년	朝天錄(權橃)	고대
1539년	燕行日記(任權)	국도 · 장서
1544년	甲辰朝天錄(鄭士龍)-湖陰雜稿	규장 · 국도
1547년	燕行錄(俛仰續集)(宋純)	문총
1548년	西征錄(崔演)-艮齋集	문총
1562년	燕京行錄(柳仲郢)	국편
1569년	觀光錄(嘯皐觀光錄)(朴承任)	문집
1572년	朝天錄(許震童)-東湘集	국도 · 전남대
1574년	朝天日記 上 · 中 · 下(趙憲)-重峯集	규장 · 국도 · 장서
1574년	東還封事(趙憲)	규장
1574년	荷谷朝天記上 · 中 · 下(許篈)	국도 · 규장
1577년	朝天日記(詩)(金誠一)	문총
1577년	金誠一朝天日記(金誠一)-筆寫本	국편
1577년	丁丑行錄(崔岦)-簡易集	문총
1579년	燕行詩(習齋集)(權擘)	규장
1581년	朝天詩(韓濩)-親筆本	김민영
1581년	辛巳行錄(崔岦)-簡易集	문총
1584년	燕行詩(百拙齋遺稿)(韓應寅 外)	문총
1586년	朝天錄(成壽益)-七峰遺稿	장서

년도	서명(저자)	비고
1587년	朝天錄(臨淵齋集)(裵三益)	장서 · 국도
1587년	裵三益日記(裵三益)-筆寫本 1책	국편
1587년	朝天行錄(黃璡)-西潭遺稿	국도 · 장서
1589년	朝天錄(尹根壽)	고대 · 경상대
1591년	辛卯書狀時燕行詩(朴而章)-龍潭集	문집
1592년	赴京日錄(鄭崑壽)-栢谷集	문집
1592년	朝天錄(吳億齡)-晚翠集	문총
1593년	鄭松江燕行日記(鄭澈)-筆寫本	국편
1594년	甲午朝天路程(申欽)-筆寫本	국편
1594년	甲午行錄(崔岦)-簡易集	문집
1595년	庚申朝天錄 上 · 下(李廷龜)-月沙集	문총
1595년	朝天錄 上 · 下(閔仁伯)-苔泉集 목활자	장서
1596년	文興君控于錄(柳思瑗)-일본	규장 · 구택대
1596년	申忠一建州見聞錄(申忠一)-筆寫本	국편 · 동대
1597년	石塘公燕行錄(權挾)	규장
1597년	丁酉朝天錄(李尙毅)-少陵集	문집
1597년	安南使臣唱和問答錄(李睟光)-芝峯集	문총
1597년	朝天錄(李睟光)-芝峯集	문총
1597년	丁酉朝天錄(許筠)	국도
1598년	朝天錄 上 · 下(李恒福)-白沙集	문총
1598년	朝天記聞(李恒福)-白沙集	문집
1598년	戊戌朝天錄 上 · 下(李廷龜)-月沙集	문집
1598년	銀槎錄詩(黃汝一)-海月集	문집
1598년	銀槎錄(黃汝一)-海月集	문집
1598년	朝天日乘(李恒福)-筆寫本	고대 · 장서
1599년	皇華日記(趙翊)	중대 · 국도
1599년	朝天錄(趙翊)	장서 · 연대
1601년	朝天錄(李安訥)-東岳集	문총
1602년	朝天錄(金玏)-栢巖集	문총
1602년	壬寅朝天錄(李民宬)-敬亭別集	문집
1602년	燕槎唱酬集 上 · 中 · 下(李民宬)-敬亭集	문집

년도	서명(저자)	비고
1602년	朝天錄(李廷馨)-退知堂集 筆寫本	문집
1603년	癸卯副使時燕行詩(朴而章)	국도
1603년	松浦公朝天日記(鄭穀)	강경훈
1604년	朝天日錄(未詳)	규장
1604년	甲辰朝天錄(李廷龜)	국회
1607년	崔海州沂朝天日記(雜錄)(崔沂)	고대
1608년	赴燕詩 · 朝天日錄 沿路城站(蘇光震)	강경훈
1608년	朝天日錄一 · 二 · 三 · 四 · 五(崔 晛)	장서 · 연대
1609년	燕行錄(李好閔)-五峰集 筆寫本	국편 · 문집
1609년	奏請使朝天日記(申欽)	국편
1609년	朝天錄(柳夢寅)-於于集	문총
1609년	燕行詩(金存敬)-竹溪集	국도 · 문집
1609년	己酉千秋書狀諸賢贐行詩(金存敬)-竹溪集	국도 · 문집
1610년	朝天日錄(庚戌朝天日錄) 上 · 下(鄭士信)	국도
1610년	朝天紀行詩 · 朝天贈行詩(鄭士信)	국도
1610년	朝天錄(鄭士信)	국도
1610년	朝天錄(檜山世稿)(黃是)	성암 · 국도
1611년	續朝天錄(李睟光)-芝峰集	문총
1611년	琉球使臣贈答錄(李睟光)-芝峰集	문총
1611년	辛亥朝天錄(李尙毅)-少陵集	문집
1613년	燕行錄(鄭弘翼)-休翁集	정용길 · 문집
1614년	朝天錄(苟全集別集)(金中淸)-목활자	국도 · 전남대
1614년	赴京別章 上 · 中 · 下(金中淸)	국도 · 전남대
1614년	朝天詩(燕程感發)(金中淸)	국도 · 전남대
1615년	燕行日記(李馨郁)-筆寫本	장서
1615년	乙丙朝天錄(許筠)	국도
1616년	朝天錄(睦大欽)-茶山集	문총
1616년	丙辰朝天錄(李廷龜)	국회
1617년	朝天日記(金鑑)-海路 기간 황색 표시	일용
1617년	朝天日記(李尙吉)-東川集 筆寫本	규장
1617년	朝天日記(李尙吉)-東川集 木活字本	국도 · 고대 · 연대 · 규장

년도	서명(저자)	비고
1617년	聖節使赴京日記(金存敬)-竹溪集	국도 · 문집
1617년	聖節使諸賢贐行詩(金存敬)-竹溪集	국도 · 문집
1618년	朝天日錄(金潍)-敬菴實記	국도
1618년	西行錄上 · 下(李民寏)-紫巖集	문집
1619년	梨川相公使行日記(李弘胄)-筆寫本	국도
1619년	赴京(朝天)詩(吳翻)-天坡集	문집
1620년	西征日錄(黃中允)-東溟集	문집
1620년	庚申朝天記事(李廷龜)	국회
1620년	庚申燕行錄(李廷龜)	국회
1621년	駕海朝天錄(安璥)-미국(海路)	장서 · 하버드옌칭
1621년	朝天日記(芹田集)(安璥)	장서
1621년	朝天日記(判書公實記)(安璥)	모덕사
1622년	秋灘東槎朝天日錄(海槎朝天日錄)(吳允謙)	국도
1622년	朝天詩(楸灘集)(吳允謙)	문총
1623년	됴쳔일승(朝天日乘)(趙濈)	국도
1623년	燕行錄(一云朝天錄)(趙濈)-미국	국도 · 버클
1623년	癸亥朝天錄 上 · 中 · 下(李民宬)-敬亭續集	문총
1623년	白沙公航海路程日記(尹暄)-筆寫本	국편 · 고대
1623년	朝天錄(石樓集)(李慶全)	국도 · 성대
1624년	花浦先生朝天航海錄(洪翼漢)	국도 · 규장 · 성암
1624년	天槎大觀(金德承)	국도
1624년	됴텬녹(朝天錄)(未詳)	고대
1624년	슈로됴쳔녹-1972 황희영 입수 필사본 20장본	**황희영**
1624년	燕行詩(吳翻)	국도
1624년	竹泉朝天錄(航海日記)(閔上舍 再構)	신준용 · 이대
1624년	朝天錄(竹泉先祖遺稿)(閔上舍 再構)	이성원
1624년	듁쳔니공힝젹(竹泉李公行蹟) 坤(未詳)	이현조
1624년	燕行圖幅(航海朝天圖)(未詳)	국도
1624년	航海朝天圖(未詳)	국박
1624년	無題簽(航海朝天圖)(未詳)	국박
1624년	梯航勝覽 乾 · 坤(未詳)	성원

년도	서명(저자)	비고
1624년	無題簽(航海圖)(未詳)	군박
1624년	燕行圖幅(航海朝天圖)(未詳)	국도
1625년	沙西全先生航海朝天日錄(全湜)-筆寫本	국편
1625년	槎行錄(全湜)-沙西集	문총
1625년	朝天詩(沙西集)(全湜)	문총
1625년	槎行贈言(沙西集)(全湜)	문총
1626년	路程記(南以雄)	국도
1626년	朝天錄(金地粹)-苔川集 筆寫本	문집
1626년	朝天錄(金尙憲)	연대
1628년	朝天時聞見事件啓(申悅道)	국도
1629년	雪汀先生朝天日記(李忔)	국도 · 규장
1629년	雪汀先生朝天日記上・下(李忔)-목활자	국도
1630년	東槎錄(崔有海)-黙守堂集	문집
1630년	朝天記 地圖(鄭斗源)	성대
1631년	瀋陽往還日記(朴蘭英)	규장
1631년	瀋陽往還日記(朴蘭英)	규장
1630년	朝天錄(高用厚)	문총
1631년	瀋陽日記(宣若海)-중국자료	국도
1632년	朝天日記(洪鎬)-無住逸稿 筆寫本	장서 · 연대
1632년	朝天日記(洪鎬)-印本	장서
1632년	朝天日記(未詳)-原稿本	모덕사
1632년	朝天後錄(李安訥)	문총
1635년	瀋行日記(李浚)	국도
1636년	朝京日錄(金堉)	문총
1636년	潛谷朝天日記(朝京日錄)(金堉)-筆寫本 日天理	천리대
1636년	北征詩(金堉)	고대
1636년	朝天錄(金堉)-海路 終	동대
1636년	崇禎丙子朝天錄(李晩榮)-설해유고	국도
1636년	北行日記(羅德憲)	성대
1636년	瀋陽日錄(松溪紀稿)(未詳)-일본 日天理	천리대
1637년	乘槎錄(未詳)	규장

년도	서명(저자)	비고
1637년	同行錄(瀋陽質館同行錄), 瀋中日記(未詳)-일본日東洋	동양문고
1637년	燕中聞見(據崔鳴吉 記外)	규장 · 국도
1637년	瀋陽日記抄(漢瀋日記抄)(未詳)	장서
1637년	瀋陽日記(未詳)	장서
1637년	瀋陽日記(未詳)	장서
1637년	瀋陽日乘(金宗一)	장서
1637년	使行錄(使行年人記)(未詳)-同文彙考本 日天理	국도 · 천리대
1637년	瀋陽狀啓(未詳)	규장
1637년	瀋陽狀啓(未詳)	규장
1637년	瀋陽狀啓(未詳)-경성제대연활자-海路 終年	규장
1639년	燕薊謏聞錄(鄭致和外)	아단문고
1639년	瀋館錄(申濡)-竹堂集	문집
1641년	赴瀋日記(辛巳赴瀋錄)(李景嚴)	장서
1641년	瀋陽日記(未詳)	장서
1643년	瀋館錄(李昭漢)-玄洲集	국도 · 문총
1644년	瀋陽日記(未詳)	규장
1644년	西行日記(未詳)	장서
1645년	燕行詩(麟坪大君湇)-松溪集	문집
1645년	燕行日記(成以性)	문총
1645년	燕行日記(溪西逸稿)(成以性)	문총
1645년	昭顯乙酉東宮日記(未詳)	장서
1646년	燕行日記 上 · 下(郭弘址)-筆寫本	계명대
1646년	燕行錄(李景奭)-白軒集	문총
1647년	赴燕詩(李時萬)-묵전당집	국도
1647년	燕行錄(洪柱元)-無何堂遺稿	규장
1648년	燕行日記(李垶)	매헌종중
1649년	飮氷錄(己丑飮氷錄)(鄭太和)-陽坡遺稿 筆寫本	규장
1649년	燕山錄 上 · 下(仁興君李瑛)-先君遺稿 筆寫本	규장
1651년	燕行詩(雜)(黃㦿)-漫浪集	규장 · 장서 · 고대 · 강경훈
1652년	燕臺錄(申濡)	규장

년도	서명(저자)	비고
1653년	燕行日乘(癸巳燕行日乘)(沈之源)-晩沙稿	문집
1653년	燕行錄(癸巳燕行錄)(洪命夏)	고대 · 동대
1654년	燕行詩(延安李氏聯珠集 青湖稿)(李一相)	국도
1654년	燕行詩(青湖遺稿)(李一相)	국도
1656년	燕途紀行 上 · 中 · 下(麟坪大君淯)-松溪集	문집
1656년	北行酬唱(野塘燕行錄)(金南重)-野塘集	문집
1657년	丁酉燕行日乘(沈之源)-晩沙遺稿(筆寫本)	국도
1660년	翠屛公燕行日記(趙珩)	국도
1660년	燕行路程記(姜栢年)	강경훈
1660년	燕京錄(姜栢年)-雪峰遺稿	문총
1664년	今是堂燕行日記(是堂燕行錄) 乾(任義伯)	단대
1664년	今是堂燕行日記(是堂燕行錄)(任義伯) 乾 · 坤	코베이
1662년	飮氷錄(壬寅飮氷錄)(鄭太和)-陽坡遺稿 筆寫本	규장
1663년	朗善君癸卯燕京錄(李俁)-연활자본	일용
1664년	燕行錄(甲辰燕行詩)(洪命夏)	동대
1664년	燕行錄(甲辰燕行錄)(洪命夏)	동대
1666년	燕行錄(南龍翼)-壺谷集	문총
1666년	曾祖考燕行錄(許積)-原稿本	장서
1666년	燕行錄(曾祖考燕行錄)(孟冑瑞)-原稿本	장서
1668년	西溪燕錄(朴世堂)-筆寫本	국편 · 규장
1668년	使燕錄(朴世堂)-筆寫本	문총
1669년	燕行錄(燕行詩)(閔鼎重)-老峰集	국도 · 문집
1669년	老峯燕行記(閔鼎重)	장서
1669년	赴燕日錄(燕行日記)(成後龍)	成長慶
1670년	慶尙道漆谷石田村李進士海澈燕行錄(李海澈)	국도
1674년	燕行錄(鄭晳)	규장
1676년	丙辰燕行錄(松坡集)(李瑞雨)	문총
1677년	燕行日錄(孫萬雄)-野村集	규장 · 국도
1678년	北征錄 上 · 下(李夏鎭)	국도
1678년	燕行錄(戊午燕行錄)(金海一)-檀溪集	문집
1678년	燕行日記(戊午燕行日記)(金海一)-檀溪集	문집

년도	서명(저자)	비고
1679년	燕行錄(陽谷集)(吳斗寅)	국도
1679년	燕行詩(吳斗寅)	국도
1680년	燕行錄(申晸)	규장 · 고대
1682년	瀋使啓錄(未詳)-일본	경도대
1682년	燕行日錄(兩世燕行錄)(韓泰東)	장서
1682년	燕行錄(約齋集)(柳尙運)	문총
1683년	燕行日記(尹攀)-原稿本	규장
1683년	擣椒錄 上 · 下(金錫胄)-息庵遺稿	문총
1684년	甲子燕行雜錄(南九萬)-藥泉集	문집
1686년	燕槎錄(吳道一)-西坡集	문집
1686년	丙寅燕行日乘(吳道一)-筆寫本	규장
1686년	丙寅燕行雜錄(南九萬)-藥泉集	문집
1686년	燕行日錄(李墪)-미국본	버클
1687년	燕行詩(任相元)-恬軒集	문집
1688년	燕行日記(金洪福)-동원유고	규장
1689년	燕行續錄(金海一)-檀溪集	문집
1689년	燕行日記續(金海一)-檀溪集	문집
1689년	葵亭燕京錄(燕京錄)(申厚載)	강경훈
1690년	燕行日錄(徐文重)-筆寫本	규장
1690년	燕行雜錄(徐文重)-筆寫本	규장
1693년	燕行日記(柳命天)-筆寫本	규장
1693년	燕行錄(柳命天)-筆寫本	규장
1693년	연힝별곡(燕行別曲)(柳命天)-筆寫本 가사선	고대
1693년	燕行日記(申厚命)-林下堂集	문집
1694년	後燕槎錄(吳道一)-西坡集	문집
1694년	日記草(兪得一)	국도
1694년	西征別曲(셔졍별곡)(朴權)	박영구
1695년	燕行錄(乙亥燕行錄)(洪受疇)-壺隱集	문총
1695년	燕行錄(崔啓翁)-迂窩遺稿. 筆寫本	장서 · 문집
1696년	燕槎錄(詩燕槎錄)(洪萬朝)	연대
1696년	館中雜錄(洪萬朝)	연대

년도	서명(저자)	비고
1697년	蔗回錄(崔錫鼎)-明谷集	문총
1697년	椒餘錄(崔錫鼎)-明谷集	문총
1697년	燕行日記(權喜學)	장서
1697년	燕行(日)錄 上·下(權喜學)	권영갑
1697년	星槎錄(宋相琦)-옥오재집(玉吾齋集)	국도
1698년	燕行詩(李健命)-寒圃齋集	문총
1699년	燕行錄(姜銑)	국도
1701년	看羊錄(姜鋧)-筆寫本	장서 · 모덕사
1701년	閒閒堂燕行錄(孟萬澤)-筆寫本	명대
1704년	燕行詩(李頤命)	문총
1704년	燕行雜識(稗林)(李頤命)	문집 · 장서 · 국도
1706년	燕行日記艸(熱河日記鈔)(兪得一)	국도
1708년	燕行日錄(金始煥)-筆寫本	규장
1712년	燕行日記(閔鎭遠)	국도 · 국회
1712년	燕行塤箎錄(金昌集)-夢窩集	문총
1712년	연힝일긔(燕行日記)(金昌業)-筆寫本	국도
1712년	燕行日記 一-四(金昌業)-筆寫本	국도
1712년	稼齋燕行錄(老稼齋燕行日記) 一-六(金昌業)	규장 · 연대
1712년	燕行日記(金昌業) 2책본 筆寫本	연대
1712년	燕行日記(金昌業) 5책본 筆寫本-일본	동경대
1712년	燕行錄(崔德中)	규장 · 국도
1713년	韓祉燕行日錄(燕行日錄)(韓祉)	규장
1713년	癸巳燕行錄(趙泰采)-二憂堂集 筆寫本	문집 · 문총
1714년	兩世疏草(燕行日記 附)(晉平君澤)	국도
1719년	燕行日錄(趙榮福)	경기도박물관
1720년	一庵燕記 一-五(李器之)	한은
1720년	庚子燕行詩(李宜顯)-陶谷集	문총
1720년	庚子燕行雜識 上·下(李宜顯)-陶谷集	문총
1720년	熱河行(玉振齋詩稿)天 · 地 · 人(周命新)	장서
1720년	燕行詩(李器之)-一菴集	문집
1721년	燕行錄(李正臣)-櫟翁遺稿	규장

년도	서명(저자)	비고
1721년	燕行錄(兪拓基)-筆寫本	명대김위헌
1721년	寒圃齋使行日記(李健命)-筆寫本	연대
1721년	燕行錄(櫟翁遺稿)(李正臣)	문총
1723년	癸卯燕行錄(黃晸)-筆寫本	황원구?
1724년	啓下(甲辰啓下帖)(金尙奎)	규장
1724년	燕行日記(權以鎭)-有懷堂集	문집
1724년	燕行詩(有懷堂集)(權以鎭)	문총
1725년	燕行錄(鶴巖稿)(趙文命)	규장
1725년	燕行日記(趙文命)-鶴巖集	문총
1726년	金日男漂流記(頤齋亂藁)(金日男外)-頤齋 장손	동대
1727년	桑蓬錄 禮·樂·射·御·書·數(姜浩溥)-필사본	연대
1727년	상봉록(桑蓬錄)(姜浩溥) 2책-한글 필사본	연대
1728년	燕行見聞錄(李時恒)	규장
1728년	燕行錄(燕行錄戊申)(沈錥)	규장
1729년	燕行錄 上·下(金舜協)	국도·원대
1729년	墨沼燕行詩(趙錫命)	풍양조씨 종중
1729년	尹道成漂流記(頤齋亂藁)(尹道成)-이재 후손장	동대
1730년	燕行雜稿(南泰良)	강경훈
1731년	燕槎錄(趙尙絅)-鶴塘遺稿	장서
1732년	壬子燕行雜識(李宜顯)-陶谷集	문총
1732년	壬子燕行日記(趙最壽)-筆寫本	풍양조씨 종중
1732년	承旨公燕行日錄(韓德厚)-筆寫本	국도
1732년	壬子燕行詩(李宜顯)-陶谷集	문총
1734년	甲寅燕行錄(黃梓)-畢依齋遺稿 未·申·酉 -筆寫本-서장관-일본	도양문고
1735년	燕行錄(李德壽)-西堂私載	성대
1736년	燕行錄(任珽)-疤齋遺稿	신익희 고택
1737년	燕槎錄(燕槎錄 丁巳)(李喆輔)-筆寫本	규장
1737년	丁巳燕行日記(李喆輔)-筆寫本	규장
1740년	燕行日記(洪昌漢)	국도
1743년	燕行錄(歸鹿集 燕行詩)(趙顯命)	문총

년도	서명(저자)	비고
1743년	燕行日記(歸鹿集 燕行錄)(趙顯命)	규장
1745년	燕行詩(趙觀彬)-悔軒集	국도 · 문총
1745년	悔軒燕行詩附月谷燕行詩(趙觀彬)-筆寫本	양주조씨 종중
1746년	燕行日記 乾 · 坤(尹汲)-筆寫本-일본	구택대
1747년	丁卯燕行錄(李喆輔)-止庵遺稿	규장
1747년	丁卯燕行錄(李喆輔)-筆寫本	규장
1749년	燕京雜識(兪彦述)-松湖集	문집
1750년	庚午燕行錄(黃梓)-畢依齋遺稿 戌 · 亥 -筆寫本-부사-일본	도양문고
1752년	椒蔗錄(南泰齊)	국도
1754년	瀋行錄(甲戌), 瀋使還渡江狀啓別單(兪拓基)	명대김위헌
1755년	燕行日錄(鄭光忠)	규장
1755년	飮氷行程曆 上 · 下(李基敬)-山木稿	이주성
1755년	燕行詩(江漢集)(黃景源)	문총
1760년	北轅錄(李商鳳)-筆寫本	연대
1760년	셔원녹(李商鳳)-筆寫本	연대
1760년	庚辰燕行錄(徐命臣)-安溪遺稿	규장
1760년	瀋陽館圖帖(瀋館舊址圖)(李必成)	명대
1760년	瀋陽館圖帖(文廟圖)(李必成)	명대
1760년	瀋陽館圖帖(彝倫堂圖)(李必成)	명대
1760년	瀋陽館圖帖(山海館圖 外)(李必成)	명대
1763년	燕行日錄上 · 下(李憲默)	여주이씨 종중
1764년	瀋陽日錄(金鍾正)	규장
1765년	을병연힝록(乙丙燕行錄) 一~二十(洪大容)	장서 · 규장
1765년	湛軒燕記 一~六(洪大容)	규장
1765년	湛軒說叢(洪大容) 一~六	규장
1765년	燕行雜記(洪大容) 2책본	연대
1765년	杭傳尺牘(湛軒書)(洪大容)	국도
1765년	燕記(湛軒書) 一~六(洪大容)	국도
1765년	燕彙(湛軒說叢)(洪大容)-미국본	버클
1765년	燕杭詩牘(陸飛 外)-미국본	하버드옌칭

년도	서명(저자)	비고
1765년	담헌연행록(洪大容)-한글본	숭대박물
1765년	湛軒燕行記(洪大容)	숭대박물
1767년	燕槎錄(李心源)-일본 日東洋	동양문고
1772년	燕行日記 天・人(尹東昇?)-草稿本 2012.12.15.	코베이
1773년	燕行錄(嚴璹)	규장
1777년	燕行記事 元・亨・利・貞(李坤)	규장
1778년	入燕記 上・下(李德懋)-靑莊館全書	규장
1778년	含忍錄 上・下(蔡濟恭)	문총
1778년	隨槎錄 上(未詳)-미국본	버클
1780년	隨槎錄(盧以漸)-筆寫本	南權熙→경북대
1780년	熱河日記(朴趾源)	규장
1780년	熱河日記 一~六(朴趾源)	국도
1780년	열하기(熱河記)(朴趾源)-일본	동경대
1780년	熱河日記 上・中・下(朴趾源)	충남대
1780년	熱河日記(燕巖集) 一~十二(朴趾源)	전남대
1780년	熱河日記(燕巖集) 一~十二(朴趾源)	연대
1780년	熱河日記(燕巖集)(朴趾源)	문총
1780년	熱河日記(淵民校合)(朴趾源)	민추
1780년	熱河日記(燕巖集)(朴趾源)	문총
1780년	熱河日記(燕巖集)(朴趾源)	단국
1780년	熱河日記(燕橐)(朴趾源)	연대
1780년	熱河日記抄(朴趾源)-미국본	버클
1780년	燕橐(熱河日記)(朴趾源)-미국본	버클
1780년	熱河日記(杏溪雜錄)(朴趾源)	단대
1782년	燕行記著(未詳)-일본 日天理	천리대
1782년	燕雲紀行(洪良浩)-耳溪集	문집
1782년	燕行日記 乾・坤(鄭存謙,1722~1794)-筆寫本	화봉문고
1783년	북연긔힝(北燕紀行)(李魯春)	숭대박물
1783년	入瀋記 上・中・下(李田秀)	규장
1784년	燕京編(姜世晃)	강경훈
1784년	燕行錄(金明遠)	국도

년도	서명(저자)	비고
1784년	瀛臺奇觀帖(瀛臺氷戲)(姜世晃)	국박
1784년	槎路三奇帖(薊門烟樹)(姜世晃)	국박
1784년	槎路三奇帖(西山)(姜世晃)	국박
1784년	槎路三奇帖(孤竹城)(姜世晃)	국박
1784년	槎路三奇帖(姜女廟)(姜世晃)	국박
1786년	日乘(燕行日乘)(沈樂洙)	규장
1787년	燕行錄(兪彦鎬)	단대
1787년	燕行日錄(趙瑍)-일본	동경대
1788년	燕行錄(愼菴詩集 坤)(魚錫定)	규장
1789년	燕行紀程(趙秀三)	동대
1790년	승사록(庚戌乘槎錄) 一・二・三(黃仁點)	연대
1790년	庚戌燕行日記 乾(缺卷一)(金箕性)	규장
1790년	燕行日記 坤(缺卷一)(金箕性)-일본 日天理	천리
1790년	後雲錄(熱河紀行詩註)(柳得恭)	국도
1790년	燕行紀(燕行記)(徐浩修)	규장
1790년	熱河紀遊 元・亨・利・貞(徐浩修)	규장
1790년	燕行錄(白景炫)	성대
1790년	燕行紀 乾・坤(徐浩修)-미국본	버클
1791년	燕行錄(燕行日記) 上・下(金正中)	국도・규장
1792년	燕行錄(金祖淳)-楓皐集	국도・문집
1793년	燕行日記 上・中・下(李在學)	李部漢
1793년	癸丑燕行詩(李在學)-芝圃遺稿	李部漢
1793년	燕行記事(李在學)-筆寫本	규장
1793년	연힝녹(燕行錄) 仁・義・禮・智・信(李繼祜)	고대
1794년	甲寅燕行詩(洪羲俊)	규장
1794년	燕雲續詠(洪良浩)-李溪集	문집
1796년	丙辰苫塊錄(洪致聞 外)	국도
1796년	표히가(漂海歌)(李邦翼)	고대
1796년	표히가(漂海歌)(李邦翼)-청춘본	국도
1796년	표히가(漂海歌) 단(李邦翼)	서강
1798년	戊午燕錄(徐有聞) 一・二・三・四・五・六	국도・장서

년도	서명(저자)	비고
1798년	무오연힝록(戊午燕行錄)(徐有聞)	장서 · 고대
1798년	贈季君(軸)(金勉柱)	종손
1801년	竝世集(柳得恭)-並世集	국도
1801년	燕行日記(吳載紹)-일본 日天理	천리
1801년	燕臺錄(柳得恭)	규장
1801년	燕行詩軸(李基憲)	규장
1801년	熱河紀行詩(柳得恭)	규장
1801년	燕行日記啓本(李基憲)	규장
1801년	燕行日記 上 · 下(李基憲)	규장
1801년	遼野車中雜詠(柳得恭)	규장
1803년	輶車集(履園遺稿)(李晩秀)	규장
1803년	薊山紀程 一 · 二 · 三 · 四 · 五(李海應)	규장
1803년	淵泉赴燕詩(洪奭周)	규장
1803년	薊程錄 乾 · 坤(李海應)-일본 日東都	동경도립
1803년	薊程詩稿(李海應)-일본-일본편1~407 日靜嘉	정가당 문고
1804년	芝汀燕記(元在明)	성대
1805년	赴燕詩(李始源)-筆寫本 隱几集	국도
1805년	燕行錄(三冥集)(姜浚欽)	강인구
1805년	赴燕詩(李鳳秀)-襟溪集	장서 · 규장
1806년	缶窩燕錄(李命養,1763-?)-114장 41,000여 字	安山이씨종중-대구 金世坤소개
1807년	中州偶錄(入燕記)(未詳)-일본 日關西	관서대
1807년	燕行詩(金陵集)(南公轍)	문총
1807년	燕行日記 3책중 1책결본(南老石良師)-2013.4.24.	코베이
1807년	燕行記遊(詩) 1책(南老石良師)-2013.4.24.	코베이
1809년	燕行錄(李敬卨)-일본 日天理	천리대
1811년	遊燕錄(李鼎受)	고대
1812년	奏請行卷(申緯)-警修堂全藁	규장
1813년	續北征詩(李時秀) 교정요 1813→1812	규장
1815년	澹寧燕行詩(澹寧瓿錄)(洪義浩)	국도
1817년	乘槎錄(崔斗燦) 미국	국도 · 규장 · 장서 · 하버드옌칭

년도	서명(저자)	비고
1818년	茗山燕詩錄(茗山成佑曾著) 地(成祐曾)	成長慶
1821년	簡山北遊錄(北遊漫錄)(僻鄕處士=孫秉周)	고대
1821년	黃粱吟 中(李肇源)-玉壺集	문집
1821년	行臺漫錄(李元默1767-1831) 2책 筆寫本 2013.6.발표 ; 구사회 보고사 저서 논문2013.12.간행	연대박사열상
1822년	燕行錄(燕行雜錄) 一~十六(未詳)-徐有素	국도
1822년	薊程散考(金學民)	국도
1822년	椒蔗續編(南履翼)	국도
1822년	隨槎閑筆 上·下(權復仁)-筆寫本	국민대
1822년	天游稿燕行記(權復仁)-筆寫本	종로시립
1822년	燕行錄(洪赫)-筆寫本	국도
1823년	燕行錄(未詳=洪赫)-上同本	국도
1823년	三入燕薊錄(瓿錄雜彙)(洪義浩)	규장
1825년	隨槎日錄(未詳)-일본 日東北	동북대
1826년	游燕藁(洪錫謨)-일본 日京都	경도대
1826년	燕館從遊錄(洪良厚)	숭대박물
1826년	燕行紀略(미상)	숭대박물
1828년	셔힝록(西行錄)(金芝叟)-筆寫本	일용
1828년	셔힝록(西行錄)(金芝叟)-筆寫本	코베이
1828년	셔힝록(西行錄)(金芝叟)-筆寫本	규장
1828년	赴燕日記(未詳)	규장
1828년	燕紀程(燕薊紀程) 天·地·人(朴思浩)	규장
1828년	燕薊紀程 1책 (朴思浩)-미국	하버드 옌칭
1829년	輶軒續錄(姜時永)	규장
1829년	燕行詩(秋齋燕行詩 第六稿)(趙秀三)	규장
1829년	瀋槎日記(朴來謙)	규장
1829년	隨槎日錄(未詳)-일본 日天理	천리대
1830년	槎上韻語(冠岩遊史)(洪敬謨)	규장
1831년	燕行日錄(未詳)	규장
1831년	燕行日錄(未詳)	규장
1831년	燕槎錄(燕行錄)(鄭元容)-筆寫本	연대

년도	서명(저자)	비고
1831년	隨槎錄 天 · 地 · 人(韓弼敎)	연대
1832년	燕轅直指 一~六(金景善)	규장
1833년	赴燕詩(李止淵)	장서
1834년	槎上續韻(洪敬謨)	규장
1834년	燕行詩(放野漫錄)(李輝正)	국도
1834년	游記(冠巖存藁)(洪敬謨)	규장
1835년	燕行詩(心庵遺稿)(趙斗淳)	규장
1835년	燕行記(鄭在絅)	일용
1836년	鏡浯遊燕日錄(鏡浯行卷)(任百淵)	고대
1836년	相看編(申在植)-일본 日天理	규장 · 천리
1837년	玉河日記(金賢根)-일본 日京都	경도대
1837년	燕行詩(遊觀集)(金興根)	국도
1841년	北征日記(金貞益)	개인
1842년	燕薊紀略 一 · 三 · 四(缺卷二)(趙鳳夏)-일본日京都	경도대
1844년	西行錄 乾 · 坤(尹程)	규장
1845년	燕槎錄(石來堂草稿)(李憲球)	연대
1846년	燕槎綠(梧墅集)(朴永元)	문총
1846년	燕槎綠 1책 (朴永元)-筆寫本 -미국	하바드 옌칭
1846년	燕行日錄(燕行錄) 上 · 中 · 下(朴永元)-일본日天理	천리대
1848년	夢遊燕行錄 上 · 下(李有駿)	李起憲 · 규장 · 장서
1849년	燕行日記(李啓朝)-일본 日天理	천리대
1849년	燕行日記(未詳)-일본 日東洋	규장 · 동양문고
1849년	燕行錄(燕行日記) 一 · 二 · 三(沈敦永)	후손
1849년	燕行日記(黃度淳)-2012.12.8.동대발표	김상일
1850년	石湍燕記 天 · 地 · 人(權時亨)-筆寫本	국도
1851년	出疆錄(金景善)-筆寫本	동대
1852년	燕行錄(竹下集)(崔遇亨)	국도
1852년	연힝별곡(燕行別曲, 竹下集)(徐念淳)	국도
1852년	연힝별곡(燕行別曲, 가사소리)(徐念淳)	담양
1853년	輶軒三錄(姜時永)	강인구
1854년	燕槎日錄 天 · 地 · 人(鄭德和)-일본 日天理	천리대

년도	서명(저자)	비고
1855년	北轅錄(姜長煥-筆寫本)	고대
1855년	燕行雜記(申佐模)-原稿本	일용
1855년	燕槎紀行(申佐模)-澹人集	문집
1855년	夢經堂日史(徐慶淳)	국도
1855년	隨槎錄(李冕九)-原稿本	장손집(용인)
1855년	隨槎錄(龜巖公筆蹟)(李冕九)	이교장(서울)
1856년	燕行日記 全(朴顯陽)-筆寫本	국편
1858년	燕槎日錄 天・地・人(金直淵)-일본 日東都	동경도립
1858년	燕槎錄(燕槎日錄 上・中・下) 乾・坤(金直淵)	의왕
1858년	연힝녹 샹・즁・하(金直淵)	의왕
1858년	燕槎錄(品山漫筆) 上・中・下(金直淵)	의왕
1859년	燕行錄(高時鴻)	원대
1860년	入燕記 一・二(申錫愚)	규장
1860년	燕槎錄(燕行日記) 天・地・人(朴齊寅)	규장
1862년	西征集(秋水閣詩初編)(丁學韶)	규장
1862년	燕槎從遊錄(崔秉翰)-筆寫本	단대
1862년	錦舲燕槎抄(朴永輔)	국도
1862년	燕行鈔錄(燕行日記)(李恒億)	국도
1864년	朝天(詩)日記(春皐遺稿)(張錫駿)	규장
1866년	燕行日記(柳寅睦)	동대
1866년	북힝가(北行歌)(柳寅睦)-筆寫本	권영철
1866년	연힝가(燕行歌)(洪淳學)-筆寫本	일용
1866년	연힝가(燕行歌)(洪淳學)-筆寫本	국도
1866년	연힝가(燕行歌)(洪淳學)-筆寫本	일용
1866년	연힝록(燕行錄) 단(洪淳學)-筆寫本	고대
1866년	연힝녹(燕行錄) 全(洪淳學)-筆寫本	장서
1866년	연힝가(燕行歌)(洪淳學)-筆寫本	담양
1866년	연힝긔(燕行錄)(洪淳學)-筆寫本	고대
1866년	연힝가(燕行歌)(洪淳學)-筆寫本	일용
1866년	연행녹(燕行錄)(洪淳學)-筆寫本-일본 日東都	동경도립
1866	연행록(燕行錄)(洪淳學)-筆寫本	충남대

년도	서명(저자)	비고
1866	연행록(燕行錄)(洪淳學)-筆寫本	원광대
1866	연힝녹(燕行錄)(洪淳學)-筆寫本	연대
1866년	연힝가(燕行歌)(洪淳學)-筆寫本	단대
1866년	연힝긔(燕行錄)(洪淳學)-筆寫本	동아
1866년	燕行錄(燕行日記) 乾・坤(嚴錫周)-筆寫本-미국본	의회
1869년	石山燕行詩(李承輔)-石山遺稿	문집
1869년	遊燕錄(成仁浩)	成長慶
1869년	遊燕錄(燕行日記)(未詳)-일본 日東洋	동양문고
1870년	北游艸(姜瑋)-古歡堂收草	규장
1870년	燕槎筆記 上・下(徐相鼎)	동아대
1871년	隨槎錄(隨槎日錄)(李冕九)-原稿本	장손집(용인)
1871년	隨槎錄(龜巖公筆跡)(李冕九)	장손집(용인)
1873년	北遊日記(姜瑋)-일본 日靜嘉	정가당문고
1873년	北遊續草(北遊續艸)(姜瑋)-古歡堂收艸	국도
1873년	北楂談草(鄭健朝)	장서
1874년	燕行錄 乾・坤(沈履澤)-일본 日天理	천리대
1874년	北遊詩草(李建昌)	연대
1875년	薊槎日錄(李裕元)-일본日天理	천리대
1875년	乙亥燕行詩(松下雜著)(姜蘭馨)	규장
1876년	燕行錄(林翰洙)	규장
1876년	燕薊紀略(李容學)-筆寫本	국도
1879년	燕記 金・木・水・火・土(南一祐)-일본日東洋	동양문고
1880년	未信錄(燕行日記)(任應準)	규장
1880년	談艸 宮・商・角・徵・羽(任應準)	국도
1881년	天津談草(天津奉使緣起)(金允植)	국도
1881년	析津于役集(雲養集)(金允植)	국도
1881년	領選日記(金允植)	한국은행
1882년	西征記(魚允中)	국도.장서
1883년	燕行錄(未詳-金濟仁/金益鳳/金商準 3인일행 대원군 귀환촉구차) 筆寫本1冊-2006.6.28	코베이
1887년	燕槎日記(李承五)-筆寫本	연대

년도	서명(저자)	비고
1887년	觀華日記(李三隱)-筆寫本-일본 日京都	경도대
1887년	觀華誌(日記, 隨錄) 缺 三.四(李承五)	국도
1887년	觀華誌(燕槎隨錄)(李承五)	연대
1887년	觀華日記-일본 日京都	경도대
1887년	日記(丁戊燕行日記)(趙秉世)	규장
1888년	燕轅日錄 一~六(未詳)	규장
1888년	燕轅日錄 一, 二, 五 缺本 三·四·六 殘本(未詳)	영남대
1890년	燕行錄(洪鍾永)	국도
1894년	燕行錄(甲午燕行錄)(金東浩)	유탁일
미상년	燕行雜詠(碧蘆集)(金進洙)	규장
미상년	山房錄燕行裁簡 上·下(金竹隱 外)	연대
미상년	燕槎酬帖 乾·坤(未詳)-일본	동양문고
미상년 1888	燕轅日錄 三·四·六(未詳)-1888 燕轅日錄 一~六(未詳)의 이본	영남대
미상년	唐陵君朝天奇事徵(據洪純彦記)	강경훈
미상년	燕中雜錄(研經齋集)(成海應編)	고대
미상년	瀋陽日記(未詳)-57쪽본	장서
미상년	瀋陽日記抄(未詳)	장서
미상년	燕行路程記(未詳)	규장
미상년	燕行備覽(端居子)-미국본	버클
미상년	送朝天客歸國詩章圖(未詳)	국박
미상년	天下圖(未詳)	장서
미상년	燕行圖(山海關東羅城)(未詳)	명대
미상년	燕行圖(琉璃廠)(未詳)	숭대
미상년	燕行圖(朝陽門)(未詳)	숭대
미상년	燕行圖(辟雍)(未詳)	숭대
미상년	熱河圖(未詳)	장서
미상년	熱河圖(世乘)	장서
미상년	山海關圖 內/外(未詳)	명대
미상년	燕行錄(世乘)(未詳)	장서
미상년	瀋中日記(尹鳳九)-筆寫本 1책-일본 日東洋	동양문고

년도	서명(저자)	비고
미상년	燕彙(未詳)-筆寫本 20책-일본 日東洋	동양문고
미상년	黃橋李尙書燕行日記抄略(燕行日誌)(李肇源?)	동대
미상년	瀋行錄(黃話功)-筆寫本 1책	국도
미상년	燕行日記(未詳)-筆寫本 上/下	옥단

[부록-2] 연행사의 중국왕래일람표(13~19세기)

13~14세기(1)

왕래시기			사행목적	왕래 사신	비고
1273	원종 14 계유, 원 지원 10	윤6	책봉하례	順安公 王悰, 李承休	元나라 황후와 태자의 책봉 하례
1274	원종 15 갑술, 원 지원 11		고부	李承休	元宗이 승하하자 元에 가서 告哀
1275	충렬왕 1 을해, 원 지원 12		절일하례	許珙, 趙仁規	허공(許珙)과 조인규(趙仁規)를 元나라에 보내어 절일 하례
1317	충숙왕 4 정사, 원 연우 4	9	상왕탄일 축하	李齊賢	元에 가서 상왕의 誕日을 축하함
1348	충목왕 4 무자, 원 지정 8	12	승습	李齊賢	忠穆王이 죽자 元에 가서 忠定王을 세우도록 청함
1362	공민왕 11 임인, 원 지정 22		적평정 알림	李子松	元에 보내 홍두적 평정을 고하고, 노획한 옥새와 금보(金寶), 금・은・동인(銅印), 금・은패(銀牌)등을 바침
1364	공민왕 13 갑진, 원 지정 24	10	천추절 축하	文天式	元에 보내 천추절 축하. 도중에 요양에서 귀국. 다시 元에 보냄.
		11	수교요청	張子溫	明에 보내 수교를 청함. 吳王(朱元璋)에 수교요청하자 明에서 후대함.
		11	신년축하	李成瑞	李成瑞를 元에 보내 新年을 축하함
1368	공민왕 17 무신, 명 홍무 1		공물	張子溫	明의 吳王(朱元璋)에게 예물을 바침

왕래시기			사행목적	왕래 사신	비고
		10	천추절 하례	文天式	문천식(文天式)을 元나라에 보내 千秋節 하례
1369	공민왕 18 기유, 명 홍무 2	5	하례겸 사은	洪尙載, 李夏生	明 나라 서울(南京)에 가서 황제의 등극을 하례하고 사은하게 함.
		9	수교답례	禹磾	明 吳王(朱元璋)의 수교 요청에 우제(禹磾)를 보내서 답례함.
1370	공민왕 19 경술, 명 홍무 3	7	책명사례	姜師贊	明 연호 洪武를 시행. 姜師贊을 明에 파견하여 冊名에 대하여 사례함. 元이 고려에 주었던 錄을 明에 줌.
1372	공민왕 21 임자, 명 홍무 5		하례겸 주청	姜仁裕, 洪師範, 吳季南, 張子溫	姜仁裕를 남경에 보내 채단 준 것을 사례. 洪師範을 남경에 보내 蜀 평정을 하례. 吳季南을 남경에 보내 貢馬함. 張子溫을 남경에 보내 탐라 토벌을 주청.
		10	사은	金湑, 姜仁裕	金湑 등이 明에 가서 表文과 토산품 바침. 姜仁裕 등이 사은 表文과 토산품 바침.
1373	공민왕 22 계축, 명 홍무 6	7	촉평정 축하	姜仁裕, 金湑, 成元揆, 林完, 洪師範, 鄭夢周	明에 가서 蜀 평정을 축하. 귀국 때 홍사범은 풍랑으로 죽고 정몽주는 살아 돌아옴.
		7	천추절 하례	周英贊	明의 南京에 보내 천추절을 하례케 함. 賀正하고 陳情表와 謝恩表 올림.
		11	주문	張子溫	明에 파견 倭에 대한 방어 무기 요청(고려에 대한 明의 不信 사라짐).

왕래시기			사행목적	왕래 사신	비고
1374	공민왕 23 갑인, 명 홍무 7	2	하정	鄭庇, 禹仁烈	明에 파견 賀正함. 고려 사신 육로 이용 요청
		11	고부승습	張子溫, 閔伯萱	明의 남경에 보내 공민왕의 부고(訃告)를 전하고, 시호와 왕위 계승을 청함.
		12	고부승습	金湑	北元에 파견 공민왕 喪을 알림
1375	우왕 1 을묘, 명 홍무 8	1	시호승습	崔源	明에 파견 공민왕의 喪을 알리고 賜謚와 承襲을 청함.
		1	신정하례	金寶生	明의 남경에 보내 신정을 하례하게 함.
		3	공마	孫天用	明의 남경에 보내 말 1백 필을 바침.
		5	공마	全甫	明의 남경에 보내 貢馬함.
1376	우왕 2 병진, 명 홍무 9	1		金寶生	金寶生을 明에 파견함.
		2	통교	李之富	明의 定遼衛에 파견하여 통교함.
		3		金龍	明의 定遼衛에 파견함.
		3	관계유지	李原寶	北元에 파견 明·元 양면 외교 관계유지
		5	통교	李源實	北元의 納哈出에 파견하여 통교함.
		겨울	교빙	黃淑卿	황숙경을 보내서 교빙(交聘)함.
1377	우왕 3 정사, 명 홍무 10	3	사은	李子松, 文天式	李子松을 北元에 파견.冊名에 대한 사례의 글을 올림. 文天式을 納哈出에게 보내 예물을 바치고 친선 도모함.
		8	계품	姜仁裕	姜仁裕를 啓稟使로 삼아서 北元에 보냄. 정료위 공격 제안을 수습하려 간 것임.
		11	절일축하	黃淑卿	北元에 파견하여 節日을 축하함.
		12	신정축하	順興君 王昇	北元에 파견하여 新正을 축하함.

왕래시기			사행목적	왕래 사신	비고
1378	우왕 4 무오, 명 홍무 11	10	하정사은	沈德符, 金寶生	沈德符를 明 남경에 보내어 신정을 하례함. 金寶生은 최원과 정언 등 358명을 돌려보내준 데 사의 표함.
		12	진하	永寧君 王彬	北元에 파견하여 연호 바꾼 것을 축하함.
1379	우왕 5 기미, 명 홍무 12	3	관계해명	李演, 任彦忠	明의 요동에 파견 도중 귀국함. 반경(潘敬), 葉王(섭왕)에 北元 관계 해명키 위함.
		10	사시승습	李茂方, 裵彦	明의 南京에 파견. 陳情表를 올리고 貢物을 보냄. 공민왕의 시호와 우왕의 책명을 청함.
1380	우왕 6 경신, 명 홍무 13	2		李茂方, 裵彦	明에 파견하였지만 登州까지 갔다가 귀국함.
		3	절일축하	文天式	北元에 파견 節日을 축하하고 冊封을 사례함.
		4	공물협의	周誼	明에 보내 貢物의 정액과 배신(陪臣) 등의 파견에 관하여 협의함. 체포되어서 南京으로 압송된 후 8월에 방면됨.
		12	시호승습	權仲和, 李海	明에 파견하여 시호와 승습을 청하는 글을 올림.
1381	우왕 7 신유, 명 홍무 14	5		李龜哲	明의 정료위(요양)에 파견함.
		7		鄭連	明의 정료위(요양)에 파견함.
		10	하정	金庾	明에 파견하여 賀正케 함.
		11	공마	李海	明에 파견하여 貢馬케 함.
1382	우왕 8 임술, 명 홍무 15		세공	洪尙載, 金寶生, 鄭夢周, 李海, 裵行儉	明의 남경에 보내 세공으로 금 1백근·은 1만 냥·베 1만 필·말 1천 필을 바침.
		11	하정	鄭夢周	明에 파견하여 賀正케 함. 陳情表·請謚表·承襲表를 냄.

왕래시기			사행목적	왕래 사신	비고
1383	우왕 9 계해, 명 홍무 16	1		鄭夢周	다시 明의 요동에 보냄. 입국 불허됨.
		8	진하승습	金庾, 李子庸, 洪尙載	海路로 明에 파견함. 太祖의 생일을 축하하고 시호와 승습에 관한 진정표를 올림. 金庾 등이 大理에 연금됨.
1384	우왕 10 갑자, 명 홍무 17	10	진하승습	鄭夢周, 李天禖	明에 파견하여 聖節 축하하고 承襲과 賜謚을 청함.
		윤10	공마	李原紘, 趙琳	明에 파견하여 貢馬함.
1385	우왕 11 을축, 명 홍무 18	5	사은승습	尹虎, 趙胖	明의 남경에 보내 은혜를 사례하고 시호와 승습을 청함.
		10	사은	曺敏修, 張子溫, 河崙	明에 파견하여 사은하고 賜謚·承襲에 감사하는 글을 올림.
		12	공마	姜淮伯	明에 파견하여 貢馬함.
1388	우왕 14 무진, 명 홍무 21	11	주청	姜淮伯, 李芳雨	明의 남경으로 가서 조회를 청함.
1389	창왕 1 기사, 명 홍무 22	6	하례	權近	明에 가서 聖節을 하례하고, 이성계가 明을 침범한다는 무고를 밝힘.

13~14세기(2)

왕래시기			사행목적	왕래사신		
1392	태조 원년 壬申, 明 洪武 25	7	奏請	趙胖		
		8	押馬	丁子偉		
			計稟	趙琳		
		9	陳慰	李居仁		
			謝恩	鄭道傳		
		11	정조겸진하	盧崇	趙仁沃	
			압마	李乙修		
			주문	韓尙質		
		12	사은	禹仁烈		
1393	태조 2 癸酉, 明 洪武 26	3	사은	李恬		
		6	주문	南在		
			성절	尹虎		
			사은	金立堅		
		7	사은	尹思德		
		8	주청	李至		
			관송	曺彦		
		9	천추	朴永忠		
			사은	李稷		
		10	정조	慶儀	鄭南晋	
1394	태조 3 甲戌, 明 洪武 27	3	사은	安宗源	李承源	
		5	관송	宋希靖		
		6	진헌압마	金乙祥		
			주문	靖安君(太宗)	趙胖	南在
			성절	趙琳		
		8	사은	李茂		
			압마	宋希靖		
		9	천추	鄭南晉		
			압마	任壽		
			진헌종마	孫興宗		
		10	정조	閔霽	柳源之	

왕래시기			사행목적	왕래사신		
		12	사은	李稷		
1395	태조 4 乙亥, 明 洪武 28	1	관송	鄭安止		
		2	관송	金乙祥		
		4	압마	楊添植		
		5	압마	崔子雲		
		6	성절	金立堅		
		7	주문	金乙祥		
		8	압마	郭敬義		
			천추	張子忠		
			압마	玉山奇		
		10	정조	柳珣	鄭臣義	
		11	계품	鄭摠		
1396	태조 5 丙子, 明 洪武 29	2	관송	郭海隆	金若恒	
		4	압마	柳暢		
		6	성절	趙胖		
			사은	權仲和	具成老	
		7	관송	李乙珍		
		8	천추	金積善		
		10	정조	安翊	金希善	
			관송	郭敬義		
		11	사은	偰長壽	辛有賢	
1397	태조 6 丁丑, 明 洪武 30	3	사은	柳雲		
		6	성절	鄭允輔		
		8	천추	柳灝	崔浩	
		9	하정	趙胖	李覲	
		12	관압	郭海龍		
1398	태조 7 戊寅, 明 洪武 31	6	관압	鄭雲		
		9	계품	偰長壽	金乙詳	
		11	계품	偰長壽		
1399	정종 원년 己卯, 明 建文 1	6	登極	偰長壽	金士衡	河崙

15세기

왕래시기			사행명칭	왕래사신		
1400	정종 2 庚辰, 明 建文 2	8	성절	李至		
		9	정조	禹仁烈		
		11	주문	李文和	李詹	朴子安
1401	태종 1 辛巳, 明 建文 3	2	사은	李稷	尹坤	
			압마	梅原渚		
		3	사은	禹仁烈		
		6	사은	李舒	安瑗	
		8	성절	趙溫	孔俯	
		9	사은	閔無疾	李詹	李乙生
			정조	崔有慶	閔德生	
		12	주문	朴經		
1402	태종 2 壬午, 明 建文 4	3	계품	呂稱		
			사은	盧嵩		
		8	사은	朴惇之		
			성절	柳龍生		
		10	등극	河崙	李詹	趙末生
			하정	趙璞		
1403	태종 3 癸未, 明 永樂 1	1	성절	李貴齡		
		3	관송	黃居正		
		5	진하	成石璘	李原	李廷堅
		6	계품	偰眉壽		
		7	사은	閔啓生		
		8	진하	趙損		
		9	압마	張有信		
		11	사은	李彬	閔無恤	
			정조	金定卿		
			관송	孫有信		
1404	태종 4 甲申, 明 永樂 2	1	성절	閔無疾		
		4	사은	呂稱		
			押牛	梅原渚		
		5	압우	張洪壽		
				偰耐		

왕래시기			사행명칭	왕래사신		
				吳義		
			계품	金瞻		
			압우	康邦祐		
				林密		
		6	압우	唐夢龍		
				兪巨海		
				任君禮		
				姜庾卿		
			진하	李至	趙希閔	
		9	정조겸주청	李來	全伯英	
		10	사은	林整		
		11	사은	林信		
			관송	李自英		
1405	태종 5 乙酉, 明 永樂 3	1	성절	金漢老		
		4	사은	許應		
			천추	尹穆		
		5	계품	李行		
		9	주문	李玄	偰耐	
			정조	姜思德	高居正	
		11	관송	元閔生		
1406	태종 6 丙戌, 明 永樂 4	4	재자관	裵蘊		
		5	천추	崔士威		
		6	성절	偰眉壽		
		7	관송	崔雲		
			재자관	趙勉		
			관송	張若壽		
		윤7	관송	姜庾卿		
		8	사은	金承霔	李膺	
			관송	金有珍		
			관송	張洪壽		
		10	진헌	安魯生		
			정조	柳觀	成石因	
1407	태종 7 丁亥, 明 永樂 5	1	사은	劉敞	權弘	
		2	성절	李龜鐵		

왕래시기			사행명칭	왕래사신		
		3	관송	金文發	李推	姜元吉
		4	계품	偰眉壽		
			천추	盧閈		
		5	진하	咸傳霖		
			관송	李湘		
		6	관송	朴茂		
			사은	李貴齡	李之賓	
			재자관	林密		
			사은	洪恕		
		8	관송	曺渾		
			계품	具宗之		
		9	진위	南在		
			진향	朴訔	李升商	
			정조	李禔	李天祐	
			進箋	李茂	李來	
			압마	張大有		
		10	압마	河自宗		
			진헌	金天錫		
			압마	權繼		
				李慤		
1408	태종 8 戊子, 明 永樂 6	1	성절	柳龍生		
		2	압마	李子王瑛 외		
		4	사은	尹坤	金謙	
			관송	曺士德		
		5	천추	黃居正		
			관압	金有珍		
		7	관송	任種義		
		9	관송	康庾卿		
			계품	權緩		
		10	사은	李良佑	閔汝翼	孔俯
			하정	金輅	柳沂	
		11	진헌	李之和		
1409	태종 9 己丑, 明 永樂 7	1	성절	설미수		
		2	진하	李伯剛	崔兟	

왕래시기			사행명칭	왕래사신		
		3	관송	崔雲		
		4	관송	偰耐		
		윤4	천추	沈龜齡		
		5	사은겸진하	李之崇	尹穆	
			사은	任添年		
		8	주문	吳眞		
		10	정조	柳廷顯	李悎	
		11	사은겸주청	徐愈	尹向	
		11-12	압마	曺士德 외		
1410	태종 10 庚寅, 明 永樂 8	1-2	압마	박무 외		
		2	성절	金定卿	金久冏	
		3	주문	柳謙		
			주문	李玄		
		4	관송	김유진		
			주문	朴惇之		
		5	천추	李貴山		
			진헌	韓尙敬		
		7	진하	趙大臨	尹思修	
		9	관송	최운		
		10	정조	林整	鄭易	
			진헌	禹洪康		
			사은	權弘	金彌	
		11	재자	趙原		
1411	태종 11 辛卯, 明 永樂 9	4	성절	張思靖		
			진향	權執智		
			천추	吳陞		
		8	사은	黃喜	河久	
		9	진헌	廉致庸		
		11	하정	鄭擢	安省	
		11	사은	任添年	崔得霏	鄭孝文
1412	태종 12 壬辰, 明 永樂 10	1	성절	閔汝翼		
		3	천추	李安愚		
		10	정조	李從茂	朴習	
			관송	姜庾卿		

왕래시기			사행명칭	왕래사신		
1413	태종 13 癸巳, 明 永樂 11	1	성절	崔迤		
		3	진헌	權跬	呂稱	張有信
		4	欽問起居	崔永均	任添年	崔得霏
			천추	趙秩		
		8	주문	宣存義		
			관송	康邦祐		
		9	관송	林義		
		10	정조	崔龍蘇	金鎌	
1414	태종 14 甲午, 明 永樂 12	2	성절	柳廷顯		
		4	천추	金九德	金乙玄	
		6	관송	裵蘊		
			欽問起居	尹子堂	元閔生	
		8	欽問起居	권영균	임첨년	최득비
		9	진하	李稷	李垠	
		윤9	진하	權衷	李潑	
		10	정조	李伯溫	柳灝	黃子厚
1415	태종 15 乙未, 明 永樂 13	1	성절	趙庸		
		4	천추	吳眞		
		6	관송	강수경		
			관송	박무		
		9	관송	閔光美		
		10	하정	趙狷	姜准仲	
		11	사은	朴子靑		
1416	태종 16 丙申, 明 永樂 14	2	성절	韓長壽		
		4	천추	孔俯		
		6	관송	鄭喬		
		10	하정	李都芬	李潑	
			흠문기거	金宁		
1417	태종 17 丁酉, 明 永樂 15	1	성절	鄭矩		
		2	관송	설내		
		5	천추	申槩		
			주문	元閔生		
		윤5	관송	장약수		
			흠문기거	權軫		

왕래시기			사행명칭	왕래사신		
		6	관송	유흥준		
		7	사은	鄭鎭	沈正	
		8	진헌	盧龜山		
			주문	元閔生		
		10	정조	金萬壽		
1418	태종 18 戊戌, 明 永樂 16	1	사은	元閔生		
			성절	金漸		
		2	진하	尹向	申商	
		3	관송	강방우		
		4	천추	尹思永		
		6	관송	鄭喬		
			주청	元閔生		
		7	관송	崔天老		
1418	세종 즉위년 戊戌, 明 永樂 16	9	진헌종마	沈溫	李迹	
			주문	朴信	조승덕	
			관송	張汝守		
		10	정조	金汝知	李之剛	
		11	관송	趙忠佐		
		12	관송	仇敬夫		
1419	세종 원년 己亥, 明 永樂 17	1	사은	李原	李叔畝	
			관송	趙翕	吳義	
		2	성절	李之崇		
			진하	원민생		
			관송	全義		
		3	관송	許原祥		
		4	천추	成拾		
		5	관송	金希福		
		6	관송	史周卿		
			사온	曺洽	李興發	
		7	진하	李澄	許遲	
		8	관송	최운		
			사은	敬寧君 李裶		
		8	사은	鄭易	洪汝方	張子忠

왕래시기			사행명칭	왕래사신		
		10	고부겸청시	權希達	徐選	
			하정	李堪	安純	
		12	사은	趙大臨		
			진하	權弘	文貴	
1420	세종 2 庚子, 明 永樂 18	윤1	주문	河演	洪敷	
			진하	朴光		
			성절	鄭律		
		4	사은	南暉	成達生	
			천추	柳暲		
		7	고부	曺備衡		
		10	하정	曺備衡	曺致	
1421	세종 3 辛丑, 明 永樂 19	2	성절	윤자당		
			진하	鄭擢	이갑지	
		4	천추	조계생		
			관송	조성덕		
		7	주문	조숭덕		
		9	사은	朴齡	李孟畇	申浩
		10	압마	曺顯外		
1422	세종 4 壬寅, 明 永樂 20	1	咨文齎進	許晐		
		2	성절	吳陞		
		5	고부겸청시	李潑	李隨	
		6	흠문기거	韓長壽		
		7	관송	朴叔陽	葉孔蕡	
		10	관송	高奇思		
		11	하정	權軫	李皎	
			진헌	李揚		
			진하	李伯剛	睦進恭	
1423	세종 5 癸卯, 明 永樂 21	1	천추	李堪		
		3	質疑	金乙玄	盧仲禮	朴堧
		4	사은	朴從愚	崔雲	
			齎咨	趙忠佐		
			천추	崔府		
		8-10	압마	高奇忠외		
		8	사은	李從茂	李種善	

왕래시기			사행명칭	왕래사신		
			주문	崔雲		
		9	진헌	裵蘊		
		10	정조	朴密	邊頤	
			재진관	柳衍之	金乙賢	
			압마	朴茂		
		11	주청	朴冠		
			진하	權希達	鄭孝文	
			주문	金時遇		
1424	세종 6 甲辰, 明 永樂 22	1-3	압마	조충좌 외		
		3	관송	姜尙溥		
		4	주문	元閔生		
		6	흠문기거	玄貴命		
			진표	申商		
		8	진헌	朴冠		
		9	진향	崔淹		
			진위	安純		
			등극	李稷	李恪	
		10	하정	李怡		
		12	진하	吳陞	柳思訥	
			천추	朴礎		
1425	세종 7 乙巳, 明 洪熙 1	1	진헌	成槩		
		2	사은	曺備衡	趙慕	
		4	성절	孟思誠		
		윤7	진향사	金謙		
			진위사	李孟畇		
			등극	李原	文孝宗	
			진하	李順蒙	睦進恭	趙賚
		9	하정	한장수		
		11	사은	李潑		
			절일	李澄		
1426	세종 8 丙午, 明 宣德 1	3	사은	南暉		
		4	관송	辛伯溫		
		5	관송	宋成立		
		6	진헌	李士欽		

왕래시기			사행명칭	왕래사신		
		7	주문	金時遇		
		8	관송	金陟		
		9	하정	韓尙德		
			진헌	李叔堂		
		10	성절	崔洵		
		12	사은겸진하	朴從愚	宋希美	
1427	세종 9 丁未, 明 宣德 2	4	사은	李皎		
		5-6	압마	金乙賢외		
		7	진헌	安壽山		
		10	진헌	尹重富	黃保身	
			進鷹	李思儉		
			하정	文貴		
		11	절일	李興發		
			진응	韓承舞		
			齎咨	金時雨		
		12	進鷹	韓乙生		
				金堪		
1428	세종 10 戊申, 明 宣德 3	1	진하	李仁	趙賚	
		4	진하	李種善	金益生	
		7	진하	元閔生	曺致	
			사은	趙璿	成槩	
		8	진응	洪師錫		
		10	하정	柳殷之	沈道源	
			진헌	韓確	趙從生	
		11	절일	韓惠		
			진응	李烈		
		12	진하	柳思訥	閔審言	
			사은	朴美	李叔畝	
1429	세종 11 己酉, 明 宣德 4	5	사은	李中至	趙菑	
		7	진헌	金時遇		
		8	계품	李裀	元閔生	
		9	천추	趙慕		
		10	진응	洪師錫		
			하정	吳陞	李君實	

왕래시기			사행명칭	왕래사신		
		11	절일	徐選		
			사은	李澄	金孟誠	
			진응	池有容		
		12	진헌	柳江		
			사은	李宲	李孟昀	
1430	세종 12 庚戌, 明 宣德 5	1	진헌	윤수미		
		5	사은	文貴	金益精	
		7	사은	李皎	金乙辛	
		9	천추	鄭淵		
			진헌	金裀		
		10	종마관압	趙貫		
		11	하정	金士儀	柳漢	
		윤12	진헌	張友良		
1431	세종 13 辛亥, 明 宣德 6	2	진하	成抑	李孟畛	
		9	천추	禹承範		
		11	절일	田時貴		
1432	세종 14 壬子, 明 宣德 7	6	사은	尹季童	李中至	
		7	압우			
		9	천추	李尙興		
		10	하정	李興發	奉礪	
			사은겸진하	鄭孝全	黃甫仁	
		11	진응	朴信生		
			절일	姜籌		
		12	전헌	金乙玄		
1433	세종 15 癸丑, 明 宣德 8	3	사은	金孟誠	李兢	
		4	주문	金乙玄		
		5	주문	權復		
		윤8	주문	許之惠		
		9	천추	朴安臣		
		10	하정	金益精	金益生	
			사은	李正寧	崔士儀	
		11	성절	成抑		尹祥
			진헌	李孟畛		海靑 5連, 執饌婢子

왕래시기			사행명칭	왕래사신		
						20명 진헌
			관송	金仲渚		
		12	사은	南暉		
1434	세종 16 甲寅, 明 宣德 9	1	진헌	李伯寬		
		2	주문	李邊	金何	
		3	진헌	金士信		
		9	천추	朴信身		
		10	종마진헌	李孝仁		
			하정	田興	權聘	
			사은	申槩	洪理	
		11	성절	金益正		
		12	진헌	李叔畝		
1435	세종 17 乙卯, 明 宣德 10	2	진헌	文貴		
			진위	李中至		
			등극	盧閈	閔義生	
		3	진하	沈道源	尹得洪	
			사은	權恭		
		4	진헌	奉礪		
		8	성절	南智		
		9	하정	李思儉		
			관송	金仲渚		
		12	사은	南宮		
1436	세종 18 丙辰, 明 正統 1	8	성절	李孝貞		
		9	하정	李蓁		
1437	세종 19 丁巳, 明 正統 2	8	성절	李渲		
		9	하정	柳季聞		
1438	세종 20 戊午, 明 正統 3	1	계품	李柾		
		6	사은	洪汝方		
		8	성절	李蓁		
		9	하정	李明德		
			진헌	高得宗		
			사은	尹迎命		
1439	세종 21 己未,	1	진하	崔士儀		

왕래시기			사행명칭	왕래사신		
	明 正統 4	3	계품	崔致雲		
		5	사은	閔義生		
		9	성절	李思儉		
		10	하정	柳守剛		
1440	세종 22 庚申, 明 正統 5	2	재자	金何		
		7	주문	崔致雲		
		9	성절	尹炯		
		10	사은	鄭麟趾		
			하정	李明晨		
1441	세종 23 辛酉, 明 正統 6	1	사은	金乙玄		
		2	사은	李渲		
		4	사은	柳季聞		
		8	성절	高得宗		
		10	하정	成念祖		
		12	진하겸사은	李季疄		
1442	세종 24 壬戌, 明 正統 7	2	주문겸사은	鄭淵		
		6	주문	金何		
			진하겸주문	李椋		
		9	성절	鄭忠敬		
			진하	任從善		
		10	하정	趙惠		
		11	진위	李孟畛		
			진향	金世敏		
		12	사은	金乙玄		
1443	세종 25 癸亥, 明 正統 8	2	사은	權孟孫		
		8	관승	張俊		
			주문	鄭苯		
			성절	李權時		
		10	하정	元衷		
		11	사은	柳守剛		
		12	관송	金有禮		
1444	세종 26 甲子, 明 正統 9	2	주문	辛引孫		
		4	사은	黃裕		
		5	주문	辛處康		

왕래시기			사행명칭	왕래사신		
			사은겸진하	楊厚		
		8	성절	安崇善		
		10	하정	閔伸		
1445	세종 27 乙丑, 明 正統 10	1	질의관	申叔舟	成三問	孫壽山
			관송	唐夢賢		
		8	성절	朴堧		
		10	성절	洪師錫		
1446	세종 28 丙寅, 明 正統 11	8	성절	이현기		
			주청	金何		
		10	하정	安止		
1447	세종 29 丁卯, 明 正統 12	1	사은	李穰		
		9	성절	成勝		
			관송	金有禮		
		10	하정	金銚		
1448	세종 30 戊辰, 明 正統 13	1	사은	李思任		
		4	주청	康文寶		
		9	성절	李邊		
		10	하정	李先濟		
1449	세종 31 己巳, 明 正統 14	8	성절	鄭陟		
		9	주청	金何		
		10	진위	李明晨		
			하등극	南智	趙遂良	
			하정	權孟慶		
			진하	馬勝		
1450	문종 즉위년 庚午, 明 景泰 1	1	주청	南佑良		
		윤1	사은겸진하	趙瑞安	安完慶	
		4	사은	延慶	朴以寧	
		5	성절	鄭發		
		8	사은	李師純	金俒之	
			천추	安進		
			사은	黃甫仁	金孝誠	
		9	진하	鄭孝全		
			성절	朴好問	金自雍	
		10	진헌	李純之		

왕래시기			사행명칭	왕래사신		
			하정	趙石岡	成勝	
1451	문종 원년 辛未, 明 景泰 2	1	사은	韓確	金銚	
		2	관송	李裕德		
		5	관송	崔倫		
		9	성절	朴以昌		
		10	하정	李樺	李邊	
1452	단종 즉위년 壬申, 明 景泰 3	1	천추	趙有禮		
		윤1	진하겸주문	安完慶		
		4	주문	李蓄		
		5	고부겸청시	金世敏	柳守剛	
			성절	成得識		
			사은	朴仲林		
		6	진하	李澄石	成奉祖	
		8	사은	崔淑孫		
		10	사은	李柔	李思哲	申叔舟
			하정	兪益明	卞孝敬	
		11	천추	吳靖		
1453	단종 원년 癸酉, 明 景泰 4	5	성절	李仁孫		
		9	하정겸사은	金允壽	閔恭	
		11	천추	趙憐		
1454	단종 2 甲戌, 明 景泰 5	2	진위	柳江		
		5	성절	黃致身		
		10	사은겸주청	尹巖	申自守	
			하정	任孝仁		
1455	단종 3 乙亥, 明 景泰 6	3	사은	李鳴謙		
		5	사은	權恭		
		6	성절	安崇直		
		윤6	주문	金何	禹孝剛	李元孝
1455	세조 원년 乙亥, 明 景泰 6	10	하정	金淳		
			주문	申叔舟		
			사은	權擥		
1456	세조 2 丙子, 明 景泰 7	4	사은	韓確	韓跛	
		5	성절	李崇之		
		8	진응	李含		

왕래시기			사행명칭	왕래사신		
		10	하정	辛碩祖		
			사은	閔騫		
		11	진응	孫審		
1457	세조 3 丁丑, 明 天順 1	2	등극	姜孟卿	元孝然	
		4	진하	黃致身	閔瑗	
		6	사은	成奉祖	奇虔	
		8	성절겸천추	黃孝源	金澣	
		10	하정겸진응	金連枝	金守溫	
		11	주문	韓明澮	具致寬	
		12	진응	李澄珪		
1458	세조 4 戊寅, 明 天順 2	윤2	진하	李允孫	逋處寬	
			사은	金世敏	金漑	
		3	사은	李純之	金新民	
		6	사은	柳河	具文信	
		8	성절겸천추	柳洙	康衮	
		10	하정	曺孝門	尹吉生	
1459	세조 5 己卯, 明 天順 3	1	주문	金有禮		
		3	사은	康純	李石亨	
		4	주문	曺錫文	權擥	
		5	주문	具信忠		
		7	사은	朴元亨	李承召	
		8	천추	郭連城		
			성절	李克培		
		10	하정겸진응	咸禹治	權攀	
		11	진응	魚參		
		12	진응	金有禮		
1460	세조 6 庚辰, 明 天順 4	1	진응	李孝長		
		2	주문	이흥덕		
		3	사은겸주문	金淳	梁誠之	
		5	사은겸주청	金禮蒙	洪益城	
		6	사은	金脩	徐居正	
		8	주문	尹子雲	尹吉生	
			사은	金吉通	李興德	
			성절	任孝仁		

왕래시기			사행명칭	왕래사신		
			천추	梅佑		
		9	주문	김유례		
		10	진응	柳泗		
		11	진응	趙之唐		
			하정	李皎	李堰	
		윤11	사은	宋處寬		
1461	세조 7 辛巳, 明 天順 5	4	사은	金處禮	李士平	
		9	성절겸천추	李澄珪	洪逸童	
		10	주문	梅佑	洪益誠	鄭種
		11	진헌	朴大孫		
1462	세조 8 壬午, 明 天順 6	1	주문	趙得仁		
		4	사은	金係熙	安希顔	
		6	사은	盧叔仝	洪益生	
		8	천추	朴大生		
			성절	金有禮		
		10	진헌종마	李甲中		
			하정	柳守剛	洪逸童	
		12	진위겸진향	鄭自濟	權軀	
1463	세조 9 癸未, 明 天順 7	1	사은	梅佑	李誠長	
		8	진헌	安慶孫	姜希孟	
			천추	李文炯		
		9	진헌	魚參	姜希孟	
		10	하정	李伯常	崔士老	
		11	진응	孫壽山		
1464	세조 10 甲申, 明 天順 8	2	사은	趙邦霖		
		3	진위겸진향	愼後甲	崔漢卿	
			등극	黃守身	金禮蒙	
		5	진하	權枝		
			진하	李夏成		
		8	성절	鄭忠碩		
		10	진하	崔有臨		
			정조	李義堅		
		11	진응	趙宗智		
1465	세조 11 乙酉,	1	진하	李仲英		

왕래시기			사행명칭	왕래사신		
	明 成化 1	3	사은	李堣		
		8	성절	宋文琳		
		10	사은	李文炯		
			정조	沈璿		
		11	진응	李孟孫		
		12	진응	裵孟達		
1466	세조 12 丙戌, 明 成化 2	1	진응	金乙孫		
		4	사은	尹吉生		
			사은	鄭自源		
		8	성절	金永濡		
		10	진헌	趙瑾		
			진응	朴璘		
		11	진응	崔景禮		
		12	관송	成有知	黃中	
1467	세조 13 丁亥, 明 成化 3	6	관송	朴枝		
		7	진응	成允文		
		8	사은	南倫		
			성절	鄭文炯		
		10	정조	朴萱		
			주문	高台弼	朴枝	
1468	세조 14 戊子, 明 成化 4	4	사은	金良璥		
		7	관송	黃中		
			성절	權愘		
			관송	崔有江		
1468	예종 즉위년 戊子, 明 成化 4	9	주청	李石亨	李坡	
			진위	卞袍		
			진향	安克思		
			하정	張信忠		
1469	예종 원년 己丑, 明 成化 5	윤2	사은	洪允成	魚世恭	
		8	성절	尹岑		
		10	하정	吳伯昌		
		12	주청	權瑊	宋文琳	
1470	성종 원년 庚寅, 明 成化 6	5	사은	金國光	鄭蘭宗	
		10	정조	禹貢		

왕래시기			사행명칭	왕래사신		
			성절	韓致義		
1471	성종 2 辛卯, 明 成化 7	1	사은	李壽男		
		3	재자	崔有江		
		4	재자	崔有江		
		9	성절	李克培		
			관송	崔有江		
		10	정소	韓致仁		
1472	성종 3 壬辰, 明 成化 8	1	진하	成任	朴楗	
		2	천추	李克均		
		4	진위	李元孝		
		6	성절	梁順石		
		11	정조	具達忠		
1473	성종 4 癸巳, 明 成化 9	8	성절	李克墩		
		10	정조	芮承錫		
1474	성종 5 甲午, 明 成化 10	8	성절	韓致仁		
		9	주문	金礩	李繼孫	
		10	압마	張有城		
			정조	金之慶		
1475	성종 6 乙未, 明 成化 11	2	사은	韓明澮	李克均	成俔
		7	사은	李恕長		
		8	성절	金良璥		
		10	정조	金謙光		
1476	성종 7 丙申, 明 成化 12	1	진하	鄭孝常	朴良信	
		3	사은	朴仲善	金永濡	
		4	천추	愼承善		
		8	성절	李封		
			주청	沈澮	李克墩	
		10	정조	尹壕	洪利老	
1477	성종 8 丁酉, 明 成化 13	2	사은	尹子雲	韓致禮	
		4	천추	李約東	崔潑	
		8	성절	韓致禮		
			주문	尹弼商	柳經	
		10	정조	權瑊	金舜信	
1478	성종 9 戊戌,	1	사은	玄碩圭	朴星孫	

왕래시기			사행명칭	왕래사신		
	明 成化 14	4	천추	金永堅		
		8	성절	韓致亨	張有華	
		10	압마	害偉		
			정조	李坡	金純福	
1479	성종 10 己亥, 明 成化 15	4	천추	金瓘		
		9	성절	韓致禮		
		윤10	재자관	張自孝		
			정조	金永濡	李克基	
		12	관송	崔有江		
1480	성종 11 庚子, 明 成化 16	1	주문	魚世謙		
		4	천추	申浚		
		5	사은	韓致亨		
		8	성절	韓僩		
		10	정조	孫舜孝	李秉正	
		12	주문	韓明澮	李季仝	
1481	성종 12 辛丑, 明 成化 17	4	천추	洪貴達	成俔	申從濩
		5	사은	尹弼商	韓僩	
		8	성절	韓致亨		
		10	정조	李克基	韓忠仁	丁壽崗
			질정관	池達河		
1482	성종 13 壬寅, 明 成化 18	4	천추	朴埴		
		윤8	성절	韓僩		
		10	정조	李克增	李淑琦	
1483	성종 14 癸卯, 明 成化 19	2	주청	韓明澮	鄭蘭宗	
		4	천추	朴楗		
		7	사은	金瓘	具謙	
		8	성절	韓儹		
			사은	尹甫	朴壅	
		10	정조	李繼孫	張有誠	
			관송사	安仁義		
		12	관송사	金繼		
1484	성종 15 甲辰, 明 成化 20	4	천추	金堅壽		
		8	성절	韓致亨		
		10	정조	李克墩	金伯謙	

왕래시기			사행명칭	왕래사신		
1485	성종 16 乙巳, 明 成化 21	윤4	천추	成俔		
		8	성절	韓僨		
		10	정조	李世佐	金自貞	
1486	성종 17 丙午, 明 成化 22	4	천추	朴安性		
		8	성절	韓僩	李昌臣	
		10	정조	柳子光	李季仝	
1487	성종 18 丁未, 明 成化 23	4	천추	柳洵		
		8	성절	韓僨		
		10	진위겸진향	李封	卞宗仁	
			등극	盧思愼	柳子光	
			정조	李崇元		
		12	진하	李世弼		
1488	성종 19 戊申, 明 弘治 1	1	진하	安處良		
		2	사은	成健		
		4	성절	蔡壽		
		7	사은	成俔		
		10	하정겸사은	辛鑄		
1489	성종 20 己酉, 明 弘治 2	4	성절	趙益貞		
		7	관송	卓賢孫		
		10	하정	尹孝孫		
1490	성종 21 庚戌, 明 弘治 3	4	성절	成俊		
		10	정조	李陸		
1491	성종 22 辛亥, 明 弘治 4	4	성절	朴崇質		
		10	정조	金自貞		
1492	성종 23 壬子, 明 弘治 5	4	성절	呂自身		
			진하	鄭佸	尹甫	
		6	사은	韓堰	李季南	
		7	천추	朴安性		
		10	정조	金克儉	金悌臣	
1493	성종 24 癸丑, 明 弘治 6	5	성절	李宜		
		7	천추	安琛		
		10	정조	金首孫	李秉正	
1494	성종 25 甲寅, 明 弘治 7	4	성절	河叔溥		
		7	천추	許琛		

왕래시기			사행명칭	왕래사신		
		8	사은	申浚	王宋信	
		10	정조	卞宗仁	權景禧	任由謙
1495	연산 원년 乙卯, 明 弘治 8	1	주청	李季仝	李陸	
		6	고명사은	鄭佸	具壽永	李承健
		7	천추	金碱		
		10	정조	鄭崇祖	金自貞	
1496	연산 2 丙辰, 明 弘治 9	윤3	성절	鄭敬祖		
		7	천추	元仲秬		
		10	정조	申從濩	金諶	
1497	연산 3 丁巳, 明 弘治 10	4	성절	丘致崐		
		7	천추	權景祐		
		10	정조	鄭崇祖	尹末孫	
1498	연산 4 戊午, 明 弘治 11	4	성절	曺偉	鄭承祖	
		7	천추	韓斯文		
		10	정조	李仁亨		
1499	연산 5 己未, 明 弘治 12	4	성절	金壽童		
		7	천추	金應箕		
		10	정조	金永貞	安處良	

16세기

왕래시기			사행명칭	왕래사신		
1500	연산 6 庚申, 明 弘治 13	4	성절	질정관 李荇		
		7	천추	曺淑沂		
		10	정조	韓斯文	金珷	
1501	연산 7 辛酉, 明 弘治 14	4	성절	李承健		
		윤7	천추	宋軼		
		10	정조	李昌臣	李秉正	
1502	연산 8 壬戌, 明 弘治 15	4	성절	李世英		
		7	천추	金允濟		
		9	주청	姜龜孫	金崶	
		10	정조	權柱		
1503	연산 9 癸亥, 明 弘治 16	4	성절	安潤德		
			사은	鄭叔墀	成希顔	
		7	천추	韓偉		
		11	정조	柳順汀	李世傑	
1504	연산 10 甲子, 明 弘治 17	4	성절	申用漑		
		7	천추	許輯	李耔	
		10	정조	閔孝曾	金守貞	
1505	연산 11 乙丑, 明 弘治 18	4	성절	朴說		
		5	사은	田霖	任由謙	
		7	등극	愼守勤	尹金孫	姜龜孫을 愼守勤으로 체차
			진위	田霖		
			성절	權仁孫		
		10	주청	安琛	李忠純	
1506	연산 12 丙寅, 明 正德 1	4	사은	李繼福		
		7	성절	成世純		
1506	중종 원년 丙寅, 明 正德 1	9	請辭位	金應箕		
			請承襲	任由謙		
		11	정조	柳房		朴兼仁
			진하	邊脩		
1507	중종 2 丁卯,	2	주청	盧公弼	尹珣	

왕래시기			사행명칭	왕래사신		
	明 正德 2	9	사은	沈貞		
			주청	成希顔	申用漑	李荇
		10	정조	李云秬		
1508	중종 3 戊辰, 明 正德 3	4	사은	朴元宗	李坫	
		7	성절	姜澂		
		11	하정	韓亨允		
1509	중종 4 己巳, 明 正德 4	7	성절	金俊孫		
		윤9	정조	安瑭		
1510	중종 5 庚午, 明 正德 5	3	진위	尹喜孫		宋徵
		7	성절	李繼孟		
		10	정조	邊脩		
1511	중종 6 辛未, 明 正德 6	7	성절겸사은	閔祥安		
		10	하정	李允儉		徐原
1512	중종 7 壬申, 明 正德 7	6	성절	宋千喜		
		10	정조	金瑠		
1513	중종 8 癸酉, 明 正德 8	2	사은	李長生		
		7	성절	柳湄		
		10	정조	金瑠		
1514	중종 9 甲戌, 明 正德 9	7	성절	金錫哲		
		10	정조	李長坤		
1515	중종 10 乙亥, 明 正德 10	8	성절	趙元紀		
		10	정조	成世貞		
1516	중종 11 丙子, 明 正德 11	7	성절	尹熙平		
		10	정조	金錫哲		
1517	중종 12 丁丑, 明 正德 12	7	성절	孫仲暾		
		10	주청	李繼孟	李思鈞	
			정조	李之芳		
1518	중종 13 戊寅, 明 正德 13	2	진위	許硡		
			진향	尹世豪		
		5	주청	崔淑生		
		7	주청	南袞	李耔	韓忠
			성절	方有寧		盧克昌
1519	중종 14 己卯, 明 正德 14	7	성절	朴英		朴紹
			사은	金克愊		

왕래시기			사행명칭	왕래사신		
		10	정조겸사은	金世弼		
1520	중종 15 庚辰, 明 正德 15	5	주청	申鏛	韓效元	
		8	성절	吳堡		
		10	정조	黃琛		
1521	중종 16 辛巳, 明 正德 16	1	사은	尹殷輔		
		5	진위	李菤		
			진향	韓恂		
		8	성절	沈順徑		
			尊謚	孫澍		
		10	정조	金克成		
		12	사은	姜瀓		
1522	중종 17 壬午, 明 嘉靖 1	8	성절	申繼宗		
		10	정조	申公濟		
		11	진하	李思鈞		
1523	중종 18 癸未, 明 嘉靖 2	3	진위	趙元紀		羅曜
			진향	金瑭		
		8	성절	崔漢洪		
			주문	成世昌		
1524	중종 19 甲申, 明 嘉靖 3	2	사은	申鏛		
		8	성절	方輪		
		7	정조	朴壕		
		9	진하	許諄		
1525	중종 20 乙酉, 明 嘉靖 4	8	성절	鄭允謙		
		10	정조	金謹思		
1526	중종 21 丙戌, 明 嘉靖 5	5	성절	洪彦弼		
		10	정조	沈順徑		
1527	중종 22 丁亥, 明 嘉靖 6	5	성절	李芑		
		7	사은	金瑚		
		10	정조	洪景霖		金舜仁
1528	중종 23 戊子, 明 嘉靖 7	5	성절	韓效元		
		윤10	정조	崔世節		
			진하	崔漢洪		
		12	진위	李芃		
			진향	李之芳		

왕래시기			사행명칭	왕래사신		
1529	중종 24 己丑, 明 嘉靖 8	5	진하	李涵		
			성절	柳溥		
		9	정조	朴光榮		
1530	중종 25 庚寅, 明 嘉靖 9	5	성절	趙邦彦		
		10	정조	吳世翰		
1531	중종 26 辛卯, 明 嘉靖 10	6	성절	潘碩枰		
		8	冬至	尹仁鏡		
1532	중종 27 壬辰, 明 嘉靖 11	5	성절	方倫		
		8	동지	尹殷弼		鄭大年
1533	중종 28 癸巳, 明 嘉靖 12	5	성절	南孝義		
		8	동지	任樞		
		12	진하	蘇世讓		
1534	중종 29 甲午, 明 嘉靖 13	2	진위	李誠彦		朴翰
		윤2	사은	柳潤德		
			동지	宋叔瑾		
		5	성절	宋叔瑾		
			진하	吳準		
		윤7	동지	任權		
			주청	權橃		
			천추	尹思翼		
		8	동지	鄭士龍		
		11	사은	李亨順	張陸	
1535	중종 30 乙未, 明 嘉靖 14	5	성절	梁淵		
			진위	黃憲		
			진향	鄭百朋		
		7	천추	曺光遠		
		8	동지	金光轍		
1536	중종 31 丙申, 明 嘉靖 15	5	성절	宋璉		
		8	동지	趙仁奎		
1537	중종 32 丁酉, 明 嘉靖 16	3	사은겸진하	南世雄		
		6	사은	姜顯		
		7	천추	李希雍		李安忠
		8	동지	柳世麟		
		12	성절	趙賢範		丁煥

왕래시기			사행명칭	왕래사신		
1538	중종 33 戊戌, 明 嘉靖 17	4	성절	許寬		
		8	동지	林鵬		
		11	진하	柳仁淑		
1539	중종 34 己亥, 明 嘉靖 18	3	사은	정사룡		
			진하	李芑	元繼蔡	柳公權
		4	진하	洪愼		
			진위	鄭萬鍾		
			진향	沈連源		
		윤7	천추	尹思翼		
			동지	任權		
			주청	權橃		
		11	성절	鄭世虎		
1540	중종 35 庚子, 明 嘉靖 19	4	성절	申瀚		
		7	천추	曺光遠		
		8	동지	曺允武		尹杲
1541	중종 36 辛丑, 明 嘉靖 20	5	성절	洪春卿		
		7	천추	李希雍	李安忠	
		9	동지	許磁		
			진위	李霖		
		11	진위	安玹		
			진향	趙士秀		
1542	중종 37 壬寅, 明 嘉靖 21	5	성절	柳希齡		
		7	천추	權應昌		
		8	동지	崔輔漢	李澯	
		10	사은	李名珪	權應挺	
		12	흠문	金益壽		
			진하	鄭大年		
1543	중종 38 癸卯, 明 嘉靖 22	5	성절	尹元衡		閔荃
		7	사은겸천추	金萬鈞	元混	李洪男
		9	동지	韓淑	金舜皐	
1544	중종 39 甲辰, 明 嘉靖 23	1	사은	沈光彦	黃恬	
		4	성절	宋璘		
		7	천추	李霖		
		9	동지	鄭士龍	宋麟壽	

왕래시기			사행명칭	왕래사신		
1545	인종 원년 乙巳, 明 嘉靖 24	2	고부청시	閔齊仁	李浚慶	
		4	성절	柳辰仝	李瀣	
		6	사은	成世昌	姜顯	
1545	명종 즉위년 乙巳, 明 嘉靖 24	7	告訃請謚	宋濂	韓淑	
			천추	蔡世英		
		8	동지	金銛	朴世煦	
		11	사은겸 주문진하	南世健	尹溪	
		12	사은	林百齡		
1546	명종 원년 丙午, 明 嘉靖 25	5	성절	羅世纘		
		7	천추	閔世良		
		9	동지	李弘幹		
		10	진헌	李夔		
1547	명종 2 丁未, 明 嘉靖 26	5	성절	張世豪		
			동지	宋福堅	金漹	
		10	주문	宋純		
		12	사은	金光軫		
			진향	金景錫		
			진위	李純亨		
1548	명종 3 戊申, 明 嘉靖 27	8	동지	崔演	邊明胤	
		12	성절	趙彦秀		
			천추	任說		
1549	명종 4 己酉, 明 嘉靖 28	6	성절	李思曾		
		8	동지	李夢亮		
1550	명종 5 庚戌, 明 嘉靖 29	6	성절	柳辰仝		
		8	동지	尹申瑛		
1551	명종 6 辛亥, 明 嘉靖 30	4	성절	任虎臣		
		8	동지	韓岟		
1552	명종 7 壬子, 明 嘉靖 31	5	성절	鄭彦慤		
		9	동지	閔箕		
1553	명종 8 癸丑, 明 嘉靖 32	윤3	진헌	李鐸		
		5	성절	朴忠元		
		8	사은	金澍		成義國
			동지	李澤		

왕래시기			사행명칭	왕래사신		
1554	명종 9 甲寅, 明 嘉靖 33	1	사은	權轍		
		5	성절	金鎧		
		8	동지	鄭裕		
1555	명종 10 乙卯, 明 嘉靖 34	2	사은	洪曇		
		5	성절	元繼儉		
		8	동지겸사은	任鼐		金慶元
1556	명종 11 丙辰, 明 嘉靖 35	5	성절	尹釜		
		8	동지	沈通源		朴啓賢
1557	명종 12 丁巳, 明 嘉靖 36	5	주청	趙士秀		
			성절겸사은	宋麒壽		
		8	동지겸주청	李名珪	尹春年	
		10	진위	南宮忱		
1558	명종 13 戊午, 明 嘉靖 37	3	사은	兪絳		
		5	성절	李戡		
		7	동지	方好智		
1559	명종 14 己未, 明 嘉靖 38	5	성절	姜暹		
		8	동지	尹毅中		
1560	명종 15 庚申, 明 嘉靖 39	5	성절	柳潛		
		8	동지	吳祥		
1561	명종 16 辛酉, 明 嘉靖 40	5	성절	魚季瑄		
		8	동지	李龜琛		
1562	명종 17 壬戌, 明 嘉靖 41	4	성절	姜士尙		
		8	공마관압사	柳仲郢		
		8	동지사	郭舜信		河晉寶
		9	동지	郭舜壽		
1563	명종 18 癸亥, 明 嘉靖 42	5	주청겸진하	金澍		李陽元
			성절	李友閔		
		9	동지	李之信		
1564	명종 19 甲子, 明 嘉靖 43		사은	權應昌		
		4	성절	陳寔		
		8	동지	李元祐		
1565	명종 20 乙丑, 明 嘉靖 44	4	성절	韓脜		
		8	동지	崔希孝		
1566	명종 21 丙寅,	4	성절	朴啓賢		

왕래시기			사행명칭	왕래사신		
	明 嘉靖 45	8	동지	李戩		
		윤10	사은	尹玉		金孝元
1567	명종 22 丁卯, 明 隆慶 1	2	진향	鄭宗榮		
			진위	宋贊		
		3	등극	權轍	鄭惟吉	
		4	진하	李英賢		
		5		洪春年		
1567	선조 즉위년 丁卯, 明 隆慶 1	8	동지	朴大立		
			사은	沈銓		
		10	성절	柳景深		
1568	선조 원년 戊辰, 明 隆慶 2	3	사은	丁應斗	姜暹	李元祿
		5	천추	睦詹		李珥
			진하	鄭惟吉		
			진하	朴永俊	許曄	
		7	사은	柳昌門		
		8	동지	李彦憬	任尹	
		10	성절	李文馨		
1569	선조 2 己巳, 明 隆慶 3	6	천추	朴謹元		尹卓然
		8	동지	柳從善	朴承任	李濟臣
		10	성절	李後白		柳成龍
1570	선조 3 庚午, 明 隆慶 4	2	주청	金貴榮	姜士尙	
		6	천추	洪天民		
		7	사은	姜暹	任說	
		8	동지	李陽元		
		10	성절	洪淵		
1571	선조 4 辛未, 明 隆慶 5	8	동지	金慶元		
		10	성절	朴素立		金啓
1572	선조 5 壬申, 明 隆慶 6	6	천추	金添慶		
			진위	朴啓賢		洪聖民
		8	등극	朴淳		成世章
		9	사은	朴民獻	金繼輝	
		12	사은	尹鉉		李彦怡
1573	선조 6 癸酉, 明 萬曆 1	3	주청	李後白	尹根壽	李海壽
		5	성절	權德輿 질정관		李承楊

왕래시기			사행명칭	왕래사신		
				李元翼		
		8	동지	崔弘僩		
		10	사은	李陽元		
1574	선조 7 甲戌, 明 萬曆 2	5	성절	朴希立 질정관 趙憲		許篈
		8	동지	安自裕 질정관 金大鳴		李彥愉
1575	선조 8 乙亥, 明 萬曆 3	3	사은겸주청	洪聖民		
		5	성절	질정관 洪汝諄		
		8	동지			
1576	선조 9 丙子, 明 萬曆 4	5	성절	崔蓋國		
		8	동지	具思孟		
1577	선조 10 丁丑, 明 萬曆 5	2	사은	尹斗壽 질정관 崔岦		金誠一
		5	성절	梁應鼎		
		8	주청	黃琳		黃允吉
			동지	安宗道		
1578	선조 11 戊寅, 明 萬曆 6		진하	李玄培		
		5	성절	李憲國		
		8	동지	郭越		
1579	선조 12 己卯, 明 萬曆 7	5	성절	李墍		
		8	동지			
1580	선조 13 庚辰, 明 萬曆 8	5	성절	李增		
		8	동지	梁喜		洪麟祥
1581	선조 14 辛巳, 明 萬曆 9	5	주청	金繼輝		高敬命
			성절	權克禮		
		8	동지	柳希霖		
1582	선조 15 壬午, 明 萬曆 10	5	성절	李海壽		
		8	동지	孫軾		
1583	선조 16 癸未, 明 萬曆 11	5	성절	崔滉		李聖任
		8	동지	金億齡		
1584	선조 17 甲申, 明 萬曆 12	5	주청	黃廷彧		韓應寅
		5	성절	宋賀		
		8	동지	尹仁涵		

왕래시기			사행명칭	왕래사신		
		10	사은	李友直		李聖任
1585	선조 18 乙酉, 明 萬曆 13	5	성절	安容		
		5	변무주청	黃廷彧		韓應寅
		8	동지	柳永立		
1586	선조 19 丙戌, 明 萬曆 14	5	성절			
		8	동지	成壽益		柳永詢
1587	선조 20 丁亥, 明 萬曆 15	3	陳謝	裵三益		元士安
		5	성절	朴崇元		
			동지	成壽益		柳永詢
		8	동지	李純仁		
		10	사은	兪泓		尹暹
1588	선조 21 戊子, 明 萬曆 16	5	사은	柳坱	崔滉	黃佑漢
		12	성절	韓準		黃璡
			동지	李準		尹皞
1589	선조 22 己丑, 明 萬曆 17	4	성절	尹根壽		
		8	동지	奇苓		
		12	사은	鄭琢	權克智	
1590	선조 23 庚寅, 明 萬曆 18		성절	李山甫		
		8	동지	鄭士偉		崔鐵堅
1591	선조 24 辛卯, 明 萬曆 19	4	성절	金應南		黃致敬
		8	동지	李裕仁		
		10	진주	韓應寅		辛慶晋
1592	선조 25 壬辰, 明 萬曆 20	5	성절	柳夢鼎		閔夢龍
		7	사은겸주문	申點		
		8	진주	鄭崐壽		沈友勝
		9	동지	閔濬		李尙信
1593	선조 26 癸巳, 明 萬曆 21	4	주청	張雲翼		
		5	사은	鄭澈	尹柳根	李民覺
		6	성절	洪麟祥		
		7	주청	黃璡		
		9	동지	許晋		
		11	주청	崔岦		
		12	사온	金睟		柳拱辰
1594	선조 27 甲午,	1	請糧	許頊		

왕래시기			사행명칭	왕래사신		
	明 萬曆 22		告急	李廷馨		
		2	진주	許筬		
		4	성절	黃佑漢		朴順男
		8	동지	閔汝慶		崔天健
			주청	尹根壽	崔岦	申欽
1595	선조 28 乙未, 明 萬曆 23	4	사은겸주청	韓準		
			성절	閔仁伯		成晋善
		8	동지	鄭淑夏		
		12	주청	韓應寅		
			진주	具宬		
1596	선조 29 丙申, 明 萬曆 24	6	주문	盧稷		
		8	동지	朴東亮		
		윤8	진위	李輅		權憘
		11	주문	鄭期遠		柳思瑗
1597	선조 30 丁酉, 明 萬曆 25	2	告急	鄭曄	權悏	
		4	사은	尹承勳		
			성절	南復興		
		5	주청	沈喜壽		
		7	진위	李睟光		李尙毅
		9	주문	尹唯幾		
		11	동지	奇自獻		李廷龜
		12	사은	鄭崑壽		
1598	선조 31 戊戌, 明 萬曆 26	7	진주	崔天健		慶暹
		8	동지	鄭曄		
			진주	李元翼	許筬	趙正立
		10	진주	李恒福	李廷龜	黃汝一
1599	선조 32 己亥, 明 萬曆 27	2	사은	李好閔		
		윤4	성절	尹安性		權昐
		7	사은	申湜		趙守黃
		8	주청	尹泂		
			동지	韓壽民		趙翊

17세기

왕래시기			사행명칭	왕래사신		
				정사	부사	서장관
1600	선조 33 庚子, 明 萬曆 28	3	주청	南以信		
		5	성절	李民覺		
		8	주청	辛慶晋		
			동지	朴承宗		
1601	선조 34 辛丑, 明 萬曆 29	4	성절	趙挺		
			진하	鄭光績		李安訥
		8	동지	柳根		
		11	사은	鄭賜湖		
			진하		朴弘老	
1602	선조 35 壬寅, 明 萬曆 30	4	성절	李廷馨		
		5	천추	成以文		
		8	동지	金玏	金時獻	
			주청	李光庭	權憘	朴震元
1603	선조 36 癸卯, 明 萬曆 31	4	사은겸천추	李鐵		
		5	성절	李效元		
		7	동지	宋駿	朴而章	李志完
		11	사은겸진주	鄭穀		尹守謙
1604	선조 37 甲辰, 明 萬曆 32	3	주청	李廷龜	閔仁伯	李埈
		4	천추	韓壽民		
			성절	安克孝		閔德男
		8	동지	尹敬立		
1605	선조 38 乙巳, 明 萬曆 33	4	천추	李馨郁		
		5	성절	禹俊民		
		7	동지	李相信	鄭協	
1606	선조 39 丙午, 明 萬曆 34	2	진하	閔夢龍	柳思瑗	
		4	천추	洪慶臣		李馨郁
			성절	李覺		柳慶宗
		5	사은	韓述	黃廷喆	宋仁及
		8	동지	洪遵		
		11	사은	柳寅吉	崔濂	徐景雨
1607	선조 40 丁未,	6	성절	崔沂		梁應洛

왕래시기			사행명칭	왕래사신		
				정사	부사	서장관
	明 萬曆 35	8	동지	吳億齡		
1608	광해 즉위년 戊申, 明 萬曆 36	4	성절	尹暉		
			사은	柳澗		
		6	진주	李德馨	黃愼	
		8	동지	申渫	尹暘	崔晛
		10	고부	李好閔	吳億齡	
1609	광해 원년 己酉, 明 萬曆 37	4	성절겸사은	柳夢寅		金存敬
		8	동지	鄭經世		
		11	주청	申欽	具義剛	韓纘男
1610	광해 2 庚戌, 明 萬曆 38	4	성절	鄭文孚		金大德
			천추	黃是		金終男
		7	사은	李時彦	韓德遠	
		8	동지	兪大禎	鄭士信	
1611	광해 3 辛亥, 明 萬曆 39	4	성절겸사은			金大德
		8	동지겸주청	李尙毅	李睟光	
1612	광해 4 壬子, 明 萬曆 40	4	사은겸천추	柳寅吉		
		8	동지	趙存性	李成吉	
1613	광해 5 癸丑, 明 萬曆 41	4	성절겸천추	宋英耈		
		8	동지	鄭弘翼		
		12	주청	朴弘耈	李志完	
1614	광해 6 甲寅, 明 萬曆 42	4	천추	許筠		金中淸
		5	진향	閔馨男		
			진위	呂祐吉		
		10	주청	鄭岦		
			사은	尹昉	李廷臣	尹弘國
1615	광해 7 乙卯, 明 萬曆 43	4	천추	李稶		安弘望
		6	성절	李惕		
		8	사은	金權	李馨郁	柳汝恪
			동지겸진주	閔馨男	許筠	崔應虛
1616	광해 8 丙辰, 明 萬曆 44	4	성절	金瑬		
			천추	丁好善		
		8	동지	權慶祐	睦大欽	鄭弘遠
		10	주청	李廷龜	柳澗	張自好

왕래시기			사행명칭	왕래사신		
				정사	부사	서장관
1617	광해 9 丁巳, 明 萬曆 45	4	천추	尹安國		安璥
			성절	金存敬		辛義立
		8	동지	李尙吉	李昌庭	
1618	광해 10 戊午, 明 萬曆 46	윤4	사은	申湜	權盼	尹知敬
		5	진주	朴鼎吉		柳昌文
			천추	李士慶		
		6	성절겸진주	尹暉		權光煥
		8	동지	尹義立	睦長欽	金淮
1619	광해 11 己未, 明 萬曆 47	1	사은천추	李弘胄	金壽賢	金起宗
		5	성절	南撥		
		8	동지	任碩齡	崔挺雲	高傅川
		12	진주	李廷龜	尹暉	
1620	광해 12 庚申, 明 泰昌 1	4	告急	洪命元		
			주문	黃中允		
1621	광해 13 辛酉, 明 天啓 1해로연행 시작	1	進香	柳澗		鄭應斗
			陳慰	朴彝敍		康昱
		4	陳慰	權盡己		柳汝恒
		4	변무사은동지성절	崔應虛		安璥
1622	광해 14 壬戌, 明 天啓 2	4	登極	吳允謙	邊潝	
		7	聖節兼冬至	李顯榮		
		9	성절	李重卿		
1623	인조 1 癸亥, 明 天啓 3	5	冊封奏請	李慶全	尹暄	李民宬
		7	冬至聖節兼謝恩	趙濈		任賚之
1624	인조 2 甲子, 明 天啓 4	6	謝恩兼奏請	李德泂	吳䎘	洪翼漢
		7	冬至	權啓		金德承
1625	인조 3 乙丑, 明 天啓 5	7	謝恩兼陳慰	朴鼎賢	鄭雲湖	南宮檄
		8	聖節	全湜		
1626	인조 4 丙寅, 明 天啓 6	윤6	聖節兼謝恩陳奏	金尙憲		金地粹
			冬至兼千秋	南以雄		
1627	인조 5 丁卯,	2	奏聞	權怗		鄭世矩

왕래시기			사행명칭	왕래사신		
				정사	부사	서장관
	明 天啓 7	5	聖節兼冬至	邊應壁	尹昌立	
1628	인조 6 戊辰, 明 崇禎 1	2	進香兼陳慰	洪霶		姜善餘
			登極兼冬至	韓汝溭	閔聖徵	金尙賓
		6	回答官 (瀋陽行)	鄭文翼	朴蘭英	
		7	동지겸성절	宋克訒		申悅道
1629	인조 7 己巳, 明 崇禎 2	8	冬至	尹安國		鄭之羽
			進賀兼謝恩	李忔		
1630	인조 8 庚午, 明 崇禎 3	2	春信(瀋陽行)	朴蘭英		
		3	冬至兼聖節	故明勗		金秀南
		7	陳慰	鄭斗源		李志賤
			冬至	高用厚		羅宜素
		8	秋信(瀋陽行)	吳信男		
1631	인조 9 辛未, 明 崇禎 4	6	冬至	金蓍國		
		8	秋信(瀋陽行)	朴魯		
1632	인조 10 壬申, 明 崇禎 5	6	奏 請	洪霻	李安訥	洪鎬
			冬至兼聖節 千秋	李善行		
		7	秋信(瀋陽行)	朴蘭英		
1633	인조 11 癸酉, 明 崇禎 6	5	奏請兼謝恩 使冬至聖節 千秋進賀兼行	韓仁及	金榮祖	沈之溟
1634	인조 12 甲戌, 明 崇禎 7	11	秋信(瀋陽行)	羅德憲		
		12	謝恩	宋錫慶	洪命亨	元海一
1635	인조 13 乙亥, 明 崇禎 8	1	春信(瀋陽行)	李浚		
		6	冬至	崔惠吉		
		8	秋信(瀋陽行)	朴魯		
1636	인조 14 丙子, 明 崇禎 9 병자호란 직전 김육이 해로 마지막 연행	2	春信(瀋陽行)	羅德憲	李廓	
		6	聖節千秋進賀	金堉	趙光孝	李晩榮

왕래시기			사행명칭	왕래사신		
				정사	부사	서장관
1637	인조 15 丁丑, 淸 崇德 2	4	謝恩	李聖求	懷仁君德仁	蔡裕後
		9	謝恩陳奏兼聖節冬至年貢	崔鳴吉	金南重	李時楳
		12	正朝	韓亨吉		李後陽
1638	인조 16 戊寅, 淸 崇德 3	1	사은	申景禛	李後遠	李裀
		5	陳奏	洪寶		金重鎰
		9	사은진주겸성정동지년공	錦陽尉 朴瀰		柳淰
		11	正朝	金榮祖		鄭泰齊
		12	問安	尹暉		
1639	인조 17 己卯, 淸 崇德 4	2	奏請	尹暉	吳竣	鄭致和
		5	問安	宋國澤		
		6	進賀	沈悅	尹林墰	成楚客
		8	謝恩	申景禛	許啓	趙錫胤
		9	聖節冬至兼年貢	權大任	鄭之羽	李元鎭
		11	謝恩兼正朝	崔鳴吉	李景憲	申翊憲
1640	인조 18 庚辰, 淸 崇德 5	3	謝恩兼陳奏	李聖求	鄭廣敬	李稶
		9	사은겸성절동지연공	懷恩君德仁	安應亨	尹得悅
		11	진주사은겸정조	申景禛	韓會一	李慶相
		12	진주	懷恩君德仁		李以存
1641	인조 19 辛巳, 淸 崇德 6	9	성절동지겸연공	元斗杓	李景嚴	郭聖龜
		10	문안	沈得悅		
		11	정조	崔來吉		李晳
1642	인조 20 壬午, 淸 崇德 7	5	진하겸진주	麟坪大君 李㴭	卞三近	洪處亮
		9	성절동지겸연공	南以雄	金蓍國	鄭昌胄
		윤12	정조	尹履之		南溟翼
1643	인조 21 癸未, 淸 崇德 8	5	사은	沈器遠	金南重	丁彦璜
		9	진위겸진향	麟平大君	韓仁及	沈東龜

왕래시기			사행명칭	왕래사신		
				정사	부사	서장관
		11	동지겸연공	密山尹 李溁	責文秀	金泰基
		11	진하겸사은	金自點	吳竣	趙重呂
		11	정조	鄭良弼		李明傳
		12	성절	徐景雨		李後山
1644	인조 22 甲申, 淸 順治 1	2	사은	李敬輿	洪茂績	李汝翊
		5	사은진하겸진주	洛興君 金自點	李必榮	沈魯
		9	동지겸연공	崔惠吉	金守賢	李奎老
		10	정조	鄭泰齊		吳翽
		11	성절	金素		洪纘緖
1645	인조 23 乙酉, 淸 順治 2	3	진하겸사은	麟平大君	鄭世規	成以性
		8	사은겸주청	낙흥군 김자점	洪振道	趙壽益
		9	삼절연공	李基祚	南銑	李應著
1646	인조 24 丙戌, 淸 順治 3	2	사은겸진주	李景奭	金堉	柳淰
		9	사은	全昌君 柳廷亮	李原源	朴吉應
		10	삼절연공	呂爾載	崔有淵	郭弘祉
1647	인조 25 丁亥, 淸 順治 4	4	사은	인평대군 이요	朴遾	金振
		11	사은겸동지	洪柱元	閔聖徽	李時萬
1648	인조 26 戊子, 淸 順治 5	윤3	사은사	李行遠	林墰	李愓然
		11	삼절연공	吳竣	金霱	李垶
1649	인조 27 己丑, 淸 順治 6	3	진하겸사은	鄭太和	金汝鈺	睦行善
		6	고부겸주청	홍주원	金鍊	洪瑱
		11	사은진주겸삼절연공	仁興君 李瑛	李時昉	姜與載
1650	효종 원년 庚寅, 淸 順治 7	3	진위겸진향	金堉	밀산군 이찬	李尙逸
		6	사은	麟平大君	林墰	李弘淵
		6	호행	元斗杓	申翊全	
		11	사은진하진주겸삼절연공	麟平大君	李基祚	鄭知和
1651	효종 2 辛卯, 淸 順治 8	2	진위겸진향	전창군 유정량	박서	李晩榮
		3	진하겸사은	韓興一	吳竣	趙珩
		11	진하사은겸	麟平大君	黃㦿	權堣

왕래시기			사행명칭	왕래사신		
				정사	부사	서장관
			삼절연공			
1652	효종 3 壬辰, 淸 順治 9	8	사은	李時白	申濡	權坽
		10	삼절연공	李澥	鄭攸	沈儒行
1653	효종 4 癸巳, 淸 順治 10	1	사은겸진주	麟平大君	兪㰖	李光載
		윤7	사은겸진주	홍주원	尹絳	林葵
		11	삼절연공	沈之源	洪命夏	金壽恒
1654	효종 5 甲午, 淸 順治 11	2	사은	具仁垕	趙啓遠	李齊衡
		9	사은겸진주	영풍군 李 滉	李時楷	成楚客
		10	진하사은겸 삼절연공	麟平大君	李一相	沈世鼎
1655	효종 6 乙未, 淸 順治 12	4	사은겸진주행	전창군 유정량	吳挺一	姜鎬
		10	사은진주겸 삼절연공행	金林君 愷胤	李行進	李枝茂
1656	효종 7 丙申, 淸 順治 13	8	사은	麟平大君	金南重	鄭麟卿
		10	삼절연공	尹絳	李晳	郭齊華
1657	효종 8 丁酉, 淸 順治 14	3	사은	麟平大君		
		5	진하사은겸 진주	元斗杓	嚴鼎耉	權大運
		10	진하사은겸 삼절연공	沈之源	尹順之	李俊耉
1658	효종 9 戊戌, 淸 順治 15	4	진하겸사은	전창군 유정량	李應耆	宋時喆
		11	삼절연공	許積	姜瑜	金益廉
1659	효종 10 己亥, 淸 順治 16	윤3	사은	嶺陽君 李儇	南老星	睦兼善
		6	고부겸주청	鄭維城	유념	鄭榏
		11	삼절연공	蔡裕後	鄭之虎	權尙矩
1660	현종 원년 庚子, 淸 順治 17	1	사은	洪得箕	정지화	李元禎
		10	삼절연공	趙珩	姜栢年	權格
1661	현종 2 辛丑, 淸 順治 18	2	진위겸진향	홍주원 沈之溟	李正英 李袗	李東老
		3	진하겸사은	元斗杓	洪瑑	金宇亨
		11	진하사은겸 삼절연공행	錦林君 李愷胤	柳慶昌	吳斗寅

왕래시기			사행명칭	왕래사신		
				정사	부사	서장관
1662	현종 3 壬寅, 淸 康熙 1	7	진하겸진주	鄭太和	許積	李東溟
		10	삼절연공	呂爾載	洪處大	李端錫
1663	현종 4 癸卯, 淸 康熙 2	3	진하겸사은	정유성	李旉	朴承健
		5	진위겸진향	朗善君 俁	李後山	沈梓
		11	삼절연공	趙珩	權坽	丁昌燾
1664	현종 5 甲辰, 淸 康熙 3	2	사은겸진주	洪命夏	任義伯	李程
		10	삼절연공	鄭致和	李尙逸	禹昌績
1665	현종 6 乙巳, 淸 康熙 4	10	삼절연공	金佐明	洪處厚	李慶果
1666	현종 7 丙午, 淸 康熙 5	2	진하겸사은	沈益顯	金始振	成後窩
		9	사은겸진주	許積	南龍翼	孟胄瑞
		11	삼절연공	鄭知和	閔點	趙遠期
1667	현종 8 丁未, 淸 康熙 6	3	사은	檜原郡 李倫	金徽	藝慶寂
		11	진하사은겸 삼절연공	鄭致和	李翊漢	李世翊
1668	현종 9 戊申, 淸 康熙 7	5	진하겸사은	福昌君 楨	閔熙	鄭樸
		10	삼절연공	李慶億	鄭鑰	朴世堂
1669	현종 10 己酉, 淸 康熙 8	10	삼절연공	閔鼎重	權尙矩	愼景尹
1670	현종 11 庚戌, 淸 康熙 9	6	진하겸사은	鄭載嵩	李元楨	趙世煥
		10	진하사은겸 삼절연공	福善君 柟	鄭榏	鄭華齊
1671	현종 12 辛亥, 淸 康熙 10	10	문안	朗善君 俁		
1672	현종 13 壬子, 淸 康熙 11	6	진하겸사은	福平君 梗	洪處大	李柙
		10	사은겸 삼절연공	昌城君 佖	李正英	姜碩昌
1673	현종 14 癸丑, 淸 康熙 12	11	사은겸삼절 연공행	金壽恒	權瑎	李宇鼎
1674	현종 15 甲寅, 淸 康熙 13	4	고부	兪瑒		權瑎
		7	진위겸진향	閔點	睦來善	
			진위	靈愼君 瀅		姜碩耇

왕래시기			사행명칭	왕래사신		
				정사	부사	서장관
		10	사은겸고부	沈益顯	閔蓍重	宋昌
		11	진향겸 삼절연공	福昌君 楨	君深	洪萬鐘
1675	숙종 원년 乙卯, 淸 康熙 14	6	사은	昌城君 佖	李之翼	閔黯
		11	진하겸 삼절연공	權大運	慶㝡	柳譚厚
1676	숙종 2 丙辰, 淸 康熙 15	7	진하사은겸 진주	福善君 柟	鄭晳	李瑞雨
		10	삼절연공	吳挺	金禹錫	兪夏謙
1677	숙종 3 丁巳, 淸 康熙 16	4	진하사은겸 진주	福昌君 楨	權大載	朴純
		11	사은겸 삼절연공	瀛昌君 沉	沈梓	孫萬雄
1678	숙종 4 戊午, 淸 康熙 17	윤3	진위겸진향	李夏鎭	鄭樸	安如石
		10	사은진하진주겸 삼절연공	福平君 槤	閔黯	金海一
1679	숙종 5 己未, 淸 康熙 18	7	진하겸사은	朗原君 偘	吳斗寅	李華鎭
		10	삼절연공	李觀徵	李端錫	李瀞
1680	숙종 6 庚申, 淸 康熙 19	6	진위겸진주	沈益顯	申晸	睦林儒
		11	사은진주고부	金壽興	李袖	申懷
1681	숙종 7 辛酉, 淸 康熙 20	9	사은	昌城君 佖	尹堦	李三碩
		10	주청겸 삼절연공	東原君 潗	南二星	申琓
1682	숙종 8 壬戌, 淸 康熙 21	2	문안	閔鼎重		尹世紀
		7	진하사은겸 진주	瀛昌君 沉	尹以濟	韓泰東
		10	사은겸 삼절연공	金錫胄	柳尙運	金斗明
1683	숙종 9 癸亥, 淸 康熙 22	11	삼절연공	趙師錫	尹攀	鄭濟先
1684	숙종 10 甲子, 淸 康熙 23	2	고부	李濡		李蓍晩
		10	사은겸	南九萬	李世華	李宏

왕래시기			사행명칭	왕래사신		
				정사	부사	서장관
			삼절연공			
1685	숙종 11 乙丑, 淸 康熙 24	3	사은	금평위 朴弼成	尹趾善	李善溥
		11	진주사은사 겸삼절연공	朗原君 偘	李選	金濚
1686	숙종 12 丙寅, 淸 康熙 25	1	진주겸사은	鄭載嵩	崔錫鼎	李墪
		6	사은겸진주	南九萬	李奎齡	吳道一
		11	사은겸 삼절연공	낭선군 俁	金德遠	李宜昌
1687	숙종 13 丁卯, 淸 康熙 26	11	사은겸 삼절연공	東平君 杭	任相元	朴世㒞
1688	숙종 14 戊辰, 淸 康熙 27	2	진위겸진향	洪萬鍾	任弘望	李萬齡
		10	고부	尹世紀		金洪福
		11	삼절연공	洪萬容	朴泰遜	李三碩
1689	숙종 15 己巳, 淸 康熙 28	8	진하사은진 주겸주청사	東平君 杭	申厚載	權持
		10	진위겸 진향사	朴泰尙	金海一	成瓘
		11	삼절연공사	兪夏益	姜世龜	趙湜
1690	숙종 16 庚午, 淸 康熙 29	5	진하사은겸 진주	全城君 混	權愈	金元燮
		11	사은겸 삼절연공	영창군 沈	徐文重	權纘
1691	숙종 17 辛未, 淸 康熙 30	7	사은겸진주	閔黯	姜碩賓	李震休
		10	삼절연공	李宇鼎	尹以道	成儁
1692	숙종 18 壬申, 淸 康熙 31	10	사은겸 삼절연공	낭원군 간	閔就道	朴昌漢
1693	숙종 19 癸酉, 淸 康熙 32	5	사은	臨陽君 桓	申厚命	崔恒齊
		11	삼절연공	柳命天	李麟徵	沈枋
1694	숙종 20 甲戌, 淸 康熙 33	8	진주겸주청	금평위 朴弼成	吳道一	兪得一
		11	삼절연공	申琓	李弘迪	朴權
1695	숙종 21 乙亥, 淸 康熙 34	7	사은	전성군 混	李彦綱	金演
		11	삼절연공	李世白	洪受疇	崔啓翁

왕래시기			사행명칭	왕래사신		
				정사	부사	서장관
1696	숙종 22 丙子, 清 康熙 35	7	사은	임창군 焜	洪萬朝	任胤元
		11	주청겸삼절 연공	徐文重	李東郁	金弘楨
1697	숙종 23 丁丑, 清 康熙 36	윤3	주청겸진주	崔錫鼎	崔奎瑞	宋相琦
		11	진하사은겸 삼절연공행	임양군 桓	柳之發	柳重茂
1698	숙종 24 戊寅, 清 康熙 37	7	사은	徐文重	閔鎭周	李健命
		7	문안	전성군 混		尹弘离
		11	삼절연공	李彥綱	李德成	李坦
1699	숙종 25 己卯, 清 康熙 38	11	사은겸 삼절연공	동평군 杭	姜銑	兪命雄

18세기

왕래시기			사행명칭	왕래사신		
				정사	부사	서장관
1700	숙종 26 庚辰, 清 康熙 39	11	삼절연공	李光夏	李壄	姜履相
1701	숙종 27 辛巳, 清 康熙 40	9	고부	宋廷奎		孟萬澤
		10	삼절연공	姜鋧	李善溥	朴弼明
1702	숙종 28 壬午, 清 康熙 41	8	사은	임창군 焜	沈枰	李世奭
		11	주청겸 삼절연공	임양군 桓	李墪	黃一夏
1703	숙종 29 癸未, 清 康熙 42	9	사은	礪山君 枋	徐文裕	李彦經
		10	삼절연공	徐宗泰	趙泰東	金栽
1704	숙종 30 甲申, 清 康熙 43	8	사은겸진주사	임창군 焜	李世載	李夏源
		10	삼절연공	李頤命	李喜茂	李明浚
1705	숙종 31 乙酉, 清 康熙 44	10	사은겸 삼절연공	鄭載嵩	黃欽	南廸明
1706	숙종 32 丙戌, 清 康熙 45	10	삼절연공	兪得一	朴泰恒	李廷濟
1707	숙종 33 丁亥, 清 康熙 46	10	사은겸 삼절연공	晉平君 澤	南致薰	權𢢜
1708	숙종 34 戊子, 清 康熙 47	11	삼절연공	閔鎭厚	金致龍	金始煥
1709	숙종 35 己丑, 清 康熙 48	7	사은겸진하	임양군 桓	兪集一	李翊漢
		10	삼절연공	趙泰耉	任舜元	具萬理
1710	숙종 36 庚寅, 清 康熙 49	10	사은겸 삼절연공	鄭載嵩	朴權	洪禹寧
1711	숙종 37 辛卯, 清 康熙 50	3	參覈	宋正明		
		6	참핵	趙泰東		
		10	사은진주겸 삼절연공사	여산군 枋	金演	兪命凝
1712	숙종 38 壬辰, 清 康熙 51	2	사은	금평위 朴弼成	閔鎭遠	柳述
		11	사은겸 삼절연공	金昌集	尹趾仁	盧世夏

왕래시기			사행명칭	왕래사신		
				정사	부사	서장관
1713	숙종 39 癸巳, 淸 康熙 52	7	진하겸사은	임창군 焜	權尙游	韓重熙
		10	삼절연공	趙泰采	金相稷	韓祉
1714	숙종 40 甲午, 淸 康熙 53	11	사은겸 삼절연공	진평군 澤	權㑻	兪崇
1715	숙종 41 乙未, 淸 康熙 54	11	사은진주겸 삼절연공	東平尉 鄭載崙	李光佐	尹陽來
1716	숙종 42 丙申, 淸 康熙 55	10	사은겸 삼절연공	여산군 枋	李大成	權悓
1717	숙종 43 丁酉, 淸 康熙 56	11	심절연공	兪命雄	南就明	李重協
		12	사은	금평위 박필성	李觀命	李挺周
1718	숙종 44 戊戌, 淸 康熙 57	2	진위겸진향	여원군 柱	呂必容	金礪
		11	삼절연공	兪集一	李世瑾	鄭錫三
1719	숙종 45 己亥, 淸 康熙 58	8	진하겸사은	여산군 枋	兪命弘	宋必桓
		11	삼절연공	趙道彬	趙榮福	申晳
1720	숙종 46 庚子, 淸 康熙 59	7	고부겸주청사	李頤命	李肇	朴聖輅
		11	삼절연공	李宜顯	李喬岳	趙榮世
1721	경종 원년 辛丑, 淸 康熙 60	3	사은	趙泰采	李正臣	梁聖揆
		10	진주주청겸 삼절연공	李健命	尹陽來	兪拓基
1722	경종 2 壬寅, 淸 康熙 61	10	사은진주겸 삼절연공	전성군 混	李萬選	梁廷虎
1723	경종 3 癸卯, 淸 雍正 1	1	진위겸진향	여산군 枋	金始煥	李承源
		4	진하	密昌君 樴	徐命均	柳萬重
		8	진위겸진향	吳命峻	洪重禹	黃晸
		10	진하사은겸 삼절연공	西平君 橈	李明彦	金始炦
1724	경종 4 甲辰, 淸 雍正 2	3	진사겸사은	益陽君 檀	權以鎭	沈埈
		10	고부겸주청	밀창군 樴	李眞儒	金尙奎
		10	진하사은겸 삼절연공	여원군 柱	李夏源	柳綎
1725	영조 원년 乙巳, 淸 雍正 3	4	사은겸 진주주청	礪城君 楫	權𢢜	趙文命
		11	삼절연공	金興慶	柳復明	崔命相

왕래시기			사행명칭	왕래사신		
				정사	부사	서장관
1726	영조 2 丙午, 淸 雍正 4	2	사은겸진주	서평군 橈	金有慶	趙命臣
		11	사은겸 삼절연공	密豊君 坦	鄭亨益	金應福
1727	영조 3 丁未, 淸 雍正 5	11	사은겸 삼절연공	洛昌君 樘	李世瑾	姜必慶
1728	영조 4 戊申, 淸 雍正 6	1	사은겸진주	沈壽賢	李明彦	趙鎭禧
		8	사은겸진주	서평군 橈	鄭錫三	申致雲
		11	삼절연공사	尹淳	趙翼命	權一衡
1729	영조 5 己酉, 淸 雍正 7	8	사은	驪川君 增	宋成明	尹光益
		10	삼절연공	金東弼	趙錫命	沈星鎭
1730	영조 6 庚戌, 淸 雍正 8	8	고부	愼無逸		南泰良
		11	사은겸 삼절연공	서평군 橈	尹惠教	鄭必寧
1731	영조 7 辛亥, 淸 雍正 9	11	사은겸 삼절연공	낙창군 樘	趙尙絅	李日躋
		12	진위겸진향	陽平君 櫓	李春躋	尹得和
1732	영조 8 壬子, 淸 雍正 10	7	진하겸사은	李宜顯	趙最壽	韓德厚
		10	삼절연공	李眞望	徐宗燮	吳瑗
1733	영조 9 癸丑, 淸 雍正 11	11	사은겸 상절연공	밀창군 樴	閔應洙	尹彙貞
1734	영조 10 甲寅, 淸 雍正 12	7	진주	徐命均	朴文秀	黃梓
		11	삼절연공	尹游	洪景輔	南泰溫
1735	영조 11 乙卯, 淸 雍正 13	7	진주겸사은	양평군 櫓	徐宗伋	申致謹
		10	진위겸진향	낙창군 樘	李壽沆	李潤身
		11	사은겸 삼절연공	여선군 壆	李德壽	具宅奎
1736	영조 12 丙辰, 淸 乾隆 1	3	진하겸사은	咸平君 泓	鄭錫五	任珽
		10	진하사은삼절연공	長溪君 棅	金始炯	徐命珩
1737	영조 13 丁巳, 淸 乾隆 2	7	진주겸주청	徐命均	柳儼	李喆輔
		11	진하사은겸 삼절연공	海興君 橿	金龍慶	南渭老

왕래시기			사행명칭	왕래사신		
				정사	부사	서장관
1738	영조 14 戊午, 淸 乾隆 3	7	진하사은겸 진주	金在魯	金始炑	李亮臣
		11	삼절연공	趙最壽	李瀯	金光世
1739	영조 15 己未, 淸 乾隆 4	2	진위겸사은	密陽君 梡	徐宗玉	李德重
		11	삼절연공	綾昌君 橚	李匡德	李道謙
1740	영조 16 庚申, 淸 乾隆 5	11	시은겸 삼절연공	洛豐君 楙	閔亨洙	洪昌漢
1741	영조 17 辛酉, 淸 乾隆 6	11	삼절연공	驪善君 壆	鄭彦燮	金宗台
1742	영조 18 壬戌, 淸 乾隆 7	11	삼절연공	洛昌君 樘	徐命彬	洪重一
1743	영조 19 癸亥, 淸 乾隆 8	7	문안	趙顯命		金尙廸
		11	삼절연공	綾昌君 橚	柳復明	兪字基
1744	영조 20 甲子, 淸 乾隆 9	1	진하겸사은	陽平君 檣	李日躋	李裕身
		11	삼절연공겸 사은	서평군 橈	魚有龍	李夏宗
1745	영조 21 乙丑, 淸 乾隆 10	11	삼절연공사	趙觀彬	鄭俊	閔百祥
1746	영조 22 丙寅, 淸 乾隆 11	4	진주겸사은	여선군 壆	趙榮國	李結重
		11	사은겸 삼절연공	海興君 橿	君汲	安𪲷
1747	영조 23 丁卯, 淸 乾隆 12	11	삼절연공	낙풍군 무	李喆輔	趙明鼎
1748	영조 24 戊辰, 淸 乾隆 13	5	진위겸진향	海運君 橿	趙明謙	沈鏡
		10	진하사은겸 삼절연공	鄭錫五	鄭亨復	李彛章
		12	參覈	金尙廸		
1749	영조 25 己巳, 淸 乾隆 14	9	진하겸사은	조현명	南泰良	申暻
		11	삼절연공	낙창군 樘	黃晸	兪彦述
1750	영조 26 庚午, 淸 乾隆 15	4	참핵	南泰耆		
		11	사은진주겸 삼절연공	海春君 栐	黃梓	任𡊠
		12	진하겸사은	낙풍군 楙	尹得和	尹光纘

왕래시기			사행명칭	왕래사신		
				정사	부사	서장관
1751	영조 27 辛未, 清 乾隆 16	11	사은겸 삼절연공	낙창군 樘	申思建	趙重晦
1752	영조 28 壬申, 清 乾隆 17	7	진사겸사은	해운군 槤	漢師得	兪漢蕭
		11	삼절연공겸 사은	해흥군 橿	南泰齊	金文行
1753	영조 29 癸酉, 清 乾隆 18	11	사은겸 삼절연공	낙풍군 楙	李命坤	鄭純儉
1754	영조 30 甲戌, 清 乾隆 19	7	문안	兪拓基		沈鏽
		11	삼절연공겸 사은	장계군 棅	李宗白	李惟秀
		12	사은	海春君 栐	金相奭	沈墢
1755	영조 31 乙亥, 清 乾隆 20	10	진하겸사은	해운군 槤	黃景源	徐命膺
		11	삼절연공겸 사은	해봉군 橉	鄭光忠	李基敬
1756	영조 32 丙子, 清 乾隆 21	11	사은겸 삼절연공	장계군 棅	曺命采	任師夏
1757	영조 33 丁丑, 清 乾隆 22	4	고부	金尚重		
		4	고부	安壋		李命植
		6	참핵	李彛章		
		11	사은겸 삼절연공	해흥군 橿	金尙翼	李彦衡
1758	영조 34 戊寅, 清 乾隆 23	11	사은진주겸 삼절연공	장계군 棅	李得宗	李德海
1759	영조 35 己卯, 清 乾隆 24	10	사은주청겸 삼절연공	해춘군 栐	趙明鼎	權噵
1760	영조 36 庚辰, 清 乾隆 25	7	진하겸사은	해운군 槤	徐命臣	趙𤩅
		11	삼절연공	洪啓禧	趙榮進	李徽中
1761	영조 37 辛巳, 清 乾隆 26	10	삼절연공겸 사은	해흥군 橿	南泰會	李宜老
1762	영조 38 壬午, 清 乾隆 27	11	진하사은겸 삼절	함계군 櫄	李奎采	朴弼逵

왕래시기			사행명칭	왕래사신		
				정사	부사	서장관
1763	영조 39 癸未, 淸 乾隆 28	2	사은겸 진주주청	장계군 棅	洪重孝	洪趾海
		11	사은겸 삼절연공	순제군 烜	洪名漢	李憲默
1764	영조 40 甲申, 淸 乾隆 29	3	참핵	金鍾正		
		11	사은진주겸 삼절연공	전은군 墩	韓光會	安杓
1765	영조 41 乙酉, 淸 乾隆 30	1	삼절연공겸 사은	순의군 烜	金善行	洪檍
1766	영조 42 丙戌, 淸 乾隆 31	11	삼절연공겸 사은	함계군 橞	尹得養	李亨逵
1767	영조 43 丁亥, 淸 乾隆 32	10	삼절연공겸 사은	전은군 墩	李心源	李壽勛
1768	영조 44 戊子, 淸 乾隆 33	10	삼절연공겸 사은	순의군 烜	具允鈺	李永中
1769	영조 45 己丑, 淸 乾隆 34	10	삼절연공	徐命膺	洪梓	洪樂信
1770	영조 46 庚寅, 淸 乾隆 35	10	삼절연공겸 사은	경흥군 栴	宋瑩中	李命彬
1771	영조 47 辛卯, 淸 乾隆 36	5	진주겸사은	金尙喆	尹東暹	沈頤之
		11	사은겸삼절 연공	해계군熼	趙榮順	李宅鎭
			동지사	蔡濟恭		
1772	영조 48 壬辰, 淸 乾隆 37	11	진하사은겸 삼절연공	순의군 烜	尹東昇	李致中
1773	영조 49 癸巳, 淸 乾隆 38	11	사은겸 삼절연공	낙림군 埏	嚴璹	任希簡
1774	영조 50 甲午, 淸 乾隆 39	11	삼절연공겸 사은	해계군熼	趙德成	李世奭
1775	영조 51 乙未, 淸 乾隆 40	11	삼절연공겸 사은	낙림군 挻	李海重	林得浩

왕래시기			사행명칭	왕래사신		
				정사	부사	서장관
1776	영조 52 丙申, 清 乾隆 41	4	고부주청겸 진주	金致仁	鄭昌順	李鎭衡
		11	진하겸사은	李潊	徐浩修	吳大益
		11	삼절연공겸 사은	금성위 朴明源	鄭好仁	申思運
1777	정조 원년 丁酉, 清 乾隆 42	4	진위겸진향	鄭尙淳	宋載經	姜忱
		10	진하사은겸 삼절연공	하은군 垙	李 坤	李在學
1778	정조 2 戊戌, 清 乾隆 43	3	사은겸진주	蔡濟恭	鄭一祥	沈念祖
		윤6	문안	李潊		南鶴聞
		9	사은	하은군 垙	尹坊	鄭宇淳
		11	삼절연공	鄭光漢	李秉模	趙時偉
1779	정조 3 己亥, 清 乾隆 44	10	삼절연공겸 사은	창성위 黃仁點	洪檢	洪明浩
1780	정조 4 庚子, 清 乾隆 45	5	진하겸사은	금성위 朴明源	鄭元始	趙鼎鎭
		10	사은	무림군 塘	李崇祐	尹長烈
		11	삼절연공	徐有慶	申大升	林濟遠
1781	정조 5 辛丑, 清 乾隆 46	11	삼절연공겸 사은	黃仁點	洪秀輔	林錫喆
1782	정조 6 壬寅, 清 乾隆 47	10	삼절연공겸 사은	鄭存謙	洪良浩	洪文泳
1783	정조 7 癸卯, 清 乾隆 48	6	聖節겸문안	李福源	吳載純	尹矆
		10	사은	洪樂性	尹師國	李魯春
		10	삼절연공겸 사은	黃仁點	柳義養	李東郁
1784	정조 8 甲辰, 清 乾隆 49	7	사은겸 진주주청	金熤	金尙集	李兢淵
		10	진하사은겸 삼절연공	李徽之	姜世晃	李泰永
		11	사은	朴明源	尹承烈	李鼎運
1785	정조 9 乙巳, 清 乾隆 50	10	삼절연공겸 사은	安春君 烿	李致中	宋銓

왕래시기			사행명칭	왕래사신		
				정사	부사	서장관
1786	정조 10 丙午, 淸 乾隆 51	9	사은겸 삼절연공	黃仁點	尹尚東	李勉兢
1787	정조 11 丁未, 淸 乾隆 52	10	삼절연공겸 사은	兪彦鎬	趙環	鄭致淳
1788	정조 12 戊申, 淸 乾隆 53	10	삼절연공겸 사은	李在協	魚錫定	兪漢謨
1789	정조 13 己酉, 淸 乾隆 54	10	진하사은겸 삼절연공	李性源	趙宗鉉	成種仁
1790	정조 14 庚戌, 淸 乾隆 55	5	진하겸사은	黃仁點	徐浩修	李百亨
		10	동지겸사은	광은위 金箕性	閔台爀	李祉永
1791	정조 15 辛亥, 淸 乾隆 56	10	동지겸사은	金履素	李祖源	沈能翼
1792	정조 16 壬子, 淸 乾隆 57	10	삼절연공겸 사은	朴宗岳	徐龍輔	金祖淳
1793	정조 17 癸丑, 淸 乾隆 58	10	삼절연공겸 사은	黃仁點	李在學	鄭東觀
1794	정조 18 甲寅, 淸 乾隆 59	10	진하	朴宗岳	鄭大容	鄭尙愚
		10	삼절연공겸 사은	洪良浩	李義弼	沈興永
1795	정조 19 乙卯, 淸 乾隆 60	10	삼절연공겸 사은	閔鍾顯	李亨元	趙德潤
		11	진하겸사은	李秉模	徐有防	柳畊
1796	정조 20 丙辰, 淸 嘉慶 1	10	사은겸 삼절연공	金思穆	柳烱	李翊模
1797	정조 21 丁巳, 淸 嘉慶 2	10	삼절연공겸 사은	金文淳	申耆	洪樂游
1798	정조 22 戊午, 淸 嘉慶 3	10	삼절연공겸 사은	李祖源	金勉柱	徐有聞
1799	정조 23 己未, 淸 嘉慶 4	3	진위겸진향	具敏和	金履翼	曺錫中
		7	진하겸사은	趙尚鎭	徐瀅修	韓致應
		10	진하겸세폐	金載瓚	李基讓	具得魯

19세기

왕래시기			사행명칭	왕래사신		
				정사	부사	서장관
1800	정조 24 庚申, 淸 嘉慶 5	1	진하겸사은	具敏和	韓用龜	柳畊
		윤4	진주겸주청	李秉模	李集斗	朴鍾淳
		8	고부겸주청	具敏和	鄭大容	張至冕
		11	세폐겸사은	李得臣	林蓍喆	尹羽烈
1801	순조 원년 辛酉, 淸 嘉慶 6	2	사은	趙尙鎭	申獻朝	申絢
		8	진하겸사은	청성위 沈能建	吳載紹	鄭晩錫
		10	동지겸진주	曺允大	徐美修	李基憲
1802	순조 2 壬戌, 淸 嘉慶 7	10	주청겸동지사은	沈能建	韓晩裕	閔命爀
1803	순조 3 癸亥, 淸 嘉慶 8	7	사은	李晩秀	洪義浩	洪奭周
		10	삼절연공	閔台爀	權僎	徐長輔
1804	순조 4 甲子, 淸 嘉慶 9	10	사은겸동지	金思穆	宋銓	元在明
1805	순조 5 乙丑, 淸 嘉慶 10	2	고부	吳鼎源		姜俊欽
		윤6	문안	李秉模		洪受浩
		10	진하겸사음	徐龍輔	李始源	尹尙圭
		10	사은겸동지	李時秀	李普天	尹魯東
1806	순조 6 丙寅, 淸 嘉慶 11	10	동지겸사은	沈能建	吳泰賢	李永老
1807	순조 7 丁卯, 淸 嘉慶 12	10	사은겸동지사	南公轍	林漢浩	金魯應
1808	순조 8 戊辰, 淸 嘉慶 13	10	진하사은겸동지사	沈能建	趙洪鎭	金啓河
1809	순조 9 己巳, 淸 嘉慶 14	7	聖節진하겸사은	韓用龜	尹序東	閔致載
		10	동지겸사은	朴宗來	金魯敬	李永純
1810	순조 10 庚午, 淸 嘉慶 15	10	동지겸사은	李集斗	朴宗京	洪冕燮
1811	순조 11 辛未, 淸 嘉慶 16	10	동지겸사은	曺允大	李文會	韓用儀
1812	순조 12 壬申, 淸 嘉慶 17	7	진주겸주청	李時秀	金銑	申緯
		10	동지겸사은	沈象奎	朴宗正	李光文

왕래시기			사행명칭	왕래사신		
				정사	부사	서장관
1813	순조 13 癸酉, 清 嘉慶 18	2	사은사	李相璜	任希存	洪起燮
		10	동지겸사은	韓用鐸	曺允遂	柳鼎養
1814	순조 14 甲戌, 清 嘉慶 19	10	동지겸사은	林漢浩	尹尙圭	李鍾穆
1815	순조 15 乙亥, 清 嘉慶 20	10	동지겸사은	洪義浩	趙鐘永	曺錫正
1816	순조 16 丙子, 清 嘉慶 21	10	동지겸사은	李肇源	李志淵	朴綺壽
1817	순조 17 丁丑, 清 嘉慶 22	10	동지겸사은	韓致應	申在明	洪羲瑾
1818	순조 18 戊寅, 清 嘉慶 23	6	문안	韓用龜		趙萬永
		10	사은	朴崙壽	趙萬元	李羲肇
		10	진하겸동지사은	鄭晩錫	吳翰源	李潞
1819	순조 19 己卯, 清 嘉慶 24	10	聖節진하겸사은	李魯益	尹鼎烈	金敬淵
		10	동지	洪羲臣	李鶴秀	權敦仁
1820	순조 20 庚辰, 清 嘉慶 25	10	동지겸사은	李羲甲	尹行直	李沆
		11	진위겸진향	韓致應	徐能輔	朴台壽
1821	순조 21 辛巳, 清 道光 1	1	진하겸사은사	李肇源	宋冕載	洪益聞
		4	고부	洪命周		洪彦謨
		10	사은겸진주	李好敏	趙鐘永	李元默
		10	진하사은겸세폐	趙萬元	恭命烈	尹秉烈
1822	순조 22 壬午, 清 道光 2	7	사은	南履翼	權丕應	林處鎭
		10	동지겸사은	金魯敬	金啓溫	徐有素
1823	순조 23 癸未, 清 道光 3	7	진하겸사은사	朴宗薰	徐俊輔	洪赫
		10	동지겸사은	洪義浩	李龍秀	曺龍振
1824	순조 24 甲申, 清 道光 4	10	동지겸사은	權常愼	李光憲	李鎭華
1825	순조 25 乙酉, 清 道光 5	10	동지겸사은	李勉昇	李錫祐	朴宗學

왕래시기			사행명칭	왕래사신		
				정사	부사	서장관
1826	순조 26 丙戌, 淸 道光 6	10	동지겸사은	洪羲俊	申在植	鄭禮容
1827	순조 27 丁亥, 淸 道光 7	10	동지겸사은사	宋冕載	李愚在	洪遠謨
1828	순조 28 戊子, 淸 道光 8	4	진하겸사은	남연군 球	李奎鉉	趙基謙
		10	사은겸동지	洪起燮	柳鼎養	朴宗吉
1829	순조 29 己丑, 淸 道光 9	4	진하겸사은	徐能輔	呂東植	兪章煥
		7	문안	李相璜		朴來謙
		10	동지겸사은	柳相祚	洪羲瑾	趙秉龜
		11	진하겸사은	李光文	韓耆裕	姜時永
1830	순조 30 庚寅, 淸 道光 10	10	사은겸동지	徐俊輔	洪敬謨	李南翼
		11	진하겸주청	李相璜	李志淵	尹心圭
1831	순조 31 辛卯, 淸 道光 11	7	사은	洪奭周	兪應煥	李遠翊
		10	동지겸사은	鄭元容	金宏根	李鼎在
1832	순조 32 壬辰, 淸 道光 12	10	동지겸사은	徐畊輔	尹致謙	金景善
1833	순조 33 癸巳, 淸 道光 13	7	진위겸진향	李止淵	朴晦壽	李竣祜
		10	사은겸동지	曺鳳振	朴來謙	李在鶴
1834	순조 34 甲午, 淸 道光 14	2	진하겸사은	洪敬謨	李輝正	金鼎集
		10	동지겸사은	李翊會	朴齊聞	黃稌
		12	고부겸청시 청승습진주	朴宗薰	李羲準	成遂默
1835	헌종 원년 乙未, 淸 道光 15	4	진하겸사은	洪命周	尹聲大	趙在年
		8	사은	金鐇	李彦淳	鄭在絅
		10	동지	朴晦壽	趙斗淳	韓鎭庭
1836	헌종 2 丙申, 淸 道光 16	2	진하겸사은	權敦仁	安光直	安應龍
		10	동지겸사은	申在植	李魯集	趙啓昇
1837	헌종 3 丁酉, 淸 道光 17	4	주청겸사은	동녕위 金賢根	趙秉鉉	李源益
		10	동지겸사은	朴綺壽	金興根	李光載
1838	헌종 4 戊戌, 淸 道光 18	10	동지겸사은	李羲準	尹秉烈	李時在

왕래시기			사행명칭	왕래사신		
				정사	부사	서장관
1839	헌종 5 己亥, 淸 道光 19	10	동지겸사은	李喜愚	李魯秉	李正履
1840	헌종 6 庚子, 淸 道光 20	3	진위진향사은	완창군 時仁	尹命圭	韓啓源
		10	진하사은겸동지	朴晦壽	趙冀永	李繪九
1841	헌종 7 辛丑, 淸 道光 21	10	동지겸사은	李若愚	金東健	韓宓履
1842	헌종 8 壬寅, 淸 道光 22	10	동지사은	흥인군 最應	李圭祊	趙鳳夏
1843	헌종 9 癸卯, 淸 道光 23	10	고부	沈宜升		徐相敎
		10	동지겸사은	李穆淵	兪星煥	金
1844	헌종 10 甲辰, 淸 道光 24	10	주청겸사은동지	흥완군 晸應	權大肯	尹穳
1845	헌종 11 乙巳, 淸 道光 25	10	사은겸동지	李憲球	李同淳	李裕元
1846	헌종 12 丙午, 淸 道光 26	3	진하겸사은	朴永元	趙亨復	沈熙淳
		10	동지겸사은	金賢根	朴容壽	宋柱獻
1847	헌종 13 丁未, 淸 道光 27	10	동지겸사은	成遂默	尹致定	朴商壽
1848	헌종 14 戊申, 淸 道光 28	10	동지겸사은	姜時永	宋持養	尹哲求
1849	헌종 15 己酉, 淸 道光 29	7	고부청시겸승습주청	朴晦壽	李根友	沈敦永
		10	동지겸사은	李啓朝	韓正敎	沈膺泰
1850	철종 원년 庚戌, 淸 道光 30	1	사은	趙鶴年	南獻敎	鄭鋈
		3	진위진향겸사은	徐左輔	洪羲錫	金會明
		3	진위겸진향	成遂默	李明廸	尹行福
		7	진하겸사은	李景在	徐憲淳	尹堉
		10	진하사은겸세폐	權大肯	金德喜	閔致庠
1851	철종 2 辛亥, 淸 咸豊 1	1	진주겸사은	金景善	李圭祊	李升洙
		10	진하사은주청겸세폐	益平君 曦	成原默	兪錫煥

왕래시기			사행명칭	왕래사신		
				정사	부사	서장관
1852	철종 3 壬子, 淸 咸豊 2	6	사은	徐念淳	趙忠植	崔遇亨
		10	진하사은겸동지	徐有薰	李寅皐	宋謙洙
1853	철종 4 癸丑, 淸 咸豊 3	4	진하겸사은	姜時永	李謙在	趙雲卿
		10	진하겸사은동지	尹致秀	李元緖	李綱崚
1854	철종 5 甲寅, 淸 咸豊 4	10	동지겸사은	金鍏	鄭德和	朴宏陽
1855	철종 6 乙卯, 淸 咸豊 5	10	진위진향겸사은	徐憙淳	趙秉恒	申佐謨
		10	동지겸사은	趙得林	兪章煥	姜長煥
1856	철종 7 丙辰, 淸 咸豊 6	2	진하겸사은	朴齊憲	朴肯洙	趙翼東
		10	동지겸사은	徐戴淳	任百經	李容佐
1857	철종 8 丁巳, 淸 咸豊 7	9	고부	李維謙		安喜壽
		10	동지겸사은	경평군 晧	任百秀	金昌秀
1858	철종 9 戊午, 淸 咸豊 8	10	사은겸동지	李根友	金永爵	金直淵
1859	철종 10 己未, 淸 咸豊 9	10	동지겸사은	李垿	林永洙	高時鴻
1860	철종 11 庚申, 淸 咸豊 10	윤3	聖節진하겸사은	任百經	朴齊寅	李後善
		10	동지겸사은	申錫愚	徐衡淳	趙雲周
1861	철종 12 辛酉, 淸 咸豊 11	1	문안	趙徽林	朴珪壽	申轍求
		10	사은겸동지	李源命	南性敎	閔達鏞
		12	진위겸진향	李謙在	兪鎭五	宋敦玉
1862	철종 13 壬戌, 淸 同治 1	1	진하겸사은사	徐憲淳	徐致崇	奇慶鉉
		10	진하사은겸세폐	李宜翼	朴永輔	李在聞
1863	철종 14 癸亥, 淸 同治 2	2	진주	尹致秀	李容殷	李寅命
		10	진하사은겸동지	趙然昌	閔泳緯	尹顯岐

왕래시기			사행명칭	왕래사신		
				정사	부사	서장관
1864	고종 원년 甲子, 淸 同治 3	1	고부청시겸 승습주청	李景在	林肯洙	洪必謨
		9	사은	徐衡淳	趙熙哲	鄭顯德
		10	사은겸동지	兪章煥	尹正求	張錫駿
1865	고종 2 乙丑, 淸 同治 4	10	사은겸동지	李興敏	李鍾淳	金昌熙
1866	고종 3 丙寅, 淸 同治 5	4	진하사은겸 주청	柳厚祚	徐堂輔	洪淳學
		10	사은겸동지	李豊翼	李世器	嚴世永
1867	고종 4 丁卯, 淸 同治 6	10	동지겸사은사	金益文	趙性教	洪天鍾
1868	고종 5 戊辰, 淸 同治 7	11	동지겸사은	金有淵	南廷順	趙秉鎬
1869	고종 6 己巳, 淸 同治 8	10	동지겸사은	李承輔	趙寧夏	趙定熙
1870	고종 7 庚午, 淸 同治 9	윤10	동지겸사은	姜㳣	徐相鼎	權膺善
1871	고종 8 辛未, 淸 同治 10	10	동지겸사은	閔致庠	李建弼	朴鳳彬
1872	고종 9 壬申, 淸 同治 11	7	진하겸사은	朴珪壽	成彝鎬	姜文馨
		11	동지겸사은	金壽鉉	南廷益	閔泳穆
1873	고종 10 癸酉, 淸 同治 12	3	진하겸사은	李根弼	韓敬源	趙宇熙
		10	사은겸동지	鄭建朝	洪遠植	李鎬翼
1874	고종 11 甲戌, 淸 同治 13	5	진하겸사은	李昇應	李諄翼	沈東獻
		7	진주겸주청	李裕元	金始淵	朴周陽
		10	동지겸사은	李會正	沈履澤	李建昌
			진위진향겸 사은	李秉文	趙寅熙	鄭元和
1875	고종 12 乙亥, 淸 光緖 1	4	진위겸진향	姜蘭馨	洪兢周	姜贊
		10	진하사은겸 위폐	南廷順	李寅命	尹致聃
1876	고종 13 丙子, 淸 光緖 2	5	진하겸사은	韓敦源	林翰洙	閔種默
		10	사은겸세폐	沈承澤	李容學	尹升求
1877	고종 14 丁丑, 淸 光緖 3	10	동지겸사은	曺錫輿	李珪永	李敎榮

왕래시기			사행명칭	왕래사신		
				정사	부사	서장관
1878	고종 15 戊寅, 淸 光緖 4	6	고부	趙翼永		洪在瓚
		10	동지겸사은	沈舜澤	趙秉世	鄭元夏
1879	고종 16 己卯, 淸 光緖 5	11	사은겸동지	韓敬源	南一祐	李萬敎
1880	고종 17 庚辰, 淸 光緖 6	11	진하겸동지사은	任應準	鄭稷朝	洪鍾永
1881	고종 18 辛巳, 淸 光緖 7	6	진위겸진향	洪祐昌	趙昌永	柳宗植
		10	진하사은겸세폐	洪鍾軒	金益容	曺寅承
1882	고종 19 壬午, 淸 光緖 8	7	진주	趙寧夏	金弘集	李祖淵
		11	동지	沈履澤	閔種默	鄭夏源
1883	고종 20 癸未, 淸 光緖 9	1	진주사	金炳始		
		6	동지겸사은	成彛鎬	朴定陽	金文濟
		11	동지	閔種默	李源逸	徐相雨
1884	고종 21 甲申, 淸 光緖 10	11	동지	金晩植	南廷哲	尹命植
1885	고종 22 乙酉, 淸 光緖 11	6	진주	閔種默	趙秉式	金世基
		11	동지겸사은	鄭海崙	徐相雨	李勛卿
1886	고종 23 丙戌, 淸 光緖 12	11	동지겸사은	徐相雨	沈相學	尹瀗
1887	고종 24 丁亥, 淸 光緖 13	4	진하	李承五	金商圭	鄭誾朝
		11	사은겸동지	趙秉世	金完秀	閔哲勳
1888	고종 25 戊子, 淸 光緖 14	10	진하사은겸동지	李淳翼	金綺秀	宋榮大
1889	고종 26 己丑, 淸 光緖 15	11	동지	李敦夏	李信魯	尹始榮
1890	고종 27 庚寅, 光緖 16	4	고부	洪鍾永		趙秉聖
		11	동지	李珪永	曺寅承	鄭雲景
1891	고종 28 辛卯, 淸 光緖 17	8	진하	徐正淳	趙東萬	李範贊
		11	동지	李鎬翼	沈琦澤	鄭翰謨
1892	고종 29 壬辰, 淸 光緖 18	11	동지	李乾夏	李暐	沈遠翼

왕래시기			사행명칭	왕래사신		
				정사	부사	서장관
1893	고종 30 癸巳, 淸 光緒 19	11	동지	李正魯	李胄榮	黃章淵
1894	고종 31 甲午, 淸 光緒 20	6	진하겸사은	李承純	閔泳喆	李裕宰

[부록-3] 2014 유네스코 세계기록유산 등재 신청서[1)]

〈붙임 1〉 세계기록유산 등재 대상 추천 양식

유네스코 세계기록유산 등재 신청서	
【기본 정보】	
Ⅰ. 요약서	(1)연행록은 13세기부터 19세기까지(1273-1894) 7백여년 동안 한국과 중국을 중심으로 동아세아인들과 세계인들의 소통과 교류, 평화와 공영의 생활사를 지속적으로 기록한 총 15만여쪽 60,550,000여 글자에 달하는 방대한 기록물군이다. (2)연행록은 당대 한국 최고 지식 계층인 외교사절 집단이 시대마다 동아세아의 평화와 공영을 유지하기 위하여 중국을 왕래하면서 세계를 인식하는 독창적 시각으로 중국, 미국, 러시아, 독일, 프랑스, 스페인, 일본, 몽고, 태국, 월남, 미얀마, 이란, 이라크 등 세계 각국 사람들의 다양한 골상과 생활 습성, 다양한 통치 양상과 역사, 다양한 문자와 문화적 수준, 다양한 종교와 물질문명, 다양한 인적 교류와 지리적 위치, 다양한 자연과 의식주 등 생활문화 전반의 실상을 기록한 기록물군이다. (3)연행록은 지난 7백여년 동안 동아세아와 세계의 인물 정보, 역사 지리 정보, 학술 과학 정보, 종교 사상 정보, 자원 경제 정보, 육 해 공의 기상 정보, 생활 문화 정보 등 다양한 정보를 담고 있는 기록물로서 이러한 기록물군은 오직 한국에만 존재한다. (4)연행록은 지난 7백여년 동안 육상과 해상, 동양과 서양의 문화 이동 루트 역할을 수행한 기록물로서 이러한 기록물군은 오직 한국에만 존재한다. (5)연행록은 지난 7백여년 동안 각기 다른 기록자들이 평화 지향적 기록관점의 일관성과 지속성을 유지하였다. 기록의 영역이 점진적으로 확장되고 다양화 되어 나갔지만 개별적 자율성과 독창성이 거의 침해되지 않았다. 동아세아인과 세계인을 수평적으

1) 2013.9.27. 개인신청자격으로 저자가 신청하였던 것.

	로 인식한 평등성이 내재되어 있다. 국제질서의 존중을 위한 지혜의 탐구와 예모의 실천이 들어 있다. 이러한 문헌군은 전 세계적으로 이 연행록이 유일한 것이다. (6)연행록은 지난 7백여년 동안 평화와 공영을 궁극적인 목표로 삼아 소통과 교류를 계속하면서 그것을 기록으로 남긴 것으로 이러한 문헌군은 전 세계적으로 연행록이 유일한 것이다. (8)연행록은 지난 7백여년 동안 한국의 외교사절 집단이 각기 다른 사적인 기록물을 지속적으로 남겨 축적해 놓은 것으로 이러한 문헌군은 이 연행록이 전 세계적으로 유일한 것이다. (9)연행록은 지난 7백여년 동안 시대의 추이에 따라서 달라져가는 동아세아인과 세계인들의 다양한 담론(談論)들을 축적해 놓은 담론연합(談論聯合)의 보고(寶庫)로서 이러한 문헌군은 전 세계적으로 이 연행록이 유일한 것이다. 한국의 외교사절 집단이 지난 7백여년간 중국에 다녀온 횟수는 모두 1797회였다.	
II. 신청인	1.성명(기관명)	임기중林基中(동국대 명예교수) ☞ 별첨 신청자 정보
	2.신청자(신청기관)	
	3.담당자	임기중林基中(동국대 명예교수)
	4.연락처	☎ : 02-518-9888 H.P : 010-8143-5415 E-mail : limkz@naver.com
III.신청 유산에 대한 설명	1.신청 유산의 명칭	연행록燕行錄
	2.신청 유산에 대한 설명	별첨 III-2.
IV. 선정기준 충족 여부	1.진정성(Authenticity)	여러 기록 유산 중 연행록은 그 어떤 기록유산보다도 진정성을 가장 광범하고 가장 확실하게 확보하고 있다. 연행 당시의 원고 원본이 그대로 현재까지 전하는 것이 많고, 후사본이라고 하여도 초고와 같이 전하거나 초고를 탈초하거나 그대로 정사한 것이 대부분이다. 그리고 생산한 곳이 비교적 명료하고 전승과정도

		가계 중심이거나 공공기관 중심이어서 그 진정성을 담보할 수 있다. 이본들이 많지 않은 기록물군이며 이본이 있는 몇 종의 연행록도 그 원본 추정의 작업이 비교적 수월한 기록물이다. 처음 생산된 초고 그대로 전하는 것이 가장 많은 옛 문헌군이다. 따라서 진정성의 기준을 충실하게 충족시키는 기록물이다.
	2.독창적(Unique)이고 비대체적(Irreplaceable) 인지 여부	연행록은 지난 7백여년간 동아세아인들과 세계인들의 생활상을 다수의 한국 외교사절 집단이 끊임없이 기록한 것이다. 그 기록의 목표와 지향점은 평화와 공영이었으며 소통과 교류가 당면 과제였다. 따라서 각 시대마다 소통과 교류, 평화와 공영에 관한 지식인 계층의 지성적인 지혜가 담겨 있다. 이 점이 연행록이 갖는 세계적 중요성이다. 세계 어느 나라에도 이런 기록물군은 존재하지 않는다. 이점이 곧 독창성이다. 기록물의 실상을 살펴보면 모두 자유로운 창의적 시각이 확보되어 있다. 이 기록물은 동아세아의 평화 유지에 크게 기여한 것으로 일본, 월남, 미얀마 등에도 많은 영향을 주었다. 중국과 동아세아에 관한 것도 연행록에만 나타나는 기록들이 많기 때문에 비대체적인 기록 유산이다. 등재관리가 안될 경우 소멸 가능성이 매우 높은 기록유산이다. 소멸될 경우 인류 평화 유지를 위한 지혜의 보고를 하나 잃어버리고 마는 결과가 올 것이다. 따라서 중요성과 독창성과 비대체성의 기준을 충족하는 기록물이다.
	3.해당 유산이 가지는 세계적 중요성(왜, 어떻게 중요한지)	지난 7백여년 동안 한국 지식인들이 생각한 지구촌 사람들의 평화와 공영의 유지를 위한 지혜의 산물로 존재하는 세계 유일의 방대한 기록물군이다.

	3-(1) 시간(Time)	연행록은 13세기 말부터 19세기 말까지 중국을 중심으로 동아세아 여러 국가 지배 권력 계층의 생활상과 의식의 변화를 이해하는데 크게 기여할 수 있는 문헌군이다. 특히 중국 명나라와 청나라의 왕권 교체시기인 17세기 중국과 동아세아를 이해하는 데 없어서는 안 될 아주 소중한 기록물이다.
	3-(2) 장소(Place)	연행록은 13세기 말부터 19세기 말까지 세계 역사 문화의 한 중심지였던 중국을 중심으로 동아세아 여러 국가들 간의 정치외교와 문화외교의 실상을 구체적이며 사실적으로 기록한 문헌군이다. 이 시기 이 지역 연구에 다양한 많은 정보들을 제공하는 기록물군이다. 특히 17세기(1617-1636: 海路期間) 한반도와 중국의 산동반도 사이의 바다에 관한 주요 정보들이 상세하게 그림과 문자로 기록되어 있어서 이 시기 세계 해양문화 연구에 여러 모로 크게 기여할 수 있는 기록물이다. 최근 새 자료 연행록을 가지고 2007년부터 2012년까지 5년간 중국 노동대학 교동문화연구원과 산동사범대학 제로문화연구중심에서는 《山東半島與東方海上絲綢之路》(劉鳳鳴 著, 人民出版社, 2007.), 《山東半島與古代中韓關係》(劉鳳鳴 著, 中華書局, 2010.), 《落帆山東第一州》(劉煥陽 劉曉東 著, 人民出版社, 2012.)를 생산해 내서 이 지역 연구에 크게 기여한 바도 있다.
	3-(3) 사람(People)	연행록은 13세기 말부터 19세기 말까지 중국에 와서 여러 방면에서 활동한 세계인들에 관한 정보의 기록이 축적되어 있어 서구문화의 동점을 이해하는데 많은 기여를 할 수 있는 문헌군이다. 특히 17세기를 전후하여 중국에 들

		어와 서학을 전파하면서 동아세아 과학기술과 문화발전에 기여한 마테오릿지, 아담샬 등과 같은 서양 선교사들에 관한 상세한 기록과 그들의 영향력 전파에 관한 정보가 소상하게 기록되어 있다. 그리고 청나라 만주족 정권이 문화적 흥성기를 이루어내 세계사에 기여했던 중국 최고의 성군이라 칭하는 강희제와 그 대를 이은 옹정제, 건륭제에 관한 상세한 정보가 소상하게 기록되어 있다. 한국인으로는 정조, 홍대용, 박지원, 김정희, 소현세자 등의 삶과 업적에 관한 정보가 풍성하게 들어 있어 이 방면 연구에 크게 기여할 수 있다. 7백여년에 걸쳐 세계의 대표적 종교인, 과학자, 사상가, 정치가 등에 관한 정보가 많이 축적되어 있다.
	3-(4)대상/주제 (Subject/Theme)	연행록은 한국과 중국을 중심으로 동아세아인들의 소통과 교류, 평화와 공영이 그 대상이며 주제였던 기록물군이다.
	3-(5)형태 및 스타일 (Form and Style)	연행록은 일정별 기술양식을 바탕으로 삼아서 사안별로 서술하는 형태를 취하고 있다. 이러한 형태는 국제관계 기록물의 한 전형으로 굳어졌다. 국제관계의 한 기록 전형이 새로 만들어진 것이다. 그리고 연행록은 동아세아 국제관계의 공용어를 한시와 한문으로 삼아서 소통한 결과물이다. 시로서 뜻 깊은 말하기가 이루어지고 필담으로서 보편적 소통하기가 이루어져서 연행록을 탄생시켰다. 통역은 통상적인 의식절차 때의 소통 언어였다. 연행록은 한시를 고급의 문화언어로 삼고 필담을 보편적 소통언어로 삼아서 취재한 기록물이란 특성을 가지고 있다.

	4.보조 요건	
	4-(1)희귀성(Rarity)	연행록은 한국에만 있는 자료로서 그 본질적 희귀성이 있고, 원고본이 많고 유일본이 많은 문헌군이라는 전승 현상적 휘귀성이 있다.
	4-(2)원 상태로의 보존(Integrity)	연행록은 개별적 온전성이 어느 문헌보다 뛰어나며, 총량적 원전성 또한 거의 완벽에 가까운 문헌군이다.
	4-(3)위협(Threat)의 존재여부	공공 도서관 소장본은 일정 부분 안전하다고 할 수 있겠으나 개인 소장본은 철저한 관리가 요청된다. 어느 문헌군보다도 널리 산재되어 오래 전승되어 왔기 때문에 전체적이고 체계적인 관리를 안는다면 점차 소멸될 가능성이 매우 높은 문헌군이다.
	4-(4)관리 계획 (Management Plan)	연행록은 그 중요성에 비해서 아직 그 적절한 보존계획이나 관리계획이 수립되어 있지 않다. 따라서 기록유산으로 등재되어 철저하게 관리되어야 하는 문헌군이다.
V. 법률정보	1.해당 유산 소유자	①국내소장본 ①-1. 국공립기관 소장본 국도: 서울특별시 서초구 반포대로 201 국립중앙도서관/02-535-4142 규장: 서울특별시 관악구 관악로 1 서울대학교 중앙도서관/02-880-8001 장서: 경기도 성남시 분당구 하오개로 323 한국학중앙연구원 도서관/031-709-8111 국회: 서울특별시 영등포구 의사당대로 1 국회도서관/02-788-4211 국편: 경기도 과천시 교육원로 86 국사편찬위원회도서관/02-500-8282 한은: 서울특별시 중구 남대문로 39 한국은행 도서관/02-759-4114 국박: 서울특별시 용산구 용산동6가 168-6

		(서빙고로 137)/02-2077-9000 군박: 서울특별시 노원구화랑로 574 육군박물관 /02-2197-6453 경박: 경기 용인시 기흥구 상갈동 127 경기도박물관/031-288-5300 종도: 서울특별시 종로구 사직동 1-28 종로도서관 /02-721-0703 경북대: 대구광역시 북구 대학로 80 경북대학교 중앙도서관/053-950-5114 전남대: 광주광역시 북구 용봉로 77 전남대학교 중앙도서관/062-530-5114 충남대: 대전광역시 유성구 대학로 99 충남대학교 중앙도서관/042-821-5114 경상대: 경상남도 진주시 진주대로 501경상대학교 중앙도서관/055-772-0114 의왕시: 경기도 의왕시 고천동 골우물길49 의왕시향토사료관/031-345-2531 문총: 국공립기관 소장본 문집: 국공립기관 소장본 ①-2. 사립기관 소장본과 개인소장본 고대: 서울특별시 성북구 안암로 145 고려대학교중앙도서관/02-3290-1114 연대: 서울특별시 서대문구 신촌동 134 연세대학교중앙도서관/02-361-7582 성대: 서울특별시 종로구 성균관로 25-2 성균관대학교 존경각/02-760-0114 동대: 서울특별시 중구 필동로 1길 30 동국대학교 중앙도서관/02-2260-3114 단대: 경기도 용인시 수지구 죽전로 152 단국대학교 중앙도서관 /031-8005-2114 영대: 경북 경산시 대학로 280 영남대학교 중앙도서관/053-810-2036

		아대: 부산광역시 사하구 낙동대로 550 동아대학교중앙도서관/051-200-6272 이대: 서울특별시 서대문구 이화여대길 52 이화중앙도서관/02-3277-2114 계대: 대구광역시 달서구 달구벌대로 1095 계명대중앙도서관/053-580-5114 명대: 경기도 용인시 처인구 명지로 116 명지대중앙도서관/1577-0020 성암: 성암고서박물관 서울 중구 태평로1가 60-17/02-725-5227 모덕: 모덕사 충청남도 청양군 목면 송암리 171-1 숭박: 서울특별시 동작구 상도로 396 숭실대학교 박물관/02-820-0114 서대: 서울특별시 마포구 백범로 35 서강대학교 도서관/02-705-8114 국대: 서울특별시 성북구 정릉로 77 국민대학교 중앙도서관/02-910-4114 원대: 전라북도 익산시 익산대로 460 원광대중앙도서관/063-850-5114 일용: 임기중/010-8143-5415 (이하는 추후 필요시 구체화 대상) 경훈: 강경훈 용길: 정용길 원구: 황원구 민영: 김민영 준용: 신준용 성원: 이성원 현조: 이현조 매헌: 전남 영광 매헌 이성(李垶) 종중 장경: 성장경(成長慶) 영구: 박영구

		영갑: 권영갑 풍조: 풍양조씨종중 양조: 양주조씨 종중 여이: 여주이씨 종중 태한: 이태한(李郃漢) 종손: 김면주 종손 강인: 강인구 안이: 안산이씨 종중 이기: 이기헌 장손: 이면구 장손집 방손: 이면구 방손 교장집 권영: 권영철 담양: 가사문학관 유탁: 유탁일 화봉: 화봉문고 ②국외소장본 ②-1. 미국 소장본 미국U: 미국 유씨 버클리대학교서관/UC BERKELEY LIBRARY 미국H: 미국 하바드 옌칭도서관/HARVARD-YENCHING LIBRARY 미국C: 미국 의회도서관/LIBRARY OF CONGRESS ②-2. 일본 소장본 日駒澤: 일본 東京都 世田谷區 駒澤 1-23-1 駒澤大圖書館 日天理: 일본 天理市 杣之內町 1050 天理大附屬圖書館 日關西: 일본 吹田市 山手町 3丁目 3番 35號 關西大學圖書館 日靜嘉: 일본 東京都 世田谷區 岡本 2-23-1 靜嘉堂文庫

		日東北: 일본 仙台市 青葉區 川內 東北大學附屬圖書館 日東都: 일본 東京都 東京都立中央圖書館 日京都: 일본 京都市 左京區 吉田本町 京都大學文學硏究圖書館 日東洋: 일본 東京都 文京區 本駒 2丁目 28-21 財團法人 東洋文庫 日京附: 일본 京都市 左京區 吉田本町 京都大學附屬圖書館 日東京: 일본 東京市 東京大學 圖書館
	2.해당 유산 관리자	①국내소장본 ①-1. 국공립기관 소장본 국도: 국립중앙도서관/서울특별시 서초구 반포대로 201/02-535-4142 규장: 서울특별시 관악구 관악로 1 서울대학교 중앙도서관/02-880-8001 장서: 경기도 성남시 분당구 하오개로 323 한국학중앙연구원 도서관/031-709-8111 국회: 서울특별시 영등포구 의사당대로 1 국회도서관/02-788-4211 국편: 경기도 과천시 교육원로 86 국사편찬 위원회도서관/02-500-8282 한은: 서울특별시 중구 남대문로 39 한국은행 도서관/02-759-4114 국박: 서울특별시 용산구 용산동6가 168-6 (서빙고로 137)/02-2077-9000 군박: 서울특별시 노원구화랑로 574 육군박물관 /02-2197-6453 경박: 경기 용인시 기흥구 상갈동 127 경기도박물관/031-288-5300 종도: 서울특별시 종로구 사직동 1-28 종로도서 관/02-721-0703

		경북대: 대구광역시 북구 대학로 80 경북대학교 중앙도서관/053-950-5114 전남대: 광주광역시 북구 용봉로 77 전남대학교 중앙도서관/062-530-5114 충남대: 대전광역시 유성구 대학로 99 충남대학교중앙도서관/042-821-5114 경상대: 경상남도 진주시 진주대로 501경상대학교중앙도서관/055-772-0114 의왕시: 경기도 의왕시 고천동 골우물길49의왕시향토사료관/031-345-2531 문총: 국공립기관 소장본 문집: 국공립기관 소장본 ①-2. 사립기관 소장본과 개인소장본 고대: 서울특별시 성북구 안암로 145 고려대학교 중앙도서관/02-3290-1114 연대: 서울특별시 서대문구 신촌동 134 연세대학교중앙도서관/02-361-7582 성대: 서울특별시 종로구 성균관로 25-2 성균관대학교존경각/02-760-0114 동대: 서울특별시 중구 필동로 1길 30 동국대학교중앙도서관/02-2260-3114 단대: 경기도 용인시 수지구 죽전로 152 단국대학교중앙도서관/031-8005-2114 영대: 경북 경산시 대학로 280 영남대학교 중앙도서관/053-810-2036 아대: 부산광역시 사하구 낙동대로 550 동아대학교중앙도서관/051-200-6272 이대: 서울특별시 서대문구 이화여대길 52 이화중앙도서관/02-3277-2114 계대: 대구광역시 달서구 달구벌대로 1095 계명대중앙도서관/053-580-5114 명대: 경기도 용인시 처인구 명지로 116

		명지대중앙도서관/1577-0020 성암: 성암고서박물관 서울 중구 태평로1가 60-17/02-725-5227 모덕: 모덕사 충청남도 청양군 목면 송암리 171-1 숭박: 서울특별시 동작구 상도로 396 숭실대학교 박물관/02-820-0114 서대: 서울특별시 마포구 백범로 35 서강대학교 도서관/02-705-8114 국대: 서울특별시 성북구 정릉로 77 국민대학교 중앙도서관/02-910-4114 원대: 전라북도 익산시 익산대로 460 원광대중앙도서관/063-850-5114 일용: 임기중/010-8143-5415 (이하는 추후 필요시 구체화 대상) 경훈: 강경훈 용길: 정용길 원구: 황원구 민영: 김민영 준용: 신준용 성원: 이성원 현조: 이현조 매헌: 전남 영광 매헌 이성(李埩) 종중 장경: 성장경(成長慶) 영구: 박영구 영갑: 권영갑 풍조: 풍양조씨종중 양조: 양주조씨 종중 여이: 여주이씨 종중 태한: 이태한(李邰漢) 종손: 김면주 종손 강인: 강인구

		안이: 안산이씨 종중 이기: 이기헌 장손: 이면구 장손집 방손: 이면구 방손 교장집 권영: 권영철 담양: 가사문학관 유탁: 유탁일 화봉: 화봉문고 ②국외소장본 ②-1. 미국 소장본 미국U: 미국 유씨 버클리대학교서관/UC BERKELEY LIBRARY 미국H: 미국 하바드 옌칭도서관/HARVARD-YENCHING LIBRARY 미국C: 미국 의회도서관/LIBRARY OF CONGRESS ②-2. 일본 소장본 日駒澤: 일본 東京都 世田谷區 駒澤 1-23-1 駒澤大圖書館 日天理: 일본 天理市 杣之內町 1050 天理大附屬圖書館 日關西: 일본 吹田市 山手町 3丁目 3番 35號 關西大學圖書館 日靜嘉: 일본 東京都 世田谷區 岡本 2-23-1 靜嘉堂文庫 日東北: 일본 仙台市 青葉區 川內 東北大學附屬圖書館 日東都: 일본 東京都 東京都立中央圖書館 日京都: 일본 京都市 左京區 吉田本町 京都大學文學硏究圖書館 日東洋: 일본 東京都 文京區 本駒 2丁目 28-21 財團法人 東洋文庫

		日京附: 일본 京都市 左京區 吉田本町 京都大學附屬圖書館 日東京: 일본 東京市 東京大學 圖書館
	3.법적 상태	
	3-(1)소유권의 귀속	국공립 도서관 소장본과 기관소장본과 개인 소장본이 있다.
	3-(2)접근 가능성	국공립 도서관 소장본은 일반인들이 활용할 수 있으나 기관소장본과 개인 소장본은 쉽지 않은 상태다. 대부분은 인터넷상에서 이미지 접근이 가능하다. 현재 영인본 150여 책이 출간되어 있고, 데이터베이스를 구축하여 DVD로 활용이 가능하며, KRpia에서 on-line으로 서비스하고 있다.
	3-(3)저작권	현재는 소유권으로 존재하는 기록물이다.
	3-(4)관리 기구	국립중앙도서관 등 국가기관이 되는 것이 좋을 것이다.
	3-(5)기타 사항	등재신청이 지연될 경우 정보원과 자료의 상실이 우려된다.
VI. 관리 계획	해당 유산의 보존을 위한 현재 경영계획의 존재 여부	공공도서관의 소장본은 관리계획이 어느 정도 수립되어 있다고 볼 수 있지만, 그 밖의 소장처는 전혀 그렇지 못하다. 현재의 상황은 관리보다는 단순한 소유 쪽에 의미가 편중되어 있는 상황이라고 말할 수 있다.
VII. 자문 여부	해당 유산의 신청 시 획득한 자문의 상세 정보	연행록에 관심을 가지고 학술활동을 계속하고 있는 국내 학회로는 국어국문학회, 한국한문학회, 중어중문학회, 역사학회, 동양사학회, 한국민속학회, 한국복식학회, 한국미술사학회 등을 비롯하여 많은 군소학회들이 있으며, 연행록연구를 중점사업으로 수행하려는 연행학연구소 등의 연구소들이 나타나고 있는 실정이다. 그리고 국외의 최근 현황을 살펴보면, 중국

		의 동북지역을 중심으로 중국중외관계사학회, 산동사범대학 제노문화연구중심, 노동대학 교동문화연구원에서 해로연행록을 사료로 해상실크로드 연구가 활발하다. 괄목할만한 연구실적물들이 계속하여 나오고 있다. 북경지역을 중심으로 중국명청사학회가 연행록을 새로운 사료로 관심을 가지면서 관심이 점점 고조 되고 있는 상태이며, 남서부 지역으로는 남경대학, 절강대학, 상해복단대학, 광서사범대학 등의 연구소와 출판부에서 연행록을 중요 연구과제로 부상시키고 있다. 일본은 경도대학을 중심으로 전일본 연행록 연구 인력이 조직화 되어 연구를 진행하고 있다. 미국은 최근 하버드대학 등 명문대학 중심으로 연행록의 관심도가 나타나 인터넷 접속횟수가 늘어나고 있는 추세이다. 연행록이란 기록유산은 오래전 수백 여 명에 이르는 다수의 한국인들이 생산한 것이지만 전세계의 어느 기록 유산보다도 보편적 세계성을 가지고 있어서 앞으로 세계인들의 관심이 점점 더 집중될 아주 소중한 가치를 가진 것이라는 인식이 위에 언급한 기관들의 공통된 견해다. 바람직한 관리와 자유로운 접근성의 요구가 표출되고 있다. 원전의 보존 관리가 잘 되기 바란다는 점과 연구에 필요한 접근성이 보다 자유로워야 한다는 견해가 이미 모아진 상태다. (a) 소유자 : 연행록의 소유자는 소장처를 그 소유자라고 보면 될 것이다. (b) 보호자 : 대부분 현 소장처의 책임자를 그 보호자로 보면 될 것이다. (c) 세계기록유산 국가/지역 위원회로부터 어떠한 자문을 받았는지: 지난 2년 간 유네스코 한국위원회와 문화재청과 관계기관들의 자문을 받아왔다.

【부가 정보】	
Ⅰ. 위험요소의 평가	연행록은 소장처가 국내와 국외, 공공 기관과 개인 등 광범하고 현재까지 연행록의 가치에 관한 인지도가 상대적으로 낮아서 소멸 위험성에 노출되어 있는 상태라고 지적할 수 있다. 이러한 위험 요인들을 세계기록유산 등재로서 극복할 수 있을 것이다.
Ⅱ. 보존 상태 평가	어떤 대상에 관한 특별한 가치의 발견은 시공적 상황과 발견 주체가 만들어낸다. 존재한다는 것만으로는 가치가 되지 못한다. 연행록은 자유로운 사기록으로 생산된 것이기 때문에 처음은 가계 중심으로 보존되었다. 그러다가 흥미와 활용가치가 점차 고조되면서 일부 전사되거나 또는 이동되면서 현재에 이른 것이다. 따라서 그 원전성 보존이 비교적 잘 되어 있는 문헌군이다. 그러나 가장 기본적인 그 전승규모의 파악마저도 최근에야 겨우 윤곽이 드러난 기록물이다. 현재 연행록이란 문헌군의 보존 정책이 따로 마련되어 있는 것은 아무것도 없다. 일부 공공도서관의 경우만 고서관리 보존정책에 따르고 있을 뿐이라고 보아야 할 것이다. 보존 책임자와 책임기관은 제시한 소장처와 소장자라고 보면 될 것이다.

〈별첨 Ⅲ-2〉

(1) 해당유산의 목록과 서지

연행록의 목록과 서지(556종)

1617년－1636년: 海路期間

순서	년도	서명(저자)	비고
1	1273년	賓王錄(李承休)	문총
2	1372년	赴南詩(鄭夢周)	문총
3	1389년	奉使錄(權近)	문총
4	1400년	觀光錄(李詹)	문총
5	1419년	判書公朝天日記(朝天日記)(張子忠)	국도
6	1459년	己卯朝天詩(李承召)	문총
7	1460년	庚辰朝天詩(徐居正)	문총
8	1475년	乙未朝天詩(成俔)	문총
9	1480년	庚子朝天詩(李承召)	문총
10	1480년	庚子朝天詩(金訢)	문총
11	1481년	三魁先生觀光錄(辛丑觀光行錄) 上(申從濩)	국도
12	1481년	辛丑朝天詩(洪貴達)	장서
13	1485년	乙巳朝天詩(成俔)	문총
14	1487년	錦南先生漂海錄(崔溥)	고대・계명대
15	1487년	표히록(漂海錄)(崔溥)	국도
16	1496년	三魁先生觀光錄(丙辰觀光錄) 下(申從濩)	국도
17	1498년	燕行錄(曺偉)-梅溪集	문총
18	1500년	朝天錄(李荇)	문총
19	1502년	燕行詩諸公贈行帖(權柱)	규장・장서
20	1519년	燕行錄(十清先生集)(金世弼)	문총
21	1533년	陽谷朝天錄(蘇世讓)	국도
22	1533년	葆眞堂燕行日記(蘇巡)-전남대 목활자	국도・전남대

순서	년도	서명(저자)	비고
23	1533년	朝天詩(蘇世讓)	국도
24	1534년	朝天錄(鄭士龍)	규장
25	1537년	朝天錄(丁煥)-檜山集	문집
26	1539년	朝天錄(權橃)	고대
27	1539년	燕行日記(任權)	국도 · 장서
28	1544년	甲辰朝天錄(鄭士龍)-湖陰雜稿	규장 · 국도
29	1547년	燕行錄(俛仰續集)(宋純)	문총
30	1548년	西征錄(崔演)-艮齋集	문총
31	1562년	燕京行錄(柳仲郢)	국편
32	1569년	觀光錄(嘯皐觀光錄)(朴承任)	문집
33	1572년	朝天錄(許震童)-東湘集	국도 · 전남대
34	1574년	朝天日記 上 · 中 · 下(趙憲)-重峯集	규장 · 국도 · 장서
35	1574년	東還封事(趙憲)	규장
36	1574년	荷谷朝天記上 · 中 · 下(許篈)	국도 · 규장
37	1577년	朝天日記(詩)(金誠一)	문총
38	1577년	金誠一朝天日記(金誠一)-筆寫本	국편
39	1577년	丁丑行錄(崔岦)-簡易集	문총
40	1579년	燕行詩(習齋集)(權擘)	규장
41	1581년	朝天詩(韓濩)-親筆本	김민영
42	1581년	辛巳行錄(崔岦)-簡易集	문총
43	1584년	燕行詩(百拙齋遺稿)(韓應寅 外)	문총
44	1586년	朝天錄(成壽益)-七峰遺稿	장서
45	1587년	朝天錄(臨淵齋集)(裵三益)	장서 · 국도
46	1587년	朝天行錄(黃璡)-西潭遺稿	국도 · 장서
47	1589년	朝天錄(尹根壽)	고대 · 경상대
48	1591년	辛卯書狀時燕行詩(朴而章)-龍潭集	문집
49	1592년	赴京日錄(鄭崑壽)-栢谷集	문집
50	1592년	朝天錄(吳億齡)-晩翠集	문총

순서	년도	서명(저자)	비고
51	1593년	鄭松江燕行日記(鄭澈)-筆寫本	국편
52	1594년	甲午朝天路程(申欽)-筆寫本	국편
53	1594년	甲午行錄(崔岦)-簡易集	문집
54	1595년	庚申朝天錄 上・下(李廷龜)-月沙集	문총
55	1595년	朝天錄 上・下(閔仁伯)-苔泉集 목활자	장서
56	1596년	文興君控于錄(柳思瑗)-일본	규장・구택대
57	1596년	申忠一建州見聞錄(申忠一)-筆寫本	국편・동대
58	1597년	石塘公燕行錄(權挾)	규장
59	1597년	丁酉朝天錄(李尙毅)-少陵集	문집
60	1597년	安南使臣唱和問答錄(李睟光)-芝峯集	문총
61	1597년	朝天錄(李睟光)-芝峯集	문총
62	1597년	丁酉朝天錄(許筠)	국도
63	1598년	朝天錄 上・下(李恒福)-白沙集	문총
64	1598년	朝天記聞(李恒福)-白沙集	문집
65	1598년	戊戌朝天錄 上・下(李廷龜)-月沙集	문집
66	1598년	銀槎錄詩(黃汝一)-海月集	문집
67	1598년	銀槎錄(黃汝一)-海月集	문집
68	1598년	朝天日乘(李恒福)-筆寫本	고대・장서
69	1599년	皇華日記(趙翊)	중대・국도
70	1599년	朝天錄(趙翊)	장서・연대
71	1601년	朝天錄(李安訥)-東岳集	문총
72	1602년	朝天錄(金玏)-栢巖集	문총
73	1602년	壬寅朝天錄(李民宬)-敬亭別集	문집
74	1602년	燕槎唱酬集 上・中・下(李民宬)-敬亭集	문집
75	1602년	朝天錄(李廷馨)-退知堂集 筆寫本	문집
76	1603년	癸卯副使時燕行詩(朴而章)	국도
77	1603년	松浦公朝天日記(鄭穀)	강경훈
78	1604년	朝天日錄(未詳)	규장

순서	년도	서명(저자)	비고
79	1604년	甲辰朝天錄(李廷龜)	국회
80	1607년	崔海州沂朝天日記(雜錄)(崔沂)	고대
81	1608년	赴燕詩・朝天日錄 沿路城站(蘇光震)	강경훈
82	1608년	朝天日錄一・二・三・四・五(崔 晛)	장서・연대
83	1609년	燕行錄(李好閔)-五峰集 筆寫本	국편・문집
84	1609년	奏請使朝天日記(申欽)	국편
85	1609년	朝天錄(柳夢寅)-於于集	문총
86	1609년	燕行詩(金存敬)-竹溪集	국도・문집
87	1609년	己酉千秋書狀諸賢贐行詩(金存敬)-竹溪集	국도・문집
88	1610년	朝天日錄(庚戌朝天日錄) 上・下(鄭士信)	국도
89	1610년	朝天紀行詩・朝天贈行詩(鄭士信)	국도
90	1610년	朝天錄(鄭士信)	국도
91	1610년	朝天錄(檜山世稿)(黃是)	성암・국도
92	1611년	續朝天錄(李睟光)-芝峰集	문총
93	1611년	琉球使臣贈答錄(李睟光)-芝峰集	문총
94	1611년	辛亥朝天錄(李尙毅)-少陵集	문집
95	1613년	燕行錄(鄭弘翼)-休翁集	정용길・문집
96	1614년	朝天錄(苟全集別集)(金中淸)-목활자	국도・전남대
97	1614년	赴京別章 上・中・下(金中淸)	국도・전남대
98	1614년	朝天詩(燕程感發)(金中淸)	국도・전남대
99	1615년	燕行日記(李馨郁)-筆寫本	장서
100	1615년	乙丙朝天錄(許筠)	국도
101	1616년	朝天錄(睦大欽)-茶山集	문총
102	1616년	丙辰朝天錄(李廷龜)	국회
103	1617년	朝天日記(金鑑)-海路 기간: 황색 표시	일용
104	1617년	朝天日記(李尙吉)-東川集 筆寫本	규장
105	1617년	聖節使赴京日記(金存敬)-竹溪集	국도・문집
106	1617년	聖節使諸賢贐行詩(金存敬)-竹溪集	국도・문집

순서	년도	서명(저자)	비고
107	1618년	朝天日錄(金潍)-敬菴實記	국도
108	1618년	西行錄上・下(李民寏)-紫巖集	문집
109	1619년	梨川相公使行日記(李弘胄)-筆寫本	국도
110	1619년	赴京(朝天)詩(吳翻)-天坡集	문집
111	1620년	西征日錄(黃中允)-東溟集	문집
112	1620년	庚申朝天記事(李廷龜)	국회
113	1620년	庚申燕行錄(李廷龜)	국회
114	1621년	駕海朝天錄(安璥)-미국본 미국H	장서・하버드옌칭
115	1621년	朝天日記(芹田集)(安璥)	장서
116	1622년	秋灘東槎朝天日錄(海槎朝天日錄)(吳允謙)	국도
117	1622년	朝天詩(楸灘集)(吳允謙)	문총
118	1623년	됴텬일승(朝天日乘)(趙濈)	국도
119	1623년	燕行錄(一云朝天錄)(趙濈)-미국 미국U	국도・버클
120	1623년	癸亥朝天錄 上・中・下(李民宬)-敬亭續集	문총
121	1623년	白沙公航海路程日記(尹暄)-筆寫本	국편・고대
122	1623년	朝天錄(石樓集)(李慶全)	국도・성대
123	1624년	花浦先生朝天航海錄(洪翼漢)	국도・규장・성암
124	1624년	天槎大觀(金德承)	국도
125	1624년	됴텬녹(朝天錄)(未詳)	고대
126	1624년	燕行詩(吳翻)	국도
127	1624년	竹泉朝天錄(航海日記)(閔上舍 再構)	신준용・이대
128	1624년	朝天錄(竹泉先祖遺稿)(閔上舍 再構)	이성원
129	1624년	듁쳔니공힝젹(竹泉李公行蹟) 坤(未詳)	이현조
130	1624년	燕行圖幅(航海朝天圖)(未詳)	국도
131	1624년	航海朝天圖(未詳)	국박
132	1624년	無題簽(航海朝天圖)(未詳)	국박
133	1624년	梯航勝覽 乾·坤(未詳)	성원
134	1624년	無題簽(航海圖)(未詳)	군박

순서	년도	서명(저자)	비고
135	1624년	燕行圖幅(航海朝天圖)(未詳)	국도
136	1625년	沙西全先生航海朝天日錄(全湜)-筆寫本	국편
137	1625년	槎行錄(全湜)-沙西集	문총
138	1625년	朝天詩(沙西集)(全湜)	문총
139	1625년	槎行贈言(沙西集)(全湜)	문총
140	1626년	路程記(南以雄)	국도
141	1626년	朝天錄(金地粹)-苔川集 筆寫本	문집
142	1626년	朝天錄(金尙憲)	연대
143	1628년	朝天時聞見事件啓(申悅道)	국도
144	1629년	雪汀先生朝天日記(李忔)	국도 · 규장
145	1629년	雪汀先生朝天日記上·下(李忔)-목활자	국도
146	1630년	東槎錄(崔有海)-黙守堂集	문집
147	1630년	朝天記 地圖(鄭斗源)	성대
148	1631년	瀋陽往還日記(朴蘭英)	규장
149	1631년	瀋陽往還日記(朴蘭英)	규장
150	1631년	朝天錄(高用厚)	문총
151	1631년	瀋陽日記(宣若海)-중국자료	국도
152	1632년	朝天日記(未詳洪鎬)-無住逸稿 筆寫本 작자 서장관 洪鎬(1586-1646)	장서 · 연대
153	1632년	朝天日記(未詳)-原稿本	모덕사
154	1632년	朝天後錄(李安訥)	문총
155	1635년	瀋行日記(李浚)	국도
156	1636년	朝京日錄(金堉)	문총
157	1636년	潛谷朝天日記(朝京日錄)(金堉)-筆寫本 日天理	천리대
158	1636년	北征詩(金堉)	고대
159	1636년	朝天錄(金堉)	동대
160	1636년	崇禎丙子朝天錄(李晩榮)-설해유고	국도
161	1636년	北行日記(羅德憲)	성대

순서	년도	서명(저자)	비고
162	1636년	瀋陽日錄(松溪紀稿)(未詳)-일본 日天理	천리대
163	1637년	乘槎錄(未詳)	규장
164	1637년	同行錄(瀋陽質館同行錄, 瀋中日記(未詳)-일본 日東洋	동양문고
165	1637년	燕中聞見(據崔鳴吉 記外)	규장・국도
166	1637년	瀋陽日記抄(漢瀋日記抄)(未詳)	장서
167	1637년	瀋陽日記(未詳)	장서
168	1637년	瀋陽日記(未詳)	장서
169	1637년	瀋陽日乘(金宗一)	장서
170	1637년	使行錄(使行年人記)(未詳)-同文彙考本 日天理	국도・천리대
171	1637년	瀋陽狀啓(未詳)	규장
172	1637년	瀋陽狀啓(未詳)	규장
173	1637년	瀋陽狀啓(未詳)-경성제대연활자	규장
174	1639년	燕薊謏聞錄(鄭致和外)	아단문고
175	1639년	瀋館錄(申濡)-竹堂集	문집
176	1641년	赴瀋日記(辛巳赴瀋錄)(李景嚴)	장서
177	1641년	瀋陽日記(未詳)	장서
178	1643년	瀋館錄(李昭漢)-玄洲集	국도・문총
179	1644년	瀋陽日記(未詳)	규장
180	1644년	西行日記(未詳)	장서
181	1645년	燕行詩(麟坪大君㴭)-松溪集	문집
182	1645년	燕行日記(成以性)	문총
183	1645년	燕行日記(溪西逸稿)(成以性)	문총
184	1645년	昭顯乙酉東宮日記(未詳)	장서
185	1646년	燕行日記 上・下(郭弘址)-筆寫本	계명대
186	1646년	燕行錄(李景奭)-白軒集	문총
187	1647년	赴燕詩(李時萬)-묵전당집	국도
188	1647년	燕行錄(洪柱元)-無何堂遺稿	규장

순서	년도	서명(저자)	비고
189	1648년	燕行日記(李㙉)	매헌종중
190	1649년	飮氷錄(己丑飮氷錄)(鄭太和)-陽坡遺稿 筆寫本	규장
191	1649년	燕山錄 上・下(仁興君李瑛)-先君遺稿 筆寫本	규장
192	1651년	燕行詩(雜)(黃床)-漫浪集	규장・장서・고대・강경훈
193	1652년	燕臺錄(申濡)	규장
194	1653년	燕行日乘(癸巳燕行日乘)(沈之源)-晩沙稿	문집
195	1653년	燕行錄(癸巳燕行錄)(洪命夏)	고대・동대
196	1654년	燕行詩(延安李氏聯珠集 靑湖稿)(李一相)	국도
197	1654년	燕行詩(靑湖遺稿)(李一相)	국도
198	1656년	燕途紀行 上・中・下(麟坪大君㴭)-松溪集	문집
199	1656년	北行酬唱(野塘燕行錄)(金南重)-野塘集	문집
200	1657년	丁酉燕行日乘(沈之源)-晩沙遺稿(筆寫本)	국도
201	1660년	翠屛公燕行日記(趙珩)	국도
202	1660년	燕行路程記(姜栢年)	강경훈
203	1660년	燕京錄(姜栢年)-雪峰遺稿	문총
204	1664년	今是堂燕行日記(是堂燕行錄) 乾(任義伯)	단대
205	1662년	飮氷錄(壬寅飮氷錄)(鄭太和)-陽坡遺稿 筆寫本	규장
206	1663년	朗善君癸卯燕京錄(李俁)-연활자본	일용
207	1664년	燕行錄(甲辰燕行詩)(洪命夏)	동대
208	1664년	燕行錄(甲辰燕行錄)(洪命夏)	동대
209	1666년	燕行錄(南龍翼)-壺谷集	문총
210	1666년	曾祖考燕行錄(許積)-原稿本	장서
211	1666년	燕行錄(曾祖考燕行錄)(孟胄瑞)-原稿本	장서
212	1668년	西溪燕錄(朴世堂)-筆寫本	국편・규장
213	1668년	使燕錄(朴世堂)-筆寫本	문총
214	1669년	燕行錄(燕行詩)(閔鼎重)-老峰集	국도・문집
215	1669년	老峯燕行記(閔鼎重)	장서

순서	년도	서명(저자)	비고
216	1669년	赴燕日錄(燕行日記)(成後龍)	成長慶
217	1670년	慶尙道漆谷石田村李進士海澈燕行錄(李海澈)	국도
218	1674년	燕行錄(鄭晳)	규장
219	1676년	丙辰燕行錄(松坡集)(李瑞雨)	문총
220	1677년	燕行日錄(孫萬雄)-野村集	규장・국도
221	1678년	北征錄 上・下(李夏鎭)	국도
222	1678년	燕行錄(戊午燕行錄)(金海一)-檀溪集	문집
223	1678년	燕行日記(戊午燕行日記)(金海一)-檀溪集	문집
224	1679년	燕行錄(陽谷集)(吳斗寅)	국도
225	1679년	燕行詩(吳斗寅)	국도
226	1680년	燕行錄(申晸)	규장・고대
227	1682년	瀋使啓錄(未詳)-일본	경도대
228	1682년	燕行日錄(兩世燕行錄)(韓泰東)	장서
229	1682년	燕行錄(約齋集)(柳尙運)	문총
230	1683년	燕行日記(尹攀)-原稿本	규장
231	1683년	擣椒錄 上・下(金錫胄)-息庵遺稿	문총
232	1684년	甲子燕行雜錄(南九萬)-藥泉集	문집
233	1686년	燕槎錄(吳道一)-西坡集	문집
234	1686년	丙寅燕行日乘(吳道一)-筆寫本	규장
235	1686년	丙寅燕行雜錄(南九萬)-藥泉集	문집
236	1686년	燕行日錄(李墪)-미국본 미국U	버클
237	1687년	燕行詩(任相元)-恬軒集	문집
238	1688년	燕行日記(金洪福)-동원유고	규장
239	1689년	燕行續錄(金海一)-檀溪集	문집
240	1689년	燕行日記續(金海一)-檀溪集	문집
241	1689년	葵亭燕京錄(燕京錄)(申厚載)	강경훈
242	1690년	燕行日錄(徐文重)-筆寫本	규장
243	1690년	燕行雜錄(徐文重)-筆寫本	규장

순서	년도	서명(저자)	비고
244	1693년	燕行日記(柳命天)-筆寫本	규장
245	1693년	燕行錄(柳命天)-筆寫本	규장
246	1693년	연힝별곡(燕行別曲)(柳命天)-筆寫本 가사선	고대
247	1693년	燕行日記(申厚命)-林下堂集	문집
248	1694년	後燕槎錄(吳道一)-西坡集	문집
249	1694년	日記草(兪得一)	국도
250	1694년	西征別曲(셔정별곡)(朴權)	박영구
251	1695년	燕行錄(乙亥燕行錄)(洪受疇)-壺隱集	문총
252	1695년	燕行錄(崔啓翁)-迂窩遺稿. 筆寫本	장서 · 문집
253	1696년	燕槎錄(詩燕槎錄)(洪萬朝)	연대
254	1696년	館中雜錄(洪萬朝)	연대
255	1697년	蔗回錄(崔錫鼎)-明谷集	문총
256	1697년	椒餘錄(崔錫鼎)-明谷集	문총
257	1697년	燕行日記(權喜學)	장서
258	1697년	燕行(日)錄 上 · 下(權喜學)	권영갑
259	1697년	星槎錄(宋相琦)-玉吾齋集	국도
260	1698년	燕行詩(李健命)-寒圃齋集	문총
261	1699년	燕行錄(姜銑)	국도
262	1701년	看羊錄(姜鋧)-筆寫本	장서 · 모덕사
263	1701년	閒閒堂燕行錄(孟萬澤)-筆寫本	명대
264	1704년	燕行詩(李頤命)	문총
265	1704년	燕行雜識(稗林)(李頤命)	문집·장서·국도
266	1706년	燕行日記艸(熱河日記鈔)(兪得一)	국도
267	1708년	燕行日錄(金始煥)-筆寫本	규장
268	1712년	燕行日記(閔鎭遠)	국도 · 국회
269	1712년	燕行塤篪錄(金昌集)-夢窩集	문총
270	1712년	연힝일긔(燕行日記)(金昌業)-筆寫本	국도
271	1712년	燕行日記 一~四(金昌業)-筆寫本	국도

순서	년도	서명(저자)	비고
272	1712년	稼齋燕行錄(老稼齋燕行日記)　一~六(金昌業)	규장・연대
273	1712년	燕行錄(崔德中)	규장・국도
274	1713년	韓祉燕行日錄(燕行日錄)(韓祉)	규장
275	1713년	癸巳燕行錄(趙泰采)-二憂堂集 筆寫本	문집・문총
276	1714년	兩世疏草(燕行日記 附)(晉平君澤)	국도
277	1719년	燕行日錄(趙榮福)-筆寫本	경기도박물관
278	1720년	一庵燕記　一~五(李器之)	한은
279	1720년	庚子燕行詩(李宜顯)-陶谷集	문총
280	1720년	庚子燕行雜識 上・下(李宜顯)-陶谷集	문총
281	1720년	熱河行(玉振齋詩稿)天·地·人(周命新)	장서
282	1720년	燕行詩(李器之)- 一菴集	문집
283	1721년	燕行錄(李正臣)-櫟翁遺稿	규장
284	1721년	燕行錄(兪拓基)-筆寫本	명대김위헌
285	1721년	寒圃齋使行日記(李健命)-筆寫本	연대
286	1721년	燕行錄(櫟翁遺稿)(李正臣)	문총
287	1723년	癸卯燕行錄(黃晸)-筆寫本	황원구?
288	1724년	啓下(甲辰啓下帖)(金尙奎)	규장
289	1724년	燕行日記(權以鎭)-有懷堂集	문집
290	1724년	燕行詩(有懷堂集)(權以鎭)	문총
291	1725년	燕行錄(鶴巖稿)(趙文命)	규장
292	1725년	燕行日記(趙文命)-鶴巖集	문총
293	1726년	金日男漂流記(頤齋亂藁)(金日男外)-頤齋 장손	동대
294	1727년	桑蓬錄 禮・樂・射・御・書・數(姜浩溥)－필사본	연대
295	1728년	燕行見聞錄(李時恒)	규장
296	1728년	燕行錄(燕行錄戊申)(沈錥)	규장
297	1729년	燕行錄 上・下(金舜協)	국도・원대
298	1729년	墨沼燕行詩(趙錫命)	풍양조씨종중
299	1729년	尹道成漂流記(頤齋亂藁)(尹道成)-頤齋 후손 장	동대

순서	년도	서명(저자)	비고
300	1730년	燕行雜稿(南泰良)	강경훈
301	1731년	燕槎錄(趙尙絅)-鶴塘遺稿	장서
302	1732년	壬子燕行雜識(李宜顯)-陶谷集	문총
303	1732년	壬子燕行日記(趙最壽)-筆寫本	풍양조씨 종중
304	1732년	承旨公燕行日錄(韓德厚)-筆寫本	국도
305	1732년	壬子燕行詩(李宜顯)-陶谷集	문총
306	1735년	燕行錄(李德壽)-西堂私載	성대
307	1736년	燕行錄(任珽)-疤齋遺稿	신익희 고택
308	1737년	燕槎錄(燕槎錄 丁巳)(李喆輔)-筆寫本	규장
309	1737년	丁巳燕行日記(李喆輔)-筆寫本	규장
310	1740년	燕行日記(洪昌漢)	국도
311	1743년	燕行錄(歸鹿集 燕行詩)(趙顯命)	문총
312	1743년	燕行日記(歸鹿集 燕行錄)(趙顯命)	규장
313	1745년	燕行詩(趙觀彬)-悔軒集	국도・문총
314	1745년	悔軒燕行詩附月谷燕行詩(趙觀彬)-筆寫本	양주조씨 종중
315	1746년	燕行日記 乾・坤(尹汲)-筆寫本-일본	구택대
316	1747년	丁卯燕行錄(李喆輔)-止庵遺稿	규장
317	1747년	丁卯燕行錄(李喆輔)-筆寫本	규장
318	1749년	燕京雜識(兪彦述)-松湖集	문집
319	1752년	椒蔗錄(南泰齊)	국도
320	1754년	瀋行錄(甲戌), 瀋使還渡江狀啓別單(兪拓基,)	명대김위헌
321	1755년	燕行日錄(鄭光忠)	규장
322	1755년	飮氷行程曆 上・下(李基敬)-山木稿	이주성
323	1755년	燕行詩(江漢集)(黃景源)	문총
324	1760년	北轅錄(李商鳳)-筆寫本	연대
325	1760년	셔원녹(李商鳳)-筆寫本	연대

순서	년도	서명(저자)	비고
326	1760년	庚辰燕行錄(徐命臣)-安溪遺稿	규장
327	1760년	瀋陽館圖帖(瀋館舊址圖)(李必成)	명대
328	1760년	瀋陽館圖帖(文廟圖)(李必成)	명대
329	1760년	瀋陽館圖帖(彜倫堂圖)(李必成)	명대
330	1760년	瀋陽館圖帖(山海館圖 外)(李必成)	명대
331	1763년	燕行日錄上・下(李憲默)	여주이씨종중
332	1764년	瀋陽日錄(金鍾正)	규장
333	1765년	을병연힝록(乙丙燕行錄) 一~二十(洪大容)	장서・규장
334	1765년	湛軒燕記 一~六(洪大容)	규장
335	1765년	杭傳尺牘(湛軒書)(洪大容)	국도
336	1765년	燕記(湛軒書) 一~六(洪大容)	국도
337	1765년	燕彙(湛軒說叢)(洪大容)-미국본 미국U	버클
338	1765년	燕杭詩牘(陸飛 外)-미국본 미국H	하버드옌칭
339	1767년	燕槎錄(李心源)-일본 日東洋	동양문고
340	1773년	燕行錄(嚴璹)	규장
341	1777년	燕行記事 元・亨・利・貞(李坤)	규장
342	1778년	入燕記 上・下(李德懋)-青莊館全書	규장
343	1778년	含忍錄 上・下(蔡濟恭)	문총
344	1778년	隨槎錄 上(未詳)-미국본 미국U	버클
345	1780년	隨槎錄(盧以漸)-筆寫本	南權熙→ 경북대
346	1780년	熱河日記(朴趾源)	규장
347	1780년	熱河日記 一~六(朴趾源)	국도
348	1780년	열하기(熱河記)(朴趾源)-일본	동경대
349	1780년	熱河日記 上·中·下(朴趾源)	충남대
350	1780년	熱河日記(燕巖集) 一~十二(朴趾源)	전남대
351	1780년	熱河日記(燕巖集) 一~十二(朴趾源)	연대
352	1780년	熱河日記(燕巖集)(朴趾源)	문총

순서	년도	서명(저자)	비고
353	1780년	熱河日記(淵民校合)(朴趾源)	민추
354	1780년	熱河日記(燕巖集)(朴趾源)	문총
355	1780년	熱河日記(燕巖集)(朴趾源)	단국
356	1780년	熱河日記(燕彙)(朴趾源)	연대
357	1780년	熱河日記抄(朴趾源)-미국본 미국U	버클
358	1780년	燕彙(熱河日記)(朴趾源)-미국본 미국U	버클
359	1780년	熱河日記(杏溪雜錄)(朴趾源)	단대
360	1782년	燕行記著(未詳)-일본 日天理	천리대
361	1782년	燕雲紀行(洪良浩)-耳溪集	문집
362	1783년	북연긔힝(北燕紀行) (李魯春)	숭대박물
363	1783년	入瀋記 上・中・下(李田秀)	규장
364	1784년	燕京編(姜世晃)	강경훈
365	1784년	燕行錄(金明遠)	국도
366	1784년	瀛臺奇觀帖(瀛臺氷戲)(姜世晃)	국박
367	1784년	槎路三奇帖(薊門烟樹)(姜世晃)	국박
368	1784년	槎路三奇帖(西山)(姜世晃)	국박
369	1784년	槎路三奇帖(孤竹城)(姜世晃)	국박
370	1784년	槎路三奇帖(姜女廟)(姜世晃)	국박
371	1786년	日乘(燕行日乘)(沈樂洙)	규장
372	1787년	燕行錄(兪彦鎬)	단대
373	1787년	燕行日錄(趙瑍)-일본 東京大	동경대
374	1788년	燕行錄(愼菴詩集 坤)(魚錫定)	규장
375	1789년	燕行紀程(趙秀三)	동대
376	1790년	승사록(庚戌乘槎錄) 一・二・三(黃仁點,)	연대
377	1790년	庚戌燕行日記 乾(缺卷一)(金箕性)	규장
378	1790년	燕行日記 坤(缺卷一)(金箕性)-일본 日天理	천리
379	1790년	後雲錄(熱河紀行詩註)(柳得恭)	국도
380	1790년	燕行紀(燕行記)(徐浩修)	규장

순서	년도	서명(저자)	비고
381	1790년	熱河紀遊 元・亨・利・貞(徐浩修)	규장
382	1790년	燕行錄(白景炫)	성대
383	1790년	燕行紀 乾·坤(徐浩修)-미국본 미국U	버클
384	1791년	燕行錄(燕行日記) 上・下(金正中)	국도・규장
385	1792년	燕行錄(金祖淳)-楓皐集	국도・문집
386	1793년	燕行日記 上・中・下(李在學)	李部漢
387	1793년	癸丑燕行詩(李在學)-芝圃遺稿	李部漢
388	1793년	연힝녹(燕行錄) 仁・義・禮・智・信(李繼祜)	고대
389	1794년	甲寅燕行詩(洪羲俊)	규장
390	1794년	燕雲續詠(洪良浩)-李溪集	문집
391	1796년	丙辰苫塊錄(洪致聞 外)	국도
392	1796년	표히가(漂海歌)(李邦翼)	고대
393	1796년	표히가(漂海歌)(李邦翼)-청춘본	국도
394	1796년	표히가(漂海歌) 단(李邦翼)	서강
395	1798년	戊午燕錄(徐有聞) 一・二・三・四・五・六	국도・장서
396	1798년	무오연힝록(戊午燕行錄)(徐有聞)	장서・고대
397	1798년	贈季君(軸)(金勉柱)	종손
398	1801년	竝世集(柳得恭)-並世集	국도
399	1801년	燕行日記(吳載紹)-일본 日天理	천리
400	1801년	燕臺錄(柳得恭)	규장
401	1801년	燕行詩軸(李基憲)	규장
402	1801년	熱河紀行詩(柳得恭)	규장
403	1801년	燕行日記啓本(李基憲)	규장
404	1801년	燕行日記 上・下(李基憲)	규장
405	1801년	遼野車中雜詠(柳得恭)	규장
406	1803년	輶車集(履園遺稿)(李晩秀)	규장
407	1803년	薊山紀程 一・二・三・四・五(李海應)	규장
408	1803년	淵泉赴燕詩(洪奭周)	규장

순서	년도	서명(저자)	비고
409	1803년	薊程錄 乾·坤(李海應)-일본 日東都	동경도립
410	1804년	芝汀燕記(元在明)	성대
411	1805년	赴燕詩(李始源)-筆寫本 隱几集	국도
412	1805년	燕行錄(三冥集)(姜浚欽)	강인구
413	1805년	赴燕詩(李鳳秀)-襟溪集	장서・규장
414	1807년	中州偶錄(入燕記)(未詳)-일본 日關西	관서대
415	1807년	燕行詩(金陵集)(南公轍)	문총
416	1809년	燕行錄(李敬卨)-일본 日天理	천리대
417	1811년	遊燕錄(李鼎受)	고대
418	1812년	奏請行卷(申緯)-警修堂全藁	규장
419	1812년	續北征詩(李時秀)	규장
420	1815년	澹寧燕行詩(澹寧瓿錄)(洪義浩)	국도
421	1817년	乘槎錄(崔斗燦) 미국H	국도・규장・장서・하버드옌칭
422	1818년	茗山燕詩錄(茗山成佑曾著) 地(成祐曾)	成長慶
423	1821년	簡山北遊錄(北遊漫錄)(僻鄕處士=孫秉周)	고대
424	1821년	黃粱吟 中(李肇源)-玉壺集	문집
425	1822년	燕行錄(燕行雜錄) 一~十六(未詳)-徐有素	국도
426	1822년	薊程散考(金學民)	국도
427	1822년	椒蔗續編(南履翼)	국도
428	1822년	隨槎閑筆 上・下(權復仁)-筆寫本	국민대
429	1822년	天游稿燕行記(權復仁)-筆寫本	종로시립
430	1822년	燕行錄(洪赫)-筆寫本	국도
432	1823년	三入燕薊錄(瓿錄雜彙)(洪義浩)	규장
433	1825년	隨槎日錄(未詳)-일본 日東北	동북대
434	1826년	游燕藁(洪錫謨)-일본 日京都	경도대
435	1828년	셔힝록(西行錄)(金芝叟)-筆寫本	일용
436	1828년	赴燕日記(未詳)	규장

순서	년도	서명(저자)	비고
437	1828년	燕紀程(燕薊紀程) 天・地・人(朴思浩)	규장
438	1829년	輶軒續錄(姜時永)	규장
439	1829년	燕行詩(秋齋燕行詩 第六稿)(趙秀三)	규장
440	1829년	瀋槎日記(朴來謙)	규장
441	1829년	隨槎日錄(未詳)-일본 日天理	천리대
442	1830년	槎上韻語(冠岩遊史)(洪敬謨)	규장
443	1831년	燕行日錄(未詳)	규장
444	1831년	燕行日錄(未詳)	규장
445	1831년	燕槎錄(燕行錄)(鄭元容)-筆寫本	연대
446	1831년	隨槎錄 天・地・人(韓弼教)	연대
447	1832년	燕轅直指 一~六(金景善)	규장
448	1833년	赴燕詩(李止淵)	장서
449	1834년	槎上續韻(洪敬謨)	규장
450	1834년	燕行詩(放野漫錄)(李輝正)	국도
451	1834년	游記(冠巖存藁)(洪敬謨)	규장
452	1835년	燕行詩(心庵遺稿)(趙斗淳)	규장
453	1835년	燕行記(鄭在絅)	일용
454	1836년	鏡浯遊燕日錄(鏡浯行卷)(任百淵)	고대
455	1836년	相看編(申在植)-일본 日 天理	규장・천리
456	1837년	玉河日記(金賢根)-일본 日 京都	경도대
457	1837년	燕行詩(遊觀集)(金興根)	국도
458	1841년	北征日記(金貞益)	개인
459	1842년	燕薊紀略 一・三・四(缺卷二)(趙鳳夏)-일본日京都	경도대
460	1844년	西行錄 乾・坤(尹程)	규장
461	1845년	燕槎錄(石來堂草稿)(李憲球)	연대
462	1846년	燕槎綠(梧墅集)(朴永元)	문총
463	1846년	燕行日錄(燕行錄) 上・中・下(朴永元)-일본日天理	천리대
464	1848년	夢遊燕行錄 上・下(李有駿)	李起憲・규장・장서

순서	년도	서명(저자)	비고
465	1849년	燕行日記(李啓朝)-일본 日天理	천리대
466	1849년	燕行日記(未詳)-일본 日東洋	규장・동양문고
467	1849년	燕行錄(燕行日記) 一・二・三(沈敦永)	후손
468	1850년	石湍燕記 天・地・人(權時亨)-筆寫本	국도
469	1851년	出疆錄(金景善)-筆寫本	동대
470	1852년	燕行錄(竹下集)(崔遇亨)	국도
471	1852년	연힝별곡(燕行別曲, 竹下集)(徐念淳)	국도
472	1852년	연힝별곡(燕行別曲, 가사소리)(徐念淳)	담양
473	1853년	輶軒三錄(姜時永)	강인구
474	1854년	燕槎日錄 天・地・人(鄭德和)-일본 日天理	천리대
475	1855년	北轅錄(姜長煥-筆寫本)	고대
476	1855년	燕行雜記(申佐模)-原稿本	일용
477	1855년	燕槎紀行(申佐模)-澹人集	문집
478	1855년	夢經堂日史(徐慶淳)	국도
479	1855년	隨槎錄(李冕九)-原稿本	장손집(용인)
480	1855년	隨槎錄(龜巖公筆蹟)(李冕九)	이교장(서울)
481	1856년	燕行日記 全(朴顯陽)-筆寫本	국편
482	1858년	燕槎日錄 天・地・人(金直淵)-일본 日東都	동경도립
483	1858년	燕槎錄(燕槎日錄 上·中·下) 乾·坤(金直淵)	의왕
484	1858년	연힝녹 샹즁·하(金直淵)	의왕
485	1858년	燕槎錄(品山漫筆) 上·中·下(金直淵)	의왕
486	1859년	燕行錄(高時鴻)	원대
487	1860년	入燕記 一・二(申錫愚)	규장
488	1860년	燕槎錄(燕行日記) 天・地・人(朴齊寅)	규장
489	1862년	西征集(秋水閣詩初編)(丁學韶)	규장
490	1862년	燕槎從遊錄(崔秉翰)-筆寫本	단대
491	1862년	錦舲燕槎抄(朴永輔)	국도
492	1862년	燕行鈔錄(燕行日記)(李恒億)	국도

순서	년도	서명(저자)	비고
493	1864년	朝天(詩)日記(春皐遺稿)(張錫駿)	규장
494	1866년	燕行日記(柳寅睦)	동대
495	1866년	연힝가(燕行歌)(洪淳學)-筆寫本	일용
496	1866년	북힝가(北行歌)(柳寅睦)-筆寫本	권영철
497	1866년	연힝가(燕行歌)(洪淳學)-筆寫本	국도
498	1866년	연힝가(燕行歌)(洪淳學)-筆寫本	일용
499	1866년	연힝록(燕行錄) 단(洪淳學)-筆寫本	고대
500	1866년	연힝녹(燕行錄) 全(洪淳學)-筆寫本	장서
501	1866년	연힝가(燕行歌)(洪淳學)-筆寫本	담양
502	1866년	연힝긔(燕行錄)(洪淳學)-筆寫本	고대
503	1866년	연힝가(燕行歌)(洪淳學)-筆寫本	일용
504	1866년	연행녹(燕行錄)(洪淳學)-筆寫本-일본 日東都	동경도립
505	1866년	연힝가(燕行歌)(洪淳學)-筆寫本	단대
506	1866년	연힝긔(燕行錄)(洪淳學)-筆寫本	동아
507	1866년	燕行錄(燕行日記) 乾・坤(嚴錫周)-筆寫本-미국본	의회
508	1869년	石山燕行詩(李承輔)-石山遺稿	문집
509	1869년	遊燕錄(成仁浩)	成長慶
510	1869년	遊燕錄(燕行日記)(未詳)-일본 日東洋	동양문고
511	1870년	北游艸(姜瑋)-古歡堂收草	규장
512	1870년	燕槎筆記 上・下(徐相鼎)	동아대
513	1871년	隨槎錄(隨槎日錄)(李冕九)-原稿本	장손집(용인)
514	1871년	隨槎錄(龜巖公筆跡)(李冕九)	장손집(용인)
515	1873년	北遊日記(姜瑋)-일본 日靜嘉	정가당문고
516	1873년	北遊續草(北遊續艸)(姜瑋)-古歡堂收艸	국도
517	1873년	北楂談草(鄭健朝)	장서
518	1874년	燕行錄 乾・坤(沈履澤)-일본 日天理	천리대
519	1874년	北遊詩草(李建昌)	연대
520	1875년	薊槎日錄(李裕元)-일본日天理	천리대

순서	년도	서명(저자)	비고
521	1875년	乙亥燕行詩(松下雜著)(姜蘭馨)	규장
522	1876년	燕行錄(林翰洙)	규장
523	1876년	燕薊紀略(李容學)-筆寫本	국도
524	1879년	燕記 金·木·水·火·土(南一祐)-일본日東洋	동양문고
525	1880년	未信錄(燕行日記)(任應準)	규장
526	1880년	談艸 宮·商·角·徵·羽(任應準)	국도
527	1881년	天津談草(天津奉使緣起)(金允植)	국도
528	1881년	析津于役集(雲養集)(金允植)	국도
529	1881년	領選日記(金允植)	한국은행
530	1882년	西征記(魚允中)	국도・장서
531	1887년	燕槎日記(李承五)-筆寫本	연대
532	1887년	觀華誌(日記, 隨錄) 缺 三.四(李承五)	국도
533	1887년	觀華誌(燕槎隨錄)(李承五)	연대
534	1887년	日記(丁戊燕行日記)(趙秉世)	규장
535	1888년	燕轅日錄 一~六(未詳)	규장
536	1890년	燕行錄(洪鍾永)	국도
537	1894년	燕行錄(甲午燕行錄)(金東浩)	유탁일
538	미상년	燕行雜詠(碧蘆集)(金進洙)	규장
539	미상년	山房錄燕行裁簡 上・下(金竹隱 外)	연대
540	미상년	燕槎酬帖 乾・坤(未詳)-일본	동양문고
541	미상년 1888	燕轅日錄 三・四・六(未詳)-1888 燕轅日錄 一~六(未詳)의 이본	영남대
542	미상년	唐陵君朝天奇事徵(據洪純彦記)	강경훈
543	미상년	燕中雜錄(研經齋集)(成海應編)	고대
544	미상년	瀋陽日記 (未詳)-57쪽본	장서
545	미상년	瀋陽日記抄(未詳)	장서
546	미상년	燕行路程記(未詳)	규장
547	미상년	燕行備覽 (端居子)-미국본 미국U	버클

순서	년도	서명(저자)	비고
548	미상년	送朝天客歸國詩章圖(未詳)	국박
549	미상년	天下圖(未詳)	장서
550	미상년	燕行圖(山海關東羅城)(未詳)	명대
551	미상년	燕行圖(琉璃廠)(未詳)	숭대
552	미상년	燕行圖(朝陽門)(未詳)	숭대
553	미상년	燕行圖(辟雍)(未詳)	숭대
554	미상년	熱河圖(未詳)	장서
555	미상년	熱河圖(世乘)	장서
556	미상년	山海關圖 內/外(未詳)	명대

(2) 해당유산의 소장처

① 국내소장본

①-1. 국공립기관 소장본

- 국도: 국립중앙도서관/서울특별시 서초구 반포대로 201/ 02-535-4142
- 규장: 서울특별시 관악구 관악로 1 서울대학교 중앙도서관/02-880-8001
- 장서: 경기도 성남시 분당구 하오개로 323 한국학중앙연구원 도서관/031-709-8111
- 국회: 서울특별시 영등포구 의사당대로 1 국회도서관 02-788-4211
- 국편: 경기도 과천시 교육원로 86 국사편찬위원회도서관 02-500-8282
- 한은: 서울특별시 중구 남대문로 39 한국은행 도서관 02-759-4114
- 국박: 서울특별시 용산구 용산동6가 168-6 (서빙고로 137) 02-2077-9000

- 군박: 서울특별시 노원구화랑로 574 육군박물관 02-2197-6453
- 경박: 경기 용인시 기흥구 상갈동 127 경기도박물관 031-288-5300
- 종도: 서울특별시 종로구 사직동 1-28 종로도서관 02-721-0703
- 경북대: 대구광역시 북구 대학로 80 경북대학교 중앙도서관 053-950-5114
- 전남대: 광주광역시 북구 용봉로 77 전남대학교 중앙도서관/062-530-5114
- 충남대: 대전광역시 유성구 대학로 99 충남대학교 중앙도서관/042-821-5114
- 경상대: 경상남도 진주시 진주대로 501 경상대학교 중앙도서관 055-772-0114
- 의왕시: 경기도 의왕시 고천동 골우물길49 의왕시향토사료관/031-345-2531
- 문총: 국공립기관 소장본
- 문집: 국공립기관 소장본

①-2. 사립기관 소장본과 개인소장본

- 고대: 서울특별시 성북구 안암로 145 고려대학교 중앙도서관/02-3290-1114
- 연대: 서울특별시 서대문구 신촌동 134 연세대학교 중앙도서관/02-361-7582
- 성대: 서울특별시 종로구 성균관로 25-2 성균관대학교 존경각/02-760-0114
- 동대: 서울특별시 중구 필동로 1길 30 동국대학교 중앙도서관/02-2260-3114
- 단대: 경기도 용인시 수지구 죽전로 152 단국대학교 중앙도서관

/031-8005-2114

- 영대: 경북 경산시 대학로 280 영남대학교 중앙도서관 053-810-2036
- 아대: 부산광역시 사하구 낙동대로 550 동아대학교 중앙도서관 051-200-6272
- 이대: 서울특별시 서대문구 이화여대길 52 이화중앙도서관 02-3277-2114
- 계대: 대구광역시 달서구 달구벌대로 1095 계명대중앙도서관 053-5805114
- 명대: 경기도 용인시 처인구 명지로 116 명지대중앙도서관 1577-0020
- 성암: 성암고서박물관 서울 중구 태평로1가 60-17 02-725-5227
- 모덕: 모덕사 충청남도 청양군 목면 송암리 171-1
- 숭박: 서울특별시 동작구 상도로 396 숭실대학교 박물관 02-820-0114
- 서대: 서울특별시 마포구 백범로 35 서강대학교 도서관 02-705-8114
- 국대: 서울특별시 성북구 정릉로 77 국민대학교중앙도서관 02-910-4114
- 원대: 전라북도 익산시 익산대로 460 원광대중앙도서관 063-850-5114

- 일용: 임기중/ 010-8143-5415
- 강인: 강인구
- 경훈: 강경훈
- 권영: 권영철

- 담양: 가사문학관
- 매헌: 전남 영광 매헌 이성(李垶) 종중
- 민영: 김민영
- 방손: 이면구 방손 교장집
- 성원: 이성원
- 안이: 안산이씨 종중
- 양조: 양주조씨 종중
- 여이: 여주이씨 종중
- 영갑: 권영갑
- 영구: 박영구
- 용길: 정용길
- 원구: 황원구
- 유탁: 유탁일
- 이기: 이기헌
- 장경: 성장경(成長慶)
- 장손: 이면구 장손집
- 종손: 김면주 종손
- 준용: 신준용
- 태한: 이태한(李邰漢)
- 풍조: 풍양조씨종중
- 현조: 이현조
- 화봉: 화봉문고

②국외소장본

②-1. 미국 소장본

- 미국U: 미국 유씨 버클리대학교서관/UC BERKELEY LIBRARY

- 미국H: 미국 하바드 옌칭도서관/HARVARD-YENCHING LIBRARY
- 미국C: 미국 의회도서관/LIBRARY OF CONGRESS

②-2. 일본 소장본

- 日駒澤: 일본 東京都 世田谷區 駒澤 1-23-1 駒澤大圖書館
- 日天理: 일본 天理市 杣之内町 1050 天理大附屬圖書館
- 日關西: 일본 吹田市 山手町 3丁目 3番 35號 關西大學圖書館
- 日靜嘉: 일본 東京都 世田谷區 岡本 2-23-1 靜嘉堂文庫
- 日東北: 일본 仙台市 青葉區 川內 東北大學附屬圖書館
- 日東都: 일본 東京都 東京都立中央圖書館
- 日京都: 일본 京都市 左京區 吉田本町 京都大學文學研究圖書館
- 日東洋: 일본 東京都 文京區 本駒 2丁目 28-21 財團法人 東洋文庫
- 日京附: 일본 京都市 左京區 吉田本町 京都大學附屬圖書館
- 日東京: 일본 東京市 東京大學 圖書館

(3) 등재에 관한 세부사항

제1안은 총 556건의 연행록 전체를 일시에 등재 신청하는 안이다. 이 경우 소장처의 동의를 받는데 걸리는 시간상의 문제가 있을 수 있다. 그리고 관리상의 세부적인 여러 방안 마련을 하는데 일정한 시간이 필요하다. 지난 수년 동안 여러 차례 글과 학회 발표와 언론 매체들을 통해서 등재 신청을 예고하여 왔지만 이에 관한 소장처의 반대 의견은 단 한 건도 접수된 것이 없다. 따라서 등재 동의를 받는데는 별다른 문제는 없을 것으로 본다.

제2안은 국내 국공립 기관 소장본 300여건을 먼저 등재신청하고 나머지는 추가로 등재 신청하는 안이다. 시간상의 제약을 받지 않으면서 비교적 순조롭게 진행할 수 있는 방안이 될 것이다.

(4) 등재유산의 시각자료로 아래 4건을 첨부함.

⚀ 등재유산의 시각자료- 등재유산 실물 사진 1장(추후 새로 제작할 것임)

⚁ 등재유산의 시각자료- 등재유산 영인본 150권 출간 사진 1장

⚂ 등재유산의 시각자료- 등재유산 데이터베이스 DVD 출간 사진 1장

⚃ 등재유산의 시각자료- 등재유산 데이터베이스 DVD 실물 1세트(시연용)

(5) 등재유산의 연혁과 해제

연행록은 13세기 말부터 19세기 말까지 7백여년 동안 한국 외교사절단원으로 중국의 역대 도읍지를 다녀와서 남긴 자유로운 형식의 사기록(私記錄)이다. 사신이 임무를 수행하기 위하여 떠나는 길이라는 뜻의 사행(使行), 중국 천자를 배알(拜謁)한다는 뜻의 조천(朝天), 중국 연경(燕京, 현재 북경)을 다녀온다는 뜻의 연행(燕行)에 기록한다는 뜻의 녹(錄)을 붙여서 사행록(使行錄), 조천록(朝天錄), 연행록(燕行錄) 등의 이름으로 기록되어 있는 기록물군을 통칭하여 연행록이라고 일컫는다. 현재 전하고 있는 연행록의 50% 이상이 연행록이라는 이름으로 전하고 있다.

연행록은 변화를 거듭하는 한 시대 한 시대마다 한국 최고 수준의 지

식인 집단들이 당시 동아세아 정치, 문화, 경제의 중심지이며 전 세계인들의 생활무대였던 중국의 도읍지에 가서 매번 40일 내외의 시간을 가지고 다방면에 걸쳐서 집중적인 조사활동을 전개하였던 기록물들이 축적된 것이다. 신청자가 조사한 바로 이 기록물과 관련된 시기에 한국인들이 중국을 왕래한 횟수는 총 1797회인데 실제는 이보다 많은 2천회를 상회했을 것으로 본다.

연행록에는 13세기부터 19세기까지 중국을 중심으로 동아세아인들과 세계인들의 교류사와 생활사가 여과 없이 아주 사실적으로 기록되어 있다. 이 기록물의 공통 화두와 궁극적인 목표는 소통과 교류, 평화와 공영이었다.

외교사절로 임명되는 순간부터 각종 준비사항과 사절단의 구성, 그리고 노정에 등장하는 지역에 대한 관찰, 여러 견문기록, 중국의 다양한 풍습과 목격담, 중국 안의 세계인들과 현지의 중국인들과의 교유 등 당시 연행을 하면서 행동하고 보고 듣고 느낀 모든 것을 기록에 담고 있다. 7백여년 동안이나 같은 화두와 같은 목표를 가지고, 지속적으로 교류하면서 각기 다른 시대에 각기 다른 기록자들이 남긴 이런 기록물의 축적은 전 세계적으로도 이 연행록 밖에는 존재하지 않는다.

지난 반세기 동안 신청자가 조사하여 확인한 것이 총 15만여쪽 60,550,000여 글자에 달하는 방대한 기록물이다. 지난 7백여년 동안 전 세계의 정치, 경제, 문화, 외교 등 생활사 전반을 아주 사실적으로 기록한 기록물군이다. 현재까지 수집 정리된 총 556 종을 세기별, 왕대별, 작자별로 탭을 구성하였으며 이미지를 모두 수록하여 온라인상에서 쉽게 열어볼 수 있게 정리하였다. 그리고 『통문관지(通文館志)』, 『동문휘고(同文彙考)』 이미지도 같이 수록하여 같은 창에서 비교 검색이 가능하도록 하였다. 특히 한국사신의 중국왕래일람표(13세기부터 19세기까지 1797 여회 왕래표)를 만들어 붙여서 여러 가지 확인절차를 원활하게 수행할 수 있도록 하였다.

신청자가 2012년 펴낸『DVD연행록총간』은 1273年(고려 원종 14년) 제왕운기의 저자로 잘 알려진 이승휴가 중국에 사신으로 다녀온 기록 「빈왕록」부터, 구한말인 1894년(고종 31년) 김동호의 「연행록(갑오연행록)」에 이르기까지 7백여 년 동안의 연행기록 총 455종을 담고 있다. 신청자가 1960년대 이래 꾸준히 연행기록들을 발굴하고, 그 가운데에서 정본화 작업을 거쳐 연행록으로서의 가치가 입증된 자료들을 정리한 것으로, 여기저기 흩어져 있어 연구 활동에 지장을 초래했던 과거 간행 책자들의 한계를 뛰어넘어 하나의 데이터베이스 상에서 정보를 검색하고 활용할 수 있게 하였다.

신청자가 2013년 펴낸『DVD연행록총간증보판』은 총 556건을 수록하였으며, 작자는 모두 341명이고, 세기별 분포는 13세기 1종, 14세기 2종, 15세기 14종, 16세기 53종, 17세기 191종, 18세기 136종, 19세기 140종, 미상이 19종으로 되어 있다.『DVD연행록총간증보판』은 크게 다음 7가지의 특장점을 가지고 있다. (a)전반적인 완성도를 높였다. (b) 수로연행도류 등 연행관련 중요 그림 추가 수록하였다. (c)열하일기 중요 이본들을 추가 수록하였다. (d))해외 소장본을 추가하여 수록하였다. (e)정재형의 연행기 등 국내 소장 신출본 다수를 추가하여 수록하였다. (f)중요 심양일기류를 추가하여 수록하였다. (g)중요 이본들을 다수 추가하여 수록하였다. 그리고 연행 연도순으로 배열하고 연행록별로 상세 목차 검색기능을 제공하여 연구자와 일반인 모두 편리하게 활용할 수 있으며, 세기별 · 왕대별 · 작자별 목차를 구성하여 이용 효율성을 극대화하였을 뿐만아니라『통문관지』,『동문휘고』, 한국사신들의 중국왕래 일람표를 같은 창에서 검색하여 참고할 수 있도록 배려하였다.

신청자가 2012.7.31.현재까지 조사한 543건의 연행록이 탄생되는 기간에 한국 사신들이 중국에 다녀 온 회수는 대략 다음과 같이 나타난다. 13-14세기에 119회, 15세기에 698회, 16세기에 362회, 17세기에 278회, 18세기에 172회, 19세기에 168회로 이를 합하면 모두 1797회 쯤 된다. 이 중 고려 왕조 때가 59회쯤 되므로 조선 왕조 때는 모두 1738여회를 중국에 다녀온 셈이다. 참고로 현재까지 이러한 통계를 정확하게 제시한 일은 한 번도 없었다. 최종 확정통계는 연행록 수집 종료 때를 기다려야 한다.

13세기 말부터 15세기 초까지의 제 1세대 연행록은 『賓王錄』(1273), 『赴南詩』(1372), 『奉使錄』(1389), 『觀光錄』(1400) 등의 이름으로 태어난다.

15세기 초부터 16세기 중엽까지의 제 2세대 연행록을 살펴보면 朝天錄으로 표기된 것이 28건[1]이나 된다. 이 시기 연행록은 『朝天日記』(1419), 『朝天詩』(1459), 『朝天錄』(1500), 『朝天行錄』(1587), 『朝天記聞』(1598), 『朝天日乘』(1598), 『朝天紀行詩』·『朝天贈行詩』(1610), 『됴쳔일승』(朝天日乘, 1623), 『朝天時聞見事件啓』(1628), 『朝天後錄』(1632), 『朝京日錄』(1636) 등의 이름으로 태어나면서 서로의 변별이 어렵게 되자 사행 연도의 변별로 己卯나 庚辰 등과 같은 간지, 작자의 변별로 判書公, 荷谷, 金誠一과 같은 관직이나 아호나 성명 들을 앞에 얹어 포기하는 현상이 나타난다.[2]

---

1) 朝天錄(1500) 朝天錄(1534) 朝天錄(1537) 朝天錄(1539) 朝天錄(1572) 朝天錄(1586) 朝天錄(1587) 朝天錄(1589) 朝天錄(1592) 朝天錄(1595) 朝天錄(1597) 朝天錄(1598) 朝天錄(1599) 朝天錄(1601) 朝天錄(1602) 朝天錄(1602) 朝天錄(1609) 朝天錄(1610) 朝天錄(1610) 朝天錄(1614) 朝天錄(1616) 朝天錄(1623) 朝天錄(1626) 朝天錄(1626) 朝天錄(1631) 朝天錄(1636) 됴텬녹(朝天錄)(1624) 등

2) 判書公朝天日記(朝天日記)(張子忠, 1419년), 己卯朝天詩(李承召, 1459년), 庚辰朝天詩(徐居正, 1460년), 乙未朝天詩(成俔, 1475년), 庚子朝天詩(李承召, 1480년), 庚子朝天詩(金訢, 1480년), 辛丑朝天詩(洪貴達, 1481년), 乙巳朝天詩(成俔, 1485년), 荷谷朝天記 上·中·下(許篈, 1574년), 金誠一朝天日記(金誠一, 1577년), 丁酉朝天錄(李尚毅, 1597년), 庚申朝天錄 上·下(李廷龜, 1595년) 등

17세기부터는 육로와 수로의 노정 변별로 駕海나 航海를 얹어 표기하는 현상도 나타난다.[3] 이런 현상들은 태생적 상호원전성 때문에 나타난 것이라고 말할 수 있다. 같은 이름의 많은 연행록들을 원전으로 참고하였기 때문에 변별의 필요성을 인식하였을 것이라고 보기 때문이다. 이 시기에 나타난 『漂海錄』(崔薄, 1487)과 『표히록』(崔薄, 1487)은 연행록이란 이름과 표기, 그 범주의 설정을 어떻게 해야 할 것인가의 한 指南이 된다. 使行錄이라고 한다면 이런 유형은 제외되어야 하고, 燕行錄이라고 한다면 이런 유형이 포함될 수 있기 때문이다. 따라서 연행록과 사행록은 옳고 그름의 문제가 아닌 것이며, 각자의 연구 방향과 학문의 기본 틀에 해당하는 선택의 문제다. 使行은 종속적인 용어다. 이 용어가 文學用語로서 적확하거나 타당하다고 생각하지도 안는다. 연행록은 종속적인 용어가 아니며 보편성과 세계성을 갖는 文學用語다. 제 2기를 넘나들면서 쓰였던 朝天과 됴텬系 표기의 연행록은 필자가 정리한 연행록 총 543건 중 96건으로 18% 정도를 차지한다.

16세기 중엽부터 19세기 말까지의 제 3세대 연행록은 그 이름과 표기 방법이 가장 다양하게 나타난 시기다. 그리고 가장 많은 연행록이 생산된 시기다. 정리된 연행록 총 543건 중 440여 건이 이 시기에 나타난 것들이어서 81% 정도를 차지하고 있다. 이름으로 볼 때 이 시기의 단초를 여는 연행록이라 할 수 있는 曺偉의 『燕行錄』(1498)과 『燕行日記』(任權, 1539), 『燕京行錄』(柳仲郢, 1562), 『辛巳行錄』(崔岦, 1581), 『石塘公燕行錄』(權挾, 1597) 등에서 확인할 수 있듯이 연행록이란 이름은 15세기 말부터 등장하며 16세기로 접어들면서는 보편성과 변별성이란 두드러진 양면성을 드러낸다. 이 시기 燕行과 연힝系 표기의 연행록

3) 駕海朝天錄(1621), 『白沙公航海路程日記』(1623), 燕行圖幅(航海朝天圖,1624), 航海朝天圖(1624) 등

은 정리된 연행록 총 543건 중 281여 건으로 52%에 이른다. 燕行錄이란 이름으로 표기된 것만도 53건에 이른다.[4)] 현재 전하고 있는 연행록의 이름 과반수가 燕行과 연힝系의 표기로 되어 있음을 알 수 있다. 따라서 이 문헌군을 연행록으로 命名하는 것은 가장 대표성을 갖는 용어라는 데서도 연유하는 것이다. 김육(1580~1658)의 『朝天錄』(1636)과 이만영(1604~1672)의 『崇禎丙子朝天錄』(1636)이 전하고 있으므로 조천록이란 이름은 1636년 명 왕조 말기까지 쓰였음을 알 수 있다. 그러나 청 왕조로 바뀌면서는 쓰이지 않다가 1864년 장석준의 『朝天日記』(春皐遺稿)에 한 번 더 쓰인 일이 있다. 따라서 명 왕조에는 연행록이란 용어가 자주 쓰였지만, 청 왕조에는 조천록이란 이름이 거의 쓰이지 않았다고 보아도 좋을 것이다. 명 왕조 말기에는 『燕行錄 一云 朝天錄』(趙濈, 1623)이란 표기도 나타나고 있어서 당시 이미 연행록이란 이름이 조천록보다 더 보편화되어 있었음도 알 수가 있다. 따라서 이 유형의 문헌군을 연행록이라고 통칭하는 것은 가장 타당성이 있는 대안이라고 말할 수 있다. 한편 연행록의 이름을 使行錄系로 표기한 것은 『梨川相公使行日記』(1619), 『使燕錄』(1668), 『寒圃齋使行日記』(1721) 등으로 3건에 불과하다. 사행록이 이 문헌군의 이름이 될 수 없는 까닭의 하나다. 이

---

4) 燕行錄(1874) 燕行錄(1729) 燕行錄(1894) 燕行錄(1664) 燕行錄(1664) 燕行錄(1653) 燕行錄(1743) 燕行錄錄)(1678) 燕行錄(1805) 燕行錄(1788) 燕行錄(1518) 燕行錄(1547) 燕行錄(1721) 燕行錄(1682) 燕行錄(1679) 燕行錄(1728) 燕行錄(1669) 燕行錄(1791) 燕行錄(1849) 燕行錄(1695) 燕行錄(1852) 燕行錄(1666) 燕行錄(1725) 燕行錄(1498) 燕行錄(1609) 燕行錄(1613) 燕行錄(1646) 燕行錄(1647) 燕行錄(1666) 燕行錄(1674) 燕行錄(1680) 燕行錄(1693) 燕行錄(1695) 燕行錄(1699) 燕行錄(1712) 燕行錄(1721) 燕行錄(1721) 燕行錄(1735) 燕行錄(1736) 燕行錄(1773) 燕行錄(1784) 燕行錄(1787) 燕行錄(1790) 燕行錄(1792) 燕行錄(1809) 燕行錄(1823) 燕行錄(1859) 燕行錄(1876) 燕行錄(1890) 연힝녹(1793) 연힝록(1858) 연힝록(1858) 연힝록(1858) 등

3가지 이름에 나타나 있는 철저한 변별성은 이름에서 상호원전성이 가장 두드러지게 나타난 것으로 볼 수 있어서 면밀한 내용 검증이 더 요청되는 자료다. 연행록 이름에서의 상호원전성은 그 이름에만 국한되는 문제가 아니며 구성과 내용, 대상과 표현, 관점과 가치 등 연행록 전반과 밀접한 관련성이 있는 아주 중요한 문제다.

16세기 전반기의 연행록 이름은 朝天錄系가 6건, 燕行錄系가 3건, 西征錄이 1건으로 나타난다.[5] 그리고 16세기 후반기의 연행록 이름은 朝天錄系 22건 燕行錄系 5건 行錄系 3건, 銀槎錄系 2건, 觀光錄(嘯皐觀光錄)(1569), 東還封事(1574), 文興君控于錄(1596), 赴京日錄(1592), 申忠一建州見聞錄(1596), 安南使臣唱和問答錄(1597), 皇華日記(1599)이 각 1건씩 나타난다.[6] 따라서 16세기는 朝天錄系가 28건으로 가장 많고 燕行錄系가 8건으로 연행록 이름 유행양식의 과도기적 현상을 보여준다.

---

5) 朝天錄(1500), 燕行時諸公贈行帖(1502), 陽谷朝天錄(1533), 葆眞堂燕行日記(1533), 朝天錄(1537), 朝天錄(1539), 燕行日記(1539), 朝天錄(1534), 甲辰朝天錄(1544), 西征錄(1548) 등

6) 燕京行錄(1562), 觀光錄(嘯皐觀光錄)(1569), 朝天錄(1572), 朝天日記 上·中·下(1574), 東還封事(1574), 荷谷朝天記 上·中·下(1574), 朝天日記(詩)(1577), 金誠一朝天日記(1577), 丁丑行錄(1577), 朝天詩(1581), 辛巳行錄(1581), 燕行詩(百拙齋遺稿)(1584), 朝天錄(1586), 朝天錄(1587), 朝天行錄(1587), 朝天錄(1589), 辛卯書狀時燕行詩(1591), 赴京日錄(1592), 朝天錄(1592), 鄭松江燕行日記(1593), 甲午朝天路程(1594), 甲午行錄(1594), 庚申朝天錄 上·下(1595), 朝天錄 上·下(1595), 文興君控于錄(1596), 申忠一建州見聞錄(1596), 石塘公燕行錄(1597), 丁酉朝天錄(1597), 安南使臣唱和問答錄(1597), 朝天錄(1597), 丁酉朝天錄(1597) 등

이제 16세기 중엽부터 19세기 말까지의 제 3세대 연행록의 이름 표기 양상을 빈도수별로 유형화하여 좀 더 면밀하게 살펴보기로 한다.

1. 燕行錄系의 표기

이 유형은 燕行錄이란 이름으로 표기된 것이 53건으로 가장 많다. 그 밖에 『燕行日記』, 『燕行雜錄』, 『燕行詩』, 『燕行詩軸』, 『燕行備覽』, 『燕行日乘』, 『燕行雜稿』, 『燕行雜記』, 『燕行雜錄』, 『燕行雜識』, 『燕行雜詠』, 『燕行鈔錄』, 『燕行塤篪錄』, 『燕行裁簡』, 『燕行雜詠』, 『燕臺錄』, 『燕途紀行』, 『燕紀程』, 『燕雲紀行』, 『燕雲續詠』, 『燕彙』, 『 燕轅日錄』, 『燕轅直指』, 『燕中聞見』, 『燕中雜錄』, 『燕記』, 『入燕記』, 『연힝녹』, 『연힝록』, 『연힝일긔』, 『연힝가』, 『연힝별곡』 등과 여기에 자, 아호, 성명, 간지, 관직 등을 얹어서 『葆眞堂燕行日記』(1533), 『丙寅燕行日乘』(1686), 『慶尙道漆谷石田村李進士海澈燕行錄』(1670) 등과 같이 표기한 것들이다.[7] 여기에 나타난 이름의 변별 의식은 같은 이름의 반복을 학습

7) 燕行錄(1498), 燕行錄(一云 朝天錄)(1623), 葆眞堂燕行日記(1533) 朗善君癸卯燕京錄(1663) 甲子燕行雜錄(1684) 甲寅燕行詩(傳舊)(1794) 慶尙道漆谷石田村李進士海澈燕行錄(1670) 鏡浯遊燕日錄(鏡浯行卷)(1836) 庚戌燕行日記(1790) 庚子燕行雜識(1720) 墨沼燕行詩(1729) 연힝녹(燕行錄)(1793) 燕行時諸公贈行帖(1502) 燕行詩軸(1801) 燕行日記(1746) 燕行備覽(?) 燕行日乘(癸巳燕行日乘)(1653) 燕行雜稿(1730) 燕行雜記(1855) 燕行雜錄(1822) 燕行雜錄(1690) 燕行雜識(稗林)(1704) 燕行雜詠(碧蘆集)(?) 燕行鈔錄(燕行日記)(1862) 燕行塤篪錄(1712) 연힝가(燕行歌)(1866) 연힝별곡(燕行別曲)(1693) 연힝일긔(燕行日記)(1712) 一庵燕記(1720) 山房錄燕行裁簡(?) 燕行雜識(稗林)(1704) 燕行雜詠(碧蘆集)(?) 燕行鈔錄(燕行日記)(1862) 燕臺錄(1652) 燕臺錄(1801) 燕途紀行(1656) 燕紀程(燕薊紀程)(1828) 燕雲紀行(1782) 燕雲續詠(1794) 燕彙(湛軒說叢)(1765) 燕轅日錄(1888) 燕轅直指(1832) 燕中聞見(1637) 燕中雜錄(硏經齋集)(?), 入燕記(1778), 『燕行陰晴』(1780), 日乘(燕行日乘)(1786) 등

한 상호원전성에서 발아된 것이라고 말할 수 있다. 한자 표기의 이름이 대부분 그러하듯이 한글 표기의 이름 『연힝가』와 『연힝별곡』 또한 그 내용면에서 특별한 변별치가 존재하지 않기 때문이다. 정리된 연행록 총 543건 중 282여 건이 이 유형 燕行錄系의 표기로서 52%나 차지한다.

2. 燕槎錄系의 표기

이 유형은 燕槎錄으로 표기된 것이 13건으로 가장 많다. 그 밖에 『燕槎唱酬集』, 『後燕槎錄』, 『燕槎錄』(燕行錄), 『燕槎紀行』, 『燕槎錄』(燕行日記), 『燕槎日錄』, 『燕槎日錄』, 『燕槎從遊錄』, 『錦舲燕槎抄』, 『燕槎筆記』, 『燕槎日記』, 『燕槎酬帖』, 『觀華誌』(燕槎隨錄), 『燕山錄』 등으로 표기된 것이다.[8] 정리된 연행록 총 543건 중 24여 건이 이 유형의 표기로서 4% 정도 된다.

3. 瀋行錄系의 표기

이 유형은 『瀋陽往還日記』(1631), 『瀋陽往還日記』(1631), 『瀋陽日乘』(1637), 『瀋陽日記抄』(1637), 『瀋陽日記』(1631), 『瀋陽日錄』(松溪紀稿)(1636), 『瀋陽日記』(1637), 『瀋陽日記』(1637), 『瀋楊日記』(1641), 『瀋陽日記』(1644), 『瀋館錄』(1639), 『瀋館錄』(1643), 『瀋使啓錄』(1682), 『瀋

8) 燕槎唱酬集(1602), 燕山錄(1649), 燕槎錄(1686), 後燕槎錄(1694), 燕槎錄(詩燕槎錄)(1696), 燕槎錄(1731), 燕槎錄(燕槎錄 丁巳)(1737), 燕槎錄(1767), 燕槎錄(1831), 燕槎錄(燕行錄)(1831), 燕槎錄(石來堂草稿)(1845), 燕槎紀行(1855), 燕槎錄(1858), 燕槎錄(1858), 燕槎錄(1858), 燕槎錄(燕行日記)(1860), 燕槎綠(1846), 燕槎日錄(1854), 燕槎日錄(1858), 燕槎從遊錄(1862), 錦舲燕槎抄(1862), 燕槎筆記(1870), 燕槎日記(1887), 燕槎酬帖(?), 觀華誌(燕槎隨錄)(1887) 등

行日』記(1635), 『瀋陽館圖帖』(瀋館舊址圖)(1760), 『瀋陽日錄』(1764), 『瀋行錄』(甲戌), 『瀋使還渡 江狀啓別單』(1754), 『入瀋記』(1783), 『瀋槎日記』(1829) 등으로 표기된 것인데 정리된 연행록 총 543건 중 19여 건이 이 유형의 표기로서 3% 정도 된다.

4. 北行錄系의 표기

이 유형은 『北行日記』(1636), 『北征詩』(1636), 『北行酬唱』(野塘燕行錄)(1656), 『北征錄』(1678), 『北轅錄』(1760), 『북연긔힝』(北燕紀行)(1783), 『簡山北遊錄』(北遊漫錄)(1821), 『北轅錄』(1855), 『북힝가』(北行歌)(1866), 『北游艸』(1870), 『北楂談草』(1873), 『北遊續草』(北遊續艸)(1873), 『北遊日記』(1873), 『北遊詩草』(1874), 『續北征詩』(1813), 『北征日記』(1841) 등으로 표기된 것인데 정리된 연행록 총 543건 중 16여 건이 이 유형의 표기로서 3% 정도 된다.

5. 熱河記系의 표기

이 유형은 『熱河行』(玉振齋詩抄)(1720), 『熱河記』(1780), 『熱河日記』(1780), 『熱河日記』(燕巖集)(1780), 『熱河日記』(1780), 『熱河日記』(1780), 『熱河日記』(1780), 『熱河紀遊』(1790), 『熱河紀行詩』(1801), 『熱河圖』(?), 『後雲錄』(熱河紀行詩註)(1790), 『燕彙』(熱河日記)(1780) 등으로 정리된 연행록 총 543건 중 12여 건이 이 유형의 표기로서 2% 정도 된다.

6. 西行錄系의 표기

이 유형은 『西征錄』(1548), 『西行錄』(1618), 『西征日錄』(1620), 『西行日記』(1644), 『西征別曲』(셔졍별곡)(1694), 『셔원녹』(西轅錄)(1760), 『셔힝록』(西行錄)(1828), 『셔힝록』(1828), 『西行錄』(1844), 『西征集』(秋水閣詩初編)(1862), 『西征記』(1882) 등으로 정리된 연행록 총 543건 중 11여 건이 이 유형의 표기로서 2% 정도 된다.

7. 隨槎錄系의 표기

이 유형은 『隨槎錄』(1720), 『隨槎錄』(1778), 『隨槎錄』(1780), 『隨槎閑筆』(1822), 『隨槎日錄』(1825), 『隨槎日錄』(1829), 『隨槎錄』(龜巖公筆蹟)(1855), 『隨槎錄』1855), 『隨槎錄』(龜巖公筆蹟)(1871), 『隨槎錄』(隨槎日錄)(1871) 등으로 정리된 연행록 총 543건 중 10여 건이 이 유형의 표기로서 2% 정도 된다.

8. 漂海錄系의 표기

이 유형은 『錦南先生漂海錄』(1487), 『표히록』(漂海錄)(1487), 『표히가』(漂海歌)(1796), 『표히가』(漂海歌)(1796), 『표히가』(漂海歌)(1796), 『표히록』(1796), 『漂流燕行記』(題簽:耽羅聞見錄)(1726), 『漂流燕行記』(題簽:耽羅聞見錄)(1729), 『漂流燕行記』(題簽:耽羅聞見錄)(1729) 등으로 정리된 연행록 총 543건 중 9여 건이 이 유형의 표기로서 2% 정도 된다.

9. 赴燕錄系의 표기

이 유형은 『赴燕詩』(1647), 『赴燕詩』(1805), 『赴燕詩』(1805), 『赴燕詩』(1833), 『赴燕日記』(1828), 『赴燕日錄』(燕行日記)(1669), 『赴瀋日記』(辛巳赴瀋錄)(1641) 등으로 정리된 연행록 총 543건 중 7여 건이 이 유형의 표기로서 1% 정도 된다.

10. 燕京錄系의 표기

이 유형은 『燕京行錄』(1562), 『燕京錄』(1660), 『燕京錄』(1660), 『朗善君癸卯燕京錄』(1663), 『燕京雜識』(1749), 『燕京編』(1784) 등으로 정리된 연행록 총 543건 중 6여 건이 이 유형의 표기로서 1% 정도 된다.

11. 槎行錄系의 표기

이 유형은 『槎行錄』(1625), 『槎行贈言』(沙西集)(1625), 『槎路三奇帖』(薊門烟樹)(1784), 『槎上韻語』(冠岩遊史)(1830), 『槎上續韻』(1834) 등으로 정리된 연행록 총 543건 중 5여 건이 이 유형의 표기로서 1% 정도 된다.

12. 遊燕錄系의 표기

이 유형은 『遊燕錄』(1811), 『游燕藁』(1826), 『游記』(冠巖存藁)(1834), 『遊燕錄』(燕行日記)(1869), 『遊燕錄』(1869) 등으로 정리된 연행록 총 543건 중 5여 건이 이 유형의 표기로서 1% 정도 된다.

13. 銀槎錄系의 표기

이 유형은 『銀槎錄』(1598), 『銀槎錄詩』(1598), 『天槎大觀』(1624), 『東槎錄』(1630), 『星槎錄』(1697) 등으로 정리된 연행록 총 543건 중 5여 건이 이 유형의 표기로서 1% 정도 된다.

14. 輶軒錄系의 표기

이 유형은 『輶車集』(履園遺稿)(1803), 『輶軒錄』(三冥集, 임기중의 推定)(1805년), 『輶軒續錄』(1829), 『輶軒三錄』(1853) 등으로 정리된 연행록 총 543건 중 4여 건이 이 유형의 표기로서 1% 정도 된다. 이 유헌록계의 연행록은 1626(天啓6년) 명나라 姜曰廣이 『輶軒記事』를 쓴 일이 있기 때문에 한중간의 상호대본성도 그 개연성을 배제하기 어려울 것 같다.

15. 燕薊錄系의표기

이 유형은 『燕薊謏聞錄』(1639), 『三入燕薊錄』(瓿錄雜彙)(1823), 『燕薊紀略』(1842), 『燕薊紀略』(1876) 등으로 정리된 연행록 총 543건 중 4여 건이 이 유형의 표기로서 1% 정도 된다.

16. 赴京錄系의 표기

이 유형은 『赴南詩』(1372), 『赴京日錄』(1592), 『赴京別章』(1614), 『聖節使赴京日記』(1617) 등으로 정리된 연행록 총 543건 중 4여 건이 이 유형의 표기로서 1% 정도 된다.

17. 薊山錄系의 표기

이 유형은 『薊山紀程』(1803), 『薊山詩稿』(燕行詩)(1803), 『薊程散考』(1822), 『薊槎日錄』(1875) 등으로 정리된 연행록 총 543건 중 4여 건이 이 유형의 표기로서 1% 정도 된다.

18. 椒蔗錄系의 표기

이 유형은 『椒餘錄』(1697), 『蔗回錄』(1697), 『擣椒錄』(1683), 『椒蔗錄』(1752) 『椒蔗續編』(1822) 등으로 정리된 연행록 총 543건 중 4여 건이 이 유형의 표기로서 1% 정도 된다.

19. 乘槎錄系의 표기

이 유형은 『乘槎錄』(1637), 『승사록(庚戌乘槎錄』(1790), 『乘槎錄』(1817) 등으로 정리된 연행록 총 543건 중 3여 건이 이 유형의 표기로서 1% 정도 된다.

20. 玉河記系의 표기

이 유형은 『玉河日記』(1837), 『玉河館帖』(1860), 『館中雜錄』(1696) 등으로 정리된 연행록 총 543건 중 3여 건이 이 유형의 표기로서 1% 정도 된다.

21. 飮氷錄系의 표기

이 유형은 『飮氷錄』(壬寅飮氷錄)(1662), 『飮氷錄』(己丑飮氷錄)(1649), 『飮氷行程曆』(1755) 등으로 정리된 연행록 총 543건 중 3여 건이 이 유형의 표기로서 1% 정도 된다.

22. 行錄系의 표기

이 유형은 『丁丑行錄』(1577), 『辛巳行錄』(1581), 『甲午行錄』(1594) 등으로 정리된 연행록 총 543건 중 3여 건이 이 유형의 표기로서 1% 정도 된다.

23. 使行錄系의 표기

이 유형은 『梨川相公使行日記』(1619), 『使燕錄』(1668), 『寒圃齋使行日記』(1721) 등으로 정리된 연행록 총 543건 중 3여 건이 이 유형의 표기로서 1% 정도 된다. 使行錄으로 표기한 것은 고작 이 3건뿐이어서 1% 미만이다. 따라서 이 문헌군을 사행록이라고 일컫는 것은 적절치 못하다. 연행록이라 표기된 것만도 53건으로 가장 많고 연행록계의 표기는 앞에서 살펴본 바와 같이 정리된 연행록 총 543건 중 281여 건이 이 유형의 표기로서 52%나 차지한다. 연행록이란 이름은 표기의 빈도 측면에서도 이 문헌군의 대표성을 갖는다. 따라서 이 문헌군을 연행록이라고 일컫는 것은 여러 모로 타당성이 있는 용어인 것이다. 문집 등을 비롯한 여러 유형의 옛 기록들에서도 使行使보다는 燕行使로 다녀왔다는 기록이 훨씬 더 자주 보인다. 이름뿐 아니라 그 전반적인 내용을 살펴볼 때도 기록 당시 기록자들의 기록 의식에 드러나는 使行은 극히 부분적일 뿐이다. 후대로 내려오면서 단순히 行錄系나 遊燕系의 표기가 나타나는 데서도 볼 수 있듯이 사행록보다는 그냥 行錄이고, 더 나아가서 使行보다는 그냥 遊燕으로 생각하였던 의식을 외면해서는 안 될 것이다.

24. 그 밖의 연행록 이름 표기양상으로 『東還封事』(1574), 『文興君控于錄』(1596), 『申忠一建州見聞錄』(1596), 『安南使臣唱和問答錄』(1597), 『皇華日記』(1599), 『琉球使臣贈答錄』(1611), 『白沙公航海路程日記』(1623), 『無題簽(航海圖)』(1624), 『듁쳔니공힝젹』(竹泉李公行蹟)(1624), 『梯航勝覽』(1624), 『路程記』(1626), 『同行錄』(瀋陽質館同行錄, 瀋中日記)(1637), 『日記草』(1694), 『看羊錄』(1701), 『龍灣勝遊帖』(統軍亭雅集圖)(1723), 『啓下』(甲辰啓下帖)(1724), 『상봉녹』(桑蓬錄)(1727), 『桑蓬錄』(1727), 『杭傳尺牘』(湛軒書)(1765), 『含忍錄』(1778), 『瀛臺奇觀帖』(瀛臺氷戱)(1784), 『丙辰苦塊錄』(1796), 『贈季君』(軸)(1798), 『談艸』(1880),

『遼野車中雜詠』(1801), 『竝世集』(1801), 『奏請行卷』(1812), 『黃粱吟』(1821), 『相看編』(1836), 『出疆錄』(1851), 『領選日記』(1881), 『天津談草』(天津奉使緣起)(1881), 『析津于役集』(雲養集)(1881), 『夢經堂日史』(1855), 『觀華誌』(日記, 隨錄)(1887) 등 34가지가 더 나타난다. 따라서 燕行錄系, 燕槎錄系, 瀋行錄系, 北行錄系, 熱河記系, 西行錄系, 漂海錄系, 隨槎錄系, 赴燕錄系, 燕京錄系, 槎行錄系, 遊燕錄系, 銀槎錄系, 輶軒錄系, 燕薊錄系, 赴京錄系, 薊山錄系, 椒蔗錄系, 乘槎錄系, 玉河記系, 飮氷錄系, 行錄系, 使行錄系 등의 23가지에 그 밖의 34가지 표기양상을 합하면, 16세기 중엽부터 19세기 말까지의 제 3세대 연행록에 모두 57가지의 연행록 이름의 표기양상이 드러난다. 여기에다가 제 1세대 연행록의 이름과 제 2세대 연행록 朝天錄系를 더하면 모두 62가지의 연행록

이름의 표기양상이 드러나고 있다. 제 2세대 연행록 중 朝天錄으로 표기된 것은 28건이고 朝天系 표기의 연행록은 총 543건 중 96건으로 18% 정도다. 제 3세대 연행록 중 燕行錄으로 표기된 것은 53건이고 燕行系 표기와 그 밖의 57가지 이름으로 표기된 연행록은 총 543건 중 440여 건으로 81% 정도 된다.

앞에 나타나는 바와 같은 연행록 이름의 다양한 변별 노력은 상호원전성과 관련이 있다. 따라서 그 내용 또한 이와 무관할 수가 없다. 모든 특색은 항상 강한 강점을 가지면서 한편 약점 또한 동시에 가진 것을 말한다.

이처럼 연행록의 이름은 여러 종의 조천록이나 연행록처럼 선행의 것과 同一化 현상, 『駕海朝天錄』이나 『荷谷朝天記』 또는 『무오연힝록』이나 『稼齋燕行錄』처럼 선행의 것과 類似化 겸 辨別化 현상, 『控于錄』이나 『桑蓬錄』이나 『含忍錄』처럼 선행의 것과 辨別化 현상이라는 3가지 현상으로 만들어졌고 말할 수 있다. 그 발상의 단초는 대부분 상호원전성에서 기인한 것이다. 따라서 연행록 이름은 상호원전성에 의해 16세기는 조천록이 한 유행양식으로 곧 조천록 패션시대였으며, 18세기 19세기는 연행록이 한 유행양식으로 곧 연행록 패션시대였다는 것을 알 수 있다. 단적으로 표현하면 연행록 이름으로 볼 때 16세기는 조천록 패션시대였고, 18세기 19세기는 연행록 패션시대였다. 이런 패션은 상호원전성의 닮기에서 온 것들인데 이와 다르기로 그런 패션을 비껴나간 것이 여러 가지의 개성적인 연행록 이름들이다.

연행록 낱낱의 해제는 현재까지 한국고전번역원 『연행록선집』에 20편이 되어 있으며, 신청자 주간으로 100여편의 해제가 이루어져 『국학고전 연행록해제』 1책과 2책으로 간행된 바 있다. 그리고 신청자의 『DVD연행록총간증보판』에 556건의 연행록 기초해제가 모두 이루어져 있다.

〈붙임 2〉 신청자 정보(DETAILS OF THE NOMINATOR)

신청자는 1960년대부터 연행록을 발굴·수집·정리의 일을 착수하여 다음과 같은 결과물을 만들어 냈음.

① 신청인의 연행록 5차 증보 현황

	1차(2001)	2차(2001)	3차(2008)	4차(2011)	5차(2013)
간행물	연행록전집 (100권)	연행록전집 일본소장편 (3권)	연행록속집 (50권)	연행록총간 DB	연행록총간 증보판 DB
특 징	•총 398종의 연행록 수록 •동국대학교 출판부 발행 (001권-100권) •한·중·일·구미에 보급되어 활용 중	•일본에 있는 연행록자료 발굴 •일본의 夫馬進 (Fuma Susumu) 과 공동출간 •동국대학교 한국문학 연구소 발행 (1권-3권) •한·중·일·구미에 보급되어 활용중	•170종 추가 수록. 총 568종 •상서원 발행 •자비 출판 (101권-150권) •한·중·일·구미에 보급되어 활용중	•정본화 작업을 거쳐 455종의 엄선된 연행록 수록 •연행록 10여종 추가 수록 •DB화 : 외장하드, DVD 10장, 웹사이트 •한·중·일·구미에 보급되어 활용중 •on-line 창에서 10여개 나라 사람들이 검색 활용 중 (KRpia)	•총 556종의 연행록 수록 •신출연행록류, 수로연행도류, 열하일기류, 심양일기류 등 추가 수록 •DB화 : DVD 12장, 웹사이트 •한·중·일·구미에보급되어 활용중 •on-line 창에서 10여개 나라 사람들이 검색 활용 중 (KRpia)

② 신청인은 한국학술진흥재단 책임연구원으로 아래 연행록 해제 2책을 출간함.
국학고전 연행록해제-1, 동국대학교 한국문학연구소 연행록해제팀, 2003.
국학고전 연행록해제-2, 동국대학교 한국문학연구소 연행록해제팀, 2005.

③ 신청인은 연행록 연구서로 아래 2책을 출간함.
임기중 교수 지음, 연행가사 연구, 아세아문화사, 2003.
임기중 교수 지음, 증보판 연행록 연구, 일지사, 2006.

④ 신청인은 1980년부터 2013년까지 한국과 국제학회에서 30여 차례 연행록 관련 논문을 발표함.

⑤ 현재 한・중・일・대만, 유럽, 미국 등지에서 연행록 연구 인력과 연행록 연구 기관이 증가 추세에 있으며 구미 유수 대학 연구진들의 연행록 데이터베이스 DVD와 KRpia on-line 접속이 증가하고 있는 추세임.

⑥ 연행록전집(2001)과 연행록속집(2008) 150책이 종이책과 전자책으로 출간된 이후 한・중[9]・일[10]을 비롯하여 미국[11]・영국[12]・프

9) Nanjing University, Qingdao University, 北京大學, 魯東大學, 山東師範大學, 復旦大學, 浙江大學, 廣西師範大學

10) Bukkyo University, Doshisha University, Rikkyo University, Fukuoka University, Ritsumeikan University, Gakushuin University, University of Tokyo, Waseda University, Kyoto University, Keio University, Kobe University

랑스[13] · 카나다[14] · 호주[15] · 네덜란드[16] · 뉴질랜드[17] · 오스트리아[18] 등 여러 국가의 연구기관들에서 연행록을 접속하여 다방면의 적지 않은 연구논저들을 내놓았음.

---

11) Binghamton University, SUNY, Columbia University, Dartmouth College, Duke University, Georgetown University, George Washington University, Harvard University, Indiana University, New York University, Princeton University, Stanford University, The Ohio State University, The University of North Carolina –Chapel Hill, University of California, Irvine, University of California, Los Angeles, University of California, San Diego, University of Chicago, University of Hawaii, University of Kansas, University of Michigan, University of Southern California, University of Texas at Austin, University of Virginia, University of Washington, University of Wisconsin–Madison, Washington University in St. Louis, Syracuse University, Cornell University, University of Iowa, Bethesda Christian University, Yale University
12) University of Cambridge, University of London
13) EHESS, Permanent Delegation of Korea to the OECD
14) University of British Columbia, University of Toronto, York University
15) Monash University, Sydney college of Divinity, The Australian National University, Camden Theological Library, Alphacrucis College
16) Leiden Universiry
17) Victoria University of Wellington
18) University of Vienna

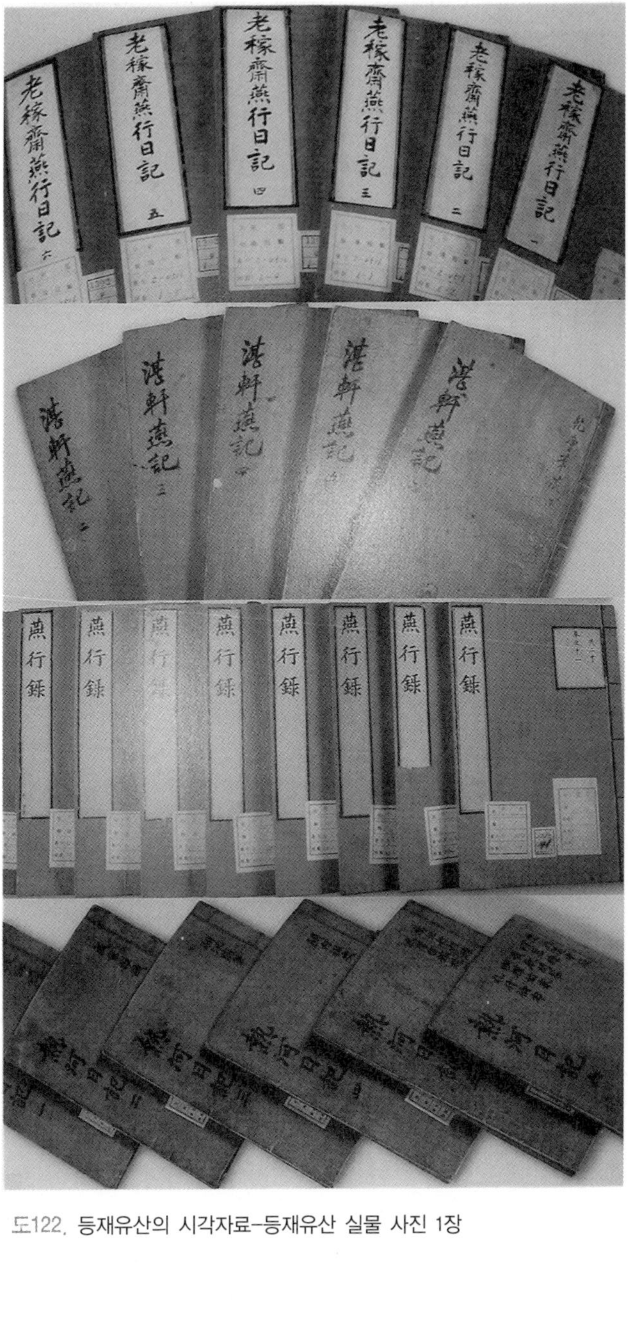

도122. 등재유산의 시각자료-등재유산 실물 사진 1장

도123. 등재유산의 시각자료–등재유산 영인본 150권 출간 사진 1장

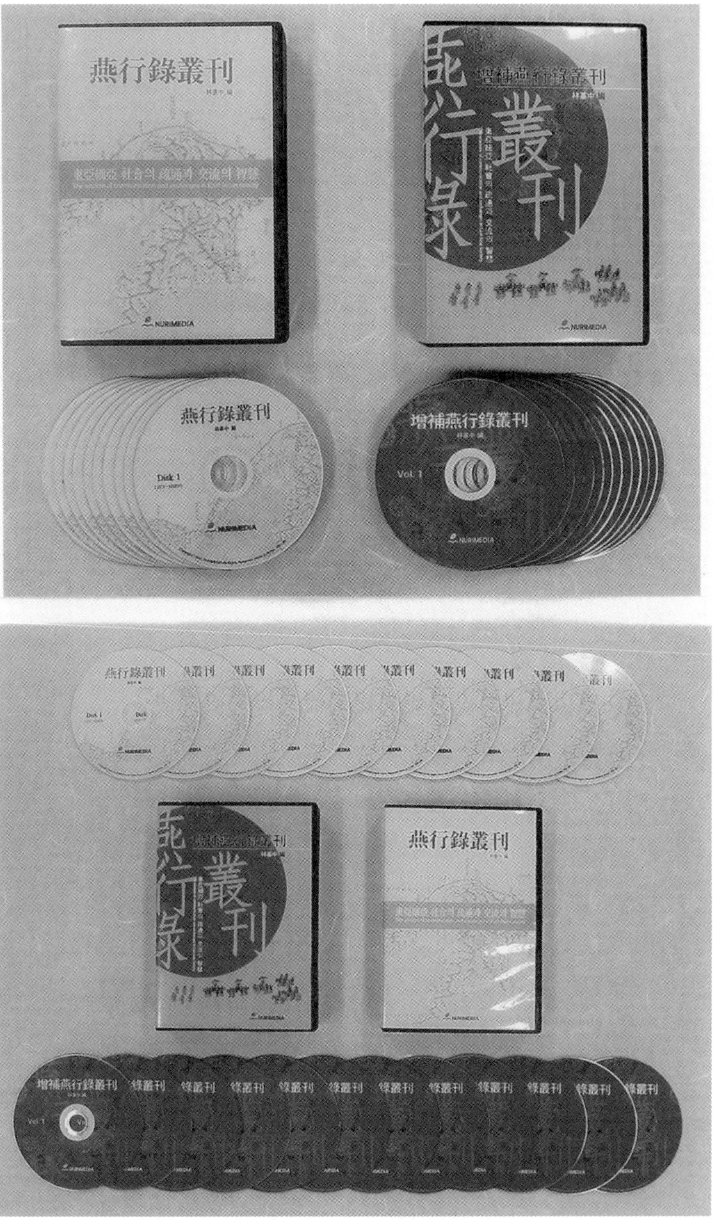

도124. 등재유산의 시각자료-등재유산 데이터베이스 DVD 출간 사진 1장

색인

INDEX

원색도판

도001. 국립도서관본 수로연행도 1~2면. 1624년 미상 작

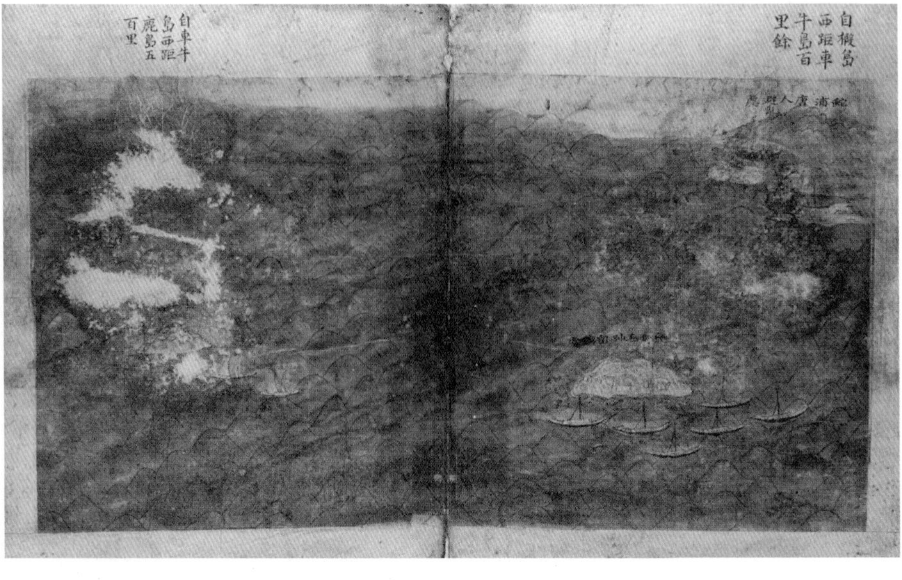

도002. 국립도서관본 수로연행도 3~4면. 1624년 미상 작

도003. 국립도서관본 수로연행도 5~6면. 1624년 미상 작

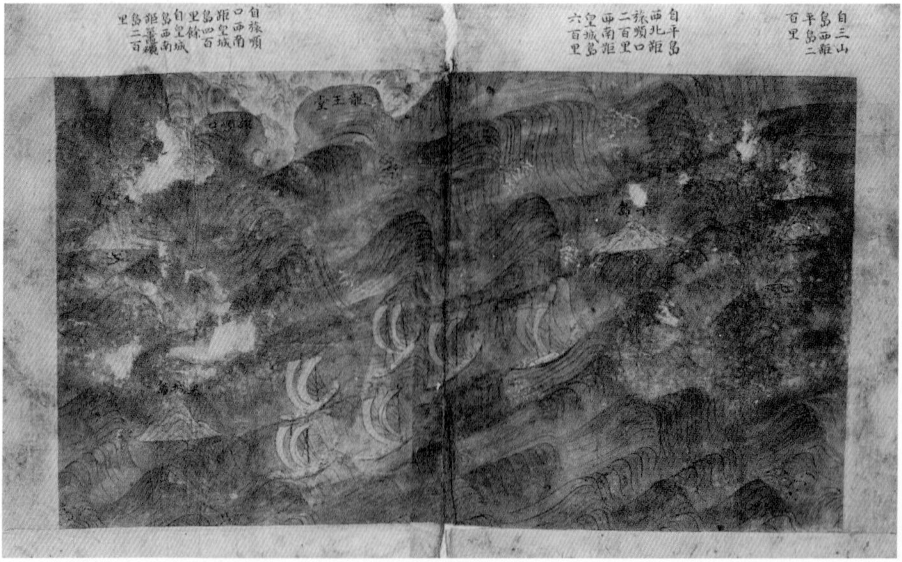

도004. 국립도서관본 수로연행도 7~8면. 1624년 미상 작

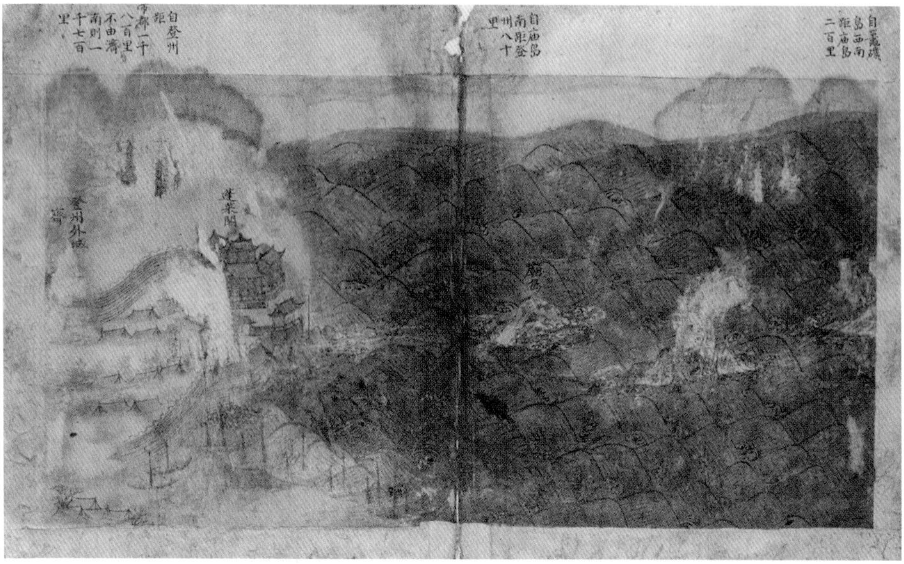

도005. 국립도서관본 수로연행도 9~10면. 1624년 미상 작

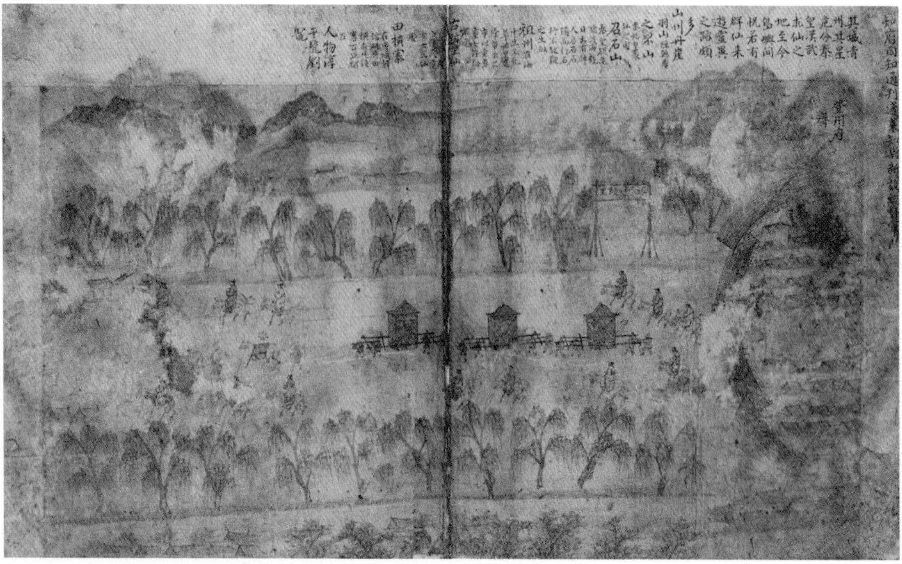

도006. 국립도서관본 수로연행도 11~12면. 1624년 미상 작

도007. 국립도서관본 수로연행도 49~50면. 1624년 미상 작

도008. 숭실대본 육로연행도 처음 1면 구혈대. 18세기 미상 작

도009. 숭실대본 육로연행도 2면 만리장성. 18세기 미상 작

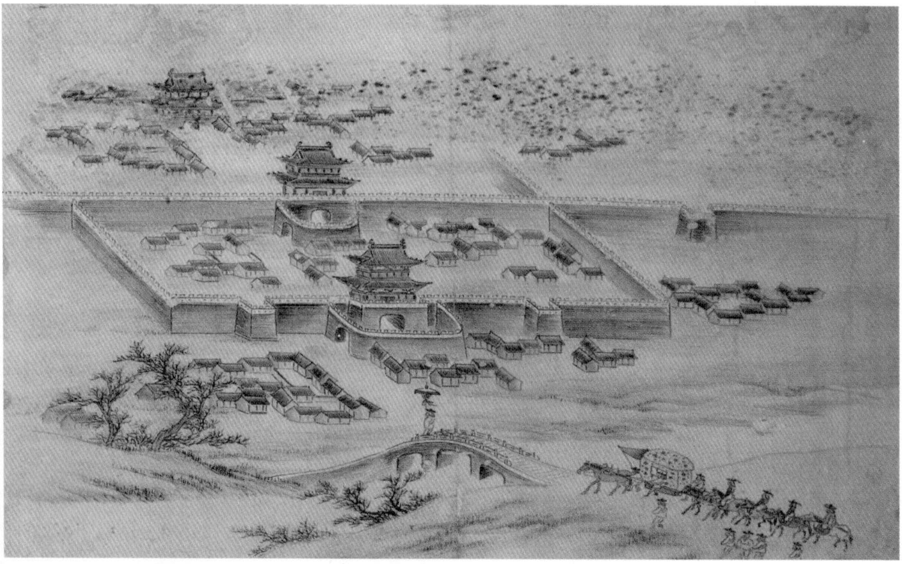

도010. 숭실대본 육로연행도 4면 산해관동라성. 18세기 미상 작

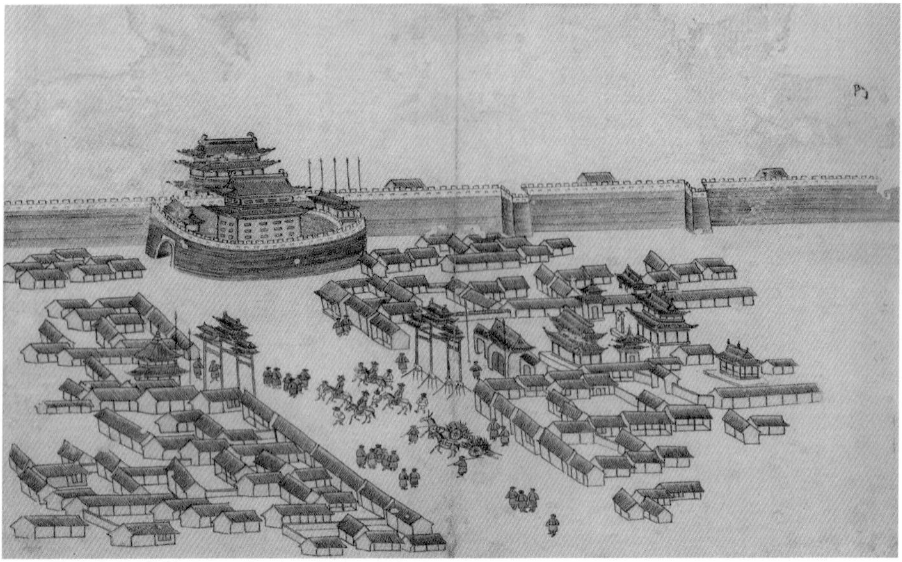

도011. 숭실대본 육로연행도 6면 조양문. 18세기 미상 작

도012. 숭실대본 육로연행도 끝 14면 서산. 18세기 미상 작

도019. 오대 때의 한희재야연도권에서 궁정의 유희

도020. 명 청 왕조 때의 원소행락도권에서 황실의 장대 연희.

도021. 청대의 환술 3장면

도022. 청대의 기계연희 2장면

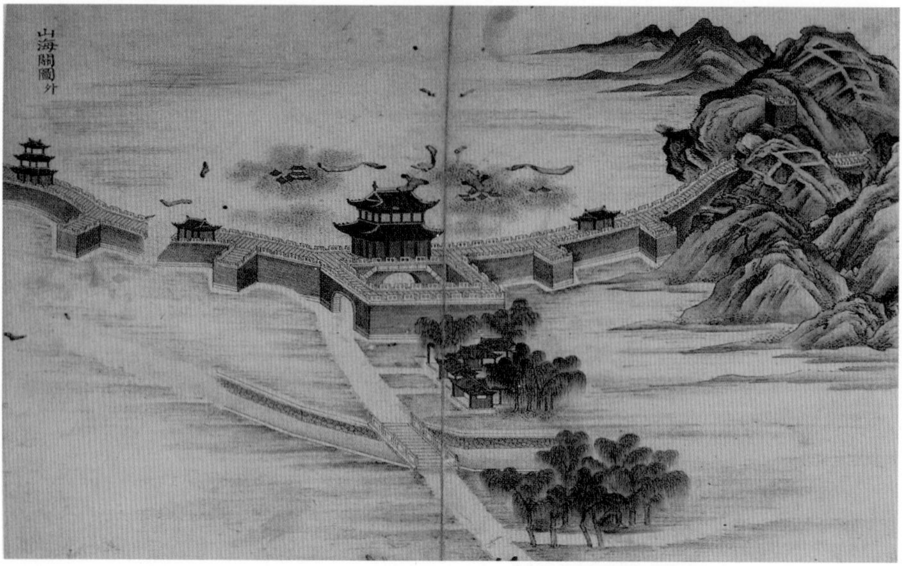

도025. 1761년 이필성의 심양관도첩에서 산해관외도

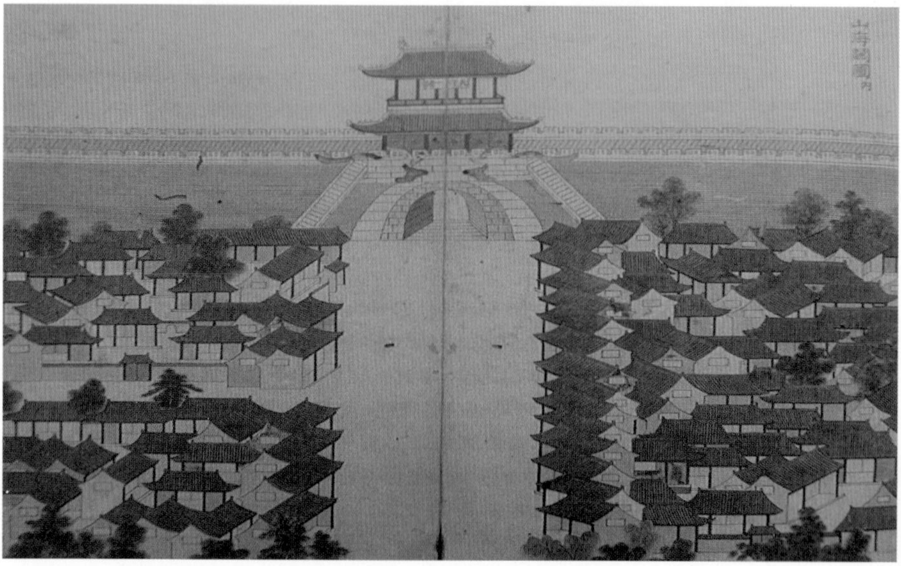

도026. 1761년 이필성의 심양관도첩에서 산해관내도

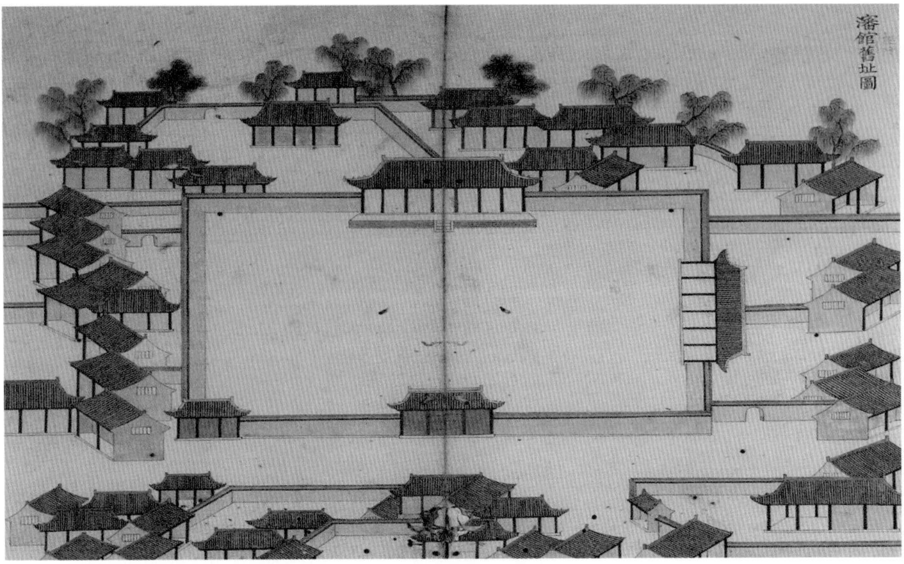

도027. 1761년 이필성의 심양관도첩에서 심관구지도

도034. 1624년 사은겸주청 정사
이덕형의 초상

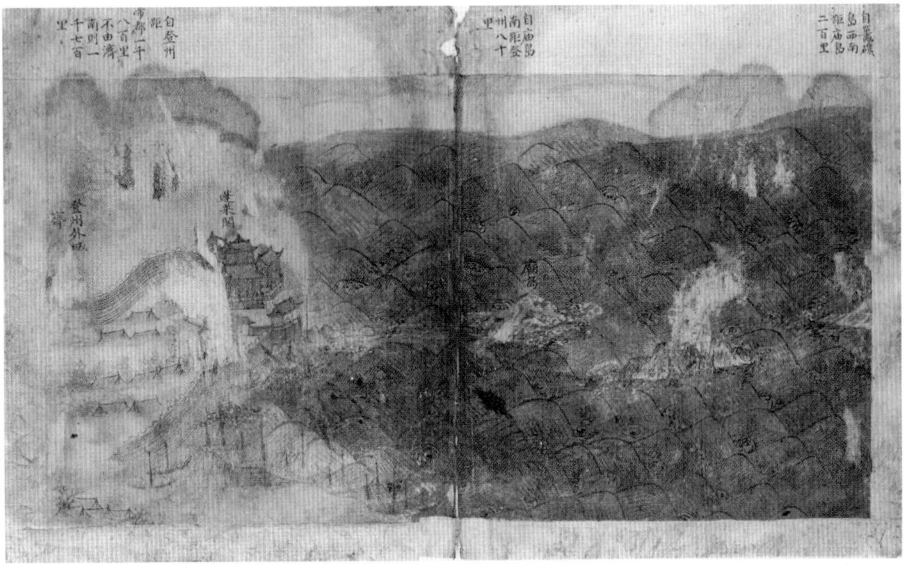

도036. 1624년 국립도서관본 수로연행도의 봉래각

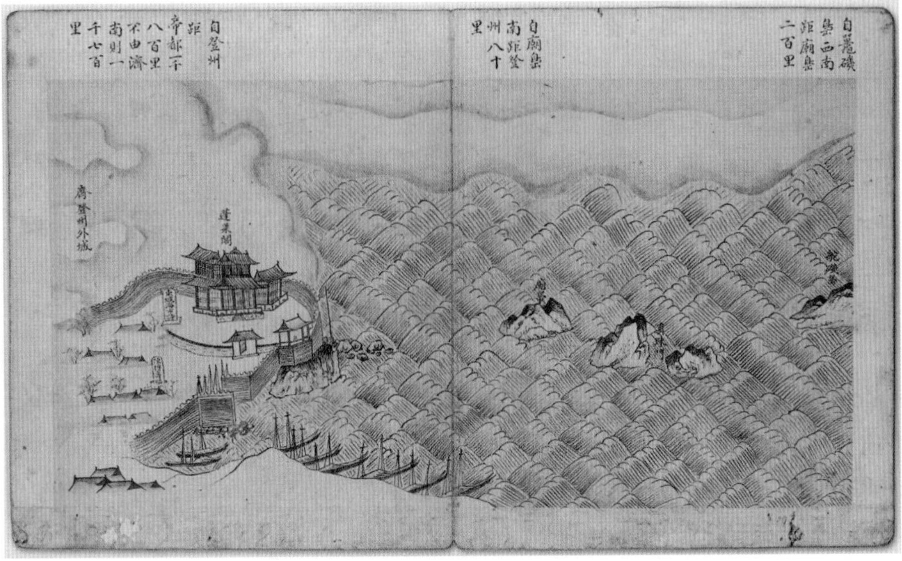

도037. 이성원본 수로연행도의 봉래각

도038. 미상년 미상작 군사박물관본 첫1장면 용왕당과 여순구

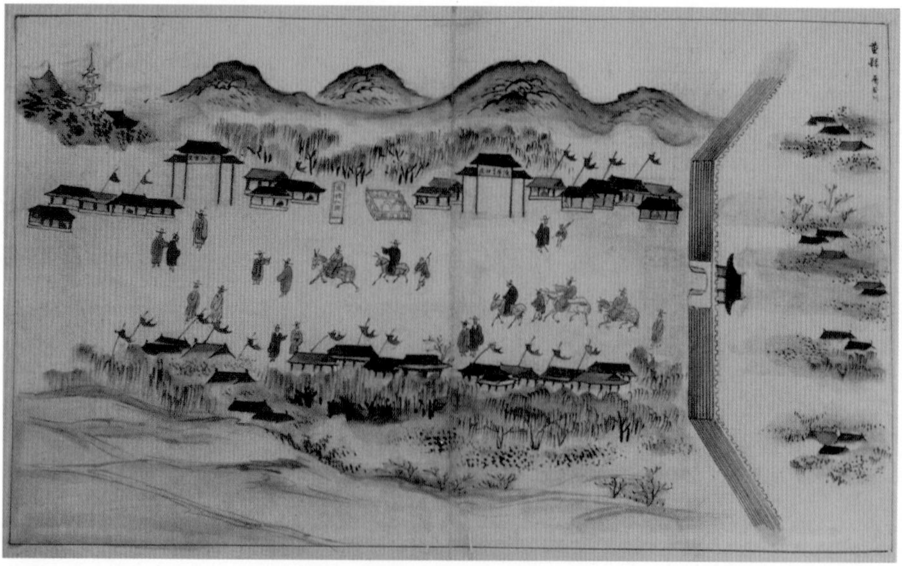

도039. 미상년 미상작 군사박물관본 제4장면 황현

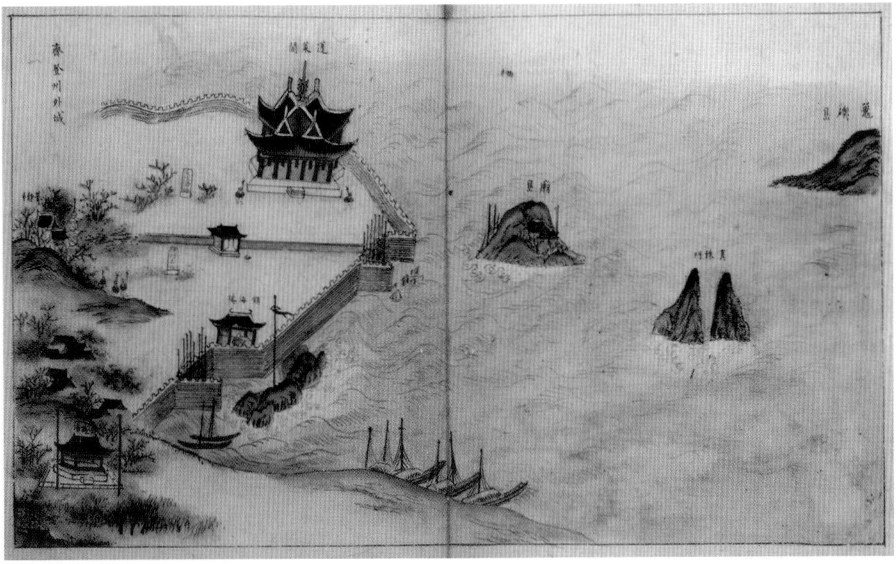

도040. 미상년 미상작 군사박물관본 제12장면 등주외성과 봉래각

도041. 미상년 미상작 군사박물관본 끝18장면 웅주

도042. A본 1장면

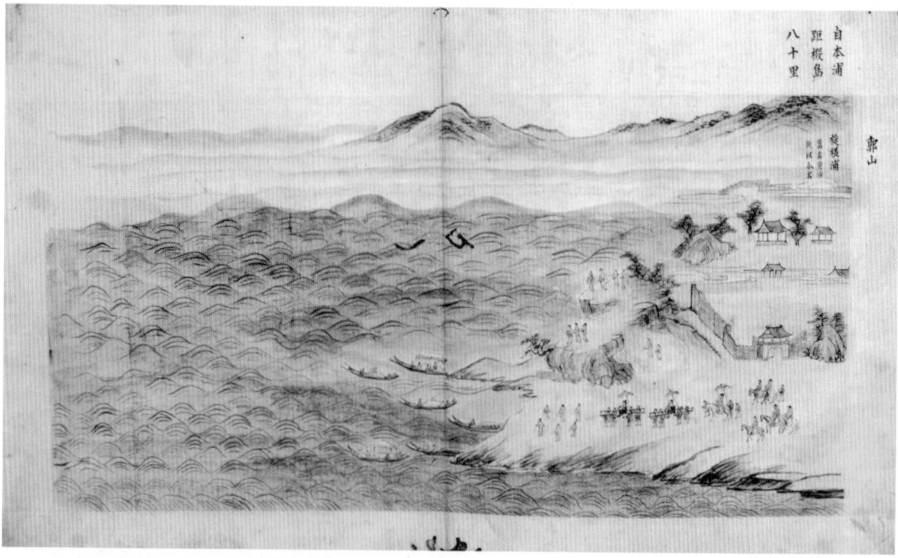

도043. B본 1장면

도044. C본 1장면

도045. D본 1장면

도046. A본 3장면

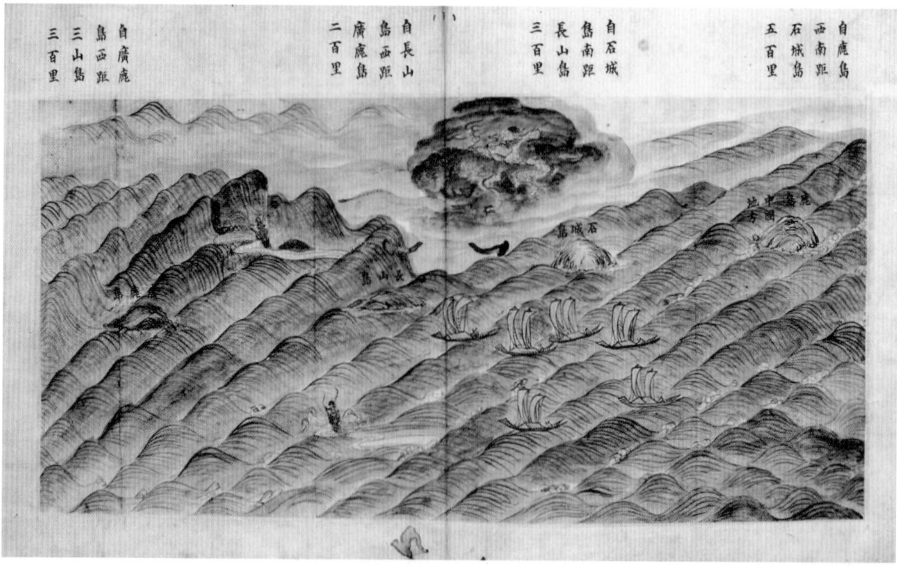

도047. B본 3장면

도048. C본 3장면

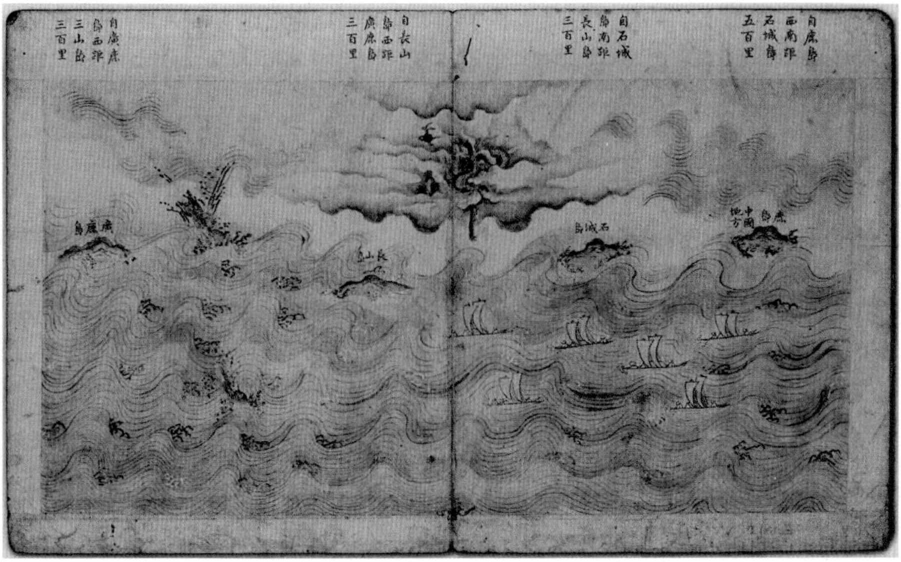

도049. D본 3장면

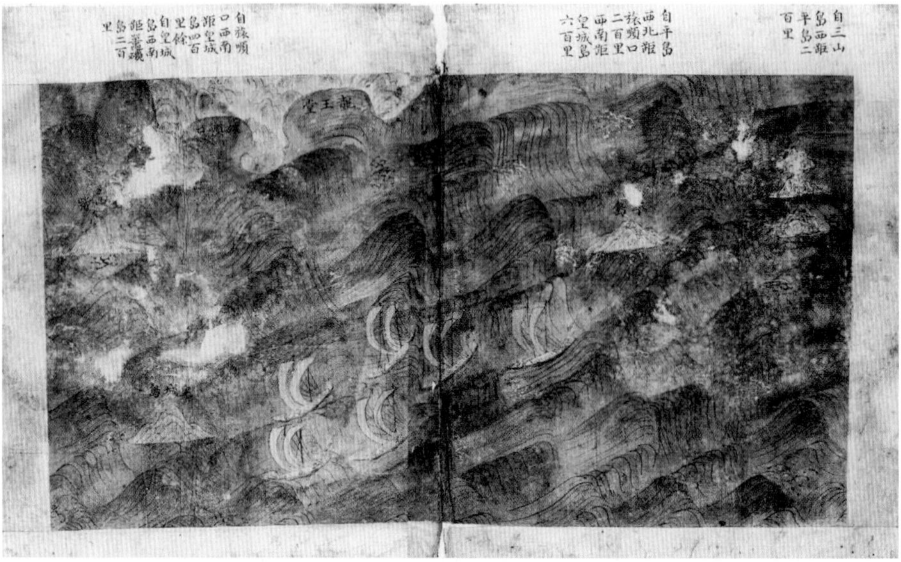

도050. A본 4장면

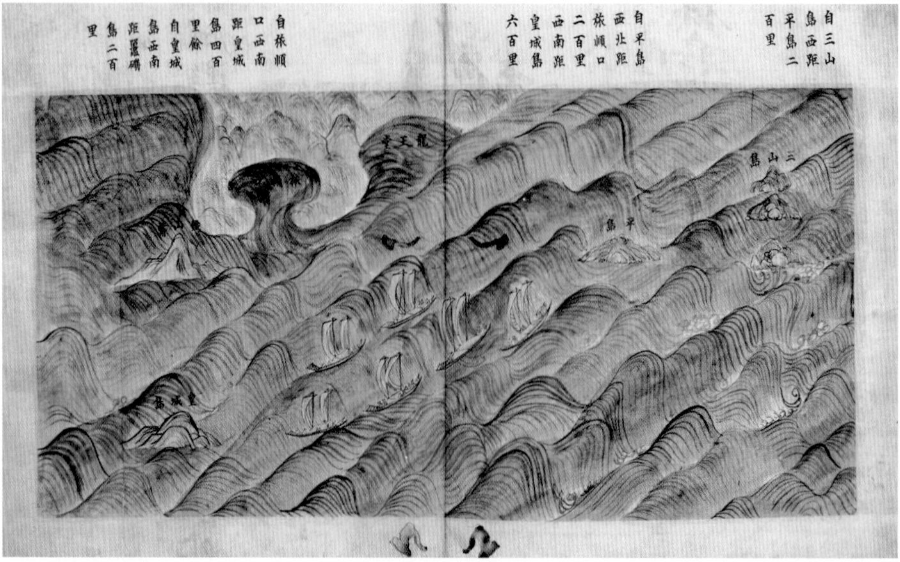

도051. B본 4장면

도052. C본 4장면

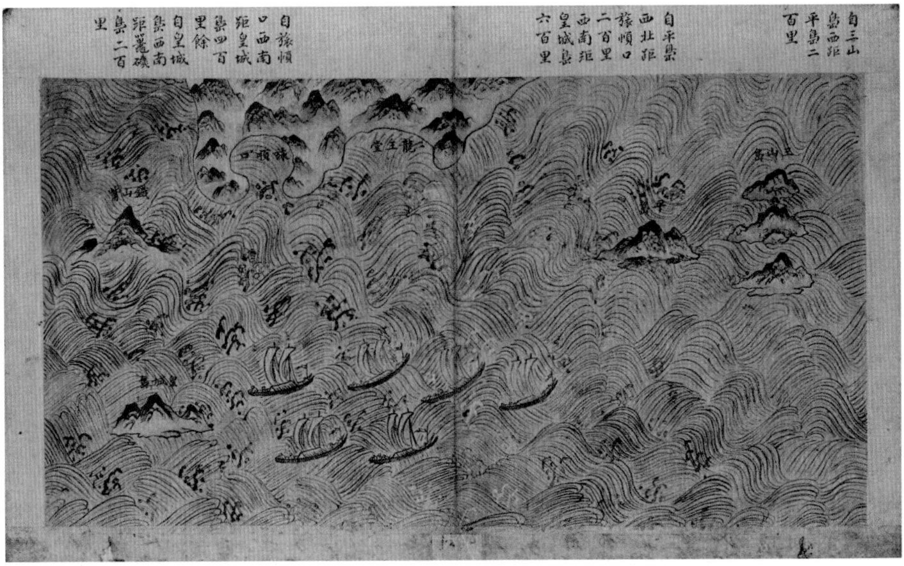

도053. D본 4장면

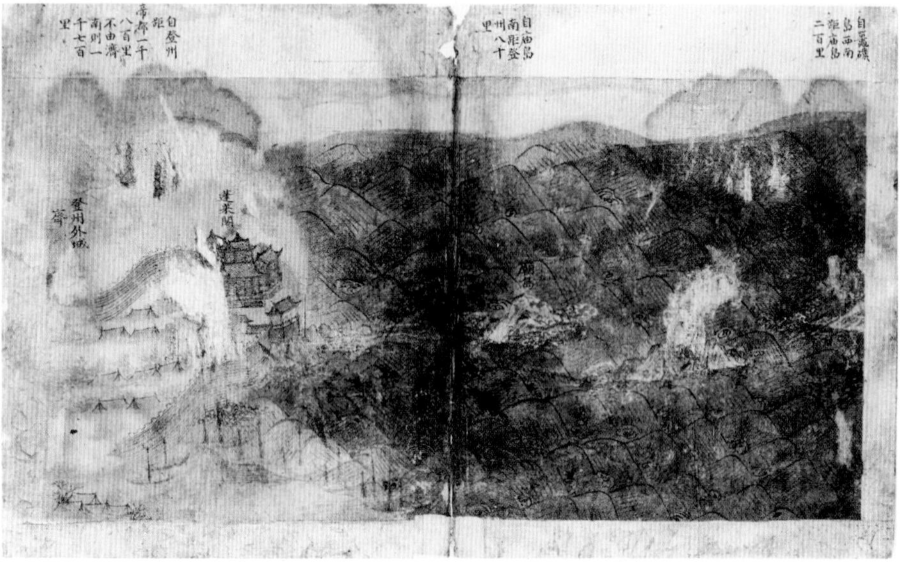

도054. A본 5장면

도055. B본 5장면

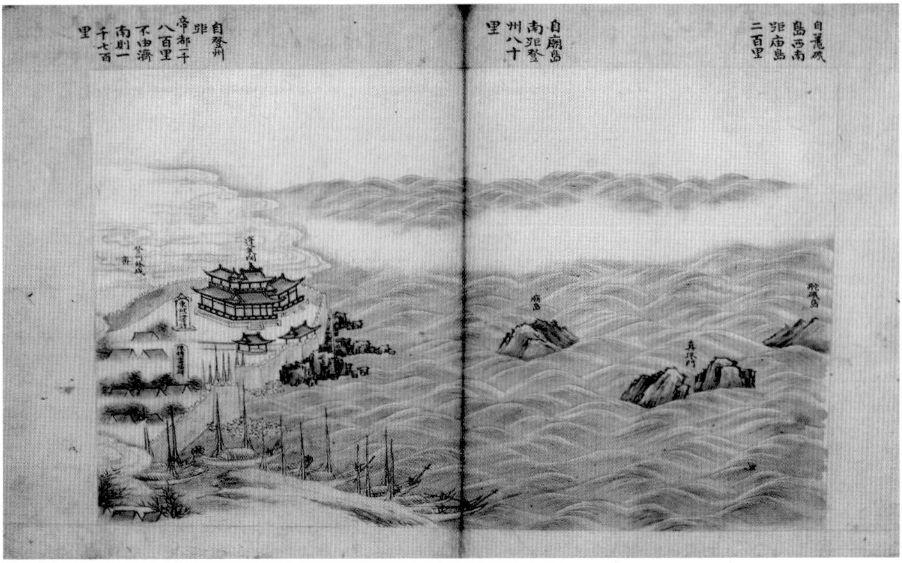

도056. C본 5장면

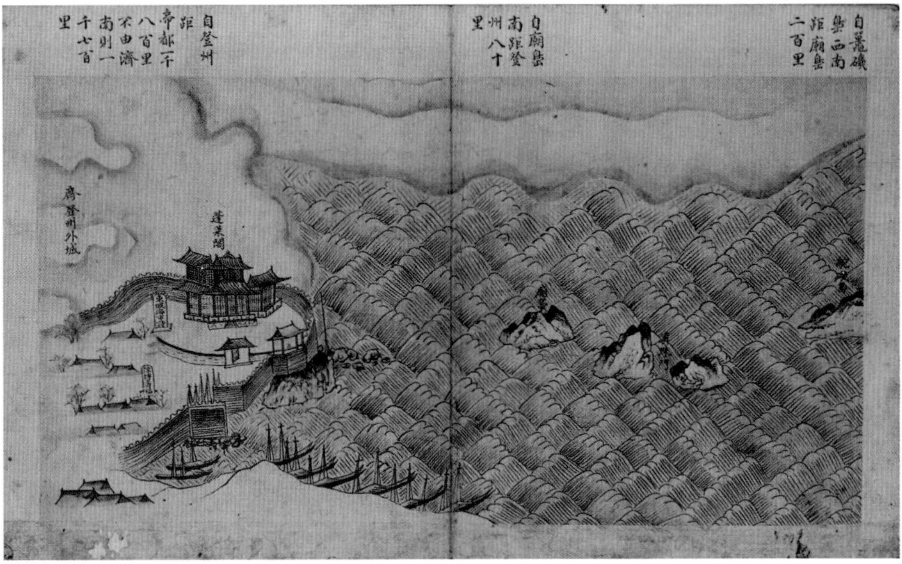

도057. D본 5장면

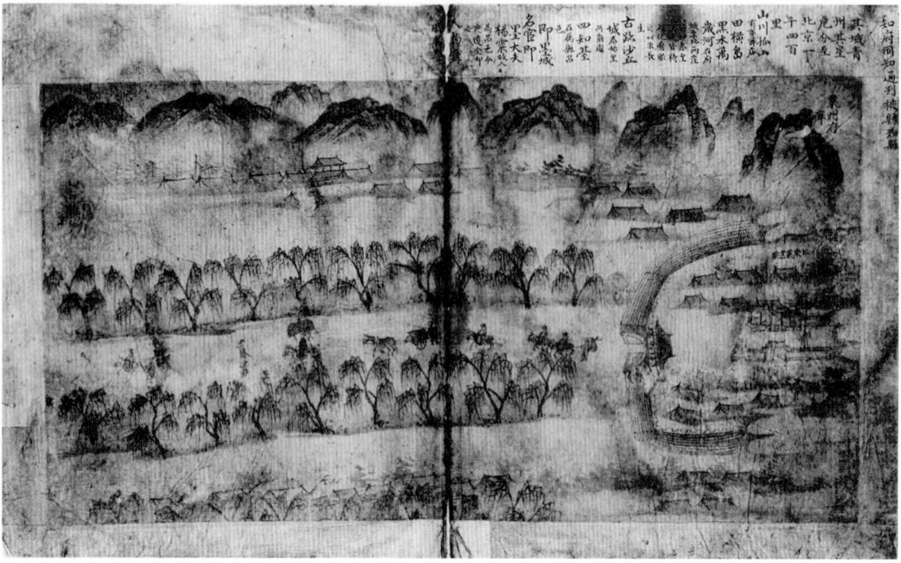

도058. A본 7장면

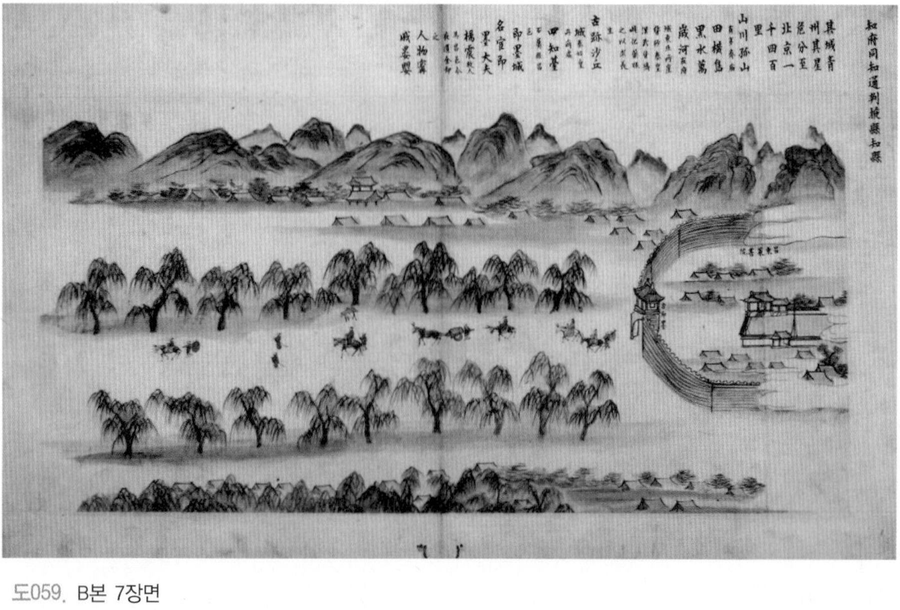

도059. B본 7장면

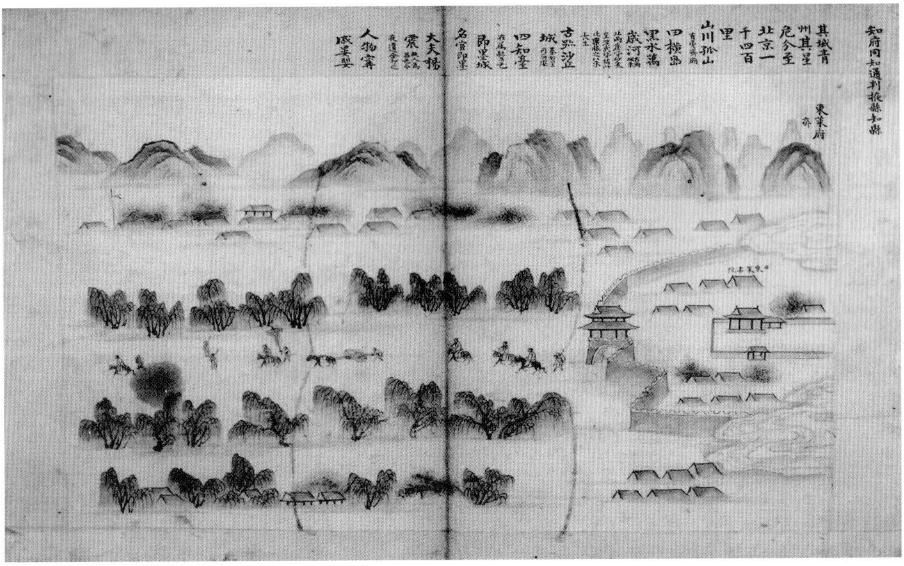

도060. C본 7장면

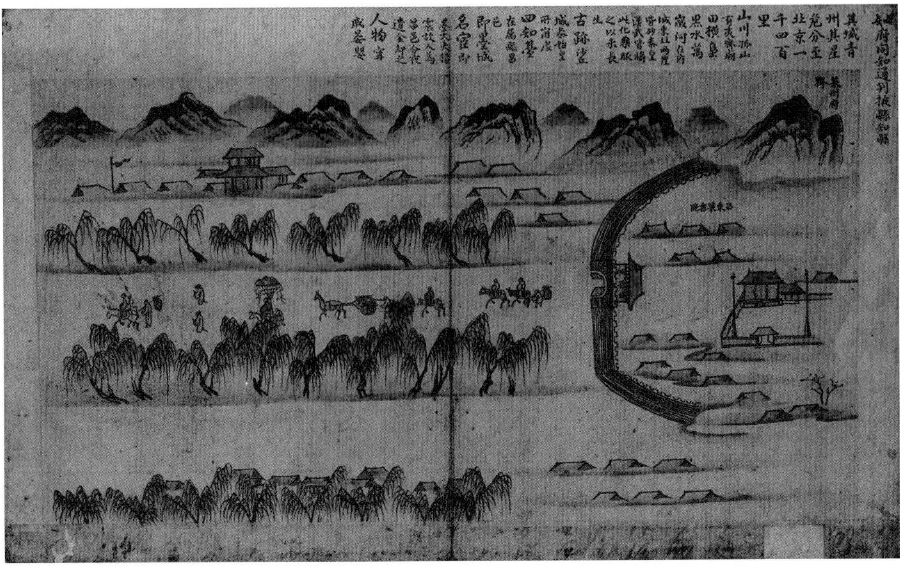

도061. D본 7장면

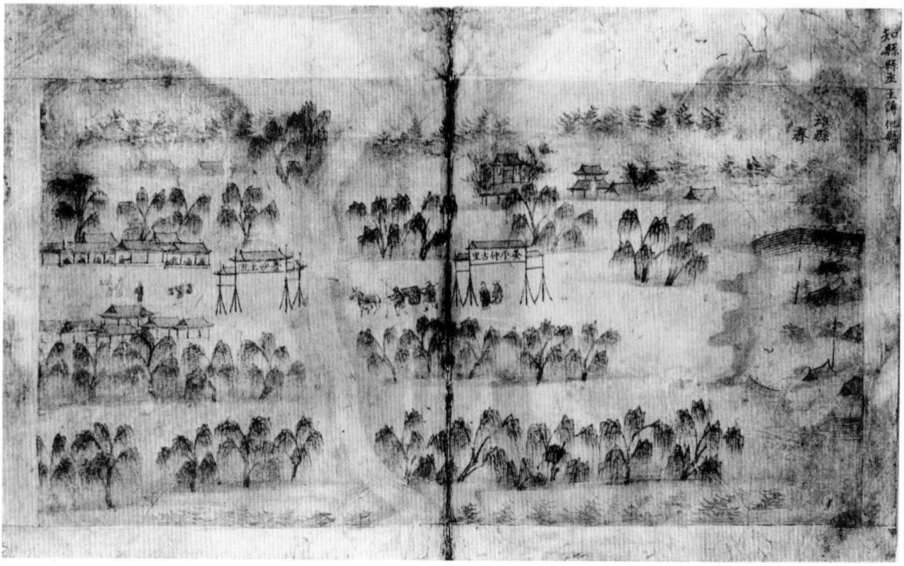

도062. A본 8장면

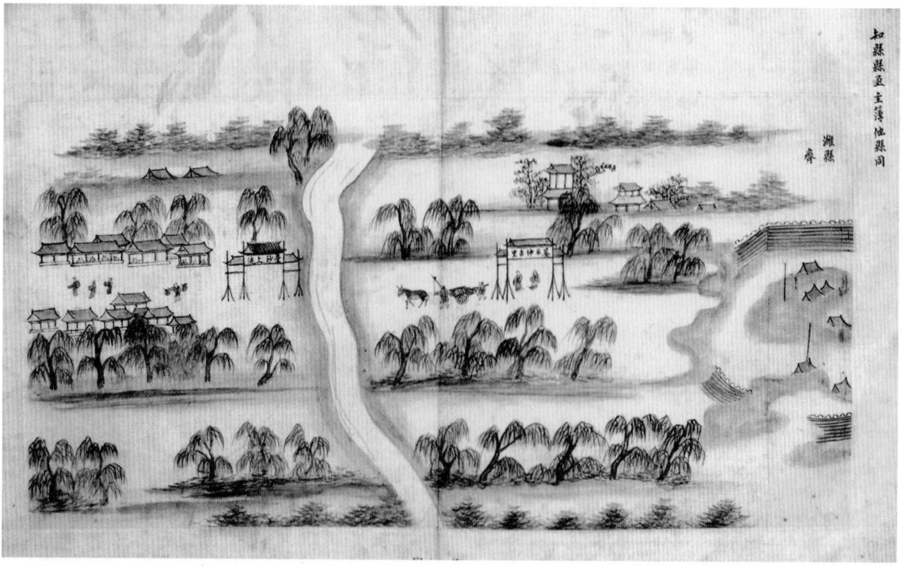

도063. B본 8장면

도064. C본 8장면

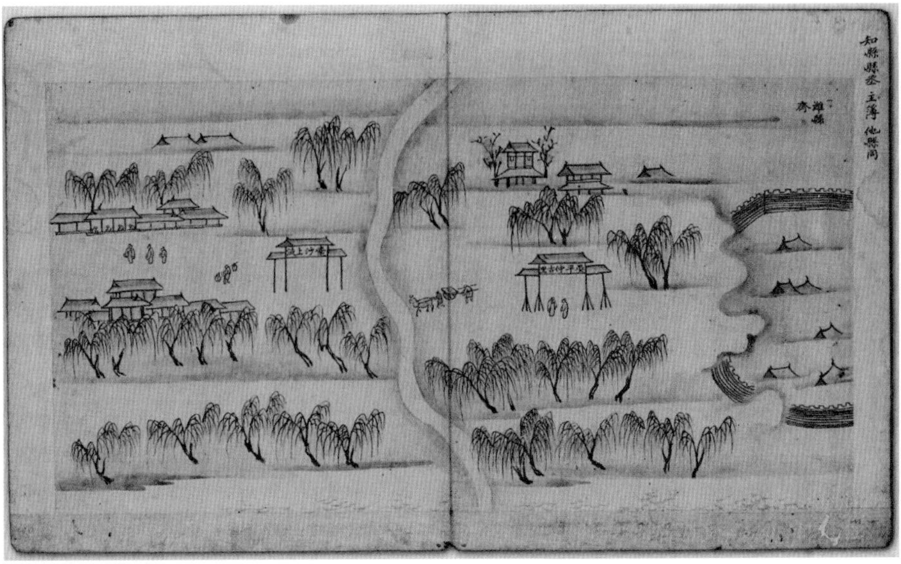

도065. D본 8장면

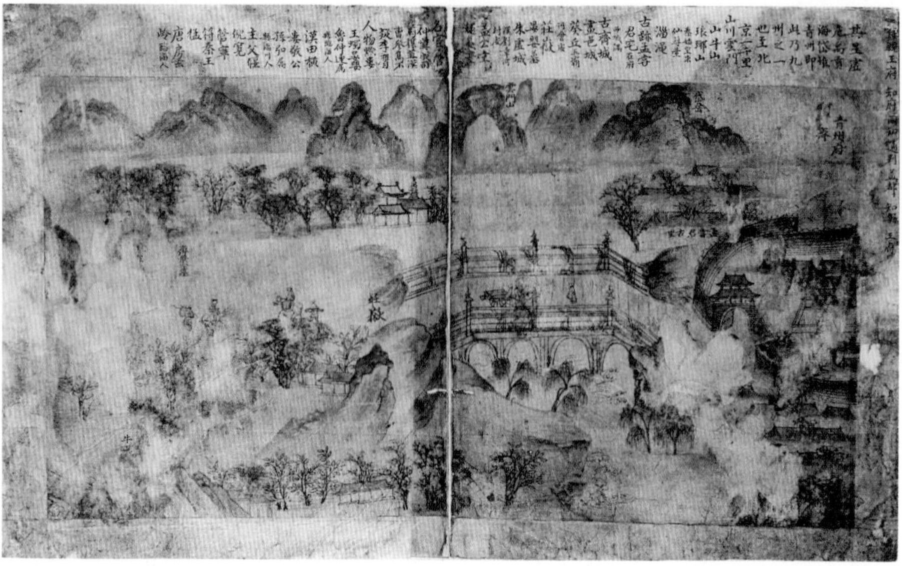

도066. A본 10장면

도067. B본 10장면

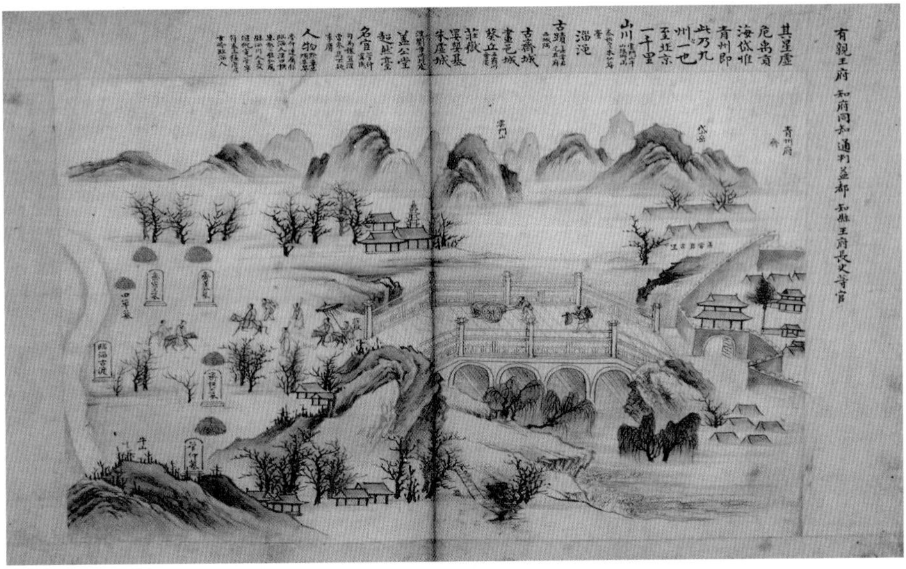

도068. C본 10장면

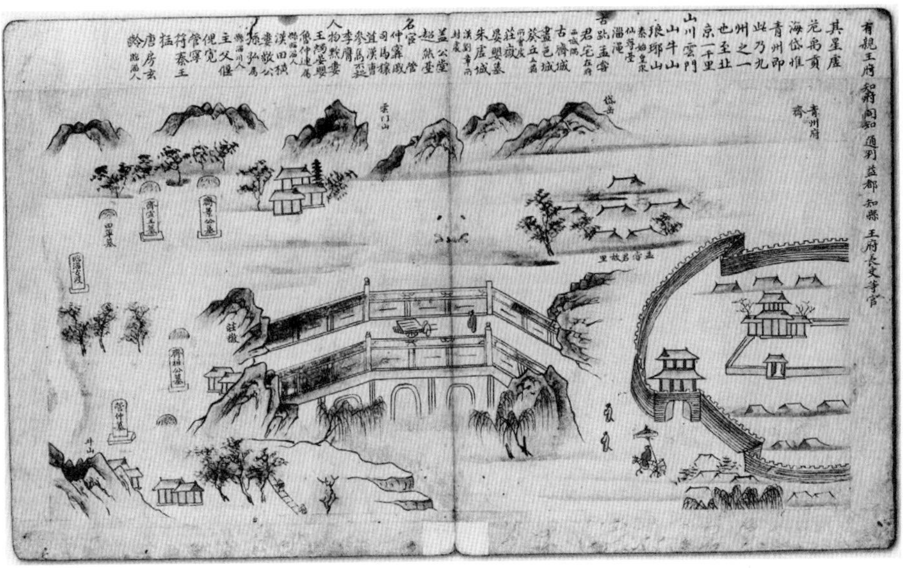

도069. D본 10장면

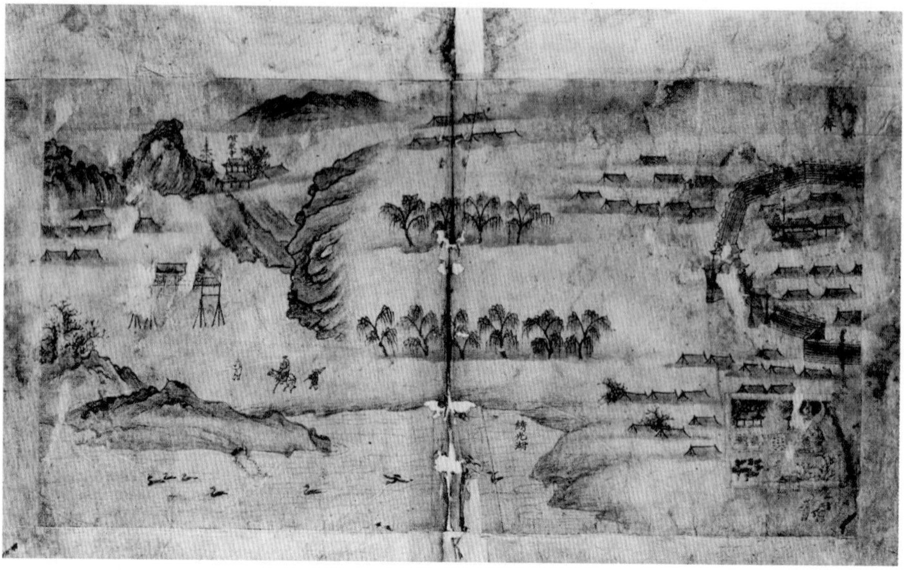

도070. A본 12장면

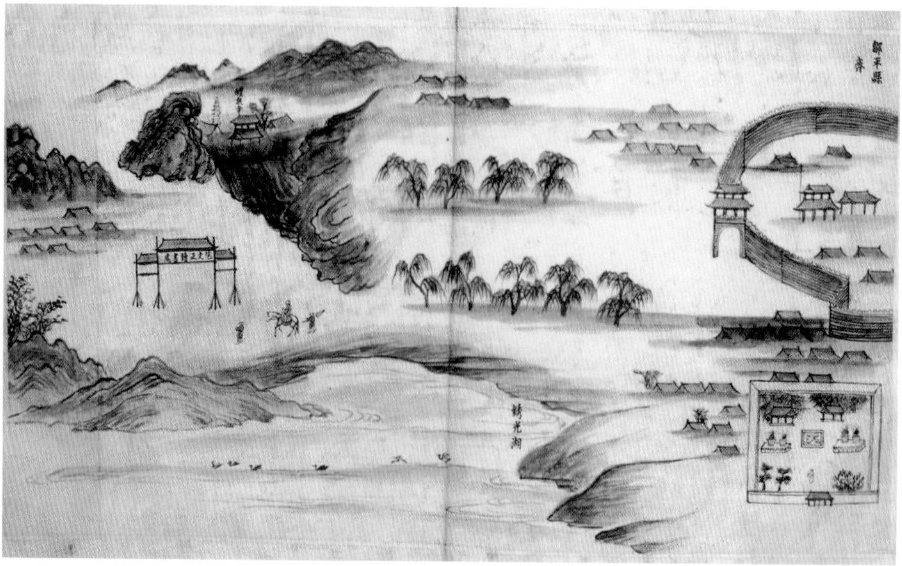

도071. B본 12장면

도072. C본 12장면

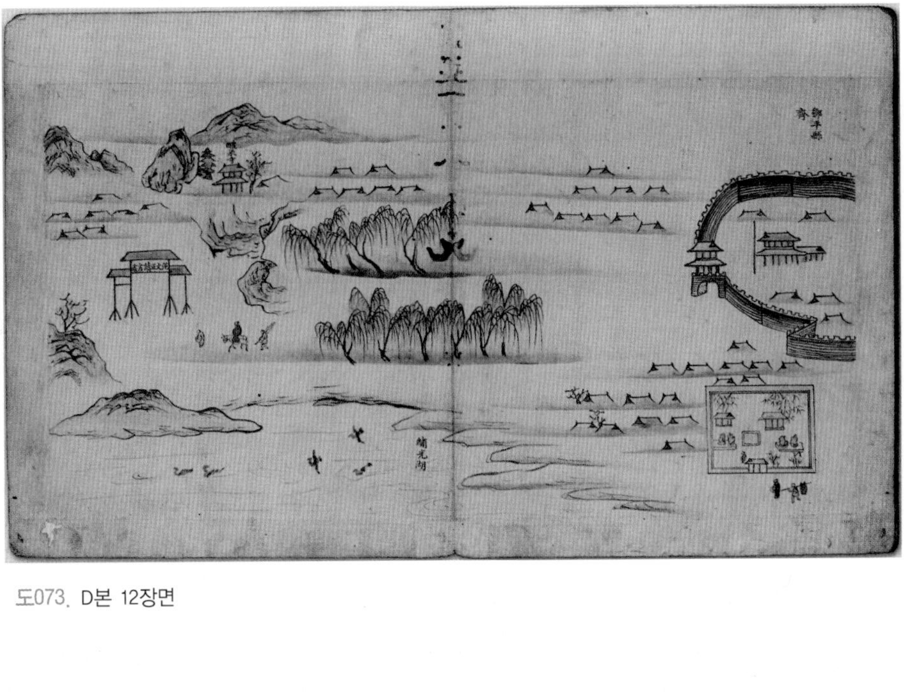

도073. D본 12장면

도074. A본 13장면

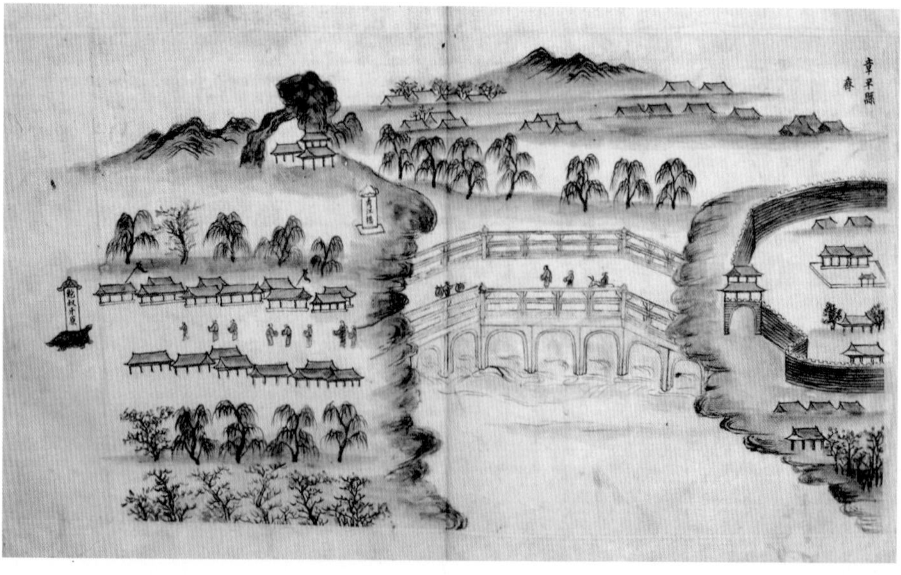

도075. B본 13장면

도076. C본 13장면

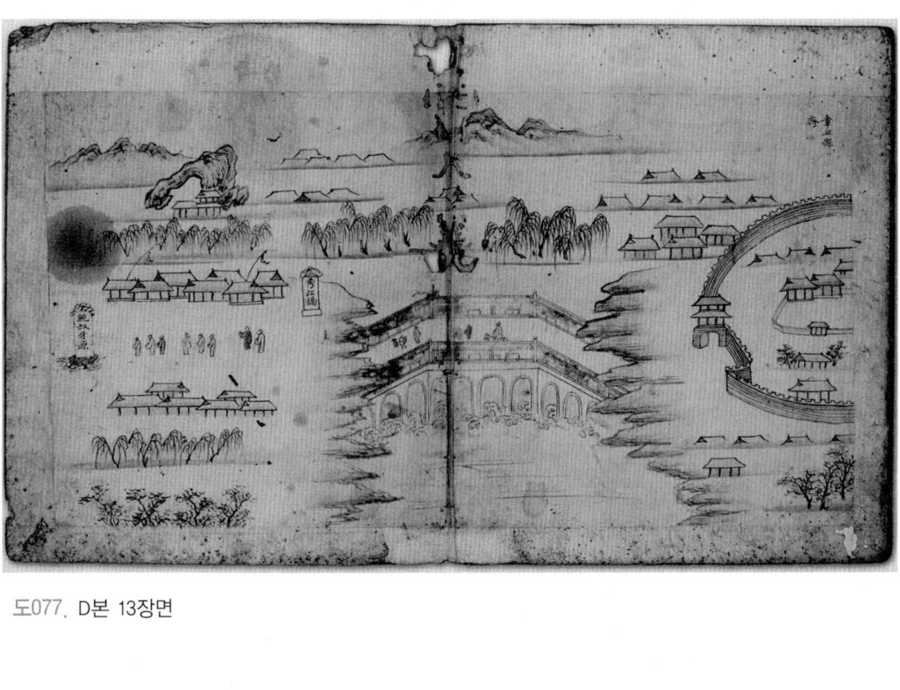

도077. D본 13장면

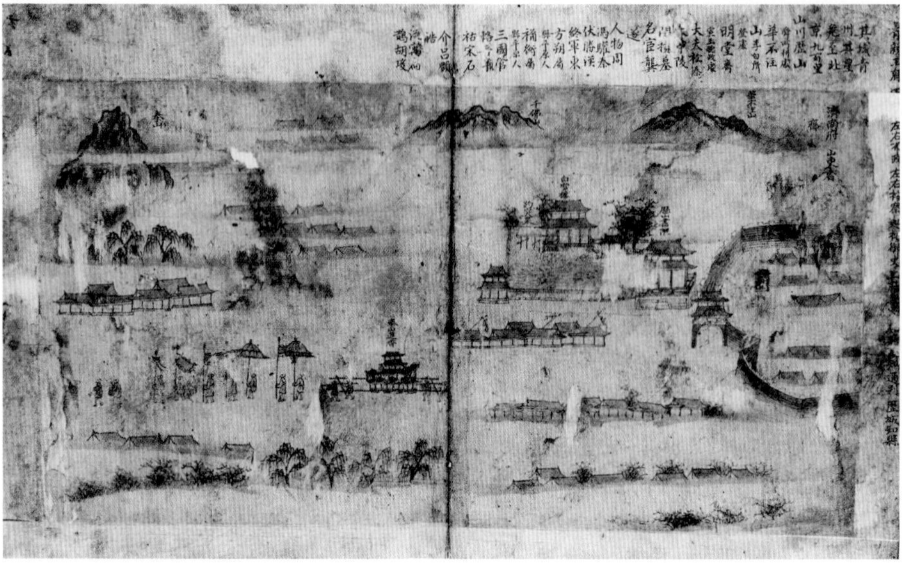

도078. A본 14장면

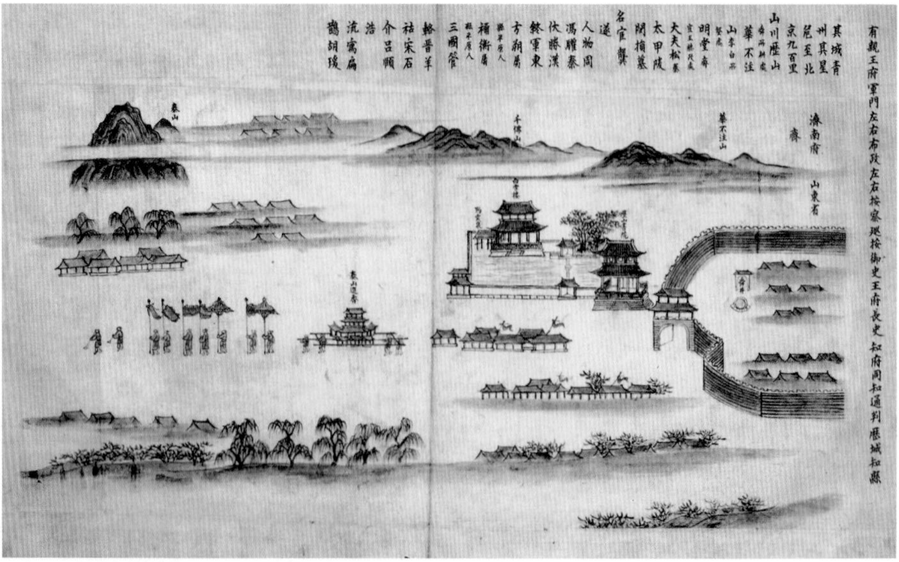

도079. B본 14장면

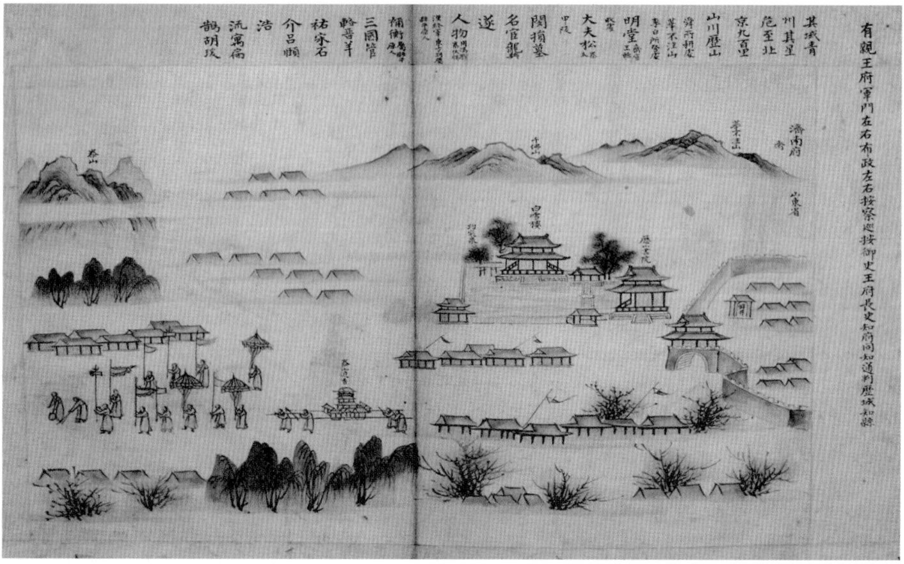

도080. C본 14장면

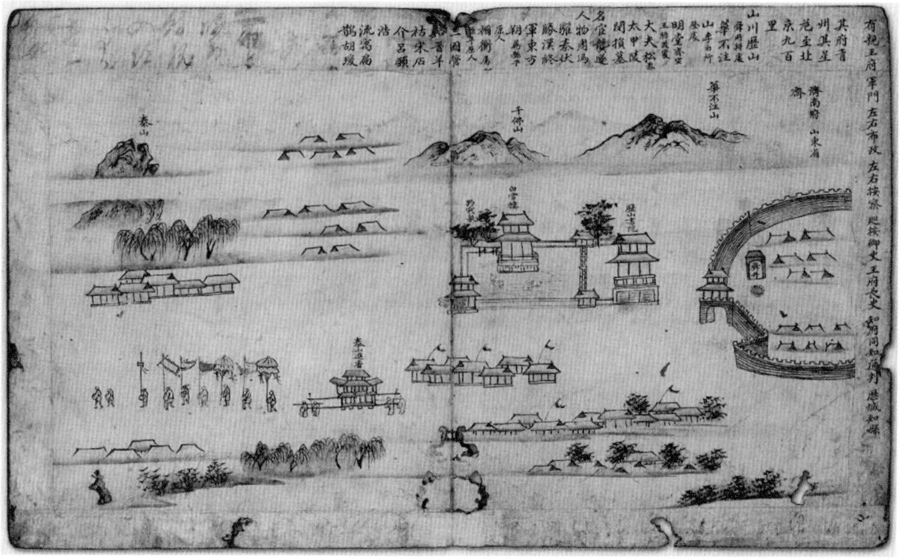

도081. D본 14장면

도082. A본 15장면

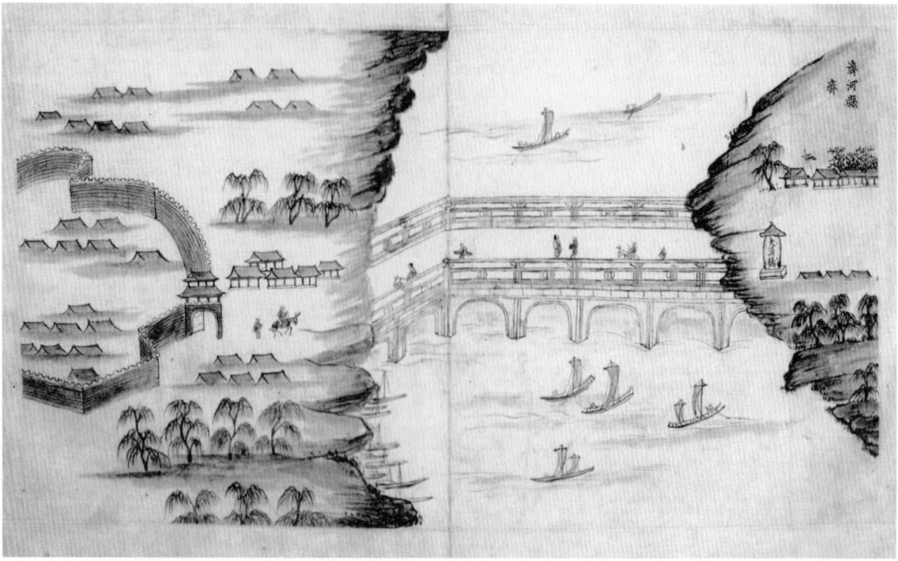

도083. B본 15장면

도084. C본 15장면

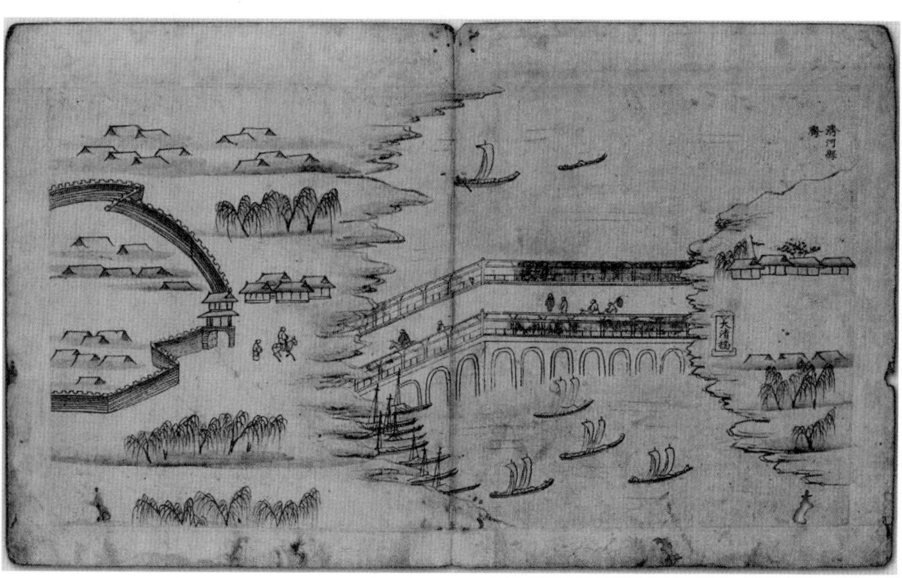

도085. D본 15장면

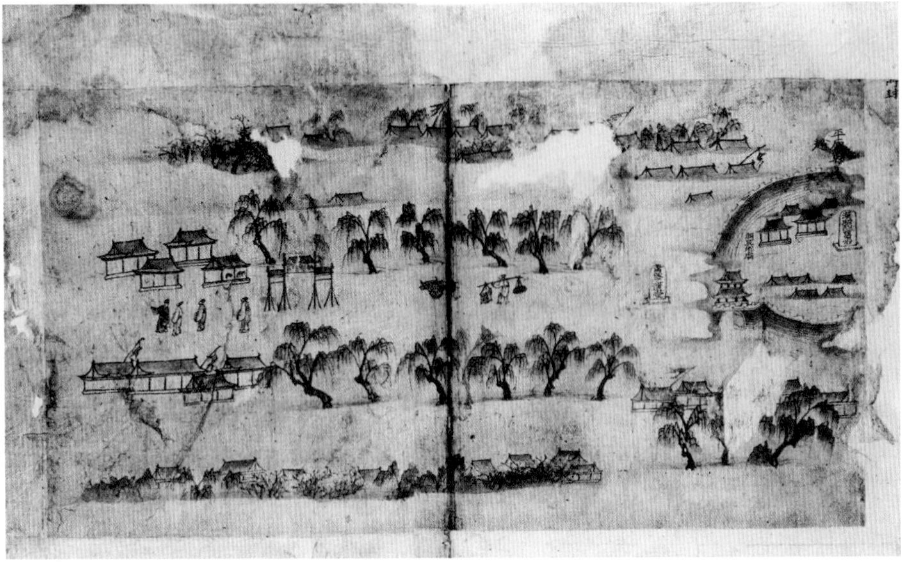

도086. A본 17장면

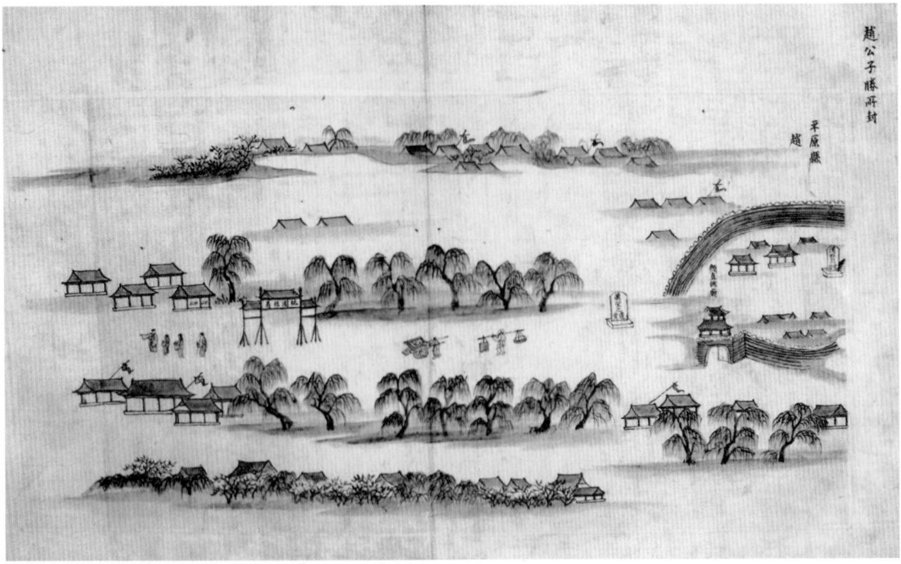

도087. B본 17장면

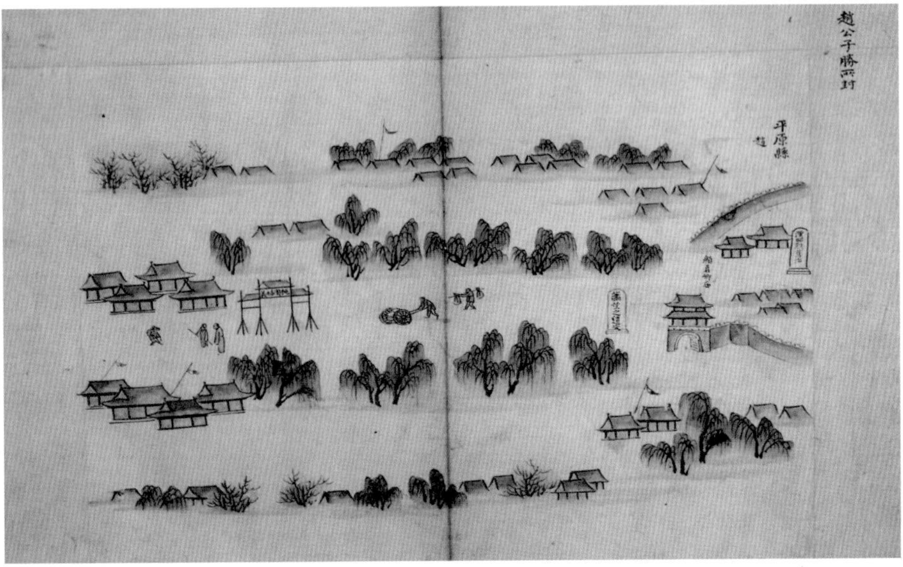

도088. C본 17장면

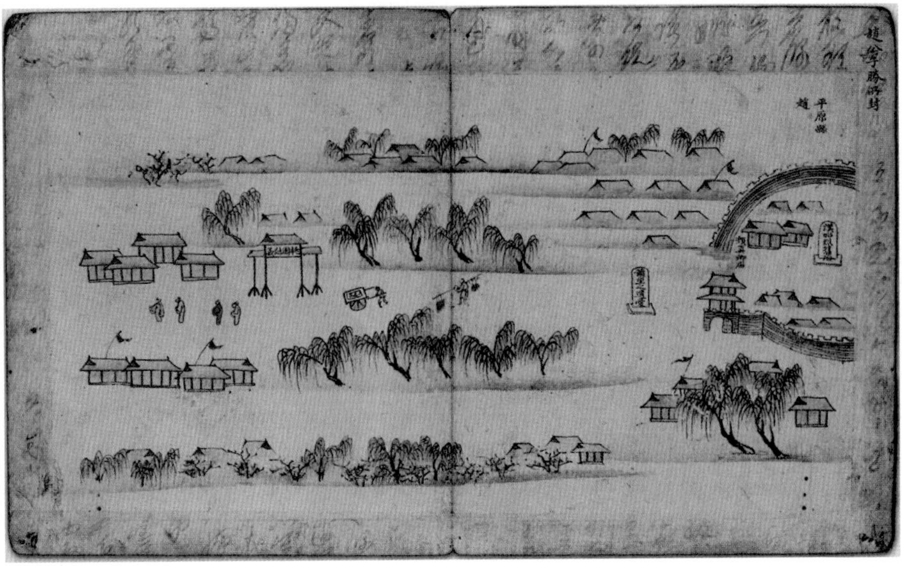

도089. D본 17장면

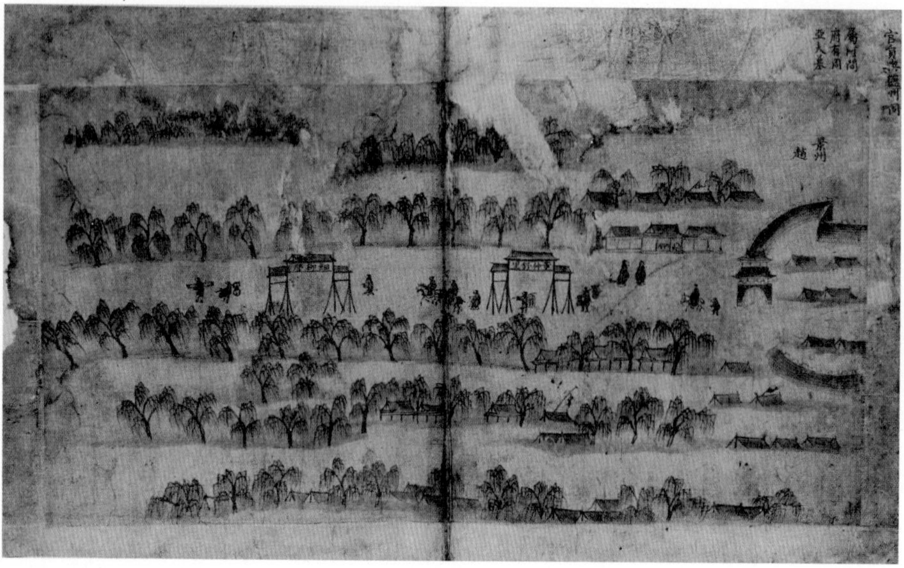

도090. A본 19장면

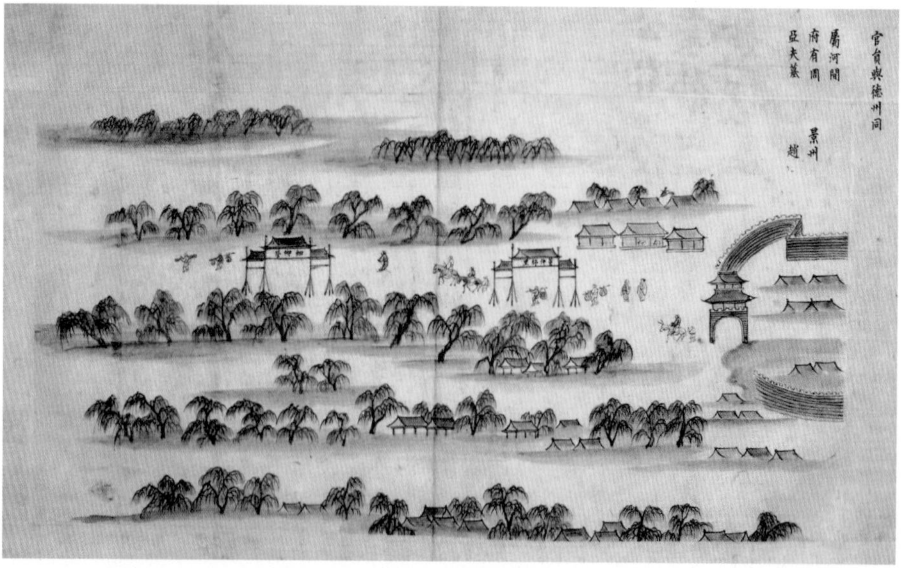

도091. B본 19장면

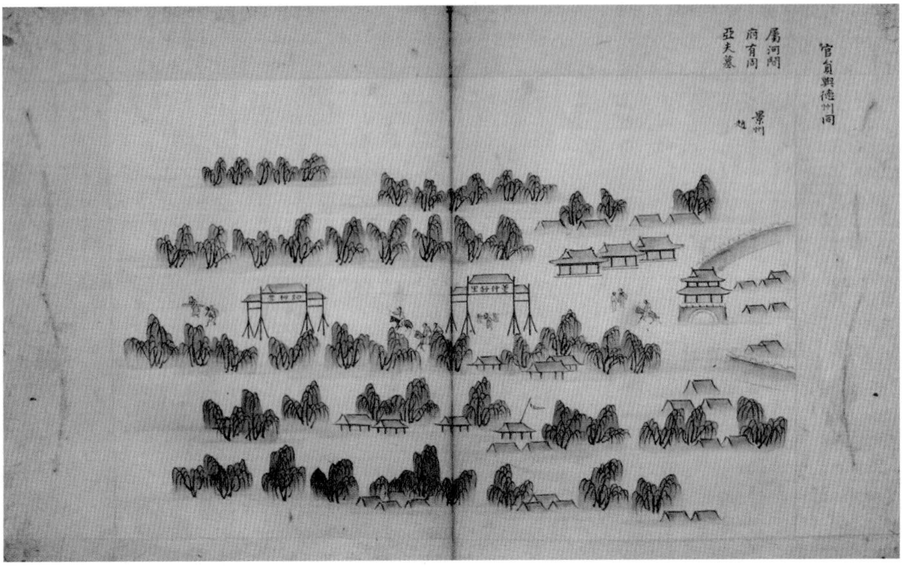

도092. C본 19장면

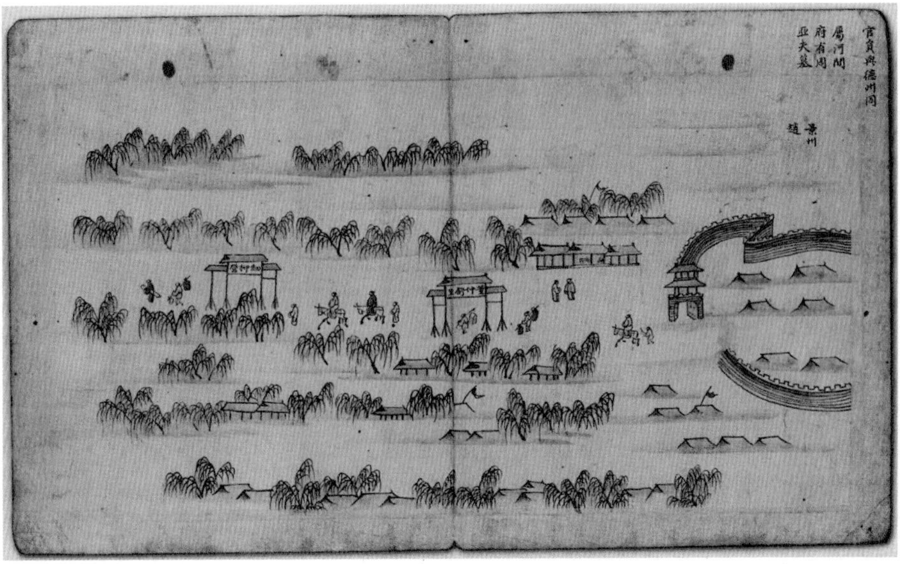

도093. D본 19장면

도094. A본 21장면

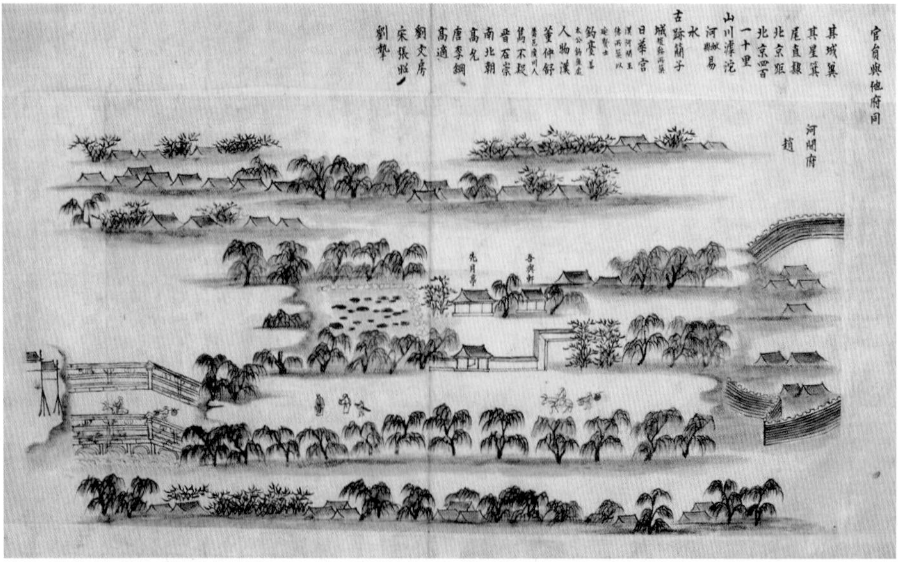

도095. B본 21장면

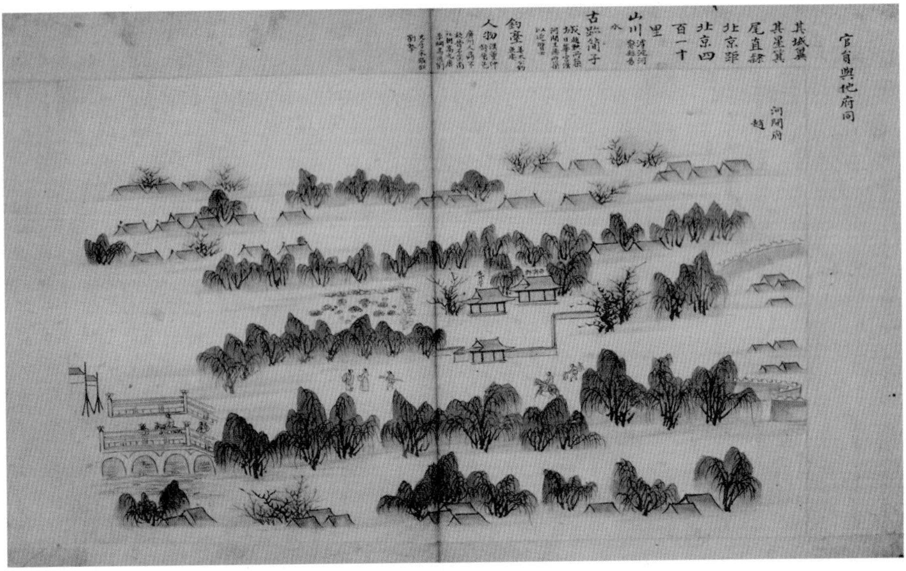

도096. C본 21장면

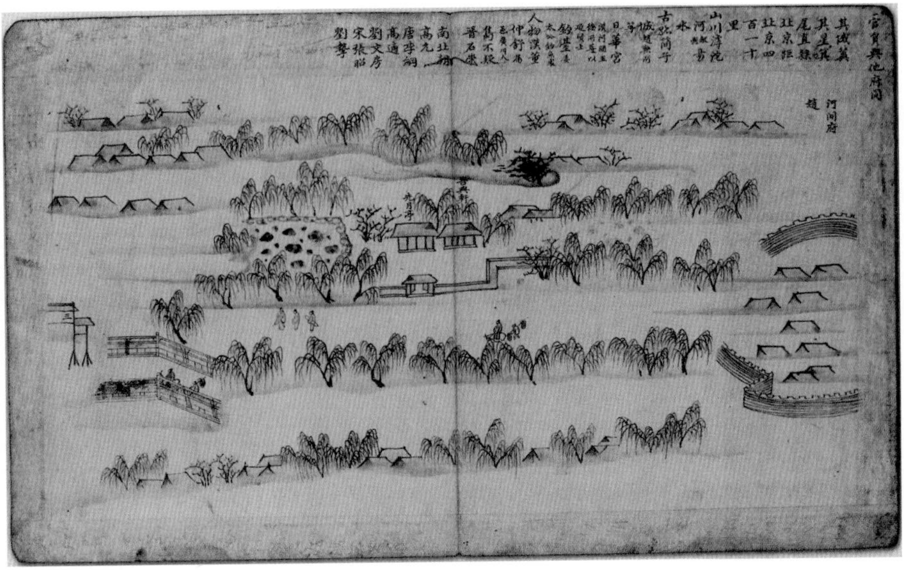

도097. D본 21장면

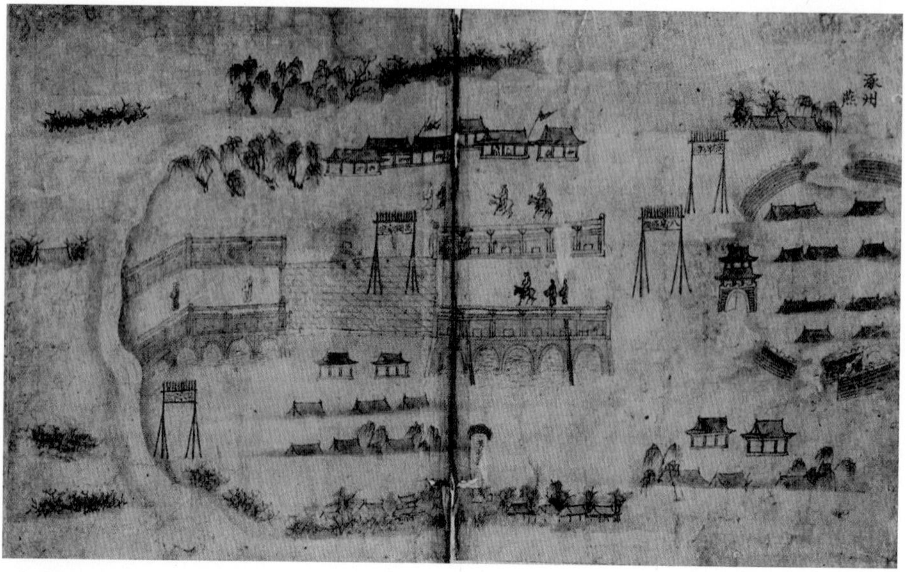

도098. A본 23장면

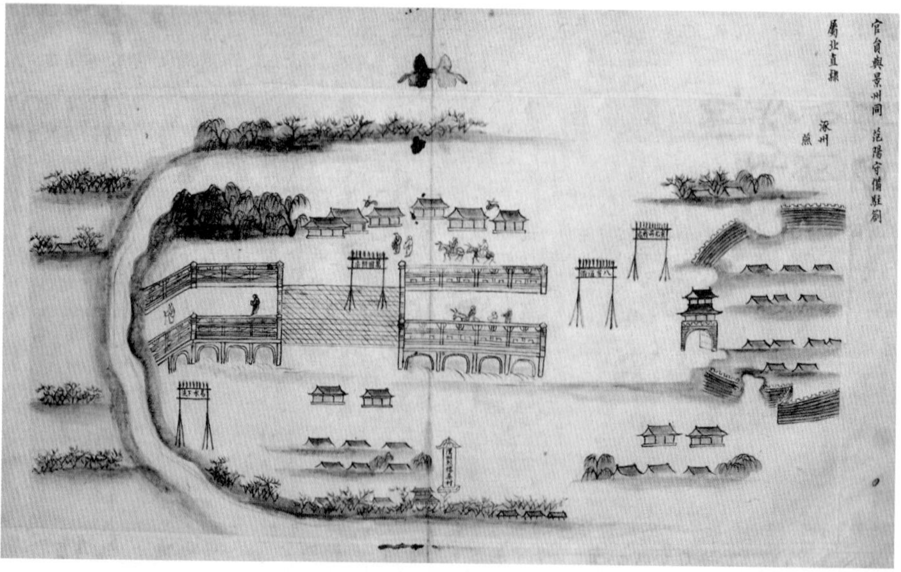

도099. B본 23장면

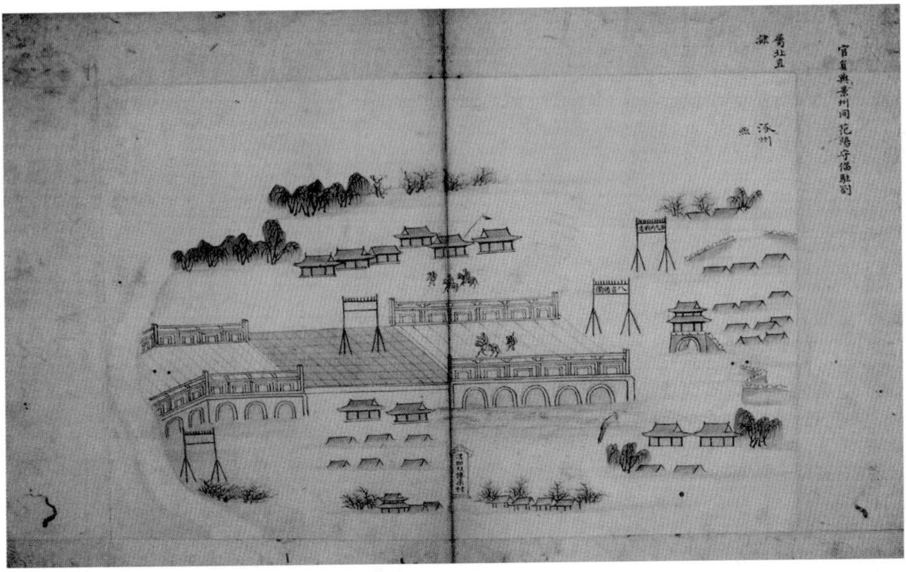

도100. C본 23장면

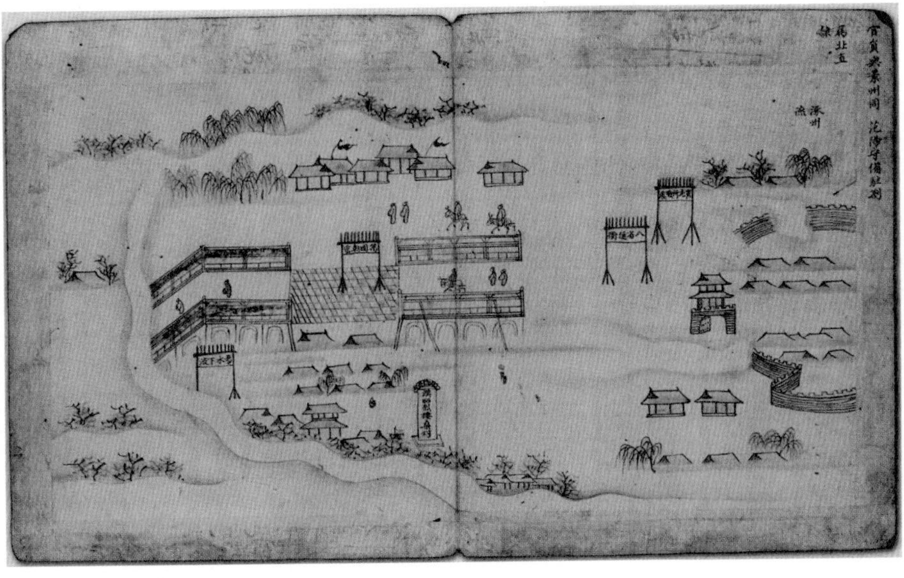

도101. D본 23장면

도102. A본 25장면

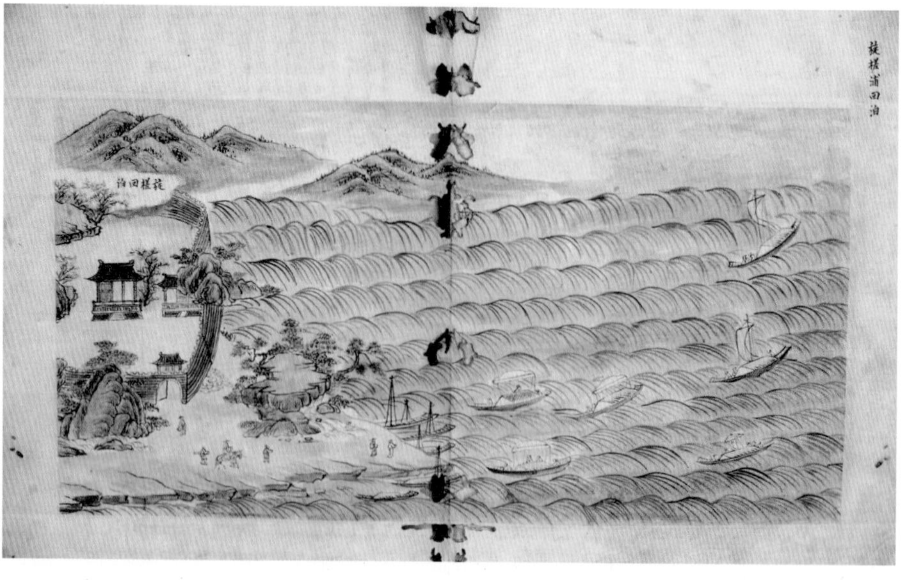

도103. B본 25장면

도104. C본 25장면

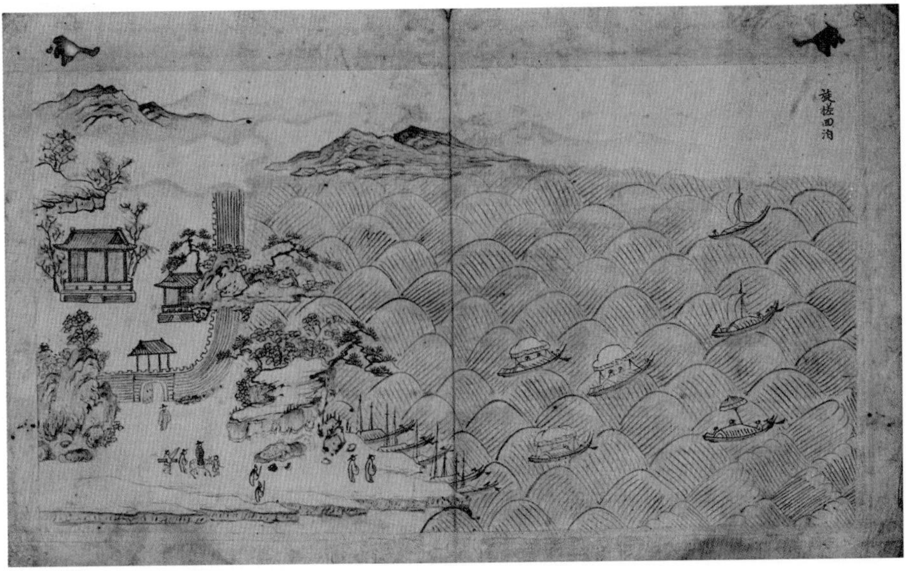

도105. D본 25장면

도108. 1871년 만국내조도

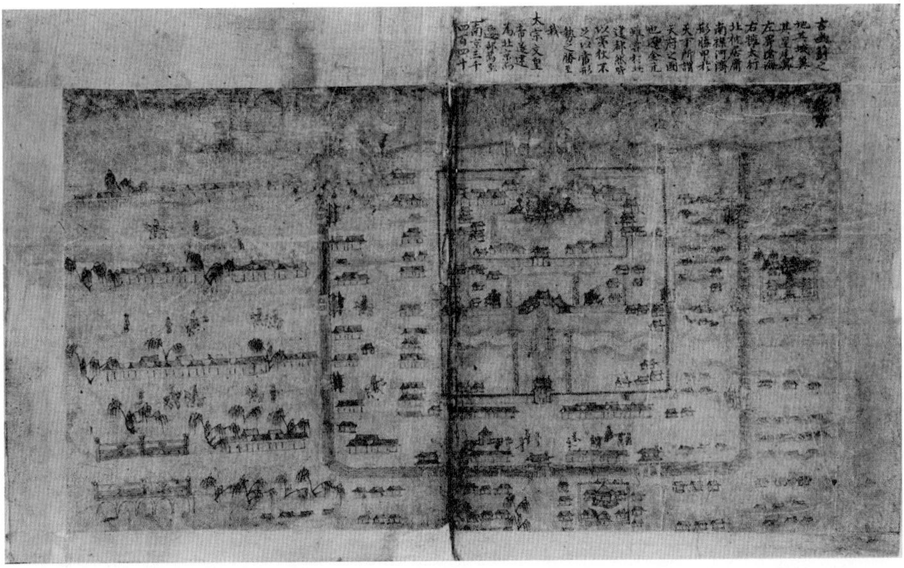

도109. 1624년 사은겸주청사 이덕형 일행이 그린 자금성

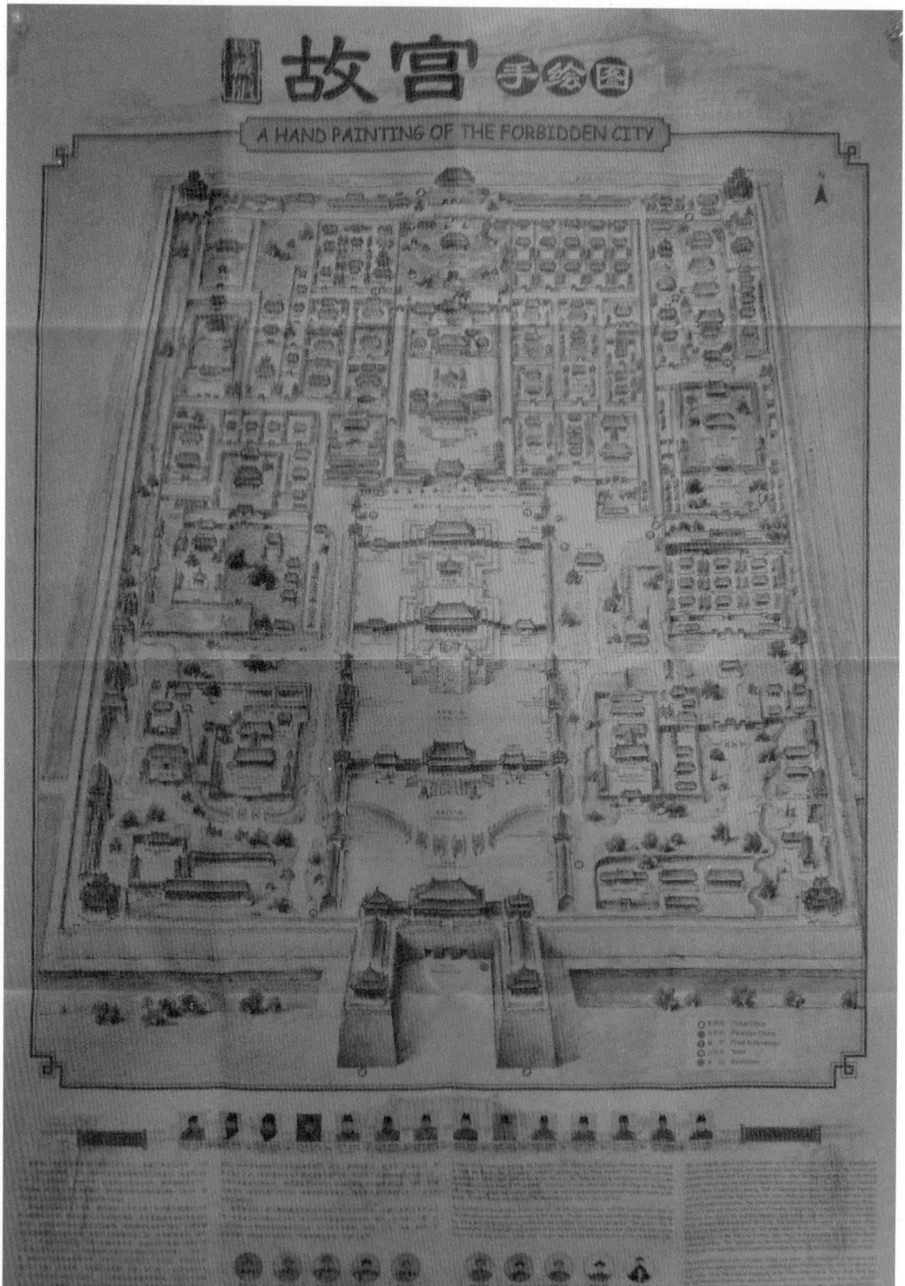

도110. 2014년 북경 고궁 매점에서 판매용으로 그린 자금성

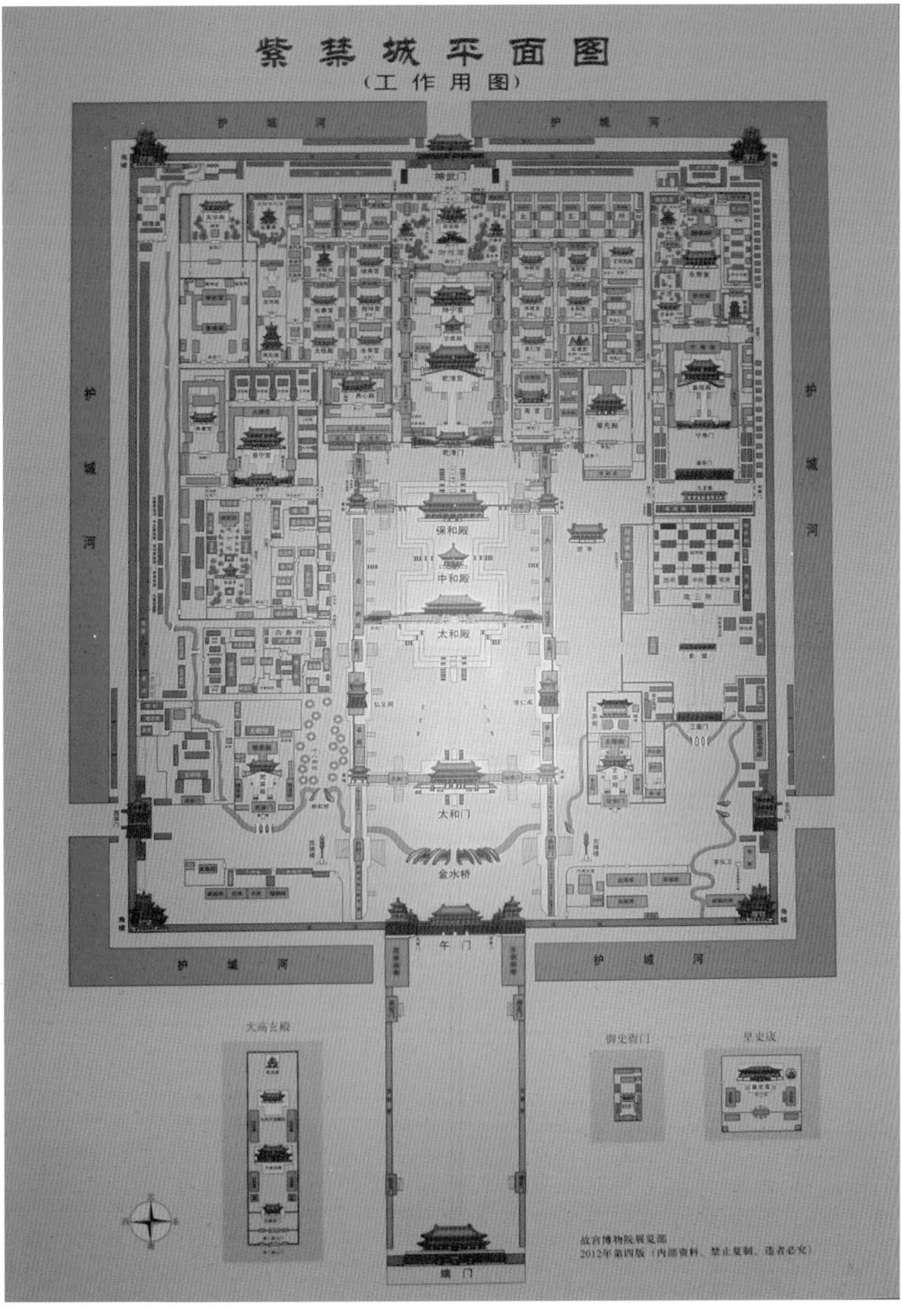

도111. 2014년 북경 고궁관리소에서 관리용으로 제작한 자금성

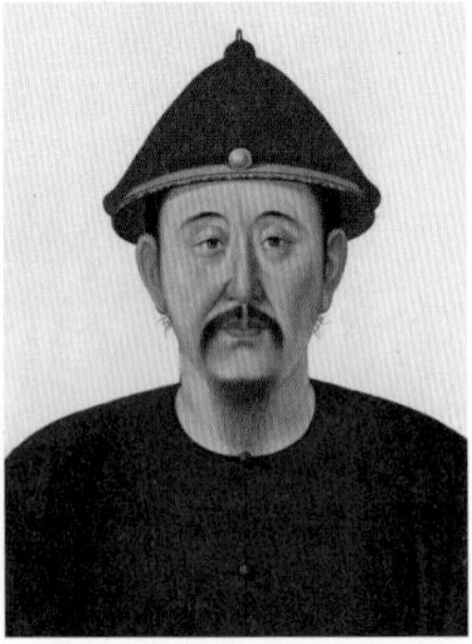

도112. 청 제4대 성조 강희의 초상

도113. 청 제6대 건륭 고종의 초상

도114. 청 제8대 도광 선종의 초상

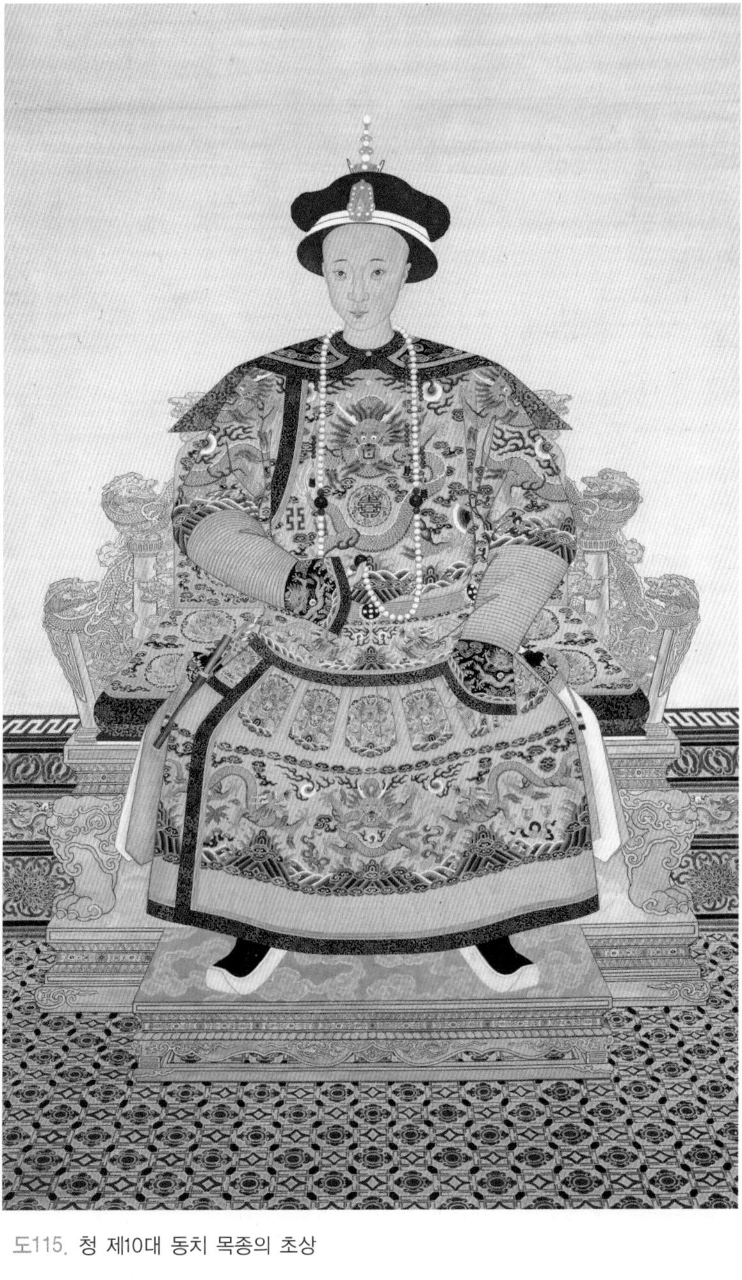

도115. 청 제10대 동치 목종의 초상

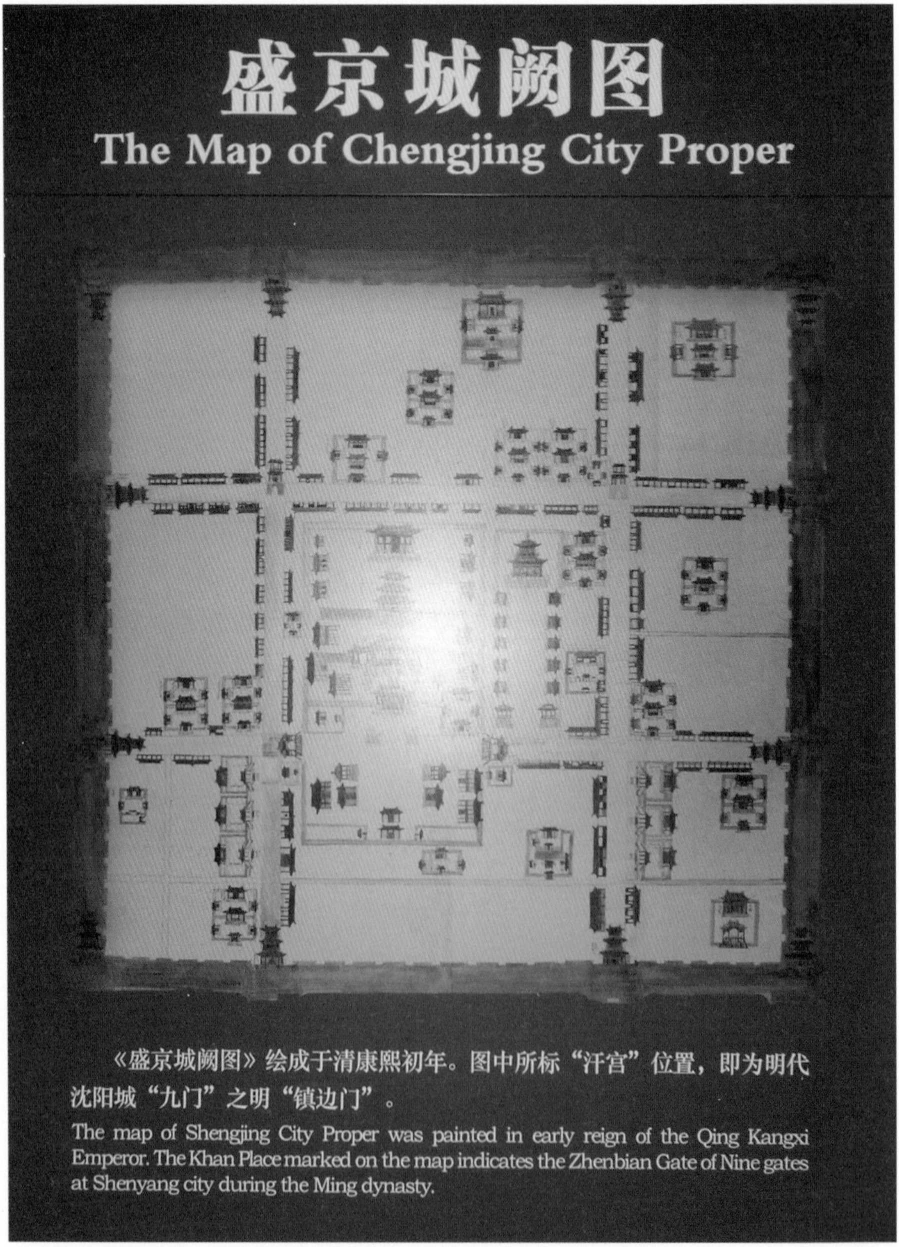
盛京城阙图
The Map of Chengjing City Proper
《盛京城阙图》绘成于清康熙初年。图中所标“汗宫”位置，即为明代沈阳城“九门”之明“镇边门”。
The map of Shengjing City Proper was painted in early reign of the Qing Kangxi Emperor. The Khan Place marked on the map indicates the Zhenbian Gate of Nine gates at Shenyang city during the Ming dynasty.

도117. 성경성궐도

도119. 2014년 실승사(황사) 출입구

도120. 2014년 실승사 외부 현판(실승사)

도121. 2014년 실승사 내부 현판(황사)

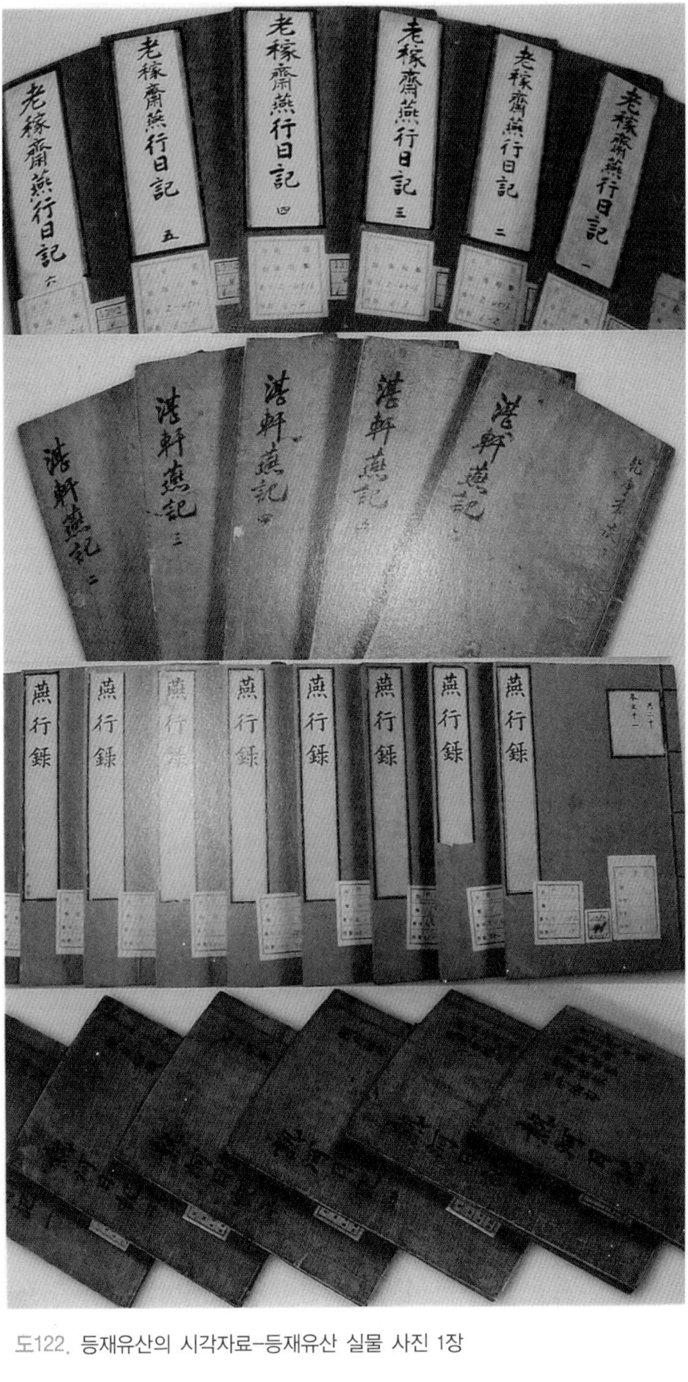

도122. 등재유산의 시각자료-등재유산 실물 사진 1장

도123. 등재유산의 시각자료–등재유산 영인본 150권 출간 사진 1장

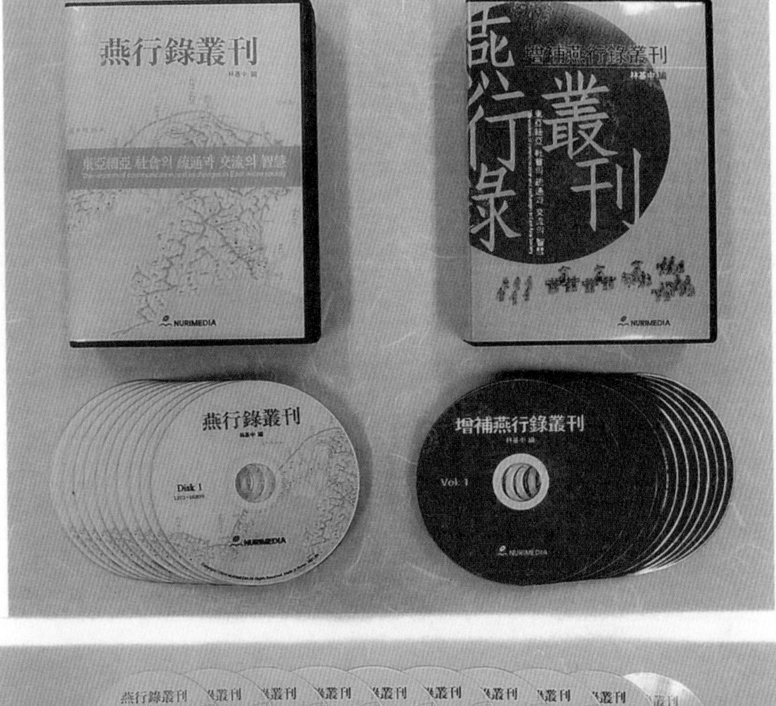

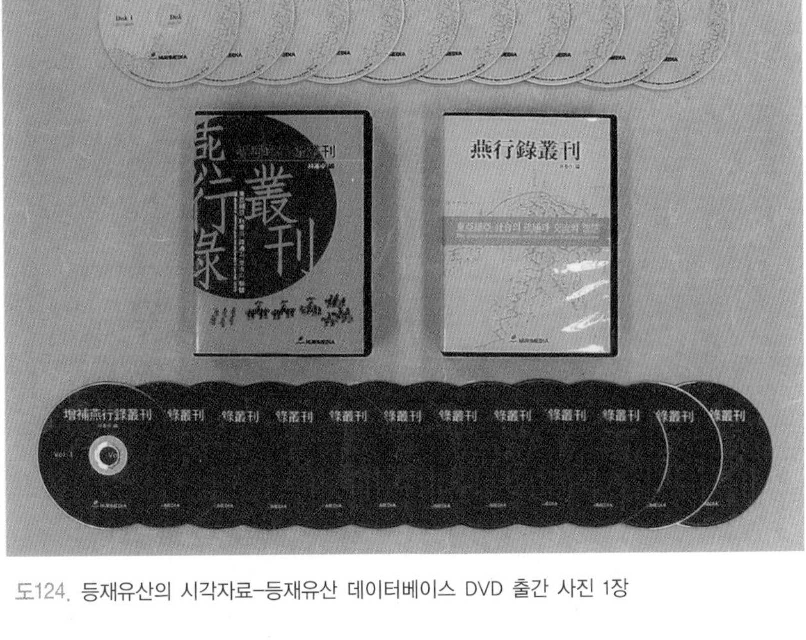

도124. 등재유산의 시각자료-등재유산 데이터베이스 DVD 출간 사진 1장

지은이

임기중 林基中 현 동국대학교 명예교수

펴낸 책

조선조의 가사, 신라가요와 기술물의 연구, 고전시가의 실증적 연구, 우리의 옛 노래, 우리 세시풍속의 노래, 고려가요의 문학사회학, 불교가사 1~5, 광개토왕비원석초기탁본집성, 역대가사문학전집 1~51, 새로 읽는 향가문학, 한국문학의 이삭, 천재적인 바보, 불교가사 원전연구, 불교가사 연구, 불교가사 독해사전, 교합가집, 교합악부, 교합아악부가집, 교합송남잡지, 연행록전집 1~100, 연행록전집 일본소장편 1~3, 연행가사 연구, 연행록 독해사전, 연행록속집 101~150, 한국가사학사, 한국고전문학과 세계인식, DVD한국역대가사문학집성, 한국가사문학원전연구, 한국가사문학주해연구 1~20, 한국의 교수문화, DVD연행록총간(1~10), 연행록총간증보판DVD(1~12) 등을 펴냈음.

연행록연구층위

초판 인쇄 2014년 10월 10일
초판 발행 2014년 10월 20일

지 은 이 | 임기중林基中
펴 낸 이 | 하운근
펴 낸 곳 | 學古房

주 소 | 서울시 은평구 대조동 213-5 우편번호 122-843
전 화 | (02)353-9907 편집부(02)353-9908
팩 스 | (02)386-8308
홈페이지 | http://hakgobang.co.kr/
전자우편 | hakgobang@naver.com, hakgobang@chol.com
등록번호 | 제311-1994-000001호

ISBN 978-89-6071-440-3 93810

값 : 75,000원

이 도서의 국립중앙도서관 출판시도서목록(CIP)은 서지정보유통지원시스템 홈페이지(http://seoji.nl.go.kr)와 국가자료공동목록시스템(http://www.nl.go.kr/kolisnet)에서 이용하실 수 있습니다.(CIP제어번호: CIP2014027953)